Stan Nicholls
Die Orks

PIPER

Zu diesem Buch

»Die Orks« zählt zu den Klassikern der Fantasy und bildet den Auftakt einer Reihe von völkerspezifischen High-Fantasy-Romanen. Mit seinem Buch räumt Stan Nicholls mit den gängigen Vorurteilen gegenüber Orks auf:
Geboren, um zu kämpfen. Das Volk der Orks führt einen erbitterten Krieg gegen die Menschen, die die Magie im Land Maras-Dantien aus dem Gleichgewicht gebracht haben. Nun muss sich Stryke, Anführer der besten Ork-Söldner, einem gefährlichen Auftrag stellen: Auf Geheiß der Königin Jennesta soll er ein verschwundenes magisches Artefakt wiederbeschaffen, mit dessen Hilfe es gelingen könnte, die Feinde zurückzuschlagen. Zunächst scheint die Mission erfolgversprechend – doch dann wird das Artefakt von Kobolden geraubt, und eine dramatische Jagd beginnt ...

Stan Nicholls, geboren in London, ist seit seiner Kindheit Fantasy-Fanatiker. Er arbeitete lange Jahre als Buchhändler und Journalist im Fantasy- und Science Fiction-Bereich, bevor er sich dem Schreiben von phantastischen Romanen widmete. Mit »Die Orks« landete er auf Anhieb einen Bestseller, der ihm weltweit eine große Fangemeinde erschlossen hat.

Stan Nicholls

DIE ORKS

Roman

Aus dem Englischen
von Christian Jentzsch

PIPER

Ungekürzte Taschenbuchausgabe
ISBN 978-3-492-28226-0
August 2020

Die englischen Originalausgaben erschienen von 1999–2000 bei Gollancz, London in drei Bänden:
»Bodyguard of Lightning« (1999), »Legion of Thunder« (1999),
»Warriors of the Tempest« (2000)

Deutsche Erstausgabe:
Wilhelm Heyne Verlag, München 2002
Umschlaggestaltung: Guter Punkt, München
Umschlagabbildung: Guter Punkt unter Verwendung von Motiven von Getty Images
Satz: C. Schaber Datentechnik, Wels
Gesetzt aus der Aldus
Druck und Bindung: CPI books GmbH, Leck
Printed in the EU

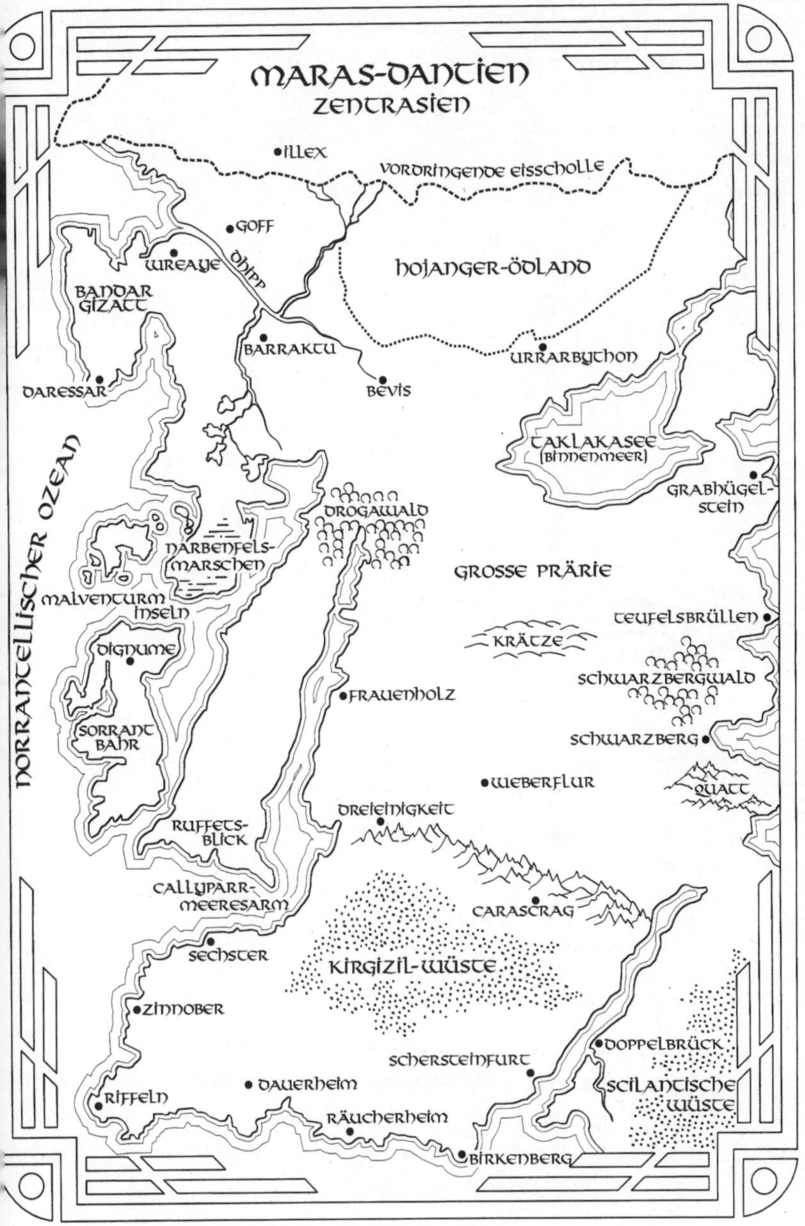

MARAS-DANTIEN
ZENTRASIEN
ILLEX
VORDRINGENDE EISSCHOLLE
GOFF
WREAYE
DHIPP
HOJANGER-ÖDLAND
BANDAR GIZATT
BARRAKTU
URRARBYTHON
DARESSAR
BEVIS
NORRANTELLISCHER OZEAN
TAKLAKASEE (BINNENMEER)
GRABHÜGELSTEIN
DROGAWALD
NARBENFELS-MARSCHEN
GROSSE PRÄRIE
MALVENTURM INSELN
TEUFELSBRÜLLEN
KRÄTZE
DIGNUME
SCHWARZBERGWALD
FRAUENHOLZ
SORRANT BAHR
SCHWARZBERG
WEBERFLUR
QUATT
DREIEINIGKEIT
RUFFETS-BLICK
CALLYPARR-MEERESARM
CARASCRAG
SECHSTER
KIRGIZIL-WÜSTE
ZINNOBER
DOPPELBRÜCK
SCHERSTEINFURT
SCILANTISCHE WÜSTE
DAUERHEIM
RIFFELN
RÄUCHERHEIM
BIRKENBERG

ERSTES BUCH

LEIBWÄCHTER DES BLITZES

Wir werden lärmen und bellen wie echte orkische Gesellen,
wir werden lärmen und bellen, so laut es geht,
mit Beute bepackt und beladen kehren wir heim aus fernen Gestaden,
ach, was für Schätze und Wunder ihr dann seht.

Lebt wohl und Wiederschaun, ihr schönen orkischen Fraun,
lebt wohl und ade ihr Frauen daheim,
wir finden großen Gefallen an Stechen und Balgen,
und danach waschen wir die Klingen rein.

Wir plündern und brennen und später dann trennen
wir ihnen den Kopf vom Hals und den Beutel vom Gurt,
wir kämpfen gegen sie, schlachten sie ab wie Vieh
und saufen ihr Bier, haben sie auch noch so gemurrt.

Im ersten Land, in das wir kamen, einen hohen Turm wir sahen,
wir schlichen uns an bei Nacht und legten Feuer,
wir nahmen Silber und Gold, nein, wir waren ihnen nicht hold,
und hoffen, nächstes Jahr ist's nicht mehr, das Gemäuer.

Wir sahn einen Bauern so fett mit seiner Tochter so nett,
die Spitzen unserer Dolche weckten ihn rau,
er fing an zu stammeln und zu kreischen, gab uns Gold ohne zu feilschen,
die Tochter floh, also brieten wir seine Frau.

Und jetzt, orkische Lumpen, hebt euren vollen Humpen,
in tüchtigen Schlucken sauft das starke Bier,
spießt sie auf im Geplänkel wie von Schweinen die Schenkel,
fett und reich, so sehen wir Vielfraße uns wieder hier!

Altes Kriegstrupp-Marschlied

1

Vor lauter Leichen konnte Stryke den Boden nicht mehr sehen. Er war taub vom Geschrei und vom Klirren des Stahls. Trotz der Kälte stach ihm der Schweiß in die Augen. Seine Muskeln brannten, sein Körper schmerzte. Blut, Schlamm und verspritzte Hirnmasse befleckten sein Wams. Und jetzt gingen noch zwei von den widerlichen, weichen rosa Geschöpfen mit Mord im Blick auf ihn los.

Er genoss den Spaß.

Er hatte keinen sicheren Stand mehr und strauchelte. Der reine Instinkt ließ ihn das Schwert hochreißen, um dem ersten Hieb zu begegnen. Der Aufprall fuhr ihm durch Mark und Bein, hielt die andere Klinge aber auf. Er wich hurtig einen Schritt zurück, duckte sich und stürzte wieder vorwärts, unter der Deckung seines Gegners hindurch. Das Schwert bohrte sich in den Bauch seines Feindes. Stryke riss es rasch aufwärts, tief und fest, bis es eine Rippe traf und Gedärme aus der Wunde glitten. Das Geschöpf ging mit verdutzter Miene zu Boden.

Es blieb keine Zeit, den Sieg zu genießen. Der zweite Angreifer war heran und hielt ein beidhändiges Breitschwert so, dass sich die funkelnde Spitze gerade außerhalb von Strykes Reichweite befand. Eingedenk des Schicksals seines Kameraden war dieser Gegner vorsichtiger. Stryke ging zum Angriff über und deckte die Klinge seines Feindes mit einem Hagel heftiger Schläge ein. Sie parierten und stießen, bewegten sich in einem unbeholfenen Tanz, da ihre Stiefel Halt auf den Leichen von Freund wie Feind suchten.

Strykes Waffe eignete sich besser zum Fechten. Größe und Gewicht des Breitschwerts machten die Bewegungen seines Gegners schwerfällig. Die Waffe musste in einem weiten Bogen geschwungen werden. Nach mehreren Ausfällen litt das Geschöpf bereits unter der Anstrengung und schnaufte Wolken gefrorenen Atems. Stryke begnügte sich mit plänkelnden Stößen aus der Distanz und wartete auf eine günstige Gelegenheit.

In seiner Verzweiflung sprang ihm das Geschöpf entgegen und hieb mit dem Schwert nach seinem Gesicht. Es verfehlte ihn zwar, kam ihm aber so nah, dass er den Windhauch spürte. Der Schwung riss das Breitschwert über das Ziel hinaus, wodurch sich die Arme des Geschöpfs hoben, sodass die Brust ungeschützt war. Strykes Klinge fand das Herz und rief eine scharlachrote Fontäne hervor. Das Geschöpf sank zu Boden und fand seinen Platz im Gedränge der Toten.

Ein Blick hangabwärts zeigte Stryke die Vielfraße, die in die Schlacht auf der Ebene verwickelt waren.

Er wandte sich wieder dem Gemetzel zu.

*

Coilla schaute den Hügel empor und sah Stryke nicht weit von den Mauern der Siedlung entfernt mit äußerster Wildheit über eine Gruppe von Verteidigern herfallen.

Sie verwünschte seine verdammte Ungeduld.

Aber einstweilen war ihr Anführer auf sich allein gestellt. Der Kriegstrupp musste ernsthaften Widerstand überwinden, bevor er zu ihm gelangen konnte.

Hier im Hexenkessel der eigentlichen Schlacht reichte das blutige Gemetzel in jeden Winkel. Ein wüstes Durcheinander aus kämpfenden Truppen und scheuenden Pferden trampelte alles zu Brei, was noch vor wenigen Stunden wogende Felder gewesen waren. Das schallende Getöse erklang überall, und der herbe Geruch des Todes stieß ihr sauer im Hals auf.

Die Vielfraße bildeten einen dreißigköpfigen, stahlstarrenden, rasenden Keil. Sie hielten dichte Formation und wühlten sich durch die Masse der Verteidiger wie ein riesiges, stachelbewehrtes Insekt. Unweit der Spitze des Keils half Coilla dabei, die Bahn freizumachen, indem sie mit dem Schwert nach jedem Feind hieb, der ihnen den Weg versperrte.

Zu schnell, um sie richtig wahrzunehmen, huschte eine Abfolge höllischer Szenen an ihr vorbei. Ein Verteidiger mit einem Beil in der Schulter; einer, der sich mit blutverkrusteten Händen die Augen zuhielt; ein anderer, der lautlos aufschrie, mit einem roten Stumpf anstelle eines Arms; einer, der auf ein Loch in seiner Brust von der Größe einer Faust starrte; ein kopfloser Körper, aus dem rote Fontänen spritzten, während er taumelte. Ein durch die Schläge ihrer Klinge in Fetzen gehacktes Gesicht.

Eine Unendlichkeit später waren die Vielfraße am Fuß des Hügels angelangt und stürmten ihn hinauf.

Eine kurze Unterbrechung bei der Metzelei gestattete Stryke, sich ein Bild von den Fortschritten seines Trupps zu machen. Sie hackten und stachen sich durch Trauben von Verteidigern und waren auf halbem Weg den Hügel empor.

Er drehte sich wieder um und begutachtete die massiven Holzwälle der Festung auf der Kuppe. Bis zu den Toren war es noch ein weiter Weg, und es galt noch einige Dutzend Feinde zu überwinden. Aber Stryke kam es so vor, als lichteten sich ihre Reihen.

Als sich seine Lungen mit kalter Luft füllten, spürte er die Intensität des Lebens, die immer kam, wenn der Tod so nahe war.

Coilla traf keuchend ein, der Rest des Trupps folgte dichtauf.

»Ihr habt euch Zeit gelassen«, bemerkte er trocken. »Ich dachte schon, ich müsste den Laden allein stürmen.«

Sie wies mit dem Daumen auf das wogende Chaos in der Ebene. »Sie waren nicht scharf darauf, uns durchzulassen.«

Sie wechselten ein Lächeln, das beinahe irre war.

Der Blutdurst hat auch sie gepackt, dachte er. *Gut.*

Alfray, der Hüter des Banners der Vielfraße, gesellte sich zu ihnen und rammte die Lanze mit der Flagge in den gefrorenen Boden. Die zwei Dutzend gemeinen Soldaten des Kriegertrupps bildeten einen Verteidigungsring um die Offiziere. Als Alfray sah, dass einer der Soldaten eine üble Kopfwunde erlitten hatte, holte er einen Feldverband aus seinem Hüftbeutel und machte sich daran, die Blutung zu stillen.

Die Feldwebel Haskeer und Jup schoben sich durch die Reihen der Soldaten. Wie üblich war Haskeer missmutig und Jup unergründlich.

»Na, hat euch der Spaziergang gefallen?«, spottete Stryke in sarkastischem Tonfall.

Jup ignorierte die Bemerkung. »Was nun, Boss?«, fragte er barsch.

»Was wohl, Kurzarsch? Eine Pause, um Blumen zu pflücken?« Er funkelte seine beiden Stellvertreter an. »Wir gehen da rauf und tun unsere Arbeit.«

»Wie?«

Coilla starrte in den bleiernen Himmel und schirmte die Augen mit einer Hand ab.

»Frontalangriff«, erwiderte Stryke. »Hast du einen besseren Plan?« Die Frage war eine Herausforderung.

»Nein. Aber es ist offenes Gelände, und es geht bergauf. Wir werden Verluste haben.«

»Haben wir die nicht immer?« Er spie aus und verfehlte nur knapp die Füße seines Feldwebels. »Aber wenn du dich danach besser fühlst, fragen wir unseren Strategen. Coilla, was hältst du davon?«

»Hmmm?« Ihre Aufmerksamkeit blieb auf die schweren Wolken gerichtet.

»*Wachen Sie auf*, Gefreiter! Ich sagte ...«

»Seht ihr das?« Sie zeigte himmelwärts.

Ein schwarzer Punkt stieß durch die Düsternis herab. Auf diese Entfernung waren keine Einzelheiten zu erkennen, aber sie konnten sich alle denken, was es war.

»Könnte nützlich sein«, sagte Stryke.

Coilla war nicht so sicher. »Vielleicht. Jeder weiß, wie eigensinnig sie sind. Wir gehen besser in Deckung.«

»Wo?«, wollte Haskeer wissen, während er das nackte Gelände begutachtete.

Der Punkt wurde größer.

»Er bewegt sich schneller als ein Funke aus dem Hades«, stellte Jup fest.

»Und kommt steil herunter«, fügte Haskeer hinzu.

Mittlerweile waren der klobige Leib und die gewaltigen gezackten Schwingen deutlich auszumachen. Jetzt konnte kein Zweifel mehr bestehen. Massig und plump stieß die Bestie auf die Schlacht herab, die unten in der Ebene unvermindert tobte. Kämpfer hielten inne und starrten nach oben. Manche flohen vor ihrem Schatten. Die Bestie stieß dessen ungeachtet immer tiefer herab und zielte auf die Anhöhe, wo sich Strykes Vielfraße versammelt hatten.

Er blinzelte zu ihr empor. »Kann jemand den Bändiger ausmachen?«

Sie schüttelten den Kopf.

Das lebende Geschoss flog ihnen unaufhaltsam entgegen. Die gewaltigen geifernden Kiefer klafften und enthüllten Reihen gelblicher Zähne. Grüne Schlitzaugen blitzten. Ein Reiter saß steif auf dem Rücken der Bestie, winzig verglichen mit seinem Reittier.

Stryke schätzte, dass es nicht mehr als drei Schläge seiner mächtigen Flügel entfernt war.

»Zu tief«, flüsterte Coilla.

Haskeer bellte: *»Macht euch lang!«*

Der ganze Kriegstrupp warf sich flach auf den Boden.

Stryke wälzte sich auf den Rücken und erhaschte einen flüchtigen Blick auf graue ledrige Haut und gewaltige Krallenfüße über sich. Er glaubte fast, er könne die Hand ausstrecken und die Bestie anfassen.

Dann spie der Drache eine gewaltige, orange lodernde Flammenzunge.

Für einen Sekundenbruchteil war Stryke von der Intensität des Lichts geblendet. Als er durch den Dunst blinzelte, rechnete er damit, den Drachen aufschlagen zu sehen. Stattdessen schraubte sich die Bestie in atemberaubend steilem Winkel in die Höhe.

Weiter hügelaufwärts hatte sich die Szenerie verändert. Die Verteidiger und einige Angreifer waren durch den Flammenhauch in Brand gesetzt worden und hatten sich in kreischende Feuerbälle verwandelt oder waren nur noch schwelende Haufen. Hier und da brannte und blubberte sogar die Erde.

Der Geruch nach gebratenem Fleisch lag in der Luft und bewirkte, dass Stryke das Wasser im Mund zusammenlief.

»Jemand sollte die Drachenmeister daran erinnern, auf welcher Seite sie stehen«, grollte Haskeer.

»Aber dieser hat unsere Last verringert.« Stryke nickte in Richtung der Tore. Sie brannten lichterloh. Er rappelte sich auf und brüllte: *»Zu mir!«*

Die Vielfraße stießen einen schallenden Kriegsruf aus und stürmten ihm nach. Sie trafen auf wenig Widerstand und mähten die verbliebenen Feinde mühelos nieder.

Als Stryke die rauchenden Tore erreichte, fand er sie so schwer beschädigt vor, dass sie kein wirkliches Hindernis darstellten; eines hing schief und würde jeden Augenblick fallen.

Daneben stand ein Pfahl mit einem verkohlten Schild, auf dem in ungelenken Buchstaben das Wort *Heimaterde* gemalt war.

Haskeer kam zu Stryke gerannt. Er sah das Schild, hieb verächtlich mit dem Schwert danach und schlug es in der Mitte durch. Es fiel herunter und brach in zwei Hälften.

»Sogar unsere Sprache ist kolonisiert worden«, knurrte er.

Jup, Coilla und die übrigen Truppmitglieder holten sie ein. Stryke und mehrere Soldaten bearbeiteten das verkohlte Tor mit Tritten, bis es fiel.

Sie stürmten durch den Torbogen und fanden sich in einem geräumigen Hof wieder. Rechts von ihnen war eine Koppel mit Nutzvieh. Links stand eine Reihe von Obstbäumen mit reifen Früchten. Voraus erstreckte sich ein ansehnliches hölzernes Bauernhaus.

Davor hatten sich mindestens doppelt so viele Verteidiger wie Vielfraße aufgereiht.

Der Kriegstrupp stürmte vorwärts und griff die Geschöpfe an. Im anschließenden Handgemenge erwies sich die Disziplin der Vielfraße als überlegen. Da den Verteidigern jegliche Fluchtmöglichkeit fehlte, waren sie von Verzweiflung erfüllt und kämpften wild und grimmig, aber nach wenigen Augenblicken hatte sich ihre Anzahl drastisch verringert. Die Verluste unter den Vielfraßen waren weitaus geringer: eine Handvoll erlitt leichtere Wunden. Das reichte nicht, um ihren Vormarsch aufzuhalten oder die Hingabe zu beeinträchtigen, mit der sie auf ihre Feinde einhieben.

Schließlich wurden die wenigen überlebenden Verteidiger zum Eingang zurückgedrängt. Stryke führte den abschließenden Angriff gegen sie Schulter an Schulter mit Coilla, Haskeer und Jup.

Stryke riss seine Klinge aus den Eingeweiden des letzten Verteidigers, fuhr herum und ließ den Blick über den Hof schweifen. Er sah, was er brauchte, als Bestandteil des Koppelzauns. »Haskeer! Schaff einen dieser Pfähle her. Wir brauchen ihn als Ramme!«

Der Feldwebel lief los und bellte Befehle. Sieben oder acht Soldaten lösten sich aus dem Trupp und folgten ihm, während sie ihr Beil aus dem Gürtel zogen.

Stryke winkte einen Fußsoldat zu sich. Nach zwei Schritten brach der Gemeine mit einem schlanken Schaft im Hals zusammen.

»Bogenschützen!«, rief Jup und zeigte mit seiner Klinge auf das Obergeschoss des Hauses.

Der Trupp verteilte sich, als sie aus einem offenen Fenster mit einem Pfeilhagel eingedeckt wurden. Ein Vielfraß ging zu Boden, von einem Schuss in den Kopf gefällt. Ein weiterer wurde in der Schulter getroffen und suchte Deckung bei seinen Kameraden.

Coilla und Stryke, die dem Haus am nächsten waren, liefen vorwärts, um unter dem Dachüberhang Schutz zu suchen, und drückten sich zu beiden Seiten der Tür flach an die Wand.

»Wie viele Bogenschützen haben *wir?*«, fragte sie.

»Wir haben gerade einen verloren, also noch drei.«

Er ließ den Blick über den Hof wandern. Haskeers Trupp schien den Großteil der gegnerischen Salven abzubekommen. Während ihnen Pfeile um die Ohren pfiffen, hackten die Soldaten forsch auf die Pfosten ein, die einen der gewaltigen Pfähle der Koppel stützten.

Jup und die meisten von den anderen lagen nicht weit entfernt auf dem Boden. Gefreiter Alfray bot dem Pfeilhagel die Stirn und kniete, da er dem in der Schulter getroffenen Soldat einen Verband anlegte. Stryke wollte gerade einen Befehl rufen, als er sah, dass die drei Bogenschützen ihre Kurzbogen spannten.

Der Länge nach auf dem Boden zu liegen war keine ideale Schussposition. Sie mussten den Bogen zur Seite drehen und aufwärts zielen, während sie die Brust anhoben. Dennoch sandten sie bald darauf einen steten Strom von Pfeilen nach oben.

In ihrer unsicheren Zuflucht konnten Stryke und Coilla nichts weiter tun als zuzuschauen, wie die Pfeile zum Stockwerk über ihnen emporflogen und andere heruntersausten. Nach ein oder zwei Minuten brach rauer Jubel unter den Soldaten aus, offenbar vor Freude über einen Treffer. Aber der Schusswechsel hielt an, sodass sich zumindest noch ein weiterer Bogenschütze im Haus aufhielt.

»Warum verschießen wir keine Brandpfeile?«, regte Coilla an.

»Ich will das Haus nicht niederbrennen, bevor wir haben, was wir wollen.«

Ein lautes Krachen kam von der Koppel. Haskeers Einheit hatte den Pfahl befreit. Die Soldaten machten sich daran, ihn zu heben. Sie mussten immer noch auf der Hut vor feindlichem Beschuss sein, obwohl die Pfeile jetzt weniger häufig flogen.

Neuerlichem Triumphgebrüll der am Boden liegenden Soldaten folgte ein lautes Gepolter von oben. Ein Bogenschütze schlug vor Stryke und Coilla auf den Boden. Beim Aufprall brach der Pfeil in seiner Brust entzwei.

An der Koppel war Jup auf den Beinen und bedeutete allen, dass vom Obergeschoss keine Gefahr mehr drohte.

Haskeers Einheit lief mit dem Pfahl zum Haus, alle Muskeln straff gespannt und die Gesichter verzerrt von der Anstrengung, dessen gewaltiges Gewicht zu schleppen. Alle legten Hand an die improvisierte Ramme und hämmerten damit gegen die verstärkte Tür, von der Holzstücke absplitterten. Nach einem Dutzend Rammstößen gab sie mit lautem Krachen nach und flog nach innen.

Drei Verteidiger erwarteten sie. Einer sprang vor und tötete den vordersten Soldat an der Ramme mit einem einzigen Streich. Stryke fällte das Geschöpf, sprang über den fallen gelassenen Pfahl und ging auf das nächste los. Nach einem kurzen Schlagabtausch sank es leblos zu Boden. Durch die Ablenkung hatte Stryke sich eine Blöße gegeben, die der dritte Verteidiger ausnutzen wollte. Er sprang vor und holte zu einem wilden Hieb aus, um ihn zu enthaupten.

Ein Wurfmesser bohrte sich in die Brust des Geschöpfs, das ein kehliges Krächzen von sich gab, das Schwert fallen ließ und der Länge nach zu Boden fiel.

Strykes Grunzen war alles, was Coilla als Dank erwarten konnte.

Sie zog ihr Messer aus der Brust ihres Opfers und zückte ein weiteres, da sie eine Klinge in jeder Hand vorzog, wenn mit Nahkampf zu rechnen war. Die Vielfraße strömten hinter ihr ins Haus.

Vor ihnen befand sich eine offene Mitteltreppe.

»Haskeer! Nimm die halbe Kompanie und säubere dieses Stockwerk«, befahl Stryke. »Die Übrigen kommen mit mir!«

Haskeers Leute schwenkten nach rechts und links. Stryke führte seinen Trupp die Treppe empor.

Sie hatten fast das Ende erreicht, als zwei Geschöpfe auftauchten. Stryke und sein Trupp hackten sie in vereintem Zorn in Stücke. Coilla erreichte das Obergeschoss zuerst und stieß auf einen weiteren Verteidiger. Er schlitzte ihr den Arm mit einer gezahnten Klinge auf. Sie wurde dadurch nicht langsamer, sondern schlug ihm die Waffe aus der Hand und stieß ihm die Klinge in die Brust. Heulend brach er durch das Geländer und stürzte in den Tod.

Stryke warf einen Blick auf Coillas blutende Wunde. Sie beklagte sich nicht, also richtete er seine Aufmerksamkeit wieder auf den Grundriss dieses Stockwerks. Sie befanden sich auf einem langen Flur mit einer Vielzahl von Türen. Die meisten waren geöffnet und enthüllten offenbar leere Räume. Er schickte Soldaten los, um sie zu durchsuchen. Sie kehrten rasch zurück und schüttelten den Kopf.

Am entfernten Ende des Flurs befand sich die einzige geschlossene Tür. Sie näherten sich ihr verstohlen und gingen davor in Stellung.

Die Kampfgeräusche aus dem Erdgeschoss ebbten bereits ab. Kurz darauf war nur noch der gedämpfte, entfernte Lärm der Schlacht in der Ebene und das unterdrückte Keuchen der Vielfraße zu hören, die nach Luft schnappten, da sie sich im Flur sammelten.

Stryke schaute von Coilla zu Jup und gab dann den drei stämmigsten Gemeinen ein Zeichen. Sie warfen sich mit der Schulter gegen die Tür, einmal, zweimal und noch einmal. Sie sprang auf, und sie warfen sich mit erhobenen Waffen und Stryke und den anderen Offizieren dichtauf hindurch.

Ein Geschöpf, das eine doppelschneidige Axt schwang, trat ihnen entgegen. Es ging unter einer Vielzahl von Hieben zu Boden, bevor es Schaden anrichten konnte.

Der Raum war groß. An seinem entfernten Ende standen zwei weitere Gestalten, die etwas abschirmten. Eine der Gestalten gehörte der Rasse der verteidigenden Geschöpfe an. Die andere war von Jups Art, und sein kleiner, quadratischer Körperbau wurde durch die hagere Statur seines Gefährten noch hervorgehoben.

Er trat vor, mit Schwert und Dolch bewaffnet. Die Vielfraße machten Anstalten, ihm entgegenzutreten.

»Nein!«, rief Jup. *»Der gehört mir!«*

Stryke verstand. »Lasst ihn!«, bellte er.

Seine Soldaten senkten die Waffen.

Die untersetzten Gegner maßen einander. Für eine Zeitspanne von vielleicht einem halben Dutzend Herzschlägen standen sie stumm da und betrachteten einander mit einem Ausdruck tiefen Abscheus.

Dann hallte das Klirren ihrer aufeinander prallenden Klingen durch den Raum.

Jup wischte jeden Hieb seines Gegners beiseite und wich den beiden Waffen mit einer aus langer Erfahrung herrührenden flüssigen Gewandtheit aus. Wenige Sekunden waren vergangen, als der Dolch durch die Luft sauste und sich in eine Fußbodenplanke bohrte. Augenblicke später klirrte das Schwert zu Boden.

Der Feldwebel der Vielfraße erledigte seinen Gegner mit einem Stich in die Lunge. Sein Widersacher sank auf die Knie, stürzte vorwärts, zuckte krampfhaft und starb.

Nicht länger unter dem Bann der blutigen Auseinandersetzung, hob der einzig übrig gebliebene Verteidiger sein Schwert und machte sich für seinen letzten Kampf bereit. Dabei konnten sie erkennen, dass er ein weibliches Mitglied seiner Rasse schützte. Geduckt und mit an der Stirn klebenden Strähnen unscheinbarer heller Haare hielt die Frau ein Junges ihrer Art im Arm. Das Kind, dessen plumpes Fleisch die Farbe der aufgehenden Sonne hatte, war kaum mehr als ein Säugling.

Ein Schaft ragte aus dem Oberkörper der Frau. Pfeile und ein Langbogen lagen auf dem Boden verstreut. Die Frau war einer der gegnerischen Bogenschützen gewesen.

Stryke bedeutete den Vielfraßen mit einer Handbewegung abzuwarten und durchschritt den Raum. Er sah nichts, wovor er sich fürchten musste, und beeilte sich nicht. Er umrundete die sich ausbreitende Blutlache, in der Jups toter Gegner lag, erreichte schließlich den letzten Verteidiger und sah ihm in die Augen.

Einen Moment lang hatte es den Anschein, als werde das Geschöpf reden. Stattdessen sprang es plötzlich vor und drosch mit dem Schwert um sich wie ein Wahnsinniger.

Ungerührt lenkte Stryke die Klinge ab und erledigte die Sache, indem er dem Geschöpf die Kehle durchschnitt und ihm dabei fast den Kopf abschlug.

Die blutüberströmte Frau stieß ein schrilles Geheul aus, teils Kreischen, teils wehklagendes Jammern. Stryke hatte so etwas schon ein oder zwei Mal gehört. Er starrte sie an und sah eine Spur von Trotz in ihren Augen. Doch Hass, Furcht und Schmerz traten in ihren Zügen am deutlichsten hervor. Alle Farbe war aus ihrem Gesicht gewichen, und ihr Atem ging mühsam. Sie drückte ihr Junges in einem letzten schwachen Versuch an sich, es zu schützen. Dann verließ sie der letzte Funken Lebenskraft. Sie kippte langsam zur Seite und blieb leblos auf dem Boden liegen. Der Säugling fiel ihr aus den Armen und fing an zu plärren.

Da er keinerlei Interesse mehr an der Sache hatte, stieg Stryke über die Leiche hinweg.

Er stand vor einem Uni-Altar. Genau wie andere, die er gesehen hatte, war er eher schlicht: ein hoher Tisch, gedeckt mit einem weißen Tuch mit gestickter Goldborte und einem bleiernen Kerzenleuchter an jeder Ecke. In der Mitte und etwas nach hinten versetzt stand eine Schmiedearbeit aus Eisen, die, wie er wusste, das Zeichen ihres Kults war. Sie bestand aus zwei Ruten aus schwarzem Metall, die auf einem soliden Fundament standen und in einem Winkel zusammengeschweißt waren, sodass sie ein einfaches X bildeten.

Aber es war der Gegenstand vorn auf dem Tisch, der ihn interessierte: ein Zylinder, vielleicht so lang wie sein Unterarm und mit dem Durchmesser seiner Faust, von kupferner Farbe und mit verblassten Runenzeichen versehen. An einem Ende befand sich ein Deckel, der ordentlich mit rotem Wachs versiegelt war.

Coilla und Jup kamen zu ihm. Sie betupfte die Wunde an ihrem Arm mit einer Hand voll Watte. Jup wischte mit einem schmutzigen Lumpen rote Flecken von seiner Klinge. Sie starrten den Zylinder an.

Coilla brach das Schweigen: »Ist es das, Stryke?«

»Ja. Ihre Beschreibung passt darauf.«

»Sieht nicht so aus, als wäre es so viele Leben wert«, bemerkte Jup.

Stryke griff nach dem Zylinder und untersuchte ihn kurz, bevor er ihn in seinen Gürtel schob. »Ich bin nur ein bescheidener Hauptmann. Natürlich hat unsere Gebieterin jemandem so Unwichtigen keine Einzelheiten mitgeteilt.« Sein Tonfall war zynisch.

Coilla runzelte die Stirn. »Ich verstehe nicht, warum dieses letzte Geschöpf sein Leben weggeworfen hat, um eine Frau und deren Sprössling zu beschützen.«

»Hat überhaupt irgendetwas einen Sinn, das Menschen tun?«, erwiderte Stryke. »Ihnen fehlt die Gelassenheit von uns Orks.«

Das Weinen des Säuglings steigerte sich zu einem Dauergeplärr.

Stryke drehte sich zu ihm um und sah ihn an. Seine grüne Vipernzunge huschte über scheckige Lippen. »Seid ihr auch so hungrig wie ich?«, fragte er.

Sein Scherz löste die Anspannung. Sie lachten.

»Genau das würden sie von uns erwarten«, sagte Coilla, indem sie den Säugling im Nacken packte und aufnahm. Während sie ihn mit einer Hand auf gleicher Höhe mit ihrem Gesicht hielt, starrte sie auf seine tränenden blauen Augen und die plumpen Wangen mit den Grübchen darin. »Aber, ihr Götter, diese Dinger sind vielleicht *hässlich.*«

»Das kannst du laut sagen«, pflichtete Stryke ihr bei.

2

Stryke führte Jup und die anderen Orks aus dem Raum. Coilla trug den Säugling mit einer Miene des Abscheus.

Haskeer erwartete sie am Fuß der Treppe. »Alles gefunden?«, fragte er.

Stryke klopfte auf den Zylinder in seinem Gürtel. »Fackelt die Bude ab.« Er ging zur Tür.

Haskeer zeigte auf zwei Soldaten. »Ihr beide. An die Arbeit. Alle anderen, *raus!*«

Coilla versperrte einem verblüfften Gemeinen den Weg und drückte ihm den Säugling in die Hand. »Reite in die Ebene und leg das hier irgendwohin, wo die Menschen es finden werden. Und versuch ... *sanft* mit dem Ding umzugehen.« Sie eilte erleichtert davon. Der Soldat ging und hielt das Bündel, als enthalte es Eier, einen verwirrten Ausdruck im Gesicht.

Alles befand sich im Aufbruch. Die auserwählten Brandstifter fanden Lampen und fingen an, Öl zu verspritzen. Als sie fertig waren, entließ Haskeer sie und holte einen Feuerstein aus seinem Stiefel. Er riss ein Stück Stoff vom Hemd eines toten Verteidigers ab und tunkte den Fetzen in Öl, dann entzündete er den Lappen mit einem Funken, warf ihn und rannte davon.

Mit einem *Ffummp* loderten gelbe Flammen auf. Feuerwände breiteten sich über den Boden aus.

Ohne sich auch nur umzudrehen, trabte er über den Hof, um seine Gefährten einzuholen.

Sie waren bei Alfray. Wie üblich betätigte sich der Gefreite als Feldarzt für den Kriegstrupp, und als Haskeer eintraf, befestigte er gerade die letzte Stütze an der improvisierten Schiene eines Soldaten.

Stryke wollte eine Verlustmeldung.

Alfray zeigte auf die Leichen zweier toter Kameraden, die nicht weit entfernt im Gras lagen. »Slettal und Wrelbyd. Abgesehen von diesen beiden noch drei Verwundete, obwohl keiner von den dreien daran sterben wird. Ungefähr ein Dutzend hat den üblichen Kleinkram abbekommen.«

»Also sind fünf außer Gefecht, sodass wir einschließlich der Offiziere noch fünfundzwanzig Mann zählen.«

»Was ist bei einem solchen Unternehmen ein akzeptabler Verlust?«, fragte Coilla.

»Neunundzwanzig Mann.«

Sogar der Soldat mit der Schiene fiel in das Gelächter ein. Obwohl sie wussten, dass ihr Hauptmann keine Witze machte, wenn es hart auf hart kam.

Nur Coilla blieb ernst, und ihre Nüstern bebten ein wenig, da sie nicht wusste, ob er sie wieder zur Zielscheibe des Spotts auserkoren hatte, weil sie der neuste Rekrut war.

Sie muss noch viel lernen, sann Stryke. *Und sie tut es besser schnell.*

»Unten geht es ruhiger zu«, meldete Alfray über den Verlauf der Schlacht in der Ebene. »Es ist zu unseren Gunsten ausgegangen.«

»Wie erwartet«, erwiderte Stryke. Er machte einen gelangweilten Eindruck.

Alfray bemerkte Coillas Wunde. »Soll ich mir das ansehen?«

»Es ist nichts. Später.« An Stryke gewandt, fügte sie steif hinzu: »Sollten wir nicht aufbrechen?«

»Alfray, such einen Karren für die Verwundeten. Überlasst die Toten den Plünderern und Aasfressern.« Er wandte sich an die neun oder zehn Gemeinen, die herumhingen und zuhörten. »Macht euch bereit für einen Gewaltmarsch zurück nach Grabhügelstein.«

Sie zogen lange Gesichter.

»Die Nacht bricht bald herein«, bemerkte Jup.

»Und wenn schon. Wir können trotzdem marschieren, oder nicht? Es sei denn, ihr habt alle Schiss vor der Dunkelheit!«

»Armselige, verdammte Infanterie«, murmelte ein Gemeiner im Vorbeigehen.

Stryke verpasste ihm einen kräftigen Tritt in den Hintern. *»Und vergiss das ja nicht, du erbärmlicher kleiner Wicht!«*

Der Soldat ächzte und hinkte eilig davon.

Diesmal lachte Coilla mit den anderen.

Von der Viehkoppel drang Lärm herüber, eine Mischung aus Gebrüll und zwitscherndem Gekreisch. Stryke machte sich auf den Weg, Haskeer und Jup folgten ihm. Coilla blieb bei Alfray.

Zwei Soldaten lehnten am Koppelzaun und betrachteten die Tiere.

»Was ist los?«, wollte Stryke wissen.

»Sie sind verschreckt«, antwortete einer der Soldaten. »Sie sollten nicht so eingepfercht sein. Das ist nicht natürlich.«

Stryke ging zum Zaun, um selbst einen Blick darauf zu werfen.

Das nächste Tier war nicht weiter als eine Schwertlänge entfernt. Doppelt so groß wie ein Ork, stand es hoch aufgerichtet da, das Gewicht ganz auf den kräftigen Hinterbeinen und die Krallenfüße halb im Boden vergraben. Die Brust des katzenhaften Leibs war angeschwollen, das kurze, staubig gelbe Fell gesträubt. Der Adlerkopf bewegte sich ruckartig und krampfhaft, und der gekrümmte Schnabel klapperte nervös. Die riesigen Augen, pechschwarze Kreise vor reinweißem Hintergrund, standen nie still. Die Ohren waren gespitzt und bebten aufmerksam.

Das Tier war offensichtlich aufgeregt, dennoch verlieh ihm seine aufrechte Pose eine sonderbare Würde.

Die über hundert Tiere starke Herde war zum größten Teil auf allen vieren, den Rücken zum Buckel gekrümmt. Hier und da standen auch Paare aufrecht und schlugen mit dünnen Ärmchen aufeinander ein, die tückisch scharfen Krallen ausgefahren. Ihre langen Ringelschwänze peitschten rhythmisch hin und her.

Ein Windbö wehte ihnen den Gestank des Dungs der Greife zu.

»Gant hat Recht«, bemerkte Haskeer mit einem Nicken in Richtung des Soldaten. »Ihr Pferch sollte ganz Maras-Dantien sein.«

»Sehr poetisch, Feldwebel.«

Wie beabsichtigt, verletzte Strykes Spott Haskeers Stolz. Er sah so verlegen aus, wie dies einem Ork überhaupt möglich war. »Ich meinte nur, dass es typisch für Menschen ist, wilde Tiere einzupferchen«, sprudelte es abwehrend aus ihm hervor. »Und wir wissen alle, dass sie mit uns dasselbe anstellen würden, wenn wir sie ließen.«

»Ich weiß nur«, warf Jup ein, »dass diese Greife schlecht riechen und gut schmecken.«

»Wer hat *dich* gefragt, du kleiner Zeckenschiss?«, fuhr Haskeer auf.

Jup fühlte sich beleidigt und machte Anstalten, mit gleicher Münze zurückzuzahlen.

»Haltet das Maul, alle beide!«, schnauzte Stryke. Er wandte sich an die Soldaten. »Schlachtet ein Paar als Proviant und lasst den Rest frei, bevor wir aufbrechen.«

Er ging weiter. Jup und Haskeer folgten ihm, wobei sie mörderische Blicke wechselten.

Das Feuer griff im Haus um sich. Flammen waren jetzt auch in den oberen Fenstern zu sehen, und aus der Haustür wallte Rauch.

Sie erreichten die zerstörten Tore des Gehöfts. Als sie ihren Oberbefehlshaber kommen sahen, richteten sich die dort postierten Wachen auf und täuschten Wachsamkeit vor. Stryke stauchte sie nicht zusammen. Er war mehr daran interessiert, was in der Ebene vorging. Die Kämpfe hatten aufgehört, da die Verteidiger entweder tot oder geflohen waren.

»Die Schlacht zu gewinnen ist eine nette Dreingabe«, stellte Haskeer fest, »wenn man bedenkt, dass sie nur als Ablenkung gedacht war.«

»Sie waren in der Unterzahl. Wir haben den Sieg verdient. Aber kein unbedachtes Gerede über Ablenkungen, nicht außerhalb des Trupps. Es wäre nicht gut, das Pfeilfutter wissen zu lassen, dass die ganze Schlacht nur angezettelt wurde, um unsere Mission zu verschleiern.« Seine Hand fuhr unwillkürlich zum Zylinder.

Tief unter ihnen liefen die Sammler von einem Gefallenen zum anderen und nahmen ihnen Waffen, Stiefel und alles andere ab, was einen Nutzen hatte. Andere Trupps waren abkommandiert worden, um die verwundeten Feinde und jene aus den eigenen Reihen zu erledigen, denen nicht mehr zu helfen war. Die ersten Scheiterhaufen brannten bereits.

In der zunehmenden Dämmerung wurde es allmählich kälter. Eine eisige Brise peitschte Strykes Gesicht. Er schaute über das Schlachtfeld auf die weiter entfernte Prärie und die nächsten baumbedeckten Hügel. Durch die länger werdenden Schatten weicher gezeichnet, war es eine Szene, wie sie auch seine Vorfahren erblickt haben mochten. Abgesehen vom fernen Horizont, wo die schwachen Umrisse der vorrückenden Gletscher als dünner Streifen aus leuchtendem Weiß zu erkennen waren.

Wie schon tausend Mal zuvor verfluchte Stryke im Stillen die Menschen dafür, dass sie Maras-Dantiens Magie aufgezehrt hatten.

Stryke schüttelte den Gedanken ab und wandte sich praktischen Dingen zu. Da war noch etwas, das er Jup fragen wollte. »Was hast du empfunden, als du deinen Zwergengenossen im Haus getötet hast?«

»Empfunden?« Der untersetzte Feldwebel blickte verwirrt drein. »Dasselbe wie sonst auch, wenn ich jemanden töte. Und er war nicht der Erste. Jedenfalls war er kein Zwergengenosse. Er gehörte nicht einmal zu einem Stamm, denn ich kenne.«

Haskeer, der den Vorfall nicht miterlebt hatte, wurde neugierig. »Du hast einen deiner eigenen Art getötet? Dein Drang, dich zu beweisen, muss tatsächlich sehr stark sein.«

»Er hat die Partei der Menschen ergriffen, und das machte ihn zu einem Feind. Ich verspüre keinen Drang, irgendwas zu beweisen!«

»Ach nein? Wo sich so viele von deinen Klans auf die Seite der Menschen schlagen und du der einzige Zwerg bei den Vielfraßen bist? Ich glaube, du hast eine Menge zu beweisen.«

Die Adern in Jups Nacken traten hervor wie straffe Kordeln. »Was willst du damit sagen?«

»Ich frage mich nur, ob wir deinesgleichen in unseren Reihen brauchen.«

Ich sollte dem Einhalt gebieten, dachte Stryke, *aber es braut sich schon zu lange zusammen. Vielleicht ist es an der Zeit, dass sie es sich gegenseitig aus dem Leib prügeln.*

»Ich habe mir meine Feldwebel-Streifen bei diesem Trupp verdient!« Jup zeigte auf die halbmondförmigen Tätowierungen auf seinen zorngeröteten Wangen. »Dafür war ich gut genug!«

»Du *warst?*«, höhnte Haskeer.

Coilla, Alfray und mehrere Soldaten trafen vom Streit angelockt ein. Mehr als einer der Soldaten hatte angesichts der Aussicht auf eine Schlägerei zwischen Offizieren eine hämische Miene aufgesetzt. Oder in Erwartung von Jups Niederlage.

Jetzt wurden offen Beleidigungen ausgetauscht, von denen die meisten die Abstammung der beiden Feldwebel betrafen. Um eine ganz bestimmte Feststellung zu entkräften, packte Haskeer Jup am Bart und zog kräftig daran.

»Sag das noch mal, du wehleidige kleine Filzkugel!«

Jup riss sich los. »Ich *kann* mir wenigstens Haare wachsen lassen! Ihr Orks habt Köpfe wie der Arsch eines Menschen!«

Es sah so aus, als würden Worte Taten weichen. Sie bauten sich mit geballten Fäusten voreinander auf.

Ein Soldat bahnte sich unter Einsatz seiner Ellbogen einen Weg durch die Zuschauermenge. »Hauptmann! *Hauptmann!*«

Die Zuschauer waren nicht gerade begeistert über die Störung. Ein allgemeines Ächzen der Enttäuschung war zu hören.

Stryke seufzte. »Was *ist* denn?«

»Wir haben etwas entdeckt, das Sie sich ansehen sollten, Hauptmann.«

»Kann das nicht warten?«

»Ich glaube nicht, Hauptmann. Es sieht wichtig aus.«

»Also schön. Hört auf, ihr zwei.« Haskeer und Jup rührten sich nicht. »Es *reicht*«, knurrte er drohend. Sie senkten die Fäuste und wichen zurück, widerwillig und immer noch hasserfüllt.

Stryke trug den Wachen auf, niemanden durchzulassen, und befahl den Übrigen, sich wieder an die Arbeit zu machen. »Das hat es hoffentlich in sich, Soldat.«

Der Soldat führte Stryke zurück in den Hof. Coilla, Jup, Alfray und Haskeer, deren Neugier geweckt war, trotteten hinterher.

Das Haus brannte jetzt wie Zunder, und die Flammen leckten bereits aus dem Dach. Sie konnten die Hitze, die es verströmte, noch bei den Obstbäumen spüren, wo der Soldat scharf nach links abbog. Die höheren Äste der Bäume brannten, da jede Windbö einen Funkenschauer auf sie niedergehen ließ.

Nachdem sie die Obstbäume hinter sich gelassen hatten, kamen sie zu einer hölzernen Scheune, deren Doppeltor weit offen stand. Drinnen standen zwei weitere Soldaten mit brennenden Fackeln. Einer inspizierte den Inhalt eines Jutesacks. Der zweite war auf den Knien und starrte durch eine angehobene Falltür nach unten.

Stryke ging in die Hocke, um sich den Sack anzusehen, während sich die anderen um ihn versammelten. Er war mit winzigen durchsichtigen Kristallen gefüllt. Sie hatten einen leicht violett-rosa Schimmer.

»Pelluzit«, sagte Coilla im Flüsterton.

Alfray befeuchtete einen Finger und tauchte ihn in die Kristalle. Er nahm eine Kostprobe. »Allerbeste Qualität.«

»Und sehen Sie mal hier, Hauptmann.« Der Soldat zeigte auf die Falltür.

Stryke nahm dem knienden Soldat die Fackel ab. Ihr flackernder Schein zeigte ihm einen kleinen Keller gerade so hoch, dass ein Ork darin stehen konnte, ohne sich bücken zu müssen. Auf dem Boden aus gestampfter Erde lagen zwei weitere Säcke.

Jup stieß einen anerkennenden Pfiff aus. »Das ist mehr, als ich bisher in meinem ganzen Leben gesehen habe.«

Haskeer, der seinen Disput mit dem Zwerg einstweilen vergessen hatte, nickte zustimmend. »Das stellt einen ziemlichen Wert dar!«

»Wie wär's mit einer Kostprobe?«, schlug Jup hoffnungsvoll vor.

Auch Haskeer reichte sein förmliches Gesuch ein. »Das kann nicht schaden, Hauptmann. Haben wir uns das nicht verdient, nachdem wir diesen Auftrag erledigt haben?«

»Ich weiß nicht ...«

Coilla schaute nachdenklich drein, hielt aber den Mund.

Alfray beäugte skeptisch den Zylinder in Strykes Gürtel. »Es wäre nicht klug, die Königin *zu* lange warten zu lassen.«

Stryke schien ihn nicht zu hören. Er nahm eine Hand voll der feinen Kristalle und ließ sie langsam durch die Finger rieseln. »Dieser Vorrat ist ein kleines Vermögen in Geld und Einfluss wert. Überlegen Sie mal, wie er unserer Gebieterin die Schatzkammer füllen würde.«

»Genau«, bestätigte Jup eifrig. »Sehen Sie es doch mal von ihrem Standpunkt. Wir haben unseren Auftrag erfolgreich beendet, ein Sieg in der Schlacht und ein Königreich in Kristallblitz erbeutet. Sie wird Sie wahrscheinlich befördern!«

»Denken Sie darüber nach, Hauptmann«, sagte Haskeer. »Wenn der Stoff erst in der Hand der Königin ist, wie viel werden *wir* wohl je davon sehen? In ihr steckt genug von einem Menschen, dass die Antwort auf diese Frage kein Rätsel für mich ist.«

Das gab den Ausschlag.

Stryke wischte sich die letzten Kristalle von den Händen. »Was sie nicht weiß, macht sie nicht heiß«, entschied er, »und ein oder zwei Stunden später von hier aufzubrechen macht keinen großen Unterschied. Und wenn sie sieht, was wir mitgebracht haben, wird sogar Jennesta zufrieden sein.«

3

Manche tragen es mit Würde und Nachsicht, wenn sie ihren Willen nicht bekommen. Andere betrachten Hemmnisse für ihre Zufriedenheit als unerträgliche Bürden. Erstere verkörpern einen bewundernswerten Gleichmut. Letztere sind gefährlich.

Königin Jennesta gehörte mit Bestimmtheit in die zweite Kategorie. Und sie wurde langsam ungeduldig.

Der Kriegstrupp, den sie mit der geheiligten Mission beauftragt hatte, die Vielfraße, war noch nicht zurückgekehrt. Sie wusste, dass die Schlacht vorbei und zu ihren Gunsten ausgegangen war, aber sie hatten ihrer Herrscherin nicht gebracht, was sie ersehnte.

Wenn sie kamen, würde sie ihnen bei lebendigem Leib die Haut abziehen lassen. Falls sie versagt hatten, erwartete sie ein weit schlimmeres Schicksal.

Eine Unterhaltung war für sie vorbereitet worden, während sie wartete. Sie war nötig und praktisch und versprach noch dazu ein gewisses Vergnügen. Wie üblich, würde sie hier in ihrem Allerheiligsten stattfinden, dem innersten ihrer Privatgemächer.

Die Kammer, tief unter ihrem Palast in Grabhügelstein, war aus Stein. Ein Dutzend Säulen stützten die leicht gewölbte Decke. Ein paar verstreute Kerzenleuchter und tropfende Fackeln sorgten für gerade genug Licht, denn Jennesta bevorzugte Schatten.

Wandbehänge stellten komplizierte kabbalistische Symbole dar. Die vom Zahn der Zeit angenagten Granitplatten des Bodens waren mit Webteppichen bedeckt, deren Muster von gleichermaßen geheimnisvoller Art waren. Ein hochlehniger Holzstuhl, kunstfertig geschnitzt, aber doch kein richtiger Thron, stand neben einer Eisenpfanne mit glühenden Kohlen.

Zwei Dinge beherrschten den Raum. Das eine war ein Quader aus schwarzem Marmor, der als Altar diente. Das andere befand sich vor und unterhalb des Altars, war aus demselben Material, nur weiß, und hatte die Form eines langen niedrigen Tisches oder einer Couch.

Ein silberner Kelch stand auf dem Altar. Daneben lag ein Krummdolch, dessen Knauf mit goldenen Intarsien verziert und in dessen Klinge Runenzeichen eingeätzt waren. Wiederum daneben lag ein kleiner Hammer mit schwerem, abgerundetem Kopf. Er war auf ähnliche Weise verziert und beschriftet.

An beiden Enden der Marmorplatte waren Handschellen angebracht. Sie strich langsam und sacht mit den Fingerspitzen über ihre Oberfläche. Die glatte Kühle des Marmors fühlte sich sinnlich an.

Ein Klopfen an der beschlagenen Eichentür unterbrach ihre Versunkenheit.

»Herein.«

Zwei Imperiale Wachen scheuchten einen menschlichen Gefangenen mit ihren Speerspitzen in das Gemach. Mit Ketten an Händen und Füßen gefesselt, trug der Mann nur ein Lendentuch. Etwa dreißig Lenze alt, war er ein typisches Exemplar seiner Rasse, da er die Orks, die ihn vor sich her trieben, um Kopf und Schultern überragte. Blutergüsse verfärbten sein Gesicht. Seine blonden Haupt- und Barthaare waren blutverkrustet. Er ging steif, was teils an den Fußfesseln lag, hauptsächlich aber an der Auspeitschung, die ihm nach seiner Gefangennahme in der Schlacht verabreicht worden war. Sein Rücken war kreuz und quer mit leuchtend roten Striemen übersät.

»Ah, mein Gast ist eingetroffen. Sei gegrüßt.« Der honigsüße Tonfall der Königin war blanker Hohn.

Er sagte nichts.

Während sie sich mit trägen Bewegungen näherte, riss eine der Wachen an der Kette, mit welcher die Handgelenke des Gefangenen gefesselt waren. Der Mann zuckte zusammen. Jennesta begutachtete seine robuste, muskulöse Gestalt und kam zu dem Schluss, dass er für ihre Zwecke geeignet war.

Er musterte sie daraufhin seinerseits, und seine Miene verriet unzweifelhaft, dass ihn verwirrte und bestürzte, was er sah.

Mit der Form ihres Gesichts stimmte etwas nicht. Es war ein wenig zu platt, eine Spur breiter an den Schläfen, als es hätte sein dürfen, und es verjüngte sich zu einem Kinn, das spitzer war, als angemessen schien. Ebenholzfarbene Haare mit so ausgeprägtem Glanz, dass sie nass aussahen, fielen bis zur Taille. Ihre dunklen, unergründlichen Augen hatten eine Schräglage, die ihre außerordentlich langen Wimpern nur noch betonten. Die Nase war ein wenig gebogen, und der Mund wirkte übermäßig breit.

Eigentlich war nichts davon unangenehm. Vielmehr war es so,

als seien ihre Züge eine Abweichung von der Norm der Natur und ihrer ganz eigenen Evolution gefolgt. Das Resultat war verblüffend.

Auch ihre Haut war nicht ganz richtig. Der flackernde Kerzenschein erweckte in diesem Augenblick den Eindruck einer smaragdgrünen Tönung und im nächsten den eines silbrigen Glanzes, als sei sie mit winzigsten Fischschuppen bedeckt. Sie trug ein langes scharlachrotes Kleid, das ihre Schultern unbedeckt ließ und an den Umrissen ihres üppigen Körpers klebte. Ihre Füße waren nackt.

Sie war ohne jeden Zweifel attraktiv. Aber ihre Schönheit hatte etwas entschieden Beunruhigendes. Ihre Wirkung auf den Gefangenen bestand darin, dass sie einerseits sein Blut in Wallung brachte und andererseits Gefühle der Abscheu in ihm hervorrief. In einer Welt, in der es von rassischer Vielfalt nur so wimmelte, lag sie außerhalb seines Erfahrungshorizonts.

»Du erweist mir nicht die gebührende Achtung«, sagte sie. Ihre bemerkenswerten Augen waren faszinierend. Sie weckten in ihm das Gefühl, nichts vor ihnen verbergen zu können.

Der Gefangene riss sich aus den Tiefen dieses verschlingenden Blicks. Trotz seiner Schmerzen lächelte er, wenn auch zynisch. Er warf einen Blick auf die Ketten, die ihn banden, und ergriff zum ersten Mal das Wort. »Selbst wenn ich dazu bereit wäre, könnte ich es nicht.«

Jennestas Lächeln war zutiefst beunruhigend. »Es wird meinen Wachen ein Vergnügen sein, dir behilflich zu sein«, erwiderte sie fröhlich.

Die Soldaten zwangen ihn grob auf die Knie.

»Das ist schon besser.« Aus ihrer Stimme troff künstliche Lieblichkeit.

Ob der zusätzlichen Unannehmlichkeit keuchend, fielen ihm ihre Hände auf. Ihre schlanken Finger mit den langen spitzen Nägeln grenzten ans Abnormale. Sie trat neben ihn und streckte eine Hand aus, um die Striemen auf seinem Rücken zu berühren. Das geschah sanft, aber er zuckte dennoch zusammen. Sie zog die hochroten Linien mit den Spitzen ihrer Nägel nach, was Rinnsale frischen Bluts daraus hervorquellen ließ. Er stöhnte. Sie unternahm keinen Versuch, ihr Behagen zu verbergen.

»Sei verflucht, du heidnische Schlampe«, zischte er schwach.

Sie lachte. »Ein typischer Uni. Jeder, der eure Art ablehnt, muss ein Heide sein. In Wirklichkeit seid ihr mit euren abwegigen Vorstellungen von einer einzigen Gottheit die Ungläubigen.«

»Während du den alten, toten Göttern anhängst, die von ihresgleichen angebetet werden«, konterte er mit einem funkelnden Blick auf die Ork-Wachen.

»Wie wenig du weißt. Der Manni-Glaube huldigt noch viel älteren Göttern. *Lebendigen* Göttern, im Gegensatz zu dem Trugbild, an das ihr euch klammert.«

Er hustete, und seine Gestalt wurde jämmerlich geschüttelt. »Du bezeichnest dich als Manni?«

»Und wenn?«

»Die Mannis sind im Irrtum, aber wenigstens sind sie Menschen.«

»Hingegen bin ich keiner und kann mich daher nicht dazu bekennen? Deine Ignoranz würde den Graben um diesen Palast füllen, Bauer. Der Weg der Mannigfaltigkeit ist für alle da. Trotz allem bin ich zu einem Teil Mensch.«

Er hob die Augenbrauen.

»Hast du noch nie eine Hybride gesehen?« Sie wartete seine Antwort nicht ab. »Offensichtlich nicht. Ich bin nyadischer und menschlicher Abstammung und vereinige das Beste beider Rassen in mir.«

»Das Beste? So eine Vereinigung ist ... *widernatürlich!*«

Die Königin fand das noch amüsanter und warf den Kopf in den Nacken, um wiederum zu lachen. »Genug davon. Du bist nicht hier, um mit mir zu diskutieren.« Sie nickte den Soldaten zu. »Macht ihn bereit.«

Er wurde auf die Beine gerissen und dann zu der Marmorplatte gezerrt, wo sie ihn an Armen und Beinen packten. Der Schmerz, ohne viel Federlesens auf die Platte fallen gelassen zu werden, ließ ihn aufschreien. Er blieb liegen, keuchend und mit Tränen in den Augen. Sie entfernten die Ketten und fesselten ihn mit den Hand- und Beinschellen.

Jennesta ließ die Wachen barsch wegtreten. Sie verbeugten sich und stolperten hinaus.

Sie ging zur Kohlenpfanne und streute pulverisiertes Räucherwerk auf die Glut. Ein berauschender Duft stieg auf. Sie ging zum Altar und nahm den Zeremoniendolch und den Kelch.

Mit großer Mühe wandte der Mann den Kopf in ihre Richtung. »Gewähre mir wenigstens die Gnade eines schnellen Todes«, flehte er.

Jetzt stand sie vor ihm, den Dolch in der Hand. Er holte hörbar Luft und stimmte irgendein Gebet oder eine Beschwörung an. Seine Panik verzerrte die Worte zu einem unverständlichen Gebrabbel.

»Du schnatterst Unsinn«, schalt sie. »Halt deine Zunge im Zaum.« Mit der Klinge in der Hand beugte sie sich über ihn und schnitt das Lendentuch durch.

Sie durchtrennte den Stoff und schlug ihn beiseite. Während sie den Dolch auf den Rand der Marmorplatte legte, betrachtete sie ihn in seiner Nacktheit.

Vollkommen verwirrt stammelte er: »Was ...?« Sein Gesicht rötete sich vor Verlegenheit. Er schluckte und wand sich.

»Ihr Unis habt eine sehr unnatürliche Einstellung zu eurem Körper«, teilte sie ihm sachlich mit. »Ihr empfindet Scham, wo es keine geben dürfte.«

Sie hob mit einer Hand seinen Kopf und hielt ihm mit der anderen den Kelch an die Lippen. »Trink«, befahl sie, indem sie das Gefäß entschlossen kippte.

Genug von dem Trank rann durch seine Kehle, bevor er würgte und in die Wandung des Kelchs biss. Sie nahm das Gefäß weg und ließ ihn husten und speien. Ein wenig von der urinfarbenen Flüssigkeit lief ihm aus den Mundwinkeln.

Die Wirkung trat schnell ein, war aber nur von kurzer Dauer, also verschwendete sie keine Zeit. Sie löste die Schnüre ihres Kleids und ließ es zu Boden gleiten.

Er starrte sie mit weit aufgerissenen Augen an. Sein Blick fiel auf ihre üppigen Brüste und glitt ihren straffen Bauch herab zur ansprechenden Wölbung ihrer Hüften, zum langen, kurvenreichen Schwung ihrer Beine und zum verschwenderisch flaumigen Hügel im Schritt.

Jennesta besaß eine körperliche Vollkommenheit, welche die üppigen Reize einer Menschenfrau mit dem fremdartigen Erbgut ihres hybriden Ursprungs vereinte. Er hatte noch niemals etwas Vergleichbares gesehen.

Was sie betraf, so erkannte sie in ihm ein Ringen zwischen der Prüderie seiner Uni-Erziehung und dem angeborenen Hunger männlicher Begierde. Das Aphrodisiakum würde dabei helfen, die Waagschale in die richtige Richtung ausschlagen zu lassen, und darüber hinaus die Schmerzen seiner Auspeitschung betäuben. Wenn es sein musste, konnte sie auf die Überzeugungskräfte ihrer Zauberei zurückgreifen. Doch sie wusste, dass der beste Anreiz keiner Magie bedurfte.

Sie glitt auf die Kante der Marmorplatte und brachte ihr Gesicht nah an seines. Die sonderbare, süßliche Würze ihres Atems weckte ein Kribbeln in seinen Nackenhaaren. Sie blies ihm sanft ins Ohr und flüsterte schockierend freizügige Worte. Er errötete abermals, diesmal jedoch nicht gänzlich aus Scham.

Schließlich fand er seine Stimme wieder. »Warum quälst du mich so?«

»Du quälst dich selbst«, erwiderte sie heiser, »indem du dir die Freuden des Fleisches versagst.«

»Hure!«

Kichernd beugte sie sich weiter vor, sodass die Spitzen ihrer schaukelnden Brüste seine Brust kitzelten. Sie tat so, als wolle sie ihn küssen, zog sich aber im letzten Moment zurück. Sie befeuchtete ihre Finger und ließ sie langsam um seine Brustwarzen kreisen, bis sie sich aufrichteten. Sein Atem ging schwerer. Die Wirkung des Tranks setzte ein.

Laut schluckend brachte er so viel Entschlossenheit auf, zu stammeln: »Die Vorstellung, mit dir zu verkehren, ist mir widerlich.«

»Tatsächlich?« Sie kroch förmlich an ihm empor und setzte sich rittlings auf ihn, sodass sich ihre Schamhaare gegen seinen Unterleib pressten. Er wehrte sich gegen die Handschellen, aber nur schwach.

Jennesta genoss seine Erniedrigung, die Aufweichung seiner Entschlossenheit. Das verstärkte ihre eigene Erregung. Sie öffnete den Mund und streckte eine Zunge heraus, die für die Größe ihrer Mundhöhle überlang zu sein schien. Sie fühlte sich rau an, als sie begann, seinen Hals und seine Schultern zu lecken.

Ohne es zu wollen, wurde er erregt. Sie presste die Beine noch fester in die Flanken seines schweißnassen Körpers und liebkoste ihn mit neuerlicher Leidenschaft. Eine rasche Abfolge von Gefühlen huschte über sein Gesicht: Erwartung, Ekel, Faszination, Begierde. Furcht.

Halb schrie er, halb schluchzte er: »Nein!«

»Aber du *willst* es doch«, beschwichtigte sie ihn. »Warum würdest du dich sonst für mich bereit machen?« Sie hob sich ein wenig, ergriff seine Männlichkeit und führte sie ein.

Sie bewegte sich langsam auf ihm, und ihre geschmeidige Gestalt hob und senkte sich in einem bedächtigen, gemächlichen Rhythmus. Sein Kopf fiel von einer Seite auf die andere, die Augen glasig, den Mund weit aufgerissen. Sie erhöhte das Tempo. Er wand sich und begann zu stöhnen. Die Bewegung wurde schneller. Er reagierte darauf, zaghaft zunächst, dann mit kräftigen, härteren Stößen. Jennesta schlug ihre Haare zurück. Die Wolke rabenschwarzer Locken fing das Licht in winzigen Funken, die sie in einen Feuerschein zu hüllen schienen.

In dem Bewusstsein, dass er jeden Augenblick seinen Samen verspritzen würde, ritt sie ihn gnadenlos im Bestreben nach einer wollüstigen, zügellosen Ekstase. Er wand, bockte und krampfte sich zum Höhepunkt.

Plötzlich hatte sie den Dolch in beiden Händen und hob ihn hoch.

Orgasmus und Entsetzen kamen gleichzeitig.

Die Klinge fuhr in seine Brust, wieder und immer wieder. Er kreischte entsetzlich und schürfte sich die Haut an den Gelenken ab, da er sich gegen die Hand- und Fußfesseln wehrte. Sie stach und hackte ungerührt weiter und durchbohrte sein Fleisch.

Seine Schreie wichen einem nassen Gurgeln. Dann fiel sein Kopf mit einem satten Knall zurück, und er bewegte sich nicht mehr.

Sie warf den Dolch weg und wühlte mit den Händen in der blutigen Höhlung herum. Als die Rippen entblößt waren, nahm sie den Hammer und schlug auf sie ein. Weiße Knochensplitter flogen, als sie brachen. Nachdem dieses Hindernis entfernt war, ließ sie den Hammer fallen und krallte sich durch die Organe, bis zu den Ellbogen blutverschmiert, um sein immer noch schwach schlagendes Herz zu packen. Mit einem Ruck riss sie es heraus.

Sie hob das tropfende Organ an ihre geöffneten Lippen und schlug die Zähne in seine warme Weichheit.

So groß ihre sexuelle Befriedigung auch gewesen war, sie war nichts im Vergleich zu der Erfüllung, die sie jetzt erlebte. Mit jedem Bissen verstärkte die Lebenskraft ihres Opfers ihre eigene. Sie spürte, wie der Zustrom sie körperlich erfrischte und die Quelle auffüllte, aus der sie ihre lebenswichtigen magischen Energien bezog.

Mit untergeschlagenen Beinen auf der dampfenden Brust des Leichnams sitzend, Gesicht, Brüste und Hände blutverschmiert, nahm sie glücklich ihre Mahlzeit ein.

Schließlich war sie gesättigt. Einstweilen.

Während sie sich die Finger ableckte, kam eine junge schwarz-weiße Katze aus einer dunklen Ecke der Kammer geschlichen. Sie miaute.

»Hierher, Saphir«, lockte Jennesta, indem sie sich auf den Oberschenkel klopfte.

Die Katze sprang mühelos auf die Marmorplatte und schmiegte sich an ihr Frauchen, um sich kraulen zu lassen. Dann beschnüffelte sie die verstümmelte Leiche und leckte die offene Wunde ab.

Mit einem nachsichtigen Lächeln erhob sich die Königin von der Marmortafel und ging zu einer samtenen Klingelschnur.

Die Ork-Wachen zögerten keinen Augenblick, ihrem Ruf zu folgen. Falls sie irgendetwas im Angesicht des sich ihnen bietenden Anblicks empfanden, ließen sie es sich nicht anmerken.

»Schafft den Kadaver weg«, befahl sie.

Bei ihrer Annäherung huschte die Katze in die Schatten. Die Wachen machten sich an den Fesseln zu schaffen.

»Gibt es Neuigkeiten, was die Vielfraße betrifft?«, fragte Jennesta.

»Keine, o Königin«, erwiderte eine der Wachen, ohne ihrem Blick zu begegnen.

Das war nicht das, was sie hören wollte. Die wohltuende Wirkung der Erfrischung ließ bereits nach. Königliches Missvergnügen stellte sich ein.

Im Stillen schwor sie, dass die Vielfraße auf eine Weise sterben würden, die ihre schlimmsten Albträume übertraf.

*

Zwei Gemeine der Vielfraße lagen ausgestreckt an einen Baumstamm gelehnt, von einem Schwarm winziger Feen verzaubert, die über ihren Köpfen flatterten und herumtollten. Weiches buntes Licht schillerte auf den Flügeln der Feen, und ihr sanfter Gesang perlte melodiös durch die spätabendliche Luft.

Einer der Orks griff abrupt zu und schloss sie um einige der Wesen. Sie kreischten jämmerlich. Er stopfte sich ihre sich windenden Leiber in den Mund und kaute geräuschvoll darauf herum.

»Aufreizende kleine Wichte«, murmelte sein Kamerad.

Der erste Soldat nickte weise. »Ja, aber lecker.«

»Und dämlich«, fügte der zweite Soldat hinzu, als sich der Schwarm neu über ihren Köpfen formierte.

Er sah ihnen eine Weile zu und beschloss dann, sich selbst eine Hand voll zu greifen.

Sie saßen kauend da und starrten dumpf auf die rauchenden Trümmer des Bauernhauses auf der anderen Seite des Hofs. Die Feen begriffen endlich, was los war, und flatterten davon.

Ein Augenblick verstrich, ehe der erste Ork sagte: »Ist das gerade wirklich passiert?«

»Was?«

»Das mit den Feen.«

»Feen? Aufreizende kleine Wichte.«

»Ja, aber lecker ...« Der leichte Tritt eines Stiefels vor sein Schienbein unterbrach die Unterhaltung.

Sie hatten die Ankunft eines anderen Soldaten nicht bemerkt, der jetzt neben ihnen stand. Er bückte sich grunzend und reichte ihnen eine Tonpfeife. Leicht schwankend stolperte er davon.

Der erste Soldat hob die Pfeife und inhalierte tief.

Sein Kamerad schmatzte und verzog das Gesicht. Er bohrte mit einem schmutzigen Fingernagel zwischen den Vorderzähnen und puhlte etwas heraus, das wie ein winziger glänzender Flügel aussah. Achselzuckend schnippte er ihn ins Gras. Der andere Ork reichte ihm die Pfeife mit dem Pelluzit.

Bei den Überresten des Hauses saßen Stryke, Coilla, Jup und Alfray rings um ein kleines Lagerfeuer und ließen ihre eigene Pfeife herumgehen. Haskeer rührte mit einem Stock in einem schwarzen Kessel herum, der über den knisternden Flammen hing.

»Ich sage es nur noch ein Mal«, sagte Stryke zu ihnen, ein klein wenig aufgebracht. Er zeigte auf den Zylinder in seinem Schoß. »Dieses Ding haben Unis einer schwer bewaffneten Karawane geraubt, nachdem sie die Wachen getötet hatten. Das ist die Geschichte.« Seine Stimme klang immer undeutlicher. »Jennesta will es zurück.«

»Aber warum?«, fragte sich Jup nach einem Zug aus der Pfeife. »Schließlich ist es nur ein Botschafter für Behälter ... ich meine, es ist nur ein Behälter für Botschaften.« Blinzelnd reichte er die Pfeife an Coilla weiter.

»*Das* wissen wir«, erwiderte Stryke und winkte träge ab. »Muss eine wichtige Botschaft sein. Geht uns nichts an.«

Während er eine dampfende, milchigweiße Flüssigkeit aus dem

Kessel in Zinnbecher füllte, bemerkte Haskeer: »Ich wette, dieses Pelluzit hat auch zur Fracht der Karawane gehört.«

Alfray, der selbst in seinem gegenwärtigen Zustand seine charakteristische Korrektheit an den Tag legte, versuchte Stryke an dessen Pflichten zu erinnern. »Wir dürfen uns hier nicht zu lange aufhalten, Hauptmann. Wenn die Königin ...«

»Kannst du nicht mal ein anderes Lied pfeifen?«, unterbrach Stryke ihn gereizt. »Merk dir meine Worte: unsere Gebieterin wird uns mit offenen Armen empfangen. Du machst dir unnötige Sorgen, Knochensäger.«

Alfray versank in trübsinniges Schweigen. Haskeer bot ihm einen Becher mit der aufgegossenen Droge. Er schüttelte den Kopf. Stryke nahm das Gebräu und trank einen ordentlichen Schluck.

Coilla hatte unter dem Einfluss des Pelluzits mit leerem Blick vor sich hin gedöst. Jetzt sagte sie: »Alfray hat nicht ganz Unrecht. Sich Jennestas Zorn zuzuziehen ist nie ein guter Plan.«

»Musst du auch noch auf mir herumhacken?«, erwiderte Stryke, indem er den Becher hob. »Wir machen uns bald auf den Weg, keine Bange. Oder willst du ihnen ein wenig Muße verwehren?« Er schaute in die Richtung der Obstbäume, wo die meisten Vielfraße es sich gemütlich gemacht hatten.

Die Soldaten des Trupps rekelten sich vor einem großen Feuer. Sie amüsierten sich mit rauem Gelächter, derben Späßen und heiserem Gesang. Ein Paar war mit Armdrücken beschäftigt, mehrere waren in unbeholfener Haltung zusammengesunken.

Stryke wandte sich wieder an Coilla. Aber die Szenerie hatte sich vollkommen verändert.

Sie lag zusammengerollt auf dem Boden und hatte die Augen geschlossen. Alle anderen schliefen ebenfalls, und ein oder zwei schnarchten. Das Feuer war längst erloschen. Er richtete den Blick wieder auf die Gruppe der Gemeinen. Auch sie schliefen, und ihr Feuer war nur noch kalte Asche.

Es war mitten in der Nacht. Die Sterne standen in ihrer ganzen funkelnden Pracht am Himmel.

Was ihm wie ein Augenblick vorgekommen war, hatte sich als Illusion erwiesen.

Er musste alle wecken und die nötigen Befehle für den Marsch nach Grabhügelstein geben. Und das würde er auch. Ganz gewiss würde er.

Aber er musste seine bleischweren Glieder ausruhen und die

Benommenheit aus dem Kopf bekommen. Ein oder zwei Minuten waren alles, was er brauchte. Nur eine Minute.

Sein nickender Kopf fiel herunter, und das Kinn schlug auf die Brust.

Eine warme Benommenheit kroch in jede Faser seines Wesens. Es war so schwer, die Augen offen zu halten.

Er kapitulierte vor der Dunkelheit.

4

Er öffnete die Augen.

Die Sonne brannte senkrecht vom Himmel. Er hob eine Hand, um die Augen zu beschatten, und richtete sich blinzelnd auf. Der Teppich aus üppigem Rasen unter seinen Füßen fühlte sich frühlingshaft an.

Vor ihm erhob sich eine entfernte Kette aus sanft gewellten Hügeln. Darüber zogen reinweiße Wolken friedlich über einen makellos blauen Himmel. Die Landschaft war grün und idyllisch.

Zu seiner Rechten wurde die Aussicht vom Rand eines gewaltigen Waldes beherrscht. Zu seiner Linken plätscherte ein Bach den Hang hinunter, bevor er sich um eine Biegung schlängelte und aus seinem Blickfeld verschwand.

Stryke fragte sich staunend, auf eine abstrakte Art und Weise, was aus der Nacht geworden war. Und er hatte keine Ahnung, wo die anderen Vielfraße sein mochten.

Aber diese Fragen beschäftigten nicht mehr als eine winzige Ecke seines Verstandes.

Dann kam es ihm so vor, als könne er über das Plätschern des Bachs noch andere Geräusche hören. Geräusche, die Stimmen ähnelten und Gelächter, und dazu das leise rhythmische Schlagen einer Trommel. Ihr Ursprung war entweder in seinem Kopf oder am Ende des Bachs.

Er folgte dem Bach, indem er in ihm watete, und seine Stiefel knirschten auf den Kieseln, die durch das endlose Polieren des Wassers glatt geschliffen waren. Sein Abstieg verursachte auf beiden Seiten Rascheln im Unterholz, da winzige Wesen verstohlen aus dem Weg huschten.

Eine angenehm warme Brise strich über sein Gesicht. Die Luft war frisch und sauber. Sie bewirkte, dass er sich leicht benommen fühlte.

Er erreichte die Bachbiegung. Die Stimmen wurden deutlicher und lauter, als er der Schleife folgte.

Vor ihm lag der Eingang zu einem kleinen Tal. Der Bach schlängelte sich durch eine Ansammlung runder Holzhütten, die mit Stroh gedeckt waren. Auf der einen Seite stand ein Langhaus, das mit den Schilden eines Klans geschmückt war, den Stryke nicht kannte. Kriegstrophäen hingen ebenfalls dort: Breitschwerter, Speere, die gebleichten Schädel von Säbelzahnwölfen. Die Luft war mit dem Geruch nach Rauch und gebratenem Wild gewürzt.

Es gab angebundene Pferde, streunendes Vieh und umherstolzierendes Geflügel.

Und Orks.

Männer, Frauen, Kinder. Sie erledigten Hausarbeiten, kümmerten sich um Feuer, hackten Holz oder lungerten lediglich herum, da sie den anderen bei der Arbeit zusahen und sich unterhielten. Auf der Lichtung vor dem Langhaus übte eine Gruppe von Anfängern mit Schwert und Stab, während der regelmäßige Schlag auf einen Tamburin den Takt für die Übungskämpfe vorgab.

Niemand schenkte ihm besondere Aufmerksamkeit, als er die Siedlung betrat. Alle Orks trugen Waffen, wie es sich für ihre Art geziemte, aber obwohl ihm dieser Klan unbekannt war, fühlte Stryke sich nicht bedroht. Er empfand nur Neugier.

Jemand kam ihm entgegen. Sie ging mit leichtfüßiger Selbstsicherheit und machte keine Anstalten, nach dem Schwert zu greifen, das in einer Scheide an ihrem Gürtel hing. Sie war einen Kopf kleiner als er selbst, obwohl ihr leuchtend roter Kopfschmuck, der mit goldenen Streifen durchwirkt war, den Größenunterschied ausglich. Ihr Rücken war gerade, ihre Statur auf attraktive Art muskulös.

Sie zeigte keinerlei Überraschung angesichts seiner Anwesenheit. Tatsächlich war ihre Miene beinah ungerührt oder wenigstens so ungerührt, wie ein derart hübsches und ausdrucksstarkes Gesicht es überhaupt sein konnte. Als sie sich ihm näherte, lächelte sie, offen und mit Wärme. Er war sich einer schwachen Regung in seinen Lenden bewusst.

»Einen schönen Tag«, sagte sie.

Da er über ihre Schönheit nachdachte, antwortete er nicht sofort. Als er es tat, geschah es zögerlich. »Einen schönen … Tag.«

»Ich kenne dich nicht.«

»Ich dich auch nicht.«

Sie fragte: »Welchem Klan gehörst du an?«

Er sagte es ihr.

»Der Name sagt mir nichts. Aber es gibt so viele.«

Stryke betrachtete die ihm unbekannten Schilde am Langhaus.

»Mir ist dein Klan auch nicht bekannt.« Er hielt inne, von ihren entzückenden Augen wie gebannt, bevor er hinzufügte: »Bist du nicht argwöhnisch einem Fremden gegenüber?«

Das schien sie zu verwirren. »Sollte ich es sein? Herrscht Streit zwischen unseren Klans?«

»Nicht, dass ich wüsste.«

Sie ließ ihre ansprechenden, zugespitzten gelben Zähne aufblitzen. »Dann gibt es keinen Grund zur Vorsicht. Es sei denn, du kommst in böser Absicht.«

»Nein, ich komme in Frieden. Aber würdest du mich auch so freundlich empfangen, wenn ich ein Troll wäre? Oder ein Goblin? Oder ein unbekannter Zwerg?«

Der Ausdruck der Verwirrung kehrte zurück. »Troll? Goblin? Zwerg? Was ist das?«

»Du weißt nicht, was ein Zwerg ist?«

Sie schüttelte den Kopf.

»Und du kennst auch keine Kobolde, Trolle oder Elfen? Gar keine von den älteren Rassen?«

»Ältere Rassen? Nein.«

»Oder ... Menschen?«

»Ich weiß nicht, was Menschen sind, aber ich bin sicher, es gibt keine.«

»Du meinst, hier in der Gegend gibt es keine?«

»Ich meine, dass deine Worte mir nichts sagen. Du bist merkwürdig.« Das sagte sie ohne jede Gehässigkeit.

»Und du sprichst in Rätseln«, entgegnete er. »Wo in Maras-Dantien sind wir hier, dass du weder von den älteren Rassen noch von den Menschen je etwas gehört hast?«

»Du musst weit gereist sein, Fremder, wenn deine Heimat einen Namen hat, den ich noch nie gehört habe.«

Er war völlig verblüfft. »Willst du damit sagen, du weißt nicht einmal, wie die Welt genannt wird?«

»Nein. Ich will damit nur sagen, dass sie nicht Maras-Dantien heißt. Wenigstens nicht hier. Und ich weiß von keinem einzigen Ork, der je erwähnt hätte, dass wir sie mit diesen ... älteren Rassen und ... Menschen teilen.«

»Orks entscheiden hier selbst über ihr Schicksal? Sie führen Krieg, wie es ihnen gefällt? Es gibt keine Menschen und ...«

Sie lachte. »Wann war es je anders?«

Stryke legte seine zerfurchte Stirn in noch tiefere Falten. »Seit der

Vater meines Vaters auf der Welt ist«, murmelte er. »Jedenfalls habe ich das immer geglaubt.«

»Vielleicht bist du zu lange in der Hitze marschiert«, mutmaßte sie freundlich.

Er schaute gen Himmel und zur Sonne, und eine Erkenntnis traf ihn. »Die Hitze ... Es weht kein eisiger Wind.«

»Warum sollte ein eisiger Wind wehen? Wir haben keinen Winter.«

»Und das Eis«, fuhr Stryke fort, indem er ihre Antwort ignorierte. »Ich habe das vorrückende Eis nicht gesehen.«

»Wo?«

»Natürlich im Norden.«

Unerwarteterweise nahm sie ihn bei der Hand. »Komm.«

Trotz seiner Verwirrung war er sich dessen bewusst, dass ihre Berührung angenehm kühl und feucht war. Er ließ sich von ihr führen.

Sie folgten dem Lauf des Bachs, bis sie das Dorf hinter sich gelassen hatten. Schließlich erreichten sie eine Stelle, wo das Land abfiel, und Stryke und die Frau standen am Rande einer Granitklippe. Hier stürzte der Bach über den Rand, ein sprühender Wasserfall, der tief unter ihnen in einem großen Tal auf Felsen stürzte.

Irgendwo am Fuß der Klippe entsprang der Silberfaden eines Flusses und wand sich über eine olivfarbene Ebene, die sich endlos in alle Richtungen erstreckte. Nur der riesige Wald zu ihrer Rechten gebot dem Ozean aus Grasland Einhalt. Herden grasender Tiere, die zu zahlreich waren, um sie zu zählen, reichten weiter als Strykes Auge. Hier konnte ein Ork sein ganzes Leben mit Jagen verbringen und doch würde ihm nie das Wild ausgehen.

Die Frau zeigte in eine Richtung. »Da ist Norden«, sagte sie.

Es gab keine vorrückenden Gletscher und keinen bedrohlich düsteren schiefergrauen Himmel. Er sah lediglich eine Unendlichkeit von Grün, einen blühenden Überfluss von Leben.

Stryke überkam eine seltsame Empfindung. Er konnte nicht erklären, warum, aber er hatte das unbestimmte Gefühl, dass er all dies irgendwie kannte, als habe er schon einmal diese wunderbare Aussicht genossen und die unverbrauchte Luft schon einmal geatmet.

»Ist das ... Vartanien?« Er flüsterte das geheiligte Wort beinahe.

»Das Paradies?« Sie lächelte rätselhaft. »Vielleicht. Wenn du beschließt, es dazu zu machen.«

Die Alchimie des Sonnenlichts und der Gischt des Wasserfalls gebaren einen Regenbogen. Sie bestaunten schweigend seine vielfarbige Pracht.

Und das beruhigende Rauschen von Wasser war Balsam für Strykes besorgte Seele.

*

Er öffnete die Augen.

Ein Fußsoldat der Vielfraße pisste auf die Asche des Feuers.

Stryke war schlagartig hellwach. *»Was, zum* Henker, *erlauben Sie sich, Soldat?«,* bellte er.

Der Fußsoldat trollte sich wie ein Welpe, der sich verbrannt hatte, und fummelte dabei mit gesenktem Kopf an seiner Hose herum.

Immer noch benommen von seinem Traum oder der Vision oder was auch immer es gewesen sein mochte, brauchte Stryke einen Augenblick, um zu begreifen, dass die Sonne aufgegangen war. Der neue Tag war längst angebrochen.

»Ihr Götter!«, fluchte er, während er sich aufrappelte.

Er vergewisserte sich, dass der Zylinder noch in seinem Gürtel steckte, dann verschaffte er sich einen Überblick über die Lage. Zwei oder drei der Vielfraße erforschten unsicher den Zustand der Wachheit, aber der Rest, darunter auch die Posten, die er aufgestellt hatte, lagen kreuz und quer im Hof.

Er rannte zur nächsten Traube schlafender Gestalten und bearbeitete sie mit dem Stiefel. »Auf, ihr *Faulpelze!«*, brüllte er. »Auf! *Bewegt euch!«*

Manche wurden von den Tritten herumgewälzt. Andere sprangen mit dem Messer in der Hand auf, bereit zum Kampf, um sich dann zu ducken, wenn sie ihren Peiniger erkannten. Haskeer war auch unter ihnen, aber weniger geneigt, im Angesicht seines wütenden Vorgesetzten zu verzagen. Er verzog das Gesicht und schob sein Messer mit bedächtiger, unverschämter Langsamkeit in die Scheide zurück.

»Was ist in dich gefahren, Stryke?«, grollte er verdrossen.

»Was in mich gefahren ist? Der *neue Tag* ist in mich gefahren, du Schleimbeutel!« Er wies mit dem Daumen zum Himmel. »Die Sonne klettert immer höher, und wir sind immer noch hier!«

»Und wessen Schuld ist das?«

Strykes Augen verengten sich gefährlich. Er trat so nah an den Feldwebel heran, dass er dessen stinkenden Atem auf seinem Gesicht spürte. *»Wie war das?«,* zischte er.

»Du gibst uns die Schuld. Aber es war dein Befehl.«

»Du würdest gern versuchen, das zu ändern?«

Die anderen Vielfraße versammelten sich in einiger Entfernung um sie. Haskeer hielt Strykes Blick stand. Seine Hand kroch zu seinem Dolch.

»Stryke!«

Coilla bahnte sich mit den Ellbogen einen Weg durch den Kreis der Fußsoldaten, Alfray und Jup im Schlepptau.

»Dafür haben wir keine Zeit«, sagte sie streng.

Hauptmann und Feldwebel schenkten ihr keine Beachtung.

»Die Königin, Stryke«, warf Alfray ein. »Wir müssen nach Grabhügelstein zurück. Jennesta ...«

Die Erwähnung ihres Namens brach den Bann. »Ich *weiß,* Alfray«, bellte Stryke. Er bedachte Haskeer mit einem verächtlichen Blick und wandte sich von ihm ab.

Haskeer wich mürrisch zurück und schoss zum Ausgleich einen giftigen Blick auf Jup ab.

Stryke wandte sich an seinen Trupp. »Wir werden heute nicht marschieren, sondern reiten. Darig, Liffin, Reafdaw, Kestix, treibt Pferde für alle zusammen. Seafe und Noskaa, seht zu, dass ihr ein paar Mulis findet. Finje und Bhose, ihr sammelt Proviant. Nicht zu viel, wohlgemerkt. Wir reiten mit leichtem Gepäck. Gant, nimm dir, wen du brauchst, und lass die Greife frei. Die Übrigen sammeln unsere Ausrüstung ein. *Zügig!«*

Die Gemeinen verteilten sich, um ihre Befehle auszuführen.

Bei näherer Betrachtung seiner Offiziere sah Stryke, dass Alfray, Jup, Haskeer und Coilla so rotäugig und verschlafen aussahen wie er vermutlich auch. »Du sorgst dafür, dass sie mit den Pferden und Mulis keine Zeit verschwenden, Haskeer«, sagte er. »Du auch, Jup. Und ich will keinen Ärger, von keinem von euch beiden.« Er entließ sie mit einem schroffen Rucken des Kopfes.

Sie eilten davon und achteten dabei sorgfältig darauf, einen gewissen Abstand zwischen sich zu wahren.

»Was sollen wir tun?«, fragte Alfray.

»Ihr nehmt euch ein paar Männer und teilt das Pelluzit gleichmäßig auf alle Soldaten des Trupps auf. So lässt es sich leichter transportieren. Aber lasst keinen Zweifel daran, dass sie es nur tragen dürfen. Und falls einer von ihnen andere Vorstellungen hat, handelt er sich mehr ein als einen gegerbten Arsch.«

Alfray nickte und ging.

Coilla zögerte. »Du ... siehst komisch aus«, sagte sie. »Ist alles in Ordnung?«

»Nein, Gefreiter, nichts ist in Ordnung.« Aus Strykes Worten troff Gift. »Falls Sie es noch nicht bemerkt haben sollten, wir hätten uns schon vor Stunden bei Jennesta melden müssen. Und das könnte bedeuten, dass man uns den Hals durchschneidet. *Und jetzt führen Sie Ihre Befehle aus!*«

Sie floh.

Ihm gingen immer noch flüchtige Eindrücke seiner Vision im Kopf herum, während er die immer höher kletternde Sonne verfluchte.

*

Sie ließen die Ruinen der menschlichen Siedlung und das verwüstete Schlachtfeld hinter sich und ritten nach Nordosten.

Eine Steigung auf ihrem Weg führte sie hoch über die wellige Prärie. Die befreiten Greife breiteten sich über das Grasland aus.

Coilla, die neben Stryke an der Spitze der Kolonne ritt, zeigte auf die Szenerie und sagte: »Beneidest du sie nicht?«

»Wen, die Tiere?«

»Sie sind freier als wir.«

Ihre Worte überraschten ihn. Dies war ihre erste Bemerkung, die sich mehr oder weniger auf die verschlechterte Situation ihrer Rasse bezog. Doch er widerstand der Versuchung, ihr zuzustimmen. Dieser Tage tat ein Ork gut daran, nicht allzu freimütig zu sein. Unbedachte Äußerungen hatten die Eigenart, an unerwünschte Ohren zu dringen.

Er beschränkte seine Antwort auf ein unverbindliches Schnauben.

Coilla betrachtete ihn mit einem Ausdruck von Neugier und ließ das Thema fallen. Sie ritten in grimmigem Schweigen und so schnell weiter, wie es ihnen auf dem unwegsamen Gelände möglich war.

Am späten Vormittag erreichten sie einen gewundenen Pfad, der durch eine Schlucht führte. Sie war tief und wies hohe, grasbewachsene und nicht sonderlich steil ansteigende Hänge auf, sodass der Pass keilförmig war. Die Enge des Hohlwegs bedeutete, dass die Vielfraße höchstens paarweise nebeneinander reiten konnten. Die meisten zogen es vor, einzeln hintereinander zu reiten. Steinig und eng, wie er war, zwang sie der Pfad zu einem Trott.

Ungehalten angesichts dieser Verzögerung fluchte Stryke vor sich hin. »Wir *müssen* schneller vorankommen!«

»Mit dem Weg durch die Schlucht sparen wir einen halben Tag«, erinnerte ihn Coilla, »und auf der anderen Seite können wir noch mehr aufholen.«

»Jede Minute, die verstreicht, wird Jennestas Laune weiter verschlechtern.«

»Wir haben, was sie will, und als Zugabe noch eine Ladung Pelluzit. Ist das nichts?«

»Bei *unserer* Gebieterin? Ich glaube, du kennst die Antwort bereits, Coilla.«

»Wir können sagen, dass wir auf starke Gegenwehr gestoßen sind oder Mühe hatten, den Zylinder zu finden.«

»Was für eine Geschichte wir auch erzählen, wir sind nicht da. Das reicht.« Er warf einen Blick über die Schulter. Die anderen waren in einigem Abstand hinter ihnen und außer Hörweite. »Ich würde das nicht vor jedem zugeben«, vertraute er ihr leise an, »aber Haskeer hatte Recht, möge sein Augenlicht erlöschen. Ich habe es geschehen lassen.«

»Sei nicht zu hart gegen dich. Wir alle ...«

»*Warte!* Vor uns!«

Etwas kam ihnen vom anderen Ende der Schlucht entgegen.

Stryke hob die Hand und hielt die Kolonne an. Er blinzelte, da er die niedrige, breite Gestalt zu erkennen versuchte, die sich ihnen näherte. Offensichtlich war es irgendein Lasttier mit einem Reiter. Dem ersten folgten noch einige andere.

Weiter hinten gab Jup einem Fußsoldat die Zügel seines Pferds und stieg ab. Er trabte zu Stryke. »Was ist los, Boss?«, fragte er.

»Ich bin nicht sicher ...« Dann erkannte er die Tiere. »*Verdammnis!* Kirgizil-Vipern!«

Obwohl gemeinhin so bezeichnet, waren die Kirgizile überhaupt keine Vipern. Sie waren Wüstenechsen, viel kleiner als Pferde, aber von etwa derselben Masse, mit breitem Rücken und muskulösen Stummelbeinen. Albinotisch weiß und rosaäugig, hatten sie eine gegabelte Zunge von der Länge eines Ork-Arms. Ihre dolchspitzen Fänge enthielten ein tödliches Gift, und ihre Stachelschwänze waren stark genug, um jedem beliebigen Zweibeiner das Rückgrat zu zerschmettern. Sie beschlichen ihre Beutetiere und waren kurzfristig zu hoher Geschwindigkeit fähig.

Nur eine Rasse benutzte sie als Streitrösser.

Die Echsen waren jetzt nahe genug, um alle Zweifel zu zerstreuen. Auf jedem Tier saß ein Kobold. Kleiner als Orks oder die meisten Zwerge, waren sie so mager, dass sie ausgemergelt wirkten, vollkommen haarlos und grauhäutig. Doch der Schein trog. Trotz der schlaksigen Gliedmaßen und der länglichen, fast zierlichen Gesichter waren sie verbissene, grimmige Kämpfer.

Spitze Ohren standen nach hinten von einem Kopf ab, der im Vergleich zum Körper überproportional groß war. Der Mund war ein lippenloser Schlitz voller winziger spitzer Zähne. Die Nase ähnelte derjenigen einer Raubkatze. Die Augen hatten eine goldene Iris, und in ihnen funkelten Habgier und Gehässigkeit.

Um den ungewöhnlich langen Hals schmiegte sich ein wattierter Lederkragen. An den spindeldürren Handgelenken funkelten stachelbewehrte Armreifen. Dazu schwangen sie Speere und tückische Miniatursäbel.

In ganz Maras-Dantien gab es nur wenige, die den Kobolden in Bezug auf Raub und Plünderungen ebenbürtig waren. Noch weniger Ebenbürtige gab es, was die Übellaunigkeit betraf.

»Hinterhalt!«, brüllte Jup.

Andere Stimmen wurden in der Kolonne laut. Orks zeigten nach oben. Noch mehr Angreifer auf Kirgizilen stürmten rechts und links den Hang hinunter. Stryke richtete sich im Sattel auf und sah, dass die Kobolde sich beeilten, ihnen den Rückweg abzuschneiden.

»Eine Falle«, knurrte er.

Coilla zückte ein Paar Wurfmesser. »Und wir sind geradewegs hineingestolpert.«

Alfray entrollte das Kriegsbanner. Pferde bäumten sich auf und versprengten loses Geröll. Die Orks zogen ihre Waffen und formierten sich, um dem Feind aus jeder Richtung Widerstand zu leisten.

Noch halb benebelt vom Pelluzit, dem geplünderten Wein und noch stärkeren alkoholischen Getränken in der Nacht zuvor, waren die Vielfraße in der Unterzahl und hatten kaum Bewegungsspielraum.

Mit in der Sonne blitzenden Klingen griffen die Kobolde an.

Stryke stieß einen Kriegsruf aus, und der Trupp nahm ihn auf.

Dann erreichte sie die erste Welle.

5

Stryke grub die Fersen in die Flanken seines Pferdes und trieb es auf den führenden Angreifer zu, wobei er es ein wenig nach links zog, als wolle er an der heranstürmenden Echse des Kobolds vorbei. Das Pferd scheute. Stryke hielt es energisch auf Kurs, die Zügel fest um eine Hand gewickelt. Mit der anderen hob er das Schwert und holte aus.

Von der Schnelligkeit des Manövers überrascht, versuchte der Reiter, sich zu ducken. Zu spät.

Strykes Klinge sauste durch die Luft. Der Kopf des Kobolds flog von dessen Schultern, fiel zur Seite auf den Weg und hüpfte weiter. Die Leiche blieb aufrecht sitzen, während eine Blutfontäne aus dem Halsansatz schoss, und wurde vom führerlosen Kirgizil weiter vorwärts getragen. Die Echse stürzte sich in das Getümmel hinter Stryke.

Er ging auf seinen nächsten Gegner los.

Coilla warf ein Messer auf den Angreifer, der ihr am nächsten war. Es grub sich in die Wange des Kobolds. Das Geschöpf stürzte schreiend von seinem Reittier.

Sie wählte das nächste Ziel aus und warf erneut, diesmal unterhand und so fest sie konnte. Ihr Gegner zog instinktiv am Zügel und riss dadurch den Kopf der Viper hoch. Das Wurfgeschoss traf die Echse mitten ins Auge. Vor Schmerzen brüllend, warf das Tier sich auf die Seite und zerquetschte seinen Reiter. Beide wanden sich vor Qualen und schlugen und traten wild um sich.

Coilla zügelte ihr Pferd und griff nach einem weiteren Messerpaar.

Jup, der den Angriff zu Fuß erwartete, hatte sich mit einer Axt bewaffnet und schwang sie beidhändig. Ein Kobold, der vom abgerutschten Schwerthieb eines Vielfraßes aus dem Sattel geworfen worden war, stürzte sich auf ihn. Jup spaltete ihm den Schädel. Dann wurde der Zwerg seinerseits von einem berittenen Angreifer gestreift. Er fuhr herum und hieb tief in das reisigdünne Bein des Angreifers, das vollständig abgetrennt wurde.

Überall ringsumher waren Orks in blutige Kämpfe verwickelt.

Etwa ein Drittel von ihnen saß nicht mehr im Sattel. Mehreren Bogenschützen war es gelungen, ihren Bogen zu spannen, und jetzt schossen sie auf die Angreifer. Doch der Kampf war bereits zu sehr Handgemenge, um dies noch länger durchzuhalten.

Haskeer sah sich umzingelt. Ein Gegner schlug von der Wegseite auf ihn ein, der andere, dessen beweglicher Kirgizil die trügerische Schräge des Hangs mühelos meisterte, deckte ihn mit einem Hagel abwärts gerichteter Hiebe ein. Die Echsen versetzten Haskeers Pferd in Panik, das bockte und wieherte. Er hieb nach rechts, nach links und wieder nach rechts.

Der Pfeil eines Orks traf den Kobold auf dem Hang in die Brust und holte ihn vom Rücken seiner Viper. Haskeer richtete seine ganze Aufmerksamkeit auf den Gegner auf der anderen Seite. Ihre Klingen klirrten aufeinander, wurden zurückgezogen und trafen sich erneut.

Ein Streich schnitt über Haskeers Kinn. Es war keine ernsthafte Wunde, obwohl der Stahl scharf war, aber er verlor das Gleichgewicht und fiel vom Pferd. Sein Schwert flog davon. Als er sich herumwälzte, um stampfenden Hufen und peitschenden Reptilienschwänzen auszuweichen, wurde ein Speer nach ihm geworfen, der ihn knapp verfehlte. Er rappelte sich auf und riss den Speer aus dem Boden.

Der Kobold, der ihn aus dem Sattel geworfen hatte, stürzte sich auf ihn, um ihm endgültig den Garaus zu machen. Haskeer blieb keine Zeit, den Speer vorzustrecken. Er riss ihn hoch, um den Schwerthieb des Kobolds zu parieren. Die Klinge zerschmetterte den Schaft, und Holzsplitter flogen in alle Richtungen. Haskeer ließ das kürzere Ende fallen, schwang den Rest wie eine Keule und traf den Kobold mitten ins Gesicht. Die Wucht des Hiebs schmetterte ihn zu Boden.

Haskeer sprang vor und traktierte den Kopf des Kobolds mit heftigen Tritten. Obendrein sprang er ihm auf die Brust und stampfte aus Leibeskräften mit gebeugten Knien und geballten Fäusten darauf herum. Der Brustkorb des Kobolds gab knirschend nach. Blut quoll ihm aus Mund und Nase.

Alfray kämpfte um den Besitz des Banners der Vielfraße. Ein in den Steigbügeln stehender Kobold hatte die Fahnenstange gepackt. Voller Ingrimm hielt Alfray sie eisern fest, und seine Knöchel wurden weiß, während die Stange in einem bizarren Tauziehen hin und her ruckte. Für ein so mageres Geschöpf war der Kobold ziemlich zäh. Die habgierigen Augen zu Schlitzen verengt und die spitzen Zähne gefletscht, zischte er grässlich vor sich hin.

Er war nahe daran, seine Beute zu erringen, als Alfray ihm einen Orkkuss verpasste.

Er warf sich vorwärts und traf den Kobold mit einem Kopfstoß mitten auf die knochige Stirn. Das Geschöpf flog nach hinten und ließ die Fahnenstange los, als sei sie ein rotglühendes Eisen. Alfray zielte mit dem Schaft und rammte seinem Angreifer das spitze Ende in den Unterleib.

Er fuhr herum, bereit, jedem Gegner, der sich in seine Nähe wagte, dasselbe Schicksal angedeihen zu lassen. Was er sah, war ein Vielfraß, der ein paar Schläge mit einem Kobold wechselte und den Kürzeren zog. Der Kobold nutzte eine Blöße aus, die der Ork sich gab. Er sprang vor, und sein Säbel kerbte dem Ork rasch ein vernichtendes X in die Brust. Der Soldat ging zu Boden.

Alfray trieb sein Pferd an und galoppierte auf den Kobold los, wobei er die Fahnenstange wie eine Lanze hielt. Sie durchbohrte den Bauch des Geschöpfs und trat mit einem Strahl von Blut auf dem Rücken wieder aus.

Stryke arbeitete sich den Weg voran und ging mittlerweile seinen vierten oder fünften Gegner an. Er wusste es nicht genau. Er zählte selten mit. Vor zwei oder drei Gegnern hatte er die Zügel fahren lassen, da er es vorzog, beide Hände für den Kampf frei zu haben. Jetzt hielt er sich einzig und allein dadurch auf dem Pferd, dass er Druck mit den Oberschenkeln ausübte, womit er das Tier auch lenkte. Das war ein alter Trick der Orks, den er meisterhaft beherrschte.

Der Kobold, dem er sich rasch näherte, trug einen großen, verzierten Schild, der erste, den er bei einem von ihnen sah. Wahrscheinlich kennzeichnete der Schild dieses Individuum als einen Häuptling. Von größerer Bedeutung für Stryke war die Frage, inwiefern der Schild ihn daran hindern mochte, seinen Besitzer zu töten. Er beschloss, eine andere Strategie zu verfolgen.

Kurz bevor er das ausschreitende Reptil einholte, packte er die Mähne seines Pferds und zog daran, sodass es langsamer wurde. Neben dem Kirgizil reckte er sich nach unten und ergriff das Geschirr um dessen Schnauze. Darauf bedacht, der schlängelnden Zunge auszuweichen, hievte er das Joch unter Anspannung aller Muskeln nach oben. Halb stranguliert, bäumte das Kirgizil sich auf und wehrte sich, während seine Krallenfüße den Boden aufwühlten. Es drehte den Kopf hin und her und schnappte schnaufend nach Luft.

Stryke bohrte seinem Pferd die Fersen in die Weichen und trieb es weiter. Das Ross musste sich mächtig ins Zeug legen, da es jetzt nicht nur Strykes Gewicht trug, sondern auch die Viper zog. Nicht mehr in der Lage, sein Reittier zu beherrschen, lehnte der Kobold sich aus dem Sattel und hieb ohnmächtig mit seiner Klinge nach Stryke.

Das Genick in unhaltbarem Winkel verdreht, kippte das Kirgizil schließlich zur Seite. Der Kobold stieß einen Aufschrei der Bestürzung aus, glitt vom Rücken der Echse und trennte sich dabei von seinem Schild. Stryke ließ das Geschirr der Echse los. Er ignorierte das Tier in dessen Bemühen, sich wieder aufzurichten, und riss sein Pferd zum gefallenen Kobold herum. Ein kräftiger Zug an der Mähne bewirkte, dass es sich aufbäumte.

Der Kobold war noch auf den Knien, als die Hufe herabsausten und ihm den Schädel eintraten.

Stryke schaute zurück, und sein Blick fiel auf Coilla. Sie hatte ihr Pferd verloren und steckte mitten im dichtesten Getümmel. Mehrere Banditen, die ebenfalls nicht mehr auf ihren Reittieren saßen, gingen auf sie los.

Sie konnte sie sich nicht mehr mit Wurfmessern vom Leib halten, sondern musste in den Nahkampf. Ihre Messer als Dolche benutzend, stach und schlitzte sie, während sie herumwirbelte und Haken schlug, um Stößen und Hieben von Speeren und Schwertern auszuweichen.

Einem hohngrinsenden Kobold zog sie blitzschnell eine ihrer Klingen über den Hals, und er torkelte rückwärts. Ein anderer sprang vor, um seinen Platz einzunehmen. Als er sein Schwert hob, tauchte sie darunter hinweg und führte zwei schnelle Stöße gegen das Herz. Er brach zusammen. Ein dritter Kobold tauchte vor ihr auf, mit einem Speer in den Händen. Er war zu weit entfernt, um ihn mit den Dolchen anzugreifen, und zu nah für einen Wurf. Sie wich vor der bedrohlichen, mit einem Widerhaken versehenen Speerspitze zurück.

Von hinten sauste ein Beil auf die Schulter des Geschöpfs herab und trennte den Speerarm des Kobolds vom Rumpf. Unter schauerlichem Geheul ging der Angreifer zu Boden.

Mit der blutverschmierten Axt in beiden Händen kam Jup zu ihr gelaufen.

»Wir können uns nicht mehr lange halten!«, rief er.

»Töte weiter!«

Sie kämpften Rücken an Rücken.

Alfray trat nach einem Kobold, während er gleichzeitig mit einem anderen neben sich auf dessen Kirgizil die Klinge kreuzte. Die Echse schnappte nach Alfrays verängstigtem Pferd, und er hatte alle Mühe, es zu zügeln. Nicht weit entfernt hackten zwei orkische Gemeine einen einsamen Kobold in Stücke.

Haskeers Schwert wurde ihm von einem vorbeistürmenden Koboldreiter aus der Hand geschlagen. Sofort tauchte ein anderer Kobold auf, der angesichts der leeren Hände des Vielfraßes hämisch grinste. Sein Säbel zischte. Haskeer duckte sich. Die Klinge sauste über ihn hinweg. Haskeer warf sich auf seinen Gegner und schlug ihm seine kräftige Faust ins Gesicht. Mit der freien Hand packte er den Schwertarm des Banditen am Handgelenk und drückte zu, bis die Knochen knackten. Der Kobold kreischte. Haskeer hieb weiter auf das Gesicht ein, bis der Kobold das Schwert losließ. Er hob es auf und durchbohrte das Geschöpf damit.

Mittlerweile im Blutrausch wandte er sich einem nicht weit entfernten berittenen Feind zu. Der Kobold wandte ihm den Rücken zu, da ihn ein Kampf auf der anderen Seite vollkommen in Anspruch nahm. Haskeer zerrte ihn von der Viper und schlug auf ihn ein. Seine schlanken Arme und Beine brachen unter der Wucht der Hiebe wie trockenes Reisig.

Ein brüllender Gemeiner taumelte vorbei, vom Schwanz eines Kirgizil getroffen. Er stieß mit einem Knäuel von Kämpfern zusammen. Orks und Kobolde gingen in einem Gewirr um sich schlagender Gliedmaßen zu Boden.

Der letzte Angreifer, der Stryke den Weg versperrte, erwies sich als ebenso geschickt wie hartnäckig. Anstatt zu hauen und zu stechen, wurde Stryke in so etwas wie einen Fechtkampf verwickelt.

Da das Reittier seines Feindes kleiner war als Strykes Pferd, musste der Anführer der Vielfraße sich vorbeugen, um die Klinge mit dem Kobold zu kreuzen. Dieser Nachteil in Verbindung mit der Meisterschaft des Kobolds im Schwertkampf machte es sehr schwierig, die Deckung des Geschöpfs zu durchdringen. Jeder Hieb wurde pariert, jeder Streich gekontert.

Nach einer vollen Minute des Patts war es die Klinge des Kobolds, die eine Blöße ausnutzte. Sie traf Strykes Oberarm und ließ das Blut spritzen.

Erzürnt verdoppelte Stryke seine Anstrengungen und griff mit frischer Energie an. Er ließ Hiebe auf seinen Gegner hageln und versuchte dessen Geschick mit schierer Kraft und Schnelligkeit zu übertrumpfen. Den unablässigen Streichen und Stichen mangelte es an Finesse, und sie waren auch kaum gezielt, aber sie machten sich rasch bezahlt. Angesichts dieses Schlaghagels wurde die Gegenwehr des Kobolds schwächer und seine Reaktion träger.

Strykes Klinge durchschnitt eines der gespitzten Ohren seines Gegenübers. Der Kobold kreischte. Der nächste Streich öffnete ihm die Schulter und entlockte dem Geschöpf ein gequältes Heulen.

Dann landete Stryke einen kräftigen Hieb, der den Kobold seitlich am Kopf traf und sein Leben beendete.

Keuchend und mit vor Anstrengung brennenden Gliedern sank Stryke auf dem Sattel zusammen. Auf dem Weg hatte er jetzt keine Kobolde mehr vor sich.

Von hinten rammte etwas sein Schwert. Das Tier machte einen Satz. Bevor er sich umdrehen konnte, spürte er einen Schlag im Rücken. Eine Krallenhand schlang sich um seinen Körper und grub sich schmerzhaft in seine Brust. Heißer Atem kitzelte seinen Nacken. Die andere Hand erschien mit einem Krummdolch und näherte sich seiner Kehle. Er packte das Handgelenk und hielt dessen Aufwärtsbewegung auf.

Das Pferd lief ungezügelt los. Aus dem Augenwinkel sah Stryke, wie sie von einem reiterlosen Kirgizil überholt wurden, dem Reittier, von dem sein Angreifer auf den Rücken seines Pferdes gesprungen sein musste.

Stryke drehte das Handgelenk des Kobolds in der Absicht, es zu brechen. Gleichzeitig stieß er ihm den Ellbogen seines anderen Arms wiederholt in den Solarplexus. Er hörte ein gutturales Ächzen. Der Dolch entglitt seiner Hand und fiel zu Boden.

Ein weiterer berittener Bandit tauchte neben ihm auf. Er schwang einen Säbel.

Stryke trat aus, und sein Stiefel traf die drahtige Schulter des Geschöpfs. Infolge der vorübergehenden Ablenkung lockerte sich sein Griff um das Handgelenk des Kobolds in seinem Rücken. Dessen Hände zogen sich rasch zurück. Stryke stieß wieder mit dem Ellbogen zu, der sich tief in Fleisch bohrte. Wieder zielte er mit einem Tritt auf den berittenen Angreifer. Diesmal traf er nicht.

Sein Pferd galoppierte weiter. Der Kobold auf der Viper hielt nicht nur Schritt, sondern setzte sich leicht an die Spitze.

Mittlerweile machten sich die winzigen, widerlichen Hände emsig an Strykes Gürtel zu schaffen. Es gelang ihm, sich halb umzudrehen und nach dem ungebetenen Begleiter zu schlagen. Seine Knöchel trafen den Kobold im Gesicht, erzielten aber keine Wirkung.

Die Hände umkreisten wieder flink seine Hüfte, suchten und tasteten. Und ihm ging auf, was der Bandit wollte.

Den Zylinder.

Kaum war ihm der Gedanke gekommen, als der Kobold sein Ziel erreichte. Mit einem triumphierenden Zischen packte er den Gegenstand und zog ihn heraus.

Als Stryke spürte, wie ihm der Zylinder entrissen würde, schien sich der Zeitablauf zu verlangsamen und sich der anschließende Augenblick zu einer Ewigkeit zu dehnen.

Er bekam die wippenden Zügel des Pferdes zu fassen und riss mit aller Kraft daran. Der Kopf des Tiers peitschte zurück. Ein gewaltiges Zittern durchlief seinen Körper.

Der berittene Kobold erhob sich im Sattel, den Arm ausgestreckt, die Krallenhand geöffnet.

Ein Gegenstand segelte über Strykes rechte Schulter. Er drehte sich um die Längsachse, und auf der glänzend polierten Oberfläche blitzte kurz das Sonnenlicht auf. Der Reiter fing den Zylinder aus der Luft.

Strykes Pferd ging zu Boden.

Er prallte zuerst auf die Erde und rollte sich über die Breite des Weges ab. Der hinter ihm sitzende Kobold landete ein Dutzend Schritte entfernt. Während ihm die Luft aus der Lunge gequetscht wurde, sah Stryke verschwommen, wie sein Pferd wieder auf die Beine kam und davongaloppierte. Es lief zum entfernten Ende der Schlucht und in dieselbe Richtung wie der Reiter mit dem Zylinder.

Der Kobold, der mit ihm zu Boden gegangen war, gab ein Stöhnen von sich. Von einer Berserkerwut gepackt, stolperte Stryke zu dem Geschöpf und machte seinem Zorn Luft. Er kniete sich auf die Brust des Kobolds und verwandelte dessen Gesicht mit seinen Fäusten in blutigen Brei.

Ein wehklagender, schriller Ton hallte durch die Schlucht.

Er schaute auf. Mittlerweile ein gutes Stück entfernt, hatte der entkommene Bandit ein schlankes kupferfarbenes Horn an die Lippen gesetzt und blies hinein.

Als das Signal die Kobolde erreichte, die gegen Coilla und Jup kämpften, wichen sie zurück und ergriffen die Flucht.

Jup schwang noch einmal seine Axt nach einem fliehenden Gegner und rief dann: »Seht doch!«

Alle Kobolde zogen sich zurück. Die meisten flohen zu Fuß, während ein paar andere sich beeilten, reiterlose Kirgizile zu besteigen. Sie rannten und ritten in die Richtung des Schluchteingangs oder die Hänge empor. Eine Hand voll Orks verfolgte die flüchtenden Geschöpfe, aber die meisten leckten ihre Wunden.

Coilla sah Stryke zu ihnen gelaufen kommen. »Komm mit!«, sagte sie zu Jup.

Sie eilten ihm entgegen.

»Der Zylinder!«, tobte er halb wahnsinnig.

Keine weitere Erklärung war nötig. Es war offensichtlich, was geschehen war.

Jup rannte weiter den Weg entlang. Seine kurzen Beine stampften, während er mit einer Hand die Augen abschirmte und in die Ferne lugte. Er konnte das Kirgizil und seinen Reiter erkennen, die am entfernten Ende der Schlucht den Hang erklommen. Schließlich erreichten sie den Kamm. Dort waren ihre Umrisse noch einen Augenblick vor dem Himmel zu sehen, bevor sie verschwanden.

Er trabte zu Stryke und Coilla zurück.

»Verschwunden«, meldete er knapp.

Strykes Gesicht war wutverzerrt. Ohne ein Wort an sie zu richten, drehte er sich um und ging dem Rest des Trupps entgegen. Gefreiter und Feldwebel wechselten einen trübsinnigen Blick und folgten ihm.

Wo die heftigsten Kämpfe getobt hatten, war der Boden mit toten und verwundeten Kobolden und niedergestreckten Pferden und Kirgizilen übersät. Wenigstens ein halbes Dutzend Orks hatten mehr als oberflächliche Wunden erlitten, hielten sich aber noch auf den Beinen. Einer lag ausgestreckt auf dem Boden und wurde von seinen Kameraden versorgt.

Als sie ihren Anführer erblickten, gingen die Vielfraße zu ihm.

Stryke marschierte mit blitzenden Augen zu Alfray. »Verluste?«, bellte er.

»Lass mir etwas Zeit, ich bin noch dabei, mir einen Überblick zu verschaffen.«

»Dann *ungefähr.*« Sein Tonfall war bedrohlich. »Sie sind unser Gefechtsarzt. Also machen Sie eine *Meldung.*«

Alfrays Miene verfinsterte sich. Aber er hatte nicht die Absicht, sich dem Hauptmann in dessen gegenwärtiger Stimmung zu widersetzen. »Im Augenblick sieht es so aus, als hätte niemand das Leben verloren, obwohl Meklun in ziemlich schlimmer Verfassung ist.« Er deutete mit einem Kopfnicken auf den am Boden liegenden Soldat. »Andere haben tiefe Wunden erlitten, können aber stehen.«

Haskeer wischte sich Blut vom Kinn und sagte: »Wir haben Glück gehabt wie die Teufel.«

Stryke funkelte ihn an. »*Glück?* Diese verdammten Kobolde haben den Zylinder!«

Die schockierte Fassungslosigkeit des Trupps war geradezu greifbar.

»Diebische kleine *Scheißer*«, erwiderte Haskeer aufgebracht. »Schnappen wir sie uns!«

Die Vielfraße bekundeten lautstarken Beifall.

»Denkt nach!«, bellte Stryke. »Bis wir hier fertig sind, die Pferde eingefangen und unsere Verwundeten versorgt haben ...«

»Warum schicken wir ihnen nicht eine kleine Gruppe hinterher? Der Rest kann später folgen«, schlug Coilla vor.

»Sie wären unterlegen, und diese Kirgizile sind geländetauglicher als unsere Pferde. Die Spur ist längst kalt!«

»Aber was nützt es, wenn wir warten, bis wir alle wieder marschbereit sind?«, warf Alfray ein. »Wer weiß, wohin sie unterwegs sind?«

»Hier liegen reichlich Verwundete«, erinnerte sie Haskeer. »Wir müssen sie dazu bringen, dass sie es uns verraten.« Er zückte ein Messer und strich mit einem Finger ganz leicht über die Schneide, um sein Argument zu unterstreichen.

»Verstehst *du* ihre grässliche Sprache?«, wollte Stryke wissen. »Versteht sie *irgendeiner* von euch?« Alle schüttelten den Kopf. »Aha, das dachte ich mir. Also ist Folter wohl kaum die Lösung, oder?«

»Wir hätten dieses Tal niemals betreten dürfen, ohne es vorher auszukundschaften«, murrte Haskeer leise.

»Ich bin gerade in der richtigen Stimmung für Ihre Nörgelei, Feldwebel«, sagte Stryke zu ihm mit einer Miene so hart wie Stein. »Wenn Sie irgendwas darüber zu sagen haben, wie ich diesen Trupp führe, lassen Sie es jetzt hören.«

Haskeer hob die Hände zu einer beschwichtigenden Geste. »Nein, Boss.« Er setzte ein leeres Grinsen auf. »Ich habe ... nur laut gedacht.«

»Das Denken ist nicht Ihre Stärke, Feldwebel. Überlassen Sie das mir. Und das gilt für euch *alle!*«

Spannungsgeladene Stille breitete sich aus. Alfray durchbrach sie. »Was sollen wir tun, Hauptmann?«, fragte er.

»Für den Anfang so viele Pferde wie möglich finden. Wenn Meklun nicht reiten kann, macht eine Trage für ihn.« Mit einem Nicken in Richtung des Gemetzels fuhr er fort: »Lasst keine Kobolde am Leben. Schneidet ihnen den Hals durch. Macht voran.«

Die Vielfraße machten sich dünn.

Coilla blieb und sah ihn an.

»Sag's nicht«, kam er ihr zuvor. »Ich weiß. Wenn wir uns das verdammte Ding für Jennesta nicht wiederholen, sind wir so gut wie tot.«

6

Jennesta stand auf dem höchsten Balkon des höchsten Turms ihres Palasts.

Der Ozean im Osten befand sich in ihrem Rücken. Sie schaute nach Nordwesten, wo sich gelbliche Nebelschwaden über der Taklakasee erhoben. Jenseits des Binnenmeers waren gerade noch die Zinnen der Stadt Urrarbython am Rande des Hojanger-Ödlands auszumachen. Das Ödland wich wiederum der Eisscholle, die, in das Licht einer scharlachroten Sonne getaucht, den Horizont beherrschte.

Für Jennesta sah sie aus wie eine erstarrte Welle aus Blut.

Eine eisige Brise wehte, schneidend wie eine Klinge, und ließ die schweren kirschroten Vorhänge im Eingang des Balkons flattern. Sie hüllte sich fester in den milchfarbenen Umhang aus Säbelzahnwolfpelz. Herbstliche Verhältnisse straften die Jahreszeit Lügen, und jedes Jahr wurde es schlimmer.

Die vorrückenden Gletscher und eisigen Winde waren die Vorboten der Menschen und ihrer ständig zunehmenden Übergriffe: sie breiteten sich aus, rissen dem Land das Herz aus und störten das Gleichgewicht.

Sie fraßen Maras-Dantiens Magie auf.

Sie hatte gehört, dass die Menschen im Süden, wo ihre Bevölkerungsdichte am größten war und Zauberei wenn überhaupt nur schlecht funktionierte, sogar dem geheiligten Namen entsagt hatten und dazu übergegangen waren, die Welt Zentrasien zu nennen. Zumindest die Unis hatten das getan, und die waren immer noch zahlreicher als die Mannis.

Nicht zum ersten Mal fragte sie sich, was ihre Mutter Vermegram wohl von dem Schisma gehalten hätte. Jennesta bezweifelte nicht, dass sie dem Pfad der Anhänger der Mannigfaltigkeit den Vorzug gegeben hätte. Schließlich hingen sie pantheistischen Lehren an, die eine bemerkenswerte Ähnlichkeit mit denjenigen der älteren Rassen aufwiesen. Aus diesem Grund unterstützte Jennesta ihre Sache persönlich und würde dies auch weiterhin so lange tun, wie es ihr passte. Doch ob ihre Mutter, eine Nyadd, es tatsächlich gut geheißen hätte, dass Jennesta mit den Spätankommern gemeinsame Sache machte, war eine akademische Frage. Ungeachtet Vermegrams menschlichen Gefährten.

Und was war mit ihm? Hätte Jennestas Vater die Unitarier und deren unsinniges monotheistisches Glaubensbekenntnis gut geheißen?

Wenn sie über diese Dinge nachdachte, stieß sie jedes Mal immer auf die Doppelbödigkeit ihrer hybriden Abstammung, was unvermeidlich dazu führte, dass sie an Adpar und Sanara dachte und Ärger in ihr aufstieg.

Sie konzentrierte sich wieder auf das Artefakt. Es war der Schlüssel zu ihren Ambitionen und zum Sieg, und es schien ihr zu entgleiten.

Sie drehte sich um und ging zurück in das Gemach.

Ein Bediensteter trat vor und nahm ihr den Umhang ab. Schlank gebaut, fast zierlich, war der Bedienstete blasshäutig und hatte feine Züge. Die sandfarbenen Haare, die puderblauen Augen mit den langen goldenen Wimpern, die Stupsnase und die sinnlichen Lippen waren typisch androgyn.

Der Bedienstete war neu, und Jennesta war immer noch unsicher, ob dieses Wesen vorherrschend männlich oder weiblich war. Aber dieses Problem hatten alle mit Elfen.

»General Kysthan ist hier, Majestät«, verkündete er oder sie mit flötender Singsang-Stimme. »Er, äh, wartet bereits eine ganze Weile.«

»Gut. Ich werde ihn empfangen.«

Der Elf führte den Besucher herein, verbeugte sich diskret und ging.

Kysthan war vermutlich Ende mittleren Alters, soweit sie das beurteilen konnte, und sah nach orkischen Maßstäben distinguiert aus. Er hatte das steifnackige Gehabe des Militärs. Eine Ansammlung von Zickzack-Tätowierungen auf den Wangen erzählte die Geschichte seines Aufstiegs innerhalb des Militärs. Seine Miene kündete von Unbehagen und nicht geringer Beklommenheit.

Es gab keine Eröffnungsformalitäten.

»Ich kann Ihrer Miene entnehmen, dass sie nicht zurückgekehrt sind«, sagte sie mit kaum verhohlenem königlichem Missvergnügen.

»Nein, Majestät.« Er unterließ es, ihrem Blick zu begegnen. »Vielleicht sind sie auf größeren Widerstand gestoßen als erwartet.«

»Nichts in den Meldungen weist darauf hin.«

Er antwortete nicht.

»Was schlagen Sie vor, deswegen zu unternehmen?«

»Eine Abteilung bricht in größtmöglicher Eile auf, um herauszufinden, was ihnen zugestoßen ist, Majestät.«

»Haben wir es mit Verrat zu tun?«

Der General war gekränkt. »Wir hatten noch nie Grund, an der Loyalität irgendeines Mitglieds der Vielfraße zu zweifeln«, erwiderte er ernst. »Ihre Leistungen waren immer hervorragend und ...«

»*Das* weiß ich. Glauben Sie, ich hätte sie mit einem derart heiklen Auftrag betraut, wenn es anders wäre? Halten Sie mich für so dumm?«

Kysthan senkte den Blick, bis er auf seine Füße starrte. »Nein, Majestät.«

»›Nein, Eure Majestät‹«, äffte sie ihn sarkastisch nach. Nach einer angespannten Pause fügte sie hinzu: »Erzählen Sie mir von ihrem Anführer, diesem Stryke.«

Er holte einige Pergamentblätter aus seinem Wams und nahm zur Kenntnis, dass seine Hände ein wenig zitterten.

»Ich hatte noch nicht oft persönlich mit ihm zu tun, Majestät. Aber ich weiß, dass er aus einem guten Klan stammt. Natürlich ist er schon von klein auf beim Militär. Und er ist ein heller Kopf.«

»Für einen Ork.«

»Wie Ihr meint«, murmelte Kysthan. Er räusperte sich verlegen und zog seine Papiere zu Rate. »Allem Anschein nach hat er sehr früh beschlossen, seine Aussichten auf Beförderung dadurch zu erhöhen, jede ihm auferlegte Pflicht mit bedingungsloser Hingabe zu erfüllen. Seine vorgesetzten Offiziere berichten, dass er Befehle immer augenblicklich befolgt und Strafen klaglos hingenommen hat.«

»Intelligent *und* ehrgeizig.«

»Ja, Majestät.« Der General blätterte in seinen Pergamenten herum, eine Aufgabe, die mit Grazie zu erfüllen Soldatenhände zu plump waren. »Tatsächlich fiel er schon bei seiner ersten Abkommandierung ...«

»Wie sah die aus?«

»Hmm?«

»Seine erste Abkommandierung. Wie sah die aus?«

»Er war als Knecht für die Drachenmeister eingeteilt, zur Arbeit in den Ställen.« Kysthan überflog eine Pergamentseite. »Er hat Drachenmist geschaufelt.«

Eine unmerkliche Geste ihrer Hand bedeutete ihm fortzufahren.

»Dabei fiel er einem Offizier auf, der seine Beförderung von der Arbeitsdrohne zum Gemeinen empfahl. Er machte sich sehr gut und wurde zum Gefreiten und dann zum Feldwebel befördert. Kurz danach erreichte er seinen gegenwärtigen Rang. Alles binnen vier Jahren.«

»Beeindruckend.«

»Ja, Majestät. Natürlich hatte er bis dahin ausschließlich im Expeditionskorps der Vereinigten Ork-Klans gedient ...«

»Obwohl darin nicht alle Ork-Klans vertreten sind und sie gelegentlich weit davon entfernt sind, vereinigt zu sein.« Sie lächelte ihn mit der ganzen Wärme einer scilantischen Grubenspinne an. »Ist es nicht so, General?«

»Es ist so, Majestät.«

Sie genoss die Demütigung.

»Wie Ihr wisst«, fuhr er fort, »war der Oberste Orkische Kriegsrat infolge einer Geldknappheit und der daraus resultierenden Unmöglichkeit, alle Truppen zu versorgen, zu gewissen Sparmaßnahmen gezwungen. Eine dieser Sparmaßnahmen bestand darin, mehrere tausend Krieger zu ...«

»Das Wort lautet *verkaufen*, General. Und zwar an mich. Sie waren Bestandteil des Kaufs, wenn ich mich recht entsinne.«

»Ja, Majestät, ebenso wie Stryke. Wir sind damals beide in Eure huldvollen Dienste getreten.«

»Hören Sie auf zu schleimen. Ich verachte Kriecher.«

Die Verlegenheit trieb ihm das Blut in die Wangen, die eine bläuliche Färbung annahmen.

»Wie lange wird es dauern, bis sich Ihre Abteilung zurückmeldet?«, fragte sie.

»Ungefähr fünf Tage, wenn sie nicht auf größere Schwierigkeiten stößt.«

»Dann müssen Ihre Leute gut aufpassen, dass sie es nicht tun. Also gut. Ich erwarte, dass dieser ... *Scheißeschaufler* spätestens in fünf Tagen vor mir steht. Aber seien Sie sich darüber im Klaren, General, dass mir gehört, was er bei sich hat, und dass ich es bekommen werde. Ich will den Zylinder vor allem anderen. Die Vielfraße zur Bestrafung zurückzubringen ist zweitrangig. *Alles* ist zweitrangig verglichen mit dem Zylinder, das Leben Strykes und seines Trupps eingeschlossen.«

»Ja, Majestät.«

»Die Abteilung, die den Vielfraßen nachgeschickt wird, ist ebenfalls entbehrlich.«

Er zögerte, bevor er antwortete: »Ich verstehe, Majestät.«

»Vergessen Sie es nur nicht.« Sie vollführte eine Reihe rascher, mysteriöser Handbewegungen. »Und damit Sie sich besser erinnern ...«

Der General schaute an sich herab. Seine Uniform schwelte und fing Feuer. Die Flammen erfassten sein Wams und breiteten sich augenblicklich auf seine Arme und Beine aus. Unerträgliche Hitze verbrannte seine Glieder. Rauch stieg auf.

Er schlug nach den Flammen, während ihm der stechende Brandgestank in die Nase stieg. Seine Handflächen brannten und warfen Blasen. Feuer sprang auf Schultern, Hals und Gesicht über. Es hüllte ihn vollständig ein. Seine Haut verfärbte sich schwarz. Unerträgliche Schmerzen tobten in seinem Körper.

Er schrie auf.

Jennestas Hände bewegten sich wieder, auf eine nachlässige, beinah verächtliche Art.

Es gab kein Feuer. Seine Kleidung war nicht verkohlt. Der Brandgeruch war verschwunden, und er hatte keine Blasen an den Händen. Er empfand keine Schmerzen.

Er starrte sie stumm an.

»Falls Sie oder Ihre Untergebenen mich enttäuschen sollten«, stellte sie gelassen fest, »war das nur ein Vorgeschmack dessen, was Sie erwartet.«

Verlegenheit, Scham und vor allem Furcht standen ihm ins Gesicht geschrieben. »Sehr wohl, Majestät«, flüsterte er.

Seine Reaktion war zufriedenstellend. Sie genoss es, einen ausgewachsenen Ork zittern zu lassen.

»Sie haben Ihre Befehle«, sagte sie zu ihm.

Er verbeugte sich steif und ging zur Tür.

Als der General das Gemach verlassen hatte, seufzte Jennesta. Sie ging zu einer Couch und sank auf deren pralle Polster. Sie war ausgelaugt. Da die natürlichen Energiequellen so verbraucht waren, bedurfte es einer beträchtlichen Anstrengung, um auch nur einen simplen Hokuspokus zu wirken. Obwohl es diese Anstrengung wert war, um ihre Untergebenen bei der Stange zu halten. Doch nun musste sie ihre Kräfte auffrischen. Auf die andere Art.

Sie erinnerte sich an den elfischen Bediensteten und kam zu dem Schluss, dass es eine angenehme Art sein mochte, es zu tun.

*

Draußen im Flur verlor Kysthan seine aufrechte Haltung. Seine Nerven waren kurz davor, dasselbe Schicksal zu erleiden. Er lehnte sich an die Wand, schloss die Augen und ließ langsam den Atem entweichen, den er angehalten hatte.

Es würde seine Autorität untergraben, wenn ihn jemand so sah. Er kämpfte um seine Selbstbeherrschung.

Nach einem Augenblick straffte er die Schultern und fuhr sich mit dem Handrücken über die schweißnasse Stirn. Dann setzte er seinen kurzen Weg mit gemessener Bedächtigkeit fort.

Der bogenförmige Korridor führte ihn zu einem angrenzenden Vorzimmer. Ein junger Offizier nahm bei seinem Eintreten schneidig Haltung an.

»Stehen Sie bequem, Hauptmann«, sagte der General zu ihm.

Der Offizier entspannte sich kaum merklich.

»Sie müssen augenblicklich aufbrechen«, sagte Kysthan.

»Wie lange haben wir Zeit, General?«

»Fünf Tage, höchstens.«

»Das ist knapp.«

»Es ist so lange, wie sie zu warten bereit ist. Ich will ganz offen sein, Delorran. Sie sollen das Artefakt zurückbringen. Wenn Sie noch dazu die Vielfraße mitbringen, ist das sehr schön. Aber sollten sie sich als ... widerspenstig erweisen, ist sie auch mit ihren Köpfen zufrieden. Angesichts Ihrer Vergangenheit mit Stryke kann ich mir vorstellen, dass Sie kein Problem damit haben.«

»Keines, General, aber ...«

»Aber was? Sie werden ihnen mindestens drei zu eins überlegen sein. Das hört sich für mich nach einem sehr guten Kräfteverhältnis an. Oder habe ich den falschen Ork für den Auftrag ausgesucht?«

»*Nein*, General«, antwortete Delorran rasch. »Es ist nur so, dass die Vielfraße von allen Kriegstrupps der ganzen Horde die beste Tötungsbilanz aufweisen.«

»Das weiß ich, Hauptmann. Deswegen habe ich für diesen Auftrag auch unsere besten Leute abgestellt.«

»Ich sage nicht, dass es unmöglich ist, General.«

»Niemand hat Ihnen einen Spaziergang versprochen.« Er starrte dem Offizier durchdringend in das ernste Gesicht und fügte hinzu: »Ihre Majestät vertritt die Einstellung, dass es, wie es auch für die Vielfraße gilt, in Bezug auf die Verlustrate der Soldaten unter Ihrem Kommando ... keinerlei Beschränkungen gibt.«

»General?«

»Muss ich es für Sie buchstabieren? Sie werden bei der Erfüllung dieses Auftrags so viele Leben opfern, wie es nötig werden mag.«

»Ich verstehe.« Sein Tonfall war bekümmert.

»Sehen Sie die Sache folgendermaßen, Delorran. Wenn Sie ohne ihr Spielzeug zurückkehren, lässt sie Ihre ganze Einheit hinrichten. Auf grässlichste Weise, dafür kennen wir sie. Wägen Sie das gegen den Verlust nur eines Teils Ihrer Einheit und Ihre sichere Beförderung ab. Ganz zu schweigen von der Möglichkeit, sich an Stryke zu revanchieren. Sollte es Ihnen aber lieber sein, wenn ich jemand anderen beauftrage ...«

»Nein, General. Das wird nicht nötig sein.«

»Und dieses ganze Gerede könnte ohnehin völlig sinnlos sein. Ihr Wild ist vielleicht längst tot.«

»Die Vielfraße? Das bezweifle ich, General. Ich würde sagen, dass sie nicht so leicht umzubringen sind.«

»Warum haben wir dann nichts von ihnen gehört? Wenn sie nicht tot sind, ist es ebenso unwahrscheinlich, dass sie in Gefangenschaft geraten sind. Natürlich könnten sie einer der Seuchen zum Opfer gefallen sein, welche die Menschen verbreiten, aber dafür halte ich sie für zu vorsichtig. Was nur noch Verrat übrig lässt. Und es gab keinen Grund zu glauben, irgendeiner von ihnen könnte sich als Verräter erweisen.«

»Ich bin nicht so sicher. Wie Sie wissen, sind nicht alle Orks mit unserer derzeitigen Situation zufrieden, General.«

»Haben Sie Grund zu der Annahme, dass Stryke und sein Trupp solche Gedanken hegen?«

»Ich nehme nicht für mich in Anspruch, ihre Gedanken zu kennen, General.«

»Dann behalten Sie Ihre Phantasien für sich. Derlei Gerede ist gefährlich. Denken Sie nur an den Zylinder. Er hat höchste Priorität. Ich verlasse mich auf Sie, Delorran. Wenn Sie versagen, werden wir beide unter Jennestas Zorn zu leiden haben.«

Der Hauptmann nickte grimmig. »Strykes Tod wird dieses Schicksal abwenden. Ich werde Sie nicht im Stich lassen, General.«

*

Sie waren zum Abmarsch bereit. Die einzige Unstimmigkeit bestand in der Frage, wohin.

»Lasst uns nach Grabhügelstein zurückkehren und Jennesta alles beichten«, schlug Haskeer vor. Eine Hand voll seiner Anhänger in dem vollständig versammelten Kriegstrupp murmelten Zustimmung. »Wir haben Pelluzit, und das müsste doch zumindest *etwas* wert sein. Kehren wir also zurück und unterwerfen uns ihrer Gnade.«

»Da würde uns ein hartes Los bevorstehen, Genosse«, sagte Alfray. »Und sie hat uns nicht wegen der Kristalle losgeschickt.«

»Alfray hat Recht«, sagte Stryke. »Unsere einzige Möglichkeit besteht darin, den Zylinder zurückzuholen.«

»Wenn wir ihn suchen, warum schicken wir dann nicht ein oder zwei von uns zu Jennesta, um ihr zu erklären, was wir übrigen tun?«, schlug Alfray vor.

Stryke schüttelte den Kopf. »In den Tod? Nein. Wir alle samt Zylinder oder keiner.«

»Aber wo sollen wir suchen?«, wollte Coilla wissen.

»Wo anders als in der Heimat der Kobolde?«, sagte Jup.

»Den ganzen Weg bis nach Schwarzberg?«, höhnte Haskeer. »Das hätte wenig Aussicht auf Erfolg, Kurzbein.«

»Hast du eine *bessere* Idee?«

Haskeers gereiztes Schweigen bedeutete, dass er keine hatte.

»Sie könnten überallhin geritten sein«, sagte Coilla zu dem Zwerg.

»Das ist wahr. Aber wir wissen nicht, wo überall ist. Wie wir nach Schwarzberg kommen, wissen wir.«

Stryke lächelte dünn. »Da ist was dran. Wir könnten unser ganzes Leben damit zubringen, das ganze Land nach dieser Schweinebande abzusuchen. Schwarzberg macht mehr Sinn, und wenn die Gruppe, die uns bestohlen hat, jetzt noch nicht dort ist, taucht sie vielleicht noch auf.«

Haskeer spie aus. *»Vielleicht.«*

»Wenn Sie nach Grabhügelstein zurückkehren wollen, Feldwebel, nur zu.« Stryke betrachtete die Gesichter der Vielfraße. »Das gilt für jeden hier. Ihr könnt Jennesta noch sagen, wohin wir gegangen sind, bevor sie euch die Haut abziehen lässt.«

Niemand nahm ihn beim Wort.

»Dann ist es also entschieden. Schwarzberg. Was meinst du, Alfray? Eine Woche?«

»Ungefähr. Vielleicht mehr wegen der Pferde, die wir verloren haben. Fünf oder sechs Tiere müssen doppelte Last tragen. Und vergiss Meklun nicht. Es war Pech, dass wir keinen Karren in Heimaterde gefunden haben. Dass wir ihn ziehen müssen, wird uns aufhalten.«

Köpfe drehten sich in Richtung des verwundeten Soldaten, der auf eine Bahre geschnallt war. Sein Gesicht war totenbleich.

»Wir sehen uns unterwegs nach Pferden um«, sagte Stryke. »Vielleicht finden wir auch einen Karren.«

»Wir könnten ihn zurücklassen«, warf Haskeer ein.

»Ich werde dich daran erinnern, solltest du auch mal eine schlimme Wunde abbekommen.«

Haskeer runzelte die Stirn und hielt den Mund.

»Und wenn wir zwei Gruppen bilden?«, schlug Coilla vor. »Eine mit den Unverletzten, die nach Schwarzberg vorreiten. Die andere mit Meklun, den Leichtverwundeten und ein paar Gesunden zur Sicherheit, die nachkommen.«

»Nein. Zu leichte Beute, falls es noch weitere Hinterhalte gibt. Ich habe den Zylinder verloren, ich will nicht auch noch den halben Trupp verlieren. Wir bleiben zusammen. Und jetzt lasst uns von hier verschwinden.«

Ein Teil der weniger wichtigen Ausrüstung der Vielfraße musste zurückgelassen und das Pelluzit neu verteilt werden, um den Mangel an Pferden auszugleichen. Es gab ein paar kleinere Streitereien über die Frage, wer sich mit wem ein Pferd teilen musste, aber einige gut gezielte Tritte der Offiziere stellten die Ordnung wieder her. Eiserne Rationen und Wasser wurden verteilt. Mekluns Bahre wurde angeschirrt.

Es war später Nachmittag, als sie schließlich in südlicher Richtung aufbrachen. Diesmal versäumte Stryke es nicht, Kundschafter vorauszuschicken.

Er ritt an der Spitze der Kolonne, Coilla neben sich.

»Was machen wir, wenn wir in Schwarzberg ankommen?«, fragte sie. »Sollen wir es mit dem ganzen Koboldvolk aufnehmen?«

»Das wissen allein die Götter, Coilla. Ich entscheide von Fall zu Fall, wenn dir das noch nicht aufgefallen ist.« Er schaute sich um und fügte verschwörerisch hinzu: »Aber sag das nicht weiter.«

»Mehr können wir nicht tun, oder nicht, Stryke? Ich meine, als nach Schwarzberg zu reiten.«

»Mehr fällt *mir* nicht ein. Denn so wie ich es sehe, haben wir wenigstens das Vergnügen, bei dem Versuch zu sterben, wenn es uns nicht gelingt, den Zylinder wiederzubeschaffen.«

»Ich sehe es genauso. Obwohl ich es schade finde, dass wir es für Jennesta und für ein Anliegen der Menschen tun müssen.«

Jetzt fängt sie schon wieder damit an, dachte er. *Was für eine Antwort erwartet sie von mir?*

Er war versucht, offen zu reden, bekam jedoch keine Gelegenheit dazu.

»Du hast keine Ahnung, was in dem Zylinder ist?«, fragte sie weiter. »Gab es nicht mal eine Andeutung, warum er so wichtig ist?«

»Wie ich schon sagte, Jennesta hat mich nicht ins Vertrauen gezogen«, erwiderte er sarkastisch.

»Aber die Kobolde dachten ganz offensichtlich, dass er einen Kampf mit einem Kriegstrupp wert war.«

»Du weißt, wie Kobolde sind, diese diebischen kleinen Halunken. Sie versuchen alles, wenn sie glauben, sie könnten damit durchkommen.«

»Also gehst du davon aus, dass sie auf gut Glück gehandelt haben?«

»Ja.«

»Von allen Reisenden in dieser Gegend, darunter auch Handelskarawanen, die ihnen keinen halb so harten Kampf liefern würden wie wir, haben sie sich ausgerechnet uns ausgesucht, einen schwer bewaffneten Trupp von Angehörigen einer Rasse, die für den Kampf lebt. Und all das aufgrund der entfernten Möglichkeit, wir könnten etwas bei uns haben, das sich zu stehlen lohnt. Klingt das wahrscheinlich?«

»Willst du damit sagen, dass sie hinter dem Zylinder her waren? Aber woher sollten sie gewusst haben, dass wir ihn hatten? Unser Auftrag war geheim.«

»Vielleicht war unser Geheimauftrag gar nicht so geheim, Stryke.«

7

»... und schieb dir in den Hintern, was noch davon übrig ist!«, beendete Stryke seine Ausführungen.

Nachdem sein Hauptmann seine Ansichten lebhaft kundgetan hatte, schoss Haskeer einen mörderischen Blick ab und zog am Zügel seines Pferds. Er preschte zu seinem Platz in der Kolonne zurück.

»Beiß *mir* deswegen nicht den Kopf ab«, wagte Coilla sich vor, »aber hatte er nicht ganz Recht mit seinem Ansinnen, anzuhalten und Rast zu machen?«

»Ja«, grunzte Stryke, »und das werden wir auch. Aber wenn ich jetzt den Befehl dazu gebe, sieht es so aus, als hätte er sich durchgesetzt.« Mit einem Kopfnicken deutete er auf eine Erhebung ein Stück voraus auf dem Weg. »Wir warten, bis wir auf der anderen Seite der Anhöhe sind.«

Sie hatten seit ihrem Aufbruch nicht mehr angehalten und waren die ganze Nacht und den Vormittag geritten. Jetzt hatte die Sonne den Zenit erreicht, und ihrer bescheidenen Wärme war es endlich gelungen, die Kälte der Nacht zu vertreiben.

Als die Anhöhe hinter ihnen lag, ordnete Stryke eine Rast an. Einige Soldaten wurden ausgesandt, um die vorgezogenen Kundschafter zu benachrichtigen. Mekluns Bahre wurde von dem Pferd gelöst und vorsichtig auf den Boden gelegt. Alfray bezeichnete seinen Zustand als unverändert.

Während Feuer angezündet und Pferde getränkt wurden, hielt Stryke einen Kriegsrat mit den Offizieren ab.

»Wir kommen trotz der Behinderungen nicht schlecht voran«, verkündete er, »aber es wird Zeit für eine Entscheidung hinsichtlich unserer Route.« Er zog einen Dolch und kniete sich hin. »Die menschliche Siedlung ... wie hieß sie noch gleich?«

»Heimaterde«, sagte Jup.

Stryke ritzte ein Kreuz in eine Fläche aus getrocknetem Matsch. »Heimaterde war hier am Nordrand der Großen Prärie und die Grabhügelstein am nächsten gelegene feindselige Kolonie der Menschen.«

»Jetzt nicht mehr«, warf Haskeer mit finsterer Häme ein.

Stryke beachtete ihn nicht, sondern ritzte eine abwärts führende Linie in den Boden. »Wir sind nach Süden gezogen.« Am Ende der Linie zeichnete er ein weiteres Kreuz ein. »Bis hier. Nach Schwarzberg müssen wir nach Südosten abbiegen. Aber wir haben ein Problem.« Rechts und ein wenig unterhalb des zweiten Kreuzes kerbte er einen Kreis ein.

»Die Krätze«, sagte Coilla.

»Genau. Die Heimat der Trolle. Die Krätze liegt mitten auf dem kürzesten Weg nach Schwarzberg.«

Haskeer zuckte die Achseln. »Und?«

»Wenn man bedenkt, wie kriegerisch Trolle sein können«, antwortete ihm Jup, »sollten wir einen Bogen darum machen.«

»*Du* magst vor einem Kampf davonlaufen wollen. *Ich* nicht.«

»Wir haben keinen Bedarf nach einem Kampf, Haskeer«, mischte Stryke sich kühl ein. »Warum sollten wir uns zusätzliche Probleme aufhalsen?«

»Weil wir Zeit verlieren, wenn wir einen Bogen um die Krätze machen.«

»Wir verlieren noch mehr, wenn wir in einen Kampf verwickelt werden, und mit einem schwer bewaffneten Kriegstrupp durch ihr Gebiet zu reiten ist genau die richtige Methode, um einen anzufangen. Nein, wir umgehen die Krätze. Die Frage ist, wie?«

Coilla zeigte auf die improvisierte Karte. »Der nächstkürzeste Weg wäre der, nach Osten in Richtung Teufelsbrüllen und der Küste abzubiegen. Dann wenden wir uns nach Süden und reiten durch den Schwarzbergwald nach Schwarzberg.«

»Ich bin auch nicht glücklich damit, Teufelsbrüllen nahe zu kommen«, sagte Stryke. »Bedenkt, dass es ein Freihafen ist. Das bedeutet, dass sich dort reichlich Angehörige der älteren Rassen aufhalten. Wir können davon ausgehen, dass wir auf wenigstens eine stoßen, die noch eine Rechnung mit Orks offen hat. Und im Wald wimmelt es von Banditen.«

»Ganz zu schweigen davon, dass der Weg nach Osten viel zu nah an Grabhügelstein vorbeiführt, um ruhig schlafen zu können«, fügte Alfray hinzu.

»Der Vorteil, sich Schwarzberg von der Waldseite zu nähern, ist der, dass wir die Deckung der Bäume hätten«, warf Jup ein.

»Das wäre ein geringer Ausgleich für all die Risiken, die wir eingehen müssten.« Stryke benutzte wieder seinen Dolch und verlängerte die abwärts führende Linie, sodass sie links an dem Kreis vorbei führte. »Wir sollten weiter nach Süden, bis wir an der Krätze vorbei sind, und *dann* nach Osten abbiegen.«

Coilla runzelte die Stirn. »In diesem Fall wäre dies zu berücksichtigen.« Sie beugte sich vor und zeichnete mit dem Finger ein kleines Kreuz unterhalb der Krätze ein. »Weberflur. Eine Uni-Siedlung wie Heimaterde, aber viel größer. Es heißt, dass die Menschen dort fanatischer sind als die meisten.«

»Ist das überhaupt möglich?«, fragte Jup trocken.

»Wir müssten zwischen den beiden durch«, räumte Stryke ein. »Aber das Gelände ist überall ebene Prärie, also könnten wir wenigstens erkennen, wenn sich etwas zusammenbraut.«

Alfray studierte die Skizze. »Das ist der längste Weg, Stryke.«

»Ich weiß, aber es ist auch der sicherste. Oder jedenfalls der am wenigsten gefährliche.«

»Welchen verdammten Weg wir auch nehmen«, grollte Haskeer, »niemand hat bisher irgendwas davon gesagt, dass Schwarzberg nur einen Katzensprung *davon* entfernt ist.« Er stach seinen eigenen Dolch in den Boden, ein Stück rechts von Coillas Beitrag.

Jup funkelte ihn an. »Das soll wohl Quatt heißen, oder?«

»Wo deine Art herkommt, ja. Wenn wir so nah dran sind, müsstest du dich eigentlich wie Zuhause fühlen.«

»Wann hörst du endlich damit auf, mir die Schuld an jedem Unrecht zu geben, das irgendwo von einem Zwerg begangen wird?«

»Wenn deine Rasse aufhört, die Drecksarbeit für die Menschen zu erledigen.«

»Ich bin nur für meine Taten verantwortlich, nicht für die meiner Rasse. Andere tun, was sie tun müssen.«

Haskeer fuhr auf. »Niemand *muss* den Spätankommern helfen!«

»Was glaubst du, was *wir* hier machen? Oder bist du zu dämlich, um zu bemerken, mit wem Jennesta verbündet ist?«

Wie die meisten Kabbeleien zwischen den Feldwebeln eskalierte auch diese sehr schnell.

»Erzähl *mir* nichts über Loyalität, du Rattenschwanz!«

»Geh und schieb deinen Schädel in einen Pferdearsch!«

Mit wutverzerrten Gesichtern machten beide Anstalten, sich zu erheben.

»Das reicht!«, bellte Stryke. »Wenn ihr zwei euch gegenseitig in Stücke reißen wollt, von mir aus. Aber lasst uns zuerst versuchen, lebendig nach Hause zu kommen, ja?«

Sie beäugten ihn, wogen einen Augenblick die Aussichten ab und gaben dann nach.

»Ihr habt alle eure Pflichten«, erinnerte er sie. »Also bewegt euch.«

Haskeer konnte sich eine abschließende Spitze nicht verkneifen. »Wenn wir auch nur in die Nähe von Quatt kommen«, fauchte er, »solltet ihr besser Augen im Hinterkopf haben.« Er bedachte den Zwerg mit einem boshaften Blick. »Die Einheimischen sind ziemlich hinterhältig.«

Er und die anderen Offiziere machten sich auf, die notwendigen Vorbereitungen zu treffen, aber Stryke bedeutete Jup zu bleiben.

»Ich weiß, dass es schwierig ist«, sagte er, »aber du musst dich zurückhalten, wenn du provoziert wirst.«

»Erzählen Sie das Haskeer, Hauptmann.«

»Glaubst du, das hätte ich nicht? Ich habe ihm klargemacht, dass er mit einer Auspeitschung rechnen muss, und nicht zum ersten Mal, seit ich diesen Trupp anführe.«

»Die Beleidigungen meiner Rasse kann ich verkraften. Die Götter wissen, dass ich daran gewöhnt bin. Aber er hört nie damit auf.«

»Er hat seine Gründe, verbittert zu sein, Jup. Du bist nur ein bequemer Sündenbock.«

»Mein Blut gerät nur dann in Wallung, wenn er meine Loyalität anzweifelt.«

»Tja, du musst zugeben, dass deine Rasse berüchtigt dafür ist, ihre Loyalität an den Meistbietenden zu verkaufen.«

»Manche haben das getan, aber nicht alle. *Meine* Zugehörigkeit kann man nicht kaufen.«

Stryke nickte.

»Und es gibt auch Zwerge, die Ähnliches über die Orks behaupten«, fügte Jup hinzu.

»Orks kämpfen nur, um die Sache der Mannis zu fördern. Uns bleibt kaum eine Wahl in dieser Hinsicht. Deine Rasse hat wenigstens genug freien Willen, um es selbst entscheiden zu können. Wir werden in den Militärdienst geboren und kennen keine andere Lebensweise.«

»Das weiß ich, Stryke. Aber *du* hast eine Wahl. Du könntest ebenso über dein Schicksal bestimmen, wie ich es getan habe, als ich mir ausgesucht habe, welche Seite ich unterstütze.«

Stryke gefiel die Richtung nicht, die das Gespräch nahm. Es weckte in ihm Unbehagen.

Er wich einer direkten Antwort aus, indem er zu dem Thema überleitete, auf das er von Anfang an hatte zu sprechen kommen wollen. »Vielleicht haben wir Orks eine Wahl, vielleicht nicht. Was wir nicht haben, ist die Fernsicht. Zwerge haben sie, und jetzt könnten wir sie gut gebrauchen. Haben sich deine Fähigkeiten verbessert?«

»Nein, Stryke, das haben sie nicht, und ich habe es versucht, das kannst du mir glauben.«

»Du spürst gar nichts?«

»Nur vage ... Andeutungen ist wohl der treffendste Ausdruck. Tut mir Leid, Boss. Es dem Angehörigen einer Rasse ohne magische Fähigkeiten zu erklären ist nicht leicht.«

»Aber du siehst Andeutungen. Wovon? Kirgizil-Spuren? Oder ...«

»Wie ich schon sagte, Andeutungen ist ein ungenaues Wort. Die Sprache reicht nicht aus, um die Fähigkeit zu beschreiben. Was ich aufschnappe, hilft uns nicht weiter. Es ist zu schwach und zu wirr.«

»Verdammt.«

»Vielleicht liegt es daran, dass wir noch zu nah an Heimaterde sind. Mir ist schon öfter aufgefallen, dass die Kraft geringer zu sein scheint, wo viele Menschen leben.«

»Du meinst, sie könnte zurückkehren, je weiter wir uns davon entfernen?«

»Es wäre möglich. Um die Wahrheit zu sagen, war die Fernsicht bei den Zwergen nie sonderlich stark ausgeprägt, und niemand weiß genau, woher wir und die anderen älteren Rassen die Kraft beziehen. Wir wissen nur, dass sie aus der Erde kommt. Wenn Menschen an einem Ort graben und wühlen, können sie eine Energieader durchtrennen, und alle Gebiete, die von der Ader durchlaufen werden, trocknen aus. Also funktioniert die Magie in manchen Gebieten und in anderen nicht.«

»Weißt du, was ich noch nie begriffen habe? Wenn sie die Magie aufessen, warum setzen sie sie dann nicht gegen uns ein?«

Jup zuckte die Achseln. »Wer kann das sagen?«

*

Nach einigen Stunden unruhigen Schlafes setzten die Vielfraße ihren Weg fort.

Weit zur Rechten und durch einen Saum aus Bäumen gekennzeichnet, schlug der Callyparr-Meeresarm seine Wellen. Links tat es ihm die Große Prärie in scheinbar unendlicher Hülle und Fülle gleich. Aber der Schein trog. Was früher fruchtbar gewesen war, dem mangelte es jetzt an Vitalität. Es hatte den Anschein, als sei ein Teil der Farbe aus der Landschaft herausgewaschen worden. An vielen Stellen war das Gras welk und sogar abgestorben. Büsche und Sträucher waren verkümmert und spröde. Baumrinden waren von krankhaftem Parasitenbefall gezeichnet. Ein leichter Regenschauer hatte eine gelblich-braune Färbung und roch verdorben nach Schwefel.

Bei Einbruch der Abenddämmerung waren sie an einem Punkt etwa auf Höhe der Krätze angelangt. Wenn sie dieses Tempo hielten, konnten sie im Morgengrauen nach Osten abbiegen, schätzte Stryke.

Er ritt an der Spitze der Kolonne und war in gewichtigere Überlegungen vertieft als solche hinsichtlich der Route. Er dachte über das Rätsel der Träume nach, die ihn heimsuchten, und das Gefühl der Sinnlosigkeit im Angesicht der Schwierigkeiten, die sich vor ihnen auftürmten, wurde immer stärker. Doch was geschehen würde, wenn sie die Räuberbande der Kobolde und den Zylinder nicht fanden, war etwas, worüber er nicht nachdenken wollte.

Die Schwermut hatte ihn in ebenso kühlem Griff wie die eisige Nachtluft, als einer der Kundschafter auftauchte. Der Soldat näherte sich mit hoher Geschwindigkeit und aus den Nüstern seines Pferdes stoben Dampfwolken.

Als er die Kolonne erreicht hatte, ruckte er scharf an den Zügeln und riss das schwitzende Pferd herum.

Stryke packte die Zügel und half dem Soldat dabei, das Tier zu beruhigen. »Was ist los, Orbon?«

»Lager voraus, Hauptmann.«

»Haben sie Pferde?«

»Ja.«

»Gut. Mal sehen, ob wir welche einhandeln können.«

»Aber es ist ein Ork-Lager und sieht verlassen aus.«

»Bist du sicher?«

»Zoda und ich haben es beobachtet, und außer den Pferden rührt sich überhaupt nichts.«

»In Ordnung. Reite zu ihm zurück und wartet dort auf uns. Unternehmt nichts, bevor wir da sind.«

»Hauptmann!« Der Kundschafter trieb sein Pferd an und galoppierte davon.

Stryke beorderte die Offiziere zu sich und erklärte ihnen die Lage.

»Würde man in dieser Gegend damit rechnen, auf ein Ork-Lager zu stoßen?«, fragte Jup.

»In unserer nördlichen Heimat sind sie weiter verbreitet«, erläuterte Stryke, »aber es gibt einige orkische Nomaden-Klans. Es könnte das Lager eines dieser Klans sein. Oder das einer Militäreinheit, die wie wir in irgendeinem Auftrag unterwegs ist.«

»Wenn die Kundschafter keinerlei Aktivitäten melden, sollten wir uns mit äußerster Vorsicht nähern«, schlug Coilla vor.

»Das ist auch mein Eindruck«, gab Stryke ihr Recht. »Es mag ein Ork-Lager sein, aber das heißt nicht, dass wir dort auch Orks finden. Bis wir es genau wissen, betrachten wir es als feindselig. Es geht weiter.«

Zehn Minuten später stießen sie auf Orbon, der sie an einem großen Gehölz erwartete. Von den Bäumen fielen braune Blätter, und das Gebüsch nahm bereits Herbstfarben an, obwohl der Mittsommer noch eine Mondphase entfernt war.

Stryke ließ den Trupp leise absteigen. Die Verwundeten blieben bei Meklun und den Pferden. Mit Orbon an der Spitze drangen die Übrigen verstohlen in das Wäldchen ein.

Nach zehn Schritten fiel der Boden ab, und rasch wurde klar, dass sich im Schutz des Gehölzes eine ansehnliche grabenförmige Senke befand. Sie tasteten sich auf dem schwammigen Laub-Teppich bis zu einem umgestürzten Baum vor, wo Zoda der Länge nach ausgestreckt Wache hielt.

Durch das schwankende Blätterdach fiel noch genug Licht der untergehenden Sonne, um ihnen zu zeigen, was in der Senke lag.

Zwei bescheidene Rundhütten, strohgedeckt, und eine dritte, noch kleinere, deren Dach unvollständig war. Fünf, sechs Schuppen aus zurechtgebogenen und festgebundenen Schößlingen, die mit unregelmäßig geformten Resten eines groben Stoffs bedeckt waren. Träges Quellwasser, das in einem dünnen Rinnsal durch aufgewühlten Matsch rieselte. Zwei Baumstümpfe mit einem Verbindungsast, die einen grob gezimmerten Balken zum Anbinden der Pferde bildeten. Um den Balken waren die Zügel von sieben, acht merkwürdig stillen Pferden gewickelt.

Während Stryke all das in sich aufnahm, musste er wieder an seinen Traum – oder seine Vision – denken, aber als diametralen Gegensatz zu dem, was er jetzt sah. Die Siedlung der Orks in seinem Traum hatte ein Gefühl der Dauerhaftigkeit vermittelt. Diese war vorübergehend und wacklig. Im Traum gab es Licht und saubere Luft im Überfluss. Hier war es dunkel und stickig. Der Traum war lebensfroh. Dies hier kündete von Tod.

Er hörte Coilla flüstern: »Verlassen, oder was meint ihr?«

»Würde mich nicht überraschen«, erwiderte Alfray gedämpft, »wenn man bedenkt, dass das Lager nahe bei der Krätze *und* nicht allzu weit von einer Uni-Kolonie liegt.«

»Aber warum hätten sie die Pferde zurücklassen sollen?«

Stryke riss sich aus seinen Überlegungen. »Finden wir es heraus. Haskeer, nimm ein Drittel des Trupps und arbeite dich auf die andere Seite vor. Jup, Alfray, ihr nehmt ein weiteres Drittel und besetzt die rechte Flanke. Coilla und die anderen bleiben bei mir. Auf mein Zeichen gehen wir runter.«

Es dauerte ein paar Minuten, bis die Gruppen ihre Position eingenommen hatten. Als er sicher war, dass alle in Stellung waren, erhob sich Stryke und beschrieb eine rasche Bewegung mit dem Arm. Die Vielfraße zückten ihre Waffen und drangen in einer Zangenbewegung in das Lager ein.

Sie trafen sich ohne Zwischenfall in der Mitte, wenn man vom nervösen Scheuen der angebundenen Pferde absah.

Rings um die schlichten Hütten war der Boden mit Gegenständen verschiedenster Art übersät. Ein umgestürzter Kochkessel, zerbrochenes Geschirr, eine zertrampelte Satteltasche, die Knochen eines Fasans, ein abgelegter Bogen. An mehreren Stellen fanden sich die Aschehaufen längst erloschener Feuer.

Stryke führte seine Abteilung zum nächsten Rundhaus.

Er hob einen Finger an die Lippen und zeigte mit seiner Klinge an, wie seine Leute sich um die Hütte verteilen sollten. Als sie in Stellung waren, schlichen er und Coilla zum Eingang. Er hatte keine Tür. Ein sackleinerner Lumpen erfüllte diesen Zweck. Mit gezücktem Schwert bauten sie sich neben dem Eingang auf.

Er nickte. Coilla riss den Stofffetzen beiseite. Ein überwältigend verdorbener Gestank traf sie wie ein Schlag. Er war moderig, süßlich, widerlich und unverkennbar. Der Geruch von verwesendem Fleisch.

Stryke hielt sich mit der freien Hand den Mund zu und trat ein. Im Innern war es duster, aber es dauerte nur ein paar Sekunden, bis seine Augen sich angepasst hatten.

Die Hütte war voller toter Orks. Sie lagen zu dritt und zu viert auf behelfsmäßigen Feldbetten. Andere bedeckten vollständig den

Boden. Eine Dunstglocke der Fäulnis lastete schwer auf der Hütte. Nur das Huschen von Aasfressern störte die Stille.

Coilla war neben Stryke und hatte ebenfalls die Hand auf den Mund gepresst. Sie zog an seinem Arm, und sie gingen rückwärts hinaus. Sie zogen sich noch ein Stück weit vom Eingang zurück und schnappten nach frischer Luft, während die übrigen Soldaten den Hals reckten, um einen Blick in die Hütte zu werfen.

Stryke ging mit Coilla im Schlepptau weiter zum zweiten der beiden größeren Rundhäuser und traf in dem Augenblick dort ein, als Jup aschfahl wieder herauskam. Der Gestank war hier ebenso stark. Ein Blick ins Innere zeigte die identische Szenerie eines Durcheinanders von Leichen.

Der Zwerg atmete tief ein. »Alles Frauen und Kinder. Schon seit einiger Zeit tot.«

»In der anderen Hütte sieht es genauso aus«, sagte Stryke.

»Keine erwachsenen Männer?«

»Ich habe keine gesehen.«

»Warum nicht? Wo sind sie?«

»Ich bin nicht ganz sicher, Jup, aber ich glaube, das hier war ein Ausgestoßenen-Lager.«

»Vergiss nicht, dass ich mich mit euren Sitten und Gebräuchen nicht so gut auskenne. Was bedeutet das?«

»Wenn ein Ork im militärischen Dienst getötet wird und sein Vorgesetzter sagt, dass er sich feige verhalten hat, werden die Frau des Toten und ihre Kinder ausgestoßen. Manchmal tun sich Ausgestoßene zu einer Gruppe zusammen.«

»Diese Regel wurde strikt angewandt, seit wir unter Jennesta dienen«, fügte Coilla hinzu.

»Sie müssen sich allein durchs Leben schlagen?«, fragte Jup.

Stryke nickte. »Das ist das Los eines Orks.«

»Was hast du erwartet?«, sagte Coilla, die den Gesichtsausdruck des Zwergs richtig deutete. »Eine Leibrente und einen zehntpflichtigen Bauernhof?«

Jup ignorierte ihren Sarkasmus. »Irgendeine Idee, woran sie gestorben sind, Hauptmann?«

»Noch nicht. Aber Massenselbstmord ist nicht ausgeschlossen. So etwas ist schon vorgekommen. Oder vielleicht ...«

»Stryke!«

Haskeer stand vor der kleinsten Hütte und winkte ihn heran. Stryke ging zu ihm. Coilla, Jup und einige der anderen folgten.

»Da drinnen lebt noch jemand.« Haskeer zeigte mit dem Daumen auf den Eingang.

Stryke lugte in die Düsternis. »Hole Alfray. Und er soll eine Fackel mitbringen!« Er trat ein.

In der Hütte befand sich nur eine Gestalt, die auf einem Bett aus schmutzigem Stroh lag. Stryke näherte sich ihr und hörte mühsames Atmen. Er bückte sich. Im schlechten Licht konnte er nur die Züge einer alten Orkfrau erkennen. Ihre Augen waren geschlossen, und ihr Gesicht glänzte unter einem Schweißfilm.

Ein Murmeln in Strykes Rücken verkündete Alfrays Ankunft.

»Ist sie verwundet?«

»Kann ich nicht sagen. Wo ist die Fackel?«

»Haskeer bringt sie.«

Die Augen der alten Orkfrau öffneten sich. Ihre Lippen zitterten, als versuche sie, etwas zu sagen. Alfray bückte sich, um zuzuhören. Ein letztes Ausatmen war zu vernehmen, eine Art Seufzer, und dann das unverkennbare Geräusch des Todesrasselns.

Haskeer kam mit einer brennenden Fackel herein.

»Gib sie her.« Alfray nahm die Fackel und hielt sie über die tote Frau. *»Ihr Götter!«*

Er schreckte regelrecht vor ihr zurück und wäre beinah mit Stryke zusammengestoßen.

»Was ist los?«

»Sieh selbst.« Alfray hielt die Fackel auf Armeslänge vor sich und tauchte die Leiche in Licht.

Stryke sah es.

»Raus«, sagte er. »Ihr beide. *Sofort!*«

Haskeer und Alfray beeilten sich, die Hütte zu verlassen. Stryke folgte ihnen dichtauf.

Draußen hatte sich der Rest des Trupps versammelt.

»Hast du sie angefasst?«, wollte Stryke von Haskeer wissen.

»Ich? Nein … nein, habe ich nicht.«

»Oder eine der anderen Leichen?«

»Nein.«

Stryke wandte sich an die Vielfraße. »Hat *irgendeiner* von euch eine Leiche angefasst?«

Sie schüttelten den Kopf.

»Was ist los, Stryke?«, fragte Coilla.

»Rote Flecken.«

Mehrere aus der Truppe wichen hastig ein paar Schritte zurück.

Verwünschungen und Flüche wurden ausgestoßen. Soldaten hielten sich Halstücher vor Mund und Nase.

Jup zischte: »Diese *verdammten* Menschen.«

»Die Pferde können sich nicht anstecken«, sagte Stryke. »Wir nehmen sie mit. Ich will, dass wir so schnell wie möglich von hier verschwinden. Und verbrennt alles!«

Er nahm Alfray die Fackel ab und schleuderte sie in die Hütte. Das Stroh ging sofort in Flammen auf. Sekunden später brannte die Hütte lichterloh.

Die Soldaten verteilten sich, um das Feuer zu verbreiten.

8

Delorrans Stiefel knirschte auf etwas. Als er nach unten schaute, stellte er fest, dass er auf eine zerbrochene Holztafel getreten war, auf der ein Teil eines ordentlich aufgemalten Worts zu sehen war.

Es lautete: *Heima.*

Er trat es beiseite und richtete seine Aufmerksamkeit auf die ausgebrannte Siedlung der Menschen. Seine Leute durchsuchten die Ruinen und wühlten in Trümmern, verkohlten Planken und Aschewolken herum.

Die Suche hatte vor Morgengrauen begonnen. Jetzt war früher Nachmittag, und sie waren dem Ziel, etwas Bedeutsames zu finden, nicht näher gekommen, am wenigsten dem Zylinder. Es gab auch keinen Hinweis darauf, was den Vielfraßen zugestoßen war. So viel war bereits kurz nach ihrer Ankunft offensichtlich gewesen, und Delorran hatte kleine Trupps ausgeschickt, um in der Umgebung nach Spuren zu suchen. Noch war keiner zurückgekehrt.

Er marschierte auf dem Hof der Siedlung auf und ab. Ein für die Jahreszeit eisiger Wind blies aus dem Norden und nahm über der kreideweißen Linie der weit entfernten Gletscher ordentlich Frost auf. Der Hauptmann blies in seine gewölbten Hände.

Einer seiner Feldwebel löste sich aus der Gruppe der Suchenden. Er schüttelte den Kopf, als er sich näherte.

»Nichts?«, fragte Delorran.

»Nein, Hauptmann. Wir haben weder den Gegenstand noch Orkknochen in der Asche gefunden. Nur Menschenknochen.«

»Und wir wissen, dass keiner von den Sammlertrupps nach der Schlacht Leichen der Vielfraße für die Scheiterhaufen eingesammelt hat, außer vielleicht ein paar Gemeine. Stryke und die meisten seiner Offiziere wären erkannt worden, also können wir das als gegeben hinnehmen.«

»Dann glauben Sie also, dass sie noch leben, Hauptmann?«

»Ich habe nie daran gezweifelt. Ich konnte mir nicht vorstellen, wie ein erstklassiger Trupp im Kampf mit einem Gegner wie diesem den Kürzeren ziehen sollte. Das eigentliche Rätsel ist die Frage, was ihnen danach zugestoßen ist.«

Der Feldwebel, ein gleichmütiger Veteran, dessen Rang-Tätowierungen bereits verblassten, eignete sich besser für den Kampf als für das Lösen von Rätseln. Ihm fiel nichts Besseres ein, als Delorran an ein weiteres zu erinnern. »Was ist mit dem leeren Keller in der Scheune, Hauptmann? Glauben Sie, dass sie etwas damit zu tun haben könnten?«

»Das weiß ich nicht. Aber ein völlig leerer Speicher, in dem sich zu einer Zeit, in der man dort Getreide erwarten würde, nicht ein einziges Körnchen findet, ist schon merkwürdig. Ich würde meinen, die Menschen haben die Scheune benutzt, um darin *irgendwas* zu lagern.«

»Beute?«

»Könnte sein. Es läuft darauf hinaus, dass die Vielfraße nicht tot sind, sondern verschwunden. Und es sieht weiterhin so aus, als hätten sie zumindest einen Wertgegenstand mitgenommen.«

Delorrans Rivalität mit dem Anführer der Vielfraße und seine Überzeugung, dass er und nicht Stryke den Oberbefehl über diesen Trupp hätte bekommen müssen, war allgemein bekannt. Ebenso wie die lange zurückreichenden Animositäten zwischen ihren beiden Klans. Da der Feldwebel sich durchaus der Möglichkeit bewusst war, dass Delorran persönliche Gründe haben mochte, Strykes Ehrlichkeit infrage zu stellen, und er auch die Untiefen der Politik zwischen den Klans kannte, enthielt er sich jeglichen Kommentars. Vielmehr beschränkte er sich auf eine neutrale Anfrage. »Bitte um Erlaubnis, meinen Dienst fortsetzen zu dürfen, Hauptmann.«

Delorran entließ ihn mit einer entsprechenden Handbewegung.

Bereits ein gutes Stück über dem Zenit, setzte die Sonne ihre unaufhaltsame Reise über den Himmel fort. Die Hälfte der ihm bewilligten Zeit war verstrichen, und Delorrans Beklommenheit wuchs. Er musste in den nächsten Stunden nach Grabhügelstein zurückkehren, um die Frist einzuhalten. Und sehr wahrscheinlich, um zum Tode verurteilt zu werden.

Eine rasche Entscheidung musste getroffen werden.

Es gab drei Möglichkeiten. Den Zylinder hier zu finden und im Triumphzug heimzukehren wurde von Minute zu Minute unwahrscheinlicher. Damit blieb noch, ohne den Zylinder zurückzukehren und sich Jennestas Zorn zu stellen oder seine Befehle zu missachten und weiter nach den Vielfraßen zu suchen.

Die Ungeduld der Königin verfluchend, quälte er sich mit der Frage, was er tun sollte.

Seine Überlegungen wurden durch das Erscheinen von zweien der Kundschafter unterbrochen, die er früher losgeschickt hatte.

Sie zügelten ihre schaumbedeckten Pferde neben ihm. Ein Reiter war ein Gemeiner, der andere ein Gefreiter. Letzterer stieg ab.

»Spähtrupp vier meldet sich zum Rapport, Hauptmann!«

Delorran nickte kurz.

»Unser Spähtrupp ist auf etwas gestoßen, Hauptmann. Wir haben südlich von hier in einem kleinen Tal Spuren eines Kampfes gefunden.«

Eine vage Hoffnung regte sich in Delorrans Brust. »Weiter.«

»Der Kampfplatz wimmelt von toten Kobolden, Kirgizilen und Pferden.«

»Kobolden?«

»Den Spuren auf den Talhängen nach zu urteilen, sieht es so aus, als hätten sie jemandem aufgelauert.«

»Das heißt nicht, dass es die Vielfraße waren. Es sei denn, ihr habt welche von ihnen unter den Leichen gefunden.«

»Nein, Hauptmann. Aber wir haben Proviantreste gefunden. Normale Zuteilungen des Ork-Militärs. Und das hier.« Der Gefreite wühlte in seinem Gürtelbeutel und holte seinen Fund heraus. Er ließ ihn in Delorrans ausgestreckte Hand fallen.

Es war eine Halskette aus drei Schneeleopardenzähnen, deren Schnur gerissen war.

Delorran starrte sie an und berührte dabei geistesabwesend die fünf identischen Trophäen an seinem Hals. Orks waren die einzige Rasse, die diese besonderen Sinnbilder ihres Muts trugen, und sie waren ein Vorrecht der Offiziere.

Er traf seine Entscheidung.

»Das haben Sie gut gemacht.«

»Danke, Hauptmann.«

»Ihre Gruppe wird uns in dieses Tal führen. Währenddessen suchen Sie sich ein frisches Pferd und führen einen Sonderauftrag aus.«

»Jawohl, Hauptmann.«

»Herzlichen Glückwunsch, Gefreiter. Sie werden früher nach Hause zurückkehren als wir anderen. Sie werden eine Nachricht nach Grabhügelstein überbringen, und zwar in aller Eile. Für die Königin.«

»Hauptmann.« Diesmal zögerte der Gefreite ein klein wenig mit der Antwort.

»Sie werden diese Nachricht General Kysthan persönlich aushändigen. Keinem anderen. Ist das klar?«

»Hauptmann.«

»Der General soll Jennesta ausrichten, dass ich einen Hinweis habe, wohin die Vielfraße verschwunden sind, und mich an die Verfolgung gemacht habe. Ich bin sicher, dass ich ihrer habhaft werden und der Königin den fraglichen Gegenstand zurückbringen kann. Ich erbitte mehr Zeit und werde weitere Nachrichten schicken. Wiederholen Sie das.«

Der Gefreite erbleichte ein wenig, als er die Worte herunterleierte. Er zweifelte nicht daran, dass sie nicht das waren, was Jennesta hören wollte. Aber er war diszipliniert - oder auch ängstlich - genug, um Befehle fraglos auszuführen.

»Gut«, sagte Delorran. Er gab die Kette zurück. »Geben Sie die dem General und erklären Sie ihm, unter welchen Umständen sie gefunden wurde. Am besten wählen Sie noch ein paar Soldaten aus, die Sie begleiten, und reiten, was das Zeug hält. Wegtreten.«

Mit finsterem Gesicht stieg der Gefreite wieder auf sein Pferd und ritt mit dem schweigenden Gemeinen im Schlepptau davon.

Delorran ließ Jennesta keine Wahl. Es war ein gefährlicher Plan, und seine einzige Überlebensaussicht bestand darin, das Artefakt wiederzubeschaffen. Aber er sah keine andere Möglichkeit.

Er tröstete sich mit dem Gedanken, dass sie ihres schrecklichen Rufs zum Trotz Vernunftgründen zugänglich sein musste.

*

Jennesta beendete das Ausweiden des Opfers und legte ihr Werkzeug nieder.

Ihre Arbeit hatte ein ansehnliches Loch in der Brust des Kadavers hinterlassen, und Eingeweideschlingen baumelten feucht aus seinem ausgehöhlten Unterleib. Aber sie war so geschickt, dass ihr durchsichtiges Unterhemd nur ein oder zwei winzige rote Flecke aufwies.

Sie ging zum Altar und zündete mit der Flamme einer schwarzen Kerze ein weiteres Bündel Räucherstäbchen an. Die berauschenden Schwaden, die bereits das ganze Gemach durchzogen, wurden noch dichter.

Zwei ihrer orkischen Leibwächter eilten mit schweren Eimern in beiden Händen hin und her. Einer von ihnen verschüttete einen Tropfen ihres Inhalts und hinterließ eine dünne Spur auf den Fliesen.

»Vergeudet nichts davon!«, schnauzte sie gereizt. »Es sei denn, ihr wollt es persönlich ersetzen!«

Die Wachen wechselten verstohlene Blicke, legten aber mehr Sorgfalt an den Tag, da sie ihre Kübel zu einem großen runden Bottich schleppten und ihren Inhalt hineinleerten. Der Bottich war wie ein Fass geformt, an den Nahtstellen mit Längsstreben aus gereiftem Holz versiegelt und von Metallklammern eingefasst. Er unterschied sich dahingehend von einem Fass, dass die Seiten viel niedriger waren und er breit genug war, um darin bequem ein liegendes Pferd unterbringen zu können, sollte es Jennesta in den Sinn kommen, eines für diesen Zweck zu benutzen. Was, soweit es ihre orkischen Bediensteten betraf, nicht außerhalb der Grenzen des Möglichen lag.

Sie ging zu dem Behältnis und betrachtete sein Inneres. Die Orks kehrten mit hervortretenden Armmuskeln zurück, da sie vier weitere Eimer schleppten. Jennesta sah zu, wie sie ihre Ladung in den Bottich gossen.

»Das reicht«, sagte sie. »Lasst mich allein.«

Sie verbeugten sich und zeigten dabei eine absonderlich orkische Form der Uneleganz. Das hallende Zuschlagen der massiven Tür kündete von ihrem Abgang.

Jennesta wandte sich wieder dem Bottich mit frischem Blut zu.

Sie kniete nieder und atmete den einzigartigen Duft tief ein. Dann fuhr sie mit den Fingerspitzen durch die dickliche Flüssigkeit. Sie war warm, nicht weit unter Körpertemperatur, was sie zu einem besseren Medium machte. Als Wirkstoff des Rituals würde es die Kraft unterstützen, die einst auf natürlichem Weg gekommen war, heutzutage aber genährt werden musste.

Ihre Katze glitt miauend heran.

Jennesta streichelte sie zwischen den Ohren, da ihre Finger ihr ganz leicht den pelzigen Kopf massierten. »Nicht jetzt, mein Schatz, ich muss mich konzentrieren.«

Saphir schnurrte und schlich davon.

Jennesta widmete sich ihrer Meditation. Mit gerunzelter Stirn rezitierte sie eine Zauberformel in der alten Sprache. Die seltsame Verkettung gutturaler Laute und Singsang-Phrasen steigerte sich von einem Flüstern zu etwas, das einem Kreischen glich. Dann senkte und steigerte sich ihre Stimme noch einmal.

Die in dem Gemach verteilten Kerzen und Fackeln flackerten in einem unmerklichen Luftzug. Irgendwie schien sich die Atmosphäre zusammenzuballen, zu verdichten und sich auf den scharlachroten Inhalt des Bottichs zu legen. Das Blut kräuselte sich und wogte. Es schwappte widerlich hin und her. Blasen bildeten sich und platzten träge und sonderten dünne Schwaden eines übelriechenden rostfarbenen Dunsts ab.

Dann beruhigte sich die Oberfläche und gerann rasch. Eine Kruste bildete sich. Sie bekam ein anderes Erscheinungsbild, einen Regenbogeneffekt, wie Öl auf Wasser.

Schweißperlen standen auf Jennestas Stirn, und glatte Haarsträhnen klebten daran. Vor ihren Augen fing das geronnene Blut sanft an zu schimmern, als werde es von innen beleuchtet. Ein flimmerndes Bild formte sich langsam auf dem Glanz.

Ein Gesicht.

Die Augen waren sein auffallendstes Merkmal. Dunkel, kieselhart, grausam. Jennestas Augen nicht unähnlich. Aber insgesamt war das Gesicht viel weniger menschlich als ihres.

Mit einer Stimme, die aus den Tiefen eines bodenlosen Ozeans hätte stammen können, ergriff die Erscheinung das Wort.

»Was willst du, Jennesta?« In ihrem herrischen, geringschätzigen Tonfall lag nicht einmal ein Fünkchen Überraschung.

»Ich dachte, es sei an der Zeit, dass wir uns unterhalten.«

»Ah, die große Fürsprecherin der Sache der Spätankommer geruht mit mir zu reden.«

»Ich bin *keine* Fürsprecherin der Menschen, Adpar. Ich unterstütze nur gewisse Elemente zu meinem eigenen Nutzen. Und zum Nutzen anderer.«

Das wurde mit einem spöttischen Lachen aufgenommen. *»Derselbe Hang zur Selbsttäuschung wie eh und je. Du könntest zumindest ehrlich in Bezug auf deine Motive sein.«*

»Und *deinem* Beispiel folgen?«, erwiderte Jennesta. »Zieh den Kopf aus dem Sand, und schließ dich mir an. Gemeinsam hätten wir bessere Aussichten, die alten Bräuche zu bewahren.«

»Wir leben *hier nach den alten Bräuchen, ohne uns dazu herabzulassen, mit den Menschen gemeinsame Sache zu machen oder sie um Erlaubnis zu bitten. Du wirst es noch bereuen, dich mit ihnen verbündet zu haben.«*

»Mutter hätte das vielleicht anders gesehen.«

»Die gesegnete Vermegram war in vielerlei Hinsicht großartig, aber ihr Urteilsvermögen war nicht in jeder Beziehung untadelig«, entgegnete die Erscheinung frostig. *»Aber das ist Schnee von gestern. Ich kann mir nicht vorstellen, dass es deine Absicht war, dich in belanglosem Geplauder zu ergehen. Warum behelligst du mich?«*

»Ich wollte dich nach etwas fragen, das ich verloren habe.«

»Und was könnte das sein? Vielleicht ein Hort von Edelsteinen? Ein kostbares Grimoir? Deine Jungfräulichkeit?«

Jennesta ballte die Fäuste und hielt ihren zunehmenden Ärger im Zaum. »Bei dem Gegenstand handelt es sich um ein Artefakt.«

»Äußerst mysteriös, Jennesta. Warum erzählst du mir das?«

»Mir kam der Gedanke, du könntest ... etwas über seinen Verbleib erfahren haben.«

»Du hast immer noch nicht gesagt, was es ist.«

»Es ist ein Gegenstand, der für niemanden außer mir einen Wert hat.«

»Das ist nicht besonders hilfreich.«

»Hör zu, Adpar, entweder du weißt, wovon ich rede, oder du weißt es nicht.«

»Ich erkenne dein Dilemma. Wenn ich nichts über dieses Artefakt *weiß, willst du nicht das Risiko eingehen und ins Detail gehen, weil das mein Interesse wecken könnte. Wenn ich etwas weiß, dann nur aus dem Grund, weil ich bei seinem Verschwinden die Hand im Spiel hatte. Ist es das, wessen ich beschuldigt werde?«*

»Ich beschuldige dich nicht.«

»Das ist auch gut so, weil ich keine Ahnung habe, wovon du redest.«

Jennesta war nicht sicher, ob das die Wahrheit war oder ob Adpar ein bekanntes Spiel spielte. Es ärgerte sie, dass sie es nach all den Jahren immer noch nicht sagen konnte. »Also gut«, sagte sie. »Belassen wir es dabei.«

»Wenn du natürlich dieses ... was es auch sein mag so dringend haben willst, sollte ich mich vielleicht dafür interessieren ...«

»Du wärst gut beraten, dich aus meinen Angelegenheiten herauszuhalten, Adpar. Und sollte ich herausfinden, dass du etwas mit dem Verschwinden des Artefakts zu tun hast ...«

»Weißt du, meine Liebe, du siehst recht kränklich aus. Leidest du unter Unpässlichkeit?«

»Nein, tue ich nicht!«

»Ich nehme an, es liegt am Energieverlust in deinem Teil des Landes. Hier ist das kein so großes Problem. Ich frage mich, ob es eine Verbindung geben könnte? Zwischen dem Ding, das du verloren hast, und deinem Bedürfnis, die fehlende Energie auszugleichen, meine ich. Könnte es sich um irgendein magisches Totem handeln? Oder …«

»Spiel nicht die Unschuldige, Adpar, das ist so verflucht ärgerlich!«

»Nicht ärgerlicher, als des Diebstahls beschuldigt zu werden!«

»Ach, um der Götter willen, geh doch hin und …«

Neben dem beschworenen Gesicht geriet die geronnene Oberfläche in Wallung. Von einem stecknadelkopfgroßen Epizentrum breiteten sich träge winzige Wellen aus, die das Gesicht verzerrten und gegen den Rand des Bottichs schwappten.

»Jetzt sieh, was du getan hast!«, beklagte sich Adpar.

»Ich? Wohl eher *du!*«

Ein winziger Strudel bildete sich und wirbelte lethargisch. Die Bewegungen beruhigten sich, und eine ovale Silhouette tauchte auf, die allmählich deutlicher wurde.

Ein weiteres Gesicht nahm auf der suppigen, roten Oberfläche Gestalt an.

Es hatte ebenfalls bemerkenswerte Augen, aber aus anderen Gründen, als dies die Augen Jennestas und Adpars waren. Von den drei Gesichtern hatte dieses die größte Ähnlichkeit mit einem Menschen.

Jennesta setzte eine angewiderte Miene auf. *»Du«*, sagte sie, indem sie das Wort wie eine Verwünschung klingen ließ.

»Ich hätte es wissen müssen«, seufzte Adpar.

»Ihr stört den Äther mit eurem Gezänk«, verkündete der Neuankömmling.

»Und du störst uns mit deiner Anwesenheit«, konterte Jennesta.

»Warum können wir uns nie unterhalten, ohne dass du dich einmischst, Sanara?«, fragte Adpar.

»Du weißt, warum. Die Verbindung ist zu stark. Ich kann gar nicht vermeiden, einbezogen zu werden. Unsere Abstammung schmiedet uns zusammen.«

»Einer der grausameren Streiche der Götter«, murmelte Jennesta.

Adpar ging gleich zur Sache. *»Warum fragst du Sanara nicht nach deinem kostbaren Plunder?«*

»Sehr komisch.«

»Wovon redet ihr?«, wollte Sanara wissen.

»Jennesta hat etwas verloren, das sie unbedingt wiederhaben will.«

»Lass es, Adpar.«

»Aber von uns dreien ist Sanara an einem Ort, wo die Magie einen kleinen Anschub am nötigsten hätte.«

»Hör auf damit, Unfrieden zu stiften!«, schnauzte Jennesta. »Und ich habe nie behauptet, dass das Artefakt etwas mit Magie zu tun hat.«

»Ich weiß nicht, ob ich etwas mit Dingen zu tun haben will, die du verloren hast, Jennesta«, warf Sanara ein. *»Sie sind entweder unangenehm oder gefährlich.«*

»Ach, halt doch die Klappe, du selbstgerechte Tugendwächterin!«

»Das ist sehr unfreundlich«, sagte Adpar mit offenkundig falschem Mitgefühl. *»Sanara hat im Augenblick einige schreckliche Probleme.«*

»Gut!«

Adpar genoss es, dass Jennesta aufgebracht war, und brach in höhnisches Gelächter aus. Und Sanara sah aus, als wolle sie ihr gerade irgendeinen zuträglichen Rat geben, den sie ganz gewiss ekelerregend finden würde.

»Fahrt beide zur Hölle!«, tobte sie, während sie die Fäuste fest auf die selbstgefälligen Gesichter herabsausen ließ.

Ihre Bilder zersprangen und lösten sich auf. Ihre Hiebe hatten die geronnene Kruste zerschlagen. Das Blut war jetzt kühl, nahezu kalt, und spritzte, während sie wütend darauf einschlug, sodass ihr Gesicht und ihre Kleidung besudelt wurden.

Nachdem sie ihrem Zorn Luft gemacht hatte, sank Jennesta keuchend neben dem Bottich zusammen.

Im Stillen schalt sie sich. Wann würde sie lernen, dass eine Verbindung mit Adpar und dabei zwangsläufig auch mit Sanara niemals zur Besserung ihrer Laune beitrug? Der Tag war nicht mehr fern, entschied sie zum hundertsten Mal, an dem die Verbindung zwischen ihnen getrennt werden musste. Für immer.

Saphir, die einen Leckerbissen spürte, wie es Katzenart war, kam zu ihr und rieb sich am Bein ihrer Herrin. Ein Spritzer getrockneten Bluts klebte an Jennestas Unterarm. Sie wischte ihn ab und hielt ihn dem Tier vors Gesicht. Saphir beschnüffelte ihn mit bebenden Schnurrhaaren und schlug dann die Zähne in den schaumigen Festschmaus. Beim Kauen gab sie feuchte, schmatzende Laute von sich.

Jennesta dachte an den Zylinder und an den elenden Kriegstrupp, den zu schicken sie dumm genug gewesen war. Über die Hälfte der Zeit, die sie für seine Wiedererlangung bewilligt hatte, war verstrichen. Sie musste einen Plan für den Fall entwickeln, dass Kysthans Abgesandter es nicht schaffte, ihr den Zylinder zu bringen. Obwohl ihm nicht einmal die Götter würden helfen können, wenn es ihm nicht gelang.

Aber sie würde bekommen, was ihr gehörte. Der Kriegstrupp würde gejagt wie ein Haufen toller Hunde und anschließend ihrer Gerichtsbarkeit übergeben werden, koste es, was es wolle.

Sie leckte sich geistesabwesend das Blut von den Händen und träumte von den Qualen, die sie den Vielfraßen bereiten würde.

9

Du musst dich ziemlich mies fühlen«, sagte Stryke.

Alfray fasste sich an den bloßen Hals und nickte. »Den ersten Zahn habe ich mir mit dreizehn Lenzen verdient. Seitdem habe ich die Kette immer bei mir getragen.«

»Hast du sie beim Hinterhalt verloren?«

»Muss wohl so sein. Ich bin so daran gewöhnt, sie zu tragen, dass ich es nicht mal bemerkt habe. Coilla hat mich heute darauf angesprochen.«

»Aber du hast die Trophäen erworben, Alfray. Das kann dir niemand nehmen. Mit der Zeit wirst du sie ersetzen.«

»Zeit habe ich keine. Jedenfalls nicht genug, um mir noch drei zu verdienen. Ich bin der Älteste im Trupp, Stryke. Einen Schneeleopard ohne Waffen zu besiegen ist ein Sport für junge Orks.«

Alfray versank in brütendes Schweigen. Stryke ließ ihn. Er wusste, was für eine Enttäuschung es war, die Sinnbilder des persönlichen Muts zu verlieren, die Symbole, die das vollständige Orksein bezeugten.

Sie ritten an der Spitze der Kolonne.

Niemand redete darüber, aber was sie in dem Ork-Lager gesehen hatten, bedrückte den ganzen Trupp ebenso wie ihre ganze gefahrvolle Situation. Alfrays Trübsinn harmonierte mit der allgemeinen düsteren Stimmung der Vielfraße.

Jetzt, da jeder ein Pferd für sich hatte, kamen sie schneller voran, obwohl Meklun, der nicht reiten konnte und immer noch auf seiner Bahre lag, sie weiterhin aufhielt.

Ein paar Stunden zuvor waren sie auf der Großen Prärie nach Südosten in Richtung Schwarzberg abgeschwenkt. Noch vor Ende des Tages mussten sie die Stelle zwischen der Krätze und Weberflur erreichen.

Stryke hoffte, dass sie den Korridor durchqueren konnten, ohne Ärger mit streitsüchtigen Trollen im Norden oder fanatischen Menschen im Süden zu bekommen.

Das Gelände veränderte sich langsam. Die Prärie wich hügeligerem Land mit flachen Tälern und gewundenen Pfaden. Es gab mehr Gebüsch und Gesträuch. Weiden gingen in Heideland über. Sie näherten sich einer Gegend, die mit Siedlungen der Menschen übersät war. Stryke entschied, dass es sicherer war, alle als feindselig zu betrachten, ob solche der Unis oder solche der Mannis.

Ein Tumult weiter hinten in der Kolonne unterbrach seinen Gedankengang. Er drehte sich um. Haskeer und Jup zankten sich lautstark.

Stryke seufzte. »Halte die Richtung«, sagte er zu Alfray und schwang sein Pferd herum.

Den Augenblick später, welchen er benötigte, um zu ihnen zu galoppieren, waren die beiden Feldwebel bereits kurz davor, sich zu schlagen. Als sie ihn sahen, verstummten sie.

»Seid ihr meine gemeinsamen Stellvertreter oder verzogene Muttersöhnchen?«

»Es ist seine Schuld«, beschwerte sich Haskeer. »Er ...«

»*Meine* Schuld?«, schnauzte Jup. »Du Mistkerl! Ich sollte ...«

»Still jetzt!«, befahl Stryke. »Du bist unser erster Kundschafter, Jup. Also verdiene dir deinen Sold. Prooq und Gleadeg müssen abgelöst werden. Nimm Calthmon mit und gebt Alfray eure Anteile am Kristall.«

Jup warf seinem Gegenspieler noch einen finsteren Blick zu und gab seinem Pferd die Sporen.

Stryke wandte sich an Haskeer. »Du strapazierst meine Geduld«, sagte er. »Noch etwas mehr, und ich lasse dir die Haut vom Rücken gerben.«

»Wir dürften seinesgleichen gar nicht im Trupp haben«, murmelte Haskeer.

»Das ist keine Debatte, Feldwebel. Vertragen Sie sich mit ihm, oder reiten Sie nach Hause. Sie haben die Wahl.« Er ritt zur Spitze der Kolonne zurück.

Haskeer nahm zur Kenntnis, dass ihn die Fußsoldaten in Hörweite der Standpauke anstarrten. »Wir wären nicht in diesem Schlamassel, wenn wir anständig geführt würden«, knurrte er mürrisch.

Die Soldaten schauten weg.

Als Stryke bei Alfray angekommen war, ritt Coilla nach vorn und gesellte sich zu ihnen.

»Wenn wir weiter in diese Richtung reiten, werden wir näher an Weberflur vorbeikommen als an der Krätze. Wie sieht unser Plan aus, wenn es Ärger gibt?«, fragte sie.

»Weberflur ist eine der ältesten und fanatischsten Uni-Siedlungen«, sagte Stryke. »Das macht sie unberechenbar. Vergesst das nicht.«

»Uni, Manni, wen interessiert's?«, warf Alfray ein. »Letzten Endes sind sie alle *Menschen,* oder nicht?«

»Wir sollen den Mannis helfen«, erinnerte ihn Coilla.

»Nur weil wir keine Wahl haben. Welche Wahl haben wir überhaupt je gehabt?«

»Jede, die wir haben wollten«, sagte Stryke zu ihm. »Außerdem macht es Sinn, die Mannis zu unterstützen. Sie sind den älteren Rassen gegenüber weniger abgeneigt. Und was noch wichtiger ist, es hilft uns, dass die Menschen uneins sind. Stell dir bloß vor, wie viel schlimmer es wäre, wenn sie vereint wären.«

»Oder wenn eine Seite gewänne«, fügte Coilla hinzu.

*

Vor der Kolonne und ihrem Blickfeld entschwunden betätigten sich Jup und Calthmon als Pfadfinder. Jup sah den beiden Soldaten nach, die sie abgelöst hatten, Prooq und Gleadeg, als diese zur Kolonne zurückritten.

Erst jetzt beruhigte er sich langsam von seinem letzten Streit mit Haskeer. Er trieb sein Pferd an, eine Spur härter als nötig, und konzentrierte sich auf die Wegsuche.

Die Landschaft wurde in zunehmendem Maße unübersichtlicher. Immer häufiger tauchten Erhebungen und Baumgruppen auf, und höheres Gras machte den Pfad ungewisser.

»Kennen Sie sich hier aus, Feldwebel?«, fragte Calthmon. Er redete leise, als könne ein lauterer Ton trotz der Wildnis in allen Richtungen ihre Anwesenheit verraten.

»Ein wenig. Von hier ab können wir damit rechnen, dass sich das Gelände ziemlich stark verändert.«

Wie auf ein Stichwort fiel der Weg, dem sie folgten, ein wenig ab und beschrieb eine Biegung. Das Unterholz auf beiden Seiten wurde dichter. Sie folgten der Biegung, deren Ende nicht zu sehen war.

»Aber wenn der Trupp seine jetzige Richtung hält«, fuhr Jup fort, »dürfte es keinen Grund ...«

Vor ihnen lag eine Sperre quer über dem Weg.

»... zur Beunruhigung geben.«

Die Barrikade bestand aus einem auf der Seite liegenden Bauernkarren und einem Wall aus klobigen Baumstümpfen. Sie wurde von Menschen bewacht, die alle einheitlich in Schwarz gekleidet waren. Sie zählten mindestens zwanzig und waren schwer bewaffnet.

Jup und Calthmon zügelten ihre Pferde in dem Augenblick, als die Menschen sie erspähten.

»Hölle und Verdammnis«, ächzte Jup.

Lautes Geschrei erhob sich jenseits der Barrikade. Schwerter, Äxte und Knüppel schwingend, eilten alle Menschen bis auf eine Hand voll zu ihren Pferden. Zwerg und Ork beeilten sich, ihre Reittiere zu wenden.

Dann galoppierten sie davon, verfolgt von einer heulenden Meute, die nach Blut schrie.

*

»Gestern noch Mitglied des Vereinigten Expeditionskorps und heute in Jennestas Dienste verschachert«, erinnerte sich Stryke. »Du weißt, wie es war.«

»Ich weiß es«, erwiderte Coilla, »und ich gehe davon aus, dass du genauso empfunden hast wie ich.«

»Wie kommst du darauf?«

»Warst du *nicht* wütend darüber, dass du bei dieser Sache überhaupt nicht gefragt wurdest?«

Wiederum verwirrte ihn ihre Unverblümtheit. Und die Tatsache, dass sie seine Gefühle vollkommen richtig einschätzte. »Vielleicht«, räumte er ein.

»Du liegst im Krieg mit deiner Erziehung, Stryke. Du kannst dich nicht überwinden zuzugeben, dass es eine Ungerechtigkeit war.«

Die Art, wie sie seine innersten Gedanken erörterte, war Stryke unbehaglich. Er antwortete auf umständliche Weise. »Für Leute wie Alfray war es am schwersten.« Er zeigte mit dem Daumen auf ihren Feldarzt weiter hinten, der jetzt neben Mekluns Bahre ritt. »Veränderungen sind keine leichte Sache in seinem Alter.«

»Wir haben über dich geredet.«

Der Anblick von Prooq und Gleadeg, die auf dem Pfad voraus auftauchten, entband ihn zunächst einer Antwort. Die beiden kamen zu ihnen galoppiert.

»Vorauskundschafter melden sich zurück, Hauptmann«, deklamierte Prooq schneidig. »Ablösung erfolgt durch Feldwebel Jup.«
»Irgendwas, worauf wir achten sollten?«
»Nein, Hauptmann. Der Weg voraus scheint sicher zu sein.«
»In Ordnung. Reiht euch in die Kolonne ein.«
Die Soldaten ritten weiter.
»Du wolltest gerade etwas sagen«, erinnerte ihn Coilla. »Über die Veränderung.«
Bist du von Natur aus hartnäckig, dachte Stryke, *oder gibt es einen Grund für all diese Fragen?* »Na ja, die Dinge haben sich für mich unter unserer neuen Gebieterin nicht sonderlich verändert«, sagte er. »Zumindest anfangs nicht. Ich behielt meinen Rang und konnte immer noch gegen den wahren Feind kämpfen, wenn auch nur gegen eine Partei.«
»Und du hast den Befehl über die Vielfraße erhalten.«
»Später. Obwohl das nicht allen gefallen hat.«
»Was hast du gedacht, als du herausgefunden hast, dass du unter einem teilweise menschlichen Herrscher dienst?«
»Es war ... ungewöhnlich«, erwiderte er vorsichtig.
»Du meinst, du warst wütend darüber. Wie alle anderen von uns.«
»Ich war nicht sehr glücklich«, gab er zu. »Wie du selbst gesagt hast, wir sind in einer schwierigen Lage. Ein Sieg der Mannis oder Unis kann die Menschen nur stärken.« Er zuckte die Achseln. »Aber es ist das Los eines Orks, Befehlen zu gehorchen.«
Sie betrachtete ihn lange und durchdringend. »Ja, darauf läuft es hinaus.« Ihre Bitterkeit war nicht zu überhören.
Er spürte eine Wesensverwandtschaft und wollte das Gespräch fortsetzen.
Ein Soldat in der Nähe rief etwas. Stryke konnte es nicht verstehen. Der Rest des Trupps fing an zu brüllen.
Jup und Calthmon kamen ihnen im gestreckten Galopp entgegen.
Stryke richtete sich in den Steigbügeln auf. »Was geht da vor ...?«
Dann sah er die Meute der Menschen, die sie hetzte. Sie waren schwarz gekleidet, mit langen Kuttenmänteln und Hosen aus grobem Stoff sowie hohen Lederstiefeln. Er schätzte, dass ihre Anzahl in etwa derjenigen der Vielfraße entsprach. Es war keine Zeit mehr für einen Sturmangriff.
»Schließt die Reihen!«, brüllte er. *»Zu mir! Aufschließen!«*
Die Soldaten trieben ihre Pferde an und scharten sich um ihren

Anführer. Rasch formierten sie sich zu einem dem Feind zugewandten Halbkreis, wobei Mekluns Bahre hinter ihnen und außerhalb des Kreises gelassen wurde. Der Trupp zückte die Waffen.

Jup und Calthmons Verfolger wurden langsamer, als sie den Trupp sahen, was es den beiden gestattete, ihren Vorsprung zu vergrößern. Aber die Menschen ritten dennoch weiter und schwärmten dabei von einem geballten Haufen zu einer fächerförmigen Linie aus.

»Haltet stand!«, befahl Stryke. »Kein Pardon und kein Rückzug!«

»Als ob wir das je täten«, bemerkte Coilla in einem Tonfall wie Galgenhumor. Sie ließ ihre Klinge mehrmals durch die Luft zischen, um sich vor dem Kampf aufzulockern.

Unter dem Jubel ihrer Kameraden erreichten Jup und Calthmon mit schaumbedeckten Pferden die Reihe der Vielfraße.

Zwei Herzschläge später kamen die Menschen herangebraust wie eine Sturmflut.

Viele Pferde in beiden Gruppen fuhren im letzten Augenblick herum, sodass die Reiter sich seitlich begegneten.

Stryke sah sich einem vollbärtigen, wettergegerbten Angreifer gegenüber, in dessen Augen Blutgier loderte. Er hatte eine Streitaxt und schwang sie wild, aber die Waffe wurde mit mehr Energie als Präzision benutzt.

Nachdem er einen Hieb abgewehrt hatte, stieß Stryke seinerseits zu. Das Pferd seines Gegners bockte, und das Schwert zischte harmlos über die Schulter des Menschen. Stryke zog die Klinge rasch zurück und parierte einen weiteren Hieb. Sie wechselten ein halbes Dutzend klirrende Schläge. Dann beugte sich der Mensch zu weit vor. Stryke schlug hart nach seinem exponierten Arm und trennte dem Menschen die Hand ab. Sie fiel zu Boden, wobei sie immer noch die Axt umklammerte.

Brüllend und Blut verspritzend, bekam der Mensch einen tiefen Stich in die Brust und ging zu Boden.

Stryke wandte sich einem zweiten Angreifer zu, als Coilla ihren ersten erledigte. Sie riss ihre Klinge gerade noch rechtzeitig für eine hastige Parade frei, die den Streich eines untersetzten, muskulösen Individuums mit einem Breitschwert aufhielt. Nachdem sie noch einige Stöße und Hiebe abgewehrt hatte, zielte sie auf den Kopf des Menschen. Er duckte sich und wich ihrem Streich aus.

Ohne ihm eine Pause zu gönnen, setzte Coilla mit einem tiefen Stoß nach. Unerwartet behände drehte sich der Mensch im Sattel, und die Klinge durchbohrte nur Luft. Er ging wieder zum Angriff über. Während sie ihren Gegner mit dem Schwert auf Distanz hielt, fand Coillas andere Hand ihren Gürtel und zückte ein Messer. Mit einem Unterhandwurf durchbohrte sie sein Herz.

Links führte Haskeer sein Schwert beidhändig, und seine Zügel schlackerten vergessen auf dem Pferdenacken, während er auf den Feind losging. Er spaltete Schädel, durchbohrte Oberkörper und hackte auf Glieder ein. Rosa Fleisch wurde zerschnitten und Knochen gebrochen, und roter Sprühregen durchnässte alles in Reichweite. In seiner berserkerhaften Wut unterschied Haskeer nicht mehr zwischen Mensch und Tier, und seine Klinge hieb auf Pferde wie auf Reiter ein.

In dem lärmenden, stampfenden Chaos drückte sich eine Hand voll der Angreifer um die Abwehrbarriere, um in den verwundbaren Rücken der Vielfraße zu gelangen. Alfray und ein paar Soldaten machten kehrt, um die Bedrohung abzuwehren. Der Kampf tobte rings um Mekluns Bahre, aber weder stampfende Hufe noch stürzende Leiber konnten die bewusstlose Gestalt aufwecken.

Vom Streifschlag einer Keule fast aus dem Sattel geworfen, durchschnitt Alfray beim Aufrichten den Sattelgurt seines Feindes. Der Mensch rutschte vom Pferd und fiel zu Boden. Als er sich benommen aufrappelte, rannte ihn ein reiterloses Pferd über den Haufen.

Jup widmete sich ebenfalls der Verteidigung der rückwärtigen Linie des Trupps. Er ging auf einen der beiden Angreifer los, die Alfray in die Enge getrieben hatten. Zwerg und Mensch kreuzten die Schwerter. Jup schlitzte den Arm des Mannes auf und setzte nach, indem er kalten Stahl in dessen Brustkasten bohrte.

Das Schwert eines Menschen schlug gegen Strykes Klinge und prallte ab. Strykes Antwort bestand aus einem wuchtigen Hieb zum Hals seines Gegners, der das Fleisch bis zum Knochen spaltete. Der nächste Mensch, der die Stelle des Gefallenen einnahm, wurde gleichermaßen kurz abgefertigt. Es gelang ihm, Strykes Klinge zwei Mal zu parieren, bevor ihm die Spitze das Gesicht zerschnitt und er heulend davonlief.

Coilla kämpfte mit Schwert und Dolch und hielt sich so zwei Angreifer vom Leib, die sie in die Zange nahmen. Einer bekam die Schneide der langen Klinge über den Hals gezogen. Eine Sekunde später hielt der andere den Flug der kürzeren mit der Brust auf.

Nachdem sie keinen Gegner mehr hatte, richtete sie ihre Aufmerksamkeit auf Stryke. Er war im Kampf mit einem mageren, langgliedrigen Gegenspieler mit sandfarbenen Haaren und fleckiger Haut verwickelt. Sie hielt ihn für einen Heranwachsenden seiner Rasse, und seine kunstlosen Bewegungen kündeten von einem Leben, das nicht unter Krieg gelitten hatte. Die Furcht des Burschen war nahezu greifbar.

Stryke machte ihm mit einem Streich in die Brust ein Ende. Ein geschickt ausgeführter Folgehieb zum Hals endete mit einer sauberen Enthauptung. Blutiger Sprühregen besprenkelte Coillas Gesicht mit roten Pünktchen.

Sie wischte sich mit dem Handrücken über die Augen und spie aus, um ihren Mund zu säubern. Es war eine reine Reflexhandlung, die mit nicht mehr Ekel ausgeführt wurde, als sei die Flüssigkeit Regenwasser. »Sie sind erledigt, Stryke«, stellte sie sachlich fest.

Er brauchte ihre Bestätigung nicht. Das Gelände war mit den Leichen der Menschen übersät. Nur zwei oder drei waren noch am Leben und kämpften, und alle drei zogen den Kürzeren. Haskeer schlug einem von ihnen immer wieder mit etwas auf den Schädel, das wie ein Knüppel aussah. Bei eingehenderer Betrachtung erwies sich der Gegenstand jedoch als menschlicher Arm, aus dessen klebrigem Ende weiße Knochen ragten.

Eine Hand voll Feinde flohen zu Pferde. Etwa ein Drittel der Vielfraße machte sich unter triumphierendem Gejohle an die Verfolgung. Stryke brüllte los, und sie brachen die Jagd widerwillig ab. Die menschlichen Überlebenden verschwanden außer Sicht.

Alfray kniete neben Mekluns Bahre. Der Trupp begann mit dem Einsammeln verlorener Waffen und dem Verbinden der Verwundeten. Haskeer und Jup fanden auf getrennten Wegen den Weg an Strykes und Coillas Seite.

»Allem Anschein nach haben wir keine Verluste erlitten«, berichtete Jup.

»Kein Wunder«, höhnte Haskeer. »Sie haben gekämpft wie Feen.«

»Das waren Bauern, keine Kämpfer. Ihrem Aussehen nach Uni-Fanatiker, wahrscheinlich aus Weberflur. Kaum ein richtiger Krieger war unter ihnen.«

»Aber das wusstest du vorher nicht«, knurrte Haskeer vorwurfsvoll.

»Worauf willst du hinaus?«, wollte Jup wissen.

»Du hast sie ohne Umwege zu uns geführt. Welcher Idiot macht so etwas? Du hast den ganzen Trupp in Gefahr gebracht.«

»Was hätte ich denn deiner Ansicht nach tun sollen, Fleischkopf?«

»Du hättest sie von uns weglocken und sonstwohin führen müssen.«

»Und dann? Hätten Calthmon und ich uns da draußen verirren sollen?« Er gestikulierte auf die Wildnis ringsumher. »Oder uns von ihnen erwischen lassen, um *dich* zu beschützen?«

Haskeer funkelte ihn an. »Das wäre kein großer Verlust gewesen.«

»Leck mich doch, du Pisspott! Das ist ein Kriegstrupp, schon vergessen? Wir halten zusammen!«

»Wenn ich mit dir fertig bin, du kleiner Rotzklumpen, müssen sie *dich* zusammenhalten!«

»Hey!«, schnauzte Coilla. »Wie wär's, wenn ihr wenigstens so lange die Klappe haltet, bis wir hier weg sind?«

»Sie hat Recht«, sagte Stryke. »Wir wissen nicht, wie viele Menschen sich noch hier herumtreiben. Und Bauern oder nicht, wenn es genug sind, haben wir ein Problem. Wo seid ihr auf sie gestoßen, Jup?«

»An einer Barrikade«, erwiderte er verdrossen. »Ein Stück voraus auf dem Weg.«

»Also müssen wir einen anderen Weg suchen.«

»Und verschwenden noch mehr Zeit«, murrte Haskeer.

Die Schatten wurden länger. Noch ein paar Stunden, und sie würden im Dunkeln reiten, eine Aussicht, die Stryke nicht begrüßte, wenn wütende Menschenmeuten unterwegs waren. »Ich verdopple die Anzahl der voranreitenden Kundschafter«, entschied er, »und ich will, dass vier Mann eine Nachhut bilden. Das regelst du, Haskeer. Um die Kundschafter kümmere ich mich selbst. Mach voran und such dir deine Leute aus.«

Der Feldwebel trollte sich mit finsterer Miene.

»Ich sehe nach Meklun«, sagte Stryke zu Coilla und Jup. »Ihr zwei setzt die Kolonne in Bewegung, aber wartet, bis die Kundschafter unterwegs sind.«

Er trabte davon.

Der Zwerg bedachte Coilla mit einem trübsinnigen Blick.

»Spuck's aus«, sagte sie zu ihm.

»Alles hat so einfach ausgesehen, als wir angefangen haben. Jetzt wird es immer komplizierter«, beklagte er sich. »*Und* gefährlicher, als ich erwartet habe.«

»Was ist los, willst du ewig leben?«

Jup dachte darüber nach.

»Ja«, sagte er.

10

Jennesta hatte der Frau verglichen mit ihren üblichen Gepflogenheiten ein schnelles Ende bereitet. Nicht, weil sie hatte gnädig sein wollen, sondern aufgrund einer Mischung aus Langeweile und der Notwendigkeit, sich um wichtigere Dinge zu kümmern.

Sie stieg vom Altar und schnallte das blutige Einhorn ab, das sie als Dildo benutzte. Mit dem gewandten Geschick der Erfahrung entleibte sie rasch die Leiche der Frau. So rasch, dass das Herz noch schlug, als sie es zum Mund hob.

Die Mahlzeit war nicht mehr als angemessen. Ihre Geschmäcker wurden entweder raffinierter, oder sie stumpften immer mehr ab.

Körperlich und magisch erfrischt, aber kaum besser gelaunt, leckte sie sich das Blut von den Fingern und brütete über den Zylinder. Die Frist, die sie dem Jagdtrupp gesetzt hatte, lief in Kürze ab. Ob der Trupp Erfolg hatte oder nicht, die Zeit war gekommen, auf Nummer Sicher zu gehen und den Druck bei der Suche nach den Vielfraßen zu erhöhen.

Es war kalt. Die Kälte machte sich sogar hier in ihrem Allerheiligsten bemerkbar. Im großen Kamin waren Scheite für ein Feuer aufgeschichtet, das noch nicht brannte. Jennesta streckte die Hand aus.

Ein pulsierender Lichtstrahl zuckte so gerade wie ein Pfeil durch die Luft. Das Holz entzündete sich mit lautem Tosen. Während sie in seiner Wärme badete, schalt sie sich, weil sie die eben erst gewonnene Energie völlig grundlos vergeudet hatte. Doch wie immer war ihr Entzücken über die Manipulation der Natur materieller Dinge das stärkere Gefühl.

Sie zog an einem Glockenstrang. Zwei Ork-Wachen traten ein. Einer der Orks hatte eine Rolle Sackleinen unter dem Arm.

»Ihr wisst, was ihr zu tun habt«, sagte sie zu ihnen. Ihr Ton war lässig, und sie machte sich nicht die Mühe, sie dabei anzusehen.

Sie machten sich daran, die Schweinerei aufzuräumen. Das Sackleinen wurde ausgerollt und auf den Boden gelegt. Dann packten sie die Leiche an Hand- und Fußgelenken, legten sie darauf und deckten sie zu.

Gelangweilt zog Jennesta wieder an der Klingelschnur, jetzt zwei Mal.

Als sie gingen, begegnete den Orks ein weiterer Bediensteter, der das Gemach gerade betrat. Beim Anblick ihres blutverschmierten Bündels riss der Elf kurz die Augen auf, um dann hastig wieder eine ausdruckslose Miene aufzusetzen.

Der Diener war neu, und Jennesta fand es ebenso schwierig, sein Geschlecht zu erraten, wie bei seinem Vorgänger. Obwohl sie es am Ende natürlich herausgefunden hatte. Sie nahm sich wieder einmal fest vor, das Tempo zu verringern, in dem sie ihre Bediensteten verbrauchte. Keiner von ihnen blieb lange genug bei ihr, um seine Aufgaben richtig zu lernen.

Der Elf half ihr beim Ankleiden. Jennesta wählte Schwarz, wie es bei Exkursionen außerhalb ihrer Burg ihre Gewohnheit war: ein hautenges Oberteil aus Leder und Reithosen, letztere in die oberschenkelhohen, hochhackigen Stiefel aus demselben Material gesteckt. Darüber trug sie einen knöchellangen pechschwarzen Umhang aus den Fellen mehrerer Waldbären. Ihre Haare waren hochgesteckt und unter einer dazu passenden Pelzkappe verborgen.

Sie entließ den Diener brüsk. Der Elf zog sich zurück. Seine tiefe Verbeugung wurde ignoriert.

Jennesta ging zu einem Tisch neben dem Altar und inspizierte eine Sammlung zusammengerollter Peitschen. Sie wählte eines ihrer Lieblingsexemplare aus und komplettierte so ihr Erscheinungsbild. Sie schob eine schlanke Hand durch die Halteschlaufe am Griff und ging zur Tür, wo sie für einen Augenblick innehielt, um sich im Spiegel zu betrachten.

Die orkischen Leibwächter nahmen Haltung an, als sie ihr Gemach verließ, und machten Anstalten, sie zu begleiten. Sie entließ sie mit einem achtlosen Winken, und sie nahmen wieder ihre Stellung neben der Tür ein. Sie folgte dem Korridor zu einer Treppe, die alle zehn oder zwölf Stufen von brennenden Fackeln in Eisenhalterungen erleuchtet war. Während sie sie erklomm, hob sie beinahe zimperlich den Saum ihres Umhangs, um ihn nicht zu beschmutzen.

Sie erreichte eine Tür. Ein orkischer Wachposten öffnete sie für sie. Jennesta trat hinaus auf einen großen Hof, der von hohen Mauern umgeben war und im Schatten der Burgtürme lag. Die Abenddämmerung brach herein, und die Luft war eisig.

Ein Drache war in der Mitte des Viertelkreises angebunden: ein Vorderbein steckte in einer Fußfessel von der Größe eines Fasses. Eine gleichermaßen kolossale Kette verband die Fessel mit dem Stumpf einer alten Eiche.

Das Maul des Drachen war in einem kleinen Futterberg vergraben, in dem Heu, Schwefel, die Kadaver mehrerer Schafe und andere weniger gut erkennbare Leckerbissen vermischt waren. Entsprechende Mengen dampfenden Dungs, die weiße Schlieren aus Knochen und glänzende Schlacke enthielten, lagen bereits unter dem Rumpf der Bestie.

Jennesta hielt sich ein zierliches Spitzentaschentuch vor die Nase.

Die Drachenbändigerin kam auf sie zu. Sie trug Kleidung in verschiedenen Brauntönen. Wams und Hose waren kastanienfarben und weich wie Sämischleder, die robusten kniehohen Stiefel aus mahagonifarbenem gebürstetem Wildleder. Die einzigen Abweichungen waren eine weißgraue Feder in ihrem breitkrempigen Hut und diskrete Goldbänder um Hals und Handgelenke. Auch nach den Maßstäben ihrer schlaksigen Rasse ungewöhnlich groß, hatte sie eine stolze, fast hochmütige Miene aufgesetzt.

Die Rasse der Drachenmütter hatte Jennesta schon immer fasziniert. Sie hatte noch nie einen Braunwichtel gehabt. Aber sie hatte auch einen gewissen widerwilligen Respekt vor ihnen. Oder wenigstens so viel davon, wie sie für eine andere Person als sich selbst aufbringen konnte. Vielleicht, weil die Braunwichtel wie sie selbst Hybride waren, die Abkömmlinge der Vereinigung zwischen Elfen und Goblins.

»Glozellan«, sagte Jennesta.

»Majestät.« Die Herrin der Drachen antwortete mit einer unmerklichen Neigung des Kopfes.

»Sie haben Ihre Anweisungen bekommen?«

»Ja.«

»Und meine Befehle sind klar?«

»Ihr wünscht, dass Drachenpatrouillen ausgesandt werden, um einen Kriegstrupp zu suchen.« Ihre Stimme war schrill.

»Die Vielfraße, ja. Ich habe nach Ihnen persönlich geschickt, um die Bedeutung dieses Auftrags zu betonen.«

Falls Glozellan es merkwürdig fand, dass die Königin ihre eigenen Leute aufspüren lassen wollte, ließ sie es sich nicht anmerken. »Was soll geschehen, falls wir sie finden, Majestät?«

Jennesta gefiel das *falls* nicht, ließ es aber dabei bewenden. »Dann müssen Sie und die anderen Bändiger die Initiative ergreifen.« Sie wählte ihre Worte mit Bedacht. »Wenn der Trupp an einem Ort entdeckt wird, wo er ergriffen werden kann, müssen unsere Landstreitkräfte alarmiert werden. Aber sollte auch nur die geringste Möglichkeit bestehen, dass die Vielfraße entkommen könnten, müssen sie vernichtet werden.«

Glozellan hob ihre bleistiftstrichdünnen Augenbrauen. Sie war jedoch nicht so dumm, eine ausführlichere Bemerkung zu machen oder gar zu protestieren.

»Falls sie getötet werden müssen, will ich umgehend benachrichtigt werden«, fuhr Jennesta fort, »während Sie ihre Überreste bewachen, falls nötig mit Ihrem Leben, bis Verstärkung eintrifft.« Sie war zuversichtlich, dass der Zylinder der Hitze des Drachenfeuers widerstand. Wenigstens einigermaßen zuversichtlich. Ein gewisses Risiko war unvermeidlich.

Der Drache kaute geräuschvoll auf dem Rückgrat eines Schafs.

Nachdem sie kurz über das Gesagte nachgedacht hatte, erwiderte Glozellan: »Wir suchen eine kleine Gruppe. Wir wissen nicht genau, wo sie sich aufhält. Es wird nicht leicht, es sei denn, wir fliegen sehr tief. Das macht uns verwundbar.«

Jennesta rang mit ihrer Fassung. »Warum kommen mir alle mit Problemen?«, schnauzte sie. »Ich will Lösungen! *Tun Sie, was ich sage!*«

»Majestät.«

»Na, was stehen Sie noch hier herum? Fangen Sie an!«

Die Drachenmutter nickte, drehte sich um und lief zu ihrem Reittier. Nachdem sie am Geschirr empor und auf den Sattel geklettert war, gab sie einem an der Mauer wartenden Ork ein Zeichen. Er näherte sich mit einem großen Holzhammer. Mehrere harte Schläge auf den Verschluss der Fußfessel lösten die Kette. Der Ork zog sich in sichere Entfernung zurück.

Glozellan beugte sich vor, eine schlanke Hand auf beiden Seiten des Drachenhalses. Die Bestie drehte den Kopf und wandte ihrem Gesicht ein geräumiges Ohr zu. Sie flüsterte hinein. Sehnige Schwingen entfalteten sich und breiteten sich mit einem ledrig knisternden Geräusch aus. Der Drache stieß ein donnerndes Brüllen aus.

Gigantische Muskeln in Beinen und Flanken traten hervor wie geschuppte Felsblöcke. Die Flügel schlugen, zuerst träge, dann mit zunehmender Geschwindigkeit, und verdrängten gewaltige Windböen, die über den Hof fegten.

Jennesta hielt ihre Kappe fest, und ihr Umhang flatterte, als der Drache sich erhob. Diese Leistung schien für solch einen Koloss unmöglich zu sein, aber das Wunder wurde vollbracht, indem es das absurd Unbeholfene mit dem überraschend Eleganten vereinte.

Einige Sekunden hing die Bestie schwerfällig über den Mauern der Burg in der Luft. Der soeben aufgegangene Mond und die Sterne wurden teilweise von der klobigen, scharfkantigen Silhouette verborgen. Dann setzte die Gestalt ihren Aufstieg fort, bog in Richtung Taklakasee ab und rauschte davon.

Die Tür, durch die Jennesta gekommen war, öffnete sich. General Kysthan kam in Begleitung einer kleinen Abordnung ihrer persönlichen Leibwache nach draußen. Er sah blass aus.

»Sie haben Neuigkeiten über unser Jagdwild?«, fragte sie.

»Ja ... und nein, Majestät.«

»Ich bin nicht in der Stimmung für Rätsel, General. Berichten Sie einfach.« Sie schlug sich vor Ungeduld leicht mit der zusammengerollten Peitsche aufs Bein.

»Ich habe eine Nachricht von Hauptmann Delorran erhalten.«

Ihre Augen verengten sich. »Fahren Sie fort.«

Der General fischte ein zusammengefaltetes Pergament aus der Tasche seiner Tunika. Trotz der Kälte schwitzte er. »Was Delorran zu sagen hat, mag auf den ersten Blick keine Neuigkeit sein, wie Majestät sie zu hören wünschen würde.«

Mit einem flinken Ruck ihrer Hand entrollte Jennesta ihre Peitsche.

*

Die Nacht war mondhell und sternenklar. Eine leichte Brise milderte angenehm die Wärme.

Er stand vor der Tür einer großen Hütte. Von drinnen waren Geräusche zu hören.

Stryke sah sich um. Nichts beeinträchtigte die herrliche Landschaft, und sie wirkte überaus friedvoll. Das an sich überstieg schon beinahe sein Begriffsvermögen. Die Normalität wirkte bestürzend.

Zögernd streckte er die Hand aus, um die Tür aufzustoßen.

Bevor er es konnte, öffnete sie sich.

Licht und Lärm drangen auf ihn ein. Die Umrisse einer Gestalt traten aus dem Licht hervor. Er konnte ihre Züge nicht erkennen, nur ihre tintigen Konturen. Sie kam auf ihn zu. Seine Hand fuhr zu seinem Schwert.

Die Gestalt wurde zu der Orkfrau, der er schon begegnet war. Oder der begegnet zu sein er sich eingebildet hatte. Oder geträumt. Sie war noch ebenso hübsch und stolz, und in ihren Augen stand derselbe sanfte Stahl.

Stryke war verblüfft. Sie war es auch, aber nicht so sehr.

»Du bist zurückgekehrt«, sagte sie.

Er stammelte eine banale Antwort.

Sie lächelte. »Komm, die Feierlichkeiten sind schon im vollen Gange.«

Er ließ sich von ihr in den großen Saal führen.

Er war mit Orks überfüllt. Orks schmausten an langen Tafeln, die sich unter der Last der Speisen bogen. Orks ergingen sich in gutmütigen Gesprächen. Orks lachten, sangen, erfreuten sich an rauen Späßen und ebenso rauen Spielen.

Frauen mit Krügen voll Ale, Hörnern voll roten Weins, Körben mit Obst und Platten mit zartem Fleisch bahnten sich ihren Weg durch die Reihen. In der Mitte brannte auf Schieferblöcken ein Feuer auf dem Boden, über dem Wildbret und Geflügel auf Spießen gebraten wurde. Rauch, in dem Funken tanzten, stieg zu einem Loch im Dach auf. Parfümiertes Holz entwickelte seinen Duft, der sich mit den unzähligen anderen Gerüchen vermischte, welche in der Luft hingen. Unter ihnen glaubte Stryke auch den süßlich stechenden Geruch von Kristall auszumachen.

An einem Ende des Saals flätzten sich auf Tierfellen erwachsene Männer, die tranken und laut schallend über zotige Witze lachten. Am anderen Ende gaben lärmende Heranwachsende Kämpfe mit Holzschwertern und stumpfen Stäben zum Besten. Trommler schlugen flotte Rhythmen. Kreischende Kinder jagten einander in dem allgemeinen Durcheinander.

Viele der Feiernden begrüßten Stryke warmherzig, obwohl er ein Fremder war.

»Feierst du mit?« Sie nahm einen Krug von einem Tablett, das eines der Schankmädchen hoch über dem Kopf vorbeitrug, und trank daraus. Dann reichte sie ihm den Krug.

Stryke nahm einen tiefen Schluck. Es war heißes Ale mit Honig und Gewürzen und schmeckte wunderbar. Er leerte den Krug.

Die Frau rückte näher. »Wo bist du gewesen?«, fragte sie.

»Das ist keine leichte Frage.« Er stellte den Krug auf einem Tisch ab. »Ich bin nicht sicher, ob ich die Antwort darauf weiß.«

»Du gibst dich schon wieder sehr geheimnisvoll.«

»Für mich bist du *geheimnisvoll, du und dieser Ort.«*

»An mir und diesem Ort ist nichts Geheimnisvolles.«

»Das weiß ich nicht.«

Sie schüttelte den Kopf in gutmütigem Groll. »Aber du bist hier.«

»Das sagt mir nichts. Wo ist *hier?«*

»Wie ich sehe, bist du genauso eigensinnig wie bei unserer ersten Begegnung. Komm mit.«

Sie führte ihn durch den Saal zu einer weiteren, kleineren Tür. Sie öffnete sich zur Rückseite der Hütte. Die kühlere Luft draußen hatte eine ernüchternde Wirkung, und das Schließen der Tür hielt den meisten Lärm ab.

»Sieht du?« Sie zeigte auf die ruhige nächtliche Landschaft. »Alles ist so, wie du es erwarten würdest.«

»Vielleicht so, wie ich es früher einmal erwartet hätte«, erwiderte er. »Vor langer Zeit. Jetzt aber …«

»Du redest schon wieder unverständliches Zeug«, tadelte sie ihn.

»Ist es so … überall?«

»Natürlich!« Eine Sekunde verstrich, da sie eine Entscheidung traf. »Ich zeige es dir.«

Als sie um die Ecke der Hütte bogen, kamen sie zu einem Pferdestand. Die meisten waren Streitrösser, herrliche Tiere, untadelig gestriegelt und mit kunstvoll verziertem, glänzendem Zaumzeug. Die Frau wählte zwei der Besten aus, einen reinweißen und einen völlig schwarzen Hengst.

Sie sagte ihm, er solle aufsitzen. Er zögerte. Sie schwang sich mit geschmeidigen Bewegungen auf den Schimmel, als sei sie im Sattel geboren. Er nahm den Rappen.

Sie ritten los. Zuerst führte sie, dann schloss er auf, und sie galoppierten nebeneinander durch die samtige Landschaft.

Silbernes Mondlicht bestäubte die Äste der Bäume und die Wiesen mit unechtem Reif. Es tauchte die oberen Hänge welliger Hügel in einen Schein, als sei trotz des milden Klimas Schnee gefallen.

Polierte Flüsse und schimmernde Seen waren flüchtig zu erblicken. Scharen von Vögeln flatterten davon, wenn sie die stampfenden Hufschläge hörten. Insektenschwärme erleuchteten das Herz brütender Wälder mit ihrem scheckigen Feuerschein. Alles war frisch, kraftvoll und lebendig.

Über ihnen hing kristallin ein prächtiger Reigen von Sternen am jungfräulichen Nachthimmel.

»Siehst du es denn nicht?«, rief sie. »Siehst du denn nicht, dass alles so ist, wie es sein sollte?«

Er war zu berauscht von der unverdorbenen Luft und von dem Gefühl gewachsener Richtigkeit, *um zu antworten.*

»Vorwärts!«, *rief sie und trieb ihr Pferd zu größerer Schnelligkeit an.*

Ihr Schimmel setzte sich an die Spitze. Er spornte seinen Rappen an, um mit ihr Schritt zu halten.

Sie flogen förmlich dahin, während der Wind ihre Gesichter peitschte. Sie lachte ob der damit verbundenen reinen Freude, und er lachte mit. Es war lange her, seit er sich so lebendig gefühlt hatte.

»Dein Land ist wundersam!«, rief er.

»Unser *Land!«, erwiderte sie.*

Er schaute auf den Weg voraus.

*

Der Weg voraus war öde und kahl.

Es war kalt. Der Pfad war felsig. Nichts rührte sich. Mond und Sterne standen trübe am bewölkten Himmel. Stryke ritt allein an der Spitze der Kolonne.

Die kalte Hand der Angst strich über seinen Rücken.

Was, im Namen der Götter, ist los mit mir?, dachte er. *Werde ich wahnsinnig?*

Er versuchte, vernünftig zu sein. Er war erschöpft und stand unter Druck. Das galt für sie alle. Er war lediglich im Sattel eingenickt. Die Erschöpfung hatte die Bilder in seinem Verstand entstehen lassen. Sie waren lebendig und täuschend echt, aber eben nur Bilder. Wie eine Geschichte, die von den Wortschmieden am Winterfeuer erzählt wurde.

Es würde beruhigend sein, wenn er das glaubte.

Er löste seine Feldflasche vom Gürtel und trank einen Schluck Wasser. Als er sie wieder verschloss, nahm er einen vertrauten Duft im Wind wahr. Eine Spur von Pelluzit. Er schüttelte den Kopf, halb überzeugt, dass der Duft noch als eine Art Erinnerung aus seinem Traum stammte. Dann drang er erneut in seine Nase. Er sah sich um.

Coilla und Alfray ritten hinter ihm. Ihre Gesichter waren müde und unbewegt. Sein Blick glitt an ihnen vorbei und die Reihe schläfriger Soldaten entlang. Er sah Jup, der vor Müdigkeit im Sattel zusammengesunken war. Ein, zwei Plätze weiter hinten, fast am Ende der Kolonne und ohne Nebenmann ritt Haskeer. Er machte einen heimlichtuerischen Eindruck und senkte den Kopf in einem offenkundigen Versuch, sich einer genaueren Betrachtung zu entziehen.

Stryke schwang sein Pferd aus der Reihe. »Übernehmt die Führung!«, befahl er Coilla und Alfray.

Sie reagierten, und mindestens einer von beiden antwortete. Er verstand es nicht und hätte es ohnehin ignoriert. Seine Aufmerksamkeit konzentrierte sich vollkommen auf Haskeer. Er galoppierte zu ihm.

Als er ihn erreichte, war der Geruch von verbranntem Kristall unverkennbar. Der Feldwebel machte einen Versuch, etwas in seiner schinkengroßen Faust zu verbergen.

»Geben Sie's auf, Feldwebel«, sagte Stryke, sein Tonfall eisige Drohung.

Mit träger Unverschämtheit öffnete Haskeer die Faust und zeigte die kleine Tonpfeife, die er darin versteckt hatte. Stryke entriss sie ihm.

»Sie hatten keine Erlaubnis dafür«, knurrte er.

»Sie haben nicht gesagt, dass wir es nicht dürfen«, knurrte er.

»Ich habe auch nicht gesagt, dass ihr dürft. Das ist Ihre letzte Warnung, Feldwebel Haskeer. Und denken Sie über das hier nach.« Stryke beugte sich blitzschnell vor und schmetterte dem Feldwebel die Faust an den Kopf. Sie traf mit fleischigem Klatschen. Der Hieb holte Haskeer sauber vom Pferd. Er schlug schwer auf den Boden.

Die Kolonne hielt an. Alle sahen zu.

Haskeer stöhnte und kam unsicher auf die Beine. Einen Moment sah es so aus, als wolle er zurückschlagen, aber dann ließ er es lieber.

»Sie werden laufen, bis Sie sich ein wenig Disziplin angeeignet haben, Feldwebel Haskeer«, sagte Stryke zu ihm, während er einem der Gemeinen bedeutete, die Zügel von Haskeers Pferd zu nehmen.

»Ich habe nicht geschlafen«, beklagte sich Haskeer.

»Immer was zu meckern, wie? *Keiner* von uns hat geschlafen, Vielfraß, und keiner von uns wird schlafen, bis ich es sage. Verstanden?« Stryke wandte sich an den Rest des Trupps. »Ist sonst noch jemandem nach Auflehnung zumute?«

Sie ließen das Schweigen für sich sprechen.

»Niemand rührt den Kristall an, bis ich es sage!«, rief er ihnen zu. »Mir ist völlig egal, wie viel von dem Zeug da ist, darum geht es nicht. Es könnte alles sein, was wir haben, um mit Jennesta um unser Leben zu feilschen. Vor allem, wenn wir uns diesen verdammten Zylinder nicht wiederholen, was im Moment ziemlich unwahrscheinlich ist. Begriffen?«

Das beredte Schweigen sprach wiederum für sich.

Coilla brach es schließlich.

»Sieht so aus, als könnten wir bald schlauer sein, was den Zylinder betrifft«, sagte sie mit einem Kopfnicken auf das, was hinter der nächsten Biegung in Sicht kam.

Am Weg erhob sich ein Felsen aus Granit, klobig und verdreht, als sei er unter der Einwirkung unvorstellbarer Hitze geschmolzen. Selbst für diejenigen, die ihn noch nie gesehen hatten, handelte es sich um eine unverwechselbare Landmarke. Ob durch Zufall oder den Willen der Götter, die Ähnlichkeit war so treffend, dass der Block von einem titanischen Bildhauer hätte bearbeitet worden sein können.

»Die Dämonenkralle«, verkündete Stryke, obwohl es keinem gesagt werden musste. »In weniger als einer Stunde sind wir in Schwarzberg.«

11

Stryke musste sich die bestürzenden Träume aus dem Kopf schlagen, wenn die Vielfraße überleben sollten. Zum Glück war die Aussicht auf einen Vorstoß in Feindgebiet mehr als genug, um ihn geistig zu beschäftigen.

Er ordnete an, ein vorübergehendes Lager aufzuschlagen, während sie sich auf ihren Angriff auf Schwarzberg vorbereiteten. Mehrere Soldaten wurden ausgesandt, um die Vorauskundschafter in Empfang zu nehmen, die das Land ausspionierten. Die übrigen Vielfraße machten sich daran, ihre Ausrüstung zu überprüfen und ihre Waffen auf Vordermann zu bringen.

Stryke entschied, kein Feuer anzuzünden, um ihre Stellung nicht zu verraten. Daraufhin bat Alfray ihn, den Befehl noch einmal zu überdenken.

»Warum?«, fragte Stryke.

»Ich mache mir Sorgen um Darig. Er hat sich im Kampf gegen die Unis eine Beinwunde zugezogen. Tatsache ist, dass er in schlechterer Verfassung ist, als ich gedacht habe. Wundbrand. Ich brauche ein Feuer, um meine Klingen zu erhitzen.«

»Muss es amputiert werden?«

Alfray nickte. »Er verliert das Bein oder das Leben.«

»Scheiße. Noch ein verwundeter Soldat, der gezogen werden muss. Das hat uns gerade noch gefehlt, Alfray.« Er nickte in Mekluns Richtung. »Wie geht es ihm?«

»Keine Verbesserung, zudem scheint er Fieber zu bekommen.«

»Wenn das so weitergeht, brauchen wir uns wegen Jennesta keine Sorgen mehr zu machen. Also schön, ein Feuer. Aber klein und abgedeckt. Hast du es Darig schon gesagt?«

»Er ahnt es vermutlich, aber ich werde es ihm gleich noch mal schonend beibringen. Es ist eine verdammte Schande. Er ist einer der Jüngsten im Trupp, Stryke.«

»Ich weiß. Brauchst du irgendwas?«

»Ich habe Kräuter, die den Schmerz lindern, und etwas Alkohol. Wahrscheinlich nicht genug. Kann ich es mit Kristall versuchen?«

»Nur zu. Aber du weißt, dass er die Schmerzen kaum stillt.«

»Zumindest wird er ihn ablenken. Ich mache einen Aufguss.«

Alfray ging wieder zu seinem Patienten.

Coilla übernahm den Platz des Feldarzts. »Hast du einen Moment Zeit?«

Stryke grunzte, er habe.

»Alles in Ordnung mit dir?«, erkundigte sie sich.

»Warum fragst du?«

»Weil du in letzter Zeit ziemlich komisch bist. Irgendwie unnahbar. Und dann die Sache mit Haskeer ...«

»Er hat es darauf angelegt.«

»Das kannst du laut sagen. Aber ich rede von dir.«

»Wir sitzen in der Patsche. Was erwartest du, ein Lied und einen Tanz?«

»Ich dachte nur, falls du ...«

»Warum die rührende Besorgnis um meinen Gesundheitszustand, Gefreiter?«

»Sie sind unser Anführer, es liegt in meinem Interesse, Hauptmann. In unser aller Interesse.«

»Ich werde nicht zusammenbrechen, wenn es das ist, was du glaubst, Coilla. Ich bringe uns durch diesen Schlamassel.«

Sie antwortete nicht.

Er wechselte das Thema. »Hast du gehört, dass Darigs Bein amputiert werden muss?«

»Ja, es ist brandig. Was werden wir wegen der Kobolde unternehmen?«

Stryke war dankbar, dass sie über Taktik reden wollte. Dabei fühlte er sich wohler. »Wir werden sie natürlich dann angreifen, wenn sie es am wenigsten erwarten. Das könnte in den letzten Zügen der Nacht sein, aber auch bei Tagesanbruch.«

»Dann will ich mit den Kundschaftern los und mir selbst einen Überblick verschaffen.«

»Genau. Wir gehen zusammen.«

»Schwarzberg ist groß, Stryke. Angenommen, die Kobolde, hinter denen wir her sind, halten sich gerade in der Mitte auf?«

»Nach allem, was ich gehört habe, lagern die Banditentrupps rings um die Hauptsiedlung. Sie lassen die Frauen und Kinder im Kern. So können die Banditentrupps leichter kommen und gehen und auch die Siedlung bewachen.«

»Das hört sich nach einer gefährlichen Anordnung an. Falls wir in einen Verteidigungsring laufen ...«

»Wir müssen nur sorgfältig planen, wie wir es machen.«

Sie betrachtete ihn mit besorgtem Blick. »Du weißt, dass das Wahnsinn ist, nicht wahr?«

»Hast du eine bessere Idee?«

Einen kurzen Augenblick hoffte er, sie werde ja sagen.

*

Eine Stunde verging wie im Flug, während sich die Vielfraße mit den zahllosen Dingen beschäftigten, die nötig waren, um einen Kriegstrupp kampfbereit zu machen.

Da alles reibungslos ablief, ging Stryke zum Unterstand, der als Lazarettzelt benutzt wurde. Dort fand er Alfray vor, der sich um Meklun kümmerte. Der bewusstlose Fußsoldat hatte einen feuchten Lappen auf der Stirn.

Der größte Teil des übrigen Platzes wurde von Darig eingenommen, der ebenfalls lag, aber ein wenig lebendiger wirkte. Ein leeres Grinsen auf dem Gesicht und die Augen glasig, rollte er den Kopf hin und her und murmelte unablässig vor sich hin. Im flackernden Kerzenschein sah Stryke, dass seine Decke zerknautscht war und Schweißflecken aufwies.

»Gerade zur rechten Zeit«, sagte Alfray. »Ich brauche Hilfe.«

»Ist er so weit?«

Alfray betrachtete Darig, der kicherte.

»Ich habe ihm genug Kristall gegeben, um ein ganzes Regiment flachzulegen. Wenn er jetzt nicht so weit ist, wird er es nie mehr.«

»Mahagoni rempelt Scharen von Singvögeln, die mit Band gefesselt sind«, verkündete Darig.

»Ich verstehe, was du meinst«, sagte Stryke. »Was soll ich tun?«

»Hol noch jemanden her. Um ihn festzuhalten, werden zwei nötig sein.«

»Hübsches Band«, fügte Darig hinzu. »Hübsch ... Glübsch ... Glümp.«

Alfray kauerte sich neben den Patienten. »Nur die Ruhe«, beschwichtigte er.

Stryke schaute nach draußen und sah Jup in der Nähe. Er winkte ihn zu sich. Der Zwerg eilte herbei und zwängte sich hinein.

»Du hast Glück«, erklärte Stryke ihm trocken. »Du darfst ein Teil halten, das abkommt.« Er nickte auf die Beine des Soldaten.

Voller konnte das Zelt nicht mehr werden. Jup tastete sich behutsam zum Ende von Darigs Bett vor. »Ich sollte besser nicht auf ihn treten«, erklärte er.

»Ich glaube kaum, dass er es bemerken würde«, sagte Alfray.

»Ein Wiesel ist im Fluss«, vertraute Darig ihnen wissend an.

»Er hat etwas Kristall als Schmerzmittel bekommen«, erklärte Stryke.

Jup hob eine Augenbraue. »*Etwas?* Um einen alten Ausdruck der Zwerge zu benutzen, ich würde sagen, er ist vollkommen zugedröhnt.«

»Aber er bleibt es nicht ewig«, erinnerte Alfray sie ein wenig gereizt. »Bringen wir's hinter uns, ja?«

»Der Fluss, der Fluss«, sang Darig mit riesigen Augen.

»Halt seine Knöchel fest, Jup«, gab Alfray seine Anweisungen. »Stryke, drück seine Arme nach unten. Ich will nicht, dass er sich bewegt, wenn ich anfange.«

Sie taten, wie geheißen. Alfray zog die Decke weg und enthüllte das brandige Bein. Die entzündete Wunde schwamm in Eiter.

»Ihr Götter«, murmelte Jup.

Alfray tupfte sanft mit einem Stofflappen. »Nicht besonders schön, was?«

Stryke rümpfte die Nase. »Und auch nicht sonderlich wohlriechend. Wo wirst du es abtrennen?«

»Hier am Oberschenkel, ein Stück über dem Knie. Und der Trick ist, es schnell zu tun.« Er beendete seine Säuberung des entzündeten Bereichs und wrang den Lappen in einer Holzschüssel aus. »Wartet hier, ich hole, was ich brauche.«

Er verschwand aus dem Zelt. Ein paar Schritte entfernt brannte ein kleines Feuer in einer Grube. »Du!«, schnauzte er einen zufällig vorbeikommenden Soldaten an. »Bleib hier stehen und gib mir, was ich brauche, wenn ich es dir sage.« Der Soldat nickte und ging zum Feuer.

Alfray riss den feuchten Lappen in zwei Stücke und gab ihm eines. Mit dem anderen umwickelte er das Heft eines langen Messers, das aus dem Feuer ragte. Seine Klinge leuchtete kirschrot. Ein Beil ließ er in den Flammen. Mit dem Fuß schob er das Ende einer Schaufel neben die Axt in die Flammen.

Wieder im Zelt kniete er nieder und holte aus der Tasche seines Wamses ein Stück grobes Seil, vielleicht eine Handspanne lang.

Darig lächelte glückselig. »Das Schwein reitet das Pferd, das Schwein reit*mumpf.*«

»Beiß darauf!«, befahl Alfray, während er dem Patienten das Stück Seil in den offenen Mund stopfte.

»Jetzt?«, sagte Stryke.

»Jetzt. Haltet ihn fest!«

Er brachte die glühende Klinge ins Spiel. Darigs Augen weiteten sich, und er fing an, sich zu wehren. Jup und Stryke hielten seine sich windenden Glieder fest.

Mit mehreren raschen, geschickten Schnitten höhlte Alfray die Wunde aus. Er schlug Hautfalten beiseite und grub sich durch das Fleisch darunter. Darig wehrte sich heftiger und spie das Seil aus. Sein gequältes Brüllen bewirkte, dass Meklun sich unruhig herumwälzte, war jedoch nur von kurzer Dauer. Alfray rammte ihm den Strick wieder in den Mund. Während er ihn mit der Handfläche an Ort und Stelle hielt, arbeitete er mit einer Hand weiter. Nach kurzer Zeit lag der Knochen frei.

Darig stöhnte und verlor das Bewusstsein.

Alfray ließ das Messer fallen und bellte: *»Das Beil!«*

Es wurde über Strykes Kopf in das Zelt gereicht, der Stiel zum Schutz vor der gewaltigen, beinah weißglühenden Hitze der Schneide umwickelt.

Alfray nahm es mit beiden Händen und hob es hoch über den Kopf. Er zielte, holte tief Luft und ließ es mit aller Kraft heruntersausen. Der Hieb landete mit einem gedämpften Knall genau im Ziel. Stryke und Jup spürten, wie Darig unter seiner Wucht bockte. Aber das Bein war erst halb durchtrennt.

Darig kam schlagartig zu sich, einen irren Ausdruck im Gesicht, und wehrte sich sofort wieder. Er spie erneut den Knebel aus und kreischte. Niemand hatte eine Hand frei, um ihn daran zu hindern.

»Beeil dich!«, drängte Stryke.

»Haltet ihn still!«, befahl Alfray. Er löste das Beil aus der Wunde und holte zu einem weiteren Hieb aus.

Auch der zweite Schlag saß im Ziel und war eher mit noch größerer Kraft geführt worden. Er beendete die Sache, wenn man von einigen wenigen Fasern aus Sehnen und Haut absah. Ein dritter, nicht mehr ganz so hart geführter Hieb teilte auch sie und drang durch die Pferdedecke, auf der Darig lag, und in den harten Boden darunter.

Das Geschrei hörte nicht auf. Stryke beendete es mit einem wohlgezielten Fausthieb an Darigs Schläfe, der ihn ruhig stellte.

»Wir müssen die Blutung stillen«, sagte Alfray zu ihnen, indem er das amputierte Bein wegzog. »Bringt mir die Schaufel.«

Die Schaufel wurde vorsichtig abgeliefert. Ihre Flachseite war dunkelrot, und als Alfray darauf blies, leuchtete ein kleiner Fleck für einen Augenblick gelblich-weiß auf. »Das müsste heiß genug sein«, entschied er. »Haltet ihn gut fest. Das gibt ein schmerzhaftes Erwachen.«

Er presste die Schaufel gegen den Stumpf. Der scharfe Geruch nach verbranntem Fleisch lag in der Luft, als die Hitze ihr Werk tat. Darig wurde wieder aus seiner Bewusstlosigkeit gerissen und wehrte sich schreiend, aber Schock und Blutverlust zeigten bereits Wirkung. Sein Geschrei war schwächlich im Vergleich mit dem Lärm, den er noch Augenblicke zuvor veranstaltet hatte.

Jup und Stryke hielten ihn weiter nieder, während Alfray Alkohol über den Stumpf spritzte und dann einen mit Heilsalbe behandelten Verband anlegte.

Darig verfiel in ein monotones Murmeln, und sein Atem nahm einen regelmäßigen, wenn auch etwas flachen Rhythmus an.

»Er atmet gleichmäßig«, verkündete Alfray. »Das ist doch schon was.«

»Wird er es überstehen?«, fragte sich Jup.

»Vermutlich schon.« Er bückte sich zum amputierten Bein und wickelte es in ein Tuch. »Was er jetzt braucht«, sagte er, indem er seine Last aufhob, »ist Ruhe und gute Ernährung, damit er wieder zu Kräften kommt.« Er klemmte sich das blutige Bündel unter den Arm.

»Das ist ein bisschen viel verlangt«, antwortete Stryke. »Vergiss nicht, dass wir nur eiserne Rationen dabei haben, und ich kann niemanden für die Jagd erübrigen.«

»Überlass das mir«, sagte Alfray. »Ich kümmere mich darum. Und jetzt verschwindet. Ihr stört meine Patienten.« Er schob sie hinaus.

Stryke und Jup fanden sich draußen vor dem Zelt wieder, wo sie auf die geschlossene Türklappe starrten.

*

Die Nacht würde in Kürze dem Morgengrauen weichen.

Stryke hatte eine Gruppe von zwanzig Soldaten für den Überfall zusammengestellt, darunter auch die Kundschafter, welche bereits in den Randgebieten Schwarzbergs postiert waren. Eine Rumpftruppe sollte zurückbleiben, um das Lager und die Verwundeten zu bewachen. Da er mit Alfray darüber reden musste, war er unterwegs zum Lazarettzelt.

Meklun war so weggetreten wie zuvor. Darig hatte sich aufgerichtet. Seine Augen waren blutunterlaufen und die Haut bleich, aber ansonsten schien es ihm angesichts der Kürze der verstrichenen Zeit recht gut zu gehen.

Die Wirkung des Pelluzits hatte fast völlig nachgelassen. Alfray servierte ihm gerade einen Teller Gulasch aus einem schwarzen Eisenkessel.

»Du musst wieder zu Kräften kommen«, befahl er, indem er ihm den dampfenden Teller reichte.

Darig löffelte einen zaghaften Bissen. Seine unsichere Miene verschwand, und er machte sich mit Genuss über den Teller her. »Hmmm, Fleisch. Köstlich. Was ist das?«

»Äh, das ist jetzt nicht so wichtig«, sagte Alfray. »Iss einfach deine Portion.«

Stryke begegnete seinem Blick. »Was sein muss, muss sein«, formulierte Alfray lautlos, dann schaute er ungewohnt schüchtern weg. Sie saßen in verlegenem Schweigen da, während Darig aß.

Dann steckte Haskeer den Kopf in das Zelt und sorgte für eine Ablenkung. »Irgendwas riecht ziemlich gut«, sagte er mit einem hoffnungsvollen Blick auf den Kessel.

»Das ist für Darig«, erwiderte Alfray eilig. »Es ist ... etwas Besonderes.«

Haskeer schaute enttäuscht drein. »Schade.«

»Was gibt es?«, fragte Stryke spitz.

»Wir warten auf den Befehl zum Abrücken, Boss.«

»Dann wartet noch etwas länger. Ich komme gleich.«

Der Feldwebel zuckte die Achseln, warf noch einen letzten, sehnsüchtigen Blick auf den Kochtopf und ging.

»Wenn das Gulasch auf die Art etwas Besonderes ist, wie ich glaube«, sagte Stryke, »hättest du ihm etwas geben sollen.«

Alfray lächelte.

Darig schaute verwirrt von einem zum anderen.

»Ruh dich jetzt aus«, sagte Alfray, indem er ihn bei den Schultern nahm und sanft, aber bestimmt auf sein Lager drückte.

»Vielleicht solltest du hier bleiben und dich um ihn und Meklun kümmern«, schlug Stryke vor.

»Es gibt auch Soldaten, die das können. Zum Beispiel Vobe oder Jad. Oder Hystykk. Die sind alle dazu fähig.«

»Ich dachte nur, es wäre dir vielleicht lieber, hier bei ihnen zu bleiben.«

»Ich wäre lieber da, wo es zur Sache geht.« Alfray reckte stur sein runzliges Kinn vor. »Es sei denn, du hältst mich für zu alt für diese Art ...«

»Bleib ruhig! Das Alter hat nichts damit zu tun. Ich wollte dir nur die Wahl lassen, mehr nicht. Komm mit. Ich bin froh, dich dabei zu haben.«

»Schon gut. Ich komme mit.«

Stryke nahm sich vor, in Zukunft vorsichtig mit Alfray umzugehen, was das Alter betraf. Er wurde in dieser Beziehung verdammt empfindlich.

»Ich mache hier noch alles fertig und bin sofort draußen«, fügte Alfray hinzu.

Als Stryke nach draußen ging, rührte sich Darig. »Gefreiter?«, fragte er vorsichtig. »Gibt es noch etwas von dem Gulasch?«

Der Trupp hatte sich fünfzig Schritt entfernt versammelt. Als Stryke dort eintraf, hatte Alfray ihn eingeholt.

»Erstatte Bericht, Coilla«, befahl Stryke brüsk.

»Unseren Kundschaftern zufolge scheint sich die Gruppe, hinter der wir her sind, am Westrand von Schwarzberg aufzuhalten. Mit anderen Worten, in direkter Linie von hier.«

»Warum sind wir so sicher, dass es dieselbe Gruppe ist?«

»Das sind wir nicht. Aber es sieht danach aus. Ich war dort oben und habe einen Haufen Kobolde gesehen, die Streitechsen eingepfercht haben. Ich hatte den Eindruck, dass sie gerade von einem Raubzug zurückgekehrt waren.«

Stryke runzelte die Stirn. »Das beweist nicht, dass es dieselben waren.«

»Nein«, stimmte sie zu. »Aber wenn dir nichts einfällt, wie wir uns vergewissern können, ist das alles, was wir haben.«

»Selbst wenn sie es nicht sind, bin ich dafür, dass wir trotzdem hingehen und ihnen in den Arsch treten«, meldete sich Haskeer zu Wort.

Einige Mitglieder des Trupps brummten zustimmend.

»Wenn es tatsächlich der Trupp ist, den wir suchen«, sagte Jup, »können wir von Glück sagen, dass sie außerhalb der eigentlichen Stadt lagern.«

»Obwohl wir immer noch die gesamte Bevölkerung im Nacken haben, wenn wir auch nur einen falschen Schritt machen«, mahnte Alfray zur Vorsicht. Er wandte sich an ihren Anführer. »Und jetzt? Gehen wir?«

»Wir gehen«, entschied Stryke.

12

Sie ließen die Pferde zurück und machten sich zu Fuß auf den Weg zum vorgeschobenen Beobachtungspunkt.

Die Klingen ihrer Waffen waren mit nasser Holzkohle geschwärzt, damit sie im Licht des untergehenden Mondes nicht funkelten. Alle Sinne geschärft, die geringsten Anzeichen für Ärger sofort zu bemerken, schlich sich der Trupp verstohlen vorwärts.

Das Gelände veränderte sich. Der Boden wurde matschig, als die Ausläufer der Prärie Marschland wichen.

Der Tag brach an, als sie eintrafen, und die Sonne war ein blutroter Vorbote für einen weiteren bewölkten, regnerischen Tag.

Das stumme Zusammentreffen mit den Kundschaftern fand auf der Kuppe eines kleinen Hügels statt, die ein bescheidenes Wäldchen aufwies, aus dessen Schutz sie sehen, aber nicht gesehen werden konnten. Während die Sonne langsam höher stieg, beobachteten sie, wie Schwarzberg sich aus den trägen Nebelschwaden schälte.

Ein Durcheinander aus einstöckigen Gebäuden, primitiven Holzhütten verschiedener Formen und Größen, erstreckte sich, so weit das Auge in dem Dunst reichte. Die Kundschafter zeigten auf zwei Hütten unterhalb ihres Aussichtspunkts, die etwas abseits der eigentlichen Siedlung lagen. Eine war klein, die andere viel größer und wenn auch nicht in ihren Verzierungen, so doch in ihren Ausmaßen mit einem orkischen Langhaus vergleichbar. Zwischen ihnen und etwas nach hinten versetzt befand sich eine Koppel mit einer Herde von Kirgizilen, die nach Echsenart reglos dalagen. Sie sahen träge aus und litten zweifellos unter dem anhaltenden Absinken der Temperatur im ganzen Land. Stryke fragte sich, wie lange die Kobolde sie noch benutzen konnten.

Er beugte sich zu einem der Kundschafter vor und flüsterte: »Was war los, Orbon?«

»Bis vor ungefähr einer Stunde haben sich da unten noch ein paar Banditen getummelt. Die meisten sind in die größere Hütte gegangen. Einer ist in dem kleineren Gebäude verschwunden. Seitdem hat sich nichts mehr gerührt.«

Stryke bedeutete Coilla und Haskeer zu sich. »Nehmt vier Soldaten und geht runter. Orbon, du bist dabei. Ich will wissen, wie die Kobolde postiert sind. Wenn es Wachen gibt, kümmert euch um sie.«

»Was ist, wenn wir gesehen werden?«, fragte Coilla.

»Sorgt dafür, dass es nicht dazu kommt! Andernfalls heißt es, jeder Ork für sich.«

Sie nickte, die Aufmerksamkeit halb auf die Auswahl eines Messerpaars aus ihren Unterarmscheiden gerichtet.

»Und du benimm dich«, warnte Stryke Haskeer finster.

Das Gesicht des Sergeants war eine Miene beleidigter Unschuld.

Coilla suchte rasch die anderen Soldaten aus, die sie begleiten sollten, und die Gruppe schlich den Hang hinab.

Sie tasteten sich von Baum zu Baum. Als es keine mehr gab, hinter denen sie sich verbergen konnten, strebten sie einem Gebüsch entgegen, dem letzten Versteck vor der Lichtung am Fuß des Hügels. Tief geduckt nahmen sie den Weg voraus in Augenschein.

Aus diesem Blickwinkel konnten sie vier Kobold-Wachen sehen. Sie trugen Felle zum Schutz vor der Kälte der Nacht. Zwei der drahtigen Wesen standen auf der Seite der großen Hütte, zwei neben der kleineren. Keines rührte sich.

Coilla entschied sich rasch für ein Vorgehen und vermittelte es den anderen per Zeichensprache. Ihr Plan war, dass sie mit zwei Soldaten nach rechts zur kleinen Hütte und Haskeer mit seinen beiden zur großen Hütte links gehen würde. Die Serie der Gesten endete damit, dass sie sich mit einem Finger über die Kehle fuhr.

Voller Anspannung warteten sie auf ihre Gelegenheit, und da sie freies Gelände überqueren mussten, würden sie sehr schnell sein müssen, wenn sie sich denn bot. Mehrere Minuten verstrichen. Dann gaben sich schnell hintereinander beide Paare eine Blöße. Eines begann eine Unterhaltung und wandte sich dabei halb vom Hügel ab. Ihre Kameraden bei der größeren Hütte begaben sich auf Streife, wobei sie den Orks zunächst den Rücken kehrten.

Haskeer und Coilla stürzten aus ihrer Deckung und rannten. Die anderen Orks schwärmten hinter ihnen aus.

Ein Messer zwischen den Zähnen, das andere in der Hand, bewegte Coilla sich so leichtfüßig und flink, wie sie konnte. Sie hatte kaum mehr als die Hälfte der Lichtung überquert, als die Wachen ihr Gespräch beendeten und sich trennten.

Coilla erstarrte und bedeutete den anderen, ihrem Beispiel zu folgen.

Ohne in ihre Richtung zu schauen, ging einer der Kobolde zum Ende der Hütte und bog um die Ecke. Der andere war immer noch von Coilla abgewandt, drehte sich aber langsam um, während er das umliegende Gelände betrachtete.

Sie warf einen Blick auf die größere Hütte. Die dortigen Wachen nahmen die Vorgänge nicht zur Kenntnis. Haskeers Gruppe musste weiter zurückgeblieben sein, denn sie konnte sie nicht sehen.

Ein Sekundenbruchteil war verstrichen. Zwischen ihr und dem sich langsam umdrehenden Kobold lagen vielleicht dreißig Schritte. Es hieß, jetzt oder nie. Sie holte mit dem Arm aus und warf das Messer mit aller Kraft. Der Schwung ließ sie in der Hüfte nach vorn knicken und trieb ihr den Atem aus, den sie angehalten hatte.

Der Wurf war fehlerlos und traf ihr Ziel mitten zwischen die Schulterblätter. Der Kobold ging ohne einen Laut zu Boden.

Coilla rannte vorwärts, die beiden anderen Soldaten neben sich. Sie trafen in dem Augenblick ein, als der zweite Kobold um die Ecke bog. Die Soldaten ließen dem erschrockenen Wesen keine Zeit, eine Waffe zu ziehen. Der Kobold wurde leise und brutal erledigt.

Die Leichen wurden außer Sicht gezogen. Coilla und die anderen verbargen sich, so gut sie konnten, und richteten den Blick auf die große Hütte. Sie sahen, wie Haskeers Gruppe sich an ihre beiden Kobolde anschlich.

Rings um das größere Gebäude war der Boden erheblich stärker von den Kirgizilen zertrampelt und matschiger. Noch nie einer der elegantesten Orks, aber oft der überheblichste, gelang es Haskeer, mit einem Stiefel im Schlamm steckenzubleiben. Als er ihn mit lautem Sauggeräusch herauszog, verlor er das Gleichgewicht und fiel kopfüber in den Matsch. Sein Schwert flog davon.

Der Kobold, den er beschlichen hatte, fuhr herum. Die Kinnlade sank ihm herab. Haskeer kroch zu seinem Schwert. Es war außer Reichweite, also hob er einen Stein auf und warf ihn. Das Wurfgeschoss traf den offenen Mund des Wesens so fest, dass es Blut und Zähne spritzte. Dann waren die Soldaten heran und beendeten die Sache mit ihren Dolchen.

Haskeer hob sein Schwert auf und taumelte vorwärts. Er rutschte dem verbliebenen Posten mehr entgegen, als dass er lief. Der Kobold hatte seine Waffe gezogen und wehrte den ersten Hieb ab. Mit dem zweiten schlug Haskeer die Waffe beiseite und bohrte dem Kobold die Klinge tief in die Brust.

Wiederum wurden Leichen weggeschleift und verborgen.

Keuchend wechselte Haskeer einen Blick mit Coilla und zeigte ihr den erhobenen Daumen. Eine Reihe von Gesten legte fest, dass ihr nächster Zug in der Überprüfung der Hütten bestehen würde.

Die Hütte, vor der Haskeer mit seinen Soldaten stand, war fensterlos. Die Tür war keine richtige Tür, sondern vielmehr eine Öffnung, die mit einem Binsenvorhang bedeckt war. Er ging voran, die anderen gingen in Stellung und machten sich bereit, jedem Ärger zu begegnen. Vorsichtig schob Haskeer den Vorhang ein klein wenig zur Seite, ganz darauf bedacht, kein Geräusch zu verursachen. Der noch junge Morgen ließ genug Licht einfallen, um etwas erkennen zu können.

Was er sah, waren Kobolde. Ihre schlafenden Gestalten bedeckten den Boden und jedes Feldbett in der Reihe an der gegenüberliegenden Wand teilten sich mehrere von ihnen. Überall lagen Waffen kreuz und quer.

Haskeer hielt den Atem an, um diese überwältigende Streitmacht nur ja nicht zu wecken. Er zog sich vorsichtig zurück. Ein Kobold, der sich gleich neben der Tür ausgestreckt hatte, wälzte sich unruhig im Schlaf herum. Haskeer erstarrte und blieb so, bis er absolut sicher war, dass er sich wieder gefahrlos bewegen konnte. Dann ließ er den Vorhang zurückgleiten und ließ die angehaltene Luft lautlos entweichen.

Er wich drei Schritte zurück. Der Vorhang bewegte sich. Haskeer und die Soldaten pressten sich beiderseits des Eingangs flach an die Wand.

Ein zerzauster Kobold kam aus der Hütte, zu schläfrig, um auf die Umgebung zu achten. Er schwankte ein paar Schritte und fummelte an seinem Schritt herum. Haskeer sprang vor und schlang den Arm um den Hals des Kobolds. Es gab einen kurzen Kampf. Ein kräftiger Ruck von Haskeers muskulösem Unterarm brach dem Banditen das Genick.

Der Ork-Feldwebel blieb stocksteif stehen und hielt den schlaffen Körper hoch, während er auf weitere Bewegungen lauschte. Schließlich schleifte er die Leiche zu der Stelle, wo die anderen Opfer lagen.

Abgesehen von der Größe unterschied sich die Hütte, die Coillas Gruppe untersuchte, in zweierlei Hinsicht von der anderen: sie hatte eine Tür und in einer Seitenwand ein Fenster. Coilla befahl den Soldaten, gut aufzupassen, während sie auf Zehenspitzen hinschlich. Als sie geduckt unter dem Fenster innehielt, das weder Läden noch Vorhänge aufwies, horchte sie geduckt auf Geräusche von drinnen. Nachdem sie sich einmal darauf konzentriert hatte, hörte sie ein rhythmisches Pfeifgeräusch, das sie nach einem Augenblick der Ratlosigkeit als Schnarchen identifizierte.

Sie hob langsam den Kopf und schaute hinein.

In dem einzigen Raum befanden sich drei Kobolde. Zwei davon waren Wachen, die mit dem Rücken an der Wand und ausgestreckten Beinen auf dem Boden saßen. Beide schienen zu schlafen, und von einem schien das Schnarchgeräusch auszugehen.

Aber es war das dritte Wesen im Raum, das ihre Aufmerksamkeit erregte.

An den einzigen Stuhl im Raum gefesselt war ein Wesen mindestens so klein wie ein Kobold, wenngleich von erheblich massigerer Statur. Die raue Haut hatte eine grünliche Färbung. Der große kürbisförmige Kopf schien in seinen Proportionen nicht zum Körper zu passen, und die Ohren standen ein wenig ab. Der Hals hatte etwas von einem Geier. Die länglichen Augen hatten fleischige Lider und eine schwarze Iris vor weißem Hintergrund, der mit gelblichen Adern durchzogen war. Schädel und Gesicht waren haarlos, abgesehen von backenbartartigen Koteletten aus rötlich-braunen Fellbüscheln, die ins Flachsfarbene übergingen.

Das Wesen trug ein schlichtes graues Gewand, das offenbar schon lange nicht mehr gewaschen worden war. Die Füße steckten in knöchelhohen Wildlederstiefeln mit polierten Schnallen, die auch schon bessere Tage gesehen hatten. Die auf Gesicht und Händen sichtbare Haut war runzlig wie die einer Schlange. Coilla schätzte, dass dieses Wesen sehr alt war.

Als ihr dieser Gedanke kam, schaute der Gremlin auf und erblickte sie.

Seine Augen weiteten sich. Aber er gab keinen Laut von sich, wie sie zunächst befürchtet hatte. Sie starrten einander für ein paar Sekunden an, dann duckte Coilla sich wieder unter das Fenster.

Mit Zeichen und Geflüster teilte sie ihre Entdeckung den Soldaten mit und befahl ihnen, an Ort und Stelle zu bleiben, während sie Meldung machte. Während sie sich verbargen, gab sie Haskeer Zeichen. Er ließ seine Soldaten ebenfalls zurück und gemeinsam trabten sie zurück und den Hügel empor.

Als sie beim Rest des Trupps eintrafen, war Stryke mittlerweile ziemlich unruhig geworden.

»Wir haben uns um alle Posten gekümmert, auf die wir gestoßen sind«, meldete Haskeer. »Die große Hütte ist voll von der ganzen verdammten Diebesbande, wie es aussieht.«

»Irgendeine Spur von dem Zylinder?«

Haskeer schüttelte den Kopf.

»Nein«, schloss Coilla. »Aber was ich in der kleineren Hütte gesehen habe, war bemerkenswert. Die Kobolde haben dort einen Gefangenen untergebracht, Stryke. Einen Gremlin, der obendrein ziemlich alt aussieht.«

»Einen Gremlin? Was hat das schon wieder zu bedeuten?«

Coilla zuckte die Achseln.

Haskeer wurde ungeduldig. »Worauf warten wir noch? Machen wir sie fertig, solange sie noch schlafen!«

»Das werden wir«, sagte Stryke zu ihm. »Aber wir machen es richtig. Vergiss nicht, dass wir wegen des Zylinders hier sind. Das hier ist unsere einzige Möglichkeit, ihn je wiederzufinden. Und ich will nicht, dass diesem Gefangenen etwas passiert.«

»Warum?«

»Weil der Feind unseres Feindes unser Freund ist.«

Die Vorstellung schien Haskeer fremd zu sein. »Wir haben keine Freunde.«

»Dann eben unser Verbündeter. Aber ich will ihn lebendig. Wenn der Zylinder *nicht* hier ist, kann er uns vielleicht sagen, wo wir suchen müssen. Es sei denn, mittlerweile hat einer von euch das Kauderwelsch der Kobolde gelernt.«

»Wir sollten uns beeilen«, drängte Jup, »bevor die Wachen vermisst werden.«

»Richtig«, stimmte Stryke zu. »Coilla, Alfray und ich übernehmen die Soldaten, die schon unten sind. Ich will mir den Gefangenen schnappen. Haskeer und Jup, ihr nehmt die anderen und umstellt die große Hütte. Aber unternehmt nichts, bevor ich nicht dort bin. Verstanden?«

Die Feldwebel nickten, vermieden es aber, einander anzusehen.

»Gut. Dann los.«

Die Vielfraße teilten sich entsprechend und schlichen sich ins Lager. Sie trafen auf keinen Widerstand und sahen auch keine Bewegung.

Nachdem Strykes Gruppe sich mit den zurückgebliebenen Soldaten vereinigt hatte, bauten sie sich vor der kleineren Hütte auf. Sie sahen, wie Jup und Haskeers Männer dasselbe taten.

»Wartet auf meinen Befehl«, instruierte Stryke im Flüsterton. »Coilla, zeig mir das Fenster.«

Sie ging geduckt voran. Nachdem sie einen Blick durch die Öffnung geworfen hatte, winkte sie ihn zu sich. Ihm bot sich dasselbe Bild wie zuvor Coilla: zwei zusammengesunkene, schlafende Kobold-Wachen und der gefesselte Gefangene. Diesmal bemerkte der Gremlin nicht, dass er beobachtet wurde, und schaute nicht auf. Coilla und Stryke schlichen zu den anderen zurück.

»Zeit für ein Wagnis«, flüsterte Stryke. »Tun wir's schnell und leise.«

Er klopfte an die Tür und duckte sich daneben außer Sicht. Eine halbe Minute verstrich, während sie gespannt warteten. Stryke fragte sich, ob etwas schief gegangen war, und wäre nicht überrascht gewesen, wenn das ganze Kobold-Volk aufgetaucht und über sie hergefallen wäre. Er inspizierte rasch das umliegende Gelände und klopfte dann noch einmal, diesmal etwas lauter. Nachdem noch ein paar Sekunden verstrichen waren, hörten sie das Kratzen eines Riegels.

Die Tür öffnete sich, und einer der Kobolde streckte den Kopf heraus. Die beiläufige Art, wie dies geschah, zeigte an, dass der Kobold nicht mit Problemen rechnete. Stryke packte das Wesen im Nacken und zog es brutal zu sich. Die anderen Vielfraße strömten in die Hütte.

Stryke tötete den sich windenden Kobold mit einem einzigen Dolchstoß ins Herz. Mit der Leiche im Schlepptau huschte er rasch in die Hütte. Die zweite Wache war bereits tot. Der Kobold hatte nicht einmal die Gelegenheit bekommen, sich zu erheben, und sein Gesicht war im Augenblick des gewaltsamen Todes zu einer Fratze des Schreckens erstarrt. Stryke ließ die Leiche der ersten Wache daneben fallen.

Coilla hatte dem zitternden Gefangenen die Hand auf den Mund gelegt. Mit der anderen hielt sie ihm einen Dolch an die Kehle.

»Ein Laut, und du folgst ihnen in den Tod«, versprach sie.

»Wenn ich die Hand wegnehme, wirst du dich still verhalten?«

Der Gremlin nickte, die Augen furchtsam aufgerissen. Coilla nahm die Hand weg, hielt das Messer jedoch nah genug, um ihre Drohung wahrzumachen.

»Wir haben keine Zeit für höfliches Geplauder«, sagte Stryke zu ihrem Gefangenen. »Weißt du von dem Artefakt?«

Der Gremlin machte einen verwirrten Eindruck.

»Von dem *Zylinder?*«

Der Gremlin schaute von einem grimmigen Orkgesicht zum nächsten, dann auf die beiden toten Kobolde und schließlich wieder zu Stryke. Er nickte.

»Wo ist er?«

Der Gremlin schluckte. Als er sprach, klang seine Stimme tief und kratzig. Aber sie war mit den höheren Tönen vom Alter gedehnter Stimmbänder und Entsetzen unterlegt. »Er ist drüben im Langhaus.«

Coilla bedachte ihn mit einem durchdringenden Blick. »Besser, du belügst uns nicht, Alter.«

Stryke zeigte auf einen der Soldaten. »Bleib bei ihm. Die anderen kommen mit mir.«

Er führte sie zum Langhaus.

Der Trupp bewaffnete sich mit den jeweils von den einzelnen Orks bevorzugten Nahkampfwaffen. Die meisten wählten das Messer. Stryke bevorzugte eine Kombination aus Schwert und Dolch. Haskeer entschied sich für eine Streitaxt.

Wie sie bereits herausgefunden hatten, gab es nur eine Tür. Sie versammelten sich darum, Stryke, Coilla, Haskeer, Jup und Alfray ganz vorne.

Obwohl sie sich am Rand einer Siedlung befanden, in der sich eine unbekannte Anzahl von Mitgliedern einer feindlichen Rasse aufhielt, gewiss Hunderte, empfand Stryke eine seltsame Ruhe, die einer Art Losgelöstheit gleichkam. Er schob es auf die Gelassenheit, die er oft vor einem Kampf empfand, das einzigartige Gefühl, zentriert zu sein, wie es nur die Nähe des Todes vermittelte. Trotz aller Unreinheiten hatte die Luft noch nie so lieblich gerochen.

»Also los«, knurrte er.

Haskeer riss den Vorhang beiseite.

Die Vielfraße strömten in die Hütte und schlugen mit unaufhaltsamer Wildheit auf alles ein, was ihnen in die Quere kam. Sie trampelten über die Kobolde hinweg, traten sie, spießten sie mit dem Schwert auf, schnitten ihnen die Kehle durch und deckten sie mit Axthieben ein. Eine ohrenbetäubende Kakophonie von Geschrei, Gekreisch und fremdsprachigen Flüchen erhob sich von den Opfern und trug zum allgemeinen Chaos bei.

Viele Kobolde starben, ohne sich zu erheben. Andere kamen auf die Beine, nur um sofort niedergemäht zu werden. Doch einigen weiter hinten in dem vollen Langhaus gelang es aufzustehen und eine Verteidigungslinie zu bilden. Aus dem Gemetzel wurde ein tödliches Handgemenge.

Stryke sah sich einem wild geschwungenen Säbel gegenüber und durchbohrte dessen Besitzer mit solcher Kraft, dass seine Schwertspitze in die Wand dahinter drang. Er musste einen Fuß gegen die Brust des Kobolds stemmen, um die Klinge herauszureißen. Ohne innezuhalten, suchte er sein nächstes Opfer.

Alfray strafte sein vorgerücktes Alter Lügen, als er einen Banditen rechts von sich mit flinken Bewegungen fällte, um dann rasch herumzufahren und einen anderen auf der linken Seite aufspießte.

Coilla wich einem speerschwingenden Angreifer aus, fegte ihm die Waffe aus den Händen und stieß ihm beide Dolche in die Brust.

Haskeer schmetterte einem Kobold seine schinkenartige Faust auf den Kopf und zertrümmerte dessen Schädel, dann fuhr er herum und hieb dem nächsten Gegner seine Streitaxt in den Bauch.

Jup focht ein paar Sekunden mit einem zischenden Banditen, bevor er dessen Rapier beiseite schlug und seine Klinge durch das Auge des Kobolds bohrte.

Der Irrsinn nahm unvermindert seinen Lauf. Dann endete das Gemetzel so plötzlich, wie es begonnen hatte. Von den Kobolden stand kein einziger mehr.

Stryke fuhr sich mit der Hand über das Gesicht, um sich Schweiß und Blut abzuwischen. »Beeilt euch!«, bellte er. »Wenn das nicht mehr von ihnen anlockt, schafft es nichts. *Sucht den Zylinder!*«

Der Trupp begann mit einer hektischen Durchsuchung des Langhauses, aus dem ein Schlachthaus geworden war. Sie durchwühlten die Kleider der Toten, stocherten im Stroh auf dem Boden herum und warfen die Habseligkeiten der Geschlagenen in alle Richtungen.

Als Stryke nach einer Leiche griff, erwies sie sich als weniger tot, als er dachte, und schlug mit einem Hackebeil mit gezackter Schneide nach ihm. Er pflanzte dem Kobold das Schwert auf die Brust und stützte sich mit seinem ganzen Gewicht darauf. Der Kobold zuckte, gurgelte und starb. Stryke setzte seine Suche fort.

Er glaubte schon, alles sei vergebens gewesen, als Alfray aufschrie.

Alle hielten inne und starrten ihn an. Stryke drängte sich durch die Reihen. Alfray zeigte auf einen verstümmelten Kobold. Der Zylinder steckte im Gürtel des Geschöpfs.

Stryke kniete nieder und zog den Zylinder heraus. Er hielt ihn hoch ins Licht. Er sah unversehrt aus.

Haskeer grinste in hämischem Triumph. »Niemand bestiehlt Orks!«

»Raus hier!«, zischte Stryke.

Sie strömten aus der Hütte und liefen zur anderen.

Der Gremlin schien noch aufgewühlter zu sein als zuvor. Aber er konnte den Blick nicht von dem Zylinder abwenden.

»Wir müssen von hier verschwinden!«, drängte Jup.

»Was machen wir mit ihm?«, fragte Haskeer, indem er mit dem Schwert auf den vor Angst zitternden Gremlin zeigte.

»Ja, Stryke«, sagte Coilla, »was ist mit ihm?«

Haskeer wartete mit einer für ihn typischen einfachen Lösung auf. »Ich sage, wir töten ihn, dann ist der Fall erledigt.«

Der Gremlin kroch äußerst beunruhigt in sich zusammen.

Stryke war für einen Moment unentschlossen.

»Dieser Zylinder ist von großer Bedeutung!«, rief der Gremlin plötzlich. »Mit meinem Wissen kann ich ihn euch erklären.«

»Er klopft auf den Busch!«, mutmaßte Haskeer, indem er drohend sein Schwert schwang. »Ich sage, erledigen wir ihn!«

»Schließlich«, fügte der Gremlin mit bebender Stimme hinzu, »haben mich die Kobolde deswegen entführt.«

»Was?«, sagte Stryke.

»Damit ich ihnen den Zylinder erkläre. Deswegen haben sie mich hergebracht.«

Stryke musterte das Gesicht des Gefangenen, da er zu entscheiden versuchte, ob dieser die Wahrheit sagte. Und ob es einen Unterschied für sie machte, wenn es so war.

»Was sollen wir jetzt *machen*, Stryke?«, wollte Coilla ungeduldig wissen.

Er traf eine Entscheidung. »Nehmt ihn mit. Und jetzt nichts wie weg von hier.«

13

Die Vielfraße verschwendeten keine Zeit, sich aus Schwarzberg abzusetzen. Sie schleiften den gefesselten Gremlin am Ende eines Seils hinter sich her. Als sie den kurzen Gewaltmarsch in ihrem provisorischen Lager beendeten, keuchte das alte Wesen von der Anstrengung, mit ihnen Schritt zu halten.

Stryke gab den Befehl, das Lager abzubrechen und alle Vorbereitungen für einen raschen Abgang zu treffen.

Haskeer war in Jubelstimmung. »Endlich kehren wir zurück nach Grabhügelstein. Ich kann dir sagen, Stryke, ich hätte nicht geglaubt, dass wir es wirklich schaffen.«

»Danke für das Vertrauen«, erwiderte sein Befehlshaber kühl.

Der Sarkasmus war an Haskeer verschwendet. »Wir werden Helden sein, wenn wir damit auftauchen.« Mit einem Kopfnicken wies er auf den Zylinder in Strykes Gürtel.

»Es ist noch nicht ausgestanden«, warnte ihn Alfray. »Zuerst müssen wird feindliches Gelände durchqueren.«

»Und niemand kann sagen, wie Jennesta auf die Verzögerung reagieren wird«, fügte Jup hinzu. »Der Zylinder und das Pelluzit sind keine Garantie dafür, dass wir den Kopf aus der Schlinge ziehen können.«

»Schwarzseher«, höhnte Haskeer.

Stryke fand es ein starkes Stück, dass ausgerechnet er so eine Bemerkung machte, entschied sich aber dagegen, darauf hinzuweisen. Schließlich sollte dies ein freudiger Anlass sein. Er fragte sich nur, warum sich bei ihm kein entsprechendes Gefühl einstellen wollte.

»Sollten wir uns nicht anhören, was dieser Gremlin zu sagen hat?«, fragte Coilla mit einem Blick in seine Richtung. Er saß erschöpft und verängstigt auf einem Baumstumpf.

»Ja«, pflichtete Haskeer ihr bei, »bringen wir's hinter uns, sonst müssen wir noch mehr unnützen Ballast mit uns herumschleppen.«

»Denkst du so über unsere verwundeten Kameraden?«, fuhr Alfray auf.

Stryke hob die Hand, um sie zum Schweigen zu bringen. »Das reicht. Ich will nicht, dass wir uns hier streiten, wo ein paar hundert Kobolde hinter uns her sind und nichts anderes als Rache im Sinn haben.« Er wandte sich an ihren unfreiwilligen Gast. »Wie heißt du?«

»Mmm... Mmoo...« Der alte Gremlin räusperte sich nervös und versuchte es noch einmal. »M-M-M... *Mobbs.*«

»Na schön, Mobbs, wie war das also mit deiner Entführung durch die Kobolde? Und was weißt du darüber?« Er tippte auf den Zylinder.

»Du hast dein Schicksal selbst in der Hand, Gremlin«, warnte Alfray. »Wähle deine Worte mit Bedacht.«

»Ich bin nur ein bescheidener Gelehrter«, sagte Mobbs, und es klang wie ein Bittgesuch. »Ich bin in Teufelsbrüllen meiner Arbeit nachgegangen, als diese elenden Banditen mich überfielen.« Ein Unterton der Empörung hatte sich in seine Stimme geschlichen.

»Was wollten sie von dir?«, fragte Coilla.

»Mein Lebenswerk sind Sprachen, insbesondere tote Sprachen. Sie brauchten mich, um den Inhalt des Artefakts zu entziffern. Ich glaube nämlich, dass es sich um einen Transportbehälter für Botschaften handelt und ...«

»Das wissen wir«, warf Stryke ein.

»Daher ist nicht der Zylinder von Interesse, sondern vielmehr das Wissen, das er enthalten könnte.«

»Kobolde sind dumm«, stellte Alfray unverblümt fest. »Welchen Nutzen hätten sie davon?«

»Vielleicht haben sie im Auftrag gehandelt. Ich weiß es nicht.«

Haskeer verzog spöttisch das Gesicht.

Doch Strykes Neugier war so weit geweckt, dass er mehr darüber hören wollte. »Ich habe das Gefühl, dass deine Geschichte nicht in aller Eile erzählt ist, Mobbs. Wir machen, dass wir in den Wald kommen, und hören uns den Rest später an. Und es wäre besser für dich, wenn dieser Rest die Mühe wert ist.«

»Ach, *komm schon,* Stryke!«, protestierte Haskeer. »Warum sollen wir noch mehr Zeit verschwenden, wenn wir uns auf den Heimweg machen könnten?«

»Dass wir uns verstecken, um einem Angriff der Kobolde zu entgehen, ist keine Zeitverschwendung. Tu, was man dir sagt.«

Haskeer zog mürrisch ab.

Das Lager wurde abgebrochen, die Verwundeten reisefertig gemacht und Mobbs auf das Pferd gesetzt, das Mekluns Bahre zog. Nachdem sie alle Spuren ihrer Anwesenheit verwischt hatten, machten sich die Vielfraße in aller Eile auf den Weg zum Schwarzbergwald und in den Schutz, den er versprach.

*

Sie erreichten den Wald drei Stunden später. Die hochaufragenden Bäume breiteten hoch über ihnen ihr Blätterdach aus, welches das bereits schwächliche Sonnenlicht noch einmal filterte, sodass es am Boden schattig und feucht war. Auf einem spröden Teppich aus braunem Mulch schlugen sie ein Zwischenlager auf. Soldaten wurden als Wachen eingeteilt, um die Augen nach allen Anzeichen für Ärger offen zu halten.

Zur Sicherheit wurde kein Feuer angezündet, ihre erste Mahlzeit des Tages bestand daher aus einer weiteren kargen Ration: schweres Schwarzbrot, harte Stücke Pökelfleisch und Wasser.

Stryke, Coilla, Jup und Haskeer saßen bei Mobbs. Alle anderen versammelten sich um sie und schauten zu. Alfray kam von den Verwundeten zurück, die er versorgt hatte, und bahnte sich einen Weg durch die sitzenden Soldaten.

»Darig geht es gar nicht so schlecht«, meldete er, »aber Mekluns Fieber ist schlimmer geworden.«

»Tu für ihn, was du kannst«, sagte Stryke. Dann richteten er und der ganze Trupp ihre Aufmerksamkeit auf Mobbs.

Der Gremlin hatte Nahrung verweigert und nur etwas Wasser getrunken. Stryke nahm an, dass ihm die Furcht den Appetit genommen hatte. Jetzt bewirkte ihre erhöhte Aufmerksamkeit, dass er sich noch unbehaglicher fühlte.

»Du hast von uns nichts zu befürchten«, versicherte ihm Stryke, »wenn du aufrichtig mit uns bist. Also keine Rätsel mehr.« Er hielt den Zylinder in die Höhe. »Ich will alles hören, was du über dieses Ding weißt und warum es dein Leben wert ist.«

»Es könnte *euer* Leben wert sein«, erwiderte Mobbs.

Coilla runzelte die Stirn. »Inwiefern?«

»Das hängt davon ab, wie viel euch eure Abstammung bedeutet und wie schwer ihr vom Schicksal geschlagen wurdet.«

»Das sind doch nur leere Worte, mit denen er seinen Tod hinauszögern will«, donnerte Haskeer. »Stechen wir ihn ab, sage ich.«

»Lass ihm Gerechtigkeit widerfahren«, sagte Jup.

Haskeer funkelte den Zwerg an. »Ich hätte mir denken können, dass *du* für ihn Partei ergreifst.«

»*Ich* entscheide, ob seine Worte etwas zu bedeuten haben oder nicht«, stellte Stryke fest. »Drück dich deutlicher aus, Mobbs.«

»Um das zu tun, müsst ihr etwas über die Geschichte unseres Landes wissen, und ich fürchte, diese Geschichte ist etwas, das uns langsam entgleitet.«

»O ja, erzähl uns eine Geschichte«, warf Haskeer beißend ein. »Wir haben schließlich alle Zeit der Welt.«

»Halt die Klappe«, sagte Stryke drohend.

»Ich weiß ein wenig über Maras-Dantiens Vergangenheit«, warf Alfray ein. »Worauf willst du hinaus, Gremlin?«

»Bei allem Respekt, das meiste von dem, was ihr zu wissen glaubt, was viele von uns als wahr erachten, ist nur eine Mixtur aus Mythen und Legenden. Ich versuche den wahren Ablauf der Ereignisse zu begreifen, die zu unserer gegenwärtigen bedauerlichen Lage geführt haben.«

»Die Menschen haben uns in die gegenwärtige Lage gebracht«, erklärte Stryke.

»Ja. Aber in historischen Begriffen ist das eine Entwicklung, die gerade erst begonnen hat. Davor hat sich das Leben in Maras-Dantien seit undenklichen Zeiten nicht verändert. Natürlich hat es immer Feindschaften zwischen den eingeborenen Rassen gegeben, und die sich ständig verändernden Bündnisse führten oft zu Konflikten. Aber das Land war groß genug für alle, um in Einklang miteinander leben zu können.«

»Dann sind die Menschen gekommen«, warf Coilla ein.

»Aye. Aber wie viele von euch wissen, dass es *zwei* Zuströme dieser erbärmlichen Rasse gab? Und dass die Beziehungen zwischen ihnen und den älteren Rassen anfangs nicht feindselig waren?«

Jup blieb skeptisch. »Du machst Witze.«

»Das ist eine Tatsache. Die ersten Einwanderer, die durch die Scilantische Wüste zogen, kamen einzeln oder in kleinen Gruppen. Sie waren Pioniere auf der Suche nach einer neuen Grenze, versuchten sich Verfolgungen und Übergriffen zu entziehen oder wollten einfach einen neuen Anfang machen.«

»*Sie* wurden verfolgt oder belästigt?«, rief Haskeer fassungslos. »Deine Geschichte ist mehr als unglaubhaft, Alter.«

»Ich erzähle euch nur die Wahrheit, wie ich sie vorgefunden

habe, so unangenehm sie auch sein mag.« Der Gremlin hörte sich an, als fühle er sich in seinem Stolz verletzt.

»Erzähl weiter«, drängte Stryke.

»Obwohl ihre Lebensweise der eingeborenen Bevölkerung ein Rätsel war und für die meisten von uns immer noch ist, wurden diese frühen Siedler in Frieden gelassen. Einige wenige verdienten sich sogar Respekt. Das ist jetzt schwer zu glauben, nicht wahr?«

»Das kannst du laut sagen«, stimmte Coilla zu.

»Ganz wenige der Neuankömmlinge vermischten sich sogar mit Angehörigen der älteren Rassen und zeugten eine merkwürdig hybride Nachkommenschaft. Aber das wisst ihr, da ich glaube, dass ihr Gefolgsleute der Frucht einer derartigen Vereinigung seid.«

Coilla nickte. »Jennesta. Gefolgsleute ist nicht ganz die richtige Bezeichnung.«

Stryke bemerkte einen mürrischen Unterton in ihrer Stimme.

»Das kommt später in der Geschichte«, sagte Mobbs zu ihnen, »wenn ihr mir gestattet, den Faden weiterzuspinnen.« Seine Züge bekamen etwas Vages. »Wo war ich stehen geblieben ...?«

»Bei den ersten Einwanderern«, half Alfray seinem Gedächtnis auf die Sprünge.

»Ach ja. Wie ich schon sagte, die erste Welle kam mit den älteren Rassen ganz gut zurecht. Wenigstens boten diese ersten Menschen mehr Anlass zur Neugier als zur Besorgnis. Die zweite Welle war anders, mehr wie eine Flut, könnte man sagen.« Er quittierte seine witzige Bemerkung mit einem schnaubenden Lachen. Die Mienen der Orks blieben granithart. »Äh, ja. Dieser zweite und viel größere Zustrom von Menschen war anders. Sie waren Landräuber und Plünderer und betrachteten uns bestenfalls als Ärgernis. Es dauerte nicht lange, bis sie uns zu hassen begannen.«

»Sie begegneten uns mit Verachtung«, murmelte Coilla.

»Und durch nichts mehr als durch die Umbenennung unseres Landes.«

»Zentrasien«, knurrte Haskeer. Aus seinem Mund klang der Name wie ein Fluch.

»Sie haben uns wie Vieh behandelt und sich daran gemacht, Maras-Dantiens Bodenschätze zu plündern. Davon wisst ihr. Sie tun es bis zum heutigen Tag und immer fieberhafter. Das Zusammentreiben wilder Tiere wegen ihres Fleischs und ihrer Felle, das Abweiden ...«

»Die Verschmutzung der Flüsse«, fügte Coilla hinzu, »das Abholzen der Wälder.«

»Das Abfackeln ganzer Dörfer«, steuerte Jup bei.

»Die Verbreitung ihrer schlimmen Krankheiten«, sagte Alfray.

Haskeer schaute bei diesem letzten Punkt besonders bedrückt drein.

»Schlimmer«, fuhr Mobbs fort. »Sie haben die Magie gegessen.«

In den ganzen Trupp kam Bewegung, und ein allgemeines Murmeln der Zustimmung ob dieses Frevels war zu vernehmen.

»Für uns ältere Rassen, deren Kräfte dadurch abnahmen, war dies die letzte, die größte Beleidigung. Dadurch wurde die Saat für die Kriege gelegt, mit denen wir seither leben müssen.«

»Ich habe mich immer gefragt, warum die Menschen die geraubte Magie nicht gegen uns einsetzen«, warf Jup ein. »Sind sie zu dumm dazu?«

»Ich halte es für möglich, dass sie einfach unwissend sind. Vielleicht benutzen sie unsere Magie gar nicht für sich, sondern vergeuden sie nur sinnlos.«

»Das Gefühl habe ich auch.«

»Das Ausbluten der Erdmagie ist schlimm«, sagte Stryke, »aber dass sie die natürliche Ordnung der Jahreszeiten umgestoßen haben, ist viel schlimmer.«

»Ohne Zweifel«, stimmte Mobbs zu. »Dadurch, dass sie dem Land das Herz herausreißen, haben die Menschen den Energiefluss gestört, der das Gleichgewicht der Natur erhält. Jetzt dringt das Eis aus dem Norden so sicher vor, wie Menschen aus dem Süden einströmen. Und all das geschieht erst seit den Zeiten deines Vaters, Stryke.«

»Ich habe meinen Vater niemals kennen gelernt.«

»Nein, ich weiß, dass ihr Orks gemeinschaftlich aufgezogen werdet. So habe ich es nicht gemeint. Ich wollte damit nur sagen, dass Maras-Dantien all das erst seit kurzer Zeit widerfährt. Das Vorrücken des Eises hat erst zu meinen Lebzeiten richtig begonnen, und trotz allem, was ihr denken mögt, bin ich noch nicht *so* alt.«

Stryke entging nicht der mitfühlende Blick, mit dem Alfray Mobbs bedachte.

»Ich habe selbst miterlebt, wie die Reinheit des Landes verschmutzt wurde«, erinnerte sich der Gremlin. »Ich habe erlebt, wie die Verträge, die Rassen miteinander geschlossen hatten, von den Mannis und Unis zerschlagen und neu geschlossen wurden.«

»Und wie unseresgleichen gezwungen war, für eine dieser Parteien zu kämpfen«, merkte Coilla mit offenkundigem Groll an.

Mobbs seufzte trübselig. »Ja, viele edle Rassen, darunter auch die Orks, sind von den Spätankommern zu wenig mehr als Leibeigenen degradiert worden.«

Coillas Augen blitzten. »Und leiden unter ihrem Unverständnis.«

»Die beiden Parteien sind uns gegenüber in der Tat intolerant. Aber vielleicht nicht mehr als sie es untereinander sind. Man hat mir berichtet, dass die fanatischsten unter ihnen und insbesondere unter den Unis regelmäßig ihresgleichen am Pfahl für etwas verbrennen, das sie *Ketzerei* nennen.« Er sah ihre neugierigen Mienen. »Das hat etwas damit zu tun, dass sie die Regeln brechen, wie sie ihrem Gott oder ihren Göttern zu dienen haben«, erklärte er. »Unter den älteren Rassen ist solch ein Verhalten wohlgemerkt nicht ganz unbekannt. Die Geschichte der Pixie-Klans, um nur ein Beispiel zu nennen, ist nicht ohne Verfolgungen und Blutvergießen.«

»Und das bei einer Rasse, die sich nicht erlauben kann, überhaupt jemanden zu verlieren«, verkündete Haskeer, »wenn man bedenkt, dass sie bekanntermaßen auf Ärsche stehen.«

»Und auch wegen ihrer Zünder-Fähigkeiten«, warf Jup ein, »weiß ich nicht, wie sie es geschafft haben, so lange zu überleben. Bei so viel Reibung ...«

Der Trupp brüllte vor unflätigem Gelächter. Sogar Haskeer rang sich ein Grinsen ab.

Mobbs grüne Haut nahm einen rosa Ton der Verlegenheit an. Der Gremlin räusperte sich in einem Versuch in Feingefühl. »Äh, richtig.«

Coilla schien weniger belustigt zu sein als die anderen, aber dafür ungeduldiger. »Also schön, das war die Geschichtsstunde. Was ist mit dem Zylinder?«

»Ja, komm zur Sache, Mobbs«, sagte Stryke.

»Die Sache, Kommandant, ist die, dass ich glaube, dieses Artefakt stammt aus einer Zeit lange vor den Ereignissen, die wir gerade besprochen haben. Tatsächlich sogar aus den Anfängen Maras-Dantiens.«

»Erklär uns das näher.«

»Wir haben von Hybriden geredet, jenen seltenen Nachkommen der Vereinigung zwischen Mitgliedern der älteren Rassen und Menschen.«

»Wie Jennesta.«

»In der Tat. Und wie ihre Schwestern, Adpar und Sanara.«

»Die sind doch nur Legenden, oder nicht?«, warf Jup ein.

»Manche glauben, dass sie existieren. Obwohl ich keine Ahnung habe, wo. Es heißt, bei Jennesta hielten sich ihre beiden Erbteile die Waage, während Adpar mehr Nyadd sei. Über Sanara weiß niemand Genaueres.«

»Wirklich oder nicht, was haben diese drei mit dem Zylinder zu tun, wenn man davon absieht, dass Jennesta ihn für sich haben will?«, fragte Stryke.

»Nichts, wovon ich wüsste. Ich denke mehr an ihre Mutter Vermegram. Natürlich kennt ihr die Geschichten, was für eine mächtige Zauberin sie war.«

»Aber nicht so mächtig wie der Zauberer, der sie angeblich getötet hat«, sagte Stryke.

»Der legendäre Tentarr Arngrim, ja. Obwohl auch über ihn nur wenig bekannt ist. Nicht einmal seine Rasse ist unzweifelhaft geklärt.«

Haskeer seufzte theatralisch. »Du wiederholst Geschichten, die erfunden wurden, um Kindern Angst einzujagen, Gremlin.«

»Mag sein, aber ich will damit sagen, dass dieses Artefakt vermutlich aus uralten Zeiten stammt, aus dem goldenen Zeitalter, als Vermegram und Tentarr Arngrim auf der Höhe ihrer Macht waren.«

Jup war verwirrt. »Ich habe nie begriffen, wie Vermegram, falls sie tatsächlich gelebt hat, die Mutter von Jennesta und deren Schwestern sein kann, da sie doch schon vor so langer Zeit gelebt hat.«

»Es heißt, dass Vermegram äußerst langlebig war.«

»Was?«, sagte Haskeer.

»Sie ist ziemlich *alt* geworden, Klotzkopf«, belehrte ihn Coilla. »Also sind Jennesta und ihre Schwestern auch unglaublich alt. Ist es das, Mobbs?«

»Nicht notwendigerweise. Eigentlich glaube ich, dass Jennesta nicht älter ist, als sie aussieht. Vergesst nicht, dass Vermegrams Tod und das Schicksal, das Arngrim ereilt hat, wie immer es auch ausgesehen haben mag, noch nicht so lange zurückliegen.«

»Das würde bedeuten, dass Vermegram schon eine uralte Vettel war, als sie ihre Brut gebar. Willst du damit sagen, dass sie bis ins hohe Alter fruchtbar geblieben ist? Das ist Wahnsinn!«

»Ich weiß es nicht. Alle Gelehrten sind sich jedoch darüber einig, dass sie über Magie von bemerkenswerter Stärke verfügte. Und wenn man das bedenkt, ist alles möglich.«

Stryke zog den Zylinder aus seinem Gürtel und legte ihn vor sich auf den Boden. »Was hat sie damit zu tun?«

»Die frühsten Annalen, in denen Tentarr Arngrim und Vermegram erwähnt werden, enthalten Hinweise darauf, was dieser Zylinder meiner Ansicht nach ist. Oder vielmehr auf das, was er enthält: Wissen. Und Wissen ist Macht. Eine Macht, für deren Besitz viele ihr Leben gegeben haben.«

»Was für eine Art Macht?«

»Die Überlieferungen sind vage. Ich verstehe sie so, dass es sich um einen Schlüssel zum Verständnis handelt. Wenn ich Recht habe, wird dieses Wissen Licht auf viele Dinge werfen, nicht zuletzt auf den Ursprung der älteren Rassen einschließlich der Orks. Auf den Ursprung von uns allen.«

Jup starrte den Zylinder an. »Was in dem kleinen Ding ist, würde uns all das verraten?«

»Nein. Es wäre der Anfang. Wenn meine Schlussfolgerungen stimmen, würde es euch auf den Weg bringen. Solch ein Wissen erwirbt man nicht so leicht.«

»Das ist doch Pferdemist«, beklagte sich Haskeer. »Warum redet er nicht so, dass ihn alle verstehen können?«

»Also schön, Mobbs«, mischte sich Stryke ein. »Du glaubst, dass der Zylinder etwas Bedeutendes enthält. Wenn man bedenkt, wie dringend Jennesta ihn haben will, ist das nicht weiter verwunderlich. Worauf willst du hinaus?«

»Wissen ist im Allgemeinen weder gut noch schlecht. Es wird nur durch diejenigen, welche darüber gebieten, zu einer Kraft der Erleuchtung oder des Bösen.«

»Und?«

»Wenn Jennesta über dieses Wissen gebietet, ist es mehr als wahrscheinlich, dass daraus nichts Gutes erwächst, das müsste euch klar sein. Es könnte besser verwendet werden.«

»Du willst damit sagen, dass wir ihr den Zylinder nicht bringen sollten?«, fragte Coilla.

Mobbs antwortete nicht.

»Das sagst du doch, oder nicht?«, beharrte sie.

»Ich habe viele Jahre gelebt und viele Dinge gesehen. Ich würde zufrieden sterben, wenn ich glauben könnte, dass mein größter Wunsch Wirklichkeit wird.«

»Und der wäre?«

»Das wisst ihr nicht, nicht einmal in eurem Herzen? Mein größter Wunsch ist, dass uns unser Land zurückgegeben wird. Dass wir wieder dahin zurückkehren können, wie es einmal war. Die Kraft dieses Artefakts ist vielleicht die beste und einzige Gelegenheit, das zu erreichen, die sich uns je bieten wird. Aber eben nur eine *Gelegenheit*. Nur der erste Schritt auf einer langen Reise.«

Die Leidenschaft seiner Worte ließ sie für einen Moment verstummen.

»Öffnen wir den Zylinder«, sagte Coilla.

»Was?«, rief Haskeer, indem er aufsprang.

»Bist du nicht neugierig, was er enthält? Wünschst du dir nicht auch eine Macht, die unser Land befreien könnte?«

»Einen Dreck wünsche ich mir, du verrücktes Miststück. Willst du uns alle umbringen?«

»Mach dir nichts vor, Haskeer. Wir sind ohnehin so gut wie tot. Wenn wir nach Grabhügelstein zurückkehren, werden uns dieser Zylinder und das Pelluzit nichts nützen, soweit es Jennesta betrifft. Wenn einer von euch etwas anderes denkt, macht er sich nur etwas vor.«

Haskeer wandte sich an die anderen Offiziere. »Ihr seid vernünftiger als sie. Sagt ihr, dass sie sich irrt.«

»Ich bin nicht sicher, ob sie sich irrt«, erwiderte Alfray. »Wir haben in dem Augenblick unser Todesurteil unterzeichnet, als wir unsere Mission verpfuscht haben.«

»Was haben wir zu verlieren?«, fügte Jup hinzu. »Wir haben keine Heimat mehr.«

»Von *dir* habe ich nichts anderes erwartet«, höhnte Haskeer. »Dein Platz war ohnehin nie bei den Orks. Was kümmert es dich, ob wir leben oder sterben?« Er sah Stryke an. »Das stimmt doch, Hauptmann, oder nicht? Wir wissen es doch besser als eine Frau, ein Ehemaliger und ein Zwerg, oder nicht? Sag's ihnen.«

Alle Augen waren auf Stryke gerichtet. Er sagte nichts.

»*Sag's* ihnen«, wiederholte Haskeer.

»Ich bin Coillas Meinung«, verkündete Stryke.

»Das kann unmöglich dein *Ernst* sein!«

Stryke ignorierte ihn. Coilla lächelte, und nur in wenigen Gesichtern der Gemeinen war Missfallen zu erkennen.

»Seid ihr alle vollkommen *wahnsinnig* geworden?«, wollte Haskeer wissen. »Von allen Orks ausgerechnet du, Stryke. Das hätte ich nicht von dir gedacht. Du verlangst von uns, dass wir alles wegwerfen!«

»Ich verlange, dass wir diesen Zylinder öffnen. Alles andere haben wir längst weggeworfen.«

»Stryke sagt doch nur, dass wir nachsehen sollten«, beschwichtigte Jup. »Wir können ihn wieder verschließen, oder nicht?«

»Und wenn die Königin herausfindet, dass wir daran herumgefummelt haben? Könnt ihr euch ihren Zorn vorstellen?«

»Ich habe gar kein Interesse, ihn mir vorzustellen«, erwiderte Stryke. »Das ist ein Grund, warum wir jede Gelegenheit ergreifen sollten, die Dinge für uns zu ändern. Oder vielleicht bist du glücklich damit, wie sie jetzt sind?«

»Ich *akzeptiere,* wie die Dinge sind, weil ich weiß, dass wir nichts ändern *können.* Wenigstens haben wir unser Leben, und das willst du jetzt wegwerfen.«

»Wir wollen es *wiederfinden*«, sagte Coilla.

Stryke wandte sich an den ganzen Trupp. »Für etwas so Wichtiges, etwas, das uns alle angeht, werden wir etwas tun, das wir noch nie getan haben. Wir werden die Hände sprechen lassen. In Ordnung?«

Niemand widersprach.

Er hob den Zylinder. »Alle, die glauben, wir sollten das hier nicht anrühren und nach Grabhügelstein zurückkehren, heben die Hand.«

Haskeer tat es. Drei Soldaten schlossen sich ihm an.

»Wer sagt, wir sollten den Zylinder öffnen?«

Alle anderen Hände gingen hoch.

»Du bist überstimmt«, erklärte Stryke an Haskeer gewandt.

»Du machst einen großen Fehler«, murmelte Haskeer grimmig.

»Du tust genau das Richtige, Stryke«, versicherte ihm Coilla.

Richtig oder nicht, die Erleichterung, die er empfand, war beinahe körperlich greifbar. Es war, als tue er zum ersten Mal, so weit sein Gedächtnis zurückreichte, etwas Ehrliches.

Doch das änderte nichts an dem eisigen Kribbeln der Furcht, das über seinen Rücken strich, als er den Zylinder betrachtete.

14

Während der Trupp schweigend zusah, setzte Stryke sein Messer an das Siegel des Zylinders an. Nachdem er es durchtrennt hatte, löste er den Deckel. Ein leichter Modergeruch entwich dem Behältnis.

Er schob die Finger hinein. Deren Plumpheit war für einen Augenblick unbeholfenen Fummelns verantwortlich, bevor er ein zusammengerolltes Pergament herauszog. Es war brüchig und vergilbt. Er reichte es Mobbs. Der Gremlin nahm es mit einer Mischung aus Eifer und Ehrfurcht.

Stryke schüttelte den Zylinder. Etwas klapperte darin. Er hielt ihn hoch und schaute hinein.

»Darin ist noch etwas anderes«, sagte er halb zu sich selbst.

Er schüttelte das offene Ende der Röhre über seiner ausgestreckten Handfläche. Ein Gegenstand glitt heraus. Er bestand aus einer kleinen Mittelkugel, an der sieben winzige Stacheln verschiedener Länge angebracht waren. Die Kugel war sandfarben und sah aus wie helles poliertes Holz. Sie war schwerer, als sie aussah.

Stryke hielt sie hoch und betrachtete sie eingehend.

»Sieht aus wie ein Stern«, entschied Coilla. »Oder wie ein sternförmiges Kinderspielzeug.«

Er glaubte, dass sie Recht hatte. Der Gegenstand hatte tatsächlich Ähnlichkeit mit der primitiven Darstellung eines Sterns.

Mobbs hatte das Pergament auf seinem Schoß entrollt, beachtete es aber nicht. Er starrte ehrfurchtsvoll auf den Gegenstand.

»Woraus besteht das?«, fragte Alfray verwundert.

Stryke reichte ihm den Gegenstand.

»Dieses Material kenne ich nicht«, verkündete der Feldarzt. »Es ist weder Holz noch Knochen.«

Jup nahm ihn. »Könnte er aus irgendeiner Gesteinsart gemacht sein?«, fragte er.

»Etwas Kostbares?«, mutmaßte Haskeer, bei dem die Neugier die Oberhand gewann. »Vielleicht aus einem Edelstein?«

Stryke griff danach. »Das glaube ich nicht.« Er schloss die Faust darum, erst sanft, dann fester. »Was es auch ist, es ist hart.«

»Wie hart mag es sein?«, grunzte Haskeer. »Zeig mal her.«

Er hob den Gegenstand zum Mund und biss darauf. Es knackte. Ein Schmerzzucken überlief sein Gesicht, und er spie einen blutigen Zahn aus. *»Scheiffe!«*, fluchte er.

Stryke nahm ihm den Stern ab und wischte ihn an seiner Hose ab. Er inspizierte ihn. Es war nichts zu sehen. »*Sehr* hart offenbar, wenn deine Zähne keinen Eindruck hinterlassen.«

Mehrere Mitglieder des Trupps kicherten. Haskeer funkelte sie an.

Mobbs Aufmerksamkeit war zwischen dem Gegenstand und dem Pergament hin und her gerissen. Seine Miene vermittelte Anspannung und Aufgeregtheit, da sein Blick von einem zum anderen wanderte.

»Was hältst du davon, Gelehrter?«, fragte Stryke.

»Ich glaube ... das ist ... es.« Die Hände des Gremlins zitterten. »Worauf ich gehofft habe ...«

»Lass uns nicht im Dunkeln tappen«, verlangte Coilla ungeduldig. »Sag es uns!«

Mobbs deutete auf das Pergament. »Das ist in einer Sprache verfasst, die so alt ist, so ... obskur, dass sogar ich Mühe habe, sie zu verstehen.«

»Was *kannst* du verstehen?«, hakte sie nach.

»Im Moment nur Bruchstücke. Aber ich glaube, sie bestätigen meine Vermutungen.« Auf Mobbs' ganz eigene Art schien er überglücklich zu sein. »Dieser Gegenstand ...« – er zeigte auf den Stern in Strykes Hand – »... ist ein Instrumental.«

»Ein *was?*«, knurrte Haskeer, während er sich den Mund mit einem schmuddligen Ärmel abtupfte.

Stryke gab Mobbs den Stern. Er nahm ihn zaghaft an. »Ein Instrumental. So heißt der Gegenstand in der alten Sprache. Dies ist ein greifbarer Beweis für eine uralte Geschichte, die ich bis jetzt für einen Mythos gehalten hatte. Wenn die Legenden stimmen, könnte Vermegram ihn persönlich benutzt haben. Vielleicht wurde er sogar von ihr angefertigt.«

»Zu welchem Zweck?«, fragte Jup.

»Als Totem von großer magischer Macht und von großer Wahrheit dergestalt, dass er auf ein Rätsel der älteren Rassen hinweist.«

»Inwiefern?«, wollte Stryke wissen.

»Ich weiß nur mit Bestimmtheit, dass jeder Instrumental Teil eines größeren Ganzen ist. Ein Fünftel, um genau zu sein. Wenn dieser mit seinen vier Geschwistern vereint ist, wird die Wahrheit enthüllt. Ich habe keine Ahnung, was das bedeutet, wenn ich ehrlich sein soll. Aber ich würde mein Leben verwetten, dass dieser Gegenstand das Bedeutendste ist, was wir je gesehen haben.«

Er sprach mit solcher Überzeugung, dass alle von seinen Worten gepackt wurden.

Jup brach den Bann. »Wie kann er mit den anderen vereint werden? Und was passiert, wenn sie es sind? Und *wo* sind sie?«

»Rätsel in Rätseln und unbeantwortete Fragen. So war es immer für jeden, der sich mit diesen Dingen befasst hat.« Mobbs schnaufte kategorisch. »Auf deine ersten beiden Fragen weiß ich keine Antwort, aber ich habe etwas von meinen Häschern gehört, das ein Hinweis auf den Verbleib eines weiteren Instrumentals sein könnte. *Könnte,* sage ich.«

»Was war das?«, fragte Stryke.

»Die Kobolde wussten nicht, dass ich ihre Sprache einigermaßen beherrsche. Ich hielt es für nützlich, diesen Umstand zu verbergen. Infolgedessen haben sie sich in meiner Gegenwart ganz offen unterhalten und mehrmals die Uni-Feste namens Dreieinigkeit angesprochen. Sie waren überzeugt davon, dass die dort herrschende Sekte die Legende der Instrumentale in ihre Religion hat einfließen lassen.«

»Dreieinigkeit? Das ist Kimball Hobrows Bollwerk, oder nicht?«, warf Coilla ein.

»Ja«, bestätigte Alfray, »und er ist ein berüchtigter Fanatiker. Er herrscht über seine Anhänger mit eiserner Faust und hasst die älteren Rassen nach allem, was man so hört.«

»Glaubst du, dass sie in Dreieinigkeit einen von diesen ... Sternen aufbewahren könnten, Mobbs?«, sagte Stryke.

»Das weiß ich nicht. Aber ich halte es für ziemlich wahrscheinlich. Warum sonst hätten die Kobolde Interesse an diesem Ort? Wenn sie die Instrumentale sammeln, entweder für sich selbst oder für jemand anders, wäre es logisch.«

»Augenblick mal«, unterbrach Jup. »Wenn diese Instrumentale so mächtig sind ...«

»*Potenziell* mächtig«, korrigierte Mobbs ihn.

»Also gut, sie versprechen Macht. Warum sucht Hobrow dann nicht nach ihnen? Und warum nicht auch andere?«

»Sehr wahrscheinlich kennen sie die Legenden über ihre Macht nicht. Oder vielleicht kennen sie die Legenden gerade gut genug, um zu begreifen, dass ein Instrumental ein zu verehrender Gegenstand ist, wissen aber nicht, dass man sie vereinigen muss. Andererseits, wer will behaupten, dass Hobrow oder andere *nicht* danach suchen? Ein solches Ziel erreicht man am besten durch Geheimhaltung.«

»Was ist mit Jennesta?«, warf Coilla ein. »Ob sie die Legende von den fünf Sternen kennt, Mobbs?«

»Das kann ich nicht sagen. Aber wenn sie so versessen darauf ist, diesen zu bekommen, wird sie wohl Bescheid wissen.«

»Also könnte sie auch nach den anderen suchen lassen?«

»So würde ich an ihrer Stelle verfahren. Aber vergesst nicht, Orks, was ich euch gesagt habe: Die Macht, welche die Instrumentale in Aussicht stellen, lässt sich nicht leicht erringen. Das bedeutet jedoch nicht, dass ihr aufgeben solltet.«

»Aufgeben?«, brauste Haskeer auf. »*Was* sollten wir aufgeben? Du willst dich doch wohl nicht auf diese wahnsinnige Suche begeben, Stryke, oder?«

»Ich denke über mehrere Möglichkeiten nach, wie wir den Absprung schaffen könnten.«

»Du weißt, was es bedeutet, wenn wir diesen Sterndingern hinterherjagen, oder? Fahnenflucht!«

»Wir werden ohnehin längst als Deserteure betrachtet, Haskeer. Wir hätten schon vor über einer Woche nach Grabhügelstein zurückkehren müssen.«

»Und wessen Schuld war *das?*«

Ein, zwei Herzschläge wusste niemand von den anderen, wie Stryke die Anklage aufnehmen würde. Er überraschte sie.

»Schön, gib mir die Schuld. Im Grunde kann ich dem nichts entgegnen.«

Haskeer setzte nach. »Ich frage mich, ob du uns nicht in diese Lage bringen *wolltest.* Besonders jetzt, da du uns dazu bringen willst, alles noch schlimmer zu machen.«

»Ich hatte nicht vor, uns das Leben schwer zu machen. Aber jetzt ist es eben passiert. Wir sollten das Beste daraus machen.«

»Indem wir diese Geschichten über Mythen und Legenden schlucken? Die sind doch für Kinderstuben, Stryke. Du kannst diese Greifenscheiße unmöglich glauben.«

»Es geht nicht darum, ob ich sie glaube oder nicht. Was zählt, ist, dass Jennesta daran glaubt. Das verschafft uns einen Vorteil. Dieser Stern könnte für uns den Unterschied zwischen Leben und

Tod ausmachen. Da ich Jennesta kenne, weiß ich nicht, ob er reicht. Aber wenn wir mehr als einen hätten, vielleicht sogar alle fünf ...«

»Also hältst du es für besser, wenn wir uns auf diese hirnlose Suche begeben, als zurückzukehren und uns der Gnade unserer Königin auszuliefern?«

»Sie *kennt* keine Gnade, Haskeer. Will das nicht in deinen Schädel?«

»Aber du verlässt dich dabei ganz und gar auf das Wort eines alten Gremlins.« Er zeigte mit dem Finger auf Mobbs, der zusammenzuckte. »Woher willst du wissen, dass er die Wahrheit sagt? Oder dass er nicht schlicht und einfach verrückt ist?«

»Ich glaube ihm. Und selbst wenn nicht, wir können nicht zurück. Hör zu, wenn du mit denjenigen gehen willst, die mit dir gegen dieses Unternehmen gestimmt haben, also Jad, Finje und Breggin, dann geht. Aber in der Gemeinschaft liegt Sicherheit.«

»Du willst den Trupp auflösen?«

»Nein, das will ich nicht.«

»Du hast uns nur über den Zylinder abstimmen lassen, Stryke, nicht darüber, ob wir abtrünnig werden.«

»Ein berechtigter Einwand. Obwohl ich davon ausgehe, dass wir längst Abtrünnige sind. Das ist dir nur noch nicht klar.« Er wandte sich an die versammelten Vielfraße. »Ihr habt gehört, was gesagt wurde. Ich will versuchen, noch einen Stern zu finden, und Dreieinigkeit sieht am vielversprechendsten aus. Ich will gar nicht erst so tun, als könnte es ein Spaziergang werden. Aber schließlich sind wir Orks und somit die Besten, wenn es hart auf hart geht. Wenn einer von euch nicht mitkommen will, wenn einer lieber nach Grabhügelstein oder sonstwohin will, bekommt er Proviant und ein Pferd. Jeder, der das will, kann sich jetzt melden.«

Niemand, nicht einmal diejenigen, welche mit Haskeer gestimmt hatten, trat vor.

»Also, kommst du mit oder nicht?«, fragte ihn Stryke.

Nach einer Pause erwiderte er niedergeschlagen: »Ich habe keine große Wahl, oder?«

»Doch, die hast du.«

»Ich komme mit. Aber wenn die Dinge sich schlecht entwickeln, gehe ich.«

»In Ordnung. Aber merk dir eins: Wir mögen jetzt nicht mehr zu Jennestas Horde gehören, aber das heißt nicht, dass für Disziplin kein Platz mehr in diesem Trupp ist. Ohne Disziplin geht nichts. Wenn dir das nicht gefällt, lassen wir noch einmal darüber abstimmen, wer Anführer sein soll.«

»Bleib ruhig Anführer, Stryke. Ich will nur heil aus diesem Schlamassel kommen.«

»Ihr habt den ersten Schritt auf einer langen und gefährlichen Reise unternommen«, sagte Mobbs zu ihnen. »Ihr könnt nicht mehr zurück. Ihr seid jetzt Gesetzlose.«

Stryke nutzte die Ernüchterung, die sich daraufhin ausbreitete: »Machen wir uns zum Abmarsch bereit.«

»Nach Dreieinigkeit?«, sagte Coilla.

»Nach Dreieinigkeit.«

Sie lächelte und ging.

Alfray ging, um nach seinen Patienten zu sehen. Die übrigen Mitglieder des Trupps verteilten sich.

Mobbs sah Stryke an und fragte zögernd: »Was ist mit mir?«

Stryke betrachtete ihn ein paar Sekunden mit undurchdringlicher Miene. »Ich weiß nicht, ob wir dir dafür danken sollen, dass du uns dabei geholfen hast, den Absprung zu finden, oder ob wir dich töten sollen, weil du unser Leben umgekrempelt hast.«

»Ich glaube, damit hattet ihr schon angefangen, bevor ihr mich getroffen habt, Stryke.«

»Da könntest du Recht haben.«

»Und was werdet ihr nun mit mir machen?«

»Dich gehen lassen.«

Der Gremlin reagierte darauf mit einer dankbaren Verbeugung.

»Wohin willst du gehen?«, fragte Stryke.

»Nach Teufelsbrüllen. Ich habe dort noch einiges zu erledigen.« Seine Augen bekamen einen neuen Glanz. »Dort wurde in einem Keller eine Truhe mit Schrifttafeln gefunden. Anscheinend Besteuerungslisten aus der ... Du findest das wohl nicht so faszinierend wie ich, Stryke, oder?«

»Jedem das Seine, Mobbs. Können wir dich einen Teil des Weges begleiten?«

»Ich will nach Teufelsbrüllen, ihr nach Dreieinigkeit. Sie liegen in entgegengesetzter Richtung.«

»Wir geben dir ein Pferd und Reiseproviant.«

»Das ist sehr großzügig.«

»Du hast uns unsere Freiheit zurückgegeben, da ist es als Gegenleistung wenig genug. Wir haben Darigs Pferd übrig. Er wird noch eine ganze Weile keines brauchen. Ach, und das kannst du auch behalten.« Mit einem Kopfnicken deutete er auf das Pergament in Mobbs' Hand.

»Wirklich?«

»Warum nicht? Wir brauchen es nicht. Oder doch?«

»Äh, nein, tatsächlich nicht. Es hat keine Auswirkungen auf die Funktion der Instrumentale. Ich danke dir, Stryke. Und dafür, dass du mich aus der Gefangenschaft der Kobolde befreit hast.« Er seufzte. »Ich würde nichts lieber tun, als euch zu begleiten. Aber in meinem Alter ...«

»Natürlich.«

»Ich wünsche dir und den Vielfraßen viel Glück, Stryke. Und wenn du den Rat eines alten Gremlins annehmen willst ... sei auf der Hut. Nicht nur, weil ihr euch auf allen Seiten Feinde gemacht habt, sondern auch, weil eure Suche nach den Instrumentalen auch zu Konflikten mit anderen führen mag, die in derselben Mission unterwegs sind. Wo so viel auf dem Spiel steht, werden eure Widersacher vor nichts zurückschrecken, um ihr Ziel zu erreichen.«

»Wir können auf uns aufpassen.«

Mobbs betrachtete die breite Brust des Orks, seine imposanten Schultern, seine muskulösen Arme und das stolz vorgereckte Kinn. Er sah die Entschlossenheit in dem zerfurchten Gesicht und die Härte in den Augen. »Ich habe keinen Zweifel daran.«

Haskeer kehrte mit einem Sattel zurück, den er mit einer Hand trug. Er ließ ihn in der Nähe fallen und begann mit dem Zusammenpacken seiner Ausrüstung.

»Welchen Weg nimmst du nach Teufelsbrüllen?«, wollte Stryke wissen.

Mobbs rang sich ein dünnes Lächeln ab. »Nicht durch diesen Wald, so viel ist sicher. Ich reite nach Westen, um ihn so schnell wie möglich zu verlassen, und dann nach Norden, um ihn zu umgehen. Der Weg ist zwar länger ...«

»Aber viel sicherer. Ich verstehe. Wir reiten mit dir zum Waldrand.«

»Danke. Ich mache mich fertig.«

Er ging, das Pergament an die Brust gedrückt.

»Auch das könnte ein Fehler sein«, bemerkte Haskeer. »Er weiß zu viel. Was ist, wenn er redet?«

»Das wird er nicht.«

Bevor Haskeer noch mehr unerwünschte Ratschläge erteilen konnte, traf Alfray ein, dessen Miene Bestürzung ausdrückte.

Ohne Vorrede verkündete er: »Meklun ist tot. Das Fieber hat ihn dahingerafft.«

»Verdammt«, sagte Stryke. »Aber das ist keine große Überraschung.«

»Nein. Wenigstens leidet er nicht mehr. Ich hasse es, ihn zu verlieren, Stryke. Aber ich habe mein Bestes getan.«

»Ich weiß.«

»Was fangen wir mit ihm an?«

»Ein Scheiterhaufen wäre wie ein Leuchtfeuer für Kobolde und alle anderen, die auf Ärger aus sind. Wir können das Risiko nicht eingehen. Dieses eine Mal vergiss die Tradition. Begrab ihn.«

»Ich kümmere mich darum.«

Als Alfray sich abwandte, fiel sein Blick auf Haskeer, und er hielt inne. »Alles in Ordnung mit dir?«, fragte er. »Du siehst etwas blass aus.«

»Mir geht's ausgezeichnet«, erwiderte Haskeer scharf. »Mich macht nur krank, was mit diesem Trupp passiert! Und jetzt lass mich in Ruhe!«

Er kehrte ihnen den Rücken und stürmte davon.

*

Jennesta starrte auf die Kette aus Schneeleopardenzähnen.

Sie war zusammen mit einer unverschämten Nachricht von dem Hauptmann eingetroffen, den Kysthan den Vielfraßen nachgeschickt hatte. Ungeachtet seiner Befehle hatte Delorran sich berufen gefühlt, die von ihr festgesetzte Frist zu verlängern. Die Kette war eine Erinnerung daran, wie Untergebene zur Aufsässigkeit neigten, kaum dass sie außer Sicht waren. Und an die Strafe, die sie für dieses Vergehen verhängen würde.

Sie ließ die Kette wieder in die Tasche in ihrem Umhang gleiten und schaute zum Himmel. Die Drachenschar war jetzt nur noch ein entferntes Gesprenkel schwarzer Punkte. Sie waren unterwegs zu einer weiteren Patrouille auf der Suche nach den Vielfraßen.

Die Windrichtung änderte sich und trieb einen unangenehmen Geruch in ihre Richtung. Sie betrachtete den Galgen, der in der Mitte des Hofs errichtet war.

General Kysthans Leiche hing daran und schwankte leicht in der Brise.

Die Verwesung hatte begonnen. In Kürze würden Aasvögel und Drachen über ihrer Burg kreisen. Aber sie würde den Kadaver noch eine Weile hängen lassen. Er diente als Beispiel für andere, die sie enttäuschen mochten. Insbesondere würde er eine Warnung für denjenigen sein, welchen sie in Kürze empfing.

Sie sah zu, wie die Drachen vom bewölkten Himmel vollkommen verschluckt wurden.

Mehrere ihrer orkischen Leibwächter näherten sich, die einen weiteren Angehörigen ihrer Rasse eskortierten. Er war jung oder mit seinen vielleicht dreißig Lenzen zumindest noch nicht alt. Seine Statur ließ mehr den Krieger ahnen als den General, als den ihn seine verblüffend saubere und ordentliche Uniform auswies.

Natürlich konnte er sich einen Seitenblick auf den baumelnden Leichnam nicht verkneifen.

Er schlug zackig die Hacken zusammen und vollführte eine schneidige Verbeugung. »Majestät.«

Sie winkte die Wachen fort. »Stehen Sie bequem, Mersadion.«

Wenn er sich entspannte, war davon nichts zu sehen.

»Mir wurde gesagt, Sie seien ehrgeizig, tatkräftig und politisch geschickter, als Kysthan es war«, sagte sie. »Außerdem haben Sie einen rasanten Aufstieg hinter sich. Dass Sie bis vor kurzem noch Soldat im Feld waren, könnte sich zu unser beider Vorteil auswirken. Dass Sie nicht immer noch dort sind, liegt ausschließlich an mir. Seien Sie versichert, dass ich Sie so schnell vernichten kann, wie ich Sie gefördert habe.«

»Majestät.«

»Was hielten Sie von Kysthan?«

»Er ... gehörte einer älteren Generation an, Majestät, für die ich keine großen Sympathien hege.«

»Ich hoffe sehr, dass Sie Ihren Dienst nicht mit nichtssagenden Worten beginnen, General, sonst wird er nicht lange Bestand haben. Jetzt versuchen Sie es mit der Wahrheit.«

»Er war ein Dummkopf, Majestät.«

Sie lächelte. Hätte Mersadion sie besser gekannt, hätte ihn das nicht einmal in dem begrenzten Maß beruhigt, wie es das tat. »Ich habe Sie zur Beförderung ausgewählt, weil mir zu Ohren gekommen ist, dass Dummheit *keine* Ihrer Schwächen ist. Haben Sie von den Vielfraßen gehört?«

»Ihr meint den Kriegstrupp? Ich weiß nur, dass sie vermisst werden, wahrscheinlich tot oder in Gefangenschaft.«

»Wahrscheinlich nichts dergleichen. Sie haben sich unerlaubt entfernt und einen Gegenstand von großem Wert bei sich, der mir gehört.«

»Sucht Hauptmann Delorran nicht bereits nach ihnen?«

»Ja, und er ist überfällig. Sie kennen diesen Delorran?«

»Flüchtig, Majestät.«

»Welche Meinung haben Sie von ihm?«

»Jung, unbesonnen und vom Hass auf den Befehlshaber der Vielfraße getrieben. Delorran hegt schon seit langem Ressentiments gegen Stryke. Aber er ist ein Ork, von dem Ihr erwarten könnt, dass er Befehlen gehorcht.«

»Er hat die Frist überschritten, die ich für seine Rückkehr gesetzt habe. Das missfällt mir sehr.«

»Wenn sich Delorran verspätet, muss er einen guten Grund haben, Majestät, vielleicht eine heiße Spur von den Vielfraßen.«

»Er hat mir eine diesbezügliche Nachricht geschickt. Also gut. Für den Augenblick werde ich ihn und seinen Trupp nicht auf die Liste derer setzen, die als Gesetzlose betrachtet werden. Aber mit jedem Tag, den die Vielfraße verschwunden sind, sieht es mehr so aus, als seien sie abtrünnig geworden. Ihr erster Auftrag, und er ist bei weitem Ihr wichtigster, besteht darin, den Befehl über die Suchaktion zu übernehmen. Die Wiederbeschaffung des von ihnen gestohlenen Artefakts hat absoluten Vorrang.«

»Was ist das für ein Artefakt, Majestät?«

»Mit Ausnahme der Beschreibung brauchen Sie darüber nichts zu wissen. Ich habe noch andere Aufträge für Sie, die mit der Wiederbeschaffung dieses Gegenstands in Zusammenhang stehen, aber meine diesbezüglichen Befehle werden Ihnen zur gegebenen Zeit mitgeteilt.«

»Ja, Majestät.«

»Dienen Sie mir gut, Mersadion, dann werde ich Sie belohnen. Sie werden noch höher aufsteigen. Und jetzt werfen Sie einen eingehenden Blick auf Ihren Vorgänger.« Ein bedrohlicher Unterton schlich sich in ihre Stimme. »Seien Sie sich im Klaren darüber, dass Sie sein Schicksal teilen werden, sollten Sie mich enttäuschen. Verstanden?«

»Jawohl, Majestät.«

Sie war der Ansicht, dass er sich gut hielt. Er sah aus, als nehme er sich die Drohung zu Herzen, ohne sich von ihr übermäßig einschüchtern zu lassen. Vielleicht konnte sie mit ihm zusammenarbeiten, ohne ihn dem Tod zu überantworten, der ihr für Stryke vorschwebte. Und für Delorran nach dessen Rückkehr.

*

Delorran betrachtete die verkohlten Überreste des kleinen Lagers. Der größte Teil des Blattwerks, das die Senke verborgen hatte, war vom Feuer verbrannt worden. Nur verkohlte Baumstümpfe und die Reste verbrannter Büsche waren noch übrig.

Er saß auf seinem Pferd mit seinem Feldwebel neben sich, während die Gemeinen die Ruinen untersuchten.

»Allem Anschein nach hinterlassen die Vielfraße überall Zerstörung, wohin sie auch kommen«, bemerkte Delorran.

»Das ist ihre Aufgabe, nicht wahr, Hauptmann?«, erwiderte der Feldwebel.

Delorran bedachte ihn mit einem geringschätzigen Blick. »Das war kein militärisches Ziel. Es sieht wie ein Lager von Zivilisten aus.«

»Aber woher wissen wir, dass die Vielfraße etwas damit zu tun hatten, Hauptmann?«

»Es wäre ein zu großer Zufall, wenn dem nicht so wäre, wenn man bedenkt, dass ihre Spur geradewegs hierher führt.«

Ein Soldat kam zu ihnen gelaufen. Der Feldwebel beugte sich vor, hörte sich die Meldung an und entließ den Soldaten.

»Die Leichen in den ausgebrannten Hütten, Hauptmann«, berichtete der Feldwebel. »Es sind Orks. Anscheinend ausschließlich Frauen und Kinder.«

»Irgendwelche Anzeichen für die Todesursache?«

»Dafür sind die Leichen zu sehr verstümmelt, Hauptmann.«

»Also sind Stryke und seine Bande so tief gesunken, dass sie jetzt ihre eigene Art abschlachten, noch dazu Wehrlose.«

»Bei allem Respekt, Hauptmann ...«, wandte der Feldwebel behutsam ein.

»Ja, Feldwebel?«

»Nun, es könnte auch das Feuer gewesen sein. Wir haben keinen Beweis dafür, dass die Vielfraße ...«

»Ich habe den Beweis meiner Augen. Und da ich weiß, wozu Stryke fähig ist, überrascht es mich nicht im Geringsten. Die Vielfraße sind jetzt Abtrünnige. Vielleicht sind sie sogar zu den Unis übergelaufen.«

»Ja, Hauptmann.« Es war eine gedämpfte, nicht sehr enthusiastische Antwort.

»Treiben Sie die Kompanie zusammen, Feldwebel, wir haben keine Zeit zu verschwenden. Was wir hier gesehen haben, gibt uns noch mehr Grund, diese Banditen zu fangen und ihnen Einhalt zu gebieten. Wir reiten weiter.«

*

Sie konnten für Meklun nicht mehr tun, als seine Seele in die Obhut der Kriegsgötter zu übergeben und ihn zum Schutz vor Aasfressern tief in der Erde zu vergraben.

Nachdem sie Mobbs aus dem Schwarzbergwald eskortiert hatten, ritten die Vielfraße auf dem ersten Abschnitt ihrer Reise nach Dreieinigkeit Richtung Südwesten. Diesmal würde ihre Route zwischen Weberflur und Quatt verlaufen, der Heimat der Zwerge. Auf dem direkten Weg lag Weberflur, aber eingedenk der Schwierigkeiten, die sie an der Straßensperre gehabt hatten, war Stryke entschlossen, sich der menschlichen Siedlung mit Vorsicht zu nähern. Sein Plan sah vor, sie zu umgehen und zu den Ausläufern der Carascragberge zu reiten. Dann würden sie nach Westen in Richtung Dreieinigkeit abbiegen. Das würde die Reise zwar erheblich verlängern, aber er glaubte, dass diese Verzögerung gerechtfertigt war.

Im weiteren Verlauf des Tages stießen sie auf eine beachtliche Greifenherde. Die Tiere waren sehr schnell und in dem für ihre Gattung typisch ruckartigen Sprunglauf nach Norden unterwegs. Ein oder zwei Stunden später sichteten sie eine weit entfernte Gruppe von Drachen hoch über dem westlichen Horizont. Dass die Tiere sich einer Freiheit erfreuten, die durch den Aufruhr, in dem sich das ganze Land befand, bedroht war, ließ sie nur noch imposanter erscheinen. Die Parallele zur Befreiung der Vielfraße entging Stryke nicht.

Haskeer sah keinerlei Ähnlichkeiten, sondern fuhr vielmehr fort, sich auf ihrem Ritt zu beklagen.

»Wir wissen nicht mal, was dieses Sternending bewirkt«, stöhnte er, indem er ein Argument wiederholte, das er schon unzählige Male vorgebracht hatte.

Stryke verlor langsam die Geduld, aber er erklärte es noch einmal. »Wir wissen, dass Jennesta ihn haben will. Das reicht schon als Grund.«

Haskeer ignorierte seine Ausführungen und deckte ihn weiterhin mit Fragen ein. »Was machen wir, wenn wir den zweiten Stern tatsächlich finden? Was ist mit den anderen dreien? Angenommen, wir finden sie nie? Wohin gehen wir dann? Mit wem verbünden wir uns, wenn wir alle gegen uns haben? Wie können ...«

»Um der Götter willen!«, brauste Stryke auf. »Hör auf, mir zu sagen, was wir *nicht* können. Konzentriere dich auf das, was möglich ist.«

»Wir könnten alle einen Kopf kürzer gemacht werden!« Haskeer riss an den Zügeln seines Pferdes und ritt an der Kolonne vorbei ans Ende des Zuges.

»Ich weiß nicht, warum du wolltest, dass er bleibt, Stryke«, sagte Coilla.

»Ich weiß es selbst nicht«, seufzte er. »Abgesehen davon, dass mir die Vorstellung nicht gefällt, den Trupp aufzulösen, und was man auch über den Kotzbrocken sagen kann, er ist zumindest ein guter Kämpfer.«

»Gerade dieses Talent könnten wir demnächst gut gebrauchen«, sagte Jup. »Seht mal da!«

Aus der Richtung von Weberflur stieg eine dicke schwarze Rauchsäule auf.

15

Mobbs war glücklich.

Er war von den Kobolden befreit worden. Die Orks, von denen er gerettet worden war, hatten trotz ihres furchterregenden Rufs sein Leben verschont. Hätte er die freie Wahl gehabt, er hätte sich geeignetere Hüter für einen Instrumental vorstellen können, aber wenigstens sah es so aus, als würden sie ihn nicht Jennesta aushändigen. Für Mobbs waren die Orks das geringere von zwei Übeln. Und er hoffte, dass es ihm gelungen war, den Orks zu vermitteln, dass ihre zukünftige Handlungsweise darauf ausgerichtet sein sollte, allen älteren Rassen zu helfen. Er hatte sogar ein faszinierendes historisches Dokument als Andenken an sein Abenteuer. Vielleicht würde ja doch etwas Gutes aus seiner Tortur erwachsen.

Aber die letzten Tage hatten einem bescheidenen Gelehrten wie ihm und insbesondere seines Alters mehr als genug Aufregung beschert, und er war froh, es überstanden zu haben.

Es war über sechs Stunden her, seit die Orks sich am Rande des Schwarzbergwalds von ihm verabschiedet und ihm den Weg nach Norden gezeigt hatten. Er musste lediglich darauf achten, dass der Wald zu seiner Rechten blieb, und dann, wenn er zu Ende war, nach Osten zur Küste abbiegen und ihr bis Teufelsbrüllen folgen. Er hatte jedoch nicht damit gerechnet, dass der Wald so groß und die Reise so lang sein würde. Oder vielleicht kam es einem alten Akademiker, der nicht ans Reisen gewöhnt war, auch nur so vor. Zuvor hatte er diese Reise in die entgegengesetzte Richtung als Gefangener der Kobolde gemacht, und da hatte er mit verbundenen Augen in einem abgedeckten Karren gesessen.

Er war ein wenig besorgt, dass er wieder auf die Kobolde oder eine andere Gruppe von Briganten stoßen könnte, insbesondere auch deshalb, weil er weit davon entfernt war, ein guter Reiter zu sein, und höchtwahrscheinlich nicht vor ihnen fliehen konnte. Als Angehöriger einer kleinen Rasse erreichte er mit seinen Füßen nicht einmal die Steigbügel. Er konnte nur auf die Götter vertrauen und das schnellste Tempo anschlagen, das ihm möglich war.

Aber die Welt hatte eine Art, ihn mit Sorgen zu überhäufen. Ein, zwei Stunden zuvor hatte er hinter sich im Süden eine schwarze Rauchsäule bemerkt. Wenn sein Orientierungssinn einigermaßen stimmte, stieg sie im Gebiet von Weberflur auf. Er sah sich immer wieder um, und jedes Mal schien die Rauchsäule nicht weiter entfernt und höher zu sein.

Er dachte darüber nach, was sie verursacht haben könnte, als er sich einer Bewegung zu seiner Linken gewahr wurde.

Das Land war in dieser Richtung hügelig und mit Gruppen von Bäumen übersät, deren Samen der Wind und die Vögel vom Wald hierher getragen hatten. Also konnte er nicht erkennen, was sich ihm näherte, sondern sah nur, dass es sich um eine Gruppe von Reitern auf Pferden handelte. Er ging davon aus, dass es keine Kobolde waren, weil die keine Pferde, sondern Kirgizile ritten. Sein nachlassendes Sehvermögen wollte ihn nicht mehr erkennen lassen, und er wurde ein wenig ängstlich. Er konnte nur seinen Weg fortsetzen und hoffen, dass sie ihn passieren würden, ohne ihn zu bemerken.

Es war eine vergebliche Hoffnung.

Die Reiter wichen ein wenig von ihrer parallelen Richtung ab, beschleunigten ihr Tempo und ritten dem Weg entgegen, dem er folgte. Er klammerte sich an die Hoffnung, dass er nicht gesehen worden war, bis sie die leichte Anhöhe zu seinem Weg erklommen und plötzlich vor und hinter ihm auftauchten.

Dann sah er, dass es Orks waren. Er empfand Erleichterung. Das musste Strykes Trupp sein, der ihn befreit hatte und der wahrscheinlich zurückgekehrt war, um ihm noch mehr Fragen über die Instrumentale zu stellen. Oder vielleicht, um ihn durch diese schwierige Gegend zu eskortieren.

Mobbs zog die Zügel an und blieb stehen. Die Orks kamen zu ihm getrottet.

»Seid gegrüßt«, rief er sie an. »Warum seid ihr zurückgekehrt?«

»Zurückgekehrt?«, sagte einer von ihnen. Er trug die Gesichtstätowierungen eines Feldwebels.

Mobbs blinzelte. Er kannte den Sprecher nicht. Auch von den anderen kam ihm keiner bekannt vor. »Wo ist Stryke?«, fragte er unbeschwert. »Ich kann ihn nicht sehen.«

Ihre Mienen zeigten, dass er damit etwas Falsches gesagt hatte. Er war verwirrt. Ein Ork mit den Tätowierungen eines Hauptmanns lenkte sein Pferd durch die Reiter. Wiederum konnte Mobbs sich nicht erinnern, ihn schon einmal gesehen zu haben.

»Er hat uns für Vielfraße gehalten«, meldete der Feldwebel mit einem Kopfnicken in Mobbs' Richtung. »Er hat Stryke erwähnt.«

Delorran erreichte den Gremlin und musterte ihn mit hartem Blick. »Vielleicht sehen für ihn alle Orks gleich aus«, sagte er. In seiner Stimme lag keine Spur von Humor und gewiss keine Wärme.

»Ich kann Ihnen versichern, Hauptmann, dass ...«

»Wenn du Strykes Namen kennst«, unterbrach ihn der Hauptmann, »musst du den Vielfraßen begegnet sein.«

Mobbs spürte Gefahr. Irgendwie wusste er, dass es ihn in eine schwierige Lage bringen würde, wenn er es zugab. Aber er sah keine Möglichkeit, wie er es jetzt noch abstreiten sollte.

Während er zauderte, verlor der Hauptmann sichtlich die Geduld. »Du warst bei ihnen, nicht wahr?«

»Es stimmt, dass ich auf einen Trupp Ork-Krieger gestoßen bin«, erwiderte Mobbs schließlich mit wohlüberlegten Worten.

»Und was dann?«, hakte Delorran nach. »Hast du dir bei ihnen die Zeit vertrieben? Mit ihnen über ihre Abenteuer geplaudert? Ihnen vielleicht auf irgendeine Weise geholfen?«

»Mir ist nicht ganz klar, wie ein alter Gremlin wie ich, noch dazu ein unwürdiger Gelehrter, Ihresgleichen helfen könnte.«

»Die sind nicht unseresgleichen«, schnauzte der Hauptmann. »Es sind Abtrünnige.«

»Wirklich?« Mobbs setzte eine Miene auf, von der er hoffte, dass sie auf überzeugende Weise Überraschung vermitteln würde. »Ich hatte keine Ahnung von ihrem ... Status.«

»Vielleicht hattest du mehr Erfolg dabei, in Erfahrung zu bringen, wohin sie unterwegs waren?«

»Wohin sie unterwegs waren? Das wissen Sie nicht, Hauptmann?«

Delorran zog sein Schwert. Dessen bedrohliche Spitze zeigte auf Mobbs' Brust. »Ich habe keine Zeit zu verschwenden, und du bist ein schlechter Lügner. Wo sind sie?«

»Ich ... ich weiß ...«

Die Klinge stach in den schmuddligen Umhang des Gremlins. »Rede jetzt oder nie wieder.«

»Sie ... sie haben erwähnt, dass sie vielleicht ... nach ... Dreieinigkeit gehen wollen«, teilte Mobbs widerstrebend mit.

»Dreieinigkeit? Sie wollen in diese Brutstätte der Unis? Ich *wusste* es doch! Was habe ich Ihnen gesagt, Feldwebel? Sie sind nicht nur desertiert, diese Bastarde sind auch noch Verräter.«

Der Feldwebel betrachtete Mobbs von oben bis unten. »Und wenn er lügt, Hauptmann?«

»Er sagt die Wahrheit. Sehen Sie ihn doch an. Er pisst sich gleich vor Angst in die Hose.«

Mobbs richtete sich im Sattel zu seiner vollen bescheidenen Größe auf, um diese Beleidigung würdevoll zu widerlegen.

Ohne Vorwarnung trieb Delorran dem Gremlin sein Schwert in die Brust.

Mobbs keuchte und schaute verdutzt auf die Klinge. Delorran riss sie heraus. Blut lief im Überfluss. Mobbs sah den orkischen Offizier mit verständnisloser Miene an. Dann kippte er aus dem Sattel.

Das aufgeregte Pferd bockte. Der Feldwebel griff nach den Zügeln und beruhigte es wieder.

Delorran bemerkte eine Satteltasche, die der Umhang des Gremlins verborgen hatte. Er öffnete und durchwühlte sie. Sie enthielt wenig mehr als ein zusammengerolltes Pergament. Delorran sah, dass es sehr alt war, konnte aber nichts damit anfangen.

»Das könnte eine gewisse Bedeutung für den Gegenstand haben, den wir suchen«, räumte er ein. »Vielleicht hätten wir ihn eingehender befragen sollen.«

Der Feldwebel fand, dass sein Vorgesetzter ein wenig verlegen aussah. Natürlich ritt er nicht darauf herum. Stattdessen warf er einen Blick auf die Leiche des Gremlins. »Zu spät, um das jetzt noch zu ändern, Herr Hauptmann.«

Die Ironie entging Delorran völlig. Er starrte auf die Rauchsäule.

*

Am Abend waren die Vielfraße der Rauchsäule viel näher, die sich jetzt weiß vor der Dunkelheit abzeichnete. Es war nicht mehr weit bis Weberflur, und sie rechneten damit, jeden Augenblick auf die Siedlung zu stoßen. Unterwegs unterhielten sie sich in gedämpftem Tonfall.

»Das gefällt mir nicht, Stryke«, sagte Jup. »Sollten wir nicht versuchen, Weberflur ganz zu meiden?«

»Wir kommen nicht nach Dreieinigkeit, ohne uns *irgendwo* dem Ort zu nähern.«

»Wir könnten umkehren und neue Pläne schmieden«, schlug Alfray vor.

»Wir haben uns festgelegt«, sagte Stryke zu ihm, »und wohin wir auch gehen, müssen wir mit Ärger rechnen.«

Der Wortwechsel wurde durch die Rückkehr eines Kundschafters unterbrochen.

»Die Siedlung liegt auf der anderen Seite einer Erhebung, die vielleicht noch eine halbe Meile entfernt ist, Hauptmann«, meldete er. »Dort gibt es Ärger. Das Beste wäre, auf dem Hügel abzusteigen und sich zu Fuß zu nähern.«

Stryke nickte und schickte ihn zurück.

»Die Götter wissen, worauf wir uns einlassen«, murrte Haskeer.

Aber die Beschwerde wurde nicht in seinem üblichen Sarkasmus vorgebracht, und Stryke ignorierte sie. Er befahl völlige Stille, und der Trupp setzte den Ritt schweigend fort.

Sie erreichten die Erhebung ohne Zwischenfall, stiegen ab und erklommen die Kuppe, wo sie sich zu den wartenden Kundschaftern gesellten.

Unter ihnen erstreckte sich Weberflur. Es war eine ansehnliche Gemeinde der Menschen, die hauptsächlich aus kleinen Wohnhäusern aus Stein und Holz bestand. Es gab einige größere Gebäude: Scheunen, Kornspeicher, Versammlungshäuser und mindestens eine Betstätte, die sich durch einen Zinnenkranz hervorhob.

Aber das Auffallendste an der Ortschaft war die Tatsache, dass ein großer Teil in Flammen stand.

Ein paar Gestalten waren vor dem Hintergrund der Flammen zu sehen, die hin und her liefen und versuchten, die Brände zu löschen, aber es sah so aus, als seien ihre Bemühungen vergeblich.

»Eigentlich müssten viel mehr Menschen versuchen, das Feuer zu löschen«, sagte Coilla. »Wo mögen sie sein?«

Die Kundschafter zuckten die Achseln.

»Es hat keinen Sinn, hier herumzuhängen und darauf zu warten, dass wir entdeckt werden«, entschied Stryke. »Wir umgehen die Siedlung und reiten weiter.«

Eine Stunde später, nachdem sie eine höhere Hügelkette erklommen hatten, fanden sie heraus, wo die Menschen waren.

In einem Tal unter ihnen standen sich zwei Armeen gegenüber.

Eine Schlacht stand bevor und war durch den Einbruch der Dunkelheit wahrscheinlich nur hinausgezögert worden. Die Anzahl der Fackeln und Kohlenpfannen auf beiden Seiten, die wie eine Reihe von Sternen funkelten, ließ darauf schließen, dass es sich um einen größeren Konflikt handelte.

»Eine Schlacht zwischen Unis und Mannis«, seufzte Jup. »Das hat uns gerade noch gefehlt.«

»Was meint ihr, wie viele es sind?«, fragte Coilla. »Fünf- bis sechstausend pro Seite?«

Stryke blinzelte. »Schwer zu sagen bei dem Licht. Mindestens so viele, würde ich meinen.«

»Jetzt wissen wir, warum Weberflur in Flammen steht«, schloss Alfray. »Damit muss alles angefangen haben.«

»Was machen wir jetzt, Stryke?«, wollte Coilla wissen.

»Ich bin nicht scharf darauf, umzukehren und noch einen Zusammenstoß mit den Kobolden zu riskieren, und bei Dunkelheit das Schlachtfeld zu umgehen wäre zu gefährlich, weil wir jederzeit auf Überfallkommandos treffen könnten. Wir bleiben heute Nacht hier an Ort und Stelle und sehen uns die Lage morgen früh genauer an.«

Nicht in der Lage weiterzureiten und nicht gewillt umzukehren, beobachteten sie die Szenerie, die sich unter ihnen ausbreitete.

*

Als der Morgen graute, schliefen die meisten Angehörigen des Trupps. Lautes Gebrüll vom Schlachtfeld weckte sie.

Im kalten Licht des Morgens waren die Dimensionen der Armeen unschwer zu erkennen, und sie waren mindestens so groß, wie Coilla geschätzt hatte.

»Jetzt dauert es nicht mehr lange, bis sie aufeinander losgehen«, vermutete Stryke.

Jup rieb sich den Schlaf aus den Augen. »Menschen gegen Menschen. Aus unserer Sicht keine schlechte Sache.«

»Vielleicht nicht. Ich wünschte nur, sie täten es nicht hier und jetzt. Wir haben genug Sorgen.«

Jemand zeigte zum Himmel. In der Ferne tauchten mehrere Drachen auf.

»Also haben die Mannis Hilfe«, sagte Alfray. »Was meinst du, Stryke, von Jennesta?«

»Könnte sein. Obwohl sie nicht die Einzige ist, die über Drachen gebietet.«

Auch Haskeer meldete sich zu Wort. »Tja, was sagt man dazu! Beide Armeen haben Zwerge in ihren Reihen.«

»Und?«, antwortete Jup.

»Das sagt alles, oder nicht? Deine Rasse kämpft für jeden mit genug Gold.«

»Ich hab dir schon mal gesagt: Ich bin nicht für jeden Zwerg im Land verantwortlich.«

»Da stellt sich mir die Frage, wie viel ihre Loyalität wert ist, wenn sie an den Höchstbietenden geht. Nach allem, was wir wissen, könntest du ...« Ein Hustenanfall unterbrach die Schmähung. Rotgesichtig bellte und röchelte er.

»Ist alles in Ordnung, Haskeer?«, fragte Alfray. »Das hört sich gar nicht gut an.«

Haskeer hielt den Atem an und reagierte wütend. »Bleib mir vom Leib, Knochensäger! Mir geht's großartig!« Er hustete weiter, obwohl weniger heftig.

Stryke wollte sich gerade dazu äußern, als ihn der Ausruf eines Soldaten ablenkte.

Alle drehten sich um und schauten den Hang hinter ihnen herunter. Eine Gruppe berittener Orks näherte sich dem Fuß der Anhöhe. Die Gruppe war den Vielfraßen zahlenmäßig ungefähr drei zu eins überlegen.

»Ein Suchtrupp?«, überlegte Coilla.

»Der uns gilt? Könnte sein«, sagte Stryke.

»Vielleicht sind sie geschickt worden, um die Manni-Seite in der Schlacht zu unterstützen«, mutmaßte Jup.

Die Neuankömmlinge kamen näher. Stryke schirmte die Augen mit den Händen wie mit Scheuklappen ab und konzentrierte sich auf sie. »Verflixt!«

Coilla sah ihn an. »Was ist los?«

»Ich kenne den Offizier, der sie anführt. Er ist kein Freund.«

»Er ist ein Ork, oder nicht?«, überlegte Alfray. »Schließlich stehen wir auf derselben Seite.«

»Nicht, wenn es sich um Delorran handelt.«

»Delorran?«, rief Alfray.

»Du kennst ihn auch?«, fragte Coilla.

»Ja. Er und Stryke haben eine ... bewegte Vergangenheit.«

»So kann man es auch ausdrücken«, räumte Stryke ein. »Aber was, zum Henker, will er hier?«

Für Alfray war das kein Geheimnis. »Das ist doch offensichtlich, oder? Wer wäre besser geeignet, dich aufzuspüren, als jemand, der dich so sehr hasst, dass er nie aufgeben würde?«

Der Suchtrupp hielt an. Delorran und ein weiterer Ork ritten noch ein Stück weiter und hielten dann ebenfalls. Der zweite Ork hob ein Kriegsbanner und schwenkte es langsam.

Sie alle verstanden das Signal. Coilla fasste es in Worte. »Sie wollen palavern.«

Stryke nickte. »Genau. Du kommst mit mir. Hol unsere Pferde.«

Sie beeilte sich, dem Befehl nachzukommen.

Stryke beugte sich zu Alfray herüber und reichte ihm den Stern. »Pass darauf auf.« Alfray schob ihn in sein Wams. »Jetzt gib das Signal, dass wir kommen.«

Die Standarte der Vielfraße lag nicht weit entfernt im Gras. Alfray entrollte sie und sandte die Nachricht.

»Setz Darig auf ein Pferd«, fügte Stryke hinzu.

»Was?«

»Ich will, dass ihr *alle* bereit seid, falls wir uns schnell absetzen müssen.«

»Ich weiß nicht, ob er schon reiten kann.«

»Andernfalls lassen wir ihn zurück, Alfray.«

»Ihn zurücklassen?«

»Tu einfach, was ich dir sage.«

»Ich setze ihn zu mir auf mein Pferd.«

Stryke dachte einen Moment darüber nach. »Na schön. Aber wenn er dich aufhält, wirfst du ihn ab.«

»Das will ich nicht gehört haben.«

»Vergiss es nicht. Es könnte der Unterschied zwischen Leben und Tod für uns bedeuten.«

Alfray sah keineswegs glücklich aus, nickte aber zustimmend. Nicht, dass Stryke glaubte, er würde es wirklich tun, wenn es darauf ankam.

»Wenn dieser Delorran so gefährlich ist«, sagte Jup, »bist du sicher, dass es klug ist, zu gehen?«

»Es kann kein anderer außer mir gehen, Jup, das weißt du. Und es geschieht unter Waffenstillstandsbedingungen. Haltet euch alle bereit.«

Er ging zu Coilla. Sie stiegen auf und ritten den Hügel hinunter.

»Überlass das Reden mir«, sagte er. »Wenn wir schnell verschwinden müssen, zögere nicht, sondern tu's einfach.«

Sie antwortete mit einem unmerklichen Nicken.

Sie trafen bei Delorran und dessen Feldwebel ein.

Stryke redete zuerst. Sein Tonfall war ausdruckslos und kühl. »Guten Morgen, Delorran.«

»Stryke«, erwiderte dieser durch zusammengebissene Zähne. Schon eine schlichte Höflichkeit schien ihm Mühe zu bereiten.

»Sie sind weit weg von zu Hause.«

»Sparen wir uns die Nettigkeiten, Stryke. Wir wissen beide, warum ich hier bin.«

»Weiß ich es?«

»Wenn Sie diese Farce bis zum bitteren Ende durchziehen wollen, sage ich es Ihnen. Sie und Ihr Trupp haben sich unerlaubt entfernt.«

»Ich hoffe, Sie werden mich erklären lassen, warum.«

»Der Grund ist offensichtlich. Sie sind desertiert.«

»Ist das eine Tatsache?«

»Und Sie haben etwas, das der Königin gehört. Man hat mich geschickt, um es mit allen erforderlichen Mitteln zurückzuholen.«

»Mit *allen* Mitteln? Sie würden die Waffe gegen andere Orks erheben? Ich weiß, dass wir einige Differenzen miteinander hatten, Delorran, aber nicht einmal Ihnen hätte ich zugetraut ...«

»Ich habe keine Skrupel, wenn es um Verräter geht.«

Stryke fuhr auf. »Ach, dann sind wir jetzt von Deserteuren zu Verrätern geworden, wie? Das ist ein ziemlicher Sprung.« Sein Tonfall war schneidend.

»Spielen Sie nicht den Unschuldigen. Wie würden Sie es sonst nennen, wenn Sie nicht von Ihrem Auftrag zurückkehren, Jennestas Eigentum stehlen und sich mit den Unis verbünden?«

»Eine beachtliche Liste von Anklagepunkten, Delorran. Aber wir sind keinesfalls zu den Unis oder zu sonst jemandem übergelaufen. Benutzen Sie Ihren Kopf. Wir könnten uns ihnen gar nicht nähern, ohne niedergemäht zu werden, selbst wenn wir es wollten.«

»Ich würde meinen, dass sie eine Kampfeinheit der Orks mit offenen Armen empfangen würden. Wahrscheinlich wäre es gut für das Anwerben anderer Verräter. Aber ich bin nicht hier, um mich mit Ihnen zu streiten. Ich beurteile Sie nach Ihren Taten, und ein Lager voller orkischer Frauen und Kinder abzuschlachten verrät mir alles, was ich wissen muss.«

»*Was?* Delorran, ich versichere Ihnen, dass die Orks in diesem Lager an einer Seuche gestorben sind. Wir haben es nur niedergebrannt, um ...«

»Beleidigen Sie mich nicht mit Ihren Lügen! Meine Befehle sind klar. Sie übergeben mir das Artefakt, und Ihr Trupp legt die Waffen nieder und ergibt sich.«

»Einen Dreck werden wir«, sagte Coilla.

Delorran warf ihr einen wütenden Blick zu. »Ihre Untergebenen sind nicht besonders diszipliniert, Stryke. Nicht, dass es mich überraschen würde.«

»Hätte sie es nicht gesagt, hätte ich es getan. Wenn wir etwas haben, das Sie wollen, kommen Sie und holen Sie es sich.«

Delorran griff nach seinem Schwert.

»Und wenn Sie das Waffenstillstandsbanner missachten wollen, nur zu«, fügte Stryke hinzu, indem er die Hand auf das Heft seiner Waffe legte.

Sie funkelten einander an.

Delorran ließ sein Schwert in der Scheide. »Sie haben zwei Minuten, um darüber nachzudenken. Danach können Sie entweder aufgeben oder kämpfen.«

Stryke wendete sein Pferd ohne ein weiteres Wort. Coilla bedachte Delorran zum Abschied noch einmal mit einem besonders finsteren Blick, bevor sie sich Stryke anschloss. Sie galoppierten zurück zu ihrem Trupp.

Stryke schwang sich aus dem Sattel und schilderte den Wortwechsel in aller Kürze. »Sie haben uns als Verräter gebrandmarkt und glauben, wir hätten die Orks in dem Lager massakriert, das wir abgefackelt haben.«

Alfray war schockiert. »Wie können sie glauben, wir würden *so etwas* tun?«

»Delorran ist bereit, alles über mich zu glauben, solange es schlecht ist, und in eineinhalb Minuten werden sie den Hügel erstürmen, um uns zu schnappen. Tot oder lebendig.« Er wandte sich an die versammelten Vielfraße. »Jetzt geht es ums Ganze. Wenn wir uns ergeben, steht uns der sichere Tod bevor, entweder durch Delorran selbst oder wenn er uns nach Grabhügelstein zurückgebracht hat. Wenn ich schon sterben soll, dann hier und jetzt und mit dem Schwert in der Hand.« Er musterte ihre Gesichter. »Was sagt ihr? Seid ihr dabei?«

Der Trupp ließ ihn wissen, dass sie es waren. Sogar Haskeer und das Trio, das ihn unterstützt hatte, waren zum Kampf bereit, wenngleich ihre Zustimmung weniger begeistert ausfiel als die der anderen.

»Also gut, wir sind bereit, uns zu wehren«, sagte Jup. »Aber bedenke unsere Lage: Hinter uns beginnt jeden Moment eine Schlacht, und vor uns ist ein entschlossener Trupp kampferprobter Krieger. Was sollen wir also tun?«

Ein paar andere Stimmen wurden laut, die dasselbe wissen wollten.

»Wir stärken unsere Position, wenn wir ihren ersten Angriff abwehren«, sagte Stryke zu ihnen. »Und der erfolgt jeden Augenblick.«

Am Fuß des Hügels massierte sich Delorrans Trupp zum Sturmangriff.

»Aufsitzen!«, rief Stryke. Er winkte ein paar Soldaten mit dem Schwert zu. »Helft Darig auf Alfrays Pferd. Alfray, ich will, dass du zurückbleibst und uns den Rücken freihältst. Also bewegt euch! Los, vorwärts!«

Die Soldaten sprangen auf ihre Pferde und zückten Waffen. Stryke holte sich den Stern von Alfray zurück und saß wieder auf.

Delorrans Trupp galoppierte zu ihnen empor. Vielleicht ein Drittel der Einheit wurde als Reserve zurückgehalten.

Stryke äußerte noch einen letzten Gedanken. »Es geht mir gegen den Strich, gegen unseresgleichen zu kämpfen. Aber vergesst nicht, dass sie uns für Abtrünnige halten. Sie werden uns töten, wenn sie eine Gelegenheit dazu bekommen.«

Die Zeit des Redens war vorbei. Stryke hob den Arm, ließ ihn heruntersausen und brüllte: »Zum ... *Angriff!*«

Die Vielfraße wendeten ihre Pferde und stürmten der ersten Angriffswelle entgegen.

Sie mochten trotz der zurückgelassenen Reserve in der Unterzahl sein, aber sie hatten den Vorteil, dass sie bergab stürmten.

Klingen klirrten, Pferde scheuten, Schläge wurden ausgeteilt und erwidert. Das Scheppern von Stahl auf Stahl hallte über die Anhöhe, da Schwerter auf Schilde trafen.

Für Stryke und die anderen war der Kampf gegen Mitglieder der eigenen Rasse eine bestürzende Erfahrung. Er hoffte, dass ihre Entschlossenheit nicht darunter leiden würde. Er war nicht sicher, ob Delorrans Leute sich davon beeinflussen lassen würden.

Aber es sprach einiges dafür, denn nach fünf Minuten intensiven Klingenkreuzens ließen sich die Angreifer zurückfallen, ohne dass auch nur ein Ork schwerer verwundet worden wäre.

Während Delorrans Leute sich hügelabwärts zurückzogen, rief Stryke: »Sie waren nicht mit dem Herzen dabei! Wie ich Delorran kenne, wird er ihnen das Leben zur Hölle machen. Wir können nicht davon ausgehen, dass es bei ihrer Rückkehr wieder so leicht wird.«

Sie beobachteten, wie Delorran dem Trupp eine Ansprache hielt, und es hatte nicht den Anschein, als halte er ihnen einen freundschaftlichen Vortrag.

»Wir können sie nicht ewig zurückschlagen«, stellte Coilla grimmig fest.

Jup warf einen Blick auf das Schlachtfeld hinter ihnen. Die beiden Seiten gingen langsam aufeinander los. »Und wir haben keine Rückzugsmöglichkeit.«

Delorrans Gruppe bereitete sich erneut zum Angriff vor, diesmal mit der gesamten Streitmacht.

Stryke traf eine Entscheidung. Sie grenzte an Wahnsinn, aber er sah keinen anderen Ausweg.

»Hört mir zu!«, bellte er. »Vertraut dem Befehl, den ich euch gebe, und folgt mir!«

»Wir greifen sie wieder an?«, fragte Coilla.

Delorrans Trupp donnerte die Anhöhe empor.

»Vertraut mir!«, wiederholte Stryke. »Tut, was ich tue!«

Der Feind kam näher und beschleunigte sein Tempo. An der größeren Entschlossenheit von Delorrans Trupp konnte kein Zweifel bestehen. Sie rückten bis zu einer Stelle vor, die kaum weiter als einen Speerwurf entfernt war.

Strykes Blick wanderte zum Schlachtfeld. *»Jetzt!«*, schrie er.

Dann wendete er sein Pferd und jagte der Kuppe der Anhöhe entgegen.

Sekunden später hatte er den Kamm erreicht und jagte auf der anderen Seite hinunter.

»O nein ...«, ächzte Jup.

Haskeer starrte verständnislos auf den Hügelkamm, unfähig zu begreifen, was vorging. Er war nicht allein. Keiner der anderen Soldaten rührte sich.

Delorran hatte sie fast erreicht.

Coilla ergriff die Initiative. »Los, vorwärts!«, brüllte sie. »Es ist unsere einzige Möglichkeit!«

Sie riss ihr Pferd herum und folgte Stryke.

»Verdammt!«, fluchte Haskeer. Aber er tat es ihr zusammen mit den anderen Vielfraßen nach.

Alfray, auf dessen Pferd auch noch Darig kauerte, gelang es sogar, ihr Banner zu heben.

Als sie die Kuppe erreichten, sahen sie, dass Stryke bereits ein ganzes Stück weit die andere Seite heruntergeritten war.

Im Tal unter ihnen näherten sich die beiden Armeen einander mit zunehmender Geschwindigkeit. Menschen rannten mit Lanzen und Speeren. Reiterei stürmte voran.

Die Lücke zwischen beiden schloss sich rasch. Die Vielfraße galoppierten mit Höchstgeschwindigkeit darauf zu.

Delorran und seine Leute trafen auf der Hügelkuppe ein.

Die Tatsache, dass im Tal unter ihnen eine Schlacht vonstatten ging, kam für sie wie ein Schock. Pferde wurden plötzlich gezügelt, was auch geschehen wäre, wenn Delorran nicht einen Arm gehoben und das Zeichen zum Anhalten gegeben hätte.

Sie schauten verblüfft nach unten, da die Orks geradewegs der Stelle entgegenstrebten, wo die beiden Armeen sich treffen würden.

»Was machen wir jetzt, Hauptmann?«, fragte der Feldwebel.

»Wenn Sie keine bessere Idee haben«, erwiderte Delorran, »sehen wir uns an, wie sie Selbstmord begehen.«

16

Der Winkel, in dem die Vielfraße den Hang herunterrasten, war so steil, dass sie mehr rutschten als ritten.

Coilla drehte sich im Sattel um und schaute zurück. Sie sah den Rest des Trupps dicht hinter sich. Auf dem Kamm hatten die Verfolger innegehalten und beobachteten sie jetzt. Sie trieb ihr Pferd an und setzte sich neben Stryke.

»Was tun wir hier eigentlich?«, bellte sie.

»Wir reiten einfach durch!«, überschrie er den Wind, der ihnen ins Gesicht peitschte. »Damit werden sie nicht rechnen!«

»Da sind sie nicht die Einzigen!«

Die beiden Armeen kamen sich mit jedem verstreichenden Augenblick näher.

Stryke zeigte nach unten. »Wir müssen weiter! Und wir halten nicht an, auch wenn wir die andere Seite erreicht haben!«

»*Falls* wir die andere Seite erreichen!«, rief sie ihm zu.

Mit einem wuchtigen Aufprall, der durch Mark und Bein ging, landeten sie auf ebenem Gelände, die anderen Vielfraße im Schlepptau. Stryke warf einen Blick über die Schulter. Der Trupp war noch geschlossen beisammen. Alfray und der sich grimmig festklammernde Darig bildeten den Schluss, konnten dem Tempo aber folgen.

Jetzt, da sie auf der Ebene waren, ging es schneller vorwärts. Der Nachteil war, dass sie den Überblick verloren, den das erhöhte Gelände geboten hatte. Aus diesem Winkel sah es so aus, als seien die beiden Armeen viel näher beisammen, und der zunehmend schmaler werdende Streifen zwischen ihnen war schwieriger abzuschätzen. Stryke spornte sein bereits schäumendes Pferd an und rief den anderen zu, schneller zu reiten.

Immer weiter ritten sie ins Tal des Todes. Sie jagten dem Schlachtfeld entgegen, das Gebrüll Tausender kampfeslüsterner Krieger in den Ohren.

Dann waren sie zwischen den vorrückenden Linien. Feinde zur Linken, Feinde zur Rechten.

Ein verschwommenes Gewirr aus Leibern und nichtssagenden

Gesichtern huschte vorbei. Stryke war sich dumpf der sich drehenden Köpfe, der zeigenden Arme, der in ihre Richtung gebrüllten Schreie bewusst. Er betete, dass die Überraschung und die Konfusion der unmittelbar bevorstehenden Schlacht den Vielfraßen einen kleinen Vorteil verschaffen würde. Und er hoffte, der Trupp würde davon profitieren, dass keine der beiden Armeen sicher sein konnte, auf welcher Seite diese unerwarteten Eindringlinge standen. Obwohl ihm klar war, dass die Unis, sobald sie als Orks erkannt waren, annehmen würden, sie seien hier, um die Mannis zu unterstützen.

Sie hatten weniger als ein Viertel des Wegs über das Schlachtfeld hinter sich, als Pfeile und Speere in ihre Richtung flogen. Glücklicherweise waren die beiden Horden noch so weit auseinander, dass die Geschosse sich beiderseits von ihnen harmlos in den Boden bohrten. Aber die Soldaten schlossen die Lücke sehr schnell. Wenn sie auch nur einen Augenblick nachließen, würden die Vielfraße zwischen den beiden tödlichen Flutwellen zermalmt werden. Hier und da beeilten sich bereits Trauben von Kriegern, die schneller auf den Beinen oder beritten waren und freie Bahn hatten, dem Trupp den Weg zu versperren.

Eine Gruppe mit Lanzen und Breitschwertern bewaffneter Fußsoldaten kam Stryke in die Quere. Er ritt durch den Haufen und schlug sie zur Seite. Coilla und die übrigen Vielfraße ritten den Rest nieder. Die Orks hatten Glück. Wären die Soldaten weniger überrascht und organisierter gewesen, hätten sie ihrer Flucht gleich hier ein Ende bereiten können.

Pfeile schlugen jetzt viel näher ein. Ein Speer pfiff durch die Lücke zwischen der Kruppe von Strykes Pferd und dem Kopf desjenigen hinter ihm. Einzelne Soldaten kamen von rechts und links angelaufen, um nach den galoppierenden Orks zu hauen und zu stechen. Die Orks schlugen ihrerseits zu und mähten Unis wie Mannis unterschiedslos nieder.

Ein schwarzgekleideter Mensch kam angelaufen, sprang Coillas Pferd an und griff nach den Zügeln. Er klammerte sich daran fest und zog mit aller Kraft. Ihr Pferd stockte und hielt die nachfolgenden Orks auf. Mehr Menschen kamen von allen Seiten angerannt, um sich ins Getümmel zu stürzen.

Sie riss ein Messer heraus und stach dem Menschen ins Gesicht. Er schrie auf und fiel. Die nachfolgenden Orks ritten ihn über den Haufen. Coilla bohrte ihrem Pferd die Fersen in die Weichen. Der

Trupp legte noch einmal an Tempo zu und galoppierte den rennenden Soldaten davon.

An der Flanke der Kolonne und daher verwundbarer, schwang Haskeer seine Axt, erst zur einen Seite, dann zur anderen, und spaltete die Schädel von Pikenieren, die versuchten, ihn aus dem Sattel zu werfen. Brüllend gelang ihm die Flucht.

Die Vielfraße ritten weiter, da ihnen der Blick auf beiden Seiten von einem endlosen Meer heranstürmender menschlicher Krieger versperrt wurde.

Stryke wusste, dass der Trupp seinen Schwung verlor. Er fürchtete, dass man sie jeden Augenblick überwältigen würde.

Von der Hügelkuppe aus betrachtet, sah die Flucht des Trupps durch das Tal so aus, als habe ein Riese eine Handvoll kleiner schwarzer Perlen ausgerollt. Delorran und seine Soldaten sahen zu, wie sich der Schraubstock um sie schloss, um sie zu zerquetschen.

»Diese *Wahnsinnigen*«, rief Delorran. »Sie werfen lieber ihr Leben weg, als sich meiner Gerechtigkeit zu unterstellen.«

»Sie sind erledigt, Hauptmann«, stimmte sein Feldwebel zu.

»Wir können hier nicht noch länger abwarten und das Risiko eingehen, gesehen zu werden. Fertig machen zum Abmarsch!«

»Was ist mit dem Artefakt, Hauptmann?«

»Wollen *Sie* gehen und es holen?«

Den Vielfraßen wurde jetzt endgültig der Weg über das Schlachtfeld versperrt. Hunderte von Menschen, Unis und Mannis, strömten ihnen entgegen.

»Vorwärts!«, bellte Delorran.

Er wendete sein Pferd und führte seine Soldaten die andere Seite des Hügels herunter.

Im Tal sah Stryke Menschen aus Leibeskräften rennen, um dem Trupp den Weg zu versperren. Er ritt einfach weiter und in sie hinein, während er mit dem Schwert um sich schlug. Zwei Herzschläge später erreichten die anderen Vielfraße den menschlichen Wall und machten sich daran, sich mit ihren Waffen einen Weg hindurch zu bahnen. Noch mehr Chaos brach aus, als die beiden Seiten auch mit dem Kampf gegeneinander begannen.

Die Szene wechselte von Konfusion zu blutiger Anarchie.

Jup wäre beinahe von einer kleinen Gruppe mit Speeren bewaffneter Unis vom Pferd gezerrt worden. Sein wildes Umsichschlagen hielt sie zurück, aber er wäre ihnen dennoch zum Opfer gefallen, hätten ihm ein paar andere Vielfraße nicht dabei geholfen, die Angreifer zurückzuschlagen. Gemeinsam trieben sie ihre Pferde wieder vorwärts.

Alfray hielt zwar einigermaßen mit den anderen Schritt, fiel aber wegen seines Begleiters unvermeidlich zurück. Auch sie wurden zum Ziel eines Angriffs, diesmal von Mannis, die mittlerweile die Überlegung verworfen hatten, die Orks seien gekommen, um ihnen zu helfen. Er wehrte sich, so gut er konnte. Doch der verwundete Kamerad behinderte ihn ebenso wie das Banner der Vielfraße, das sich als weniger wirkungsvolle Waffe erwies, wie es ein Breitschwert unter den gegebenen Umständen gewesen wäre. Und keine anderen Vielfraße waren nahe genug, um ihm zu helfen.

Alfray und Darig waren fast aus der Reichweite der Angreifer, als Darig mit voller Wucht von einem Speerstoß getroffen wurde.

Er schrie auf.

Alfray hieb nach dem Speerträger und trennte ihm ein Stück aus der Schulter. Doch was Darig betraf, war der Schaden bereits angerichtet. Er schwankte im Sattel, und sein Kopf fiel schlaff von einer Seite auf die andere.

Alfray war zu beschäftigt, andere Angreifer abzuwehren, um auf Darig achten zu können. Dann begegnete ihm ein berittener Krieger, und Alfrays Pferd bäumte sich auf. Darig kippte aus dem Sattel. Kaum lag er auf dem Boden, als eine Traube von Menschen heran war. Ihre Schwerter, Äxte, Speere und Messer hoben und senkten sich.

Alfray schrie vor Wut und Verzweiflung laut auf. Mit einem einzigen Hieb streckte er den Reiter nieder, der ihm den Weg versperrte. Ein rascher Blick auf die Menschentraube um Darig bestätigte, dass er nichts mehr ausrichten konnte. Er spornte sein Pferd an und entging um Haaresbreite dem nächsten Angriff. Er fand Anschluss an die übrigen Vielfraße, die sich durch den Flaschenhals am Rand des Schlachtfelds kämpften. Mittlerweile war er überzeugt davon, dass sie es nicht schaffen würden.

Hinter ihnen trafen sich die Armeen und prallten in wilder Raserei aufeinander.

Der Beginn der Schlacht erwies sich als Segen für die Orks. Da beide Seiten damit beschäftigt waren, einander abzuschlachten, wurden die Vielfraße unwichtiger.

Nach zwei Minuten wilden Gemetzels, die eine Ewigkeit zu dauern schienen, hatte der Trupp das Schlachtfeld hinter sich gelassen.

Sie rasten in vollem Galopp über die Grasnarbe und den jenseitigen Hang hinauf.

Auf halbem Weg schaute Coilla sich um. Eine Gruppe von Menschen, zwanzig oder dreißig an der Zahl, ritt ihnen hinterher. Für sie sahen sie wie Unis aus.

»Wir haben Gesellschaft!«, rief sie.

Stryke wusste es bereits. *»Reitet weiter!«*, brüllte er.

Auf der Kuppe des Hügels angekommen, sahen sie einen welligen Hang, der zu einer grasbewachsenen Ebene mit vielen kleinen Wäldchen führte. Sie blieben in Bewegung. Ihre Verfolger, die ebenso schnell ritten wie sie, erreichten hinter ihnen die Kuppe.

Auf dieser Seite des Tals war der Boden weicher. Erdbrocken wurden von den Hufen der Jäger und der Gejagten aufgewirbelt.

Ein Soldat schrie etwas. Alle schauten himmelwärts.

Drei Drachen schwenkten aus der Richtung des Schlachtfelds auf sie ein.

Stryke ging davon aus, dass sie es auf seinen Trupp abgesehen hatten. Er führte die Vielfraße in die Richtung des nächsten Wäldchens, da er auf die Deckung setzte, die es ihnen bieten würde.

»Kopf einziehen!«, rief Jup.

Ein Drache stieß herab. Sie spürten einen Hitzeschwall im Rücken. Der Drache rauschte im Tiefflug über ihre Köpfe hinweg und schraubte sich dann wieder zu seinen Artgenossen in die Höhe.

Der Trupp schaute zurück und sah, dass die Verfolger dezimiert worden waren. Verkohlte Kadaver von Menschen und Pferden lagen auf dem Boden. Manche brannten noch. Mehrere Menschen, die von Kopf bis Fuß in Flammen gehüllt waren, schwankten und fielen. Ein paar waren nicht getroffen worden, hatten aber den Mut verloren, was die Verfolgung betraf. Sie hatten ihre Pferde angehalten und starrten auf die Gefallenen oder verständnislos den Orks hinterher, die ihnen im letzten Augenblick entwischt waren.

Stryke fragte sich, ob das Gemetzel Absicht war oder nicht. Bei Drachen wusste man das nie. Sie waren eine bestenfalls unpräzise Waffe.

Wie als Antwort flogen sie einen weiteren Angriff. Der Trupp spornte noch einmal die Pferde an, um rechtzeitig den Waldrand zu erreichen.

Ein großer gezackter Schatten fiel über sie. Der Feueratem des Drachen versengte ein großes Stück Grasnabe ein paar Schritte zu ihrer Rechten. Sie trieben ihre scheuenden Pferde noch stärker an.

Ein weiterer Drache stürzte auf sie herab, und sie hörten den Schlag seiner mächtigen Schwingen. Vom Windzug gepeitscht, galoppierten sie dem Wald entgegen.

Sie erreichten ihn, und die Nachzügler, darunter auch Alfray, schafften es gerade noch in den Schutz der Bäume. Der Drache blies seinen feurigen Atem, und die Baumwipfel über ihnen gingen tosend in Flammen auf. Brennende Zweige fielen, und es regnete schwelende Blätter und Funken.

Die Vielfraße drangen tiefer in den Wald ein. Durch Lücken im Blätterdach über ihren Köpfen konnten sie zwischendurch immer wieder erkennen, dass ihre fliegenden Verfolger Schritt hielten.

Schließlich wurden die Sichtungen seltener. Offenbar hatten sich die Drachen zurückgezogen. Der Trupp wurde langsamer, blieb aber in Bewegung. Am anderen Ende des Wäldchens angelangt, hielten sie inne.

Im Schutz der Bäume sahen sie wieder die Drachen, die hoch über ihnen am Himmel kreisten. Da sie es nicht wagten, ihre Deckung zu verlassen, stiegen sie ab und stellten Wachen auf, die sie vor nachrückenden Menschen warnen sollten. Soweit sie es sagen konnten, folgten ihnen jedoch keine. Die Waffen gezückt, legten sie eine Rast ein, während sie auf eine Gelegenheit warteten, ihre Deckung zu verlassen.

Nachdem Haskeer einen tiefen Schluck aus seinem Wasserbeutel getrunken hatte, rammte er den Stöpsel in die Öffnung und fuhr fort, sich zu beklagen. »Wir sind auf dem Hügel ein verdammt großes Risiko eingegangen.«

»Was hätten wir sonst tun sollen?«, warf Coilla ein. »Und außerdem hat es funktioniert, oder?«

Dem hatte Haskeer nichts entgegenzusetzen, und er begnügte sich damit, eine finstere Miene aufzusetzen.

Die anderen teilten seine Laune nicht. Insbesondere die Gemeinen waren überglücklich, mit ihrem Manöver davongekommen zu sein, und Stryke musste sie anblaffen, leiser zu sein.

Alfray war weniger froh. Seine Gedanken waren bei Darig. »Wenn ich ihn festgehalten hätte, wäre er jetzt noch bei uns.«

»Du konntest nichts tun«, sagte Stryke zu ihm. »Quäl dich nicht damit, was vielleicht möglich gewesen wäre.«

»Stryke hat Recht«, unterstützte ihn Coilla. »Es ist ein Wunder, dass wir nicht mehr Verluste haben.«

»Trotzdem«, murmelte Stryke halb für sich, »wenn jemand

Schuld daran ist, dass wir Tote zu beklagen haben, dann bin ich es wohl.«

»Werd jetzt nicht einfältig«, warnte ihn Coilla. »Wir brauchen dich bei klarem Verstand.«

Stryke sah ein, dass sie Recht hatte, und ließ das Thema fallen. Er griff in die Tasche und holte den Stern heraus.

»Dieses merkwürdige Ding hat uns so viel Ärger bereitet«, sagte Alfray. »Es hat unser Leben umgekrempelt. Ich hoffe, das ist es wert, Stryke.«

»Es könnte unsere Erlösung von der Leibeigenschaft sein.«

»Vielleicht, vielleicht auch nicht. Du suchst schon lange einen Vorwand, um dich abzusetzen.«

»Tun wir das nicht alle?«

»Das könnte schon sein. Aber in meinem Alter ist man vorsichtiger, was Veränderungen angeht.«

»Dies ist eine Zeit der Veränderungen. Alles verändert sich. Warum nicht auch wir?«

»Ha, Veränderung«, schnaubte Haskeer. »Es wird viel ... zu viel ... geredet ...« Er schien außer Atem zu sein und schwankte unsicher. Dann ging er zu Boden wie ein gefällter Ochse.

»Was ist mit ihm?«, rief Coilla.

Sie versammelten sich um ihn.

»Was ist los?«, fragte Stryke. »Ist er verwundet?«

Nach einer raschen Untersuchung erwiderte Alfray: »Nein, ist er nicht.« Er legte eine Hand auf Haskeers Stirn und maß seinen Puls.

»Was hat er?«

»Er hat Fieber. Weißt du, was ich glaube, Stryke? Er hat dasselbe wie Meklun.«

Mehrere Fußsoldaten wichen zurück.

»Er hat es zu verbergen versucht, der Idiot«, fügte Alfray hinzu.

»In den letzten Tagen war er nicht er selbst, oder?«, stellte Coilla fest.

»Nein. Alle Anzeichen waren da. Und da kommt mir noch ein Gedanke, und der ist nicht besonders angenehm.«

»Nur weiter«, drängte Stryke.

»Ich war nicht ganz sicher, was Meklun umgebracht hat«, räumte Alfray ein. »Seine Wunden waren zwar schlimm, aber er hätte sich trotzdem wieder erholen können. Ich glaube, er hat sich etwas in dem Lager geholt, das wir abgefackelt haben.«

»Er war nicht mal in der Nähe«, erinnerte ihn Jup.

»Er nicht. Aber Haskeer.«

»Ihr Götter«, flüsterte Stryke. »Er sagte, er hätte keine der Leichen angefasst. Er muss gelogen haben.«

Coilla meldete sich zu Wort. »Wenn Haskeer sich da die Krankheit geholt und Meklun angesteckt hat, könnte er dann nicht auch alle anderen angesteckt haben?«

Unter den Gemeinen erhob sich ein unbehagliches Gemurmel.

»Nicht unbedingt«, sagte Alfray. »Meklun war durch seine Wunden geschwächt und anfällig für jede Art von Ansteckung. Was alle anderen betrifft, so müsste es mittlerweile klare Anzeichen für eine Ansteckung geben. Fühlt sich irgendjemand unwohl?«

Alle Mitglieder des Trupps schüttelten den Kopf.

»Wir wissen zwar nicht viel über die Krankheiten der Menschen«, fuhr Alfray fort, »aber die Ansteckungsgefahr scheint in den ersten Tagen am größten zu sein.«

»Hoffen wir, dass du Recht hast«, sagte Stryke. Er warf einen Blick auf Haskeer. »Glaubst du, dass er es übersteht?«

»Er ist jung und stark. Das hilft.«

»Was können wir für ihn tun?«

»Nicht viel. Wir können versuchen, das Fieber zu senken und ansonsten nur abwarten, dass es abklingt.«

»Noch ein Problem«, seufzte Coilla.

»Ja«, stimmte ihr Stryke zu. »Und eins, das wir überhaupt nicht gebrauchen können.«

»Er hat Glück, dass wir seinem Vorschlag nicht folgen, wie wir mit den Verwundeten verfahren sollten.«

»Was nun, Boss?«, fragte Jup.

»Wir halten uns an den Plan.« Er zeigte auf die über ihnen kreisenden Drachen. »Sobald sie verschwunden sind, reiten wir weiter nach Dreieinigkeit.«

*

Es dauerte mehrere Stunden, bis die Luft rein war.

Nachdem die Drachen das Wäldchen unzählige Male überflogen hatten, wandten sie sich schließlich nach Norden und verschwanden. Stryke ordnete an, Haskeer quer über ein Pferd zu legen und festzubinden.

Ein Soldat wurde abkommandiert, es am Zügel zu führen. Vorsichtig brach der Trupp in Richtung Dreieinigkeit auf. Stryke schätzte, dass sie für den Weg etwa eineinhalb Tage brauchen würden, falls die Reise ohne Zwischenfälle verlief.

Jetzt, da Weberflur hinter ihnen lag, stand es ihnen frei, eine mehr oder weniger direkte Route zu wählen. Andererseits befanden sie sich nun im Süden, in dem Teil Maras-Dantiens, wo die Menschen sich in großer Anzahl niedergelassen hatten, sodass sie noch vorsichtiger sein mussten. Wo immer es möglich war, suchten sie den Schutz von Wäldern und Tälern.

Je weiter sie nach Süden vordrangen, desto mehr Zeugnisse menschlicher Besiedlung und menschlichen Raubbaus sahen sie.

Am Morgen des zweiten Tages erreichten sie die Überreste eines fast vollständig abgeholzten Wäldchens. Ein großer Teil des gefällten Holzes war abtransportiert worden, aber den nicht unbeträchtlichen Rest hatte man einfach zum Verrotten dort gelassen. Die Stümpfe waren mit Moos bewachsen oder braun vom Pilzbewuchs, was bedeutete, dass die Bäume schon vor Monaten gefällt worden waren.

Sie staunten über die Verwüstung und die Anstrengungen, die dazu nötig gewesen sein mussten. Und sie wurden noch wachsamer, da sie wussten, dass viele Hände nötig waren, um derartige Rodungen zu bewerkstelligen.

Mehrere Stunden später fanden sie heraus, wozu das Holz benutzt worden war.

Sie erreichten einen aus den Carascragbergen kommenden und in nordöstlicher Richtung verlaufenden Fluss. Da Flüsse die besten Landmarken boten, folgten sie seinem Lauf. Nach kurzer Zeit fiel ihnen auf, dass er sehr viel Wasser führte und träge dahinfloss.

Hinter der nächsten Biegung fanden sie heraus, warum.

Aus dem Fluss wurde ein gewaltiger funkelnder See, der viele Morgen ehemals offener Prärie bedeckte. Der See war durch einen hölzernen Damm entstanden, der zweifelsohne aus den Stämmen des abgeholzten Waldes errichtet worden war. Der Damm entsetzte und beeindruckte sie gleichermaßen. Höher als die größte Pinie, bestand er aus einer sechs Stämme tiefen Barriere und zog sich über eine Entfernung, die mit einem Pfeilschuss zu überwinden ein guter Bogenschütze sich schwer tun würde. Die Stämme waren mit größter Präzision eingepasst und dann mit Meilen von kabeldickem Seil zusammengebunden worden. Die Nahtstellen waren mit Mörtel verfugt. An beiden Ufern und an mehreren Stellen im Fluss trugen schräg zum Damm führende Stützen zur Stabilität bei.

Trotz dieses gewaltigen Bauwerks entdeckten die Kundschafter keinerlei Anzeichen für die Anwesenheit von Menschen. Nachdem sie seit ihrem Aufbruch am vergangenen Tag noch keine Rast eingelegt hatten, ordnete Stryke einen Halt an und postierte Ausgucke.

Nachdem Alfray sich um Haskeers Fieber gekümmert hatte, das schlimmer geworden war, gesellte er sich zu den anderen Offizieren, um ihr weiteres Vorgehen zu besprechen.

»Dieser Staudamm bedeutet, dass wir in der Nähe von Dreieinigkeit sein müssen«, folgerte Stryke. »Sie brauchen das Wasser, um eine große Bevölkerung zu versorgen.«

»Und der Damm bedeutet auch Macht«, meldete sich Alfray zu Wort. »Die Macht, die mit der Herrschaft über die Wasserversorgung verbunden ist.«

»Ganz zu schweigen von der Macht, die mit der Anzahl der Hände verbunden ist, die man braucht, um so etwas zu bauen«, sagte Stryke. »Die Menschen von Dreieinigkeit müssen hoch organisiert und zahlreich sein.«

»Ja, sie ignorieren die *magische* Macht, die sie schädigen, indem sie den Verlauf des Flusses ändern«, sagte Jup zu ihnen. »Selbst ich kann die negative Energie hier spüren.«

»Und *ich* spüre ein größeres Problem«, sagte Coilla, indem sie das Gespräch wieder auf das eigentliche Thema lenkte. »Dreieinigkeit ist eine fanatische Uni-Hochburg. Es heißt, dass sie dort nicht gerade verrückt nach den älteren Rassen sind. Wie sollen wir in die Stadt gelangen, um den Stern zu suchen? Oder schwebt dir ein Selbstmordkommando vor, Stryke?«

»Ich weiß nicht, was wir machen werden. Aber wir werden grundlegender Militärstrategie folgen: Wir gehen so nah wie möglich heran, suchen uns ein Versteck und machen uns ein Bild von der Situation. Es muss eine Möglichkeit geben, wir wissen nur noch nicht, welche.«

»Und wenn es keine gibt?«, fragte Alfray. »Was ist, wenn wir gar nicht an den Ort herankommen?«

»Dann müssen wir alles neu überdenken. Vielleicht verhandeln wir mit Jennesta und bieten ihr den Stern im Austausch gegen eine Amnestie an.«

»O ja, natürlich«, warf Coilla zynisch ein.

»Oder es könnte auch sein, dass es der Beginn eines neuen Lebens als Gesetzlose für uns ist. Was wir ohnehin sind, da brauchen wir uns nichts vorzumachen.«

Jup schaute besorgt drein. »Das sind keine tollen Aussichten, Boss.«

»Dann müssen wir unser Bestes tun, um das zu vermeiden, oder? Und jetzt ruht euch alle etwas aus. In einer Stunde will ich wieder unterwegs nach Dreieinigkeit sein.«

17

Sie sichteten Dreieinigkeit am späten Nachmittag.

Unter Zweigen versteckt und die Augen nach Patrouillen offen haltend, nahmen die Vielfraße die entfernte Siedlung in Augenschein. Die Stadt war eine Enklave und von einer hohen Palisade mit Aussichtstürmen umgeben.

Dahinter erhoben sich die Carascragberge, stahlblau und mit zerklüfteten Gipfeln. Über den Bergen flimmerte die Luft, die von der Kirgizil-Wüste auf der anderen Seite des Gebirges aufgeheizt wurde.

Eine stark befahrene Straße führte zu einem hohen Doppeltor, dem Hauptzugang nach Dreieinigkeit. Das Tor war geschlossen. Die Ansiedlung war so weitläufig von bebauten Äckern umgeben, dass sie fast bis zum Versteck des Trupps reichten. Aber die Ernte sah bescheiden und verkümmert aus.

»Jetzt wissen wir, wofür sie das ganze Wasser brauchen«, sagte Coilla.

»Was immer es ihnen nützen mag«, erwiderte Jup. »Seht nur, wie dürftig der Ertrag ist. Diese Menschen sind dumm. Sie sehen einfach nicht, dass ihr Herumpfuschen an der Erdmagie nicht nur Auswirkungen auf uns, sondern auch auf sie selbst hat.«

»Wie, um alles in der Welt, wollen wir uns dem Ort nähern, Stryke?«, wollte Alfray wissen. »Geschweige denn, uns Zutritt verschaffen?«

»Vielleicht ist das Glück auf unserer Seite. Wir haben noch keinen einzigen Menschen gesehen. Die meisten nehmen wahrscheinlich an der Schlacht bei Weberflur teil.«

»Aber sie werden die Siedlung nicht schutzlos zurückgelassen haben, oder?«, erinnerte Coilla ihn. »Und wenn die meisten Leute tatsächlich dort sind, kommen sie irgendwann zurück.«

»Ich meinte nur, dass es helfen könnte, nicht, dass es unser Problem löst.«

»Was machen wir also?«, fragte Jup.

»Wir suchen uns ein Versteck und schlagen ein Basislager auf. Coilla, nimm dir drei Soldaten und arbeite dich zu Fuß von rechts nach links um die Ortschaft. Jup, du nimmst dir auch drei Soldaten und tust dasselbe in der anderen Richtung. Merkt euch alles, was als Versteck dienen könnte, und vergesst nicht, dass es auch für Pferde geeignet sein muss. Verstanden?«

Sie nickten und entfernten sich, um ihre Befehle auszuführen.

Stryke wandte sich an Alfray. »Wie geht es Haskeer?«

»Unverändert.«

»Es sieht dem Bastard ähnlich, dass er einem selbst dann noch zur Last fällt, wenn er bewusstlos ist. Tu für ihn, was du kannst.« Er wandte sich an die restlichen Mitglieder des Trupps. »Ihr anderen bleibt auf der Hut und kampfbereit.«

Sie ließen sich nieder, um erst einmal abzuwarten.

*

»Ich weiß nicht so recht«, flüsterte Jup.

Im Gebüsch verborgen, starrten sie auf eine gähnende Tunneleinmündung, die in die Felswand gehauen war.

»Mich beunruhigt, dass es nur den einen Eingang gibt«, sagte Alfray, »und ich weiß nicht, ob die Pferde sich darin wohl fühlen werden.«

»Mehr haben wir nicht gefunden«, wiederholte Coilla ein wenig aufgebracht.

»Coilla hat Recht«, entschied Stryke. »Wir müssen das Beste daraus machen. Bist du *sicher,* dass der Stollen nicht benutzt wird?«

Sie nickte. »Ein paar Soldaten sind ziemlich tief eingedrungen. Er ist verlassen.«

»Wir säßen wie Ratten in der Falle, wenn die Menschen wüssten, dass wir uns dort verstecken«, brachte Jup vor.

»Das Risiko müssen wir eingehen«, entgegnete Stryke. Er vergewisserte sich, dass der Weg frei war. »Also gut, geht schnell hinein. Die Pferde zuerst.«

Der Trupp huschte in den Bergwerkseingang. Nicht alle Pferde liefen bereitwillig in den finsteren Stollen und sie mussten die letzten paar Schritte hineingezerrt werden.

Drinnen war es feucht und viel kühler als im Freien.

Das Tageslicht ließ sie ungefähr dreißig Schritt weit bis zu einer Stelle in den Tunnel schauen, wo er niedriger und schmaler wurde. Dahinter lag alles in pechschwarzer Finsternis.

»Wir halten uns von der Einmündung fern«, verfügte Stryke, »und Licht wird nur gemacht, wenn es unbedingt nötig ist.«

Coilla schauderte. »Ich werde nicht weit genug hineingehen, um welches zu brauchen. Ich ziehe den freien Himmel vor.«

Jup berührte die grob behauene Wand. »Was glaubt ihr, wofür sie den Stollen gegraben haben?«

Vornübergebeugt, um Haskeer einen feuchten Lappen auf die Stirn zu legen, mutmaßte Alfray: »Wahrscheinlich für Gold. Oder für einen anderen Schatz der Erde, den sie für kostbar halten.«

»Ich habe so etwas schon einmal gesehen«, sagte Jup, indem er einige der Steine mit der Stiefelspitze anstieß. »Ich schätze, dass sie hinter den schwarzen Steinen her waren, die sie als Brennstoff benutzen. Ich frage mich, wie lange sie gebraucht haben, um den Flöz abzubauen.«

»Nicht lange, wie ich die Menschen kenne«, sagte Coilla. »Vermutlich hast du Recht, Jup. Ich habe gehört, dass Dreieinigkeit gegründet wurde, weil es hier so viel von dem schwarzen Gestein gibt.«

»Wieder wird das Land vergewaltigt«, murmelte Jup. »Wir hätten den Damm zerstören sollen, um ihnen einen Denkzettel zu verpassen.«

»Da hätten wir aber einiges zu tun gehabt«, sagte Stryke zu ihm. »Eine Armee hätte Mühe, den Damm zum Einsturz zu bringen. Aber wir haben im Moment andere Sorgen. Wir müssen Dreieinigkeits Schwachstelle finden.«

»Falls es eine gibt.«

»Das werden wir nicht herausfinden, indem wir hier herumsitzen, Jup.«

»Was hast du vor?«, fragte Coilla.

»Wir müssen auf jeden Fall vermeiden, dass eine zu große Gruppe von uns dort draußen umherschleicht, besonders bei Tageslicht. Also werde ich mich zusammen mit dir und Jup ein wenig umsehen.«

Coilla nickte. »Das passt mir gut. Ich bin nicht scharf darauf, wie ein Troglodyt zu leben.«

»Die Übrigen bleiben hier«, befahl Stryke. »Stell ein paar Wachen auf, Alfray, und ein, zwei draußen im Unterholz, falls sich jemand nähert. Und versucht die Pferde ruhig zu halten. Kommt, ihr beiden.«

Coilla und Jup folgten ihm nach draußen.

Sie huschten in die erste Deckung, die sich ihnen bot, und schlugen die Richtung zur Ortschaft ein. Nachdem sie sich eine halbe

Meile geduckt vorangetastet hatten, befanden sie sich gerade auf einem der bebauten Felder, als Coilla Strykes Arm packte. *»Runter!«*, zischte sie, indem sie ihn auf den Boden zog.

Das Trio warf sich in das Getreide. Zwanzig Schritt entfernt standen die ersten Menschen, die sie hier in Dreieinigkeit zu Gesicht bekamen. Eine kleine Gruppe von Frauen, einfach und in Schwarz gekleidet, arbeitete auf einem angrenzenden Feld. Sie sammelten Feldfrüchte ein, die sie in von Mulis getragene Körbe packten. Zwei bewaffnete Männer, bärtig und ebenfalls schwarz gekleidet, standen Wache, während die Frauen arbeiteten.

Stryke legte einen Finger auf die Lippen und bedeutete Coilla und Jup, ihm zu folgen. Ihr Weg führte sie in einem lautlosen Bogen um die Arbeiter. Danach erwiesen sich noch mehrere weitere Umwege als nötig, um anderen Arbeitern auszuweichen, die sie über den Getreidehalmen sahen.

Auf Händen und Knien kriechend, stießen sie unerwartet auf einen Weg aus gestampfter Erde mit einem Belag aus groben Kieseln. Als sie vorsichtig aus dem Schutz des Kornfelds lugten, ging ihnen auf, dass es sich um die Straße handelte, die zu Dreieinigkeits Tor führte. Da auf den Feldern gegenüber keine Menschen zu sehen waren, bereiteten sie sich auf eine Überquerung vor. Coilla wollte gerade den Anfang machen, als sie das Rumpeln eines sich nähernden Karrens hörten. Sie duckten sich tiefer ins Getreide und beobachteten die Straße.

Eine Kolonne von Vehikeln kam in Sicht. Das erste war eine offene Kutsche, die von zwei erlesenen Schimmeln gezogen wurde. Auf dem Bock waren der Kutscher und ein anderer Mensch, beide schwer bewaffnet, beide schwarz gekleidet. Hinten saßen zwei weitere Männer. Auch sie trugen Schwarz. Einer war offensichtlich ein weiterer Wächter, in diesem Fall mit einem Bogen bewaffnet. Doch der Mann, der neben ihm auf einem höheren Sitz thronte, war der interessanteste.

Er war der Einzige, der einen Hut trug, einen hohen schwarzen Kopfschmuck, von dem Stryke zu wissen glaubte, dass er Angströhre genannt wurde. Obwohl der Mann saß, war nicht zu übersehen, dass er groß und von hagerer, drahtiger Statur sein musste. Er hatte ein wettergegerbtes Gesicht, das in einem spitzen, mit graumelierten Barthaaren geschmückten Kinn auslief. Der Mund war ein dünner, konturloser Strich, die Augen waren dunkel und durchdringend. Es war ein energisches Gesicht, das nicht gewöhnt war, zu lächeln.

Die Kutsche fuhr vorbei.

Ihr folgten drei Karren, die von Ochsen gezogen wurden. Jeder Karren wurde von einem schwarz gekleideten Mann in Begleitung eines Bewaffneten gelenkt. Die Karren transportierten Passagiere und waren so überfüllt, dass sie nur Platz zum Stehen boten. Alle Passagiere waren Zwerge.

Stryke fiel Jups unbewusste Reaktion darauf auf, während die Karren dem Stadttor entgegenrumpelten.

Jup ließ den Atem entweichen, den er angehalten hatte. »Stellt euch vor, was Haskeer *davon* halten würde.«

»Das waren keine Gefangenen, oder?«, bemerkte Coilla.

Stryke schüttelte den Kopf. »Ich würde sagen, es waren Arbeitsgruppen. Mich interessiert der Mensch hinten in der Kutsche mehr.«

»Hobrow?«

»Er hatte jedenfalls das Gebaren eines Anführers, Coilla.«

»Und tote Fischaugen«, fügte Jup hinzu.

Sie beobachteten die Fahrt der Kolonne zum Stadttor. Wachen erschienen auf der Stadtmauer. Das Tor schwang langsam auf und ermöglichte so einen raschen Blick auf die Szenerie innerhalb der Stadt, während Kutsche und Karren hineinfuhren. Dann wurde das Tor wieder geschlossen. Sie hörten, wie ein massiger Querbalken vorgelegt wurde.

»Das ist die Lösung, nicht wahr?«, verkündete Jup. »Das ist unser Weg hinein.«

Stryke konnte ihm nicht folgen. »Was meinst du?«

»Muss ich es buchstabieren? Sie arbeiten da drinnen mit Zwergen. Ich bin ein Zwerg.«

»Das ist ein riskanter Plan, Jup«, erwiderte Coilla.

»Fällt dir ein besserer ein?«

»Selbst wenn wir dich einschleusen könnten«, sagte Stryke, »was glaubst du erreichen zu können?«

»Ich würde Informationen sammeln und mir Grundriss und Abwehranlagen ansehen. Vielleicht bekomme ich sogar eine Vorstellung davon, wo sie den Stern aufbewahren.«

»Vorausgesetzt, Mobbs hatte Recht und sie haben einen«, erinnerte Coilla ihn.

»Wir werden es nie herausfinden, wenn wir nicht jemanden in die Stadt schaffen.«

»Wir wissen nicht, welche Sicherheitsvorkehrungen sie haben«, stellte Stryke fest. »Angenommen, alle Zwergenarbeiter sind ihnen bekannt?«

»Oder kennen einander?«, warf Coilla ein. »Wie würden sie auf einen Fremden in ihren Reihen reagieren?«

»Ich habe nicht gesagt, dass es ungefährlich wird«, stellte Jup fest. »Aber ich glaube, man kann davon ausgehen, dass die Menschen die Zwerge nicht mit Namen kennen. Was ich über diese Stadt gehört habe und was wir über die Menschen wissen, sagt mir, dass sie nur Verachtung für die älteren Rassen empfinden. Ich kann mir nicht vorstellen, dass sie sich die Mühe machen, sich Namen zu merken.«

Coilla runzelte die Stirn. »Das ist eine gewagte Annahme.«

»Es ist ein Risiko, das ich eingehen muss. Dass die Zwerge einen Fremden bemerken könnten, ist wohl kein so großes Problem. Wisst ihr, diese Zwerge stammten aus mindestens vier verschiedenen Stämmen.«

»Woher weißt du das?«, fragte Stryke verwundert.

»Ich kann es in erster Linie an ihrer Kleidung erkennen. Halstücher in bestimmten Farben, ein besonderer Schnitt des Wamses und so weiter. All das weist auf eine bestimmte Stammeszugehörigkeit hin.«

»Welche sind deine Kennzeichen?«, fragte Coilla.

»Ich trage keine. Man muss sie ablegen, wenn man in Jennestas Dienste tritt, damit man sofort erkennen kann, wem man dient. Aber das kann ich leicht ändern.«

Stryke war immer noch im Zweifel. »Das sind sehr viele Mutmaßungen, Jup.«

»Sicher, und das größte Problem habe ich noch gar nicht erwähnt. Es muss hier *irgendeine* Form von Sicherheitsvorkehrung geben, was das Kommen und Gehen der Arbeiter betrifft. Wahrscheinlich werden einfach Köpfe gezählt.«

»Was bedeutet, wir könnten dich nicht einfach zusammen mit den anderen Zwergen einschleusen. Immer vorausgesetzt, wir finden überhaupt eine Möglichkeit, das zu tun.«

»Genau. Ich müsste einen von ihnen *ersetzen.*«

Coilla sah ihn fragend an. »Wie, um alles in der Welt, sollen wir das anstellen?«

»Aus dem Stegreif weiß ich das nicht. Aber wenn es uns gelingt, sprechen ein paar Dinge für uns. Erstens glaube ich nicht, dass ein neues Gesicht Verdacht bei den anderen Zwergen erregen würde, weil sie aus verschiedenen Stämmen kommen. Zweitens können uns die Menschen ohnehin nicht auseinander halten. Das können sie bei den älteren Rassen normalerweise nie, das wisst ihr.«

»Und?«, hakte Coilla nach.

»Die Menschen würden nicht damit rechnen, dass ein feindlich gesinnter Zwerg in ihre Stadt eindringen will.«

Stryke schüttelte langsam den Kopf. »Versteh mich nicht falsch, Jup, aber deine Rasse steht in dem Ruf ... sagen wir mal, das Fähnlein nach dem Wind zu hängen. Die Menschen wissen, dass Zwerge auf allen Seiten kämpfen.«

»Ist schon gut, Stryke. Du weißt, dass ich schon vor langer Zeit aufgehört habe, mich für meine Rasse zu entschuldigen. Aber sagen wir einfach, sie würden nicht damit rechnen, dass ein *einzelner* Zwerg so wahnsinnig sein könnte, in die Stadt einzudringen. Und vergiss nicht, dass die Menschen wie die älteren Rassen eine Art haben, das zu sehen, was sie zu sehen erwarten. Sie setzen Zwerge ein. Ich bin ein Zwerg. Viel weiter werden sie hoffentlich nicht denken.«

»Hoffentlich«, wiederholte Coilla in spöttischem Tonfall. »Menschen sind abscheulich, aber das macht sie noch lange nicht zu Schwachköpfen, oder?«

»Dessen bin ich mir bewusst.«

»Was willst du wegen deiner Rangabzeichen machen?« Sie zeigte auf die Tätowierungen in seinem Gesicht.

»Garvawurzel. Man drückt sie in Wasser aus und fügt etwas Lehm für den Farbton hinzu. Damit kann man sie abdecken, und die Farbe entspricht der meiner Haut.«

»Falls niemand einen *genaueren* Blick darauf wirft«, sagte Stryke. »Du gehst ein sehr großes Risiko ein.«

»Ich weiß. Aber stimmst du meinem Plan im Prinzip zu?«

Stryke dachte einen Moment darüber nach. »Ich sehe keinen anderen Weg.«

Jup lächelte.

Ihre Kampfinstinkte ließ die drei die Hälse recken, um ihre Umgebung zu beobachten. Es waren keine Menschen zu sehen.

Coilla mahnte zur Vorsicht. »Du solltest deine Begeisterung etwas zügeln. Wir müssen noch einen Weg finden, wie wir dich gegen einen der Arbeiter austauschen.«

»Irgendwelche Ideen?«, fragte Stryke.

»Na ja, wenn die Zwerge jeden Tag raus- und reingefahren werden, könnten wir einen dieser Karren überfallen. Dann schnappen wir uns einen der Passagiere, und in dem allgemeinen Durcheinander könnte Jup sich unter die Arbeiter mischen.«

»Nein. Zu viel könnte schief gehen, und das würde die Menschen mit der Nase darauf stoßen, dass etwas im Busch ist.«

»Du hast Recht«, räumte sie ein, »es würde nicht funktionieren. Was ist mit dir, Jup?«

»Wir sollten dorthin gehen, woher die Zwergenarbeiter kommen. Sie müssen schließlich von irgendwoher kommen, und ich wette, das ist nicht allzu weit entfernt. Es würde keinen Sinn machen, sie aus großer Entfernung herzubringen. Irgendwo hier in der Nähe muss es ein Dorf oder einen Sammelpunkt geben.«

»Das klingt logisch«, gab Stryke ihm Recht. »Um dorthin zu gelangen, brauchen wir nur diese Karren zu verfolgen, wenn sie das nächste Mal die Stadt verlassen.«

»Genau. Natürlich müssen wir es zu Fuß tun, aber diese Karren fahren ziemlich langsam.«

»Dann wollen wir hoffen, dass du Recht hast und der Sammelpunkt tatsächlich in der Nähe ist.« Er ließ sich die Sache noch ein paar Sekunden durch den Kopf gehen. »So machen wir es. Coilla, geh zu den anderen und sag ihnen Bescheid. Komm mit ein paar Soldaten zurück, und dann warten wir hier, bis die Karren aus der Stadt kommen.«

»Dir ist doch klar, dass das Wahnsinn ist, oder?«, sagte sie.

»Wahnsinn ist etwas, worin wir ziemlich gut sind. Jetzt geh.«

Sie lächelte dünn und schlängelte sich in das Feld.

*

Die Karren mit den Zwergen verließen Dreieinigkeit in der Abenddämmerung. Diesmal war keine Spur von der Kutsche zu sehen.

Stryke, Coilla, Jup und zwei Soldaten warteten, bis die Karren vorbei waren und einen Vorsprung hatten, dann folgten sie ihnen, wobei sie darauf achteten, immer in Deckung zu bleiben. Als die bebauten Äcker seltener wurden, mussten sie sich immer öfter etwas einfallen lassen, um außer Sicht zu bleiben, aber sie hatten genug Erfahrung, um das zu bewerkstelligen. Das Trio der Karren kam nur langsam voran, sodass es nicht schwer war, den Anschluss zu halten.

Schließlich verließen die Karren die Straße und fuhren über das freie Land. Die Orks folgten der Kolonne ungefähr zwei Meilen in die Richtung des Callyparr-Meeresarms. Als Stryke schon befürchtete, sie könnten den ganzen Weg bis zum Meeresarm geführt werden, fuhren die Karren auf eine Lichtung und hielten.

Die Orks sahen zu, wie die hinteren Klappen der Karren geöffnet wurden und die Zwerge ausstiegen. Sie verließen die Lichtung in Gruppen und einzeln in verschiedenen Richtungen.

»Also ist es ein Treffpunkt, kein Dorf«, sagte Stryke.

»Sie müssen Arbeitskräfte aus der ganzen Gegend anwerben«, mutmaßte Jup. »Das ist besser für uns. In dieser Situation wird ein Einzelner wahrscheinlich überhaupt nicht vermisst.«

Die Karren wendeten und machten sich auf den Rückweg nach Dreieinigkeit. Die Orks hielten den Kopf unten, als die Karren sie passierten, schneller jetzt, da sie sich ihrer Ladung entledigt hatten. Auch mehrere Zwerge kamen in ihre Nähe, ohne sie zu bemerken.

»So weit, so gut«, urteilte Stryke. »Jetzt warten wir bis zum Morgen und hoffen, dass die Zwerge wieder abgeholt werden.«

Er legte die Reihenfolge fest, in der sie Wache halten würden, und dann ließen sie sich zur Nachtruhe nieder.

Kurz nach Tagesanbruch trafen die ersten Zwerge am Treffpunkt ein. Jup band sich ein rostrotes Halstuch um, das Zeichen eines obskuren und weit entfernten Stammes. Dann schmierte er sich die Garvawurzelpaste auf die Wangen und verbarg damit seine Tätowierungen. Stryke hatte schon befürchtet, dass es nicht überzeugend aussehen würde, aber es funktionierte bemerkenswert gut.

»Jetzt brauchen wir noch einen Arbeiter, der allein kommt«, sagte er, »und dann müssen wir ihn ein ganzes Stück vor der Lichtung abfangen.«

Sie hielten nach einem geeigneten Kandidaten Ausschau. Einer der Soldaten stieß Stryke an und zeigte in eine Richtung. Rechts von ihnen schritt ein einsamer Zwerg durch das hohe Gras.

Jup setzte sich in Bewegung. »Ich werde es tun.«

Stryke legte ihm eine Hand auf den Arm. »Aber ...«

»Das kann kein anderer übernehmen, Stryke. Das siehst du doch ein, oder?«

»Also schön. Nimm Coilla als Rückendeckung mit.«

Sie machten sich auf den Weg und huschten geduckt von Deckung zu Deckung.

Die anderen beobachteten, wie der Zwerg zur Lichtung ging.

Gleichzeitig behielten sie die anderen Arbeiter im Auge, die dem Treffpunkt entgegenstrebten.

Plötzlich ging der einsame Zwerg zu Boden, und danach raschelte es kurz im Gras. Einen Augenblick später tauchte Jup anstelle seines Opfers auf und ging in die Richtung der wartenden Karren.

Die Orks spähten in alle Richtungen, während sie ständig bereit waren, aus ihrer Deckung zu brechen und Jup zu Hilfe zu eilen, falls etwas schief gehen sollte. Jup marschierte entspannten, gemütlichen Schritts.

»Er hat es gut drauf, sich lässig zu geben, das muss man ihm lassen«, bemerkte Stryke.

Das Gras nebenan bewegte sich, und Coilla tauchte wieder auf. »Ist er schon da?«

»So gut wie«, berichtete Stryke.

Jup erreichte die Lichtung, wo sich mittlerweile ein paar Dutzend Zwerge tummelten. Es war ein Moment der Anspannung. Die erste Probe von vielen, die noch kommen würden. Doch weder die Zwerge noch die Wagenlenker schenkten ihm Beachtung. Ein paar Minuten später kletterten die Zwerge auf die Karren. Nachdem er sich zuvor ein wenig von ihnen fern gehalten hatte, musste Jup jetzt Tuchfühlung mit ihnen aufnehmen. Dies war der Augenblick, wo seine Maskerade sich bewähren musste.

Die Orks sahen mit angehaltenem Atem zu.

Jup mischte sich unter die anderen Zwerge und kletterte auf einen Karren. Es gab keinen Tumult und kein Geschrei. Die hinteren Klappen der Karren wurden geschlossen. Peitschen knallten über den Ochsen, und die Kolonne setzte sich in Bewegung.

Die Orks verhielten sich mucksmäuschenstill, als die Kolonne an ihnen vorbeizog. Einen Augenblick später war die Luft rein, und sie machten sich an die Verfolgung. Die Karren fuhren auf direktem Weg nach Dreieinigkeit zurück.

Als die Karren die Straße zum Stadttor erreichten, sahen die Orks, dass mehr Menschen auf den Feldern arbeiteten als am Tag zuvor. Wiederum waren es hauptsächlich Frauen, die von einer größeren Anzahl Wachen beschützt wurden.

Die Vielfraße mussten noch vorsichtiger sein, wenn sie nicht gesehen werden wollten, und es gab eine Grenze, wie weit sie sich der Stadtmauer nähern konnten. Doch sie fanden eine Stelle in einem Weizenfeld, die es ihnen ermöglichte, die weitere Fahrt der Karren bis zum Stadttor zu beobachten.

Wie zuvor erschienen Wachen auf der Mauer und begutachteten die Ankommenden. Einen Moment später öffnete sich quietschend das massive Tor. Wiederum konnten sie einen flüchtigen Blick in die eigentliche Stadt werfen. Die Karren ruckten an und fuhren durch. Schwarz gekleidete Männer beeilten sich, das Tor wieder zu schließen.

Es fiel mit lautem Krachen zu.

Stryke hoffte, dass dieser Knall nicht das Totengeläut für Jup einleitete.

18

Das große Tor schlug mit schrecklicher Endgültigkeit hinter Jup zu. Ohne sich den Anschein zu geben, sah er sich verstohlen um. Als Erstes fielen ihm mehrere Dutzend Wachen auf, die alle schwarz gekleidet und bewaffnet waren.

Was er von Dreieinigkeit sehen konnte, war so regelmäßig und symmetrisch angelegt, dass es streng wirkte. Der Ort schien auf eine Weise angeordnet zu sein, die den pedantischsten Militärbefehlshaber zufrieden gestellt hätte. Alle Gebäude waren in ordentlichen Reihen ausgerichtet. Manche Häuser waren aus Stein mit Strohdach und von der richtigen Größe für eine Familie. Andere waren größere, kasernenartige Bauten aus Holz. Alle sahen ohne Ausnahme makellos aus. Weiter zur Stadtmitte überragten gleichermaßen korrekte Türme und Zinnen die Dächer. Pfeilgerade Straßen und Wege durchschnitten das präzis gestaltete Häusermeer. Sogar die wenigen Bäume waren in reglementierten Reihen zusammengefasst.

Es gab Menschen, Männer, Frauen und Kinder, die in der bedrückenden Ordnung ihren Geschäften nachgingen. Die Männer trugen wie die Wachen ausnahmslos Schwarz. Alle Frauen und Kinder, auf die das nicht zutraf, trugen Kleidung von langweiliger Schlichtheit.

Kaum hatte er sich einen Überblick verschafft, als für Jup und die anderen Zwerge, von denen ihn kein einziger angesprochen und kaum einer überhaupt ein Wort an einen anderen Zwerg gerichtet hatte, der Augenblick des Aussteigens gekommen war.

Es war ein weiterer Moment der Wahrheit. Jetzt würde er herausfinden, ob die Menschen eine Liste der Namen ihrer Fremdarbeiter führten. Wenn sie es taten, würden die nächsten Augenblicke höchst unerfreulich und mit einiger Sicherheit die letzten seines Lebens sein.

Wie es an einem derart von Symmetrie besessenen Ort passend zu sein schien, mussten sich die Zwerge neben den Karren in Reih und Glied aufstellen. Dann schritten zu Jups Erleichterung Männer die Kolonnen ab und zählten sie ab, indem sie der Reihe nach mit dem Finger auf jeden zeigten. Der Mensch, der Jups Reihe abschritt, bewegte dabei die Lippen, ging aber an Jup vorbei, ohne ihm einen zweiten Blick zu gönnen.

Jup fragte sich, wie es weitergehen würde, als an der Tür zu einem der kasernenartigen Gebäude hektische Aktivität ausbrach. Der Mann, den sie am Tag zuvor in seiner Kutsche gesehen hatten und den er für Kimball Hobrow hielt, erschien im Eingang.

Seine Augen waren noch genauso kalt, seine Miene war noch genauso ernst. Jup fragte sich wie schon am vergangenen Tag, wie alt der Mann sein mochte. Dieser Blick aus größerer Nähe verriet kaum mehr als jener erste flüchtige Eindruck, aber Jup schätzte, dass er nach menschlichen Maßstäben mittleren Alters war, obwohl er bei dieser Rasse immer Schwierigkeiten mit dem Schätzen des Alters hatte. Angeblich gab es eine Art Formel, um es herauszufinden, wie sie auch bei Hunden und Katzen Anwendung fand, aber er wollte verdammt sein, wenn er sich noch daran erinnerte.

Woran er jedoch nicht den geringsten Zweifel hatte, war Kimballs charismatische Ausstrahlung. Er war von einer Aura der Autorität, der Macht und einer nicht gerade geringen Bedrohlichkeit umgeben.

Die Siedler verstummten und machten Platz, um ihn durchzulassen. Er ging zu einem Karren und kletterte auf die Sitzbank. Das trug zusätzlich zu seiner ohnehin eindrucksvollen Größe bei und machte ihn zu einer noch imposanteren Gestalt. Er betrachtete die Zwerge. Unter seinem durchdringenden Blick schrumpfte Jup unwillkürlich zusammen.

Hobrow hob die Hände zu einer Geste, die Ruhe gebot, obwohl dies unnötig war, weil seit seinem Auftauchen kaum mehr ein Laut zu vernehmen war.

»Ich bin Kimball Hobrow!«, dröhnte er. Es klang wie eine gewichtige Feststellung, nicht wie eine bloße Information. Seine Stimme war tief und seidig und strafte die schlanke Gestalt Lügen.

»Manche von euch sind neu hier«, fuhr Hobrow fort.

Jup war froh, das zu hören. Das machte seine Lage ein wenig aussichtsreicher.

»Jene von euch, die schon einmal hier waren, werden bereits wissen, was ich gleich sagen werde«, fuhr Hobrow fort, »aber es ist der Wiederholung wert. Ihr werdet tun, was man euch sagt, und niemals vergessen, dass ihr Gäste seid und hier geduldet werdet, damit mein Volk sich auf wichtigere Dinge konzentrieren kann.«

Wir werden Scheiße für sie schaufeln, dachte Jup. Welch eine Überraschung.

Hobrow betrachtete sein Publikum mit jenen betörenden Augen während einer Pause, die offenbar den Zweck hatte, ihnen seinen Standpunkt besser einzubleuen.

»Es gibt gewisse Dinge, die wir hier erlauben, und gewisse Dinge, die wir nicht erlauben«, sagte er. »Wir erlauben euch, bei allen anfallenden Arbeiten hart anzupacken, wofür ihr gut bezahlt werdet. Wir erlauben euch, euren Vorgesetzten mit Höflichkeit und Gehorsam zu begegnen. Wir erlauben euch, unserem Glauben an den einen wahren Höchsten Schöpfer Achtung zu erweisen.«

So viel zum Stock, dachte Jup. Wie mochte die Karotte aussehen?

»Wir dulden keine Faulheit, Unverschämtheit, Aufsässigkeit, lasche Moral und ungebührliche Redensarten.«

Ihr Götter, ging Jup auf, das *war* die Karotte.

»Wir dulden weder Alkohol noch Pelluzit oder sonstige Rauschmittel. Ihr werdet keinen Bewohner dieser Stadt ansprechen, ohne zuvor selbst angesprochen worden zu sein, und ihr werdet ohne Widerrede jedem Befehl gehorchen, der euch von einem Aufseher oder Stadtbewohner erteilt wird. Ihr werdet euch immer und zu allen Zeiten an die Gesetze dieser Stadt halten, welche die Gesetze unseres Herrn sind. Wenn ihr sie übertretet, werdet ihr bestraft. Wie das Höchste Wesen kann auch ich wieder nehmen, was ich zuvor gegeben habe.«

Er ließ den Blick seiner stählernen Augen über sie wandern. Jup fiel auf, dass nur ganz wenige Zwerge jenem beunruhigenden Blick begegneten. Er versuchte selbst, ihm auszuweichen, wenn auch nur, um keine Aufmerksamkeit zu erregen.

Hobrow nahm seinen Hut ab, und darunter kam ein Schopf ebenholzfarbener, mit silbrig grauen Sprenkeln durchzogener Haare zum Vorschein. »Wir werden jetzt ein Gebet für unsere Bemühungen sprechen«, verkündete er.

Jup schaute zu den anderen. Alle Zwerge mit einer Kopfbedeckung nahmen sie ebenfalls ab. Ihrem und Hobrows Beispiel folgend, senkte er den Kopf und kam sich dabei albern und auffällig vor. Warum dies nötig war, wusste er nicht. Er unterzog sich keiner derartigen Prozedur, wenn er mit den Göttern reden wollte. Ob sie zuhörten oder nicht, hatte doch gewiss nichts damit zu tun, ob man einen Hut trug oder nicht.

»O Herr, der du alle Dinge erschaffen hast«, begann Hobrow, »wir bitten Dich inständig, erhöre unser Gebet. Segne die Arbeit dieser niederen Geschöpfe, o Herr, und hilf uns, sie aus ihrer Unwissenheit und Barbarei zu erwecken. Segne auch die Bemühungen von uns, Deinen Auserwählten, auf dass wir Dir bestmöglich dienen und Dich ehren mögen. Stärke unseren Arm im Zuge unseres Auftrags als Werkzeug Deines Zorns, o Herr. Lass uns Dein Schwert sein, und sei Du unser Schild gegen die Unrechtschaffenen und Gotteslästerer. Halte unsere Rasse rein, und zerschmettere unsere und Deine Feinde ohne Gnade. Mach uns wahrhaftig dankbar für die unendliche Mildtätigkeit, die Du uns zuteil werden lässt, Herr.«

Ohne ein weiteres Wort setzte Hobrow sich den Hut wieder auf, kletterte vom Karren herunter und ging zu dem Gebäude, aus dem er gekommen war. In respektvollem Abstand folgte ihm eine Traube seiner Anhänger.

»Etwas heftig, oder nicht?«, sagte Jup zu dem Zwerg neben ihm.

Dieses ernste Individuum ignorierte seine Bemerkung. Der andere Zwerg betrachtete Jup von oben bis unten, aber ohne sonderliche Neugier.

Ich werde es hier lieben, dachte Jup.

Eine Wache oder vielmehr ein Aufseher, wie Jup glaubte, ihn wohl nennen zu müssen, übernahm Hobrows Platz auf dem Karrensitz. Mehrere seiner Kollegen hielten sich im Hintergrund.

»Die Neuen bleiben hier, um sich ihre Aufgaben zuweisen zu lassen«, sagte der Mann. »Diejenigen von euch, die ihre Aufgaben kennen, gehen zu ihren Arbeitsplätzen.«

Die meisten Zwerge strömten in verschiedene Richtungen davon.

»Findet euch bei Anbruch der Abenddämmerung für euren Abtransport wieder hier ein!«, rief er ihnen noch hinterher. Jup und vier andere blieben übrig. Jetzt, da er nicht mehr Teil der Menge war, kam er sich viel verwundbarer vor. Die anderen vier traten näher an den Aufseher heran. Da er nicht auffallen wollte, tat er es ihnen nach.

»Ihr habt die Worte des Meisters gehört«, sagte der Aufseher zu ihnen. »Ihr tut gut daran, sie zu beherzigen. Wir haben Mittel und Wege, jene zu bestrafen, die es nicht tun«, fügte er bedrohlich hinzu. Er warf einen Blick auf ein Pergament. »Wir brauchen noch drei Mann für den Wiederaufbau des Hauptplatzes. Du, du und du.« Er zeigte auf drei Zwerge. »Folgt ihm.«

Einer der anderen Hüter winkte, und sie gingen mit ihm davon.

Der Mann ging zum nächsten Punkt auf seiner Liste über. »Einer wird noch gebraucht, um beim Ausheben der neuen Jauchegrube auf der Südseite zu helfen.«

Jup kam zu dem Schluss, dass er bei seinem Glück sehr wahrscheinlich für diese Arbeit eingeteilt würde.

»Du.«

Der Hüter zeigte auf den anderen noch verbliebenen Zwerg. Er sah nicht gerade wie ein Sonnenstrahl aus, als ein Aufseher mit ihm davonging.

Da er als Letzter übrig war, breitete sich ein Gefühl des Unbehagens in Jup aus. Ihm kam der Gedanke, dass sie seine wahren Absichten durchschaut hatten und dies eine Falle war, um ihn allein zu erwischen. Der Aufseher starrte ihn an.

»Du siehst stark aus«, sagte er.

»Äh, ja, das bin ich wohl.«

»Du wirst mich *Herr* nennen«, informierte ihn der Hüter schneidend. »Alle Menschen sind für euresgleichen Herren.«

»Ja ... Herr«, korrigierte Jup, während er sich alle Mühe gab, den Groll zu unterdrücken, den er empfand, weil er vor einem Spätankommer kriechen musste.

Der Aufseher warf wieder einen Blick auf sein Pergament. »Wir brauchen noch zwei Hände im Warm-Arboretum.«

»Wo?« Rasch fügte Jup »Herr« hinzu.

»Im Treibhaus. Wir züchten dort Pflanzen, die Wärme brauchen. Deine Arbeit besteht darin, die Feuer zu versorgen ...« Er entließ ihn mit einem gleichgültigen Winken. »Das wird man dir alles erklären.«

Jup folgte dem Aufseher, dem er zugewiesen worden war. Der Mensch blieb stumm, und der Zwerg versuchte nicht, ein Gespräch zu beginnen.

Jup hatte auf eine Arbeit gehofft, die ihm die Freiheit gab, sich davonzuschleichen und die Stadt auszuspionieren. Er wusste nicht, ob das der Fall war. Aber der Art nach zu urteilen, wie streng hier die allgemeinen Sicherheitsvorkehrungen waren, bezweifelte er es. Der Tag mochte ihm nicht mehr einbringen als Schwielen an den Händen. Und vielleicht einen abgeschlagenen Kopf.

Jup hielt sich ein paar Schritte hinter dem Menschen, als sie einer der präzis angelegten Alleen folgten und dabei Gebäude passierten, die in jeder Hinsicht identisch waren. Am Ende der Straße bogen sie nach rechts in eine andere ab, die ein genaues Abbild derjenigen war, welche sie soeben verlassen hatten. Jup fand die vorherrschende Gleichförmigkeit mittlerweile bestürzend.

Sie bogen noch einmal ab. Diese Straße bot einen anderen Anblick, und zwar in erster Linie deshalb, weil sich dort das größte Gebäude befand, das Jup bisher in Dreieinigkeit gesehen hatte. Es war vier oder fünf Mal höher als die umliegenden Häuser und bestand aus Granitquadern.

Worin es sich abgesehen von der Größe noch unterschied, war ein großes Oval über der Doppeltür aus Eiche. Das Oval, ein Fenster, war so hoch wie zwei bis drei Menschen, wenn man sie übereinander stellte. Noch bemerkenswerter war, das es ganz mit Glas gefüllt war. Jup hatte erst ein Mal Glas gesehen, nämlich in Jennestas Palast, und wusste, dass es ein seltenes und teures Material und schwierig herzustellen war. Dieses Glas war bläulich getönt und in der Mitte mit einer farblosen Darstellung des Uni-Symbols, einem X, geschmückt. Er nahm an, dass es ein Ort der Götterverehrung war. Sein Begleiter beobachtete ihn, während Jup das Gebäude betrachtete, also senkte er den Blick und heuchelte Gleichgültigkeit.

Jup dachte darüber nach, dass er bis zum Abend erledigt haben musste, was er zu tun hatte. Denn wenngleich seine Kameraden die Leiche des Zwergs, dessen Platz er eingenommen hatte, gut verstecken würden, bestand doch die große Gefahr, dass er vermisst würde.

Sie passierten den Tempel, bogen noch einmal ab und kamen zu einem weiteren ungewöhnlichen Bauwerk. Es war kleiner als der Tempel, sah aber weitaus eigentümlicher aus. Die Außenmauern aus ziegelgroßen Steinplatten waren nicht größer als Jup. Oder zumindest war der Ziegelanteil nicht größer. Über den niedrigen Mauern breitete sich ein Vorhang aus einfachem Glas in holzgerahmten Quadraten aus, die ein flaches Dach bildeten. Das Gebäude war kastenförmig und bestand zumindest zu zwei Dritteln aus Glas, das von innen mit Dampf beschlagen war. Von außen konnte Jup lediglich ein Durcheinander unregelmäßiger Formen und einen schwachen Anflug von Grün erkennen.

Ein Ende des Gebäudes wies eine Erweiterung aus Stein und Holz auf, die überhaupt kein Glas enthielt. Dorthin ging der Aufseher.

Als sie eintraten, traf sie ein Hitzeschwall.

Jup registrierte die Tatsache, dass sich zwischen diesem Gebäude und dem Haus aus Glas, das sie Arboretum nannten, keine Trennmauer befand. Im gesamten Inneren des Gebäudes herrschte eine schwüle Atmosphäre. Das Treibhaus war mit großen und kleinen Pflanzen vollgestopft. Sie standen in Behältnissen auf dem Boden und waren auf Regalen gestapelt. Manche blühten, viele nicht. Es gab hohe Gewächse mit dünnen Stängeln, kurze buschige und andere, die wie Kletterpflanzen aussahen. Er kannte keine davon.

In dem weiß getünchten Gebäude, das Jup soeben betreten hatte, gab es an der gegenüberliegenden Wand drei große Brennöfen, die wie große Kamine aussahen. In allen dreien brannte ein Feuer. Die Flammen wurden mit Holzscheiten von Stapeln und den schwarzen Brennsteinen gespeist, von denen es einen beträchtlichen Haufen gab. Jup sah jetzt, wie zumindest ein Teil des Bergwerkertrags und des gerodeten Waldes verwendet wurde.

Über die drei Kamine verlief eine breite Rinne aus Ton, aus der Dampf aufstieg. Die Rinne, ein offenes Rohr, führte durch ein Loch in der Wand in das Gebäude. Sie führte Wasser, das die Öfen erhitzten, und ging in geschlossene Rohre über, die sich um das Treibhaus zogen.

Es war eine ausgeklügelte Anordnung. Jup bewunderte ihren Einfallsreichtum, hatte aber keine Ahnung, warum so etwas notwendig sein sollte.

Zwei Zwerge waren in dem Raum. Der eine schaufelte die schwarzen Steine in die Öfen, der andere warf Holzscheite hinein. Sie waren verschwitzt und verdreckt. Ein Mensch war ebenfalls anwesend. Er saß auf einem Stuhl neben der Tür, so weit wie möglich von der Hitze der Öfen entfernt. Als Jup und der Mensch eintraten, stand er auf.

»Sterling«, begrüßte er Jups Aufseher.

»Istuan«, erwiderte der Aufseher. »Ein Neuer für dich«, fügte er hinzu, indem er mit dem Daumen auf Jup zeigte, ohne sich die Mühe zu machen, ihn dabei anzusehen.

Auch Istuan nahm Jup nicht näher in Augenschein. »Das wird auch Zeit«, knurrte er. »Wir finden es ziemlich schwierig, mit nur zwei Arbeitern die Temperatur hoch zu halten.«

Jup gefiel das »Wir«.

Sterling verabschiedete sich und ging.

»Hinten sind Wassertanks«, erklärte Istuan ohne weitere Vorrede. »Sie speisen die Rinne über den Öfen.« Er zeigte darauf. »Das Wasser muss ständig heiß sein, damit die Pflanzen zufrieden sind.«

Er ging den Aufbau der Anlage auf eine mechanisch-pedantische Weise durch, als habe er es mit einem dummen Haustier zu tun.

»Was sind das für Pflanzen, Herr?«, fragte Jup.

Istuan sah aus, als verblüffe es ihn, dass das Haustier sprechen konnte. Dieser Gesichtsausdruck wich rasch einem des Misstrauens. »Das geht dich nichts an. Du brauchst nur zu wissen, dass die Temperatur nicht sinken darf. Wenn sie es doch tut, setzt es Peitschenhiebe.«

»Ja, Herr«, erwiderte Jup, indem er ein entsprechendes Maß von Einschüchterung heuchelte.

»Deine Aufgabe besteht darin, dafür zu sorgen, dass immer genug Brennstoff vorhanden ist und auch genug Wasser in den Tanks. Außerdem wirst du von Zeit zu Zeit das Befeuern dieser Öfen übernehmen, wenn die anderen eine Pause brauchen. Verstanden?«

Jup nickte.

»Jetzt schnapp dir eine Schaufel und fang an, Brennstoff von draußen zu holen«, befahl der Aufseher, indem er auf eine Tür in der Seitenwand zeigte.

Die Tür führte in einen umzäunten Hof, wo es kleine Berge aus Holzscheiten und schwarzen Steinen sowie zwei runde Holztanks für das Wasser gab, die wie große Fässer auf Böcken aussahen. Er machte sich daran, die Brennstoffvorräte zu ergänzen.

Es war Knochenarbeit, und da weder den beiden Zwergen noch dem Aufseher etwas an einem Gespräch zu liegen schien, verrichtete Jup sie schweigend.

Etwa eine Stunde nach Antritt der Arbeit erhob sich der Aufseher und reckte sich. »Ich muss einen Bericht abliefern«, informierte er sie. »Lasst nicht nach, und haltet die Feuer in Gang.«

Als er weg war, versuchte Jup mit den anderen Zwergen ins Gespräch zu kommen.

»Komische Pflanzen«, sagte er.

Einer zuckte nichtssagend die Achseln. Der andere tat nicht einmal das. Keiner sagte etwas.

»Solche habe ich noch nie gesehen«, beharrte Jup. »Offenbar ist es kein Gemüse.«

»Das sind irgendwelche Kräuter«, enthüllte einer der beiden schließlich. »Für Arzneien ...«

»Ach, tatsächlich?« Er näherte sich den Pflanzen, um einen eingehenderen Blick darauf zu werfen.

»Du kannst da nicht hinein«, fuhr ihn der andere Zwerg scharf an. »Das ist verboten.«

Jup breitete ergeben die Arme aus. »Schon gut. Ich bin nur neugierig.«

»Das solltest du nicht sein. Tu einfach deine Arbeit, und verdien dir deinen Lohn.«

Jup machte sich wieder an seine Arbeit, und bis zur Rückkehr des Aufsehers wechselten die Zwerge kein Wort mehr miteinander. Der Aufseher befahl Jup, den Wasserstand in den Tanks mit einem Messstab zu überprüfen.

Zufällig war der Pegel so tief, dass sie aufgefüllt werden mussten, was sich als Glücksfall erwies. Es bedeutete, dass der Aufseher und die beiden Zwerge Nachschub holen mussten. Der Aufseher ermahnte Jup noch einmal, die Feuer in Gang zu halten, dann fuhren er und die beiden Zwerge mit einem Karren los.

Kaum waren sie weg, als Jup die Pflanzen untersuchte. Er konnte immer noch keine benennen, was nicht weiter überraschend war, da es sich um ein Thema handelte, das ihn eigentlich nicht interessierte, aber er kam zu dem Schluss, dass es nützlich sein mochte, ein paar Proben mitzunehmen, um sie dem Trupp zu zeigen. Er wählte aufs Geratewohl drei Pflanzen aus und pflückte vorsichtig ein paar Blätter. Ihm kam der Gedanke, dass jeder, der Dreieinigkeit verließ, womöglich durchsucht wurde, also zog er einen seiner Stiefel aus und fütterte ihn mit den Blättern.

Da er wusste, dass dies wahrscheinlich seine einzige Gelegenheit sein würde, entschied er sich, ein größeres Wagnis einzugehen. Er versorgte alle drei Öfen mit einem reichlichen Brennstoffvorrat in der Hoffnung, dass sie das Feuer für die Zeitspanne in Gang halten würden, die er seiner Ansicht nach benötigen würde. Dann ging er zur Tür, öffnete sie vorsichtig und lugte auf die Straße. Niemand war in der Nähe. Er schlüpfte hinaus.

Auf dem Weg hierher hatte er andere Zwerge auf der Straße gesehen, die wahrscheinlich Botengänge machten. Also schritt er zielstrebig aus und hoffte, dass etwaige Menschen, denen er begegnete, glauben würden, er handle auf Befehl.

Er hatte sich bereits entschieden, wohin er gehen würde, obwohl es ein Schuss ins Blaue war. Wenn der Instrumental in den religiösen Gepflogenheiten der Unis eine Rolle spielte, musste sein logischer Aufbewahrungsort der Tempel sein. In diese Richtung ging er.

Jup war vollkommen klar, dass Zwerge an einem für Menschen heiligen Ort nicht willkommen sein würden. Die Strafe, wenn man ihn dort erwischte, würde hart sein. Aber er sah keinen Sinn darin, sich in Dreieinigkeit einzuschleichen, wenn er nicht versuchte, die Aufgabe zu erfüllen, um derentwillen er hier war.

Wie zuvor waren die Tempeltüren geschlossen. Es war möglich, dass sich Menschen darin befanden. Nach allem, was er wusste, mochte es darin von ihnen wimmeln.

Er holte tief Luft, ging zum Eingang und probierte die Klinke. Die Tür öffnete sich. Er schaute hinein. Der Tempel war leer. Rasch glitt er hinein.

Das Innere des Tempels war einfach bis zur Schlichtheit, aber der Kargheit haftete eine gewisse Eleganz an. Diese Wirkung wurde durch die Verwendung einer ganzen Reihe verschiedener Hölzer anstatt durch offenkundigere Verzierungen erzielt. Vor einem elementaren Altar standen Bankreihen. Die Decke war hoch und gewölbt.

Am auffallendsten war das blaue ovale Fenster über den Türen, das, wie Jup jetzt, da er sich im Tempel befand, sehen konnte, ein Pendant über dem Altar hatte. Dieses zweite Fenster war rubinrot getönt und wies ebenfalls das Uni-Symbol in der Mitte auf. Von draußen fiel Licht darauf, sodass ein verlängertes X auf den polierten Pinienholzboden gezeichnet wurde.

Er schlich sich durch den Mittelgang zum Altar, der ebenfalls schlicht war: eine bescheidene weiße Stoffdecke, ein Uni-Symbol aus Metall, zwei hölzerne Kerzenleuchter, ein Silberkelch. Und ein Würfel aus dem kostbaren durchsichtigen Glas.

Er enthielt den Stern.

Jup hatte angenommen, wenn sie je einen weiteren Instrumental fanden, würde er mit demjenigen identisch sein, den sie bereits hatten. Diese Annahme erwies sich als nur teilweise richtig. Der Gegenstand, auf den er starrte, hatte dieselbe Größe und sah ebenso stachlig aus. Doch wo der andere sandfarben war, hatte dieser eine grünliche Farbe und wies fünf Arme auf, die vom Mittelstück ausgingen, und nicht sieben. Außerdem waren die Arme anders angeordnet.

Er zögerte. Sein Instinkt drängte ihn, das Glas zu zerschmettern und den Stern in der Hoffnung an sich zu nehmen, ihn aus der Stadt schmuggeln zu können. Seine Vernunft sagte ihm, dass dies eine schlechte und sehr wahrscheinlich sogar selbstmörderische Idee war.

Er musste seine Entscheidung hinausschieben, als er von draußen Stimmen hörte. Mehr als ein Mensch näherte sich den Türen. Jup hatte keinen anderen Ausgang gesehen. Einer Panik nahe, sah Jup sich nach einem Versteck um. Es gab keines außer der Rückseite des Altars. Er warf sich mehr dahinter, als dass er sich duckte, während sich die Türen öffneten.

Ausgestreckt auf dem Boden liegend, wagte er es, um eine Seite zu lugen.

Kimball Hobrow trat ein und nahm dabei seinen Hut ab. Zwei gleichermaßen ernst dreinschauende Menschen folgten ihm. Sie schritten durch den Mittelgang, und einen Moment glaubte Jup, sie wüssten, dass er sich dort versteckte, und wollten ihn holen. Er ballte die Fäuste, da er entschlossen war, sich nicht kampflos zu ergeben.

Aber sie hielten kurz vor dem Altar inne und setzten sich in die erste Bankreihe. Jups nächster Gedanke war, dass sie gekommen waren, um zu beten. Aber auch darin irrte er sich.

»Wie geht die Sache mit dem Wasser voran, Thaddeus?«, fragte Hobrow einen der beiden anderen.

»Alles erledigt. Wir könnten schon heute auf unsere geschützten Vorräte zurückgreifen.«

»Und die Essenzen? Werden sie vom Wasser aufgenommen, ohne verräterische Spuren zu hinterlassen?«

»Einmal darin aufgelöst, lassen sie sich nicht mehr nachweisen. Das heißt, bis sie ihre Wirkung entfalten. Der abschließende Test findet in zwei Tagen statt.«

»Ich bitte darum. Ich dulde keine Verzögerungen.«

»Ja, Gebieter.«

»Nur Mut, Thaddeus. Der Plan des Herrn entwickelt sich gut, und wenn wir hier triumphieren, werden wir die Seuche noch viel weiter verbreiten. Der Tag der Erlösung für unsere Rasse steht bevor, Brüder. Wie auch der Untergang der Manni-Pestilenz.«

Jup hatte keine Ahnung, wovon sie redeten, aber es klang nicht gut.

Dann stand Hobrow unvermittelt auf und ging zum Altar. Jup erstarrte. Er konnte Hobrow nicht richtig sehen, hatte aber den Eindruck, dass er den Stern betrachtete oder sogar dessen Behältnis in die Hände nahm. Der Zwerg war erleichtert, als der Fanatiker sich zu seinen Begleitern umdrehte.

»Wir dürfen die Tatsache nicht aus den Augen verlieren, dass der

Kreuzzug in die Krätze gleichermaßen bedeutsam ist. Haben wir an dieser Front unsere Sollstärke erreicht?«

Bei der Erwähnung des Heimatlands der Trolle spitzte Jup die Ohren.

»Der Zeitpunkt für die Schlacht bei Weberflur war äußerst ungünstig gewählt«, antwortete der Mann. Ein wenig nervös, fand Jup. »Dadurch sind zu viele abgezogen worden. Es wird einige Wochen dauern, bis wir genug Männer haben.«

Hobrow war nicht erfreut. »Das darf nicht sein. Die Gottlosen haben, was uns gehören muss. Der Herr darf nicht enttäuscht werden.«

»Wir können keine Feindseligkeiten einleiten, solange wir unsere Sollstärke nicht erreicht haben, Meister. Das würde eine Katastrophe heraufbeschwören.«

»Dann karrt mehr Nichtmenschen heran, damit unsere Männer für dieses Werk frei werden. Nichts darf dem Plan im Weg stehen, Brüder. Wir unterhalten uns morgen weiter darüber. Jetzt geht euren Pflichten nach, und vertraut auf den Herrn. Wir werden Seine Werke verrichten und am Ende den Sieg davontragen.«

Hobrows Männer verließen den Tempel. Doch Hobrow selbst blieb. Er kehrte zur Bank zurück, verschränkte die Hände und senkte den Kopf.

»Gib mir die Kraft, die ich brauche, Herr«, betete er. »Wir sind willens, Deinen Plan auszuführen, aber Du musst uns dazu geben, was wir brauchen. Segne unsere Bemühungen, dieses Land zu säubern, auf dass es Deine Auserwählten unbehelligt in Besitz nehmen.«

Jup sorgte sich über die verstreichende Zeit. Wenn Hobrow noch länger blieb, war er in Schwierigkeiten.

»Dehne Deinen göttlichen Segen auch auf unser Vorhaben in dem heidnischen und nichtmenschlichen Nest in der Krätze aus. Lass uns nehmen, was sie haben und wir brauchen, um Deinen Willen zu erfüllen. Stärke meine Entschlossenheit, o Herr, und lass mich in Deinen Diensten nicht schwankend werden.«

Hobrow stand auf, drehte sich um und verließ den Tempel.

Jup zwang sich, noch einen Moment zu warten, bevor er sein Versteck verließ. Beklommen öffnete er die Türen einen Spalt. In der näheren Umgebung war niemand zu sehen, und er verließ das Gebäude, um dann schnellstmöglich zum Treibhaus zurückzukehren, ohne offenkundig zu rennen. Unterwegs brütete er über das soeben Gehörte.

Er erlebte einen Augenblick äußerster Anspannung, als er eintraf, da er nicht wusste, ob die anderen bereits zurückgekehrt waren oder ob während seiner Abwesenheit vielleicht ein anderer Aufseher vorbeigekommen war.

Das Gebäude war verlassen, aber die Feuer waren gefährlich weit heruntergebrannt. Er schaufelte wie ein Wahnsinniger Brennstoff in die Öfen. Kaum hatte er dies erledigt, als er draußen das Geräusch eines heranrollenden Karrens hörte.

Istuan kam herein und warf einen kritischen Blick in den Raum. Jup bereitete sich innerlich auf die Anklage vor, mit der er mehr oder weniger rechnete.

»Da bist du aber ziemlich ins Schwitzen geraten«, sagte der Aufseher. Die Bemerkung schien beinahe so etwas wie ein Kompliment zu sein.

Jup lächelte dünn und nickte. Er war zu sehr außer Atem, um etwas zu sagen.

Ihm wurde die Knochenarbeit zugeteilt, das Wasser vom Karren in die Tanks zu füllen. Danach erwarteten ihn andere anstrengende Aufgaben. Es machte ihm nichts aus, da es ihm Zeit zum Nachdenken gab. Eine Schlussfolgerung, die er zog, war die, dass sich heute nicht machen lassen würde, was nötig war. Aber zumindest wusste er, wo der Stern aufbewahrt wurde, und er hatte auch andere Dinge in Erfahrung gebracht, obwohl er aus ihnen kaum schlau wurde.

Die Arbeit wurde in durchgängiger Stille verrichtet, bis die Dämmerung hereinbrach. Dann sagte ihnen Istuan, sie sollten sich auf den Weg zum Haupttor machen, wo man sie abholen würde. Man gestattete ihnen, ohne Begleitung zu gehen.

Auf dem Weg zum Stadttor waren Jups Arbeitskollegen nicht weniger schweigsam. Auf der zum Tor führenden Hauptstraße wurden sie von Hobrow in seiner Kutsche überholt. Neben ihm saß eine Menschenfrau. Kein Kind mehr, aber auch noch nicht erwachsen, war sie ein wenig extravaganter gekleidet als alle anderen Menschen, die Jup bisher in Dreieinigkeit gesehen hatte. Von der Statur her war sie rundlich, beinah dick. Die Haare waren honigblond, die Augen kobaltblau. Doch Jup kam es so vor, als künde ihre finstere Miene von Gier und Jähzorn. Sie hatte einen mürrischen Mund.

Als der stolze Hobrow und die hochmütige Kindfrau vorbei waren, fragte Jup seine Begleiter, wer sie sei.

»Hobrows Tochter«, erwiderte der redseligere der beiden, um

sich dann das erste Lächeln abzuringen, mit dem er Jup beglückte. Nicht, dass es viel Humor beinhaltet hätte.

»Was ist so lustig daran?«, sagte Jup.

»Ihr Name. Sie heißt Milde.«

Sie trafen am Haupttor ein. Die anderen Zwerge waren da, und die Karren warteten. Alle wurden gezählt und, wie Jup befürchtet hatte, durchsucht. Aber die Durchsuchung bestand aus nicht mehr als einem Abtasten der Kleidung und einem raschen Griff in die Taschen. Den Göttern sei Dank wollte niemand einen Blick in seine Stiefel werfen. Zumindest bestätigte die Durchsuchung seine Ahnung, dass es keine gute Idee war, zu versuchen, den Stern nach draußen zu schmuggeln.

Ihm wurden einige Münzen in die Hand gedrückt, und dann kletterte er an Bord eines der Karren.

Die aufschwingenden Tore waren für ihn der tröstlichste Anblick des ganzen Tages.

19

Wieder in der Sicherheit ihres Bergwerksverstecks, berichtete Jup den Vielfraßen von seinen Erlebnissen an diesem Tag. Alfray untersuchte die Pflanzenproben.

»Das hast du gut gemacht, Jup«, lobte ihn Stryke, »aber ich bin nicht scharf darauf, dass du noch einmal dorthin gehst. Abgesehen von allem anderen ist die Gefahr zu groß, dass der Zwerg, den du getötet hast, vermisst wird.«

»Das weiß ich. Glaub mir, ich bin darüber selbst nicht allzu glücklich, Boss. Aber wenn wir den Stern wollen, sehe ich keine andere Möglichkeit.«

»Ihn zu finden, ist eine Sache, ihn nach draußen zu schaffen, eine ganz andere«, sagte Coilla. »Wie sieht dein Plan aus?«

»Ich habe mich gefragt, ob ich ihn euch irgendwie über die Mauer zuspielen kann«, schlug Jup vor.

Stryke war nicht beeindruckt. »Das ist nicht praktikabel.«

»Und wenn wir eine Kopie des Sterns anfertigen und gegen den echten Stern austauschen?«, warf Coilla ein.

»Gute Idee. Aber das würde auch nicht klappen. Wir verfügen nicht über die Fertigkeiten, auch nur eine halbwegs überzeugende Kopie anzufertigen. Und wir haben auch nichts, was dem dafür benötigten Material auch nur annähernd gleichkäme.«

»Außerdem ist der Stern, den ich in Dreieinigkeit gesehen habe, anders als unserer«, erinnerte sie Jup. »Wir müssten uns an dem orientieren, woran ich mich noch erinnern kann. Und selbst wenn wir ihn nachbilden könnten, wäre damit nicht das Problem gelöst, wie wir das Original aus der Stadt schaffen.«

»Das stimmt«, pflichtete Stryke bei. »Ich glaube, der einzige Weg ist eine direktere Herangehensweise der Art, die wir am besten beherrschen.«

»Du willst damit doch wohl nicht sagen, dass wir die Stadt stürmen sollen?«, entgegnete Coilla. »Eine Hand voll gegen eine ganze Stadt?«

»Nicht direkt. Aber was mir vorschwebt, würde dir eine Menge abverlangen, Jup. Es ist viel gefährlicher als alles, was du bisher getan hast.«

»Worauf willst du hinaus, Stryke?«

»Ich überlege, ob es möglich ist, dass du dir den Stern schnappst und wir uns dann dich schnappen?«

»Was?«

»Eigentlich ist es ganz simpel. Wenn alles gut läuft, wirst du mit dem Stern hinter Dreieinigkeits Stadtmauer sein und wir davor. Könntest du uns irgendwie einlassen?«

»Stryke, ich weiß nicht ...«

»Hast du außer dem Haupttor noch einen Zugang gesehen? Irgendwas, das uns bei der Aufklärung entgangen ist?«

»Nein.«

»Dann muss es das Haupttor sein.«

»Aber *wie?*«

»Wir legen eine Zeit fest. Du wirst aus dem Treibhaus verschwinden und dir den Stern greifen müssen ...«

»Und zu den Toren gelangen, um sie für euch zu öffnen. Das ist verdammt viel verlangt, Stryke. Die Tore sind massiv und werden bewacht.«

»Ich habe nicht behauptet, dass es leicht wird. Du müsstest die Wachen ausschalten und die Tore entriegeln. Wir würden in der Nähe warten und dir dabei helfen, sie zu öffnen. Dann heißt es, schnell verschwinden. Wenn du glaubst, dass es zu riskant ist, müssen wir uns etwas anderes einfallen lassen.«

»Na ja, heute Abend bei unserer Abfahrt aus der Stadt waren nur zwei Wachen am Tor, also wäre es wohl nicht unmöglich, sie zu überwinden. Also gut, versuchen wir's damit.«

Alfray gesellte sich stirnrunzelnd und mit den Pflanzenproben in der Hand zu ihnen. »Tja, was du uns mitgebracht hast, gibt den Dingen eine ganz neue Wendung, Jup.«

»Warum? Was sind das für Pflanzen?«

»Zwei der drei Sorten kenne ich, obwohl sie ziemlich selten sind.« Er hielt ein Blatt hoch. »Das ist Wentyx, den man hier im Süden an einigen Stellen findet.« Er zeigte auf ein anderes. »Diese, die Tallilie, wächst weiter westlich, obwohl man Jahre danach suchen könnte, ohne eine zu finden.« Er zeigte ihnen die dritte Probe. »Die hier ist mir neu, und ich nehme an, dass die Menschen sie nach Maras-Dantien gebracht haben. Aber ich vermute, dass sie dasselbe bewirkt wie die beiden anderen.«

»Und das wäre?«, fragte Stryke.

»Töten. Die beiden, die ich kenne, gehören zu den tödlichsten

Pflanzen, die es gibt. Die Beeren der Tallilie sind schon in geringsten Mengen tödlich. Beim Wentyx muss man den Stängel auskochen. Das so gewonnene Gebräu ist noch tödlicher, falls das überhaupt möglich ist. Die Götter wissen, wie gefährlich die Pflanze ist, die ich nicht kenne. Und die ersten beiden haben noch etwas anderes gemeinsam. Sie sind so stark, dass größere Mengen Wasser die Wirkung kaum abschwächen. Dämmert euch jetzt, was Hobrow vorhat?«

Jup war wie vom Donner gerührt. »Verdammt, ja. Sie züchten diese Pflanzen wegen des Gifts, um damit die älteren Rassen zu töten.«

Alfray nickte. »Zu massakrieren, das trifft es wohl eher. Das erklärt auch den Damm. Hobrow schützt Dreieinigkeits Wasservorräte, sodass ihnen nichts passieren kann, wenn sie die anderen Quellen vergiften.«

»Ich habe Brunnen in Dreieinigkeit gesehen.«

»Dann ist der Stausee eine weitere Garantie für sie.«

»Oder sie vergiften den Stausee«, sagte Stryke. »Wenn man die Hauptwasserquelle für die ganze Gegend kontrolliert und dann verlauten lässt, dass alle Rassen sie benutzen können ...«

»Oder sie einfach unbewacht lässt«, fügte Coilla hinzu, »weil man weiß, dass dann alle kommen und sich daraus bedienen. Besonders, wenn es eine Dürre gibt, was nicht unwahrscheinlich ist, wenn man bedenkt, wie unberechenbar das Wetter in den letzten Jahren war.«

»So oder so dürfte das Resultat der Tod aller Rassen mit Ausnahme der menschlichen in dieser Gegend sein«, sagte Alfray.

Jup fiel etwas ein. »Hobrow hat gesagt, wenn es hier funktionierte, würden sie es in größerem Maßstab einsetzen. In Dreieinigkeit scheint man gewaltig dem Wahn der Rassenreinheit zu huldigen, wenn man als Maßstab nimmt, wie dort Zwerge behandelt werden. Wie viel reiner kann eine Rasse noch werden, wenn es keine anderen Rassen mehr gibt?«

»Das ist ein aberwitziger Plan«, urteilte Alfray. »Denkt darüber nach. Die Ersten, die das Wasser trinken, sterben, und das würde die anderen warnen. Wie können diese Unis glauben, dass es funktionieren wird?«

»Vielleicht sind sie durch ihren Hass so verblendet, dass sie nicht mehr klar denken können«, sagte Stryke. »Oder sie glauben, es würden so viele getötet, dass es sich lohnt.«

»Diese *Schweine!*« Coilla kochte vor Wut. »Das dürfen wir nicht zulassen, Stryke.«

»Was können wir dagegen tun? Für Jup wird es morgen auch ohne eine weitere unmögliche Aufgabe schon schwer genug.«

»Sollen wir die Sache einfach auf sich beruhen lassen?«

»Nach allem, was Jup sagt, befindet sich das Treibhaus mitten in der Stadt. Wir können unmöglich dorthin gelangen, vor allem dann nicht, wenn wegen des gestohlenen Sterns Alarm gegeben wurde. Wir können lediglich die hier ansässigen älteren Rassen warnen und hoffen, dass sie sich entsprechend vorsehen.«

Coilla machte keinen sehr glücklichen Eindruck. »Das scheint mir nicht viel zu sein.«

»Was ist, wenn ich irgendwas unternehmen kann, während ich dort bin, Stryke?«, fragte Jup. »Das heißt, ohne den Stern zu gefährden.«

»Dann viel Glück. Aber der Stern hat Vorrang. Die Macht, die der Stern verspricht, könnte viel nützlicher für Maras-Dantien sein als unser Tod in dem Bemühen, diesen Plan zu vereiteln.«

»Hat sich irgendeiner von euch mal gefragt, woher Hobrow seinen Stern hat?«, wollte Alfray wissen.

Stryke hatte. »Ja. Aber ich kann mich daran erinnern, was Mobbs gesagt hat. Es ist möglich, dass die Menschen durch Zufall darauf gestoßen sind, die Götter wissen, wie, und nur keine Ahnung haben, wozu er gut ist.«

»So wie wir«, warf Coilla ein.

»Hobrow ist Tyrann genug, um zu versuchen, sich die anderen Sterne anzueignen, falls er ihre Macht kennen und wissen würde, wie er sie nutzen kann«, informierte sie Jup.

»Das Bestreben, ganze Rassen auszulöschen, scheint das zu bestätigen«, stimmte Coilla mehr als nur ein wenig zynisch zu.

»Also gut, heute Nacht können wir nicht mehr viel ausrichten«, entschied Stryke.

Jup wandte sich an Alfray. »Wie geht's Haskeer?«

Wenn Alfray überrascht war, Jup nach der Gesundheit seines Widersachers fragen zu hören, ließ er es sich nicht anmerken. »Einigermaßen. Ich hoffe, das Fieber lässt bald nach.«

»Schade, dass er außer Gefecht ist. Er mag eine furchtbare Nervensäge sein, aber morgen könnten wir ihn gut gebrauchen.«

Sie redeten noch eine Weile über ihre Pläne für den nächsten Tag und besprachen auch insbesondere das Unternehmen, welches

Hobrow für die Krätze plante. Aber als sie sich am Ende schlafen legten, hatten sie immer noch mehr Fragen als Antworten.

*

Nach Dreieinigkeit zu gelangen erwies sich am nächsten Tag als nicht schwieriger als am Tag zuvor.

Jup tauchte am Sammelpunkt auf, bestieg einen Karren und wurde in der Stadt abgesetzt. Diesmal achtete er vor allem darauf, wie viele Wachen das Tor bemannten. Es waren fünf. Sein Mut sank. Aber er tröstete sich mit dem Gedanken, dass in Zeiten großer Geschäftigkeit wie jetzt vielleicht mehr Wachen eingeteilt waren.

Ein Unterschied zu Jups erstem Besuch war der, dass er ein Messer in einem Stiefel verbarg. Er begründete diese Maßnahme damit, dass sie ihn gestern bei seiner Ankunft nicht durchsucht hatten und es daher sehr wahrscheinlich auch heute nicht tun würden. Jedenfalls machte sich das Wagnis bezahlt.

Diesmal gab es keinen Vortrag von Hobrow, und als den Zwergen gesagt wurde, dass sie sich bei ihren Arbeitsstellen melden sollten, hielt Jup keine Rücksprache mit einem Aufseher, sondern begleitete die beiden anderen Zwerge, die für das Treibhaus eingeteilt waren. Istuan sagte Jup, was er zu tun hatte, wobei es sich um die gleichen Aufgaben wie am Tag zuvor handelte, und Jup machte sich an die Arbeit.

Die vereinbarte Zeit für ihn, sich am Tor einzufinden, war Mittag, und seiner Schätzung nach hatte er bis dahin noch ungefähr vier Stunden Zeit. Das bedeutete, dass er sehr viel früher aus dem Arboretum verschwinden musste. Bei der Arbeit kehrte er in Gedanken und auch mit seinen Blicken immer wieder zu dem kleinen Pflanzendschungel in dem angrenzenden verglasten Bereich zurück. Ihm gefiel die Vorstellung nicht, Dreieinigkeit zu verlassen, ohne wenigstens zu versuchen, etwas deswegen zu unternehmen. Wie Stryke gesagt hatte, war das auch in Ordnung, solange er dadurch nicht den Diebstahl des Sterns gefährdete. Er fand, dass es das zusätzliche Risiko wert war.

Der Plan, den er hatte, um das Treibhaus verlassen zu können und zum Tempel zu gelangen, war grundlegend, direkt und notwendigerweise brutal. Er dachte darüber nach, während er das Holz und die schwarzen Steine zu den Haufen stapelte, von denen die Öfen gespeist wurden. Die Zeit kroch dahin, wie es oft der Fall war, wenn man auf einen ganz bestimmten Augenblick wartete, aber er wusste, dass er sehr schnell handeln musste, wenn dieser Augenblick schließlich kommen würde. Er schaufelte weiterhin Brennstoff, sodass er ordentlich schwitzte, und warf immer wieder verstohlene Blicke auf die Giftpflanzschule.

Als er den Augenblick für gekommen hielt, verließ er den Heizungsraum durch die Hintertür, vorgeblich um den Pegelstand des Wassertanks zu überprüfen.

Jup wollte sein Messer nicht gegen die anderen Zwerge einsetzen, sofern er nicht unbedingt musste, wie verräterisch und heimtückisch sie auf den ersten Blick auch zu sein schienen. Also suchte er sich ein dickes Holzscheit, verbarg sich hinter der Tür und wartete.

Mehrere lange Minuten verstrichen, bevor sich drinnen eine Stimme erhob. Die Worte waren nicht klar zu verstehen, aber er wurde ganz offensichtlich gerufen. Er reagierte nicht darauf.

Die Tür wurde geöffnet und einer der Zwerge kam heraus.

Jup wartete, bis die Tür sich wieder geschlossen hatte, dann trat er vor und schlug dem Zwerg das Holzscheit über den Schädel. Sein Opfer ging zu Boden. Jup schleifte ihn außer Sicht.

Er kehrte in sein Versteck zurück und wartete weiter. Keine weiteren Rufe ertönten, bevor die Tür sich zum zweiten Mal öffnete. Dann kamen nicht eine, sondern zwei Gestalten nach draußen.

Jup sah sich Istuan und dem anderen Zwerg gegenüber. Er stürzte sich auf sie. Der Zwerg ging zuerst und ohne große Schwierigkeiten zu Boden, wenn auch nur deshalb, weil er keine Waffe hatte, mit der er sich verteidigen konnte.

Doch der Aufseher stellte sich zum Kampf.

»Du dreckige kleine Missgeburt!«, bellte er, indem er seine eigene Keule schwang, die anders als Jups improvisierte Ausgabe für diesen Zweck gedacht war.

Sie standen Zeh an Zeh und wechselten Schläge, während sie vor Anstrengung grunzten. Jup machte sich Sorgen, der Mensch könne laut genug schreien, um Hilfe anzulocken. Er musste diesen Kampf rasch beenden.

Der Aufseher erwies sich jedoch nicht als leichte Beute, und einer seiner Hiebe traf Jups Arm. Es war ein schmerzhafter Schlag, der jedoch keinen dauerhaften Schaden anrichtete, und er spornte Jup zu größerer Anstrengung an. Er ging auf Istuan los und prügelte auf der Suche nach einer Blöße auf ihn ein. Nach einem weiteren Hieb des Menschen bot sich ihm die Gelegenheit. Jup duckte sich und riss seine Keule hoch, sodass sie hart gegen das Kinn des Aufsehers schlug.

Istuan keuchte, und die Waffe entfiel seinen kraftlosen Fingern. Jup ließ einen raschen Schwinger auf den Kopf folgen, der den Aufseher außer Gefecht setzte.

Er warf das Holzscheit weg und nahm stattdessen eine beidhändige Axt zum Zerkleinern der Holzscheite. Ein einziger Hieb durchtrennte das Rohr, das Wasser aus den Tanks in den Heizungsraum beförderte.

Er lief durch die Tür. Das Wasser in der Rinne über den Öfen versiegte bereits. Jup nahm eine der Schaufeln und belud sie mit glühenden Kohlen. Er fuhr herum, lief eine paar Schritte ins Treibhaus und schleuderte die Kohlen in das Pflanzengewirr. Das wiederholte er mehrmals, sowohl mit glühenden Kohlen als auch mit brennenden Scheiten, bis die Pflanzen im Treibhaus zu brennen anfingen und auch die Holzregale Feuer fingen.

Er hoffte damit zwei Fliegen mit einer Klappe schlagen zu können. Das Feuer sollte für Ablenkung sorgen, und die Zerstörung der Pflanzen mochte Hobrows Plan vereiteln oder wenigstens verzögern.

Als er sicher war, dass das Treibhaus Feuer gefangen hatte, ging er zur Straße, sah sich kurz um und schlug dann die Tür fest hinter sich zu. Als er um die Ecke des gläsernen Bauwerks eilte, sah er Rauch darin und kleine gelbe Flammenzungen. Er machte sich auf den Weg zum Tempel, wobei er darauf achtete, nicht zu rennen, wie groß sein Bedürfnis danach auch sein mochte.

Er fragte sich, wie viel Zeit er hatte, bevor Alarm gegeben würde.

Ein Blick zum Himmel verriet ihm, dass die Sonne beinah den Zenit erreicht hatte. Die Vielfraße würden jetzt in Stellung sein. Er hoffte, er würde sie nicht enttauschen.

Während er so schnell zum Tempel eilte, wie er es wagte, versuchte er jeden Gedanken an die Ungeheuerlichkeit der Aufgabe zu verdrängen, die zu übernehmen er sich bereit erklärt hatte.

Jup bog in die Tempelallee ein. Kaum hatte er die Straße betreten, als sich die Türen des Tempels öffneten und eine Menschenmenge nach draußen strömte. Wahrscheinlich hatten sie an einem Gottesdienst teilgenommen, der gerade zu Ende war. Er erstarrte, schockiert über die unerwartete Fülle von Angehörigen dieser Spezies in seiner unmittelbaren Nähe.

In dem Bewusstsein, dass er wahrscheinlich Aufmerksamkeit erregen würde, wenn er auf der Straße stehen blieb und gaffte, erwachte er aus seiner Lähmung und ging weiter, sehr langsam und mit gesenktem Kopf. Er ging am Tempel vorbei und hielt sich auf der anderen Straßenseite, um keinem der Menschen in die Quere zu kommen, die sich in alle Richtungen zerstreuten. Nur sehr wenige beachteten ihn. Zum ersten Mal ging ihm auf, dass es auch Vorteile hatte, für den Angehörigen einer niederen Rasse gehalten zu werden.

Er bog um eine Ecke und gab vor, zu einem anderen Bestimmungsort unterwegs zu sein. Als die Menschenmenge sich einigermaßen verlaufen hatte, kehrte er um und strebte wieder dem Tempel entgegen.

Die Straße vor dem Tempel war jetzt bis auf ein paar Menschen leer, die sich mit dem Rücken zu ihm entfernten. Er entschied sich für ein direktes Vorgehen, ungeachtet der möglichen Konsequenzen. Er marschierte zum Tempeleingang und stieß die Türen auf.

Zu seiner Erleichterung war das Gebäude verlassen.

Er lief zu dem kleinen Glasbehältnis, nahm es und warf es gegen den Altar, sodass es zerbrach. Er hob den Stern auf, steckte ihn in die Tasche und floh.

Draußen sah er Rauch in der Straße aufsteigen, wo das Treibhaus stand. Hinter sich hörte er jemanden rufen. Er sah sich um.

Vier oder fünf Aufseher liefen in seine Richtung.

Er rannte jetzt ebenfalls. Es hatte keinen Sinn, jetzt noch zu versuchen, Aufsehen zu vermeiden.

Sie jagten ihn brüllend durch die Straßen und schüttelten immer wieder die Fäuste. Andere schlossen sich der Jagd an. Als er schließlich um die letzte Ecke bog und das Tor sah, war ihm ein heulender Pöbelhaufen auf den Fersen.

Das war jedoch nicht alles, was er sah. So waren mehr Wachen auf Posten, als er vermutet hatte. Er zählte acht. Er konnte unmöglich ganz allein so viele überwinden. Zwei, gewiss. Drei, möglicherweise. Vier, vielleicht. Doppelt so viele, niemals.

Und er sah Hobrows Kutsche. Seine Tochter Milde saß allein darin. Hobrow stand ein Stück weit entfernt und redete mit einem Aufseher.

Das gab Jup eine Idee. Zugegeben, eine verzweifelte Idee, aber er sah keinen anderen Ausweg.

Hobrow und die Wachen wurden auf die Schreie der Verfolger

aufmerksam und schauten in seine Richtung. Mehrere Aufseher zogen ihre Waffen und stürmten Jup entgegen.

Jup nahm alle Kraft zusammen und rannte, was das Zeug hielt. Er lief schnurstracks zur Kutsche. Die Wachen bemühten sich, ihm den Weg abzuschneiden. Hobrow erkannte Jups Absicht und rannte ebenfalls los.

Mit laut hämmerndem Herzen erreichte Jup die Kutsche nur ein paar Schritte vor Hobrow und den Aufsehern. Er sprang auf. Milde Hobrow kreischte laut. Jup packte sie, riss das Messer aus seinem Stiefel und hielt ihr die Klinge an den Hals.

Hobrow und die Wachen machten Anstalten, auf die Kutsche zu steigen.

»Zurück!«, rief Jup, indem er dem zitternden Mädchen das Messer noch näher an den rosig-weißen Hals hielt.

»Lass sie los!«, verlangte Hobrow.

»Noch ein Schritt und sie stirbt«, drohte Jup.

Der heilige Mann und der Zwerg musterten einander durchdringend. Jup betete innerlich, es möge ihm erspart bleiben, auf die Probe gestellt zu werden, ob er bereit war, seine Drohung in die Tat umzusetzen. Das Mädchen mochte ein ziemlich unangenehmes Exemplar der Gattung Mensch und der Sprössling eines rücksichtslosen Tyrannen sein, aber sie war trotz alledem kaum mehr als ein Kind. Vor die Wahl gestellt, würde er ihr lieber nichts antun.

»Dafür wird mein Vater dich *umbringen*«, versprach Milde. Aus dem Mund eines so jungen Mädchens klang die Drohung umso eindringlicher.

»Halt den Mund«, knirschte Jup.

»Du Ungeheuer!«, jammerte sie. »Du verkümmerter Oger! Du ... *Schandfleck!* Du ...«

Er ließ sie die Schärfe seiner Messerklinge spüren. Sie schluckte und hielt den Mund.

»Lass das Tor öffnen!«, sagte er.

Der Haufen der Verfolger war stehen geblieben und sah schweigend zu. Die Aufseher gafften mit halb erhobenen Waffen. Hobrow durchbohrte Jup mit seinem brennenden Blick.

»Lass es öffnen«, wiederholte Jup.

»Das ist doch alles ganz unnötig«, sagte Hobrow zu ihm.

»Lass das Tor öffnen, dann lasse ich sie laufen.«

»Woher weiß ich, dass du dein Wort hältst?«

»Du wirst mir wohl einfach vertrauen müssen.«

Hobrows Miene wurde finsterer, sein Tonfall rauer. »Was glaubst du, wie weit du da draußen kommen wirst?«

»Das ist mein Problem. Lässt du jetzt das Tor öffnen, oder muss ich ihr Blut vergießen?«

Der Prediger geriet immer mehr in Wut. »Wenn du dem Kind auch nur ein Haar krümmst ...«

»Dann lass das Tor öffnen.«

Hobrow schäumte innerlich für einen Moment, und Jup fragte sich, was ihm das Leben seiner Tochter wert war. Dann drehte sich der heilige Mann um und gab den Aufsehern einen schroffen Befehl. Sie liefen zum Tor und schoben den Querbalken beiseite. Andere öffneten das Tor.

Für Jup war der nächste Augenblick der Wahrheit gekommen. Wenn die Vielfraße nicht dort draußen auf ihn warteten, waren seine Überlebenschancen gleich null.

Die Zügel der Pferde in der einen und das Messer an Mildes Kehle in der anderen Hand, lenkte er die Kutsche durch das Tor und auf die Straße.

Von den Vielfraßen war nichts zu sehen. Das beunruhigte ihn nicht sonderlich. Er hatte nicht damit gerechnet, sie ausmachen zu können.

Dann, als er sich ein Stück vom Stadttor entfernt hatte, tauchte der Trupp aus der Deckung des hohen Grases auf.

»Spring ab«, sagte er zu dem Mädchen.

Sie starrte ihn mit weit aufgerissenen Augen an.

»Spring ab!«, bellte er.

Sie zuckte zusammen und hüpfte von der Kutsche, dann rappelte sie sich auf und lief zurück in die ausgestreckten Arme ihres Vaters.

Jetzt, da sie frei war, brauchten die Menschen sich keine Zurückhaltung mehr aufzuerlegen. Brüllend und schreiend stürmten sie los. Jup ließ die Zügel knallen, und die Kutsche beschleunigte.

Als die Menschen durch das Tor stürzten, erblickten sie die Vielfraße zum ersten Mal. Sie hatten geglaubt, sie würden einen Zwerg in Stücke reißen, und nicht damit gerechnet, in einen Kampf verwickelt zu werden. Das unerwartete Auftauchen der Orks und die Wildheit ihres Angriffs brachte die Menschen aus dem Konzept. Coilla erhöhte ihre Verwirrung noch, indem sie die Wachen in den Türmen mit ihrem Bogen aufs Korn nahm. Drei Gemeine deckten die Menge mit Pfeilen ein.

Angeführt von Stryke schlug der Rest des Trupps den Pöbelhaufen zurück, der sich in seine Bestandteile auflöste, als die Menschen kehrt machten und in die Sicherheit der Enklave flohen. Hobrows Stimme war deutlich zu vernehmen, da er Befehle bellte und Rache schwor.

Stryke sprang zu Jup auf den Karren. »Sie werden Pferde satteln! Wir müssen uns beeilen!«

Coilla und mehrere andere Angehörige des Trupps sprangen ebenfalls an Bord. Die übrigen trabten zu Fuß neben der schnell fahrenden Kutsche her.

»Hast du ihn?«, fragte Stryke.

Jup grinste. »Ich habe ihn!«

Die Vielfraße setzten sich mit ihrer Beute von Dreieinigkeit ab.

20

In dem allgemeinen Durcheinander war Kimball Hobrow außer sich vor Zorn.

Aufseher liefen zu den Ställen, um Pferde zu holen, und beeilten sich, die Mauern zu bemannen. Bürger der Stadt bewaffneten sich für die Verfolgung. Die Verwundeten wurden versorgt, die Toten von der Straße gezerrt, um den Weg freizumachen. Ein Löschtrupp karrte Wasser zum lodernden Arboretum.

Milde Hobrow, in Tränen aufgelöst und auf mürrische Art erzürnt, zerrte am Gehrock ihres Vaters und jammerte. »Töte sie, Vati! Töte sie, *töte sie!*«

Hobrow hob die Arme, die Fäuste geballt, und überschrie das allgemeine Getöse. »Verfolgt sie, Brüder! Da der Allmächtige euer Führer und euer Schwert ist, werdet ihr sie finden und zerschmettern!«

Schwerbewaffnete Reiter galoppierten durch das Tor. Wagenladungen von waffenstarrenden Bürgern rasten hindurch, um sich an der Jagd zu beteiligen.

Ein aufgelöster, aschfahler Aufseher kam zu Hobrow gerannt. »Der Tempel!«, rief er. »Er ist entweiht worden!«

»Entweiht? Inwiefern?«

»Eine Reliquie wurde gestohlen!«

Eine tiefere Wut verzerrte das Gesicht des Predigers. Er packte den Mann bei der Jacke und zog ihn mit der Kraft eines Wahnsinnigen zu sich heran.

»*Was* haben sie gestohlen?«

*

Die Vielfraße hatten ihre Pferde bei Alfray und einem Gemeinen in einem kleinen Wäldchen mehrere Felder entfernt zurückgelassen. Haskeer, halb bei Bewusstsein und im Fieberwahn, war auf sein Pferd gebunden.

Die Orks ließen die Kutsche stehen und schwangen sich sogleich in den Sattel. Als sie losritten, sahen sie gerade noch ein gewaltiges Truppenaufgebot auf der Straße nach Dreieinigkeit auftauchen.

Stryke hatte bereits beschlossen, dass sie nach Westen zum Calyparr-Meeresarm reiten würden. In dieser Richtung gab es keine Hindernisse, und sobald sie den Arm erreichten, wurde das Gelände so zerklüftet, dass sie sich mühelos verstecken konnten.

Die Verfolger waren schlecht organisiert und hatten sich immer noch nicht vom Schock des Unerwarteten erholt. Aber sie waren auch hartnäckig. Mehrere Stunden jagten sie den Trupp stur und verloren die Orks dabei nur selten aus den Augen. Dann fielen die weniger Ausdauernden oder weniger Tatkräftigen langsam zurück, die überladenen Karren vor allen anderen.

Am Ende des Tages waren den Vielfraßen nur noch wenige Unentwegte auf den Fersen. Mit einem entschlossenen Gewaltritt schüttelte der Trupp schließlich auch sie ab.

Als sie in die Nähe des Meeresarms kamen, waren Reiter und Pferde gleichermaßen erschöpft, und Stryke erlaubte ein Nachlassen des Tempos zu einem Kanter.

Coilla war die Erste, die seit dem Beginn der Verfolgungsjagd wieder das Wort ergriff. »Tja, da haben wir uns wohl den nächsten Feind gemacht.«

»Und einen mächtigen obendrein«, stimmte Alfray zu. »Ich würde mich nicht darauf verlassen, dass Hobrow den Raub des Sterns einfach so auf sich beruhen lässt.«

»Wo wir gerade davon sprechen«, sagte Stryke. »Lass mal sehen, Jup.«

Der Zwerg grub den Instrumental aus und reichte ihn Stryke. Der verglich ihm mit demjenigen, den er bereits hatte, und verstaute dann beide in seinem Beutel.

»Ich hatte Zweifel am Gelingen dieses Unternehmens«, gab Alfray zu.

»Es war mehr Glück als Verstand«, warf Jup ein. Er zückte einen Lappen und wischte sich die Paste vom Gesicht. Bisher hatte er noch keine Gelegenheit dazu gehabt.

»Stell dein Licht nicht unter den Scheffel«, sagte Stryke zu ihm. »Das war eine hervorragende Leistung.«

»Die große Frage ist jetzt«, fuhr Alfray fort, »was wir als Nächstes tun.«

»Ich war der Ansicht, dass unsere Gedanken in dieser Sache wahrscheinlich in dieselbe Richtung gehen«, sagte Stryke.

Alfray seufzte. »Ich hatte befürchtet, dass du das sagen würdest. Die Krätze?«

»Dort könnte sich noch ein Stern befinden.«

»*Könnte*. Wir haben keinen Beweis dafür. Wir wissen nur mit Sicherheit, dass Hobrow dorthin ziehen will - was sie für uns nicht gerade zum idealen Reiseziel macht.«

»Nach dem Schlag, den wir ihm versetzt haben, wird er wohl nicht so bald aufbrechen.«

»Angenommen, Hobrows Expedition in die Krätze hat nichts mit den Sternen zu tun?«, mutmaßte Jup. »Was, wenn er im Zuge seines verrückten Plans dorthin will, die älteren Rassen auszulöschen?«

»Um den Trollen mit Gewalt Gift einzuflößen? Das glaube ich kaum. Es muss einen anderen Grund geben.«

»Andere Rassen abschlachten, das ist doch genau das, was Menschen normalerweise tun, oder nicht?«

»Wenn sie vergiftetes Wasser haben, das ihnen die Arbeit abnimmt? Das ist ein viel zu großes Risiko. Ich meine, würdest du auch nur einen Fuß in diesen Irrgarten setzen, wenn du nicht müsstest?«

»Aber genau das verlangst du von *uns!*«

»Wie ich schon sagte, Jup, wenn du nicht müsstest. Suchen wir uns einen Lagerplatz und denken zumindest darüber nach.«

*

Etwas später, als Stryke und Coilla sich gemeinsam an der Spitze der Kolonne einfanden, fragte er sie nach ihrer Meinung zu seinem Vorhaben, in die Krätze einzudringen.

»Das ist auch nicht wahnsinniger als die meisten anderen Dinge, die wir in letzter Zeit unternommen haben, obwohl ich glaube, dass die Trolle ein viel schlimmerer Feind sind als Hobrows Fanatiker. Ich bin nicht gerade entzückt von der Vorstellung, in dieses unterirdische Höllenloch einzudringen.«

»Also bist du dagegen?«

»Das habe ich nicht gesagt. Ein konkretes Ziel zu haben ist in jedem Fall besser, als wahllos umherzustreifen. Aber ich würde mir eine gut durchdachte Strategie wünschen, bevor wir uns dorthin wagen. Und was du außerdem nicht vergessen solltest, Stryke, ist die Tatsache, dass es uns in den letzten Wochen gelungen ist, uns praktisch mit jedem anzulegen. Wir müssen von jeder Seite mit Feinden rechnen.«

»Was auch gut sein kann.«

»Wie kommst du denn darauf?«

»Es wird uns auf Trab halten.«

»*Das* wird es tatsächlich. Sag mir ehrlich, wie sehr würde ein Abstecher in die Krätze auf Logik beruhen, und wie viel wäre daran nur der Griff nach einem Strohhalm?«

»Ungefähr halbe-halbe.«

Sie lächelte. »Wenigstens bist du ehrlich.«

»Sicher, mit dir. Glaub nicht, dass ich mit ihnen auch so ehrlich bin.« Er nickte in Richtung des Trupps hinter ihnen.

»Sie haben das Recht, sich zu äußern, oder nicht? Besonders jetzt, da wir Gesetzlose sind und die Befehlsstruktur vielleicht nicht mehr ganz so straff ist.«

»Ja, sie haben das Recht, und ich würde nie versuchen, sie zu irgendetwas zu zwingen, das sie nicht wirklich wollen. Was die Befehlsstruktur betrifft, müssen wir die Disziplin wahren, wenn wir überhaupt eine Überlebensaussicht haben wollen. Bis sich also kein anderer aufdrängt, behalte ich das Kommando.«

»Da bin ich ganz deiner Meinung. Ich bin sicher, dass das auch für die anderen gilt. Aber eine Entscheidung wirst du sehr bald treffen müssen, und die betrifft uns alle. Was soll mit dem Kristall geschehen?«

»Ob wir ihn aufteilen oder als gemeinschaftliches Truppeigentum behalten, meinst du? Darüber habe ich auch schon nachgedacht. Vielleicht ist das auch ein Punkt, über den wir abstimmen müssen. Nicht, dass mich die Vorstellung begeistert, über alles und jedes abzustimmen.«

»Nein, das könnte deine Autorität untergraben.«

Sie ritten ein paar Minuten schweigend dahin, dann sagte sie: »Natürlich haben wir noch eine andere Möglichkeit als den Ritt zur Krätze.«

»Welche?«

»Wir könnten nach Grabhügelstein zurückkehren und mit zwei Sternen um unser Leben feilschen.«

»Wir wissen von Delorran, was man dort von uns hält. Wie die anderen sich in dieser Beziehung auch entscheiden mögen, das werde ich auf keinen Fall tun.«

»Ihr Götter, bin ich froh, dich das sagen zu hören, Stryke.« Sie strahlte ihn an. »Mir wäre ganz sicher alles andere lieber als der Empfang, den Jennesta uns bereiten würde.«

*

Im großen Saal von Jennestas Palast fand eine Art Bankett statt.

Aber nur eine Art. Zwar war die lange, auf Hochglanz polierte Tafel gedeckt, aber es gab nichts zu essen. Fünf Gäste waren anwesend, abgesehen von der Königin selbst und ganz zu schweigen von der doppelten Anzahl von Bediensteten, Lakaien und Leibwachen. Von Lustbarkeiten oder gar Ausgelassenheit war jedoch wenig zu spüren.

Zwei von Jennestas Gästen waren Orks: der frisch beförderte General Mersadion und Hauptmann Delorran, der soeben von seiner erfolglosen Mission zurückgekehrt war. Ihre Nervosität war nicht zu übersehen. Doch sie waren nicht die Quelle der Anspannung. Die hatte ihre Ursache in den anderen drei Gästen.

Sie waren Menschen.

Jennesta verkehrte mit Menschen, weil sie die Sache der Mannis unterstützte, also war der Anblick von Angehörigen der menschlichen Rasse in ihrem Palast an sich nicht ungewöhnlich. Bestürzend war vielmehr das Wesen dieser speziellen menschlichen Exemplare.

Jennesta registrierte Mersadions und Delorrans Unbehagen und ergriff das Wort. »General, Hauptmann, gestatten Sie mir, Ihnen Micah Lekmann vorzustellen.« Sie deutete auf den größten der drei Menschen.

Ein Vollbart hätte eine alte Narbe verborgen, die von der Mitte seiner stoppligen rechten Wange zum Mundwinkel verlief. Stattdessen bevorzugte er einen ungestutzten schwarzen Schnurrbart. Seine Haare waren ein fettiger Schopf, und seine Haut war wettergegerbt, wo sie nicht pockennarbig war. Lekmanns muskulöse Gestalt und der Schnitt seiner Kleidung kündeten von einem Leben des Kampfes. Er sah aus wie ein von jeder Art der Galanterie unbeleckter Mann.

»Und das sind seine ... Partner«, fügte Jennesta hinzu. Sie ließ die unausgesprochene Aufforderung in der Luft hängen, deren Vorstellung zu übernehmen.

Lekmann ließ ein öliges Lächeln ertönen und deutete träge mit dem Daumen auf den Mensch zu seiner Rechten. »Greever Aulay«, verkündete er.

Aulay war der Kleinste der drei. Im Gegensatz zu Lekmanns kräftiger Statur war er schlank und zierlich. Er hatte das Gesicht einer jungen Ratte. Seine Haare waren sandfarben, und sein eines sichtbares Auge, das linke, war haselnussbraun. Eine schwarze Lederklappe verbarg das andere. Sein dünner Ziegenbart haftete kärglich an einem fliehenden Kinn. Dünne Lippen streckten sich und enthüllten schlechte Zähne.

»Und das ist Jabez Blaan«, knirschte Lekmann.

Der Mann zu seiner Linken war bei weitem der Größte, was die Körpermasse betraf. Wahrscheinlich wog er so viel wie die beiden anderen zusammen, aber es waren alles Muskeln, kein Fett. Sein kahlrasierter, kugelförmiger Kopf schien ohne die Notwendigkeit eines dazwischenliegenden Halses auf den Körper zu treffen. Die Nase war wenigstens ein Mal gebrochen worden und erinnerte an einen Türknopf. Seine Augen hatten eine unheimliche Ähnlichkeit mit zwei Pisslöchern im Schnee. Die beiden Schinkenfäuste, die auf dem Tisch lagen, hätte man getrost benutzen können, um eine stämmige Eiche zu demolieren.

Keiner redete oder lächelte auch nur, und beide begnügten sich mit einer kaum wahrnehmbaren Neigung des Kopfes.

Delorran und Mersadion beäugten das Trio unbehaglich.

»Sie haben sehr spezielle Talente, die sie für mich einsetzen«, erklärte Jennesta. »Doch davon später mehr.« Das Pergament, das Delorran mitgebracht hatte, lag vor ihr. Sie stieß es mit einem ihrer unglaublich langen Fingernägel an. »Dank Hauptmann Delorran, der soeben von einer äußerst wichtigen Mission zurückgekehrt ist, wissen wir jetzt ganz genau, dass mein Eigentum geschändet wurde. Bedauerlicherweise haben die Bemühungen des Hauptmanns weder die Wiederbeschaffung des fraglichen Gegenstands herbeiführen noch bewirken können, dass seine Diebe ihrer gerechten Strafe zugeführt wurden.«

Mit einem Anflug von Beklommenheit räusperte Delorran sich sehr leise. »Mit Eurer Erlaubnis, Majestät, aber wenigstens haben die Vielfraße bekommen, was sie verdienen. Wie ich berichtet habe, sind sie alle gefallen.«

»Sie haben sie sterben sehen?«

»Nicht ... buchstäblich, Majestät. Aber als ich sie zuletzt sah, war ihre Lage vollkommen aussichtslos. Der Tod war ihnen gewiss.«

»Nicht so gewiss, wie Sie denken, Hauptmann.«

Delorran starrte sie an. »Majestät?«

»Die Berichte über ihren Tod waren ein wenig, sagen wir, verfrüht.«

»Sie haben die Schlacht überlebt?«

»Das haben sie.«

»Aber ...«

»Woher ich das weiß? Weil sie von einer Drachenpatrouille verfolgt wurden, nachdem sie das Schlachtfeld verlassen hatten, und auch deren Angriff überlebt haben.«

»Majestät, ich ...«

»Sie wären besser beraten gewesen, noch ein wenig länger zu bleiben und die Vernichtung der Vielfraße mit anzusehen, anstatt sie nur anzunehmen, nicht wahr, Hauptmann?« Ihr Tonfall war mehr scheltend als wütend, als habe sie es mit einem ungezogenen Kind zu tun.

»Ja, Majestät«, erwiderte er unterwürfig.

»Sie haben von General Kysthans ... Ableben gehört.« Delorran schien sich äußerst unbehaglich zu fühlen. »Er hat den Preis für Ihr Versagen bezahlt.«

Dem Hauptmann blieb keine Zeit zu antworten, bevor Jennesta mit den Fingern schnippte. Elfische Diener bewegten sich zwischen ihnen und servierten kristallene Weinkelche von Silbertabletts. Einer davon wurde Jennesta mit einer tiefen Verbeugung gereicht.

»Ein Trinkspruch«, sagte sie, indem sie ihren Kelch hob. »Auf die Rückgewinnung dessen, was mir gehört, und zum Henker mit meinen Feinden!«

Sie trank, und alle folgten ihrem Beispiel.

»Was nicht bedeutet, dass Sie nicht auch einen Preis bezahlen müssten, Hauptmann«, fügte sie hinzu.

Delorran begriff nicht sofort, was Jennesta meinte, und starrte sie verwirrt an. Dann ging ihm die Bedeutung ihrer Worte auf. Er schaute auf den Kelch in seiner Hand, und aus seinem Gesicht wich alle Farbe.

Das Glas entglitt seinen Fingern und zerbrach. Seine Kinnlade fiel herunter, und er fuhr sich mit einer Hand an die Kehle. *»Miststück«,* krächzte er. Er erhob sich schwankend und stieß dabei seinen Stuhl um.

Jennesta blieb ungerührt sitzen und beobachtete ihn.

Delorran torkelte ein, zwei Schritte auf sie zu, und seine zitternde Hand fuhr zum Schwertgriff.

Sie bewegte sich nicht.

Er konnte seine Bewegungen nicht mehr ausreichend koordinieren, um die Klinge zu ziehen, und schwitzte jetzt sehr stark, das Gesicht in offenkundig stärker werdendem Schmerz verzerrt. Ein keuchender, rasselnder Laut drang aus seiner Kehle, und er fing an zu würgen. Dann krümmte er sich und ging zu Boden. Er fing unkontrolliert an zu zucken, vor seinem Mund bildete sich Schaum, und sein ganzer Körper wurde von Krämpfen geschüttelt. Ein dünnes Rinnsal von Blut lief ihm aus dem Mundwinkel. Sein Rücken bog sich durch, und seine Beine zuckten krampfhaft. Dann lag er still.

Der Tod stanzte einen furchtbaren Ausdruck in sein Gesicht.

»Warum kostbare Magie verschwenden?«, fragte Jennesta ihre stumme Gesellschaft. »Ich wollte ohnehin diesen speziellen Trank ausprobieren.«

Saphir tauchte auf und schlich zu der Lache mit verschüttetem Wein. Die Katze hätte daran geleckt, hätte Jennesta sie nicht lachend verscheucht.

Die Königin sah auf. Die drei Menschen betrachteten ihre halb ausgetrunkenen Gläser mit Besorgnis. Das entfachte ihr Gelächter neu.

»Keine Sorge«, versicherte sie ihnen. »Ich habe keinen Grund, Leute speziell deswegen herkommen zu lassen, um sie zu vergiften. Und Sie können aufhören, mich so anzusehen, Mersadion. Ich hätte mir wohl kaum die Mühe gemacht, sie zu befördern, nur um Sie dem Grab zu überantworten. Jedenfalls nicht so rasch danach.«

Es hätte ein Scherz sein können.

Sie stieg über die Leiche hinweg und setzte sich näher zu ihnen. »So viel zum Vergnügen, kommen wir zum Geschäft. Ich erwähnte bereits, dass Lekmann und seine Begleiter über besondere Fähigkeiten verfügen, General. Diese besonderen Fähigkeiten bestehen darin, Gesetzlose aufzuspüren.«

»Sie sind Kopfgeldjäger, meint Ihr?«

Lekmann antwortete. »So werden wir von manchen genannt. Wir sehen uns selbst lieber als freischaffende Gesetzeshüter.«

Jennesta lachte wieder. »Eine ebenso gute Beschreibung wie alle anderen. Aber seien Sie nicht so bescheiden, Lekmann. Erzählen Sie dem General von Ihrer Spezialität.«

Lekmann nickte Greever Aulay zu. Aulay brachte einen Sack zum Vorschein und lud ihn auf dem Tisch ab.

»Unser Geschäft besteht darin, Orks zu jagen«, sagte Lekmann.

Aulay hob den Sack hoch und hielt die Öffnung nach unten. Fünf oder sechs gelblich-braune Gegenstände tanzten über die Tischplatte. Mersadion starrte sie an. Dann dämmerte ihm langsam, worum es sich dabei handelte – um geschrumpfte Orkköpfe. Ein entsetzter Ausdruck huschte über sein Gesicht.

Lekmann setzte ein öliges Grinsen auf. »Wir kümmern uns nur um Abtrünnige, wenn Sie verstehen.«

»Ich hoffe, Sie lassen nicht zu, dass irgendwelche Vorurteile Ihre Beziehungen zu diesen Agenten trüben, General«, warf Jennesta ein. »Ich erwarte von Ihnen, dass Sie ihnen bei ihrer Arbeit die vollste Unterstützung gewähren.«

Ehrgeiz rang mit Abscheu auf Mersadions Zügen. Er riss sich ein wenig zusammen. »Worin genau *besteht* diese Arbeit, Majestät?«, fragte er.

»In der Jagd auf die Vielfraße, natürlich, und in der Wiederbeschaffung meines Eigentums. Nicht anstelle Ihrer Bemühungen, sondern zusätzlich. Ich hielt die Zeit für gekommen, Leute mit großer Erfahrung auf diesem Gebiet hinzuzuziehen.«

Mersadion wandte sich an Lekmann. »Sie sind nur zu dritt? Oder haben Sie ... Helfer?«

»Wir können auf andere zurückgreifen, wenn es sein muss, aber normalerweise arbeiten wir allein. Wir finden es am besten so.«

»Wem gilt Ihre Treue?«

»Uns.« Er warf einen Blick auf Jennesta. »Und dem, der uns bezahlt.«

»Sie folgen weder dem Manni- noch dem Uni-Pfad«, sagte Jennesta. »Sie sind schlichtweg Opportunisten. Stimmt das nicht, Lekmann?«

Der Kopfgeldjäger nickte grinsend. Obwohl es eine akademische Frage war, ob er überhaupt eine Ahnung hatte, was »Opportunisten« bedeutete.

»Was sie für meine Zwecke ideal macht«, fuhr die Königin fort, »weil es unwahrscheinlich ist, dass sie sich von etwas anderem beeinflussen lassen als der Belohnung, die beträchtlich genug ist, um ihre Loyalität zu gewährleisten.«

Mersadion hatte alle etwaigen Skrupel beiseite geschoben. »Wie sollen wir vorgehen, Majestät?«

»Wir wissen anhand der letzten Sichtungen, dass die Vielfraße den Weg nach Dreieinigkeit eingeschlagen haben. Sie werden mir zustimmen, dass dies ein seltsames Ziel ist. Es sei denn, sie sind, wie Delorran glaubte, zu Verrätern geworden und haben sich den Unis angeschlossen. Für mich ist das schwer vorstellbar. Aber wenn sie sich, aus welchem Grund auch immer, tatsächlich in

Dreieinigkeit aufhalten, sind unsere Freunde hier ganz offensichtlich am besten geeignet, ihnen dorthin zu folgen.«

»Wie lauten Eure Befehle?«, wollte Lekmann wissen.

»Der Zylinder hat absoluten Vorrang. Wenn Sie den Trupp erledigen können, der ihn gestohlen hat, insbesondere seinen Anführer, umso besser. Aber nicht auf Kosten der Wiedergewinnung des Artefakts. Bedienen Sie sich jeder Methode, die Sie für angemessen halten.«

»Ihr könnt Euch auf uns verlassen. Äh, Majestät«, schob er hinterher, als ihm das Protokoll wieder einfiel.

»Das hoffe ich. Um Ihretwillen.« Gesicht und Stimme bekamen etwas entschieden Kühles. »Denn falls Sie an Betrug denken, sollten Sie auch wissen, dass mein Zorn grenzenlos ist.« Alle starrten auf die Leiche am Boden. »Sie werden außerdem feststellen, dass Sie für die Rückgabe dessen, was mir gehört, niemand so großzügig bezahlen wird wie ich.« Ihr Lächeln kehrte zurück. Man hätte es fälschlich für warm halten können. »Ich will auf der Suche nach diesem Trupp Abtrünniger jeden Stein umdrehen, also habe ich die Absicht, der Tradition zu folgen.«

Sie gab zweien ihrer orkischen Leibwächter ein Zeichen. Die beiden traten vor und zogen Delorrans Leiche zu einer kleinen Seitentür.

Jennesta wandte sich an einen Bediensteten. »Lass sie ein.«

Der Bedienstete ging zur großen Doppeltür des Speisesaals und öffnete sie. Zwei elfische Ältere traten ein und verbeugten sich tief.

»Ich habe eine Proklamation für Sie«, sagte Jennesta zu ihnen. »Verbreiten Sie diese Worte im ganzen Reich und schicken Sie Läufer in alle Landesteile, wo diese Informationen von Wert sind.« Sie gab dem Diener an der Tür ein Handzeichen. »Fang an.«

Der Diener entrollte ein Pergament und las es im charakteristischen rhythmisch-melodiösen Tonfall der Elfen vor. »Auf Befehl Ihrer Imperialen Hoheit, Königin Jennesta von Grabhügelstein, soll der zur Horde Ihrer Majestät gehörige und als die Vielfraße bekannte orkische Kriegstrupp fürderhin als abtrünnig und gesetzlos betrachtet werden und nicht mehr unter dem Schutz des Reiches stehen. Auf die Köpfe der Offiziere des Trupps ist eine Belohnung bestehend aus klingender Münze, Pelluzit oder gegebenenfalls Land ausgesetzt. Als da wären Hauptmann Stryke, die Feldwebel Haskeer und der Zwerg Jup sowie die Gefreiten Alfray und Coilla. Des Weiteren ist eine Belohnung im Verhältnis zu ihrem Rang auf die Ergreifung, tot oder lebendig, der gemeinen Soldaten des Trupps ausgesetzt, deren Namen lauten: Bhose, Breggin, Calthmon, Darig, Eldo, Finje, Gant, Gleadeg, Hystykk, Jad, Kestix, Liffin, Meklun, Nep, Noskaa, Orbon, Prooq, Reafdaw, Seafe, Slettal, Talag, Toche, Vobe, Wrelbyd und Zoda. Wer besagten Gesetzlosen Unterschlupf gewährt, soll die volle Härte des entsprechenden Gesetzes zu spüren bekommen. Auf Befehl Ihrer Majestät Königin Jennesta. Heil der hochwohlgeborenen Monarchin.«

Der Diener rollte das Pergament zusammen und reichte es einem der Älteren.

»Jetzt gehen Sie und verteilen Sie es«, befahl Jennesta.

Die Älteren zogen sich mit vielen Verbeugungen aus dem Raum zurück.

Die Königin erhob sich und veranlasste damit die anderen, hastig aufzuspringen. Sie fixierte die Kopfgeldjäger mit einem durchdringenden Blick. »Sie machen sich besser auf den Weg, wenn Sie der Opposition zuvorkommen wollen«, sagte sie. Mit einem Lächeln fügte sie hinzu: »Wir werden sehen, wo die Vielfraße jetzt noch Zuflucht finden.«

Dann kehrte sie ihnen den Rücken und rauschte aus dem Gemach.

21

Jup wischte Haskeers Stirn vorsichtig mit einem feuchten Lappen ab.

Draußen vor dem Lazarettzelt beobachteten Stryke, Alfray und eine Hand voll Gemeine die Szene mit gelindem Erstaunen.

Ungläubig schüttelte Alfray den Kopf. »Jetzt schlägt's dreizehn.«

»Das zeigt wieder einmal nur, dass es nichts Merkwürdigeres gibt als denkende Wesen«, sagte Stryke.

Sie gingen wieder ihren Beschäftigungen nach und verscheuchten dabei die Gemeinen.

Haskeer schien zu sich zu kommen. Blinzelnd, als sei das Licht schmerzhaft für seine Augen, murmelte er etwas Unzusammenhängendes. Ob ihm klar war, dass es Jup war, der ihn pflegte, wusste der Zwerg nicht. Er wusch den Lappen aus und wiederholte die Behandlung.

»Was ... soll ... die ... Sch...«, lallte Haskeer.

»Genau«, erwiderte Jup fröhlich. »Bald bist du wieder ganz der Alte.«

»Hmmm ...?«

Die Verwirrung auf Haskeers Gesicht mochte auf seinen benommenen Zustand zurückzuführen sein oder auch darauf, dass sich ausgerechnet der Zwerg um ihn kümmerte. So oder so nahm Jup keine Notiz davon.

»Es ist viel passiert, seit du weggetreten bist«, stellte Jup fest, »also hab ich mir gedacht, ich bringe dich auf den neuesten Stand.«

»Was ...?«

»Mir ist vollkommen egal, ob du mich verstehst oder nicht, du Mistkerl, ich erzähle dir trotzdem alles.«

Er fuhr fort, den halb komatösen Ork über die Entwicklungen zu informieren, ohne dabei auch nur die geringste Rücksicht auf die offenkundige Begriffsstutzigkeit des Patienten Rücksicht zu nehmen. Nach vielleicht zwei Dritteln der Geschichte fielen Haskeer die Augen zu, und er fing sofort an zu schnarchen.

Jup erhob sich. »Glaub ja nicht, dass du mir so leicht davonkommst«, versprach er. »Ich komme wieder.«

Er verließ das Zelt.

Draußen herrschte trüber Sonnenschein. Das klingelnde Summen von Feenschwärmen war in der Ferne zu hören. Er betrachtete die Landschaft. Die an den Callyparr-Meeresarm angrenzenden Landstriche waren sumpfig und ungastlich. Sie hatten ihr Lager auf dem trockensten Fleck aufgeschlagen, den sie gefunden hatten, aber es war trotzdem noch ziemlich nass unter den Stiefeln und alles in allem ziemlich miserabel.

Die Mitglieder des Trupps waren damit beschäftigt, Feuerholz zu suchen, Essen zuzubereiten und andere notwendige Aufgaben zu erfüllen.

Alfray und Coilla kamen zu ihm.

»Wie geht es ihm?«, fragte Alfray.

»Er ist für ein, zwei Minuten zu sich gekommen.« Jup lächelte. »Ich glaube, meine Berichterstattung von allem, was sich seit seinem Fieber ereignet hat, war zu viel für ihn. Er hat einen ziemlich wirren Eindruck gemacht.«

»Das ist bei einigen dieser Menschenkrankheiten nicht unüblich. In einer Weile müsste es ihm wieder besser gehen. Mich überrascht nur, dass du so nett zu ihm bist.«

»Ich hatte nie etwas gegen ihn, so wie er glaubt, etwas gegen mich zu haben. Und unterm Strich bleibt er ein Kamerad.«

»Jeder kann erbärmlich aussehen, wenn er so krank ist«, erinnerte Coilla ihn. »Sei also nicht zu nett zu dem Scheusal.«

»Die Gefahr besteht nicht.«

Alfray holte tief Luft. »Wisst ihr, es ist kälter, als es sein dürfte, und ich war schon in trockeneren Gegenden, aber so schlimm ist es hier auch nicht. Wie es hier in diesem kleinen Landstrich in diesem winzigen Zeitabschnitt aussieht, so muss es in ganz Maras-Dantien ausgesehen haben, bevor die Schwierigkeiten anfingen. Das heißt, wenn man blinzelt und seine Phantasie benutzt.«

Coilla wollte gerade ihren Senf dazu geben, als sie von Rufen aus einer nahen Lichtung unterbrochen wurden. Die Rufe klangen eher heiter denn beunruhigend, aber die Offiziere machten sich dennoch auf den Weg, ihnen auf den Grund zu gehen. Kurz darauf gesellte sich auch Stryke zu ihnen.

Ein Gemeiner kam ihnen im Laufschritt entgegen.

»Was liegt an, Prooq?«, fragte Stryke.

»Scherereien, Hauptmann.«

»Welcher Art?«

»Tja ... am besten kommen Sie wohl mit und sehen es sich selbst an, Hauptmann.«

Sie gingen ein Stück weiter und stießen auf die übrigen Gemeinen, die sich vor der Lichtung versammelt hatten. Eine kleine Gruppe von Gestalten stellte sich vor ihnen zur Schau.

»O nein«, seufzte Alfray. »Verdammte Nervensägen!«

»Was sind das für welche?«, wollte Jup wissen.

»Waldnymphen.«

»Und wie es aussieht, ein oder zwei Sukkuben«, fügte Stryke hinzu.

Die sinnlichen Frauen trugen Kleider in schlichten Farben, die aufreizend tief ausgeschnitten und bis zur Hüfte geschlitzt waren, sodass ein Maximum vom Brustansatz und wohlgeformte Beine zu sehen waren. Sie tanzten umher, schwangen ihre in Herbstfarben gehaltenen Haare und warfen sich in übertrieben verführerische Posen. Ein klagendes, jammerndes, unmelodiöses Kreischen lag in der Luft.

»Was, zum *Henker,* ist das für ein Lärm?«, stöhnte Jup.

»Ihr Sirenengesang«, erklärte Alfray. »Er soll angeblich verlockend und unwiderstehlich sein.«

»Ziemlich übertrieben, oder?«

»Es heißt, sie seien Meister der Täuschung.«

»Sie täuschen nur sich selbst«, warf Coilla missmutig ein. »Für mich sehen sie wie abgehalfterte Huren aus.«

Die Nymphen warfen sich weiterhin in eindeutige Posen und bereicherten ihr Gejammer um noch eindeutigere Redewendungen. Einige der Gemeinen waren offensichtlich versucht.

»Seht sie euch an!«, schäumte Coilla. »Ich hätte mehr von diesem Trupp erwartet, als dass er sich von einem Anschwellen seiner Fruchtbarkeitsbeutel beherrschen lassen würde!«

»Sie sind jung und so etwas wahrscheinlich noch nie begegnet«, sagte Alfray. »Sie wissen nicht, dass es nur eine Illusion ist und dass diese Illusion sie wahrscheinlich umbringen wird.«

»Ernsthaft?«, fragte Jup.

»Bei der erstbesten Gelegenheit werden diese Huren jedem die Lebensenergie aussaugen, der so dumm ist, sich von ihnen betören zu lassen.«

Jup beäugte das fleischige Gepränge. »Ich kann mir schlimmere Arten des Abtretens vorstellen ...«

»Jup!«, schalt Coilla.

Er errötete.

»Was tun sie überhaupt an einem Ort wie diesem?«, wunderte sich Stryke. »Das ist kaum ein idealer Fleck, um Arglose in die Falle zu locken.«

»Entweder sind sie aus den angenehmeren Gegenden vertrieben worden, weil sie solche Störenfriede sind«, spekulierte Alfray, »oder sie sind zu abgehalftert für ihre üblichen Lieblingsplätze.«

»Letzteres, so wie sie aussehen«, schnaufte Coilla.

»An und für sich sind sie nicht sonderlich gefährlich«, fügte Alfray hinzu. »Sie sind darauf angewiesen, dass ihre Opfer freiwillig zu ihnen kommen. Sie haben meines Wissens keine kämpferischen Fähigkeiten.«

Die Gemeinen riefen den Nymphen obszöne Bemerkungen zu, und mehrere tasteten sich beständig näher.

»Gut, dass Haskeer nicht hier ist«, stellte Jup fest.

Alfray verzog das Gesicht. »Götter bewahrt!«

»Wir haben keine Zeit für diesen Unsinn«, entschied Stryke.

»Genau meine Meinung«, verkündete Coilla und zog ihr Schwert. Sie schritt näher an die Lichtung heran.

»Wie ich schon sagte«, rief Alfray ihr nach, »es gibt keinen Grund, gegen sie zu kämpfen!«

Sie ignorierte ihn und ging weiter. Doch ihr Ziel waren die Gemeinen. Sie ging mit der flachen Seite ihrer Schwertklinge auf sie los und widmete ihren Kehrseiten besondere Aufmerksamkeit. Ein halbes Dutzend Schläge und ebenso viele Aufschreie später liefen sie zum Lager.

Die nymphischen Möchtegern-Verführerinnen verspotteten sie auf eine entschieden undamenhafte Art und machten sich davon.

Coilla marschierte zu den anderen zurück. »Es geht doch nichts über einen gegerbten Arsch, um Leidenschaft zu dämpfen«, verkündete sie, während sie ihr Schwert in die Scheide schob. »Obwohl ich entsetzt bin, dass überhaupt welche von unseren Soldaten nicht abgeneigt gewesen sind.«

»Wir haben genug Zeit verschwendet«, beschwerte sich Stryke. »Wir können uns hier nicht für den Rest unseres Lebens die Beine in den Bauch stehen. Ich will eine Entscheidung, was die Krätze angeht, und zwar sofort.«

*

Sie erörterten das Für und Wider und beschlossen am Ende, sich zur Heimat der Trolle aufzumachen. Dort angekommen, würden sie eine neuerliche Einschätzung der Lage vornehmen.

Die von ihnen ausgewählte Route folgte einem uralten Handelsweg nach Norden zur Manni-Siedlung Frauenholz. Bevor sie die Siedlung erreichten, würden sie nach Nordosten zur Krätze abbiegen.

Es war eine Reise nicht ohne Gefahren, aber jedes Umherstreifen im von Menschen heimgesuchten Süden hatte seine Tücken. Sie mussten eben mit Vorsicht an die Sache herangehen und die Augen offen halten.

Haskeer hatte an der Diskussion über ihr weiteres Vorgehen nicht teilgenommen. Angesichts seines früheren Verhaltens war dies beispiellos. Sie schoben seine Wortkargheit auf seine Krankheit. Aber er hatte sich körperlich so weit erholt, dass er wieder ohne Hilfe reiten konnte. Jedenfalls war seine Sturheit wieder so weit hergestellt, dass er darauf bestand.

Stryke legte Wert darauf, neben ihm zu reiten. Nach vielleicht einer Stunde ununterbrochenen Schweigens fragte er: »Wie fühlst du dich?«

Haskeer starrte ihn überrascht an. Schließlich antwortete er: »Hab mich noch nie besser gefühlt.«

Stryke konnte nicht umhin, den seltsam unterkühlten Ton in Haskeers Antwort zur Kenntnis zu nehmen, und sah dies etwas anders. Aber er sprach seine Ansicht nicht laut aus.

Ein, zwei weitere Augenblicke der Wortlosigkeit verstrichen, bevor Haskeer sagte: »Kann ich die Sterne sehen?«

Stryke war ein wenig verblüfft angesichts dieser Bitte und zögerte. Aber dann dachte er: *Warum sollte er sie nicht sehen wollen? Hat er nicht das Recht dazu?* Schließlich war es nicht so, als könne er nicht mit etwaigen Problemen fertig werden, die Haskeer verursachen mochte.

Stryke griff in seinen Gürtelbeutel und hielt ihm die Sterne hin, damit er sie betrachten konnte.

Haskeers Miene nach zu urteilen, war er viel mehr an ihnen interessiert, als es je zuvor den Anschein gehabt hatte. Er streckte eine Hand aus und wartete darauf, dass Stryke sie ihm gab. Wiederum zögerte Stryke. Dann legte er sie auf Haskeers geöffnete Handfläche.

Haskeer starrte die Gegenstände fasziniert an.

Die Stille hielt so lange an, dass Stryke langsam ein wenig unruhig wurde. Etwas Sonderbares, ein Ausdruck, wie Stryke ihn noch nie zuvor gesehen hatte, brannte in Haskeers Augen.

Schließlich sah der Feldwebel auf. »Sie sind wunderschön.«

Diese Aussage war so untypisch für ihn, dass Stryke nicht wusste, wie er darauf reagieren sollte. In diesem Fall brauchte er es auch nicht. Ein Kundschafter tauchte auf und ritt ihm in vollem Galopp entgegen.

»Nachricht vom Vorauskommando«, sagte Stryke, indem er die Hand aufhielt. »Gib sie zurück.«

Haskeer starrte weiterhin auf die Artefakte.

»*Haskeer!* Die Sterne.«

»Wie? Ach so. Ja. Hier.«

Er gab sie zurück, und Stryke verstaute sie wieder in seinem Beutel.

Der Kundschafter erreichte ihn.

»Was gibt es, Talag?«

»Ein Trupp Menschen kommt uns entgegen, Hauptmann. Zwanzig oder dreißig, vielleicht noch eine Meile entfernt.«

»Feindselig?«

»Ich glaube nicht, dass sie eine Gefahr sind, falls es keine Falle ist. Es sind hauptsächlich Frauen, Kinder und Säuglinge sowie Alte beiderlei Geschlechts. Sie sehen wie Flüchtlinge aus.«

»Haben sie dich gesehen?«

»Das glaube ich nicht. Das ist keine Kampfeinheit, Hauptmann. Die meisten von ihnen können kaum laufen.«

»Bleib hier, ich reite gleich mit dir zu ihnen zurück.«

Stryke sah Haskeer an. Er hätte damit gerechnet, dass er etwas über die Möglichkeit einer Begegnung mit Menschen zu sagen hatte, aber er schien völlig unbeeindruckt zu sein. Also ignorierte er ihn und ließ sich in die nächste Reihe zurückfallen, wo Coilla und Jup nebeneinander ritten.

»Habt ihr das gehört?«

Sie hatten.

»Ich reite voraus. Bringt die Kolonne nach. Und, äh, seid wachsam, ja?« Er nickte in Richtung Haskeer. Sie verstanden, was er meinte, und erwiderten das Nicken.

»Alfray!«, rief Stryke. »Mir nach!«

Coilla und Jup übernahmen die Führung, während er mit Talag und Alfray voranritt. Sie spornten ihre Pferde an, sodass sie rasch einen Vorsprung gewannen. Nach zwei, drei Biegungen des Weges stießen sie auf den Menschentrupp.

Sie waren, wie Talag sie beschrieben hatte: hauptsächlich Frauen, manche mit Säuglingen auf dem Arm, und Kinder, auch ein paar humpelnde Greise. Das Auftauchen der Orks sorgte für äußerste Beunruhigung in der abgerissenen Gruppe. Kinder schlangen die Arme um die Beine ihrer Mütter, alte Männer taten ihr Bestes, um sich aufzurichten und einen kampfbereiten Eindruck zu machen.

Stryke sah weder eine Gefahr noch einen Grund, sie noch mehr zu beunruhigen. Er zügelte sein Pferd und stieg ab, um einen weniger einschüchternden Eindruck zu machen. Alfray und Talag folgten seinem Beispiel.

Eine einzelne Frau trat vor. Sie wirkte ziemlich jung unter all dem Schmutz. Ihre ungewaschenen hüftlangen blonden Haare waren im Rücken zu einem Zopf geflochten, und ihre Kleidung war verdreckt und heruntergekommen. Sie war offensichtlich verängstigt, trat Stryke aber mit geradem Rücken und stolzer Haltung entgegen.

»Wir sind nur Frauen und Kinder«, sagte sie mit vor Nervosität bebender Stimme, »und ein paar Alte. Wir haben keine bösen Absichten und könnten selbst dann nicht mit Gewalt drohen, wenn wir Waffen hätten. Wir wollen nur passieren.«

Stryke fand, dass sie ihre kleine Ansprache tapfer gehalten hatte. »Wir führen keinen Krieg gegen Frauen und Kinder«, erwiderte er. »Und auch nicht gegen Leute, die uns nicht drohen.«

»Ich habe dein Wort, dass niemandem etwas geschieht?«

»Das hast du.« Er musterte ihre erschöpften, sorgenvollen Gesichter. »Woher kommt ihr?«

»Frauenholz.«

»Also seid ihr Mannis?«

»Ja. Und ihr Orks habt auf unserer Seite gekämpft, nicht wahr?« Wahrscheinlich war dies weniger als Frage gedacht, sondern mehr als laut ausgesprochener Gedanke, um sich zu beruhigen.

»Das haben wir.« Stryke wollte ihr nicht sagen, dass sie in dieser Angelegenheit keine Wahl gehabt hatten.

»So sollte es auch sein. Ihr älteren Rassen glaubt wie wir an ein Pantheon der Götter.«

Stryke nickte, sagte aber weiter nichts zum Thema. Zwischen Orks und Menschen gab es mehr Unterschiede als Gemeinsamkeiten. Er sah keinen Grund, sie jetzt hervorzuheben. Vielmehr fragte er: »Was ist in Frauenholz passiert, dass ihr es verlassen habt?«

»Ein Angriff einer Uni-Armee. Die meisten unserer Männer wurden getötet. Wir konnten gerade noch entkommen.«

»Die Siedlung ist gefallen?«

»Als wir sie verlassen haben, hielten noch einige wenige aus, aber gewiss wurden sie überrannt.« Ihre düstere Miene heiterte sich ein wenig auf. »Seid ihr unterwegs, um bei der Verteidigung zu helfen?«

Stryke hatte gehofft, sie würde das nicht fragen. »Nein, wir sind in einer anderen Mission unterwegs ... Zur Krätze. Es tut mir Leid.«

Der Schatten legte sich wieder auf ihre Züge. »Ich hatte gehofft, ihr wärt die Antwort auf meine Gebete.« Sie setzte ein keckes und wenig überzeugendes Lächeln auf. »Nun denn, die Götter werden sich schon darum kümmern.«

»Wohin seid ihr unterwegs?«, wollte Alfray wissen.

»Wir wollen ... nur weg. Wir hoffen, dass uns eine andere Manni-Siedlung aufnimmt.«

»Beherzigt unseren Rat und macht einen großen Bogen um die Prärie. Rings um Weberflur ist es im Moment ganz besonders gefährlich.«

»Das haben wir auch schon gehört.«

»Bleibt hier am Meeresarm«, fügte Stryke hinzu. »Wir brauchen euch nicht zu sagen, dass ihr Dreieinigkeit meiden müsst.« Er überlegte, ob er Hobrows Horde erwähnen sollte, und entschied sich schließlich dagegen.

»Wir wollten uns eigentlich zu den Siedlungen an der Westküste durchschlagen«, erklärte sie. »Nach Sechster oder vielleicht nach Zinnober. Dort sollten wir eine freundliche Aufnahme finden.«

Stryke bedachte ihren erbärmlichen Zustand. »Das ist ein langer Marsch.« *Ein mörderisch langer Marsch, um der Wahrheit die Ehre zu geben,* dachte er.

»Mit der Götter Hilfe werden wir es schaffen.«

Er hatte keinen Grund, den Menschen wohlgesonnen zu sein, aber er wollte dennoch glauben, dass sie Recht hatte.

In diesem Augenblick kam der Rest der Vielfraße in Sicht und gesellte sich im Galopp zu ihnen. Wiederum regte sich Unbehagen unter den Flüchtlingen.

»Macht euch keine Sorgen«, versicherte ihnen Stryke. »Unser Trupp wird euch nichts tun.«

Die Orks stiegen ab und betrachteten den Haufen zerlumpter Menschen vor ihnen.

Die meisten traten vor, Coilla und Jup an der Spitze. Als weiblicher Ork und Zwerg in orkischer Gesellschaft provozierten die beiden viele neugierige Blicke und geflüsterte Bemerkungen. Haskeer hielt sich im Hintergrund, aber Stryke hatte im Moment keine Zeit, über dessen Verschrobenheiten nachzudenken.

»Wir haben Frauenholz mit wenig mehr als den Kleidern am Leib verlassen«, sagte die Frau zu ihnen. »Habt ihr vielleicht etwas Wasser für uns übrig?«

»Ja«, erbot sich Stryke, »und vielleicht auch etwas Proviant.«

»Ihr seid freundlich. Wir danken euch.«

Stryke betraute ein paar Gemeine mit der Aufgabe.

Ein kleines Kind, ein Mädchen seiner Rasse, trat zögernd vor, die Augen weit aufgerissen und einen Daumen im Mund. Es griff nach dem Rock der Frau und starrte die Orks an. Die Frau sah zu ihm herab und lächelte.

»Ihr müsst ihr verzeihen. Verzeiht uns allen. Wenige von uns waren bisher in der Gesellschaft von Orks, obwohl eure Rasse auf unserer Seite gekämpft hat.«

Das Kind, blond wie die Frau und mit denselben Zügen, ließ den Rock los und lief die letzten paar Schritte zu den Orks. Ihr Blick wanderte von Coilla zu Stryke und zu Alfray und Jup und dann wieder zurück.

Es nahm den Daumen aus dem Mund und sagte: »Was ist das?« Es zeigte auf Coillas Gesicht.

Coilla wusste nicht, was es meinte. Sie war verwirrt.

Das Kind fügte hinzu: »Die Male in deinem Gesicht.«

»Ach, die Tätowierungen. Das sind unsere Rangabzeichen.«

Das Mädchen sah sie verständnislos an.

»Die Male zeigen allen, wer das Sagen hat.« Coilla sah einen Stock am Wegesrand und bückte sich, um ihn aufzuheben. Dann kauerte sie sich neben das Mädchen. »Pass auf, ich zeig's dir. Unser Anführer ist Stryke.« Sie zeigte mit dem Stock auf ihn und zeichnete dann ein grobes Bild in den Staub. »Wie du siehst, hat er zwei Streifen auf seiner Wange. Ungefähr so.« Sie kratzte ((. »Das bedeutet, dass er Hauptmann ist. Der Boss, wenn du so willst.« Sie zeigte auf Jup. »Er ist Feldwebel, also sehen die Zeichen in seinem Gesicht so aus.« Sie malte -(–)-. »Feldwebel kommen gleich nach Hauptleuten. Danach komme ich als Gefreiter, und meine Zeichen sehen so aus.« Sie ritzte (). »Verstanden?«

Das Kind nickte hingerissen. Es lächelte Coilla an, griff nach dem Stock und kratzte dann ihre eigenen bedeutungslosen Muster in den Boden.

Die Gemeinen kehrten mit dem Wasser und etwas Proviant zurück.

»Es ist wenig genug«, entschuldigte sich Stryke, »aber ihr seid herzlich eingeladen.«

»Es ist viel mehr, als wir hatten, bevor wir euch begegnet sind«, erwiderte die Frau. »Mögen euch die Götter segnen.«

Stryke fühlte sich unbehaglich. Schließlich hatten die meisten seiner Begegnungen mit Menschen damit zu tun, so viele wie möglich von ihnen zu töten. Auf seinen Befehl gingen die Gemeinen zu den Menschen und verteilten die spärlichen Vorräte.

Stryke, Alfray und Jup beobachteten, wie die Menschen den Soldaten überschwänglich dankten und wie Coilla auf Händen und Knien mit dem Kind spielte.

»Die Wendungen, die das Schicksal für uns bereit hält, sind seltsam, nicht wahr?«, flüsterte Jup.

Aber die Frau hatte ihn gehört. »Ihr findet dies seltsam? Wir auch. Aber in Wahrheit unterscheiden wir uns gar nicht so sehr von euch oder den anderen älteren Rassen. Im Herzen wollen alle Frieden und hassen den Krieg.«

»Orks sind für den Krieg geboren«, erwiderte Stryke ein wenig empört. Der Blick, den sie ihm zuwarf, veranlasste ihn hinzuzufügen: »Aber er muss gerecht sein. Zerstörung um ihrer selbst willen finden wir nicht erstrebenswert.«

»Meine Rasse hat euch sehr viel Unrecht getan.«

Er war überrascht, solch ein Eingeständnis von einem Menschen zu hören, hielt aber seine Zunge im Zaum.

Ein Soldat ging an dem Kind vorbei, das neben Coilla kniete. Er hatte einen Wasserbeutel in der Hand. Das Kind griff danach. Der Soldat zog den Stöpsel heraus und gab ihm den Beutel. Das Mädchen hob ihn gerade an die Lippen, als sich sein Gesicht auf merkwürdige Weise verzerrte. Dann stieß es einen furchtbaren Laut aus.

»Hatschi!«

Coilla sprang auf. Sie und der Soldat wichen rasch zurück.

Zu Strykes Entsetzen lächelte die Frau. »Das arme kleine Ding. Es hat sich verkühlt.«

»Sich verkühlt?«

»Gar nicht schlimm. In ein, zwei Tagen ist sie darüber hinweg.« Sie legte dem Kind die Hand auf die Stirn. »Als hätte sie nicht schon genug zu leiden. Wahrscheinlich haben wir es in kürzester Zeit alle.«

»Dieses ... sich verkühlen«, sagte Coilla. »Ist das eine Krankheit?«

»Krankheit? Na ja, wahrscheinlich könnte man es wohl so nennen. Aber es ist nur ...«

»Alles zurück zu den Pferden!«, bellte Stryke.

Die Soldaten ließen Wasserbeutel und Proviant liegen und rannten zu den Pferden.

Die Frau war verblüfft. Alle Menschen waren es.

»Ich verstehe das nicht. Was ist denn los? Das Kind hat doch nur eine Erkältung.«

Strykes Befürchtung war, der Trupp könnte sich auf die Menschen stürzen und sie alle töten. Er sah keinen Sinn darin, sich noch länger hier aufzuhalten. »Wir müssen weiter. Es tut mir Leid. Ich wünsche euch ... alles Gute.«

Er machte kehrt und lief ebenfalls zu seinem Pferd.

»Warte!«, rief sie. »Warte doch! Ich verstehe nicht ...«

Er ignorierte sie, brüllte einen Befehl und führte den Trupp davon.

Sie galoppierten davon und ließen die vollkommen verwirrt dreinschauenden Menschen einfach auf der Straße stehen.

Als sie etwas Entfernung zwischen sich und die Menschen gelegt hatten, sagte Jup: »Das war knapp.«

»Das beweist nur, dass man Menschen nicht trauen kann«, stellte Alfray fest. »Egal ob Manni oder Uni.«

*

Was Jennesta betraf, war nur ein toter Uni ein guter Uni.

Jedenfalls hatten sich die halb untergetaucht in dem mit blutigem Wasser gefüllten Graben liegenden Uni-Leichen als sehr nützlich dabei erwiesen, ihr zu geben, was sie brauchte. Jetzt waren ihre diesbezüglichen Gefühle eher zwiespältig.

Jennestas Absicht hatte darin bestanden, den blutigen Inhalt des Teichs als Medium für die Fernsicht zu benutzen. In einem Konflikt war sie ein besonders nützliches Hilfsmittel. Die Schlachtordnung des Feindes zu kennen war ein offensichtlicher Vorteil. Das Problem war, dass Adpars selbstgefälliges Gesicht im Teich erschien, kaum dass sie begonnen hatte.

Wenigstens waren zur Abwechslung einmal Sanaras tugendhafte Züge abwesend.

Jennesta erduldete ein paar unaufrichtige und leere Begrüßungsfloskeln, bevor sie unterbrach. »Das ist jetzt gerade kein geeigneter Moment für einen Plausch«, fauchte sie.

»Ach herrje«, erwiderte Adpars Abbild. *»Und ich hatte schon gedacht, du wärst an Neuigkeiten über diese Gesetzlosen interessiert, um derentwillen du so einen Wirbel veranstaltest.«*

Alarmtrommeln hallten in Jennestas Schädel. Sie heuchelte Gleichgültigkeit. »Gesetzlose? Was für Gesetzlose?«

»Im Kreis deiner Untergebenen magst du dir wie ein guter Lügner vorkommen, aber mich konntest du noch nie täuschen. Also hör auf, das verwirrte kleine Mädchen zu spielen, es macht mich krank. Wir wissen beide ganz genau, wovon ich rede.«

»Angenommen, es wäre so. Was könntest du mir in dieser Angelegenheit schon zu sagen haben?«

»Nur, dass die von dir Gesuchten noch eine Reliquie in ihren Besitz gebracht haben.«

»Was?«

»Oder vielleicht hast du ja keine Ahnung, wovon ich rede. Wieder einmal.«

»Woher weißt du das?«

»Ich habe meine Quellen.«

»Falls du irgendwas damit zu tun hast ...«

»Ich? *Womit eigentlich?«*

»Es würde dir ähnlich sehen, wenn du versuchst, meine Pläne zu durchkreuzen, Adpar.«

»Also hast du Pläne, nicht wahr? Vielleicht entwickle ich doch noch ein Interesse daran.«

»Halte dich da raus, Adpar! Solltest du auch nur ...«

»Majestät!«, rief jemand ganz aus der Nähe.

Jennesta schaute mit funkelndem Blick auf. General Mersadion stand mehrere Schritte entfernt und sah aus wie ein Kind, das gekommen war, um kundzutun, dass es sich in die Hose gemacht habe.

»Was ist denn?«, schnauzte sie.

»Ihr sagtet, ich solle Euch benachrichtigen, sobald wir den Punkt erreicht hätten, wo ...«

»Ja, ja! Ich komme gleich!«

Er zog sich demütig zurück.

Jennesta drehte sich wieder zu Adpars Grimasse um. »Darüber ist das letzte Wort noch nicht gesprochen!« Dann zog sie die Hand durch das eiskalte blutige Wasser und bannte das Bild.

Sie erhob sich und schritt zu dem sich verneigenden General.

Sie befanden sich auf einem Hügel, von dessen Kuppe sie das Schlachtfeld übersehen konnten. Die Schlacht, die jeden Augenblick beginnen würde, war mit etwa tausend Kämpfern pro Seite nicht sonderlich groß, wurde aber über einen Punkt von strategischer Bedeutung ausgetragen.

Die Seite der Königin bestand aus Mannis, Zwergen und Orks, wobei letztere wie immer das Rückgrat bildeten. Die andere Seite bestand fast ausschließlich aus Unis und einigen Zwergen.

»Ich bin bereit«, sagte sie zu Mersadion. »Geben Sie das Zeichen, die Schutzvorkehrungen zu treffen.«

Er gab ein Handzeichen, und eine Reihe orkischer Hornisten auf dem Hang kehrte dem Schlachtfeld den Rücken, um gleich darauf ein schrilles Signal zu blasen. Mersadion hielt sich die Augen zu.

Unter ihnen hörte Jennestas Armee das Signal und tat dasselbe. Sehr zur Verwunderung der Unis.

Sie hob die Hände und wob eine Zauberformel. Dann griff sie in ihren Umhang und holte einen Gegenstand heraus, der einem großen Edelstein ähnelte. Das faustgroße Juwel mit den vielen Facetten funkelte, und in seinem Innern wirbelten unendlich viele Farben durcheinander.

Sie warf es in die Luft.

Jennesta strengte sich nicht besonders an, doch der bizarre Edelstein flog immer höher, als sei er eine Feder, die der Wind erfasst hatte. Viele aus der gegnerischen Armee sahen ihn im schwachen Sonnenlicht glitzern und verfolgten fasziniert seinen Aufstieg. Sie sah, dass einige der feindlichen Krieger es ihren Soldaten nachtaten und sich die Augen zuhielten. Es gab immer ein oder zwei, die schlauer waren als die anderen. Aber niemals genug.

Das Juwel stieg träge, während es sich langsam drehte, ein funkelnder Punkt konzentrierter Leuchtkraft.

Dann explodierte es in einem lautlosen Lichtblitz, der hundert Gewitterblitze beschämt hätte.

Die intensive Helligkeit hielt nicht länger als einen Augenblick an. Sie war kaum verblasst, als unten das Geschrei begann. Die Feinde taumelten voller Panik, rieben sich die Augen, ließen die Waffen fallen, liefen sich gegenseitig über den Haufen.

Die Hornisten bliesen ein weiteres Signal. Ihre Soldaten nahmen die Hände von den Augen und stürmten dem Feind entgegen, um ihn niederzumetzeln.

Mersadion war neben der Königin.

»Ein nützlicher Zugewinn für unser Arsenal«, sagte sie. »Optische Munition.«

Die Schreie der hilflosen Geblendeten drangen zu ihnen hoch.

»Aber wir können sie nicht zu oft verwenden«, fügte sie hinzu. »Sie würden sich darauf einstellen. Und es laugt mich furchtbar aus.« Sie tupfte sich mit einem Spitzentaschentuch die Stirn ab. »Bringen Sie mein Pferd.«

Der General beeilte sich, ihrem Befehl zu folgen.

Auf dem Schlachtfeld erreichte das Gemetzel seinen Höhepunkt. Es war befriedigend, aber nicht ihre Hauptsorge.

In Gedanken war sie bei den Vielfraßen.

22

In den folgenden Tagen gab Haskeers Stimmung den Vielfraßen Grund zur Besorgnis. Er schwankte zwischen Phasen äußerster Hochstimmung und solchen tiefster Niedergeschlagenheit und sagte oft Dinge, die für sie kaum verständlich waren. Alfray versicherte dem Trupp, dass ihr Kamerad sich immer noch von einer Krankheit erholte, an der die meisten Mitglieder der älteren Rassen gestorben wären, und es ihm bald wieder besser gehen würde. Stryke war nicht der Einzige, der sich fragte, wann »bald« war.

Doch diese Überlegungen traten bei allen in den Hintergrund, als sie am Abend des dritten Tages die Krätze erreichten.

Das Heimatland der Trolle befand sich in der Mitte der großen Prärie, und welliges Grasland wich Gestrüpp. Kurz darauf vermischte sich das Gestrüpp mit Schiefer und dann gingen Schiefer und Gestrüpp in eine Landschaft über, die mehr Fels als Erde aufwies.

Die eigentliche Krätze wurde von einer Ansammlung zerklüfteter Felsen angekündigt. Es war so, als seien Berge bis zu neun Zehnteln ihrer Höhe mit Erde überhäuft und die zerklüfteten Gipfel bloß gelassen worden.

Die Orks wussten, dass Wasserläufe in Verbindung mit dem Bergbau der Trolle im porösen Gestein ein Labyrinth aus Tunneln und Kammern geschaffen hatten. Was es enthielt, war ein Rätsel. Von denjenigen, welche den Mut aufgebracht hatten, in das Labyrinth einzudringen, waren nur wenige je zurückgekehrt, um von ihren Erkenntnissen zu berichten.

»Wie lange ist es her, dass jemand einen bewaffneten Angriff auf die Krätze unternommen hat?«, fragte Stryke sich laut.

»Ich weiß es nicht«, gab Coilla zu. »Obwohl die Angreifer sicher mehr aufzubieten hatten als einen erschöpften Kriegstrupp.«

»Kimball Hobrow scheint zu glauben, dass er dazu in der Lage ist.«

»Hobrow bietet für sein Unternehmen zweifelsohne eine kleine Armee auf. Wir sind kaum mehr als zwanzig.«

»Wir zählen nicht viele, aber wir sind erfahren, gut bewaffnet, entschlossen ...«

»Du musst es mir nicht schmackhaft machen, Stryke.« Sie lächelte. »Nicht, dass ich sonderlich erpicht darauf wäre, unter die Erde zu gehen.« Sie überblickte das felsige Gelände, in dem sie herumkrochen. »Aber das hat alles nichts zu bedeuten, wenn wir keinen Eingang finden.«

»Angeblich soll es geheime Zugänge geben. Wir haben nicht viel Hoffnung, über einen zu stolpern. Aber ich habe auch von einem Haupteingang gehört. Das wäre ein Anfang.«

»Würden sie nicht auch einen Haupteingang verbergen?«

»Das brauchen sie vielleicht nicht. Wahrscheinlich ist er gut bewacht, und der Ruf, in dem die Krätze steht, dürfte ohnehin ausreichen, um die meisten abzuhalten.«

»Wie aufs Stichwort. Sieh dort.«

Sie zeigte auf einen gewaltigen Felsen. Die Felswand, die sie sehen konnten, war ein Fleck aus Schwärze, die viel dunkler war als alle anderen aufragenden Schieferplatten ringsumher. Stryke konzentrierte sich darauf und sah, dass es sich um eine Öffnung handelte.

Sie näherten sich ihr wachsam.

Es war eine kavernenartige finstere Höhlung, aber nicht sehr groß, vielleicht von der Größe eines bescheidenen Bauernhauses.

»Augenblick«, sagte Coilla. »Das müsste helfen.«

Sie nahm einen Feuerstein aus ihrem Gürtel und einen der Lappen, mit denen sie ihre Messer polierte. Sie schlug Feuer und zündete den Lappen an, was genug Licht erzeugte, um ein paar Schritte weit in die Öffnung schauen zu können. Sie schlichen hinein.

»Ich glaube langsam, dass dies nur ein ausgehöhlter Felsen ist«, sagte Stryke.

Coilla sah auf den Boden. *»Bleib stehen!«*, zischte sie und hielt ihn am Arm fest. »Sieh doch.«

Nicht mehr als drei Schritte vor ihnen war ein großes Loch im Boden. Sie krochen hin und lugten über den Rand, konnten aber in seinen finsteren Tiefen nichts erkennen. Coilla ließ den brennenden Lappen fallen. Sie sahen, wie er zu einem winzigen Lichtpunkt wurde und dann verschwand.

»Könnte bodenlos sein«, spekulierte Coilla.

»Das bezweifle ich. Wenn keiner der anderen Suchtrupps etwas Besseres findet, könnte dies unser einziger Zugang sein. Gehen wir zurück.«

*

Greever Aulay befingerte seine Augenklappe.

»Es tut immer weh, wenn diese Hunde in der Nähe sind«, beklagte er sich.

Lekmann lachte verächtlich.

Aulay verzog das Gesicht. »Mach dich nur darüber lustig. Aber es hat wie verrückt wehgetan, als wir in Jennestas Palast waren, wo sich so viele verdammte Orks herumgetrieben haben.«

»Was meinst du, Jabez?«, sagte Lekmann. »Glaubst du, der Junge hat einen Orkspürer in seiner leeren Augenhöhle?«

»Nee«, erwiderte Blaan. »Aber ich glaube, *er* glaubt es, seitdem ihm einer das Auge ausgestochen hat.«

»Ihr zwei habt doch gar keine Ahnung, wovon ihr redet«, knurrte Aulay. »Und nenn mich nicht *Junge,* Micah.«

Dreieinigkeit lag jetzt ein ganzes Stück hinter ihnen. Ihre Suche hatte sie nicht in die Uni-Siedlung geführt. So tollkühn konnten die Orks nicht gewesen sein. Aber nach einem Gespräch mit Feldarbeiterinnen, denen sie sich als gute, aufrechte Uni-Herren präsentiert hatten, wussten sie, dass die Vielfraße dort gewesen waren.

Anscheinend hatte es irgendein Theater gegeben. Aber als Lekmann nachgehakt hatte, um Näheres herauszufinden, hatten die Frauen den Mund zugemacht und nicht wieder geöffnet. Sie hatten nur erfahren, dass die Orks etwas so Schlimmes angestellt hatten, dass die halbe Stadt ihnen bis zum Callyparr-Meeresarm hinterhergehetzt war. Was darauf hinzudeuten schien, dass der Kriegstrupp nicht mit den Unis im Bunde war. Den Kopfgeldjägern war das egal. Sie waren lediglich daran interessiert, die Reliquie wiederzubeschaffen und so viele Köpfe der Abtrünnigen mitzubringen, wie sie tragen konnten, um ihre Belohnung zu kassieren.

Jetzt waren sie zum Callyparr unterwegs in der Hoffnung, die Spur wiederaufnehmen zu können. Aber sie wanderten schon seit fast einem Tag am Ufer entlang, ohne auch nur ein Haar von den Gesetzlosen entdeckt zu haben.

»Ich denke, in dieser Gegend werden wir sie nicht finden«, erklärte Blaan.

»Überlass das Denken mir, Großer«, riet ihm Lekmann. »Das war noch nie deine Stärke.«

»Vielleicht hat er Recht, Micah«, sagte Aulay. »Wenn sie je hier waren, sind sie mittlerweile längst weg.«

»Ach, dann ist dein Auge wohl doch nicht so zuverlässig«, spottete Lekmann.

Sie unterbrachen den Wortwechsel, als sie um die nächste Ecke bogen.

Lekmanns Augen weiteten sich. »Was haben wir denn da?«

Am Wegesrand befand sich ein provisorisches Lager. Es war von einem zusammengewürfelten Haufen Frauen, Kinder und Alten der menschlichen Rasse bevölkert. Alle sahen ziemlich erledigt aus.

»Ich sehe keine Männer«, bemerkte Aulay. »Jedenfalls keine, die uns Schwierigkeiten machen könnten.«

Als die Menschen die sich nähernden Reiter sahen, kam Bewegung in sie.

Eine Frau löste sich von den übrigen und trat vor. Ihre Kleider waren verdreckt und ihre langen blonden Haare zu einem Zopf geflochten. Lekmann fand, dass ihr eine gewisse Hochnäsigkeit anhaftete.

Sie sah das seltsame Trio an. Den Hochgewachsenen, mageren Mann mit der Narbe. Den Kleinen, hartgesichtigen mit der Augenklappe. Denjenigen mit dem kahlen Schädel und der Statur eines gemauerten Scheißhauses.

Lekmann bedachte sie mit einem lüsternen Lächeln. »Guten Tag.«

»Wer sind Sie?«, fragte sie argwöhnisch. »Was wollen Sie?«

»Sie brauchen sich keine Sorgen zu machen, gute Frau. Wir gehen nur unseren Geschäften nach.« Er ließ den Blick über die Menge wandern. »Eigentlich haben wir sogar viel gemeinsam.«

»Sie sind auch Mannis?«

Genau das hatte er hören wollen. »Ja, gute Frau. Wir sind nur gute götterfürchtige Leute wie Sie.«

Das schien sie zu erleichtern, aber nicht viel.

Lekmann zog einen Fuß aus dem Steigbügel. »Haben Sie was dagegen, wenn wir absteigen?«

»Ich kann Sie nicht daran hindern.«

Mit langsamen, bedächtigen Bewegungen, um sie nicht zu verschrecken, stieg er vom Pferd. Aulay und Blaan folgten seinem Beispiel.

Lekmann reckte sich. »Wir sind lange geritten. Es ist gut, mal eine Pause einzulegen.«

»Halten Sie uns nicht für ungastlich«, sagte die Frau zu ihm, »aber wir haben weder Nahrung noch Wasser übrig.«

»Spielt keine Rolle. Ich sehe ja, dass Sie in letzter Zeit nicht gerade vom Glück verfolgt wurden. Sind Sie schon lange unterwegs?«

»Es erscheint mir wie eine Ewigkeit.«

»Woher kommen Sie?«

»Frauenholz. In der Gegend gibt es Ärger.«

»Es gibt überall Ärger, gute Frau. Wir leben in schlimmen Zeiten.« Sie beäugte Blaan und Aulay. »Ihre Freunde reden nicht viel.«

»Männer weniger Worte, mehr solche der Tat, könnte man sagen. Aber lassen Sie uns nicht zu viele Worte machen. Wir haben angehalten, weil wir gehofft haben, Sie könnten uns vielleicht behilflich sein.«

»Wie ich schon sagte, wir haben weder ...«

»Nein, darum geht es nicht. Wir suchen ... gewisse Gruppen, und da Sie schon eine ganze Weile unterwegs sind, dachten wir, Sie könnten sie vielleicht gesehen haben.«

»Wir haben unterwegs nur sehr wenige Leute gesehen.«

»Ich rede nicht von Leuten. Ich meine einen Haufen von Angehörigen älterer Rassen.«

Ein Ausdruck neuerlichen Argwohns huschte über ihr Gesicht. »Welche Rasse sollte das sein?«

»Orks.«

Er glaubte, mit diesem Wort ins Schwarze getroffen zu haben. Hinter ihren Augen schienen sich Läden zu schließen. »Tja, ich ...«

»Ja, die haben wir gesehen, Mami!«

Die Kopfgeldjäger drehten sich um und sahen ein kleines Mädchen angelaufen kommen. »Diese komischen Leute mit den Malen auf den Wangen«, rief es. Es näselte ein wenig, als habe es eine Erkältung. »Du erinnerst dich doch!«

Lekmann wusste, dass sie auf Gold gestoßen waren.

»Ach ja.« Die Frau bemühte sich, beiläufig zu klingen. »Vor ein paar Tagen sind wir einer Gruppe von ihnen begegnet. Eigentlich sind sie nur vorbeigeritten. Sie schienen ziemlich in Eile zu sein.«

Lekmann wollte gerade die nächste Frage stellen, als das Kind zu ihm gelaufen kam.

»Seid ihr ihre Freunde?«, fragte es schniefend.

»Nicht jetzt!«, schnauzte er, wütend über die Unterbrechung.

Das Mädchen wich verängstigt zurück und floh in den Schutz seiner Mutter. Lekmanns Aufbrausen ließ die Frau noch wachsamer werden. Ihr Gesicht bekam einen Ausdruck von Trotz. Die anderen Mannis versteiften sich ebenfalls vor Anspannung, aber er sah dort wenig Grund zur Besorgnis und achtete nicht weiter auf sie.

Er verzichtete auf die freundliche Art. »Sie wissen, wohin diese Orks geritten sind?«

»Woher sollte ich?«

Jetzt war ihr Widerspruchsgeist erwacht. Das war eine Schande.

»Und warum wollen Sie sie überhaupt finden?«, fügte sie hinzu.

»Es hat etwas mit unerledigten Angelegenheiten zu tun.«

»Sie sind sicher, dass Sie keine Unis sind?«

Er grinste wie eine Scheißhausratte. »Wir sind keine Unis, das ist mal sicher.«

Aulay und Blaan lachten unangenehm.

Die Frau wurde zunehmend besorgter. »Wer *sind* Sie?«

»Nur Reisende, die sich sofort wieder auf den Weg machen, sobald sie ein paar Informationen haben.« Er sah sich mit verschlagenem Blick um. »Vielleicht wissen Ihre Männer, wohin die Orks geritten sind.«

»Sie sind ... auf der Jagd, um Nahrung zu beschaffen.«

»Das glaube ich nicht, gute Frau. Ich glaube nicht, dass Sie überhaupt Männer haben.« Er warf einen Blick auf ihre Begleiter. »Zumindest keine jungen und gesunden. Ein oder zwei wären hier geblieben, wenn Sie welche hätten.«

»Sie sind ganz in der Nähe und müssten jede Minute zurückkehren.« Ein Anflug von Verzweiflung schlich sich in ihre Stimme. »Wenn Sie keinen Ärger wollen ...«

»Sie sind eine schlechte Lügnerin, gute Frau.« Er starrte vielsagend auf das Kind. »Und jetzt lassen Sie uns nett und freundlich weitermachen, ja? Wohin sind die Orks geritten?«

Sie sah, was in seinen Augen stand, und gab resigniert auf. »Na schön. Sie haben erwähnt, dass sie zur Krätze wollten.«

»Zu den Trollen? Warum sollten sie dorthin wollen?«

»Woher soll ich das wissen?«

»Es passt nicht zusammen. Sind Sie sicher, dass sie Ihnen nichts anderes erzählt haben?«

»Nein, das haben sie nicht.« Das Kind zog an ihrem Rock und fing an zu weinen. »Ist ja schon gut, mein Schatz«, beruhigte es die Frau. »Es ist alles in Ordnung.«

»Ich glaube nicht, dass Sie mir alles erzählen, was Sie wissen«, sagte Lekmann drohend. »Vielleicht sind sie gar nicht zur Krätze geritten.«

»Ich habe Ihnen alles gesagt, was ich weiß.«

»Tja, gute Frau, Sie werden verstehen, dass ich mich davon überzeugen muss.«

Er nickte Blaan und Aulay zu. Zu dritt traten sie vor und schwärmten dabei aus.

Als sie schließlich weiterritten, wussten sie, dass sie die Wahrheit gesagt hatte.

*

Wie Stryke es sah, erforderten die Umstände einen geradlinigen Plan.

»Wir haben nur eine einzige Gelegenheit und ich sage, uns bleibt keine andere Wahl als ein Frontalangriff. Wir gehen rein, erledigen die Sache und gehen wieder raus.«

»Das hört sich nicht schlecht an«, sagte Coilla. »Aber bedenke die Schwierigkeiten. Der einzige mögliche Zugang, den wir gefunden haben, ist der Schacht in dieser Höhle. Vielleicht führt er gar nicht in das Labyrinth der Trolle. Und wenn doch, könnte er unglaublich tief sein.«

»Wir haben reichlich Seil. Wenn wir mehr brauchen, können wir Ranken suchen und welches anfertigen.«

»Schön. Du sagst, wir erledigen die Sache. Das ist sehr viel leichter gesagt als getan, Stryke. Wir wissen nicht, wie viele Tunnel es da unten gibt. Wenn sie einen Stern haben, was bestenfalls möglich ist, müssen wir das Ding erst mal finden. Vergiss nicht, dass es da unten nach allem, was wir wissen, pechschwarz ist. Die Trolle können im Dunkeln sehen. Wir nicht.«

»Wir nehmen Fackeln mit.«

»Und kündigen unübersehbar unsere Anwesenheit an. Wir sind auf ihrem Gelände und im Nachteil.«

»Nicht, was unsere Klingen betrifft.«

»Und schließlich das Rausgehen«, fuhr sie fort. »Tja, das spricht für sich selbst, oder? Du nimmst an, dass wir das noch können.«

»Wir haben auch früher schon etwas riskiert, Coilla. Davor werde ich ganz bestimmt nicht zurückschrecken.«

Sie stieß einen resignierten Seufzer aus. »Nein, das wirst du nicht, oder? Du bist entschlossen, die Sache durchzuziehen.«

»So ist es. Aber ich werde niemanden mitnehmen, der nicht mitkommen will.«

»Darum geht es nicht. Mich beunruhigt nur, *wie* wir es machen wollen. Einfach reinzustürmen ist nicht immer die Lösung.«

»Manchmal schon. Es sei denn, du siehst einen besseren Weg.«

»Das ist es ja, verdammt. Ich sehe keinen.«

»Ich weiß, dass du dir Sorgen machst, weil so viel schief gehen könnte. Also werden wir uns etwas Zeit lassen, um alles auf die Reihe zu bekommen.«

»Aber nicht zu viel«, warf Alfray ein. »Was ist mit Hobrow?«

»Er hat sich eine blutige Nase geholt. Es wird wohl noch eine ganze Weile dauern, bis er hier auftaucht.«

»Es ist nicht nur Hobrow, auch andere sind hinter uns her. Und Ziele, die sich bewegen, sind am schwersten zu treffen.«

»Zugegeben. Aber Ziele, die sich wehren, werden auch schon mal in Ruhe gelassen.«

»Nicht, wenn es das ganze verdammte Land auf uns abgesehen hat.«

»Wie viel Zeit werden wir uns lassen, Stryke?«, fragte Coilla.

Er schaute zum Himmel und auf die hereinbrechende Dämmerung. »Das Licht ist bald verschwunden. Wir könnten morgen nach einem anderen Eingang suchen, gründlich und in einem vorher festgelegten Gebiet. Wenn wir einen besseren Weg finden, benutzen wir den. Andernfalls nehmen wir denjenigen, welchen wir kennen.«

»Oder den wir für einen Eingang halten«, korrigierte ihn Coilla.

»Stryke, ich will nicht ungeduldig sein«, sagte Jup, »aber *falls* es hier einen Stern gibt und *falls* wir ihn uns schnappen können ... was machen wir dann?«

»Ich hatte gehofft, dass niemand diese Frage stellen würde.«

Alfray gab Jup Rückendeckung. »Sie muss gestellt werden, Stryke. Warum sollten wir sonst weitermachen?«

»Wir machen weiter, weil es für uns nichts anderes zu tun gibt. Wir sind Orks. Wir brauchen ein Ziel. Das wisst ihr.«

»Wenn wir so weitermachen wie bisher, immer vorausgesetzt, wie können die Krätze unbeschadet verlassen, dann brauchen wir einen Plan, um herauszufinden, wo die anderen Sterne sind«, stellte Coilla fest.

»Bis jetzt haben wir Glück gehabt«, sagte Jup. »Das wird nicht ewig so bleiben.«

»Wir sind selbst unseres Glückes Schmied«, beharrte Stryke.

Coilla hatte eine Idee. »Wenn es nicht infrage kommt, die Sterne Jennesta anzubieten ...«

»Es kommt nicht infrage«, unterbrach Stryke, »soweit es mich betrifft.«

»Wenn also diese Möglichkeit ausscheidet, können wir sie vielleicht jemand anderem anbieten.«

»Wem?«

»Das weiß ich nicht! Ich greife nach einem Strohhalm, Stryke, wie wir alle. Wenn wir nicht alle fünf Sterne finden, nützen uns die anderen nichts. Aber ein hübsches Sümmchen könnte uns das Leben sehr viel leichter machen.«

»Die Sterne bedeuten Macht, die vielleicht sehr viel Gutes für uns Orks und alle älteren Rassen bewirken kann. Diese Macht werde ich nicht so leicht hergeben. Was das Geld betrifft, so vergisst du das Pelluzit. Schon eine geringe Menge würde einen sehr guten Preis bringen.«

»Da wir gerade beim Thema sind, was ist eigentlich mit dem Kristall?«, fragte Alfray. »Hast du dir überlegt, wie er verteilt werden soll?«

»Ich denke mir, dass wir ihn einstweilen als Gemeinschaftseigentum zum Nutzen des Trupps behalten sollten. Hat jemand von euch Einwände?«

Niemand hatte.

Haskeer, der ein Stück weit entfernt stand und nicht an dem Gespräch teilnahm, kam zu ihnen. Er hatte jene leere Miene aufgesetzt, an die sie sich mittlerweile gewöhnt hatten.

»Worum geht's?«, sagte er.

»Wir unterhalten uns darüber, wie wir in die Krätze kommen«, sagte Coilla zu ihm.

Haskeers Miene hellte sich auf, als ihm ein Gedanke kam. »Warum reden wir nicht mit den Trollen?«

Sie lachten. Dann dämmerte ihnen, dass er nicht versuchte, komisch zu sein.

»Wie stellst du dir das vor?«, sagte Alfray.

»Überlegt doch mal, wie viel besser alles wäre, wenn die Trolle unsere Freunde wären.«

Alfray fiel die Kinnlade herunter. »Was?«

»Na ja, das könnten sie doch sein, oder nicht? Alle unsere Feinde könnten unsere Freunde sein, wenn wir mit ihnen reden würden, anstatt ständig gegen sie zu kämpfen.«

»Ich kann nicht glauben, dass du das wirklich gesagt hast, Haskeer«, gestand Coilla.

»Kommt es dir falsch vor?«

»Äh, es hört sich ... nicht nach *dir* an.«

Er dachte darüber nach. »Ach so. Na schön, dann töten wir sie eben.«

»Ja, das hatten wir auch vor.«

Haskeer strahlte. »Gut. Lasst mich wissen, wenn ihr mich braucht. Ich füttere mein Pferd.«

Er drehte sich um und ging.

»Was sollte das denn?«, fragte Jup.

Coilla schüttelte den Kopf. »Er ist ernsthaft übergeschnappt.«

»Meinst du immer noch, dass er darüber wegkommt, Alfray?«, fragte Stryke.

»Ich gebe zu, dass er sich Zeit damit lässt. Aber ich habe ähnliche Dinge schon erlebt, wenn Soldaten sich von starken Fieberanfällen oder einer Lungenentzündung erholt haben. Oft sind sie dann tagelang benommen, und es kommt auch vor, dass sie sich merkwürdig verhalten.«

»Merkwürdig!«, rief Coilla. »Er ist so weit von seinem sonstigen Verhalten entfernt, wie das überhaupt nur möglich ist.«

»Ich weiß nicht, ob ich mir Sorgen machen oder den Göttern für die Stimmung danken soll, in der er sich befindet«, bekannte Jup.

»Zumindest verschafft sie dir eine Verschnaufpause, und uns erspart sie sein ständiges Genörgel.«

»Du nimmst an, dass er wegen seiner Krankheit so ist, Alfray«, sagte Stryke. »Ist es möglich, dass es noch einen anderen Grund gibt? Könnte er einen Schlag auf den Kopf bekommen haben, von dem wir nichts wissen?«

»Dafür gibt es keine Anzeichen. Es wäre möglich, aber dann müsste etwas davon zurückgeblieben sein, das man sehen kann. Ich bin kein Experte für Kopfverletzungen, Stryke, ich weiß nur, dass sie einen Ork dazu bringen können, komische Dinge zu tun.«

»Tja, er scheint harmlos zu sein, aber werft trotzdem alle ein Auge auf ihn.«

»Du willst ihn nicht in die Tunnel mitnehmen, oder?«, wollte Coilla wissen.

»Nein, er wäre nur eine Last. Er bleibt mit ein, zwei Gemeinen zurück, um das Lager und die Pferde zu bewachen. Vom Kristall ganz zu schweigen. Ich dachte, du würdest vielleicht gern bei ihnen bleiben, Coilla.«

Sie blähte die Nüstern. »Du willst damit doch wohl nicht sagen, dass *ich* eine Last wäre?«

»Natürlich nicht. Aber du hast etwas gegen geschlossene Räume, das hast du mehr als einmal deutlich gemacht, und ich muss jemanden zurücklassen, auf den ich mich verlassen kann, weil ich die Sterne nicht mitnehme. Das wäre ein zu großes Risiko. Du könntest auf sie aufpassen, bis wir wiederkommen.« Er sah ihre Miene. »Also gut, mir ist der Gedanke gekommen, *falls* wir nicht zurückkehren, könntest du das Unternehmen weiterführen.«

»Ganz allein?«

Jup grinste. »Du hättest Haskeer.«

Sie funkelte ihn an. »*Sehr* witzig.«

Alle schauten in Haskeers Richtung.

Er tätschelte seinem Pferd den Kopf und fütterte es von seiner Handfläche.

23

Es war der lebendige Zorn des Herrn am Werk. Kimball Hobrow hatte nicht den geringsten Zweifel daran.

Seine Suche nach den gottlosen, diebischen Nichtmenschen, die genommen hatten, was ihm gehörte, hatte ihn mit einer kleinen Armee von vielleicht zweihundert Mann im Rücken zu den Ufern des Callyparr geführt. Bei Einbruch der Nacht waren sie auf den Schauplatz eines Massakers gestoßen. Die Leichen von zwei Dutzend Menschen, hauptsächlich Frauen und Kinder, lagen am Wegesrand.

Hobrow kannte ihre Art Kleidung. Sie war unbescheiden und schamlos, und ihre bunten Farben leisteten der Eitelkeit Vorschub. Er kannte diese Sorte: Gotteslästerer, Abweichler vom Weg der Rechtschaffenheit. Elende Anhänger des Irrwegs der Mannigfaltigkeit.

Er ging mit einem Trupp von Aufsehern im Schlepptau durch die Reihen der Dahingemetzelten. Wenn der Anblick der verstümmelten Glieder und der grässlichen Wunden irgendeine Auswirkung auf den Prediger hatte, ließ er es sich nicht anmerken.

»Gebt Acht«, predigte er. »Diese Seelen sind vom wahren und einzigen Weg abgewichen. Sie haben sich dem obszönen Heidentum der unreinen Rassen verschrieben, und dafür hat sie der Herr bestraft. Und die Ironie, meine Brüder, liegt darin, dass er Nichtmenschen als Werkzeug seiner Rache benutzt hat. Sie haben sich mit der Schlange gepaart und die Schlange hat sie verschlungen.«

Er setzte seine Untersuchung fort und begutachtete die Gesichter der Toten und den Ernst ihrer Wunden.

»Der Arm des Allmächtigen ist lang, und Sein Zorn kennt keine Grenzen«, donnerte er. »Er streckt die Unrechtschaffenen so sicher nieder, wie Er Seine Auserwählten belohnt.«

Ein Aufseher rief ihn von der anderen Seite des Leichenfeldes. Er ging zu ihm.

»Was gibt es, Calvert?«

»Diese eine lebt noch, Meister.« Er zeigte auf eine Frau.

Sie hatte einen Zopf aus langen blonden Haaren. Ihre Brust war blutüberströmt, ihre Atmung flach. Sie war dem Ende nahe.

Hobrow kniete neben sie. Sie war sich seiner Anwesenheit vage bewusst und versuchte, etwas zu sagen, doch kein Laut kam über ihre bebenden Lippen.

Er beugte sich näher. »Sprich, Kind. Bekenne deine Sünden und beichte.«

»Sie … sie …«

»Wer?«

»Sie kamen … und …«

»Sie? Meinst du die Orks?«

»Orks.« Ihre glasigen Augen wurden für einen Moment klarer. *»Ja … Orks.«*

»Sie haben euch das angetan?«

»Orks … kamen …«

Die Aufseher hatten sich ringsumher versammelt. Hobrow wandte sich an sie. »Seht ihr? Kein Mensch ist sicher vor den verfluchten unmenschlichen Rassen, selbst jene nicht, die so dumm sind, ihre Partei zu ergreifen.« Er wandte sich wieder an die sterbende Frau. »Wohin sind sie geritten?«

»Orks …«

»Ja, die Orks.« Er redete langsam und eindringlich. »Weißt du, wohin sie geritten sind?«

Sie gab keine Antwort. Er nahm ihre Hand und drückte sie. »Wohin sind sie geritten?«, wiederholte er.

»Kr… Krätze …«

»Mein Gott.« Er ließ sie los und erhob sich. Ihre Hand griff nach seiner und fiel unbemerkt wieder zurück.

»Auf die Pferde!«, donnerte er. In seinen Augen brannte messianische Leidenschaft. »Das Ungeziefer, das wir suchen, macht gemeinsame Sache mit anderen seiner Art. Wir begeben uns auf einen Kreuzzug, Brüder!«

Von seiner Leidenschaft angesteckt, rannten sie zu ihren Pferden.

»Wir werden unsere Rache bekommen!«, schwor er. »Der Herr wird uns leiten und beschützen!«

*

Die Vielfraße verbrachten den ganzen Tag mit der Suche nach einem weiteren Eingang in die Krätze. Falls es einen gab, war er so gut verborgen, dass sie ihn nicht fanden. Aber sie stießen auch nicht auf Trolle, wie sie es befürchtet hatten, und zumindest das war ein glücklicher Umstand.

Stryke entschied, dass sie das Labyrinth durch den Haupteingang betreten würden, wie sie den Schacht mittlerweile nannten, und zwar bei Anbruch des nächsten Tages. Jetzt, da die Nacht hereingebrochen war, konnten sie nur noch auf das Morgengrauen warten. Da einige behaupteten, Trolle kämen im Dunkeln an die Oberfläche, wurden doppelte Wachen aufgestellt, und alle hatten ihre Waffen griffbereit.

Alfray schlug vor, ein klein wenig Pelluzit auszugeben. Stryke hatte keine Einwände, vorausgesetzt, die Menge blieb gering und die Wachposten bekamen keines. Er nahm selbst nichts, sondern breitete eine Decke am Rand des Lagers aus und legte sich hin, um nachzudenken.

Das Letzte, was ihm bewusst war, als er einschlief, war der durchdringende Geruch des Kristalls.

*

Sterne wurden in der sich vertiefenden Dämmerung sichtbar. Sie waren so scharf umrissen und klar, wie er sie selten zuvor erlebt hatte.

Er stand am Rand einer Klippe.

Einen guten Speerwurf entfernt sah er eine Felswand. Er sah Bäume auf der anderen Seite, hoch und gerade. Zwischen den beiden Felswänden lag eine tiefe Schlucht. Weit unter ihm toste ein weiß schäumender Fluss, der Wolken aus feiner Gischt aufwirbelte, wo er gegen Felsen in seinem Bett brandete. Die Schlucht erstreckte sich auf beiden Seiten, so weit das Auge reichte.

Die beiden Klippen waren durch eine leicht schaukelnde Hängebrücke aus groben Stricken und gewobenen Seilen sowie Holzlatten verbunden, auf denen man gehen konnte.

Aus keinem anderen Grund als dem, dass die Brücke da war, setzte er den Fuß darauf und machte sich an die Überquerung.

Nachdem er den Schutz der Felswand verlassen hatte, kühlte eine steife Brise die angenehme Wärme des Abends empfindlich ab. In ihr lag die Sprühnebelnässe des reißenden Stroms unter ihm, die ihn frösteln ließ. Er ging langsam und genoss die Großartigkeit der Szenerie, während er die reine Luft tief einatmete.

Er hatte vielleicht ein Drittel des Weges zurückgelegt, als ihm auf-

ging, dass ihm von der anderen Seite jemand entgegenkam. Er konnte die Gesichtszüge noch nicht erkennen, sah aber, dass sein Gegenüber mit entschlossenen Schritten und mühelosem Selbstvertrauen marschierte. Er selbst ging weiter, ohne seinen Schritt zu verlangsamen. Nach kurzer Zeit war sein Gegenüber nahe genug, um ihn richtig zu erkennen.

Es handelte sich um die Frau, der er hier schon begegnet war. Wo hier *auch sein mochte.*

Sie trug ihren Kopfschmuck aus leuchtend roten Kriegsfedern und ihr Schwert war so auf den Rücken geschnallt, dass der Griff über die linke Schulter ragte. Eine ihrer Hände lag leicht auf dem Halteseil an der Seite.

Sie erkannten einander gleichzeitig, und sie lächelte. Er lächelte ebenfalls.

Sie trafen sich in der Mitte.

»Unsere Wege kreuzen sich erneut«, sagte sie. »Einen schönen Tag.«

Er hatte dieselben starken Gefühle wie bei ihren bisherigen Begegnungen.

»Einen schönen Tag«, erwiderte er.

»Du bist wirklich ein Ork von flüchtiger Absonderlichkeit«, sagte sie zu ihm.

»Inwiefern?«

»Dein Kommen und Gehen ist in einen Schleier des Geheimnisses gehüllt.«

»Dasselbe könnte ich von dir sagen.«

»Ganz und gar nicht. Ich bin immer hier. Du kommst und gehst wie der Sprühnebel, den der Fluss gebiert. Wohin gehst du?«

»Nirgendwohin. Das heißt, ich … erforsche das Land, nehme ich an. Und du?«

»Ich ziehe umher, wie mein Leben es vorschreibt.«

»Und doch trägst du dein Schwert so, dass es nicht schnell gezogen werden kann.«

Sie warf einen Blick auf seine Klinge, die sich in seiner Gürtelscheide befand. »Und du nicht. Meine Art ist besser.«

»Deine Art war früher auch einmal Brauch in meinem Land, zumindest bei Reisen durch sichere Gegenden. Aber das liegt schon lange zurück.«

»Ich bedrohe niemanden und reise gefahrlos, wie ich es will. Ist das dort, woher du kommst, nicht so?«

»Nein.«

»Dann muss dein Land in der Tat grimmig sein. Ich hoffe, du nimmst es mir nicht übel, wenn ich das sage.«

»Nein. Du sagst nur die Wahrheit.«

»Vielleicht solltest du hierher kommen und dein Lager aufschlagen.«

Er war nicht sicher, ob das eine Einladung war. »Das wäre schön«, erwiderte er. »Ich wünschte, ich könnte es.«

»Was hindert dich daran?«

»Ich weiß nicht, wie ich dieses Land erreichen kann.«

Sie lachte. »Du bist immer für ein Rätsel gut. Wie kannst du das sagen, da du doch gerade hier bist?«

»Ich kann es mir ebenso wenig erklären wie du.« Er wandte sich von ihr ab und schaute hinunter auf das tosende Wasser. »Ich verstehe mein Kommen hierher nicht mehr, als der Fluss versteht, wohin er fließt. Noch weniger, denn der Fluss ist schon immer ins Meer geflossen und daher zeitlos.«

Die Frau rückte etwas näher. »Wir sind auch zeitlos. Wir fließen mit dem Fluss des Lebens.« Sie griff in ihren Beutel und holte zwei kleine Kiesel heraus, glatt und rund. »Die habe ich am Flussufer gesammelt.« Sie ließ sie aus der Hand gleiten, und sie fielen in die Tiefe. »Jetzt sind sie wieder eins mit dem Fluss, wie du und ich eins mit dem Fluss der Zeit sind. Siehst du nicht, wie passend es ist, dass wir uns auf einer Brücke begegnen?«

»Ich weiß nicht, ob ich verstehe, was du meinst.«

»Nicht?«

»Ich meine, ich habe das Gefühl, dass Wahrheit in deinen Worten liegt, aber sie entzieht sich meinem Begriffsvermögen.«

»Dann streck dich danach, und du wirst sie begreifen.«

»Wie sollte ich das anfangen?«

»Indem du es nicht versuchst.«

»Jetzt sprichst du in Rätseln.«

»Die Wahrheit ist simpel; wir sind es, die es vorziehen, sie als Rätsel zu betrachten. Das Begreifen wird zu dir kommen.«

»Wann?«

»Es beginnt mit dem Stellen dieser Frage. Hab Geduld, Fremder.« Sie lächelte. »Ich nenne dich immer noch Fremder. Ich kenne deinen Namen noch nicht.«

»Und ich auch nicht deinen.«

»Und wie wirst du genannt?«

»Stryke.«

»Stryke. Das ist ein starker Name. Er passt gut zu dir. Ja ... Stryke«, wiederholte sie, als lasse sie ihn auf der Zunge zergehen. »Stryke.«

*

»Stryke. Stryke! *Stryke!*«

Er wurde geschüttelt.

»Hm? Äh ... Was ... wie heißt *du?*«

»Ich bin's, Coilla. Was hast du denn gedacht, wer es ist? Nun wach schon auf, Stryke!«

Er blinzelte und betrachtete seine Umgebung. Dann dämmerte es ihm. Der Tag brach an. Sie waren in der Krätze.

»Du siehst seltsam aus, Stryke. Alles in Ordnung mit dir?«

»Ja ... ja. Nur ein ... Traum.«

»Ich habe den Eindruck, dass du in letzter Zeit eine Menge Träume hast. Ein Albtraum?«

»Nein. Weit davon entfernt. Es war nur ein Traum.«

*

Jennesta träumte von Blut und Verbrennen, von Tod und Zerstörung, von Leiden und Verzweiflung. Sie träumte von den Prinzipien der Lust und von den Erkenntnissen, die sich daraus gewinnen ließen.

Wie es ihre Gewohnheit war.

Sie erwachte in ihrem Allerheiligsten. Der verstümmelte Leib eines Menschen, der kaum das Stadium der Mannbarkeit erreicht hatte, lag auf dem roten Altar inmitten des Abfalls des Rituals der vergangenen Nacht. Sie ignorierte den Leichnam, erhob sich und hüllte ihre Nacktheit in einen Pelzumhang. Hohe Lederstiefel vervollständigten ihre Garderobe.

Der Morgen graute, und sie hatte etwas zu erledigen.

Als sie ihre Gemächer verließ, nahmen die Orks draußen vor der Tür zackig Haltung an. »Kommt mit«, befahl sie brüsk.

Sie blieben hinter ihr, und sie führte sie durch ein Labyrinth von Fluren und Steintreppen empor, bis sie schließlich auf dem Exerzierplatz vor dem Palast ins Freie traten.

Mehrere hundert Mitglieder ihrer Ork-Armee hatten sich dort in wohlgeordneten Reihen versammelt. Die Zuschauer, denn darauf lief es hinaus, setzten sich aus Vertretern jedes Regiments zusammen. Das war eine wirkungsvolle Methode, um zu gewährleisten, dass die Nachrichten über das, was sie in Kürze miterleben würden, rasch die Runde durch Jennestas gesamte Horde machten.

Die Soldaten standen vor einem Holzpfahl von der Größe eines kleinen Baums. Ein Orksoldat war daran festgebunden. Holzscheite und Reisigbündel stapelten sich fast bis zu seiner Hüfte.

General Mersadion begrüßte Jennesta mit einer Verbeugung. »Wir sind bereit, Majestät.«

»Verlesen Sie das Urteil.«

Mersadion nickte einem Ork-Hauptmann zu. Der trat vor und hob ein Pergament. Mit tragender, laut schallender Stimme, der Eigenschaft, die ihm diese unbeliebte Aufgabe eingebracht hatte, begann er mit dem Vorlesen.

»Auf Befehl Ihrer Imperialen Majestät, Königin Jennesta, sollen alle den Spruch des Militärtribunals im Fall Krekners erfahren, eines gewöhnlichen Feldwebels in der Horde Ihrer Majestät.«

Alle Augen waren auf den Mann am Pfahl gerichtet.

»Die gegen Krekner vorgebrachten Anklagepunkte waren, erstens, dass er wissentlich den Befehl eines Vorgesetzten missachtet und er, zweitens, sich durch diese Missachtung der Feigheit vor dem Feind schuldig gemacht habe. Das Tribunal hat ihn in beiden Anklagepunkten für schuldig befunden und zu der in diesen Fällen üblichen Strafe verurteilt.«

Der Hauptmann ließ das Pergament sinken. Auf dem Platz war es totenstill.

Mersadion wandte sich an den Angebundenen. »Sie haben das Recht zu einem letzten Appell an die Königin. Wollen Sie davon Gebrauch machen?«

»Ich will«, erwiderte Krekner. Seine Stimme war laut und ruhig. Er ertrug die Tortur mit Würde.

»Beginnen Sie«, sagte Mersadion.

Der Feldwebel wandte den Kopf und sah Jennesta an. »Ich wollte nicht respektlos sein, was meine Befehle betraf, Majestät. Aber uns wurde ein neuerlicher Angriff befohlen, während noch verwundete Kameraden unversorgt herumlagen, denen wir hätten helfen können. Ich habe mich gerade lange genug zurückgehalten, um die Blutung bei einem Kameraden zu stillen, und glaube, dass ich ihm damit das Leben gerettet habe. Dann habe ich den Befehl zum Vorrücken befolgt. Es war eine Verzögerung, kein Ungehorsam, und ich mache Mitgefühl als Grund geltend. Ich finde das Urteil in diesem Punkt ungerecht.«

Wahrscheinlich war es die längste und mit Sicherheit die wichtigste Rede, die er je gehalten hatte. Er sah die Königin erwartungsvoll an.

Sie ließ ihn und alle anderen eine volle Minute warten, bevor sie etwas erwiderte. Ihr gefiel die Vorstellung, dass sie vielleicht dachten, sie erwäge eine Begnadigung.

»Befehle werden erteilt, um sie zu befolgen«, verkündete sie. »Es gibt keine Ausnahmen und ganz gewiss keine im Namen des ... *Mitgefühls.*« Sie sprach das Wort so aus, als sei es ihr widerlich. »Appell abgelehnt. Das Urteil wird vollstreckt. Auf dass dein Tod allen als Mahnung dienen möge.«

Sie hob eine Hand und murmelte einen Zauberspruch. Der verurteilte Ork wappnete sich.

Ein Strahl aus konzentriertem Licht schoss aus ihren Fingerspitzen, zuckte durch die Luft und hüllte die Reisigbündel an seinen Füßen ein, die augenblicklich Feuer fingen. Orangegelbe Flammen loderten auf und fraßen sich sofort höher.

Der orkische Feldwebel sah seinem Tod mutig ins Auge, aber am Ende konnte er die Schreie nicht mehr zurückhalten. Jennesta sah ungerührt zu, wie er sich in den Flammen wand.

Vor ihrem geistigen Auge war Stryke von den Vielfraßen das Opfer.

*

Die Vielfraße waren zum Aufbruch bereit.

Stryke glaubte, Haskeer werde Einwände dagegen erheben, von diesem Unternehmen ausgeschlossen zu sein. Er irrte sich. Sein Feldwebel nahm die Nachricht klaglos hin. In gewisser Weise war das beunruhigender als seine Ausbrüche, an die sie sich mittlerweile gewöhnt hatten.

Stryke nahm Coilla, Alfray und Jup beiseite und umriss seinen Plan.

»Wie vereinbart, bleibst du mit Haskeer hier im Basislager, Coilla«, sagte er. »Ich habe außerdem noch Reafdaw eingeteilt.«

»Was ist mit dem Pelluzit?«, fragte sie.

»Ich habe befohlen, es zu sammeln.« Er zeigte auf einen Haufen von Säcken, die unweit der angebundenen Pferde gestapelt waren. »Vielleicht solltet ihr den Kristall auf ein paar Pferde laden. Damit spart ihr eine Menge Zeit, falls ihr schnell ohne uns verschwinden müsst.«

»Ich verstehe. Was ist mit den Sternen?«

Stryke griff in seinen Beutel. »Hier. Was du mit ihnen machst, wenn wir nicht zurückkommen, liegt bei dir.«

Sie betrachtete die merkwürdigen Gegenstände einen Augenblick und verstaute sie dann in ihrem Gürtelbeutel. »Falls es dazu kommen sollte, hoffe ich, dass mein Verwendungszweck deinen Beifall gefunden hätte.« Sie wechselten ein rasches Lächeln. »Aber wie sehen die Notfallpläne eigentlich aus, falls ihr nicht zurückkehrt?«

»Niemand erwartet, dass ihr uns folgt. Hast du das begriffen?«

»Ja.« Die Antwort erfolgte widerwillig.

»Das ist ein Befehl. Wenn wir bis morgen um diese Zeit nicht wieder da sind, verschwindet ihr von hier. Ihr könnt die Zeit bis dahin nutzen und euch überlegen, wohin.«

»Die Götter wissen, wo das sein wird. Aber uns wird schon etwas einfallen, wenn es sein muss. Gebt uns einfach keinen Grund dazu, in Ordnung?«

»Wir werden uns bemühen. Und ich brauche wohl nicht eigens zu erwähnen, dass es wohl nur eines bedeuten kann, falls vor Ablauf der Frist Trolle hier auftauchen sollten. In diesem Fall verschwindet ihr sofort.«

Sie nickte.

»Wie sieht unser Plan aus, sobald wir einmal da unten sind, Stryke?«, fragte Alfray.

»Wir wissen nicht, was uns dort erwartet. Wir wissen nicht mal, ob es sich wirklich um einen Eingang handelt.«

»Ein blindes Unternehmen. Nicht ideal.«

»Nein, aber es ist nicht unser erstes.«

»Was mir Sorgen bereitet ist, dass wir da unten im wahrsten Sinne des Wortes blind sein werden, wenn irgendwas schief geht«, gestand Jup.

»Die Trolle sind im Dunkeln im Vorteil, das ist wahr. Aber wir nehmen reichlich Fackeln mit. Solange wir die haben, sollten wir es mit jedem Gegner aufnehmen können. Und unterschätze nicht den Vorteil der Überraschung.«

»Es ist trotzdem ein verdammt großes Risiko.«

»Wir sind dafür ausgebildet worden, Risiken einzugehen, und ich wette, dass wir darin mehr Erfahrung haben als die Höhlenbewohner da unten.«

»Hoffen wir es. Sollten wir uns nicht auf den Weg machen?«

»Ja. Ruft die Männer zusammen. Sammelt Seile und Fackeln ein.«

Jup und Alfray gingen, um sich darum zu kümmern.

»Ich werde euch bis zum Eingang begleiten«, sagte Coilla.

Der Trupp ließ Haskeer und Reafdaw zurück und marschierte zum Eingang.

Das Tageslicht ließ das Innere der Höhlung noch dunkler wirken, und sie betraten sie mit aller Vorsicht. Am Rande des Schachts zündeten sie Fackeln an.

»Werft ein paar Fackeln ins Dunkel«, befahl Stryke in gedämpftem Tonfall.

Zwei Gemeine ließen je zwei Fackeln in den Schacht fallen. Sie sahen zu, wie sie nach unten sausten. Anders als der brennende Lappen, den Coilla geworfen hatte, erloschen die Fackeln nicht. Sie landeten auf festem Boden, aber sehr tief unter ihnen.

»Zumindest sieht es so aus, als hätten wir genug Seil für diese Tiefe«, schätzte Alfray.

Die tropfenden Fackeln zogen zwar einen Lichtkreis, aber er reichte nicht aus, um Einzelheiten erkennen zu können. Zumindest schien sich dort unten nichts zu rühren.

Mehrere Gemeine bekamen den Auftrag, die Enden von drei Seilen an Felsen und Bäumen außerhalb der Höhle zu befestigen und gut zu sichern.

»Für den Fall, dass dort unten eine Falle wartet«, sagte Stryke zu ihnen allen, »gehen wir schnell und in größerer Zahl.«

Der Trupp bildete drei Reihen an den Seilen. Weitere Fackeln wurden entzündet und weitergereicht. Einige Mitglieder des Trupps nahmen ein Messer zwischen die Zähne.

Coilla wünschte ihnen Glück und zog sich zurück.

Stryke nickte. »Also los«, sagte er, indem er ein Seil umklammerte.

Er schwang sich als Erster über den Rand. Der Rest des Trupps folgte ihm rasch in die Tiefe.

24

Stryke ließ das Seil los und sprang die letzten zehn Fuß.

Er zog rasch sein Schwert. Jup landete neben ihm und riss ebenfalls seine Klinge heraus. Kurz darauf war auch der Rest des Trupps unten und sah sich um.

Sie befanden sich in einer annähernd kreisförmigen Kammer, die vielleicht den dreifachen Durchmesser des Schachts hatte, den sie soeben heruntergeklettert waren. Zwei Gänge gingen davon aus, der größere unmittelbar vor ihnen und ein kleinerer zur Linken.

In der Kammer war es still wie in einem Grab, und von etwaigen Bewohnern war nichts zu sehen. Es roch unangenehm erdig.

»Was nun?«, flüsterte Jup.

»Zuerst sichern wir unseren Brückenkopf.« Stryke gab zwei Soldaten ein Zeichen. »Liffin, Bhose. Ihr bleibt hier und bewacht den Ausgang. Rührt euch nicht vom Fleck, bis wir wieder da sind oder die Frist abgelaufen ist.«

Sie nickten und bezogen Stellung.

»Die Frage ist jetzt, in welche Richtung wir gehen«, sagte Alfray, indem er beide Tunnel beäugte.

»Sollen wir zwei Gruppen bilden, Boss?«, fragte Jup.

»Nein, das will ich unbedingt vermeiden. Unsere Gruppe ist ohnehin schon klein genug.«

»Was dann? Werfen wir eine Münze?«

»Ich neige dazu, den größeren Tunnel zu nehmen. Aber wir sollten zuerst den kleineren überprüfen, um auszuschließen, dass von dort keine unliebsamen Überraschungen drohen.«

Er befahl Kestix und Jad, am Ende des größeren Tunnels Posten zu beziehen. Dann rief er Hystykk, Noskaa, Calthmon und Breggin zu sich. Er nahm eine Rolle Seil und warf sie Letzterem zu. »Ihr marschiert so weit in den Tunnel, wie dieses Seil reicht. Wenn es so aussieht, als könnte er irgendwohin führen, wo es interessant ist, kommt einer von euch zurück und gibt uns Bescheid. Aber geht kein Risiko ein. Beim ersten Anzeichen von Ärger kehrt ihr um.«

Jup hielt ein Ende des Seils. Breggin wickelte sich das andere um die Hüfte, hob seine Fackel und führte die anderen in den Tunnel.

Der Trupp wartete gespannt, während das Seil sich immer weiter abrollte. Nach einigen Minuten straffte es sich.

»Was ist, wenn sie auf etwas stoßen, womit sie nicht fertig werden, Stryke?«, fragte Alfray. »Folgen wir ihnen dann?«

»Warten wir einfach, was passiert.«

Sie brauchten nicht lange zu warten. Die Soldaten waren schnell wieder bei ihnen.

»Und?«

»Eigentlich gibt es nichts zu melden, Hauptmann«, erstattete Breggin Bericht. »Der Tunnel führt einfach immer weiter. Es gab auch keine Seitengänge.«

»Also gut, dann konzentrieren wir uns auf den anderen Tunnel. Wir legen auch durch den Tunnel ein Seil, obwohl ich bezweifle, dass das Seil sehr weit reichen wird.«

»Verrät uns das Seil nicht, falls irgendein Troll zufällig darüber stolpert?«, warf Jup ein.

»Ein Kriegstrupp, der mit brennenden Fackeln herumläuft, ist an sich schon verräterisch genug, findest du nicht?« Er wandte sich an alle. »Falls wir auf Höhlenbewohner treffen, schlagt zuerst zu und stellt alle Fragen später. Wir können es uns nicht leisten, Gnade walten zu lassen. Bleibt beisammen und beschränkt den Lärm auf das Notwendigste.«

Mit einer letzten Anforderung an Liffin und Bhose, wachsam zu bleiben, führte er den Trupp in den Haupttunnel. Alfray ging mit einer Fackel in der Hand neben ihm.

Der Tunnel verlief schnurgerade, obwohl er mit geringer Neigung abwärts führte. Nach einer Weile wurde Stryke sich eines Absinkens der Temperatur bewusst, und ein widerlich schaler Geruch drang ihm in die Nase. Sie marschierten vielleicht fünf Minuten in gleichmäßigem Tempo, obwohl er den Verdacht hatte, dass sein Zeitgefühl in dieser finsteren, stummen Welt nicht mehr richtig funktionierte. Dann stießen sie auf einen Seitentunnel.

Er war schmal, nicht breiter als eine gewöhnliche Tür, und der Eingang war niedrig. Die Wände waren feucht und glitschig. Als sie hineinleuchteten, sahen sie, dass der Boden beinah senkrecht abfiel. Mit einem Seil um die Hüften und einer Fackel in der Hand wurde einer der Soldaten hinuntergelassen.

Als sie ihn wieder hochzogen, berichtete er: »Der Tunnel läuft in einem schmalen Schacht aus wie ein Brunnen.«

»Ich schätze, dass es ein Überlaufschacht ist, um Unwettern vorzubeugen«, spekulierte Alfray. »Damit Wasser abfließen kann, falls der Schacht überflutet wird.«

Stryke war beeindruckt. »Schlau.«

»Sie hatten lange Zeit, um solche Feinheiten einzubauen, Stryke. Die Trolle sind vielleicht wild, aber sie sind keine unwissenden Barbaren. Wir tun gut daran, das nicht zu vergessen.«

Sie setzten die Erkundung des Haupttunnels fort, der jetzt ein wenig steiler bergab führte. Zwanzig oder dreißig Schritte später ging ihnen das Seil aus. Sie ließen es, wo es war, und gingen weiter. Strykes ungenauer Schätzung nach waren weitere fünf Minuten verstrichen, als der Tunnel sich langsam verbreiterte. Ein Stück weiter mündete er in einer weiteren Kammer. Sie hielten inne.

Da sie leer zu sein schien und auch keine Geräusche zu hören waren, gingen sie hinein.

Sie waren kaum eingetreten, als sich plötzlich Gestalten aus den Schatten lösten und auf sie losgingen.

Obwohl ihre Gegner im flackernden Fackelschein nur undeutlich zu sehen waren, blieb der Trupp den Angreifern nichts schuldig. Überall brachen beinahe lautlose Kämpfe aus, wenn man vom Klirren der Waffen, angestrengten Grunzen und gelegentlichen Aufschreien absah.

Eine nur undeutlich wahrnehmbare Gestalt kam Stryke schnell entgegen, und er schlug danach. Sein Hieb wurde pariert. Er versuchte es erneut und verfehlte sein Ziel. Durch reinen Zufall sah er das Funkeln einer auf seinen Hals zielenden Klinge. Er duckte sich, und harter Stahl pfiff über seinen Kopf hinweg.

Stryke sprang mit weit ausgestrecktem Schwert vorwärts. Es traf weiches Fleisch, und sein Angreifer ging zu Boden. Er fuhr herum und stellte sich dem nächsten schattenhaften Angreifer.

In seiner unmittelbaren Nähe fochten Alfray und Jup mit eigenen Gegnern. Der Zwerg schlug einen Schädel ein. Alfray stieß einem Troll seine brennende Fackel ins Gesicht, was diesem ein grässliches Kreischen entlockte. Er würgte den Schrei mit einem Nachfolgehieb seiner Klinge ab.

Dann gab es keine Feinde mehr, die sie hätten bekämpfen können. Das Geplänkel war kurz und brutal gewesen, und die Vielfraße hatten trotz des Sichtvorteils der Trolle den Sieg davongetragen.

Stryke schaute sich um. Er sah, dass auf der anderen Seite der Kammer ein weiterer Tunnel abzweigte.

»Bewacht diesen Tunnel!«, bellte er.

Mehrere Gemeine nahmen in aller Eile davor Aufstellung und lugten mit gezogenem Schwert hinein.

»Ist irgendjemand tot oder verwundet?«, fragte er.

Keiner hatte mehr als oberflächliche Wunden erlitten.

»Wir hatten Glück«, japste Alfray.

»Ja, aber nur, weil wir in der Überzahl waren. Es hätte leicht umgekehrt kommen können. Sehen wir mal, was wir hier haben.« Stryke nahm Alfrays Fackel und hielt sie über eine auf dem Boden liegende Leiche.

Der Troll war klein, sehr muskulös und mit zotteligem grauem Fell bedeckt. Er hatte die Statur und die blasse Hautfarbe, wie man sie von einer unterirdisch lebenden Rasse erwarten konnte. Die tonnenförmige Brust war eine Folge des Lebens in der in größerer Tiefe dünneren Luft. Arme und Beine waren ungewöhnlich lang. Die Hände waren kräftig und hatten lange, dicke Krallenfinger, die sich gut zum Graben eigneten.

Der Troll war zwar tot, aber seine Augen waren noch geöffnet. Sie hatten sich an die Dunkelheit angepasst und waren viel größer als diejenigen der meisten Rassen. Die schwarze Iris war riesig. Alles in allem erinnerten sie Stryke an Schweinsäuglein. Die Nase war knollenförmig und weich wie die eines Hundes. Im Gegensatz zum bleichen Aussehen von Fell und Bart war der Kopf des Wesens von einem Schopf signalfarbener Haare bedeckt. Soweit er das in dem ungewissen Licht erkennen konnte, hatten sie einen rostigen Orangeton.

»Nicht unbedingt die Art Wesen, der man im Dunkeln begegnen will«, stellte Jup trocken fest.

»Gehen wir weiter«, sagte Stryke.

Sie betraten den neuen Tunnel mit noch größerer Vorsicht.

Dieser Gang bog schon nach kurzer Zeit scharf nach rechts ab, um dann wieder schnurgerade zu verlaufen. Sie passierten eine Reihe von Seitenkammern, die sich als klein und leer erwiesen. Dann verengte sich der Tunnel so stark, dass sie einzeln hintereinander gehen mussten.

Etwa hundert Schritte weiter erreichten sie einen Abschnitt, wo Wände und Decke mit Baumstümpfen und Holzpfeilern abgestützt waren.

Stryke und Alfray waren den anderen ein wenig voraus. Sie erreichten einen dicken, vorspringenden Pfeiler, und Alfray ging mit erhobener Fackel daran vorbei.

Er hatte ihn bereits hinter sich gelassen, als ihm aufging, dass der Pfeiler einen blinden Tunnel verbarg, doch es war bereits zu spät.

Ein Troll sprang ihn aus dem Schatten an. Die Wucht des Aufpralls seines widerlich haarigen Leibes stieß Alfray um, und die Fackel wurde ihm aus der Hand gerissen.

Stryke war rasch heran und schlug nach dem Angreifer, der ein, zwei Schritte zurücktänzelte, um der Klinge auszuweichen. Dann sprang er wieder vorwärts und deckte Stryke mit einem Hagel von Schlägen ein, deren er sich kaum erwehren konnte.

Der Platz war so beengt, dass der Rest des Trupps nicht nah genug herankommen konnte, um einzugreifen. Sie waren gezwungen, hilflos zuzuschauen, wie Ork und Troll sich einen heftigen Schlagwechsel lieferten.

Stryke zielte einen Hieb auf die Brust des Wesens. Es sprang mit erstaunlicher Behändigkeit zur Seite, und Strykes Schwert traf eine Holzstrebe. Von der Decke rieselte Staub auf den Boden.

Die kostbare Sekunde, die Stryke brauchte, um die Klinge herauszuziehen, kostete ihn um ein Haar das Leben. Mit einem wilden Knurren ging der Troll auf ihn los, während seine Arme wie Dreschflegel durch die Luft wirbelten.

Doch das Wesen hatte nicht mit Alfray gerechnet. Von den Folgen des ersten Angriffs erholt, war er mittlerweile auf Händen und Knien und griff nach den Beinen des Trolls. Es reichte nicht, um den Angreifer zu Boden zu reißen, lenkte ihn aber so lange ab, dass Stryke einen Treffer landen konnte. Sein Schlag traf den Troll in der Seite. Er heulte auf, taumelte rückwärts und prallte hart gegen den durch Strykes Schwerthieb ohnehin schon halb durchtrennten Stützpfeiler.

Die Strebe barst mit laut hallendem Ächzen und Knarren.

Von oben war ein ominöses Grollen zu vernehmen. Erdreich und Steinbrocken hagelten herunter. Der Troll stieß einen grässlichen Verzweiflungsschrei aus.

Stryke packte Alfrays Wams und zog ihn vorwärts aus der unmittelbaren Gefahrenzone. Er erhaschte einen flüchtigen Blick auf Jup und den Rest des Trupps hinter sich auf der anderen Seite des abgestützten Abschnitts.

Ein Krachen wie Donnerhall ertönte. Dann stürzte die Decke über dem unglücklichen Troll ein, der augenblicklich von den Gesteinsmassen zermalmt wurde. Eine Schockwelle wie von einem kleinen Erdbeben schleuderte Alfray und Stryke zu Boden. Wolken aus erstickendem Staub legten sich über sie.

Nachdem der Boden aufgehört hatte zu beben, blieben sie noch eine Ewigkeit mit den Händen auf dem Kopf liegen und wagten nicht, sich zu rühren.

Schließlich verstummte auch der Nachhall des Getöses, der Erdrutsch kam zur Ruhe, und der Staub legte sich. Hustend und nach Luft schnappend, rappelten sie sich auf.

Hinter ihnen war der Tunnel vom Boden bis zur Decke versperrt. Unter dem Geröll befanden sich auch mehrere große Felsbrocken. Alfray hob die immer noch brennende Fackel auf, ihre einzige Lichtquelle, und sie machten sich daran, die Einsturzstelle zu untersuchen.

Es war offensichtlich, dass sie nicht hoffen konnten, die Geröllmassen wegzuräumen.

»Hoffnungslos«, sagte Alfray, während er sich gegen die unbewegliche Barriere stemmte. »Das muss Tonnen wiegen.«

»Du hast Recht, da kommen wir nicht durch.«

»Du glaubst doch nicht, dass der Einsturz Leute von uns erwischt hat, oder?«

»Nein, ich bin sicher, dass sie weit genug weg waren. Aber ich kann mir nicht vorstellen, dass sie diese Lawine von der anderen Seite wegräumen können. *Verdammte Scheiße!*«

Alfray stieß einen tiefen Seufzer aus. »Tja, wenn es bis jetzt noch irgendeinen Zweifel daran gab, dass die Trolle von unserer Anwesenheit wissen, ist er damit beseitigt. Es sei denn, sie sind alle taub.«

»Wir können nicht zurück, und wir können auch nicht hier bleiben, falls noch mehr von dem Gang einstürzt. Damit bleibt uns nur eine Wahl.«

»Hoffen wir, dass der Rest des Trupps eine Möglichkeit findet, an diesem Schlamassel vorbeizukommen.«

»Oder dass wir einen Weg zu ihnen finden. Aber ich würde nicht damit rechnen, Alfray.«

»Zwei gegen das Trollkönigreich. Kein gutes Kräfteverhältnis, oder?«

»Hoffen wir, dass wir das nie herausfinden müssen.«

Sie warfen einen letzten Blick auf die Einsturzstelle, dann drehten sie sich um und drangen tiefer ins Unbekannte vor.

*

Coilla dachte darüber nach, dass Haskeers Gesellschaft zwar noch nie das reinste Vergnügen gewesen war, aber wenigstens war es früher wesentlich lebhafter zugegangen, als er noch er selbst gewesen war.

Sie warf einen Blick auf ihn. Er saß ihr gegenüber auf seinem Sattel, den er als Stuhl benutzte, ließ die Hände auf beiden Seiten herabhängen und starrte ins Leere.

Reafdaw führte ihre Befehle aus und lud vorsorglich die Säcke mit dem Pelluzit auf zwei der stärkeren Pferde. Abgesehen davon konnten sie nur warten. Ein Gespräch mit Haskeer war jedenfalls eine trübe Aussicht. Sie hatte ihn bereits ein halbes Dutzend Mal gefragt, wie er sich fühle, und ebenso oft dieselben nicht überzeugenden Versicherungen zu hören bekommen, dass er bei bester Gesundheit sei. Damit blieben wenig andere Gesprächsthemen, und die Stille war bedrückend.

Sie quittierte es mit einer Mischung aus Erleichterung und Beklommenheit, als Haskeer plötzlich den Blick auf sie richtete, sie zum ersten Mal richtig zu sehen schien und sagte: »Hast du die Sterne?«

»Ja, die habe ich.«

»Kann ich sie mir ansehen?«

Unschuld schien auch in den besten Zeiten ein extrem unangemessenes Wort im Zusammenhang mit Haskeer zu sein, aber die Art und Weise, wie er die Bitte an sie richtete, ließ sie unwillkürlich daran denken.

»Warum nicht?«, erwiderte sie.

Sie war sich der Tatsache bewusst, dass er sie eingehend beobachtete, während sie in ihrem Gürtelbeutel kramte. Als sie die Instrumentale herausholte, streckte er die Hand aus, um sie an sich zu nehmen. Sie fand, dass der Zeitpunkt gekommen war, die Grenze zu ziehen.

»Ich halte es für besser, wenn du sie dir nur ansiehst«, sagte sie zu ihm. »Nichts für ungut«, fügte sie eilig hinzu, »aber Stryke hat mir befohlen, sie nicht aus der Hand zu geben. Ich darf sie niemandem überlassen, nicht einmal dir.«

Das war eine Lüge, aber sie wusste, dass dies Strykes Absicht gewesen sein musste. Sie wartete auf Haskeers aufbrausende Proteste. Sie kamen nicht. Dieser neue Haskeer schien aufreizend vernünftig zu sein. Sie fragte sich, wie lange es so bleiben würde.

Coilla saß ihm gegenüber, die Sterne auf ihrer ausgestreckten Handfläche, und er glotzte. Die seltsamen Reliquien schienen ihn auf eine Weise zu faszinieren, wie sich ein Kind von einem besonders schönen Spielzeug verzaubern lassen mochte.

Nachdem Haskeer ihre Beute ein paar Minuten lang ununterbrochen angestarrt hatte, stellte sich bei Coilla wieder das Gefühl des Unbehagens ein. Sie konnte sich mühelos vorstellen, dass dies noch stundenlang so weiterging, und sie hatte Besseres zu tun. Nun ja, eigentlich nicht. Aber sie wollte verdammt sein, wenn sie hier den Rest des Tages sitzen blieb und so tat, als sei sie ein Sockel.

»Ich finde, das reicht jetzt«, verkündete sie, indem sie die Faust um die Sterne schloss. Sie verstaute sie in ihrem Beutel.

Wiederum war sie sich der Tatsache bewusst, dass er jede ihrer Bewegungen beobachtete, während sich in seiner Miene eine Mischung aus Faszination und Enttäuschung spiegelte.

Das Leichentuch aus Schweigen senkte sich erneut auf sie. Es wurde zu bedrückend für Coilla.

»Ich gehe hinüber zum Ausguck«, sagte sie. »Vielleicht sind sie schon auf dem Rückweg.« Im Grunde glaubte sie das nicht. Dafür war es noch viel zu früh. Aber es gab ihr wenigstens etwas zu tun.

Haskeer sagte nichts, sondern beobachtete lediglich, wie sie ging.

Coilla kam an Reafdaw und den Pferden vorbei und rief ihm zu, was sie zu tun beabsichtigte. Er nickte und arbeitete weiter.

Ihr Ausguck war nicht weit entfernt. Es handelte sich um einen Felsen in Sichtweite des Lagers, von dessen Kuppe man den Eingang zur Krätze sehen konnte. Sie ging gemächlich hin, weil sie nur Zeit totschlagen wollte und gar nicht damit rechnete, ihre zurückkehrenden Kameraden zu sehen.

Nachdem sie auf das abgeflachte Plateau des Felsens geklettert war, schaute sie sich um. Von Reafdaw war nichts zu sehen. Sie nahm an, dass er seine Arbeit beendet hatte und bei Haskeer war. Gut. Sollte auch jemand anders an der Langeweile teilhaben.

Sie drehte sich um und konzentrierte sich auf den ziemlich weit entfernten höhlenartigen Eingang. Es war kein sonderlich sonniger

Tag, wie es in letzter Zeit üblich war, aber sie musste dennoch die Augen abschirmen, um Einzelheiten ausmachen zu können.

Nichts rührte sich. Das war keine Überraschung. Sie rechnete noch nicht mit Ergebnissen.

Alles war besser, als in das Lager zurückzukehren, also beschloss sie, dort oben noch ein paar Minuten totzuschlagen. Sie fragte sich, ob Stryke sich diesmal nicht mehr abgebissen hatte, als er runterschlucken konnte. Mit einem Schauder wanderten ihre Gedanken zu der schwarzen Grube, in die ihre Kameraden geklettert waren.

Dann krachte etwas Schweres auf ihren Hinterkopf, und sie fiel selbst in eine schwarze Grube.

*

In einem Meer von Schmerzen kam Coilla wieder zu sich.

Vom Hinterkopf zog sich ein hundsgemeiner Schmerz den Nacken herunter bis in den Rücken. Sie tastete vorsichtig nach der schmerzenden Stelle und zog ihre Finger blutig zurück.

Dann dämmerte es ihr. Sie richtete sich schnell auf. Zu schnell. Sie keuchte, als es in ihrem Kopf zu hämmern anfing und sich alles um sie drehte.

Es musste einen Überfall gegeben haben. Die Trolle! Sie kam schwankend auf die Beine und begutachtete ihre Umgebung. In keiner Richtung war irgendjemand zu sehen, und das Lager sah verlassen aus.

Vor Anstrengung stöhnend, kletterte sie vom Felsen herunter und ging zurück, so schnell sie konnte. Sie fragte sich kurz, wie lange sie wohl auf dem Felsen gelegen hatte. Es war möglich, dass Stunden vergangen waren, obwohl ihr ein Blick zum Himmel verriet, dass dies unwahrscheinlich war. Sie fasste sich wieder an den Hinterkopf. Er blutete immer noch, aber nicht sehr stark. Sie hatte Glück gehabt.

An diesem Punkt ging ihr auf, dass sie nicht mehr leben würde, wäre ihr Angreifer ein Troll gewesen. Das führte zu einem zweiten, weitaus schlimmeren Gedanken. Ihre Hand fuhr zu ihrem Gürtelbeutel.

Er war offen. Die Sterne waren nicht mehr da.

Sie fluchte laut und fing an zu laufen, zum Henker mit ihren Schmerzen.

Als sie das Lager erreichte, sah sie keine Spur von Reafdaw und Haskeer. Sie rief nach ihnen. Nichts.

Sie rief noch einmal. Diesmal antwortete ihr ein Stöhnen aus der Richtung der Pferde. Sie eilte dorthin.

Reafdaw lag auf dem Boden, gefährlich nah bei den angebundenen Pferden. Was erklärte, warum sie ihn nicht schon früher gesehen hatte. Sie kniete sich neben ihn. Er hatte ebenfalls einen blutigen Schädel. Sein Gesicht war kreidebleich.

»Reafdaw!«, sagte sie, indem sie ihn heftig schüttelte.

Er stöhnte erneut.

»Reafdaw!« Ihr Schütteln wurde beharrlicher. »Was ist passiert?«

»Ich … er …«

»Wo ist Haskeer? Was ist los?«

Der Soldat schien ein wenig Kraft zu sammeln. *»Haskeer. Das Schwein …«*

»Was willst du mir sagen?« Sie befürchtete, die Antwort bereits zu kennen.

»Kurz … nachdem Sie gegangen sind, ist er … zu mir gekommen. Hat nicht viel … gesagt. Dann ist er … durchgedreht. Hat mir … fast den Schädel … eingeschlagen.«

»Dasselbe hat er mit mir gemacht, der Dreckskerl.« Sie untersuchte die Wunde des Soldaten. »Es könnte viel schlimmer sein«, sagte sie zu ihm. »Reafdaw, ich weiß, dass du dich jetzt miserabel fühlst, aber das ist wichtig. Was ist dann passiert? Wo ist er hin?«

Der Soldat schluckte, und die Schmerzen standen ihm deutlich sichtbar in den Augen. »Er ist … einfach weggegangen. Ich war eine … ganze Weile … weggetreten. Kam wieder zu mir. Er war wieder da. Dachte … dachte, er wollte mich … erledigen. Aber nein. Hat sich ein Pferd geschnappt.«

»Verdammt noch mal! Er hat die Sterne.«

»Ihr Götter«, hauchte Reafdaw schwächlich.

»Welche Richtung? Hast du gesehen, welche Richtung er eingeschlagen hat?«

»Nach Norden. Ich glaube … es war … Norden.«

Sie musste eine Entscheidung treffen, und zwar schnell.

»Ich muss ihm nach. Du musst allein zurechtkommen, bis die anderen zurückkehren. Schaffst du das?«

»Ja … Gehen Sie.«

»Du kommst wieder auf die Beine.« Sie stand auf, wobei sie das Gefühl hatte, ihr Kopf müsse jeden Augenblick zerspringen, und holte sich einen Wasserbeutel vom nächsten Pferd. Sie legte ihn in Reafdaws Hände. »Hier. Es tut mir Leid, Reafdaw, aber ich muss es tun.«

Sie schwankte zu dem Pferd, das am schnellsten aussah, und band es los. Nachdem sie mühsam aufgestiegen war, spornte sie es zum Galopp an und ritt nach Norden.

25

Jup und dem Rest des Trupps war es nicht gelungen, sich zu Stryke und Alfray durchzugraben. Sie wussten nicht einmal, ob die beiden überhaupt den herabstürzenden Geröllmassen entkommen waren.

Ihnen blieb nichts anderes übrig, als umzukehren und den Weg zurückzugehen, auf dem sie gekommen waren.

Bei Liffin und Bhose angekommen, die nach wie vor unter dem Schacht Wache standen, erlebten sie ihre erste Enttäuschung. Die schwache Hoffnung, dass Stryke und Alfray vielleicht einen Weg gefunden hatten, die Einsturzstelle zu umgehen und zum Einstieg zurückzukehren, zerschlug sich.

Jups nächster Gedanke bestand darin zu versuchen, sie auf einem anderen Weg zu erreichen. Die einzige Möglichkeit war der kleinere der beiden Tunnel. Er führte den Trupp hinein. Doch nach einem langen und ereignislosen Marsch, in dessen Verlauf sie nur leere Seitenkammern und Sackgassen entdeckten, erreichten sie dessen Ende.

Schweren Herzens kehrten sie zum Ausgangspunkt zurück.

Es schien wenig Sinn zu haben zu warten. Die einzig verbliebene Hoffnung bestand darin, dass die beiden einen anderen Weg aus dem Labyrinth und zurück zur Oberfläche fanden. Jup befahl den Rückzug. Sie kletterten den Schacht empor und eilten schnurstracks zum Lager zurück.

Bei ihrer Ankunft verblasste die niederschmetternde Enttäuschung, feststellen zu müssen, dass ihre beiden Kameraden nicht zurückgekehrt waren, vor der Katastrophe, von der sie erfuhren, als sie auf Reafdaw stießen.

Er hatte sich mittlerweile zu sitzender Haltung aufgerichtet und hielt sich den Kopf, während sie ihn umstanden und sich voller Entsetzen die Geschichte anhörten, die er zu erzählen hatte.

»So sieht es also aus«, schloss der Soldat seinen Bericht ab. »Haskeer hat mich und Coilla niedergeschlagen und sich die Sterne geschnappt. Sie ist ihm nach. Mehr kann ich euch nicht sagen.«

Jup ordnete an, Reafdaws Wunden zu verbinden.

Der Trupp begann eine lautstarke Debatte darüber, was sie jetzt tun sollten.

»*Haltet das Maul!*«, brüllte der Zwerg, und sie beruhigten sich. »Vorrang sollte jetzt der Versuch haben, Stryke und Alfray aus dem Labyrinth zu holen. Wir wissen, dass ihre Tage da unten gezählt sind. Andererseits können wir Haskeer nicht mit den Sternen entkommen lassen, und es hört sich nicht so an, als wäre Coilla in der Verfassung, ihn daran zu hindern.«

»Warum teilen wir den Trupp nicht auf und versuchen beides?«, rief jemand.

»Wir würden unsere Kräfte zu sehr zersplittern. Für die Suche im Labyrinth brauchen wir alles, was wir haben. Und wenn wir die ganze Gegend nach Haskeer abklappern wollen, können wir auch nicht genug Leute sein.«

Eine andere Stimme meldete sich zu Wort. »Was *sollen* wir dann machen?«, wollte die Stimme wissen und fügte dann nicht gerade respektvoll »Feldwebel« hinzu.

In der Frage lag ein unverkennbarer Anflug von Feindseligkeit, und den sah er auch in mehr als nur einem der ängstlichen Gesichter ringsumher. Der unterschwellige Groll, den einige in Bezug auf seine Rasse und seinen Rang empfanden, drohte offen auszubrechen.

Aber er wusste nicht, was er sagen sollte. Er musste eine Wahl treffen, und er musste es jetzt tun; es würde ganz leicht sein, das Falsche zu tun.

Er starrte sie an, sah die Erwartung in ihren Augen und in einigen wenigen etwas Bedrohlicheres.

Jup hatte schon immer den Befehl über eine Einheit übernehmen wollen. Aber nicht so.

*

Etwa eine halbe Stunde nachdem sie ihre Suche begonnen hatte, schien das Glück zu Coilla zurückzufinden.

Sie glaubte schon, sie werde ihn nie einholen und in Schande zurückkehren müssen, als sie weit entfernt einen Reiter ausmachen konnte, der am Horizont über eine Reihe von Hügelkämmen weiter im Norden galoppierte.

Sie war nicht sicher, aber der Reiter sah wie Haskeer aus.

Sie bohrte ihrem Pferd die Fersen in die Flanken und trieb es zu größerer Eile an.

Als sie die Hügelkette schließlich erreichte, war ihr Pferd schaumbedeckt. Sie gestattete ihm keine Rast, sondern jagte es den Hügel empor. Auf der Kuppe angekommen, hielt sie inne und stellte sich in die Steigbügel, um das Land in die Richtung der entfernten Taklakasee abzusuchen. Sie konnte den Reiter nicht sehen. Aber es war ein zerklüftetes Gelände, und es gab unzählige Versteckmöglichkeiten. Da sie keine andere Möglichkeit hatte, ritt sie weiter.

Der Weg, dem sie folgte, führte sie in ein flaches, blühendes Tal mit Baumgruppen auf beiden Seiten und auch auf ihrem Weg. Sie ritt deswegen nicht langsamer, obwohl sie mittlerweile befürchtete, dass ihr Pferd das Tempo nicht mehr lange halten konnte.

Dann erhaschte sie wieder einen Blick auf den Reiter, weit weg, am Ende des Tals. Sie hielt darauf zu und ritt wie eine Wahnsinnige.

Plötzlich war sie nicht mehr allein.

Zwei Reiter stießen aus dem Gehölz zu ihrer Rechten und ein weiterer tauchte auf ihrer linken Seite auf. Sie hatte den Eindruck, dass es Menschen waren.

Als der Reiter zu ihrer Linken rasch herangaloppierte und ihrem Pferd eins mit der Peitsche überzog, war sie so überrascht, dass sie die Herrschaft darüber verlor. Die Zügel flogen ihr aus der Hand. Ihr Pferd stolperte und fiel. Die Welt neigte sich in einem verrückten Winkel.

Coilla prallte auf den Boden, überschlug sich mehrmals und blieb schließlich außer Atem liegen.

Während sich alles um sie drehte, versuchte sie sich zu erheben, schaffte es aber nur auf die Knie.

Die drei Menschen hatten mittlerweile angehalten und stiegen ab. Sie schaute sie an, und ihr Blickfeld wurde langsam wieder etwas klarer.

Einer war groß und hatte arglistige Augen und ein gemeines, spitzes Gesicht, das von einer Narbe entstellt wurde. Der Zweite war klein und geschmeidig. Er rieb an einer schwarzen Augenklappe und schnitt ihr eine Grimasse durch verfaulte Zähne. Der Dritte hatte die Statur eines Gebirgsbären und bestand nur aus Muskeln. Er war völlig kahl und hatte sich schon öfter die Nase gebrochen.

Der Große grinste, und es war keine freundliche Geste. »Was haben wir denn da?«, sagte er mit öliger Stimme, in der Bedrohlichkeit mitschwang.

Coilla schüttelte den Kopf und versuchte die Schmerzen loszuwerden. Sie wollte aufstehen, schaffte es aber nicht.

Die drei Menschen griffen nach ihren Waffen und gingen auf sie zu.

*

Ungefähr eine Stunde lang gingen Stryke und Alfray durch den Tunnel, da sie keine andere Wahl hatten. Es gab weder Abzweigungen noch Seitenkammern, die sie hätten erkunden können, und er änderte sich nur dahingehend, dass er immer steiler in die Tiefe führte.

Schließlich stießen sie auf eine weitere Kammer, bei weitem die größte, die sie bisher gesehen hatten. Sie wussten, dass sie leer war, weil sie im Unterschied zu den anderen vom Licht Dutzender Fackeln strahlend hell erleuchtet war. Die zerklüftete hohe Decke war mit Stalaktiten übersät, und mindestens sechs Tunnel zweigten in verschiedene Richtungen ab.

In der Kammer befand sich nur ein einziger Gegenstand: ein riesiger Block aus behauenem Stein, der Ähnlichkeit mit einem Sarkophag samt Deckel hatte. In Seiten und Oberfläche waren geheimnisvolle Symbole eingemeißelt.

Sie gingen hinein, und ihre Schritte hallten laut in dem großen Gewölbe.

»Was könnte das deiner Ansicht nach sein?«, staunte Alfray.

»Wer kann das sagen?«, erwiderte Stryke. »Es heißt, die Bewohner der Unterwelt verehren finstere und schreckliche Götter. Das hier hat etwas Rituelles an sich.« Er legte die Hand auf die altersglatte Oberfläche. »Wahrscheinlich werden wir es nie erfahren.«

»Ihr irrt euch!«

Sie fuhren zu der Stimme herum.

Ein Troll in Gewändern aus einem Goldgespinst und mit einer silbernen Krone auf dem Kopf hatte die Kammer unbemerkt hinter ihnen betreten. Er war von kräftigerer Statur als alle, die sie erschlagen hatten, und hatte einen Stab in der Hand, der fast so groß wie er selbst war.

Stryke und Alfray hoben die Waffen, doch in diesem Augenblick strömten aus den anderen Tunneln unzählige Trolle in die Kammer. Sie zählten viele Dutzend, und alle waren bewaffnet, viele mit Speeren, deren Spitze mit einem Widerhaken versehen war.

Die Orks sahen einander an.

»Ich bin dafür, so viele wie möglich mitzunehmen«, zischte Stryke.

»Gut gesagt«, stimmte Alfray ihm zu.

»Das wäre mehr als dumm«, donnerte der Troll, indem er seine Truppen mit einer raschen Handbewegung vorschickte.

Ein Wald von Speeren zielte auf die Orks, und jetzt sahen sie, dass die zweite Reihe aus Bogenschützen bestand, die Pfeile aufgelegt hatten und ebenfalls auf sie zielten. Sie konnten ihre Feinde nicht erreichen, geschweige denn welche mit in den Tod nehmen.

»Legt die Waffen nieder«, forderte der Troll.

»Ein Ork tut so etwas nicht«, erwiderte Stryke verächtlich.

»Die Wahl liegt ganz bei euch«, entgegnete der Troll. »Legt sie nieder oder sterbt.«

Die Masse der Speere kam näher. Die Sehnen der Bogen wurden etwas straffer angezogen.

Alfray und Stryke wechselten einen Blick. Sie gelangten zu einem unausgesprochenen Einvernehmen.

Sie warfen ihre Schwerter zu Boden.

Die Trolle stürzten sich auf sie und packten sie. Doch falls die Orks mit ihrem augenblicklichen Tod rechneten, hatten sie sich geirrt.

»Ich bin Tannar«, belehrte sie der Anführer der Trolle, »der König des inneren Reiches. Herrscher und Hohepriester in einem, Diener der Götter, die unsere Domäne vor solchen wie euch beschützen.«

Keiner der beiden Orks antwortete. Vielmehr legten sie ein stolzes Gehabe an den Tag.

»Ihr werdet für euer Eindringen bezahlen«, fuhr Tannar fort, »und zwar auf eine Weise, die für unsere Götter höchst nützlich ist.«

Die Trollsoldaten drängten Stryke und Alfray zu der Steinplatte. Und da wussten sie ohne den Funken eines Zweifels, welchen Zweck sie hatte.

Es handelte sich um einen Opferaltar.

Raue Hände fesselten sie. Die Trollarmee teilte sich, um ihren König durchzulassen.

Während er sich ihnen langsam näherte, zog er etwas aus den Falten seines Gewands. Auf der tödlichen Schärfe seines gekrümmten Stahls fingen sich Lichtfunken und glitzerten tückisch. Die versammelten Trolle begannen einen tiefen, finsteren Sprechgesang in einer den Orks unbekannten Sprache.

Tannar näherte sich den Orks im Tempo eines Trauermarschs und hob dabei die Opferklinge.

»Das Messer«, flüsterte Alfray. »Stryke, *das Messer!*«

Stryke sah hin und verstand.

Die Freiheit geschmeckt zu haben und ihrer dann wieder auf diese Weise beraubt zu werden war ein Scherz, wie ihn sich die finstersten Götter nicht grausamer hätten ausdenken können. Dass alles zu Ende ging, war schon schlimm genug. Aber was Stryke sah, war der bitterste Schlag, den man sich vorstellen konnte.

Das reich verzierte Messer, das der Trollkönig in die Höhe hielt, war mit einem bemerkenswerten Zusatz geschmückt. Am Heft war ein Gegenstand befestigt, dessen Form unverkennbar war.

Sie hatten den Stern gefunden.

Zweites Buch

LEGION DES DONNERS

26

Der Tod bewegte sich schlangengleich durchs Wasser.

Grimmige Entschlossenheit war in ihr Gesicht wie in Stein gemeißelt. Mit kraftvollen Stößen ihrer breiten, mit Schwimmhäuten versehenen Hände tauchte sie in der Tiefe. Ihre ebenholzfarbenen Haare wallten ungebändigt als tintige Wolke in ihrem Kielwasser. Aus ihren pochenden Kiemen strömten Ketten winziger Blasen.

Sie schaute sich um. Ihr Angriffsschwarm, massierte, in Formationen schwimmende Reihen, war in den unheimlichen grünen Schein der Phosphorfackeln gehüllt, die sie bei sich hatten, um besser sehen zu können. Sie hielten scharfkantige Korallenspeere in den Händen. Diamantharte Krummdolche steckten in Scheiden in den Schilfgurten, die sich kreuz und quer über ihre schuppigen Oberkörper zogen.

Die Dunkelheit wich, was erste Blicke auf den sandigen Meeresboden gestattete, der mit hochaufragenden Felszacken und wogenden Pflanzen bedeckt war. Kurz darauf kamen die Ausläufer eines Riffs in Sicht, weiß und zerklüftet und von purpurnen Flechten überwuchert. Sie schwamm mit ihren Kriegern im Schlepptau darüber hinweg. Sie folgten dem Riff dicht über dessen Oberfläche, und aus dieser Nähe war das Verderben nicht zu übersehen. Abgestorbene Vegetation und die fast völlige Abwesenheit von Fischen waren ein Beleg für den schleichenden Verfall. Fetzen toter Dinge trieben vorbei, und die nicht der Jahreszeit entsprechende Kälte, die das Wasser fast gefrieren ließ, war in diesen Tiefen noch größer.

Sie hob eine Hand, als sie ihr Ziel sichteten. Die Soldaten ließen die sprühenden Fackeln los und tauchten den Meeresboden in ein smaragdgrünes Licht. Dann glitten sie heran und versammelten sich um sie.

Vor ihnen, wo das Rückgrat des Riffs breiter wurde, befand sich eine mit sowohl natürlichen als auch künstlichen Kavernen und Höhlungen übersäte Klippe. Aus dieser Entfernung war von etwaigen Bewohnern nichts zu sehen. Sie signalisierte ihre Befehle. Ein Dutzend Krieger sonderten sich ab und schwammen tief und verstohlen dem Feind entgegen. Die übrigen bildeten unter ihrer Führung die Nachhut.

Als sie sich der Feste näherten, sahen sie die ersten Merz, eine versprengte Hand voll von Wachposten, die nichts von dem sich nähernden Voraustrupp ahnten. Sie betrachtete sie hasserfüllt. Sie ähnelten den Menschen nur zum Teil, dennoch fühlte sie sich von ihnen abgestoßen. Für sie rechtfertigte dies einen Krieg ebenso wie jeder Disput um Territoriumsgrenzen oder Nahrungsmittelvorräte. Sie ließ die Kolonne halten und sah zu, wie ihre Vorausabteilung angriff.

Auf jeden Wachposten kamen zwei bis drei Krieger. Der ihnen am nächsten befindliche war ein Mann. Seine Haltung kündete von Arglosigkeit, und es schien so, als sei er nur vor einem der seltenen Unterwasserräuber auf der Hut, nicht aber vor der Gefahr eines Überraschungsangriffs. Er trieb im Wasser, wobei er sich halb drehte und ihre Abneigung bestätigte.

Oberkörper und Kopf des Merzmannes waren so wie bei einem Menschen, wenn man von den extrem dünnen Kiemen auf beiden Seiten des Rumpfs absah. Die Nase war breiter und flacher als die eines Menschen und die Augen von einer dünnen Membrane bedeckt. Das Wesen hatte weder auf der Brust noch auf den Armen Haare, aber einen Schopf rostfarbener Locken und einen kurzen krausen Bart.

Unterhalb der Hüfte unterschied sich der Merzmann radikal von einem Menschen und ähnelte eher den Nyadds. Hier wich die milchige Haut glänzenden, einander überlappenden Schuppen, die einen langen, schlanken Schwanz bedeckten, der in einer großen, fächerförmigen Flosse auslief.

Der Merz war mit der traditionellen Waffe seiner Rasse versehen, einem Dreizack von der Länge eines Speers, dessen drei Gabelzinken in Pfeilspitzen endeten.

Zwei Krieger näherten sich ihm. Sie kamen mit hoher Geschwindigkeit von hinten und von der Seite unter Ausnutzung der toten Winkel im Blickfeld des Wachpostens. Der Merzmann war hilflos. Der von rechts kommende Nyadd schleuderte den mit einem Widerhaken versehenen Spieß und traf den Merz dicht oberhalb der Hüfte. Der oberflächliche Stoß war nicht tödlich, diente aber als schmerzhafte Ablenkung. Als der überrumpelte Merz zu seinem Angreifer herumfuhr, war der zweite Nyadd hinter ihm heran. Er hielt einen gezähnten Dolch. Seine Hand legte sich um den Hals des Feindes und schnitt dem Merz die Kehle durch.

Der Wachposten schlug einen Moment wild um sich, während eine dunkelrote Wolke aus der klaffenden Wunde quoll. Dann sank sein lebloser Kadaver langsam auf den Meeresgrund und zog dabei rote Fäden und Bänder hinter sich her.

Sie hielt die Hauptstreitmacht noch zurück und beobachtete weiter, wie ihre Vorhut die übrigen Wachen angriff.

Ähnlich überrumpelt wurde ein Merz von einem Nyadd gehalten, während ihm ein anderer einen Dolch in die Brust bohrte. Ein weibliches Mitglied der Rasse, eine Merzfrau, sank mit einem Speer zwischen den nackten Brüsten in die Tiefe, den Mund zu einem stummen Schmerzensschrei aufgerissen. Ein Merzmann versuchte in seiner Panik, einen Nyadd mit seinem Messer aufzuschlitzen, und vergaß dabei, dass unter Wasser Stiche wirkungsvoller waren als weitausholende Schlitzbewegungen. Er büßte für sein Versehen mit einem Speerstoß in die Eingeweide.

Die Wachen wurden rasch, brutal und effizient niedergemetzelt. Als der letzte Merz überwunden war, signalisierten die Henker ihr dies durch rosa getrübtes Wasser.

Es wurde Zeit, den gesamten Schwarm einzusetzen. Auf ihre Anweisung zückten sie ihre Waffen und rückten vor, wobei sie behutsam ausschwärmten. Die Stille war vollkommen. Abgesehen von den Kriegern der Nyadd bewegten sich nur die auf den Grund sinkenden Leichen.

Der Schwarm hatte beinahe sein Ziel erreicht, als in der bienenstockartigen Feste plötzlich hektische Aktivität ausbrach. Unvermittelt spie der Bau eine Horde schwer bewaffneter Merz aus. Dabei stießen sie ein seltsames Geräusch aus, ein schrilles oszillierendes Heulen, das ihnen als Sprache diente, ein Geräusch, das aufgrund der verzerrten Fortbewegung im Wasser noch bizarrer wurde.

Das war noch etwas, das sie an ihnen hasste. Jetzt konnte sie ihrem Hass wenigstens eine Richtung geben.

Von der Spitze weg führte sie ihren Schwarm gegen die unorganisierten Verteidiger. Sekunden später trafen Nyadd und Merz aufeinander, und sofort löste sich die geschlossene Front in eine Vielzahl tödlicher Einzelkämpfe und kleiner Scharmützel auf.

Die Magie der Merz war wie die der Nyadd von der Art des Spähens und Entdeckens und wurde in der Regel bei der Jagd oder zu

Orientierungszwecken in der Tiefe eingesetzt. Sie hatte wenig kriegerische Bedeutung. Diese Schlacht wurde mit Mut und Geschick, mit Klinge und Speer ausgefochten.

Mit seinem klagenden Gesang auf den Lippen stieß ein dreizackbewehrter Merz von oben auf sie herab. Die drei Spitzen bohrten sich tief in die Brust des Kriegers neben ihr. Tödlich verwundet, krümmte und wand sich der Nyadd so sehr, dass er dem Merz den Dreizack aus der Hand riss. Er sank in die Tiefe, den Speer in der Hand und mit einem roten Schleier im Kielwasser.

Nachdem er seine Hauptwaffe verloren hatte, zog der Merzmann ein Messer, eine Miniaturausgabe des Dreizacks, und richtete seine Aufmerksamkeit auf sie. Er stieß zu. Sie wich dem Stoß aus. Der Schwung des Angriffs ließ den Merz zur Seite schießen und halb herumwirbeln, doch er fing sich rasch und wandte sich wieder in ihre Richtung.

Sie packte rasch das Gelenk seiner Dolchhand. Dann sah er, dass ihre Knöchel mit Lederbändern umwickelt waren, die mit spitzen Metalldornen gespickt waren. Er griff verzweifelt nach ihrer freien Hand. Zu spät. Während sie ihn immer noch mit einer Hand festhielt, ballte sie die andere zur Faust und rammte sie ihm in den Bauch. Im Augenblick ihres dritten Hiebs ließ sie sein Handgelenk los. Die Wucht des Schlags beförderte ihn weg von ihr. Er schaute auf seine blutenden Wunden, das Gesicht zu einer Grimasse der Qual verzerrt, und wurde vom Chaos verschluckt.

An den Knöcheldornen hingen Fetzen fischigen Gewebes.

Sie registrierte eine Bewegung im Augenwinkel und glitt herum. Eine Merzfrau schwamm auf sie zu, ihren Dreizack auf sie gerichtet. Mit einem gewaltigen Schlag ihres muskulösen Schwanzes schoss die Nyadd aufwärts und entging dem Stoß mit dem Dreizack um Haaresbreite. Die Merzfrau konnte ihren Schwung nicht mehr abbremsen und trieb in eine Gruppe ihrer Soldaten. Sie stachen und schnitten ihr das Leben aus dem Leib.

Überall ringsumher tobten Kämpfe. Mann gegen Mann, Gruppe gegen Gruppe. Überall waren Kampfpaare in der tödlichen Umarmung fremdartiger Tänze verstrickt, Hände um Gelenke geschlossen, Arme bemüht, Dolche ins Ziel zu stoßen. Furchtbare Wunden färbten das Wasser. Die Toten wurden beiseite gestoßen.

Die vorderste Reihe der Nyadd stritt auf der eigentlichen Festung. Manche kämpften sich bereits einen Weg hinein. Sie beeilte sich, ihnen zu folgen.

Ein Merzmann mit blitzenden Augen schoss heran, um ihr den Weg abzuschneiden. Er hielt eine gezähnte Klinge von der Größe eines Breitschwerts mit zweihändigem Heft. Um der Reichweite der Waffe etwas entgegenzusetzen, zog sie ihre eigene Klinge. Kürzer, aber so scharf wie ein Skalpell. Sie umkreisten einander, ohne auf das Gemenge auf beiden Seiten zu achten.

Er schoss vorwärts in der Absicht, sie zu durchbohren. Sie wich aus und stieß seine Klinge mit ihrer eigenen in der Hoffnung beiseite, sie ihm aus den Händen zu schlagen. Er hielt seine Waffe fest, fasste sich rasch wieder und ging erneut auf sie los. Eine Pirouettenbewegung brachte sie aus der Stoßrichtung der Klinge. Sein ausgestreckter Arm war ungedeckt. Sie schlug mit ihren Knöcheldornen nach ihm, und obwohl sie ihn nur streifte, schnitt sie ihm tief ins Fleisch. Ihr Feind war so beschäftigt, dass er ihr einen Nachfolgestoß mit ihrer Klinge gestattete. Sie fand sein Herz. Eine Blutfontäne spritzte aus seinem Leib. Als sie die Klinge herauszog, setzte sie damit einen Schwall rubinroter Kleckse frei. Der Merz starb mit offenem Mund.

Sie trat die Leiche weg und richtete ihr Augenmerk wieder auf den Sturm der Festung.

Mittlerweile hatte ihr Schwarm die Oberhand gewonnen. Viele waren in die Festung eingedrungen, um das Gemetzel zu vervollständigen. Getreu ihren Befehlen wurden die überlebenden Merz massakriert. Das Nest sollte völlig vom Feind gesäubert werden. Sie schwamm an einem ihrer Krieger vorbei, der einen wild strampelnden Merzmann mit einer Kette strangulierte, während ein anderer Nyadd mit seinem Speer nach dem Opfer stach.

Nur wenige Merz lebten noch. Ein, zwei Überlebende waren geflohen und schwammen davon, aber das ließ sie zu. Sie würden die Nachricht verbreiten, dass es keine gute Idee war, sich in der Nähe ihres Herrschaftsbereichs anzusiedeln. Vor ihren Augen wurden die Kinder der Merzrasse aus der Festung gezogen und ihren Anweisungen zufolge dem Tod überantwortet. Sie sah keinen Sinn darin, zukünftigen Ärger heranwachsen zu lassen.

Als alles vollbracht und sie überzeugt war, dass sie das Unternehmen erfolgreich abgeschlossen hatten, befahl sie dem Schwarm den Rückzug.

Während sie in Begleitung ihrer Untertanen davonschwamm, zeigte ein Krieger neben ihr nach hinten auf die Festung. Ein Rudel Shony schoss heran, um zu fressen. Sie waren lang und schnittig, und ihre Haut glänzte silbrig blau. Das Maul war ein unglaublich langer Schlitz, der von der Seite betrachtet die Parodie eines Grinsens war. Wurde es geöffnet, zeigten sich endlose Reihen spitzer weißer Zähne. Ihre Augen waren tot.

Die Raubfische beunruhigten sie nicht über Gebühr. Warum sollten sie ihren Schwarm angreifen, da ihnen doch ein Überfluss an maulgerechtem Fleisch zur Verfügung stand?

Wahnsinnig vor Gier schlangen die Shony blutige Fleischfetzen herunter, ohne sie zu kauen. Sie wühlten schlammige Wolken auf dem Meeresgrund auf, da sie mit den Schwanzflossen schlugen und um sich schnappten. Mehrere kämpften um denselben Leckerbissen, die Zähne hinein verbissen, während sie in unterschiedliche Richtungen zogen. Andere Aasfresser eilten herbei.

Der Schwarm ließ die Fressorgie hinter sich und orientierte sich schließlich nach oben, einem entfernten Ring aus Licht entgegen. Während des Aufstiegs gestattete sie sich einen Augenblick dankbarer Zufriedenheit ob des Schicksals der Merz. Nur noch ein wenig mehr ähnlich entschlossenes Vorgehen, und alle Gefahr, die von ihnen für ihre Souveränität ausging, würde im Keim erstickt.

Ließe sich doch nur dasselbe über andere Rassen sagen, insbesondere über die Pest der Menschen.

Sie erreichten den Eingang zu einer geräumigen Unterwasserhöhle, die von Klumpen des phosphoreszierenden Gesteins erleuchtet war. Sie schwamm an der Spitze ihres Schwarms hinein. Sie ignorierte die Respektbezeugungen der Abteilung von Wachen und glitt zu einem großen vertikalen Schacht in der Höhlendecke empor, der ebenfalls beleuchtet war. Der Schacht traf auf eine Abzweigung und teilte sich in zwei Kanäle wie zwei große Rauchfänge. Von zwei Unterführern begleitet, wählte sie den rechten Schacht. Der Rest des Schwarms nahm den linken zu ihren Quartieren.

Minuten später tauchte ihre Gruppe aus dem Wasser auf. Sie erreichten die Oberfläche in einem bis fast zur Hüfte gefluteten gewaltigen Raum, ein Zustand der dauerhaft und gewollt war, um den Bedürfnissen einer amphibischen Rasse zu entsprechen, die ständigen Zugang zum Wasser benötigte. Das zur Hälfte untergetauchte Gebilde bestand teils aus Korallen, teils aus bröckelndem Fels. An der Decke hatten sich Stalaktiten gebildet. Für das unkundige Auge mochte dies nach einer Ruine aussehen, in der eine Wand fehlte und die anderen mit Algen und Flechten bedeckt waren. Der Geruch nach verfaulten Pflanzen lag in der Luft. Aber nach den Maßstäben der Nyadd war dies ein Vorzimmer zu einem Palast.

Der fehlende Wandabschnitt ermöglichte den Ausblick auf Marschland und den grauen Ozean dahinter, der mit finsteren, zerklüfteten Inseln übersät war. Ein zorniger Himmel traf den Ozean am Horizont.

Nyadd waren perfekt an ihre Umwelt angepasst. Wäre eine Schnecke zur Größe eines kleinen Pferdes gewachsen, hätte einen Panzer wie eine Rüstung entwickelt und gelernt, auf einem stämmigen, muskelbepackten Schwanz aufrecht zu stehen; wären ihr Rückenflossen und Arme mit Krallenhänden gewachsen; würde die gelblich-grüne Haut vor Ranken triefen und hätte sie einen Kopf wie ein Reptil, mit vorspringendem Kiefer, Beißzangenmund, spitzen Reißzähnen und eingesunkenen Knopfaugen, wäre sie so etwas wie ein Nyadd gewesen.

Aber nicht wie sie.

Im Gegensatz zu den Nyadd, über die sie herrschte, war sie nicht reinrassig. Ihre gemischtrassige Abstammung hatte ihr eine einzigartige Physiognomie beschert. Sie war eine Hybride, in ihrem Fall eine Mischung aus Nyadd und Mensch, obwohl die Nyadd-Merkmale vorherrschend waren. Oder wenigstens zog sie es vor, dies zu glauben. Ihre menschliche Abstammung war ihr ein Greuel, und niemand, dem etwas am Leben lag, würde es wagen, sie daran zu erinnern.

Wie ihre Untertanen besaß sie einen stämmigen Schwanz und Rückenflossen, obwohl letztere eher Hautlappen ähnelten als den härteren, festeren Membranen der Nyadd. Ihr Oberkörper und Milchdrüsen, die nackt waren, verbanden Haut mit Schuppen, wobei die Schuppen kleiner waren als bei den Nyadd üblich und ganz leicht in allen Regenbogenfarben schillerten. Auf beiden Seiten ihres Rumpfs waren Kiemenschlitze.

Ihr Kopf war zwar unverkennbar reptilienhaft in seinem Grundcharakter, aber dort trat das menschliche Erbe am deutlichsten hervor. Im Unterschied zu den Reinrassigen hatte sie Haare. Ihr Gesicht hatte einen schwach bläulichen Schimmer, aber Ohren und Nase waren eher nach Art der Menschen geformt, und ihr Mund hätte der einer Menschenfrau sein können.

Ihre Augen waren viel runder und hatten Wimpern, obwohl die leuchtend grüne Iris unvergleichlich war.

Nur ihrem Wesen nach war sie eine typische Nyadd. Von allen im Wasser lebenden Rassen war ihre die starrsinnigste, rachsüchtigste und kriegerischste. Diese Merkmale waren bei ihr, falls das überhaupt möglich war, noch stärker ausgeprägt als bei ihren Untertanen, und vielleicht war das auf ihr menschliches Erbteil zurückzuführen.

Während sie zur Bresche in der Wand watete, betrachtete sie die trostlose Landschaft. Sie war sich ihrer beiden Unterführer bewusst, die sich unaufdringlich im Hintergrund hielten und jedes Bedürfnis zu erahnen suchten, das sie zum Ausdruck bringen mochte, und sie spürte auch, wie angespannt sie waren. Ihr gefiel Anspannung.

»Unsere Verluste waren gering, Königin Adpar«, wagte einer ihrer Unterführer zu melden. Seine Stimme war tief und hatte einen knirschenden Unterton.

»Wie hoch sie auch sein mögen, es ist ein geringer Preis«, erwiderte sie, indem sie die dornenbeschlagenen Knöchelriemen ablegte. »Sind unsere Truppen bereit, den befreiten Abschnitt zu besetzen?«

»Sie müssten mittlerweile unterwegs sein, Majestät«, sagte der andere Lakai.

»Es wäre jedenfalls besser für sie«, entgegnete Adpar, wobei sie die Knöchelriemen beiläufig in seine Richtung warf. Er fing sie unbeholfen. Es wäre ihm nicht gut bekommen, hätte er sie nicht gefangen. »Nicht, dass ihnen die Merz viel Ärger bereiten werden«, fuhr sie fort. »Um gegen einen Feind wie die Nyadd zu bestehen, braucht es mehr als dieses feige Ungeziefer.«

»Ja, Majestät«, sagte der erste Unterführer.

»Ich habe nichts für jene übrig, die nehmen wollen, was mir gehört«, fügte sie finster hinzu und auch unnötigerweise, was ihre Untertanen betraf.

Sie warf einen Blick auf eine in die Korallenwände gehauene Nische. Sie beherbergte einen geriffelten Steinsockel mit dem offenkundigen Zweck, darauf etwas auszustellen. Doch was es auch war, es war nicht mehr da.

»Eure Führerschaft garantiert unseren Sieg«, katzbuckelte der zweite Unterführer.

Anders als ihre Geschwister, denen nichts daran lag, was andere über sie dachten, die aber absoluten Gehorsam erwarteten, verlangte Adpar sowohl Unterwerfung *als auch* Lobhudelei. »Natürlich«, stimmte sie zu. »Gnadenlose Überlegenheit mit dem Rückhalt der Gewalttätigkeit. Das ist in meinem Familienzweig vorherrschend.«

Ihre Unterführer sahen sie verständnislos an.

»Es ist typisch weiblich«, sagte sie.

27

Coilla litt.

Ihr ganzer Körper schmerzte. Benommen und erschöpft kniete sie im schlammigen Gras. Während sie ihren pochenden Kopf schüttelte, um ihn zu klären, versuchte sie schlau aus den Geschehnissen zu werden.

Gerade hatte sie noch diesen Idiot Haskeer verfolgt. Einen Moment später war sie von ihrem Pferd abgeworfen worden, als aus dem Nichts drei Menschen aufgetaucht waren.

Menschen.

Sie blinzelte und konzentrierte sich auf das vor ihr stehende Trio. Der nächste hatte eine Narbe im Gesicht, die von der Mitte der Wange bis zum Mundwinkel verlief. Sein pockennarbiges Gesicht wurde durch einen ungepflegten Schnurrbart und einen Schopf fettiger schwarzer Haare nicht besser. Er sah auf eine ungesunde Art gesund aus. Der Mensch neben ihm sah aus, als habe er ein noch ausschweifenderes, zügelloseres Leben geführt. Er war kleiner, schlanker und schmächtiger. Seine Haare waren lohfarben, und an seinem Kinn klebte ein farbloser Ziegenbart. Eine Lederklappe bedeckte sein rechtes Auge, und sein hämisches Grinsen enthüllte schlechte Zähne. Aber der letzte von ihnen war der auffallendste. Er war bei weitem der massigste der drei und mit Sicherheit schwerer als die beiden anderen zusammen, aber er schien nur aus Muskeln zu bestehen, nicht aus Fett. Sein Kopf war kahl rasiert, er hatte eine platte, verunstaltete Nase und tiefliegende Schweinsäuglein. Er war der einzige, der keine Waffe hielt und wahrscheinlich auch keine brauchte. Alle drei sonderten den unverkennbaren, etwas unangenehmen Geruch ab, der ihrer Rasse eigentümlich war.

Sie erwiderten das Starren. Ihre Feindseligkeit war nicht zu übersehen.

Der mit der schlechten Haut und den fettigen Haaren hatte etwas gesagt, aber sie hatte nicht darauf geachtet. Jetzt redete er wieder, aber mit seinen Kameraden, nicht mit ihr.

»Ich würde sagen, sie ist eine von den Vielfraßen«, sagte er. »Die Beschreibung passt.«

»Sieht so aus, als hätten wir Glück gehabt«, entschied der mit der Augenklappe.

»Da würde ich nicht drauf wetten«, grollte Coilla.

»Oooh, die ist aber reizbar«, höhnte Einauge in gespielter Furcht.

Der massige, dämlich aussehende Mensch machte einen weniger selbstzufriedenen Eindruck. »Was machen wir jetzt, Micah?«

»Sie ist allein und noch dazu eine Frau«, sagte Pockengesicht. »Du hast doch wohl keine Angst vor einem kleinen einsamen Ork, oder? Wir sind schon mit ganz anderen fertig geworden.«

»Ja, aber ihre Gefährten könnten in der Nähe sein«, antwortete Groß-und-Dämlich.

Coilla fragte sich, wer, zum Henker, diese Gestalten waren. Menschen waren schon schlimm genug, aber *diese* ... Dann fielen ihr die kleinen, rundlichen geschwärzten Gegenstände auf, die an Pockengesichts und Einauges Gürtel hingen. Es waren geschrumpfte Orkköpfe. Das beseitigte jeden Zweifel, mit welcher Art von Menschen sie es hier zu tun hatte.

Einauge betrachtete wachsam die umliegenden Bäume.

Pockengesicht konzentrierte sich ebenfalls auf die Umgebung. »Ich würde sagen, wir hätten sie längst gesehen, wenn es so wäre.« Er durchbohrte Coilla förmlich mit einem harten Blick. »Wo ist der Rest deines Trupps?«

Sie umgab sich mit einer Aura geheuchelter Unschuld. »Trupp? Was für ein Trupp?«

»Sind deine Kameraden hier in der Gegend?«, beharrte er. »Oder hast du sie in der Krätze zurückgelassen?«

Sie verhielt sich still und hoffte, dass ihr Gesicht nichts verriet.

»Wir wissen, dass du von dort kommst«, sagte Pockengesicht. »Sind die anderen immer noch da?«

»Verpiss dich und verreck irgendwo«, empfahl sie ihm nett.

Er bedachte sie mit einem unangenehmen, dünnlippigen Lächeln. »Es gibt harte Methoden und leichte Methoden, dich zum Reden zu bringen. Ist mir eigentlich egal, welche dir lieber ist.«

»Soll ich damit anfangen, ihr die Knochen zu brechen, Micah?«, erbot sich Groß-und-Dämlich, indem er näher rückte.

Coilla hatte sich darauf konzentriert, die Folgen ihres Sturzes zu überwinden. Jetzt sammelte sie sich und machte sich zum Handeln bereit.

»Ich sage, wir töten sie und Schluss«, schlug Einauge ungeduldig vor.

»Tot nützt sie uns nichts, Greever«, erwiderte Pockengesicht. »Wir sacken das Kopfgeld für sie ein, oder nicht?«

»*Denk nach,* Schwachkopf. Wir wollen ihren ganzen Trupp, und bis jetzt ist sie unsere beste Aussicht, ihn zu finden.« Er wandte sich wieder an sie. »Also, was hast du mir zu sagen?«

»Wie wär's mit *friss Scheiße, Arschloch?*«

»Wa...?«

Sie trat nach ihm, so fest sie konnte, und die Absätze ihrer Stiefel krachten gegen seine Schienbeine. Er schrie auf und ging zu Boden.

Die beiden anderen Menschen reagierten zu langsam. Groß-und-Dämlich sperrte angesichts ihres Tempos buchstäblich Mund und Nase auf. Coilla sprang trotz der Schmerzen in den Beinen und im Rücken hoch und hob ihr Schwert auf.

Bevor sie es benutzen konnte, hatte Einauge sich gefangen und sprang sie an.

Der Aufprall raubte ihr den Atem und schlug sie erneut zu Boden, aber sie umklammerte fest die Klinge. Während sie um ihren Besitz kämpften, wälzten sie sich herum und traten und schlugen um sich. Dann mischten sich Groß-und-Dämlich und der erzürnte Pockengesicht ein. Coilla bekam einen Hieb ans Kinn. Ihr Schwert wurde ihr aus der Hand gerissen und weggeworfen. Sie verpasste Einauge einen Schwinger ins Gesicht und riss sich von ihm los. Sie schlängelte sich von dem Abschaum weg.

»Schnappt sie euch!«, brüllte Einauge.

»Aber lebendig!«, bellte Pockengesicht.

»Einen *Scheiß* werdet ihr!«, versprach Coilla.

Groß-und-Dämlich stürzte sich auf sie und packte eines ihrer Beine, mit denen sie wild um sich trat. Sie fuhr herum, ging auf ihn los und hämmerte mit den Fäusten auf seinen Kopf ein, wobei sie alles in die Schläge legte, was sie hatte. Sie hätte ebenso gut ausspucken können, um den Hades zu löschen, so viel nützte es ihr. Daher pflanzte sie ihm den Stiefel ihres anderen Fußes ins Gesicht und drückte. Er grunzte von der Anstrengung, ihr Bein weiterhin festzuhalten, da ihr Stiefel immer tiefer in seiner rot angelaufenen fleischigen Wange versank. Der Stiefel gewann. Er ließ ihr Bein los, taumelte rückwärts und fiel unbeholfen.

Coilla machte Anstalten, sich zu erheben. Ein Arm legte sich um ihren Hals und drückte zu. Nach Luft schnappend, rammte sie den Ellbogen fest in Pockengesichts Magen. Sie hörte ihn keuchen und tat es noch einmal. Er ließ sie los. Diesmal kam sie auf die Beine und versuchte gerade, eines ihrer Messer aus der Ärmelscheide zu ziehen, als Einauge, dessen Mund blutig war, sich auf sie warf. Kaum lag sie am Boden, als sich auch die anderen beiden ins Getümmel stürzten.

Da sie immer noch unter den Nachwirkungen des Sturzes litt, war sie ihnen nicht gewachsen, das war ihr klar. Aber es war nicht ihre Art - oder die eines anderen Orks -, sich einfach zu ergeben. Sie mühten sich, ihre Arme auf den Boden zu drücken und dort zu halten. Als sie sich drehte und wand, um dies zu verhindern, sah sie plötzlich die Seite von Einauges Kopf vor sich. Speziell sein Ohr.

Coilla schlug die Zähne hinein. Er kreischte. Sie biss fester zu. Einauge schlug wild um sich, konnte sich aber nicht aus dem Gewirr der Gliedmaßen befreien. Sie riss heftig an dem Ohr und provozierte damit noch lauteres Schmerzgeheul. Fleisch streckte sich und riss ein. Sie hatte einen salzigen Geschmack im Mund. Mit einem abschließenden Ruck des Kopfes riss sie ein Stück Ohr ab. Sie spie es aus.

Einauge kam endlich frei und wälzte sich auf dem Boden herum, während er sich die Seite seines Kopfes hielt und jammerte.

»Dreckstück ... Hure ... Missgeburt ...!«

Plötzlich tauchte Pockengesicht vor Coilla auf. Seine Faust fuhr mehrmals auf ihre zerfurchte Schläfe nieder und schlug sie so gut wie bewusstlos. Groß-und-Dämlich klemmte ihre Schultern ein und beendete die Sache.

»Binde sie«, befahl Pockengesicht.

Der massige Mann richtete sie in eine sitzende Position auf und zog ein Stück Seil aus der Tasche seines schmutzigen Wamses. Ihr wurden grob die Hände gefesselt.

Einauge lag immer noch schreiend und fluchend im Dreck.

Pockengesicht hob Coillas Arme und nahm ihr die Messer ab. Dann tastete er sie nach weiteren Waffen ab.

Hinter ihnen stöhnte Einauge laut und schlug noch mehr um sich. *»Ich ... leg sie um ... verdammte Scheiße«*, blökte er.

»Halt's Maul!«, schnauzte Pockengesicht. Er wühlte in seinem Gürtelbeutel herum und fand einen Fetzen schmutzigen Stoffs. »Hier.«

Der zusammengeknüllte Lappen landete neben Einauge. Der nahm ihn und versuchte die Blutung zu stillen. »Mein Ohr, Micah«, grollte er. »Dieses verfluchte kleine Ungeheuer ... *Mein Ohr!*«

»Ach, vergiss es«, sagte Pockengesicht. »Du hast sowieso nie zugehört, Greever.«

Groß-und-Dämlich lachte schallend. Pockengesicht fiel ein.

»Das ist nicht witzig!«, protestierte Einauge beleidigt.

»Ein Auge, ein Ohr«, gackerte der Menschenberg mit wogenden Wangen. »Er hat ... eine Sammlung!«

Die beiden brüllten vor Lachen.

»Ihr *Arschlöcher!*«, rief Einauge.

Pockengesicht sah Coilla an. Seine Laune veränderte sich augenblicklich. »Ich würde sagen, das war nicht allzu freundlich, Ork.« Der Tonfall war unverhüllte Drohung.

»Ich kann noch viel unfreundlicher sein«, versprach sie ihm.

Groß-und-Dämlich beruhigte sich. Einauge rappelte sich auf und wankte vor sich hin murmelnd zu ihnen.

Pockengesicht kauerte sich neben sie, sodass sie seinen stinkenden Atem riechen konnte, und sagte: »Ich frage dich noch mal: Sind die anderen Vielfraße noch in der Krätze?«

Coilla starrte ihn lediglich an.

Einauge trat ihr in die Seite. »Rede, du Miststück!«

Sie nahm den Tritt hin und begegnete ihm mit einem weiteren Ausbruch trotzigen Schweigens.

»Hör auf damit«, sagte Pockengesicht. Aber er hörte sich nicht so an, als sei er übermäßig um ihr Wohlergehen besorgt.

Einauge schnitt eine finstere Miene, drückte sich den Lappen auf das Ohr und funkelte Coilla mörderisch an.

»Sind sie noch in der Krätze?«, wiederholte Pockengesicht seine Frage. »Also?«

»Glaubt ihr wirklich, ihr drei könntet gegen die Vielfraße antreten und überleben?«

»*Ich* stelle hier die Fragen, Miststück, und Geduld ist nicht meine starke Seite.« Er zog ein Messer aus dem Gürtel und hielt es ihr vor das Gesicht. »Sag mir, wo sie sind, oder ich fange mit deinen Augen an.«

Sie hielt einen Moment innerlich die Luft an und dachte fieberhaft nach. Schließlich sagte sie: »Teufelsbrüllen.«

»Was?«

»Sie lügt!«, warf Einauge ein.

Pockengesicht schaute ebenfalls skeptisch drein. »Warum Teufelsbrüllen? Was wollen sie da?«

»Es ist ein Freihafen, oder nicht?«

»Und?«

»Wenn man etwas zu verkaufen hat, erzielt man dort den höchsten Preis.« Sie ließ es so klingen, als gebe sie das nur widerstrebend preis.

»Teufelsbrüllen ist so ein Ort, Micah«, warf Groß-und-Dämlich ein.

»*Das* weiß ich auch«, erwiderte Pockengesicht gereizt. Er richtete seine Aufmerksamkeit wieder auf Coilla. »Was könnte euresgleichen wohl zu verkaufen haben?«

Sie warf den Köder aus, indem sie mit strategischem Schweigen antwortete.

»Es ist das, was ihr der Königin gestohlen habt, oder?«

Coilla nickte zögernd und in der verzweifelten Hoffnung, dass sie ihr die Lüge abkauften.

»Ich würde sagen, dass es was richtig Wertvolles sein muss, wenn man deswegen abtrünnig wird und sich Jennesta zum Feind macht. Was ist es also?«

Ihr ging auf, dass sie von den Instrumentalen, den Artefakten, die sie und der Trupp Sterne nannten, nichts wussten. Sie würde sie auf gar keinen Fall aufklären. »Es ist ... eine Trophäe. Eine Reliquie. Sehr alt.«

»Eine Reliquie? Etwas Wertvolles? Ein Schatz?«

»Ja, ein Schatz.« Sie begriff das Wort auf eine Art, die er nie verstehen würde.

»Ich hab's doch gewusst!« Habgier lag in seinem Blick. »Es musste was ganz Großes sein.«

Coilla ging auf, dass diese Kopfgeldjäger, denn das waren sie ganz offensichtlich, akzeptieren konnten, dass die Vielfraße aus Gewinnsucht abtrünnig geworden waren. Sie hätten ihr niemals geglaubt, dass der Grund für ihr Handeln ein Ideal war, weil das nicht in ihr Weltbild gepasst hätte.

»Warum bist du nicht bei ihnen?«, warf Einauge ein, indem er sie argwöhnisch anfunkelte.

Diese Frage hatte sie befürchtet. Was sie darauf auch antwortete, es musste überzeugend sein. »Wir hatten einigen Ärger unterwegs. Wir sind auf eine Meute Unis gestoßen, und dabei wurde ich vom Trupp getrennt. Ich habe mir alle Mühe gegeben, meine Kameraden wieder einzuholen, als ...«

»Als du auf uns gestoßen bist«, unterbrach Pockengesicht. »Dein Pech, unser Glück.«

Sie wagte zu hoffen, dass zumindest er ihr glaubte. Aber Coilla wusste, dass sie ein Risiko einging, wenn sie ihr tatsächlich glaubten. Sollten sie zu dem Schluss kommen, dass sie ihren Zweck erfüllt hatte, würden sie sie töten und sich mit ihrem Kopf dann auf den Weg machen.

Pockengesicht starrte sie an. Sie wappnete sich.

»Wir reiten nach Teufelsbrüllen«, verkündete er.

»Was ist mit ihr?«, fragte Einauge.

»Sie kommt mit uns.«

»Warum? Wofür brauchen wir sie jetzt noch?«

»Für einen anständigen Gewinn. Teufelsbrüllen ist der beste Ort, um mit Sklavenhändlern ins Geschäft zu kommen. Einige zahlen in Zeiten wie diesen reichlich für einen Ork als Leibwächter. Ganz besonders für einen Ork aus einer erstklassigen Kampfeinheit.« Mit einem Kopfrucken wandte er sich an den massigen Mann. »Hol ihr Pferd, Jabeez.«

Jabeez trottete zu ihrem Reittier, das ein Stück weit entfernt unbekümmert graste.

Einauge, der immer noch an den Überresten seines Ohrs herumfummelte, sah nicht sehr glücklich aus. Aber er fügte sich.

Coilla schien dies ein günstiger Zeitpunkt für prophylaktische Einwände zu sein. »Sklaverei.« Sie spie das Wort förmlich aus. »Noch ein Zeichen für Maras-Dantiens Verfall. Das ist noch etwas, das wir euch Menschen verdanken.«

»Spar dir das Gequatsche!«, schnauzte Pockengesicht. »Merk dir eins, Ork. Du bedeutest mir nicht mehr als den Betrag, den du wert bist. Und du brauchst keine Zunge, um deinem Gewerbe nachzugehen. Verstanden?«

Coilla stieß innerlich einen Seufzer der Erleichterung aus. Gier hatte sie gerettet. Aber sie hatte nur ein wenig Zeit gewonnen, sowohl für sich als auch, wie sie hoffte, für den Trupp.

Der Trupp. Verflixt, was für eine verfahrene Situation. Wo waren ihre Kameraden? Wo war Haskeer? Was würde aus den Sternen?

Wer konnte noch helfen?

*

Lange, sehr lange Zeit hatte er nichts anderes getan als zuzusehen. Er hatte sich damit begnügt, die Ereignisse aus der Ferne zu beobachten und auf das Schicksal zu vertrauen. Aber auf das Schicksal war kein Verlass. Die Dinge wurden immer komplizierter und unberechenbarer, und das Chaos türmte sich immer höher auf.

Das durch die zerstörerische Art der Spätankommer herbeigeführte Abflauen der Magie bedeutete, dass selbst seine Kräfte zu unzuverlässig und zu geschwächt waren, als er sich schließlich zum Handeln entschloss. Er hatte andere mit der Suche betrauen müssen, und das erwies sich als Fehler.

Jetzt waren die Instrumentale wieder in der Welt, in der Geschichte, und es war nur eine Frage der Zeit, bis jemand sich ihre Macht zunutze machen würde. Ob zum Guten oder zum Schlechten war die einzige Frage, die jetzt noch von Belang war.

Er konnte nicht mehr länger darauf verweisen, dass nichts davon seinen Aufenthaltsort betraf. Sogar seine außergewöhnliche Domäne war bedroht. Nun, da seine Fähigkeiten verkümmerten, hatte er schon genug mit der bloßen Aufrechterhaltung seiner Existenz zu tun, auch wenn seine kleine Elitetruppe von Akoluthen ihn Magier nannte und glaubte, er sei zu allem fähig.

Es war an der Zeit, einen direkteren Einfluss auf die Geschehnisse zu nehmen. Er hatte Fehler gemacht, und er hatte versucht, sie auszubügeln. Manche Dinge konnte er tun, um zu helfen. Andere nicht.

Aber er sah, was gewesen war und einiges von dem, was kommen würde, und wusste, dass sein Eingreifen vielleicht schon zu spät kam.

28

Die große sphärische Kaverne tief im unterirdischen Labyrinth der Krätze war muffig und schlecht beleuchtet. Das vorhandene Licht stammte von unzähligen schwach leuchtenden Kristallen, die in Wände und Decke eingelassen waren, sowie von einigen abgelegten Fackeln, die überall verstreut auf dem Boden lagen. Ein halbes Dutzend Ovale aus pechschwarzer Dunkelheit markierten Tunnel, die von der Kaverne in alle Richtungen ausgingen.

Gut drei Dutzend Trolle hatten sich versammelt. Sie waren eine kompakte, stämmige Rasse, von grobem grauem Fell bedeckt und von wächserner Hautfarbe. Unpassenderweise thronte ein dichter Schopf leuchtend orangefarbener Haare auf ihrem Kopf. Die Brust war tonnenförmig vorgewölbt, die Gliedmaßen waren übermäßig lang, und die Augen hatten eine riesige schwarze Iris, um in der unterirdischen Finsternis zurechtzukommen.

Nach allem, was Stryke und Alfray wussten, war diese Kaverne nur ein kleiner Teil des Trollkönigreichs, und diese Krieger stellten nur einen Bruchteil seiner Bevölkerung dar. Doch nachdem sie ein Erdrutsch vom Rest ihres Trupps getrennt hatte, würde es Hauptmann und Gefreitem der Vielfraße wohl nicht mehr vergönnt sein, Genaueres zu erfahren. Ihre Hände waren gefesselt, und sie standen mit dem Rücken zum Opferaltar. Die Trolle, mit denen sie es zu tun hatten, waren mit Speeren bewaffnet, und einige hatten Pfeil und Bogen.

Ihr Anführer war Tannar, der Trollherrscher, der alle Anwesenden überragte. Er war stämmiger gebaut als alle anderen mit Ausnahme der Orks. Goldene Gewänder, eine silberne Krone und sein langer verzierter Stab kündeten von seinem Status. Doch was die Gefangenen in seinen Bann geschlagen hatte, war das, was er in der anderen Hand in die Höhe hielt: ein Opferdolch mit gekrümmter Klinge, an dessen Heft jener Gegenstand befestigt war, um dessentwillen die Vielfraße sich in die Krätze gewagt hatten.

Einer der uralten Instrumentale. Eine Reliquie, die von den Orks als Stern bezeichnet wurde.

Die Trolle hatten einen gutturalen, klagenden Singsang angestimmt. Tannar rückte langsam vor, erpicht auf Mord im Namen seiner furchterregenden finsteren Götter. Stryke und Alfray konnten die bittere Ironie ihrer Situation kaum richtig einschätzen, als sie sich auf ihren Tod vorbereiteten, da der Singsang eine hypnotische Wirkung entfaltete.

Mit einem Blick auf den Dolch sagte Alfray: »Das Schicksal spielt uns noch einen netten Streich, was?«

»Schade, dass mir nicht nach Lachen ist.« Stryke zerrte an seinen Fesseln. Sie saßen unverrückbar fest.

Alfray sah ihn an. »Es war gut, Stryke. Trotz allem.«

»Gib nicht nach, alter Freund. Nicht einmal dem Tod gegenüber. Stirb wie ein Ork.«

Ein leicht empörter Ausdruck huschte über Alfrays Gesicht. »Gibt es noch eine andere Art?«

Der Dolch war nah.

In der Einmündung eines der Tunnel blitzte ein Licht auf. Was folgte, kam Stryke wie eine durch Pelluzit hervorgerufene halluzinatorische Erscheinung vor. Etwas schoss durch die Kaverne. Für den Bruchteil eines Augenblicks hinterließ dieses Etwas eine unglaublich grelle gelblich-rote Spur.

Dann traf ein Brandpfeil den Kopf eines der Trolle, die neben ihnen standen. Funken stoben, als der Pfeil sich in sein Ziel bohrte, und der Troll wurde durch die Wucht des Aufpralls zur Seite geschleudert. Seine buschige Mähne ging in Flammen auf, als er zu Boden ging.

Tannar erstarrte. Der Singsang verstummte. Ausrufe der Überraschung und des Schreckens hallten durch die Kaverne. Die Trolle wandten sich wie ein Mann dem bewussten Tunnel zu. Dort herrschte Aufruhr. Gebrüll und Geschrei war daraus zu vernehmen.

Der Rest der Vielfraße kämpfte sich in die Kaverne. Sie wurden von Jup angeführt, dem zwergischen Feldwebel des Trupps, der mit einem Breitschwert auf den verblüfften Feind losging. Orkische Bogenschützen streckten weitere Trolle mit Brandpfeilen nieder. Licht war den Trollen ein Greuel, und die brennenden Schäfte sorgten für völlige Konfusion in ihren Reihen.

So gut er es mit seinen gefesselten Händen vermochte, nutzte Stryke die Ablenkung aus. Er stürzte sich auf den nächsten Troll und verpasste ihm einen Orkkuss, einen heftigen Kopfstoß, der das Geschöpf in die Knie gehen und wie ein Sack Getreide umfallen ließ. Alfray überrumpelte einen anderen Troll, indem er ihm zwischen die Beine trat. Das gepeinigte Opfer dieser Behandlung brach mit verdrehten Augen und verzerrtem Mund zusammen.

Tannar hatte das Interesse an seinen Gefangenen verloren und brüllte Befehle. Seine Untertanen brauchten Anweisungen, denn ihre Reaktion auf den Angriff war chaotisch. In der gesamten Kaverne tobte eine heftige Schlacht, immer wieder schlaglichtartig von Brandpfeilen und Fackeln erleuchtet, welche die Orks als Keulen einsetzten. Von allen Seiten hallte Geschrei, Geheul und Stahlgeklirr durch die Kaverne.

Zwei Gemeine der Vielfraße, Calthmon und Eldo, kämpften sich durch den Tumult zu Alfray und Stryke. Den Gefangenen wurden die Fesseln durchschnitten und Waffen in die begierigen Hände gedrückt. Sofort richteten sie diese Waffen gegen alles, was sich bewegte und kein Vielfraß war.

Stryke wollte Tannar. Um zu ihm zu gelangen, musste er zunächst eine Mauer von Verteidigern durchdringen. Er machte sich mit Feuereifer an diese Aufgabe. Der erste Troll, der ihm den Weg versperrte, stieß mit einem Speer nach ihm. Stryke wich seitlich aus, sodass er dem Stoß um Haaresbreite entging, und ließ sein Schwert hart auf den Speer krachen. Der Hieb spaltete den Speer und ein Stich in den Leib des verblüfften Speerträgers räumte ihn aus dem Weg.

Der nächste Verteidiger ging axtschwingend auf Stryke los. Er duckte sich, und das Hackebeil pfiff wenige Fingerbreit im Bogen über seinen Kopf hinweg. Als der Troll neuerlich ausholte, um es noch einmal zu versuchen, verschaffte sich Stryke mit einem Tritt gegen das Schienbein seines Gegners eine kurze Verschnaufpause. Der Tritt traf wuchtig. Aus dem Gleichgewicht gebracht, kam der nächste Hieb des Trolls unkontrolliert und ging weit am Ziel vorbei. Stryke nutzte die Blöße und stieß nach seiner Brust. Die Klinge drang tief ein. Der Troll taumelte ein paar Schritte zurück, während eine Blutfontäne aus der Wunde spritzte, und ging dann zu Boden.

Stryke wandte sich dem nächsten Gegner zu.

Jup war damit beschäftigt, sich zu Stryke und Alfray durchzuschlagen. Hinter ihm entzündeten Gemeine weitere Fackeln, deren Licht die Trolle zunehmend beeinträchtigte. Während sie brüllend ihre Augen abschirmten, wurden sie von den Orks niedergestreckt. Trotzdem leisteten viele noch erbitterte Gegenwehr.

Alfray bekam es mit einem Trollpaar zu tun, das ihn mit ihren

Speeren in die Enge zu treiben versuchte. Er focht mit ihnen, doch sein Schwert glitt immer wieder an den scharfen Metallspitzen der Speere ab. Nach einigem Hin und Her wagte sich einer der Gegner zu weit vor, sodass sein Führarm exponiert war, und Alfray hieb danach. Der Troll schrie auf, ließ seinen Speer los und bekam die volle Wucht des nachfolgenden Hiebs in die Brust ab.

Sein darüber gewaltig erzürnter Kamerad griff an. Alfray sah sich zurückgedrängt, während er nach der bedrohlichen Speerspitze schlug und sie abzulenken versuchte. Der Troll war dafür zu entschlossen und setzte unbarmherzig nach. Alfray war kurz davor, an die Wand gedrängt zu werden. Da die Speerspitze immer wieder nach seinem Gesicht stieß und ihm dabei unangenehm nahe kam, duckte er sich ganz tief, um sich dann zur Seite zu drehen und neben dem Troll zu landen. Sofort zielte er einen Hieb auf dessen Beine. Die Klinge fuhr in Fleisch, nicht schlimm, aber merklich. Der Treffer ließ den Troll hinkend zurückweichen, den Speer schlaff in den Händen.

Alfray kam wieder hoch und hieb nach dem Kopf des Trolls. Das Geschöpf wich nach links aus. Alfray glich die Bewegung aus, indem er die Klinge im Flug drehte, sodass es die Flachseite und nicht die Schneide war, die den Troll an der Wange traf. Der brüllte seinen Schmerz heraus und ging mit irrem Blick und wild geschwungenem Speer auf Alfray los. Dieses tollkühne Manöver kam Alfray gerade zupass. Er wich der Waffe mühelos aus, drehte sich, sodass er mit dem Troll auf gleicher Höhe war, und schlug zu. Die Klinge durchtrennte fast den Hals. Ein roter Sprühregen ging auf die nähere Umgebung nieder.

Alfray ließ die Luft aus seinen aufgeblasenen Wangen entweichen, während er dachte, dass er langsam zu alt für solche Kämpfe wurde.

Stryke glitt in einer Blutlache aus und wäre beinahe mit dem letzten Troll zusammengestoßen, der seinen Herrscher verteidigte. Dieser finster blickende Troll hatte einen Krummsäbel. Er teilte wütende Hiebe aus, um den Ork von seinem Herrscher fern zu halten. Stryke wich nicht zurück, sondern parierte jeden Hieb. Ein paar Augenblicke herrschte ein Patt, da beide Kämpfer sich der Angriffe des anderen zu erwehren wussten.

Der Durchbruch kam, als Strykes Klinge über die Fingerknöchel des Trolls glitt und sie aufschnitt. Mit einem wütenden Fluch setzte der Troll einen Abwärtshieb, der, wenn er getroffen hätte, Stryke den Schwertarm vom Rumpf getrennt hätte. Strykes behende Beinarbeit sorgte dafür, dass es nicht dazu kam. Danach machte er einen seitlichen Schlenker und ging das Risiko eines raschen Hiebs zur Kehle des Trolls ein. Es zahlte sich aus.

Endlich stand er Tannar gegenüber.

Von grimmigem Zorn erfüllt, versuchte der König Stryke mit seinem verzierten Stab den Schädel einzuschlagen. Der Ork war jedoch flink genug, um dem Hieb auszuweichen. Tannar warf den plumpen Stab beiseite und zog ein Schwert, in dessen versilberte Klinge verschlungene Runenmuster geritzt waren. In der anderen Hand hielt er immer noch den Opferdolch, und er schien beide Waffen gleichzeitig benutzen zu wollen. Troll und Ork maßen einander.

»Worauf wartest du?«, grollte Tannar. »Koste meinen Stahl, und erwache im Hades, Oberweltler.«

Stryke lachte verächtlich. »Mit Worten kämpfst du nicht schlecht, Windbeutel. Wir werden sehen, ob du mit der Klinge genauso gut bist.«

Sie umkreisten einander auf der Suche nach einer Blöße in der Deckung des Gegners.

Tannar nahm die Kämpfe zur Kenntnis, die überall im Gange waren. »Dafür wirst du mit deinem Leben bezahlen«, schwor er.

»Das sagtest du bereits.« Stryke gab sich auch weiterhin betont unverschämt und beleidigend.

Die Stichelei blieb nicht ohne Wirkung. Tannar ging mit einem weitausholenden Hieb auf ihn los. Stryke parierte ihn, und der Schmerz, der ihm durch den Arm in den Oberkörper fuhr, kündete von der Kraft seines Gegners. Er streute einen raschen Konter ein. Der König wehrte ihn ab. Nun, da ihre Klingen sich einmal getroffen hatten, kam es zwischen ihnen zu einem regen Austausch von Hieben, da sie abwechselnd angriffen und parierten.

Tannar kämpfte fast ausschließlich mit Kraft und kaum mit Raffinesse, obwohl ihn das als Feind nicht ungefährlicher machte. Strykes Technik war nicht unähnlich, aber er hatte den Vorteil der größeren Erfahrung und war ganz gewiss gewandter. Außerdem ging ihm Tannars Großspurigkeit ab, die ihren Ausdruck in einem übertriebenen Fintieren fand. Stryke versuchte es mit zusätzlichen Provokationen.

»Du bist weich«, spottete er, indem er einen Streich parierte. »Die Herrschaft über diesen Pöbel hat dich verweichlicht, Tannar. Du bist so schlapp wie Talg.«

Mit einem lauten Bellen ging der Troll auf ihn los, indem er wild mit Schwert und Dolch schlug und stach. Stryke behielt die Ruhe und konterte mit einem auf die Nahtstelle zwischen Klinge und Heft gezielten Hieb. Er traf genau. Das Schwert flog Tannar aus der Hand und fiel außer Reichweite klirrend zu Boden. Er klammerte sich an den Dolch mit der kostbaren Verzierung und versuchte ihn einzusetzen. Aber der Schock, sein Schwert verloren zu haben, ließ seine Beine schwer werden. Er hatte keine Hoffnung, Stryke mit dem Messer besiegen zu können, und war nur noch auf Abwehr bedacht.

Der Ork bedrängte ihn. Tannar wich langsam zurück. Was er nicht wusste, Stryke aber sehen konnte, war die Tatsache, dass Jup und ein paar Gemeine mittlerweile in seinen Rücken gelangt waren. Stryke beschleunigte das Tempo von Tannars Rückzug, indem er ihn mit einem Hagel von Hieben eindeckte.

Jup packte die Gelegenheit beim Schopf. Er sprang auf den Rücken des Königs und legte ihm einen Arm um den Hals. Mit der anderen Hand hielt er Tannar ein Messer an die Kehle. Die Beine des Zwergs hatten den Boden verlassen und strampelten. Einer der Gemeinen eilte vorwärts und zielte mit dem Schwert auf das Herz des Königs. Tannar brüllte seine ohnmächtige Wut heraus. Stryke trat vor und entwand seiner Hand den kostbaren Opferdolch.

Ein, zwei Trolle sahen, was vorging. Die anderen bekamen es nicht mit und kämpften weiter.

»Sag ihnen, dass sie aufhören sollen«, verlangte Stryke, »sonst ist dein Leben verwirkt.«

Tannar sagte nichts. Seine Augen sprühten vor Trotz.

»Halte sie zurück, oder du stirbst«, wiederholte Stryke.

Jup übte Druck mit seinem Messer aus.

Widerstrebend rief Tannar: »Legt die Waffen nieder!«

Einige der Trolle hörten auf zu kämpfen. Andere machten weiter.

»Lasst die Waffen fallen!«, bellte Tannar.

Diesmal gehorchten alle. Jup zog sich zurück, aber sie hielten die Waffen weiterhin auf den König gerichtet.

Stryke setzte Tannar den Opferdolch an die Kehle. »Wir gehen jetzt. Du begleitest uns. Wenn uns jemand in die Quere kommt, bist du tot. Sag ihnen das.«

Der König nickte zögernd. »Tut, was sie sagen!«, rief er.

»Den Kram wirst du nicht brauchen«, sagte Stryke. »Der würde uns nur aufhalten.« Er riss Tannar die Krone vom Kopf und warf sie beiseite.

Diese Pietätlosigkeit ließ viele Trolle scharf einatmen. Stryke sorgte für weitere Reaktionen dieser Art, als er Tannar dessen kunstvoll gearbeitete Gewänder vom Leib riss und sie ebenfalls in den Schmutz warf.

Er hielt Tannar den Dolch an die Kehle. »Vorwärts.«

Sie schritten durch die Kaverne, ein Haufen Orks und ein Zwerg rings um die hochaufragende Gestalt ihrer Geisel. Die Trolle standen benommen da und ließen sie passieren. Auf dem Weg zum Haupttunnel, während sie über die Leichen ihrer Feinde stiegen, gesellte sich der Rest des Trupps zu ihnen. Einige waren leicht verwundet. Stryke hatte aber den Eindruck, dass es sich bei den Gefallenen ausschließlich um Trolle handelte.

In der Tunneleinmündung rief er: »Wenn ihr uns folgt, stirbt er!«

In aller Eile verließen sie die Kammer.

Sie kamen so schnell voran, wie dies in einem Labyrinth unbeleuchteter Tunnel überhaupt möglich war, während ihre Fackeln groteske Schatten an die Wände warfen.

»Gut abgepasst«, sagte Stryke zu Jup. »*Knapp,* aber gut.«

Der Zwerg lächelte.

»Wie, zum Henker, seid ihr an dem Erdrutsch vorbeigekommen?«, fragte Alfray.

»Gar nicht«, sagte Jup. »Wir haben einen anderen Weg gefunden. Ihr werdet schon sehen.«

Sie hörten leise Geräusche hinter sich. Als er sich umdrehte und angestrengt in die Dunkelheit blinzelte, konnte Stryke graue Gestalten in der Ferne erkennen.

»Sie werden euch jagen«, versprach Tannar. »Ihr werdet sterben, bevor ihr die Oberwelt erreicht.«

»Dann stirbst du mit uns.« Stryke ging auf, dass er praktisch flüsterte. Dem Rest des Trupps befahl er: »Bleibt zusammen und nehmt euch in Acht. Insbesondere die Nachhut.«

»Ich glaube nicht, dass wir ihnen das einschärfen müssen, Boss«, sagte Jup.

Ein oder zwei Minuten später betraten sie den Tunnel, in dem die Decke eingestürzt war. Zwanzig Schritte voraus war der Gang durch massige Felsen und Geröll versperrt. Bevor sie diese Stelle ereichten, gelangten sie zu einem unregelmäßigen Loch in der Wand zu ihrer Rechten. Die Wand war dünn, aus einem schieferartigen Material, und dahinter verlief ein weiterer Tunnel. Sie stiegen durch das Loch. Tannar musste genötigt werden.

»Wie seid ihr darauf gestoßen, Jup?«, fragte Stryke.

»Ist schon komisch, wozu man in der Lage ist, wenn es sein muss. Das ist der Sackgassentunnel, der am Einstieg beginnt. Ich habe angeordnet, die Wände mit Beilen abzuklopfen. Wir hatten Glück.«

Der neue Gang führte sie zu einer weiteren Kaverne, eher einer Grube, unter dem Schacht zur Oberfläche. Von oben fiel schwaches Licht herab. Einige nervöse Gemeine warteten bei zwei herabbaumelnden Seilen. Als er den Schacht emporschaute, sah Stryke die Köpfe von zwei weiteren.

»Bewegt euch!«, befahl er.

Die ersten Truppmitglieder fingen an zu klettern. Tannar war stur. Sie banden ihm ein Seil um und zogen ihn Hand über Hand hoch. Er fluchte den ganzen Weg ununterbrochen. Stryke ging als Letzter, die Klinge des Opferdolchs zwischen den Zähnen.

Der Schacht endete in einer kleinen Höhle. Morgenlicht fiel durch den Eingang. Stryke und die anderen traten blinzelnd nach draußen.

Tannar schirmte seine Augen mit einer Hand ab. »Das tut mir weh!«, beklagte er sich lautstark.

»Zieht ihm das über«, schlug Alfray vor, indem er ein Tuch zückte.

Während dem König die Augenbinde angelegt und er stolpernd abgeführt wurde, hielt Stryke inne, um den Opferdolch zu untersuchen. Der Stern war mit Zwirn fest an das Heft des Dolchs gebunden. Er zückte sein Messer, schnitt den Zwirn durch und legte den Dolch beiseite.

Der Stern war als solcher zu erkennen, unterschied sich aber von den anderen beiden, wie diese sich von einander unterschieden. Im Morgenlicht konnte er erkennen, dass er dunkelblau war, während der erste von ihnen gefundene Stern gelb und der zweite grün war. Wie die anderen bestand er aus einer Kugel, von der scheinbar wahllos Stacheln oder Zapfen abstanden. Dieser Stern hatte vier Zapfen. Die anderen hatten sieben beziehungsweise fünf. Er bestand aus demselben harten, aber unbekannten Material wie die anderen.

»Nun komm endlich, Stryke!«, rief Alfray.

Er verstaute den Stern in seinem Gürtelbeutel und trabte ihnen hinterher.

Die Vielfraße eilten so schnell zum Basislager, wie ihnen das mit ihrem Gefangenen im Schlepptau möglich war. Dort angekommen, wurden sie von Bhose und Nep begrüßt, und keiner der beiden hielt mit seiner Erleichterung hinter dem Berg.

»Wir müssen schnell von hier verschwinden«, sagte Stryke zu ihnen. »Vielleicht dauert es einen Tag, aber ich halte es nicht für unmöglich, dass sie sich aus ihren Löchern trauen, um ihn zu suchen.« Er nickte in Tannars Richtung.

»Warte, Stryke«, sagte Jup.

»Warte? Was soll das heißen?«

»Es geht um Coilla und Haskeer.«

Stryke sah sich um. »Wo sind sie?«

»Das wird nicht leicht, Hauptmann.«

»Was es auch ist, mach schnell!«

»Also gut, die kurze Version. Haskeer ist vollkommen durchgedreht, hat Reafdaw niedergeknüppelt und sich mit den Sternen aus dem Staub gemacht.«

»Was?« Stryke war wie vom Donner gerührt.

»Coilla ist ihm nach«, fuhr Jup fort. »Seitdem haben wir von den beiden nichts mehr gehört.«

»Ihm nach ... wohin?«

»Nach Norden, soviel wir wissen.«

»Soviel ihr wisst?«

»Ich musste eine Entscheidung treffen, Stryke. Wir konnten Coilla und Haskeer suchen oder einen Versuch unternehmen, dich und Alfray aus dem Labyrinth zu holen. Wir konnten nicht beides. Ich war der Ansicht, unsere Mittel am besten zu eurer Rettung einsetzen zu können.«

Stryke verdaute die Neuigkeiten. »Nein ... nein, du hast Recht.« Seine Miene verfinsterte sich. »Haskeer! Dieses dämliche idiotische *Arschloch!*«

»Krankheit, Fieber, was es auch war«, sagte Alfray, »er hat sich schon seit Tagen merkwürdig verhalten.«

»Ich hätte ihn nie zurücklassen dürfen«, schloss Stryke. »Oder die Sterne mitnehmen müssen.«

»Du bist zu hart gegen dich selbst«, wandte Jup ein. »Niemand konnte ahnen, dass er etwas dermaßen Verrücktes tun würde.«

»Ich hätte es kommen sehen müssen. Als ich ihn einen Blick auf die Sterne werfen ließ, verhielt er sich äußerst merkwürdig.«

»Es hat keinen Sinn, sich an die Brust zu schlagen«, sagte Alfray zu ihm. »Was *unternehmen* wir deswegen?«

»Wir folgen ihnen natürlich. Ich will, dass wir in zwei Minuten abmarschbereit sind.«

»Was ist mit ihm?«, fragte Jup, indem er auf Tannar zeigte.

»Er bleibt einstweilen bei uns. Als Bürgschaft.«

Die Gemeinen brachen in aller Eile das Lager ab, und die Pferde wurden gesattelt. Tannar wurde auf ein Pferd gesetzt und seine Hände an den Knauf seines Sattels gebunden. Das Pelluzit wurde wieder auf die Truppmitglieder verteilt. Alfray fand das Banner der Vielfraße und nahm es an sich.

Als Stryke sich an der Spitze seines Trupps in Bewegung setzte, schwirrte ihm der Kopf in Anbetracht der zahllosen Möglichkeiten. Und alle waren schlecht.

29

Alles war jetzt so klar für Haskeer, so offensichtlich. Der Nebel, der seinen Verstand umwaberte, hatte sich gelichtet, und er wusste ganz genau, was getan werden musste.

Er spornte sein Pferd an und ritt in das nächste Tal, das ihn weiter nach Nordosten bringen würde. Oder wenigstens hoffte er das. In Wahrheit erstreckte sich seine neue geistige Klarheit nicht auf alle Sinne, und er hatte nur eine ziemlich verschwommene Vorstellung von der präzisen Richtung, in der Grabhügelstein lag. Aber er ritt dennoch weiter.

Zum hundertsten Mal fuhr seine Hand instinktiv zu seinem Gürtelbeutel, wo er die merkwürdigen Gegenstände aufbewahrte, die der Kriegstrupp Sterne nannte. Mobbs, der Gremlin-Gelehrte, der den Vielfraßen etwas über sie erzählt hatte, behauptete, ihr richtiger Name sei Instrumentale. Haskeer zog Sterne vor. Das war leichter zu behalten.

Er wusste ebenso wenig wie Stryke und die anderen, worum es sich bei den Gegenständen handelte und was sie angeblich zu leisten imstande waren. Aber obwohl er den Zweck der Sterne nicht begreifen konnte, war etwas geschehen. Etwas, das ihm das Gefühl gab, mit ihnen in Verbindung zu stehen.

Sie sangen ihm etwas vor.

»Vorsingen« war nicht das richtige Wort. Aber ein besseres Wort fiel ihm nicht ein für das, was er in seinem Kopf hörte. Er hätte es sich auch als Flüstern oder Sprechgesang oder als Musik eines unbekannten Instruments vorstellen können und wäre damit ebenso ungenau gewesen. Also blieb er bei vorsingen.

Er hörte, wie sie es jetzt wieder taten, obwohl sie in seinem Beutel und außer Sicht waren. Die Dinger, die so aussahen, wie Kinder sich Sterne vorstellten, sangen für ihn. Ihre Sprache, wenn es denn eine war, sagte Haskeer nichts, aber er verstand ihren Gehalt. Die Sterne sagten ihm, dass alles in Ordnung sein würde, sobald er sie dorthin gebracht hatte, wo ihr Platz war. Das würde alles wieder ausgleichen. Alles würde wieder so sein, wie es war, bevor die Vielfraße abtrünnig geworden waren.

Er brauchte die Sterne nur zu Jennesta zu bringen. Er ging davon aus, dass sie den Trupp aus lauter Dankbarkeit begnadigen würde. Vielleicht sogar belohnen. Dann würden Stryke und die anderen Vielfraße anerkennen, was er hatte tun müssen, und ihm dankbar sein.

Er verließ das Tal und stieß auf einen Weg. Er schien in die Richtung zu verlaufen, die er einschlagen musste, also folgte er ihm. Der Weg erklomm eine Anhöhe, und er trieb sein schaumbedecktes Pferd zur Kuppe empor.

Oben angelangt, sah er einen Reitertrupp aus der anderen Richtung kommen. Es waren vier. Und es waren Menschen.

Sie waren alle schwarz gekleidet und alle mehr als ausreichend bewaffnet. Einer von ihnen hatte den widerlichen Gesichtsbewuchs, den ihre Rasse Bart nannte.

Haskeer war zu nah, um zu vermeiden, von ihnen gesehen zu werden, und sein Pferd war zu erschöpft, um kehrtzumachen und darauf hoffen zu können, ihnen zu entwischen. Aber in seiner gegenwärtigen Stimmung war ihm völlig egal, ob er gesehen wurde oder nicht. Sein einziger Gedanke war, dass es schon schlimm genug war, dass sie Menschen waren, aber dass es noch schlimmer war, dass sie ihm den Weg versperrten. Er würde nichts dulden, was ihn aufhielt.

Die Menschen schienen verblüfft darüber zu sein, hier mitten im Nirgendwo auf einen einsamen Ork zu stoßen. Sie sahen sich misstrauisch nach anderen Orks um, als sie ihm entgegen galoppierten. Haskeer blieb auf dem Weg und wurde nicht langsamer. Er hielt erst an, als sie ihm den Weg versperrten und ihre Pferde im Halbkreis kaum mehr als eine Schwertlänge entfernt rings um ihn postierten.

Sie betrachteten ihn, seine wettergegerbten, runzligen Züge, die halbmondförmigen Feldwebel-Tätowierungen auf den Wangen, die Kette aus Schneeleopardenzähnen um den Hals.

Er starrte zurück, ungerührt, durchdringend, hart.

Der bärtige Mensch schien ihr Anführer zu sein. Er sagte: »Er ist tatsächlich einer von ihnen.« Seine Begleiter nickten.

»Ein hässlicher Kauz, was?«, äußerte sich ein Glattrasierter.

Sie lachten.

Haskeer hörte sie über das verlockende Lied der Sterne hinweg. Dessen Dringlichkeit konnte er sich nicht widersetzen.

»Sind noch mehr von deinem Trupp in der Nähe, Ork?«, wollte der Bärtige wissen.

»Nur ich. Jetzt bewegt euch.«

Das brachte sie wieder zum Lachen.

Noch ein Glattrasierter hatte etwas zu sagen. »Du bewegst dich, Ork, und zwar zurück zu unserem Meister. Tot oder lebendig.«

»Ich glaube kaum.«

Der bärtige Reiter beugte sich ein wenig zu Haskeer vor. »Ihr Untermenschen steht noch unter den Schweinen, wenn's um Kopfarbeit geht. Versuch das zu begreifen, du Schwachkopf. Ob im Sattel oder quer darüber, du kommst mit uns.«

»Macht Platz. Ich bin in Eile.«

Die Miene des Anführers wurde steinhart. »Ich sag's dir nicht noch mal.« Seine Hand fuhr zu seinem Schwert.

»Dein Pferd ist besser als meins«, verkündete Haskeer. »Ich nehme es.«

Diesmal lachten sie erst nach einer kleinen Pause, und es klang weniger selbstsicher.

Haskeer zog leicht am Zügel seines Pferdes, sodass es sich ein wenig drehte. Er nahm die Füße aus den Steigbügeln. Ein warmes Gefühl breitete sich von der Magengrube in ihm aus. Er erkannte die Anzeichen eines bevorstehenden Wutanfalls und hieß ihn willkommen wie einen alten Freund.

Der bärtige Mensch funkelte ihn an. »Ich lasse dir deine Zunge herausschneiden, du Missgeburt.« Er machte Anstalten, sein Schwert zu ziehen.

Haskeer sprang ihn an und prallte gegen die Brust des Menschen. Ineinander verkeilt, fielen sie auf der anderen Seite zu Boden, Haskeer obenauf. Der Mensch trug die Hauptlast des Sturzes und verlor das Bewusstsein. Haskeer deckte ihn mit einem Hagel von Schlägen ein, die sein Gesicht schnell in blutigen Brei verwandelten.

Die anderen Reiter schrien durcheinander. Einer sprang vom Pferd und kam mit gezogenem Schwert angelaufen. Haskeer wälzte sich seitlich von seinem leblosen Opfer und sprang in dem Augenblick auf, als der Schwertkämpfer angriff. Während Haskeer schnell vor der hin und her zuckenden Klinge zurückwich, zog er sein eigenes Schwert und wehrte die wütenden Hiebe ab.

Während sie miteinander kämpften, lenkten die beiden Berittenen ihre Pferde so, dass sie Hiebe gegen Haskeer richten konnten. Haskeer wich ihnen und den tänzelnden Pferden aus und konzentrierte sich auf die nächste Bedrohung. Er drängte vorwärts und deckte den Menschen mit einem unbarmherzigen Hagel heftiger Hiebe ein. Rasch hatte er seinen Gegner in die Defensive gedrängt, und der Mensch musste seine ganze Energie darauf verwenden, Haskeers Angriffe abzuwehren.

Zehn Sekunden später fintierte Haskeer, wich mühelos einem schlecht gezielten Schwung aus und ließ seine Klinge auf den Unterarm des Menschen sausen. Immer noch das Schwert umklammernd, fiel das abgetrennte Glied auf den Boden. Aus dem Armstumpf spritzte eine Blutfontäne, und der kreischende Mensch fiel geradewegs unter die Hufe eines sich aufbäumenden Pferdes.

Während dessen Reiter darum kämpfte, sein Pferd aus der Verstrickung zu befreien, ging Haskeer auf den anderen Berittenen los. Seine Methode war direkt. Er packte die Zügel und zog mit aller Kraft daran wie an einem Glockenstrang, um vor einem bevorstehenden Angriff zu warnen. Der Reiter wurde abgeworfen und landete unsanft. Nach einem herzhaften Tritt an den Kopf des Gestürzten schwang Haskeer sich auf den Rücken des reiterlosen Pferds. Er riss es herum und wandte sich seinem letzten Gegner zu.

Sporen bohrten sich in die Flanken des Tiers, um es anzutreiben, als der schwarz gekleidete Mensch ihm begegnete. Haskeer parierte dessen peitschendes Schwert. Sie hackten wild aufeinander ein, hieben und keulten in dem Versuch, Fleisch zu treffen, während sie beständig um die Herrschaft über ihre umhertänzelnden Pferde kämpften.

Schließlich erwies sich Haskeer als ausdauernder. Seine beständigen Hiebe trafen auf immer weniger Widerstand. Dann drangen seine Hiebe durch die Deckung seines Gegners. Einer traf und riss dem Mann den Arm auf, was ihm einen schmerzerfüllten Aufschrei entlockte. Haskeer setzte mit neuerlichem Eifer nach und teilte unparierbare Hiebe und Stöße aus, indem er wie ein Wahnsinniger auf den Menschen eindrosch. Die Deckung löste sich auf. Ein gut gezielter Schwung schnitt mehrere Fingerbreit tief in Brustgewebe. Der Mensch fiel.

Haskeer beruhigte sein neues Pferd und betrachtete die Leichen. Er empfand keine Genugtuung über seinen Sieg im Angesicht solch einer Übermacht. Vielmehr war er verärgert darüber, aufgehalten worden zu sein. Er wischte seine blutige Klinge am Ärmel ab und schob sie zurück in die Scheide. Wieder fuhr seine Hand unbewusst an den Gürtelbeutel.

Er blickte sich um und überlegte, welchen Weg er jetzt einschlagen sollte, als er im Augenwinkel eine Bewegung wahrnahm, die seine Aufmerksamkeit erregte. Als er nach Westen schaute, sah er einen weiteren Trupp Menschen, ebenfalls schwarz gekleidet, in seine Richtung galoppieren. Er schätzte, dass es dreißig oder vierzig Mann sein mussten.

Trotz des Blutrauschs, in dem er sich so kurz nach dem Kampf noch befand, war ihm klar, dass er ganz allein nicht gegen eine so große Meute antreten konnte. Er trieb sein Pferd an und floh.

Die Sterne erfüllten sein Bewusstsein mit ihrem Gesang.

*

Auf einer Hügelkuppe eine Viertelmeile entfernt beobachtete eine weitere Gruppe von Menschen, wie die winzige Gestalt mit einem Trupp ihrer Kameraden auf den Fersen über die Prärie ritt.

Der vorderste Beobachter war ein hochgewachsenes, schlankes Individuum, das wie seine Uni-Kameraden von Kopf bis Fuß in Schwarz gehüllt war. Anders als seine Kameraden trug er einen hohen runden schwarzen Hut. Dieses Kleidungsstück war ein Zeichen seiner Autorität, wiewohl kein Anwesender seinen Führungsanspruch infrage gestellt hätte, ob er den Hut trug oder nicht.

Sein Gesicht ließ sich am besten als resolut beschreiben, und nichts darin ließ darauf schließen, dass es je mit einem Lächeln belastet worden war. Ergrauende Barthaare zierten ein spitzes Kinn, der Mund war ein blutleerer Schlitz, die Augen waren dunkel und brütend.

Kimball Hobrow war, wie nicht selten, in Weltuntergangsstimmung.

»Warum hast Du mich verlassen, Herr?«, stieß er an den Himmel gerichtet hervor. »Warum lässt du das gottlose unmenschliche Ungeziefer ungestraft entkommen, obwohl es sich Deinem Diener widersetzt?«

Er wandte sich an seine Anhänger, seine Elitetruppe, die auch als Aufseher bezeichnet wurden, und schalt sie. »Selbst die simple Aufgabe, die heidnischen Ungeheuer aufzuspüren, ist zu schwer für euch! Ihr habt den Segen des Schöpfers durch mich, Seinen weltlichen Schüler, und trotzdem versagt ihr!«

Verlegen wichen sie seinem Blick aus.

»Seid versichert, dass ich zurücknehmen kann, was ich in Seinem erhabenen Namen gegeben habe!«, drohte er. »Bringt zurück, was rechtmäßig dem Herrn und mir gehört! Jetzt geht und zerschmettert die entarteten Untermenschen! Lasst sie den Zorn spüren!«

Seine Gefolgsmänner liefen zu ihren Pferden.

In der Prärie waren der abtrünnige Ork und die ihn verfolgenden Menschen schon fast nicht mehr zu sehen.

Hobrow sank auf die Knie. »Herr, warum bin ich mit solchen Dummköpfen verflucht?«, beschwor er den Himmel.

*

Mersadion, erst kürzlich zum Befehlshaber von Königin Jennestas Armee befördert, näherte sich einer soliden Eichentür in den Tiefen ihres Palasts in Grabhügelstein. Die beiden Orks der Imperialen Garde nahmen Haltung an. Er grüßte sie mit einem kurzen Nicken.

Beim Gedanken an das Schicksal seines Vorgängers und an seine eigene vergleichsweise Jugend unternahm der orkische General eine bewusste Willensanstrengung, um seine flatternden Nerven zu beruhigen, als er an die Tür klopfte. Er bezog einen geringen Trost aus dem Wissen, dass *jeder* so reagierte, der zu *ihr* bestellt wurde.

Die Antwort war durch die massive Tür kaum zu vernehmen. Sie klang jedoch melodiös und unverkennbar weiblich. Mersadion trat ein.

Das Gemach war mit Marmor verkleidet und hatte eine hohe Kuppeldecke. Es gab keine Fenster. Behänge und Teppiche schmückten die Wände, wobei einige der letzteren Szenen und Praktiken darstellten, über die er lieber nicht nachdenken wollte. An einem Ende des Raums stand ein kleiner Altar mit einer sargförmigen Marmorplatte davor. Der Zweck dieses Mobiliars gehörte ebenfalls zu den Dingen, die er zu ignorieren vorzog.

Jennesta saß an einem großen Tisch, auf dessen Platte Kerzen standen, die einen Großteil der Beleuchtung des Gemachs lieferten. Das trübe Licht verlieh ihrem ohnehin extravaganten Äußeren eine noch bizarrere Note. Sie hatte etwas geradezu Gespenstisches an sich.

Ihre halb nyaddische, halb menschliche Abstammung bewirkte, dass Jennestas Haut einen schimmernden grün-silbernen Glanz hatte, als sei sie mit winzigen Schuppen bedeckt. Ein Gesicht, das eine Spur zu flach und zu breit war, wurde eingerahmt von ebenholzfarbenen Haaren mit einem Glanz, der sie nass aussehen ließ. Sie hatte ein übermäßig spitzes Kinn, eine Hakennase und einen breiten Mund. Ihre umwerfenden, ungewöhnlich langwimprigen Augen waren unergründlich und schienen bodenlos zu sein.

Sie war wunderschön. Aber es war eine Schönheit, von deren Existenz kein Betrachter etwas geahnt haben würde, bis er sie sah.

Mersadion stand noch in der Tür stramm und wagte nicht, etwas zu sagen. Sie war damit beschäftigt, über uralten Büchern und vergilbten Tabellen zu brüten. Ein massiges Buch mit Metallbeschlägen lag aufgeschlagen neben ihr. Ihm fiel wie schon so oft zuvor auf, dass ihre Finger extrem lang waren, ein Eindruck, den ihre langen Fingernägel noch verstärkten.

Ohne den Blick zu heben, sagte sie: »Stehen Sie bequem.«

Das gelang niemandem in ihrer Gegenwart. Er entspannte sich ein wenig, war aber nicht so dumm, es zu übertreiben.

Eine unbehagliche Stille zog sich in die Länge, während sie ihre Studien fortsetzte. Er beugte sich ein wenig vor, um einen verstohlenen Blick zu werfen. Sie bemerkte es und richtete den Blick auf ihn. Zu seiner Überraschung reagierte sie nicht erzürnt, wie er befürchtete, sondern lächelte nachsichtig. Natürlich erhöhte das seine Wachsamkeit nur noch.

»Sie sind neugierig, General«, sagte sie. Es war keine Frage.

»Majestät«, erwiderte er zögernd und eingedenk ihrer Unberechenbarkeit.

»Wie Sie habe auch ich viele verschiedene Waffen im Arsenal. Dies ist eine davon.«

Er betrachtete den überquellenden Tisch. »Majestät?«

»Ich gebe zu, dass diese Waffe weder schneidet noch sticht oder aufspießt, aber sie ist dennoch so scharf wie jede Klinge.«

Sie sah seine verständnislose Miene und fügte mit trügerischer Geduld hinzu: »Wie im Himmel, so auf Erden, Mersadion. Der Einfluss der himmlischen Gestirne auf unsere Alltagsdinge.«

Er begriff, was sie meinte. »Ach so, die Sterne.«

»Die Sterne«, bestätigte sie. »Genauer gesagt, die Sonne, der Mond und andere Welten in ihren Beziehungen zu unserer.«

Er konnte ihr schon nicht mehr folgen, aber es wäre unklug gewesen, das zu sagen. Er verhielt sich still und hoffte, einen angemessen aufmerksamen Eindruck zu erwecken.

»Das hier«, fuhr sie fort, indem sie auf eine der Tabellen tippte, »ist ein Hilfsmittel bei unserer Jagd nach den Vielfraßen.«

»Wie das, Majestät?«

»Es ist nicht leicht, dies ... niederen Intelligenzen zu erklären.«

Er empfand beinahe Erleichterung über die beiläufige Beleidigung. Sie passte viel eher zu ihrer Art.

»Die Stellung der himmlischen Gestirne bestimmt sowohl den Charakter als auch künftige Ereignisse«, erklärte sie. »Der Charakter wird im Augenblick der Geburt festgelegt, je nachdem, welche Gestirne gerade am Himmel stehen. Die kosmischen Räder drehen sich langsam und außerordentlich präzise.« Sie griff nach einer Pergamentrolle. »Ich habe die Geburtsurkunden der Offiziere der Vielfraße heraussuchen lassen. Natürlich sind die Mannschaftsdienstgrade ohne Belang. Jetzt kenne ich die Geburtsmale der fünf Offiziere und weiß somit etwas über ihr grundsätzliches Wesen.«

»Geburtsmale, Majestät?«

Sie seufzte, und er befürchtete schon, zu weit gegangen zu sein. »Sie *wissen,* was Geburtsmale sind, Mersadion, auch wenn Sie diese Bezeichnung noch nie gehört haben. Oder wollen Sie behaupten, dass Ihnen Begriffe wie Viper, Meerziege und Schütze unbekannt sind?«

»Nein, natürlich nicht, Majestät. Sonnenzeichen.«

»Wie der Pöbel sie nennt, ja. Aber ihrem Wesen nach ist diese Disziplin erheblich fundierter als der Unsinn, den Wahrsager auf dem Markt von sich geben. Sie würdigen diese Kunst damit herab.«

Er nickte, da er es für das Klügste hielt, gar nichts zu sagen.

»Die ... *Sonnenzeichen* der Offiziere der Vielfraße geben Einblick in ihre Persönlichkeit«, fuhr Jennesta fort, »und wie sie sich unter gewissen Umständen verhalten werden.« Sie beschwerte die Schriftrolle mit einigen Kerzenleuchtern. »Passen Sie gut auf, General. Vielleicht lernen Sie etwas.«

»Majestät.«

»Der Feldwebel Haskeer wird vom Geburtsmal Langhorn beherrscht. Das macht ihn dickköpfig, stur und unbeherrscht und in extremen Situationen neigt er zur Grausamkeit. Der zwergische Feldwebel Jup ist Barde. Der Krieger mit Herz. Er neigt dazu, das mystische Element in Ereignissen zu sehen. Aber er ist gleichermaßen mit einem Sinn fürs Praktische gesegnet. Der Gefreite Alfray ist Paillettenfisch. Das bedeutet, dass er ein Träumer sein kann. Er hat den Hang, in der Vergangenheit zu leben, und ist Neuerungen wenig aufgeschlossen. Er verfügt möglicherweise über Heilkräfte. Der weibliche Ork, Gefreiter Coilla, ist Basilisk. Ein Hitzkopf, unbesonnen und mit einem Hang zur Tollkühnheit, aber auch ein treuer Kamerad.«

Jennesta hielt gerade so lange inne, dass Mersadion ein Stichwort liefern konnte. »Und ihr Hauptmann, Majestät? Stryke?«

»Er ist in mancherlei Hinsicht das interessanteste Mitglied dieses zusammengewürfelten Haufens. Ein Skarabäus. Skarabäus herrscht über das Göttliche, über die Enthüllung verborgener Dinge, Veränderungen und das Mystische. Er hat außerdem starke martialische Eigenschaften.« Sie stellte die Kerzenleuchter weg, sodass die Schriftrolle sich von allein aufrollte. »Natürlich sind das nur grobe Skizzen, und die grundsätzlichen Eigenschaften werden in Abhängigkeit von einer Vielzahl von Faktoren verändert, abgemildert oder auch verstärkt.«

»Ihr habt künftige Ereignisse erwähnt, Majestät.«

»Unsere zukünftigen Wege sind bereits für uns angelegt und verzeichnet. Auf jede Aktion folgt eine Reaktion, und auch das ist vorherbestimmt.«

»Also steht alles schon im Vorhinein fest?«

»Nein, nicht alles. Die Götter haben uns den unberechenbaren Faktor des freien Willens gegeben. Obwohl ich mir wünschen würde, dass es nicht in allen Fällen so wäre«, fügte sie finster hinzu.

Durch ihre scheinbare Offenheit ermutigt, fragte er: »Was haben Eure Studien über die Zukunft enthüllt, Majestät?«

»Nicht genug. Um mehr zu erfahren, müsste ich den *exakten* Augenblick und Ort ihrer Geburt kennen, um die Stellungen der Gestirne genauer bestimmen zu können. Solche Einzelheiten werden für gewöhnliche Orks nicht aufgezeichnet.«

Mersadion behielt seine Reaktion auf eine weitere beiläufige Kränkung für sich.

»Wirklich exakte Voraussagen«, sagte sie, »lassen sich nur treffen, wenn der Zeitrahmen eng begrenzt ist.«

Er schaute verwirrt drein.

»Bemühen Sie sich gar nicht erst, es zu verstehen. Ich kann nicht mit Gewissheit sagen, wie sich die gegenwärtige Situation weiter entwickeln wird. Aber in Bezug auf die Vielfraße sehe ich kein Ende, was Blut, Feuer, Tod und Krieg angeht. Ihr Weg ist mit Gefahren überladen. Was immer sie zu erreichen versuchen, ihre Aussichten sind gering.«

»Wird uns das dabei helfen, sie zu finden, Majestät?«

»Vielleicht.« Sie schlug das dicke Buch zu. Staubflocken wirbelten im Kerzenschein. »Nun zum Tagesgeschäft. Gibt es etwas Neues von den Kopfgeldjägern?«

»Noch nicht, Majestät.«

»Meine diesbezüglichen Hoffnungen waren wohl etwas übertrieben. Ich gehe davon aus, Sie haben erfreulichere Neuigkeiten in Bezug auf die Divisionen, die ich für die morgige Aktion in Bereitschaft zu versetzen angeordnet habe.«

»Dreitausend Mann leichte Infanterie mit vollständiger Bewaffnung und Verpflegung, Majestät. Sie erwarten Eure Befehle.«

»Lassen Sie sie im Morgengrauen antreten. Wenigstens kann ich mir das Vergnügen gönnen, ein paar Uni-Nasen blutig zu schlagen.«

»Ja, Majestät.«

»Nun gut. Wegtreten.«

Er verbeugte sich und ging.

Als er sich von dem Gemach entfernte, konnte er langsam wieder richtig atmen. In seiner kurzen Zeit als General von Jennestas Armee hatte Mersadion viele Beleidigungen und Demütigungen von ihr erdulden müssen. Bei mehreren Anlässen hatte er um sein Leben gefürchtet. Aber nichts von alledem konnte sich mit der Erleichterung darüber messen, eine Demonstration ihrer Verständigkeit überlebt zu haben.

30

Stryke führte den Trupp so schnell wie möglich weg von der Krätze. Er ritt mit seinen Gefährten nach Norden, da er davon ausging, dass Haskeer höchstwahrscheinlich die Richtung nach Grabhügelstein einschlagen würde.

Am späten Vormittag ließen sie es gemächlicher angehen, nachdem sie ausreichend Entfernung zwischen sich und die Trolle gebracht hatten, die sich an ihre Fersen geheftet haben mochten, obwohl Stryke der Ansicht war, dass sie ihnen bei Tageslicht wohl nicht folgen würden. Tannar war ihnen keine Hilfe dabei, dies zu bestätigen. Er weigerte sich, etwas anderes zu tun, als zu fluchen.

Die Vielfraße schlugen den Rest des Tages ein gemäßigteres Tempo an. Sie hielten nach Spuren von Haskeer und Coilla Ausschau und ständig waren Kundschafter voraus und an den Flanken im Einsatz. Die in der Abenddämmerung länger werdenden Schatten machten ihnen dies beinahe unmöglich, und innerhalb des Trupps schien eine nahezu greifbare Atmosphäre der Verzagtheit um sich zu greifen.

Über eine Stunde grimmigen Schweigens wurde durchbrochen, als Alfray sich im Sattel umdrehte und sagte: »Das ist hoffnungslos, Stryke. Wir lassen uns nur treiben. Wir brauchen einen Plan.«

»Und eine Rast«, fügte Jup hinzu. »Seit zwei Tagen hat keiner von uns ein Auge zugetan.«

»Wir haben einen Plan. Wir suchen Coilla und Haskeer«, sagte Stryke in mürrischem Tonfall zu ihnen. »Das ist jetzt nicht der rechte Zeitpunkt, um sich auszuruhen.«

Jup und Alfray wechselten gequälte Blicke.

»Das sieht Ihnen gar nicht ähnlich, ohne Plan zu handeln, Hauptmann«, unternahm Alfray einen neuerlichen Vorstoß. »In einer Krise brauchen wir eine Strategie mehr denn je. Das haben Sie oft genug selbst gesagt.«

»Dann haben wir noch ihn«, erinnerte Jup sie, indem er mit dem Daumen auf Tannar zeigte, der von zwei Gemeinen flankiert weiter hinten in der Kolonne ritt. Er trug nach wie vor die Augenbinde und war gefesselt.

Alfray nickte. »Wollen wir diesen Gargyl überallhin mitschleppen?«

Stryke warf einen Blick zurück und stieß einen resignierten Seufzer aus. »Also schön, wir schlagen das Lager auf, sobald wir eine geeignete Stelle finden. Aber wir halten uns nicht lange auf.«

Jup betrachtete das Gelände. »Warum nicht gleich hier?«

Stryke sah sich die Stelle selbst an. »Das wird reichen.« Er zeigte auf eine Senke, in deren Mitte sich eine leicht zu verteidigende Kuppe befand. »Da. Ich will Doppelposten. Und sag den Gemeinen, dass ich kein lautes Geschnatter hören will. Kein Feuer.«

Jup übermittelte die Befehle ohne Strykes frostige Art des Vortrags.

Sie saßen ab. Der fluchende Trollkönig wurde von seinem Pferd gehoben und am Stamm eines nahen Baums festgebunden, dessen Blattwerk bereits Herbstfarben annahm, Monate zu früh. Die Wachen fächerten aus, blieben aber in der Nähe. Stryke, Alfray und Jup versammelten sich, und die übrigen Mitglieder des Trupps umringten sie. Auf Strykes Handzeichen setzten sie sich, und manche streckten sich erschöpft im dürftigen Gras aus.

Alfray verschwendete keine Zeit, sondern kam gleich zur Sache. »Was sollen wir jetzt unternehmen, Stryke?«

»Was *können* wir unternehmen, was wir nicht längst tun? Wir wissen nur, dass Haskeer nach Norden geritten ist. Es bestehen gute Aussichten, dass er nach Grabhügelstein will.«

»Wenn er glaubt, dass Jennesta ihm gegenüber Gnade walten lässt, ist er wirklich verrückt«, sagte Jup.

»*Das* wissen wir«, erwiderte Alfray. »Aber was seinen Ritt nach Norden betrifft, ist er viel zu verrückt, um so berechenbar zu sein. Wir können uns nicht darauf verlassen. Er könnte irgendwo da draußen im Kreis herumirren.«

»Wenn wir ihn finden«, sagte Stryke, »werde ich wohl ziemlich versucht sein, das Schwein auf der Stelle umzubringen.«

»Ein verrückter Ork, und wir müssen wieder von vorn anfangen«, stellte Alfray düster fest.

»Und Coilla«, fuhr Stryke fort. »Dass sie nicht zurückkommt, sieht auch nicht gut aus.«

»Du machst dir immer noch Vorwürfe«, sagte Jup zu ihm. »Du kannst nicht ...«

»Natürlich tue ich das!«, fuhr Stryke auf. »Darum dreht sich Führerschaft: Verantwortung zu übernehmen, Aussichten zu beurteilen, Dinge vorauszusehen.«

Jup schnippte mit den Fingern. »Dinge vorauszusehen. *Fernsicht,* Boss. Damit habe ich es schon eine ganze Weile nicht mehr versucht. Jetzt könnte es einen Versuch wert sein, oder?«

Stryke zuckte die Achseln. »Warum nicht? Wir haben nichts zu verlieren.«

»Natürlich kann ich nichts versprechen. Du weißt, wie gering die Energie überall war, wo wir bisher gewesen sind.«

»Tu einfach dein Bestes.«

Der Zwerg entfernte sich von der Gruppe, suchte sich ein Fleckchen, auf dem das Gras etwas üppiger spross, und setzte sich dann mit untergeschlagenen Beinen auf den Boden. Er neigte den Kopf, legte die Handflächen flach auf den Boden und schloss die Augen. Die Übrigen ignorierten ihn. Stryke und Alfray setzten die Erörterung ihrer Möglichkeiten fort.

Ein paar Minuten später war er wieder da. Seiner neutralen Miene konnten sie nicht entnehmen, ob er ihnen etwas Berichtenswertes mitzuteilen hatte.

»Und?«, fragte Stryke.

»Teils, teils. Die Energie nimmt eindeutig ab. Aber ich habe etwas aufgeschnappt. Ein ganz schwaches Energiemuster, das ich für Haskeers halte. Viel stärker habe ich eine weibliche Ausstrahlung gespürt, und ich glaube, es war Coillas. Beide nördlich von hier, ihre näher als seine.«

»Also sind sie vielleicht nicht zusammen. Das haben wir noch nicht gewusst.«

Jups Miene verfinsterte sich. »Aber es muss nicht so sein. Unterschiedliche Entfernung ist nicht der einzige Grund, warum man ein Muster stärker als ein anderes empfangen kann. Andere Dinge können Einfluss darauf haben.«

»Wie zum Beispiel?«

»Etwa starke Gefühle.«

»Du willst damit sagen, du empfängst Coilla stärker, weil ihre Gefühle heftiger sind?«

»Das ist eine Möglichkeit, Boss.«

»Gute Gefühle oder schlechte? Kannst du das sagen?«

»Könnte beides sein. Aber wenn man ihr Vorhaben bedenkt, halte ich gute Gefühle für weniger wahrscheinlich. Wären die Energielinien nicht so schwach, könnte ich meiner Sache sicherer sein.«

»Die verdammten Menschen bluten die Magie aus«, murmelte Alfray.

»Das bestätigt nur, was wir vermutet haben«, entschied Stryke. »Ich bin immer noch der Meinung, dass wir nach Norden reiten sollten.« Er überlegte noch einen Augenblick, dann wandte er sich an die Gemeinen. »Wir stecken alle in diesem Schlamassel. Ich bin für den Norden und die Suche nach unseren Kameraden. Hat irgendjemand eine bessere Idee? Ich meine es ernst. Ich höre zu.«

Abgesehen von Füßescharren und ausdruckslosen Gesichtern gab es keine Reaktion.

»Also gut«, sagte er. »Ich betrachtete das als Zustimmung. Wir ruhen uns etwas aus und reiten dann weiter. Von jetzt an besteht unser einziges Vorhaben darin, unsere Kameraden und die Sterne zu suchen.«

»Dann werdet ihr nur den Tod finden!«

Sie fuhren alle zu Tannar herum, den sie im Lauf des Gesprächs mehr oder weniger vergessen hatten.

»Das klingt nach Wunschdenken«, antwortete Jup.

»Es ist eine Prophezeiung«, versicherte ihm der Trollkönig.

»Die worauf beruht?«, wollte Alfray wissen.

»Auf meinem Wissen über die Gegenstände, die ihr Sterne nennt, das offenbar größer ist als eures.«

Stryke ging zu dem Baum und hockte sich neben ihn. Der Abend brach herein, also nahm er ihm die Augenbinde ab. Tannar blinzelte und schnitt dann eine finstere Miene.

»Lass hören«, sagte Stryke.

»Erst, wenn ihr mich losbindet«, verlangte der Troll mit königlicher Arroganz. »Meine Glieder schmerzen. Ich bin es nicht gewöhnt, so behandelt zu werden.«

»Darauf möchte ich wetten. Aber vielleicht lässt sich das ändern.«

»Sei vorsichtig, Stryke«, warnte Alfray.

»Wenn dieser Kriegstrupp nicht mit einem unbewaffneten Tunnelbewohner zurechtkommt, haben wir alle den falschen Beruf.« Er zog ein Messer, um Tannars Fesseln durchzuschneiden, hielt dann aber inne. »Weiß jemand, über welche Magie Trolle verfügen?«

Jup wusste es. »Sie hat zwei Seiten, Boss. Die eine hat mit der Nachtsicht zu tun. Je dunkler es wird, desto besser sehen sie. Die andere ist eine stärker ausgeprägte Fähigkeit, überall Nahrung zu finden. Ratten, Pilze, was immer sie essen. Ich kann mir nicht vorstellen, dass irgendwas daran gefährlich sein könnte. Es sei denn, er versucht uns zu Tode zu schnüffeln.«

Eine Welle des Gelächters lief durch den Trupp.

»Das dachte ich mir«, sagte Stryke und durchschnitt die Fesseln.

Tannar massierte seine pelzigen Handgelenke und funkelte seine Häscher an. »Ich bin ausgedörrt. Gebt mir Wasser.«

»Forderungen, immer nur Forderungen«, spottete Jup und warf ihm einen Beutel zu.

Der Trollkönig trank ihn halb leer und hätte ihn völlig geleert, hätte Stryke ihm den Beutel nicht entrissen. Tannar hustete, während ihm Wasser das Kinn herunterlief.

»Was weißt du also?«, fragte Stryke.

»Mein Volk kennt Geschichten und Legenden über diese Gegenstände, eure Rasse allem Anschein nach nicht. Vielleicht deshalb, weil die Orks sich von den anderen älteren Rassen dadurch unterscheiden, dass sie nicht über Magie verfügen. Ich weiß es nicht.«

»Was besagen diese Legenden?«

»Dass diese ... Sterne sehr alt und vielleicht zur gleichen Zeit erschaffen wurden, als die Götter Maras-Dantien selbst aus dem Chaos geformt haben.«

»Gibt es dafür einen Beweis?«, fragte Alfray.

»Ihr Orks seid so eine weltliche Rasse. Wie könnte es einen *Beweis* geben? Es ist eine Frage des Glaubens.«

»Nur weiter«, forderte Stryke ihn auf. »Was noch?«

»Angehörige vieler älterer Rassen haben ihr Leben gegeben und getötet für die Macht, die diesen Sternen innewohnt, wie ihr jetzt auch. All das ist lange her. In letzter Zeit ist es in Maras-Dantien still um sie geworden. Aber sie bleiben ein Teil der geheimen Geschichte dieses Landes, da die entsprechenden Sagen innerhalb von Sekten und Geheimorden weitergegeben werden.«

»Also ist alles nur Seemannsgarn und Hirngespinste.«

»Ihr müsst es für mehr halten, sonst würdet ihr nicht so viel riskieren, um sie zu finden.«

»Wir suchen sie, weil sie wichtig für andere sind, die Macht über uns haben. Daher sind sie in unserer Situation sehr nützlich.«

»Sie sind weit mehr als Faustpfänder für Verhandlungen. Eine so geringe Meinung von ihnen zu haben heißt, als Blinder mit dem Feuer zu spielen.«

»Wir wissen nichts über die Macht der Sterne, wenn man von dem Einfluss absieht, den sie auf den Glauben anderer haben.«

»Ihr sagtet, dass sie euer Leben verändert haben«, erwiderte Tannar. »Ist das keine Macht?«

»Du hast eine geheime Geschichte erwähnt«, warf Alfray ein. »Was hast du damit gemeint?«

»Diese Gegenstände, die ihr Sterne nennt, haben angeblich zu allen Zeiten viele große Maras-Dantier beeinflusst. Sie sollen die Erschaffung von Azazrels gewaltigem goldenem Bogen inspiriert haben, die grandiose Poesie von Elphame, dem sagenhaften Buch der Schatten, Kimmen-Bers himmlische Harfe und vieles mehr. Von denen *habt* ihr aber schon gehört, oder?«

»Ja, selbst wir haben von denen schon gehört«, antwortete Stryke schroff. »Obwohl wir eigentlich nicht viel auf Poesie, Bücher und ausgefallene Musik geben. Unsere Domäne ist eher ... praktischer Natur.«

»*Wie* haben die Sterne diese Dinge hervorgebracht?«, hakte Alfray nach.

»Durch Offenbarungen, Visionen und prophetische Träume«, erwiderte Tannar. »Durch die Ausnutzung eines kleinen Teils ihres Geheimnisses für jene mit dem Wissen, sie für sich nutzbar zu machen.«

Während Stryke und Alfray darüber nachdachten, hatte Jup eine Frage. »Niemand konnte uns bisher sagen, was die Sterne eigentlich *sind*. Was sie bewirken, wofür sie gut sind. Kannst du es?«

»Sie sind ein Weg zu den Göttern.«

»Eine nette Phrase. Was bedeutet sie?«

»Die Pläne der Götter übersteigen das Begriffsvermögen von uns Sterblichen.«

»Eine andere Art zu sagen, dass du es nicht weißt.«

»Wie ist euer Stern in die Krätze gekommen?«, wunderte sich Stryke.

»Er ist das Vermächtnis eines meiner Vorgänger, Rasatenan, der ihn vor langer Zeit für meine Rasse errungen hat.«

»Nie von ihm gehört«, bemerkte Jup verächtlich.

Tannar schnitt eine finstere Grimasse. »Er war ein gewaltiger Held der Trollrasse. Seine Taten werden immer noch von den Liedermachern gewürdigt. Sie erzählen uns davon, wie er einmal einen Pfeil im Flug gefangen hat und wie er ganz allein fünfzig feindliche Krieger besiegt hat und ...«

»Du würdest dich gut bei einem orkischen Wettbewerb im Prahlen machen«, spottete Jup.

»... und wie er den Stern einem Stamm der Zwerge abgenommen hat, nachdem er sie im Kampf besiegt hatte«, endete Tannar genüsslich.

Jup lief rot an. »Ich finde das schwer zu glauben«, konterte er in verletztem Stolz.

»Wie ihr Trolle den Stern auch bekommen haben mögt«, warf Stryke ein, »was wolltest du über die Sterne sagen, Tannar?«

»Dass sie immer nur Tod und Zerstörung gebracht haben, wenn sie nicht richtig behandelt wurden.«

»Damit meinst du, wenn ihnen keine Blutopfer gebracht wurden.«

»Ihr tötet auch!«

»Im Krieg. Und wir heben das Schwert gegen andere Krieger, nicht gegen Unschuldige.«

»Die Opfer bringen meiner Rasse Wohlergehen. Die Götter betrachten sie mit Wohlgefallen und schützen uns.«

»Bis jetzt«, erinnerte ihn Alfray.

Der König versuchte nicht, sein Missvergnügen über den Scherz zu verbergen. »Und an euren Händen klebt kein Opferblut, wie?«

»Niemals das Blut höherer Lebensformen, Tannar. Und wir opfern unseren Göttern, indem wir in die Schlacht ziehen. Wir bieten die Seelen jener an, die wir erschlagen.«

»Vielleicht zeigt die Tatsache, dass ihr in sehr kurzer Zeit zwei Sterne gefunden habt, dass die Götter euch mit Wohlgefallen betrachten. Oder vielleicht erlauben sie sich auch nur einen Scherz auf eure Kosten.«

»Vielleicht«, räumte Stryke ein. »Aber warum erzählst du uns das alles?«

»Damit ihr seht, wie wichtig dieses Artefakt für meine Rasse ist. Gebt es zurück, und lasst mich frei.«

»Warum sollten wir Tod und Zerstörung bei euch Vorschub leisten? Vergiss es, Tannar.«

»Ich verlange, dass ihr es zurückgebt!«

»Verlange, bis du schwarz wirst. Wir haben in diesem Loch, das du Heimat nennst, nicht unser Leben aufs Spiel gesetzt, um dir jetzt den Stern zurückzugeben. Wir brauchen ihn.«

Die Art des Trolls bekam etwas Verschwörerisches. »Dann erwägt einen Handel.«

»Was könntest du anzubieten haben, das wir haben wollen?«

»Einen anderen Stern?«

Stryke, Jup und Alfray wechselten skeptische Blicke.

»Du erwartest wirklich, dass wir dir glauben, du hättest noch einen Stern?«, fragte Stryke.

»Ich habe nicht gesagt, dass *ich* einen habe. Aber vielleicht weiß ich, wo ihr noch einen finden könnt.«

»Wo?«

»Die Antwort hat ihren Preis.«

»Deine Freiheit und die Rückgabe des Sterns.«

»Selbstverständlich.«

»Wie sollte so ein Handel deiner Ansicht nach vonstatten gehen?«

»Ich nenne den Ort, und ihr lasst mich gehen.«

Stryke dachte kurz darüber nach. »Schön.«

Jup und Alfray machten Anstalten, Einwände zu erheben. Eine energische Handbewegung ließ sie verstummen.

»Ich habe gehört, dass ein Waffenschmied der Zentauren namens Keppatawn einen Stern besitzt«, erklärte Tannar, »und dass dieser Stern von Keppatawns Klan im Drogawald bewacht wird.«

»Warum habt ihr Trolle es nicht schon selbst versucht?«

»Wir haben nicht den wahnsinnigen Ehrgeiz, sie zu sammeln, wie ihr. Wir sind mit einem zufrieden.«

»Wie ist dieser Keppatawn an den Stern gekommen?«

»Das weiß ich nicht. Was spielt das für eine Rolle?«

»Der Drogawald ist Zentaurengebiet«, warf Jup ein, »und die Zentauren können ziemlich unangenehm werden, wenn es um ihr Territorium geht.«

»Das ist nicht mein Problem«, verkündete der König hochmütig. »Jetzt gebt mir den Stern, und lasst mich frei.«

Stryke schüttelte den Kopf. »Wir behalten den Stern. Und wir werden dich auch noch nicht gehen lassen.«

Der König war erzürnt. »*Was?* Ich habe meinen Teil des Handels erfüllt! Du hast zugestimmt!«

»Nein. Du hast nur geglaubt, ich hätte. Du kommst mit uns, und zwar bis wir wissen, dass du die Wahrheit gesagt hast.«

»*Ihr* zweifelt an meinem Wort? Ihr stinkenden Oberweltler, ihr Söldner, ihr … *Abschaum! Ihr* zweifelt an *meinem* Wort?«

»Ja, das Leben ist ungerecht, nicht wahr?«

Tannar fing an, unzusammenhängend zu toben.

»Du hast deine Geschichten erzählt«, sagte Stryke zu ihm. Er winkte einem Gemeinen zu. »Nep. Binde ihn wieder an den Baum.«

Der Soldat packte den König am Arm und führte ihn ab. Tannar beklagte sich lautstark darüber, getäuscht worden zu sein, über die

Demütigung, gefangen gehalten zu werden und dass ein Minderwertiger Hand an ihn legte. Er bedachte die Eltern aller Soldaten des Trupps mit ausgefallenen Schmähungen. Stryke kehrte der Szene den Rücken, um sich mit seinen Offizieren zu besprechen.

Die Gemeinen brachen plötzlich in Geschrei und Verwünschungen aus. Tannar brüllte: *»Nein!«*

Stryke fuhr herum.

Tannar und Nep standen ein paar Schritte entfernt mit dem Gesicht zu ihm. Der Troll hatte dem Ork einen Arm um den Hals gelegt. Er hielt dem Gemeinen ein Messer an die Kehle.

»Verdammt!«, rief Jup. »Niemand hat ihn durchsucht!«

»Nein!«, wiederholte der Troll. »Ich werde mich dieser Demütigung nicht unterwerfen! Ich bin ein *König!*«

Nep stand stocksteif da, aschfahl und die Augen weit aufgerissen. »Tut mir Leid, Hauptmann«, formte er mit den Lippen.

»Nur die Ruhe«, rief Stryke. »Bleib ruhig, Tannar, dann passiert keinem was.«

Der Troll drückte fester zu und hielt dem Gemeinen das Messer noch näher an die Kehle. »Zur Hölle mit der Ruhe! Ich nehme mir den Stern und die Freiheit.«

»Lass ihn los. Das ist alles völlig sinnlos.«

»Tu, was ich sage, sonst stirbt er!«

Nep zuckte zusammen.

Jup zog langsam sein Schwert. Alfray nahm einen Bogen und einen Pfeil. Überall ringsumher bewaffneten sich die Soldaten.

»Lasst die Waffen fallen!«, verlangte Tannar.

»Auf keinen Fall«, erwiderte Stryke. »Wie, glaubst du, geht es wohl weiter, wenn du unseren Kameraden tötest?«

»Komm mir nicht so, Stryke. Du wirst das Leben eines deiner Männer nicht so einfach wegwerfen.«

»Wir kümmern uns umeinander, gewiss. Aber das ist nur die eine Seite des orkischen Lebensmottos. Die andere Seite lautet, eins gegen eins und alle gegen einen. Wenn wir nicht beschützen können, rächen wir.«

Alfray legte den Pfeil auf die Bogensehne und zielte. Mehrere Soldaten folgten seinem Beispiel. Nep verkrampfte sich und versuchte sich so klein wie möglich zu machen. Tannar klammerte sich grimmig an ihn.

»Du kannst diese Sache immer noch lebend überstehen und die Krätze wiedersehen«, sagte Stryke. »Wirf einfach das Messer weg.«

»Und der Stern?«

»Du kennst meine Antwort.«

»Dann verfluche ich euer Augenlicht!«

Er machte Anstalten, dem Gemeinen das Messer über den Hals zu ziehen. Nep riss den Kopf instinktiv nach vorn und herunter. Alfray schoss seinen Pfeil ab. Er kratzte die Wange des Trolls und flog weiter. Tannar brüllte und ließ Nep los. Der Gemeine fiel nach vorn und kroch mehr von ihm weg, als dass er lief, die Hand auf seinen blutenden Hals gepresst.

Zwei weitere Pfeile trafen Tannars Brust. Er schwankte unter ihrem Anprall, ging aber nicht zu Boden. Es gelang ihm, ein paar Schritte in Richtung der Orks zu machen, wobei er wild mit dem Messer herumfuchtelte und unverständliches Zeug brüllte.

Stryke riss sein Schwert aus der Scheide, eilte zu ihm und beendete die Sache mit einem wuchtigen Rückhandschlag in Tannars Brust. Mit offenem Mund brach der Trollherrscher zusammen.

Stryke stieß ihn mit der Stiefelspitze an. Es gab keinen Zweifel.

Alfray untersuchte Neps Wunde. »Du hattest Glück«, verkündete er, während er einen Lappen auf die Wunde presste, um das Blut abzuwischen. »Der Schnitt ist nicht tief. Drück das fest darauf.«

Er und Jup gingen zu Stryke. Sie betrachteten die Leiche.

»Wie konnte er nur so *dämlich* sein und glauben, du würdest dich auf so einen Handel einlassen?«, wunderte sich Jup.

»Ich weiß es nicht. Aus Überheblichkeit? Er war es gewöhnt, unumschränkt zu herrschen, dass alles, was er sagte, als absolute Wahrheit betrachtet wurde. Das ist schlecht für jeden beliebigen Angehörigen einer älteren Rasse. Weicht das Hirn auf.«

»Du meinst, er hat sein ganzes Leben Scheiße geredet, und niemand hat ihm je widersprochen. Vielleicht konnte er die Gewohnheit bei uns einfach nicht ablegen.«

»Totale Macht scheint an und für sich eine Art Wahnsinn zu sein.«

»Je mehr ich von Herrschern sehe, desto mehr muss ich dir Recht geben. Gibt es denn keine *wohlmeinenden* Tyrannen mehr?«

»Jetzt haben wir also auch noch Regizid auf unserer Liste«, sagte Alfray.

Stryke sah ihn an. »Was?«

»Königsmord.«

»Das kann man kaum als Mord bezeichnen«, warf Jup ein. »Wohl eher als Tyrannizid, würde ich meinen. Das bedeutet ...«

»Ich kann mir schon denken, was es bedeutet«, informierte ihn Stryke.

»Jetzt haben wir uns also mit den Trollen neue Feinde gemacht«, fügte der Zwerg hinzu.

Stryke schob sein Schwert in die Scheide zurück. »Wir haben uns schon so viele gemacht, da kommt es auf ein paar mehr oder weniger auch nicht mehr an. Lass eine Grube für ihn ausheben, ja?«

Jup nickte. »Dann nach Norden?«

»Nach Norden.«

*

Es war ungewöhnlich, irgendwo in Adpars Domäne einen trockenen Fleck zu finden. Im Hinblick auf die Physiologie der Nyadd machte Wassermangel kaum mehr Sinn als die Abwesenheit von Luft. Für Wesen, die noch abhängiger von Flüssigkeit waren, wie zum Beispiel die Merz, führte die Abwesenheit von Wasser unvermeidlich zur Abwesenheit von Leben. Wenn auch langsam.

Der einzige Ort in Adpars Zitadelle, wo wasserlose Bedingungen vorherrschten, war der Zellenbereich für Gefangene, der aufgrund der Natur ihrer Regentschaft nie lange besetzt war. Nicht, dass sie diese Tatsache als Grund betrachtete, den Aufenthalt darin weniger unangenehm zu machen. Vor allem dann, wenn die Insassen Informationen liefern sollten.

Da sie bei diesen Dingen gern selbst Hand anlegte, begleitete sie die Aufseher zur Zelle zweier Merzmänner, die nach einem kürzlichen Überfall gefangen genommen worden waren. Sie lagen in ihrer trockenen Zelle angekettet auf staubigen Steinplatten und waren bereits geschlagen worden. Seit fast einem Tag enthielt man ihnen bereits jegliche Feuchtigkeit vor.

Adpar entließ die Wachen und stellte sich so, dass die Gefangenen sie sehen konnten. Ihre entzündeten Augen weiteten sich bei ihrem Anblick, und ihre verkrusteten Lippen bebten.

»Ihr wisst, was wir wollen«, flötete sie mit weicher, ans Verführerische grenzender Stimme. »Sagt mir nur, wo die anderen Festungen sind, dann könnt ihr eurem Leiden ein Ende bereiten.«

Ihre Ablehnung, aus heiseren Kehlen gekrächzt, hatte sie nicht anders erwartet, in Wahrheit sogar erhofft. Diese Besuche mussten das Gefühl vermitteln, etwas vollbracht zu haben, sonst waren sie nicht der Mühe wert.

»Tapferkeit kann manchmal verfehlt sein«, argumentierte sie vernünftig. »Früher oder später finden wir ohnehin heraus, was wir wissen wollen, ob ihr uns helft oder nicht. Warum sich also dieser Qual unterziehen?«

Einer verfluchte sie heiser. Der andere schüttelte den Kopf, schmerzhaft langsam, während vertrocknete Haut abblätterte.

Adpar zückte eine Wasserflasche und machte aus deren Entstöpselung so etwas wie eine erotische Darbietung. »Seid ihr sicher?«, spottete sie. Sie trank, ausgiebig und mit Genuss, wobei sie die Flüssigkeit aus ihren Mundwinkeln rinnen ließ.

Immer noch weigerten sie sich, mit ihr zu verhandeln, obgleich ihre Blicke noch gieriger wurden.

Sie nahm einen weichen Schwamm, tränkte ihn mit Wasser und drückte ihn über ihrem Kopf und Körper aus, um sich sinnlich in der Nässe zu aalen. Silberne Tröpfchen glitzerten auf ihrer schuppigen Haut.

Sie fuhren sich mit schwärzlicher Zunge über ausgedörrte Lippen und widersetzten sich ihr immer noch.

Adpar tränkte den Schwamm erneut.

Die zwei Stunden erwiesen sich als gewinnbringend angelegt, sowohl im Hinblick auf die Informationen, die sie preisgaben, als auch in Bezug auf das Vergnügen, das es ihr bereitete, sie ihnen zu entlocken.

Als sie ging, machte sie eine Schau daraus, Flasche und Schwamm mitzunehmen. Ihre verzweifelten Mienen setzten ihrem Vergnügen noch so etwas wie die Krone eines abschließenden Wonneschauers auf.

Die Wachen warteten vor der Zelle. »Lasst sie vertrocknen«, sagte sie.

31

Der Trupp setzte seinen Weg vor Morgengrauen fort. Sie schwenkten nach Nordosten, immer noch von der Annahme ausgehend, dass Haskeer nach Grabhügelstein wollte. Und sie klammerten sich an die Hoffnung, dass Coilla irgendwo zwischen ihnen und Haskeer war.

Sie befanden sich jetzt in der oberen Großen Prärie, einem Gebiet, wo es nur selten Deckung gab, sodass sie noch mehr Vorsicht walten lassen mussten. Aber hin und wieder stießen sie auf kleine Wäldchen oder Baumgruppen, und der Weg, dem sie gegenwärtig folgten, wand sich in einen Wald. Sich möglicher Gefahren mehr als bewusst, ordnete Stryke die Aussendung zweier Kundschafter an und ließ auch ihre Flanken durch je ein Kundschafterpaar abdecken.

Als sie zwischen den Bäumen untertauchten, sagte Jup: »Sollten wir nicht darüber nachdenken, was passiert, wenn wir Coilla und Haskeer nicht finden? Bevor wir in Sichtweite von Grabhügelstein gelangen, meine ich. Dort wird man uns kaum einen warmen Empfang bereiten, Stryke.«

»Ich glaube, er wäre sogar *sehr* warm. Aber auf deine Frage weiß ich auch keine Antwort, Jup. Um ehrlich zu sein, ich befürchte allmählich, sie könnten in eine ganz andere Richtung abgebogen sein.«

Alfray nickte. »Darüber mache ich mir auch Gedanken. In diesem Fall könnten wir nämlich unser ganzes Leben damit zubringen, sie hier in dieser Gegend zu suchen, und würden sie trotzdem nicht finden. Und wenn sie eine ganz andere Richtung eingeschlagen haben ...«

»Darüber lohnt es sich nicht nachzudenken«, sagte Stryke zu ihm.

»Aber wir sollten es trotzdem tun. Es sei denn, du willst, dass wir ewig unserem eigenen Schwanz hinterherjagen.«

»Hör mal, Alfray, ich weiß ebenso wenig wie du, was wir ...«

Rechts von ihnen wurde es unruhig. Das Grün erbebte, Zweige knackten, Blätter fielen. Kleinere Bäume knickten weg. Etwas Massiges kam aus dem Wald gestürmt.

Stryke zügelte sein Pferd. Die ganze Kolonne hielt an. Schwerter wurden gezogen.

Ein Geschöpf tauchte auf. Sein grauer Leib ähnelte dem eines Pferdes, war aber sogar größer als der eines Streitrosses, und die Beine endeten nicht in Hufen, sondern in Krallenfüßen. Mächtige Muskeln bewegten sich unter dem Fell. Der Hals war lang und schlangenartig, und über den Rücken zog sich eine zottige schwarze Mähne. Der Kopf ähnelte mit seiner Katzennase, dem gelblichen Hornschnabel und aufgerichteten, fellbesetzten Ohren dem eines Greifen.

Sie sahen auch, dass er jung war, nicht einmal annähernd ausgewachsen, und dass eine seiner sehnigen Schwingen gebrochen war und schlaff herabhing. Was auch der Grund dafür war, warum das Tier trotz seiner offensichtlichen Panik nicht fortflog. Ungeachtet seiner Masse bewegte es sich mit überraschender Geschwindigkeit.

Als er ihren Weg kreuzte, schoss der Kopf des Hippogryphs herum, um sie zu betrachten. Sie erhaschten einen Blick auf riesige grüne Augen. Dann stürzte er sich auf der anderen Seite des Weges wieder in den Wald und war verschwunden.

Mehrere Pferde der Orks bäumten sich auf und schnaubten.

»Seht euch an, wie er rennt!«, rief Jup.

»Ja, aber *warum?*«, warnte Alfray.

Einen Herzschlag später brachen die beiden Kundschafter für die rechte Flanke aus dem Wald hervor. Sie riefen etwas, aber die Worte waren unverständlich. Einer von ihnen zeigte in die Richtung, aus der sie kamen.

Alfray lugte zwischen den Bäumen hindurch. »Stryke, ich glaube ...«

Dutzende von Gestalten sprangen aus dem Wald und auf den Weg. Die vordersten waren beritten, die zweite Reihe zu Fuß. Sie waren Menschen, und jeder einzelne war schwarz gekleidet und schwer bewaffnet.

»Scheiße«, keuchte Jup.

Für eine ewig dauernde Sekunde gafften die beiden Seiten einander an.

Dann war der Bann gebrochen. Die allgemeine Verblüffung legte sich.

Die Menschen schwenkten auf den Weg ein, fingen an zu schreien und gingen zum Angriff über.

»Wir sind zwei zu eins unterlegen!«, rief Alfray.

Stryke hob das Schwert. »Also lasst uns das Kräfteverhältnis verbessern! *Kein Pardon!*«

Die schwarz gekleideten Reiter griffen an. Stryke bohrte seinem Pferd die Fersen in die Weichen und führte den Trupp den Menschen entgegen. Orks und Menschen prallten mit lautem Gebrüll und klirrendem Stahl aufeinander.

Stryke stürzte sich auf den vordersten Reiter. Der Mann schwang ein Breitschwert, das durch die Luft pfiff, als er sich vorbeugte, um die Klinge des Orks aufzuhalten. Ihre Schwerter prallten zwei Mal aufeinander, bevor Stryke die Deckung des anderen überwand und ihm in die Hüfte hieb. Der Mensch fiel aus dem Sattel. Sein reiterloses Pferd pflügte durch die feindlichen Reihen hinter ihm und trug zur allgemeinen Verwirrung bei.

Der Mensch, der den Platz des Gefallenen einnahm, bestätigte Strykes Misstrauen gegenüber leichten Siegen. Dies war ein weitaus ernsthafterer Gegner. Er war mit einer doppelschneidigen Axt bewaffnet und handhabte sie mit geübtem Geschick. Sie wechselten ein, zwei Hiebe. Danach versuchte Stryke den Kontakt seiner Klinge mit der Axt zu vermeiden, damit die schwerere Waffe sie nicht zerbrach.

Während sie einander belauerten, um sich einen Vorteil zu verschaffen, traf Strykes Schwert den Holzgriff der Axt, und ein Stück splitterte ab. Das machte ihren Besitzer nicht merklich langsamer. Doch die Anstrengung, die klobige Axt zu schwingen, schaffte es. Die Bewegungen des Mannes wurden bleierner, seine Reaktionen träger. Nicht viel, aber doch genug, um Stryke einen kostbaren Vorteil zu geben.

Der winzige Geschwindigkeitsvorteil gestattete Stryke einen tief angesetzten Treffer, der den Oberschenkel des Mannes aufriss. Er hielt sich im Sattel, aber die Schmerzen raubten ihm seine geistige Klarheit. Seine Deckung bröckelte. Stryke zielte einen Streich auf den Oberkörper und traf. Der Mensch ließ die Axt fallen. Seine Hände fuhren zu der blutenden Wunde, und er sank vornüber. Sein Pferd bäumte sich auf, ging mit ihm durch und trug ihn außer Reichweite.

Ein dritter Gegenspieler füllte augenblicklich die Lücke. Stryke focht weiter.

Alfray musste sich mit einem Reiter auf der einen und einem Fußsoldat auf der anderen Seite auseinander setzen. Der Fußsoldat war gefährlicher. Alfray erledigte ihn, indem er ihm die Lanze des

Vielfraß-Banners in die Brust rammte. Er ging zu Boden und nahm dabei das Banner mit. Alfray richtete seine Aufmerksamkeit auf den Reiter. Sie kreuzten die Schwerter. Beim dritten Hieb wurde dem Menschen die Klinge aus der Hand gerissen. Ein Stück kalten Stahl in den Magen bereitete ihm ein Ende.

Ein weiterer Fußsoldat mit einem kurzen Speer in den Händen griff Alfray an, der Hiebe auf ihn herabregnen ließ. Der Speer brach entzwei, und bevor er ausweichen konnte, wurde ihm der Schädel eingeschlagen.

Die Schlacht löste sich entlang des Weges in Einzelkämpfe auf. Eine Reihe von Menschen versuchten auf beiden Seiten, hinter den Trupp zu gelangen und ihn zu überflügeln. Die Gemeinen kämpften mit verbissener Inbrunst und hinderten sie daran.

Jup erledigte gerade einen Reiter mit einem Schwertstoß und sah nicht, dass sich ihm ein Fußsoldat von der Seite näherte. Der Mann packte den Zwerg am Bein und zog ihn vom Pferd. Jup schlug schwer auf den Boden. Der Mensch baute sich vor ihm auf, um ihm den Todesstoß zu versetzen. Jup raffte sich gerade noch rechtzeitig auf, um sich zur Seite zu wälzen. In seinem benommenen Zustand überraschte ihn die Feststellung, dass er sein Schwert noch in der Hand hielt, aber die Überraschung hielt ihn nicht davon ab, einen Hieb gegen die Beine des Menschen zu führen. Mit durchtrennten Sehnen und laut schreiend brach der Mann zusammen. Jup grub sein Schwert in die Brust des Menschen.

In solch einem Tumult zu Fuß zu sein war unklug. Jup sah sich krampfhaft nach einem Pferd um, auf das er sich schwingen konnte. In diesem Bemühen wurde er von einem Reiter gestört, der ihn als leichte Beute auserkoren hatte. Er reckte sich weit vor und schlug nach ihm. Jup hob sein Schwert und parierte die Hiebe. Mehr durch Zufall als durch Absicht landete er einen Glückstreffer, der seinem Feind die Klinge aus der Hand schlug. Jup sprang auf, hieb mit aller Kraft aufwärts und brachte dem Menschen eine Wunde in der Seite bei. Der Mann fiel vom Pferd. Jup übernahm es und stürzte sich erneut ins Getümmel.

Ein Pfeil pfiff an Strykes Schulter vorbei. Sein Ausgangspunkt war einer von zwei menschlichen Bogenschützen ein Stück weiter den Weg entlang. Während er die Angriffe weiterer Gegner abwehrte, sah er die beiden Vorauskundschafter der Vielfraße zurückkehren. Sie tauchten hinter den menschlichen Bogenschützen auf und fielen über sie her. Völlig überrumpelt erlagen die Bogenschützen dem Angriff ohne große Gegenwehr. Stryke verdoppelte seine Anstrengungen.

Da er von beiden Seiten von Fußsoldaten angegriffen wurde, hatte Alfray mehr Arbeit, als ihm lieb war. Einen abzuwehren und sich dann dem anderen zuzuwenden war anstrengend. Aber sie hatten die baumelnden Zügel seines Pferds ergriffen und ließen ihm keine andere Wahl.

Jup beeilte sich, das Kräfteverhältnis auszugleichen. Er griff den Menschen auf Alfrays linker Seite an und hieb ihm das Schwert tief in die Schulter. Alfray konzentrierte sich auf den verbliebenen Angreifer. Er war kurz davor, ihn zu besiegen, als die beiden nach links geschickten Kundschafter vom Lärm alarmiert auftauchten und ihm zu Hilfe eilten. Sie machten kurzen Prozess mit dem Menschen.

Stryke trennte einem Menschen mit einem kräftigen, beidhändig geführten Hieb den Kopf vom Rumpf. Während die leblose Leiche zu Boden fiel, sah er sich nach dem nächsten Gegner um. Aber jene, die noch lebten, zogen sich zurück. Fünf oder sechs, zu Fuß und zu Pferd, flohen in den Wald. Stryke bellte einen Befehl, und mehrere Gemeine ritten ihnen nach.

Er ging zu Alfray, der gerade die Bannerlanze aus der Brust des toten Menschen zog.

»Wie hoch schätzt du unsere Verluste?«, fragte Stryke.

»Keine Toten, soweit ich das sagen kann.« Er keuchte. »Wir hatten Glück.«

»Das waren keine Kämpfer. Jedenfalls keine erfahrenen.«

Jup gesellte sich zu ihnen. »Glaubst du, sie waren hinter uns her, Boss?«

»Nein. Eine Jagdgesellschaft, würde ich sagen.«

»Ich habe gehört, die Menschen jagen zum Vergnügen, nicht nur um der Nahrung willen.«

»Das ist *barbarisch*«, sagte Alfray, während er sich mit dem Ärmel das Blut vom Gesicht wischte.

»Aber typisch für ihre Rasse«, urteilte Stryke.

Die Gemeinen durchsuchten bereits die gegnerischen Leichen und nahmen Waffen und alle nützlichen Gegenstände an sich.

»Was glaubt ihr, was das für welche waren?«, fragte Alfray. »Unis? Mannis?«

Jup ging zur nächsten Leiche und untersuchte sie. »Unis. Bringen die schwarzen Klamotten dein Gedächtnis nicht auf Trab? Kimball Hobrows Aufseher in Dreieinigkeit.«

»Bist du sicher?«, meinte Stryke.

»Ich habe mehr von ihnen gesehen als ihr und auch aus der Nähe. Ich bin sicher.«

Alfray starrte auf die Leiche. »Ich dachte, wir hätten diese Wahnsinnigen abgeschüttelt.«

»Es sollte uns nicht überraschen, dass wir es nicht geschafft haben«, erwiderte Stryke. »Sie sind Fanatiker, und wir haben ihren Stern gestohlen. Wie es scheint, ist niemand gewillt, uns das durchgehen zu lassen.« Die den flüchtenden Menschen nachgesandten Gemeinen kehrten mit triumphierend erhobenen blutigen Schwertern zurück. »Zumindest gibt es jetzt ein paar weniger von ihnen«, fügte er hinzu.

Jup entfernte sich von der Leiche. »Könnten sie Coilla und Haskeer erwischt haben?«

Stryke zuckte die Achseln. »Wer weiß?«

Ein Gemeiner kam mit einem zusammengerollten Pergament zu ihnen gelaufen. Er gab es Stryke. »Das haben wir gefunden, Hauptmann. Wir dachten, es könnte vielleicht wichtig sein.«

Stryke entrollte es und zeigte es Alfray und Jup. Anders als die Gemeinen konnten sie lesen – bis zu einem durchaus unterschiedlichen Grad. Die Aufgabe wurde ihnen durch die Tatsache erleichtert, dass das Dokument in Universalschrift verfasst war.

»Es geht um uns!«, platzte Jup heraus.

»Ich finde, der ganze Trupp sollte das hören«, entschied Stryke.

Er rief alle zu sich und forderte Alfray auf, es laut vorzulesen.

»Das ist wohl die Abschrift einer Bekanntmachung«, erläuterte Alfray, »und sie trägt Jennestas Siegel. Hier heißt es: ›Auf Befehl Ihrer ...‹, nun ja, also auf Befehl von Jennesta soll, äh, ›... soll der zur Horde Ihrer Majestät gehörige und als die Vielfraße bekannte orkische Kriegstrupp fürderhin als abtrünnig und gesetzlos betrachtet werden und nicht mehr unter dem Schutz dieses Reiches stehen. Auf die Köpfe der Offiziere des Trupps ist eine Belohnung bestehend aus klingender Münze, Pelluzit oder gegebenenfalls Land ausgesetzt. Als da wären ...‹ Dann folgen die Namen von fünf Offizieren. ›Des Weiteren ist eine Belohnung im Verhältnis zu ihrem Rang auf die Ergreifung, tot oder lebendig, der gemeinen Soldaten des Trupps ausgesetzt, deren Namen lauten ...‹ Dann werden alle Gemeinen aufgezählt. Sogar die Kameraden, die wir verloren haben. Es endet mit: ›Wer besagten Gesetzlosen Unterschlupf gewährt ...‹, und so weiter, das Übliche eben.«

Er gab Stryke die Rolle zurück.

Ein Leichentuch des Schweigens hatte sich auf alle Anwesenden gelegt. Stryke brach es. »Tja, das bestätigt nur, was die meisten von uns ohnehin schon befürchtet haben, nicht wahr?«

»Aber die Bestätigung ist trotzdem niederschmetternd«, bemerkte Jup trübsinnig.

Alfray zeigte auf die erschlagenen Aufseher. »Bedeutet das nicht, dass sie uns gesucht haben, Stryke?«

»Ja und nein. Ich glaube, diesmal sind wir uns rein zufällig über den Weg gelaufen. Obwohl sie sich wegen ihres Meisters Hobrow und des Sterns, den wir ihnen gestohlen haben, hier in der Gegend herumtreiben müssen. Aber viele werden uns wegen der Belohnung tatsächlich suchen.« Er seufzte. »Ein bewegtes Ziel ist am schwersten zu treffen. Es geht weiter.«

Als sie aus dem Wald ritten, sagte Jup: »Aber man muss auch das Gute daran sehen. Zum ersten Mal in meinem Leben bin ich etwas wert. Leider nur, wenn ich tot bin.«

Stryke lächelte. »Seht mal.« Er zeigte in die Ferne. Weit weg im Westen lief der Hippogryph über die Prärie. »Wenigstens ist *er* entkommen.«

Alfray nickte weise. »Ja. Nur schade, dass er nicht mehr lange leben wird.«

»Recht vielen Dank auch für diese Bemerkung«, sagte Jup zu ihm.

*

Sie ritten noch drei oder vier Stunden auf einer Zickzacklinie, um ein größeres Gebiet abzusuchen, da sie die fruchtlose Suche nach ihren vermissten Truppkameraden fortsetzten. Um alles noch schlimmer zu machen, gerieten sie in eine Schlechtwetterfront. Es wurde kälter. Eisregenschauer und schneidende Sturmböen kamen und gingen ohne Vorankündigung. Das nasse, erbärmliche Wetter hob die Moral der Vielfraße nicht gerade.

Für Stryke war es eine Zeit des Nachdenkens, und schließlich traf er eine Entscheidung, obwohl sie ihm gegen den Strich ging. Er ließ die ganze Kolonne an einer grasbewachsenen Erhebung halten. Sämtliche Kundschafter wurden zurückgeholt.

Er trieb sein Pferd auf die Kuppe der Erhebung, um von den anderen dort besser gesehen zu werden. »Ich habe mich für eine andere Vorgehensweise entschieden«, begann er ohne jegliche

Vorrede, »und ich meine, wir sollten besser gleich damit anfangen.«

Aus den Reihen der Gemeinen drang erwartungsvolles Gemurmel.

»Wir irren auf der Suche nach Coilla und Haskeer umher wie kopflose Rochvögel«, fuhr er fort. »Auf uns ist ein Kopfgeld ausgesetzt, und vielleicht sind sogar noch andere hinter den Sternen her. Alle sind jetzt gegen uns. Wir haben keine Freunde, keine Verbündeten. Es wird Zeit, es anders zu versuchen.«

Er schaute in ihre gespannten, aufmerksamen Gesichter. Was sie auch erwarteten, es war nicht das, was er als Nächstes sagte. »Wir werden uns trennen.«

Das hatte einen allgemeinen Aufschrei der Entrüstung zur Folge.

»*Warum*, Stryke?«, rief Jup.

»Du hast gesagt, das würden wir niemals tun«, fügte Alfray hinzu.

Stryke hob die Hände, und seine Miene ließ sie verstummen. *»Hört mich an!«*, bellte er. »Ich meine nicht, dass wir uns für immer trennen, nur so lange, bis wir getan haben, was getan werden muss.«

»Und das wäre, Boss?«, fragte Jup.

»Wir müssen einerseits Coilla und Haskeer finden und andererseits der Möglichkeit nachgehen, dass es einen Stern im Drogawald geben könnte.«

Alfray sah nicht gerade glücklich aus. »Du warst bis jetzt immer dagegen, den Trupp zu teilen. Was hat deine Meinung geändert?«

»Wir wussten bislang nichts über den Aufenthaltsort des vierten Sterns und hatten auch keinen Beweis dafür, dass wir offiziell als Abtrünnige gelten. Die Suche nach unseren Kameraden ist jetzt nicht mehr unser einziges Ziel. Ich sehe keine Möglichkeit, wie wir unsere Freunde *und* einen weiteren Stern suchen können, ohne uns zu trennen.«

»Du setzt voraus, dass Tannar die Wahrheit gesagt hat und es tatsächlich einen Stern im Drogawald gibt. Vielleicht hat er uns belogen, um seine Haut zu retten.«

Mehr als nur ein paar Mitglieder des Trupps bekundeten mit einem Murmeln ihre Zustimmung zu diesem Einwand.

Stryke schüttelte den Kopf. »Ich glaube, er hat die Wahrheit gesagt.«

»Das kannst du nicht mit Sicherheit wissen.«

»Du hast Recht, Alfray, das kann ich nicht. Aber was können wir schon verlieren?«

»Alles!«

»Falls dir das noch nicht aufgefallen sein sollte, *das* setzen wir schon die ganze Zeit aufs Spiel. Da ist noch etwas anderes. Alle Eier in einen Korb zu legen ist gegenwärtig vielleicht nicht die beste Lösung. Wenn wir zwei Gruppen bilden, haben unsere Feinde eine viel geringere Aussicht, uns alle zu erwischen. Und wenn jede Gruppe einen oder mehrere Sterne hat ...«

»Wenn!«, erwiderte Jup. »Vergiss nicht, dass wir immer noch nicht wissen, was, zum Henker, diese Sterne eigentlich bewirken, wozu sie *gut* sind. Wir setzen alles auf einen Schuss ins Blaue.«

»Du hast Recht. Wir wissen immer noch nicht mehr über ihren Zweck, wenn man die Geschichten außer Acht lässt, die Tannar uns erzählt hat. Aber wir wissen mit Bestimmtheit, dass sie einen Wert haben, und sei es auch nur, weil Jennesta zumindest hinter einem von ihnen her ist. Wir können ganz sicher sein, dass sie wenigstens eine Macht haben, und das ist die Macht des Besitzes. Ich glaube immer noch, wenn wir die Sterne haben, dann haben wir zumindest etwas, worüber sich verhandeln lässt und das uns vielleicht aus diesem Schlamassel herausbringt. Wie ich schon sagte, was haben wir zu verlieren?«

»Ist das, was du gesagt hast, nicht ein Argument dafür, den Trupp auf Dauer zu trennen?«, wollte Alfray wissen.

»Nein, ist es nicht. Das sind außergewöhnliche Umstände. Wir vermissen zwei Mitglieder des Trupps und müssen unser Bestes tun, um sie aufzuspüren. Vielfraße halten zusammen.«

»Du betrachtest Haskeer immer noch als Mitglied dieses Trupps? Nach allem, was er getan hat?«

»Ja, Stryke«, stimmte Jup zu. »Das sieht nach Verrat aus. Was machen wir dann mit ihm, falls wir ihn tatsächlich finden?«

»Das weiß ich nicht. Finden wir ihn erst mal, ja? Aber selbst wenn er uns verraten hat – ist das ein Grund, nicht nach Coilla zu suchen?«

Alfray seufzte. »Du lässt dich nicht davon abbringen, oder?«

Stryke schüttelte den Kopf.

»Wie sieht also dein Plan aus?«

»Ich werde mit der Hälfte des Trupps die Suche nach Coilla und Haskeer fortsetzen. Du, Alfray, reitest mit der anderen Hälfte zum Drogawald und nimmst diesen Kepparawn ins Visier.«

»Was ist mit mir?«, sagte Jup. »Mit welcher Gruppe gehe ich?«

»Mit meiner. Deine Fernsicht könnte bei der Suche nützlich sein.«

Der Zwerg schaute ein wenig verbittert drein. »Die Kraft lässt immer mehr nach, das weißt du genau.«

»Trotzdem. Wir brauchen jede Hilfe, auch wenn sie noch so gering ist.«

»Was für einen Empfang kann ich wohl von Zentauren erwarten?«, fragte Alfray.

»Wir haben keinen Streit mit ihnen«, sagte Stryke zu ihm.

»Als wir unseren letzten Auftrag bekamen, hatten wir mit den meisten Maras-Dantiern keinen Streit. Und jetzt sieh dir an, was *daraus* geworden ist!«

»Tu einfach nichts, was sie aufbringen könnte. Du weißt, wie stolz sie sein können.«

»Sie sind eine kriegerische Rasse.«

»Das sind wir auch. Das sollte für einen gewissen Respekt sorgen.«

»Was soll ich denn tun, wenn wir da sind?«, beharrte Alfray. »Höflich fragen, ob sie vielleicht einen Stern haben und eventuell bereit wären, ihn uns zu überlassen?«

»Falls sie einen Stern haben, könnten wir ihn vielleicht eintauschen.«

»Wofür?«

»Ich würde sagen, das Pelluzit ist als Tauschobjekt gut genug, meinst du nicht auch?«

»Und wenn sie beschließen, es uns einfach abzunehmen? Ich führe schließlich nur die Hälfte eines bereits dezimierten Trupps. Der ganze Trupp hätte gut zu tun, mit wer weiß wie vielen Zentauren fertig zu werden, und dann auch noch auf ihrem ureigenen Grund und Boden.«

»Alfray, ich verlange nicht, dass du es mit ihnen aufnimmst. Ich will nur, dass du zum Drogawald reitest und dir ein Bild machst. Du brauchst nicht einmal Verbindung mit ihnen aufzunehmen, wenn du es für zu riskant hältst. Warte ganz einfach, bis wir übrigen dort eintreffen.«

»Wann wird das sein?«

»Ich will wenigstens noch ein paar Tage für die Suche ansetzen. Dann kommt noch die Reisezeit hinzu. Sagen wir, fünf Tage, vielleicht sechs.«

»Wo sollen wir uns treffen?«

Stryke dachte darüber nach. »Am Ostufer des Callyparr, wo er auf den Wald stößt.«

»Also gut, Stryke, wenn du wirklich der Ansicht bist, dass das der einzige Weg ist«, gab Alfray resigniert nach. »Wie teilen wir den Trupp auf?«

»In zwei gleich große Gruppen.« Er ließ den Blick über die Gemeinen wandern. »Alfray, du nimmst Gleadeg, Kestix, Liffin, Nep, Eldo, Zoda, Orbon, Prooq, Noskaa, Vobe und Bhose. Jup und ich nehmen Talag, Reafdaw, Seafe, Toche, Hystykk, Gant, Calthmon, Breggin, Finje und Jad.«

Ihm war wichtig, die drei Letztgenannten in seiner Gruppe zu haben, weil sie mit Haskeer dagegen gestimmt hatten, den Zylinder zu öffnen, in dem sich der erste Stern befunden hatte. Er hatte keine Veranlassung, an ihrer Loyalität zu zweifeln, hielt es aber für besser, sie Alfray nicht mitzugeben. Sicher war sicher.

Alfray erhob keine Einwände, und als Stryke den Gemeinen Gelegenheit gab, zu protestieren, meldete sich keiner zu Wort.

Er schaute zum Himmel. »Ich will keine Zeit verlieren, aber ich würde sagen, ein paar Stunden Ruhe sind in Ordnung. Macht euch bereit. Es gibt zwei Schichten Wachdienst, jede Schicht dauert eine Stunde. Die Übrigen sehen zu, dass sie sich schlafen legen. Wegtreten.«

»Ich werde meine Heilkräuter und Salben auf die beiden Gruppen aufteilen«, verkündete Alfray. »Es steht zu vermuten, dass sie gebraucht werden.« Er ging davon, alles andere als glücklich.

Jup blieb bei Stryke.

Als er Jups Miene sah, konnte er sich die Überlegungen des Zwergs lebhaft vorstellen. »Was den Dienstrang betrifft, müsstest du die Drogawald-Gruppe führen, Jup. Aber, um ganz offen zu sein, du kennst die Vorurteile gegen Zwerge, vielleicht sogar in unseren Reihen. Alles, was deine Autorität untergräbt, sei es innerhalb oder außerhalb des Trupps, gefährdet das Unternehmen.«

»Dass ich das Rettungsunternehmen für dich und Alfray befehligt habe, zählt gar nicht?«

»Für mich und Alfray zählt es verdammt viel. Darum geht es nicht, und das weißt du ganz genau. Jedenfalls hätte ich dich gern bei mir. Wir arbeiten gut zusammen.«

Jup lächelte dünn. »Danke, Boss. Tatsache ist, ich fühle mich gar nicht mal besonders schlecht deswegen. Wenn man meiner Rasse angehört, gewöhnt man sich an Pöbeleien. Ich kann mich noch nicht mal groß beklagen. Meine Rasse hat sich das alles zum größten Teil selbst eingebrockt.«

»Na gut. Dann ruh dich jetzt aus.«

»Noch eins, Stryke. Was ist mit dem Kristall? Soll Alfrays Gruppe mehr mitnehmen, weil sie vielleicht einen Teil zum Tauschen brauchen?«

»Nein, ich denke, wir lassen alles so, wie es ist. Dass jedes Truppenmitglied einen Teil bei sich trägt ist die beste Art, damit umzugehen. Das lässt Alfray genug, wenn er wirklich etwas zum Tauschen braucht. Aber wir machen allen noch einmal klar, dass niemand ohne Erlaubnis Gebrauch davon macht.«

»Einverstanden. Ich kümmere mich darum.«

Er verließ Stryke, um sich eine Weile hinzulegen.

Als er sich in eine Decke wickelte und den Kopf auf einen Sattel legte, merkte Stryke erst, wie todmüde er war.

Im letzten Augenblick, bevor er einschlief, glaubte er eine Spur von Pelluzit in der Luft zu riechen. Er schob es auf seine Einbildung und gab sich der Dunkelheit hin.

32

Etwas Großes, Undeutliches ragte vor ihm auf.

Er sah nur verschwommen und konnte nicht erkennen, worum es sich handelte. Er blinzelte ein paar Mal, konzentrierte sich und sah jetzt, dass es ein Baum war, groß und mit beträchtlichem Umfang. Ein rascher Rundumblick verriet ihm, dass er sich in einem Wald aufhielt, wo alle Bäume groß und robust waren und in saftigem Grün standen. Durch das smaragdgrüne Dach hoch über ihm fielen vereinzelte Sonnenstrahlen.

Eine fast greifbare Atmosphäre des Friedens herrschte hier. Doch es war nicht vollkommen still. Er war sich eines sanften Vogelgezwitschers und eines weiteren Geräuschs bewusst, das er nicht benennen konnte. Es klang wie gedämpftes Gewittergrollen. Es war nicht bedrohlich, nur gänzlich unvertraut.

Aus der einen Richtung, wo der Wald lichter wurde, fielen mehr Sonnenstrahlen ein. Er ging in diese Richtung. Auf einem Bett aus frischen abgefallenen Blättern marschierte er zum Waldrand. Das tosende, donnernde Geräusch wurde lauter. Trotzdem hatte er immer noch keine Ahnung, worum es sich handeln mochte.

Einmal aus dem Schatten der Bäume getreten, ging er für kurze Zeit durch üppiges, knöcheltiefes Gras. Dann fiel das Gelände leicht ab, und das Gras wich feinem Sand.

Jenseits des Sands lag ein gewaltiger Ozean.

Er erstreckte sich, so weit sein Auge reichte. Weiß schäumende Wellen brandeten träge an den Strand. Das üppige Blau des Ozeans passte perfekt zum gleichfalls blauen Himmel, über den majestätisch kreideweiße Wolken glitten.

Der Anblick flößte Stryke Ehrfurcht ein. Er hatte so etwas noch nie gesehen.

Er ging über den Strand. Eine angenehm warme Meeresbrise streichelte sein Gesicht. Der belebende Geruch nach Ozon lag in der Luft. Als er sich zu den Bäumen umdrehte, sah er die Spur, die seine Füße im Sand hinterlassen hatten. Er konnte nicht sagen, warum er den Anblick so seltsam ergreifend fand.

In diesem Augenblick der Rührung fiel sein Blick auf etwas, das die Sonne reflektierte, etwas auf einer felsigen Erhebung vielleicht eine halbe Meile den Strand entlang und hundert Schritt vom Wasser entfernt. Es handelte sich um irgendwelche Gebäude, die strahlend weiß waren. Er ging in diese Richtung.

Die Erhebung war weiter entfernt, als es zunächst den Anschein gehabt hatte, aber dennoch nicht schwer zu erreichen. Während er durch den heißen Sand marschierte, passierte er Dünen, die der emsige Wind aufgetürmt hatte. Hier und da stachen leuchtend grüne Triebe winziger Pflanzen durch die pulverige Sandschicht.

Je näher er kam, desto offensichtlicher wurde, dass mehr als ein Bauwerk auf dem schwarzen Felsen stand. Als er die seewärtige Seite der Klippe erreichte, entdeckte er, dass sie mit Stufen versehen war. Also erklomm er sie.

Kurz darauf erreichte er das Ende der Stufen und ein bescheidenes Plateau, auf dem sich Ruinen befanden: eingestürzte kannelierte Säulen, die Überreste von Gebäuden, Blöcke aus behauenem Stein, eine geborstene abgeflachte Treppe. All das war von einer zinnenbewehrten Mauer umgeben, die jetzt bröckelte und Breschen aufwies. Das für den Bau verwendete Material hatte das ausgebleichte Aussehen alten Marmors. Ein Großteil der Ruinen war von Moosen und Ranken bedeckt.

Die Architektur war ihm unbekannt, ihr Detailreichtum und ihre Verzierungen ähnelten nichts, was er kannte. Aber es gab Elemente, die ihm verrieten, dass das, was er betrachtete, offenbar eine Befestigung war. Auch die Lage, erhöht und mit weitem Ausblick auf das Meer, bestätigte dies. Er hätte die Anlage ebenfalls an dieser Stelle errichtet. Jeder mit einem militärisch geschulten Blick hätte dasselbe getan.

Während er mit einer Hand seine Augen abschirmte, begutachtete er die Aussicht. Der Wind peitschte Gesicht und Kleidung.

So stand er einige Zeit, bis er eine Bewegung sah. Eine Gruppe von Reitern kam aus der entgegengesetzten Richtung den Strand entlang. Als sie näher kamen, konnte er erkennen, dass es sieben waren. Nach kurzer Zeit wurde offensichtlich, dass ihr Ziel die Befestigung war. Eine leise Stimme in seinem Hinterkopf warnte ihn vor der Möglichkeit einer Auseinandersetzung.

Dann sah er, dass es Orks waren, und die Stimme verstummte.

Die Reiter hielten am Fuß der Erhebung an. Als sie abstiegen, erkannte er einen von ihnen. Es war die Frau, der er hier schon öfter begegnet war. Vorausgesetzt, er war hier *und wo immer* hier *auch war.*

Er ließ diesen Gedanken über sich hinwegziehen wie einen lauen Nachtwind.

Sie führte ihre Gruppe beim Erklimmen der Klippe an. Ihre Bewegungen waren behende und sicher. Sie erreichte das Ende vor den anderen und streckte eine Hand nach ihm aus. Er nahm sie und zog sie die letzten paar Fuß empor. Wie beim letzten Mal, als er ihre Hand in seiner gespürt hatte, fiel ihm auf, wie fest und angenehm kühl sie war.

Mit einem geschmeidigen Satz war sie bei ihm und lächelte. Es erwärmte ihr starkes, offenes Gesicht. Sie war ein wenig kleiner als Stryke, aber der Unterschied wurde durch ihren Kopfschmuck ausgeglichen, diesmal ein Büschel aus glänzenden grünen und blauen Federn. Ihre Statur war angenehm muskulös, ihr Rücken gerade. Es ließ sich nicht bestreiten, dass sie ein sehr hübscher Ork war.

»Sei gegrüßt«, sagte sie.

»Einen schönen Tag.«

Die anderen Orks erreichten das Plateau. Zwei von ihnen waren weiblich. Sie nickten im Vorbeigehen, anscheinend freundlich und ohne Bedenken, wer er wohl sein oder warum er wohl hier sein mochte.

»Angehörige meines Klans«, erklärte sie.

Er beobachtete sie, während sie weitergingen und sich an einer anderen Stelle postierten, wo sie aufs Meer schauten und sich unterhielten.

Stryke wandte sich wieder ihr zu. Sie starrte ihn an. »Wie es scheint, kreuzen sich unsere Wege abermals.«

»Warum ist das so? Was glaubst du?«

Ihre Miene deutete an, dass sie die Frage exzentrisch fand. »Schicksal. Der Wille der Götter. Wer weiß? Wäre es dir anders lieber?«

»Nein! *Äh, nein, gewiss nicht.«*

Sie lächelte, ein wenig wissend, wie er fand, und wurde dann ernster. »Du siehst immer so bekümmert aus.«

»Tue ich das?«

»Was bedrückt dich?«

»Das ist … schwer zu erklären.«

»Versuch es.«

»Mein Land leidet. Sehr sogar.«

»Dann verlass es. Komm hierher.«

»Es gibt zu viele wichtige Dinge, die mich in meinem Land fest-

halten. Und wie ich hierherkomme, weiß ich nicht. Es geschieht ohne mein Zutun.«

»Das ist schwer zu verstehen. Du scheinst mit großer Leichtigkeit hierher zu finden. Kannst du das näher erklären?«

»Nein. Ich bin auch verwirrt und habe keine Erklärung.«

»Vielleicht kommt das Verständnis noch. Aber egal. Was lässt sich tun, um deine Last zu mildern?«

»Ich stecke gerade in einem Unternehmen, das dies erreichen könnte.«

»Dann besteht also Hoffnung?«

»Könnte, *habe ich gesagt.«*

»Du solltest nur das tun, was richtig und gerecht ist. Glaubst du, dass du das tust?«

Er antwortete ohne Zögern. »Ja.«

»Und du glaubst, dass du dir selbst treu bist, indem du dieses Unternehmen ausführst?«

»Das glaube ich.«

»Dann hast du dir ein Versprechen gegeben, und wann hätten Orks einmal ihr Wort zurückgenommen?«

»Zu oft, wo ich herkomme.«

Das schockierte sie. »Warum?«

»Wir werden dazu gezwungen.«

»Das ist traurig und umso mehr Grund, diesmal nicht nachzugeben.«

»Das könnte ich mir gar nicht erlauben. Das Leben von Kameraden steht auf dem Spiel.«

»Du wirst zu ihnen stehen. Das ist die Art der Orks.«

»Du lässt alles ganz einfach erscheinen. Aber die Ereignisse sind nicht immer leicht zu meistern.«

»Es bedarf einiger Courage, ich weiß, aber mir ist klar, dass es dir daran nicht fehlt. Was für eine Aufgabe du dir auch gestellt hast, du musst versuchen, sie nach Kräften zu erfüllen. Aus welchem anderen Grund sind wir am Leben?«

Jetzt war er es, der lächelte. »In deinen Worten liegt Weisheit. Ich werde über sie nachdenken.«

Sie empfanden kein Unbehagen dabei, einen Augenblick schweigend verstreichen zu lassen.

Schließlich sagte er: »Was ist das hier?« Er zeigte auf die Ruinen.

»Niemand weiß es. Aber es ist sehr alt, und wir Orks erheben keinen Anspruch darauf.«

»Wie kann das sein? Du hast mir doch erzählt, dass es in euerem Land keine andere Rasse außer eurer gibt.«

»Und du hast mir erzählt, dass es in deinem Land viele Rassen gibt. Das ist für mich mindestens ein ebenso großes Rätsel.«

»Nichts von dem, was ich hier sehe, stimmt mit meiner Erfahrung überein«, bekannte er.

»Ich war auch sicher, dich noch nie zuvor hier warten gesehen zu haben. Bist du zum ersten Mal hier, um sie zu begrüßen?«

»Warten? Und wen soll ich begrüßen?«

Sie lachte gutmütig. »Du weißt es wirklich nicht?«

»Ich habe keine Ahnung, wovon du redest«, sagte er zu ihr.

Sie drehte sich um und schaute aufs Meer hinaus. Dann zeigte sie in eine Richtung. »Sie.«

Er schaute hin und sah die wehenden Segel mehrerer Schiffe am Horizont.

»Du bist so seltsam«, fügte sie freundlich hinzu. »Du versetzt mich immer wieder in Erstaunen, Stryke.«

Natürlich, sie kannte seinen Namen. Aber er kannte ihren Namen immer noch nicht.

Er wollte sie gerade danach fragen, als sich ein schwarzes Maul öffnete und ihn verschlang.

*

Er erwachte mit ihrem Gesicht vor Augen und trotz der Kälte in Schweiß gebadet.

Nach der Helligkeit, die er erlebt hatte, dauerte es ein paar Sekunden, bis er sich an das diesige Tageslicht gewöhnt hatte, das in dieser Welt die Regel war. Er riss sich zusammen. Wie kam er dazu, in Begriffen wie »diese Welt« zu denken? Welche andere Welt gab es abgesehen von derjenigen, die er sich in seinen Träumen erschuf? Wenn es denn Träume waren. Wie er diese Erlebnisse auch nannte, sie wurden immer lebhafter. Sie ließen ihn an seiner geistigen Gesundheit zweifeln. Und in einer Zeit wie dieser würde ihm gerade noch gefehlt haben, dass ihm sein Verstand Streiche spielte.

Doch obwohl er den Traum nicht verstand, hatte er irgendwie seine Entschlossenheit gestärkt. Er hatte ein geradezu aberwitzig zuversichtliches Gefühl in Bezug auf die von ihm getroffene Entscheidung, und zwar ungeachtet der vielen neuen Hindernisse, die sie ihnen in den Weg legte.

Seine Überlegungen wurden unterbrochen, als ein Schatten auf ihn fiel. Es war Jups.

»Boss, du siehst gar nicht gut aus. Alles in Ordnung mit dir?«

Stryke riss sich zusammen. »Es geht mir gut, Feldwebel.« Er stand auf. »Sind wir so weit?«

»Mehr oder weniger.«

Alfray hatte seine Hälfte des Trupps beisammen und beaufsichtigte das Beladen ihrer Pferde.

Stryke und Jup gingen zu ihm.

Unterwegs fragte Stryke: »Hat letzte Nacht irgendjemand Kristall geraucht?«

»Nicht, dass ich wüsste. Und das würde auch niemand ohne Erlaubnis tun. Warum?«

»Ach ... nur so.«

Jup warf ihm einen seltsamen Blick zu, aber bevor er etwas sagen konnte, waren sie bei Alfray angelangt.

Er zog gerade die Sattelgurte an seinem Pferd fest. Mit einem letzten Ruck daran sagte er: »Tja, das war's. Wir sind bereit zum Abmarsch.«

»Vergiss nicht, was ich gesagt habe«, erinnerte Stryke ihn noch einmal. »Nimm nur dann Verbindung mit den Zentauren auf, wenn du sicher bist, dass keine Gefahr besteht.«

»Ich werde daran denken.«

»Hast du alles, was du brauchst?«

»Ich würde sagen, ja. Wir erwarten euch am Callyparr.«

»Spätestens in sechs Tagen.«

Stryke streckte den Arm aus, und sie schüttelten ihn nach Kriegerart, indem sie das Handgelenk des anderen umschlossen. »Alles Gute, Alfray.«

»Auch für dich, Stryke.« Er nickte dem Zwerg zu. »Jup.«

»Viel Glück, Alfray.«

Die Standarte des Trupps ragte neben Alfrays Pferd aus der Erde. »Ich bin es gewöhnt, unser Banner bei mir zu haben«, sagte er. »Macht es dir etwas aus, Stryke?«

»Natürlich nicht. Nimm es.«

Alfray stieg auf und zog die Lanze aus dem Boden. Er hob sie, und seine Leute schwangen sich auf ihre Pferde.

Stryke, Jup und die verbliebenen Gemeinen beobachteten stumm, wie die kleine Kolonne nach Westen ritt.

»Wohin also?«, wollte Jup wissen.

»Wir suchen die Gegend östlich von hier ab«, entschied Stryke. »Lass aufsitzen.«

Jup gab die entsprechenden Anweisungen, während Stryke sich um sein eigenes Pferd kümmerte. Er war immer noch benommen von der Lebendigkeit seines Traums und musste mehrmals tief Luft holen, um sein inneres Gleichgewicht zurückzugewinnen.

Er betrachtete seinen geschrumpften Trupp und dachte über die Entschlossenheit nach, die sein Traum ihm vermittelt hatte. Immer noch sicher, das Richtige zu tun, konnte er sich dennoch nicht des Gefühls erwehren, dass sie Alfray und die anderen vielleicht nie wiedersehen würden.

Jup ließ sein Pferd neben Stryke halten. »Alles bereit.«

»Sehr gut, Feldwebel. Dann wollen wir mal sehen, ob es uns gelingt, Haskeer und Coilla zu finden.«

*

Sie ließen Coilla laufen, ans Ende eines Seils gebunden, das an Aulays Sattelknauf befestigt war. Ihr eigenes Pferd wurde von Blan am Zügel geführt. Lekmann ritt voran und gab ein forsches Tempo vor.

Sie hatte ihre Namen erfahren, indem sie ihren Gesprächen zuhörte. Außerdem hatte sie mittlerweile begriffen, dass keinem von ihnen etwas an ihrem Wohlergehen lag, wenn man von einem gelegentlichen und widerstrebend angebotenen Schluck Wasser absah. Selbst das geschah nur zum Schutz dessen, was sie als Geldanlage betrachteten, die sie in Teufelsbrüllen einlösen wollten.

Gelegentlich wechselte das Trio ein paar Worte, manchmal auch im Flüsterton, sodass sie sie nicht verstand. Sie warfen ihr scheele Seitenblicke zu. Aulays waren mörderisch.

Coilla war in guter körperlicher Verfassung und das Marschieren gewöhnt, aber das von den dreien angeschlagene Tempo war eine Tortur. Als sie auf einen Bach stießen und Lekmann, der pockengesichtige Anführer mit den fettigen Haaren, befahl, ein Lager aufzuschlagen, fiel es ihr schwer, ihre Erleichterung zu verbergen. Sie sank atemlos und mit schmerzenden Gliedern zu Boden.

Der wieselige Aulay, aus dessen Ohr sie ein Stück gebissen hatte, band ihr Pferd an. Was sie nicht sah, war das verschwörerische Zwinkern seines unversehrten Auges, mit dem er Lekmann bedachte. Dann fesselte er sie, sitzend an einen Baumstamm gelehnt. Als das erledigt war, machte das Trio es sich gemütlich.

»Wie lange brauchen wir noch bis Teufelsbrüllen?«, fragte Aulay Lekmann.

»Ein paar Tage, würde ich sagen.«

»Für mich kann es gar nicht schnell genug gehen.«

»Ja, ich langweile mich auch, Micah«, meldete sich der Große, Dämliche zu Wort, der Blaan genannt wurde.

Aulay, der sein schmuddelig verbundenes Ohr befingerte, zeigte mit dem Daumen auf Coilla. »Vielleicht sollten wir uns mit ihr vergnügen.« Er zog ein Messer und nahm es in Wurfhaltung. »Wir können uns die Zeit mit ein paar Zielübungen vertreiben.« Er nahm sie aufs Korn.

Blaan lachte albern.

»Lass es sein«, knurrte Lekmann.

Aulay ignorierte ihn. »Fang auf, Miststück!«, rief er und warf das Messer. Coilla versteifte sich. Die Klinge bohrte sich dicht vor ihren Füßen in die Erde.

»Schluss damit!«, bellte Lekmann. »Für beschädigte Ware gibt es keinen guten Preis.« Er warf Aulay seinen Wasserbeutel zu. »Hol uns lieber Wasser.«

Murrend nahm Aulay seinen eigenen Beutel und auch Blaans dazu und ging zum Bach.

Lekmann streckte sich aus und zog sich den Hut über die Augen. Blaan legte den Kopf auf eine zusammengerollte Decke und drehte sich von Coilla weg.

Sie beobachtete sie. Ihr Blick huschte zum Messer, das sie vergessen zu haben schienen. Es war fast in Reichweite. Sie schob vorsichtig einen Fuß in seine Richtung.

Aulay kehrte mit den Wasserbeuteln zurück. Sie gab vor zu schlafen, indem sie den Kopf auf die Brust sinken ließ.

Der einäugige Mensch starrte sie an. »Das ist wieder mal typisch für unser Glück, dass wir mit einer Frau hier draußen sind und sie kein Mensch ist«, beklagte er sich.

Lekmann gluckste vor sich hin. »Ich bin überrascht, dass du sie nicht trotzdem ausprobierst. Oder bist du neuerdings wählerisch?«

Aulay verzog angewidert das Gesicht. »Lieber täte ich es mit einem Schwein.«

Coilla öffnete die Augen. »Dann sind wir schon zwei«, versicherte sie ihm.

»Ach, fick dich«, erwiderte er.

»Ich bin kein Schwein, schon vergessen?«

»Wertvoll oder nicht, ich hätte nicht übel Lust, zu dir zu kommen und dir ein paar Tritte zu verpassen.«

»Binde mich los, dann machen wir einen Wettkampf draus. Es würde mir Spaß machen, dir das ein bisschen zu beschädigen, was du zwischen deinen mageren Beinen hast.«

»Große Worte! *Womit,* Miststück?«

»Damit.« Sie fletschte die Zähne. »Du weißt doch noch, wie scharf die sind?«

Aulay schäumte vor Wut, während er sich mit einer Hand an die Überreste seines Ohrs fuhr.

Lekmann grinste.

»Woher wissen wir, dass sie uns nicht belogen hat, als sie sagte, ihr Trupp wäre nach Teufelsbrüllen geritten?«, überlegte Aulay.

»Fang nicht wieder damit an, Greever«, erwiderte Lekmann müde. Er wandte sich an Coilla. »Du lügst doch nicht, Süße, oder? Das würdest du nicht wagen.«

Sie hielt den Mund und begnügte sich mit einem ätzenden Blick.

Lekmann griff in eine Tasche seines Wamses und holte zwei Knochenwürfel heraus. »Wie wär's, wenn wir uns alle etwas beruhigen und *damit* eine Stunde totschlagen?« Er ließ die beiden Würfel in seiner geschlossenen Faust klappern.

Aulay ging zu ihm. Blaan schloss sich ihnen an. Kurz darauf waren sie in ein lautstarkes Spiel vertieft und hatten das Interesse an Coilla verloren.

Sie konzentrierte sich auf das Messer. Langsam, immer ein Auge auf das lärmende Trio gerichtet, streckte sie den Fuß danach aus. Schließlich berührte ihre Fußspitze das Messer. Sie wand und streckte sich noch ein wenig und bekam den Fuß hinter das Messer. Sie zog den Fuß zurück, und das Messer fiel zum Glück in ihre Richtung. Mit einigen unbeholfenen, verstohlenen akrobatischen Einlagen gelang es ihr, es in Reichweite zu bringen.

Ein Seil war um sie gebunden und drückte ihr die Arme an die Seiten, aber ihr blieb gerade genug Spielraum, um mit den Fingern nach der Waffe zu greifen. Vorsichtig schloss sie die Handfläche um den Griff, um sie dann in unbequemem, schmerzhaftem Winkel abzuknicken, sodass die Schneide schließlich über dem Seil lag.

Die Kopfgeldjäger spielten immer noch und drehten ihr dabei den Rücken zu.

Sie bewegte das Messer über das Seil so schnell hin und her, wie sie sich traute. Hanffasern teilten sich. Sie spannte die Muskeln, um das Seil damit straff zu halten, und beschleunigte dadurch den Vorgang.

Dann teilten sich die letzten Fasern, und sie war frei.

Mit kaum wahrnehmbarer, geradezu eisiger Bedächtigkeit schälte sie sich aus ihren Fesseln. Die Menschen würfelten weiter, brüllten einander an und achteten nicht auf sie. Sie schlich auf Zehenspitzen zu ihrem Pferd, das so angebunden war, dass sie es nicht sehen konnten.

Tief geduckt und mit dem Messer in der Hand, erreichte sie ihr Pferd. Ihre Sorge bestand jetzt darin, das Tier könne vielleicht schnauben oder ein anderes Geräusch verursachen, das sie alarmierte. Sie tätschelte es behutsam und flüsterte leise auf es ein, um es gefügig zu machen. Sie schob einen Fuß in den Steigbügel und griff nach dem Sattel, um sich aufs Pferd zu ziehen.

Der Sattel rutschte herunter und ließ sie zu Boden gehen. Das Messer flog ihr aus der Hand. Das Pferd scheute und bockte.

Brüllendes Gelächter ertönte. Sie wandte den Kopf und sah, wie die Kopfgeldjäger sich vor barbarischer Häme krümmten. Lekmann kam mit gezogenem Schwert zu ihr und trat das Messer außer Reichweite.

Erst da bemerkte sie, dass die Sattelgurte gelöst worden waren.

»Hier draußen in der Prärie muss man selbst für seine Unterhaltung sorgen«, johlte Lekmann.

»Ihr *Gesicht!*«, spottete Aulay.

Blaan hielt sich seinen gewaltigen bebenden Bauch. Tränen liefen ihm über die fleischigen Wangen.

Plötzlich erregte etwas seine Aufmerksamkeit, und er hörte auf zu lachen. Er glotzte und sagte: »He, seht mal.«

Ein Reiter näherte sich ihnen auf einem schneeweißen Hengst.

33

Als der Reiter näher kam, sahen sie, dass er ein Mensch war.

»Wer, zum Henker, ist *das?*«, brummte Lekmann. Die anderen beiden zuckten mit leerer Miene die Achseln. Lekmann kniete nieder und fesselte Coilla die Hände hinter dem Rücken.

Die Kopfgeldjäger bewaffneten sich und beobachteten den Reiter, der sich in stetem Tempo näherte. Kurz darauf war er so nah, dass sie seine Gestalt deutlich erkennen konnten.

Obwohl er saß, war offensichtlich, dass er groß war und einen geraden Rücken hatte, aber eher drahtig als muskulös war. Seine kastanienbraunen Haare reichten ihm bis auf die Schultern, und er hatte einen ordentlich gestutzten Bart. Er trug ein haselnussfarbenes Wams mit sparsamen Silberstickereien. Darunter steckte eine braune Lederhose in hohen schwarzen Stiefeln. Ein dunkelblauer Umhang vervollständigte die Montur. Anscheinend trug er keine Waffe.

Er zog an den Zügeln seines Schimmels und hielt vor ihnen inne. Ohne zu fragen, stieg er ab. Seine Bewegungen waren mühelos und selbstsicher, und er lächelte.

»Wer sind Sie?«, wollte Lekmann wissen. »Was wollen Sie?«

Der Blick des Fremden huschte zu Coilla, dann wieder zu Lekmann. An seinem Lächeln änderte sich nichts. »Ich heiße Seraphim«, erwiderte er in einem sonoren, gemächlichen Tonfall, »und alles, was ich will, ist Wasser.« Er deutete mit einem Kopfnicken auf den Bach.

Sein Alter war unbestimmbar. Blauäugig und mit einer leichten Hakennase sowie einem wohlgeformten Mund, war sein Gesicht auf eine unauffällige Art attraktiv. Aber er hatte auch etwas an sich, das Ausstrahlung hatte, und etwas Achtunggebietendes, das bei weitem über sein Aussehen hinausging.

Lekmann sah Blaan und Aulay an. »Haltet die Augen nach anderen offen.«

»Ich bin allein«, sagte er zu ihnen.

»Wir leben in unruhigen Zeiten, Seraphim, oder wie Sie sich nennen«, sagte Lekmann. »Mit weniger als einer kleinen Armee herumzuziehen heißt, den Ärger geradezu herauszufordern.«

»Sie tun es auch.«

»Wir sind zu dritt, und das reicht. Wir können auf uns aufpassen.«

»Das bezweifle ich nicht. Aber ich bin für niemanden eine Bedrohung, und niemand bedroht mich. Aber sind Sie nicht zu viert?« Er warf einen Blick auf Coilla.

»Sie ist nur bei uns«, erklärte Aulay. »Sie ist keine *von* uns.«

Der Mann gab keine Antwort. Seine Miene blieb ausdruckslos.

»Haben Sie hier in der Gegend vielleicht noch mehr von ihrer Art gesehen?«, fragte Lekmann.

»Nein.«

Coilla betrachtete den Neuankömmling und fand, dass seine Augen mehr Scharfsinn verrieten, als er preisgab. Aber sie hatte keinerlei Veranlassung, dass er ihr in irgendeiner Hinsicht helfen mochte.

Das Pferd des Fremden ging zum Bach, senkte den Kopf und trank. Sie ließen es.

»Wie ich schon sagte, in diesen finsteren Zeiten geht ein einzelner Mann immer ein Risiko ein, wenn er auf Fremde trifft«, wiederholte Lekmann vielsagend.

»Ich habe Sie erst im letzten Augenblick gesehen«, räumte Seraphim ein.

»Mit geschlossenen Augen umherzulaufen ist auch nicht das Klügste.«

»Ich träume oft vor mich hin.«

»Das ist eine gute Methode, den Kopf zu verlieren«, bemerkte Aulay.

»Gehören Sie zu den Unis oder zu den Mannis?«, warf Blaan sehr direkt ein.

»Weder noch«, erwiderte Seraphim. »Und Sie?«

»Ebenso«, sagte Lekmann.

»Das ist eine Erleichterung. Ich bin es Leid, wie auf Eiern zu laufen. Ein falsches Wort in der falschen Gesellschaft kann dieser Tage schnell zum Problem werden.«

Coilla fragte sich, worin er sich seiner Ansicht nach wohl gerade befand.

»Dann haben Sie mit Göttern nichts zu tun?«, fragte Aulay.

»Das habe ich nicht gesagt.«

»Ich dachte mir schon, dass Sie an irgendeine höhere Macht glauben müssen, weil Sie keine Klinge tragen.« Die Bemerkung war spöttisch gedacht.

»In meinem Gewerbe brauche ich keine.«

»Und das wäre?«, fragte Lekmann.

Seraphim schlug ein wenig geziert den Umhang zurück und neigte theatralisch den Kopf. »Ich bin ein fahrender Barde. Ein Geschichtenerzähler. Ein Künstler des Wortes.«

Aulays Ächzen fasste die niedrige Meinung zusammen, die sie alle von diesem speziellen Beruf hatten.

Coillas Überzeugung vertiefte sich, dass dieser Mann ihr wohl nicht helfen würde.

»Und wie bestreiten die Herren *Ihren* Lebensunterhalt?«

»Wir stellen martialische Dienste zur Verfügung«, erwiderte Lekmann großspurig.

»Und betätigen uns nebenbei als Kammerjäger«, fügte Aulay hinzu. Er bedachte Coilla mit einem kalten Blick.

Seraphim nickte lächelnd, sagte jedoch nichts darauf.

Lekmann grinste. »Bei all dem Streit und den Kriegen müssen es harte Zeiten in Ihrem Gewerbe sein.«

»Im Gegenteil, unsichere Zeiten sind gut für mich.« Er sah ihre zweifelnden Mienen. »Wenn das Leben düster ist, wollen die Leute ihre alltäglichen Sorgen vergessen.«

»Wenn die Geschäfte gut gehen, müssen Sie bestens zurechtkommen«, mutmaßte Aulay verschlagen.

Coilla fand, dass dieser Fremde entweder ein Dummkopf oder viel zu vertrauensselig war.

»Die Reichtümer, die ich besitze, kann man nicht wiegen wie Gold.«

Das verwirrte Blaan. »Wie das?«

»Kann man der Sonne, dem Mond und den Sternen einen Wert beimessen? Oder dem Wind im Gesicht, dem Vogelgezwitscher? Diesem Wasser?«

»Die honigsüßen Worte eines ... *Poeten*«, erwiderte Lekmann verächtlich. »Wenn Maras-Dantien für Ihre Reichtümer sorgt, horten Sie Schund.«

»Da ist etwas Wahres daran«, räumte Seraphim ein. »Die Dinge sind nicht mehr so, wie sie einmal waren, und sie werden immer schlimmer.«

Aulay wurde sarkastisch. »Sie sagen, Sie essen die Sonne und die Sterne? Leben vom Wind? Das klingt nach einem armseligen Ertrag für Ihre Leistungen.«

Blaan grinste albern.

»Im Tausch für mein Garn geben die Leute mir Essen, Trinken und Unterkunft. Ab und zu auch klingende Münze. Vielleicht sogar eine eigene Geschichte. Vielleicht haben Sie auch eine Geschichte zu erzählen?«

»Ganz gewiss nicht«, schnaubte Lekmann verächtlich. »Unsere Geschichten wären für einen Meister des Wortes von geringem Interesse.«

»Da wäre ich nicht so sicher. Alle Geschichten haben einen Wert.«

»Da haben Sie unsere noch nicht gehört. Wohin wollen Sie?«

»Unbestimmt.«

»Und woher Sie kommen, ist das auch unbestimmt?«

»Teufelsbrüllen.«

»Dahin wollen wir!«, rief Blaan.

»Halt den Mund!«, schnauzte Lekmann. Er bedachte Seraphim mit einem falschen Lächeln. »Wie, äh, wie geht es denn dieser Tage in Teufelsbrüllen so zu?«

»Wie überall im Land – chaotisch, weniger tolerant als früher. Die Stadt verkommt immer mehr zu einem Zufluchtsort für Gesetzlose. Es wimmelt dort nur so von Straßenräubern, Sklavenhändlern und ähnlichem Gesindel.«

Coilla hatte den Eindruck, dass der Fremde mehr als nur ein wenig Betonung auf das Wort Sklavenhändler legte, aber sie war nicht sicher.

»Was Sie nicht sagen«, heuchelte Lekmann Desinteresse.

»Der Rat und die Wächter versuchen die Ordnung aufrechtzuerhalten, aber die Magie ist dort so unberechenbar wie überall sonst. Das macht es ihnen sehr schwer.«

»Das muss es wohl.«

Seraphim wandte sich an Coilla. »Was hält denn Ihre Freundin aus den Reihen der älteren Rassen davon, so einen berüchtigten Ort zu besuchen?«

»Die Wahl zu haben wäre ein guter Anfang«, sagte sie zu ihm.

»Sie hat zu diesem Thema nichts zu sagen!«, unterbrach Lekmann rasch. »Aber sie ist ein Ork und kann gut auf sich selbst aufpassen.«

»Wer's glaubt«, murmelte Coilla.

Der Geschichtenerzähler sah die harschen Mienen des Trios. »Ich hole mir nur etwas Wasser und mache mich dann wieder auf den Weg.«

»Sie müssen dafür bezahlen«, entschied Lekmann.

»Ich wusste nicht, dass dieser Bach jemandem gehört.«

»Heute gehört er uns.«

»Wie ich schon sagte, ich habe nichts zu geben.«

»Sie sind doch Geschichtenerzähler, also erzählen Sie uns eine. Wenn sie uns gefällt, können Sie zu Ihrem Pferd und trinken.«

»Und wenn nicht?«

Lekmann zuckte die Achseln.

»Nun ja, Geschichten sind meine Währung. Warum nicht?«

»Ich würde sagen, Sie erzählen uns irgendwas, womit man Idioten erschrecken kann«, murmelte Aulay. »Wie zum Beispiel eine Geschichte über Trolle, die kleine Kinder fressen, oder über die Untaten der furchtbaren Sluagh. Ihr Wortweber seid alle gleich.«

»Nein, mir schwebt eigentlich etwas anderes vor.«

»Was denn?«

»Sie haben die Unis erwähnt. Ich dachte, ich erzähle Ihnen eine von ihren kleinen Fabeln.«

»O nein, nicht so einen religiösen Schwachsinn.«

»Ja und nein. Wollen Sie sie hören oder nicht?«

»Nur zu«, seufzte Lekmann. »Aber ich hoffe, Sie sind nicht allzu durstig.«

»Wie die meisten Leute halten wahrscheinlich auch Sie die Unis für engstirnige Fanatiker.«

»Da können Sie Gift drauf nehmen.«

»Und bei den meisten hätten Sie auch Recht damit. Sie haben erbärmlich viele religiöse Eiferer in ihren Reihen. Aber sie sind nicht alle so. Ein paar sind nicht ganz so verbohrt und sehen sogar die komische Seite ihres Glaubens.«

»Es fällt mir schwer, das zu glauben.«

»Es stimmt aber. Wenn man von dem Einfluss absieht, den ihr Glaube auf sie hat, sind sie nur einfache Leute wie Sie und ich. Und das äußert sich in Geschichten, die sie manchmal erzählen. Geschichten wohlgemerkt, die sie heimlich erzählen. Diese Geschichten machen die Runde, und einige davon kommen auch zu mir.«

»Fangen Sie auch irgendwann mal an?«

»Wissen Sie, was die Unis glauben? Ungefähr, meine ich.«

»Es geht.«

»Dann wissen Sie vielleicht, dass ihre heiligen Bücher besagen, ihr einsamer Gott hätte die menschliche Rasse erschaffen, indem er zunächst einen Mann, Ademnius, und eine Frau, Evelaine, schuf.«

Aulay grinste zweideutig. »Eine wäre nicht genug für mich.«

»Wir wissen das alles«, sagte Lekmann ungehalten. »Wir sind keine Schwachköpfe.«

Seraphim ignorierte die Einwürfe. »Die Unis glauben, dass in jenen ersten Tagen Gott zu Ademnius gesprochen hat, um ihm zu erklären, was Er getan hatte, und welche Hoffnungen Er in das Leben setzte, das Er geschaffen hatte. Also kam Gott eines Tages zu Ademnius und sagte: ›Ich habe zwei gute Nachrichten und eine schlechte. Welche willst du zuerst hören?‹ – ›Zuerst die guten, bitte, o Herr‹, erwiderte Ademnius. ›Also gut‹, sagte Gott zu ihm, ›die erste gute Nachricht ist, dass ich ein wunderbares Organ für dich erschaffen habe, das Gehirn genannt wird. Damit kannst du Sachen lernen und Schlussfolgerungen ziehen und alle möglichen klugen Dinge anstellen.‹ – ›Danke, o Herr‹, sagte Ademnius. ›Die zweite gute Nachricht‹, fuhr Gott fort, ›ist die, dass ich ein weiteres Organ für dich erschaffen habe, das Penis genannt wird.«

Die Kopfgeldjäger grinsten. Aulay stieß Blaan mit dem Ellbogen in die gut gepolsterten Rippen.

»›Dieses Organ wird dir und Evelaine Freude bereiten‹«, fuhr Seraphim fort, »›und es wird euch außerdem gestatten, Kinder zu zeugen, auf dass sie in dieser herrlichen Welt leben mögen, die ich für euch geschaffen habe.‹ – ›Das klingt wunderbar‹, sagte Ademnius. ›Und was ist die schlechte Nachricht?‹ – ›Du kannst nicht beide Organe gleichzeitig benutzen‹, erwiderte Gott.«

Einen Moment herrschte Stille, bis der Witz zündete, und dann brüllten die Kopfgeldjäger vor rauem Gelächter. Obwohl Coilla es durchaus für möglich hielt, dass Blaan ihn nicht verstanden hatte.

»Weniger eine Geschichte als ein kleiner Scherz, das will ich gern zugeben«, sagte Seraphim. »Aber es freut mich, dass er Ihren Beifall findet.«

»Er war nicht schlecht«, stimmte Lekmann zu. »Und nicht ganz unwahr, würde ich meinen.«

»Natürlich ist es, wie ich schon sagte, in diesem Fall üblich, eine Münze oder irgendein anderes kleines Zeichen der Anerkennung anzubieten.«

Das Trio wurde augenblicklich ernst.

Lekmanns Gesicht verzerrte sich vor Wut. »Jetzt hast du alles verdorben.«

»Wir dachten eher, dass *du uns* bezahlst«, sagte Aulay.

»Wie ich schon sagte, ich habe nichts.«

Blaan grinste gemein. »Wenn wir mit dir fertig sind, hast du weniger als nichts.«

Aulay machte eine Bestandsaufnahme. »Du hast ein Pferd, ein schönes Paar Stiefel und diesen eleganten Umhang. Vielleicht auch eine Börse, wenn du auch etwas anderes sagst.«

»Außerdem weißt du zu viel über unsere Angelegenheiten«, schloss Lekmann.

Ungeachtet der bedrohlichen Atmosphäre war Coilla davon überzeugt, dass der Geschichtenerzähler nicht verängstigt war. Obwohl es für ihn ebenso offensichtlich sein musste wie für sie, dass diese Männer fähig waren, nur zum Spaß einen Mord zu begehen.

Ihre Aufmerksamkeit wurde von etwas abgelenkt, das sich in der Prärie bewegte. Für einen Moment keimte Hoffnung in ihr auf. Doch dann erkannte sie, womit sie es zu tun hatte, und ihr ging auf, dass es nicht die Erlösung war. Weit gefehlt.

Seraphim hatte nichts bemerkt. Auch nicht die Kopfgeldjäger. Sie waren auf Gewalt aus. Lekmann hatte sein Schwert erhoben und ging auf den Geschichtenerzähler zu. Die anderen beiden folgten seinem Beispiel.

»Wir haben Gesellschaft«, sagte sie.

Sie hielten inne, sahen sie an und folgten ihrem Blick.

Eine große Gruppe von Reitern war ein gutes Stück voraus in Sicht gekommen. Sie zogen langsam von Ost nach Südwest, und ihr Weg würde sie in ihre Nähe, wenn nicht sogar direkt zu ihnen führen.

Aulay schirmte mit einer Hand sein Auge ab und spähte in die Ferne. »Was sind das für welche, Micah?«

»Menschen. Schwarz gekleidet, soweit ich sehen kann. Wisst ihr, was ich glaube? Das sind Hobrows Leute. Diese ... wie immer sie sich nennen.«

»Aufseher.«

»Richtig. Scheiß drauf, wir verschwinden. Kümmere dich um den Ork, Greever. Jabeez, die Pferde.«

Blaan rührte sich nicht. Er stand mit offenem Mund da und starrte auf die Reiter. »Du glaubst nicht, dass sie Sinn für Humor haben, Micah?«

»Nein, das glaube ich nicht! Jetzt hol die Pferde!«

»He! Der Fremde.«

Seraphim ritt in westlicher Richtung davon.

»Vergiss ihn, wir haben Dringenderes zu erledigen.«

»Gute Sache, dass wir ihn nicht erledigt haben, Micah«, warf Blaan ein. »Es bringt Pech, Verrückte umzubringen.«

»Abergläubischer *Trottel!* Beweg deinen verdammten Arsch!«

Sie verfrachteten Coilla auf ihr Pferd und ritten eiligst los.

34

Sehen Sie sich das an!«, kreischte Jennesta. »Sehen Sie sich das Ausmaß Ihres Versagens an!«

Mersadion betrachtete das Pergament der Wandkarte und zitterte. Sie war mit Markierungen übersät: rote für die Truppen der Königin, blaue für die Opposition der Unis. Ihre Anzahl war ungefähr gleich. Das war nicht gut genug.

»Wir haben keine *Verluste* als solche erlitten«, hielt er zaghaft dagegen.

»Hätten wir welche erlitten, hätte ich mittlerweile Ihre eigene Leber an Sie verfüttert! Wo sind die *Gewinne?*«

»Der Krieg ist kompliziert, Majestät. Wir kämpfen an so vielen Fronten …«

»Auf Vorträge über unsere Situation kann ich verzichten, General! Was ich will, sind Resultate!«

»Ich kann Ihnen versichern …«

»Das ist schon schlimm genug«, tönte sie weiter, »aber es ist nichts im Vergleich zum Ausbleiben aller Fortschritte bei der Suche nach diesem elenden Kriegstrupp! Haben Sie diesbezügliche Neuigkeiten über ihn?«

»Nun, ich …«

»Sie haben keine. Haben wir schon etwas von Lekmanns Kopfgeldjägern gehört?«

»Sie …«

»Nein, haben Sie nicht.«

Mersadion wagte nicht, sie daran zu erinnern, dass es ihre Idee gewesen war, die menschlichen Kopfgeldjäger hinzuzuziehen. Er hatte rasch begriffen, dass Jennesta das Verdienst für Siege für sich beanspruchte, die Schuld an Niederlagen aber auf andere abwälzte.

»Ich hatte gehofft, dass Sie es besser machen würden als Kysthan, Ihr *verstorbener* Vorgänger«, fügte sie spitz hinzu. »Ich nehme doch an, dass Sie mich nicht enttäuschen werden.«

»Majestät …«

»Seien Sie gewarnt, dass Ihre Leistungen von nun an einer noch strengeren Beobachtung unterliegen werden.«

»Ich …«

Diesmal wurde er durch ein leises Klopfen an der Tür unterbrochen.

»Herein!«, gebot Jennesta.

Einer ihrer elfischen Bediensteten trat ein und verneigte sich. Das androgyne Geschöpf hatte einen so zierlichen Körperbau, dass seine Gliedmaßen aussahen, als könnten sie jeden Augenblick brechen. Der Teint war beinahe durchscheinend, und die Zerbrechlichkeit des Gesichts wurde durch goldene Haare und Wimpern betont. Die Augen waren tiefblau, die Nase schmal.

Der Elf spitzte den Mund und flötete: »Eure Herrin der Drachen, Majestät.«

»Noch eine unfähige Person«, kochte Jennesta. »Herein mit ihr.«

Als Braunwichtel, dem hybriden Abkömmling der Vereinigung zwischen Elf und Goblin, hatte die Drachenmutter durchaus Ähnlichkeit mit dem Bediensteten. Aber sie war robuster und selbst nach den Maßstäben ihrer schlaksigen Rasse groß. Im Einklang mit der Tradition war sie vollständig in den rötlich-braunen Farben des herbstlichen Waldlands gekleidet. Ihre einzigen Zugeständnisse, was Schmuck betraf, waren schmale goldene Bänder um Handgelenke und Hals.

Sie würdigte Jennestas überlegene Stellung mit einer winzigen Neigung des Kopfes.

Wie üblich, wenn sie es mit Untergebenen zu tun hatte, verschwendete die Königin ihren Atem nicht mit Nettigkeiten. »Ich muss gestehen, dass ich mit Ihren Leistungen in letzter Zeit alles andere als glücklich bin, Glozellan«, informierte sie die Drachenmutter.

»Majestät?« Die Stimme des Braunwichtels hatte etwas Pfeifendes an sich und vermittelte die für ihre Rasse typische gelassene Distanziertheit. Es war allgemein bekannt, dass Jennesta das ärgerlich und aufreizend fand.

»Im Fall der Vielfraße«, betonte sie mit bedrohlicher Bedächtigkeit.

»Meine Bändiger haben Eure Befehle buchstabengetreu befolgt, Majestät«, erwiderte Glozellan mit selbstbewusster Miene, die viele mit Hochmut gleichgesetzt hätten. Das war ein weiteres Merkmal ihrer stolzen Rasse, das die Königin noch mehr erzürnte.

»Aber sie haben sie nicht gefunden«, sagte sie.

»Verzeiht, Majestät, aber wir haben den Trupp auf dem Schlachtfeld in der Nähe von Weberflur entdeckt und angegriffen«, erinnerte sie die Drachenmutter.

»Und ihn entkommen lassen! Das kann man wohl kaum als Angriff bezeichnen! Es sei denn, Sie betrachten das bloße Entdecken der Abtrünnigen bereits als Angriff.«

»Nein, Majestät. Tatsächlich wurden sie verfolgt und konnten sich unserem Angriff nur um Haaresbreite entziehen.«

»Macht das einen Unterschied?«

»Die unsichere Natur von Drachen bedeutet, dass sie bis zu einem gewissen Grad immer unberechenbar sind, Majestät.«

»Ein schlechter Handwerker schiebt die Schuld immer auf sein Werkzeug.«

»Ich übernehme die volle Verantwortung für meine Handlungen und für diejenigen meiner Untergebenen.«

»Das ist auch besser so. Denn in meinen Diensten hat es unmittelbare Konsequenzen, wenn sich jemand vor der Verantwortung drückt. Und die sind nicht von der angenehmen Art.«

»Ich gebe lediglich zu bedenken, dass Drachen eine äußerst unstete Waffe sein können, Majestät. Sie sind dafür berüchtigt, einen sehr eigenen und sturen Willen zu haben.«

»Dann sollte ich vielleicht eine Mutter suchen, die besser befähigt ist, ihren Willen zu beugen.«

Glozellan schwieg.

»Ich dachte, ich hätte mich in Bezug auf meine Wünsche klar ausgedrückt«, fuhr Jennesta fort, »aber es scheint so, als müsste ich mich wiederholen. Das ist auch für Ihre Ohren bestimmt, General.« Mersadion versteifte sich. »Glauben Sie ja nicht, dass es etwas Wichtigeres gibt, als das Artefakt zurückzubringen, welches die Vielfraße gestohlen haben.«

»Es könnte helfen, Majestät«, sagte Glozellan, »wenn wir wüssten, worum es sich bei dem Artefakt handelt ...«

Ein heftiges Klatschen hallte von den Steinmauern wider. Glozellans Kopf flog unter dem Aufprall zur Seite. Sie taumelte und hob die Hand an ihre sich rötende Wange. Ein dünner Blutfaden rann aus ihrem Mundwinkel.

»Merken Sie sich stattdessen *das*«, sagte Jennesta mit funkelndem Blick. »Sie haben sich schon einmal nach dem Gegenstand erkundigt, den ich suche, und ich wiederhole, was ich Ihnen damals gesagt habe: es geht Sie nichts an. Es wird schlimme Konsequenzen haben, sollten Sie auf Ihrer Aufsässigkeit beharren.«

Glozellan erwiderte ihren Blick mit einem stummen, hochmütigen Starren.

»*Alle* verfügbaren Mittel werden für die Suche eingesetzt«, erklärte die Königin. »Und wenn Sie beide mir nicht beschaffen können, was ich will, werde ich mich nach einem neuen General und einer neuen Herrin der Drachen umsehen. Vielleicht sollten Sie einmal über die Form Ihres ... *Ruhestands* nachdenken. Und jetzt hinaus mit Ihnen beiden.«

Als sie gegangen waren, schwor Jennesta sich, dass sie von nun an einen viel direkteren Einfluss auf die Dinge nehmen würde. Doch diesen Gedanken schob sie einstweilen beiseite. Ihr ging etwas anderes im Kopf herum. Etwas, das ihr sehr missfiel.

Sie verließ den Strategieraum durch eine weniger offensichtliche Tür und stieg eine schmale Wendeltreppe hinab. Ihre Schritte hallten durch die unterirdischen Gänge, die zu ihren Privatgemächern in den Eingeweiden des Palasts führten. Ork-Wachen nahmen Haltung neben der Tür an, als sie hereinrauschte.

Andere waren in ihrem geräumigen Gemach damit beschäftigt, Eimer zu einer großen flachen Holzwanne zu tragen, die mit Metallreifen verstärkt war. Sie beendeten die Arbeit, während sie daneben stand und ungeduldig zusah. Als sie gegangen waren, ließ sie sich vor der Wanne nieder und fuhr mit den Fingern durch die lauwarme Flüssigkeit.

Das Blut schien für ihre Bedürfnisse adäquat zu sein, aber zu ihrem Ärger entdeckte sie, dass noch ein paar kleine Fleischbrocken darin schwammen. Bei ihren Empfehlungen, diese spezielle Flüssigkeit als Medium zu benutzen, hatten die Alten keinen Zweifel daran gelassen, dass sie so rein als möglich zu sein habe. Sie machte sich einen geistigen Vermerk, die Wachen an die Notwendigkeit des Filterns zu erinnern und ihren Standpunkt dadurch zu unterstreichen, dass sie ihnen eine Auspeitschung verabreichen ließ.

Da die Oberfläche des Bluts bereits zu gerinnen begann, sprach sie rasch die nötigen Zauberformeln. Die zähe rubinrote Brühe verhärtete sich noch mehr und nahm ein poliertes Aussehen an. Schließlich erbebte ein kleiner Bereich, wirbelte träge herum und wurde zum Abbild eines Gesichts.

»Du suchst dir immer die unpassendsten Momente aus, Jennesta«, beklagte sich das Abbild. *»Das ist jetzt kein guter Zeitpunkt.«*

»Du hast mich belogen, Adpar.«

»Worüber?«

»Über das, was mir abhanden gekommen ist.«

»O nein, nicht schon wieder dieses trübselige Thema.«

»Hast du zu mir gesagt, du wüsstest nichts über das Artefakt, das ich suche, oder hast du es nicht gesagt?«

»Ich weiß nichts von dem, was du suchst. Ende der Unterhaltung.«

»Nein, warte. Ich habe Mittel und Wege, Adpar. Mittel und Wege und Augen, die für mich Ausschau halten. Und was ich jetzt weiß, passt nur zu meinem Artefakt.« Sie wurde nachdenklich. »Entweder das oder ...«

»Ich spüre eine deiner bizarren Phantasien nahen, meine Liebe.«

»Es ist ein anderes, nicht wahr? Du hast *noch eins!*«

»Ich weiß wirklich nicht, was du ...«

»Du hinterlistiges Miststück! Du hast insgeheim eins gehortet!«

»Dazu sage ich weder ja noch nein.«

»Aus deinem Mund ist das so gut wie ein Eingeständnis.«

»Hör mal, Jennesta, es ist möglich, dass ich mal etwas hatte, das dem, was du suchst, nicht ganz unähnlich *ist, aber das ist jetzt Geschichte. Es wurde gestohlen.«*

»Genau wie meins. Wie praktisch. Du erwartest doch wohl nicht, dass ich das glaube?«

»Es kümmert mich einen Dreck, ob du es glaubst oder nicht! Anstatt mich mit deinen fixen Ideen zu belästigen, solltest du dich darauf konzentrieren, die Diebe zu finden. Wenn jemand mit dem Feuer spielt, dann sind sie es!«

»Dann kennst du also die Bedeutung des Gegenstands! Die Bedeutung von ihnen allen!«

»Ich weiß nur, dass es etwas Extremes sein muss, wenn du deswegen so ein Theater machst.«

Eine kleine Eruption brachte die dunkelrote erstarrte Haut in Wallung. Ein weiteres Gesicht bildete sich und eine neue Stimme kam hinzu. *»Sie hat Recht, Jennesta.«*

Adpar und Jennesta stöhnten gleichzeitig.

»Halt dich da raus, Naseweis!«, schnauzte Adpar.

»Warum können wir nie eine Unterhaltung führen, ohne dass du dich einmischt?«, murrte Jennesta.

»Du weißt ganz genau, warum, Schwester: die Verbindung ist zu stark.«

»Umso schlimmer«, murmelte Adpar.

»Für das übliche kleinliche Gezänk ist keine Zeit«, warnte Sanara. *»Fest steht, dass eine Gruppe von Orks mindestens einen der Instrumentale in ihren Besitz gebracht hat. Wie können diese Orks auch nur ansatzweise ihre unglaubliche Macht begreifen?«*

»Was meinst du damit, mindestens einen?«, sagte Jennesta.

»Weißt du mit Sicherheit, dass es nicht so ist? Die Ereignisse schreiten voran. Wir haben eine Phase erreicht, in der alles möglich ist.«

»Ich habe alles unter Kontrolle.«

»Tatsächlich?«, kommentierte Sanara skeptisch.

»Kümmert euch nicht um mich«, schnaufte Adpar. *»Ich muss ja nur einen Krieg führen. Ich habe reichlich Zeit hier zu sitzen und euch beiden dabei zuzuhören, wie ihr euch gegenseitig Rätsel an den Kopf werft.«*

»Vielleicht weißt du nicht, wovon ich rede, Adpar, aber Jennesta weiß es ganz genau. Noch hat sie nicht begriffen, dass die Macht für das Gute nutzbar gemacht werden muss, nicht für das Böse, sonst droht uns allen die völlige Vernichtung.«

»Ach, *bitte*«, zischte Jennesta sarkastisch, »nicht schon wieder Sanara die Märtyrerin.«

»Denk von mir, was du willst, das bin ich gewöhnt. Nur unterschätze nicht, was jetzt, da das Spiel im Gange ist, entfesselt werden könnte.«

»Zum Henker mit euch beiden!«, rief Jennesta, während sie verdrossen mit der Hand durch die Schicht aus geronnenem Blut fuhr. Die Bilder lösten sich auf.

Sie blieb noch eine Weile sitzen und ging alles noch einmal im Kopf durch, und es war bezeichnend für ihren Charakter, dass sie die Möglichkeit ausschloss, Sanara könne Recht haben, und nicht bereit war, den in Adpars Fall bestehenden Zweifel zu deren Gunsten auszulegen. Vielmehr kam sie zu dem Schluss, dass es an der Zeit sei, gegen wenigstens eine ihrer lästigen Schwestern etwas zu unternehmen.

Am meisten brannte sie innerlich bei dem Gedanken an all den Ärger, den die Vielfraße ihr bereitet hatten. Und an die Strafe, die sie dafür verhängen würde.

*

Haskeer war immer noch nicht sicher, ob er in die richtige Richtung ritt. Er war sich nicht einmal seiner Umgebung vollkommen bewusst, und das sich verschlechternde nordische Klima war ihm völlig gleichgültig.

Wirklich wichtig für ihn war lediglich der Gesang in seinem Kopf. Er trieb ihn gnadenlos vorwärts und zwang ihn immer weiter in eine Richtung, von der er, wenn er überhaupt einen Gedanken daran verschwendete, annahm, sie werde ihn nach Grabhügelstein führen.

Der Weg, dem er folgte, führte in ein bewaldetes Tal. Er galoppierte ohne Zögern weiter, den Blick starr geradeaus gerichtet.

An der tiefsten Stelle im Tal hatte sich Wasser gesammelt und Schlamm gebildet. Auch war der Weg schmaler, sodass die Vegetation, die trotz der winterlichen Bedingungen noch recht dicht war, auf beiden Seiten näher reichte. Zu seiner Verärgerung musste er sein Tempo zu einem Kantern zurücknehmen.

Auf seinem Weg durch den Schlamm hörte er rechts von sich ein Rauschen, dann ein knarrendes Sausen. Er drehte sich um und erhaschte einen Blick auf etwas, das auf ihn zuraste. Es blieb keine Zeit zu reagieren. Der Gegenstand traf ihn mit einem gewaltigen Krachen, und er fiel vom Pferd.

Während er benommen im Schlamm lag, sah er auf und erblickte, was ihn getroffen hatte. Es war ein Stück Baumstamm, das immer noch hin und her schwingend an kräftigen Seilen an einem starken Ast über ihm hing. Jemand, der sich in Deckung befand, hatte es wie eine Ramme gegen ihn eingesetzt.

Schmerzerfüllt und außer Atem, dachte er nur ans Aufstehen, als sich raue Hände auf ihn legten. Er erhaschte einen Blick auf schwarz gekleidete Menschen. Sie schlugen und traten ihn. Da er sich nicht wehren konnte, fiel ihm nichts Besseres ein, als sein Gesicht mit den Händen zu bedecken und so zu schützen.

Sie zerrten ihn auf die Füße und nahmen ihm die Waffen ab. Der Beutel wurde von seinem Gürtel gerissen. Die Hände wurden ihm auf den Rücken gefesselt.

Trotz seiner Schmerzen konzentrierte Haskeer sich auf eine Gestalt, die vor ihm aufgetaucht stand.

»Seid ihr sicher, dass er wehrlos ist?«, fragte Kimball Hobrow.

»Er ist wehrlos«, bestätigte ein Aufseher.

Ein weiterer Handlanger gab dem Prediger Haskeers Beutel. Er schaute hinein, und sein Gesicht leuchtete vor Freude auf. Es hätte auch Habgier sein mögen.

Er ließ die Sterne auf seine Hand rollen und hielt beide hämisch in die Höhe. »Die Reliquie und noch eine nach ihrer Art! Das ist mehr, als ich zu hoffen gewagt hätte. Heute ist der Herr mit uns.« Er reckte die Arme in die Höhe. »Danke, o Herr, dass du uns zurückgegeben hast, was uns gehört! Und dafür, dass du uns dieses Geschöpf ausgeliefert hast, uns, den Werkzeugen Deiner Gerechtigkeit!«

Hobrow funkelte den Ork finster an. »Du wirst für deine Untaten büßen, Wilder, und zwar im Namen des Höchsten Wesens.«

Haskeers Kopf wurde ein wenig klarer. Der Gesang war leiser geworden und dem Irrsinn dieses Phrasen dreschenden Menschen gewichen. Er konnte sich nicht bewegen oder wenigstens seine Hände frei bekommen. Aber er konnte wenigstens eines tun.

Er spie Hobrow ins Gesicht.

Der Prediger sprang zurück, als habe er sich verbrannt, und seine Miene bekam einen Ausdruck des Entsetzens. Er rieb sich das Gesicht mit dem Ärmel ab und murmelte dabei: »Unrein, unrein.«

Als er damit fertig war, fragte er noch einmal: »Seid ihr sicher, dass er gut gefesselt ist?«

Seine Gefolgsleute bestätigten es ihm. Hobrow trat vor, ballte die Faust, hieb Haskeer mehrfach in den Magen und brüllte dabei: »Du wirst für deine Respektlosigkeit einem Diener des Herrn gegenüber büßen!«

Haskeer hatte schon Schlimmeres erlebt. Viel Schlimmeres. Tatsächlich waren die Schläge ziemlich schwächlich. Aber die Aufseher, denen wahrscheinlich klar war, wie wirkungslos die Bemühungen ihres Anführers waren, gingen ebenfalls auf ihn los.

Während sie auf ihn eindroschen, hörte er Hobrow rufen: »Denkt an die verschollene Jagdgesellschaft! Es könnten noch mehr von seinesgleichen in der Nähe sein! Wir müssen von hier verschwinden!«

Kaum noch bei Bewusstsein, wurde Haskeer weggeschleift.

*

Alfray und seine Hälfte der Vielfraße ritten seit vielen Stunden in Richtung des Callyparr-Meeresarms. Kraft seiner Autorität hatte er Kestix, einen der fähigeren Gemeinen im Trupp, vorübergehend befördert. Praktisch bedeutete dies, dass Kestix jetzt als Stellvertreter ehrenhalber fungierte. Es bedeutete auch, dass Alfray jemanden hatte, mit dem er sich auf der Basis einer annähernden Gleichheit die Zeit vertreiben konnte.

Während sie westwärts durch das gelb werdende Gras der Prärie ritten, horchte er Kestix über die Stimmung bei den Gemeinen aus.

»Natürlich sind sie beunruhigt, Gefreiter«, erwiderte der Soldat. »Oder vielleicht wäre besorgt ein besseres Wort.«

»Damit stehen sie nicht allein da.«

»Unser Leben hat sich so gewaltig und so schnell geändert. Es ist so, als seien wir mitgeschleift worden, ohne je die Zeit gehabt zu haben, darüber nachzudenken.«

»Alles verändert sich«, stimmte Alfray zu. »Maras-Dantien verändert sich. Vielleicht ist das Land wegen der Menschen erledigt.«

»Seit die Menschen gekommen sind, ja. Sie haben alles durcheinander gebracht, diese Bastarde.«

»Aber nur Mut. Wir könnten noch etwas daran ändern, wenn es uns gelingt, den Plan unseres Hauptmanns auszuführen.«

»Ich bitte um Verzeihung, Gefreiter, aber wie meinen Sie das?«

»Wie?«

»Na ja, wir wissen alle, dass es wichtig für uns ist, diese Sterne zu finden, aber ... *warum eigentlich?*«

Alfray war verdutzt. »Worauf wollen Sie hinaus, Soldat?«

»Wir wissen noch immer nicht, wozu sie gut sind, oder doch, Gefreiter?«

»Das stimmt. Aber abgesehen von der ... sagen wir, von der magischen Macht, über die sie gebieten könnten, haben sie, wie wir wissen, noch eine ganz andere Macht. Andere wollen sie haben, beispielsweise unsere ehemalige Gebieterin Jennesta. Vielleicht verschafft uns das einen Vorteil.«

Alfray warf einen Blick auf die Kolonne hinter sich, während Kestix das verdaute. Als er sich wieder umdrehte, kam die nächste Frage.

»Wie sehen Sie unser Unternehmen im Drogawald, Gefreiter? Gehen wir direkt vor und schnappen uns den Stern?«

»Nein. Wir gehen so nah wie möglich an das Dorf dieses Keppatawn heran und beobachten. Wenn alles keinen allzu feindseligen Eindruck macht, versuchen wir zu verhandeln. Aber im Wesentlichen beobachten wir nur und warten ab, bis der Rest des Trupps auftaucht.«

Sehr zögerlich fragte Kestix: »Und glauben Sie, dass er auftauchen wird?«

Alfray fand die Frage ein wenig bestürzend. »Seien Sie nicht defätistisch, Soldat«, erwiderte er ein wenig streng. »Wir müssen glauben, dass wir uns später wieder mit Strykes Gruppe vereinigen.«

»Das war nicht als Respektlosigkeit dem Hauptmann gegenüber gedacht«, versicherte der Gemeine rasch. »Es ist nur so, dass wir die Dinge nicht mehr im Griff zu haben scheinen.«

»Ich weiß. Aber vertrauen Sie Stryke.« Er fragte sich flüchtig, ob das ein guter Rat war. Nicht, dass er glaubte, man könne Stryke nicht vertrauen. Es war nur so, dass er das unbestimmte Gefühl nicht abschütteln konnte, dass ihr Anführer sich mehr aufgeladen hatte, als er tragen konnte.

Seine Überlegungen wurden durch Rufe aus der Kolonne unterbrochen, und dann rief Kestix: »Gefreiter! Sehen Sie doch!«

Alfray schaute voraus und sah eine Kolonne von vier Ochsenkarren, die gerade aus einer Kurve auftauchten. Der Weg, auf dem sich die Orks und die Karren befanden, verlief durch eine Senke mit steil ansteigenden Seiten. Eine Seite würde der anderen Platz machen müssen. Es war noch nicht möglich, die Insassen der Karren auszumachen.

Alfray gingen mehrere Gedanken durch den Kopf. Der erste war, wenn sein Trupp umkehrte, würde das Aufmerksamkeit erregen. Ganz zu schweigen davon, dass es nicht in der Natur von Orks lag davonzulaufen. Sein anderer Gedanke war, falls sich die Insassen der Karren als feindselig erwiesen, war es unwahrscheinlich, dass sie zahlreicher waren als sein Trupp. Deswegen betrachtete er das Kräfteverhältnis als nicht unüberwindlich.

»Wahrscheinlich sind das nur Leute, die friedlich ihren Geschäften nachgehen«, sagte er zu Kestix.

»Und wenn es Unis sind?«

»Wenn es sich um Menschen handelt, egal welcher Art, töten wir sie«, informierte Alfray ihn kategorisch.

Als die beiden Gruppen sich einander näherten, identifizierten die Orks die Rasse in den Karren.

»Gnome«, sagte Alfray.

»Könnte schlimmer sein, Herr Gefreiter. Die kämpfen wie junge Hasen.«

»Ja, und sie neigen dazu, für sich zu bleiben.«

»Sie sind überhaupt nur dann bedrohlich, wenn sich jemand für ihren Hort interessiert. Und ich meine mich zu erinnern, dass ihre Magie etwas damit zu tun hat, unterirdische Goldadern zu finden, also dürfte auch das kein Problem sein.«

»Falls geredet werden muss, überlassen Sie das mir.« Alfray drehte sich um und bellte der Kolonne einen Befehl zu. »Bleibt in Reih und Glied. Waffen werden nur gezogen, wenn es nötig wird. Gehen wir die Sache locker an, ja?«

»Glauben Sie, die Gnome wissen, dass ein Preis auf unseren Kopf ausgesetzt ist?«, fragte Kestix.

»Vielleicht. Aber wie Sie schon sagten, normalerweise sind Gnome keine Kämpfer. Es sei denn, schlechte Manieren und stinkender Atem zählen als Waffe.«

Der führende Karren war jetzt nur noch einen Steinwurf von Alfrays Kolonne entfernt. Zwei Gnome saßen auf dem Kutschbock. Hinter ihnen auf der Ladefläche des Karrens standen noch mehr. Die eigentliche Ladung war mit einer weißen Plane zugedeckt.

Alfray hob die Hand und ließ die Kolonne anhalten. Die Karren hielten ebenfalls. Die beiden Gruppen starrten einander einen Moment lang an.

Manche behaupteten, Gnome sähen aus wie missgebildete Zwerge. Sie waren von der Statur her klein und außergewöhnlich muskulös. Sie hatten große Hände, große Füße und große Nasen. Sie hatten weiße Bärte und buschige weiße Augenbrauen. Ihre Kleidung bestand aus einem praktischen groben Wams und einer einfarbigen Hose. Manche trugen einen Schal, andere eine weiche Mütze mit hängenden Quasten.

Alle Gnome sahen unglaublich alt aus, selbst wenn sie gerade erst geboren waren. Alle hatten eine Kunst daraus gemacht, finster dreinzuschauen.

Nach einem Augenblick allgemeinen Schweigens verkündete der Fahrer des führenden Karrens unwirsch: »Tja, *ich* rühr mich jedenfalls nicht von der Stelle!«

Weiter hinten erhoben sich steingesichtige Wagenlenker, um zuzuschauen.

»Warum sollten *wir* Platz machen?«, sagte Alfray.

»Schatz? *Schatz?*«, dröhnte der Fahrer mit tiefer Bassstimme. »Wir haben keinen Schatz!«

»Das ist wieder mal typisch für unser Glück, dass wir auf einen stoßen, der schwerhörig ist«, knurrte Alfray. »Nicht *Schatz*«, sagte er langsam, laut und deutlich, *»Platz!«*

»Was ist damit?«

»Werdet ihr Platz machen?«, schrie Alfray.

Der Gnom dachte darüber nach. »Nö.«

Alfray beschloss, das Gespräch in ein ruhigeres Fahrwasser zu lenken. »Woher kommt ihr?«, fragte er.

»Sage ich nicht«, erwiderte der Gnom bärbeißig.

»Wohin wollt ihr?«

»Geht euch nichts an.«

»Dann könnt ihr vielleicht sagen, ob der Weg zum Drogawald frei ist? Das heißt, frei von Menschen.«

»Könnte sein. Könnte auch nicht sein. Was ist dir das wert?«

Alfray fiel wieder ein, dass Gnome dafür berüchtigt waren, zwar von allem den Preis, aber von nichts den Wert zu kennen. Zum Beispiel von Höflichkeit auf der Straße.

Er gab nach. Auf seinen Befehl trieb die Kolonne die Pferde die Seiten der Senke hinauf und ließ die Gnome passieren.

Als der führende Karren an ihm vorbeirollte, murmelte dessen Fahrer mit ausdrucksloser Miene: »Hier wird es langsam viel zu voll für meinen Geschmack.«

Während er den dahinrumpelnden Karren nachsah, versuchte Alfray über den Vorfall zu scherzen. »Tja, mit denen haben wir wirklich wenig Federlesens gemacht«, stellte er ironisch fest.

»Das haben wir«, sagte Kestix. »Äh, Gefreiter?«

»Ja, Soldat?«

»Wo werden eigentlich Federn gelesen?«

Alfray seufzte. »Reiten wir weiter, ja?«

35

Coilla hatte nie zuvor so viel Zeit in Gesellschaft von Menschen verbracht. Tatsächlich hatten die meisten ihrer bisherigen Begegnungen damit zu tun, sie zu töten.

Doch die Tage bei den Kopfgeldjägern führten ihr mehr denn je deren Weltfremdheit vor Augen. Sie hatte sie immer als absonderliche, fremdartige Geschöpfe betrachtet, als habgierige, räuberische Eindringlinge mit einem unstillbaren Drang zur Zerstörung. Jetzt sah sie die Feinheiten, welche die Unterschiede zwischen ihnen und den älteren Rassen unterstrichen. Wie sie aussahen, wie ihr Verstand funktionierte, wie sie rochen: in vielerlei Hinsicht waren Menschen *verdreht.*

Sie schob den Gedanken beiseite, als sie die Kuppe eines Hügels mit Ausblick auf Teufelsbrüllen erreichten.

Die Abenddämmerung war hereingebrochen, und in dem Freihafen leuchteten immer mehr Lichtpunkte auf. Entfernung und größere Höhe machten es möglich zu erkennen, dass der Ort weniger geplant worden war, sondern sich einfach ergeben hatte. Wie es sich für einen Ort gehörte, in dem sich alle Rassen unter gleichen Bedingungen trafen, bestand Teufelsbrüllen aus einem Gewirr von Bauwerken jedes nur vorstellbaren architektonischen Stils. Hohe Gebäude, flache Lagerhallen, Türme, Kuppeln, Bögen und Zinnen bestanden aus Holz und Stein, Ziegeln und Mörtel, Stroh und Schiefer. Am entfernten Ende der Stadt war im verblassenden Tageslicht gerade noch das graue Meer zu erkennen. Die Masten größerer Schiffe überragten die Dächer.

Selbst aus so weiter Ferne war noch ganz leise ein beständiger Hintergrundlärm zu hören.

Lekmann starrte zum Hafen hinunter. »Es ist schon eine Weile her, seit ich zuletzt hier war, aber ich würde sagen, es hat sich nichts verändert. Teufelsbrüllen ist neutrales Gebiet. Wie sehr man eine Rasse auch hasst, da drinnen herrscht Waffenstillstand. Keine Schlägereien, keine Kämpfe. Kein Begleichen alter Rechnungen auf tödliche Weise.«

»Für so etwas bringen sie dich um, nicht?«, sagte Blaan.

»Wenn sie dich erwischen.«

»Durchsuchen sie einen nicht nach Waffen, wenn man die Stadt betritt?«, fragte Aulay.

»Ach was. Sie überlassen es den Besuchern, sie freiwillig abzugeben. Durchsuchungen sind nicht mehr machbar, seit Teufelsbrüllen so beliebt ist. Aber wenn man innerhalb der Stadt kämpft, wird man von den Wächtern ohne viel Aufhebens hingerichtet. Nicht, dass sie noch so wach und aufmerksam wären, wie sie es früher einmal waren. Aber sie können einen immer noch fertig machen, also hütet euch vor ihnen.«

Coilla meldete sich zu Wort. »Die Wächter arbeiten nicht mehr richtig, weil eure Rasse die Magie ausblutet.«

»Magie«, höhnte Lekmann. »Ihr Untermenschen und eure elende Magie. Weißt du, was ich glaube? Ich glaube, dass das alles ein großer Haufen Pferdescheiße ist!«

»Ihr seid von Magie umgeben. Ihr könnt sie nur nicht sehen.«

»Das reicht!«

»Wenn wir diese Orks finden, wird es Kämpfe geben, oder nicht?«, sagte Blaan.

»Wir sollten ihnen auf den Fersen bleiben, bis sie die Stadt verlassen, und dann zuschlagen. Wenn wir drinnen gegen sie antreten müssen, tja, wir sind schließlich daran gewöhnt, jemandem in aller Stille ein Messer zwischen die Rippen zu stoßen.«

»Das klingt ganz nach eurem Stil«, warf Coilla ein.

»Ich hab dir gesagt, du sollst das Maul halten.«

Aulay war nicht überzeugt. »Das kann man aber nicht gerade als Plan bezeichnen, Micah.«

»Wir arbeiten mit dem, was wir haben, Greever. Fällt dir etwas Besseres ein?«

»Nein.«

»Na also. Mach's wie Jabeez, und überlass das Denken mir. In Ordnung?«

»In Ordnung, Micah.«

Lekmann wandte sich an Coilla. »Was dich betrifft, wirst du dich da unten benehmen und deine Zunge im Zaum halten, wenn du sie nicht verlieren willst. Hast du das begriffen?«

Ihre Antwort bestand aus einem eisigen Blick.

»Micah«, sagte Blaan.

Lekmann seufzte. »*Ja?*«

»Alle Rassen können nach Teufelsbrüllen, richtig?«

»Das stimmt.«

»Also könnten auch Orks da sein.«

»Ich verlasse mich darauf, Jabeez. Deshalb sind wir hier, weißt du noch?« Er verlor langsam seine Geduld.

»Woher wissen wir dann, dass es die Orks sind, die wir suchen?«

Aulay grinste und zeigte dabei verfaulte Zähne. »Da ist was dran, Micah.«

Lekmann hatte über diesen Punkt offensichtlich noch nicht nachgedacht. Schließlich zeigte er mit dem Daumen auf Coilla. »Sie wird sie uns zeigen.«

»Einen Dreck werde ich.«

Er grinste sie drohend an. »Das werden wir ja sehen.«

»Was machen wir mit unseren Waffen?«, fragte Aulay.

»Wir geben die Schwerter am Tor ab, behalten aber ein klein wenig in Reserve.«

Er zog ein Messer aus seinem Gürtel und schob es in seinen Stiefel. Blaan und Aulay folgten seinem Beispiel, nur verbarg Aulay zwei Messer – einen Dolch in dem einen Stiefel und ein Wurfmesser im anderen.

»Wenn wir da unten ankommen, wirst du kein Wort sagen«, wiederholte Lekmann an Coilla gewandt. »Du bist nicht unsere Gefangene, du bist einfach nur bei uns. Verstanden?«

»Du weißt, dass ich dich dafür töten werde, oder?«, erwiderte sie gelassen.

Er versuchte, mit einem Lachen darüber hinwegzugehen. Aber er hatte ihr in die Augen geschaut, und seine Vorstellung war nicht überzeugend. »Vorwärts«, sagte er, indem er sein Pferd anspornte.

Sie ritten nach Teufelsbrüllen.

Kurz vor dem Tor durchschnitt Aulay Coillas Fesseln und flüsterte ihr zu: »Versuch zu fliehen, und du hast eine Klinge im Rücken.«

Vor dem Tor befand sich eine kleine gemischtrassische Menge, zu Fuß und beritten, und eine Schlange zog langsam am Kontrollpunkt vorbei, wo Waffen abgegeben wurden. Die Kopfgeldjäger und Coilla stellten sich an und erreichten den Kontrollpunkt, bevor sie ihre ersten Wächter sahen.

Sie waren Zweibeiner, aber damit war ihre Ähnlichkeit mit Wesen aus Fleisch und Blut bereits erschöpft. Sie waren solide gebaut und schienen aus einer Vielfalt von Metallen zu bestehen. Arme, Beine und tonnenförmige Brust schienen aus Eisen zu sein. Um Hand- und Fußgelenke wanden sich Bänder aus poliertem Kupfer.

Ein weiteres, breiteres Band lag wie ein Gürtel um die Hüfte und hätte aus gehämmertem Gold sein können. An den Gelenken – Ellbogen, Knie und Finger – funkelten silberne Nieten.

Die Köpfe waren aus einer Substanz, die Ähnlichkeit mit Stahl hatte, und fast völlig rund. Sie hatten große rote Juwelen als Augen, ein gestanztes Loch als ›Nase‹ und einen Schlitz mit zugespitzten Metallzähnen als Mund. Auf beiden Seiten des Kopfes dienten eingedrückte Öffnungen als Ohren.

Sie waren alle gleich groß, größer als irgendeiner der Kopfgeldjäger, und trotz der Beschaffenheit ihrer Körper bewegten sie sich mit einer überraschenden Geschmeidigkeit. Doch sie ahmten nicht völlig die Bewegungen organischer Lebensformen nach und neigten zu gelegentlicher Unbeholfenheit und einer Tendenz zum Stampfen.

Ihr Aussehen konnte nur als erschreckend bezeichnet werden.

Die Menschen legten ihre Waffen in die ausgestreckten Arme eines Wächters, und er ging mit ihnen zu einem befestigten Wachhaus.

»Homunkuli«, flüsterte Coilla. »Durch Zauberei erschaffen.«

Aulay und Blaan wechselten ehrfürchtige Blicke. Lekmann versuchte sich lässig zu geben.

Ein weiterer Wächter traf ein und ließ drei Holzmarken in Lekmanns Handfläche fallen. Dann winkte er sie durch das Tor in die Stadt.

Unterwegs verteilte Lekmann die Marken an die anderen. »Seht ihr, ich habe euch doch gesagt, dass es nicht schwer ist, ein paar Klingen einzuschleusen.«

Aulay schob seine Marke in eine Tasche und sagte: »Ich dachte, sie wären ein bisschen gründlicher.«

»Der Magierrat, der diese Stadt regiert, verliert die Kontrolle. Aber je schlampiger sie sind, desto besser für uns.«

Sie gingen durch die überfüllten Straßen, indem sie die Pferde am Zügel führten und darauf achteten, Coilla immer zwischen sich zu haben. Aulay sorgte dafür, hinter ihr zu gehen, um seine Drohung wahr machen zu können.

In Teufelsbrüllen wimmelte es von älteren Rassen. Gremlins, Pixies und Zwerge redeten, stritten, feilschten und lachten hin und wieder auch miteinander. Kleine Gruppen von Kobolden schoben sich durch die Menge, während sie sich in ihrer unverständlichen Sprache lautstark unterhielten. Eine Reihe mürrisch dreinschauender Gnome mit Spitzhacken auf den Schultern gingen zielbewusst ihren Geschäften nach. Trolle, die zum Schutz vor dem Licht eine Kapuze trugen, wurden von angeworbenen Elfen geführt. Zentauren klapperten die kopfsteingepflasterten Straßen entlang und achteten in der Menge stolz darauf, Distanz zu wahren. Es gab sogar ein paar Menschen, obwohl auffiel, dass sie sich nicht so oft unter die anderen Rassen zu mischen schienen.

»Was nun, Micah?«, fragte Aulay.

»Wir suchen uns ein Gasthaus und überlegen uns eine Strategie.«

Blaan strahlte. »Ale! Gut!«

»Das ist nicht der rechte Zeitpunkt, sich zu besaufen, Jabeez«, warnte ihn Lekmann. »Wir brauchen einen klaren Kopf für unser weiteres Vorgehen. Begriffen?«

Der Menschenberg schmollte.

»Bringen wir zuerst die Pferde in einem Stall unter«, schlug Lekmann vor. An Coilla gewandt fügte er hinzu: »Komm ja nicht auf dumme Gedanken.«

Sie gingen weiter durch die geschäftigen Straßen der Hafenstadt. Sie kamen an Buden und Handkarren vorbei, die vor Süßigkeiten, Fisch, Brot, Käse, Obst und Gemüse förmlich überquollen. Die Straßenhändler priesen die Qualität ihrer Waren. Händler zogen sture Esel vorwärts, die mit Stoffballen und Gewürzsäcken beladen waren. Wandernde Musikanten, Straßenkünstler und lautstarke Bettler trugen zur allgemeinen Kakophonie bei.

An Straßenecken bemühten sich schamlose Sukkubi und Inkubi um Kunden mit Geschmäckern, die ausgefallen genug waren, um sich der Gefahr auszusetzen, mit ihnen zu gehen. Der Geruch nach Pelluzit würzte die Luft. Er vermischte sich mit dem Duft nach Räucherwerk, das aus den geöffneten Türen einer Unzahl von Tempeln trieb, die jedem bekannten Götterpantheon gewidmet waren. In alledem patrouillierten Wächter, für die sich in dem Chaos wunderbarerweise immer ein Weg öffnete.

Die Kopfgeldjäger fanden einen von einem Gremlin geführten Stall und brachten für ein paar Münzen ihre Pferde unter. Sie gingen ohne Pferde weiter, Aulay immer noch hinter Coilla.

Einmal glaubte sie ein paar Orks zu sehen, die gerade eine entfernte Kreuzung überquerten. Aber ein Kirgizil und sein finster dreinschauender Koboldreiter versperrten ihr die Sicht, sodass sie nicht sicher war.

Aulay, fiel ihr auf, fummelte an seiner Augenklappe herum. Offensichtlich hatte er nicht gesehen, was sie erspäht hatte, aber vorübergehend fragte sie sich, ob vielleicht doch etwas an seinem »Orksinn« dran war.

Sie wusste, dass es keinen Grund gab, warum es keine Orks in der Stadt geben sollte, obwohl ihre Anwesenheit etwas weniger wahrscheinlich war, weil der größte Teil der orkischen Rasse unter Waffen stand und die Kriege anderer ausfocht – wie es ihr Los war. Falls es welche gab, mochten es Deserteure sein, was nicht unbekannt war, oder Orks mit einem offiziellen Auftrag. Das wiederum mochte bedeuten, dass sie nach abtrünnigen Vielfraßen suchten. Die andere Möglichkeit war natürlich die, dass die beiden Orks, die sie gesehen zu haben glaubte, tatsächlich Vielfraße waren. Der Blick, den sie auf sie geworfen hatte, war zu flüchtig gewesen, um es sagen zu können. Sie beschloss, nicht länger Trübsal zu blasen und sich ein klein wenig Hoffnung zu machen.

»Das hier wird reichen«, entschied Lekmann.

Er zeigte auf ein Gasthaus. Ein schlicht bemaltes Holzschild hing über der Tür. Darauf stand: *Werbestie und Breitschwert.*

Der Laden war gerammelt voll mit lärmenden Trinkern.

»Geh rein und such uns einen Platz, wo wir sitzen können, Jabeez«, wies Lekmann den Muskelberg an.

Blaan sah sich drinnen um und setzte dann seine Masse ein, um sich mit den anderen dreien im Kielwasser durch das Gedränge zu schieben. Mit dem angeborenen Instinkt eines Grobians steuerte er eine Gruppe Pixies an und scheuchte sie nach draußen.

Kaum hatten sich die Kopfgeldjäger und Coilla an den Tisch gesetzt, als eine elfische Schankmaid erschien. Lekmann öffnete den Mund, um zu bestellen. Sie knallte vier Zinnkrüge mit Met auf den Tisch und leierte: »Nehmt sie oder lasst es sein.«

Blaan warf ihr verächtlich ein paar Münzen zu. Sie fing sie auf und ging.

Die drei Menschen steckten die Köpfe zusammen, um eine verschwörerische Unterhaltung zu führen. Coilla lehnte sich mit verschränkten Armen zurück.

»Wie ich es sehe, haben wir ein kleines Problem«, flüsterte Lekmann. »Ideal wäre, zuerst dieses Miststück loszuwerden, weil wir uns dann nicht mehr mit ihr abgeben müssten. Aber wenn wir sie einmal verkauft haben, kann sie uns die anderen Orks nicht mehr zeigen.«

»Ich sagte doch bereits«, warf Coilla ein, »dass ich das nicht tun werde.«

Lekmann fletschte die Zähne und zischte: »Wir *zwingen* dich dazu.«

»Wie?«

»Überlass das mir, Micah«, erbot sich Aulay. »Ich bringe sie dazu.«

»Friss Scheiße, Einauge«, erwiderte sie.

Aula kochte vor Wut.

»Nehmen wir mal an, dass uns diese verrückte Missgeburt *nicht* hilft«, gab Lekmann zu bedenken. »In dem Fall wäre es vielleicht besser, wenn wir uns trennen. Jabeez und ich suchen einen Käufer für sie. Du, Greever, kannst schon mal mit der Suche nach den anderen Orks anfangen.«

»Und dann?«

»In ein paar Stunden treffen wir uns hier wieder und machen eine Bestandsaufnahme.«

»Von mir aus«, sagte Aulay mit einem mörderischen Blick in Coillas Richtung. »Ich bin froh, wenn ich sie nicht mehr sehe.«

Sie trank einen ordentlichen Schluck von ihrem Ale und wischte sich mit dem Handrücken den Mund ab. »Das hätte ich selbst nicht besser ausdrücken können.« Sie knallte Aulay ihren Krug auf die Hand. Es knackte laut. Sein Gesicht verzerrte sich, und er stieß ein gequältes Heulen aus.

Er starrte auf seinen kleinen Finger. Sein Gesicht war aschfahl, seine Augen tränten. *»Sie ... hat ... ihn ... gebrochen ...«*, winselte er mit zitternden Lippen. Wut verzerrte sein Gesicht, während er mit der anderen Hand an seinen Stiefel fuhr. *»Ich ... mach dich ... kalt ...«*, versprach er.

»Halt's Maul, Greever!«, schnauzte Lekmann. »Hier gibt es Zuschauer! Du wirst ihr nichts tun, sie ist wertvoll.«

»Aber sie hat mir den ...«

»Hör auf, dich wie ein kleines Kind zu benehmen. Hier.« Er warf ihm einen Lappen zu. »Wickel dir das darum, und halt den Mund.«

Coilla bedachte sie alle mit einem warmen Lächeln. »Tja, dann gehen wir mich doch verkaufen, ja?«, gurrte sie lieblich.

*

»Das sind immer noch dieselben, nicht wahr?«, sagte Stryke.

»Kein Zweifel«, bestätigte Jup. »Dieselben wie in Dreieinigkeit und bei dieser Jagdgesellschaft.«

Sie lagen lang ausgestreckt im Dickicht und schauten auf ein Lager in einer Senke herunter. Es war von einer Gruppe von Menschen besetzt. Der Rest des Trupps hatte Befehl erhalten, zurück und außer Sicht zu bleiben, und Stryke und Jup konnten sie aus ihrer Position nicht sehen.

Die schwarz gekleideten Menschen, die unter ihnen verschiedenen Tätigkeiten nachgingen, waren ausnahmslos Männer und zählten ungefähr zwanzig Mann. Sie waren deutlich zu erkennen und schwer bewaffnet. Eine Koppel für ihre Pferde war improvisiert worden, und unweit der Mitte des Lagers stand ein abgedeckter Karren.

»*Scheiße,* das hat uns gerade noch gefehlt«, seufzte Stryke. »Hobrows Aufseher.«

»Na ja, wir wussten, dass sie sich hier irgendwo herumtreiben. Wir konnten nicht damit rechnen, dass sie den gestohlenen Stern einfach abschreiben würden.«

»Aber wir wären ohne sie besser dran. Wir haben schon genug Sorgen.«

»Glaubst du, sie könnten Coilla oder Haskeer erwischt haben?«

»Wer weiß? Meinst du, deine Fernsicht könnte helfen?«

»Bis jetzt hat sie uns nicht viel genützt. Aber ich werde es versuchen.«

Er bohrte mit den Fingern ein Loch in den Boden und steckte eine Hand hinein. Dann konzentrierte er sich mit geschlossenen Augen. Stryke störte ihn nicht und beobachtete unterdessen das Lager.

Schließlich öffnete Jup die Augen und stieß einen tiefen Seufzer aus.

»Und?«

»Ich habe eine ganz schwache orkische Ausstrahlung empfangen, aber nicht von hier unten. Sie war aber nicht sehr weit entfernt.«

»Ist das alles?«

»So ziemlich. Ich konnte nicht erkennen, ob männlich oder weiblich. Auch nicht die Richtung. Wenn diese verdammten Menschen nicht so erpicht darauf wären, unsere Magie zu essen ...«

»Sieh mal.«

Unten im Lager kletterte eine Gestalt aus dem abgedeckten Karren. Es handelte sich um eine Menschenfrau. Sie hatte die Kindheit bereits hinter sich gelassen, war aber noch nicht zur Frau erblüht. Ein Rest von Babyspeck sowie ihre honigfarbenen Haare und tiefblauen Augen hätten ihr ein gutes Aussehen verleihen müssen. Doch sie hatte eine mürrische, übellaunige, finstere Miene aufgesetzt, und ihr Mund hatte einen gemeinen Zug.

»O nein«, stöhnte Jup.

»Was?«

»Milde Hobrow. Die Tochter des Predigers, von der ich dir erzählt habe.«

Sie ging mit anmaßendem Schritt im Lager umher und schrie die Aufseher an. Sie beeilten sich, ihr zu gehorchen.

»Sie ist kaum mehr als ein Kind«, sagte Stryke. »Aber sie gibt ganz offensichtlich Befehle.«

»Tyrannen sind oft misstrauisch. Häufig ziehen sie es vor, ein Familienmitglied zu benutzen, anstatt Außenstehenden zu vertrauen. Und es sieht so aus, als hätte er seinen Sprössling gut abgerichtet.«

»Ja, aber ... einem *Kind* die Befehlsgewalt überlassen?«

»Die Menschen sind vollkommen verrückt, Stryke, das weißt du doch.«

Jetzt ging das Mädchen mit einer Reitgerte auf die Aufseher los.

»Haben diese Männer denn keinen Stolz?«, wunderte sich Stryke.

»Zweifellos ist die Furcht vor ihrem Vater das stärkere Gefühl. Aber du hast Recht damit, dass es ein Fehler ist, ihr die Befehlsgewalt zu überlassen. Sie haben nicht einmal Wachen aufgestellt.«

Stryke flüsterte: »Zieh keine voreiligen Schlüsse.«

Jup wollte etwas sagen, doch Stryke legte ihm die Hand auf den Mund und drehte den Kopf des Zwergs nach rechts. Zwei Aufseher marschierten langsam ihrem Versteck entgegen. Sie hatten ihr Schwert gezückt. Stryke nahm die Hand weg.

»Sie haben uns nicht gesehen«, sagte Jup.

»Nein. Aber wenn sie ihren Weg fortsetzen, werden sie entweder uns sehen oder den Trupp.«

»Wir müssen sie ausschalten.«

»Genau, und zwar ohne die anderen zu alarmieren. Magst du den Köder spielen?«

Jup lächelte schief. »Was bleibt mir anderes übrig?«

Stryke betrachtete die sich nähernden Posten. »Lass mir nur genung Zeit, in Stellung zu gehen.« Er schlug sich verstohlen in die Büsche und bewegte sich in die Richtung der Aufseher.

Jup zählte im Stillen bis fünfzig. Dann stand er auf und schritt den Wachposten entgegen.

Sie erstarrten, und ihre Miene verriet Überraschung.

Er ging auf sie zu, die Hände weit weg vom Gürtel und von seinen Waffen. Er vergrößerte ihre Verwirrung, indem er lächelte.

Einer der Aufseher bellte: »Bleib, wo du bist!«

Jup ging weiter und behielt auch sein Lächeln bei.

Die Wachen hoben die Schwerter. Hinter ihnen tauchte Stryke lautlos aus dem Unterholz auf, einen Dolch in der Hand.

Der Aufseher bellte wieder. »Gib dich zu erkennen!«

»Ich bin ein *Zwerg*«, erwiderte Jup.

Stryke fiel von hinten über sie her. Jup stürzte vorwärts und zog sein eigenes Messer.

Die vier gingen in einem Durcheinander aus verdrehten Gliedern und fliegenden Fäusten zu Boden. Nach einigen Sekunden des Ringens schälten sich zwei separate Kämpfe heraus. Aber die Schwerter der Aufseher waren im Nahkampf nur zweite Wahl. Mit ihren Messern waren Jup und Stryke im Vorteil.

Jup erledigte seinen Gegner schnell. Er sah, dass der Weg zum Herzen seines Gegners frei war, und nahm ihn. Ein Stich mit dem Messer reichte.

Stryke hatte mehr zu tun. Im Durcheinander des Aufpralls hatte er sein Messer verloren. Dann gelang es seinem Gegner, sich nach oben zu drängeln. Der Aufseher packte sein Schwert mit beiden Händen und machte Anstalten, es Stryke in die Brust zu stoßen. Stryke packte die Unterarme des Mannes und hielt sie fest. Das Patt wurde durchbrochen, als er irgendwie die Kraft fand, seinen Gegner von sich herunterzustoßen. Bei dem kurzen Ringen um das Schwert ging Stryke siegreich hervor. Er rammte es dem Aufseher in dessen Eingeweide.

»Schnell, lass uns die Leichen außer Sicht schaffen«, befahl Stryke.

Sie schleiften die Leichen ins Gebüsch, als drei weitere Posten aus der Gegenrichtung auftauchten.

Jup holte mit dem Messer aus und warf es auf einen. Der Mensch wurde in die Brust getroffen und ging zu Boden. Seine Kameraden griffen an.

Ork und Zwerg begegneten ihnen mit gezückten Schwertern, und sie bildeten Paare und fochten.

Da er sich der Gefahr bewusst war, dass der Kampf die Aufmerksamkeit des Lagers unter ihnen erregen mochte, versuchte Stryke seinen Gegner so schnell wie möglich zu erledigen. Er ging stürmisch auf den Menschen los, deckte ihn mit einem Hagel von Hieben ein und tauchte hierhin und dorthin, um eine Blöße zu finden. Die schiere Gewalt seines Angriffs machte kurzen Prozess mit der Abwehr des Mannes. Mit einem energischen Schwung schlug Stryke ihm den Kopf ab.

Jup bediente sich einer ähnlichen Taktik und focht mit wenig raffinierter Wildheit. Der Aufseher, mit dem er es zu tun hatte, parierte das erste halbe Dutzend Hiebe und ermattete dann. Er wich zurück und fing an zu schreien. Jup setzte rasch nach. Er zog ihm die Flachseite seiner Klinge über den Mund und beendete sowohl das Geschrei als auch die Abwehrbemühungen des Mannes. Ein Nachfolgehieb in den Bauch regelte die Sache.

Stryke schlich zum Gesträuch und lugte auf das Lager hinab. Seine Befürchtungen, das Geschrei könnte gehört worden sein, erwies sich als unbegründet. Mit Jups Hilfe wurden die Leichen verborgen.

»Was passiert, wenn sie sich nicht zurückmelden?«, japste der Zwerg.

»Lass uns von hier verschwinden, bevor wir es herausfinden können.«

»Wohin also?«

»In die einzige Richtung, in der wir es noch nicht versucht haben – nach Osten.«

»Das bringt uns gefährlich nah an Grabhügelstein heran.«

»Ich weiß. Hast du einen besseren Plan?«

Jup schüttelte zögernd den Kopf.

»Dann machen wir es so.«

*

Ein halber Tag scharfen Reitens verstrich, bevor Jup es aussprach. »Stryke, das ist doch sinnlos. Das Land ist einfach zu groß.«

»Wir lassen unsere Kameraden nicht im Stich. Wir sind Orks.«

»Na ja, nicht *alle* von uns sind welche«, erinnerte ihn der Zwerg, »aber ich betrachte es als Kompliment, als einer gezählt zu werden.«

Sein Hauptmann lächelte müde. »Du bist ein Vielfraß. Ich neige dazu, deine Rasse zu vergessen.«

»Vielleicht wäre es besser für Maras-Dantien, wenn mehr von uns ein so kurzes Gedächtnis in dieser Hinsicht hätten.«

»Mag sein. Aber wir können Mitglieder unseres Trupps nicht vergessen, was sie auch getan haben.«

»Ich sage ja nicht, dass wir sie aufgeben sollten, um der Götter willen. Es kommt einem nur so sinnlos vor, die Sache auf diese Weise anzugehen.«

»Ist dir etwas Besseres eingefallen?«

»Du weißt, dass es nicht so ist.«

»Dann hat es wenig Zweck zu jammern.« Das wurde sehr barsch geäußert. Stryke mäßigte seinen Tonfall, als er hinzufügte: »Wir suchen weiter.«

»Was ist mit Grabhügelstein? Wir kommen der Stadt ständig näher.«

»Und wir werden ihr noch viel näher kommen, bevor ich in Erwägung ziehe aufzugeben.«

Schweigen senkte sich über sie, da sie ihren Weg nach Westen fortsetzten.

Schließlich sahen sie einen Reiter aus der Richtung auf sie zugaloppieren, in die sie unterwegs waren.

Jup identifizierte ihn. »Das ist Seafe.«

Stryke ließ die Kolonne anhalten.

Seafe schoss heran und zog hart am Zügel seines schaumbedeckten Pferdes. »Vorgezogener Kundschafter meldet sich zum Rapport, Hauptmann!«

Stryke nickte.

»Wir haben ihn gefunden, Hauptmann! Feldwebel Haskeer!«

»Was?«

»Ein oder zwei Meilen nördlich. Aber er ist nicht allein.«

»Lassen Sie mich raten. Hobrows Männer.«

»Ja, Hauptmann.«

»Wie viele insgesamt?«, fragte Jup.

»Schwer zu sagen, Feldwebel. Zwanzig, dreißig.«

»Und Hobrow selbst?«, fragte Stryke.

»Der ist auch dabei.«

»Irgendein Zeichen von Coilla?«

»Wir haben nichts von ihr gesehen. Ich habe Talag zurückgelassen, um sie im Auge zu behalten.«

»Gut gemacht, Seafe.« Er drehte sich um und winkte den Trupp herbei. »Scheint so, als hätten wir Feldwebel Haskeer gefunden«, teilte er ihnen mit. »Aber er befindet sich in der Gewalt von Hobrows Unis. Seafe wird uns hinführen. Haltet euch bereit, und verhaltet euch still. Also los, vorwärts, Seafe.«

Nach einiger Zeit erreichten sie einen Kamm, hinter dem, wie Seafe erklärte, das Gelände in eine Senke abfiel.

»Vermutlich ist es besser, wenn wir hier absteigen und die Pferde am Zügel führen, Hauptmann«, schlug er vor.

Stryke gab ihm Recht und erteilte den entsprechenden Befehl. Sie erklommen den Kamm lautlos, bis sie sich der Kuppe auf Pfeilschussweite genähert hatten.

»Wachen?«, sagte Stryke.

»Ein paar«, bestätigte Seafe.

»Dann gilt ihnen unser Hauptaugenmerk.« Stryke ging durch den Kopf, wie viel schwerer es war, nur einen halben Trupp einsetzen zu können. Er ließ Hystykk, Calthmon, Gant und Finje antreten. »Sucht die Posten und kümmert euch um sie«, befahl er. »Danach kommt ihr hierher zurück.«

Als sie gingen, sagte Jup: »Meinst du, vier reichen?«

»Das hoffe ich. Mehr können wir nicht erübrigen.« Er schnappte sich einen Soldaten. »Bleib hier bei den Pferden, Reafdaw. Wenn die anderen die Wachen erledigt haben, schick sie hoch.«

»Wir werden am Fuß von diesem Baum sein«, sagte Seafe zu Reafdaw, indem er auf einen besonders hohen, schlanken Baum zeigte, dessen Wipfel über die Kuppe ragte. Reafdaw nickte.

Seafe führte Stryke, Jup, Toche und Jad die Anhöhe empor. Eine erbärmlich kleine Truppe, fand Stryke.

Sie erreichten die Kuppe und schauten auf ein leicht bewaldetes Gebiet herab. Geduckt schleichend erreichten sie Talag und streckten sich unter dem hohen Baum aus. Er bedeutete ihnen, sich auf eine Lücke im Grün zu konzentrieren.

Sie sahen eine Lichtung, wo die Bäume viel spärlicher standen. Ein zeitweiliges Lager war errichtet worden, in dem zwei Dutzend oder mehr Aufseher herumliefen. Auf einer Seite stand ein Einspänner ohne Pferd, dessen Deichsel auf einem Baumstumpf lag.

»Wo ist Haskeer?«, flüsterte Stryke.

»Da drüben«, erwiderte Talag, indem er auf einen Bereich zur Linken zeigte, wo ihnen Bäume die Sicht versperrten.

Sie blieben gute zehn Minuten in Stellung, in denen sie darauf warteten, dass unten etwas geschah. Dann trafen die anderen Orks ein. Gant bedeutete mit erhobenem Daumen, dass alles in Ordnung war.

»Seid ihr sicher, dass ihr alle erwischt habt?«, fragte Stryke.

»Wir haben die gesamte Runde gemacht, Hauptmann. Wenn es noch mehr gab, dann waren sie gut verborgen.«

»Tja, man wird sie bald vermissen. Wenn wir etwas unternehmen wollen, müssen wir es rasch tun. Bist du sicher, dass du Haskeer da unten gesehen hast, Seafe?«

»Ich bin sicher, Boss. Seine hässliche Visage ist unverwechselbar.« Eiligst fügte er hinzu: »Nichts für ungut, Hauptmann.«

Stryke lächelte dünn. »Ist schon in Ordnung, Soldat. Ich glaube, wir wissen, was Sie meinen.«

Mehr tote Zeit verstrich. Sie wurden langsam unruhig, als es unten im Lager einen Aufruhr gab. Durch die Bäume war Bewegung zu erkennen. Die Orks spannten sich.

Kimball Hobrow tauchte auf, den Rücken gerade, die Schritte entschlossen und zielgerichtet. Er rief etwas, aber sie konnten die Worte nicht verstehen. Ihm folgte ein johlender Haufen seiner schwarz kostümierten Aufseher.

Haskeer wurde ins Lager geschleift.

Seine Hände waren ihm auf den Rücken gebunden, und er taumelte mehr, als dass er ging. Selbst aus dieser Entfernung war offensichtlich, dass er misshandelt worden war.

Sie schafften ihn in die Mitte der Lichtung zu einem hohen Baum. Ein Pferd wurde gebracht. Die Menge hievte ihn hinauf.

Jup war verwirrt. »Sie werden ihn doch nicht laufen lassen, oder?«

Stryke schüttelte den Kopf. »Auf keinen Fall.«

Einer der Menschen kam mit einer Seilschlinge und zog sie Haskeer über den Kopf. Die Schlinge wurde ihm um den Hals gelegt, das andere Ende über einen vorspringenden Ast geworfen. Eifrige Hände zogen Seil und Schlinge stramm.

»Wenn wir auch nur noch eine Minute warten«, flüsterte Jup, »erleben wir eine Hinrichtung.«

36

Stryke sah zu, wie der lärmende Haufen Haskeer zum Hängen bereitmachte.

»In Zeiten wie diesen bin ich froh, dass ich nicht in deiner Haut stecke, Boss«, sagte Jup zu ihm.

In der Senke stieg Hobrow auf seine Kutsche und stellte sich auf den Sitz. Er hob die Arme. Die Menge beruhigte sich und verstummte schließlich. »Der Höchste Schöpfer hat es für richtig gehalten, uns unsere heilige Reliquie zurückzugeben!«, tönte er. »Mehr noch, Er hat uns eine weitere geschenkt!«

»Sie haben die Sterne«, flüsterte Stryke.

»Und in Seiner grenzenlosen Weisheit hat uns der Herr außerdem eines der gottlosen Geschöpfe in die Hände gespielt, die uns unser Geburtsrecht gestohlen haben!« Hobrow zeigte anklagend mit dem Finger auf Haskeer. »Und heute haben wir die heilige Aufgabe, diesen Untermenschen in den Tod zu schicken!«

»Scheiß drauf!«, zischte Stryke. »Wenn jemand Haskeer umbringt, dann bin ich es.« Während Hobrow weiterschwadronierte, winkte er einen der Gemeinen zu sich. »Du bist der beste Bogenschütze, den wir haben, Breggin. Kannst du von hier aus das Seil treffen?«

Breggin blinzelte und betrachtete das Ziel. Er befeuchtete einen Finger und hielt ihn in die Luft. Seine Zungenspitze tauchte im Mundwinkel auf, als er sich konzentrierte. Mit gerunzelter Stirn erwog er Windgeschwindigkeit, Neigung der Flugbahn und Kraft, die erforderlich war, den Pfeil abzuschießen.

»Nein«, sagte er schließlich.

»... wie wir alle unsere Feinde mit der Hilfe unseres Herrn, des Allmächtigen Gottes besiegen werden und ...«

Stryke versuchte es anders. »Also gut, Breggin. Nimm Seafe, Gant und Calthmon mit, und hol Reafdaw mit den Pferden her. *Im Laufschritt!*«

Der Gemeine huschte davon.

»Wir greifen sie an?«, fragte Jup.

»Uns bleibt nichts anderes übrig.« Er deutete zur Lichtung. »Vorausgesetzt, sie bringen Haskeer nicht vorher um.«

»Wenn sie damit warten, bis dieser Windbeutel aufhört zu reden, haben wir vielleicht noch Zeit.«

»... zu Seinem ewigen Ruhme! Sehet die Gabe des Herrn!« Hobrow holte einen kleinen Jutesack hervor und entnahm ihm die Sterne. Er hielt sie in die Höhe, und seine Anhänger jubelten.

Jup und Stryke sahen einander an.

»... Seine Wege sind unergründlich, Brüder, wenn Er Seine Wunder vollbringt! Lobet Ihn und schickt die Seele dieses Geschöpfes geradewegs in die Verdammnis!«

Haskeer schien die Vorgänge nur vage zur Kenntnis zu nehmen.

Stryke sah sich um. »Sie beeilen sich hoffentlich mit den Pferden.«

Hobrow ließ den Arm herabsausen. Haskeers Pferd wurde mit einer Peitsche geschlagen. Es rannte los.

Die Soldaten kehrten mit den Pferden am Zügel im Laufschritt zurück.

Haskeer hing in der Luft und strampelte mit den Füßen.

»Aufsitzen!«, bellte Stryke. »Ich schnappe mir Haskeer. Jup, du gibst mir Rückendeckung. Alle anderen töten Unis!«

Er ritt in vollem Galopp durch die Bäume, den Trupp im Schlepptau.

Sie duckten sich unter Astgabeln und peitschenden Zweigen hinweg, während sie den Hang hinabgaloppierten. Sie wichen Baumstümpfen aus. Sie trieben ihre Pferde zu höherem Tempo an.

Und platzten auf die Lichtung.

Die Aufseher waren ihnen vielleicht drei zu eins überlegen. Aber die Orks waren beritten und hatten die Überraschung auf ihrer Seite. Sie gingen auf den Pöbelhaufen los und schlugen um sich. Von diesem unerwarteten Angriff völlig überrumpelt, war die Reaktion der Menschen ein wüstes Durcheinander.

Haskeer zappelte und strampelte am Ende des Stricks. Stryke kämpfte verzweifelt, um zu ihm zu gelangen, während Jup neben ihm wie ein Wilder um sich schlug.

Ein heulender Keil von Menschen geriet zwischen ihre Pferde und trennte sie. Jups verängstigtes Tier drehte sich im Strom und landete im rechten Winkel in einem Meer feindlicher Klingen. Er fuhr in sie wie eine Sense in Korn und kämpfte verzweifelt, um sich wieder richtig zu drehen.

Stryke blieb auf Kurs, traf aber auf ebenso viel Widerstand. Er ritt mit dem Pferd auf seine Gegner los, trat mit den Stiefeln zu und bearbeitete ihre Schwerter mit seiner Klinge. Ein Aufseher warf sich von der Seite förmlich auf ihn, packte seinen Gürtel und versuchte, ihn aus dem Sattel zu ziehen. Stryke schlug ihm den Schädel ein und stieß ihn in die Menge zurück.

Über den Lärm hinweg war Hobrow zu vernehmen, wie er Verwünschungen kreischte und lauthals den Namen seines Gottes anrief.

Während er weiterkämpfte, sah Stryke zwei Gemeine von hinten in die kleine Meute pflügen, die ihn umzingelte. Die Ablenkung beschäftigte genügend Aufseher, um ihm die Gelegenheit zu verschaffen, Haskeer zu erreichen. Nur zwei Menschen versperrten ihm den Weg. Den ersten erledigte er mit einem abwärts gerichteten Hieb, der dessen Kehle durchschnitt. Der zweite bekam einen Hieb ins Gesicht. Er fiel, die Hände auf die blutende Schramme geschlagen.

Als er endlich bei Haskeer angelangt war, stellte Stryke fest, dass der Feldwebel zu zappeln aufgehört hatte und schlaff dahing. Es sah so aus, als seien sie zu spät gekommen.

Plötzlich war Jup neben ihm. Er lenkte sein Pferd unter Haskeers baumelnde Füße und hielt dessen Beine fest. »Beeil dich, Stryke!«, brüllte er.

Stryke erhob sich in den Steigbügeln und schnitt das Seil durch. Jup keuchte, als er das ganze Gewicht des Orks halten musste. Gemeinsam gelang es Jup und Stryke unter großen Mühen, Haskeer quer über das Pferd des Zwergs zu legen.

»Schaff ihn weg!«, bellte Stryke.

Jup nickte und trieb sein Pferd an. Ein Aufseher versperrte ihm den Weg und schwenkte die Arme in dem Versuch, Jups Pferd zu erschrecken. Der Zwerg ritt ihn nieder. Dann strebte er den Bäumen entgegen, wobei er ständig die Richtung wechselte, um es versprengten Menschen so schwer wie möglich zu machen, ihm den Weg abzuschneiden.

Auf der ganzen Lichtung waren Mitglieder des Trupps in Kämpfe verwickelt. Stryke warf einen Blick auf die Kutsche, bei der ein paar Aufseher standen, um Hobrow zu schützen. Er rief immer noch Befehle und Verwünschungen. Den Beutel mit den Sternen hielt er in einer Hand.

Stryke wollte versuchen, sich den Beutel zu holen.

Er spornte sein Pferd an, kam aber nicht sehr weit, bevor ihm drei Aufseher den Weg versperrten. Stryke hatte genug Tempo aufgenommen, um am ersten vorbeireiten zu können, der dabei wirkungslos nach ihm hieb. Die anderen beiden waren geschickter. Sie gingen von zwei Seiten auf ihn los. Einer zielte einen Axthieb auf Strykes Bein, der knapp danebenging. Der andere sprang ihn in der Absicht an, ihn vom Pferd zu werfen. Er war immer noch in der Luft, als Strykes zustoßender Ellbogen seinen Nasenrücken traf. Der Mann wurde aus der Bahn geworfen und verfehlte ihn ebenfalls. Stryke ritt weiter.

Im größeren Gemenge wurde Seafe vom Pferd gezogen. Er behauptete sich gegen drei oder vier angreifende Aufseher. Dann ritt Calthmon sie mehr oder weniger über den Haufen und schaffte es, Seafe auf sein Pferd zu ziehen.

Hobrow sah, wie Stryke sich näherte, und kauerte sich zusammen, während er seinen beiden Aufsehern lautstark befahl, ihn zu beschützen. Im gleichen Moment wurde einer von ihnen von einem vorbeireitenden Ork niedergemäht. Stryke galoppierte heran und begrub seine Klinge im Schädel des anderen. Doch das Opfer ging mit seinem darin begrabenen Schwert zu Boden, sodass es für ihn verloren war.

Stryke riss sein Pferd zu Hobrow herum und hielt inne. Mittlerweile schnatterte der Prediger dummes Zeug. Stryke schlang rasch die Zügel um die Deichsel der Kutsche und sprang, sodass das ganze Gefährt erbebte, als er darauf landete. Hobrow hatte keine Möglichkeit zur Flucht, und er presste sich gegen den Sitz und wand sich. Stryke packte den Saum seines Umhangs, zerrte ihn zu sich heran und schlug auf ihn ein. Sein Hut flog davon, sein Gesicht blutete, aber er hielt den Beutel mit den Sternen immer noch mit aller Kraft fest.

Ein kleiner Trupp Aufseher war im Laufschritt zur Kutsche unterwegs. Stryke prügelte noch stärker auf den Prediger ein, und schließlich schaffte er es, ihm den Beutel zu entreißen. Hobrow ging zu Boden. Zu Strykes großem Bedauern war er noch am Leben. Doch ihm blieb keine Zeit mehr, das zu ändern. In aller Eile schwang er sich auf sein Pferd und ritt los, als die erste Welle der vermeintlichen Retter angelaufen kam.

Breggin und Gant war es gelungen, die Pferde der Menschen loszubinden und in Panik zu versetzen, sodass sie davonliefen. Mehrere Aufseher versuchten, sich den durchgehenden Tieren entgegenzustemmen, und wurden kurzerhand niedergetrampelt. Die Pferde flohen weiter und verbreiteten noch mehr Chaos.

Stryke stopfte sich den Beutel in sein Wams und brüllte den Befehl zum Rückzug.

Die Vielfraße lösten sich von ihren Gegnern und rückten ab. Wo sie konnten, schlugen sie dabei noch Feinde nieder.

Als er zwischen den Bäumen war und den Hang erklomm, erspähte Stryke Jup voraus. Er holte ihn ein. Haskeer war halb bewusstlos, sein Kopf rollte hin und her, und er atmete flach. Sie ließen die Bäume hinter sich und erreichten die Kuppe der Erhebung mit dem Rest des Trupps. Stryke zählte rasch. Alle waren da.

Einige Pferde der Aufseher tauchten ebenfalls aus der Senke auf und liefen in verschiedene Richtungen.

»Das sollte sie eine Weile beschäftigen!«, rief Jup.

»Seht da!«, rief ein Gemeiner.

Aus dem Süden galoppierte ihnen eine weitere Gruppe schwarz gekleideter Menschen entgegen. An ihrem Ende befand sich ein abgedeckter Karren.

»Mildes Gruppe«, sagte Stryke.

Einige hielten auf die Senke zu. Andere machten Anstalten, den Vielfraßen nachzujagen.

Stryke spornte sein Pferd an und führte den Trupp über die Prärie.

*

Der Abend war nicht mehr weit entfernt. Von der vorrückenden Eisscholle im Norden blies ein kalter Wind, der am Ende des Tages immer kälter wurde.

Alfrays Hälfte der Vielfraße kam auf ihrem Weg zum Drogawald gut voran. Als sie auf einen Nebenarm des Callyparr stießen, der sich landeinwärts schlängelte, bevor er später in einer großen Schleife wieder zurückfloss, beschloss er, an dessen Ufer ein frühes Lager aufzuschlagen. Er dachte sich, dass sie in diesem Fall die Reise noch vor Morgengrauen fortsetzen konnten.

Als der Trupp den Vorschlag machte, eine Ration Pelluzit zu genehmigen, dachte er sich weiter, dass es nicht schaden konnte. Die Männer hatten es sich verdient. Aber nur ein wenig. Sie waren immer noch eine Kampfeinheit, und außerdem brauchten sie das Pelluzit als Tauschobjekt.

Ein oder zwei Klümpchen der Droge wurden konsumiert. Danach vertieften sich Alfray und Kestix in eine, nach orkischen Maßstäben, philosophische Diskussion.

»Ich bin nur ein einfacher Soldat, Gefreiter«, sagte der Gemeine, »aber es kommt mir so vor, als könnte niemand bessere Götter als unsere verlangen. Wofür brauchte man andere?«

»Ach, wie viel leichter es doch wäre, wenn alle unserer Meinung wären«, erwiderte Alfray nicht ganz ernsthaft.

Kestix sah keine Ironie. Mit vom Kristall etwas undeutlicher Stimme und glasigen Augen verfolgte er das Thema weiter. »Ich meine, wenn man das Kleeblatt hat, was will man sonst noch?«

»Mir haben sie immer gereicht«, stimmte Alfray zu. »Welcher Aspekt der Vierheit ist dir der liebste?«

»Der liebste?« Kestix sah aus, als habe ihm noch nie zuvor jemand diese Frage gestellt. »Tja, im Grunde sind sie mir alle gleich lieb.« Er dachte kurz nach. »Vielleicht Aik. Jeder liebt den Gott des Weins, oder nicht?«

»Was ist mit Zeenoth?«

»Die Göttin der Hurerei?« Kestix grinste wie ein kleiner Junge. »Sie ist es wert, verherrlicht zu werden, wenn Sie wissen, was ich meine?« Er zwinkerte Alfray auf obszöne Art zu.

»Und Neaphetar?«

»Er ist der Größte, nicht wahr? Neaphetar ist der Gott des Krieges. Seinen Namen habe ich auf den Lippen, wenn wir in einen Kampf ziehen. Der oberste aller Orks ist Neaphetar.«

»Findest du ihn nicht grausam?«

»Oh, er ist grausam, sicher. Aber gerecht.« Er starrte Alfray einen Moment leeren Blickes an und fragte dann: »Wer ist Ihnen der Liebste, Boss?«

»Wystendel, glaube ich. Der Gott der Kameradschaft. Mir macht das Kämpfen Spaß. Natürlich macht es mir Spaß, schließlich bin ich ein Ork. Aber manchmal glaube ich, dass die Kameradschaft eines guten Trupps das Beste an unserem Los ist.«

»Jedenfalls würde ich sagen, dass die vier genau richtig sind. Balgen, bumsen, bechern. Rau und rüde. *So* sollten Götter sein.«

Ein Gemeiner reichte ihm eine Pfeife. Er zog daran, und seine Wangen wurden hohl, als er den Rauch inhalierte. Beißender Qualm stieg aus dem Pfeifenkopf auf. Kestix gab sie an Alfray weiter.

»Was ich nicht verstehe«, fuhr der Gemeine fort, »ist diese Geidenschaft, äh, Leidenschaft ... diese Leidenschaft für einen einzelnen Lott. Scheiße! *Gott*. Für einen einzelnen Gott.«

»Mir kommt der Gedanke auch komisch vor«, räumte Alfray ein.

»Aber schließlich sind die Menschen nicht gerade knapp an verrückten Ideen.«

»Ja, ich meine, wie kann *ein* Gott alles ganz allein regeln? Es muss doch das Werk mehrerer sein, eine Gemeinschaftsleistung?«

Die Pfeife machte Alfray aufgeschlossen für alles Wohlbehagen. Sie brachte ihn ins Grübeln. »Weißt du, vor der Ankunft der Menschen waren alle Rassen viel aufgeschlossener für die Überzeugungen der anderen«, sagte er undeutlich. »Jetzt versuchen alle nur noch, einem die eigene Religion einzuhämmern.«

Kestix nickte weise. »Die Spätankommer müssen sich für eine Menge verantworten. Sie haben so viel Krawall verursacht.«

»Aber das bringt mich auf den Gedanken, dass wir unseren Göttern in letzter Zeit zu wenig Aufmerksamkeit geschenkt haben. Ich schätze, ich werde ihnen ein Opfer darbringen, sobald ich Gelegenheit dazu bekomme.«

Sie verstummten, da sich jeder im kaleidoskopischen Theater seiner Gedanken verlor. Der Rest des Trupps war ebenfalls zusammengesunken, obwohl immer noch bis zu einem gewissen Grad gescherzt und gekichert wurde.

Eine unmessbare Zeitspanne verstrich. Dann richtete sich Kestix auf. »Gefreiter.«

»Hmmm?«

»Wofür halten Sie das?«

Weißlicher Nebel stieg aus dem Nebenarm auf. Durch ihn näherte sich ein Gefährt aus der Richtung des Callyparr.

Alfray weckte den Trupp. Etwas wacklig und mit einigem Murren rappelten sie sich auf und bewaffneten sich.

Die Nebelschwaden teilten sich.

Eine Barke glitt majestätisch auf sie zu. Sie lag tief im Wasser und war so breit, dass ihre Seiten fast das Ufer berührten. Im Heck erhob sich eine geräumige Deckkajüte. Eine geschnitzte Galionsfigur, die dem Ebenbild einer Taube nachempfunden war, erhob sich am Bug. Das einzelne Leinwandsegel des Gefährts flatterte und knisterte in der Abendbrise.

Als die Barke so nahe war, dass sie die Besatzung sehen konnten, erhob sich ein Ächzen aus den Reihen der Orks.

»O nein«, seufzte Kestix. »Die haben uns gerade noch gefehlt.«

»Wenigstens sind sie nicht lebensgefährlich«, erinnerte Alfray ihn.

»Aber verdammt unangenehm, Gefreiter.«

»Kein Grund, sie zu töten, wenn wir nicht müssen«, sagte Alfray zu den Gemeinen. »Ihre Magie hat nur etwas mit ihrer Fortbewegung zu tun, also sind sie keine echte Bedrohung. Haltet alle Wertsachen fest.«

Er erwog, einen schnellen Rückzug zu befehlen. Aber das hätte bedeutet, Besitz zurücklassen zu müssen, der geplündert werden konnte, und es war damit zu rechnen, dass jene auf der Barke ihnen folgen würden, bis deren berüchtigte Neugier gestillt war. Was darauf hinauslaufen mochte, diese Bande tagelang im Schlepptau zu haben. Besser, sie brachten es hinter sich und stellten sich dem Unwetter.

»Vielleicht fahren sie einfach vorbei«, verlieh Kestix seiner Hoffnung Ausdruck.

»Ich glaube nicht, dass das in ihrer Natur liegt, Soldat.«

»Aber wir sind *Orks.* Wissen sie denn nicht, dass es *gefährlich* ist, sich mit uns anzulegen?«

»Wahrscheinlich nicht. Sie sind nicht sehr hell. Aber vergiss nicht, dass es nicht ewig dauern wird. Wir können es einfach aussitzen.«

Das Segel der Barke wurde gerefft. Ein Anker klatschte ins Wasser.

Dann erhoben sich ein paar Dutzend winzige Gestalten wie Ballons vom Schiffsdeck und strebten den Orks entgegen. Eigentlich flogen sie nicht, sondern schwebten mehr. Sie drehten sich in die Richtung, die sie einschlagen wollten, flatterten träge mit ihren kleinen Stummelarmen und glitten langsam durch die Luft.

Sie hatten ein wenig Ähnlichkeit mit menschlichen oder zwergischen Säuglingen. Alfray wusste, dass sie keine waren. Manche von ihnen waren wahrscheinlich älter als er, und alle waren sie äußerst versiert in der Kunst des Diebstahls und allem, was damit zu tun hatte. Aber er nahm an, dass es ihre Ähnlichkeit mit jungen hilflosen Lebensformen war, die verhinderte, dass mehr von ihnen von erzürnten Reisenden erschlagen wurden.

Die Racker hatten einen großen Kopf und große runde Augen, die anziehend gewesen wären, hätten sie nicht so gemein gefunkelt. Sie waren rosahäutig und haarlos, wenn man von einem kurzen Flaum auf dem Kopf absah. Ihr Geschlecht war undefiniert. Sie trugen gegerbte Lendentücher aus Tierfellen, die ein wenig wie glänzende schwarze Windeln aussahen und an denen eine Unzahl von Stoffbeuteln baumelten. Racker trugen keine Waffen.

Während sie schwebten, plapperten sie. Schrill, unverständlich, lästig.

Eine ganze Traube der Geschöpfe erreichte sie. Dann stürzten sie sich auf die Orks, und plötzlich waren sie nicht mehr so träge.

Sie ließen sich auf Köpfen, Schultern und Armen nieder. Während sie sich an den Kleidern der Orks festklammerten, stöberten sie mit ihren flinken Fingern in jeder Tasche und in jedem Beutel herum. Sie versuchten sich Waffen und Zahnhalsketten anzueignen. Winzige Hände schnappten sich die Helme der Gemeinen.

Alfray packte einen der kleinen Diebe und schüttelte ihn, um ihn dazu zu bringen, sein Wams loszulassen. Es war überraschend harte Arbeit. Als er ihn endlich losbekam, schob er ihn mit aller Kraft weg. Der Racker segelte davon und drehte sich dabei um die eigene Achse.

Immer mehr von ihnen quollen aus der Barke und sammelten sich über dem Trupp wie liebreizende Geier. Wenn ein Ork sich von einem Racker befreite, stieß ein anderer herab und nahm dessen Platz ein.

Während er mit dem Handrücken nach einem der Angreifer schlug, brüllte Alfray: »Wie bringen sie so viele auf einem so verdammt kleinen Boot unter?«

Kestix hätte geantwortet, aber eines der Geschöpfe verdrehte gerade seine Nase mit einer winzigen Hand. Die andere wühlte im Gürtelbeutel des Gemeinen herum. Mit einiger Mühe pflückte Kestix den Racker von sich herunter und schleuderte ihn von sich. Er glitt in eine Traube wartender Artgenossen, sodass diese versprengt wurden wie Kegel, nur viel langsamer

Während Alfray einen Racker wegzog, der seine Brust umklammerte, humpelte ein Gemeiner an ihm vorbei, dessen Bein ein Racker umschlungen hielt. Er trat heftig in dem Versuch aus, das Geschöpf abzuschütteln.

Ab und zu wurde deutlich, dass Maras-Dantiens Magie nachließ, wenn ein Racker unversehens abstürzte und hart auf dem Boden landete. Dann war hektisches Armwedeln erforderlich, um sich unsicher wieder in die Luft zu erheben. Alfray nahm an, dass es zu diesen Zwischenfällen kam, wenn ein Racker über eine geschwächte Energielinie flog, die den Zauber aufhob. Bedauerlicherweise stürzten nur wenige von ihnen ab.

Noch immer regneten sie auf die Orks nieder und verankerten sich an allen unbesetzten Körperteilen ihrer Opfer. Die Gemeinen traten sie beiseite, stießen sie mit dem Ellbogen weg, rissen sie von ihren Kleidern los und schleuderten sie weg. Alfray sah einen Gemeinen, der einen Racker an Arm und Bein festhielt. Er drehte sich mehrmals im Kreis und ließ ihn dann los. Mit einem Daumen im Mund schoss der Racker in hohem Bogen der Barke entgegen.

Alfray machte sich langsam Sorgen, die Gemeinen würden die Geduld verlieren und damit anfangen, die Nervensägen umzubringen. »Holt ein Seil!«, bellte er, indem er sich einen Racker vom Gesicht schlug. *»Seil!«*

Der Befehl war leichter erteilt als ausgeführt. Vornüber gebeugt und mit den Händen über dem Kopf, um auf sie herabstoßende Racker abzuwehren, eilten ein paar Gemeine zu den Pferden. Unter großen Schwierigkeiten gelang es ihnen schließlich, ein Seil zu holen.

»Nehmt die Enden, und zieht es auseinander!«, rief Alfray. Während sie sich mühten, seinen Befehl zu befolgen, zog er sein Schwert. »Zieht blank! Treibt sie mit der Flachseite der Klingen zusammen!«

Ein unbeholfenes Ringen begann, da die Soldaten ihr Bestes taten, um die Racker einerseits von sich abzuschütteln und andererseits zusammenzutreiben. Es bedurfte einiger Grobheit und vieler großzügig ausgeteilter Hiebe auf Kehrseiten, aber nach zehn anstrengenden Minuten waren die meisten der blökenden Geschöpfe zusammengepfercht. Einige erhoben sich über die Traube, aber das ließ sich nicht ändern.

Alfray bellte einen Befehl. Die Gemeinen umzingelten die Masse der Racker mit dem Seil, um es dann stramm zu ziehen und hastig zu verknoten.

Unter Alfrays Führung schleppte der Trupp die lebende Ladung zur Barke zurück. Das Seil wurde am Mast festgebunden und der Anker wurde gelichtet. Sie setzten das Segel. Es fing den Wind und blähte sich auf. Nach einem gemeinschaftlichen Stoß aller Orks setzte sich die Barke in Bewegung und nahm rasch Fahrt auf.

Die gefangenen Racker wehrten sich wenig wirkungsvoll und quiekten vor sich hin, als die Barke im Nebel untertauchte. Eine Hand voll Nachzügler flog dem Kahn hinterher.

Alfray stieß einen erleichterten Seufzer aus, während er ihnen nachsah. Er fuhr sich mit dem Handrücken über die Stirn. »Ich hoffe, Stryke ergeht es besser«, sagte er.

*

Hobrows Männer verfolgten Strykes Gruppe nicht lange, daher ließ er den Trupp bei der ersten Gelegenheit anhalten.

Sie halfen Haskeer von Jups Pferd und schnitten seine Fesseln durch. Er war bei Bewusstsein, aber ziemlich weggetreten. Sie setzten ihn auf den Boden und gaben ihm Wasser, das er nur mit Mühe schlucken konnte. An seinem Hals waren kräftige Würgemale zu sehen, die der Strick hinterlassen hatte.

»Ich wünschte, Alfray wäre hier«, sagte Stryke, während er Haskeer untersuchte. »Er hat ordentlich Prügel bezogen, aber ich würde sagen, er hat keine größeren Schäden erlitten.«

»Außer vielleicht im Kopf«, erwiderte Jup. »Vergiss nicht, warum er überhaupt in diesem Zustand ist.«

»Ich vergesse es nicht.« Er verpasste Haskeer ein paar Ohrfeigen. »Haskeer!«

Das brachte ihn zu sich, aber nicht genug. Stryke nahm den Wasserbeutel und goss Haskeer dessen Inhalt über den Kopf. Die Flüssigkeit lief ihm über das Gesicht. Seine Augen öffneten sich. Er murmelte etwas, das sie nicht verstehen konnten.

Stryke verabreichte ihm noch ein paar Ohrfeigen. »Haskeer! *Haskeer!*«

»Hmmm? Was ...?«

»Ich bin's, Stryke. Kannst du mich hören?«

Haskeer reagierte schwach. »Stryke?«

»Was, zum Henker, haben Sie sich nur dabei gedacht, Feldwebel?«

»Gedacht ...?«

Stryke schüttelte ihn heftig. »Los doch! Kommen Sie endlich zu sich!«

Haskeer gelang es endlich, sich zu konzentrieren. »Hauptmann ... was ... was ist passiert?« Er schien völlig verwirrt zu sein.

»Passiert ist, dass Sie *so* dicht vor einer Anklage wegen Desertion stehen. Ganz zu schweigen davon, dass Sie versucht haben, Angehörige des Trupps zu töten.«

»Zu *töten* ...? Stryke, ich schwöre ...«

»Vergessen Sie das Schwören, erklären Sie einfach Ihre Handlungsweise.«

»Wen soll ich denn zu töten versucht haben?«

»Coilla und Reafdaw.«

Wütend schnauzte Haskeer: »Wofür halten Sie mich, für ... für ... einen *Menschen?*«

»Sie haben es getan, Haskeer. Ich will wissen, warum.«

»Ich … ich kann nicht … ich *erinnere* mich nicht.« Er sah sich immer noch benommen um. Jup und die anderen starrten ihn an. »Wo sind wir?«

»Unwichtig. Wollen Sie damit sagen, dass Sie nicht wissen, was vorgefallen ist?«

Haskeer schüttelte zögernd den Kopf.

»Schön. Woran können Sie sich denn noch erinnern?«, beharrte Stryke. »Was ist das Letzte?«

Haskeer machte sich ans Nachdenken. Es war ganz offensichtlich ein anstrengendes Unterfangen.

Schließlich sagte er: »Das Schlachtfeld. Wir sind darüber hinweg geritten. Dann … Drachen. Drachen, die uns verfolgt haben. Feuer.«

»Das ist alles?«

»Der Gesang …«

»Der Gesang? Was für ein Gesang?«

»Da war … nicht direkt Gesang. Eine Art Musik mit Worten, aber nicht direkt Gesang.«

Stryke und Jup wechselten einen Blick. Jup hob vielsagend die Augenbrauen.

»Dieses Geräusch, was es auch war …« Er gab auf. »Ich weiß es nicht. Sonst kann ich mich nur noch erinnern, dass ich krank war. Ich habe mich schlecht gefühlt.«

»Davon hast du nie etwas gesagt«, sagte Jup mit anklagendem Unterton.

Früher hätte Haskeer den Zwerg für eine derartige Bemerkung beschimpft, doch nun starrte er ihn nur an.

»Alfray dachte, du hättest dir in dem Orklager, das wir abgefackelt haben, eine Menschenkrankheit eingehandelt«, sagte Stryke zu ihm. »Aber ich glaube nicht, dass das an und für sich schon ausreicht, um dein Verhalten zu erklären.«

»*Welches* Verhalten, Stryke? Du hast mir immer noch nicht verraten, was ich getan haben soll.«

»Wir waren in der Krätze. Du hast Reafdaw und Coilla angegriffen und dich damit aus dem Staub gemacht.« Er griff in den Beutel, den er Hobrow abgenommen hatte, und zeigte ihm die beiden Sterne.

Haskeer erstarrte bei ihrem Anblick förmlich. Er flüsterte: »Nimm sie weg, Stryke.« Dann brüllte er: *»Nimm sie weg!«*

Verwirrt schob Stryke sie in seinen Gürtelbeutel, wo sich bereits der Stern aus der Krätze befand.

»Nur die Ruhe«, sagte Jup beinahe freundlich zu Haskeer.

Auf Haskeers Stirn stand eine dünne Schweißschicht. Er atmete schwer.

»Coilla ist dir gefolgt«, fuhr Stryke fort. »Wir wissen nicht, wo sie ist. Weißt du, wie es ihr ergangen ist?«

»Ich sagte doch schon, dass ich gar nichts weiß.« Er vergrub das Gesicht in den Händen.

Kurz bevor sie es verdeckten, glaubte Stryke noch einen verängstigten Gesichtsausdruck erkennen zu können.

Er und Jup entfernten sich von ihm. Stryke nickte einigen Gemeinen zu. Sie postierten sich entsprechend, um Haskeer im Auge zu behalten.

»Was meinst du, Boss?«

»Ich weiß es nicht. Er scheint sagen zu wollen, dass er einen Totalaussetzer hatte. Vielleicht sagt er die Wahrheit, vielleicht nicht.«

»Ich glaube, dass er die Wahrheit sagt.«

»Warum?«

»Niemand weiß besser als ich, was für ein Arschloch Haskeer ist. Aber er ist kein Deserteur, und mein sechster Sinn sagt mir, dass das, was vorgefallen ist ... nicht seinem Willen unterlegen war.«

»Angesichts eurer gemeinsamen Vergangenheit überrascht es mich, dich das sagen zu hören.«

»Ich habe gesagt, was ich glaube. Im Zweifel nicht für den Angeklagten zu entscheiden heißt, Unrecht mit Unrecht zu vergelten, soweit ich das beurteilen kann.«

»Selbst wenn es stimmt, was du sagst, und er unter dem Einfluss des Fiebers stand, woher wollen wir wissen, dass es nicht noch mal passiert? Wie können wir ihm vertrauen?«

»Denken Sie darüber nach, Hauptmann. Wenn Sie entscheiden, dass wir ihm nicht vertrauen können, was bedeutet das für uns? Was machen wir dann mit ihm? Sollen wir ihn aussetzen? Ihm die Kehle durchschneiden? Wollen Sie so diesen Trupp führen?«

»Ich muss darüber nachdenken. Und ich muss mir noch überlegen, was wir wegen Coilla unternehmen.«

»Zögern Sie nicht zu lange, Hauptmann. Sie wissen, wie knapp die Zeit ist.« Er zog sein Wams tiefer herunter, um dem Wind besser zu trotzen, der mittlerweile schneidend war. »Das Wetter scheint auch nicht die Absicht zu haben, hilfreich zu sein.«

Er hatte noch nicht ganz ausgeredet, als sie ein paar Schneeflocken im Wind wirbeln sahen.

»Schnee«, sagte Stryke. »In dieser Jahreszeit. Die Welt liegt darnieder, Jup.«

»Ja, und vielleicht kommt jede Hilfe längst zu spät.«

37

Jennesta sprach es aus. »Ich biete dir ein Bündnis an, Adpar. Hilf mir dabei, die Artefakte zu finden, dann teile ich ihre Macht mit dir.«

Das Gesicht auf der Oberfläche des geronnenen Bluts blieb ungerührt.

»Es ist nur eine Frage der Zeit, bis Sanara sich einmischt«, fügte Jennesta ungeduldig hinzu. »Also würdest du vielleicht etwas dazu *sagen?«*

»Sie mischt sich nicht immer ein. Bisweilen zieht sie es vor, nicht teilzunehmen. Jedenfalls, zum Henker mit Sanara. Es macht mir nichts aus, es vor ihr zu sagen. Nein.«

»Warum nicht?«

»Ich habe hier mehr als genug zu tun. Und anders als du, meine Liebe, habe ich nicht den Ehrgeiz, ein größeres Reich zu erringen.«

»Das *größte,* Adpar! Groß genug für uns beide! Macht genug für uns beide!«

»Ich habe das Gefühl, dass Teilen, auch mit deiner geliebten Schwester, sich als etwas erweisen könnte, das dir nicht lange gelingt.«

»Was ist denn mit den Göttern?«

»Was soll mit ihnen sein?«

»Das Eintauchen in die Mysterien der Instrumentale könnte unsere Götter wieder einsetzen, die wahren Götter, und diese absurde einsame Gottheit vertreiben, welche die Menschen mitgebracht haben.«

»Die Götter sind hier bei mir leibhaftig genug. Sie brauchen nicht wiedereingesetzt zu werden.«

»Närrin! Der Makel wird früher oder später auch dich erreichen, wenn er es nicht bereits getan hat.«

»Offen gesagt, Jennesta, missfällt mir die Vorstellung. Ich traue dir nicht. Außerdem, bist du überhaupt fähig, *›in die Mysterien einzutauchen‹?«* Es war beleidigend gemeint.

»Also willst du sie für dich allein haben, ist es das?«

»Beurteile nicht jeden nach deinen Maßstäben.«

»Du weißt ja nicht, worüber du so hochmütig die Nase rümpfst!«

»Wenigstens ist es meine *Nase und an keinen anderen gebunden.«*

Jennesta rang darum, ihre Wut zu zügeln. »Also gut. Wenn du kein Interesse hast, dich mir anzuschließen, und du auch die Instrumentale nicht für dich haben willst, warum verkaufst du mir dann nicht deinen? Ich würde gut dafür bezahlen.«

»Ich habe *keinen! Wie oft soll ich es dir noch sagen? Er ist weg!«*

»Du hast ihn dir von jemandem abnehmen lassen? Ich finde das schwer zu glauben.«

»Der Dieb wurde bestraft. Er hatte Glück, dass er mit dem Leben davongekommen ist.«

»Du hast diesen Räuber nicht einmal getötet?«, spottete Jennesta. »Du wirst weich, Schwester.«

»An deine Dummheit bin ich gewöhnt, Jennesta. Was ich nicht ertragen kann, ist, wie langweilig du sein kannst.«

»Wenn du mein Angebot ausschlägst, wirst du es bereuen.«

»Werde ich das? Und wer wird dafür sorgen? Du? Du konntest mich nie besiegen, als wir noch jung waren, Jennesta, und du kannst es auch jetzt nicht.«

Jennesta kochte vor Wut. »Das ist deine letzte Gelegenheit, Adpar. Ich werde nicht noch einmal fragen.«

»Wenn du mich so unbedingt dabei haben willst, musst du mich brauchen. Das bereitet mir Freude. Aber ich halte nicht viel von Ultimaten, wer immer sie auch stellt. Ich werde nichts tun, um dich zu behindern, aber auch nichts, um dir zu helfen. Jetzt lass mich in Ruhe.«

Diesmal war es Adpar, die das Gespräch beendete.

Jennesta blieb mehrere Minuten in tiefes Nachdenken versunken sitzen. Sie kam zu einer Entscheidung.

Sie zog einen schweren, verzierten Sessel beiseite und mehrere Läufer zurück, sodass der geflieste Boden zum Vorschein kam. Aus einem Schrank in einer dunklen Ecke wählte sie ein ganz bestimmtes Grimoire aus, und auf dem Weg zur freigeräumten Stelle nahm sie den Krummdolch vom Altar. Die Gegenstände deponierte sie auf dem Sessel.

Nachdem sie noch mehr Kerzen angezündet hatte, schöpfte Jennesta ein paar Hände voll geronnenen Bluts aus dem Bottich. Auf Händen und Knien benutzte sie es, um einen großen Stern auf den Boden zu zeichnen, wobei sie ganz besondere Sorgfalt walten ließ, um zu gewährleisten, dass es weder im Umkreis noch in seinen fünf Zacken Unterbrechungen gab. Als sie damit fertig war, nahm sie das Buch und das Messer und wechselte in die Mitte des Kreises.

Sie schlug den Ärmel ihres Kleids zurück und schnitt sich mit einem raschen, tiefen Druck der Klinge in den Arm. Ihr helleres Blut tropfte auf den Boden und vermischte sich mit dem dunkleren Rot des Pentagramms. Das verstärkte die Verbindung zu ihrer Schwester.

Dann wandte sie sich dem Buch zu und begann etwas, das sie schon vor langer Zeit hätte tun sollen.

*

Adpar genoss es, die Pläne ihrer Schwester zu durchkreuzen. Das war eine der erhebenderen Freuden des Lebens. Doch nun musste sie sich um eine Routineangelegenheit kümmern, obwohl sie auf ihre Art nicht weniger befriedigend war.

Sie verließ den schleimverkrusteten Schauteich und watete aus ihrem Privatgemach in die größere Kammer dahinter. Ein Unterführer erwartete sie zusammen mit einer Garde-Abteilung und zwei in Ungnade gefallenen Mitgliedern ihres Schwarms.

»Die Gefangenen, Majestät«, zischte der Unterführer auf die den Nyadd eigentümliche Weise.

Sie betrachtete die Beschuldigten. Sie ließen den schuppigen Kopf hängen.

Ohne jede Vorrede umriss Adpar die Anklage. »Ihr zwei habt Schande über den erhabenen Schwarm gebracht. Das bedeutet, Schande über *mich*. Ihr wart lasch bei der Ausführung eurer Befehle im Verlauf des jüngsten Überfalls und wurdet von einem vorgesetzten Offizier dabei beobachtet, wie ihr mehrere Merz habt mit dem Leben davonkommen lassen. Habt ihr etwas zu eurer Verteidigung vorzubringen?«

Das hatten sie nicht.

»Nun gut«, fuhr sie fort. »Ich betrachte euer Schweigen als Eingeständnis der Pflichtvergessenheit. Es dürfte allgemein bekannt sein, dass ich keine Schwächlinge in meiner Truppe dulde. Wir kämpfen darum, unseren Platz in dieser Welt zu behaupten, und dabei können wir keine Zauderer und Feiglinge gebrauchen. Daher lautet das einzig mögliche Urteil schuldig.« Da sie fest an die Kraft der Theatralik glaubte, hielt sie um der größeren Wirkung willen kurz inne. »Und die Strafe ist der Tod.«

Sie winkte den Unterführer zu sich. Er trat mit einer waschbeckengroßen braun-weißen Muschel vor, die zwei Korallendolche enthielt. Zwei Gardisten folgten ihm mit jeweils einem tiefen Tontopf mit breiter Öffnung.

»In Übereinstimmung mit der Tradition und als Verbeugung vor eurem Status als Krieger werdet ihr vor die Wahl gestellt«, sagte Adpar zu den Verurteilten. Sie zeigte auf die Messer. »Führt das Urteil mit eigener Hand aus, und ihr werdet mit einem gewissen Maß von Ehre sterben.« Ihr Blick wanderte zu den Tontöpfen. »Oder ihr habt das Recht, euer Schicksal in die Hände der Götter zu legen. Sollten sie es so wollen, würdet ihr das Leben behalten.«

Sie wandte sich an den ersten Gefangenen und befahl ihm: »Also wähle.«

Der Nyadd wog unter sichtbarer innerer Anspannung seine Möglichkeiten ab. Schließlich stieß er hervor: »Die Götter, Majestät.«

»So sei es.«

Auf ihr Zeichen kamen weitere Gardisten hinzu und hielten ihn fest. Einer der Töpfe wurde zu ihr gebracht. Sie starrte hinein, eine Hand vollkommen reglos über der Öffnung. So stand sie scheinbar eine Ewigkeit da. Dann zuckte plötzlich ihre Hand herunter in den Topf und zog etwas aus dem Wasser.

Es war ein Fisch. Sie hielt ihn mit zwei Fingern und Daumen am Schwanz, während er sich in der Luft wand und zappelte. Der Fisch war ungefähr so lang wie die Hand eines Nyadd und so dick wie drei zusammengebundene Pfeile. Seine Schuppen und Stummelflossen waren silbrig blau. Auf beiden Seiten des Mauls wuchsen Barthaare.

Mit großer Vorsicht tippte Adpar dem Fisch in die Seite und zog den Finger sofort wieder zurück. Dutzende winziger bebender Stacheln schossen aus seinem Leib.

»Ich beneide den Dübelfisch«, behauptete sie. »Er hat keine natürlichen Feinde. Seine Stacheln sind nicht nur äußerst spitz, sie pumpen auch ein tödliches Gift in jede erzeugte Wunde, das unter unerträglichen Schmerzen tötet. Der Fisch gibt dabei sein eigenes Leben, nimmt aber immer das seines Feindes mit.« Sie tauchte das Tier wieder in den Topf, sodass es von Wasser umgeben war, hielt es aber noch fest. »Bereitet ihn vor«, befahl sie.

Die Gardisten zwangen den Gefangenen auf die Knie. Adpar

wurde ein Stück Faden gereicht, den sie um die Rückenflosse des Dübelfisches band. An diesem Faden zog sie den Fisch langsam wieder aus dem Topf. Durch das Wasser beruhigt, hatte er die Stacheln mittlerweile eingezogen.

»Liefere dich der Gnade der Götter aus«, sagte Adpar zu dem Gefangenen. »Wenn sie dir drei Mal gnädig sind, wirst du verschont.«

Der Kopf des Verurteilten wurde grob in den Nacken gedrückt und sein Mund so weit wie möglich aufgerissen. In dieser Stellung wurde er festgehalten. Adpar näherte sich mit dem zappelnden Fisch. Ganz langsam ließ sie ihn in den weit geöffneten Mund des Nyadd hinab. Er blieb dabei vollkommen reglos. Die Szene hatte Ähnlichkeit mit den Vorstellungen der Schwertschlucker auf Marktplätzen in ganz Maras-Dantien. Wenn man davon absah, dass dies hier kein Trick war.

Alle sahen schweigend zu, wie der Fisch verschwand. Adpar hielt einen Augenblick inne, bevor sie den Faden weiter abwickelte und die Last daran in den Schlund des Nyadd sinken ließ. Schließlich hielt sie inne. Dann wurde der Vorgang umgekehrt, und sie begann damit, den Faden um ihren Finger zu wickeln, da sie den Fisch wieder heraufzog. Er tauchte schwach zappelnd aus dem Mund des Nyadd auf.

Der Gefangene stieß einen schaudernden Seufzer aus.

»Wie es scheint, haben dir die Götter ein Mal gelächelt«, erklärte Adpar.

Der Fisch wurde in den Tontopf getaucht, damit er sich erholen konnte, und dann über dem geöffneten Mund des Gefangenen in Position gebracht. Wiederum wurde er in gemächlichem Tempo herabgelassen, wieder hielt sie auf dem Weg die Kehle hinunter kurz inne und wickelte den Faden danach auf. Der Dübelfisch tauchte aus dem Mund auf, ohne Schaden zu verursachen.

Der Verurteilte zitterte und keuchte und schien kurz vor dem Zusammenbruch zu stehen.

»Unsere Götter sind heute sehr milde gestimmt«, sagte Adpar. »Bis jetzt.«

Eine letzte Rückkehr ins Wasser, dann wurde der anscheinend friedfertige Fisch für den nächsten Versuch bereitgemacht. Adpar durchlief noch einmal genau dieselbe Routine. Die Stelle war erreicht, wo sie kurz innehielt, bevor sie den Fisch in den Schlund des Nyadd hinunterließ. Sie wickelte den Faden ab.

Der Faden zitterte. Ein Schauder überlief den Gefangenen. Mit weit aufgerissenen Augen würgte er, während er sich gleichzeitig gegen die Gardisten wehrte, die ihn festhielten. Der Faden riss. Adpar trat zurück und bedeutete den Gardisten, ihn loszulassen. Sie taten es, und er schloss unwillkürlich den Mund.

Dann fing er an zu schreien.

Während er sich mit den Händen an Brust und Kehle fuhr, warf er sich auf den Boden, wo er sich herumwälzte und sich verdrehte. Krämpfe schüttelten seinen Körper, und grüne Galle troff aus seinem Mund. Er kreischte und verdrehte sich noch mehr.

Der Todeskampf währte unglaublich lange. Er war schrecklich mit anzusehen.

Als wieder Stille eingetreten war und der Gefangene reglos dalag, sagte Adpar: »Der Wille der Götter ist geschehen. Sie haben ihn zu sich gerufen. Das ist sehr passend.«

Sie wandte sich dem zweiten Gefangenen zu, der am ganzen Leib zitterte. Der andere Topf und das Messer wurden ihm angeboten. Ohne ein Wort nahm er das Messer. Der Panzer an seiner Kehle bedeutete, dass die gezähnte Klinge mehrfach mit großer Kraft angesetzt werden musste. Schließlich kündete eine rote Fontäne von seinem Erfolg.

Auf ein Winken Adpars machte sich die Gardeabteilung daran, die beiden Leichen zu entfernen.

»Wir haben Glück, dass unsere Kultur von göttlicher Gerechtigkeit und Mitgefühl regiert wird«, verkündete sie. »Andere Reiche werden weniger gütig regiert. Herrje, ich selbst habe eine Schwester, die sich an einem Schauspiel wie diesem *ergötzt* hätte.«

*

Der Schneefall wurde stärker, der Himmel schwarz.

So gerne er den Ritt auch fortgesetzt hätte, Stryke musste eingestehen, dass die Weiterreise unmöglich war. Er befahl der Kolonne zu halten. Da es keinen natürlichen Unterschlupf gab, machte der Trupp ein Feuer, das Schnee und Wind trotzte. Sie hockten sich in Pferdedecken gewickelt jämmerlich im Kreis darum.

Jup hatte ein paar von Alfrays Salben benutzt, um Haskeers Wunden zu behandeln. Jetzt saß Haskeer stumm da und starrte in die kärglichen Flammen. Auch den anderen war nicht nach Reden zumute.

Die Stunden vergingen, und der Schneesturm hielt an. Trotz des Unwetters schafften es einige Mitglieder des Trupps einzudösen.

Dann tauchte etwas aus dem Schnee auf.

Es war eine hochgewachsene Gestalt auf einem prächtigen Schimmel. Als sie näher kam, sahen sie, dass die Gestalt ein Mensch war.

Die Orks sprangen auf und liefen zu ihren Waffen. Jetzt konnten sie erkennen, dass der Mann in einen dunkelblauen Umhang gehüllt war. Er hatte schulterlange Haare und war bärtig. Sein Alter war schwer zu schätzen.

»Vielleicht sind da noch mehr von ihnen!«, rief Stryke. »Haltet euch bereit!«

»Ich bin allein und unbewaffnet«, rief der Mensch, dessen Stimme ruhig und gelassen klang. »Und mit eurer Erlaubnis steige ich jetzt ab.«

Stryke blickte umher, sah aber nichts anderes in dem Schneetreiben. »Also schön«, gab er sein Einverständnis. »Aber langsam.«

Der Fremde stieg vom Pferd. Er streckte die Hände aus, um anzuzeigen, dass er keine Waffe hatte. Stryke befahl Talag und Finje, ihn zu durchsuchen. Als sie damit fertig waren, brachten sie ihn zu Stryke. Reafdaw kümmerte sich um sein Pferd und wickelte dessen Zügel um einen verwitterten Baumstumpf. Die Blicke des Trupps huschten vom umliegenden, in Weiß gehüllten Gelände zu diesem hochgewachsenen, ungerührten Mann, der in ihrer Mitte eingetroffen war.

»Wer bist du, Mensch?«, wollte Stryke wissen. »Was willst du?«

»Ich bin Seraphim. Ich habe euer Feuer gesehen und will mich nur daran wärmen.«

»Dieser Tage ist es ziemlich gefährlich, unaufgefordert in ein Lager zu reiten. Woher willst du wissen, dass wir dich nicht töten?«

»Ich vertraue auf die Ritterlichkeit der Orks.« Er warf einen Blick auf Jup. »Und derjenigen, die sich mit ihnen verbünden.«

»Was bist du, Manni oder Uni?«, fragte der Zwerg.

»Nicht alle Menschen sind entweder das eine oder das andere.«

»Ha!«, rief Jup skeptisch.

»Es stimmt. Ich trage keinen Koffer voll Götter mit mir herum. Darf ich?« Er streckte die Hände zum Feuer aus. Aber Stryke fiel auf, dass dieser Fremde sich trotz der bitteren Kälte nicht unbehaglich zu fühlen schien. Seine Zähne klapperten nicht, und seine widerlich blasse Haut zeigte keine Spur von Blau.

»Woher wissen wir, dass du nichts Böses im Schilde führst?«, fragte Stryke.

»Ich kann es dir nicht verdenken, dass du so denkst. Die Sichtweise, die meine Rasse hinsichtlich deiner hat, ist ebenso misstrauisch. Aber schließlich sind viele Menschen ja auch wie Pilze.«

Sie sahen ihn verwirrt an. Stryke überlegte kurz, ob dieser Mensch vielleicht geistig zurückgeblieben war. Oder verrückt.

»Pilze?«, sagte er.

»Ja. Sie gedeihen im Dunkeln und nähren sich von Scheiße.«

Eine Welle von Gelächter überlief den Trupp.

»Gut ausgedrückt«, sagte Jup auf eine wachsam gutgelaunte Art zu dem Fremden. »Aber wer bist du, dass du allein und unbewaffnet durch ein vom Krieg zerrissenes Land reitest?«

»Ich bin ein Geschichtenerzähler.«

»Eine Geschichte ist genau das, was uns gerade noch gefehlt hat«, bemerkte Stryke zynisch.

»Dann erzähle ich euch eine. Obwohl ich befürchte, dass die Handlung spärlich ist und sie als Tragödie enden könnte.« Etwas in der Art, wie er das sagte, schlug sie in den Bann. »Könnte es sein, dass ihr ein Mitglied eurer Rasse sucht?«, fügte der Mensch hinzu.

»Und wenn es so wäre?«

»Ein weibliches Mitglied eures Trupps?«

»Was weißt du darüber?«, knurrte Stryke finster.

»Ein wenig. Genug, um euch vielleicht zu helfen.«

»Nur weiter.«

»Eure Gefährtin ist Kopfgeldjägern meiner Rasse in die Hände gefallen.«

»Woher weißt du das? Bist du einer von ihnen?«

»Sehe ich wie ein Söldner aus? Nein, mein Freund, ich bin keiner von ihnen. Ich habe sie nur bei ihnen gesehen.«

»Wo? Und wie viele waren es?«

»Drei. Nicht weit von hier. Aber mittlerweile müssen sie längst weitergezogen sein.«

»Inwiefern hilft uns das?«

»Ich weiß, wohin sie wollten. Nach Teufelsbrüllen.«

Stryke musterte ihn argwöhnisch. »Warum sollten wir dir glauben?«

»Das bleibt euch überlassen. Aber warum sollte ich lügen?«

»Vielleicht aus irgendeinem finsteren Grund, den nur du kennst. Wir haben auf die harte Tour lernen müssen, dass es ratsam ist, alles anzuzweifeln, was ein Mensch sagt.«

»Wie ich schon sagte, das kann man euch nicht verdenken. Bei dieser Gelegenheit sagt euch ein Mensch die Wahrheit.«

Stryke starrte ihn an. Er konnte nicht in seiner Miene lesen. »Ich muss nachdenken«, sagte er. Er betraute ein paar Gemeine mit der Aufgabe, den Menschen im Auge zu behalten, und entfernte sich vom Feuer.

Der Schneefall hatte ein wenig nachgelassen. Er achtete nicht darauf. Sein Verstand war ganz darauf konzentriert, die Worte des Fremden abzuwägen.

»Störe ich?«

Stryke drehte sich um. »Nein, Jup. Ich habe nur versucht, schlau aus dem zu werden, was wir gehört haben. Es beginnt mit der Frage, warum wir diesem Seraphim glauben sollten.«

»Weil dem, was er sagt, eine gewisse Logik innewohnt?«

»Vielleicht.«

»Weil wir verzweifelt sind?«

»Das trifft es schon eher.«

»Denken wir die Sache durch, Boss. *Wenn* dieser Mensch die Wahrheit sagt, gehen wir davon aus, dass die Kopfgeldjäger sich Coilla wegen der Belohnung geschnappt haben, die auf ihren Kopf ausgesetzt ist, nicht?«

»Wenn nicht, hätten sie sie dann nicht längst getötet?«

»Das habe ich mir auch überlegt. Aber warum sollten sie sie nach Teufelsbrüllen bringen?«

Stryke zuckte die Achseln. »Es könnte einer der Orte sein, wo das Kopfgeld ausbezahlt wird. Gehen wir mal davon aus, dass wir ihm glauben. Dann müssten wir eine Entscheidung treffen. Sollen wir Coilla folgen oder uns zuerst mit dem Rest des Trupps treffen?«

»Wir sind Teufelsbrüllen näher als dem Drogawald.«

»Das stimmt. Aber wenn Coilla einen Wert hat, wird man ihr wahrscheinlich nichts tun.«

»Du vergisst ihr Wesen. Sie wird keine passive Gefangene sein.«

»Vertrauen wir auf ihre Vernunft. In diesem Fall wird es hart für sie sein, aber nicht lebensbedrohlich.«

»Das wäre also ein Argument dafür, dass wir uns zuerst mit Alfray treffen und dann mit dem ganzen Trupp nach Teufelsbrüllen reiten.«

»Ja, das Kräfteverhältnis wäre besser. Der Nachteil wäre, dass eine Verzögerung dazu führen könnte, dass Coilla zu Jennesta geschickt wird, bevor wir wieder zurück sind. Dann hätten wir sie endgültig verloren.«

Sie betrachteten den Fremden. Er saß immer noch am Feuer. Die Gemeinen bei ihm machten einen entspannteren Eindruck, und mehrere waren in Gespräche vertieft.

»Andererseits«, fuhr Jup fort, »haben wir tatsächlich eine Zeit für das Treffen vereinbart. Angenommen, Alfray geht davon aus, dass uns das Allerschlimmste zugestoßen ist, und dringt in den Drogawald ein, um sich mit den Zentauren anzulegen?«

»Das würde ich ihm durchaus zutrauen.« Stryke seufzte. »Es steht auf des Messers Schneide, Jup, und wir müssen absolut sicher sein, dass ...«

Ein vielstimmiger Aufschrei unterbrach ihn. Stryke und Jup fuhren herum.

Der Fremde war verschwunden. Sein Pferd ebenfalls. Sie liefen zum Feuer.

Gemeine stolperten und brüllten durch die wirbelnden weißen Flocken.

Stryke schnappte sich Gant. »Was, zum Henker, ist passiert, Soldat?«

»Der Mensch, Hauptmann, er ist einfach ... weg.«

»Weg? Was soll das heißen, *weg?*«

Talag mischte sich ein. »Es stimmt, Hauptmann. Ich habe ihn nur einen Moment aus den Augen gelassen, und dann war er plötzlich nicht mehr da.«

»Wer hat ihn gehen sehen?«, rief Stryke.

Keiner der Gemeinen bekannte sich dazu.

»Das ist verrückt«, sagte Jup, indem er in das Schneetreiben blinzelte. »Er kann doch nicht einfach verschwunden sein.«

Mit gezogenem Schwert starrte Stryke ebenfalls durch die dicken Flocken und wunderte sich.

38

Er war von Stimmen und Gelächter umgeben.

Er marschierte in einer Gruppe von Orks. Orks beiderlei Geschlechts und jeden Alters. Orks, die er noch nie zuvor gesehen hatte.

Sie trugen winzige Schmuckgegenstände, die ihm verrieten, dass sie aus vielen verschiedenen Klans stammten. Aber es gab keine offenkundigen Animositäten. Sie schienen glücklich zu sein, und er fühlte sich in keiner Beziehung bedroht. Tatsächlich herrschte eine Atmosphäre der Vorfreude, eine Ferienstimmung.

Er befand sich an einem Sandstrand. Die Sonne hatte den Zenit erreicht und schien heiß auf sie herab. Kreischende weiße Vögel kreisten hoch über ihnen. Die Menge war zum Meer unterwegs.

Dann sah er, dass unweit der Küste ein Schiff ankerte. Es hatte drei Segel, die jetzt eingeholt waren, und am vordersten Mast wehte eine Flagge, die ein rotes Emblem schmückte, das er nicht kannte. Das geschnitzte Bildnis eines weiblichen Orks mit erhobenem Schwert ragte als Galionsfigur weit nach vorne. Die Seiten des Schiffs waren von Kampfschilden gesäumt, die alle unterschiedlich gemustert waren. Es war das größte Schiff, das Stryke je gesehen hatte, und gewiss das prächtigste.

Die Vordersten in der Menge wateten bereits zu ihm hinaus. Sie brauchten nicht zu schwimmen, also hatte das Schiff entweder einen niedrigen Kiel oder ankerte in einem tieferen Graben vor der Küste. Er ließ sich vom Strom der anderen Orks mitziehen. Keiner von ihnen redete mit ihm, aber dadurch fühlte er sich auf eine merkwürdige Art akzeptiert.

Über den allgemeinen Lärm hinweg hörte er seinen Namen oder glaubte zumindest, ihn zu hören. Er sah sich um und ließ den Blick über die Unzahl von Gesichtern schweifen. Dann sah er sie, da sie sich gegen den Strom und auf ihn zu bewegte.

»Da bist du ja!«, begrüßte sie ihn.

Trotz seiner Verwirrung und obwohl er nicht wusste, wo er war und was vorging, lächelte er.

Sie erwiderte das Lächeln und sagte: »Ich wusste, du würdest kommen.«

»Das wusstest du?«

»Na ja, ich habe es gehofft«, bekannte sie. Ihre Augen funkelten.

Gefühle wallten in ihm auf, die er nicht verstand und ganz gewiss nicht in Worte fassen konnte. Also versuchte er es erst gar nicht. Er lächelte einfach.

»Bist du hier, um zu helfen?«, fragte sie.

Seine Antwort bestand aus einem perplexen Blick.

Sie setzte die Miene gutmütiger Stichelei auf, an die er sich langsam gewöhnte. »Komm mit«, sagte sie.

Stryke ging mit ihr zum Meer. Sie marschierten in die milden, weißfleckigen Wellen, die auf den Strand schwappten, und wateten durch oberschenkeltiefes Wasser zum Schiff. An Seilen und Strickleitern kletterten die Orks am Schiff empor, um aufs Deck zu gelangen. Er sah bewundernd zu, wie die Frau, die sich mit athletischer Geschmeidigkeit bewegte, sich den Kletterern anschloss und die Seite erklomm. Dann hievte er sich selbst an Bord des sanft schaukelnden Gefährts.

Eine Luke war mittschiffs geöffnet. Kisten, Fässer und Truhen wurden heraufgereicht. Die Orks trugen sie zur Reling und über die Bordwand, wo sich eine Kette zurück zum Strand bildete. Stryke und die Frau reihten sich in die Schlange ein und reichten Frachtstücke weiter. Er bewunderte die Anspannung der Muskeln an ihren Armen und Beinen, wenn sie eine Kiste nahm und ihm reichte.

»Was ist in den Kisten?«, fragte er.

Sie lachte. »Wie kannst du in der Welt zurechtkommen, wenn du so wenig weißt?«

Er zuckte beschämt die Achseln.

»Werden dort, wo du herkommst, keine Güter und Waren eingeführt?«, fragte sie.

»Orks tun das nicht.«

»Ach ja. Du sagtest, in deinem Land gibt es nicht nur Orks, sondern auch andere. Diese Zwerge und Gremlins und … wie hießen die anderen? Menschen.«

Seine Miene verfinsterte sich. »Menschen stammen nicht aus meinem Land. Obwohl sie es zu ihrem machen wollen.«

Sie reichte ihm ein weiteres Stück Frachtgut. »Ich will damit nur sagen, dass selbst dort, woher du stammst, nützliche Dinge herangeschafft werden müssen.«

»Woher kommen diese Dinge?«

»Von anderen Orks an anderen Orten, die Sachen haben, die wir entbehren.«

»Von solchen Orten habe ich noch nie etwas gehört.«

»Du willst mich ärgern.« Lächelnd wedelte sie in Richtung offenes Meer. »Ich meine die Länder jenseits des Ozeans.«

»Ich wusste nicht, dass es jenseits des Ozeans noch etwas gibt. Ist nicht das Wasser alles, was es gibt?«

»Offensichtlich nicht. Was glaubst du, woher diese Sachen stammen?«

So gescholten, fing er die nächste Kiste, die sie ihm zuwarf. Mit etwas mehr Wucht als zuvor geworfen, dachte er. Er warf sie dem nächsten Ork in der Schlange zu, drehte sich wieder zu ihr um und sagte: »Dann sind das hier Reichtümer?«

»Das könnte man sagen.« Sie trat aus der Reihe und nahm die Kiste in ihrer Hand mit. »Ich zeig's dir.« Er trat ebenfalls zur Seite. Die Reihe schloss sich sofort hinter ihnen. Es gab mehr als genug Orks, die helfen wollten.

Sie stellte die Kiste auf das Schiffsdeck. Er kniete sich neben sie. Sie zog ein Messer aus ihrer Gürtelschärpe und stemmte die Kiste auf. Sie war mit einem rötlich pulverigen Zeug gefüllt, das wie getrocknete Blätter aussah. Offenbar wusste er nicht, was es war.

»Kurkuma«, erklärte sie. »Ein Gewürz. Das Essen schmeckt köstlich damit.«

»Das hat einen Wert?«

»Wenn wir wollen, dass uns unser Essen schmeckt, ja! Das ist sein Wert. Nicht alle Reichtümer haben die Gestalt von Münzen oder Edelsteinen. Dein Schwert zum Beispiel.«

»Mein Schwert?« Seine Hand fuhr hin. »Es ist eine gute Klinge, aber nichts Besonderes.«

»An und für sich vielleicht nicht. Aber in geschickten Händen, in den Händen eines geborenen Kriegers, wird es gleich viel, viel besser.«

»Ich verstehe. Ich verstehe tatsächlich.«

»Und so ist es auch bei den Orks. Bei allen Lebewesen.«

Sein zerfurchtes Gesicht legte sich in Falten. »Also da bin ich nicht so …«

»Sie sind wie Klingen. Genauso scharf oder genauso stumpf.«

Jetzt war es an ihm zu lachen.

»Und alle haben einen Wert«, betonte sie.

»Sogar meine Feinde?«

»Es ist richtig, dass Orks Feinde haben. Selbst wenn sie sich ändern und aus dem Feind von heute der Freund von morgen wird.«

»So ist meine Lage nicht«, erwiderte er kühl. »Das wird nicht geschehen.«

»Ob es geschieht oder nicht, selbst sterbliche Feinde haben ihren Wert.«

»Wie könnten sie?«

»Weil es möglich ist, ihr Kampfgeschick und ihre Entschlossenheit zu achten, sprich wertzuschätzen. Ihren Mut, wenn sie welchen haben. Nicht zuletzt sind sie deshalb kostbar, weil sie einfach da sind, sodass ein Ork ihnen entgegentreten kann. Wir brauchen *einen Feind. Es ist das, was wir tun. Es liegt uns im Blut.«*

»So habe ich das noch nie betrachtet.«

»Wir kämpfen zwar, aber das bedeutet nicht notwendigerweise, dass wir hassen müssen.«

Das konnte Stryke nicht ganz akzeptieren. Obwohl es ihn ins Grübeln brachte.

»Aber was wir am meisten wertschätzen müssen«, fügte sie hinzu, »sind jene, die uns am nächsten stehen.«

»Du lässt die Dinge so ... einfach aussehen.«

»Das liegt daran, dass sie so einfach sind, mein Freund.«

»Hier vielleicht. Wo ich herkomme, sind alle Hände gegen uns erhoben, und es gibt vieles, worüber wir uns hinwegsetzen müssen.«

Ihre Miene wurde ernst. »Dann sei eine Klinge, Stryke. Sei eine Klinge.«

*

Er erwachte mit rasendem Puls. Sein Atem ging so schnell, dass er beinahe keuchte.

Leichter, stinkender Regen fiel von einem düsteren Himmel, und der größte Teil des Schnees war weggetaut. Es war kalt und schauderhaft. Die paar Stunden Schlaf hatten ihn überhaupt nicht erfrischt. Er hatte einen schlechten Geschmack im ausgedörrten Mund, und in seinem Schädel pochte es.

Er lag da, ließ den Regen sein Gesicht waschen und dachte über das nach, was er in Ermangelung eines besseren Wortes den Traum nannte. Träume, Visionen, Botschaften von den Göttern. Was sie auch waren, sie wurden immer lebendiger, immer intensiver. Der Geruch nach Ozon, die Lichtfunken von der grellen Sonne, die noch vor seinen Augen tanzten, die warme Brise, die seine Haut umschmeichelt hatte. All diese Empfindungen verblassten nur langsam.

Wiederum umschloss der Gedanke, sein eigener Verstand lasse ihn im Stich und er werde wahnsinnig, sein Herz wie eine eisige Klaue. Doch eine andere, gegenteilige Idee war fast ebenso stark: das Gefühl, dass er mittlerweile mit den Träumen rechnete, sich sogar auf sie freute.

Das war etwas, das er nicht weiter verfolgen wollte, nicht jetzt.

Er richtete sich auf und sah sich um. Alle anderen waren wach und gingen ihren Arbeiten nach. Die Pferde wurden versorgt, Schlafsäcke ausgeschüttelt und Waffen geschärft.

Die Ereignisse der Nacht fielen ihm wieder ein. Nicht jene aus seinem Traum, sondern was sich vorher zugetragen hatte. Sie hatten die Augen noch lange nach diesem geheimnisvollen Mann offen gehalten und sich sogar in kleinen Gruppen in den Schnee gewagt, um ihn zu suchen. Sie hatten nicht die geringste Spur von ihm gefunden und schließlich aufgegeben. Irgendwann musste Stryke eingeschlafen sein, obwohl er sich nicht mehr daran erinnern konnte.

Seraphim, wenn der Fremde tatsächlich so hieß, war ein weiteres Geheimnis, das er auf die Liste setzen konnte. Aber es war keines, mit dem Stryke Zeit mit Nachdenken vergeuden würde, und zwar vor allem deshalb nicht, weil er nicht über die durchaus gegebene Möglichkeit nachdenken wollte, dass der Mann verrückt war. Das würde nur den einzigen Hinweis infrage stellen, den sie über Coillas Verbleib hatten. Und in einer Situation wie dieser brauchten sie etwas Hoffnungsvolles. Dringend.

Stryke schlug sich all das aus dem Kopf. Er musste sich mit wichtigeren Dingen beschäftigen.

Jup stand bei den Pferden und redete mit ein paar Gemeinen. Er ging zu ihnen.

Ohne Vorrede sagte er zu dem Zwerg: »Ich habe mich entschieden.«

»Wir holen uns Coilla, richtig?«

»Richtig.«

»Dir muss der Gedanke gekommen sein, dass dieser Seraphim gelogen hat oder schlicht verrückt ist.«

»Ich habe über beide Möglichkeiten nachgedacht. Wenn er gelogen hat, warum?«

»Als Köder für eine Falle?«

»Viel zu umständliche Methode.«

»Nicht, wenn sie funktioniert.«

»Vielleicht. Aber ich halte es trotzdem nicht für wahrscheinlich.«

»Und was ist damit, dass er verrückt sein könnte?«

»Ich gebe zu, dass das wahrscheinlicher ist. Vielleicht ist er es, aber ... ich weiß es nicht, ich hatte eben nicht den Eindruck. Natürlich ist Wahnsinn bei Menschen nichts, womit ich große Erfahrung habe.«

»Tatsächlich? Sieh dich bei Gelegenheit einfach mal um.«

Stryke lächelte dünn. »Du weißt, wie ich es meine. Aber was Seraphim gesagt hat, ist unser einziger Hinweis auf Coillas Verbleib.« Er sah Jups Miene und schwächte ab: »Also schön, unser einziger *möglicher* Hinweis. Ich würde sagen, Teufelsbrüllen ist einen Versuch wert.«

»Was ist damit, dass sich dadurch unsere Wiedervereinigung mit Alfray verschiebt?«

»Wir müssen ihn benachrichtigen.«

»Und wie sieht deine Entscheidung seinetwegen aus?« Jup nickte in Haskeers Richtung, der ein Stück entfernt für sich allein saß.

»Er gehört immer noch zu diesem Trupp. Aber er ist auf Bewährung. Einwände?«

»Nein. Ich bin nur vorsichtig, mehr nicht.«

»Glaub nicht, ich wäre das nicht. Wir werden ihn im Auge behalten.«

»Haben wir dafür Zeit?«

»Glaub mir, Jup, wenn er noch mehr Ärger macht, ist er draußen – oder tot.«

Der Zwerg bezweifelte nicht, dass sein Hauptmann es ernst meinte. »Wir sollten ihm sagen, was los ist. Schließlich ist er ein Offizier, oder nicht?«

»Einstweilen. Ich hatte nicht vor, ihn zu degradieren, wenn er vernünftig ist. Komm mit.«

Sie gingen zu Haskeer. Er sah zu ihnen auf und nickte.

»Wie fühlen Sie sich, Feldwebel?«, fragte Stryke.

»Besser.« Sein Tonfall und seine Haltung ließen darauf schließen, dass daran etwas Wahres war. »Ich hätte nur gern Gelegenheit, zu beweisen, dass ich es immer noch wert bin, ein Vielfraß zu sein.«

»Das wollte ich hören, Feldwebel. Aber nach allem, was Sie getan haben, muss ich Sie eine Zeitlang auf Bewährung setzen.«

»Aber ich *weiß nicht*, was ich getan habe!«, protestierte Haskeer. »Das heißt, ich weiß, was Sie mir gesagt haben, Hauptmann, aber ich kann mich nicht erinnern, irgendwas davon getan zu haben.«

»Aus diesem Grund werden wir Sie im Auge behalten, bis wir herausgefunden haben, wie es dazu kommen konnte, oder bis Sie über einen ausreichend langen Zeitraum einwandfreies Verhalten an den Tag gelegt haben.«

Jup drückte es weniger diplomatisch aus. »Wir wollen nicht, dass du noch mal auf unsere Kosten plemplem wirst.«

Haskeer fuhr auf: *»Warum nimmst du nicht ...«*, und unterbrach sich dann.

Stryke dachte, dass dies vielleicht ein gutes Zeichen war, ein Aufblitzen des alten Haskeer. »Der Witz ist, dass wir keinen Ballast brauchen können und erst rechte keine zusätzliche Belastung«, sagte er. »Verstanden?«

»Verstanden«, bestätigte Haskeer, jetzt wieder fügsamer.

»Das will ich Ihnen auch geraten haben. Jetzt hören Sie zu. Dieser Mensch, der letzte Nacht hier war, Seraphim, hat gesagt, dass Coilla nach Teufelsbrüllen gebracht worden ist. Wir reiten dorthin. Von *Ihnen* erwarte ich, dass Sie Befehlen gehorchen und sich wieder wie ein Mitglied dieses Trupps benehmen.«

»Gut. Gehen wir's an.«

Einigermaßen zufrieden ließ Stryke die anderen antreten und erklärte ihnen den neuen Plan. Er gab ihnen Gelegenheit zu Einwänden oder Protesten. Ein, zwei Fragen wurden gestellt, aber nichts Bedeutsames. Er hatte den Eindruck, dass sie erleichtert waren, endlich wieder etwas Konkretes zu tun.

Er beendete die Besprechung, indem er sagte: »Ich brauche zwei Freiwillige, die Alfray benachrichtigen, aber zuvor eine Warnung: das könnte ein äußerst gefährliches Unternehmen sein.«

Jeder Gemeine trat vor. Er wählte Jad und Hystykk aus, wobei er sich sehr wohl der Tatsache bewusst war, dass er ihre Anzahl noch mehr reduzierte.

»Die Botschaft ist simpel«, sagte er zu ihnen. »Lasst Alfray wissen, wo wir sind und dass wir zum Drogawald kommen, sobald es uns möglich ist.« Er dachte einen Moment nach und fügte einen Zusatz an. »Wenn vom Zeitpunkt des Ablieferns dieser Nachricht eine Woche verstreicht und ihr nichts von uns gehört habt, geht davon aus, dass wir nicht mehr kommen. In diesem Fall steht es Alfray und seinem Trupp frei, so zu handeln, wie sie es für richtig halten.«

Er durchbrach die daraufhin einsetzende Ernüchterung, indem er allen befahl, sich zum Abmarsch fertig zu machen.

Während sie sich beeilten, seinem Befehl zu gehorchen, griff er in seinen Gürtelbeutel und holte die drei Sterne heraus. Er betrachtete sie nachdenklich, blickte dann auf und sah, dass Haskeer sie anstarrte.

»Das gilt auch für Sie, Vielfraß«, sagte er.

Haskeer winkte ab und trabte zu seinem Pferd. Stryke ließ die drei Sterne zurück in seinen Gürtel gleiten und stieg auf sein Pferd.

Kurz darauf waren sie wieder unterwegs.

*

Man nannte Teufelsbrüllen auch die Stadt, die niemals schlief.

Gewiss hatte der normale Rhythmus von Tag und Nacht dort wenig Bedeutung, aber es war doch keine richtige Stadt. Nicht so wie die großen Siedlungen im Norden wie Urrarbython und Wreaye. Und nicht einmal so wie die Zentren der Menschen im Süden wie Doppelbrück und Riffeln, die immer noch in einem beunruhigenden Tempo wuchsen. Aber es war groß genug, um eine beständig wechselnde Bevölkerung aus allen älteren Rassen Maras-Dantiens zu beherbergen.

Manche wohnten ständig dort. Das waren in erster Linie Lieferanten des Lasters, der Ausschweifung und des Wuchers. Keineswegs eine Minderheit unter diesen waren Sklavenhändler und deren Agenten, die es zweckmäßig fanden, an einem Ort zu wohnen, der an einem beständigen Strom des Lebens lag. Unruhen waren zwar verboten, aber jedes andere Verbrechen war in Teufelsbrüllen verbreitet. Viele behaupteten, auch das sei auf den schädlichen Einfluss der Spätankommer zurückzuführen, und daran war etwas Wahres.

Diese Gedanken gingen Coilla durch den Kopf, als die drei Kopfgeldjäger sie im Morgengrauen aus der Taverne scheuchten. Die Straßen waren ebenso überfüllt wie am Abend zuvor bei ihrer Ankunft.

Nachdem Lekmann sie wieder einmal vor einem Fluchtversuch gewarnt hatte, stellte Aulay ihm eine Frage.

»Bist du sicher, dass uns ein Sklavenhändler mehr für sie zahlt als Jennesta?«

»Wie ich schon sagte, sie zahlen gut für orkische Leibwächter.«

»Jennesta zu hintergehen ist kein guter Plan«, warf Coilla ein.

»Du hältst das Maul und überlässt das Denken denen, die es besser können als du.«

Coilla warf einen Blick auf Blaan, der schlaffen Gesichts vor sich hin stierte. Dann betrachtete sie Aulay mit seiner Augenklappe, dem verbundenen Ohr und dem gebrochenen Finger. »Ja«, sagte sie.

»Mal angenommen, sie hat uns angelogen, und die Vielfraße sind gar nicht hier ...«, sagte Aulay.

»Hörst du jetzt endlich *damit* auf?«, erwiderte Lekmann. »Es ist logisch, dass sie hier sind. Wenn nicht, machen wir immer noch einen ordentlichen Schnitt, indem wir dieses Miststück verkaufen, und können unsere Suche anschließend woanders fortsetzen.«

»Wo denn, Micah?«, fragte Blaan.

»Fang du nicht auch noch an, Jabeez!«, schnauzte Lekmann. »Ich denke mir schon etwas aus, falls es dazu kommt.«

Sie verstummten, als zwei Wächter vorbeistapften.

»Bringen wir's endlich hinter uns, Micah«, flehte Aulay ungeduldig.

»Gut. Wie abgemacht, suchst du die Orks. Denk daran, sie wollen irgendwas verkaufen. Also sieh dich im Basar um, im Viertel der Edelsteinhändler, bei den Informationsmaklern – überall, wo sie einen Käufer finden könnten.«

Aulay nickte.

»In der Zwischenzeit sehen Jabeez und ich uns nach einem neuen Besitzer für sie um«, fuhr Lekmann fort, indem er mit dem Daumen auf Coilla zeigte. »Wir treffen uns spätestens heute Mittag wieder hier.«

»Wohin geht ihr?«

»In den Ostteil, wo wir jemanden besuchen, dessen Namen ich gehört habe. Jetzt beweg deinen Arsch, wir haben keine Zeit zu verlieren.«

Sie trennten sich.

»Was soll ich tun, Micah?«, wollte Blaan wissen.

»Behalt einfach den Ork im Auge. Wenn sie auf dumme Gedanken kommt, zeig ihr, wer der Herr ist.«

Sie ließen Coilla zwischen sich gehen, obwohl das die Fußgänger in den engeren Straßen aufbrachte. Coilla zog viele Blicke auf sich, viele davon wachsam. Schließlich war sie ein Ork, und es war wohlbekannt, dass man Orks am besten mit Respekt begegnete.

»Ich hätte eine Frage«, sagte sie.

»Sie ist hoffentlich meinen Atem für eine Antwort wert«, erwiderte Lekmann.

»Wer ist dieser Sklavenkäufer, zu dem wir gehen?«

»Er heißt Razatt-Kheage.«

»Das ist ein Goblin-Name.«

»Ja, das ist er auch.«

Sie seufzte. »Ein verdammter Goblin ...«

»Herrscht wohl nicht viel Liebe zwischen Orks und Goblins, was?«

»Herrscht nicht viel Liebe zwischen Orks und so ungefähr allen anderen, Kotzgesicht.«

Blaan kicherte. Lekmann warf ihm einen Blick zu, der den Menschenberg sofort verstummen ließ.

Lekmann übertrug sein Funkeln auf Coilla. »Falls du noch Fragen haben solltest, schieb sie dir einfach in den Arsch, in Ordnung?«

Sie bogen um eine Ecke. Eine kleine Menge hatte sich um zwei Elfeen gebildet, die laut miteinander stritten.

Elfeen waren angeblich aus der Vereinigung von Elfen und Feen hervorgegangen und wurden im Allgemeinen als Vettern jener Rassen betrachtet. Sie waren schmächtig gebaut, hatten eine spitze, leicht aufwärts ragende Nase und schwarze Knopfaugen. Ihr kleiner, zierlicher Mund hatte winzige runde Zähne. Sie waren von Natur aus keine streitlustige Rasse und gewiss nicht für den Kampf erschaffen.

Diese beiden schwankten trunken umher. Sie schrien einander an und teilten schwache Hiebe aus. Es war unwahrscheinlich, dass sich einer von ihnen wehtun würde, falls keiner auf die Nase fiel.

Die Kopfgeldjäger lachten. »Können keinen Schnaps vertragen«, spottete Lekmann.

»*Eure* Rasse hat diese Art von Verhalten nach Maras-Dantien gebracht«, sagte Coilla mit vernichtendem Hohn zu ihm. »Ihr zerstört meine Welt.«

»Ist nicht mehr deine, du Wilde. Und sie wird jetzt Zentrasien genannt.«

»Einen Scheiß wird sie.«

»Du solltest dankbar sein. Wir bringen euch die Wohltaten der Zivilisation.«

»Wie Sklaverei? Die war hier fast unbekannt, bis eure Rasse kam. Maras-Dantier haben einander nicht *gehört.*«

»Was ist mit euch Orks? Ihr werdet doch in die Dienste von irgendwem geboren, oder nicht? Ist das nicht Leibeigenschaft? *Damit* haben wir nicht angefangen.«

»Das ist erst zur Sklaverei *geworden.* Ihr habt die ganze Einrichtung mit euren Ideen verdorben. Früher war sie gut, weil wir Orks dadurch tun konnten, wozu wir geboren sind: Kämpfen.«

»Wo wir gerade davon reden ...« Er nickte zur anderen Seite der kopfsteingepflasterten Straße. Die Elfeen hieben sich gegenseitig an den Kopf, ohne irgendeine Wirkung zu erzielen.

Blaan lachte idiotisch.

»Siehst du?«, spottete Lekmann. »Ihr Barbaren braucht keinen Unterricht in Gewalttätigkeit von uns. Ihr habt sie ohnehin in euch, gleich unter der Oberfläche.«

Coilla hatte noch nie so dringend ein Schwert gebraucht.

Ein Elfee zückte ein verborgenes Messer und schwang es, obwohl beide Kämpfer ganz offensichtlich viel zu betrunken waren, um eine ernsthafte Bedrohung darzustellen.

Dann tauchten plötzlich zwei Wächter auf. Vielleicht waren es dieselben, die sie zuvor gesehen hatten, das ließ sich unmöglich sagen. Coilla war überrascht, wie schnell sie sich bewegten. Es strafte ihr ungeschlachtes Aussehen Lügen. Drei oder vier weitere Homunkuli trafen ein, und alle steuerten auf die kämpfenden Elfeen zu. Sie waren so betrunken, so beschäftigt miteinander und so überrascht vom Tempo der Wächter, dass sie nicht einmal mehr versuchen konnten zu fliehen.

Die zerbrechlichen Geschöpfe wurden überwältigt und von starken Armen festgehalten. Sie wurden aufgehoben, während sie in ohnmächtiger Wut mit ihren winzigen Beinen strampelten. Wenig Mühe war erforderlich, um den mit dem Messer zu entwaffnen.

Vor den Augen der schweigenden Menge traten zwei Wächter vor und nahmen die Köpfe der kreischenden Elfeen zwischen die gewaltigen Hände. Dann brachen sie den Elfeen das schlanke Genick auf eine sachliche, geradezu beiläufige Art. Selbst von ihrem Platz konnten die Kopfgeldjäger und Coilla noch das Knacken der Knochen hören.

Die Wächter trotteten mit den Leichen ihrer Opfer davon, die sie wie schlaffe Strohpuppen hielten. Klüger geworden über Teufelsbrüllens Maß an Duldsamkeit, löste die Menge sich langsam auf.

Lekmann stieß einen leisen Pfiff aus. »Die meinen es hier ziemlich ernst mit Gesetz und Ordnung, was?«

»Mir gefällt das nicht«, beklagte sich Blaan. »Ich habe auch eine verborgene Waffe, so wie dieser tote Elfee.«

»Dann sorg dafür, dass sie auch verborgen bleibt.«

Blaan murrte weiter, und Lekmann wies ihn weiter zurecht. Es lenkte ihre Aufmerksamkeit von Coilla ab. Sie packte die Gelegenheit beim Schopfe.

Lekmann versperrte ihr den Weg. Sie rammte ihm den Stiefel in den Schritt. Er stöhnte laut auf und krümmte sich. Coilla machte einen ersten Laufschritt.

Ein Arm wie ein eiserner Fassreifen legte sich um ihren Hals. Blaan zog die sich wehrende Coilla in die Einmündung einer angrenzenden Gasse. Mit wässrigen Augen und weißem Gesicht hinkte Lekmann ihnen hinterher.

»Du Miststück«, flüsterte er.

Er drehte sich zur Straße um. Niemand schien bemerkt zu haben, was vorging. Er wandte sich Coilla zu und verpasste ihr eine schallende Ohrfeige. Dann noch eine.

Der kupfrige Geschmack nach Blut erfüllte ihren Mund.

»Versuch so etwas noch mal, und zum Henker mit dem Geld«, knurrte er, »dann mach ich dich kalt.«

Als er davon überzeugt war, dass sie sich beruhigt hatte, sagte er zu Blaan, er solle sie loslassen. Coilla tupfte sich Blutfäden ab, die ihr aus Mund und Nase liefen. Sie sagte nichts.

»Jetzt *beweg dich*«, befahl er.

Sie setzten ihren Weg fort, und die beiden Kopfgeldjäger klebten noch enger an ihr.

Neun oder zehn Windungen und Biegungen später erreichten sie das Ostviertel. Falls das überhaupt möglich war, dann waren die Straßen hier noch schmaler und verstopfter. Es war ein Irrgarten und schwer für Ortsfremde, sich dort zurechtzufinden.

Als sie an einer Ecke darauf warteten, dass Lekmann sich orientierte, wurde Coillas Blick von einer hochgewachsenen Gestalt angezogen, die sich zwei oder drei Häuserblocks entfernt durch die Menge bewegte. Wie am Tag zuvor, als sie ein paar Orks zu sehen geglaubt hatte, war es nur ein flüchtiger Eindruck. Aber die Gestalt sah wie Seraphim aus, wie der menschliche Geschichtenerzähler, dem sie in der Prärie begegnet waren. Er hatte ihnen erzählt, er habe Teufelsbrüllen gerade verlassen, warum sollte er also zurückkehren? Coilla kam zu dem Schluss, dass sie sich geirrt hatte. Was ziemlich wahrscheinlich war, da für sie alle Menschen ohnehin gleich aussahen.

Sie setzten ihren Weg fort. Lekmann führte sie ins Herz des Viertels, in ein Gebiet aus gewundenen Passagen mit hohen Mauern.

Nach einem scheinbar ziellosen Marsch durch diese schattigen Sträßchen, wo viel weniger Fußgänger unterwegs waren, erreichten sie die Einmündung einer Gasse. An ihrem Ende und ein wenig zur Seite versetzt stand ein Gebäude, das früher einmal weiß und schön gewesen war. Jetzt war es schmutzig und verfallen. Die Läden vor den wenigen Fenstern waren geschlossen, und die einzige Tür war verstärkt.

Lekmann hieß Blaan anklopfen und drängte ihn dann beiseite. Nachdem sie eine volle Minute gewartet hatten, wollten sie gerade ein zweites Mal anklopfen, als ein Schieber vor einem Guckloch geöffnet wurde. Zwei gelbliche Augen musterten sie, aber nichts wurde gesagt.

»Wir sind gekommen, um Razatt-Kheage zu sprechen«, verkündete Lekmann.

Keine Antwort.

»Ich heiße Micah Lekmann«, fügte er hinzu.

Die körperlosen Augen starrten sie weiterhin an.

»Ein gemeinsamer Freund hat mich angekündigt«, fuhr Lekmann fort, dem langsam die Geduld ausging. »Er sagte, man würde mich hier willkommen heißen.«

Die stumme Besichtigung dauerte noch ein paar Sekunden, dann wurde der Schieber geschlossen.

»Die kommen mir hier nicht sonderlich freundlich vor«, bemerkte Blaan.

»Sie sind auch nicht gerade in einem freundlichen Gewerbe«, erinnerte ihn Lekmann.

Es knirschte, als auf der Innenseite Riegel gelöst wurden, und dann öffnete sich knarrend die Tür. Lekmann stieß Coilla zuerst hinein und folgte ihr dann mit Blaan.

Ein Goblin stand ihnen gegenüber. Ein zweiter schloss und verriegelte die Tür.

Ihre Statur war skelettartig und mit knotiger grüner Haut überzogen, die straff gespannt war und Pergament ähnelte. Sie hatten vorspringende Schulterblätter, die den Eindruck vermittelten, sie seien ein wenig bucklig. Doch was ihnen an Fett fehlte, wurde durch Sehnen wettgemacht. Es handelte sich um starke, agile Wesen.

Ihr Kopf war oval und haarlos. Ihre Ohren waren klein und standen ab, der Mund war ein Spalt mit gummiartigen Lippen. Sie hatten platte Nasen mit Löchern, die wie ausgestochen aussahen, und große tränenförmige Augen mit schwarzer Iris auf gelblichem Grund.

Beide waren mit dicken Keulen bewaffnet, die nach Art eines Streitkolbens mit Stacheln gespickt waren.

In dem geräumigen Zimmer, das sich vor ihnen erstreckte, gab es noch sieben oder acht granitgesichtige Genossen von ihnen.

Eine hölzerne Plattform, auf gleicher Höhe mit der Brust eines Menschen, säumte die gegenüberliegende Wand. Sie war mit Läufern und Kissen übersät. In der Mitte stand ein kunstvoll geschnitzter hochlehniger Stuhl wie ein Thron. Auf beiden Seiten war eine Wache postiert.

Darauf saß ein weiterer Goblin. Doch wo die übrigen martialisches Leder und Kettenhemden trugen, war er viel imposanter mit Seide angetan und mit Juwelen behängt. Eine seiner schlaffen Klauen hielt das Mundstück eines Schlauchs, der zu einer Wasserpfeife führte, von der sich dünne, weiße Rauchschwaden erhoben.

»Ich bin Razatt-Kheage«, sagte der Sklavenhändler. Seine Stimme hatte etwas Zischendes. »Dein Name ist mir zu Ohren gekommen.« Er bedachte Coilla mit einem abschätzigen Blick. »Wie ich hörte, hast du Ware anzubieten.«

»Das haben wir«, erwiderte Lekmann in einem Tonfall, aus dem unaufrichtige Jovialität troff. »Das ist sie.«

Razatt-Kheage beschrieb eine herrische Geste mit der Hand. »Kommt her.«

Lekmann stieß Coilla an, und das Trio ging zu der kleinen Treppe an einer Seite des Podests. Zwei Handlinge begleiteten sie. Als sie sich dem Thron näherten, nickte Lekmann Blaan zu, der Coillas Arme umklammerte und sie so in sicherer Entfernung von dem Sklavenhändler hielt.

Razatt-Kheage bot Lekmann die Wasserpfeife an.

»Was ist das, Kristall?«

»Nein, mein Freund. Ich ziehe stärkere Freuden vor. Das ist reines Lassh.«

Lekmann erbleichte. »Äh, nein, danke, ich verzichte. Ich versuche mich von den stärkeren Rauschmitteln fern zu halten. Und dann kommt noch dazu, dass, äh, man sich daran gewöhnt und alles ...«

»Natürlich. Aber es ist ein kleines Laster, das ich mir leisten kann.« Er inhalierte tief aus der Pfeife. Seine Augen bekamen einen glasigeren Schimmer, als er die Wolke zu Kopf steigenden Rauchs ausstieß. »Zum Geschäft. Begutachten wir die Ware.« Er gab einem seiner Lakaien träge ein Zeichen.

Der Goblin verließ seinen Platz neben dem Thron und ging zu Coilla. Während Blaan sie festhielt, begrabschte der Goblin sie von oben bis unten. Er drückte ihre Armmuskeln, tätschelte ihre Beine und starrte ihr in die Augen.

»Du wirst feststellen, dass sie gesund ist wie ein Floh«, bemerkte Lekmann mit noch mehr Herzlichkeit als zuvor.

Der Goblin zwang grob Coillas Kiefer auseinander und inspizierte ihre Zähne.

»Ich bin kein verdammtes Pferd!«, schnauzte sie.

»Sie hat Feuer im Hintern«, sagte Lekmann.

»Dann werden wir sie brechen«, erwiderte Razatt-Kheage. »Sie wäre nicht die Erste.«

Sein Handling beendete die Untersuchung und nickte ihm zu.

»Allem Anschein nach ist deine Ware akzeptabel, Micah Lekmann«, zischte der Sklavenhändler. »Reden wir über den Preis.«

Während sie verhandelten, sah sich Coilla gründlich in dem Raum um. Nur eine Tür, die verrammelten Fenster und die Fülle der Wachen, von Blaans eisernem Griff um sie ganz zu schweigen, all das bestätigte rasch, dass sie keine andere Wahl hatte, als weiterhin auf den richtigen Augenblick zu warten.

Lekmann und der Sklavenhändler einigten sich schließlich auf einen Preis. Die Summe war beträchtlich. Coilla wusste nicht, ob sie sich geschmeichelt fühlen sollte oder nicht.

»Dann sind wir uns also einig«, sagte Razatt-Kheage. »Wann würde es dir passen, wiederzukommen und dir das Geld abzuholen?«

Das überraschte Lekmann sichtlich. »Wiederkommen? Wieso wiederkommen?«

»Glaubst du, ich würde so eine Summe hier aufbewahren?«

»Tja, wie schnell kannst du das Geld beschaffen?«

»Sagen wir, in vier Stunden?«

»*Vier Stunden?* Das ist verdammt viel ...«

»Vielleicht willst du das Geschäft lieber mit einem anderen Geschäftspartner abschließen?«

Der Kopfgeldjäger seufzte. »Also gut, Razatt-Kheage, vier Stunden. Keine Minute länger.«

»Du hast mein Wort. Willst du so lange warten oder später wiederkommen?«

»Ich muss jemanden treffen. Wir kommen zurück.«

»Es wäre vernünftig, wenn ihr den Ork in der Zwischenzeit hier lassen würdet. Hier ist sie sicher, und ihr würdet euch die Mühe sparen, sie bewachen zu müssen.«

Lekmann beäugte ihn misstrauisch. »Woher soll ich wissen, dass sie noch hier ist, wenn wir zurückkommen?«

»Wenn ein Goblin sein Wort gibt, Micah Lekmann, betrachtet meinesgleichen es als schwere Beleidigung, es zu bezweifeln.«

»Ja, ihr Sklavenhändler seid wirklich ein ehrenwerter Haufen«, warf Coilla sarkastisch ein.

Blaan übte schmerzhaften Druck auf ihre Arme aus. Sie biss auf die Zähne und gab ihnen nicht die Befriedigung aufzuschreien.

»Es ist, wie du sagst ... *Feurige*«, murmelte Razatt-Kheage unfreundlich. »Wie lautet deine Entscheidung, Mensch?«

»Also schön, sie kann bleiben. Aber mein Partner Blaan bleibt bei ihr. Und wenn es bei dir und deiner Rasse nicht als Beleidigung gilt, trage ich ihm auf, dass er sie töten soll, falls es irgendwelche ... Probleme gibt. Hast du das verstanden, Jabeez?«

»Verstanden, Micah.« Er packte Coilla noch fester.

»Ich verstehe«, sagte Razatt-Kheage. »Dann also in vier Stunden.«

»Genau.« Er ging von einem Handling begleitet zur Tür.

»Du brauchst dich mit der Rückkehr nicht zu beeilen«, rief Coilla ihm nach.

39

Es ist einfach nicht *natürlich,* Stryke. Orks sollten niemals aufgefordert werden, ihre Waffen abzugeben.«

Es war die erste Bemerkung, die Haskeer seit seiner Rückkehr in den Trupp aus eigenem Antrieb machte. Er klang fast wieder wie der alte Haskeer.

»Anders kommen wir nicht in die Stadt«, erklärte Stryke noch einmal. »Mach kein Theater deswegen.«

»Warum verbergen wir nicht ein paar Klingen?«, schlug Jup vor.

»Ich wette, *alle* tun das«, sagte Haskeer.

Stryke nahm zur Kenntnis, dass Haskeer sich zu bemühen schien, vernünftig mit Jup umzugehen. Vielleicht hatte er sich wirklich verändert. »Wahrscheinlich. Aber es geht nicht darum zu verhindern, dass Waffen in die Stadt geschafft werden. Ihre Benutzung ist es, die mit dem Tode bestraft wird. Der Rat weiß es, und jeder, der in die Stadt geht, weiß es. Sogar Unis und Mannis wissen es, um der Götter willen. Es ist nur so, dass sie nicht alle Besucher gründlich durchsuchen. Sonst würde der ganze Betrieb zum Erliegen kommen.«

Jup warf ein: »Aber wenn man sich bei einem Kampf mit Waffen erwischen lässt ...«

»Wird man getötet, genau.«

»Also verbergen wir keine Waffen?«

»Bist du wahnsinnig? Ein Ork ohne Klinge? Natürlich schmuggeln wir welche ein. Was wir nicht tun werden, und zwar *keiner* von uns ...« - er warf Haskeer einen vielsagenden Blick zu - »... ist, sie ohne meinen ausdrücklichen Befehl zu benutzen. Jeder Ork sollte in der Lage sein zu improvisieren. Wir haben Fäuste, Füße und einen Kopf. Stimmt's?«

Der Trupp nickte und begann damit, Messer und Dolche in Stiefeln, Ärmeln und Helmen zu verstecken. Stryke wählte eine von ihm bevorzugte zweischneidige Klinge. Jup folgte seinem Beispiel. Haskeer ging einen Schritt weiter. Nachdem er ein Messer verborgen hatte, wickelte er sich außerdem noch ein Stück Kette um die Taille und verbarg es unter seinem Wams.

Teufelsbrüllen bei Tag war ein ebenso beeindruckender und fremdartiger Anblick wie Teufelsbrüllen bei Nacht. An diesem Tag hatte der Regen seiner unendlich vielfältigen Architektur einen öligen Glanz verliehen. Die Spitzen der Türme, die Dächer von Gebäuden und die abschüssigen Seiten von kleinen Pyramiden glänzten nass und schimmerten wie Regenbögen.

Der Trupp ritt zum Haupttor des Freihafens. Wie üblich staute sich dort eine gemischtrassische Menge. Die Orks stiegen ab und stellten sich mit den Pferden am Zügel an.

Die Warterei dauerte unendlich lange, und Haskeer vertrieb sich die Zeit damit, dass er Kobolde, Zwerge und Elfen mit bedrohlich finsterer Miene anfunkelte und darüber hinaus auch Mitglieder aller anderen Rassen, gegen die er einen echten oder auch vermeintlichen Groll hegte. Doch schließlich erreichten sie den Kontrollpunkt und bekamen es mit den stummen Wächtern zu tun.

Jup war der Erste. Ein Homunkulus stand mit ausgestreckten Armen da und wartete auf seine Waffen. Der Zwerg gab ihm sein Schwert, eine Streitaxt, ein Beil, zwei Dolche, ein Messer, eine Schleuder mit Munition, einen mit Dornen gespickten Schlagring und vier Wurfsterne mit geschärften Spitzen.

»Ich bin mit leichtem Gepäck unterwegs«, sagte er zu dem ausdruckslosen Wächter.

Bis der Rest des Trupps sich ähnlicher Waffenmengen entledigt hatte, war die Schlange erheblich länger in der Ausdehnung und ärmer an Geduld.

Schließlich steckten die Mitglieder des Trupps ihre Holzmarken ein und wurden durchgewunken.

»Die Wächter kommen mir viel träger vor als bei meinem letzten Besuch«, stellte Stryke fest.

Jup nickte. »Das Ausbluten der Magie nimmt auf alles Einfluss. Obwohl es hier wahrscheinlich nicht so schlimm ist wie weiter landeinwärts. Mir ist aufgefallen, dass die Energie nah am Wasser immer stärker ist. Aber wenn die Menschen so weitermachen wie bisher, werden selbst Gegenden wie diese Schwierigkeiten haben.«

»Du hast Recht. Trotzdem wäre mir lieber, wenn wir uns nicht mit den Wächtern anlegen müssten. Sie mögen nicht mehr so stark sein wie früher, aber sie sind dennoch als Tötungsmaschinen erschaffen worden.«

»Ich halte sie nicht für so zäh«, prahlte Haskeer.

»Haskeer, *bitte.* Fang keinen Kampf an, solange es noch andere Möglichkeiten gibt.«

»Sicher. Du kannst dich auf mich verlassen, Boss.«

Stryke wünschte, er hätte das glauben können. »Also los«, sagte er, »bringen wir die Pferde in einem Stall unter.«

Es gelang ihnen ohne großen Aufwand, und Stryke vergewisserte sich, dass die Pelluzit-Vorräte *nicht* in den Satteltaschen blieben. Jedes Truppmitglied trug seine Portion am Körper.

Dann gingen sie durch die überfüllten Straßen, wobei sie ein gewisses Maß an Aufmerksamkeit erregten und sich viele Köpfe nach ihnen umdrehten, was an einem Ort wie Teufelsbrüllen keine geringe Leistung war. Obwohl es bemerkenswert war, dass ihnen niemand in die Quere kam. Schließlich fanden sie einen kleinen Platz, wo es leichter war, sich zu unterhalten, ohne herumgeschubst zu werden. Auf dem Platz standen ein paar Bäume, doch selbst hier, wo der Fluss der Magie noch einigermaßen stark war, sahen sie karg und dürftig belaubt aus.

Strykes Gefährten versammelten sich um ihn. »Zehn Orks und ein Zwerg, die gemeinsam durch die Stadt ziehen, sind nicht gerade unauffällig«, sagte er zu ihnen. »Am besten bilden wir zwei Gruppen.«

»Klingt vernünftig«, sagte Jup.

»Meine Gruppe besteht aus Haskeer, Toche, Reafdaw und Seafe. Jup, du nimmst Talag, Gant, Calthmon, Breggin und Finje.«

»Warum führe ich keine Gruppe an?«, beschwerte sich Haskeer.

»Jups Gruppe zählt sechs Mann, meine nur fünf«, erklärte Stryke. »Also will ich dich natürlich bei mir haben.«

Das funktionierte. Haskeer schwoll die Brust. Jup begegnete Strykes Blick, grinste und zwinkerte ihm übertrieben zu. Strykes Antwort bestand aus einem dünnen Lächeln.

»Wir treffen uns wieder hier in ... sagen wir, in drei Stunden«, entschied er. »Wenn eine Gruppe auf Coilla stößt und mit der Situation fertig werden kann, nutzen wir die Gelegenheit. Wenn das bedeutet, dass wir den verabredeten Termin hier nicht einhalten können, treffen wir uns eine Meile westlich von Teufelsbrüllens Stadttor. Wenn ihr Coilla findet, aber die Aussichten für eine Befreiung zu schlecht sind, lasst jemanden als Beobachter zurück, dann versuchen wir es mit beiden Gruppen.«

»Irgendwelche Ideen, wo wir nach ihr suchen sollten?«, fragte Jup.

»Überall da, wo Handelsaktivitäten stattfinden.«

»Das wäre also in ganz Teufelsbrüllen, oder nicht?«

»Genau.«

»Dann ist es ja ein Kinderspiel.«

»Pass auf, ihr kümmert euch um den Nord- und Westteil, wir übernehmen den Süden und den Osten.« Er wandte sich an sie alle. »Wir glauben zu wissen, dass Coilla in Begleitung von drei Menschen ist, wahrscheinlich Kopfgeldjäger. Unterschätzt sie nicht. Geht kein Risiko ein. Und lasst die verborgenen Waffen, wo sie sind. Wie ich schon sagte, wir wollen nicht die Wächter am Hals haben. Und jetzt bewegt euch.«

Jup antwortete mit einem erhobenen Daumen und führte seine Gruppe davon.

Haskeer sah ihnen nach und sagte: »Wir werden immer weniger und weniger ...«

*

Strykes Trupp suchte über zwei Stunden ergebnislos.

Als sie vom Süd- in den Ostteil der Stadt wechselten, sagte Stryke: »Das Problem ist, dass wir nicht wissen, *wie* wir suchen sollen.«

»Was?«, erwiderte Haskeer.

»Wir kennen niemanden in Teufelsbrüllen, wir haben keine Verbindungen, die uns helfen könnten, und Sklavenhändler wickeln ihre Geschäfte nicht auf der Straße ab. Nur die Götter wissen, was in jedem einzelnen dieser Häuser vorgehen mag.«

»Was sollen wir also unternehmen?«

»Einfach die Augen offen halten und darauf hoffen, irgendwo einen Blick auf Coilla zu erhaschen, nehme ich an. Schließlich können wir nicht zu den Wächtern gehen und sie fragen, wo die hiesigen Sklavenhändler ihre Geschäfte betreiben.«

»Tja, was hat es dann für einen Sinn? Ich meine, was, zum Henker, machen wir hier, wenn wir keine Hoffnung haben, sie zu finden?«

»Augenblick mal«, schäumte Stryke, der seinen Zorn kaum bezähmen konnte. »Wir sind *deinetwegen* hier! Wenn du dich nicht mit den Sternen unerlaubt von der Truppe entfernt hättest, wären wir gar nicht hier. Und Coilla würde nicht so tief im Schlamassel stecken.«

»Das ist ungerecht!«, protestierte Haskeer. »Ich wusste nicht, was ich tat. Du kannst mir nicht die Schuld dafür geben, dass ...«

»Hauptmann!«

»Was gibt es, Toche?«, erwiderte Stryke gereizt.

Der Gemeine zeigte auf eine Kreuzung, der sie sich näherten. »Da vorne!«

Sie schauten alle in die angegebene Richtung. Eine Unzahl von Personen tummelten sich am Kreuzungspunkt von vier Straßen.

»Was ist da?«, wollte Stryke wissen.

»Dieser Mensch!«, rief Toche. »Dem wir im Schnee begegnet sind. *Da!*«

Diesmal sah Stryke ihn auch. Seraphim, der Geschichtenerzähler, der sie nach Teufelsbrüllen geschickt hatte und dann so unversehens verschwunden war. Größer als die meisten Gestalten in seiner Umgebung, war er mit seinen fließenden Locken und dem langen blauen Umhang unverkennbar. Er entfernte sich von ihnen.

»Glaubst du, er gehört zu den Kopfgeldjägern?«, fragte Haskeer, da der Streit vergessen war.

»Nicht mehr als bei unserer ersten Begegnung«, sagte Stryke. »Und warum sollte er uns hierherschicken, wenn doch? Und wo wir schon dabei sind, was macht *er* hier?«

»Er entfernt sich.«

»Dass wir hier auf ihn stoßen, kann kein Zufall sein. Vorwärts, wir folgen ihm. Aber haltet euch zurück, wir wollen nicht, dass er uns sieht.«

Sie schoben sich durch die Menge, wobei sie sorgfältig darauf achteten, einen gewissen Abstand zu wahren. Seraphim schien nicht zu bemerken, dass er verfolgt wurde, und verhielt sich natürlich, obwohl er zielstrebig ausschritt. Die Orks folgten ihm ins Zentrum des Ostteils, wo aus den Straßen gewundene Gassen wurden und sich unter jedem Umhang ein Dolch zu verbergen schien.

Schließlich bog er um eine Ecke, und als sie sie erreichten und herumlugten, stellten sie fest, dass sie in eine leere Sackgasse starrten. Am anderen Ende und etwas zur Seite versetzt stand ein verfallenes, ehemals weißes Haus. Es hatte eine Tür. Tatsächlich war es die einzige Tür in der ganzen Straße.

Sie zogen die offensichtliche Schlussfolgerung, dass der Mensch durch ebendiese Tür gegangen sein musste, und schlichen dorthin. Die Tür war nur angelehnt. Die Orks drückten sich beiderseits der Tür an die Hauswand.

»Gehen wir rein?«, flüsterte Haskeer.

»Was sonst?«, sagte Stryke.

»Vergiss nicht, was du zu Jup gesagt hast. Im Zweifelsfall Hilfe holen.«

Stryke fand diesen Einwand dafür, dass er von Haskeer kam, bemerkenswert vernünftig. »Ich weiß nicht, ob diese Situation das rechtfertigt.« Er schaute zum Himmel. »Andererseits haben wir's nicht mehr lange bis zum vereinbarten Treffen. Seafe, geh zurück und bring Jups Gruppe her. Wenn wir nicht in der Gasseneinmündung warten, sind wir im Haus. Beeilung, Soldat.«

Der Gemeine trabte los.

Damit blieben zunächst nur Haskeer, Toche, Reafdaw und Stryke selbst übrig. Aber er ging davon aus, dass das reichte, um mit einem verrückten menschlichen Geschichtenerzähler fertig zu werden.

»Wir gehen rein«, beschloss er, indem er verstohlen das Messer aus seinem Stiefel zog. »Zieht eure Waffen.«

Er stieß die Tür auf und trat dicht gefolgt von den anderen ein.

Sie befanden sich in einem großen Raum mit einem länglichen Podest an einem Ende, auf dem ein großer Stuhl stand. Kleinere Möbelstücke waren überall in der Stube verstreut. Das Haus war verlassen.

»Wo, zum Henker, ist dieser Seraphim abgeblieben?«, fragte Haskeer.

»Es muss noch andere Räume oder einen anderen Ausgang geben«, sagte Stryke. »Lass uns ...«

Ein plötzlicher Wirbel aus Lärm und Bewegung unterbrach ihn. Wandbehänge wurden beiseite gerissen. Am hinteren Ende des Podests flog eine Tür auf. Zehn oder noch mehr bewaffnete Goblins stürzten daraus hervor und umzingelten sie. Sie trugen streitkolbenartige Keulen, Schwerter und Kurzspeere, Waffen also, die eine viel größere Reichweite hatten als die Messer der Vielfraße. Ein Goblin schlug die Tür zur Straße zu und verriegelte sie.

Speer- und Schwertspitzen wurden den Orks an Kehle und Brust gehalten. Goblins entrissen ihnen die Messer und durchsuchten sie nach mehr. Aber sie schienen sich nur für Waffen zu interessieren. Das Pelluzit und die Sterne wurden ignoriert. Die Klingen und Haskeers Kette wurden unter lautem Klirren auf einen Haufen auf dem Boden geworfen.

Ein weiterer Goblin tauchte auf dem Podest auf. Er trug Seide und Juwelen. »Ich bin Razatt-Kheage«, verkündete er mit mehr als nur einem Anflug von Melodramatik.

»Sklavenhändlerabschaum«, grollte Haskeer.

Einer der Goblins verpasste ihm mit dem Schaft seines Streitkolbens einen heftigen Stoß in den Magen. Haskeer krümmte sich und keuchte.

»Seid vorsichtig mit der neuen Ware«, mahnte Razatt-Kheage.

»Bastard«, schimpfte Stryke. »Stell dich mir ohne diese Trottel, dann regeln wir das von Ork zu Goblin.«

Razatt-Kheage lachte verächtlich. »Geradezu entzückend primitiv. Schlag dir alle Gedanken an Gewalt aus dem Kopf, mein Freund, ich habe hier jemanden für euch. Komm!«, rief er.

Coilla tauchte in der Geheimtür auf. Blaan hatte immer noch die Arme um sie geschlungen. Als sie Stryke, Haskeer und die anderen sah, stand ihr die Überraschung ins Gesicht geschrieben.

»Gefreiter«, sagte Stryke.

»Hauptmann«, erwiderte sie mit bemerkenswerter Kühle. »Tut mir Leid, dass ich den Trupp hineingezogen habe.«

»Wir sind ein Trupp, wir halten zusammen.«

Sie sah Haskeer an. »Wir haben ein paar Dinge zu klären, Feldwebel.«

»Das ist alles sehr rührend«, unterbrach Razatt-Kheage, »aber macht ruhig das Beste daraus. Ihr werdet euch noch früh genug voneinander verabschieden.«

»Seine Spießgesellen werden jeden Augenblick zurückerwartet!«, rief Coilla, indem sie auf Blaan zeigte.

»Gehört Seraphim auch zu ihnen?«, fragte Stryke.

»Seraphim? Der Geschichtenerzähler?«

»Seid still!«, zischte der Sklavenhändler. »Seid still«, sagte er etwas ruhiger, »dann warten wir gemeinsam auf sie.« Er bellte seinen Leuten etwas in der Goblinsprache zu.

Die Handlinge traten vor und trieben Stryke, Haskeer und die Gemeinen in eine Ecke. Kaum waren sie damit fertig, als es an der Tür klopfte. Ein Goblin ging hin, spähte durch den Sehschlitz und öffnete.

Lekmann und Aulay stolzierten herein.

»Die restlichen Ratten«, sagte Coilla.

Blaan riss fest an ihrem Arm. »Halt's Maul!«, knurrte er. Sie zuckte zusammen.

Lekmann betrachtete die Szene. »Na, was haben wir denn da? Mir war bekannt, dass du auch ein Hehler bist, Razatt-Kheage, aber das kann sich sehen lassen. Der Rest des Trupps von dem Miststück, nicht wahr? Oder wenigstens einige davon.«

»Ja«, bestätigte der Sklavenhändler, »und ein hübsches Sümmchen für mich wert.«

»*Für dich?*«, wiederholte Aulay ungläubig. »Was ist hier los, Micah?«

»Gaunerei, würde ich sagen.«

»Ich hoffe, ihr Menschen erhebt keinen Anspruch auf mein Eigentum«, sagte Razatt-Kheage zu ihnen. »Das könnte ziemlich bedauerlich sein.«

Lekmanns Miene verfinsterte sich. »Jetzt pass mal auf, das sind die Orks, die meine Partner und ich schnappen sollten.«

»Und? Etwaige Abmachungen, die ihr getroffen habt, sind in Teufelsbrüllen nichts wert. Ihr habt sie nicht hergebracht.«

»Ich habe *sie* hergebracht, und das hat sie angelockt. Zählt das denn gar nicht?«

»He!«, brüllte Haskeer. »Ihr redet über uns, als wären wir gar nicht hier! Wir sind keine Handelsware, über deren Preis man feilschen kann!«

Der Goblin, der ihn zuvor geschlagen hatte, tat es noch einmal. Haskeer krümmte sich erneut.

»Handelsware ist genau das, was ihr seid, Ork«, höhnte Lekmann.

Als Haskeer sich wieder aufrichtete, bedachte er den Goblin, der ihn geschlagen hatte, mit einem kalten, gemessenen Blick. »Das war das zweite Mal, Schleimbeutel. Das zahle ich dir mit Zins und Zinseszins heim.«

Mit ungerührter Miene holte der Goblin zu einem neuerlichen Hieb aus. Razatt-Kheage bellte einen knappen Befehl, und der Lakai unterließ es. Für alle verständlich fügte er hinzu: »Ich bin sicher, wir können zu einer für alle Seiten einträglichen Vereinbarung gelangen, Mensch.«

»Das klingt schon besser«, erwiderte Lekmann, dessen Miene sich ein wenig aufhellte. »Aber nach allem, was ich über diese Abtrünnigen gehört habe, wird es kein Spaß für dich, aus ihnen erstklassige Leibwächter zu machen.«

Der Sklavenhändler betrachtete die Orks. Er studierte ihre muskulöse, durch den Kampf gestählte Statur, registrierte ihre Narben und nahm ihre mörderischen, hartäugigen Mienen zur Kenntnis.

»Vielleicht wären sie eine etwas größere Herausforderung als die Frau«, räumte er ein.

Stryke warf einen Blick auf Coilla, und ihm kam der Gedanke, wie unwissend der Sklavenhändler doch war.

»Man hat uns Gold für ihren Kopf versprochen«, warf Aulay ein. »Königin Jennesta persönlich.«

Razatt-Kheage dachte darüber nach. »Das könnte sich als weniger mühselige Lösung erweisen.«

*

Jups Gruppe verbrachte ihre Zeit mit vergeblicher Suche. Kurz vor Ablauf der vereinbarten drei Stunden führte er die Gemeinen zum Platz zurück.

Dort fanden sie Seafe vor, der bereits auf sie wartete. Er übermittelte Strykes Botschaft.

»Hoffen wir, dass wir nicht mit Katzengold handeln«, sagte der Zwerg. »Gehen wir.«

Wenn die Passanten etwas merkwürdig daran fanden, dass ein Zwerg ein halbes Dutzend Orks im Laufschritt durch die Straßen von Teufelsbrüllen führte, waren sie jedenfalls nicht so dumm, es sich anmerken zu lassen. Glücklicherweise begegneten sie keinem Wächter.

Sie erlebten einen heiklen Moment, als sie den Ostteil erreichten und Seafe unsicher war, welcher Passage sie folgen mussten. Aber er entschied sich für die richtige, und fünf Minuten später standen sie vor der Gasse mit dem weißen Haus. Niemand war in der Nähe.

Jup gefiel das nicht. »Stryke sagte, sie würden hier auf uns warten?«

»Ja«, bestätigte Seafe. »Falls es keinen Ärger gibt.«

»Dann müssen wir annehmen, dass es Ärger gegeben hat.« An die ganze Gruppe gewandt, fügte er hinzu: »Wir müssen mit Feindseligkeiten rechnen. Ich würde sagen, das ist eine Situation, die den Einsatz von Waffen rechtfertigt, und zum Henker mit den Gesetzen von Teufelsbrüllen.«

Während sie die Straße hinter sich im Auge behielten, zückten sie ihre Messer.

Jup streckte die Hand nach der Tür aus und drückte. Sie bewegte sich nicht. Er bedeutete den anderen, ihm zu helfen. Auf sein Kommando warfen sie sich gemeinsam gegen die Tür. Sie barst, splitterte und gab nach. Sie taumelten hinein.

Und erstarrten.

Vor ihnen waren zwei mit Messern bewaffnete Menschen. Rechts von ihnen standen Stryke, Haskeer und die beiden anderen

Orks an einer Wand. Sieben oder acht Goblins mit Streitkolben, Schwertern und kurzen Lanzen bewachten sie. Auf einer erhobenen Plattform am anderen Ende des Raums stand ein Goblin in Seidengewändern. Zu seiner Linken stand ein Berg von einem Mensch, der Coilla beide Arme um den Hals gelegt hatte.

Ein Goblin trat aus einer Ecke, stellte sich in den Eingang und versperrte ihn mit einem Speer, dessen mit einem Widerhaken versehene Spitze funkelte.

»Aha«, sagte Jup.

Lekmann grinste. »Das wird ja immer besser.«

Auch der höhnisch grinsende Aulay gab seinen Senf dazu: »Eine richtige kleine Wiedersehensfeier.«

»Lasst die Waffen fallen«, zischte Razatt-Kheage.

Niemand rührte sich.

»Gebt auf«, sagte Lekmann. »Ihr seid in der Unterzahl und schlechter bewaffnet.«

»Ich nehme keine Befehle von Goblins entgegen und ganz sicher nicht von einem stinkenden Menschen.«

»Tu, was man dir sagt, du Missgeburt!«, fauchte Lekmann.

Jup sah Stryke an. »Was sagen Sie, Hauptmann?«

»Tun Sie, was Sie tun müssen, Feldwebel.«

Jup hatte keinen Zweifel, wie Strykes Aussage zu verstehen war.

Er schluckte. So lässig, wie es ihm möglich war, sagte Jup: »Scheiß drauf, was wäre das Leben ohne ein bisschen Aufregung?«

40

Jup warf sein Messer nach dem nächsten Goblin und traf ihn mit Wucht genau oberhalb des Schlüsselbeins. Es brach das Patt und den Hals des Goblins.

Dann war plötzlich die Hölle los.

Einer der Orks hob rasch den Speer des toten Goblins auf und richtete ihn gegen einen anderen Goblin. Gleichzeitig sprangen Stryke und Haskeer vor und rangen mit ihren Häschern. Ein verzweifelter Kampf um die Waffen begann.

Jups Gruppe eilte Lekmann und Aulay entgegen. Sie zogen ihre Klingen, und ein Messerkampf begann.

Dem Zwerg blieb die Teilnahme daran verwehrt. Ein Schwert schwingend, versperrte ihm ein Handling den Weg. Jup ließ sich fallen, um der Klinge auszuweichen, wälzte sich gegen die Beine des Goblins und brachte ihn so zu Fall. Im Kampf um das Schwert wälzten sie sich kreuz und quer über den Boden.

Jup hatte den Schwertarm des Goblins am Handgelenk umklammert und schlug die Hand mehrfach auf die Steinfliesen. Aber der Goblin wollte nicht loslassen. Dann brach ein schreiender Handling neben ihnen zusammen, dessen Gesicht von einem orkischen Dolch zerschnitten worden war. Jup streckte die Hand aus und packte dessen Schwert. Die andere Hand immer noch um das Handgelenk seines Gegners geschlossen, stieß er ihm die Klinge in die Brust.

Er sprang auf, warf das eine Schwert einem Kameraden zu und behielt das andere, um sich ins Getümmel zu stürzen.

Auf dem Podest kämpfte Coilla wie eine Wildkatze, um sich aus Blaans Griff zu befreien. Nicht weit entfernt brüllte Razatt-Kheage Befehle, die mit Flüchen und Verwünschungen durchsetzt waren.

Stryke war es gelungen, seinen Gegner so zu umklammern, dass der Goblin die Arme nicht mehr bewegen konnte. Da er unfähig war, sein Schwert zu heben, wand er sich hin und her und versuchte dem Ork die Klinge über die Beine zu ziehen. Stryke kühlte ihn mit ein paar Kopfstößen gegen die Stirn ab. Er verdrehte die Augen und ging zu Boden. Stryke riss ihm das Schwert aus der Hand und schlitzte ihm die Kehle auf.

Er drehte sich um und sah Haskeer um einen Speer kämpfen. Er gehörte dem Goblin, der ihn geschlagen hatte. Im Vorbeigehen verpasste Stryke dem Handling einen Hieb in die Seite. Die geringfügige Wunde war Ablenkung genug, um den Goblin aus der Fassung zu bringen. Stryke bahnte sich einen Weg durch das Getümmel hin zu den Kopfgeldjägern.

Haskeer ließ sich nicht lange bitten, Strykes kurzes Eingreifen auszunutzen. Es gelang ihm, den Speerschaft zu packen. Sie rangen um seinen Besitz. Unter Aufbietung seiner ganzen Kraft drehte er den Speer und bekam die Spitze mit dem tödlichen Widerhaken unter das Kinn des Goblins, dann drückte er mit aller Kraft aufwärts. Das heulende Geschöpf wurde aufgespießt. Haskeer riss den Speer in einer Fontäne aus Blut heraus und sah sich nach einem neuen Opfer um.

Coilla, die sich immer noch gegen Blaans Umklammerung wehrte, rief etwas. Die Worte gingen unter, aber sie schien auf eine große Truhe auf dem Podest zu zeigen.

Lekmann und Aulay hieben wild mit dem Messer um sich, da sie versuchten, die Orks auf Abstand zu halten. Die Ankunft von Jup und Breggin, die mit einem Schwert bewaffnet waren, ließ sie zurückweichen.

Coillas versuchte unermüdlich, sich von Blaan loszureißen. Sie rief noch einmal. Er übte stärkeren Druck auf ihren Hals aus und schien bereit zu sein, ihr das Genick zu brechen.

Haskeer eilte zur Plattform. Ein Handling machte Anstalten, ihn aufzuhalten. Der Ork ließ den Speer vorzucken und spießte den Goblin mit solcher Kraft auf, dass der Schaft in dessen Bauch eindrang, um ihn dann ins Getümmel zu stoßen. Haskeer ließ den Speer, wo er war, und sprang auf das Podest. Er landete nur ein paar Fuß von Coilla und Blaan entfernt. Razatt-Kheage war am anderen Ende der Plattform und schrie seine Leibwächter an. Haskeer ignorierte ihn.

Er stürmte los und landete einen gewaltigen Schwinger an Blaans fleischigem Schädel. Der ungeschlachte Mensch schrie vor Wut auf. Haskeer schlug ihn noch einmal und ebenso hart auf dieselbe Stelle. Blaan brüllte wie ein Stier, ließ Coilla los und stürzte sich auf den Ork. Die beiden prügelten jetzt ernsthaft aufeinander ein.

Coilla lief über die Plattform zur Holzkiste. Sie riss den Deckel auf. Die Kiste war mit Säbeln, Macheten und Rapieren gefüllt. Sie suchte sich ein Breitschwert heraus, dann kippte sie die Kiste und stieß sie mit dem Fuß vom Podest herunter. Sie krachte zu Boden, und die Klingen fielen heraus.

In ihrer Hast war ihr entgangen, dass sie genau hinter Aulay und Lekmann landen würde. Sie fuhren herum und fielen auf der Suche nach einem Schwert förmlich über die Waffen her. Sie waren nicht die Einzigen. Vier oder fünf Orks stürzten sich ebenfalls darauf, um ihre Dolche gegen längere Klingen einzutauschen. Nach zwanzig Sekunden wilden Gebalges hatten sich alle neu bewaffnet.

Die allgemeine Massenschlägerei löste sich in eine Vielzahl paarweiser Schwertduelle auf.

»Kopfgeldjäger!«, brüllte Stryke, als er vor Lekmann innehielt. »Wehr dich!«

»Komm und hol's dir, Missgeburt!«

Jup und die Gemeinen zogen sich etwas zurück und fanden rasch andere Gegner. Stryke und Lekmann gingen aufeinander los.

Der Mensch wollte sein Gegenüber rasch erledigen. Er kam wie ein Wirbelwind, und sein Schwert war kaum zu sehen, da es mit schockierender Schnelligkeit durch die Luft sauste. Stryke behauptete sich und parierte alles, was in seine Nähe kam. Nachdem er ein halbes Dutzend Hiebe abgewehrt hatte, war der Weg frei, um ein, zwei Schritte vorzurücken. Er ging zum Angriff über. Lekmann konterte mit gleicher Flüssigkeit und machte den verlorenen Boden wieder gut.

Sie fochten hoch konzentriert, blind und taub für alles andere, und schlugen einen stählernen Rhythmus mit ihren Klingen.

Jup hatte Aulay ganz für sich. Der Mensch war ein schlechterer Schwertkämpfer als sein Partner, was nichts anderes hieß, als dass er nur gut war. Aber er war voller Wut und Verzweiflung. Das verlieh ihm Wildheit, beeinträchtigte aber sein Geschick.

Der Zwerg setzte einen gewichtigen Schwung an, der auf Enthauptung abzielte. Aulay duckte sich und konterte mit einer tiefer angesetzten Kopie von Jups Hieb, um dem Zwerg den Bauch aufzuschlitzen. Jup sprang zurück und vermied so dieses Schicksal. Dann drosch er erneut auf die gegnerische Klinge ein.

Überall im Raum hackten Klingen auf Speere ein, Messer versuchten Kettenhemden aufzuschlitzen, Schwerter begegneten sich mit laut hallendem Klirren. Ein Gemeiner stemmte einen Tisch und zerschmetterte ihn auf dem Rücken eines Goblins, was es einem zweiten Gemeinen gestattete, einen Ausfallschritt zu machen und nach dem Goblin zu stechen. Ein Ork krachte gegen eine Wand, da ihm der Streitkolben eines Goblins eine Fleischwunde im Arm beigebracht hatte. Er wich dem Nachfolgehieb aus und brachte sein Schwert ins Spiel.

Auf der Plattform fochten Haskeer und Blaan es mit bloßen Händen aus. Jeder nahm die Schläge des anderen hin und teilte selbst nur aus. Keiner wollte nachgeben.

Blaan landete einen Haken auf Haskeers Kinnspitze. »Fall um!«, brüllte er.

Der Hieb erschütterte Haskeer, fällte ihn aber nicht. Er antwortete mit einem verrückten Heulen und einem Gegenschlag in den Bauch des Menschen. Blaan taumelte ein wenig zurück, schien ansonsten aber unbeeinträchtigt zu sein. Beide waren es nicht gewöhnt, dass sich jemand noch auf den Beinen hielt, nachdem sie ihm einen Hieb verpasst hatten. Das stachelte ihre Wut noch weiter an.

Mit ausgestreckten Armen und für seine Körperfülle überraschend schnellen Bewegungen schoss Blaan vorwärts und umschlang Haskeer mit seinen starken Armen. Sie verlegten sich aufs Ringen, das Gesicht vor Anstrengung verzerrt, während die Muskeln wie Stricke hervortraten.

Coilla erwog, sich den Sklavenhändler vorzunehmen, aber sie hatte ein verlockenderes Ziel. Sie sprang von der Plattform. Ein Goblin löste sich aus dem Getümmel und griff sie an. Sie kreuzten die Schwerter, wobei der Goblin seine fehlende Finesse mit der Wildheit seiner Hiebe wettmachte. Sie parierte jeden Hieb und schlug seine Klinge mühelos beiseite. Dann überrumpelte sie ihn, verlagerte ihren Körperschwerpunkt und versenkte ihre Schwertspitze in seinem Auge. Der kreischende Handling fiel.

Sie lief den Menschen entgegen.

Lekmann und Stryke blieben sich weiterhin nichts schuldig. Das interessierte Coilla nicht. Sie wollte Aulay.

Er und Jup fochten unentwegt, Fuß an Fuß und mit dicken Schweißperlen auf der Stirn.

»Das ist meiner!«, rief sie.

Jup verstand. Er wich zurück, fuhr herum und begegnete dem Schwert eines Goblins. Dieses Duell führte ihn weiter weg von den Menschen.

Coilla nahm seinen Platz ein und funkelte Aulay an. »Davon habe ich geträumt, du *Scheißkerl!*«, knurrte sie.

»Und ich bin dir noch was schuldig, du Miststück!« Er berührte unwillkürlich sein verbundenes Ohr mit einem verbundenen Finger.

Das Klirren ihrer aufeinanderprallenden Klingen ertönte. Coilla wich aus und bewegte sich hin und her, da sie nach einer Gelegenheit suchte, kalten Stahl in sein Fleisch zu bohren. Aulay wehrte sich mit einer an Panik grenzenden Tollkühnheit. Ihre mörderische Miene beflügelte ihn. Das machte seine Hiebe wild und etwas ungenau. Außerdem fügte es seinem Kampfstil ein Element der Unberechenbarkeit hinzu.

Coilla ließ ihrerseits all ihren Groll und Hass auf die Kopfgeldjäger in ihre Attacken einfließen. Nur Blut würde die Schmach abwaschen, die sie ihr zugefügt hatten. Sie hieb mit solcher Wut auf das Schwert des Einäugigen ein, dass es ein Wunder war, dass es nicht brach. Er hatte es nicht leicht, ihren Angriff abzuwehren. Sein Angriffsgebaren wich immer mehr reinem Selbstschutz.

Stryke hatte herausgefunden, dass Lekmann zwar das Aussehen eines leichtlebigen Mannes hatte, aber wie ein Dämon focht. Ihr Duell beanspruchte den letzten Funken Konzentration und Kraft.

Ein altes Sprichwort der Orks besagte, dass die Art, wie ein Mann focht, auch die Art verriet, wie ein Mann dachte. Also passte es zu seinem Wesen, dass der Kopfgeldjäger Finten und Täuschungsmanöver als Schlüsseltechniken benutzte. Stryke war darin gleichermaßen bewandert und zahlte es ihm mit gleicher Münze heim, obwohl er ein ehrliches Abschlachten jederzeit vorgezogen hätte.

Sie umkreisten sich, ständig auf der Suche nach einer Blöße in der Deckung des Gegners und bereit zu töten. Lekmann sprang vor und hieb mit seinem Schwert wie mit einer Peitsche nach Strykes Kopf. Stryke fegte es zur Seite und konterte mit einem Stoß zur Brust. Er war zu kurz. Sie setzten ihren tödlichen Tanz fort.

Razatt-Kheages Gezeter von Flüchen, Verwünschungen und Befehlen, das sowohl in seiner Muttersprache als auch in der Universalsprache vorgebracht wurde, hielt an. Es hörte auf, als ein Gemeiner unten auf dem Boden nach seinen Beinen hieb. Der Sklavenhändler sprang zur Seite. In Ermangelung einer Waffe hob er einen massigen Stoffbeutel auf und versuchte, ihn dem Ork über den Kopf zu schlagen. Er verfehlte und verlor beinahe das Gleichgewicht. Der Gemeine schlitzte den Sack auf. Unzählige Silbermünzen, die Bezahlung für die Kopfgeldjäger, rieselten heraus und sprangen in alle Richtungen. Orks und Goblins glitten auf ihnen aus, wenn sie ihnen unter die Füße gerieten.

Dutzende Münzen fanden auch den Weg zu Stryke und Lekmann. Sie knirschten unter ihren Füßen, und die beiden wurden langsamer, unterbrachen ihren Kampf jedoch nicht. Beide ermüdeten allmählich und der Kampf näherte sich dem Punkt, wo die Ausdauer der entscheidende Faktor werden mochte. Aber noch nahm dies keiner der zwei zum Anlass, weniger oder leichtere Hiebe auszuteilen.

Trotz ihrer Kraft stießen Haskeer und Blaan an dieselbe Grenze. Haskeer wusste, dass er den Kampf beenden musste, solange er noch genug Reserven hatte. Er und der Mensch hielten sich wie Ringer umklammert: Blaans Hände waren tief unten auf Haskeers Rücken ineinander verschränkt, und einer von Haskeers Armen war dadurch so eingeklemmt, dass er ihn nicht bewegen konnte. Der Ork schöpfte tief aus dem versiegenden Brunnen seiner Kraft, hob langsam seinen freien Arm und schlug dem Kopfgeldjäger wiederholt die Faust an den Kopf. Gleichzeitig übte er mit dem eingeklemmten Arm Druck nach außen aus.

Die Anstrengung zeigte sich auf Blaans verzerrtem Gesicht. Er mühte sich, seinen Gegner weiter unter Kontrolle zu halten. Haskeer musste nur nachsetzen. Er tat es. Mit aller Kraft stampfte er Blaan mit dem Absatz seines Stiefels auf den Fuß. Der Mensch schrie auf. Haskeer wiederholte das Manöver ein paar Mal. Mit einem lauten Stoßseufzer löste Blaan den Griff.

Halb taumelte, halb hinkte Blaan rückwärts. Haskeer warf sich förmlich die paar Schritte vorwärts, die sie trennten, und landete einen soliden Tritt zwischen den Beinen des Menschen. Blaan stieß einen gequälten, schrillen Schrei aus. Ohne innezuhalten und mit allem, was er hatte, ließ Haskeer eine rasche Kombination von Fausthieben folgen – ans Kinn, in den Magen und wieder ans Kinn. Blaan stürzte zu Boden wie eine gefällte Eiche. Die hölzerne Plattform erbebte.

Haskeer setzte nach und trat ihn, rechter Fuß, linker Fuß, wobei er jede verwundbare Stelle aufs Korn nahm, die sich ihm darbot. Blaans Hände zuckten vor, packten Haskeers Bein, zogen und fällten ihn. Beide mühten sich, zuerst wieder auf die Beine zu kommen. Sie schafften es gleichzeitig. Blaan schloss die Lücke, das massige Gesicht in wütender Raserei zu einer Dämonenfratze verzerrt, und hob seine Schinkenfäuste. Blutig und zerschlagen prügelten sie aufeinander ein.

Coilla machte Fortschritte bei Aulay. Sie setzte ihre Hiebe sowohl hoch als auch tief an und zwang ihn so, ständig in Bewegung zu bleiben, um ihnen ausweichen zu können. Doch seine Bewegungen wurden immer schwerfälliger, und seine Energie schien nachzulassen. Sie spürte, dass das Ende nahe war.

Jup und die Gemeinen, die Schulter an Schulter kämpften, hatten die Reihen der Goblins dezimiert. Nur noch drei oder vier von ihnen waren übrig, und sie zogen sich zum Podest-Ende des Raums zurück. Als sie mit dem Rücken zur Plattform standen, rafften sie sich zu einer letzten verzweifelten Gegenwehr auf. Zwei versuchten den Halbkreis der sich nähernden Orks zu durchbrechen. Einer schwang seinen Streitkolben in weitem Bogen. Zwei Orks duckten sich, sodass die Waffe über sie hinwegsauste, und durchbohrten die Brust des Handlings. Jup erledigte den anderen. Er schlug ihm das Schwert aus der Hand und traf das Geschöpf anschließend im Genick.

Aber dieses Zwischenspiel war die Gelegenheit für die beiden verbliebenen Goblins. Sie sprangen auf das Podest und ließen Hiebe auf die Köpfe der Vielfraße herabregnen, was die Orks daran hinderte, ihnen zu folgen. Razatt-Kheage suchte hinter ihnen Schutz und brüllte ihnen Aufmunterungen zu.

Lekmann und Aulay, die von ihren unerbittlichen Kontrahenten gleichfalls zurückgedrängt wurden, wussten, dass das Spiel aus war.

»*Raus hier!*«, bellte Lekmann.

Sein Partner brauchte keine weitere Aufforderung. Er zog sich rasch ein paar Schritte von Coilla zurück, fuhr herum und floh. Mit einem letzten Hieb in Strykes Richtung folgte Lekmann seinem Beispiel. Hauptmann und Gefreiter der Orks setzten ihnen nach.

Aulay stolperte und fiel. Während er sich aufrappelte, lief Lekmann an ihm vorbei. Er erreichte das Podest an einer Stelle zwischen Haskeers und Blaans Kampf auf der linken und den kämpfenden Orks und Goblins auf der rechten Seite. Ungehindert sprang er hinauf.

Aulay wich einem einzelnen Ork aus, der ihn aufzuhalten versuchte, und erreichte das Podest ebenfalls. Lekmann streckte die Hand aus und zog ihn empor. Die beiden sprangen sofort auseinander, um Stryke und Coilla abzuwehren, die einen Moment später eintrafen. Alle Menschen und verbliebenen Goblins waren auf der Plattform. Alle Vielfraße kämpften darum, sie zu erklimmen.

Alle außer Haskeer. Er war immer noch am Ende der Plattform in seinen Kampf mit Blaan verwickelt und blind und taub für alles andere. Der Mensch war sich der Notwendigkeit zur Flucht bewusster. Immer noch auf Haskeer einschlagend, wich er langsam in die Richtung seiner Kameraden zurück.

Einzig Coilla gelang es von den Vielfraßen, das Podest zu erklimmen. Sie landete nicht weit von Aulay und ging gleich auf ihn los.

»Was braucht es denn noch, um dich aufzuhalten, du Miststück?«, knurrte er.

»Stirb einfach«, sagte sie.

Er griff an. Coilla wehrte die Streiche ab. Aulay erhob das Schwert und setzte ihr nach.

Sie hielt stand. Er gab seinem Zorn nach und ging tollkühn und mit wilden, schlecht berechneten Hieben auf sie los. Seine Deckung war nachlässig. Ein Stoß verfehlte ihren Kopf um gute drei Fingerbreit. Coilla sah eine Gelegenheit, drehte sich rasch zur Seite und hieb mit aller Kraft abwärts.

Ihre Klinge durchtrennte sauber Fleisch und Knochen am Handgelenk des linken Arms. Die Hand fiel ab und klatschte feucht auf die Bretter. Eine Blutfontäne spritzte aus dem Stumpf. In Aulays Gesicht waren Schmerz und Unglaube gestanzt, als er zu schreien anfing.

Coilla holte aus, um ihm den Gnadenstoß zu versetzen.

Von hinten umschlangen sie zwei gewaltige Arme an der Hüfte. Als wiege sie gar nichts, schleuderte Blaan sie vom Podest. Sie schlug schwer auf dem Boden auf.

Lekmann zog Aulay weg, der heulte. Mengen von Blut besudelten die Plattform.

Haskeer holte Blaan ein. Der Mensch rammte ihm den Ellbogen in den Magen. Haskeer krümmte sich und keuchte. Blaan stampfte mit schweren Schritten in die Richtung der anderen Kopfgeldjäger und Goblins. Kurz vor ihnen blieb er stehen und packte Razatt-Kheages massigen Holzthron. Haskeer war wieder auf den Beinen und griff an. Blaan schwang den Stuhl wie ein Spielzeug und traf Haskeer damit. Der Ork wurde wie ein Ball über die Plattform geschleudert und prallte gegen die Wand.

Dann schleppte Blaan seine Last zum Rand der Plattform und warf sie auf die Orks. Sie stoben auseinander, als der Stuhl auf den Boden geschmettert wurde.

Der Sklavenhändler nutzte das allgemeine Durcheinander und führte seine Handlinge und die Kopfgeldjäger zur Tür in der Rückseite des Podests. Sie waren hindurch, bevor Stryke Befehle schrie und alle Orks die Plattform stürmten.

Zu spät. Die Tür wurde ihnen vor der Nase zugeschlagen. Sie hörten, wie auf der anderen Seite Riegel vorgelegt wurden. Stryke und ein paar Gemeine warfen sich ein paar Mal mit der Schulter gegen die Tür. Haskeer gesellte sich zu ihnen und schloss sich ihren Bemühungen an. Aber die Tür wollte nicht nachgeben.

»Vergiss es«, keuchte Stryke.

Haskeer hämmerte vor Enttäuschung mit der Faust gegen die Tür. *»Verdammt!«*

Nachdem sie sich von dem Sturz ein wenig erholt hatte, reckte Coilla ihre schmerzenden Glieder, erklomm die Plattform und ging zu ihnen. »Ich mache diese Scheißkerle kalt, und wenn es das Letzte ist, was ich tue«, schwor sie.

»Pass auf!«, schrie Jup und stieß sie beiseite.

Ein Speer flog vorbei und grub sich in die Wand.

Er war von einem Goblin mitten aus dem Raum geworfen worden, der zwar aus einer Wunde blutete, aber auf den Beinen war. Jetzt hielt er ein Schwert in der Hand.

Das war zu viel für Haskeer. Er sprang von der Plattform und lief zu dem Geschöpf. Der Goblin führte einen wirkungslosen Streich gegen ihn. Dann schlug Haskeer das Schwert mit bloßen Händen weg und prügelte den Handling bewusstlos. Damit nicht zufrieden, packte er den Goblin im Genick und hämmerte immer wieder dessen Kopf gegen die Wand.

Die anderen kamen zu ihm und sahen zu, wie der schlaffe, leblose Goblin in eine breiige Masse verwandelt wurde.

Jup sagte: »Ich glaube, er ist tot.«

»Das weiß ich, Kurzarsch!«, schnauzte Haskeer. Er ließ die Leiche des Goblins ohne weitere Umschweife fallen.

Stryke lächelte. »Schön, Sie wieder bei uns zu haben, Feldwebel.«

Hinter ihnen war das Bersten und Krachen splitternden Holzes zu hören. Sie fuhren herum.

Ein Wächter bahnte sich mit grimmiger Miene und unaufhaltsam einen Weg durch die Überreste der Tür zur Straße. Die Orks sahen noch andere hinter ihm.

Coilla seufzte. »Scheiße, was für ein Tag.«

41

Versucht nicht, es mit den Dingern aufzunehmen«, warnte Stryke. »Wir setzen uns von ihnen ab.«

»Leichter gesagt als getan«, warf Jup ein, während er den schwerfällig stampfenden Homunkulus anstarrte.

Sie wichen zurück, als der Wächter in den Raum eindrang. Der voluminöse Kopf drehte sich langsam, und seine von künstlichem Leben animierten Juwelenaugen verarbeiteten die Szenerie. Zwei seiner Genossen folgten ihm durch die Tür.

Der vorderste Wächter hob die Hände, die Innenseiten nach oben. Ein lautes Klicken ertönte. Glänzende Metallklingen sprangen aus Schlitzen in den Handballen. Sie waren einen halben Fuß lang und ungemein scharf. Wie auf ein Signal ließen die anderen Wächter ähnliche Waffen herausfahren.

»Ihr Götter«, entfuhr es Jup.

»Dann also minimale Kampfhandlungen«, fügte Stryke hinzu. »Nur so viel, wie nötig ist, um hier rauszukommen.«

»Das könnte sich schnell ändern in: *alles*, was nötig ist, um hier rauszukommen«, warf Coilla ein, die die Wächter beäugte. »Ich habe sie in Aktion gesehen. Sie sind schneller, als sie aussehen, und Erbarmen ist nicht ihre starke Seite.«

»Dir ist doch klar, dass sie die Waffen gesehen haben und sie auf unsere Hinrichtung aus sind?«, fragte Jup.

»Ja«, erwiderte Stryke. »Aber vergiss nicht, dass sie durch das Ausbluten der Magie beeinträchtigt sind.«

»Das ist ein schwacher Trost.«

Die Wächter bewegten sich auf sie zu.

»Können wir nicht irgendwas *tun?*«, knurrte Haskeer ungeduldig.

»Also schön«, sagte Stryke. »Ein einfaches Unternehmen. Wir stürmen alle durch diese Tür.«

»Jetzt?«, hakte Coilla nach.

Er betrachtete die vorrückenden Wächter. »Jetzt.«

Der Trupp rannte vorwärts und teilte sich in der Absicht, am führenden Wächter vorbeizustürmen. Er breitete blitzartig die Arme aus und versperrte ihnen den Weg. Die anderen beiden folgten seinem Beispiel. Licht funkelte auf ihren ausgestreckten Klingen. Alle blieben stehen.

»Noch mehr kluge Ideen?«, fragte Haskeer mit einem Anflug von Aufsässigkeit.

Die Homunkuli rückten weiter vor, die Arme ausgestreckt, als wollten sie Vieh zusammentreiben. Der Trupp wich zurück.

»Vielleicht sollten wir die Sache nicht als Gruppe angehen«, schlug Stryke vor. »Womöglich fällt es ihnen schwerer, sich auf Einzelaktionen einzustellen.«

»Wenn du damit sagen willst, dass jeder Vielfraß für sich kämpfen soll«, knurrte Haskeer, »wünschte ich, du würdest es endlich aussprechen.«

»Wir zwei müssen uns mal unterhalten, Feldwebel.«

»Lasst uns zuerst versuchen, hier lebendig rauszukommen«, erinnerte Coilla sie.

Jup hatte eine Idee. »Warum greifen wir den ersten hier nicht alle gemeinsam an? Ich meine, wie unverwundbar können sie sein?«

»Ich bin dabei«, grollte Haskeer, indem er den Streitkolben eines Goblins aufhob.

»Wir versuchen es«, entschied Stryke. »Aber wenn es nicht funktioniert, haltet euch nicht damit auf. Fertig? *Los!*«

Sie stürmten vorwärts und drangen auf den ersten Wächter ein. Sie hieben mit Schwertern, schlitzten mit Dolchen, schlugen mit Streitkolben und stießen mit Speeren. Haskeer versuchte sogar, ihn zu treten.

Der Wächter blieb ungerührt stehen, stocksteif und vollkommen unbeeinträchtigt.

Der Trupp zog sich zurück und formierte sich neu. Die Wächter setzten ihren unaufhaltsamen Vormarsch fort.

»Uns geht der Bewegungsspielraum aus«, sagte Jup mit einem Blick zurück. »Noch einmal?«

Stryke nickte. »Und gebt alles, was ihr habt.«

Wieder griffen sie die Kreatur mit vereinten Kräften an. So leidenschaftlich, dass Speere brachen, Klingen splitterten und Messer stumpf wurden. Mit nichts von alledem erzielten sie mehr Wirkung als zuvor.

»Rückzug!«, rief Stryke.

Coilla nickte mit dem Kopf in Richtung Podest. »Da rauf, Stryke. Etwas anderes bleibt uns nicht mehr.«

Haskeer grinste. »Ja, ich wette, sie können nicht klettern!«

Sie rannten zur Plattform und erklommen sie. Die Wächter machten kehrt und folgten ihnen.

»Und jetzt?«, wollte Coilla wissen.

»Versuchen wir's noch mal mit der Tür.«

Sie schlugen mit Streitkolben auf die Tür ein, erreichten damit aber gar nichts.

»Mit Stahl verstärkt, würde ich sagen«, entschied Stryke.

»Wir müssen schnell von hier verschwinden«, sagte Coilla, »bevor noch mehr von diesen verdammten Dingern eintreffen.«

Die drei Wächter, die sich bereits im Haus befanden, erreichten die Plattform und blieben stehen.

»Seht ihr?«, verkündete Haskeer selbstzufrieden. »Sie können nicht klettern.«

Wie auf ein geheimes Zeichen fuhren die Wächter ihre Klingen ein. Ihre Hände ballten sich zu Fäusten. Sie hoben sie über den Kopf. Dann ließen sie sie mit der Gewalt eines kleinen Erdbebens auf das Podest niedersausen. Die Plattform erzitterte gewaltig. Sie wiederholten den Vorgang. Holz knirschte und splitterte. Die Plattform neigte sich. Vielfraße kämpften um ihren Stand. Nach einem letzten Dreifachschlag stürzte das Podest unter großem Getöse ein.

Planken, Stützen und Vielfraße fielen in einer Wolke aus Staub und Chaos zu Boden.

»Sie brauchen nicht zu klettern, Klotzkopf!«, rief Jup.

»Ich glaube, jetzt heißt es wirklich, jeder Ork für sich«, stieß Coilla hustend hervor, während sie sich aus dem Gewirr der Holztrümmer befreite.

»Langsam hab ich genug von diesen verdammten Quälgeistern!«, bellte Haskeer. Er packte eine lange Strebe und näherte sich einem Wächter.

»*Nein!* Komm hierher zurück!«, befahl Stryke.

Haskeer ignorierte ihn. Vor sich hin murmelnd, erreichte er den nächsten Wächter und schmetterte ihm den Träger gegen die Brust. Der Stützpfeiler zerbrach. Der Wächter blieb völlig unversehrt.

Plötzlich riss er einen Arm hoch und teilte einen gewaltigen Rückhandschlag aus, der Haskeer durch den Raum schleuderte. Er prallte gegen die Überreste der Plattform. Ein paar Gemeine liefen zu ihm, um ihm auf die Beine zu helfen. Haskeer fluchte lauthals und winkte ab.

Stryke sah etwas, bei dem ihm eine Idee kam. »Calthmon, Breggin, Finje. Kommt mit, ich will etwas ausprobieren.«

Während der Rest des Trupps Katz und Maus mit den Wächtern spielte, führte er sie zur anderen Seite des Raums. Dort lag die Kette auf dem Boden, die Haskeer mitgebracht hatte. Stryke erklärte ihnen seinen Plan.

»Die Kette ist ein wenig kurz für unsere Zwecke«, fügte er hinzu, »aber lasst es uns trotzdem versuchen.«

Finje und Calthmon nahmen das eine Ende, Breggin und Stryke das andere. Er kam zu dem Schluss, dass sie nicht genug waren, und winkte Toche und Gant herüber.

Mit drei Orks an jedem Ende der Kette postierten sie sich hinter einen Wächter. Die anderen Orks bewarfen ihn mit Holzresten und lenkten ihn auf diese Weise ab. Die Wurfgeschosse prallten unnütz ab. Auf Strykes Befehl packte seine Gruppe die Kette fest, und dann liefen sie los.

Die straff gespannte Kette traf den Wächter von hinten an den Beinen. Die Orks knieten nieder und zogen an der Kette wie zwei Tauzieher-Mannschaften. Zuerst passierte gar nichts. Sie zerrten an der Kette. Der Wächter schwankte ein wenig. Er machte einen Schritt vorwärts. Sie zogen weiter, und ihre Muskeln traten hervor, während sie immer angestrengter atmeten. Der Homunkulus schwankte erneut, stärker diesmal. Sie zogen noch fester.

Plötzlich kippte der Wächter um. Er fiel mit einem ohrenbetäubenden Krachen auf den Boden.

Augenblicklich begann er hektisch mit den Armen und Beinen zu strampeln. Er schlug und trat um sich und wand sich in dem Versuch, sich aufzurichten, während er ein widerliches metallisches Kratzgeräusch auf den Steinfliesen verursachte.

»Das wird dem Bastard zu denken geben«, sagte Stryke.

Sie wollten sich den nächsten Wächter vornehmen, als sie laute Jubelrufe von Haskeer ablenkten.

Er war auf die Trümmer der Plattform geklettert und einem Wächter auf den Rücken gesprungen. Die Kreatur schüttelte und wand sich auf steife Art in dem Versuch, ihn loszuwerden. Die Arme waren zu starr, um den Ork zu erreichen, also fuhr der Wächter seine Klingen aus und stach nach seinem unsichtbaren Angreifer. Das machte es gefährlicher für Haskeer, der immer wieder dem sondierenden Stahl ausweichen musste.

Er bekam die Arme um den Hals des Wächters und konnte die

Füße in sein Kreuz stemmen. Mit den Armen ziehend und den Beinen drückend, schaukelte er hin und her. Es dauerte nicht lange, bis der Wächter mitschaukelte. Seine Bemühungen, den Quälgeist auf seinem Rücken abzuschütteln, wurden hektischer. Haskeer vermied es nur unter allergrößter Mühe, getroffen zu werden, aber er zog und drückte weiter aus Leibeskräften. Die Tatsache, dass der Wächter sich bereits bewegte und die Arme gehoben hatte, half Haskeer bei seinem Plan. Der Wächter schwankte wie ein Betrunkener. Dann verlor er das Gleichgewicht.

Als er rückwärts kippte, ließ Haskeer rasch los und sprang ab. Der Wächter fiel mit laut hallendem Krachen zu Boden.

Stryke und die anderen liefen herbei und deckten die am Boden liegende Kreatur mit Hieben ein. Es bedurfte ausgiebiger Beinarbeit, den wirbelnden Klingen des Wächters auszuweichen, aber seine Zielsicherheit hatte gelitten. Haskeer gesellte sich zu ihnen, riss einem Gemeinen einen Streitkolben aus den Händen und drosch auf das Gesicht des Wächters ein. Er traf eines der Juwelenaugen, und das Auge bekam einen Sprung. Dadurch ermutigt, ließ er einen weiteren Schlag auf das Auge folgen, woraufhin es splitterte.

Eine Fontäne aus grünlichem Dampf schoss unter hohem Druck aus der Öffnung und bis fast unter die Decke. Dort bildete sich eine kleine Wolke, aus der es grünliche Tropfen regnete. Der Gestank, den die Wolke verbreitete, war widerlich, und einige der Orks hielten sich mit einer Hand Mund und Nase zu.

Stryke folgte Haskeers Beispiel und hieb mit seinem Schwert nach dem anderen Auge. Auch dieses splitterte und entließ eine weitere Gaswolke. Der Wächter erzitterte, während seine Arme und Beine auf den Boden schlugen. Wegen des Gestanks würgend, wich der Trupp zurück.

»Ich glaube nicht, dass wir das in den guten alten Zeiten geschafft hätten«, sagte Stryke zu ihnen.

Der verbliebene Wächter war mittlerweile weit von der Tür entfernt und in ein Scharmützel mit dem Rest des Trupps verwickelt.

»Raus mit euch!«, rief Stryke ihnen zu.

»Orks treten keinen Rückzug an!«, rief Haskeer.

Jup und Coilla trafen gerade rechtzeitig ein, um das mitzubekommen.

»Diesmal schon, du Trottel!«, sagte Jup.

»Wie es bei deinesgleichen üblich ist, was?«

»Verflucht noch mal, *bewegt euch*, ihr zwei!«, drängte Coilla sie. »Streitet euch später!«

Alle rannten zur Tür.

Vier weitere Wächter kamen gerade vom offenen Ende in die Gasse. Genug, um sie als Fluchtweg zu versperren. Der Wächter im Haus näherte sich der Tür.

»Die geben aber auch nie auf, was?«, bemerkte Jup.

Stryke erkannte, dass ihre einzige Möglichkeit darin bestand, über die Mauer zu klettern, die das Ende der Gasse versperrte. Sie war hoch und spiegelglatt. Er befahl zweien der kräftigeren Mitglieder des Trupps, Haskeer und Breggin, den anderen Steighilfe zu geben. Zwei Gemeine erklommen die Mauer und balancierten auf dem schmalen Grat. Sie meldeten eine weitere Gasse auf der anderen Seite und griffen dann nach unten, um den nächsten emporzuhelfen. Orks kletterten die Mauer empor und sprangen auf der anderen Seite wieder herunter. Weil er so klein war, brauchte Jup zusätzlichen Schwung von einem murrenden Haskeer, und die Gemeinen auf der Mauer mussten sich noch tiefer nach seiner Hand strecken.

Nur Coilla, Stryke, Breggin und Haskeer mussten noch über die Mauer, als der Wächter aus dem Haus kam. Stryke und Coilla langten oben an.

»Beeilt euch!«, rief Haskeer.

Er und Breggin reckten die Arme hoch über den Kopf. Eifrige Hände packten ihre und zogen sie hoch. Der Wächter schnappte nach Haskeers Fuß. Er zog ihn gerade noch weg und kletterte hektisch. Die vier anderen Wächter waren nicht mehr weit entfernt.

Haskeer und Breggin kamen oben an. Alle sprangen in die nächste Gasse.

Jup verzog das Gesicht. »Puh, das war knapp!«

Ein Abschnitt der Mauer, die sie gerade überwunden hatten, explodierte. Steine bröckelten, Mörtelstaub wallte auf. Ein Wächter, dessen Metallkörper von weißem Staub bedeckt war, tauchte auf und riss dabei das Hindernis ein wie Papier. Ein Stück weiter entfernt drang die Faust eines anderen Wächters durch das Gestein.

»Weg hier!«, befahl Stryke. »Und verbergt eure Waffen! Wir wollen nicht noch mehr Aufmerksamkeit erregen.«

Schwerter wurden mehr schlecht als recht versteckt. Größere Waffen wie Speere und Streitkolben wurden widerstrebend abgelegt. Die Vielfraße rannten.

Sie bogen in eine der Hauptstraßen des Viertels ein und wurden ein wenig langsamer. Stryke teilte sie in drei Gruppen auf, um nicht im Dutzend zu viel Aufmerksamkeit zu erregen. Er ging mit Coilla, Jup und Haskeer vorneweg.

»Ich weiß nicht, ob die Wächter eine Möglichkeit haben, sich untereinander zu verständigen«, sagte er leise zu den anderen. »Aber früher oder später werden sie alle Bescheid wissen und hinter uns her sein.«

»Also heißt es, Pferde und Waffen holen und weg von hier, richtig?«, sagte Jup.

»Richtig, nur dass wir die Waffen vergessen. Es wäre zu riskant, die ganze Zeit am Tor zu warten. Immerhin haben wir ja ein paar Waffen.«

»Die Pferde zu holen ist auch ein Risiko«, sagte Coilla.

»Aber eines, das wir eingehen müssen.«

»Ich habe kein Pferd«, fiel ihr wieder ein. »Damit fehlt uns eins.«

»Wir werden eins kaufen.«

»Womit?«

»Mit Pelluzit, weil das alles ist, was wir haben. Glücklicherweise ist es so gut wie bare Münze. Ich packe ein wenig aus, bevor wir in den Stall gehen. Ich will das Zeug nicht herumzeigen.«

»Ein Jammer wegen der Waffen«, beschwerte sich Haskeer. »Ich hatte ein paar von meinen Lieblingen dabei.«

»Ich auch«, stimmte Jup zu. »Aber sie waren es wert, dich und Coilla wieder bei uns zu haben.«

Haskeer wusste nicht, ob der Zwerg es sarkastisch meinte oder nicht, also schwieg er.

Auf dem ganzen Weg zum Stall, der sich nicht weit vom Haupttor befand, waren sie nervös deswegen, was geschehen mochte. Einmal tauchten vor ihnen zwei Wächter auf. Stryke bedeutete allen, sich still zu verhalten, und sie gingen ohne Zwischenfall an ihnen vorbei. Anscheinend hatten die Homunkuli keine Möglichkeit, sich über größere Entfernungen zu verständigen. Stryke überlegte, dass dies möglicherweise eine weitere Auswirkung der schwächer werdenden Magie war.

Sie erreichten den Stall. Ihre Pferde wurden eingesammelt, und sie kauften noch eines dazu, ohne viel Zeit zu verlieren oder Verdacht zu erregen.

Wieder auf der Straße, sagte Jup: »Warum bleiben wir nicht in drei Gruppen, bis wir draußen sind? Weniger Aufmerksamkeit.«

»Warte mal«, warf Coilla ein. »Würde es nicht verdächtig aussehen, wenn die erste Gruppe die Stadt verlässt, ohne sich ihre Waffen abzuholen? Das könnte für die nachfolgenden Gruppen übel enden.«

»Vielleicht würden sie einfach annehmen, wir hätten keine mitgebracht.«

»Orks ohne Waffen? Wer würde das glauben?«

»Coilla hat Recht«, entschied Stryke. »Wir bleiben zusammen. Wir gehen zu Fuß bis zum Haupttor, dann sitzen wir auf und sehen zu, dass wir verschwinden.«

»Du bist der Boss«, gab Jup nach.

Sie sahen Teufelsbrüllens Haupttor bereits vor sich, als ein Stück hinter ihnen eine ganze Reihe von Wächtern auftauchte, vielleicht ein Dutzend oder noch mehr. Sie marschierten zielstrebig in dieselbe Richtung. Eine Menge sammelte sich hinter ihnen und folgte ihnen, da allen klar war, dass eine derart große Gruppe von Homunkuli nur bedeuten konnte, dass sich ein Spektakel anbahnte.

»Das gilt uns, meinst du nicht, Stryke?«, fragte Jup.

»Ich glaube nicht, dass sie einen Stadtbummel machen, Feldwebel.« Der Trupp war weiter vom Stadttor entfernt, als ihm lieb war. Aber jetzt blieb ihnen keine andere Wahl. »Also gut, versuchen wir's! Aufsitzen!«

Sie gehorchten eiligst, während Passanten glotzten und auf sie zeigten.

»Und jetzt nichts wie weg!«

Sie spornten ihre Pferde an und galoppierten den geöffneten Toren entgegen. Elfen, Gremlins und Zwerge sprangen zur Seite, schüttelten drohend die Fäuste und riefen ihnen Beleidigungen hinterher.

Aus dem Galopp wurde ein Sturmritt. Stryke sah, wie vor ihnen ein Wächter Anstalten machte, die Tore zu schließen. Auch für eine Kreatur mit derart gewaltigen Kräften war dies harte Arbeit, und er kam nur langsam voran.

Jup und Stryke trafen zuerst ein. Stryke ließ es darauf ankommen und zügelte sein Pferd. Er ritt so nahe an den Wächter heran, wie er es eben wagte, und trat ihm an den Kopf. Da er von oben und noch dazu mit dem zusätzlichen Schwung des Pferdes kam, warf der Tritt den Wächter um. Jene Wächter, die sich der Schlange widmeten, drehten sich um und gingen auf Stryke los. Einer kam aus der Wachstube. Aus den Handflächen der Wächter schnappten Klingen.

Jup hatte sein Pferd ebenfalls gezügelt. »Ab mit dir!«, sagte Stryke zu ihm.

Der Zwerg ritt weiter und versprengte dabei die Menge, die darauf wartete, eingelassen zu werden. Empörte Rufe erhoben sich.

Dann raste der Rest des Trupps durch das Tor. Stryke spornte sein Pferd an und folgte ihnen.

Sie ließen Teufelsbrüllen hinter sich.

*

Sie wurden erst langsamer, als sie gute fünf Meilen zwischen sich und den Freihafen gelegt hatten. Während sie sich orientierten und zunächst die grobe Richtung zum Drogawald einschlugen, erzählten sie sich gegenseitig, was ihnen seit ihrer Trennung widerfahren war. Nur Haskeer hatte nichts beizusteuern.

Als sie ihre Erlebnisse mit den Kopfgeldjägern schilderte, brannte Coilla immer noch vor Zorn über die Art und Weise, wie sie behandelt worden war.

»Ich werde es nicht vergessen, Stryke. Ich schwöre, dass ich sie dafür büßen lassen werde, diesen menschlichen Abschaum. Das Schlimmste war das Gefühl der Hilflosigkeit. Ich würde mich lieber umbringen, als so etwas noch einmal zuzulassen. Und weißt du, was mir ständig durch den Kopf ging?«

»Nein.«

»Ich habe ständig daran denken müssen, dass es genauso war wie unser Leben. Wie das Leben aller Orks. In die Dienste eines anderen geboren, einer Sache treu sein zu müssen, die man sich nicht ausgesucht hat, sein Leben zu riskieren.«

Sie verstanden alle, was sie damit meinte.

»Wir ändern das«, sagte Stryke. »Oder wenigstens versuchen wir es.«

»Selbst wenn es den Tod bedeutet, ich werde nie mehr dahin zurückkehren«, versprach sie.

Er war nicht der Einzige, der zustimmend nickte.

Coilla richtete ihre Aufmerksamkeit auf Haskeer. »Sie haben Ihr Verhalten noch nicht erklärt, Feldwebel.« Ihr Tonfall war schroff.

»Es ist nicht leicht ...«, begann er und geriet dann ins Stocken.

Stryke sprach für ihn. »Haskeer ist nicht ganz sicher, was passiert ist. Keiner von uns ist es. Ich erklär's dir unterwegs.«

»Es stimmt«, sagte Haskeer zu ihr. »Und ... es tut mir Leid.«

Er war es nicht gewohnt, diese Wendung zu benutzen, und Coilla war ein wenig verblüfft. Aber da sie sich nicht dazu durchringen konnte, seine Entschuldigung anzunehmen, bevor sie mehr wusste, antwortete sie nicht.

Stryke änderte das Thema. Er erzählte ihr von ihrer Begegnung mit Seraphim. Sie schilderte ihre.

»Irgendwas war an diesem Menschen seltsam«, spekulierte sie.

»Ich weiß, was du meinst.«

»Betrachten wir ihn als Freund oder als Feind? Nicht, dass ich daran gewöhnt wäre, von Menschen in freundschaftlichen Begriffen zu denken.«

»Tja, wir können nicht von der Hand weisen, dass er uns geholfen hat, dich zu finden, indem er uns nach Teufelsbrüllen geschickt hat.«

»Aber was ist mit dem Hinterhalt?«

»Das war vielleicht nicht seine Schuld. Schließlich hat er uns zum richtigen Haus geführt, oder nicht?«

»Das größte Rätsel«, warf Jup ein, »ist, wie er jedes Mal verschwinden konnte. Ganz besonders in Teufelsbrüllen im Haus der Sklavenhändler. Ich verstehe das nicht.«

»Er ist nicht hereingekommen«, steuerte Coilla bei.

»Das ist doch offensichtlich«, mutmaßte Stryke. »Er ist über die Mauer geklettert wie wir.« Er konnte nicht einmal sich selbst überzeugen, geschweige denn einen der anderen.

»Und wie *überlebt* er überhaupt?«, fügte Coilla hinzu. »Das heißt, falls er tatsächlich unbewaffnet durchs Land zieht. In diesen Zeiten wäre das sogar für einen bewaffneten Ork äußerst gefährlich.«

»Vielleicht ist er tatsächlich verrückt«, versuchte es Jup mit einer Erklärung. »Viele Verrückte sind mit dem Glück der Götter gesegnet.«

Stryke seufzte. »Wahrscheinlich hat es gar keinen Sinn, sich darüber Gedanken zu machen. Wer er auch ist, sehr wahrscheinlich werden wir ihn nie wiedersehen.«

*

Die Lagebesprechung wurde in der üblichen geräumigen Kaverne abgehalten. Sie sah mehr organisch gewachsen denn gestaltet aus, und Wasser floss großzügig hindurch.

Adpars Militärbefehlshaber und ihr Ältestenrat waren anwesend.

Sie verachtete alle, insbesondere die letzteren, die sie als senile Narren betrachtete. Aber sie musste sich selbst eingestehen, dass sogar ein absoluter Herrscher Hilfe beim Regieren seiner Untertanen brauchte. Sie sah jedoch keinen Grund, ihre Geringschätzung zu verhehlen.

Sie verstummten, als sie sie ansprach. »Wir stehen kurz davor, die Merz vollständig zu besiegen«, verkündete sie. »Nur zwei oder drei Nester dieses Ungeziefers müssen noch gesäubert werden. Ich gebiete ...« Sie hielt inne und korrigierte sich um der ermüdenden Politik der Nyadd willen. »Ich wünsche, dass dieses Ziel erreicht wird, bevor der Sommer vorbei ist. Oder das, was dieser Tage als Sommer bezeichnet wird. Ich brauche Ihnen nicht zu sagen, dass der Einbruch der *richtigen* Winterkälte gleichbedeutend mit dem Verlust eines weiteren Jahres ist. Das wäre unerträglich. Es würde dem Feind Gelegenheit geben, sich neu zu formieren, sich ... zu *vermehren.*« Ein Ausdruck des Abscheus huschte über ihr Gesicht. »Hat irgendjemand von Ihnen Einwände?« Ihr Tonfall lud nicht gerade zum Widerspruch ein.

Sie betrachtete ihre ernsten und in den meisten Fällen fügsamen Gesichter. Dann hob ein Schwarmkommandant, der kühner war als üblich, die Hand.

»Ja?«, fragte sie gebieterisch.

»Wenn es Eurer Majestät gefällt«, erwiderte der Offizier, dessen Tonfall mit Furchtsamkeit durchsetzt war, »es gibt logistische Schwierigkeiten. Die verbliebenen Kolonien der Merz sind diejenigen, welche am schwersten zu erreichen sind, und nun, da unsere Absichten unmissverständlich sind, werden sie weit besser verteidigt sein.«

»Worauf wollen Sie hinaus?«

»Es wird zwangsläufig Verluste geben, Majestät.«

»Ich wiederhole, worauf wollen Sie hinaus?«

»Majestät, wir ...«

»Glauben Sie etwa, es würde mich bekümmern, dass ein paar Leben verloren werden könnten? Sogar *viele* Leben? Das Reich ist wichtiger als jede Einzelperson, wie auch der Schwarm wichtiger ist als jedes einzelne seiner Mitglieder. Sie, Kommandant, täten gut daran ...«

Adpar hielt abrupt inne. Sie fuhr sich mit einer Hand an den Kopf. Sie schwankte.

»Majestät?«, fragte ein Lakai neben ihr.

Schmerzen durchzuckten sie. Es fühlte sich an, als pumpe ihr Herz Feuer und versenge damit ihre Adern.

»Majestät, fühlt Ihr Euch nicht wohl?«, fragte der Mann wieder.

Qualen verkrampften ihre Brust. Sie fürchtete, sie werde in Ohnmacht fallen. Der Gedanke an eine derartige Zurschaustellung von Schwäche erfüllte sie mit neuer Kraft.

Ihre Augen waren geschlossen. Sie hatte es gar nicht bemerkt. Mehrere Beamte und eine Traube von Befehlshabern umringten sie.

»Sollen wir die Heiler rufen, Majestät?«, fragte einer von ihnen ängstlich.

»Heiler? Heiler? Was sollte *ich* wohl mit ihresgleichen anfangen können? Glauben Sie, ich brauchte deren Behandlung?«

»Äh, nein, Majestät«, erwiderte der eingeschüchterte Sprecher. »Nicht, wenn Ihr es sagt, Majestät.«

»Ich *sage* es so! Ihre Unverschämtheit, dieses Thema überhaupt zur Sprache zu bringen, bedeutet, dass diese Besprechung beendet ist.« Sie musste weg von ihnen und konnte nur hoffen, dass sie ihre dürftigen Vorwände und ihre Hast nicht durchschauten. »Ich ziehe mich in meine Privatgemächer zurück. Wir erörtern die militärischen Fragen später weiter.«

Alle verbeugten sich, als sie ging. Niemand wagte, ihr Hilfe anzubieten. Sie wechselten beunruhigte Blicke, als sie in den Tunnel glitt, der zu ihren Gemächern führte.

Als sie außer Sicht war, begann Adpar nach Luft zu schnappen. Sie bückte sich, tauchte die Hände ins Wasser und klatschte es sich ins Gesicht. Die Schmerzen wurden schlimmer. Sie krochen von ihrem Magen zum Hals. Sie würgte und spuckte Blut.

Zum ersten Mal in ihrem Leben fürchtete sie sich.

42

Alfray und seine Gruppe waren dem Drogawald so nahe, dass sie die Bäume sehen konnten, die den Callyparr säumten. Sie waren kaum weiter als ein paar Stunden entfernt.

Das Wetter wurde immer unberechenbarer. Im Gegensatz zum Vortag war es sonnig und merklich wärmer. Viele argwöhnten, dass die verschieden starken Kräfte der Magie Inseln guten und schlechten Wetters schufen. Alfray war sicher, dass es sich so verhielt. Aber ein Nachteil des freundlicheren Wetters war der, dass es die Feen herauslockte. Sie ärgerten den Trupp meistenteils, was dazu führte, dass die Orks sich ständig auf die eigenen Gliedmaßen schlugen, obwohl viele sie als Leckerbissen zwischendurch vorzogen.

Alfray und Kestix diskutierten die Meriten anderer Kriegstrupps und ihren Platz in der Trupp-Tabelle, die jeder Ork im Kopf hatte. Das Gespräch wurde durch die Sichtung zweier aus dem Osten kommender Reiter unterbrochen. Zuerst waren sie nur zwei Punkte, die aber im vollen Galopp unterwegs waren. Schnell waren sie so nahe heran, dass sie deutlicher zu erkennen waren.

»Das sind Orks, Gefreiter«, sagte Kestix.

Schließlich wurden sie als Jad und Hystykk identifiziert.

Bis sie im Lager waren und absaßen, war Alfray ziemlich beunruhigt. »Was ist passiert?«, fragte er. »Wo sind die anderen?«

»Immer mit der Ruhe, Gefreiter, es ist alles in Ordnung«, versicherte ihm Hystykk. »Die anderen kommen nach. Wir haben Neuigkeiten.«

*

Da es ein angenehmer Tag war, beschloss Jennesta, ihren General im Freien einzuschüchtern.

Sie befanden sich in einem Palasthof, und eine der gewaltigen Mauern der Zitadelle ragte vor ihnen auf. Es gab nichts so Frivoles wie einen Stuhl. Das Einzige, was die Tristheit durchbrach, war eine große, oben offene Wassertonne. Deren prosaische Funktion bestand darin, Pferdetränken zu speisen.

Mersadion verharrte im Schatten der Mauer. Die Königin stand ihm in einer Entfernung von zehn Schritten gegenüber. Alles in allem fand er es unpassend, dass sie diejenige war, die in der Sonne stand.

Jennesta war gerade in Fahrt gekommen und schalt ihn für seine Unzulänglichkeiten.

»... und immer noch keine Nachricht von diesen elenden Kopfgeldjägern oder irgendeinem der vielen anderen Agenten, die Sie auf Kosten meiner Schatztruhen ausgesandt haben.«

»Nein, Majestät. Ich bitte um Verzeihung, Majestät.«

»Und jetzt, da ich Ihnen sage, dass ich selbst Einfluss auf die Ereignisse nehmen will, und Sie auffordere, eine bescheidene Armee aufzustellen, was tun Sie da? Sie kommen mir mit Ausflüchten.«

»Nicht wirklich Ausflüchte, Majestät, bei allem gebührenden Respekt. Aber zehntausend Mann ist kaum *bescheiden* und ...«

»Wollen Sie damit sagen, dass ich nicht einmal über diese Winzigkeit von Anhängern und gebundenen Orks verfüge?« Sie bedachte ihn mit einem vernichtenden Blick. »Wollen Sie damit sagen, dass meine Beliebtheit bei den unteren Schichten nicht ausreicht, um magere zehntausend Leute zu finden, die bereit wären, für meine Sache zu sterben?«

»Natürlich *nicht,* Majestät! Es ist keine Frage der Loyalität, sondern der Logistik. Wir können die Armee aufstellen, die Ihr braucht, nur nicht so schnell, wie Ihr es verfügt habt. Schließlich kämpfen wir im Augenblick an mehreren Fronten und ...«

Seine Stimme verlor sich, als er sah, was sie tat.

Jennestas Lippen bewegten sich lautlos, und ihre Hände vollführten die komplizierten Gesten eines Zaubers. Schließlich hielt sie die beiden Hände zusammen, vielleicht drei oder vier Fingerbreit voneinander getrennt, und wölbte sie. Während er wie gebannt zusah, bildete sich eine kleine, wirbelnde Wolke zwischen ihren Handflächen. Sie sah aus wie ein kleiner Wirbelsturm. Jennesta starrte die Wolke angestrengt an. Winzige gelbe und weiße Streifen zuckten jetzt wie Miniaturblitze durch den dunkler werdenden Nebel. Die kleine Wolke, die sich immer noch drehte, nahm ganz langsam eine vollkommen perfekt gerundete Form von der Größe eines Apfels an.

Sie begann zu leuchten. Nach kurzer Zeit schien sie heller als jede Lampe und strahlte einen Glanz ab, den man kaum noch betrachten konnte. Gleichzeitig war er jedoch so schön, dass Mersadion den Blick nicht davon abwenden konnte. Dann fiel ihm wieder der Zauber ein, den sie vor gar nicht so langer Zeit auf dem Schlachtfeld gewirkt hatte. Er hatte so ähnlich begonnen wie dieser und damit geendet, dass viele Soldaten des Feindes für die Dauer des Gemetzels blind gewesen waren. Ein kalter Schauder lief ihm über den Rücken. Er richtete ein stummes Gebet an die Götter und flehte um ihre Gnade.

Sie nahm eine Hand weg und streckte die andere ganz aus, sodass die strahlende Kugel darauf dicht über der Haut schwebte. Mersadions Furcht wurde nicht geringer, aber er blieb weiterhin gebannt.

Jennesta hob langsam die Hand, bis die leuchtende Kugel sich auf einer Höhe mit ihrem Gesicht befand. Mit koketter Miene blies sie die Wangen auf und pustete die Kugel an. Sehr sanft, wie es ein junges Mädchen bei einer Pusteblume getan hätte.

Der kleine Ball, der wie eine Miniatursonne glühte, segelte von ihrer Handfläche. Er trieb in Mersadions Richtung. Seine Muskeln verkrampften sich. Als die Kugel ihn fast erreicht hatte, schwenkte sie, anscheinend von den Handbewegungen der Königin gesteuert, zur Seite und strebte der Mauer entgegen. Mersadions Blick folgte ihr, da sie auf das Mauerwerk prallte.

Es gab einen blendenden Lichtblitz und eine Explosion wie ein Donnerschlag. Verdrängte Luft peitschte Mersadion und ließ Jennestas Kleid flattern.

Er schrie auf.

Die Mauer war schwarz versengt. Der Geruch nach Schwefel lag in der Luft.

Mersadion starrte sie mit offenem Mund an. Sie hielt eine weitere leuchtende Kugel.

»Was sagten Sie gerade?«, fragte sie, als ob sie tatsächlich eine Rekapitulation seiner Worte erwartet hätte. »Etwas in der Art, dass Sie nicht bereit seien, einen einfachen Befehl auszuführen, war es nicht so?«

»Ich bin mehr als *bereit*, Eure Befehle auszuführen, Majestät«, plapperte er. »Es ist nur eine Frage der Anzahl, der ...«

Diesmal schien sie die Kugel zu werfen, und sie bewegte sich schneller.

Sie traf die Mauer mit einem weiteren ohrenbetäubenden Knall ein paar Fuß über seinem Kopf. Er zuckte zusammen. Steinsplitter und Mörtelklumpen regneten auf sein bebendes Haupt.

»Sie tischen mir schon wieder Ausflüchte auf, General«, schalt sie, »wo ich doch Lösungen will.«

Als werde es nun, da sie einmal damit begonnen hatte, immer leichter für sie, tauchte ein neuer Ball auf ihrer Handfläche auf, bereits vollständig geformt und pulsierend. Mit einem mädchenhaften Kichern warf sie ihn wie ein Kinderspielzeug.

Der Ball flog in seine Richtung, und es sah so aus, als werde er ihn diesmal treffen. Aber die Flugbahn war präzise berechnet, und während er den Rücken an die Mauer presste, flog die Kugel an ihm vorbei.

Sie prallte gegen die Wassertonne, obwohl es eigentlich kein richtiger Aufprall war. Die Kugel berührte das Holz des Fasses und wurde von ihm *aufgesogen.* Sofort brodelte und kochte das Wasser. Dampf stieg aus dem offenen Fass auf und schoss durch die höher angebrachten Metallhaspen.

Schwer erschüttert richtete Mersadion den Blick wieder auf Jennesta. Sie hatte noch keine neue Kugel erschaffen, also fing er hastig an zu reden. »Gewiss, Majestät, alles, was Ihr wollt, ist möglich und kann sofort unternommen werden. Ich bin sicher, wir können jedwedes geringfügige Hindernis beiseite räumen, das der Aufstellung einer Armee im Weg stehen könnte.«

»Gut, General. Ich wusste, Sie würden Vernunft annehmen.« Da sie erreicht hatte, was sie wollte, staubte sie sich die Hände ab, indem sie sie leicht zusammenschlug, als spendiere sie ihm zögerlichen Applaus. »Da wäre noch etwas«, fügte sie hinzu.

Sämtliche Anspannung fand den Weg zurück in Mersadions Körper. »Majestät?«

»Eine Frage der Disziplin. Ihnen muss doch bewusst sein, dass dieser Stryke und sein Kriegstrupp für gewisse Teile der Armee den Anstrich von Helden bekommen haben.«

»Bedauerlicherweise stimmt das, Majestät, obwohl es keinesfalls weit verbreitet ist.«

»Sorgen Sie dafür, dass es nicht dazu kommt. Wenn sich so etwas einmal festsetzt, kann es rasch übergreifen. Was tun Sie dagegen?«

»Wir sorgen dafür, dass Eure Version ... äh, das heißt, die *Wahrheit* darüber bekannt wird, wie die Vielfraße abtrünnig geworden sind. Angehörige der Mannschaftsdienstgrade wissen mittlerweile, dass die Verteidigung der Handlungsweise der Gesetzlosen mit Auspeitschung bestraft wird.«

»Erweitern Sie das auf *alle* Dienstgrade und bestrafen Sie sie für *jegliche* Erwähnung Strykes und seines Trupps. Ich will, dass ihre Namen ausgelöscht werden. Was das Auspeitschen betrifft, es ist zu nachsichtig. Die Strafe sollte Hinrichtung lauten. Verbrennen Sie ein paar Unruhestifter, um ein Exempel zu statuieren, und Sie werden sehen, dass die Aufwiegelungen sehr bald ein Ende haben werden.«

»Jawohl, Majestät.« Etwaige Zweifel, die er hinsichtlich der Wirksamkeit solch einer Strategie haben mochte, behielt er für sich.

»Ein Auge für Details, Mersadion. Das ist es, was das Reich zusammenhält.«

Darauf bedacht, sich einzuschmeicheln, erwiderte er: »Ah, das Geheimnis Eures Erfolgs, Majestät.«

»Nein, General. Das Geheimnis meines Erfolgs ist Brutalität.«

*

Fast zwei Tage lang waren Stryke, Coilla, Haskeer, Jup und die Gemeinen bereits unterwegs. Sie rasteten so selten wie möglich und ritten so schnell, wie sie nur konnten.

Am Nachmittag des zweiten Tages waren sie todmüde. Aber sie konnten eine Baumreihe erkennen, die das Ufer des Callyparr und weiter rechts den Rand des Drogawalds säumte.

Als die Schatten länger wurden, entdeckten die rückwärtigen Kundschafter vier Reiter, die sich ihnen aus östlicher Richtung näherten. Im Umkreis von vielen Meilen gab es keine einzige Deckung, und die Annahme, dass sie nicht Teil einer größeren Gruppe waren, schien vernünftig zu sein.

»Ärger? Was meinst du?«, fragte Jup.

»Wenn es welcher ist, sollten wir mit vier Leuten fertig werden, findest du nicht?«, antwortete Stryke. Er verlangsamte das Tempo der Kolonne zu einem gemächlichen Trott.

Ein paar Minuten verstrichen, dann sagte Haskeer: »Das sind Orks.«

Stryke sah genauer hin. »Du hast Recht.«

»Das muss nicht heißen, dass sie freundliche Absichten haben«, erinnerte Coilla sie.

»Nein. Aber wie ich schon sagte, es sind nur vier.«

Wenig später holten die vier Reiter sie ein. Der erste hob den Arm zum Gruß. »Einen schönen Tag!«

»Einen schönen Tag«, erwiderte Stryke vorsichtig. »Was gibt es?«
Der führende Ork starrte ihn an. »Sie sind es, nicht wahr?«

»Was?«

»Stryke. Wir sind uns nie begegnet, Hauptmann, aber ich habe sie ein oder zwei Mal gesehen.« Er betrachtete die anderen. »Und das sind Vielfraße?«

»Ja, ich bin Stryke. Wer sind Sie, und was wollen Sie?«

»Gefreiter Trispeer, Hauptmann.« Er nickte in Richtung seiner Begleiter. »Die Soldaten Pravod, Kaed und Rellep.«

»Gehören Sie zu einem Kriegstrupp?«

»Nein. Wir waren Infanterie in Königin Jennestas Horde.«

»Waren?«, mischte Jup sich ein.

»Wir ... sind ausgetreten.«

»Niemand tritt aus Jennestas Diensten, es sei denn mit den Füßen zuerst«, sagte Coilla. »Oder hat sie ein Entlassungsprogramm ins Leben gerufen?«

»Wir haben uns unerlaubt entfernt, Gefreiter. Genauso wie Ihr Trupp.«

»Warum?«, wollte Stryke wissen.

»Es überrascht mich, dass Sie überhaupt fragen, Hauptmann. Wir hatten genug von Jennesta, schlicht und einfach. Von ihrer Ungerechtigkeit und ihrer Grausamkeit. Orks sind bereit zu kämpfen, das wissen Sie, und wir tun es, ohne zu murren. Aber sie ist zu weit gegangen.«

Der Soldat namens Kaed fügte hinzu: »Bitte um Verzeihung, Hauptmann, aber viele von uns fühlen sich auch nicht wohl dabei, für Menschen zu kämpfen.«

»Und wir sind nicht die Einzigen, die mit den Füßen abstimmen«, fuhr Trispeer fort. »Zugegeben, bis jetzt sind wir noch nicht viele, aber ich schätze, es werden schnell mehr.«

»Sie haben uns gesucht?«, sagte Jup.

»Nein, Feldwebel. Na ja, nicht direkt. Nachdem wir desertiert waren, hatten wir gehofft, Sie zu finden, aber wir wussten nicht, wo wir suchen sollten. Tatsache ist, dass wir gerade von Teufelsbrüllen kommen. Wir hörten von dem Aufruhr und dachten uns, dass es ganz nach Ihrem Trupp klang. Jemand hat uns erzählt, man hätte Sie nach Westen reiten sehen, also ...«

»Warum sagen Sie, Sie hätten gehofft, uns zu finden?«, fragte Stryke.

»Ihr Trupp wurde offiziell als abtrünnig erklärt. Auf den Kopf jedes einzelnen Mitglieds der Vielfraße ist eine hohe Belohnung ausgesetzt.«

»Das wissen wir.«

»Sie werden von allen, von Jennesta angefangen, diffamiert. Es heißt, Sie seien gewöhnliche Gesetzlose, Sie würden Ihresgleichen töten und Sie hätten einen Schatz gestohlen, der Jennesta gehört.«

Strykes Miene verfinsterte sich. »Ich bin nicht überrascht. Worauf wollen Sie hinaus?«

»Nun ja, einige von uns sind der Ansicht, dass man uns nicht die Wahrheit sagt. Sie hatten immer einen guten Ruf, Hauptmann, und wir kennen die Art, wie die Königin und ihre Lakaien Lügen über all diejenigen verbreiten, die nicht mehr in ihrer Gunst stehen.«

»Was immer es ihnen nützen mag«, informierte Coilla ihn, »sie lügen, was uns betrifft.«

»Ich wusste es.« Er drehte sich um und nickte seinen Begleitern zu. Sie nickten ebenfalls und lächelten. Er fuhr fort: »Also dachten wir uns, Sie könnten uns vielleicht brauchen.«

Stryke war verwirrt. »Wie meinen Sie das? Brauchen, wofür?«

»Wir dachten uns, Sie würden vielleicht eine Armee aufstellen, eine Truppe aus enttäuschten Orks wie uns. Vielleicht, um gegen Jennesta zu kämpfen. Vielleicht, um eine neue Heimat zu suchen. Wir wollen uns anschließen.«

Stryke betrachtete einen Moment ihre hoffnungsvollen Gesichter. Er seufzte. »Ich führe keinen Kreuzzug, Gefreiter, und ich bin ganz gewiss nicht auf der Suche nach Rekruten. Wir hatten nicht die Absicht, den Weg zu beschreiten, dem wir folgen, und jetzt müssen wir das Beste daraus machen.«

Trispeer zog ein langes Gesicht. »Aber Hauptmann ...«

»Es ist schon schwer genug, für Leben und Wohlergehen der Mitglieder meines Trupps verantwortlich zu sein. Ich will keine noch größere Last tragen.« In weicherem Tonfall fügte er hinzu: »Sie müssen Ihren eigenen Weg finden.«

Der Gefreite sah enttäuscht aus. Alle sahen so aus. »Sie meinen, Sie wollen sich nicht wehren? Sie wollen keine Lanze für alle Orks in Knechtschaft brechen?«

»Wir wehren uns in gewisser Hinsicht, aber auf unsere Art. Diese Lanze muss jemand anderer brechen. Sie schauen am falschen Ort. Es tut mir Leid.«

Trispeer beschloss, es philosophisch aufzunehmen. »Tja, nun, vielleicht war mir von Anfang an klar, dass es zu schön gewesen wäre, um wahr zu sein. Aber Sie und Ihr Trupp werden innerhalb der Mannschaften immer mehr gefeiert. Andere werden glauben, was wir geglaubt haben, und sich Ihnen anschließen wollen.«

»Ich werde ihnen sagen, was ich Ihnen soeben gesagt habe.«

»Dann müssen wir es wohl mit etwas anderem versuchen, würde ich sagen.«

Haskeer mischte sich in das Gespräch ein. »Wie zum Beispiel?«

»Na, wie zum Beispiel damit, im Schwarzbergwald unterzutauchen.«

»Um ein Räuberleben zu führen?«, mutmaßte Coilla.

»Was können wir sonst tun?«, erwiderte Trispeer mit beschämter Miene. »Abgesehen von Söldnerarbeit, und darauf ist keiner von uns so richtig scharf.«

»Das es für unsereins so weit kommen konnte«, brütete sie. »Verdammte Menschen.«

Der Gefreite lächelte. »Auf die werden wir uns konzentrieren. Ein Ork muss etwas essen.«

»Wenn Sie sich dazu entscheiden, kommen Sie Schwarzberg selbst nicht zu nah«, riet Stryke. »Es gibt dort Kobolde, die nach unserem letzten Zusammenstoß nicht gerade versessen auf Orks sind.«

»Wir werden daran denken. Aber vielleicht wird es auch gar nicht der Schwarzbergwald, vielleicht machen wir uns einfach selbständig und kämpfen gegen Menschen, nur so zum Spaß. Wir werden sehen.«

»Brauchen Sie irgendwas?«, fragte Haskeer. »Nicht, dass wir viel Nahrung oder Wasser hätten, aber ...«

»Nein, danke, Feldwebel. Wir sind einstweilen gut versorgt.«

»Vielleicht könnten Sie etwas von dem hier brauchen«, sagte Stryke. Er zückte seinen Beutel mit Pelluzit. Mit der anderen Hand tastete er sein Wams ab und holte dann die Bekanntmachung aus einer Tasche, in der die Vielfraße offiziell als abtrünnig und vogelfrei erklärt wurden. Er hatte nichts anderes, was sich eignete. Irgendwie kam es ihm angemessen vor. Er faltete sie zu einer Tüte und füllte eine großzügig bemessene Menge der Droge ab. Die Tüte reichte er dem Gefreiten.

»Danke, Hauptmann, das ist sehr großzügig. Wir wissen es zu schätzen.« Er strahlte. »Sie kennen ja das alte Sprichwort: ›Kristall bringt einen besser durch Zeiten ohne Geld als Geld durch Zeiten ohne Kristall.‹«

»Viel Spaß damit. Aber benutzen Sie es umsichtig. Für uns war es ein zweifelhaftes Vergnügen.«

Trispeer schien diese Bemerkung zu verwirren, aber er sagte nichts dazu.

Stryke streckte die Hand aus und bot dem Gefreiten den unter Kriegern üblichen Handschlag an. »Wir müssen weiter zum Drogawald. Viel Glück.«

»Ihnen ebenfalls. Mögen die Götter bei allem, was Sie tun, mit Ihnen sein, was immer das auch sein mag. Seien Sie auf der Hut.«

Er und seine Leute salutierten, wendeten ihre Pferde und galoppierten den Weg zurück, auf dem sie gekommen waren.

Während sie ihnen nachsahen, sagte Coilla: »Sie kamen mir wie anständige Orks vor.«

»Fand ich auch«, stimmte Jup zu. »Schade, dass wir sie nicht aufnehmen konnten. Vielleicht könnten wir ein paar zusätzliche Schwerter ganz gut brauchen.«

Stryke erstickte diesen Gedanken entschlossen im Keim. »Nein. Wie ich schon sagte, ist die Last, die ich trage, schon groß genug.«

»Wenn das stimmt, was er über dich gesagt hat, Stryke«, sann Coilla, »könntest du zu einem Sammelpunkt für ...«

»Ich will kein Sammelpunkt sein.«

Jup grinste und verkündete melodramatisch: »Stryke der Messias!«

Sein Befehlshaber funkelte ihn nur an.

*

Es war Nacht, als sie die Gegend des vereinbarten Treffpunkts erreichten.

Stryke wünschte, er hätte genauere Angaben darüber machen können, wo sie sich treffen würden. Das hatte er nicht gekonnt, weil sich keiner von ihnen gut genug auskannte. Also mussten sie im Dunkeln an der an den Meeresarm grenzenden Baumlinie entlangreiten und nach ihren Kameraden Ausschau halten.

Haskeer war, wie von jeher, der Erste, der sich beklagte. »Ich glaube, wir verschwenden unsere Zeit. Warum warten wir nicht bis zum Morgen?«

Diesmal war Coilla geneigt, ihm zuzustimmen. »Da könnte etwas dran sein. Wir brauchen Licht.«

»Wir haben uns verspätet«, sagte Stryke. »Das Wenigste, was wir tun können, ist, nach ihnen Ausschau zu halten. Wir versuchen es noch eine Stunde. Aber ich würde sagen, wir steigen besser ab.«

Das gab Haskeer Gelegenheit, noch mehr zu murren.

Die Pferde am Zügel führend, marschierten sie am Unterholz entlang, das sich von den Bäumen in Richtung Prärie ausbreitete. Vielleicht hundert Fuß entfernt konnten sie das Rauschen von Wasser im Meeresarm hören.

»Vielleicht haben sie es nicht hierher geschafft«, mutmaßte Haskeer.

»Wie meinst du das?«, fragte Jup.

»Sie waren nur ein halber Trupp. Alles Mögliche kann passiert sein.«

»*Wir* sind auch nur ein halber Trupp«, erinnerte ihn Stryke, »und wir haben es auch hierher geschafft.«

»Es könnte sein, dass sie in den Wald gegangen sind, um mit den Zentauren zu palavern«, mutmaßte Coilla.

»Wir werden sehen. Und jetzt verhaltet euch ruhig. Es könnten Freunde, aber auch Feinde in der Nähe sein.«

Schweigend waren sie weitere zehn Minuten marschiert, als es im Unterholz raschelte. Schwerter wurden leise gezückt. Zwei schattenhafte Gestalten tauchten aus den Büschen auf.

»Eldo! Noskaa!«, rief Coilla.

Begrüßungen wurden gewechselt und Schwerter wieder verstaut. Dann führten die Gemeinen sie ins Dickicht und zu ihrem Lager.

Alfray kam ihnen freudestrahlend entgegen und begrüßte Coilla mit Kriegerhandschlag. »Schön, dich wiederzusehen! Und euch, Stryke, Jup!«

»Ich bin auch noch da, oder?«, grollte Haskeer.

Alfray musterte ihn mit finsterer Miene. »Ja, aber Sie müssen erst mal das eine oder andere erklären, Feldwebel.«

»Und das wird auch geschehen«, versprach Stryke. »Sei nicht zu hart mit ihm. Wie war euer Ritt hierher? Was ist passiert? Irgendwelche Neuigkeiten?«

»Puh!« Alfray grinste. »Der Ritt war mehr oder weniger ereignislos. Ist nicht viel passiert. Keine Neuigkeiten.«

»Tja, wir haben *euch* jedenfalls eine Menge zu erzählen«, sagte Jup.

»Kommt und esst und ruht euch erst mal aus. Ihr seht aus, als hättet ihr es nötig.«

Der Trupp schloss sich wieder zusammen. Gemeine begrüßten einander. Es gab viel Schulterklopfen, Kriegerhandschläge und Getratsch. Essen und Trinken wurden ausgegeben, und sie erlaubten sich ein Feuer, um die Kälte zu mildern. Als sie im Kreis darum saßen, brachten sie sich gegenseitig auf den neuesten Stand.

Schließlich wandte sich das Gespräch den Zentauren zu.

»Wir haben nichts von ihnen gesehen«, berichtete Alfray. »Wohlgemerkt, wir haben uns auch nicht weit in den Wald gewagt. Wir hielten es für das Beste, deinen Rat zu beherzigen und nur zu beobachten.«

»Das war auch richtig«, bestätigte Stryke.

»Wie sollen wir weiter vorgehen?«

»Wir versuchen es mit friedlicher Annäherung. Wir haben keinen Streit mit den Zentauren. Und überhaupt wären sie uns zahlenmäßig weit überlegen, und hier ist ihre Heimat.«

»Das klingt vernünftig. Aber vergiss nicht, dass sie zwar nicht leicht zu erzürnen sind, aber unversöhnliche Feinde sein können.«

»Deshalb gehen wir auch unter dem Schutz einer Parlamentärsflagge in den Wald und bieten ihnen einen Handel an.«

»Und wenn sie nicht verhandeln wollen?«, fragte Haskeer.

»Dann denken wir über andere Möglichkeiten nach. Wenn das bedeutet, dass es zu Kampfhandlungen kommt, na ja, das ist unser Metier. Aber zuerst versuchen wir es mit Diplomatie.« Er sah seinen Feldwebel vielsagend an. »Und ich werde nicht dulden, dass irgendjemand in diesem Trupp diese Grenze überschreitet. Wir kämpfen nur, wenn ich es sage oder wenn wir angegriffen werden.«

Mit Ausnahme Haskeers, der nichts sagte, waren alle einverstanden.

Alfray streckte die Hände zu dem bescheidenen Feuer aus. Wie bei allen anderen bildete sein Atem eine sichtbare Wolke. »Diese verdammte Kälte lässt nicht nach«, beklagte er sich.

Stryke zog sein Wams enger und nickte. »Wir könnten besser ausgerüstet sein als mit unserer üblichen Dienstkleidung.«

»Wir haben heute Morgen eine kleine Herde Lembarrs gesehen. Ich hatte schon überlegt, ein paar davon wegen der Felle zu jagen. In dieser Gegend gibt es immer noch reichlich, also könnten wir ein paar erlegen, ohne allzu großen Schaden anzurichten.«

»Gute Idee. Wir hätten auch frisches Fleisch. Um diese Zeit in den Wald einzudringen ist nicht klug. Es könnte nach einem Raubzug aussehen. Also lasst uns früh aufstehen, auf die Jagd gehen und dann dem Drogawald einen Besuch abstatten.«

*

Bei Tagesanbruch waren sie auf den Beinen.

Stryke beschloss, die Jagdgesellschaft selbst anzuführen. Jup und Haskeer meldeten sich freiwillig als Begleitung. Sie nahmen Zoda, Hystykk, Gleadeg, Vobe, Bhose und Orbon mit. Das war eine gute Zahl.

Auf zwei Pirschgruppen verteilt, waren sie nicht so viele, dass sie das Wild verscheuchen würden, aber doch genug, um die erlegten Tiere zurücktransportieren zu können.

Was sie nicht mitnehmen konnten, waren Pferde. Lembarrs hatten sowohl eine unheimliche Fähigkeit, deren Annäherung zu entdecken, als auch eine Abneigung gegen sie. Die beste Art, ein Lembarr in die Flucht zu schlagen, war die, sich ihm auf einem Pferderücken zu nähern. Man musste sie zu Fuß jagen.

Als sie gerade aufbrechen wollten, nahm Alfray Stryke auf die Seite. »Ich denke, du solltest die Sterne bei mir lassen«, sagte er.

Stryke sah ihn verblüfft an. »Warum?«

»Je mehr wir davon bekommen, desto kostbarer werden sie. Was ist, wenn dir auf der Jagd etwas zustößt und sie verloren gehen? Den Kristall sollten wir ebenfalls unter den Offizieren aufteilen. Ausgenommen Haskeer natürlich.«

»Tja ...«

»Glaubst du, ich würde dasselbe tun wie Haskeer und mit ihnen durchbrennen? Umgeben von zwei Dritteln des Trupps?«

»Es ist nicht so, dass ich dir nicht vertraue, alter Freund, das weißt du. Aber ich habe lange darüber nachgedacht, was mit Haskeer passiert ist. Angenommen, es war ein Zauber, der ihn zu seiner Eskapade veranlasst hat?«

»Von Jennesta gewirkt, meinst du?«

»Sie ist der Hauptverdächtige.«

»Was sollte sie daran hindern, dasselbe mit dir zu versuchen? Wenn es tatsächlich ihr Zauber war, ist das ein Argument dafür, die Sterne hier zu lassen, oder nicht? Weil ich sofort allen anderen den Befehl geben werde, mich im Auge zu behalten und mich anzubinden, sobald ich anfangen sollte, mich merkwürdig zu benehmen. Oder mich niederzuschlagen.«

Stryke wusste, dass er es ernst meinte. »Also gut«, stimmte er widerwillig zu. Er löste den Beutel von seinem Gürtel und gab ihn Alfray. »Aber wir müssen uns für die Zukunft etwas für die Sicherheit einfallen lassen.«

»Richtig. Vertrau mir. Und jetzt geh und beschaff uns Winterkleidung.«

43

In weniger als einer Stunde waren sie draußen in der Prärie und hatten ihre erste Herde Lembarrs gesichtet. Die Tiere ähnelten kleinen Hirschen, und die Männchen hatten auch ein Geweih, aber sie waren viel kräftiger gebaut. Ihr zotteliges, dichtes Fell, braun mit grauen und weißen Streifen, war wie Bärenfell und ebenso geschätzt.

Während die Tiere arglos grasten, teilten sich die Jäger in zwei Gruppen. Haskeer führte vier der Gemeinen. Sie hatten die Aufgabe, die Tiere der anderen Gruppe zuzutreiben. Diese zweite Gruppe bestand aus Stryke, Jup und den beiden verbliebenen Gemeinen.

Die Jagd ließ sich gut an. Da sie die Überraschung auf ihrer Seite hatten, erlegten sie bald drei Lembarrs. Danach war ihr Wild wachsamer, und entschlossene Verfolgungsjagden waren erforderlich. Lembarrs waren keine außergewöhnlich schnellen Läufer, und ein Ork konnte auf ebenem Gelände mit ihnen mithalten. Erst in unwegsamem Gelände konnten die Lembarrs ihre Gewandtheit ausspielen.

Stryke stellte fest, dass er so etwas wie einen letzten Mann in seiner Gruppe spielte, als Haskeers Gruppe ein halbes Dutzend Lembarrs in ihre Richtung scheuchte. Drei stoben in alle Winde und waren kurz darauf entkommen. Zwei liefen Jup und den Gemeinen vor die Klinge, die sich sofort mit Speer und Schwert über sie hermachten. Das letzte Lembarr brach durch und lief Stryke entgegen.

Er hob sein Schwert und machte sich bereit, dem Tier den Weg zu versperren und es zu erledigen. Das Lembarr ließ sich jedoch nicht so einfach erwischen. Als es nur noch ein paar Fuß entfernt war, schlug es plötzlich einen Haken und stob an ihm vorbei. Strykes Klinge zischte wirkungslos durch die Luft.

»Das hole ich mir!«, rief er und lief ihm nach.

Er war nicht sicher, ob die anderen ihn gehört hatten, so vertieft, wie sie in ihr Gemetzel waren.

Das fliehende Tier lief in ein Gehölz. Er folgte ihm, tief geduckt und die Arme ausgestreckt, um tiefhängende Zweige wegzuschlagen. Eine Minute später verließen sie das kleine Wäldchen auf der anderen Seite und stürmten über ebenes Gras. Stryke holte auf. Das Lembarr schlug einen Haken und rannte auf eine Reihe kleinerer Erhebungen zu. Es erklomm die erste wie eine Ziege, Stryke zwanzig Schritte dahinter. Dann ging es hinunter in eine Senke und den nächsten Hang empor.

Es war harte Arbeit, aber Stryke machte es Spaß.

Er erreichte das nächste kleine Plateau nur ein paar Fuß hinter seiner Beute. Das Tier schlitterte mehr die andere, steilere Seite herunter in die nächste Senke, als dass es lief. Stryke rutschte hinterher. Das Lembarr erreichte die Sohle, schlug einen Haken nach rechts und verschwand zwischen ein paar Bäumen. Mittlerweile keuchend, folgte ihm Stryke. Er sah das gestreifte Fell etwa einen Speerwurf entfernt kurz aufblitzen. Stryke mobilisierte seine letzten Kräfte und spurtete der Stelle entgegen.

Dann fiel ihm der Himmel auf den Kopf.

Er ging mit einem sengenden Schmerz in der Schläfe zu Boden und kollerte über den moderigen Blätterteppich. Auf dem Rücken liegend, schwindlig und unter großen Schmerzen, kroch er langsam aus dem schwarzen Maul, das ihn beinahe verschlungen hatte.

Jemand stand vor ihm. Er korrigierte das zu mehreren Jemands, als sich sein Blickfeld etwas klärte. Einer von ihnen entriss ihm das Schwert, das er immer noch umklammerte. Sie unterhielten sich in einer gutturalen, abgehackten und viel zu vertraut klingenden Sprache.

Die Goblins zerrten ihn grob auf die Beine. Er stöhnte. Sie rissen an seinen Kleidern, da sie ihn nach weiteren Waffen durchsuchten. Nachdem sie sich vergewissert hatten, dass es keine weiteren Waffen gab, schwangen sie drohend ihre Streitkolben und einer schwenkte die Keule, mit der er zweifellos niedergeschlagen worden war. Sie hatten auch Schwerter, und mit deren Spitzen trieben sie ihn vorwärts. Er hob eine Hand an den Kopf, während sie marschierten. Einer der Goblins riss sie grob weg und plapperte etwas, das er nicht verstand. Aber der drohende Tonfall war deutlich genug.

Sie trieben ihn zum Ende der Senke und einen weiteren Hügel empor. Seine Knochen schmerzten, und er hinkte ein wenig, aber sie gestatteten dennoch kein Nachlassen des Tempos. Oben angekommen, konnte er auf der anderen Seite herabschauen und sah ein ansehnliches Langhaus. Während sie ihn zum Abstieg zwangen, überlegte er, dass sie nicht weit von der übrigen Jagdgesellschaft entfernt sein konnten. Die Jagd hatte ihn jedoch kreuz und quer durchs Gelände geführt, und sie hätten ebenso gut durch das halbe Land getrennt sein können. Von dieser Seite durfte er nicht auf Hilfe zählen.

Schwer atmend erreichte er das Gebäude, von der Schar seiner streitlustigen Häscher umgeben.

Das Langhaus mochte von jeder eines halben Dutzends von Rassen errichtet worden sein. Es hatte das zweckmäßige Aussehen eines Großteils von Maras-Dantiens Architektur. Einfach, aber stabil aus Holz errichtet, hatte es ein strohgedecktes Dach und eine einzelne Tür an einem Ende. Früher hatte es ein paar Fenster gegeben, die jetzt alle vernagelt waren. Das Haus war offensichtlich geräumt worden und verfallen. Das Strohdach wies schwere Wetterschäden auf, und die Außenwände waren an einigen Stellen von Fäulnis befallen.

Sie stießen ihn durch die Tür.

Razatt-Kheage erwartete ihn.

Der Sklavenhändler hatte den Mund zu einer Grimasse verzogen, die unter Goblins als Lächeln durchging. Seine Miene kündete von Frohlocken und Rachedurst. »Sei gegrüßt, Ork«, zischte er.

»Gleichfalls.« Stryke rang um seine Sinne und mühte sich, einen klaren Kopf zu bekommen. Er trotzte den Schmerzen und schob sie beiseite. »Du konntest wohl nicht warten, um dich richtig zu verabschieden, was?«

»Wir haben dich verfolgt.«

»Was du nicht sagst. Nicht, um mir zu danken, nehme ich an.«

»Oh, wir wollen ... deinem ganzen Trupp *danken.* Und zwar persönlich. Ein Plan mit dem zusätzlichen Vorteil, dass Jennesta Geld auf eure Köpfe ausgesetzt hat. Und mittlerweile habe ich eine Bekanntmachung gesehen, die anzudeuten scheint, dass du eine Reliquie von ihr hast. Ich gehe davon aus, dass es auch dafür eine Belohnung gibt.«

Stryke war froh, dass er die Sterne nicht bei sich hatte. Er betrachtete die sechs oder sieben anwesenden Goblins. »Mit dieser Zahl willst du meinen Kriegstrupp angreifen? Willst du unbedingt sterben?«

»*Ich* werde nichts dergleichen tun. Ich lasse Jennesta eine Nachricht zukommen.«

Das ernüchterte Stryke. »Und du glaubst, der Trupp hängt hier herum und wartet, bis ihre Armee hier eintrifft?«

»Ich habe daran gedacht, dich als Geisel festzuhalten, um genau das zu erreichen.«

»Sie werden darauf nicht eingehen, Sklavenhändler. Nicht mein Trupp. Du weißt nicht viel über Orks, oder?«

»Vielleicht wäre es ganz lustig, jetzt etwas über sie zu lernen«, erwiderte Razatt-Kheage spöttisch. »Nur zu, klär mich auf.«

Es passte Stryke in den Kram, etwas Zeit zu schinden, um sich etwas einfallen zu lassen. »Alle Orks wissen, dass der Preis des Krieges der Tod ist. Wir wachsen mit dem Glaubensbekenntnis auf, dass man sein Bestes gibt, um einen Kameraden in Gefahr zu retten, man aber nicht das Leben aller anderen für das eines Einzelnen aufs Spiel setzt, wenn das nicht klappt. Deshalb wird es nichts bringen, mich als Geisel zu benutzen. Sie werden mich aufgeben und sich absetzen.«

»Aber ihr habt genau das Gegenteil getan, als ihr euren weiblichen Kameraden gerettet habt.« Er grinste unangenehm. »Vielleicht sind manche Einzelne mehr wert als andere. Und in diesem Fall müsste der Anführer am meisten von allen wert sein. Wir werden sehen.«

Um ihn zum Weiterreden zu veranlassen, wechselte Stryke das Thema. »Ich sehe deine menschlichen Freunde gar nicht.«

»Geschäftspartner. Sie sind ihre eigenen Wege gegangen. Es war eine unliebenswürdige Trennung. Sie schienen mir die Schuld daran zu geben und mich in irgendeiner Form dafür verantwortlich zu machen, dass euch Orks die Flucht gelungen ist. Ich glaube, es wäre sogar zu *Handgreiflichkeiten* gekommen, hätte einer von ihnen nicht die Hilfe eines Heilers benötigt. Glücklicherweise war ich in der Lage, ihnen einen Namen zu verkaufen.«

»Ich wette, sie waren sehr dankbar.« Er betrachtete den länglichen Raum. »Und was jetzt?«

»Du bist unser Gast, während ich eine Botschaft an die Königin aufsetze.« Der Sklavenhändler nickte seinen Handlingen zu.

Sie scheuchten Stryke ans andere Ende des Raums. Wie überall in der Hütte gab es auch hier nicht viel außer einer Pfanne mit glühenden Kohlen, die die Kälte ein wenig milderten. Sie ließen ihn in deren Nähe, während sich die Wachen in ihrer eigenen Sprache unterhielten. Razatt-Kheage blieb in der Nähe der Tür an einem wackligen Tisch. Er hatte Pergament und eine Feder.

Stryke warf einen Blick auf die Kohlenpfanne. Ihm kam eine verrückte Idee. Etwas, das ihn ebenso betreffen würde wie sie, aber er hätte den Vorteil, zu wissen, was los war. Er vergewisserte sich, dass ihm niemand zusah, dann griff er in seinen Gürtelbeutel und entnahm ihm vorsichtig eine Hand voll Pelluzit. Er warf es ins Feuer. Dann nahm er noch mehr aus dem Beutel und wiederholte den Vorgang. Von der gewaltigen Menge rosafarbener Kristalle stiegen Schwaden cremigen weißen Rauchs auf.

Eine gute halbe Minute lang, in der der Rauch dichter wurde, merkte niemand etwas. Stryke atmete flach. Dann verließ einer der Goblins seine Kameraden und kam herüber. Er glotzte auf die rauchende Kohlenpfanne. Stryke warf einen verstohlenen Blick auf die anderen. Sie hatten noch gar nicht bemerkt, dass etwas nicht stimmte. Zeit zu handeln.

Er wusste nicht viel über die Goblin-Biologie. Aber er ging davon aus, dass sie eines mit den meisten älteren Rassen gemeinsam hatten. Als er dem Goblin einen kräftigen Tritt zwischen die Beine verpasste, stellte er fest, dass er Recht hatte. Der Handling stieß ein heulendes Kreischen purer Qual aus und krümmte sich. Also ließ Stryke gleich noch einen Tritt folgen.

Die anderen kamen. Stryke packte den Schwertarm des keuchenden Goblins und schlug ihn mit aller Kraft auf sein erhobenes Knie. Die Waffe entglitt dem Griff des Goblins. Er nahm sie, drehte sie rasch um und bohrte dem Handling die Klinge in den Rücken.

Er machte sich bereit, den anderen gegenüberzutreten. Sie kamen wachsam näher, ein Halbkreis aus fünf schwerbewaffneten, entschlossenen Angreifern.

»Du machst dir das wirklich zur Gewohnheit, oder?«, tobte Razatt-Kheage hinter ihnen. »Jedes Mal, wenn du einen meiner Männer tötest, kostest du mich Geld! Ich glaube, tot bist du eine sicherere Investition.«

Die Handlinge richteten ihre Waffen auf ihn und rückten vor. Stryke hielt den Atem an.

Immer mehr Rauch wallte aus der Kohlenpfanne. Der Rauch erfüllte das ganze Langhaus. Milchige Schwaden trieben über den Boden. Zwischen den Dachbalken bildete sich eine immer dichtere Wolke.

Einer der Goblins schwang seinen Streitkolben und stürmte damit auf ihn ein.

Stryke konnte den Atem nicht länger anhalten und ließ ihn entweichen. Instinktiv nahm er einen frischen Atemzug. Ein vertrautes Schwindelgefühl überkam ihn, und er gab sich alle Mühe, die Konzentration zu bewahren.

Der Goblin war heran.

Stryke wich zur Seite aus und hieb nach ihm. *Die wogenden Wellen eines gewaltigen Ozeans.* Er schüttelte den Kopf, um das Bild zu verjagen. Sein Hieb hatte den Goblin verfehlt. Er ließ einen weiteren folgen. Auch diesem wurde ausgewichen. Der Handling setzte seinerseits einen Schlag an, der beinahe Strykes Schulter getroffen hätte. *Ein makelloser blauer Himmel.* Stryke wich zurück und versuchte verzweifelt, sich auf die Wirklichkeit zu konzentrieren.

Was ihm Sorgen bereitete, war die Tatsache, dass der Kristall dem Goblin, gegen den er kämpfte, gar nichts auszumachen schien. Er konnte nicht sagen, ob es sich bei den anderen Goblins genauso verhielt oder nicht.

Stryke ging zum Angriff über.

Als er seine Klinge schwang, hatte er den Eindruck, dass es viele waren und eine die nächste gebar. Eine Klinge für jedes Maß Raum, das sie durchschnitt, sodass am Ende ihres Bogens ein schimmernder bunter Fächer in der Luft hing. Der Streitkolben des Goblins zerschmetterte den Fächer und ließ die Chimäre platzen wie eine Seifenblase.

Das machte Stryke rasend. Er sprang vor, hieb nach dem Handling und trieb ihn mit einem Hagel von Schlägen zurück. Dabei glaubte er durch den vor seinem geistigen Auge aufblitzenden kaleidoskopischen Pomp zu erkennen, dass der Goblin unsicher schwankte und seine Miene immer glasiger wurde.

Stryke nahm das Schwert in beidhändigem Griff, mehr, um etwas zu haben, woran er sich festhalten konnte, als alles andere, und schlug seinem Gegner den Streitkolben aus den Händen. Dann machte er einen weiten Ausfallschritt und durchbohrte seine Brust.

Ihm war noch nie zuvor in dieser Klarheit aufgegangen, was für eine entzückende Farbe Blut hatte.

Er riss sich zusammen und holte ein paar Mal tief Luft, um sich zu sammeln. Dann ging ihm auf, dass gerade das ein Fehler war.

Zwei Goblins schlafwandelten in Sicht und bewegten sich ungewöhnlich träge.

Kristalline Regentropfen auf den Blüten einer gelben Blume. Er griff den nächsten an und hieb gegen dessen Schwert. Sie fochten, obwohl es sich mehr so anfühlte, als wateten sie durch die Tiefen eines Torfmoors. Einer von Strykes Hieben schlitzte seinem Gegner den Arm auf, der sogleich eine faszinierend glänzende dunkelrote Farbe annahm. Dem ließ er einen Streich in den Bauch des Goblins folgen, der eine weitere Farbpalette offenlegte. Während der sterbende Handling eine Ewigkeit zu Boden fiel, fuhr Stryke beiläufig herum, um sich seinem Kameraden zu stellen.

Der zweite Goblin hatte einen Speer, den er besser als Spazierstock benutzt hätte. Seine Beine schienen jeden Moment unter ihm einknicken zu wollen, als er die Waffe schwach in Strykes Richtung stieß. Er schlug nach dem Speer wie *ein sengender Blitz vor einem samtig-blauen Himmel,* und es gelang ihm, den Schaft zu durchtrennen. Der Goblin stand verdutzt mit einem halben Speer in jeder Hand da, und seine Knopfaugen blinzelten voller Verwunderung.

Stryke durchbohrte sein Herz und schwelgte in dem wunderschönen scharlachroten Sprühregen.

Er ritt auf einem Pferd durch einen Wald voller hoher Bäume. Nein, das tat er nicht. Er konzentrierte sich mit trüben Augen auf die zwei verbliebenen Wachen. Sie wollten ein komisches Spiel mit ihrem Leben als Einsatz spielen. Er hatte die Regeln halb vergessen. Er wusste nur noch, dass der Sinn des Spiels darin bestand zu verhindern, dass sie sich bewegten. Also machte er sich daran.

Der erste von ihnen, die Pupillen geweitet, taumelte heran. Er hatte ein Schwert in der Hand und schwang es wiederholt. Aber größtenteils nicht in Strykes Richtung. Was ihn selbst betraf, so erwiderte er die Schwünge, obwohl er ein, zwei Schritte vorrücken musste, bevor sich ihre Klingen trafen. *Mondlicht auf einem Fluss mit wehenden Trauerweiden.* Das war es auch nicht. Er musste mit seinen Gedanken beim Spiel bleiben.

Etwas Blitzendes fuhr vor seinem Gesicht durch die Luft. Als er sich umdrehte, ging ihm auf, dass es das wirbelnde Schwert des zweiten Goblins war. Er fand das sehr unfreundlich. Um es ihm heimzuzahlen, ließ er sein eigenes Schwert zum Gesicht des Goblins zucken. Es traf tief und weich und entlockte dem Goblin ein überraschend musikalisches Heulen, das verhallte, da der Getroffene gemächlich aus seinem Blickfeld fiel.

Damit blieben noch Razatt-Kheage und ein Handling. Der Sklavenhändler hielt sich noch zurück, den Mund verzerrt, da er lautlos Worte ausspie. *Die Ruinen einer Klippenfestung, weiß in der Sonne.* Stryke schüttelte auch dieses Bild ab und ging auf den Handling los. In dem Pelluzitnebel musste er ihn erst einmal finden.

Einmal ausgemacht, teilte er seine Hiebe geradezu höflich aus. Er erhöhte Wucht und Anzahl der Hiebe und tat sein Bestes, die Deckung des Gegners zu durchbrechen. Obwohl es in Wahrheit eine Deckung war, bei der es wenig zu durchbrechen gab. *Ein Wasserfall, der über eine steile Granitklippe stürzte.* Er schob das Bild von sich, sprang schwebend leicht wie eine Feder vorwärts und versuchte dem Handling seine Initiale in die Brust zu ritzen. Nach einem halben S war er seiner Leinwand beraubt. *Üppige Weiden mit Herden grasenden Wilds.*

Stryke fand es schwierig, sich auf den Beinen zu halten. Aber er musste, das Spiel war noch nicht vorbei. Es gab noch einen anderen Spieler. Er hielt nach ihm Ausschau. Razatt-Kheage war an der Tür, machte aber keine Anstalten, das Langhaus zu verlassen. Stryke schwamm durch einen langen, mit Honig gefüllten Tunnel zu ihm.

Als er schließlich dort ankam, hatte sich der Goblin nicht bewegt. Er konnte nicht, er war versteinert. Als Stryke vor ihn trat, ging der Sklavenhändler auf die Knie, als knickse er vor ihm. Sein Mund arbeitete immer noch, und Stryke konnte immer noch nicht die Worte verstehen oder auch nur einen Laut hören außer einer Art leicht zischelndem Jammern. Er nahm an, dass der Goblin flehte. Das taten Spieler manchmal. *Die Sonne, die auf einen endlosen Strand brannte.* Nur spielte dieser Goblin nicht. Er weigerte sich, und das musste gegen die Regeln sein. Das gefiel Stryke nicht.

Er holte mit seinem Schwert aus. *Ein Spaziergang über einen endlosen Strand.* Razatt-Kheage, dieser schmutzige kleine Schummler, öffnete und schloss seinen Mund immer weiter. *Wellige grüne Hügel und hohe eisige Wolken.*

Strykes Schwert beschrieb einen Bogen. Der Mund des Sklavenhändlers blieb in einem lautlosen Schrei weit geöffnet. *Das lächelnde Gesicht des weiblichen Orks aus seinen Träumen.*

Das Schwert durchtrennte Razatt-Kheages Hals. Der Kopf sprang von seinen Schultern, flog ein Stück aufwärts und wieder zurück. Aus dem Rumpf spritzte eine Fontäne, dann sank er zusammen. Strykes Blick folgte dem sich überschlagenden Kopf, einem plumpen Vogel ohne Flügel, und er bildete sich ein, ihn lachen zu sehen.

Dann schlug er ein Dutzend Fuß entfernt mit einem Geräusch auf den Boden, als sei eine reife Melone gefallen, hüpfte noch zwei Mal und lag dann still.

Stryke lehnte sich erschöpft gegen die Wand. Aber auch überschwänglich. Er hatte etwas *Gutes* getan. Er bewegte sich. Hustend und keuchend, den Kopf voller Bilder und Geräusche, voller Gerüche und Musik, taumelte er zur Tür. Nachdem er ein paar Sekunden am Riegel herumgefummelt hatte, bekam er sie auf.

Er torkelte nach draußen, in schweren weißen Rauch gehüllt, und stolperte in die blendend helle Landschaft.

44

Trink das«, sagte Alfray, indem er Stryke noch einen Becher mit einem dampfenden grünen Trank anbot.

Die Hände vor das Gesicht geschlagen, stöhnte Stryke: »Ihr Götter, nicht noch mehr.«

»Du hast eine beträchtliche Dosis Kristall abbekommen. Wenn du dich davon befreien willst, brauchst du das hier, Nahrung und reichlich Wasser, damit du es ausscheiden kannst.«

Stryke hob den Kopf und seufzte. Seine Augen waren aufgequollen und rot. »Also schön, gib her.« Er nahm den Becher, stürzte das widerliche Gebräu in einem Schluck herunter und verzog das Gesicht.

»Gut.« Alfray nahm ihm den Becher ab. Er bückte sich zum Kessel über dem Feuer und füllte ihn mit einer weiteren Kelle des Tranks. »Diesen Becher kannst du langsam trinken, bis das Essen fertig ist.« Er drückte ihn Stryke in die Hand. »Ich sehe nach, wie es vorangeht.« Er ging, um die Gemeinen beim Beladen der Pferde zu beaufsichtigen.

Als er sicher war, dass Alfray nicht hinsah, drehte Stryke sich um und schüttete den Inhalt des Bechers ins Gras.

Ein paar Stunden waren vergangen, seit er das Langhaus verlassen hatte. Er war eine Weile orientierungslos herumgewandert, bis er auf die Jagdgesellschaft stieß. Sie schleppten ein halbes Dutzend tote Lembarrs mit sich herum. Ziellos schwankend und Unsinn plappernd, hatten sie ihn ins Lager tragen müssen, wo seine stockende Schilderung der Vorgänge für gaffende Mäuler sorgte.

Jetzt brieten Lembarrs an Spießen und sonderten einen köstlichen Geruch ab. Mit dem Pelluzit als zusätzlichem Appetitanreger lief Stryke das Wasser im Mund zusammen.

Coilla kam mit zwei Tellern voll Fleisch und setzte sich neben ihn. Er schlang seine Portion herunter, als sei er am Verhungern.

»Ich bin dir wirklich dankbar«, sagte sie. »Dafür, dass du Razatt-Kheage getötet hast, meine ich. Obwohl ich es lieber selbst getan hätte.«

»War mir ein Vergnügen«, erwiderte er mit vollem Mund.

Sie starrte ihn eindringlich an. »Bist du *sicher,* dass er nichts darüber gesagt hat, wo Lekmann und die anderen geblieben sein könnten?«

Stryke kam immer noch vom Kristall herunter. Im Augenblick wollte er nicht belästigt werden. »Ich habe dir alles gesagt, was ich weiß. Sie sind weg.« Er war ein wenig gereizt.

Coilla war unzufrieden und schnitt eine finstere Miene.

»Diese Kopfgeldjäger siehst du nie wieder«, fügte er beschwichtigend hinzu. »Feiglinge wie sie würden sich nie mit einem ganzen Kriegstrupp anlegen.«

»Sie sind mir noch was schuldig, Stryke«, sagte sie. »Und diese Schulden werde ich eintreiben.«

»Ich weiß, und dabei werden wir dir auch so gut helfen, wie wir können. Aber wir können uns nicht auf die Suche nach ihnen machen, nicht jetzt. Sollten sich unsere Wege je wieder kreuzen ...«

»Zum Henker damit. Es wird Zeit, dass *sie* von jemandem gejagt werden.«

»Findest du nicht, dass das langsam zu einer Art Besessenheit wird?« Er kaute beim Reden.

»Ich *will,* dass es eine Besessenheit ist! Du würdest genauso empfinden, wenn du wie ein Stück Vieh zum Verkauf angeboten worden wärst.«

»Ja, das würde ich. Nur dass wir im Moment in dieser Hinsicht nichts machen können. Reden wir später darüber, ja? Mein Kopf, weißt du?«

Sie nickte, ließ ihren Teller am Feuer stehen und ging.

Weiter hinten nähten mehrere Gemeine Fellwesten. Es war gerade genug Fell für alle da.

Stryke hatte soeben aufgegessen, als Alfray sich zurückmeldete.

»Wir sind bereit für den Drogawald. Wenn du es auch bist, können wir los.«

»Es geht mir gut. Oder wenigstens wird es mir bald wieder gut gehen. Ich würde nicht sagen, dass mein Kopf *klar* ist, aber der Ritt wird das schon richten.«

Haskeer kam mit einem Stapel Fellwesten zu ihnen. Jup begleitete ihn.

»Die sind nicht gerade schick«, äußerte sich Haskeer, während er die Westen nach Größen sortierte.

»Ich hätte nicht gedacht, dass dir das etwas ausmachen würde«, bemerkte der Zwerg.

Haskeer ignorierte ihn und begann mit der Ausgabe der Kleidungsstücke. »Mal sehen. Hauptmann.« Er warf ihm eine Fellweste zu. »Alfray. Und hier ist deine, Jup.« Er hielt sie hoch, sodass alle sie sehen konnten. »Seht euch die Größe von dem Ding an. Wie die eines Kindes. Damit könnte ich nicht mal meinen Arsch bedecken!«

Jup riss ihm die Weste aus der Hand. »Dafür solltest du deinen Kopf benutzen. Das wäre ein Fortschritt.«

Vor Wut schäumend, stapfte Haskeer davon.

Stryke erhob sich ein wenig unsicher, streifte die Fellweste über und ging zu Alfray.

»Wie fühlst du dich?«, fragte der Gefreite.

»Gar nicht so schlecht. Aber ich will jetzt erst mal eine Weile keinen Kristall mehr sehen.«

Alfray lächelte.

»Du hattest Recht mit den Sternen«, fuhr Stryke fort. »Hätte ich sie bei mir gehabt …«

»Ich weiß. Wir hatten Glück.«

»Ich nehme sie jetzt wieder an mich.«

»Hast du mal daran gedacht, sie aufzuteilen?«

»Ich weiß, es wäre vernünftig, aber ich glaube, ich behalte sie einstweilen. Sollte ich wieder vom Trupp getrennt werden, gebe ich sie dir in Verwahrung.«

»Du musst es wissen, Stryke.« Sein Tonfall deutete an, dass er nicht mit Stryke übereinstimmte, aber vielleicht war er der Ansicht, dass jetzt nicht der richtige Zeitpunkt war zu streiten. Er griff in eine Tasche und brachte die drei Sterne zum Vorschein, gab sie Stryke aber nicht sofort wieder. Er hielt sie in der Hand und betrachtete sie. »Weißt du, trotz allem, was ich über die Verwahrung der Sterne gesagt habe, bin ich doch froh darüber, sie zurückzugeben. Sie bei sich zu haben ist eine ungeheure Verantwortung.«

Stryke nahm die Sterne und verstaute sie in seinem Gürtelbeutel. »Ich weiß, was du meinst.«

»Seltsam, nicht wahr? Wir empfinden so, obwohl wir keine Ahnung haben, wozu sie gut sind. Was werden wir tun, Stryke? Ich meine, wenn wir noch einen Stern von den Zentauren bekommen.«

»Ich hatte immer die Vorstellung, mit ihnen als Faustpfand eine Begnadigung auszuhandeln. Aber je mehr ich darüber nachdenke, desto mehr gelange ich zu der Überzeugung, dass wir gerade das *nicht* tun sollten.«

»Warum nicht?«

»Kannst du dir vorstellen, dass Jennesta ihren Teil einer Abmachung einhalten würde? Ich kann es nicht. Aber noch wichtiger scheint mir die Macht zu sein, die diesen Sternen innewohnt.«

»Aber wir wissen nicht, was das für eine Macht ist. Das ist der Punkt.«

»Nein, wir wissen es nicht. Aber wir haben unterwegs genug Hinweise gehört. Zum Beispiel, was Tannar dazu zu sagen hatte. Und wir wissen, dass Jennesta, eine Zauberin, hinter ihnen her ist.«

»Was *machen* wir denn nun mit ihnen?«

»Ich hatte mir vorgestellt, dass wir vielleicht jemanden suchen, der uns dabei hilft, sie zu benutzen. Aber zum Guten, nicht zum Bösen. Um den Orks und den anderen älteren Rassen zu helfen. Vielleicht, um einen Schlag gegen die Menschen und unsere eigenen Despoten zu führen.«

»Wo würden wir jemanden finden, der das könnte?«

»Wir haben Mobbs gefunden, und er hat uns erstmals von den Instrumentalen erzählt.«

»Wünschst du dir nicht manchmal, er hätte es nicht getan?«

»Die Dinge mussten sich ändern. Sie *waren* bereits im Wandel. Mobbs hat uns nicht zu dem veranlasst, was wir getan haben. Er hat uns nur einen Grund gegeben, wenn auch einen ziemlich nebelhaften. Ich sage nur, dass wir vielleicht jemanden suchen sollten, der mehr weiß. Einen Magier, einen Alchimisten, wen auch immer.«

»Also meinst du, dass wir das tun sollten? Anstatt bei Jennesta unsere Begnadigung zu erwirken?«

»Es ist eine Idee, mehr nicht. Denk darüber nach, Alfray. Selbst wenn wir mit Jennesta ins Geschäft kämen und sie sich an die Abmachung hielte, was für ein Leben würden wir haben? Glaubst du ehrlich, wir könnten einfach wieder da weitermachen, wo wir aufgehört haben? Als sei nichts geschehen? Nein, das ist aus und vorbei. Diese Zeiten sind endgültig vorüber. Und hinzu kommt, dass das ganze Land in Flammen aufgeht. Etwas Größeres ist nötig.« Er schlug auf den Beutel. »Vielleicht sind diese Sterne der Schlüssel dafür.«

»Vielleicht.«

»Reiten wir in den Drogawald.«

Er gab den Befehl, das Lager abzubrechen.

*

Der Wald war nur zwei, drei Stunden entfernt, und der Weg dorthin hätte nicht einfacher sein können. Sie brauchten nur dem Meeresarm zu folgen.

Wie er gehofft hatte, half der Ritt, den sie gemächlich angingen, Stryke dabei, einen klaren Kopf zu bekommen. Aber sein Mund schien ständig trocken zu sein, und er trank unterwegs eine beträchtliche Menge Wasser.

Er bot den Wasserbeutel Coilla an, die neben ihm an der Spitze der Kolonne ritt. Sie schüttelte den Kopf. »Ich habe mit Haskeer geredet«, sagte sie, »oder es wenigstens versucht. Darüber, was passiert ist, als er sich mit den Sternen abgesetzt hat.«

»Und?«

»Er scheint fast wieder ganz der Alte zu sein. Nur dann nicht, wenn es darum geht zu erklären, was tatsächlich passiert ist.«

»Ich glaube ihm, wenn er sagt, dass er es wirklich nicht weiß.«

»Ich glaube ihm auch. Trotz des Schlags auf den Kopf, den er mir verpasst hat. Aber ich weiß nicht, ob ich ihm je wieder vertrauen kann, Stryke, obwohl er bei meiner Rettung geholfen hat.«

»Das kann ich dir nicht verdenken. Aber ich glaube, er konnte wirklich nichts dafür. Er ist ein Kamerad, und wir müssen ihm glauben. Man kann Haskeer sicher eine Menge vorwerfen, aber ein Verräter ist er nicht.«

»Eigentlich hat er nur gesagt, die Sterne hätten ihm etwas vorgesungen. Dann wurde er verlegen und hat den Mund gehalten. Diese Sache hört sich ziemlich verrückt an.«

»Ich halte ihn aber nicht für verrückt.«

»Ich auch nicht. Hast du irgendeine Idee, was er damit meint?«

»Nein. Für mich sind die Sterne nur tote Gegenstände.«

»Hast du immer noch keine Vorstellung, wozu sie gut sein könnten?«

Er grinste. »Du kannst mir glauben, dass ich es längst gesagt hätte, wenn ich eine hätte. Herausgebrüllt hätte ich es. Ich habe mich gerade erst mit Alfray darüber unterhalten. Was ich ihm nicht gesagt habe, war, selbst wenn diese Sterne nur unnütze Holzstücke wären, würde ich den Trupp trotzdem nach ihnen suchen lassen.«

Coilla sah ihn fragend an.

»Nein, ich bin auch nicht verrückt«, sagte er zu ihr, indem er seine Zweifel in Bezug auf seine Träume resolut beiseite schob. »Ich sehe es folgendermaßen: Wenn wir überhaupt etwas brauchen, dann ist es ein Ziel. Ohne ein gemeinsames Ziel würde dieser

Trupp schneller auseinander fallen, als du spucken kannst. Das liegt an unserer militärischen Erziehung, glaube ich. Wir gehören zwar nicht mehr der Horde an, aber wir sind immer noch Orks und immer noch Mitglieder des orkischen Volks, wie versprengt und verunglimpft es auch sein mag. Ich würde sagen, wir halten entweder zusammen oder gehen getrennt unter.«

»Ich verstehe. Vielleicht gibt es etwas im Wesen der Orks, das sich nach Kameradschaft sehnt. Ich glaube nicht, dass es uns bestimmt ist, für uns allein zu leben. Aber was auch geschieht, du hast uns ein Ziel gegeben, Stryke. Auch wenn alles ganz furchtbar schief gehen sollte, wir haben es immerhin versucht.«

Stryke lächelte sie an. »Ja, genau. Wir haben es versucht.«

Sie hatten den Waldrand erreicht. Der Wald war üppig, riesig und finster.

Stryke ließ die Kolonne anhalten. Er winkte Alfray, Jup und Haskeer zu sich.

»Wie lautet der Plan, Boss?«, fragte Jup.

»Wie ich schon sagte: einfach und direkt. Wir versuchen unter dem Schutz einer Parlamentärsflagge Verbindung mit Keppatawns Klan aufzunehmen.«

Alfray fertigte die Flagge unter Benutzung der Bannerlanze der Vielfraße an. »Und wenn es mehr als einen Klan im Wald gibt, Stryke?«, fragte er.

»Wir müssen wohl hoffen, dass sie alle auf freundschaftlichem Fuß miteinander stehen und uns passieren lassen. Also, vorwärts.«

Mit einiger Beklommenheit ritten sie in den Wald hinein. Alfray hielt die Flagge hoch. Er war sich wie sie alle der Tatsache bewusst, dass die Parlamentärsflagge zwar allgemein bekannt, aber nicht allgemein geachtet war.

Im Wald war es kühl, die Luft roch erdig. Es war nicht so dunkel, wie es von außen den Anschein hatte. Die Stille war beinah vollkommen, und das machte alle ziemlich nervös.

Nachdem sie zehn Minuten geritten waren, erreichten sie eine kleine Lichtung.

»Warum fühle ich mich genötigt zu flüstern?«, flüsterte Coilla.

Alfray schaute auf zu den Baumkronen hoch über ihnen, durch die vereinzelte Sonnenstrahlen fielen. »Weil einem dieser Ort heilig vorkommt, deswegen.«

Jup stimmte zu. »Ich nehme an, dass die Magie hier sehr stark ist. Das Wasser vom Callyparr, das dichte Laub, all das hält sie fest.

Der Wald könnte eine der wenigen noch unberührten Oasen in ganz Maras-Dantien sein. So etwas wie ein Denkmal früherer Zeiten.«

Haskeer schien all das nicht zur Kenntnis zu nehmen. »Was machen wir jetzt, einfach nur hier im Wald herumreiten, bis wir schließlich einen Zentaur finden?«

Überall ringsumher tauchten Scharen von Zentauren hinter Bäumen auf und sprangen aus dem Gebüsch. Manche hielten lange, dünne Speere. Die meisten hatten kleine Hornbogen, auf deren Sehnen Pfeile lagen, die auf die Orks gerichtet waren.

»Nein«, erwiderte Coilla.

»Nur die Ruhe!«, sagte Stryke zu seinen Leuten. »Haltet euch zurück.«

Ein Zentaur trat vor. Er war jung und stolz. Das Haar auf dem Pferdeleib war seidig braun. Er hatte einen prächtigen Schweif und stämmige Hufe. Der menschliche Rumpf hatte ein Übermaß an Brusthaaren. Sein Rücken war gerade. Ein lockiger Bart schmückte sein Gesicht.

Mehrere Pferde des Trupps scheuten.

»Ihr befindet euch auf Klan-Gebiet«, verkündete der Zentaur. »Was ist euer Anliegen?«

»Ein friedliches Anliegen«, versicherte ihm Stryke.

»Friedlich? Ihr seid Orks.«

»Wir haben einen Ruf, gewiss. Er neigt dazu, uns vorauszueilen, wie es bei euch ebenso der Fall ist. Aber wie ihr kämpfen wir nur in gutem Glauben, und wir missachten keine Parlamentärsflagge.«

»Gut gesprochen. Ich bin Gelorak.«

»Ich bin Stryke. Das ist mein Kriegstrupp, die Vielfraße.«

Der Zentaur hob eine Augenbraue. »Euer Name ist hier bekannt. Seid ihr aus eigenem Antrieb hier, oder handelt ihr im Auftrag anderer?«

»Wir sind aus eigenem Antrieb hier.«

Die anderen Zentauren hatten ihre Bogen immer noch auf den Trupp gerichtet.

»Du hast dir mittlerweile den Ruf eines Orks erworben, der Ärger bringt, Stryke. Ich frage noch einmal, welches Anliegen habt ihr hier?«

»Keines, das Ärger bringen würde. Wir suchen einen Zentaur namens Keppatawn.«

»Unseren Anführer? Wollt ihr Waffen kaufen?«

»Nein. Wir wollen in einer anderen Angelegenheit mit ihm reden.«

Gelorak betrachtete sie nachdenklich. »Es liegt an ihm zu entscheiden, ob er euch empfangen will. Ich bringe euch zu ihm.« Er warf einen Blick auf Strykes Schwert. »Ich will euch nicht demütigen, indem ich von euch verlange, während eures Aufenthalts hier die Waffen abzugeben. Das sollte man von einem Ork nicht leichtfertig verlangen, glaube ich. Aber ihr seid durch eure Ehre gebunden, sie nicht im Zorn zu ziehen.«

»Danke. Wir wissen diese Rücksicht zu schätzen. Unsere Waffen werden nicht gezogen, wenn niemand seine gegen uns zieht. Du hast mein Wort.«

»Also gut. Kommt.«

Er winkte. Die Bogen wurden gesenkt.

Gelorak führte den Trupp tiefer in den großen Wald, wobei die anderen Zentauren ständig in der Nähe blieben. Schließlich gelangten sie zu einer noch größeren Lichtung.

Es gab Gebäude, die Ställen ähnelten, und auch strohgedeckte Rundhütten. Das bei weitem größte Bauwerk sah wie eine offene Scheune aus. Darin war ein gewaltiger Schmiedeofen untergebracht. In glühender Hitze und gewaltigen Rauchwolken hämmerten schwitzende Zentauren auf Ambossen herum und betätigten Blasebalge. Andere holten mit Zangen glühende Metallstücke aus Pfannen und tauchten sie dann unter lautem Zischen und beträchtlicher Dampfentwicklung in Wassertonnen.

Geflügel und Schweine liefen frei herum. Der unverkennbare Geruch nach Dung lag in der Luft, und nicht alles stammte vom Vieh.

Dutzende von Zentauren, jung und alt, gingen ihrer Arbeit nach. Die meisten hielten inne und gafften, als die Vielfraße eintrafen. Stryke zog einigen Trost aus der Tatsache, dass in ihren Gesichtern mehr Neugier denn Ablehnung stand.

»Wartet hier«, wies Gelorak sie an. Er kanterte zur Schmiede.

»Was meinst du?«, fragte Coilla.

»Sie kommen mir durchaus friedlich vor«, urteilte Stryke. »Und wir durften unsere Waffen behalten. Das ist ein gutes Zeichen.«

Gelorak tauchte in Begleitung eines anderen Zentaurs wieder auf. Er war mittleren Alters, und sein Bart wurde langsam grau. Die kräftige, muskulöse Statur, die ihn in seiner Jugend ausgezeichnet haben musste, war immer noch offenkundig, wurde aber durch eine Beeinträchtigung abgeschwächt. Er lahmte. Sein rechtes Vorderbein war spindeldürr, und er zog es beim Gehen nach.

»Einen schönen Tag«, grüßte Stryke.

»Einen schönen Tag. Ich bin Keppatawn. Ich bin außerdem geradeheraus und beschäftigt. Also verzeih mir, wenn ich ganz offen bin. Was wollt ihr von mir?«

»Wir haben Dinge mit dir zu besprechen. Es geht um einen Handel, der für euch von Vorteil sein könnte.«

»Das bleibt abzuwarten.« Er betrachtete sie mit pfiffigem Blick. Sein Tonfall wurde unbeschwerter. »Aber über Geschäfte lässt sich am besten beim Essen reden. Leistet uns bei Speise und Trank Gesellschaft.«

»Danke.« Stryke schreckte vor dem Gedanken zurück, schon wieder etwas zu essen, wusste aber, dass der Anstand und die guten Sitten verlangten, darauf einzugehen.

Der Trupp wurde zu einigen massiven Eichentischen geführt, die in der Mitte der Lichtung standen. Auf einer Seite befanden sich Bänke für die Orks. Zentauren standen beim Essen.

Fleisch und Fisch wurden gebracht. Es gab frisches Brot, Obst und Körbe mit Nüssen, wie es sich für Waldbewohner gehörte. Auch Ale wurde gereicht sowie Krüge mit schwerem Rotwein.

Als das Mahl im Gange war, was in Strykes Fall bedeutete, dass er gerade genug aß, um Anstoß zu vermeiden, prostete er ihren Gastgebern zu. »Ein großzügiges Mahl.« Er hob einen Krug. »Wir danken euch.«

»Mir ist schon oft der Gedanke gekommen, dass es nur wenige Meinungsverschiedenheiten gibt, die man nicht bei einem guten Essen und einem erlesenen Wein aus der Welt schaffen könnte«, erwiderte Keppatawn. Er trank seinen Krug leer und rülpste. Es war eine Demonstration der allseits bekannten Vorliebe der Zentauren für die sinnlicheren Vergnügen des Lebens, die bei ihnen regelmäßig ins Exzessive abglitt. »Obwohl ich annehme, dass ihr Orks das etwas anders seht, was?«, fügte er hinzu. »Wir stellen normalerweise zuerst die Fragen, vorzugsweise bei einem Festmahl, und kämpfen dann. Bei euch ist es genau umgekehrt, nicht wahr?«

»Nicht immer, Keppatawn. Wir sind durchaus vernünftig.«

»Natürlich seid ihr das«, erwiderte er gutmütig. »Was ist es also, das ihr heute vernünftig regeln wollt?«

»Du hast etwas, das wir dir gern abhandeln würden.«

»Wenn ihr damit Waffen meint, so werdet ihr nirgendwo in Maras-Dantien bessere finden.«

»Nein, keine Waffen, obwohl eure tatsächlich berühmt sind.« Er hob seinen Krug und trank einen Schluck. »Ich rede von einer Reliquie. Wir nennen sie Stern. Du kennst sie vielleicht besser als Instrumental.«

Die Bemerkung brachte den Tisch zum Schweigen. Stryke hoffte nicht, dass er den Verhandlungen einen dauerhaften Dämpfer verpasst hatte.

Nach einer Pause lächelte Keppatawn und gab damit das Zeichen für die Wiederaufnahme der allgemeinen Unterhaltung. Obwohl sie jetzt leiser war, da alle sich bemühten mitzuhören. »Wir haben dieses Artefakt«, räumte er ein. »Und ihr seid nicht die Ersten, die es erwerben wollten.«

»Es gab schon andere?«

»Im Laufe der Jahre, ja.«

»Darf ich fragen, wer?«

»Oh, alle möglichen Leute. Gelehrte, Glücksritter, solche, die eine Meisterschaft in den schwarzen Künsten für sich in Anspruch nahmen oder auch in den weißen, Träumer ...«

»Wie ist es ihnen ergangen?«

»Wir haben sie getötet.«

Die Mitglieder des Trupps versteiften sich ein wenig, als sie das hörten.

»Aber uns nicht?«, hakte Stryke nach.

»Ihr seid gekommen, um zu fragen, nicht um zu stehlen. Ich rede von denjenigen, die in böser Absicht kamen.«

»Es gab auch andere?«

»Einige. In der Regel haben wir sie am Leben gelassen, und natürlich sind sie enttäuscht gegangen.«

»Warum?«

»Weil sie meinen Preis für das, was du Stern nennst, nicht bezahlen konnten oder wollten.«

»Was mag das für ein Preis sein?«

»Dazu kommen wir noch. Zunächst will ich dir jemanden vorstellen.« Er wandte sich an Gelorak, der neben ihm stand. »Hol Hedgestus und sag ihm, er soll die Reliquie mitbringen.« Gelorak trank seinen Wein aus und trottete davon. »Unser Schamane«, erläuterte Keppatawn. »Er ist der Hüter des Instrumentals.«

Wenig später kam Gelorak mit einem alten Zentaur, dessen Gebaren unsicher wirkte, aus einer kleinen Hütte am Rande der Lichtung. Anders als die anderen Klan-Mitglieder, welche der Trupp bisher zu Gesicht bekommen hatte, trug dieser Zentaur mehrere

Halsketten, auf die Kiesel oder vielleicht Nussschalen gezogen waren. Gelorak trug ein kleines Holzkästchen. Beide gingen langsam.

Nach der gegenseitigen Vorstellung, bei der Hedgestus sehr ernst war, ordnete Keppatawn an, den Stern zu zeigen. Das mit kunstvollen Schnitzereien verzierte Kästchen wurde auf den Tisch gestellt und geöffnet.

Es enthielt einen Stern, der sich von all den anderen unterschied, die sich bereits in Strykes Besitz befanden. Dieser war grau und hatte nur zwei Zapfen, die aus der Mittelkugel ragten.

»Sieht nicht nach viel aus, oder?«, bemerkte Keppatawn.

»Nein«, stimmte Stryke zu. »Darf ich?«

Der Zentaurenhäuptling nickte.

Stryke nahm den Stern vorsichtig aus dem Kästchen. Ihm war der Gedanke gekommen, dass es sich um eine Fälschung handeln könnte. Er versuchte verstohlen, Druck auszuüben. Das Ding war absolut solide, wie alle anderen.

Offenbar bemerkte Keppatawn, was Stryke tat, aber es schien ihm nichts auszumachen. »Dieses Artefakt ist mehr als hart, es ist unzerstörbar. Ich habe so etwas noch nie erlebt, und ich habe schon mit allen erdenklichen Materialien gearbeitet. Einmal habe ich es in den Schmelzofen gelegt. Das Feuer hat es nicht einmal angesengt.«

Stryke legte den Stern in das Kästchen zurück.

»Warum willst du es haben?«, fragte Keppatawn.

Es war eine Frage, der Stryke aus dem Weg zu gehen gehofft hatte. Er entschied sich für eine längst überholte Antwort, da er sich dachte, dass sie zumindest teilweise der Wahrheit entsprach. »Wir haben früher zu Königin Jennestas Horde gehört. Wir dachten uns, damit könnten wir uns vielleicht die Wiederaufnahme erkaufen.« Er fügte hinzu: »Sie hat eine Vorliebe für alte religiöse Artefakte.«

»Angesichts ihres Rufs als Herrscherin kommt mir diese Ambition sehr merkwürdig vor.«

»Wir sind Orks, und wir brauchen eine Horde. Ihre ist die einzige, in die wir passen.«

Stryke hatte das deutliche Gefühl, dass Keppatawn ihm kein Wort glaubte. Und er befürchtete, mit der Erwähnung Jennestas einen Fehler gemacht zu haben. Jeder kannte ihren Charakter. Der Zentaur war vielleicht der Ansicht, dass sie ein ungeeigneter Sachwalter des Sterns war.

Also war er überrascht, als Keppatawn sagte: »Eigentlich ist es mir völlig egal, wofür du ihn willst. Ich wäre froh, das verdammte Ding loszuwerden. Es hat uns nichts als Pech gebracht.« Er nickte zu dem Kästchen. »Was weißt du darüber und über seine angeblichen Geschwister?«

Stryke klammerte sich an das Wort »angeblich«. Die Zentauren wussten nicht mit Sicherheit, dass es noch andere gab. Er entschied sich, ihnen nicht zu erzählen, dass er welche besaß. »Sehr wenig, um ehrlich zu sein«, erwiderte er wahrheitsgemäß.

»Das wird Hedgestus enttäuschen. Wir wissen nur, dass sie magische Kräfte haben sollen. Aber er versucht jetzt seit zwanzig Lenzen ohne Erfolg, etwas aus diesem Ding zu quetschen. Ich halte das alles für Lembarrscheiße.«

Keppatawn bot keine Informationen an, sondern fragte nach welchen. Stryke war erleichtert. Ein wenig Wissen hätte die Situation unter Umständen sehr viel komplizierter gemacht. »Du sagtest, du hättest so etwas wie einen Preis für den Stern festgelegt«, erinnerte er ihn, »den bisher niemand bezahlen konnte.«

»Ja. Bisher hat es noch nicht einmal jemand versucht.«

»Ist es eine Frage der richtigen Handelsware? Wir können eine beträchtliche Menge erstklassigen Pelluzits für ...«

»Nein. Was ich im Tausch für den Stern verlange, ist eine Tat, keine Reichtümer. Aber ich bezweifle, dass ihr dazu bereit sein werdet.«

»Was soll getan werden?«

»Hab ein wenig Geduld mit mir, während ich es erkläre. Hast du dich nicht gefragt, *woher* ich den Stern habe?«

»Der Gedanke ist mir gekommen.«

»Ich habe den Stern und mein lahmes Bein von Adpar, der Königin des Reichs der Nyadd.«

Stryke war nicht der Einzige, den das überraschte. »Wir haben sie immer für einen Mythos gehalten.«

»Vielleicht wurdet ihr in diesem Glauben von ihrer Schwester Jennesta bestärkt. Adpar ist kein Mythos.« Seine Hand fuhr an sein lahmes Bein. »Sie ist nur allzu wirklich, wie ich entdeckt habe. Sie verlässt nur ihre Domäne nicht. Und nur wenige, die sie unaufgefordert betreten, kommen je wieder lebend heraus.«

»Würde es dir etwas ausmachen, uns zu erzählen, was passiert ist?«, sagte Coilla.

»Es ist eine simple Geschichte. Wie in eurer Rasse gibt es auch bei unserer gewisse Mannbarkeitsriten. Als Jugendlicher war ich eitel. Ich wollte mit einer Tat zum Mann werden, wie sie sich kein anderer Zentaur je hätte träumen lassen. Also habe ich mich auf die Suche nach dem Stern und zu Adpars Palast aufgemacht. Durch pures Glück ist es mir auch gelungen, mir das Ding anzueignen, aber ich musste dafür büßen. Ich bin mit dem Stern und meinem Leben entkommen, aber nur knapp. Adpar hat mich mit einem Zauber belegt, der mich zu dem Krüppel gemacht hat, den ihr vor euch seht. Anstatt Waffen im Feld zu benutzen, muss ich mich damit begnügen, sie herzustellen.«

»Ich bedauere dein Schicksal«, sagte Coilla zu ihm. »Aber ich verstehe nicht, was wir tun sollen.«

»Die volle Wiederherstellung meines Körpers bedeutet mir mehr als jede beliebige Menge von Juwelen oder Geld. Oder sogar Kristall. Sie ist das Einzige, wofür ich den Stern hergeben würde.«

»Wir sind keine Heiler«, erinnerte ihn Jup. »Wie können wir das erreichen? Unser Kamerad Alfray hat durchaus heilende Kräfte, aber ...«

»Ich fürchte, solch ein Gebrechen zu kurieren übersteigt meine bescheidenen Fähigkeiten«, warf Alfray ein.

»Ihr versteht mich falsch«, sagte Keppatawn. »Ich *weiß*, wie sich mein Gebrechen heilen lässt.«

Stryke wechselte einen verwirrten Blick mit seinen Offizieren. »Wie können wir dir helfen?«

»Das Gebrechen ist magisch verursacht worden. Das einzige Heilmittel dafür ist daher ebenfalls magischer Natur.«

»Wir sind auch keine Zauberer, Keppatawn.«

»Nein, mein Freund. Wäre es so einfach, hätte ich mir schon vor langer Zeit die Dienste eines Zauberers gesichert. Das Einzige, was mich gesund machen kann, ist eine von Adpars Tränen.«

»Was?«

Aus den Reihen der Orks erhob sich ein ungläubiges Gemurmel.

»Du willst uns verarschen«, vermutete Haskeer.

Stryke funkelte ihn an.

Zum Glück nahm Keppatawn keinen Anstoß. »Ich wünschte, es wäre so, Feldwebel. Aber ich sage die Wahrheit. Adpar hat selbst verlauten lassen, dass dies das einzige Heilmittel ist.«

Die anschließende Stille wurden von Coilla durchbrochen. »Ich nehme an, du hast daran gedacht, ihr einen Handel anzubieten? Den Stern für die Wiederherstellung deiner Gesundheit.«

»Natürlich. Ihre Heimtücke verbietet das. Sie würde darin eine

Möglichkeit sehen, sowohl den Stern als auch mein Leben zu bekommen. Ich bin auch nur deshalb verstümmelt worden, weil sie mich nicht töten konnte. Nyadds sind eine böswillige und rachsüchtige Rasse. Was wir nur allzu gut wegen der Überfalltrupps wissen, die ab und zu den Meeresarm entlang bis in den Wald schwimmen.«

»Wenn ich alles richtig verstanden habe«, sagte Stryke, »gibst du uns den Stern, wenn wir dir eine Träne von Adpar beschaffen. Richtig?«

»Mein Wort darauf.«

»Was wäre dazu erforderlich?«

»Eine Reise in ihre Domäne, die sich an der Stelle befindet, wo die Narbenfelsmarschen in die Malventurminseln übergehen. Das ist nur einen Tagesritt von hier entfernt. Aber dort gibt es Ärger. Adpar führt Krieg gegen ihre Merz-Nachbarn.«

»Die sind doch sehr friedliebend, oder nicht?«, fragte Haskeer. Aus seinem Mund klang das Wort friedliebend wie ein Fluch.

»In Adpars Nähe sollten sie wohl besser lernen, es nicht zu sein. Und es gibt Streit wegen der Nahrung. Das Meer ist nicht gefeit gegen die von den Menschen verursachten Störungen im Fluss der Magie. Wir haben selbst Sorgen mit dem Gleichgewicht in der Natur.«

»Wo genau liegt Adpars Palast?«, wollte Stryke wissen. »Kannst du uns das auf einer Karte zeigen?«

»Ja. Obwohl ich befürchte, dass das Hinkommen bei weitem der leichteste Teil der Aufgabe ist. Mein Vater hat einmal eine Expedition mit dem Ziel unternommen, Adpar gefangen zu nehmen. Er und alle seine Kameraden sind nie zurückgekehrt. Damals war das ein schwerer Schlag für alle Klans.«

»Nichts gegen den Kampfgeist deines Vaters, aber wir sind das Kämpfen gewöhnt. Wir hatten es schon oft mit entschlossenen Gegnern zu tun.«

»Das bezweifle ich nicht. Aber das halte ich auch nicht für den schwierigsten Teil. Ich habe mich gefragt, wie ihr ein kaltherziges Miststück wie Adpar dazu veranlassen wollt, eine Träne zu weinen.«

»Dieses Thema ist uns in gewisser Weise ein Rätsel«, bekannte Coilla.

»Inwiefern?«

»Orks weinen nicht.«

Keppatawn war verblüfft. »Das wusste ich nicht. Es tut mir Leid.«

»Dass unsere Augen nicht triefen?«

»Wir müssen über diesen Aspekt des Unternehmens gründlich nachdenken«, unterbrach Stryke. »Aber wenn mein Trupp einverstanden ist, werden wir es versuchen.«

»Das werdet ihr?«

»Ich verspreche nichts, Keppatawn. Wir werden das Land auskundschaften, und wenn es uns unmöglich erscheint, werden wir das Unternehmen abbrechen. So oder so werden wir zurückkehren, um dich zu informieren.«

»Möglicherweise«, bemerkte der Zentaur mit einem gewissen Unterton. »Nichts für ungut, mein Freund.«

»Schon gut. Du hast die Gefahren benannt.«

»Ich schlage vor, ihr übernachtet hier und brecht dann morgen auf. Und mir ist nicht entgangen, dass eure Waffen der Aufgabe nicht gerade angemessen sind. Wir werden euch mit dem Besten ausrüsten, was wir haben.«

»Das ist Musik in den Ohren eines Orks«, erwiderte Stryke.

»Noch eins.« Keppatawn schob die Hand in eine Tasche seiner Lederschürze. Die Hand kam mit einer kleinen Phiole aus Ton wieder zum Vorschein, die er Stryke reichte.

Alfray betrachtete ihre erlesenen Verzierungen. »Macht es dir etwas aus, wenn ich frage, woher du sie hast?«

Kepparawns Gesicht nahm einen Ausdruck an, den man fast als verschämt bezeichnen konnte. »Noch ein Jugendstreich«, gab er zu.

45

Jedesmal, wenn er sich dorthin wagte, was er bei sich nach wie vor als draußen bezeichnete, zahlte er einen Preis. Seine Kräfte nahmen um einen kleinen, aber merklichen Betrag ab. Die Fähigkeit, seine Gedanken richtig zu koordinieren, wurde schlechter.

Er beschleunigte seinen Tod.

Da er hier zwischen den Besuchen nicht genug Zeit verbringen konnte, um sich zu regenerieren, würde das Problem sehr wahrscheinlich eskalieren. Tatsächlich gefährdeten seine Aktionen sogar das Hier an sich.

Er dachte über die sehr reale Möglichkeit nach, dass er durch sein Hinausgehen nichts erreichen würde. Vielleicht hatte er sogar alles nur noch schlimmer gemacht, obwohl er mit seinen Einmischungen sehr zurückhaltend war und sie so stark eingrenzte, wie er nur konnte.

Bei der letzten Gelegenheit hätte er beinahe die Katastrophe über sie gebracht. Bei dem Versuch, das Richtige zu tun, hatte er fast wieder das Falsche getan.

Aber er hatte keine Wahl. Die Ereignisse waren zu weit fortgeschritten. Und jetzt wendeten sich sogar die Gefäße seines eigenen Bluts gegen einander. Nur das unberechenbare Schicksal verhinderte eine Katastrophe und vielleicht das Wenige, was zu tun er in der Lage war. So müde er sich auch fühlte, er musste sich darauf vorbereiten, wieder die Verkleidung anzulegen und nach draußen zu gehen.

Er hätte sich den Tod wünschen können, um von der Bürde befreit zu werden, wäre das Schuldgefühl nicht gewesen, das von dem Wissen herrührte, dass er für so viel Leiden verantwortlich war. Und für Schlimmeres, das noch kommen würde.

*

Die Trübsinnigkeit der Versammlung wurde nur noch durch das wachsende Gefühl von Panik in ihren Reihen übertroffen.

Adpar lag in einem schwach erleuchteten Korallengemach. Man

hatte sie auf ein Bett aus Seegras gelegt, dessen heilende Eigenschaften man für wohltuend hielt und durch das man Wasser sickern ließ in der Hoffnung, es möge sich ebenfalls als belebend erweisen. Obendrein war ihr Körper mit prallen Egeln bedeckt, die sich an ihrem Blut labten, da man der Überzeugung war, es werde auf diese Weise gereinigt.

Sie war in einem Delirium. Ihre Lippen bebten, und die stummen Worte, die sie formten, konnte niemand verstehen. Wenn sie halb aus ihrem Delirium erwachte, schimpfte sie auf die Götter und, vehementer, auf ihre Schwester.

Eine auserwählte Gruppe war anwesend, die sich aus hochrangigen Ältesten, den höchsten Militärs und ihren Leibheilern zusammensetzte.

Der Sprecher des Ältestenrats nahm den Obersten Heiler für eine geflüsterte Unterhaltung beiseite.

»Haben Sie Fortschritte bei der Erkundung dieser Erkrankung gemacht?«, fragte er.

»Nein«, gab der ältliche Arzt zu. »Alle Tests, mit denen wir es versucht haben, geben keinen Aufschluss. Keine unserer Arzneien zeigt eine Wirkung.« Er rückte näher, und sein Tonfall bekam etwas Verschwörerisches. »Ich vermute einen magischen Einfluss. Wenn es nicht gegen alle ausdrücklichen Wünsche Ihrer Majestät verstieße, die sie geäußert hat, als sie es noch konnte, hätte ich einen Zauberer hinzugezogen.«

»Sollen wir es wagen, uns ihrem Willen zu widersetzen und es trotzdem tun? Schließlich bekommt sie ohnehin nicht mit, was vorgeht.«

Der Heiler sog abschätzend Luft durch seine rauhen Nyadd-Zähne. »Ich kenne keinen Magiekundigen, der auch nur annähernd die Fähigkeiten besäße, um damit fertig zu werden. Nicht zuletzt deswegen, weil sie die Besten selbst beseitigt hat. Sie wissen, wie sehr ihr der Gedanke an Konkurrenz missfällt.«

»Können wir nicht einen von außerhalb des Reichs holen?«

»Selbst wenn wir jemanden fänden, der bereit wäre, zu kommen, bleibt immer noch die Zeitfrage.«

»Wollen Sie damit sagen, dass sie es vielleicht nicht überlebt?«

»Dazu würde ich mich nur ungern äußern, um ehrlich zu sein. Aber wir haben schon Patienten mit ebenso ernsten Beschwerden zurückgeholt, obwohl ich zugeben muss, dass wir in diesen Fällen *wussten*, womit wir es zu tun haben. Ich kann nur ...«

»Keine Ausflüchte, bitte, Heiler. Die Zukunft des Reichs steht auf dem Spiel. Wird sie es überleben?«

Er seufzte schwer. »Im Augenblick sehe ich sie eher dahinscheiden.« Eiligst fügte er hinzu: »Obwohl wir natürlich alle nur möglichen Anstrengungen unternehmen, um sie zu retten.«

Der Älteste betrachtete das schrecklich weiße, schweißbedeckte Gesicht der Königin. »Kann sie uns hören?«

»Ich bin nicht sicher.«

Sie gingen zur Bettkante zurück. Niedere Lakaien machten ihnen Platz.

Der Ältestensprecher bückte sich und flüsterte leise: »Majestät?« Er bekam keine Antwort. Er wiederholte sich in etwas lauterem Tonfall. Diesmal bewegte sie sich ein wenig.

Der Heiler wischte ihr mit einem feuchten Schwamm sanft über die Stirn. Ihr Gesicht nahm eine etwas gesündere Farbe an.

»Eure Majestät«, sagte der Ältestensprecher noch einmal.

Ihre Lippen bewegten sich, und ihre Augenlider flatterten.

»Majestät«, wiederholte er beharrlich. »Majestät, Ihr müsst versuchen, mir zuzuhören.«

Sie rang sich ein leises Stöhnen ab.

»Es gibt keine Regelung für die Nachfolge, Majestät. Es ist von außerordentlicher Bedeutung, dass diese Frage geklärt wird.«

Adpar murmelte schwach.

»Es gibt Gruppierungen, die um den Thron wetteifern werden. Das bedeutet Chaos, wenn kein Erbe bestimmt wird.« In Wahrheit, wusste er, hatte sie dafür gesorgt, dass es keine Anwärter gab, und zwar durch die schlichten Hilfsmittel Mord und Verbannung. »Ihr müsst sprechen, Majestät, und einen Namen nennen.«

Sie versuchte jetzt ganz eindeutig, etwas zu sagen, aber es war nicht zu verstehen.

»Ein Name, Majestät. Dessen, der regieren soll.«

Ihre Lippen bewegten sich hartnäckiger. Er beugte sich weiter vor und hielt das Ohr an ihr Gesicht. Was sie sagte, war immer noch unklar. Er strengte sich an, sie zu verstehen.

Dann wurde es klar. Sie wiederholte ständig ein einziges Wort.

»... ich ... ich ... ich ... ich ...«

Da wusste er, dass es hoffnungslos war. Vielleicht wollte sie Chaos hinterlassen. Oder vielleicht wollte sie ihre eigene Sterblichkeit nicht wahrhaben. So oder so würde das Ergebnis dasselbe sein.

Der Älteste schaute auf die anderen in dem Gemach. Er wusste, dass sie ebenfalls sehen konnten, was ihnen bevorstand.

Der Zeitpunkt war gekommen, da das Unvermeidliche seinen Lauf nahm. Sie würden ihr Vertrauen in das Reich verlieren und anfangen, an sich selbst zu denken. Wie er es soeben getan hatte.

*

Stryke war klar, dass die Zentauren nicht an die Rückkehr der Orks glaubten. Er konnte dieses Wissen gar nicht vermeiden: sie machten kein Geheimnis daraus.

Sie hatten den Trupp mit ausgezeichneten Waffen versorgt, über die alle des Lobes voll waren. Coilla war besonders glücklich mit dem Satz perfekt ausbalancierter Wurfmesser, den sie ihr gegeben hatten. Unter anderem hatten Jup eine hübsche Streitaxt und Alfray ein hervorragendes Schwert bekommen. Stryke besaß die schärfste Klinge, die er je gesehen hatte.

Jetzt, da der Trupp unterwegs und außer Hörweite der Zentauren war, kamen Zweifel hoch.

Nicht überraschend war Haskeer am freimütigsten mit Kritik. »In was für ein verrücktes Unternehmen schickst du uns jetzt wieder?«, murrte er.

»Ich habe Ihnen schon einmal gesagt, Feldwebel, halten Sie Ihre Zunge im Zaum«, warnte Stryke ihn. »Wenn Sie nichts damit zu tun haben wollen, kein Problem. Sie können den Trupp verlassen und Ihr Glück woanders versuchen. Aber ich dachte, ich hätte Sie sagen hören, Sie wollten beweisen, dass Sie es wert sind, diesem Trupp anzugehören.«

»Das habe ich auch ernst gemeint. Aber was nützt das, wenn der Trupp auf ein Himmelfahrtskommando geschickt wird?«

»Du übertreibst mal wieder, wie üblich«, sagte Jup zu ihm. »Aber worauf lassen wir uns denn nun tatsächlich ein, Stryke?«

»Auf eine Erkundung. Und wenn wir etwas sehen, wogegen wir nicht ankommen, kehren wir in den Drogawald zurück und sagen Keppatawn, dass es unmöglich ist.«

»Und dann?«, fragte Alfray.

»Dann versuchen wir noch einmal zu handeln. Vielleicht können wir etwas anderes für ihn tun. Wie zum Beispiel, ihm einen guten Heiler suchen.«

»Sie wissen, dass er darauf nicht eingehen wird, Hauptmann«, mutmaßte Haskeer zutreffend. »Wenn wir diesen verdammten Stern unbedingt haben wollen, sollten wir zurückkehren und ihn uns nehmen. Wahrscheinlich müssen wir sowieso um ihn kämpfen, warum nutzen wir dann nicht das Element der Überraschung aus?«

»Weil das unehrenhaft wäre«, informierte Coilla ihn empört. »Wir haben zugesagt, dass wir es versuchen würden. Das bedeutet nicht, dass wir uns zurückschleichen und ihnen den Hals durchschneiden.«

Alfray unterstützte das Argument. »Wir haben unser Wort gegeben. Ich hoffe, ich muss niemals den Tag erleben, an dem ein Ork sein Wort bricht.«

»Schon gut, schon gut«, seufzte Haskeer.

Sie ritten an einem Hügel vorbei, dessen Gras kränklich und verwelkt aussah. Ein Ork rief etwas und zeigte in eine Richtung. Alle wandten den Kopf und schauten zur Hügelkuppe.

Sie erhaschten einen Blick auf einen Menschen auf einem weißen Pferd. Er trug einen langen blauen Umhang.

»Seraphim!«, rief Stryke.

»Das ist er?«, fragte Alfray.

Coilla spornte bereits ihr Pferd an. »Ich will ein paar Takte mit diesem Menschen reden!«

Sie folgten ihr in strammem Galopp den Hügel empor. In der Zwischenzeit ritt der Mensch den Hang auf der anderen Seite hinunter und außer Sicht.

Als der Trupp oben ankam, war keine Spur von ihm zu sehen. Doch es gab keinen Platz in der Nähe, wo er sich hätte verstecken können. Das Gelände war mehr oder weniger eben, und sie hatten gute Sicht in alle Richtungen.

»Was, im Namen der Vierheit, geht hier eigentlich vor?«, fragte sich Coilla.

Haskeer wandte den Kopf von rechts nach links und schirmte die Augen mit einer Hand ab. »Aber wie? Wo? Es ist unmöglich.«

»Es kann nicht unmöglich sein, er hat es getan«, erwiderte Jup.

»Er muss irgendwo da unten sein«, klammerte Coilla sich an die Vernunft.

»Belassen wir es dabei«, befahl Stryke. »Ich habe das Gefühl, wir würden nur unsere Zeit verschwenden.«

»Er ist gut, wenn es ums Verschwinden geht, das muss man ihm lassen«, hatte Haskeer das letzte Wort.

Die Ausläufer der Narbenfelsmarschen waren von ihrem Aussichtspunkt zu sehen. Und dahinter, weiter westlich, der Ozean mit seiner durchbrochenen Kette düsterer Inseln.

*

Es war zu lange her, seit Jennesta an der Spitze einer Armee geritten war und persönlich die Leitung eines Feldzugs übernommen hatte.

Eigentlich nur eine Mission, räumte sie ein, und vielleicht nicht einmal das, da sie kein fest umrissenes Ziel verfolgte, außer ein wenig zu plündern und ihren Feinden zuzusetzen. Und vielleicht hegte sie die Hoffnung, dass sie auf ihren Reisen einen Hinweis auf den Verbleib der verhassten Vielfraße bekam. Nachdem sie endlich in der Angelegenheit ihrer allzu ehrgeizigen Schwester aktiv geworden war, hatte ihr das außerdem ein wenig mehr Freude am Leben und dem Nehmen desselben vermittelt.

Aber in erster Linie war es einfach nur wichtig, an die frische Luft zu kommen, weil dies ihren Kräften erheblich nützte.

Nicht mehr als einen halben Tag von Grabhügelstein entfernt, lächelte ihnen bereits das Glück. Kundschafter meldeten eine Uni-Siedlung, die zu neu für die Karten war. Sie war sogar ihren Spionen unbekannt. Für dieses Versehen würde sie bei ihrer Rückkehr Strafen aussprechen. In der Zwischenzeit führte sie eine zehntausend Mann starke Armee aus Orks und Zwergen gegen die Enklave.

Wenn das Klischee, eine Streitaxt zu benutzen, um einem Pixie den Schädel zu spalten, je eine Berechtigung gehabt hatte, dann in diesem Fall. Die Siedlung war eine wacklige, schlecht verteidigte Sammlung halb fertiger Hütten und Scheunen. Ihre Bewohner, vielleicht fünfzig an der Zahl, wenn man die Kinder mitzählte, hatten noch nicht einmal die Palisade vollständig errichtet.

Sie betrachtete die Menschen, die beschlossen hatten, sich an dieser Stelle niederzulassen, als Dummköpfe. Als unwissende Bauern mit so wenig Verstand, dass sie tatsächlich in ihre Domäne eindrangen.

Sie verschlimmerten ihren Irrtum noch, indem sie sich zu ergeben versuchten. Sie wünschte, alle Unis wären so leicht zu besiegen gewesen.

Was folgte, war eine willkommene Auffrischung ihrer magischen Kräfte – die Herzen von drei Dutzend Opfern, aus der Brust derjenigen gepflückt, die bei dem Gemetzel zunächst verschont worden waren. Natürlich hatte sie nur einen Bruchteil davon verzehren können, aber der Überfluss gab ihr Gelegenheit, etwas zu versuchen, was sie in den Schriften der Alten gelesen hatte.

Bevor sie zu diesem Abenteuer aufgebrochen war, hatte sie Agenten hoch in den Norden ins Hojanger-Ödland geschickt, um Wagenladungen von Eis und gepresstem Schnee zu holen. In mit Juteleinen und Fellen isolierten Fässern hatte die Fracht den Transport überstanden, ohne zu schmelzen. Sie hatte die Organe in der Absicht in die Fässer packen lassen, sie je nach Bedarf unterwegs aufzutauen. Natürlich gab es keinen Ersatz für die frische Variante, aber im Notfall würden sie ihren Zweck erfüllen.

Wenn es funktionierte, erwog sie, mit diesem Verfahren auch den Proviant für ihre Horde auf den Feldzügen haltbar zu machen.

Jennesta trat aus einer der Hütten, einstweilen gesättigt von Folter und anderen Ausschweifungen, und tupfte sich ihre blutigen Lippen mit einem zarten Spitzentaschentuch ab. Sogar sie selbst hatte die Energie überrascht, mit der sie sich in die soeben beendeten Vergnügungen gestürzt hatte. Vielleicht hatte die frische Luft ihren ohnehin gesunden Appetit noch angeregt.

Mersadion schien nicht so zufrieden zu sein. Er erwartete sie auf seinem Pferd, steif und mit mürrischem Gesicht.

»Sie sehen nicht gerade erfreut aus, General«, sagte sie, während sie sich Blut von den Händen wischte. »Ist der Sieg nicht nach Ihrem Geschmack?«

»Natürlich ist er das, Majestät«, erwiderte er eiligst, indem er ein Lächeln von offenkundiger Falschheit aufsetzte.

»Was bekümmert Sie dann?«

»Meine Offiziere melden mehr Unzufriedenheit unter den Mannschaften, Majestät. Nicht viel, aber genug, um sich deswegen Gedanken zu machen.«

»Ich dachte, damit hätten Sie ein für alle Mal aufgeräumt, Mersadion«, sagte sie mit unverhohlenem Missvergnügen. »Haben Sie die Unruhestifter denn nicht hinrichten lassen, wie ich es befohlen habe?«

»Das habe ich, Majestät, mehrere aus jedem Regiment. Das scheint jedoch mehr Unruhe geschürt zu haben.«

»Dann richten Sie noch mehr hin. Worüber beklagt man sich heute?«

»Anscheinend stellen einige ... nun ja, Euren Befehl infrage, diese Siedlung zu schleifen, Majestät.«

»Was?«

Er erbleichte, fuhr aber fort. »Es herrscht das Gefühl vor, bei einer sehr kleinen Minderheit, müsst Ihr wissen, dass man in diesen Hütten die Witwen und Waisen von Orks unterbringen könnte, die in Euren Diensten gefallen sind, Majestät. Angehörige, die andernfalls völlig mittellos wären, Majestät.«

»Ich *will,* dass sie mittellos sind! Als Warnung für die Männer. Ein Krieger, der weiß, dass seiner Frau und seinen Kindern so ein Schicksal droht, sollte er versagen, ist ein besserer Krieger.«

»Ja, Majestät«, erwiderte Mersadion unterwürfig.

»Ich mache mir langsam Sorgen um Ihre Fähigkeit, die Ordnung aufrechtzuerhalten, General.« Er schrumpfte im Sattel zusammen. »Und ich glaube, wenn wir nach Grabhügelstein zurückkehren, müssen wir als Erstes die Truppe von diesen Radikalen säubern.«

»Majestät.«

»Jetzt holen Sie mir eine Fackel.«

»Majestät?«

»Eine *Fackel,* um der Götter willen! Muss ich Ihnen ein Bild in den Staub malen?«

»Nein, Majestät. Sofort.« Er sprang vom Pferd und lief zu dem Durcheinander der Gebäude.

Während sie geduldig auf seine Rückkehr wartete, beobachtete sie eine Staffel ihrer Kampfdrachen, die hoch oben dicht unterhalb der Wolkendecke über sie hinweg rauschten.

Mersadion kam mit einem Holzpflock zurück, dessen Spitze mit einem Lappen umwickelt und in Teer getaucht worden war. Er hielt ihr die Fackel hin.

»Zünden Sie sie an«, befahl sie mit gefährlicher Ruhe.

Er mühte sich mit Feuersteinen ab, während es in ihr brodelte. Schließlich gelang es ihm, die Fackel in Brand zu setzen.

»Geben Sie her!«, bellte sie, indem sie ihm die Fackel aus der Hand riss. Sie stellte sich vor die Tür der Behausung, die sie gerade erst besudelt hatte. »Diese Siedlung ist eine Brutstätte der Uni-Pest. Alles andere als ihre Zerstörung würde einer Botschaft der Schwäche gleichkommen. Und es ist nicht meine Art, Schwäche zu zeigen, General.« Sie warf die Fackel in die Hütte. Sofort breiteten sich die Flammen aus. Drinnen fingen die wenigen Menschen an zu schreien, die sie am Leben gelassen hatte.

Sie ging zu ihrem Pferd und stieg auf. Er tat es ihr nach.

»Lassen Sie die Armee abrücken«, befahl sie. »Wir suchen das nächste Nest.«

Als sie sich ein Stück von der Siedlung entfernt hatten, drehte sie sich um. Das Feuer hielt die Gebäude in eisernem Griff und würde sie nicht mehr loslassen.

»Wenn du willst, dass etwas anständig getan wird, tu es selbst«, belehrte sie den General fröhlich. »Wie meine verehrte Mutter Vermegram immer zu sagen pflegte.«

46

Die Narbenfelsmarschen schienen ihr eigenes Wetter zu haben. Es war nicht so, dass die Bedingungen sich von denjenigen in der Prärie unterschieden, die der Trupp kürzlich verlassen hatte, es schien nur *mehr* von allem zu geben. Die Wolken waren finsterer, der Regen heftiger und dauerhafter, der Wind schneidender. Und es war kälter. Vielleicht lag das daran, dass die Böen, die von der vorrückenden Eisscholle im Norden herüberwehten, durch nichts aufgehalten wurden. Es gab keine Berge oder Wälder, die sie abmilderten, und sie verbanden sich zudem mit der kalten Luft, die vom großen Norantellischen Ozean aufstieg.

Dankbar für ihre erst kürzlich erworbenen Fellwesten, stand der Trupp am Rande der Marschen und betrachtete ihr Antlitz, das nichts Gutes verhieß.

Vor ihnen erstreckte sich ein ausgedehntes, flaches Moor aus schwarzem Schlamm und Sand. Das Gelände war mit Gräben und sogar kleinen Seen aus dunklem, gallertartigem Wasser durchsetzt. Hier und da reckten sich tote, skelettartige Bäume aus der öden Landschaft und ließen erkennen, dass sich das Übel ausbreitete. Die Gegend stank nach verfaultem Fisch und anderen, wenig zuträglichen Dingen. Es gab keine Spur von Leben, nicht einmal einen Vogel.

Von ihrem Aussichtspunkt, der etwas höher gelegen war als das Areal der Marschen, konnten sie den Ozean erkennen. Er sah träge und grau aus. Die tintigen Umrisse der Malventurminseln lagen noch weiter entfernt, in Nebel getaucht und trostlos. Irgendwo dort draußen unter den Wellen klammerten sich die Merz an ihre gefährdete Existenz.

Es war eine Szenerie der Verlorenheit und Hoffnungslosigkeit, und Stryke musste sie unwillkürlich mit der herrlichen Küste aus seinen Träumen vergleichen.

»Schön«, sagte Haskeer. »Wir haben es gesehen, es gefällt mir nicht, also lasst uns umkehren.«

»Nur mit der Ruhe«, sagte Stryke zu ihm. »Wir sagten, wir würden die Lage auskundschaften.«

»Ich habe alles gesehen, was ich wissen muss. Es ist eine verfluchte Einöde.«

»Was hast du erwartet?«, wunderte sich Jup. »Tanzende Mädchen, die Rosenblüten werfen?«

Coilla unterbrach ihren sich anbahnenden Streit, indem sie fragte: »Wie wollen wir vorgehen, Stryke?«

»Keppatawn sagte, dass das Reich der Nyadd am anderen Ende der Marschen am Ufer des Ozeans beginnt. Also liegt ein Großteil davon unter Wasser.«

»Großartig«, murmelte Haskeer. »Jetzt sind wir also Fische.«

Stryke ignorierte ihn. »Aber anscheinend gibt es sowohl vom Wasser als auch vom Land einen Zugang zu Adpars Palast. Wir rücken in voller Stärke vor bis auf diejenigen, die bei den Pferden bleiben.«

»Ich hoffe, dir schwebt nicht vor, mir diesen Auftrag zu erteilen«, sagte Alfray. Er schien ziemlich gereizt zu sein.

Es ging wieder um die Sache mit dem Alter, vermutete Stryke. Er schien deswegen immer empfindlicher zu werden. »Natürlich nicht. Wir brauchen dich bei uns. Aber wie ich schon sagte, wir können die Pferde nicht mitnehmen. Talag, Liffin, das ist eure Aufgabe. Tut mir Leid, aber es ist wichtig.«

Sie nickten verdrossen. Kein Ork ließ sich gern mit Routineaufgaben abspeisen, wenn die Aussicht auf einen Kampf bestand.

Jup lenkte das Gespräch wieder auf das Wesentliche. »Also einfach drauflos, sagst du? Kein Auskundschaften?«

»Nein. Wir durchqueren die Marschen, und wenn es gut aussieht, versuchen wir's. Ich will hier nicht mehr Zeit verbringen als unbedingt nötig.«

»Jetzt hast du etwas gesagt, dem ich nur zustimmen kann«, bemerkte Haskeer.

»Vergesst nicht, Keppatawn berichtete von chaotischen Zuständen in Adpars Reich«, fuhr Stryke fort. »Das könnte uns helfen oder auch nicht. Aber wenn es dort zu gefährlich für uns wird, ziehen wir uns kampflos zurück. Ich würde sagen, die Existenz dieses Trupps ist wichtiger als irgendein lokaler Hader.«

Jup nickte. »Das passt mir gut.«

Stryke schaute zum Himmel. »Machen wir uns auf, bevor es heftig zu regnen anfängt.« An Talag und Liffin gewandt, fügte er hinzu: »Wie ich schon sagte, wir wollen uns dort nicht unnötig aufhalten. Aber um ganz sicherzugehen, gebt uns bis morgen um diese

Zeit. Wenn wir bis dahin nicht zurück sind, betrachtet euch als allen Verpflichtungen dem Trupp gegenüber entbunden. Ihr könnt die Pferde verkaufen. Mit dem Erlös könnt ihr euch sicher eine Zeit lang über Wasser halten.«

Nach dieser ernüchternden Bemerkung brachen sie auf.

»Bleibt zusammen und haltet die Augen offen«, wies Stryke seinen Trupp an. »Wenn sich irgendwas bewegt, macht euch lang.«

»Also die übliche Vorgehensweise«, bemerkte Jup.

»Vergesst nicht, dass die anderen in ihrem Element sind«, fügte Stryke hinzu. »Sie können in der Luft *und* im Wasser leben. Verstanden, Haskeer?«

»Ja.« Ihm kam ein Gedanke. »Warum sagst du das *mir?*«

Sie drangen in die Marschen vor. Wie im Drogawald war es dort still. Aber es war eine andere Stille. Dort war sie friedlich gewesen. Diese hier war unbehaglich und irgendwie böswillig. Wo der Drogawald versprach, wurde hier gedroht. Wie im Drogawald hatten sie auch hier das Bedürfnis, sich im Flüsterton zu unterhalten. Obwohl sie alle wussten, dass es unnötig war, weil es nirgendwo eine Stelle gab, wo sich ein Feind hätte verbergen können.

Der Untergrund wechselte von schwammig zu schlickig. Stryke schaute sich um und sah, dass Haskeer ein wenig abseits von den anderen ging. »Bleibt zusammen«, rief er. »Lasst den Abstand zwischen euch nicht zu groß werden. Wir wissen nicht, welche Überraschungen diese Gegend auf Lager hat.«

»Keine Sorge, Boss«, erwiderte Haskeer verächtlich. »Ich weiß, was ich tue.«

Ein lautes Sauggeräusch ertönte. Haskeer versank schlagartig bis zur Hüfte in einem Schlammloch.

Sie eilten zu ihm. Er sank beständig tiefer.

»Hör auf, dich zu wehren«, riet Alfray. »Damit machst du es nur noch schlimmer.«

»Holt mich hier raus!« Er sank noch etwas tiefer. »Steht nicht bloß so da, *tut* irgendwas!«

Stryke verschränkte die Arme. »Ich überlege gerade, ob ich warten soll, bis dein Mundwerk untergetaucht ist. Vielleicht lässt es sich nur so stopfen.«

»Ach, Hauptmann, nun machen Sie schon!«, flehte der Feldwebel. »Es ist so verdammt *kalt* hier drinnen!«

»Also schön, holt ihn raus.«

Mit einiger Mühe hievten sie ihn aus dem Morast. Er fluchte beständig. Seine Ausrüstung war völlig verdreckt. Schwarzer zäher Schlamm haftete an ihm.

»Puh, ich stinke!«, beschwerte sich Haskeer, während er das Gesicht verzog.

»Keine Sorge«, sagte Jup, »das wird niemandem groß auffallen.«

»Dank den Vieren, dass du nicht selbst reingefallen bist, Kurzbein! Zwei Fuß, und du wärst untergetaucht!«

Coilla hob die Hand an den Mund, um ein Grinsen zu verbergen.

»Diesmal bleiben wir zusammen, ja?«, schlug Stryke vor.

Sie marschierten weiter, wobei Haskeer leise vor sich hin brummte und seine Stiefel bei jedem Schritt gluckster.

Nach einer Stunde vorsichtigen Fußmarsches sahen sie eine Reihe unregelmäßig geformter Felsen voraus. Stryke gab Befehl, auszuschwärmen und aufzupassen, wohin sie traten.

Bei ihrer Ankunft stellten sie fest, dass die Felsen sie um einiges überragten. Mehrere wiesen Höhleneinmündungen auf. In ein oder zwei Fällen befanden sich große runde Löcher im Gestein, sodass der Ozean zu sehen war.

Coilla runzelte die Stirn. »Wenn dies der Anfang der Domäne der Nyadd ist, müssten dann nicht Wachen aufgestellt sein?«

»Das sollte man meinen«, stimmte Stryke ihr zu. »Vielleicht sind sie weiter voraus postiert.«

»Also wohin?«, fragte Alfray.

»Keppatawn hat gesagt, dass wenigstens einer von diesen Eingängen dorthin führt, wohin wir wollen. Schade, dass er sich nicht mehr erinnern konnte, welcher. Also wähl einen aus.«

Alfray dachte darüber nach und zeigte auf einen. »Den da.«

Sie näherten sich ihm verstohlen und gingen hinein. Es war nur eine Höhle.

»Gut, dass du nicht darauf gewettet hast, Alfray«, stichelte Haskeer. »Was nun, Stryke?«

»Wir suchen weiter, bis wir den richtigen Eingang gefunden haben.«

Sie versuchten es noch drei Mal und zogen drei weitere Nieten.

»Ich habe langsam die Nase voll von Höhlen«, sagte Haskeer zu ihnen. »Ich komme mir schon vor wie eine Fledermaus.«

Dann wählte Coilla einen Eingang aus, der sich als vielversprechender erwies. Die Höhle zog sich tief in den Fels, und das Licht, das durch den Eingang fiel, reichte kaum aus, um zu erkennen, was vor ihnen lag. Doch am Ende der Höhle befand sich ein natürlicher Torbogen. Sie schlichen dorthin. Der Bogen öffnete sich zu einem abfallenden Tunnel, einer Art Rutsche. Unten leuchtete es grünlich.

Mit gezogenen Waffen glitten sie rasch und auf Ärger gefasst hinunter.

Anstatt von wartenden Nyadds umringt, fanden sie sich in einer Grotte wieder. Sie war feucht und hallte. Das grünliche Licht stammte von Hunderten von korallenartigen Gebilden, die aus den Wänden und der Decke zu wachsen schienen.

Alfray betrachtete die kleinen grünen Splitter. »Ich weiß nicht, was das für ein Zeug ist, aber es ist verdammt nützlich«, flüsterte er.

»Genau«, sagte Haskeer. Er brach einen Brocken ab, der Ähnlichkeit mit einem Stalaktit hatte, und reichte ihn ihm.

»Brecht noch mehr ab«, befahl Stryke.

Mehrere Gemeine machten sich an die Arbeit und sammelten noch mehr von den grünen Klumpen.

Es gab nur einen Weg, dem sie folgen konnten – einen schmalen Tunnel in der Wand am anderen Ende. Anders als die Grotte war er unbeleuchtet, daher kamen die improvisierten Fackeln gerade recht. Der Trupp strömte hinein. Stryke ging voran.

Er erwies sich als ziemlich kurz und führte in eine runde Höhle. Diese hatte hohe Wände, war aber nach oben offen. Drei weitere dunkle Tunnel zweigten davon ab. Überall floss knöcheltief Wasser.

»Zeit, wieder Aussuchen zu spielen«, sagte Coilla.

»Psst!« Alfray legte einen Finger auf die Lippen.

Der Trupp erstarrte. Sie hörten ein Platschen. Etwas näherte sich ihnen durch einen der Tunnel. Sie konnten nicht sagen, durch welchen.

Stryke scheuchte sie in den Schacht zurück, aus dem sie gekommen waren. Die Leuchtfackeln wurden verborgen. Sie beobachteten, wie zwei Nyadds aus dem Mitteltunnel kamen. Sie bewegten sich auf die für ihre Rasse typische wogende Art und mit Hilfe unerhört starker Muskeln. Es handelte sich um Kreaturen, die sich im Wasser gewiss heimischer gefühlt und eleganter ausgesehen hätten, aber es bestand kein Zweifel, dass sie sich auch an Land zurechtfanden. Auf einer Evolutionsskala standen sie genau in der Mitte, obwohl sich unmöglich sagen ließ, ob sie einer Zukunft ausschließlich an Land oder im Wasser entgegenstrebten.

Sie waren mit ihrer traditionellen gezähnten Mischung aus Schwert und Speer aus gehärtetem Schiefer bewaffnet, der in den Tiefen des Meeres abgebaut wurde. An ihrem glänzenden Panzer waren Korallendolche festgeschnallt.

Alfray flüsterte: »Nur die zwei?«

»Ich glaube schon. Versucht einen am Leben zu lassen. Jup, sorg dafür, dass wir den Rücken frei haben.«

Auf sein Zeichen stürmten Alfray, Haskeer und Coilla mit ihm hinaus und griffen die Nyadds an. Drei oder vier Gemeine gaben ihnen Rückendeckung.

Überrumpelt und zahlenmäßig unterlegen, hatten die Nyadds kaum Aussicht, den Angriff zu überstehen. Alfray und Haskeer deckten einen von ihnen mit Hieben auf Kopf und Hals ein, bis er fiel. Stryke und Coilla übernahmen den anderen und brachten ihm schwere Wunden bei, die ihn fällten. Der Nyadd lag schwer atmend da wie eine zerquetschte gepanzerte Schnecke, und sein Blut vermischte sich mit dem fließenden Wasser.

Stryke kniete nieder. »Die Königin«, wollte er wissen. »Wo geht es zum Palast?«

Der Nyadd machte schnelle, schaudernde Atemzüge und gab keine Antwort.

»Wo ist die Königin?«, wiederholte Stryke in drohenderem Tonfall. Er verlieh seinen Worten mit der Spitze seines Schwerts Nachdruck.

Mit einiger Mühe hob der Nyadd einen Arm und zeigte mit zitternder Hand auf den rechten Tunnel.

»Der Palast?«, beharrte Stryke. »Da entlang?«

Dem Nyadd gelang ein schwaches Nicken mit seinem massigen Kopf. Dann sank er in sich zusammen.

»Du solltest besser nicht lügen«, warnte Haskeer.

»Das kannst du dir sparen«, sagte Coilla. »Er ist tot.«

Jup und die Gemeinen kamen aus ihrem Versteck gelaufen.

Die Nyadds wurden liegen gelassen, wo sie gefallen waren. Vorsichtig drang der Trupp in den bezeichneten Tunnel ein und zückte die leuchtenden Stäbe, die ihnen den Weg zeigten.

Der Tunnel erwies sich als länger als derjenige zuvor. Doch schließlich führte er sie in einen anderen, nach oben offenen Bereich. Diesmal bestand der Unterschied darin, dass sie sich auf einem Sims befanden. Vor ihnen breitete sich eine Reihe felsiger Lagen wie aufeinander geschichtete Tafeln aus, die zu einem Gewirr weiterer Gänge und Tunnel führte.

Voraus und hoch über ihnen befand sich ein gewaltig verzerrtes Bauwerk. In dieser bizarren Verschmelzung der Kunstfertigkeit von Natur und Nyadds gab es keine geraden Linien. Gewundene Türme, Fels, Muscheln und Wasserpflanzen verliehen dem Ganzen einen nass glänzenden organischen Aspekt.

»Wir haben ihn gefunden«, erklärte Stryke.

Jup zupfte an seinem Ärmel und zeigte nach unten. Ein Dutzend Platten unter und weit links von ihnen war ein Tumult zu sehen. Zwei Gruppen von Nyadds bekämpften einander. Es war eine bösartige, blutige Schlacht, die mit allen Mitteln ausgetragen wurde, und vor den Augen des Trupps gingen mehrere Kämpfer zu Boden.

»Keppatawn hatte Recht damit, dass es hier Ärger gibt«, sagte Coilla.

»Wenn hier das Chaos ausgebrochen ist, ist das die perfekte Deckung«, fügte Jup hinzu. »Wie es scheint, haben wir einen günstigen Zeitpunkt für unseren Besuch gewählt.«

»Aber wenn hier ein Bürgerkrieg ausgebrochen ist«, folgerte Stryke, »ist Adpar vielleicht schon tot.«

»Hätte sie weise regiert, wäre es nicht so weit gekommen«, mutmaßte Coilla. »Welcher Herrscher ist so selbstsüchtig, sein Reich mit ihm sterben zu lassen?«

»Die allgemein übliche Art nach allem, was ich gesehen habe«, erwiderte Jup. »Und sie ist Jennestas Schwester, vergiss das nicht. Vielleicht liegt es in der Familie.«

Stryke zeigte auf einen breiten Durchgang unter ihnen, der zum Palast zu führen schien. »Also schön. Gehen wir.«

Geduckt, um nicht von den kämpfenden Parteien entdeckt zu werden, eilte der Trupp die Felsplatten zu dem Durchgang hinunter und huschte hindurch.

Vielleicht zwanzig Schritte voraus beschrieb der Tunnel eine scharfe Biegung. Bevor sie sie erreichten, bogen fünf Nyadds um die Ecke. Vier waren bewaffnet, und sie schienen den fünften zu begleiten, der keine Waffen trug. Aber er sah nicht wie ein Gefangener aus.

Die allgemeine Überraschung war schnell überwunden. Die Nyadds richteten ihre Waffen auf sie und stürmten ihnen entgegen.

Coilla schaltete einen mit einem gut gezielten Messerwurf aus. Da sie sich der harten Panzer dieser Geschöpfe bewusst war, zielte sie auf den Kopf. Ihre Klinge traf das Auge.

Die übrigen wurden im Nahkampf angegangen, und wiederum gab die zahlenmäßige Überlegenheit der Orks den Ausschlag.

Haskeer, der sein Schwert beidhändig führte, keulte seinen glücklosen Gegner förmlich zu Tode. Alfray und Jup rückten gemeinsam vor und schnitten ihren Gegner mit entschlossener Effektivität in Stücke. Er brach mit einer Vielzahl von Wunden zusammen. Mehrere Gemeine überwältigten und töteten den verbliebenen Krieger.

Coilla holte sich ihr Messer wieder. Es war die beste Klinge, die sie je besessen hatte.

Damit blieb nur noch der unbewaffnete Nyadd. Er duckte sich ängstlich. »Ich bin ein Ältester! Kein Militär! Verschont mich! *Verschont mich!*«, flehte er.

»Wo ist Adpar?«, wollte Stryke wissen.

»Was?«

»Wenn du leben willst, bring uns zu ihr.«

»Ich weiß nicht ...«

Haskeer hielt ihm seine Klinge an die Kehle.

»Schon gut, schon gut«, sprudelte es aus dem Ältesten heraus. »Ich bringe euch zu ihr.«

»Keine Tricks«, warnte ihn Jup.

Er führte sie durch ein Labyrinth aus steinernen, mit Flechten bedeckten Gängen. Wie im gesamten Land der Nyadds, das sie gesehen hatten, wateten sie auch hier ständig durch ein paar Fingerbreit Wasser.

Schließlich gelangten sie zu einem breiten Korridor, der von Splittern des Leuchtsteins erhellt wurde. An seinem Ende befanden sich zwei große Türen, die von zwei Kriegern bewacht wurden. Der Trupp ließ ihnen wenig Zeit zur Gegenwehr. Die Orks stürzten sich als Meute auf sie und hieben sie in Stücke.

Mehrere Gemeine schleppten die Leichen außer Sicht. Der verängstigte Älteste der Nyadds wurde nach vorn gebracht.

»Ist außer ihr noch jemand da drin?«, fragte Stryke.

»Ich weiß nicht. Vielleicht ein Heiler. Unser Reich ist in Aufruhr. Rivalisierende Gruppen gehen aufeinander los. Soviel ich weiß, könnte die Königin bereits tot sein.«

»Verdammt!«, rief Jup.

Der Älteste sah ihn verwirrt an. »Soll das heißen, ihr seid nicht hier, um sie zu töten?«

»Warum wir hier sind, ist nicht so leicht zu erklären«, sagte Alfray zu ihm. »Aber dass eure Königin noch lebt, ist ziemlich wichtig.«

Stryke nickte, und mit großer Vorsicht probierten sie die Türen aus. Sie waren nicht verschlossen. Sie stießen sie auf und stürmten hinein.

In dem Privatgemach befand sich niemand außer der Königin, die auf ihrem Bett aus schwankenden grünen Ranken lag. Alle wateten zu ihr.

»Ihr Götter«, murmelte Coilla, als sie das Gesicht der Königin sah. »Die Ähnlichkeit mit Jennesta ist unheimlich.«

»Ja«, stimmte Alfray zu. »Ein wenig ernüchternd, nicht?«

»Und am Ende haben sie sie allein gelassen«, sagte Jup.

»Das verrät eine Menge darüber, was sie von ihr hielten, oder nicht?«, erwiderte Coilla.

»Lebt sie noch?«, wollte Stryke wissen.

Alfray untersuchte sie. »So eben.«

Von allen vergessen, schlich sich der Älteste zur Tür. Er ging hindurch, lief durch den Korridor und brüllte aus Leibeskräften: *»Wachen! Wachen!«*

»Verdammt«, sagte Stryke.

»Überlass das mir«, sagte Coilla.

Sie flog förmlich zur Tür und zog dabei ein Wurfmesser. Ihr Arm schnellte zurück, als sie ausholte. Das Wurfgeschoss traf den fliehenden Ältesten in den Nacken. Er fiel zu Boden und ließ dabei eine Menge Wasser aufspritzen.

»Ich sagte schon, dass es gute Klingen sind«, bemerkte Coilla.

Stryke befahl ein paar Gemeinen, die Tür zu bewachen, und sie richteten ihre Aufmerksamkeit wieder auf Adpar.

»Bisher hatten wir Glück«, sagte er zu ihnen. »Das wird nicht ewig so bleiben. Glaubst du, sie kann uns hören, Alfray?«

»Schwer zu sagen. Sie ist ziemlich weggetreten.«

Stryke beugte sich zu ihr vor. »Adpar. *Adpar!* Hör mich an. Du stirbst.«

Ihr Kopf bewegte sich unmerklich auf dem smaragdgrünen Kissen.

»Hör mich an, Adpar. Du stirbst, und deine Schwester Jennesta ist schuld.«

Die Lippen der Königin bewegten sich ein wenig. Sie wurde etwas lebhafter, wenn auch nur ein klein wenig.

»Hör mich an, Königin der Nyadd. Deine eigene Schwester hat dir das angetan. Jennesta war diejenige. *Jennesta.*«

Die Augenlider flatterten, und die Lippen bebten. Ihre Kiemen pulsierten ein wenig. Ansonsten gab es keine Reaktion.

»Es ist hoffnungslos«, seufzte Coilla.

Haskeer schaltete sich ein. »Ja, mach dir nichts vor, Stryke, das wird nicht klappen. Es hat keinen Sinn, hier herumzustehen und immer nur Jennesta, Jennesta, Jennesta zu sagen.«

Stryke war niedergeschlagen. Er wandte sich langsam vom Sterbebett ab. »Ich dachte nur …«

»Wartet!«, rief Jup. »Seht doch!«

Adpars Augenlider flatterten, blinzelten fast.

»Es hat angefangen, als Haskeer Jennestas Namen wiederholt hat«, meldete Jup.

Sie sahen, wie Adpars Wimpern feucht wurden. Dann bildete sich eine einzelne Träne und lief ihre Wange hinunter.

»Schnell!«, drängte Alfray. »Die Phiole!«

Mit fliegenden Fingern holte Stryke den winzigen Behälter heraus und versuchte, ihn gegen Adpars Wange zu pressen. Seine Hände waren unbeholfen.

»Gib her«, sagte Coilla und nahm ihm die Phiole ab. »Das bedarf weiblichen Feingefühls.«

Vorsichtig bugsierte sie den Hals des kleinen Fläschchens unter die Träne und drückte die Wange behutsam zusammen. Die Träne lief herab und wurde aufgefangen. Coilla stöpselte die Phiole zu und gab sie Stryke.

»Eine ziemliche Ironie, nicht wahr?«, sagte sie. »Ich wette, sie hat in ihrem ganzen Leben keine einzige Träne für das Leid vergossen, das sie anderen zugefügt hat. Dazu war Selbstmitleid nötig.«

Stryke betrachtete die Phiole. »Wisst ihr, ich hätte nie gedacht, dass wir das schaffen könnten.«

»Das sagt er uns *jetzt*«, murrte Haskeer.

»Die Götter waren mit uns«, verkündete Alfray, indem er Adpars Handgelenk losließ. »Sie ist tot.«

»Wie passend, dass ihre letzte Tat eines ihrer Opfer heilen wird«, urteilte Stryke.

»Jetzt müssen wir nur noch von hier verschwinden«, sagte Jup.

47

Jennesta war mitten in einer Strategiebesprechung mit Mersadion, als es geschah.

Die Wirklichkeit konfigurierte sich neu, wurde biegsam, veränderte sich. Sie hatte eine Art Vision, nur war es eben keine. Es war mehr ein überwältigender Eindruck des *Wissens,* eine Gewissheit, dass ein Ereignis von großer Bedeutung stattgefunden hatte. Und parallel zu diesem Wissen kam noch etwas anderes, eine eindeutige und klare Botschaft, in Ermangelung eines besseren Worts, die sie gleichermaßen aufregend fand.

Jennesta hatte noch nie zuvor etwas wie jene Empfindung erlebt, die in diesem Augenblick Besitz von ihr ergriffen hatte. Sie nahm an, dass sie eine Folge der intimen telepathischen Verbindung war, die sie unfreiwillig mit ihrer Schwester teilte. *Geteilt hatte,* korrigierte sie sich. Adpar war tot. Jennesta wusste dies ohne den geringsten Zweifel. Und das war nicht alles, was sie nun wusste.

Sie hatte weder bemerkt, dass sie die Augen geschlossen hatte, noch dass sie die Lehne eines Stuhls ergriffen hatte, um sich zu stützen. Ihr Kopf wurde wieder klar. Sie richtete sich auf und holte ein paar Mal tief Luft.

Mersadion starrte sie mit einem Ausdruck äußerster Beunruhigung an. »Ist ... alles in Ordnung, Majestät?«, wagte er zu äußern.

Sie blinzelte ihn verständnislos an und riss sich dann zusammen. »In Ordnung? Ja, mit mir ist alles in Ordnung. Tatsächlich habe ich mich selten besser gefühlt. Ich habe Neuigkeiten erfahren.«

Ihm war nicht klar, wie sie Neuigkeiten erfahren haben wollte. Sie hatte einfach mitten im Satz innegehalten und ausgesehen, als werde sie jeden Moment in Ohnmacht fallen. Kein Bote war eingetroffen, keine Depesche ins Zelt gebracht worden. Er zwang sich aufzuhören, sie anzugaffen, und sagte: »Gute Neuigkeiten, nehme ich an.«

»In der Tat ein Grund zur Freude. In mehr als nur einer Hinsicht.« Ihr etwas verträumtes, losgelöstes Gebaren verlor sich. In einem entschlossenen Tonfall schon wieder ganz in der Art, die er von ihr gewohnt war, schnauzte sie: »Bringen Sie mir eine Karte der Gebiete im Westen.«

»Majestät.« Er beeilte sich zu gehorchen.

Sie legten die Karte auf den Tisch, und sie umkreiste mit einem ihrer geradezu bizarr langen Fingernägel ein Gebiet, das den Drogawald und die Narbenfelsmarschen einschloss. »Da«, verkündete sie.

Er war schon wieder verwirrt. »Da ... *was,* Majestät?«

»Die Vielfraße. Sie halten sich in diesem Gebiet auf.«

»Ich bitte um Verzeihung, Majestät, aber woher wisst Ihr das?«

Sie lächelte triumphierend und kalt. »Sie müssen es mir ganz einfach glauben, General. Aber genau da sind sie. Oder zumindest einer von ihnen – ihr Anführer, Stryke. Wir rücken aus, sobald sie die Armee mobilisiert haben. Will sagen, in spätestens zwei Stunden.«

»Zwei Stunden ist für eine Armee dieser Größe ein sehr knapp bemessener Zeitraum, Majestät.«

»*Diskutieren* Sie nicht mit mir, Mersadion«, schäumte sie. »Tempo ist von entscheidender Bedeutung. Dies ist der erste vernünftige Hinweis, den wir über den Verbleib dieses verfluchten Kriegstrupps bekommen haben. Ich werde diese Gelegenheit wegen ihrer Faulheit nicht verpassen. Jetzt gehen Sie und leiten Sie alles Notwendige in die Wege!«

»Majestät!« Er ging zum Zelteingang.

»Und schicken Sie Glozellan zu mir«, fügte sie hinzu.

Die Drachenmutter erschien ein paar Minuten später. Ohne Vorrede winkte Jennesta sie zu sich an den Kartentisch. »Ich habe Informationen, dass sich die Vielfraße irgendwo hier in dieser Gegend aufhalten. Sie werden eine Staffel Drachen nehmen und der Armee vorausfliegen. Suchen Sie die Gegend nach ihnen ab. Aber greifen Sie sie *nicht* an, wenn Sie es nicht unbedingt müssen. Treiben Sie sie in die Enge, wenn es nötig ist, aber ich will sie bei bester Gesundheit sehen, wenn wir dort eintreffen.«

»Ja, Eure Majestät.«

»Also stehen Sie nicht herum! Bewegen Sie sich!«

Die hochnäsige Braunwichtel antwortete mit einer unmerklichen Verbeugung und glitt aus dem Zelt.

Jennesta packte zusammen, was sie für die Reise benötigte. Zum ersten Mal seit Wochen hatte sie ein gutes Gefühl, was den weiteren Verlauf der Ereignisse betraf. Und sie war Adpar endlich los, was ihr das Gefühl gab, eine große Last sei von ihr genommen worden.

Dann kam es ihr so vor, als werde die Luft im Zelt irgendwie ... dehnbarer. Und das Licht wurde trotz der Lampen dunkler. Sie glaubte, es müsse sich um eine Wiederholung dessen handeln, was sie zuvor erlebt hatte, und sie fragte sich, was ihr der Kosmos wohl noch zu übermitteln hatte.

Doch sie irrte sich. Mittlerweile in fast völliger und unerklärlicher Dunkelheit, sah sie, wie ein paar Fuß entfernt ein stecknadelkopfgroßer Lichtpunkt Gestalt annahm. Zu ihm gesellten sich rasch Dutzende weitere. Sie wirbelten umher und nahmen eine festere Gestalt an. Jennesta bereitete sich darauf vor, sich gegen einen magischen Angriff zu verteidigen.

Ein Klecks aus pulsierendem Licht schwebte in der Luft. Er verdichtete sich zu einem Bild, das sie kannte. Zu einem Gesicht.

»Samara!«, rief sie. »Wie, zum Henker, hast du das gemacht?«

»Anscheinend sind meine Fähigkeiten stärker geworden«, erklärte ihre noch lebende Schwester. *»Aber darum geht es nicht.«*

»Worum denn?«

»Um deine Schlechtigkeit.«

»Ach so. Du also auch, was?«

»Wie konntest du so etwas tun, Jennesta? Wie konntest du unserer Schwester so ein Schicksal auferlegen?«

»Du hast sie immer für ...« Sie suchte nach einem geeigneten Ausdruck. »Für ebenso *verwerflich* gehalten wie mich! Warum änderst du deine Litanei jetzt?«

»Ich habe sie nie für unrettbar verloren gehalten. Ich habe nie ihren Tod *gewünscht.«*

»Natürlich nimmst du an, ich hätte etwas damit zu tun.«

»Ach, hör schon auf, Jennesta.«

»Selbst wenn ich etwas damit zu tun hätte?«, erwiderte sie abwehrend. »Sie hat es verdient.«

»Was du getan hast, ist nicht nur böse, es macht auch eine Situation komplizierter, die ohnehin schon mehr als ungewiss ist.«

»Was soll das jetzt wieder heißen?«

»Dieses Spiel mit den Reliquien, das du spielst. Dein Streben nach noch mehr Zerstörungskraft. Es gibt jetzt noch andere Spieler, Schwester, und ihre Fähigkeiten könnten deine eigenen sehr wohl übertreffen.«

»Wen meinst du? Wovon redest du?«

»Bereue. Solange noch Zeit ist.«

»Antworte mir, Sanara! Speise mich nicht mit Platitüden ab! Wen muss ich fürchten?«

»Am Ende nur dich selbst.«

»Sag es mir!«

»Es heißt, wenn die Barbaren vor den Toren stehen, ist die Zivilisation so gut wie tot. Sei kein Barbar, Jennesta. Gehe den richtigen Weg. Überdenke dein Leben.«

»Du bist so *verdammt* sittenstreng!«, tobte Jennesta. »Ganz zu schweigen von obskur! Werde deutlicher!«

»Ich glaube, tief in deinem Herzen weißt du ganz genau, was ich meine. Glaub ja nicht, was du Adpar angetan hast, wird unbemerkt oder gar ungestraft bleiben.«

Das Abbild ihres Gesichts verschwand trotz Jennestas Raserei.

*

In einem anderen Zelt, das in maras-dantischen Maßstäben nicht allzu weit entfernt war, berieten sich ein Vater und eine Tochter.

»Du hast es mir versprochen, Vati«, jammerte Milde Hobrow. »Du hast gesagt, ich würde den Nutzen haben.«

»Und das wirst du auch, Püppchen, das wirst du auch. Ich habe gesagt, dass ich das Erbe für dich zurückhole, und das habe ich auch so gemeint. Wir werden in Kürze herausfinden, wo diese Wilden im Augenblick sind.«

Sie zog einen grotesken Schmollmund. »Wird das lange dauern?«

»Nein, jetzt nicht mehr. Und bald mache ich dich zu einer Königin. Du wirst eine Dienerin unseres Herrn sein, und gemeinsam werden wir dieses Land von den Untermenschen säubern.« Er erhob sich. »Jetzt trockne deine Tränen. Ich muss mich genau darum kümmern.« Er drückte ihr einen Kuss auf die Wange und verließ das Zelt.

Kimball Hobrow ging ein paar Schritte zum Feuer und zur Gruppe der Aufseher. Die Leichen von drei Orks lagen auf einer Seite. Mit dem vierten, der noch lebte, aber nur so eben, waren sie gerade fertig geworden.

Hobrow nickte dem Inquisitor zu. »Und?«

»Sie sind zäh. Aber dieser ist zum Schluss zerbrochen, dem Herrn sei Dank.«

»Und?«

»Sie sind zum Drogawald geritten.«

Das Röcheln des letzten Atemzugs drang aus Gefreiter Trispeers Kehle, und er starb.

*

Das zunehmende Chaos half dem Trupp dabei, aus Adpars Palast zu entkommen. Im Labyrinth der Gänge bogen sie ein paar Mal falsch ab, zwei Mal wurden sie in Scharmützel mit Kriegern verwickelt, aber im Großen und Ganzen war die Bevölkerung vollauf mit ihren eigenen Kämpfen beschäftigt.

Aber der Ausgang, den sie schließlich fanden, war nicht einmal in der Nähe des Tunnels, durch den sie gekommen waren.

»Es sieht so aus, als wären wir viel weiter nördlich herausgekommen«, mutmaßte Stryke.

»Was machen wir jetzt, zurückgehen und es noch mal versuchen?«, fragte Jup.

»Nein, das Risiko ist zu groß.« Stryke zeigte in eine Richtung. »Wenn wir das Wasser durchqueren und dann nach Osten abschwenken, müssten wir die Marschen unweit der Stelle erreichen, wo wir die Pferde zurückgelassen haben.«

Coilla runzelte die Stirn. »Das ist aber ein gewaltiger Umweg, oder nicht?«

»Ich würde sagen, dass es riskanter wäre, in den Palast zurückzukehren. Es kann nicht mehr lange dauern, bis eine der Fraktionen die Oberhand gewinnt. Dann werden sie Eindringlinge bemerken und gegen sie vorgehen.«

»Machen wir uns auf den Weg, ja?«, schlug Alfray vor. »Hier sind wir viel zu exponiert.«

Sie durchquerten im Laufschritt ein Feld voller zerklüfteter Felsen, erreichten eine Niederung und standen vor dem Wasser. Es war mit grünem Schaum bedeckt.

»Das riecht ungefähr so angenehm wie alles andere hier«, stellte Haskeer fest. »Was glaubst du, wie tief es ist, Stryke?«

»Es gibt nur einen Weg, das herauszufinden.« Er glitt hinein. Es war kalt, aber seine Füße berührten den Boden, und das Wasser reichte ihm bis zur Hüfte. »Der Boden ist etwas weich, aber sonst scheint alles in Ordnung zu sein. Vorwärts.«

Sie folgten ihm, wobei sie die Waffen hoch über den Kopf hielten, und fingen an zu waten.

»Dafür müsste es zusätzlichen Sold geben«, stöhnte Haskeer.

»*Zusätzlichen?*«, sagte Jup. »Verdammt, Haskeer, im Moment gibt es *gar keinen.*«

»Richtig! Das hatte ich ganz vergessen!«

Sie wateten weitere zehn Minuten lang weiter. Es sah aus, als sollten sie es schaffen. Das marschige Ufer war bereits in Sicht.

Dann sahen sie ein paar Schritte voraus eine Turbulenz im Wasser. Luftblasen perlten an die Oberfläche und platzten. Der Trupp blieb stehen.

Mehr kleine Wirbel entstanden an anderen Stellen. Weitere Luftblasen trieben zur Oberfläche.

»Vielleicht war das doch keine so gute Idee«, murmelte Jup.

Eine Fontäne erhob sich aus dem Wasser. Direkt vor ihnen tauchte ein Nyadd auf.

In rascher Folge tauchten weitere mit ihren gezähnten Waffen in den Händen aus der stinkenden Brühe auf.

»Weißt du noch, was du darüber gesagt hast, sie in ihrem Element zu bekämpfen, Stryke?«, erinnerte Coilla ihn.

»Jetzt ist es zu spät, um noch umzukehren.«

Lautes Platschen hinter ihnen ließ sie herumfahren. Mehr Nyadds tauchten auf. Sie näherten sich ihnen von hinten und vorn.

»Schneiden wir Fleisch«, knurrte Stryke.

Die hintere Hälfte des Trupps übernahm unter Jups und Haskeers Führung die Absicherung in ihrem Rücken. Stryke, Coilla und Alfray bildeten die Vorhut in dem bevorstehenden Kampf. Wie es aussah, war der Trupp den Nyadds zahlenmäßig überlegen. Aber Stryke ging davon aus, dass die Tatsache, dass sie im Wasser kämpfen mussten, diesen Vorteil mehr als wettmachte.

Er zückte zusätzlich zu seinem Schwert noch ein Messer und hieb nach dem vordersten Nyadd. Sein Schwert traf den harten Panzer und verursachte auch einigen Schaden. Blut floss. Aber die Wunde reichte nicht aus, um den Krieger außer Gefecht zu setzen. Stryke biss auf die Zähne und versuchte es erneut, diesmal mit der Unterstützung einiger Gemeiner, die den Nyadd von der Seite angriffen. Es gelang ihnen, ihm so zuzusetzen, dass er untertauchte.

Coilla warf ihre Messer auf die Köpfe ihrer Gegner. Aber jeder Wurf war gleichbedeutend mit einer verlorenen Klinge, und ihr Nachschub war begrenzt. Sie verbrauchte zwei Messer, ohne Wirkung zu erzielen, dann traf ihr nächster Wurf einen Nyadd seitlich am Kopf. Der Krieger stieß ein lautes Bellen aus und verschwand unter Zurücklassung einer roten Wolke unter Wasser.

Triumphierendes Gebrüll von hinten überbrachte die Kunde vom ersten unzweifelhaft getöteten Gegner.

»Wir ringen sie nieder«, rief Stryke, »aber nicht schnell genug. Wenn noch mehr kommen ...!«

Er brach ab, als sich ein Nyadd auf ihn warf und dabei seinen gezähnten Speer schwang. Der Krieger schlug damit zu, und Stryke duckte sich unter die Wasseroberfläche. Die kalte stinkende Brühe schlug über seinem Kopf zusammen. Er zählte bis drei in der Hoffnung, dass der Schwung beendet war, und tauchte wieder auf.

Der Nyadd war genau über ihm. Stryke rammte ihm mit aller Kraft sein Schwert in den Bauch. Der Panzer knirschte und barst. Blut floss. Ein Schwall schoss aus dem Mund des Nyadd, der sofort untertauchte. Stryke hustete einen Mund voll von dem widerlichen Zeug aus.

Haskeer und Jup schlugen von zwei Seiten auf denselben Gegner ein. Sie hatten bereits einen Arm aufgeschlitzt, und der Nyadd kämpfte aus Leibeskräften, um sich ihrer Angriffe zu erwehren.

Haskeer watete näher und ließ einen wuchtigen Hieb auf den Hals des Geschöpfs niedersausen. Der Nyadd duckte sich, da er instinktiv den Schutz des Wassers suchte. Jede andere Richtung wäre besser für ihn gewesen. Die Klinge spaltete seinen Schädel und verspritzte Gehirn.

Damit blieben nur noch vier Nyadds, und obwohl sie nicht weniger mörderisch aussahen, war Stryke zuversichtlich, sie überwinden zu können. Der ganze Trupp stürzte sich auf drei dieser vier.

Außer Coilla, die vorwärts watete, um den vierten Nyadd anzugreifen, der ein wenig abseits der anderen lauerte. Sie sah nicht, wie hinter ihr ein anderer aus dem Wasser auftauchte und sich ihr mit bemerkenswerter Schnelligkeit näherte. Im letzten Moment fuhr sie herum und sah sich jetzt zwei Nyadds gegenüber. Einer hob sein Schwert.

Kestix hatte es bemerkt. *»Aufpassen, Gefreiter!«*, rief er, indem er sich in ihre Richtung stürzte.

Er schaffte es zwischen sie und die Klinge des zweiten Nyadd. Falls er gehofft hatte, sie mit seinem Schwert ablenken zu können, hatte er sich verrechnet.

Die ungemein scharfe Waffe des Nyadd schnitt durch seine Brust wie durch Butter. Blut spritzte. Kestix schrie vor Schmerzen auf.

»Nein!«, rief Coilla. Dann musste sie sich um den zweiten Angreifer kümmern und ihr Schwert hochreißen, um seines zu parieren.

Noch am Leben, aber schwer verwundet, war Kestix von seinem Gegner gepackt worden. Er wehrte sich schwach. Seine Schreie waren von den anderen gehört worden. Mehrere, darunter auch Stryke, reagierten darauf.

Sie kamen gerade rechtzeitig, um mit anzusehen, wie ihn der tauchende Nyadd unter Wasser zog. Nur eine sich rasch ausbreitende Blutlache blieb im Wasser zurück.

Ein paar Gemeine wateten im Wasser umher und tauchten unter in dem Versuch, ihren Kameraden zu retten.

»Lasst ihn!«, befahl Stryke. »Es ist zu spät.«

Sie richteten ihre vom Kummer gespeiste Wut gegen die verbliebenen Nyadds.

Kurz vor dem endgültigen Sieg bemerkten sie frische Turbulenzen und Blasen, die an die Oberfläche stiegen.

»Scheiße, Boss«, keuchte Jup, »wir können nicht mehr viel davon verkraften!«

Der Trupp wappnete sich zu einer letzten großen Gegenwehr.

Weitere Köpfe tauchten auf.

Aber es waren keine Nyadds. Es waren Merz. Dutzende von ihnen und mit Dreizack und Dolch bewaffnet.

»Ihr Götter!«, rief Alfray. »Sind die auch noch hinter uns her?«

»Das glaube ich nicht«, erwiderte Stryke.

Seine Überzeugung erwies sich als richtig. Die Merz fielen über die wenigen verbliebenen Nyadds her und metzelten sie mit aus Ungerechtigkeit geborener Wildheit nieder.

Einer der Merz wandte sich ihnen zu und hob eine tropfende Hand. Es war ein Gruß.

Stryke war nicht der Einzige, der ihn erwiderte.

»Wir sind ihnen was schuldig«, sagte er zu seinen Kameraden. »Und jetzt lasst uns von hier verschwinden.«

Sie ließen das Gemetzel hinter sich und wateten ans Ufer, während sie um Kestix trauerten.

48

Der Rückweg zu Liffin und Talag war eine ernste Angelegenheit. Die Stimmung war trotz ihres Erfolgs auf dem Ritt zurück in den Drogawald nicht weniger trostlos.

»Ist irgendwas von alledem das Leben eines Orks wert?«, fragte sich Alfray. »Geschweige denn das Leben eines so tapferen Orks wie Kestix?«

»Wir setzen ständig unser Leben aufs Spiel«, erinnerte ihn Stryke. »Und Orks sind schon für weitaus weniger gute Sachen gestorben.«

»Bist du wirklich sicher, dass dies eine gute Sache *ist?* Einen Haufen Gegenstände zu sammeln, deren Zweck wir nicht kennen, und aus einem Grund, den wir nur vermuten können?«

»Wir müssen daran glauben, Alfray. Und ich bin sicher, der Tag wird kommen, an dem wir Kestix und all die anderen, die gefallen sind, als Helden einer neuen Ordnung feiern. Aber frag mich nicht, wie die aussehen könnte. Ich habe eben einfach nur das Gefühl, dass sie besser sein muss.« Stryke wünschte, er hätte daran von ganzem Herzen glauben können. Tatsächlich versuchte er im Augenblick, sich nichts von dem niederdrückenden Gefühl der Verantwortlichkeit anmerken zu lassen, das er hinsichtlich des Todes ihres Kameraden empfand.

Was Alfray betraf, so verstummte er und starrte zum Kriegsbanner des Trupps empor, das er umklammerte. Er schien eine Art Trotz daraus zu beziehen, da er vielleicht über die Einheit sann, für die es stand. Oder darüber, wofür es früher einmal gestanden hatte.

Sie waren fast in Sichtweite des Drogawalds, als Jup rief: »Die Augen nach Westen!«

Eine große Gruppe von Reitern hielt auf sie zu, und sie war nicht sehr weit von ihnen entfernt.

»Ich glaube, das sind Hobrows Männer«, meldete der Zwerg.

»Haben wir denn nie etwas Frieden?«, beklagte sich Coilla.

»Heute nicht, wie es aussieht«, erwiderte Stryke. »Galopp!«

Sie spornten ihre Pferde an.

»Sie haben uns gesehen!«, rief Haskeer. »Und sie legen sich mächtig ins Zeug!«

Die Jagd begann. Der Trupp ritt in halsbrecherischem Tempo der Zuflucht des Waldes entgegen. Aber die Aufseher waren wild entschlossen und holten auf.

Stryke trieb die Vielfraße an und fand sich plötzlich am Ende des dahinrasenden Trupps wieder. Dann ereilte ihn die Katastrophe. Als der Rest des Trupps einen Bogen schlug und aus seinem Blickfeld verschwand, trat sein Pferd in einen Kaninchenbau und stürzte. Stryke wurde abgeworfen. Während er sich mühsam aufrappelte, sprang sein Pferd auf und ging durch.

Das Donnern anderer Hufe ließ ihn herumfahren.

Die Meute der Aufseher stürmte ihm entgegen. Stryke sah sich verzweifelt nach einer Deckung um. Keine bot sich an. Er zog sein Schwert.

Ein riesiger Schatten fiel auf ihn.

Ein Drache war über ihm, und der Schlag seiner mächtigen Schwingen wirbelte Staub und Blätter auf. Die erschrockenen Aufseher zügelten ihre verängstigten Pferde und hielten so abrupt an, dass mehrere den Halt verloren und aus dem Sattel fielen.

Stryke für sein Teil war sicher, dass er erledigt war. Es musste sich um einen von Jennestas Kriegsdrachen handeln, davon war er überzeugt, und er rechnete mit nichts anderem als seiner Einäscherung.

Der Drache ging zwischen ihm und der Menschenmeute nieder. Kurz vor der Landung sah er, dass der Bändiger Glozellan persönlich war.

Sie streckte eine Hand aus. »Steig auf, Stryke«, drängte sie ihn. »Beeil dich! Was hast du zu verlieren?«

Er kletterte die Schuppenhaut der Bestie empor und setzte sich hinter sie.

»Halt dich fest!«, rief sie, und schon waren sie wieder in der Luft.

Der Aufstieg war schnell und schwindelerregend. Stryke schaute nach unten. Er sah silbrige gewundene Flussbänder, grüne Wiesen, üppige Wälder. Von hier oben sah es nicht wie ein vergewaltigtes Land aus.

Er versuchte das Rauschen des Windes zu übertönen und Glozellan Fragen zuzurufen, aber sie konnte ihn entweder nicht hören oder ignorierte ihn. Sie flogen nach Norden.

Vielleicht eine Stunde verstrich. Sie näherten sich einem Berg. Unbeirrbar hielt der Drache auf dessen Plateau zu. Minuten später landeten sie.

»Steig ab«, befahl die Braunwichtel.

Er glitt zu Boden.

»Was geht hier vor, Glozellan?«, fragte er. »Bin ich ein Gefangener?«

»Das kann ich dir jetzt nicht erklären. Hier bist du erst einmal in Sicherheit.«

Sie bohrte dem Drachen die Fersen in die Flanken. Er schraubte sich wieder in die Höhe.

»Warte!«, rief er. »Lass mich nicht hier zurück!«

»Ich komme wieder!«, antwortete sie ihm. »Hab Mut.«

Er sah ihr nach, bis der Drache zu einem Punkt zusammengeschrumpft war und schließlich ganz verschwand.

*

Er saß viele Stunden auf seiner unfreiwilligen Zuflucht auf der Bergspitze, in denen er über die Ereignisse grübelte und jedes Leben bedauerte, das in ihrem Zuge verloren worden war.

Nachdem er sich vergewissert hatte, dass es keinen Weg nach unten gab, holte er die Sterne aus ihrem Beutel und betrachtete sie.

»Einen schönen Tag.«

Beim Klang der Stimme sprang er auf.

Seraphim stand vor ihm.

Stryke war perplex. »Wie bist du hierher gekommen? Warst du auch Glozellans Passagier?«

»Nein, mein Freund. Wie ich hergekommen bin, ist unwichtig. Aber ich will mich dafür entschuldigen, dass ich euch in die Falle geführt habe, die euch die Goblin-Sklavenhändler gestellt haben. Das war nicht meine Absicht.«

»Am Ende ist alles gut ausgegangen. Ich bin dir deswegen nicht böse.«

»Das freut mich.«

Stryke seufzte. »Nicht, dass irgendwas davon noch eine Rolle spielen würde. Die Dinge scheinen sich zu überstürzen. Und jetzt habe ich noch meinen Trupp verloren.«

»Nicht verloren, nur verlegt.« Er lächelte. »Wichtig ist, dass du nicht verzweifelst. Es gibt immer noch eine Menge für dich zu tun. Jetzt ist nicht der rechte Zeitpunkt für Defätismus. Kennst du die Geschichte von dem Jungen und den Säbelzahnleoparden?«

Jetzt war es Stryke, der lächelte, wenn auch ein wenig zynisch.

»Eine Geschichte. Tja, ich nehme an, diese Methode, sich die Zeit zu vertreiben, ist ebenso gut wie jede andere.«

»Es war einmal ein Junge, der im Wald spazieren ging«, begann Seraphim, »als er einem wilden Säbelzahnleoparden begegnete. Der Leopard sah den Jungen. Der Junge rannte weg, und der Leopard verfolgte ihn. Dann erreichte der Junge den Rand einer Klippe. Die Ranken einiger Schlingpflanzen fielen über den Rand, also ließ er sich an ihnen herunter, und die Bestie musste am Klippenrand innehalten und fauchte ihn ohnmächtig von oben an. Doch dann schaute der Junge nach unten und sah noch einen ebenso hungrigen Leoparden unter sich, der auf ihn wartete. Er konnte weder nach oben noch nach unten. Als Nächstes hörte der Junge ein Kratzen. Er schaute nach oben und sah zwei kleine Mäuse, eine weiß, die andere schwarz, die an der Ranke knabberten, an der er sich festhielt. Aber er sah noch etwas anderes. Auf der einen Seite, fast außer Reichweite, wuchs eine wilde Erdbeere. Der Junge reckte sich so weit hinüber, wie er konnte, pflückte die Erdbeere und stopfte sie sich in den Mund. Und weißt du was, Stryke? Es war das Köstlichste, Süßeste, was er je gegessen hatte.«

»Weißt du, ich glaube, ich verstehe die Geschichte sogar. Sie erinnert mich daran, was jemand, den ich kenne, vielleicht sagen würde ... in einem Traum.«

»Träume sind gut. Du solltest ihnen Beachtung schenken. Weißt du, die Energie fließt in dieser Gegend ein wenig stärker. Das könnte sich auf die da auswirken.« Er nickte zu den Sternen in Strykes Hand.

»Es gibt eine Verbindung?«

»O ja.« Seraphim hielt inne. »Würdest du sie mir geben?«

Stryke war schockiert. »Einen Dreck würde ich!«

»Es gab mal eine Zeit, als ich sie dir mit Leichtigkeit hätte abnehmen können. Und als ich auch dazu geneigt hätte. Aber jetzt kommt es mir so vor, als wollten die Götter, dass du sie behältst.«

Stryke sah auf die Sterne in seiner Hand. Als er wieder aufschaute, war der Mensch verschwunden.

Er hätte darüber gestaunt, aber jetzt erregte etwas anderes seine Ehrfurcht.

Die Sterne sangen ihm etwas vor.

DRITTES BUCH

KRIEGER DES STURMS

49

Sie ritten wie Harpyien direkt aus der Hölle.

Jup drehte sich im Sattel um und warf einen Blick zurück auf die Verfolger. Er schätzte sie auf vielleicht hundert Mann, sodass sie den Vielfraßen vier oder fünf zu eins überlegen waren. Sie trugen Schwarz und waren schwer bewaffnet, und die Dauer der Verfolgung hatte nicht dazu beigetragen, ihr Feuer abzukühlen.

Die führenden Menschen waren nahe genug, um sie anspucken zu können.

Er warf einen Blick auf Coilla, die neben ihm am Ende des Trupps ritt. Sie beugte sich weit vor, den Kopf gesenkt und die Zähne gefletscht, während die zusammengebundenen Haare hinter ihr wie kastanienbrauner Rauch im Wind flatterten. Die eintätowierten Gefreiten-Streifen auf ihren Wangen unterstrichen ihre strengen Züge.

Vor Coilla galoppierten Feldwebel Haskeer und Gefreiter Alfray. Die Hufe ihrer schäumenden Pferde trommelten auf den kalten Boden und schleuderten Erdbrocken in die Höhe. Die übrigen Orks waren auf beiden Seiten aufgefächert und reckten die grimmigen Gesichter in den peitschenden Wind.

Alle Augen waren auf den entfernten Schutz des Drogawalds gerichtet.

»*Sie holen auf!*«, bellte Jup.

Wenn ihn außer Coilla noch jemand hörte, zeigte es niemand. »*Dann spar deinen Atem!*«, brüllte sie mit einem Blick auf den Zwerg. »*Immer weiter!*«

Ihre Gedanken waren immer noch bei dem Schauspiel, das sie gerade erlebt hatten, wie Stryke abgeworfen und dann von einem Kriegsdrachen davongetragen worden war. Sie mussten davon ausgehen, dass er zu Jennesta gehörte und Stryke verloren war.

Jup rief wieder etwas und durchbrach ihre Grübelei. Er hatte einen Arm ausgestreckt und zeigte auf ihre vernachlässigte linke Seite. Sie wandte den Kopf. Ein Aufseher hatte neben ihr aufgeschlossen. Er hatte das Schwert erhoben und machte Anstalten, sein Pferd gegen ihres zu lenken.

»*Verdammt!*«, fluchte Coilla. Sie riss hart an ihren Zügeln und wich zur Seite aus. Dadurch löste sie sich von ihrem unerwarteten Angreifer und konnte sich die Zeit verschaffen, ihre eigene Klinge zu ziehen.

Der Mensch preschte wieder heran. Er schwenkte die Waffe und brüllte etwas, aber seine Worte gingen im Donnern der Jagd unter. Sein erster Schwung verfehlte sie, und die Klingenspitze durchstach die Luft kurz vor ihrer Wade. Ein rasch ausgeführter zweiter Streich kam näher und höher und hätte sie an der Hüfte getroffen, wäre sie nicht rechtzeitig ausgewichen.

Das machte Coilla wütend.

Sie fuhr herum und schlug ihrerseits mit dem Schwert zu. Der Mann duckte sich, und die Klinge pfiff in weitem Bogen wenige Fingerbreit über seinen Kopf hinweg. Er reagierte mit einem auf ihre Brust gezielten Stoß, aber Coilla parierte ihn, indem sie sein Schwert ablenkte. Er führte den nächsten Hieb und noch einen. Sie wehrte beide ab, und jedes Mal prallten ihre Waffen mit einem misstönenden, stählernen Klirren aufeinander.

Jäger und Gejagte rasten weiter, Hals über Kopf. Sie ritten in eine kleine Schlucht, die vielleicht zwölf Pferde breit war. Das Gelände huschte vorbei, ein verschwommenes Durcheinander aus Grün und Braun. Aus dem Augenwinkel sah Coilla, dass der Trupp von weiteren Menschen bedrängt wurde.

Sie reckte sich und hieb wieder nach ihrem Gegner. Der Streich ging fehl, und da sie sich sehr weit vorgewagt hatte, wäre sie beinahe vom Pferd gefallen. Er konterte. Ihre Waffen prallten aufeinander, Schneide auf Schneide, und Metall klirrte. Keiner fand eine Blöße.

Es gab eine kurze Verschnaufpause, als sie sich neu orientierten, und Coilla sah sich das Wegstück voraus an. Die Reiter vor ihr galoppierten rechts und links am Stamm eines abgestorbenen Baums mitten im Weg vorbei wie schnell fließendes Wasser am Bug eines großen Schiffs. Mit einem Zug am Zügel lenkte sie nach rechts und verlagerte auch ihr Gewicht in diese Richtung. Das Pferd änderte die Laufrichtung und rauschte an dem Baumstamm vorbei. Einen Augenblick sah sie nur die raue Maserung der Rinde, und ein skelettartiger Ast streifte ihre Schulter. Dann lag der Baum hinter ihr.

Während Coilla den Baum rechts passierte, nahm der Mensch den Weg links vorbei. Aber für die übrigen Verfolger erwies er sich als Hindernis. Wegen ihrer größeren Anzahl gerieten sie an diesem

Flaschenhals ins Stocken, und für einen Moment war er der einzige Gegner. Entschlossen, ihn loszuwerden, hielt Coilla auf ihn zu. Sie setzten ihr Duell fort, als die Schlucht wieder offener Prärie wich.

Während sie Hiebe wechselten, war Coilla sich der fliehenden Vielfraße und Jups Blicke bewusst, der sie über die Schulter ansah. Gleichzeitig nahm die Armee der Aufseher wieder Geschwindigkeit auf und ließ den zwischenzeitlich gewonnenen Vorsprung schmelzen. Coilla entschloss sich zu einem kühnen Manöver. Sie ließ die Zügel los und damit dem Pferd seinen Willen, um ihr Schwert beidhändig fassen zu können. Damit ging sie das Risiko eines Sturzes ein, aber sie ließ es darauf ankommen.

Es zahlte sich aus.

Diesmal legte sie alle Kraft und ihre ganze Reichweite in den Hieb, und die Klinge traf. Sie erwischte das Ellbogengelenk des Schwertarms ihres Gegners und schnitt tief ins Fleisch. Blut spritzte. Mit einem Aufschrei ließ er die Waffe fallen und umklammerte die Wunde. Coillas Folgehieb traf seine Brust, zerschmetterte Knochen und setzte einen ausgiebigen rubinroten Strom frei. Er schwankte mit hin und her schaukelndem Kopf. Sie hieb nicht wieder zu.

Das brauchte sie auch nicht. Die Zügel glitten dem Verwundeten aus der Hand. Einen Augenblick wurde er von seinem dahinrasenden Pferd wie eine Strohpuppe getragen, dann fiel er. Als Wirrwarr aus schlaffen Gliedmaßen und zerzauster Kleidung fiel er zu Boden und überschlug sich.

Bevor er zur Ruhe kam, ritt die Vorhut der Verfolger über ihn hinweg. Einige gingen in dem Durcheinander des Zusammenpralls zu Boden und wurden ihrerseits niedergetrampelt. Ein chaotisches Getümmel schreiender Männer und Pferde entstand.

Coilla nahm ihre flatternden Zügel auf und spornte ihr Pferd an. Ihre schärfsten Verfolger waren jetzt mehrere reiterlose Pferde.

Sie erreichte das Ende des fliehenden Trupps, das Jup bildete, der ein wenig zurückhing, da er auf sie gewartet hatte. Während sie die Flucht gemeinsam fortsetzten, gruppierte der Feind sich hinter ihnen neu.

»Sie werden nicht aufgeben«, mutmaßte Jup.

»Wann hätten sie das je getan?« Sie begutachtete das Land voraus. Es wurde sumpfig. »Und das hier ist kein Gelände für eine Flucht«, fügte sie hinzu.

»Wir denken nicht nach.«

»Hmm?«

»Wir können sie nicht in den Drogawald führen.«

Coilla runzelte die Stirn. »Nein«, stimmte sie zu, während ihr Blick zur Baumlinie huschte. »Das wäre keine gute Art, Keppatawns Gastfreundschaft zu vergelten.«

»Genau.«

»Was sollen wir stattdessen tun?«

»Was wohl, Coilla?«

»*Scheiße.*«

»Hast du eine bessere Idee?«

Sie beäugte die Horde der Menschen. Sie kamen näher. »Nein«, seufzte sie. »Also los, tun wir's.«

Sie spornte ihr Pferd an, und Jup folgte ihr. Sie schoben sich langsam durch die Reihen der Gemeinen zur Spitze des Trupps, wo Alfray und Haskeer ritten. Der sumpfige Untergrund behinderte das Vorankommen, dennoch schmerzte das Tempo Coilla noch in den Augen.

»Nicht in den Wald!«, rief sie. *»Nicht in den Wald!«*

Alfray verstand. »Sollen wir uns zum Kampf stellen?«, rief er zurück, indem er das im Wind wehende Kriegsbanner der Vielfraße hob.

Jup übernahm die Antwort. »Was sonst?«, bellte er.

»Zum Kampf stellen, ja!«, fiel Haskeer ein. »Orks fliehen nicht! Wir *kämpfen*!«

Das reichte Coilla. Sie zügelte ihr Pferd, und die anderen folgten ihrem Beispiel. Die Aufseher hinter ihnen schlossen rasch auf.

Sie wendete ihr Pferd und rief: *»Haltet ein! Wir reiten ihnen entgegen!«*

Es stand ihr nicht zu, den Trupp zu kommandieren. Als ranghöchste Offiziere hätten Jup oder Haskeer den Befehl geben müssen. Aber im Augenblick dachte niemand an Formalitäten.

»Schwärmt aus!«, bellte Jup. *»Bildet eine Linie!«*

Der Trupp gehorchte rasch, da der Feind sie fast erreicht hatte. Sie zückten Schleudern, Wurfmesser, Kurzspeere und Bögen, obwohl sie, was Speere und Bögen betraf, miserabel ausgerüstet waren und nicht mehr als vier von jeder Sorte hatten. Wurfmesser und Schleudern waren zahlreicher vertreten.

Die Aufseher schrien und johlten, als sie ihnen entgegenstürmten. Einzelne Gesichter schälten sich erkennbar aus der Masse, vor Blutdurst verzerrt. Der dampfende Atem der Pferde ballte sich zu Wolken. Der Boden bebte.

»*Wartet!*«, mahnte Alfray.

Dann waren die Aufseher nur noch einen Steinwurf von der Orklinie entfernt.

»*Jetzt!*«, brüllte Jup.

Der Trupp ließ seine spärlichen Wurfgeschosse fliegen. Pfeile wurden abgefeuert, Speere sausten durch die Luft, und ein Steinhagel prasselte nieder.

Es gab einen Augenblick des Chaos, als die Menschen ihre Pferde zügelten. Mehrere wurden durch das jähe Abbremsen aus dem Sattel geworfen. Andere wurden durch Pfeile und Steine gefällt. Hier und da wurden Schilde gehoben.

Die Vergeltung erfolgte rasch, wenn auch nur vereinzelt. Einige wenige Pfeile flogen, und mehrere Speere kamen angesegelt, aber aus der mageren Gegenwehr schien hervorzugehen, dass die Aufseher ebenso schlecht ausgerüstet waren wie die Vielfraße. Wo sie welche hatten, hoben die Orks ihrerseits die Schilde. Geschosse prallten von ihnen ab.

Die Wurfgeschosse waren rasch erschöpft, und die beiden Seiten gingen dazu über, Schmähungen und Spott auszutauschen. Hände füllten sich mit Nahkampfwaffen.

»Ich gebe dem Theater noch zwei Minuten«, prophezeite Coilla.

Sie irrte sich. Das Patt wurde nach der Hälfte der Zeit durchbrochen.

Durch ihre viel größere Anzahl erkühnt, preschten die Menschen plötzlich vor, eine schwarze Flut, die vor Stahl strotzte.

»Jetzt gilt's«, murmelte Jup finster, indem er eine doppelschneidige Axt aus ihrer Sattelscheide zog.

Haskeer zückte ein Breitschwert. Coilla schob einen Ärmel zurück und fischte ein Wurfmesser aus ihrer Unterarmscheide.

Alfray richtete die Bannerlanze nach vorn. *»Haltet stand! Und gebt auf die Flanken Acht!«*

Alle anderen Ratschläge gingen im Getöse der anstürmenden Aufseher unter.

Die größere Anzahl und geringere Disziplin der Menschen führte zu einer Gruppenbildung, wodurch sie sich selbst behinderten. Es änderte nichts daran, dass jeder Vielfraß gegen eine Übermacht anzutreten hatte, aber es gewährte ihnen ein paar Sekunden Aufschub.

Coilla nutzte sie für den Versuch, ein paar Feinde auszuschalten, bevor sie sie erreichten. Sie warf ihr Messer auf den nächsten Menschen. Es traf ihn in den Hals, und er fiel vom Pferd. Sie zückte rasch die nächste Klinge und beförderte sie mit einem Unterhandwurf ins Auge eines weiteren Gegners. Ihr dritter Wurf verfehlte sein Ziel und erwies sich auch als ihr letzter. Der Feind war jetzt zu nahe für etwas anderes als ein Handgemenge. Mit einem lauten Kriegsruf hob sie ihr Schwert.

Der erste Krieger, der Jup erreichte, bezahlte teuer dafür. Ein Schlag mit der gewichtigen Axt des Zwergs spaltete ihm den Schädel und besprengte alle in der Nähe mit Blut und Knochensplittern. Zwei weitere Aufseher stürmten heran. Jup wich ihren Klingen aus und setzte einen weiten horizontalen Schwung an, der einem die Hand abtrennte und dem anderen die Brust einschlug. Es gab keine Pause. Weitere Gegner ersetzten die Gefallenen. Sein wettergegerbtes, bärtiges Gesicht verzerrte sich vor Anstrengung, als Jup auf sie einhieb.

Haskeers wilder Schlaghagel fällte seine beiden ersten Angreifer. Doch der zweite riss im Fallen seine Klinge mit, sodass Haskeer dem nächsten Gegner mit bloßen Händen gegenüberstand. Der Mann hatte eine Pike. Sie rangen darum, die Knöchel vor Anstrengung weiß, während der lange Speer hin und her ruckte. Haskeer mobilisierte alle Kräfte, stieß dem Mann das stumpfe Ende in den Bauch und brach so dessen Griff. Nach einer flinken Drehung landete die Spitze der Waffe in den Eingeweiden ihres ursprünglichen Besitzers. Nachdem er sie aus der Wunde gerissen hatte, erwies sie ihm gegen einen weiteren Aufseher denselben guten Dienst. Doch dieses Opfer krümmte und wand sich so ausgiebig, dass der Schaft brach, sodass Haskeer plötzlich mit einem unnützen Stück Holz in der Hand dastand.

Dann geschahen zwei Dinge gleichzeitig. Ein weiterer Mensch ging mit funkelndem Schwert auf ihn los. Und ein einsamer Pfeil zischte aus dem Getümmel heran und durchbohrte Haskeers Unterarm.

Mehr vor Wut denn vor Schmerzen heulend, riss er den blutigen Schaft heraus. Mit dem Pfeil in der Hand warf er sich vorwärts und stach mit ihm wie mit einem Messer nach dem Gesicht des Aufsehers. Die Ablenkung ermöglichte es Haskeer, dem kreischenden Mann die Klinge zu entreißen und ihm den Bauch aufzuschlitzen. Sofort nahm ein anderer Mensch den Platz des Gefallenen ein. Haskeer kämpfte weiter.

Alfray zog im Nahkampf das Beil der Lanze vor, das er mit tödlicher Exaktheit schwang. Doch in Wahrheit hatte er alle Hände voll damit zu tun, sich des Ansturms zu erwehren. Zwar war er noch vom orkischen Blutdurst erfüllt, aber sein Alter machte sich langsam bemerkbar. Doch trotz seiner nachlassenden Vitalität konnte er sich noch mit jedem im Metzeln messen. Einstweilen.

Er ließ den Blick über das Gemenge wandern und sah, dass er nicht der Einzige in Schwierigkeiten war. Der ganze Trupp stand kurz davor, überwältigt zu werden, und in den Flanken waren die Kämpfe besonders brutal, da der Feind sie zu überflügeln und zu umzingeln versuchte. Die Vielfraße mochten kaum eine andere Möglichkeit gehabt haben, als sich zum Kampf zu stellen, aber dieser Schachzug erwies sich als zu kühn. Sie erlitten Wunden, obwohl bis jetzt noch keiner von ihnen gefallen war. Das würde sich bald ändern.

Wenngleich nur Gefreiter, war er drauf und dran, die Vorschriften zu ignorieren und den Befehl selbst zu geben. Jup kam ihm zuvor und brüllte Worte, die einem Ork normalerweise im Hals stecken blieben.

»Zieht euch zurück! Zieht euch zurück!«

Die Anweisung breitete sich entlang der bedrängten Linie aus. Gemeine lösten sich hastig von ihrem Gegner und wichen zurück. Aus der Kraftprobe wurde ein Rückzugsgefecht. Aber den Aufsehern, die eine Finte witterten, widerstrebte es, ihren Gegnern mit zu viel Eifer nachzusetzen. Der Trupp wusste, dass dieses Widerstreben nur vorübergehend war.

Mit von der Anstrengung des Schlagabtauschs schmerzenden Armen zog Coilla sich mit den Übrigen zurück, sodass die Kluft zwischen den Fronten größer wurde. Die Vielfraße rückten dichter zusammen.

Sie ging zu Jup. »Was nun? Wieder fliehen?«

»Aussichtslos«, keuchte der Zwerg.

Coilla fuhr sich mit der Hand über die Wange und wischte sich Blut ab. »Das dachte ich mir.«

Ihre Gegner steigerten sich in die Wut hinein, die sie für den letzten Ansturm brauchten.

Neben Coilla sagte Alfray: »Wir haben ziemlich viele erwischt.«

»Aber nicht genug«, erwiderte Haskeer schroff.

Einige der Gemeinen riefen mit gedämpfter Stimme Ork-Götter an und baten darum, ihre Klinge zu führen. Oder um einen heldenhaften und raschen Tod. Coilla vermutete, dass die Menschen in ähnlicher Weise an ihren einen Gott appellierten.

Die Aufseher setzten sich in Bewegung.

Ein Pfeifen lag plötzlich in der Luft. Ein rasch dahineilender Schatten fegte über die Vielfraße hinweg. Sie schauten nach oben und sahen so etwas wie einen Schwarm länglicher Insekten über den Himmel fegen. Die dunkle Wolke hatte bereits ihren Zenit erreicht und senkte sich jetzt dem Feind entgegen.

Sie stürzte sich mit großer Wut auf sie. Die vorderste Linie der Aufseher war plötzlich mit tödlichen Geschossen gespickt. Sie bohrten sich in hochgereckte Gesichter, in Brustkörbe, Arme und Oberschenkel. Ihre Geschwindigkeit trug sie durch den schwachen Schutz von Helmen und Visieren. Die Schilde hätten auch aus Papier sein können, so viel nützten sie. Von unzähligen Pfeilen eingedeckt, verwandelten sich Mensch und Tier unterschiedslos in eine sich windende blutige Masse.

Eine große Streitmacht kam in vollem Galopp aus dem Wald geritten, und kaum hatte der Trupp sie erspäht, als sie auch schon die nächste tödliche Wolke abfeuerten. Die Flugkurve der Pfeile führte hoch über die Vielfraße hinweg, aber sie duckten sich dennoch instinktiv. Wieder regnete gnadenlos Tod auf die Köpfe der Menschen nieder und brachte mehr Chaos und Tumult.

Als ihre Verbündeten näher kamen, konnten die Orks sie erkennen.

Die Augen mit einer Hand abgeschirmt und ihrer Verstärkung entgegenblinzelnd, rief Alfray: »Das ist Keppatawns Klan!«

Jup nickte: »Und zur rechten Zeit.«

Die kleine Armee der Zentauren war den Menschen zahlenmäßig mindestens ebenbürtig. Und sie würde das Schlachtfeld in wenigen Augenblicken erreichen.

»Wer führt sie an?«, wunderte sich Alfray.

Im Trupp wusste man, dass Keppatawn selbst lahmte, und rechnete nicht damit, dass er den Angriff führte.

»Sieht nach Gelorak aus«, meldete Jup.

Die muskulöse Statur des Zentauren und seine unverkennbare kastanienfarbene Mähne waren jetzt deutlich zu sehen.

Haskeer hatte sich mittlerweile ein schmutziges Tuch um seine Wunde gebunden. »Warum reden, wenn noch einige Gegner zu erledigen sind?«, murrte er.

»Wie wahr«, stimmte Coilla zu, indem sie sich aus der Reihe löste. *»Auf sie!«*

Sie zögerten nicht, ihrem Beispiel zu folgen.

Der doppelte Pfeilhagel hatte die Aufseher ins Chaos gestürzt, und ihre Toten und Verstümmelten lagen überall. Reiterlose Pferde und umherirrende Verwundete trugen zum allgemeinen Durcheinander bei, und jene, die sich noch auf den Pferden hielten, schienen in richtungsloser Benommenheit durcheinander zu wogen. Sie waren leichte Beute für den rachsüchtigen Kriegstrupp.

Kaum hatten die Orks mit ihrem Gemetzel begonnen, als die Armee der Zentauren sich ihnen bereits anschloss. Mit Keulen, Speeren, kurzen Bögen und Krummsäbeln gewährleisteten sie einen leichten Sieg. Der überlebende Rest der Aufseher machte rasch kehrt und floh, von einem Trupp leichtfüßiger Zentauren verfolgt.

Erschöpft und von dem Kampf verschwitzt und verdreckt, begutachtete Coilla das Schlachtfeld. Der stellvertretende Häuptling des Droga-Klans trottete zu ihr und schob sein Schwert in die Scheide. Er scharrte ein paar Mal mit den Hufen.

»Danke, Gelorak«, sagte sie.

»Es war uns ein Vergnügen. Wir haben keinen Bedarf an derart unerwünschten Gästen.« Sein geflochtener Schweif zuckte ein Mal. »Wer waren sie?«

»Nur ein Haufen Menschen, die ihrem Gott der Liebe dienen wollten.«

Er lächelte schief und fragte dann: »Wie ist euer Abstecher in die Marschen gelaufen?«

»Gut und ... nicht so gut.«

Geloraks Blick wanderte über den Trupp. »Ich sehe Stryke nicht.«

»Nein«, erwiderte Coilla leise. »Nein, den siehst du nicht.«

Sie starrte in den dunkler werdenden Himmel und versuchte ihrer Verzweiflung Herr zu werden.

50

Er befand sich in einem schmalen Tunnel, der sich endlos vor und hinter ihm erstreckte.

Sein Kopf berührte fast die Decke, und als er die Arme ausstreckte, konnte er die Hände links und rechts auf die Seitenwände legen, die sich kalt und klamm anfühlten. Decke, Wände und Boden waren aus Stein, aber der Tunnel schien aus dem Felsen gehauen worden zu sein, nicht gebaut, weil es keine Nahtstellen oder Spuren dafür gab, dass Blöcke zusammengesetzt worden waren. Es gab auch keinerlei Beleuchtung, aber er konnte dennoch recht gut sehen. Das einzige Geräusch war das seines angestrengten Atmens.

Er wusste nicht, wo er war und wie er hierher gekommen war.

Eine Weile stand er still und reglos da, unsicher, was er tun sollte, und versuchte aus seiner Umgebung schlau zu werden. Dann erschien weit voraus ein weißes Licht. In der anderen Richtung war kein derartiges Licht zu sehen, also nahm er an, dass es sich um den Ausgang des Tunnels handelte. Er marschierte darauf zu. Anders als die Wände und Decke mit ihrer glatten Schlüpfrigkeit war der Boden rau und gab ihm Halt.

Es war schwierig, die verstrichene Zeit einzuschätzen, aber nach ungefähr zehn Minuten hatte er nicht den Eindruck, dass das Licht näher gekommen war. Der Tunnel selbst blieb absolut gleichförmig, und die Stille war bis auf das Geräusch seiner Schritte vollkommen. Er ging so schnell weiter, wie ihm dies in dem beengten Raum möglich war.

Aus seinem verschwommenen Zeitgefühl wurde Zeitlosigkeit. Jegliche Vorstellung hinsichtlich des Verstreichens von Minuten und Stunden verließ ihn. Es gab nur ein endloses Jetzt *und ein Universum, das ausschließlich aus seinem Streben nach einem Licht bestand, welches er nie erreichen konnte. Sein Körper wurde zu einem wandelnden Automaten.*

An einem nicht näher bestimmten Punkt seiner monotonen Wanderschaft ließ ihn die Vorstellung aufmerken, das Licht sei heller geworden, wenn auch nicht notwendigerweise größer. Bald fand er es schwierig, es länger als ein paar Sekunden direkt anzuschauen.

Mit jedem seiner Schritte wurde das reine weiße Licht heller, bis Wände, Boden, Decke und überhaupt alles ausgelöscht waren. Er schloss die Augen und sah es immer noch. Er hielt sich die Hände vor die Augen, um es zu dämpfen, aber es machte keinen Unterschied.

Jetzt pulsierte es, schlug in einem Rhythmus, den er vor der Brust spürte und der am Kern seines Wesens riss.

Das Licht war Schmerz.

Er wollte sich abwenden und weglaufen. Er konnte nicht. Er ging nicht mehr, sondern wurde in das blendende, quälende, sengend kalte Herz gesogen.

Er schrie auf.

Das Licht erlosch.

Langsam ließ er die Hände sinken und öffnete die Augen.

Vor ihm erstreckte sich eine riesige, öde Ebene. Es gab keine Bäume, kein Grün, nichts, das einer Landschaft glich, wie er sie kannte. Sie ähnelte einer Wüste, obwohl der Sand zinnfarben und sehr fein war wie Vulkanasche. Das trostlose Bild wurde lediglich von zahllosen ebenholzfarbenen Felsen durchbrochen, großen und kleinen, die überall verstreut und zum Teil im Erdreich vergraben waren.

Das Klima war tropisch. Gelblich-grüne Nebelschwaden krochen in Knöchelhöhe über den Boden, und in der Luft lag ein unangenehmer Geruch, der ihn an Schwefel und verdorbenen Fisch erinnerte. In weiter Ferne ragten riesige schwarze Berge in die Höhe.

Doch am meisten schockierte ihn der Himmel.

Er war blutrot und wolkenlos. Es gab keine Sterne. Aber dicht über dem Horizont hing ein gewaltiger Mond. Er konnte jede pockennarbige Einzelheit seiner leuchtenden gelblich-braunen Oberfläche erkennen. Tatsächlich war er so groß und nah, dass er beinahe glaubte, die riesige Scheibe mit einem Pfeil durchbohren zu können. Er wunderte sich, dass er nicht herabfiel und dieses trostlose, verlassene Land zerschmetterte.

Er riss sich vom Anblick des Mondes los, drehte sich um und schaute hinter sich. Der Anblick war genau derselbe. Silbrig-grauer Sand, zerklüftete Felsen, entfernte Berge, ein roter Himmel. Da war nichts, was eine Tunnelmündung hätte sein können.

Trotz der feuchten Wärme überlief es ihn kalt, als ihm ein bedrückender Gedanke kam. Konnte er gestorben und in Xentagien sein, der Hölle der Orks? Dies sah gewiss wie ein Ort ewigen Fegefeuers aus. Würden Aik, Zeenoth, Neaphetar und Wystendel, die heilige Tetrade seiner Rasse, auf feurigen Streitwagen vom Himmel fahren und seine Seele zu ewiger Bestrafung verdammen?

Dann ging ihm auf, dass die Hölle spärlich bevölkert war, wenn dies hier tatsächlich Xentagien sein sollte. War er der einzige Ork aller Zeiten, der die Verbannung hierher verdiente? Hatte nur er allein ein Verbrechen wider die Götter begangen, dessen er sich nicht bewusst war und das seine Verdammnis rechtfertigte? Und wo waren die folternden Dämonen, die Sluagh, von denen es hieß, sie bevölkerten die infernalischen Regionen und ihr einziges Vergnügen bestehe darin, die verdammten Seelen zu peinigen?

Etwas fiel ihm ins Auge. Weit entfernt bewegte sich etwas. Er strengte sich an, mehr zu erkennen. Zuerst gelang es ihm nicht. Dann ging ihm auf, dass er eine Wolke aus gelblich-grünem, alles durchdringendem Dunst beobachtete. Nur war dieser Dunst dichter und schien sich zielstrebig auf ihn zu zu bewegen.

Hatte er doch Recht gehabt? Wurde er gerichtet? Von den Göttern verurteilt? Grausam gefoltert?

Sein Instinkt drängte ihn zum Kampf. Sofort kam ihm der Gedanke, wie sinnlos so ein Plan sein musste, wenn er es wirklich mit den Göttern zu tun bekam. Der Gedanke zu fliehen kam ihm ebenso albern vor. Er beschloss, sich dem zu stellen, was ihn erwartete. Ob Gottheit oder Dämon, er würde seinen Glauben nicht durch einen Akt der Feigheit verraten.

Er straffte die Schultern und wappnete sich, so gut er es konnte.

Er brauchte nicht lange zu warten. Die Wolke, die wallte, aber irgendwie kompakt blieb, wälzte sich direkt auf ihn zu. Es war ausgeschlossen, dass sie vom Wind getrieben wurde. Dafür bewegte sie sich zu präzise, und außerdem wehte gar kein Wind.

Die Wolke kam vor ihm zur Ruhe, vielleicht eine Speerlänge entfernt. Sie wirbelte weiter, und er hätte eigentlich erwartet, die Brise verdrängter Luft zu spüren, aber da war nichts. Aus dieser Nähe konnte er unzählige winzige goldene Punkte in dem wirbelnden Rauch erkennen. Er war weniger sicher, was die Wolke enthielt. Aber da war irgendeine Form.

Beinahe sofort verlangsamte sich die Rotation der Rauchkugel. Der dichte Nebel schälte sich Schicht um Schicht ab und schmolz in der Luft. Die dunkle Form, die er umgab, enthüllte sich allmählich. Es wurde offensichtlich, dass es sich um eine Gestalt handelte.

Er spannte sich.

Die letzten Schwaden lösten sich auf, und ein Wesen stand vor ihm.

Er hatte sich viele Dinge vorgestellt, aber nicht das.

Das Wesen war klein und untersetzt. Es hatte eine grünliche, faltige Haut und einen großen runden Kopf mit spitzen abstehenden Ohren. Die leicht geschlitzten und ein wenig vorspringenden Augen hatten eine tintige Iris in einem gelblich geäderten Weiß und fleischige Lider. Gesicht und Kopfhaut waren völlig haarlos, aber vor den Ohren saßen buschige, rötlich-braune Koteletten, die bereits grau wurden. Die Nase war klein und spitz, der Mund hatte etwas von gehärtetem Pflanzensaft, der mit einer Feile gezähnt worden war. Die Kleidung bestand aus einem bescheidenen Gewand von unbestimmbarer Farbe, das von einer Schnur zusammengehalten wurde.

Das Wesen war sehr alt.

»Mobbs?«, flüsterte Stryke.

»Sei gegrüßt, Hauptmann der Orks«, erwiderte der Gremlin. Er redete leise, und ein schwaches Lächeln hellte sein Gesicht auf.

Stryke ging eine Unzahl von Fragen im Kopf herum. Er entschied sich für: »Was machst du denn hier?«

»Ich habe keine Wahl.«

»Habe ich denn eine? Wo bin ich, Mobbs? Ist das irgendeine Hölle?«

Der Gremlin schüttelte den Kopf. »Nein. Wenigstens nicht in deinem Sinn.«

»Wo bin ich dann?«

»Das ist ein ... Zwischenland, *weder aus deiner Welt noch aus meiner.«*

»Wie meinst du das? Sind wir nicht beide Maras-Dantier?«

»Diese Fragen sind weniger wichtig als das, was ich dir zu sagen habe.« Mobbs wies mit einer abwesenden Geste seiner Hand auf ihre Umgebung. »Finde dich damit ab. Betrachte das hier als Forum, das ein Treffen zwischen uns ermöglicht.«

»Mehr Rätsel als Antworten. Immer ganz der Gelehrte, Mobbs.«

»Ich dachte, ich sei einer. Seit ich hier bin, ist mir aufgegangen, dass ich gar nichts wusste.«

»Aber wo ...«

»Die Zeit ist knapp.« Ohne Überleitung fügte er hinzu: »Erinnerst du dich noch an unsere erste Begegnung?«

»Natürlich. Sie hat alles verändert.«

»Wohl eher eine Veränderung unterstützt, die bereits im Gange war. Vielleicht eine Art Geburtshilfe. Obwohl keiner von uns eine Ahnung von der Gewaltigkeit dessen hatte, was da kommen würde, nachdem du deinen neuen Weg eingeschlagen hattest.«

»Ich weiß nichts von Gewaltigkeit.« Stryke sprach es mit dem zögerlichen Respekt aus, der einem Wort gebührte, das er noch nie zuvor benutzt hatte. »Meinem Trupp und mir ist dadurch nur Ärger entstanden.«

»Und dir wird noch mehr und schlimmerer Ärger entstehen, bevor du triumphierst.« Der Gremlin korrigierte sich. »Wenn *du triumphierst.«*

»Wir halten uns mit Spucke und Mumm über Wasser, und wir laufen herum und suchen nach Steinchen eines Mosaiks, das wir nicht verstehen. Warum sollten wir uns noch mehr Ärger einhandeln wollen, wenn wir nicht einmal wissen, was wir überhaupt tun?«

»Aber ihr wisst, warum *ihr es tut. Freiheit, Wahrheit, die Auflösung eines Rätsels. Es geht um große Belohnungen, Stryke, und sie haben einen Preis. Am Ende magst du dich fragen, ob die Belohnungen es wert sind, den Preis zu zahlen oder nicht.«*

»Ich weiß jetzt schon nicht mehr, ob sie es überhaupt noch wert sein können, Mobbs. Ich habe Kameraden verloren, gesehen, wie Ordnung zerbröckelt und unser Leben zerrissen worden ist …«

»Glaubst du, dazu wäre es nicht ohnehin gekommen? Ganz Maras-Dantien ist auf dem absteigenden Ast, dafür haben die Spätankommer gesorgt. Du hast die Möglichkeit, etwas zu verändern, wenigstens für einige. Wenn du jetzt aufhörst, besiegelst du damit die Niederlage. Mach weiter, und du hast zumindest eine geringe Aussicht auf den Sieg. Ich versuche gar nicht erst, dir weiszumachen, dass es mehr ist.«

»Dann sag mir, was ich tun soll.«

»Du willst wissen, wo du den letzten Instrumental findest und was du mit ihnen tun musst, wenn du sie alle hast?«

Stryke nickte.

»Das kann ich dir nicht sagen. In dieser Hinsicht weiß ich auch nicht mehr als du. Aber hast du die Möglichkeit in Erwägung gezogen, dass die Gegenstände deiner Suche gefunden werden wollen?«

»Das ist verrückt. Es sind doch nur … Dinge.«

»Vielleicht.«

»Also hast du mir nichts weiter zu bieten als Warnungen?«

»Und Ermutigung. Du bist so nah daran. Du wirst die Möglichkeit bekommen, deine Aufgabe zu beenden, daran zweifle ich nicht. Obwohl es noch mehr Blut, Tod und Kummer geben wird. Und trotz alledem musst du weitermachen.«

»Du redest mit solcher Gewissheit. Woher weißt du all diese Dinge?«

»Mein gegenwärtiger ... Zustand gewährt mir ein wenig Kenntnis zukünftiger Ereignisse. Nichts Konkretes, nur flüchtige Blicke auf größere Strömungen, die zukünftige Zeiten formen.« Seine Miene verfinsterte sich. »Und ein Feuer wird kommen.«

Wieder überlief es Stryke kalt, als plötzlich die Erkenntnis dämmerte. »Du sagtest, du hättest keine Wahl, was dein Hiersein betrifft«, flüsterte er.

Mobbs antwortete nicht.

Stryke wiederholte seine Frage von zuvor, diesmal mit mehr Bestimmtheit. »Wo sind wir, Mobbs?«

Der betagte Gelehrte seufzte. »Man könnte es eine Leichenhalle nennen. Ein Schattenreich.«

»Wie lange bist du schon hier?«

»Ich bin hierher gekommen, kurz nachdem wir uns getrennt haben. Auf Betreiben eines anderen Orks, eines Hauptmann Delorran.«

Der Gremlin zog sein Gewand auseinander und entblößte seine Brust. Sie wies eine Wunde auf, jetzt frei von Blut, so tief und bösartig, dass sie nur eine Wirkung gehabt haben konnte.

Die Bestätigung seines Verdachts ließ alle Farbe aus Strykes Gesicht weichen. »Du bist ...«

»Tot. Untot. Zwischen zwei Welten. Und ich werde wohl erst zur Ruhe kommen, wenn die Dinge in deiner Welt entschieden sind.«

»Mobbs, ich ... es tut mir Leid.« Was für eine unzureichende Bemerkung das war.

»Das muss es nicht«, erwiderte der Gremlin sanft, indem er sein Gewand schloss.

»Delorran hat mich gejagt. Hätte ich dich nicht in die Sache verwickelt ...«

»Vergiss es. Ich hege keinen Groll gegen dich, und Delorran hat dafür bezahlt. Aber kannst du es nicht sehen? Befreie dich, und du befreist mich.«

»Aber ...«

»Ob es dir gefällt oder nicht, Stryke, das Spiel läuft, und du bist *ein Spieler.« Mobbs streckte einen Arm aus und zeigte über die Schulter des Orks. »Gib Acht!«*

Verblüfft fuhr Stryke herum – und erblickte reinen Wahnsinn.

Der gigantische Mond, der gerade hinter dem Gebirge unterging, hatte sich in ein Gesicht verwandelt. Es hatte die Züge einer Frau, und zwar einer, die er nur zu gut kannte. Ihre Haare waren schwarz, ihre Augen unergründlich. Ihre Haut funkelte in einem schwachen smaragdgrünen und silbernen Schein, als habe sich Fleisch mit Fischschuppen vermischt.

Jennesta, die Hybrid-Königin, öffnete ihren übermäßig breiten Mund mit den langen Eckzähnen und brüllte vor lautlosem Gelächter.

Eine Hand erhob sich hinter dem Gebirge. Sie passte in ihrem Maßstab zu dem Gesicht. Die unnatürlich schlanken Finger, die in noch einmal halb so langen Nägeln ausliefen, hielten einen großen Gegenstand. Mit einer fast beiläufigen Geste warf die Hand den Gegenstand locker in Richtung Ebene.

Stryke sah völlig verdutzt zu, wie der Gegenstand sich in der Luft drehte und dann auf den Boden fiel. Eine gewaltige Staubwolke stieg auf. Die Erde bebte. Dann hüpfte der Gegenstand, wirbelte umher, fiel wieder und prallte erneut ab.

Nachdem sich dies ein halbes Dutzend Mal wiederholt hatte, dämmerten Stryke zwei Dinge.

Zum einen erkannte er den Gegenstand wieder. Er war das, was Mobbs Instrumental nannte und die Vielfraße Stern getauft hatten. Bie diesem handelte es sich um den ersten, den der Trupp in Heimaterde gefunden hatte, einer Siedlung der Unis. Doch während Stryke ihn als einen Gegenstand kannte, den er leicht in der Hand halten konnte, hatte er nun gigantische Ausmaße angenommen. Ein Pferdegespann wäre nötig gewesen, um die sandfarbene Mittelkugel zu ziehen. Die sieben Zapfen daran waren so groß wie erwachsene Orks.

Zum anderen ging ihm auf, dass der Gegenstand direkt auf ihn zu rollte.

Er drehte sich zu Mobbs um. Der Gremlin war verschwunden.

Der Stern holperte näher und erschütterte dabei den Boden bei jedem Aufprall wie ein kleines Erdbeben. Er schien nicht im Geringsten Schwung zu verlieren.

Stryke fing an zu laufen.

Er rannte durch die bizarre Einöde, wich Felsen aus, arbeitete mit den Armen. Der Stern holte auf, peitschte die Asche mit markerschütternden Schlägen, zerschmetterte Felsen, wirbelte Staubwolken auf und flog mit ehrfurchtgebietender Pracht durch die Luft.

Stryke konnte ihn hinter sich hören, sogar spüren. Während er sich alle Mühe gab, ihm davonzulaufen, riskierte er einen kurzen Blick über die Schulter. Er sah zwei der mächtigen Zapfen herunterkommen wie die Beine eines Riesen, vorwärts fallen, sich aus der Asche lösen und wieder davonfliegen. Eine Staubwolke blendete ihn kurz, dann erschütterte ein weiteres Krachen den Boden, und der Stern war nahe genug, um ihn zu berühren.

Er warf sich zur Seite und nutzte dabei jede Unze Muskelkraft, die der Spurt ihm noch gelassen hatte. Während er sich in der klebrigen Asche abrollte, befürchtete er, der Stern werde wenden und die Verfolgung fortsetzen. Er kam zur Ruhe und sprang auf, bereit zur Flucht.

Der Stern setzte seinen Weg fort, walzte dabei jedes Hindernis platt und schlug einen donnernden Ryhthmus auf dem Erdboden, während er sich immer weiter entfernte. Stryke sah ihm nach, wie er über die Ebene hüpfte. Als er nur noch ein weit entfernter Punkt war, ließ er den Atem entweichen, den er angehalten hatte.

Sein Blick wanderte zurück zu einem, wie er hoffte, wiederhergestellten Mond. Diese Hoffnung zerschlug sich. Jennestas riesige Gestalt blieb. Sie schwamm in einem Ozean aus Blut und funkelte auf ihn herab.

Wieder hob sie die Hand. Sie enthielt mehr als zuvor. Sie warf wieder, und diesmal waren es drei Sterne, die in unregelmäßiger Linie auf den Boden fielen. Drei Aschewolken erhoben sich. Die Sterne hüpften und flogen Stryke entgegen.

Auch diese Sterne erkannte er wieder. Der erste war grün mit fünf Zapfen, der zweite dunkelblau mit vier Zapfen, der letzte grau mit zwei Zapfen. Das waren die anderen drei Sterne, die der Trupp gefunden hatte.

Als sie sich ihm näherten, kam es ihm so vor, als sei eine Intelligenz am Werk, die sie schlauer lenkte als den ersten Stern. Einer kam in unbeirrbar gerader Linie. Die beiden rechts und links davon bewegten sich im Zickzack, indem sie abwechselnd weiter nach außen flogen und dann wieder näher zum Mittelstern. Es war eine klassische Zangenformation. Und Stryke war sicher, dass sie sich schneller bewegten als der erste Stern.

Wieder floh er vor ihnen. Er wechselte ständig die Richtung, um *es ihnen schwerer zu machen. Aber jedes Mal, wenn er einen Blick zurück warf, waren sie ihm noch auf den Fersen, und sie bewahrten dabei ihre Position zueinander wie ein Fischnetz, das ihn einholen wollte. Er lief, so schnell er konnte. Seine Beine brannten vor Schmerzen. Wenn er nach Luft schnappte, fühlte es sich an, als atme er Feuer ein.*

Dann prallte einer der gewaltigen Sterne rechts neben ihm auf den Boden und wirbelte Asche auf. Er schwenkte nach links. Der nächste landete und versperrte ihm den Weg. Der dritte drehte sich über ihm in der Luft. Er stolperte und stürzte schwer. Er wälzte sich auf den Rücken. Ein Schatten fiel auf ihn. Hilflos sah er den Stern herabstürzen und wusste, dass er im nächsten Augenblick zermalmt würde.

Er saß in der Falle wie ein Insekt, das zusah, wie sich ein großer Stiefel senkte, um es zu zerquetschen.

Und er glaubte, ein seltsames, melodiöses, verträumtes Lied zu hören.

*

Er schrie.

Es dauerte einen Moment, bis ihm aufging, dass er wach war. Und am Leben. Weitere Sekunden verstrichen, bevor er seine Umgebung erkannte. Er richtete sich auf und wischte sich mit dem Ärmel den Schweiß ab, der trotz der Kälte sein Gesicht bedeckte. Er keuchte, und sein Atem bildete in der dünnen, kalten Luft kleine Wölkchen.

Der Traum war nicht wie die anderen, aber genauso lebendig und genauso wirklich. Er versuchte schlau daraus zu werden, indem er ihn noch einmal vor seinem geistigen Auge abspulte. Dann dachte er an Mobbs.

Noch mehr Blut an seinen Händen.

Stryke beherrschte sich. Es war töricht, sich wegen eines Traums schuldig zu fühlen. Soviel er wusste, war Mobbs gesund und munter. Aber irgendwie konnte er sich nicht ganz dazu durchringen, das zu glauben.

Er war immer noch verwirrt und musste sich zusammenreißen. Er erhob sich und ging zum Rand seines Gefängnisses.

Das Bergplateau, auf dem Glozellan, Jennestas Drachenmutter, ihn ausgesetzt hatte, war ziemlich klein, vielleicht hundert Schritte lang und sechzig breit, und wies nur ein paar Felszacken auf, die ein wenig Schutz vor dem Wind boten. Er wusste nicht, warum

Glozellan ihn hierher gebracht hatte. Alles sprach dafür, dass er auf Geheiß ihrer Gebieterin ergriffen worden und es nur eine Frage der Zeit war, bis ihr Zorn ihn treffen würde.

Er sah sich eingehend um, da er lediglich wusste, dass er sich weit nördlich vom Drogawald befand, nicht aber wo genau. Vielleicht auf einem der Gipfel Goffs oder Bandar Gizatts. Die Tatsache, dass er ein Stück Ozean im Westen und auch die Eisscholle weiter im Norden sehen konnte, schien das zu bestätigen. Obwohl es keine Rolle spielte.

Die Temperatur war niedrig, und der scharfe Wind stach. Stryke war froh über seine Pelzweste und zog sie enger, während er noch einmal über die Ereignisse der letzten Stunden nachdachte. Glozellan hatte ihn ohne Erklärung verlassen. Kurz danach war der mysteriöse Mensch aufgetaucht, der sich Seraphim nannte, obwohl Stryke sich nicht erklären konnte, wie er an einem so unzugänglichen Ort einfach kommen und gehen konnte. Dann waren da die Instrumentale, die Sterne.

Die Sterne.

Er erinnerte sich, dass sie gesungen hatten. Kurz bevor er eingeschlafen war, hatten sie irgendein Geräusch gemacht. Aber nicht hörbar. Es war nur in seinem Kopf gewesen. Es war auch kein richtiges Singen, aber besser konnte er es nicht beschreiben. Genau wie Haskeer.

Das ließ ihn innehalten.

Stryke griff mit eiskalter Hand in den Gürtelbeutel und holte die Sterne heraus. Er begutachtete sie. Denjenigen, den sie in Heimaterde erbeutet hatten, sandfarben mit sieben Zapfen verschiedener Länge; den grünen Stern aus Dreieinigkeit mit den fünf Zapfen; den dunkelblauen mit den vier Zapfen aus der Krätze. Jetzt sangen sie nicht.

Er runzelte die Stirn. Nichts, was mit diesen Dingern zu tun hatte, ergab einen Sinn.

Dann sah er, noch mehrere Meilen entfernt, wie sich etwas näherte. Eine große schwarze Gestalt mit träge flatternden Sägezahn-Schwingen. Sie war unverkennbar.

Er stand bereit, die Hand am Schwert.

51

Der Trupp wurde in den Drogawald geführt.

Die Wachen waren verdoppelt worden für den Fall, dass die Menschen zurückkehrten, und die Zentauren waren auf dem Kriegspfad.

Alfray nahm sich Haskeer vor, um seine Wunde anständig zu verbinden, und kümmerte sich dann um die verletzten Gemeinen. Die anderen Vielfraße verteilten sich in der ganzen Siedlung und hielten nach Essen und Trinken Ausschau. Von Gelorak begleitet, gingen Jup und Coilla zum Klan-Häuptling.

Sie fanden Keppatawn im Eingang zu seiner Waffenschmiede, wo er Befehle bellte und Boten aussandte. Früher flink und muskulös, hatte das Alter seinen Bart angegraut und Falten in sein Gesicht gegraben. Er war lahm und zog sein verkümmertes rechtes Vorderbein unnütz hinterher.

Nachdem er Gelorak begrüßt hatte, wandte er sich an die beiden Vielfraße. »Feldwebel. Gefreiter. Willkommen zurück.«

Jup nickte.

»Tut uns Leid, dass wir Ärger mitbringen, Keppatawn«, sagte Coilla zu ihm.

»Das muss es nicht. Ein guter Kampf ab und zu hält uns in Schwung.« Der Zentaur grinste spitzbübisch. »Wie ist euer Unternehmen gelaufen?«

»Wir haben bekommen, was du wolltest.«

»Das *habt* ihr?« Keppatawn strahlte. »Wunderbare Neuigkeiten! Alles, was man über euch Orks sagt ...« Er sah ihre Mienen. »Was ist los?«

Keiner antwortete.

Keppatawn sah sich auf der Lichtung um. »Wo ist Stryke?«

»Wir wissen es nicht«, gab Jup bedrückt zu.

»Was soll das heißen?«

»Sein Pferd ist gestürzt, als wir versuchten, den Menschen zu entkommen«, erklärte Coilla. »Dann tauchte ein Kriegsdrache aus dem Nichts auf und hat ihn mitgenommen.«

»Heißt das, er wurde gefangen genommen?«

»Wir haben nicht gesehen, dass er gezwungen worden ist, wenn du das wissen willst. Dafür waren wir zu sehr mit der Flucht beschäftigt. Aber Jennesta gehört heutzutage zu den ganz Wenigen, die noch über Drachen gebieten.«

»Ich habe den Reiter gesehen«, sagte Jup. »Ich bin ziemlich sicher, dass es Glozellan war.«

Coilla seufzte. »Jennestas Drachenmutter. Damit ist alles klar.«

»Vielleicht nicht«, wandte der Zwerg ein. »Kannst du dir vorstellen, dass ein *Braunwichtel* Stryke zu etwas gezwungen hat, was der nicht wollte?«

»Ich weiß es einfach nicht, Jup. Ich weiß nur, dass Stryke nicht mehr da ist, und mit ihm sind auch die Sterne und die Träne verschwunden.« An Keppatawn gewandt fügte sie hinzu: »Tut mir Leid. Ich hätte es gleich sagen sollen.«

Der Häuptling verriet keine offensichtliche Enttäuschung, aber sie bemerkten alle, wie seine Hand unbewusst den Oberschenkel seines verkümmerten Beins rieb. »Ich kann nicht vermissen, was ich nie hatte«, erwiderte er stoisch. »Was euren Hauptmann betrifft, so werden wir die Gegend absuchen.«

»Das sollte eigentlich der Trupp übernehmen«, sagte Jup. »Schließlich ist er einer von uns.«

»Ihr brauchte Ruhe, und wir kennen die Gegend.« Er wandte sich an seinen Stellvertreter. »Stell Suchtrupps zusammen, Gelorak, und postiere Späher an Aussichtspunkten.« Der junge Zentaur nickte und galoppierte davon. Keppatawn richtete seine Aufmerksamkeit wieder auf Jup und Coilla. »Im Augenblick können wir nicht mehr tun. Kommt.«

Er führte sie zu einem Eichentisch. Sie glitten müde auf die Holzbank. Ein Zentaur kam, der einen kleinen zweirädrigen, mit Proviant beladenen Karren zog. Keppatawn griff zu und riss einen Steinkrug mit schmalem Hals von der ächzenden Ladefläche.

»Ich glaube, ihr könnt einen Schluck Ale vertragen«, mutmaßte er. Er biss in den Korken des Krugs, zog ihn heraus und spie ihn weg, dann knallte er den Krug auf den Tisch.

»Warum nicht?«, erwiderte Jup. Er hob den Krug mit beiden Händen und trank, dann bot er ihn Coilla an. Sie schüttelte den Kopf.

Keppatawn stemmte den Krug mühelos mit einer Hand und trank ausgiebig. Er wischte sich mit dem Handrücken den Mund ab. »Und jetzt erzählt mir, was passiert ist.«

Coilla machte den Anfang. »Stryke ist nicht der Einzige, den wir verloren haben. Auf dem Rückweg wurde einer von unseren Gemeinen, Kestix, von Nyadd-Kriegern in den Narbenfelsmarschen getötet.« Sie empfand einen kummervollen Stich. Kestix war bei dem Versuch gestorben, sie zu retten.

»Das tut mir wirklich Leid«, sagte Keppatawn. »Umso mehr, als ihr dieses Unternehmen für mich ausgeführt habt.«

»Wir haben es ebenso sehr für uns getan. Dich trifft keine Schuld.«

»Offen gesagt überrascht es mich, dass unsere Verluste nicht größer waren«, warf Jup ein, »wenn man das Chaos dort bedenkt.«

»Inwiefern?«, fragte Keppatawn.

»Adpar ist tot.«

»*Was?* Seid ihr sicher?«

»Wir waren zugegen, als sie starb«, sagte Coilla. »Und, nein, wir waren es nicht.«

»Ihr habt in der Tat eine ereignisreiche Reise hinter euch. Wie ist sie gestorben?«

»Es war Jennestas Werk.«

»Sie war dort?«

»Nun ... nein.«

»Woher wisst ihr dann, dass sie es war?«

Das war eine gute Frage. Coilla hatte noch keine Zeit gehabt, sich die Sache durch den Kopf gehen zu lassen. Jetzt wurde ihr klar, dass sie einigermaßen rätselhaft war. »Stryke hat es gesagt«, erwiderte sie nachdenklich. »Er schien ganz sicher zu sein.«

Offenbar hatte auch Jup bisher keinen Gedanken daran verschwendet. »Ja, aber wieso?«

»Er muss mehr gewusst haben als wir«, entschied Coilla, obwohl sie sich nicht vorstellen konnte, warum.

»Im Nyadd-Reich herrschte Anarchie«, fasste sie kurz und bündig zusammen. »Wir konnten nur entkommen, weil die Merz uns geholfen haben.«

Keppatawn schaute nachdenklich drein. Er strich sich mit Daumen und Zeigefinger über sein vollbärtiges Kinn. »Dann müssen wir von nun an noch wachsamer sein. Adpars Tod ändert die gesamte Machtstruktur in dieser Region – und nicht notwendigerweise zum Besseren.«

»Aber sie war eine Tyrannin.«

»Ja. Aber wenigstens wussten wir, woran wir mit ihr waren. Jetzt werden andere kommen und die Leere füllen, die sie hinterlässt, und das sind unbekannte Größen. Das kann nur noch mehr Instabilität bringen, und davon hat Maras-Dantien ohnehin schon reichlich.«

Sie wurden durch die Ankunft eines stolzierenden Haskeers unterbrochen. Er hatte einen Arm in der Schlinge und verzehrte ein Stück gebratenes Fleisch. Seine Lippen und Wangen glänzten vor Fett.

»Wo ist Alfray?«, fragte Coilla.

»Verbinnet Wunn«, erwiderte Haskeer mit vollem Mund.

Sie deutete mit einem Kopfnicken auf seinen Arm. »Was macht deine Verletzung?«

Er schluckte, warf den abgenagten Knochen weg und rülpste laut. »Geht schon.« Ohne zu fragen, griff er sich den Krug und trank herzhaft, den Kopf in den Nacken gelegt, wobei ihm das Ale übers Gesicht lief. Er rülpste wieder.

»Wie immer beschämst du uns mit deinen gepflegten Manieren«, bemerkte Jup.

Haskeer schaute andeutungsweise verblüfft drein. »Meine was?«

»Vergiss es.«

Früher hätte der Spott des Zwergs dazu geführt, dass die beiden Feldwebel einander an die Kehle gegangen wären. Vielleicht wurde Haskeer abgeklärter, oder vielleicht verstand er nicht, dass er Gegenstand beißenden Spotts war, jedenfalls zuckte er nur die Achseln und fragte: »Was machen wir jetzt?«

»Wir versuchen Stryke zu finden. Davon abgesehen haben wir keine Ahnung«, räumte Jup ein.

Haskeer wischte sich die fettigen Finger an seiner Pelzweste ab. »Angenommen, wir finden ihn nicht?«

»Daran darfst du nicht einmal *denken*«, grollte Coilla düster.

Die Wahrheit war, dass ihr selbst nichts anderes einfiel.

*

Stryke sah zu, wie das Ungetüm tiefer sank und auf dem Bergplateau landete.

Die sehnigen Schwingen des Drachen knisterten, als er sie zusammenfaltete. Sein großer Kopf drehte sich langsam, um ihn mit geschlitzten, starren gelben Augen zu betrachten, während milchiger Rauch aus seinen weiten Nüstern quoll. Das Geschöpf hechelte wie ein Hund, und eine glänzende Zunge von der Größe einer Pferdedecke hing aus seinem gewaltigen Maul. Es roch nach rohem Fisch und Blähungen.

Stryke wich ein paar Schritte zurück.

Die Reiterin der Bestie glitt den schuppigen Rücken herunter.

Fast alles, was sie trug, beinhaltete Brauntöne, von Wams und Hose über die hohen Stiefel zum schmalrandigen Hut. Die weißgraue Zierfeder und schlichte Goldbänder um Handgelenke und Hals stellten die einzige Ausnahme dar.

Es war ein Rätsel, warum Braunwichtel, eine hybride Mischrasse aus Elfen und Goblins, die sich beide nicht durch überragende Größe hervortaten, so schlaksig und hager waren. Die Reiterin war noch größer als der Durchschnitt, und ihre Größe war auffälliger, weil sie sich vollkommen aufrecht hielt. Ihre Statur wirkte trügerisch zierlich, und sie war übermäßig mager. Wie bei allen Braunwichteln konnte man ihre stolze Miene leicht mit Hochnäsigkeit verwechseln.

»*Glozellan!* Was, zum *Henker*, ist eigentlich los?«, wollte Stryke wissen.

Sie blieb unbeeindruckt. »Es tut mir Leid, dass ich dich so lange allein gelassen habe. Ich konnte es nicht vermeiden.«

»Bin ich hier ein Gefangener?« Seine Hand lag immer noch auf dem Schwertgriff.

Sie zog ihre kaum noch existenten braunen Augenbrauen hoch. Ansonsten blieb sie ungerührt. »Nein, du bist kein Gefangener. Ich bin wohl kaum fähig, dich gefangen zu halten. Und es sind auch keine Drachengeschwader mit Jennestas Truppen hierher unterwegs, falls du das glaubst.« Ihre Stimme bekam einen noch ätzenderen Unterton. »Anscheinend hast du nicht begriffen, dass ich versucht habe, dir zu helfen. Vielleicht habe ich das nicht deutlich gemacht.«

»Du hast *gar nichts* deutlich gemacht.«

»Ich dachte, dich vor diesen Menschen zu retten wäre deutlich genug.«

»Ja ... ja, es hätte klar sein müssen. Vielen Dank dafür.«

Sie antwortete mit einem kaum wahrnehmbaren Nicken und sagte dann: »Und jetzt steck dein Schwert wieder ein.« Er zögerte, und sie fügte in spöttischem Tonfall hinzu. »Du bist hier vollkommen sicher.«

Zerknirscht schob er die Klinge in die Scheide zurück. »Aber du kannst es mir nicht verdenken, da du doch die Drachenmeisterin der Königin bist und ...«

»Nicht mehr.« Ihr Gesicht war unergründlich.

»Erklär das näher.«

»Zu viele Demütigungen, zu viele Schläge. Ich hatte genug, Stryke. Ich habe sie verlassen. Als Mitglied einer Rasse, die sich ihrer Treue rühmt, war es keine leichte Entscheidung. Aber Jennestas Grausamkeit und Missregierung haben den Ausschlag gegeben. Also bin ich ein Deserteur. Wie du.«

»Das sind wahrhaftig merkwürdige Zeiten.«

»Zwei andere Drachenbändiger mit ihren Tieren sind mit mir desertiert. Ich habe dich hier abgesetzt, um ihnen zu helfen.«

»Das wird ein Schlag für Jennesta sein.«

»Andere desertieren auch, Stryke. Nicht in Scharen, aber sie sind ein stetiges Rinnsal.« Sie hielt inne. »Viele würden sich dir anschließen.«

»Sie kennen mich doch gar nicht. Ich bin kein Erlöser. Ich wollte nicht einmal desertieren.«

»Aber du bist ein Anführer. Das hast du als Hauptmann der Vielfraße bewiesen.«

»Einen Kriegstrupp zu führen ist nicht dasselbe, wie eine ganze Armee oder gar ein Reich zu regieren. Die meisten, die das tun, sind verlogen und schlecht. Jennesta, Adpar, Kimball Hobrow ... Ich will nicht so sein wie sie.«

»Das wärst du auch nicht. Du würdest helfen, ihresgleichen abzusetzen.«

»Die älteren Rassen sollten nicht gegeneinander kämpfen. Wir müssen uns gegen die Menschen wehren. Oder wenigstens gegen die Unis.«

»Genau. Und um das zu erreichen, müssen die Rassen vereint werden.«

»Tja, soll jemand anders das übernehmen. Ich bin nur ein einfacher Soldat.« Er richtete den Blick auf die vorrückende Eisscholle und den unnatürlichen Schein am dunklen Himmel. Wie aufs Stichwort fing es an zu schneien. Der Drache gab ein grollendes Schnauben von sich.

»Menschen sind wahnsinnig, unvernünftig und unnötig zerstörerisch. Sie verzehren die Magie. Aber sie sind nicht die Einzigen, die Maras-Dantien zerstören. Andere Rassen ...«

»*Ich weiß*. Du wirst meine Meinung in diesem Punkt nicht ändern, Glozellan, also versuch's erst gar nicht.«

»Wie du willst. Obwohl es sein könnte, dass du in dieser Frage keine Wahl hast.«

Darüber ging er hinweg und wechselte das Thema. »Da wir gerade von Menschen reden, hast du den Namen Seraphim schon einmal gehört?«

Nichts deutete auf ein Wiedererkennen. »Ich kenne nur wenige Menschen und ganz sicher keinen dieses Namens.«

»Du hast letzte Nacht niemanden sonst hierher gebracht?«

»Nein, warum sollte ich? Einen Menschen, meinst du?«

Da er argwöhnte, er habe sich das Auftauchen des Geschichtenerzählers nur eingebildet, wich er aus. »Ich nehme an, ich ... Ein Traum. Vergiss es.«

Sie starrte ihn neugierig an. Das Schneetreiben wurde heftiger. Nach einem Augenblick meinte sie: »Gerüchte besagen, du hättest etwas, das Jennesta haben will.«

Er wog seine Antwort ab, bevor er entschied, dass er ihr vertrauen konnte. Schließlich hatte sie ihm das Leben gerettet. »Es ist mehr als nur eine Sache«, sagte er, indem er in seinen Gürtelbeutel griff.

Die drei Sterne füllten seine gewölbte Handfläche aus. Glozellan starrte die seltsamen Gegenstände an.

»Ich weiß eigentlich nicht, wozu die Dinger gut sind«, gestand er, »ich weiß nur, dass sie Instrumentale genannt werden. Mein Trupp nennt sie Sterne.«

»Das sind Instrumentale? *Wirklich?*«

Er nickte. Es war das erste Mal, dass er sie etwas wie Ehrfurcht ausdrücken sah. Keine geringe Leistung bei einem Braunwichtel.

»Du hast von ihnen gehört?«, fragte er.

Sie fasste sich wieder. »Die Legende der Instrumentale ist meinem Volk bekannt.«

»Was kannst du mir über sie erzählen?«

»Eigentlich nicht viel. Ich weiß, dass es fünf davon geben soll und dass sie sehr alt sind. Es gibt eine Geschichte, die sie mit meiner Rasse verbindet. Wir haben einen berühmten Vorfahr, Prillenda, obwohl auch über ihn wenig bekannt ist. Er war ... na ja, eine Art Seher und Philosoph, und es heißt, eines dieser Dinger hätte ihn zu Prophezeiungen angeregt.«

»Prophezeiungen? Worüber?«

»Wenn es Weissagungen waren, sind sie längst in Vergessenheit geraten. Aber angeblich hatten sie etwas mit den Letzten Tagen zu tun, der Zeit, wenn die Götter diese Welt aufrollen und ein neues Spiel beginnen.«

»Wir Orks haben eine ähnliche Legende.«

»Jedenfalls, wie er in den Besitz des Instrumentals gelangte und wo er abgeblieben ist, darüber gibt es keine Aufzeichnungen. Manche sagen, der Instrumental habe zu seinem Tod geführt. Ich habe immer gedacht, die ganze Sache sei eine Geschichte, die von Elfen im Pollenrausch erzählt wird, um ehrlich zu sein.« Sie betrachtete die Sterne. »Aber nun hast du gleich drei von den Dingern. Bist du sicher, dass sie echt sind?«

»Ich bin sicher.« Er verstaute sie wieder.

»Ich habe auch keine bessere Vorstellung als du davon, was sie zu leisten imstande sind, Stryke, aber ihr Besitzer gebietet über eine gewaltige Macht. Zumindest das geht klar aus den Geschichten hervor, wenn auch kaum etwas anderes.«

Nach seinem letzten Traum, wenn es denn einer gewesen war, hatte er den Verdacht, dass diese Macht größer war, als sie sich vorstellen konnten. Aber er sprach diesen Gedanken nicht aus. Und er erwähnte auch nicht, dass die Sterne ihm etwas vorgesungen hatten.

»Ich kann mir denken, warum Jennesta sie unbedingt haben will«, sagte Glozellan. »Auch wenn sie keine Magie haben, sind sie als Totems immer noch mächtig. Sie könnten ihre bröckelnde Autorität wiederherstellen. Wenn du sie benutzen würdest, um ihre Gegner um dich zu scharen ...«

»Genug.« Sein Tonfall lud nicht zu weiteren Bemerkungen ein. »Was wirst du jetzt tun?«

»Ich bin nicht sicher. Ich würde gern für ein Weilchen der Kontemplation zu meinen Verwandten zurückkehren. Aber wir Braunwichtel sind Südländer, und wie du weißt, sind im Süden mehr Menschen als sonstwo. Mein Volk hat sich schon lange in alle Winde zerstreut, daher fliege ich vielleicht zu einer Drachenfeste und halte mich an die Höhe.« Sie drehte sich um und gab dem Drachen einen liebevollen Klaps. Der dösende Drache nahm ihn ungerührt hin. »Braunwichtel und Drachen haben sich schon immer gut verstanden. Sie sind die einzige andere Rasse, der wir wirklich vertrauen, und sie scheinen ebenso zu empfinden, was uns betrifft. Vielleicht betrachten wir einander als Verbündete in der Not.«

Stryke ging auf, dass sie ebenso eine Ausgestoßene war, wie die Orks es geworden waren, und ein jäher Anflug von Mitgefühl überkam ihn.

»Wirst du dich der Königin weiter widersetzen?«, fragte Glozellan.

»Wenn ich muss; und ich werde auch gegen Menschen und jede andere Rasse kämpfen, die mir in die Quere kommt. Aber ich werde es nicht darauf anlegen. Eigentlich versuche ich nur, meinen Trupp am Leben zu erhalten.«

»Die Götter haben vielleicht andere Vorstellungen.«

Er lachte. Es klang ein wenig bitter. »Wie auch immer. Aber eins nach dem anderen. Ich muss zurück zu den Vielfraßen.«

»Dann sollten wir aufbrechen, bevor das Wetter zu schlecht wird. Komm, ich bringe dich zu ihnen.«

52

Jetzt fuhr sie auf einem schwarzen, mit arkanen Symbolen aus Gold und Silber bedeckten Streitwagen. Er wurde von zwei Rappen gezogen, deren lederne Masken mit pyramidenförmigen Stacheln und deren Beingamaschen mit Eisenbeschlägen besetzt waren. Aus den Radnaben des Streitwagens ragten polierte Sicheln.

Hinter Jennesta marschierte eine zehntausend Mann starke Armee aus Orks, Zwergen und einem Großteil der Sache der Mannis ergebener Menschen. Das Heer strotzte nur so vor Standarten und Speeren. Weiße, mit Leinwand bespannte Ochsenkarren schwankten in dem Aufgebot. Kavallerieregimenter schirmten die Flanken ab.

Sie hatten die Taklakasee umgangen, das große Binnenmeer, und nahezu die gesamte Große Prärie durchquert, wobei sie sich südlich von Bebis und nördlich des Drogawalds gehalten hatten. Bald würde sie das Heer nach Norantellien und zur Narbenfels-Halbinsel führen. In der marschigen Domäne der Nyadd, die bis vor kurzem noch von Adpar, ihrer von ihr durch Zauberei getöteten Schwester, regiert worden war, würde Jennesta die Vielfraße und ihren Schatz jagen.

Sie wusste, dass sie dort waren oder zumindest gewesen waren. Der telepathische Ausbruch der sterbenden Adpar hatte ihr das verraten.

Jennestas Drachenmutter Glozellan war mit dreien ihrer Bestien vorausgeschickt worden, um das Land auszukundschaften. Verstärkung war einberufen worden und würde ihre Armee noch vergrößern. Elite-Kriegstrupps waren von ihrer Residenz Grabhügelstein unterwegs. Alles war unter Kontrolle. Alle Eventualitäten waren berücksichtigt worden. Sie war ihrer Rache und dem Erreichen ihres Ziels so nahe wie noch nie. Die Armee, an deren Spitze sie fuhr, war Zeugnis ihrer Autorität.

Und doch war sie nicht zufrieden.

Der Gegenstand ihres Missvergnügens ritt neben dem Streitwagen. General Mersadion, der Heerführer, war in der Blüte seiner Jahre, aber einer Gebieterin zu dienen, die so anspruchsvoll war, hatte ihn abgehärmt. Seine Stirn wies mehr als nur die übliche Anzahl von Falten auf, und er war hohläugig. Hätten männliche Orks Haare gehabt, wären sie bereits ergraut gewesen.

Jennesta piesackte ihn.

»Wo immer sie sich zeigt, rotten Sie sie aus. Treulosigkeit ist ein Geschwür, das rasch zu eitern anfängt, wenn es nicht herausgeschnitten wird.«

»Bei allem Respekt, Majestät, ich glaube, Ihr überschätzt diese Aufmüpfigkeit«, wagte er einzuwenden, um rasch hinzuzufügen: »Die überwiegende *Mehrheit* ist treu.«

»Das sagen Sie ständig. Aber es gibt immer noch Aufwiegelungen und Desertionen. Machen Sie aus jeder Andeutung von Ungehorsam, aus jedem Anflug von Aufruhr ein Kapitalverbrechen, ohne Ausnahme und ungeachtet des Dienstgrads.«

»Das tun wir bereits, Majestät.« Er hätte hinzufügen können, dass sie das sehr wohl wusste, wäre er lebensmüde gewesen.

»Dann wenden Sie das Prinzip nicht rigoros genug an.« Vernichtend war ein zu armseliges Wort, um den Blick zu beschreiben, mit dem sie ihn bedachte. »Der Fisch beginnt am Kopf zu stinken, General.«

Natürlich meinte sie ihn, aber Mersadion sah die unbeabsichtigte Ironie. Er beschränkte seine Antwort auf ein besonnenes: »Majestät.«

»Jene, die mir gut dienen, werden belohnt. Schlechte Diener bezahlen den Preis dafür.«

Es war ihm neu, dass es Belohnungen gab. Er hatte noch keine gesehen, abgesehen von einer ungebetenen Beförderung auf einen unmöglichen Posten.

»Muss ich Sie an Ihren Vorgänger Kysthan und seinen Protegé Hauptmann Delorran erinnern?«, fuhr sie fort und nicht zum ersten Mal.

»Nein, Majestät, das müsst Ihr nicht.«

»Dann denken Sie über deren Schicksal nach.«

Das tat er oft. Das gehörte zum Leben am Rand eines Vulkans dazu. Er fand langsam, dass man den Deserteuren ihre Einstellung kaum verdenken konnte und dass Jennestas zunehmende Härte die Lage noch verschlimmerte. Rasch unterdrückte er diesen Gedankengang. Er wusste, es war irrational, aber er lebte mit der beständigen Furcht, sie könne in der Lage sein, seine Gedanken zu lesen.

In diesem Augenblick sprach sie weiter, und er erschrak beinahe. Aber sie redete mehr mit sich selbst als mit ihm. »Wenn ich habe, was ich will, wird keiner von euch noch eine Wahl in der Frage der Loyalität haben«, murmelte sie. Mit klarerer Stimme befahl sie: »Setzen Sie die Truppe in Marsch! Ich will keine weiteren Verzögerungen mehr.«

Ihre Peitsche knallte auf den Rücken der Pferde, und der Streitwagen schoss vorwärts. Mersadion musste schnell reagieren, um den Sicheln auszuweichen. Als er sein Pferd anspornte, um Schritt zu halten, warf er einen Blick auf das Schauspiel, das sie arrangiert hatte.

Eine Reihe von vierzehn Dissidenten, mittlerweile alle tot, hing in Käfigen an Galgen über großen offenen Feuern.

Die Armee sollte daran vorbeimarschieren, damit sie die Rechtsprechung ihrer Herrscherin würdigen konnte. Manche sahen weg. Viele hielten sich ein Tuch vor Nase und Mund, um sich vor dem üblen Geruch zu schützen.

Asche flatterte im Wind. Wolken orangefarbener Funken stoben himmelwärts.

*

Orks waren für die Erde gemacht.

Für Stryke bestätigte sich das zum zweiten Mal, als Glozellan ihn zum Drogawald flog. Der Wind war schneidend, und der Flügelschlag des Drachen erzeugte einen Aufwind, der ihn ernstlich daran zweifeln ließ, dass es ihm gelingen würde, sich festzuhalten. Seine Kehrseite war taub vom knotigen Rücken der Bestie, der wirbelnde Schnee ließ seine Augen tränen, und es war so kalt, dass er kein Gefühl mehr in den Händen hatte. Als er mit der Drachenmutter zu reden versuchte, gelang es ihm nicht, das Heulen des Windes zu übertönen.

Er konzentrierte sich auf die Aussicht. Die Eisscholle im Norden sah aus, als breite sich langsam verschüttete Milch über das Land aus, und die Größe des Gebiets, das sie bereits bedeckte, erschreckte ihn. Dann änderte der Drache die Flugrichtung, und er schaute auf kleinere Gebirge mit weißen Gipfeln. Diese wichen steilen Hängen, die zu zerklüfteten, mit Sträuchern bedeckten Ebenen abfielen.

Hügelketten zogen unter ihnen dahin und Täler, die langen gerippten Blättern ähnelten. Seen mit spiegelnder Oberfläche waren mit wattigen Nebelschwaden verhangen. Wälder schwankten im Wind. Schließlich erreichten sie die wellige Große Prärie. Später sichtete er den silbernen Faden des Callyparr und den grünen Fleck des Drogawalds.

Der Drache brüllte, dass es seine Ohren betäubte und seine Knochen erschütterte. Glozellan rief etwas, das er nicht verstehen konnte.

Sie sanken, so kam es ihm vor, und stürzten dann ab, und das Rauschen der Luft unterband sein Atmen. Er spürte, wie der Drache sich fing, und aus dem Sturzflug wurde ein Gleiten. Der Boden kam immer näher, und die Baumwipfel wuchsen von Regentropfen zu Fassdeckeln. Kreischende Vogelscharen flogen auf.

Dann flogen sie parallel zum Land, das rascher vorbeihuschte als beim schärfsten Pferdegalopp. Sie entfernten sich vom Wald, flogen aber in einem Bogen, mit dem sie den Wald letztendlich umkreisen würden. Er ging davon aus, dass Glozellan nach zurückgebliebenen Aufsehern oder anderen feindlichen Streitkräften suchte, und lieh diesem Vorhaben auch seinen Scharfblick.

Bei ihrer Umrundung des Drogawalds überflogen sie auch eine Meeresbucht. Er sah Wellen gegen zerklüftete Felsen branden, Kieselstrände, flaches Land, Gras und Bäume. Der Schlitz des Meeresarms tauchte auf, an dieser Stelle gerade wie ein Pfeil oder eines Gottes polierte Klinge. Dann wieder die Prärie, und der Kreis war geschlossen.

Noch vor ihrer Landung gab es einen Exodus aus dem Wald. Zentauren und Orks zu Pferd und zu Fuß beeilten sich, zu ihnen zu gelangen.

Der Drache setzte mit einem leichten Ruck auf. Mit steifen Gliedern kletterte Stryke von seinem Platz hinter Glozellan nach unten. Sie blieb auf dem grollenden Riesen sitzen.

Er schaute zu ihr hoch. »Danke, Glozellan. Was du auch tust, viel Glück dabei.«

»Gleichfalls, Stryke. Aber ich habe noch etwas zu sagen, das du beachten musst. Jennesta ist mit einer Armee zu den Narbenfelsmarschen unterwegs. Sie ist nur wenige Tage hinter uns und könnte leicht eure Spur aufnehmen. Ihr seid hier nicht sicher.«

Bevor er antworten konnte, flüsterte sie etwas in das geräumige Ohr des Drachen und drängte ihn zum Aufbruch. Er hob ab, da die kräftigen Schwingen ihren Rhythmus aufnahmen und er die dicken Beine einzog. Der Luftzug ließ Stryke ein paar Schritte zurückweichen und seine Augen mit einer Hand abschirmen.

Er beobachtete das Ungetüm bei seinem Steigflug und sah, wie sich ungeschlachte Körperfülle in Eleganz verwandelte. Der Drache stieg und flog einen höflichen Kreis über ihren Köpfen. Glozellan hob den Arm und winkte. Er erwiderte den Abschiedsgruß. Dann wandte sie sich nach Osten und rauschte davon.

Stryke starrte immer noch in den Himmel, als die anderen eintrafen.

Alfray, Haskeer, Jup und mehrere Gemeine waren geritten. Coilla ebenfalls, auf Geloraks Rücken. Sie hatten Dutzende anderer Zentauren bei sich, und die ersten Orks zu Fuß näherten sich ebenfalls im Laufschritt. Sie versammelten sich um ihn, und ihre Erleichterung war beinahe greifbar. Jubelrufe erschollen.

Er winkte ab und bedeutete ihnen, ruhig zu sein. »Es geht mir gut! Es ist alles in Ordnung, ich bin wohlauf.«

Coilla glitt vom Rücken des Zentauren. »Was ist passiert, Stryke? Wo warst du?«

»Ich habe erlebt, dass sich ein Feind als Freund erwiesen hat.«

»Was ...«

»Ich werde alles erklären. Aber bei einem Happen zu essen und einem Schluck zu trinken.«

Er bekam ein Pferd, und sie begaben sich wieder in den Wald.

Der kurze Ritt gab ihm ein wenig Zeit, um über Glozellans Warnung und die Tatsache nachzudenken, dass ihnen keine Ruhe vergönnt zu sein schien.

*

Nicht weit entfernt befand sich eine unregelmäßige Kette niedriger Hügel, deren Kuppen bewaldet waren. Auf einer hatten sich, von den Bäumen verborgen, drei Gestalten ausgestreckt und beobachteten die Geschehnisse unter ihnen. Sie hatten ihre Pferde im Dickicht angebunden und hielten wachsam nach etwaigen Patrouillen Ausschau.

Die Beobachter waren Menschen.

»Diese *Hunde*«, grollte einer von ihnen vehement.

In der Verworfenheit seines Erscheinungsbilds entsprach er seinen Kameraden, aber er war kleiner und magerer und hatte eine drahtige, nervöse Energie an sich, die ihnen fehlte. Seine kränklich gelben Haare waren so dünn wie sein farbloser Ziegenbart, und seine Zähne waren Ruinen. Was Natur und Selbstvernachlässigung ihm nicht mitgegeben hatten, war von Feinden nachgereicht worden: eine schwarze Klappe aus Leder bedeckte sein rechtes Auge, der größte Teil seines linken Ohrs war abgerissen, und der kleine Finger seiner rechten Hand war mit einem schmutzigen Verband umwickelt.

»Ich könnte kotzen, wenn ich mir diesen Abschaum so ansehe«, fuhr er fort, während er die davonreitenden Zentauren und insbesondere die Orks anstarrte. »Verdammte dreckige, lausige ...«

»Hältst du jetzt, verdammt noch mal, endlich das Maul, Greever?«, zischte der Mann, der neben ihm lag. »Ich kann bei deinem unaufhörlichen Gejammer nicht nachdenken.«

Der erste Mensch hätte sich solche Worte normalerweise nicht bieten lassen, aber der selbsternannte Anführer ihrer Gruppe duldete keinen Widerspruch. Er war kräftig, wenn er infolge seines ausschweifenden Lebens auch langsam verkam. Eine Narbe von der Mitte seiner Wange zum Mundwinkel verunstaltete sein pockennarbiges Gesicht. Er hatte fettige schwarze Haare und einen ungestutzten Schnurrbart. Seine Augen waren dunkel und hart.

»*Du* hast auch noch, was ich verloren habe, Micah«, erwiderte der andere in knirschendem Flüsterton. Er zeigte auf Auge, Ohr und Finger. »Und alles nur wegen diesem orkischen *Miststück*.«

»Aber nicht das Auge, Greever«, erinnerte ihn der dritte Mensch.

»Was?«

»Nicht das Auge. Das war sie nicht.«

»Nein, Jabeez, das war sie nicht.« Die Antwort klang so, als sei sie für ein störrisches, hirnloses Kind bestimmt. »Es ... war ... ein ... anderer ... Ork. *Ein Riesenunterschied!*«

Die Stirn gerunzelt, brauchte der dritte Mann ein paar Sekunden, um das zu verdauen, dann sagte er: »Ach so.«

Was das Aussehen betraf, war er der auffälligste der drei. Hätten die beiden anderen sich zu einem einzigen Wesen vereint, wäre er immer noch viel schwerer als sie gewesen. Aber seine gewaltige Körperfülle bestand aus Muskeln, nicht aus Fett. Sein Schädel war vollkommen haarlos. Seine Nase war mindestens ein Mal gebrochen und anschließend schlecht gerichtet worden. Er hatte einen banalen Mund wie ein Messerschnitt in einem Teigkloß und die Augen eines neugeborenen Ferkels.

»Wohlgemerkt«, fügte er hinzu, »was die *neue* Wunde betrifft ...«

So groß und beschränkt er auch war, die Miene des ersten Menschen ließ ihn innehalten.

Greever Aulay und Micah Lekmann richteten ihre Aufmerksamkeit wieder auf den Waldrand. Die letzten Orks und Zentauren verschwanden gerade zwischen den Bäumen. Jabeez Blaan zappelte herum, da er einen Maulwurfshügel aus Fleisch und Blut verkörperte, der sich möglichst flach zu machen versuchte.

»Was machen wir jetzt, Micah?«, wollte Aulay wissen. »Angreifen?«

»Angreifen? Willst du unbedingt sterben? Natürlich greifen wir nicht an!«

»Aber das sind doch nur beschissene *Orks*!«

»*Nur* Orks? Du meinst, nur die besten Kämpfer in ganz Zentrasien gleich nach unserer Rasse? Nur diejenigen, die für dein gutes Aussehen verantwortlich sind?« Er kicherte unangenehm. »Meinst du *die* Orks?«

Aulay schluckte das, aber sein Blick war mörderisch. »Wir haben schon genug von ihnen abgemurkst.«

»Ja, aber nicht, indem wir es mit einem Trupp dieser Größe aufgenommen haben, und nie in einem ehrlichen Kampf. Das weißt du genau.«

»Was machen wir also, Micah?«, fragte Blaan.

»Den Verstand benutzen.« Er betrachtete den Fragesteller. »Oder wenigstens gilt das für einige von uns. Was Greever hier gerade nicht tut. Er ist wütend, und das verwirrt ihm die Sinne.« Lekmann nickte in Richtung Wald. »Wir werden mit diesem Haufen auf die bewährte Art verfahren – uns Zeit lassen und sie einzeln oder in kleinen Gruppen erledigen. Wenn wir unsere Karten geschickt ausspielen, können wir an der Sache immer noch das eine oder andere Goldstück verdienen.«

»Hier geht es nicht mehr ums Verdienen«, knurrte Aulay. »Es geht ums Heimzahlen.«

»Worauf du dich verlassen kannst. Und ich will diese Missgeburten so sehr wie du. Aber vielleicht können wir dabei auch noch das eine oder andere Kopfgeld einstreichen. Und dieses Reliquienzeug, das sie gestohlen haben, das muss doch wertvoll sein. Rache ist süß, sicher, aber Essen, Trinken und die angenehmeren Dinge des Lebens sind das auch. Dafür brauchen wir das nötige Kleingeld.«

»Wer würde uns Kopfgeld zahlen oder diese Reliquie abkaufen außer Jennesta? Und ich schätze mal, dass wir nicht ihre Lieblinge sind, nachdem wir ein doppeltes Spiel mit ihr getrieben haben.«

»Ich ziehe ›ihre Dienste verlassen haben‹ vor«, korrigierte Lekmann.

»Wie du es auch nennst, ich halte das für keinen klugen Schachzug.«

»Vorsicht, Greever, du irrst in den Bereich des Denkens ab, und das ist mein Revier. Mit Jennesta werde ich fertig.«

Seine Gefährten schauten zweifelnd drein. Aulay erwiderte: »Vielleicht wirst du mit ihr fertig, vielleicht nicht. Das interessiert mich eigentlich gar nicht. Ich will nur diese Ork-Schlampe, diese Coilla.«

»Aber wenn es zusätzliche Beute gibt, sagst du auch nicht nein, stimmt's?« Sein Tonfall wurde härter. »Mach keinen Blödsinn, Greever. Wir arbeiten zusammen, oder wir sind alle erledigt.«

»Meinetwegen brauchst du dir keine Sorgen zu machen, Micah.« Er hob die linke Hand. Oder vielmehr, was einmal seine linke Hand gewesen war. Jetzt endete das Handgelenk in einem zylindrischen Metallpflock, der in einem scharfen gebogenen Metallstück teils Haken, teils Klinge auslief. Die polierte Oberfläche fing und verstärkte das trübe Licht. »Bring uns nur in die Nähe dieser Missgeburten, dann verdiene ich mir meinen Lebensunterhalt schon.«

53

Als Stryke in seinen Gürtelbeutel griff, fürchtete er schon, die Phiole könne zerbrochen sein. Aber die Miniaturflasche aus Ton war noch ganz, und der winzige Korken saß an Ort und Stelle.

Er legte sie in Keppatawns ausgestreckte Handfläche. Der Zentaur starrte sie einen Moment an und schien zur Abwechslung einmal um Worte verlegen zu sein. Dann gelang es ihm zu murmeln: »Vielen Dank.«

»Wir sind bestrebt, unser Wort zu halten«, sagte Stryke zu ihm.

»Daran habe ich nie gezweifelt. Aber ich bedaure, dass ihr ein Mitglied eures Trupps verloren habt.«

»Kestix wusste, worauf er sich einlässt. Alle Orks wissen das. Und das Unternehmen hat unseren Zwecken ebenso gedient wie deinen.«

Coilla deutete mit einem Kopfnicken auf die Phiole und fragte: »Was machst du jetzt damit?«

»Gute Frage«, erwiderte Keppatawn. »Ich werde unseren Schamanen zu Rate ziehen. Wir brauchen ihn ohnehin, um unseren Handel abzuschließen. Gelorak, hol Hedgestus.«

Sein Stellvertreter trabte durch die Siedlung zur Unterkunft des Sehers.

Stryke sah mit einiger Erleichterung, dass sich die Aufmerksamkeit zu einem gewissen Grad von ihm abgewandt hatte. Er war gefüttert, getränkt und ganz allgemein bemuttert worden. Dann hatte er vor einem beachtlichen Publikum erklärt, was vorgefallen war. Dabei hatte er nichts von Seraphims Erscheinen auf der Bergspitze erwähnt und auch seinen absonderlichen Traum für sich behalten. Er verschwieg auch, dass die Sterne ihm vorgesungen hatten, obwohl die Erinnerung daran bewirkte, dass er Haskeer mitfühlend beäugte.

Die meisten von den anderen widmeten sich mittlerweile wieder ihren üblichen Tätigkeiten, sodass nur noch die Offiziere der Vielfraße, Keppatawn und Gelorak übrig waren. Stryke zog eine kleine Gruppe vor. Er wusste nicht, wie die Zentauren die Neuigkeiten bezüglich Jennesta aufnehmen würden.

Gelorak tauchte mit dem alten Seher im Schlepptau auf. Hedgestus bewegte sich langsam und zögerlich auf unsicheren Beinen. Eine kleine verzierte Truhe klemmte unter einem von Geloraks Armen. Mit dem anderen stützte er den Schamanen.

Hedgestus begrüßte die Orks, während Keppatawn die Truhe übernahm. Er öffnete sie und zeigte ihnen den Stern. Er war so, wie sie ihn in Erinnerung hatten: eine graue Kugel mit zwei Zapfen unterschiedlicher Länge aus einem unbekannten Material.

»Wir halten unser Wort ebenfalls«, sagte Keppatawn, indem er Stryke das Kästchen hinhielt.

»Wir haben nie daran gezweifelt«, erwiderte Stryke trocken.

»Bevor du das nimmst«, fügte der Zentaur hinzu, »bist du sicher, dass du es auch willst?«

»Was?«, rief Jup. »Natürlich wollen wir! Was glaubst du, warum wir diesen ganzen Mist durchgemacht haben?«

»Stryke weiß, was ich meine.«

»Weiß ich das?«

Keppatawn nickte. »Ich glaube schon. Dieser Kelch könnte vergiftet sein. Daraus könnte mehr Schaden als Nutzen erwachsen. Das entspricht ganz dem Ruf dieser Artefakte und unserer Erfahrung.«

»Zu dieser Erkenntnis sind wir auch schon gelangt«, sagte Coilla mit einem Anflug von mildem Sarkasmus.

»Wir haben uns entschieden«, warf Alfray ein, »wir können jetzt nicht einfach aufhören.«

Ganz unüblicherweise enthielt Haskeer sich jeglichen Kommentars. Stryke glaubte zu wissen, warum.

Er streckte die Hand aus und nahm den Stern. »Wie meine Offiziere bereits sagten, wir sind nicht so weit gekommen, um jetzt aufzugeben. Außerdem haben wir keine andere Möglichkeit.«

Da warf Haskeer jedoch ein: »Haben wir wohl. Wir könnten die Dinger wegwerfen und einfach vor allem Ärger wegreiten.«

»Wohin könnten wir reiten, wo wir keinen Ärger bekommen?«, fragte Coilla. »Das heißt, außer im Traum.«

Stryke versteifte sich und kam dann zu dem Schluss, dass sie sich nichts dabei gedacht hatte. »Coilla hat Recht«, sagte er zu Haskeer. »Wir können nirgendwohin, und wir würden Jennesta und die anderen nie los. Die Sterne geben uns einen Vorteil.«

»Das hoffen wir«, murmelte Jup.

»Der Trupp war einverstanden«, fuhr Stryke spitz fort, »wir *alle*.

Wir haben gesagt, wir würden uns auf die Suche nach den Sternen machen.«

»Mir hat die Idee nie gefallen«, knurrte Haskeer.

»Du hattest reichlich Gelegenheit auszusteigen.«

»Es ist nicht der Trupp. Es sind diese Scheißdinger. Mit denen stimmt was nicht.«

»Mit *dir* stimmt was nicht«, murmelte Jup.

Haskeer bekam es mit. »Was hast du gesagt?«

»Du nörgelst doch immer nur«, sagte Jup.

»Gar nicht wahr«, schäumte Haskeer.

»Ach, hör doch auf! Und dann noch dieses übergeschnappte Zeug, die Sterne hätten dir was vorgesungen ...«

»Wen nennst du hier übergeschnappt?«

Haskeer ließ einen Funken seiner alten leicht erregbaren Persönlichkeit aufblitzen. Stryke war durchaus erfreut darüber, konnte aber unschwer erkennen, dass die gegenseitigen Beschimpfungen schnell eskalieren würden. Das war eine Entwicklung, die ihm gerade noch gefehlt hätte. »Das reicht!«, schnauzte er. »Wir sind hier zu Gast.«

Er richtete seine Aufmerksamkeit auf Keppatawn, Gelorak und Hedgestus, die ein wenig betreten dreinschauten. »Wir sind alle etwas angespannt«, erklärte er.

»Ich verstehe«, versicherte ihm Keppatawn.

Stryke öffnete seinen Gürtelbeutel und ließ den Stern zu dessen Geschwistern gleiten. Er war sich der Tatsache bewusst, dass die anderen ihn dabei beobachteten, und registrierte insbesondere Haskeers Miene, die Abneigung verriet.

Als der Beutel wieder geschlossen war, seufzte Keppatawn: »Weg mit Schaden.«

Das ließ Jup eine Augenbraue heben, und die Orks wechselten Blicke, doch keiner sagte etwas.

»Hier«, sagte der Zentaurenhäuptling, indem er Hedgestus die Phiole reichte, »Adpars vergossene Träne.«

Der alte Seher nahm sie behutsam entgegen. »Ich muss gestehen, ich habe es für unmöglich gehalten. Dass sie zu so einer Gefühlsregung wie Trauer überhaupt in der Lage ist, meine ich.«

»Selbstmitleid«, unterrichtete Coilla ihn knapp.

»Ach so.«

»Aber was soll ich denn nun damit *machen*?«, fragte Keppatawn.

»Es gibt Präzedenzfälle in unserer Überlieferung, an denen wir uns ein Beispiel nehmen können. Wie beim Blut eines Hexers oder den zermahlenen Knochen einer Zauberin müssen wir davon ausgehen, dass diese Essenz sehr stark ist. Sie sollte als Lösung zur Anwendung gelangen und mit zehntausend Teilen gereinigtem Wasser verdünnt werden.«

»Das ich dann trinke?«

»Nicht, wenn dir dein Leben lieb ist.«

»Oder deine Blase«, entschlüpfte es Jup.

Stryke fixierte ihn mit strengem Blick, aber Keppatawn reagierte gutmütig und lächelte.

Hedgestus räusperte sich. »Das betroffene Glied wird mit der Lösung eingerieben«, fuhr er fort. »Nicht mit der gesamten Lösung, sondern über drei Tage verteilt und in den Stunden nach Einbruch der Dunkelheit, um die beste Wirkung zu erzielen.«

»Das ist alles?«, fragte Keppatawn.

»Natürlich sind auch gewisse Rituale zu beachten und Formeln aufzusagen, die ...«

»Die keinem anderen Zweck dienen, als den Wald mit deinem Gejaule zu erfüllen.«

»Sie haben eine wichtige Funktion«, widersprach Hedgestus empört, »und sie ...«

Grinsend winkte Keppatawn ab. »Immer mit der Ruhe. Du weißt doch, wie viel Spaß es mir macht, dir auf den Schwanz zu treten, altes Schlachtross. Wenn auch nur die geringste Aussicht besteht, dass dein Gebräu funktioniert, kannst du von mir aus einen ganzen Monat herumjaulen.«

»Danke«, erwiderte der Seher zweifelnd.

»Wann fangen wir damit an?«

»Die Lösung vorzubereiten sollte eine Sache von ... na ja, vier oder fünf Stunden sein. Heute Abend kannst du dein Bein zum ersten Mal einreiben.«

»Gut!« Keppatawn gab dem Seher einen freundschaftlichen, wenn auch kräftigen Klaps auf die Schulter. Hedgestus schwankte ein wenig, und Gelorak bot ihm seinen Arm an. »Jetzt feiern wir! Essen, Trinken und einander Lügen auftischen!« Er schaute in ihre Gesichter und hielt inne. »Du scheinst nicht so begeistert zu sein, Stryket. Ich weiß, du hast einen Mann verloren, aber das ist keine Respektloigkeit. Es ist nur unsere Art.«

»Nein, das ist es nicht.«

»Was ist los, Stryke?«, sagte Coilla.

»Die Träne ist nicht das Einzige, was wir mitgebracht haben.«

Haskeer starrte ihn an. »Was meinst du?«

Keppatawn war verwirrt. »Wirklich?«

»Ich hätte es früher erzählen sollen«, gab Stryke zu. »Jennesta ist mit einer Armee auf dem Weg hierher.«

»Woher weißt du das?«, fragte Alfray.

»Glozellan hat es mir gesagt. Sie hatte keinen Grund zu lügen.«

»Wann trifft sie ein?«, wollte Keppatawn wissen.

»In zwei, drei Tagen. Es tut mir Leid, Keppatawn. Sie ist hinter uns ...« - er täschelte seinen Gürtelbeutel - »... und hinter denen her.«

»Sie hat keinen Streit mit uns, und wir nicht mit ihr.«

»Davon würde sie sich nicht abhalten lassen.«

»Wir sind es gewöhnt, uns zu verteidigen, sollten wir angegriffen werden. Aber wenn sie hinter euch her ist, warum sollte sie das Leben ihrer Krieger gefährden? Warum sollte sie sich ablenken lassen?«

»Auf der Suche nach uns. Ich schätze, sie hat irgendwie herausgefunden, dass wir in den Marschen waren. Wenn sie entdeckt, dass wir nicht mehr da sind, könnte sie hier vor eurer Haustür enden.«

»Dann werden wir ihr zu verstehen geben, dass ihr auch nicht bei uns seid. Und wenn Jennesta darüber diskutieren will, wird sie feststellen, dass sie das teuer zu stehen kommt.«

»Wir werden euch beistehen«, versprach Haskeer.

»Ja«, stimmte Stryke zu, »wir würden bleiben und kämpfen. Hobrows Aufseher sind auch noch da. Sie könnten zurückkommen.«

Darüber dachte Keppatawn einen Moment nach. »Das Angebot ehrt euch, aber ... nein. Die Sterne sind wichtig, das ist mir klar. Wir können unsere Kämpfe selbst ausfechten. Ihr müsst von hier weg.«

Einen Moment herrschte Schweigen, dann fragte Jup: »Wohin?«

Stryke seufzte. »Das ist unser nächstes Problem.«

»Das ihr aber nicht jetzt lösen müsst«, sagte Keppatawn zu ihm. »Leistet uns bei Essen und Ale Gesellschaft und schüttelt eure Sorgen für ein paar Stunden ab. Nennt es Feier oder Leichenschmaus, die Wahl liegt bei euch.«

»Wo der Feind naht?«

»Können wir verhindern, dass Jennesta kommt, indem wir feiern oder nicht feiern? Das glaube ich nicht. Jedenfalls nicht mehr als mit einem Abendmahl aus Grütze.«

»Das ist eine gute Art, die Dinge zu sehen, Stryke«, ließ Alfray sich vernehmen. »Und der Trupp könnte etwas Ausgelassenheit vertragen.«

Stryke wandte sich an Keppatawn. »Einen heldenhaften Krieger oder einen Sieg zu feiern ist uns Orks nicht unbekannt. Obwohl man auch zu ausgiebig feiern kann.« Er dachte an Heimaterde und daran, wie die Feier dort zu ihrer Misere geführt hatte. Bevor der Zentaurenhäuptling näher auf seine Bemerkung eingehen konnte, fügte Stryke hinzu: »Es wird uns eine Ehre sein, euch Gesellschaft zu leisten.«

*

Nach und nach wurde die Stimmung gelöster.

Knochen von Geflügel und Wild, Fischgräten, Nuss- und Obstschalen sowie Brotreste lagen auf den Festtafeln. Mit Honig versetztes Ale war in Mengen getrunken und verschüttet worden.

Krüge mit Glühwein wurden gereicht und zum Schutz vor der zunehmenden Kälte Feuer geschürt. Auf Alfrays Vorschlag steuerten die Orks etwas aus ihrem Pelluzit-Vorrat bei. Bald wurden qualmende Pfeifen herumgereicht.

Ein wenig abseits musizierte eine Zentaurengruppe mit Flöten und kleinen Harfen. Andere schlugen mit umwickelten Schlegeln auf Trommeln, die aus ausgehöhlten Baumstämmem gefertigt waren.

Als Sattheit, Alkohol und Kristall den Trubel langsam dämpften, hämmerte Keppatawn mit einem Krug auf den Tisch. Das allgemeine Stimmengewirr und die Musik brachen ab.

»Weitschweifige Reden liegen uns nicht«, röhrte er. »Also lasst uns einfach unseren Verbündeten zuprosten, den Vielfraßen.« Krüge wurden gehoben, und heisere Hochrufe erschollen. Er richtete den Blick auf Stryke. »Und euren Gefallenen.«

Stryke erhob sich schwankend. »Auf unsere gefallenen Kameraden. Slettal, Wrelbyd, Meklun, Darig und Kestix.«

»Mögen sie im Saal der Götter feiern«, antwortete Alfray.

Auf diesen ernsteren Trinkspruch wurden die Krüge geleert.

Ein Zentaur stellte einen weiteren Krug vor Stryke ab und fügte Gewürze hinzu, dann tauchte er einen rotglühenden Eisenstab hinein, um ihn zu erhitzen. Eine kleine Dampfwolke stieg auf und verbreitete einen aromatischen Duft.

Stryke hielt das Gebräu in die Höhe. »Auf dich, Keppatawn, und auf deinen Klan. Und auf das Andenken deines verehrten Vaters ...«

»Mylcaster«, flüsterte Keppatawn.

»... Mylcaster.«

Der Name wurde von den Zentauren ehrfürchtig wiederholt, bevor sie tranken.

»Auf unsere Feinde!«, verkündete Keppatawn und zog sich damit verblüffte Blicke von den Orks zu. »Mögen die Götter ihre Sinne verwirren, ihre Klingen stumpf machen und ihre Arschlöcher verstopfen!« Das erntete derbes Gelächter, insbesondere von den Gemeinen. »Jetzt macht es euch gemütlich, und überlasst das Morgen sich selbst.«

Die Musik setzte wieder ein. Gespräche wurden fortgeführt.

Doch eine Wolke verdüsterte Keppatawns Gesicht, als er sich wieder an Stryke wandte. »Mein Vater«, seufzte er. »Nur die Götter wissen, was er von den Veränderungen gehalten hätte, die wir erleben. *Sein* Vater würde das Land kaum noch wiedererkennen. Die Jahreszeiten kränkeln, Krieg und Hader, das Absterben der Magie ...«

»Die Ankunft der Menschen.«

»Aye, alle unsere Übel sind von dieser infernalischen Rasse herbeigeführt worden.«

»Aber euch scheint es in diesem Wald gar nicht so schlecht zu gehen«, stellte Alfray fest.

»Besser als den meisten. Der Wald ernährt uns und schützt uns. Er ist unsere Wiege und unser Grab. Aber wir leben nicht für uns allein. Wir müssen uns dennoch mit der Außenwelt befassen, und die fährt zur Hölle. Das Chaos kann nicht ewig in Schach gehalten werden.«

»Keiner von uns wird frei davon sein, bevor nicht die Menschen vertrieben sind«, erwiderte Alfray.

»Und vielleicht nicht einmal dann, mein Freund. Vielleicht ist das Übel bereits zu weit fortgeschritten.«

»Es war uns ernst mit dem Angebot, zu bleiben und zu kämpfen«, erinnerte ihn Stryke. »Ihr braucht es nur zu sagen.«

»Nein. Ihr müsst weiterziehen und beenden, was ihr angefangen habt.«

Stryke sagte ihm nicht, dass er keine Ahnung hatte, wie er das anfangen sollte. »Dann lasst euch wenigstens dabei helfen, eure Befestigungen zu verstärken«, schlug er vor, »falls Jennesta tatsächlich angreift. Wir haben noch ein paar Tage Zeit.«

»Damit bin ich einverstanden. Eure besonderen Fähigkeiten wären willkommen. Aber ich will nicht, dass ihr euch hier um unseretwillen zu lange aufhaltet.«

»In Ordnung.«

»Und währenddessen werden wir neue Waffen für euch schmieden.« Spitz, aber gutmütig fügte er hinzu: »Obwohl, wenn ich mir so ansehe, wie nachlässig ihr mit den Waffen umgegangen seid, die wir bisher für euch angefertigt haben ...«

»Wir haben einen ziemlichen Verschleiß, was Waffen angeht«, unterrichtete ihn Jup. »Das sind eben die Unkosten, die in unserem Gewerbe anfallen.«

»Danke, Keppatawn«, sagte Stryke. »Es ist gut, dass wir auch etwas beisteuern können. Wir scheinen viel von euch genommen zu haben und nur wenig dafür zu geben.«

Der Zentaur winkte ab. »Waffen sind nichts, wir fertigen ohnehin eine Menge an. Was das Geben betrifft, wenn ihr für die Heilung dieses elenden Beins sorgt ...« – er legte die Hand auf den verkümmerten Oberschenkel –, »... habt ihr mir mehr gegeben, als ich mir je hätte erhoffen können.«

An einer der Koppeln wurde es etwas lebhafter. Eine kleine Gruppe skandierender Zentauren erschien. Hedgestus ging, von Gelorak gestützt, an ihrer Spitze, und vier oder fünf Akoluthen bildeten den Abschluss. Sie machten sich mit würdevollen Schritten an die Überquerung der Lichtung.

»Ah, der Augenblick der Wahrheit«, sagte Keppatawn, indem er den Musikern Ruhe gebot.

Alle sahen zu, als die Prozession an seinem Tisch ankam. Der Singsang war zu einem Gemurmel abgeschwollen. Zwei der Gehilfen trugen einen schweren Holzzuber mit krummen Eisengriffen. Der Tisch wurde abgeräumt und der Zuber vorsichtig abgestellt. Er war zu zwei Dritteln mit einer Flüssigkeit gefüllt, bei der es sich um gewöhnliches Wasser zu handeln schien.

»Sieht nicht nach viel aus, oder?«, bemerkte Haskeer.

Stryke legte einen Finger auf die Lippen und funkelte ihn an.

»Vorwärts«, drängte Keppatawn den Schamanen, »lasst uns endlich anfangen.«

Ein Hocker wurde gebracht, und der Häuptling legte sein Bein darauf. Hedgestus streckte die Hand aus. Einer der Akoluthen reichte ihm einen gelben Meerschwamm. Er tauchte ihn in die Flüssigkeit, wrang den Überschuss heraus und bückte sich mit einiger Mühe, um mit der Anwendung zu beginnen. Während er sanft tupfte, schwoll der Singsang wieder an.

Wenn die Zuschauer mit einem unmittelbaren Resultat gerechnet hatten, wurden sie enttäuscht.

Nach zwei oder drei Waschungen bemerkte Hedgestus Keppatawns fragende Miene. »Wir müssen Geduld haben«, riet er. »Es dauert eine Weile, bis der Zauber wirkt.«

Keppatawn versuchte, sich gleichmütig zu geben. Der Schamane setzte seine Waschungen fort. Der Singsang hielt an.

Schließlich zogen sich viele Zuschauer zurück. Alfray ging mit einer Gruppe Gemeiner. Haskeer machte sich mit einem ausgiebigen Gähnen auf die Suche nach mehr Ale. Jup lümmelte sich auf eine Bank, das Kinn aufgestützt, und starrte ins Leere.

Coilla, deren Augen trotz Alkohol und Kristall noch so klar wie Opale waren, machte Stryke auf sich aufmerksam. Sie zogen sich in aller Stille zurück.

»Ich hatte mir schon Sorgen um dich gemacht«, gestand sie, »einfach so zu verschwinden.«

»Um ehrlich zu sein, ich mir auch.« Es war das erste Mal, dass er mit einem Truppmitglied redete und niemand anders zugegen war. Er war froh, sich ein wenig gehen lassen zu können.

»Ich dachte schon, diesmal wäre es endgültig vorbei mit uns«, sagte sie. »Wir wussten nicht, ob du freiwillig mitgeflogen warst, und da du die Sterne bei dir hattest ...«

»Jetzt haben wir vier.« Er betastete den Gürtelbeutel. »Ich hätte nie gedacht, dass wir so weit kommen würden.«

Sie lächelte und deutete auf die anderen. »Lass das die anderen nicht hören.«

Seine Stimmung blieb trübselig. »Aber wir wissen immer noch nicht, wozu sie imstande sind.«

»Und wohin wir als Nächstes reiten sollen.«

Er nickte. Nach einem Augenblick fuhr er fort: »Auf diesem Berg ist etwas Seltsames passiert. Dieser Mensch war dort ... Seraphim.«

»Glozellan hat *ihn* auch dorthin gebracht?«

»Das ist es ja. Hat sie nicht. Er ist einfach ... aufgetaucht, irgendwie. Und genauso wieder verschwunden. Und ohne Drache konnte man unmöglich auf diesen Gipfel gelangen, glaub mir.«

»Du hast mit ihm geredet?«

»Ja, aber was er gesagt hat, war nicht klar und eindeutig. Ich habe einigermaßen verstanden, worauf er hinauswollte, aber ich ...« Er brach ab, da ihm die richtigen Worte fehlten. »Er sagte, ich solle die Suche nach den Sternen fortsetzen.«

»Warum würde er so etwas tun? Wer *ist* er?«

Stryke zuckte die Achseln.

Coilla studierte sein Gesicht. »Du siehst nicht allzu gut aus«, entschied sie. »Was ist los? Das heißt, abgesehen von dem ganzen Mist, den wir durchmachen.«

»Mir fehlt nichts. Außer ...« Er wollte ihr von den Träumen erzählen und dass er um seine geistige Gesundheit fürchtete.

»Ja?«, redete sie ihm gut zu.

»Es ist nur so, dass ich ...«

Ein Gemeiner kam zu ihnen getrabt. »Hauptmann! Gefreiter Alfray hätte gern einen Dienstplan für die Arbeitsgruppen morgen.«

»Sehr gut, Orbon. Sag ihm, dass ich sofort komme.«

»Boss.« Der Soldat entfernte sich wieder.

»Was wolltest du gerade sagen, Stryke?«, fragte Coilla.

Der Augenblick war vorüber. »Nichts.« Sie wollte etwas erwidern. Er kam ihr zuvor. »Es wird schon gehen. Und in der Zwischenzeit gibt es Arbeit. Und dann müssen wir von hier verschwinden. Jennesta kommt.«

54

Kimball Hobrow beobachtete, wie die Nachzügler im Biwak eintrafen.

Er wusste, was passiert war. Eilboten aus seinem Aufseher-Regiment, blutig geschlagen und mutlos, hatten über das Debakel am Drogawald Bericht erstattet. Die Demütigung, von Untermenschen besiegt worden zu sein, setzte ihm sehr zu, und sein Zorn war immer stärker geworden. Dann hatte er über Rache gebrütet und seinen nächsten Zug geplant.

Schließlich wandte er sich von dem Anblick ab und marschierte zu dem Zelt, das als Kommandostand im Feld diente.

Niedergedrückt von der Mission, die er auf sich genommen hatte, und vom bitteren Geschmack der Niederlage, war sein Rücken etwas weniger gerade als sonst, und seinen Augen fehlte es ein wenig an ihrem üblichen Stahl. Trotzdem konnte er gar nicht anders, als eine bemerkenswerte Gestalt zu sein. Er war eindrucksvoll groß und geradezu widernatürlich dünn. Schwarze Kleidung und eine Angströhre auf dem Kopf trugen zu seinem imposanten Erscheinungsbild bei. Sein Gesicht war wettergegerbt und ledrig wie das eines Bauern, obwohl ihm die jüngsten Strapazen eine gewisse Blässe verliehen hatten. Der Mund war ein Schlitz und das spitz zulaufende Kinn mit angegrauten Barthaaren geschmückt. Es war eine Miene, die weder von Lachen noch irgendeinem der sanfteren Gefühle erwärmt wurde.

Doch Aussehen und Kleidung waren in seinem Fall oberflächliche Dinge. Hobrow war ein Mann, bei dem, wäre er nackt gegangen und in ein Lächeln gehüllt, immer noch die kalte Leidenschaft in seinem Herzen herausgestochen hätte.

»Vater! *Vater!*«

Der Anblick seiner Tochter, die im Zelteingang stand, erweichte ihn ein wenig. Er ging zu ihr und legte ihr eine Hand auf die Schulter.

»Was ist denn los, Vater?«, fragte sie. »Kommen die Wilden?«

»Nein«, versicherte er ihr, »die Heiden kommen nicht. Du brauchst keine Angst zu haben, Milde. Ich bin ja bei dir.« Er steuerte sie zurück ins Zelt und zu einem Sitz.

Milde Hobrow ähnelte mehr der Mutter, über die sie nicht sprachen, als ihm. Sie hatte nichts von seiner Hagerkeit an sich. Sie hatte die Trennlinie zwischen Kindheit und Erwachsensein noch nicht ganz überschritten und auch ihren Babyspeck noch nicht abgelegt. Mit ihren honigblonden Haaren, dem Porzellan-Teint und den klaren blauen Augen wirkte sie ein wenig puppenhaft, aber das wurde durch eine gewisse Boshaftigkeit in ihrem Gesicht und einen gemeinen Mund wettgemacht.

Im Vergleich zu allen anderen, mit denen ihr Vater sich umgab, war ihre Kleidung beinahe extravagant. Das Schwarze scheuend, trug sie zurückhaltend gemusterte Stoffe und sogar eine Andeutung von schlichtem Schmuck. Das kündete von seiner Nachsichtigkeit ihr gegenüber im Gegensatz zur Art und Weise, wie er mit dem Rest der Welt verfuhr.

»Haben sie uns besiegt, Vater?«, fragte sie mit weit aufgerissenen Augen. »Haben die Ungeheuer uns besiegt?«

»Nein, mein Schatz, das haben sie nicht. *Der Herr* hat uns bestraft, nicht die Untermenschen. Er hat sie benutzt, um uns eine Warnung zukommen zu lassen.«

»Warum warnt Gott uns? Waren wir böse?«

»Nicht böse, nein. Aber auch nicht gut genug. Er hat uns für zu zögerlich bei der Ausführung seiner Werke befunden, das wird mir jetzt klar. Wir müssen mehr tun.«

»Wie denn, Vati?«

»Wir sollen die Orks und ihresgleichen für immer in den Staub stampfen, und zwar gemeinsam mit den entarteten Menschen, die sich mit ihnen verbündet haben. Ich habe nach Verstärkung aus Dreieinigkeit schicken lassen, und Boten sind nach Sechster, Dauerheim, Riffeln, Schersteinfurt, Räucherheim und allen anderen anständigen, gottesfürchtigen Siedlungen in Zentrasien unterwegs. Wenn sie dem Ruf des Herrn folgen, werden wir mehr sein als eine Armee, wir werden ein Kreuzzug sein.«

Mildes Gesicht hatte sich bei der Erwähnung der Orks verfinstert. »Ich *hasse* diese Vielfraße«, zischte sie.

»Und das mit Recht, mein Kind. Diese Bestien haben Gottes Zorn ganz besonders auf sich gezogen. Sie haben meinen Plan durchkreuzt, dieses Land im Namen des Herrn zu säubern, und sie haben die Reliquie gestohlen.«

»Und diese Missgeburt, dieser Zwerg, hat mir ein Messer an die Kehle gehalten.«

»Ich weiß.« Er drückte ihre Schulter. Die Geste war liebevoll und distanziert zugleich. »Sie haben sich für eine Menge zu verantworten.«

»Mach, dass sie sterben, Vati.« Ihre Stimme hatte einen mitleidlosen Unterton.

»Ihre Seelen werden brennen«, versprach er.

»Aber wir wissen nicht, wo sie sind.«

»Wir wissen, wo sie zuletzt waren: irgendwo in der Nähe des Drogawalds, und zwar mit diesem anderen Trupp gottloser Scheusale, diesen Widernatürlichkeiten halb Pferd, halb Mensch. Dort werden wir ihre Spur aufnehmen.«

»Wenn Gott die minderwertigen Rassen so sehr verabscheut, warum hat Er sie dann erschaffen?«

»Vielleicht als Prüfung für uns. Oder es könnte auch sein, dass sie gar nicht das Werk des Herrn sind. Es könnte sein, dass sie Verwandte des Gehörnten sind.« Er senkte die Stimme zu einem Flüstern. »Satans Abkömmlinge, um die Reinen zu plagen.«

Milde schauderte. »Der Herr bewahre uns«, hauchte sie.

»Das wird Er, und Er wird auch dafür sorgen, dass wir blühen und gedeihen, vorausgesetzt, wir verbreiten Sein Wort. Mit Klinge und Speer, wenn es sein muss. Das ist Sein Gebot.« Hobrows Augen schimmerten. Er richtete sie auf eine Stelle an der Decke. »Hörst du mich, o Herr? Unter Deiner Führung werden wir die herrliche Bürde rassischer Reinheit tragen, die Du uns auferlegt hast. Bewaffne mich mit Deinem Schwert der Vergeltung und Deinem Schild der Rechtschaffenheit, dann werde ich das Feuer Deines Zorns über die Wilden bringen!«

Seine Tochter starrte ehrfürchtig zu ihm auf. »Amen«, flüsterte sie.

*

»Fieser Fettarsch!«

»Hosenscheißer!«

Mit geballten Fäusten gingen Jup und Haskeer aufeinander los, erpicht darauf, von Beleidigungen zu Handgreiflichkeiten überzugehen.

»Auseinander!«, bellte Stryke.

Die beiden Feldwebel funkelten sich finster an und standen kurz vor der Befehlsverweigerung. Stryke drängte sich zwischen sie und schob sie auseinander. »Sind Sie *Offiziere* in diesem Trupp oder was? Hm? Wenn Sie Feldwebel bleiben wollen, benehmen Sie sich auch so!«

Sie wichen grollend zurück.

»Ich kann Ihnen beiden das Streiten nicht austreiben«, sagte Stryke zu ihnen. »Wenn Sie schlechte Laune haben, heben Sie sich die für unsere Feinde auf. Und wenn Sie zu viel Energie haben, können Sie sie abarbeiten. Sie haben Arbeitsdienst.« Er bedachte sie mit einem Blick, der ihr Stöhnen unterband. »Haskeer, Sie misten die Pferdeställe aus.« Jup grinste. Stryke wandte sich an ihn. »Sehen Sie diesen Baum, Feldwebel?« Er zeigte auf einen der höchsten, die zu sehen waren. »Klettern sie hinauf. Sie sind auf Ausguck. Und jetzt *Bewegung*!«

Sie eilten mit versteinerter Miene davon.

»Ihr Waffenstillstand hat nicht lange gehalten«, bemerkte Alfray.

Coilla nickte. »Wie in alten Zeiten.«

»Ich glaube, dass es ihnen gefällt, miteinander zu streiten«, mutmaßte Stryke. »Das hält sie auf Trab. Und im Moment ist sonst nicht sonderlich viel los.«

»Unter den Gemeinen hat es auch etwas Unruhe gegeben«, meldete Alfray. »Nichts Ernstes. Zank, Nörgeleien, nichts von Belang.«

»Wir sind doch erst seit sechsunddreißig Stunden hier, um der Götter willen!«, beklagte sich Stryke.

»Es war eine gute Sache, dass wir an den Befestigungen arbeiten konnten. Ohne dieses Ventil wären sie schon vorher übergekocht. Aber jetzt, da das erledigt ist ...«

»Ich dulde keine Disziplinlosigkeiten, nur weil sie sich eine Zeit lang die Beine in den Bauch stehen müssen.«

»Sie sind nicht *gelangweilt*, Stryke«, korrigierte Coilla, »sie sind frustriert. Weil wir nicht wissen, was wir als Nächstes tun. Bist du das nicht auch?«

Er seufzte. »Ja«, gab er zu. »Ich habe keine Ahnung, was wir machen oder wie wir den letzten Stern finden sollen.«

»Tja, hier können wir nicht mehr lange bleiben, um es uns zu überlegen. Wir müssen irgendwohin. Es sei denn, du willst noch bleiben, um ein Schwätzchen mit Jennesta zu halten.«

»Wir rücken heute noch aus. Selbst wenn wir eine Münze werfen müssen, wohin.«

»Und tun was?«, fragte Alfray. »Sinnlos umherziehen? Den Rest unseres Lebens damit verbringen, vor ihr und allen anderen wegzulaufen, die unsere Sterne haben wollen?«

»Wenn du eine bessere Idee hast, lass hören«, fuhr Stryke auf.

»Aufgepasst«, unterbrach Coilla.

Sie schauten in die Richtung, die sie anzeigte. Keppatawn näherte sich ihnen. Sein verkrüppeltes Bein hatte sich bereits sichtlich gebessert. Neue, gesunde Haut bildete sich, und er hinkte nicht mehr so stark. Sein ganzes Gehabe kam ihnen viel robuster vor.

Als er sie erreichte, machte Stryke eine entsprechende Bemerkung.

»Mein Leiden bessert sich stündlich«, erwiderte der Zentaur, »obwohl es noch nicht völlig verheilt ist. Hedgestus hat gesagt, die Anwendung heute Abend wird den Vorgang abschließen.«

»Das ist gut.«

»Das ist es, dank euch.« Er dehnte sein Strahlen auf Alfray und Coilla aus. »Euch allen. Für dieses Wunder stehe ich in eurer Schuld.«

»Du schuldest uns nichts.«

»Was machen eure Vorbereitungen?«, erkundigte sich Keppatawn. »Habt ihr schon euer weiteres Vorgehen beschlossen?« Er fügte hastig hinzu: »Haltet uns nicht für ungastlich.«

»Das tun wir nicht. Und um die Wahrheit zu sagen, nein, wir haben uns noch nicht auf ein Ziel geeinigt. Aber wir brechen heute noch auf. Wir wissen, dass unser Bleiben nur unsere Feinde auch zu euren machen würde.«

»Ich bin froh, dass ihr das so seht. Die Waffen, die wir für euch geschmiedet haben, sind fertig und …«

Ein Ausruf unterbrach ihn. Jup kam mit rudernden Armen zu ihnen gelaufen.

Stryke funkelte ihn an. »Ich dachte, ich hätte Ihnen den Befehl gegeben …«

»Seht mal, was da kommt«, keuchte der Zwerg.

Zentauren eskortierten eine Gruppe auf die Lichtung. Vier oder fünf der Neuankömmlinge hatten den unverkennbaren Körperbau und Gang von Pixies. Sie führten Kolonnen von Mulis und Pferden, die mit Satteltaschen, Stoffballen, Säcken und Truhen beladen waren.

Die Gemeinen unterbrachen ihre jeweiligen Tätigkeiten und kamen, Haskeer im Schlepptau, um zuzuschauen. Stryke wies sie nicht zurecht.

»Seht ihr?« Jup nickte in Richtung einer etwa ein Dutzend starken Gruppe von Gestalten, die am Ende der Karawane marschierten.

Es waren Orks.

Unruhe machte sich im Trupp breit. Waffen wurden gezogen.

»Verrat!«, grollte Haskeer.

Keppatawn legte eine Hand auf Strykes Schwertarm. »Nein, mein Freund. Ihr seid nicht in Gefahr. Diese Händler sind regelmäßige Besucher.«

»Und sie?« Er zeigte auf die Orks.

»Nicht alle Angehörigen eurer Art dienen in Armeen, das wisst ihr. Manche verdingen sich als Leibwächter. Könnten Kaufleute sich einen besseren Schutz kaufen? Vertrau mir.«

Stryke schob seine Klinge langsam wieder in die Scheide und befahl dann dem Rest des Trupps, seinem Beispiel zu folgen. Mit einigem Widerstreben, insbesondere von Haskeer, taten sie, wie ihnen geheißen.

Die Leibwächter ließen sie nicht aus den Augen, und ihre Haltung blieb angespannt.

»Das ist ein Abstieg für Orks«, warf Alfray ein, »seinen Lebensunterhalt als Aufpasser für Krämer zu verdienen.«

Pixies und Zentauren begannen mit dem Auspacken der Waren. Seidenballen und Läufer wurden ausgerollt, Kästen geöffnet, Säcke geleert. Ein Ork entfernte sich von der Menge und näherte sich dem Trupp.

»Vergesst bitte nicht, dass sie auch Gäste sind«, sagte Keppatawn.

»Natürlich nicht«, erwiderte Stryke. »Wir fangen keinen Streit mit Angehörigen unserer eigenen Rasse an.«

»Es sei denn, sie fangen welchen mit uns an«, schickte Coilla hinterher.

Keppatawn schaute daraufhin ein wenig gequält drein, sagte aber nichts.

Der Ork kam zu ihnen. Er hielt die Hände weit weg von seinen Waffen und schaute so zaghaft drein, wie seine Natur es ihm gestattete.

»Einen schönen Tag«, begann er.

Stryke erwiderte den Gruß. Der Rest der Vielfraße begnügte sich mit einem wachsamen Kopfnicken.

»Ich bin Melox«, fuhr der Ork fort, »der Anführer unserer Gruppe. Ich war überrascht, euch hier zu sehen.«

»Ganz meinerseits. Ich bin Stryke.«

»Das dachte ich mir. Von den Vielfraßen, oder?«

»Und wenn?«

»Wir waren ursprünglich auch in Jennestas Heer. Nicht in einem Trupp, sondern Fußsoldaten.«

»Wie seid ihr zu dieser neuen Tätigkeit gekommen?«, wollte Alfray mit einem Anflug von Geringschätzung in seinem Tonfall wissen.

»Was soll ein Ork machen, wenn er aus einem Heer desertiert? Er muss trotzdem essen. Jedenfalls könnte ich dasselbe über euch sagen. Nichts für ungut.«

»Keine Ursache«, entschied Stryke. »Niemand richtet euch. Das sind harte Zeiten.«

»Warum habt ihr Jennesta verlassen?«, fragte Coilla.

»Aus demselben Grund wie ihr, würde ich sagen. Wir konnten es nicht mehr ertragen.«

»Bei uns war es nicht ganz so. Es lief aber auf dasselbe hinaus.«

»Tja, wir glauben, es war richtig, was ihr getan habt. Es war schon lange überfällig.« Er deutete mit einem Kopfnicken auf die Karawane. »Wir würden diese Anstellung alle sofort aufgeben, wenn ihr uns aufnehmen würdet.«

»Wir rekrutieren nicht«, erwiderte Stryke. Sein Tonfall war endgültig.

»Aber deshalb habt ihr doch die Armee verlassen, oder nicht? Um gegen Jennesta vorzugehen? Um für uns wieder alles so einzurichten, wie es einmal war?«

»Nein.«

»Das glauben aber alle.«

»Dann täuschen sie sich.«

Ein angespanntes Schweigen senkte sich über die Orks. Jup brach es. »Du wirst gerufen.«

Die Kameraden des Leibwächters winkten ihn zurück.

»Vielleicht können wir uns später noch unterhalten«, sagte Melox.

»Wir ziehen heute weiter«, erwiderte Stryke.

»Ach so. Na ja, falls Sie Ihre Meinung noch ändern, was unsere Aufnahme angeht, Hauptmann ...« Er wandte sich ab und ging.

Coilla rief ihm »Viel Glück!« hinterher. Dann sagte sie: »Du warst ziemlich hart zu ihm, Stryke.«

»Ich führe hier keinen Kreuzzug, das sagte ich dir bereits.«

»Sieht so aus, als wären nicht alle damit einverstanden.«

»Noch ein Besucher«, knurrte Haskeer.

Einer der Händler kam auf sie zu.

Keppatawn lächelte. »Das ist jemand, den ihr kennen lernen solltet.«

Das Individuum, das sich zu ihnen gesellte, war klein und ziemlich robust, vermittelte aber irgendwie den Eindruck von Zerbrechlichkeit. Seine Züge neigten mit üppigen Lippen, leicht geschlitzten verträumten Augen und glatter blasser Haut zum Femininen. Seine Nase war keck und wies leicht himmelwärts. Seine Ohren waren klein und endeten in Spitzen. Eine grüne Filzkappe konnte seinen Schopf schwarzer Haare nicht völlig bedecken. Tunika und Beinkleider waren ebenfalls grün, aber die Wirkung wurde durch einen breiten braunen Ledergürtel mit glänzender Schnalle und durch einen schwarzen, grün gefütterten Umhang geschmälert. Die knöchelhohen weichen Lederschuhe, deren Schaftenden nach Blütenart auswärts umgeschlagen waren, waren allgemein als »Pixiestiefel« bekannt.

Sein Alter ließ sich unmöglich schätzen, weil alle Mitglieder seiner Rasse ein Kindergesicht hatten. Auch die Stimme gab keinen Hinweis. Es hätte die eines Kindes sein können, wenngleich eines sehr wissenden.

»Keppatawn!«, brach es aus dem Pixie heraus. »*Wunderbar*, dich wiederzusehen, du alter Spitzbube!« Sein Tonfall wurde noch schriller. »Und dein *Bein*! *Was* für eine Verbesserung! Wie *herrlich*!« Er zwinkerte theatralisch. »Das steht dir gut.«

Lachend ergriff Keppatawn die zierlichen, zur Begrüßung ausgestreckten Hände des Pixies. Sie waren winzig, verglichen mit seinen. »Willkommen. Schön, dich wiederzusehen.« Er drehte seinen Gast um. »Ich möchte dir ein paar Freunde vorstellen, die Vielfraße.«

»Ich habe von Ihnen *gehört*«, rief der Pixie. »Sind Sie nicht *Gesetzlose*?«

»Das ist Stryke, der Hauptmann des Trupps«, stellte Keppatawn vor. »Stryke, das ist Katz, Meisterhändler.«

»Ist mir eine Ehre, Hauptmann.« Katz streckte eine schlaffe Hand aus.

Stryke nahm sie ein wenig belustigt, schüttelte sie aber nicht zu heftig, um sie nicht zu brechen. »Äh, mir auch.«

Die anderen Offiziere wurden einzeln vorgestellt, die Gemeinen *en masse*. Katz nickte diesmal nur und unternahm keinen Versuch mehr, jemandem die Hand anzubieten. Was in Haskeers Fall vermutlich sehr klug war. Er sah aus, als könne er sie abbeißen.

»Wissen Sie, für eine Rasse mit so einem furchterregenden Ruf seid ihr Orks gar nicht so übel«, plapperte Katz daher. »Das habe ich bei meinem eigenen Gefolge festgestellt. Prächtige Burschen, jeder Einzelne von ihnen. Immer folgsam, nichts ist ihnen zu viel, und natürlich sind sie der beste Schutz, den man für Geld kaufen kann. Wir Pixies sind von Natur aus überhaupt nicht kriegerisch, was ihr sicherlich wisst, und wir ...«

»Hältst du eigentlich auch mal die Klappe?«, grollte Haskeer.

»Natürlich, wie gedankenlos von mir. Hier stehe ich und verstricke Sie in müßiges Geplauder, wo Sie sich doch nur meine Waren ansehen wollen.«

»Wa ...?«

»Ich weiß, was Sie denken. Sie fragen sich, wie Sie sich die erstaunlichen Dinge leisten sollen, die ich gleich vor Ihnen ausbreiten werde. Machen Sie sich deswegen keine Sorgen. Meine Preise sind so günstig, dass Sie glauben werden, ich bestehle mich selbst, was ich in Wahrheit auch tue, und wenn selbst diese bescheidenen Kosten noch zu hoch sein sollten, bin ich immer für Vorschläge offen.«

»Aber ich will doch ...«

»Was brauchen Sie?«, machte Katz unverdrossen weiter. »Kochtöpfe? Neue Stiefel? Einen Sattel? Die besten handgewebten Pferdedecken?« Er tippte Haskeer mit einem winzigen Finger auf die Brust. »Wie wäre es mit einer Lage hochwertigen Baumwollstoff mit attraktivem Blumenmuster?«

»Was sollte ich *damit* wohl anfangen?«

»Hmm, nun ja, für den Anfang könnte er diese unelegante Uniform verschönern.«

Eine Reihe von Gesichtsausdrücken huschte über Haskeers Gesicht, da er sich darüber klar zu werden versuchte, ob er beleidigt worden war. Mit bebenden Schultern hielt Jup sich eine Hand vor den Mund. Coilla fand plötzlich ihre Füße von großem Interesse.

»Wie ... wie geht das Geschäft?«, warf Alfray rasch ein.

Katz zuckte philosophisch die Achseln. »Würde ich Hüte verkaufen, würden die Leute ohne Kopf geboren.«

»So sicher wie die Sonne aufgeht«, sagte Keppatawn, »beklagen Händler sich über die Geschäfte.«

»Das sind harte Zeiten«, protestierte Katz. »Die Götter sollten uns ehrlichen Kaufleuten mal eine Pause gönnen.« Er seufzte. »Aber es ist wohl vorherbestimmt.«

Froh, das Gespräch von Haskeer abzulenken, der sich dazu entschlossen hatte zu schäumen, biss Coilla an. »Sie glauben nicht an den freien Willen?«

»Teilweise. Aber ich glaube, das meiste von dem, was wir tun, wird von den Göttern und den Sternen bestimmt.«

»Sonnenzeichen?«, höhnte Haskeer. »Das ist doch ... *Pixiescheiße.*«

Katz ignorierte die Anspielung. »Ah, da spricht eine wahre Meerziege.«

»Falsch«, grunzte Haskeer.

»Dann Viper.«

»Nein.«

»Äh, Schütze?«

»Nein.«

»Barde, Enterhaken, Skarabäus?«

»Nein, nein und nein.«

Katz massierte sich die Schläfen. »Sagen Sie nichts ... äh ... Bär?«

»Wieder falsch.«

»Adler? Wagenlenker?«

Haskeer verschränkte die Arme und wippte auf den Absätzen.

»Basilisk? Langhorn? *Ah!* Ja! Wie ich sehe, habe ich damit ins Schwarze getroffen! Langhorn. Natürlich. Ich sehe es einer Person immer an. Es ist eine Gabe.«

Haskeer murmelte etwas Leises und Drohendes.

»Jedenfalls«, fuhr Katz fort, »weiß ich, dass Sie als scharfsichtiges Langhorn die Vorzüge der erlesenen Stoffe zu würdigen wissen, die ich Ihnen anbieten kann, und zwar für nur ...«

Haskeer riss die Geduld. Mit einem lauten Brüllen sprang er vor, packte Katz am Hals und hob ihn hoch.

»*Feldwebel, bitte!*«, rief Keppatawn. »Vergiss nicht, dass Pixies ...«

Ein Geräusch ertönte, als reiße Stoff, und eine gelbe Stichflamme schoss aus der Kehrseite des Kaufmanns. Gemeine, die drei Schritte entfernt standen, sprangen auseinander und tanzten dann auf dem brennenden Gras umher.

»... Zünderfähigkeiten haben.«

Haskeer ließ den Pixie los und zog sich rasch zurück.

Katz grinste verlegen. »Hoppla. Verzeihung. Nervöse Verdauungsstörungen.«

Keppatawn mischte sich ein. »Ich halte es für das Beste, wenn wir unser Geschäft fortsetzen«, stellte er diplomatisch fest und führte Katz fort.

Haskeer und seine Gefährten sahen mit offenem Mund zu, wie der Pixie mit rauchender Hose und einem leichten Hinken davonging.

»Die müssen einen Hintern haben wie Quarz«, merkte Jup bewundernd an.

*

Gelorak legte einen Finger auf die Lippen und forderte sie so auf, still zu sein.

Coilla blinzelte angestrengt durch das Gewirr des Unterholzes, konnte aber zunächst nichts erkennen. Dann gab es Bewegung, und sie sah die Gesuchten.

Es waren zwei. Sie waren so groß wie Zentauren und sahen muskulös aus, besonders an den Armen und Beinen, wobei letztere vollkommen mit einem dunklen, zotteligen Fell bedeckt waren und in behuften Füßen endeten. Die Brust war nackt und gewöhnlich behaart, ebenfalls wie bei einem Zentaur oder einem sehr behaarten Menschen. Die kantigen Gesichter hatten spitze Bärte und nach oben abstehende buschige Augenbrauen, das Haar war lockig und pechschwarz. Die Augen waren durchdringend und hatten etwas an sich, das Schläue verriet. Eines der Wesen hielt eine ganze Reihe zusammengebundener Holzflöten in der Hand.

»Ich habe noch nie einen gesehen«, flüsterte Coilla.

»Satyre leben extrem zurückgezogen«, erwiderte Gelorak. »Selbst wir begegnen ihnen nur selten, obwohl wir oft ihr Flötenspiel hören.«

»Gibt es je Konflikte zwischen euch?«

»Nein. Sie sind auch Waldbewohner und haben dasselbe Recht, hier zu sein wie wir. Wir lassen einander in Ruhe.«

Sie beugte sich vor, um besser sehen zu können, und trat auf einen dürren Ast. Er knackte trocken. Die Satyre erstarrten. Zwei Paar gelb-grüne Augen, beinahe katzenhaft, zuckten kurz in ihre Richtung. Dann verschwanden die Wesen mit verblüffender Schnelligkeit und bemerkenswert wenig Lärm.

»*Verdammt*. Tut mir Leid.«

»Schon gut, Coilla. Wir hatten Glück, sie überhaupt zu finden.« Er schaute durch das Blätterdach, wo Fleckchen vom Himmel zu sehen waren. »Es ist über eine Stunde vergangen. Dein Trupp wird abmarschbereit sein. Sollen wir umkehren?«

Sie nickte lächelnd. »Danke, Gelorak.« In Gedanken beschäftigte sie sich mit der Frage, ob Stryke mittlerweile herausgefunden hatte, wohin sie reiten sollten.

Sie kämpften sich zurück durch das Gestrüpp und kamen schließlich wieder auf der Lichtung an.

Die Vielfraße packten ihre Ausrüstung zusammen. Die meisten der Gemeinen hielten sich bei den Pferden auf. Stryke, Alfray und Jup redeten mit Katz. Haskeer stand etwas abseits und beäugte den Pixie argwöhnisch.

Gelorak trennte sich von ihr, um irgendeiner Aufgabe nachzugehen. Coilla gesellte sich zum Trupp.

Stryke stopfte Ausrüstung in seine Satteltaschen.

»Hast du schon entschieden, wohin wir reiten?«, fragte sie.

»Ich dachte, vielleicht nach Norden.«

»Warum?«

»Warum nicht?«

»Auch wieder wahr.« Sie ging zu Alfray und Jup.

Stryke ging in die Hocke, leerte seinen Gürtelbeutel und legte die Sterne vor sich ins Gras. Katz trat näher und sah zu, hielt sich zur Abwechslung aber zurück. Nach ein paar Sekunden bemerkte er beiläufig: »So ein Ding habe ich auch schon mal gesehen. Vor ein paar Monaten.«

Niemand bekam das richtig mit, am allerwenigsten Stryke, der mit Sortieren beschäftigt war. »Hmmm?«

»Eines dieser Dinger hier.« Er zeigte mit der Schuhspitze darauf. »Oder jedenfalls ein ganz ähnliches. In den Händen von Menschen.«

Stryke sah auf. »Was?«

»Es war anders als diese. Aber schon sehr ähnlich.«

»Wie die hier? Wie die Sterne?«

»So nennen Sie sie? Ja, wie diese hier.« Er sah Strykes Gesicht, dann straffte er sich und sah die anderen an. »Was ist denn los?«

Ein kleiner Lichtstrahl fiel in die Finsternis.

55

Der Trupp scharte sich um ihn und überhäufte ihn mit Fragen. Benommen von dem Ansturm gaffte Katz sie nur wortlos an.

Haskeer drängte sich durch und packte ihn am Kragen. *»Wo? Bei wem?«*, wollte er wissen, indem er den verängstigten Pixie schüttelte.

»Vorsicht!«, rief Alfray.

»Zeig nicht mit seinem Arsch auf mich!«, brüllte Jup.

»Immer mit der Ruhe, ihr alle!«, befahl Stryke.

Haskeer riss sich zusammen und stellte den Kaufmann behutsam ab. Der Tumult beruhigte sich ein wenig.

»Es tut mir Leid, Katz.« Stryke winkte die anderen zurück, um dem Pixie etwas mehr Platz zu verschaffen.

Der Pixie schluckte und holte tief Luft. Er rieb sich den Hals.

Seine Leibwächter kamen bereits in Richtung des Trupps gelaufen. Stryke hob beschwichtigend die Hände und rief: *»Es ist alles in Ordnung!* Katz?«

»Ja«, krächzte der Pixie und winkte die Leibwächter fort. »Ja, mir fehlt nichts.«

Sie hielten inne und gingen nach einem Augenblick des Zögerns widerstrebend auseinander.

Stryke legte Katz eine Hand auf die Schulter. Der zuckte unwillkürlich zusammen. »Wir hätten uns nicht so verhalten sollen, aber was Sie gerade gesagt haben, ist sehr wichtig für uns. Können wir alles noch einmal durchgehen?«

Katz nickte.

»Sie sagten, Sie hätten so ein Ding schon einmal gesehen.« Er zeigte auf die Sterne, die noch auf dem Boden lagen.

»Ja. Nun ja, so ähnlich. Es hatte eine andere Farbe und eine andere Anzahl dieser abstehenden Teile. Aber sonst genauso.«

»Sind Sie sicher?«

»Es ist schon ein paar Monate her, aber ich bin sicher.«

»Wo?«

»In Ruffettsblick. Kennen Sie das?«

»Eine Manni-Gemeinde im Süden.«

»An der Spitze der Halbinsel, ja. Da wird ziemlich viel gebaut, also dachte ich, es könnte ein guter Platz für Geschäfte sein.«

»Was wird denn gebaut?«

»Sie haben nicht davon gehört?«

»Was gehört?«

»Sie hatten ein ziemlich großes Erdenergie-Leck. Sie wollten versuchen, es zu stopfen und die Magie irgendwie zu speichern.«

»Und haben sie es geschafft?«

»Das weiß ich nicht. Als ich abreiste, waren sie noch nicht so weit. Wenn Sie mich fragen, werden sie es nicht schaffen. Niemand sonst hat es bisher geschafft. Jedenfalls haben sie einen heiligen Ort eingerichtet, einen Tempel, und da habe ich auch den Stern gesehen. Den Mannis war es wohlgemerkt gar nicht recht, dass ich ihn gesehen habe. Sie haben mich ziemlich schnell an die Luft gesetzt.« Er starrte auf die Sterne. »Was sind denn das nun für Dinger?«

»Manche nennen sie Instrumentale.«

»Instru ... *Die* Instrumentale?«

»Sie haben von ihnen gehört?«

»Wer nicht? Aber ich dachte, sie wären eine Legende. Sie können nicht echt sein.«

»Wir glauben, dass sie echt sind.«

»Ich habe in ganz Maras-Dantien schon so viele angeblich authentische Reliquien gesehen. Nicht viele davon haben sich als echt erwiesen.«

»Bei diesen ist es anders.«

Ein habgieriges Licht flackerte in den Augen des Pixies auf. »Wenn das wirklich die echten Instrumentale sind, wären sie dem richtigen Käufer ein Vermögen wert. Wenn Sie mich als Vermittler beauftragen ...«

»Auf keinen Fall«, erwiderte Stryke fest. »Sie sind unverkäuflich.«

Katz konnte sich mit dieser Vorstellung offenbar nur sehr schwer anfreunden. »Warum sie erst suchen, wenn Sie ihren Wert nicht realisieren wollen?«

»Es gibt noch andere Arten von Wert«, antwortete Coilla für Stryke. »Ihrer wird nicht in Geld gemessen.«

»Aber ich habe Ihnen erzählt, wo es noch einen gibt. Ist das nichts wert?«

»Sicher«, warf Haskeer ein. »Du bleibst am Leben.«

Keppatawn kam und beendete damit alle Unfreundlichkeiten, bevor sie richtig beginnen konnten. »Was ist los?«, fragte er.

»Sieht ganz so aus, als hätte Katz uns auf die Fährte zu einem weiteren Stern gesetzt«, erklärte Stryke.

»Was? Wo?«

»In Ruffettsblick.«

»Hast du etwas von einem Magie-Leck in der Gegend gehört, Keppatawn?«, wollte Alfray wissen.

»Ja. Das gibt es schon seit einer ganzen Weile.«

»Warum hast du uns nichts davon erzählt?«

»Warum sollte ich das tun? Ich hatte keinen Grund zu der Annahme, dass euch das interessieren könnte. Solche Lecks sind nicht so selten, wie sie eigentlich sein sollten, traurigerweise, da die Menschen jetzt mit dieser Energie herumpfuschen.« Er richtete seine Aufmerksamkeit auf Katz. »Bist du sicher, was deine Information angeht?«

»Ich habe etwas gesehen, das so aussieht wie diese.« Er zeigte auf die Sterne. »Mehr weiß ich nicht.«

»Warum sollte er in diesem Fall richtiger liegen als bei den Sonnenzeichen?«, wandte Haskeer ein.

»Vielleicht liegt er falsch«, erwiderte Stryke. »Aber eine andere Spur haben wir nicht. Wir streifen entweder ziellos umher oder reiten nach Ruffettsblick. Ich würde lieber nach Ruffettsblick reiten.«

Aus den Reihen des Trupps wurde Zustimmung gemurmelt. Stryke hatte nichts mehr zu sagen.

»All das hat einen höheren Sinn«, erklärte Keppatawn. »Die Instrumentale tauchen aus dem Verborgenen auf. Das ist kein Zufall.«

»Das ist schwer zu glauben«, konterte Alfray.

»Ihr Orks habt viele bewundernswerte Eigenschaften. Aber, wenn ich so sagen darf, eure Sicht des Lebens ist vielleicht ein wenig zu praktisch. Wir Zentauren sind auch keine Träumer, aber selbst wir erkennen an, dass viele Dinge eine verborgene Seite haben. Die Hände der Götter mögen nicht sichtbar sein, aber sie stecken dennoch hinter vielen Dingen.«

»Können wir mit dem Gequassel aufhören und eine Entscheidung treffen?«, plädierte Jup.

Stryke verstaute die Sterne wieder in seinem Beutel. »Wir reiten nach Ruffettsblick«, sagte er.

*

Ein paar Stunden später lag der Drogawald hinter ihnen.

Der Trupp hatte neue Waffen, frische Pferde und reichlich Proviant. Außerdem war er wieder von einem Gefühl der Entschlossenheit durchdrungen.

Der Weg, dem sie folgten, führte nach Südwesten, in gerader Linie die Halbinsel hinunter und mit dem Callyparr-Meeresarm beständig zur Linken. Auf der rechten Seite markierten bescheidene Klippen die steinige Küste der dunklen Fluten des Norantellischen Ozeans. Wenn sie ein flottes Tempo anschlugen, war Ruffettsblick zwei Tagesritte entfernt.

Stryke dachte weiterhin darüber nach, ob er den anderen von seinen Träumen erzählen sollte, und er hatte auch noch vor niemandem erwähnt, dass die Sterne ihm etwas vorgesungen hatten. Er hatte noch einmal mit Haskeer über *dessen* Erlebnis geredet, obwohl der Feldwebel keine vernünftigeren Auskünfte geben konnte und sich als ungewohnt verschlossen erwies. Allem Anschein nach wollte er den Vorfall begraben. Doch Stryke zog einigen Trost aus der Tatsache, dass es unwahrscheinlich war, dass sowohl Haskeer als auch er selbst auf genau dieselbe Art wahnsinnig wurden. Damit im Hinterkopf und mit einem Ziel vor Augen, fühlte er sich schon bedeutend wohler. Dennoch blieben seine Träume.

All das lastete unterwegs schwer auf ihm, und er war so abgelenkt, dass er es zunächst nicht hörte, als er angesprochen wurde.

»Stryke? *Stryke!*«

»Hmm?« Er drehte sich um und sah, dass Coilla ihn anstarrte. Jup, Haskeer und Alfray ritten auf ihrer anderen Seite und sahen ihn ebenfalls an.

»Du warst das halbe Land weit weg«, schalt sie ihn sanft. »Was geht dir im Kopf herum?«

»Nichts.«

Offenbar wollte er nicht über das Thema reden. Sie versuchte es anders. »Wir sagten gerade, dass es hart für Melox und die anderen Orks ist, dass sie diese Arbeit annehmen müssen.«

»Du meinst, ich hätte sie bei uns aufnehmen sollen?«

»Na ja ...«

»Wir sind keine Zuflucht für Heimatlose und Streuner.«

»Das sind sie wohl kaum, Stryke. Du hättest wenigstens darüber nachdenken können.«

»Nein, Coilla.«

»Ich meine, was soll aus ihnen werden?«

»Dasselbe könntest du in Bezug auf uns fragen. Und überhaupt, ich bin nicht ihre Mutter.«

»Sie gehören unserer Rasse an.«

»Ich weiß. Aber womit würde das enden?«

»Vielleicht damit, dass du einen ernsthaften Aufstand anführst, gegen Jennesta und die Menschen und gegen alle, die uns unterdrücken.«

»Schöner Traum.«

»Selbst wenn wir verlieren sollten, ist es nicht besser, kämpfend unterzugehen und wenigstens zu versuchen, etwas zu verändern?«

»Vielleicht. Aber falls dir das noch nicht aufgefallen sein sollte, ich bin nur ein Hauptmann, kein General. Ich bin kein Stratege.«

»Du siehst wirklich nicht, wie die Dinge sich entwickeln, oder?«, schäumte sie. »Manchmal siehst du die Nase in deinem Gesicht nicht!«

»Ich habe genug damit zu tun, diesen Trupp zu führen. Jemand anders kann gegen die ganze Welt kämpfen.«

Erzürnt über seine Halsstarrigkeit verstummte sie.

Alfray setzte den Streit für sie fort. »Wenn tatsächlich viele Orks unzufrieden sind und aus Jennestas Armee desertieren, würde die Möglichkeit bestehen, eine eigene Armee aufzubauen. Wie sich die Zustände in diesem Land entwickeln, spricht einiges für mehr Leute. Mehr Leute, mehr Sicherheit.«

»Und umso mehr Aufmerksamkeit würden wir erregen«, konterte Stryke. »Wir sind ein Kriegstrupp. Wir sind beweglich, wir können zuschlagen und verschwinden. Das liegt mir mehr als eine Armee.«

»Das ändert aber nichts daran, dass Orks immer die Dummen sind. Das könnte eine Gelegenheit sein, das zu ändern.«

»Ja«, stimmte Haskeer zu, »wir sind jedermanns Prügelknaben. Den Menschenkindern wird sogar erzählt, wir wären Ungeheuer. Sie glauben, wir wären gebaut wie ein Scheißhaus aus Ziegeln mit Stoßzähnen.«

»Wenn du für die ganze Rasse kämpfen willst, nur zu«, erwiderte Stryke. »Wir konzentrieren uns auf den letzten Stern, auch wenn wir bei dem Versuch sterben.«

»Was gibt es sonst noch Neues?«, fragte Jup.

Ein entferntes Geräusch mischte sich in ihr Gespräch, klagend, traurig, unheimlich. Es bewirkte, dass sich ihre Nackenhaare aufstellten und sie eine Gänsehaut bekamen. Die Pferde scheuten.

»Was, zum Henker ...?«, flüsterte Coilla.

Alfray hatte den Kopf geneigt und lauschte angestrengt. Für ihn war das Geräusch unverkennbar. »Eine Todesfee. Es gab mal eine Zeit, als du alt werden konntest, ohne jemals eine gehört zu haben.«

»Für mich ist es das erste Mal«, gestand Jup, während er einen Schauder unterdrückte. »Ich kann gut verstehen, warum sie angeblich Katastrophen ankündigen.«

»Ich habe schon einmal eine Todesfee gehört, am Vorabend einer der großen Schlachten gegen die Menschen an der Straße nach Carascrag. Damals haben sie ihren Ruf bestätigt. Tausende wurden abgeschlachtet. Das vergisst man nicht.«

»Sie sind gar nicht mehr so selten«, fügte Stryke hinzu. »Wenn man glauben kann, was man erzählt, sind sie jetzt überall zu vernehmen.«

Nach einer Zeitspanne, die ihnen unglaublich lang vorkam, verlor sich das Geräusch und verstummte schließlich. Danach waren sie ziemlich ernüchtert.

Dann fing es an zu regnen. Dicke Tropfen so groß wie Perlen prasselten nieder, rostfarben und ranzig riechend.

»So ein Sauwetter«, beschwerte sich Jup. Er stellte seinen Kragen hoch und zog sein Wams enger.

»Noch etwas, wofür wir uns bei den verdammten Menschen bedanken können«, sagte Haskeer, indem er seinem Beispiel folgte.

Mehrere Köpfe wandten sich in die Richtung der Eisscholle im Norden in ihrem Rücken, außer Sicht, aber allgegenwärtig. Der Trupp ritt missmutig weiter.

Eine nasse Stunde verstrich. Als das Gespräch schließlich wieder aufgenommen wurde, erwähnte jemand Adpar und das Schicksal von Tyrannen. Das regte Coillas Gedächtnis an. »Da gibt es noch etwas, das ich dich fragen wollte, Stryke. Ich hatte es völlig vergessen. Als wir in Adpars Reich waren, an ihrem Totenbett, hast du ihr gesagt, ihr Tod sei Jennestas Werk. Woher *wusstest* du das?«

»Sie hat Recht«, stimmte Alfray zu. »Wir wissen nicht, was sie umgebracht hat.«

Stryke war verblüfft. Darüber hatte er bisher noch nicht nachgedacht. »Ich ... ich habe das nur gesagt, um sie aufzurütteln, nehme ich an.«

»Aber es hat gewirkt, oder nicht? Es hat sie zurückgeholt.«

»Das heißt aber nicht, dass ich Recht hatte. Vielleicht hat allein

Jennestas Name schon gereicht, um sie noch einmal aufzuwecken.«

»Vielleicht.«

»Vielleicht entwickelst du Fernsicht, Boss«, mutmaßte Jup nicht völlig ernst. »Ich hoffe, sie funktioniert besser als meine.«

Stryke war nicht zum Lachen zumute. »Orks haben keine ...«

Ein Pfeil zischte an seinem Ohr vorbei. Sein Pferd wollte durchgehen, und er rang mit dem Zügel.

»Feind im Rücken!«, bellte Jup.

Der Trupp fuhr herum und zückte die Waffen.

Eine zahlenmäßig doppelt so starke Gruppe galoppierte ihnen auf Zwergyaks mit zotteligem Fell und boshaften Augen entgegen. Die Reiter waren etwa um ein Drittel kleiner als Orks und stämmig gebaut. Der runde Kopf war überproportional groß und wies abstehende Ohren und leicht geschlitzte Augen mit fleischigen Lidern auf. Sie waren haarlos bis auf buschige Koteletten, und ihre zerfurchte Haut hatte eine grünliche Färbung.

»Gremlins?«, rief Haskeer. »Was, zum Henker, haben wir getan, um *die* gegen uns aufzubringen?«

»Willst du hingehen und nachfragen?«, erwiderte Stryke.

»Sie kommen!«, brüllte Alfray.

Einige Gremlins in der ersten Angriffsreihe hatten kleine krumme Bogen. Sie schossen in vollem Galopp auf sie. Mehrere Pfeile flogen über die Köpfe der Vielfraße hinweg. Einer bohrte sich in Haskeers Sattel. Ein anderer streifte den Arm eines Gemeinen. Ein paar Vielfraße erwiderten den Beschuss.

»Zur Hölle damit«, knurrte Stryke. *»Zum Gefecht!«*

Er spornte sein Pferd an und übernahm die Führung mit dem Rest des Trupps dichtauf. Von wolkenbruchartigen Regenfällen gepeitscht und schlammbespritzt, ritten sie den feindlichen Linien entgegen.

Die beiden Seiten prallten mit Gebrüll und dem Klirren von Stahl aufeinander. Ein Getümmel aus wirbelnden Schwertern, stoßenden Speeren und krachenden Schilden entstand.

Stryke machte kurzen Prozess mit dem ersten Gremlin, der ihm begegnete. Er wich seinem schlecht geführten Hieb aus, zerfetzte seine Brust und stieß ihn von seinem Yak. Der nächste Gremlin ließ seine Klinge mit erschreckender Wut gegen Strykes Schwert krachen. Sie schlugen und hieben, und Stahl klirrte in schriller, primitiver Melodie auf Stahl. Brutale Gewalt ließ Stryke die Deckung seines Gegners durchdringen. Der nächste Hieb durchstach die Lunge des Gremlins. Ohne Pause begann das nächste Duell.

Alfray galoppierte zwischen zwei Feinden durch und hielt dabei die Bannerlanze mit beiden Händen waagerecht vor sich. Beide Enden trafen je einen Feind, hoch und fest genug, um sie aus dem Sattel zu werfen. Eine Drehung des Schafts brachte die Lanze in Abwehrstellung, um den Hieb eines weiteren Gegners zu parieren. Mit einem raschen Stoß am Schwert seines Angreifers vorbei rammte Alfray die Lanze ins Ziel, und der entleibte Gremlin fiel zu Boden.

Ein Überhandwurf versenkte eines von Coillas Messern im Auge eines Gremlins. Er versank kreischend im allgemeinen Tumult. Sie suchte sich ihr nächstes Ziel aus und wollte gerade werfen, als ein Gremlin von der Seite heranritt und sie abdrängte. Seine Klinge wirbelte umher und trennte ihr beinahe die Nase ab. Sie packte seinen Schwertarm mit einem Griff wie die Kiefer eines Bärenjungen und setzte dann ihr Messer ein. Drei Stiche, rasch und tief, erledigten die Angelegenheit. Die Leiche kippte aus dem Sattel.

Einer der Kameraden des Gefallenen übernahm dessen Platz mit erhobenem Schild und ließ seinen Krummsäbel durch die Luft sausen. Coilla lehnte sich weit im Sattel zurück und ließ einen Stiefel gegen den Schild krachen. Sich hin und her windend, um der Klinge auszuweichen, und vor Anstrengung keuchend, stieß sie so fest zu, dass der Gremlin von seinem Yak fiel und auf dem Boden liegend der Gnade der Hufe umhertänzelnder und stampfender Reittiere ausgeliefert war. Kaum hatte sie sich wieder aufgerichtet, als auch schon der nächste Gremlin versuchte, sich einen Namen zu machen. Sie riss ihr Schwert heraus.

Haskeers Schwert steckte in den Eingeweiden eines vorherigen Opfers und war schon einige getötete Gremlins zuvor verloren gegangen. Sein Dolch war auf ähnliche Weise verbraucht worden. Jetzt duckte und wand er sich auf der Suche nach einer Waffe durch die Reihen der Angreifer.

Er sah seine Gelegenheit kommen, als er neben einem Gremlin auftauchte, der seine Klinge mit einem Gemeinen kreuzte. Das abgelenkte Geschöpf war leichte Beute für einen Ork im Blutrausch. Haskeer griff zu und riss ihn von seinem Yak. Er schwang den strampelnden Feind auf sein Pferd und schlug ihn mit dem Rücken auf den Sattelknauf, was ihm das Rückgrat brach. Dann entriss er den zuckenden Fingern das Schwert und ließ die Leiche fallen.

Ein Gegner stürmte mit ausgestrecktem Speer auf ihn zu. Haskeer wich aus und ließ sein Schwert auf den vorbeischießenden Schaft krachen, sodass er brach. Er drehte sich schnell um, und es gelang ihm gerade noch, einen zweiten Hieb in den sehnigen Nacken seines Gegners zu landen, der ihn fällte. Dann gingen zwei weitere Gegner auf ihn los. Mit einem gebrüllten Kriegsruf stürzte er sich förmlich auf sie.

Stryke betrachtete rasch die Szenerie. Er schätzte, dass sie ungefähr die Hälfte ihrer Gegner gefällt hatten. Die Gemeinen schlugen sich prächtig, und es sah aus, als habe kein einziges Mitglied des Trupps eine ernsthafte Wunde erlitten. Noch eine gemeinsame Anstrengung, und sie konnten die Schlacht beenden. Er ritt in das wogende Getümmel und drosch auf ihre Feinde ein.

Weitere zehn Minuten wilden Gemetzels entschieden die Sache. Diejenigen Gremlins, welche dazu noch in der Lage waren, begannen mit dem Rückzug und ließen dabei die Leichen ihrer Kameraden und hier und da das eine oder andere tote Yak über die matschige Graslandschaft verstreut zurück.

Coilla streckte noch einen fliehenden Gremlin nieder, indem sie ihm ein Messer zwischen die Schulterblätter warf. Stryke galoppierte zu ihr.

»Verfolgen wir sie?«, fragte sie.

Er blinzelte durch den Regen den fliehenden Gremlins hinterher. »Nein. Wir haben keine Zeit für Spielchen.« Er legte die Hände trichterförmig vor den Mund und brüllte: *»Keine Verfolgung! Bleibt hier!«*

Mehrere Gemeine, die bereits unterwegs waren, hielten inne und ließen beim Wenden ihrer Pferde Schlammbrocken aufspritzen. Die anderen sahen sich die feindlichen Gefallenen an, auf der Hut vor solchen, die sich vielleicht nur tot stellten.

Jup, Alfray und schließlich auch Haskeer gesellten sich zu Stryke und Coilla.

»Was, zum Henker, war das jetzt wieder?«, wunderte sich Alfray.

Stryke schüttelte den Kopf. »Das wissen die Götter. Verluste?«

»Nichts Ernstes auf den ersten Blick. Ich versorge gleich alle, die es erwischt hat.«

»Ich würde sagen, es ging um das Kopfgeld«, vermutete Coilla.

»Oder es waren noch mehr von Jennestas Söldnern«, mutmaßte Jup.

»Dafür würde man keine Gremlins anwerben«, sagte Stryke. »Immerhin, das Kopfgeld könnte der Grund sein.«

Ein Gemeiner rief ihnen etwas zu.

»Was gibt es denn, Hystykk?«, bellte Stryke zurück.

»Hier lebt noch einer, Hauptmann!«

Sie stiegen ab und schlenderten hin, um nachzusehen. Alfray war bereits da und kniete im Schlamm neben einem Gremlin, der ganz jung sein mochte, so viel sie sehen konnten. Er hatte eine üble Brustwunde, und sein Gewand war mit Blut verkrustet. Blutrinnsale vermischten sich mit dem trommelnden Regen.

Er holte tief und schaudernd Luft. Seine Augen waren offen und er leckte sich beständig die Lippen.

Jup kam näher und auf den Punkt. »Warum? Wegen der Belohnung?« Der Gremlin konzentrierte sich, verstand ihn aber nicht. »Das Kopfgeld, oder was war es? Warum der Angriff?«

Alfray machte sich an der Wunde zu schaffen. Der Gremlin hustete. Ein dünner roter Faden rann aus seinem Mundwinkel. Aber er antwortete.

»Vergeltung«, flüsterte er.

Stryke war verwirrt. »Wie meinst du das?«

»Vendetta ... Rache.«

»Wofür? Was haben wir euch getan?«

»Ermordet. Einen aus unserer Sippe.«

»Du behauptest, wir hätten einen Verwandten von euch ermordet?«

»Haben wir in letzter Zeit noch andere Gremlins getötet?«, wunderte Haskeer sich laut. Coilla bedeutete ihm zu schweigen.

»Wen sollen wir denn ermordet haben?«, fragte Stryke bedächtig.

»Aus meinem Klan ... Onkel«, stammelte der Gremlin, der jetzt mühsamer atmete. »Nur ein ... alter, harmloser ... Gelehrter. Hatte es ... nicht verdient.«

Ein unbehagliches Gefühl regte sich in Strykes Magengrube. »Sein Name?«

Der Gremlin starrte ihn einen Moment an, dann brachte er heraus: »Mobbs.«

Stryke dachte an seinen Traum und erinnerte sich, geglaubt zu haben, in der Nachwelt gewesen zu sein. Ihm wurde kalt.

»Der Bücherwurm?«, fragte Haskeer.

Coilla beugte sich zu dem Gremlin herunter. »Ihr seid im Irrtum. Wir haben Mobbs getroffen, mehr nicht. Er war bei bester Gesundheit, als wir uns getrennt haben.« Sie war nicht sicher, ob sie zu ihm durchgedrungen war.

Alfrays Bemühungen wurden lebhafter. Immer noch floss Blut. Er tupfte dem Verwundeten das Gesicht mit einem Tuch ab, um den Regen abzuwischen.

Stryke riss sich zusammen. »Mobbs' Tod tut mir Leid. Uns allen tut er Leid. Er war nicht unser Feind. In gewisser Hinsicht haben wir Grund, ihm dankbar zu sein.«

Haskeer gab ein verächtliches Schnauben von sich.

»Warum glaubt ihr, dass wir es waren?«, fuhr Stryke fort.

Die Atmung des Gremlins war jetzt flach. »Welche von ... unserer Rasse haben ... ihn gefunden. Gruppe ... Orks in der ... Gegend. Schwarzberg.« Trotz der Schmerzen gelang ihm ein Blick, der Verachtung ausdrückte. »Das wisst ihr ... doch genau.«

»Nein!«, rief Coilla. »Wir haben ihn *gerettet*, um der Götter willen!«

»Und ihr habt uns die ganze Zeit aufzuspüren versucht?«, staunte Stryke. »Eure Bemühungen waren vergeblich, mein Freund.«

»Delorran«, sagte Coilla.

»Natürlich. So muss es gewesen sein.« Stryke seufzte. »Und ich wette, Jennesta hat keine Zeit verloren, dieses Märchen zu verbreiten, um unsere Namen noch tiefer in den Dreck zu ziehen.« Er wandte sich wieder an den Gremlin. »Wir waren es nicht. Das kannst du uns glauben.«

Das Wesen schien ihn nicht zu hören. »Ihr habt viele ... Feinde. Ihr könnt euch ... nicht mehr ... lange halten.«

»Das war eine völlig sinnlose Verschwendung von Leben«, sagte Stryke zu ihm. »Wird nicht schon genug getötet?«

»Große Worte ... von ... einem ... Ork.«

»Wir sind keine tollwütigen Tiere. Aber wenn man Orks angreift, muss man damit rechnen, dass sie zurückschlagen. Das können wir nun mal am besten. Was Mobbs angeht, sage ich dir ...«

Alfray legte ihm eine Hand auf den Arm und schüttelte langsam den Kopf. Dann beugte er sich vor und schloss dem Gremlin sanft die Augen.

Stryke erhob sich. »Verdammt! Wir bringen nur Tod und Leiden.«

»Und werden für alles verantwortlich gemacht«, fügte Jup hinzu.

»Der arme Mobbs«, sagte Coilla.

»Wir *sind* verantwortlich für seinen Tod«, sagte Stryke zu ihr. »Nicht direkt, aber er fällt auf uns zurück.«

»So ist es nicht.«

»Und warum nicht?«

Sie antwortete nicht. Keiner von ihnen tat es.

Für einen Sekundenbruchteil ging Stryke der Gedanke durch den Kopf, dass wenigstens Delorran bezahlt hatte. Dann ging ihm auf, dass er das in einem Traum erfahren hatte. Oder nicht?

Der Regen wurde stärker.

56

Regen prasselte auf die Zeltleinwand.

Jennesta marschierte auf und ab. Geduld war keine ihrer Tugenden und sie hatte nie einen Sinn darin gesehen, welche zu entwickeln. Ihre Auffassung war, dass der Pöbel zauderte, während Führer zugriffen. Dadurch, dass man sich nahm, was man wollte, erreichte man seine Ziele. Doch was sie wollte, war gerade außerhalb ihrer Reichweite.

Sie brütete zudem über die Erschöpfung der Erdenergien, die ihre Zauberei launenhaft machte, und über die Mühen, deren sie sich unterziehen musste, um ihre diesbezüglichen Kräfte aufzufrischen.

Frustration und Unsicherheit machten sie noch gefährlicher als sonst. Was in Jennestas Fall eine Menge heißen wollte.

Sie spielte mit der Idee, irgendeinen kapriziösen Befehl zu erteilen. Einen, mit dem sich abgesehen von der sinnlosen Vergeudung von ein paar Leben und ihrer Freude am Blutgeruch nichts erreichen ließ. Doch dann teilten sich die Klappen vor dem Zelteingang, und Mersadion trat respektvoll ein.

Er verbeugte sich und machte Anstalten, etwas zu sagen.

»Können wir aufbrechen?«, wollte sie wissen, indem sie alle Formalitäten vermied.

»Bald, Majestät.«

»Ich hasse diese unnötige Zeitverschwendung.«

»Die Armee brauchte eine Ruhepause, Majestät, und das Vieh musste gefüttert werden.«

Jennesta kannte die Gründe genau und wischte seine Erklärungen beiseite. »Wenn Sie nicht gekommen sind, um mir zu sagen, dass wir abmarschbereit sind, warum dann?«

Seine Antwort kam sehr zögerlich. »Es gibt Neuigkeiten, Majestät.«

»Und Ihrer Miene nach keine guten.«

»Es betrifft Eure Drachenmutter. Glozellan.«

»Ich kenne ihren Namen, General. Was ist mit ihr?«

Er versuchte es ihr schonend beizubringen. »Sie und ... zwei andere Bändiger mit ihren Tieren sind ... sie sind ... aus Euren Diensten getreten, Majestät.«

Während sie die Nachricht aufnahm, explodierten winzige Sonnen in ihren bemerkenswerten Augen. *»Aus meinen Diensten getreten.«* Sie formulierte den Satz langsam und bedächtig. »Womit Sie sagen wollen, dass sie desertiert sind. Korrekt?«

Sie kam ihm in jeder Hinsicht wie eine aufgerichtete und zum Zustoßen bereite Viper vor. Da er seiner Stimme nicht traute, nickte er.

»Sie sind ganz sicher?« Sie winkte ab. »Natürlich sind Sie es. Sonst würden Sie es nicht riskieren, es mir zu sagen.«

Mersadion wusste, wie Recht sie hatte. »Wir haben keinen Grund, an der Treue der anderen Bändiger zu zweifeln«, brachte er vor.

»Wie wir auch keinen hinsichtlich Glozellan hatten.« Sie kochte und schien kurz vor einer Explosion zu stehen.

Er lavierte behutsam in der Hoffnung, sie zu beschwichtigen. »Wenn Ihr Zweifel habt, können wir die Bändiger austauschen. Und wir haben immer noch genügend Drachen, Majestät, obwohl wir drei verloren haben. Was die neue Mutter betrifft, so gibt es mehrere Kandidaten für eine Beförderung, die ...«

»Alle Bändiger sind Braunwichtel. Wie kann ich noch *einem* von ihnen trauen? Es wird eine Säuberung innerhalb der Drachengeschwader geben.«

»Majestät.«

»Zuerst die Vielfraße, dann die Kopfgeldjäger, die ich ihnen nachgeschickt habe, und jetzt hat die Drachenmeisterin meine Sache verraten.« Sie fixierte ihn mit ihrem frostigen Blick. »Und währenddessen ein beständiges Schwinden meiner Armee. Wie kommt es, dass ich von so vielen Feiglingen und Verrätern umgeben bin?«

Es war eine Frage, die zu beantworten er niemals wagen würde. Er gedachte ihr auszuweichen, indem er ihren Blickwinkel verschob. »Ihr könntet es so sehen, dass die Reihen sich selbst säubern, Majestät. Jene, die bleiben, müssen zwangsläufig die treusten Anhänger Eurer Majestät sein.«

Sie lachte und warf den Kopf zurück, während die rabenschwarzen Haare flogen. Spitze weiße Zähne blitzten auf. Ihre Augen funkelten vor Belustigung.

Er gestattete sich ein nervöses Grinsen mit geschlossenem Mund.

Jennesta fand ihre Fassung wieder und sagte immer noch lächelnd: »Glauben Sie nicht, ich würde irgendetwas Komisches darin sehen, Mersadion, das ist reiner Spott.«

Sein Gesicht nahm wieder eine wachsam-ausdruckslose Miene an.

»Sie haben eine politisch kluge Art, die Dinge zu formulieren. Sie wollen mich glauben machen, dass das Glas halb voll ist.« Sie beugte sich zu ihm vor, und ihr Lächeln war bereits eine verblassende Erinnerung. »Aber Sie sind nur ein Ork. Wenn es ums Denken geht, kämpfen Sie oberhalb Ihrer Gewichtsklasse. *Ich* werde *Ihnen* sagen, warum innerhalb der Mannschaften Verrat um sich greift. Es liegt daran, dass die Offiziere nicht streng genug auf Disziplin achten. Und die Befehlskette führt zu Ihrer Tür.«

Nur wenn die Dinge schlecht laufen, dachte Mersadion.

Jennesta wich ein wenig zurück. »Ich werde keine Laxheit dulden. Das ist meine letzte Warnung.«

Womit er auch rechnete, was sie sagen oder tun würde, es bereitete ihn in keiner Weise darauf vor, was als Nächstes geschah.

Sie spie ihn an.

Der Speichel benetzte seine rechte Wange unter dem Auge und bis zum Ansatz seines Ohrs. Es war eine Tat, die ihn gleichermaßen schockierte und verblüffte, und er hatte keine Ahnung, wie er reagieren sollte.

Dann spürte er Wärme auf der Haut. Kribbelnde Hitze breitete sich über die ganze Seite seines Gesichts aus. Er zuckte vor Unbehagen zusammen und hob eine Hand, aber das Berühren der betroffenen Stelle machte es nur noch schlimmer. Binnen Sekunden wurde es immer heißer, als werde er von unzähligen glühendheißen Nadeln gepiekst.

Jennesta stand da und musterte ihn, fasziniert und leicht belustigt.

Er hatte jetzt das Gefühl, sich verbrüht zu haben, als sei er mit Säure bespritzt worden. Er verlor die Haltung und schrie auf. Sein Gesicht warf Blasen. Er roch brennendes Gewebe. Schmerzen wurden zur Qual und gingen darüber hinaus. Er schrie.

»Letzte Warnung«, wiederholte sie bedeutungsschwer. »Denken Sie darüber nach.« Sie entließ ihn mit einer trägen Geste.

Vor Schmerzen gekrümmt stolperte er hinaus, während Dampf von seinen verheerten Zügen aufstieg. Durch die peitschenden Zeltklappen sah Jennesta ihn zu einem Wasserbottich taumeln. Sie hörte ihn heulen.

Was sie getan hatte, war ein Fünkchen des Zorns, den seine Neuigkeit in ihr entfacht hatte. Sie hatte genug von Rückschlägen, und wenn er sie mit noch mehr konfrontierte, würde es ihn das Leben kosten. Doch zunächst reichte es ihr, ihn als Versager zu brandmarken. Buchstäblich.

Eine unbestimmte Zeitspanne verstrich, in der sie über die Ereignisse nachdachte. Sie endete, als mehrere Mitglieder ihrer persönlichen Ork-Leibgarde eintrafen und dabei eine peinliche Zurschaustellung der Unterwürfigkeit veranstalteten. Sie brachten ihr einen mit Ketten gefesselten Gefangenen. Ein Opfer, um ihre Kräfte aufzufrischen, wenn auch nur vorübergehend. Trotz ihrer Laune weckte sein Anblick Jennestas Neugier.

So viele Rassen, so großer Appetit, so wenig Zeit.

Sie hatte bisher noch keine Gelegenheit gehabt, einen Nappee zu kosten. Nappees waren Wald- und Wiesennymphen, eine seltene, scheue Rasse, die man nicht oft zu Gesicht bekam. Dieser war ein besonders schönes Exemplar. Die Kreatur war mit etwa drei Fuß groß für ihre Rasse. Sie war schlank und mit ihrer glänzenden Haut auf zierliche Art schön.

Manche behaupteten, Nappees hätten zwei Herzen. Das herauszufinden würde Jennesta eine Zeit lang von ihren Nöten ablenken.

*

Der Regen hatte endlich aufgehört.

Stryke gestattete eine kurze Erholungspause, und der Trupp lagerte in einer windgeschützten Bucht. Dämmerlicht trübte den Himmel, und die Aussicht beschränkte sich auf bedrohliche Wolken über einem schwarzen, windgepeitschten Ozean.

Nach dem Essen zogen Coilla und Stryke sich ein wenig von den anderen zurück. Sie saßen auf Pferdedecken und unterhielten sich eine Weile über den Angriff der Gremlins, wobei sie sich eine Feldflasche mit Wein teilten, die ihnen die Zentauren zum Abschied geschenkt hatten. Doch Müdigkeit, die Wärme des Alkohols und vor allem anderen das Bedürfnis, seine Bürde zu teilen, übermannten Stryke. Er lenkte das Gespräch auf seine bizarren Träume. Es dauerte nicht lange, bis Coilla alles wusste.

»Bist du sicher, dass dieser Ort in deinen Träumen nicht irgendwo in einer Gegend ist, die du kennst?«, fragte sie. »Irgendwo in der ... wirklichen Welt, meine ich.«

»Ja. Allein das Klima ist schon ungewöhnlich. Wann haben wir Maras-Dantien je gesehen, wie es eigentlich sein sollte und wie es einmal war?«

»Dann hast du ihn vielleicht selbst erschaffen«, spekulierte sie. »Dein Verstand hat irgendwie erschaffen, was du gern in Wirklichkeit hättest.«

»Um nicht zu sagen, ich sei verrückt.«

»Nein! So habe ich das nicht gemeint. Du bist nicht verrückt, Stryke. Aber wenn die Welt vor die Hunde geht, ist es nur natürlich, wenn man will, dass ...«

»Ich glaube nicht, dass es das ist. Wie ich schon sagte, diese Träume oder Visionen sind so wirklich wie das Wachsein. Na ja, beinahe.«

»Und du siehst jedes Mal dieselbe Frau?«

»Ja. Und es ist auch mehr als ein Sehen. Ich ... *begegne* ihr, rede mit ihr, wie ich es auch tue, wenn ich wach bin. Mit dem Unterschied, dass nicht alles, was sie sagt, einen Sinn ergibt.«

Coilla runzelte die Stirn. »Das ist ungewöhnlich für Träume. Und du hast sie noch nie zuvor in deinem Leben gesehen?«

»Ich hätte mich erinnert, glaub mir.«

»Du sagst das so, als gäbe es sie wirklich. Das sind doch nur Träume, Stryke.«

»Tatsächlich? Ich nenne sie nur so, weil mir nichts Besseres einfällt.«

»Sie ereignen sich, wenn du schläfst, oder nicht? Was sollten sie also sonst sein außer Träume?«

»Es hat mit dem Gefühl zu tun, das ich habe ...« Er schüttelte enttäuscht den Kopf. »Ich kann es nicht in Worte fassen. Du müsstest es selbst erleben.«

»Lass uns das jetzt mal klar stellen«, sagte sie kategorisch. »Was passiert deiner Ansicht nach mit dir, wenn es keine Träume sind?«

»Es ist wie ... vielleicht bin ich nicht mehr so auf der Hut, wenn ich schlafe, und dadurch ... lasse ich etwas ein.«

»Du solltest dich selbst hören. Das klingt nicht sehr vernünftig.«

»Nein, nicht wahr? Aber ich weiß, dass ich mich allmählich dem Punkt nähere, wo ich nicht mehr schlafen will.«

»Du hast diese ... Träume jedes Mal, wenn du schläfst?«

»Nein, nicht jedes Mal. Und das macht es irgendwie nur noch schlimmer. Es ist so, als würde immer gewürfelt, wenn ich schlafen muss.«

Sie wog ihre nächste Bemerkung sorgfältig ab. »Wenn es keine Träume sind, gibt es noch eine Möglichkeit, die man berücksichtigen sollte. Könnten sie ein magischer Angriff sein?«

»Von Jennesta, meinst du?«

Coilla nickte.

»Daran habe ich natürlich auch schon gedacht. Glaubst du, sie wäre dazu imstande?«

»Wer weiß?«

»Aber warum würde sie das wollen? Ich meine, welchen Sinn ergibt das?«

»Um in dir die Überzeugung zu wecken, du wärst wahnsinnig. Um den Zweifel zu säen, von dem du redest, und um deinem Verstand zuzusetzen.«

»Der Gedanke ist mir auch gekommen, aber irgendwie glaube ich das nicht. Wie ich schon sagte, diese Träume sind in vielerlei Hinsicht ... angenehm. Sie haben mich ein oder zwei Mal sogar in meiner Entschlossenheit bestärkt. Wie könnte das Jennestas Plänen dienen?«

»Ich sage ja nicht, dass sie es ist, es ist nur eine Möglichkeit. Und wer weiß schon, wie ihr verdrehter Verstand funktioniert?«

»Das gebe ich zu. Aber ich glaube trotzdem, dass sie etwas Direkteres versuchen würde.« Er musterte Coillas Gesicht, und was er dort sah, verriet ihm, dass es angebracht war, ihr alles zu sagen. »Das ist noch nicht alles.«

»Ach?«

»Die Träume sind nicht das einzig Merkwürdige. Da ist noch etwas anderes.«

Sie sah ihn an, und ihre Miene drückte Verblüffung und Beklommenheit aus. »Was meinst du?«

Stryke holte tief Luft. »Diese Geschichte mit Haskeer und den Sternen. Er sagte, sie ... hätten ihm etwas vorgesungen.«

»Das war das Fieber.«

»Ich hatte kein Fieber.«

Es dauerte einen Augenblick, bis diese Bemerkung vollkommen zu ihr durchgedrungen war. Schließlich sagte sie: »Du auch?« Ihr Tonfall verriet Ungläubigkeit.

»Ich auch.«

»Ihr Götter, du hast eine Menge mit dir herumgeschleppt, was?«

»Hältst du mich immer noch für geistig gesund?«

»Wenn du verrückt bist, ist Haskeer es auch. Obwohl ...« Sie wechselten ein trockenes Lächeln. »Was meinst du mit vorsingen?«, fragte sie. »Kannst du es nicht besser beschreiben?«

»Eigentlich nicht. Es ist wie die Träume schwer zu erklären. Aber vorsingen ist ein so gutes Wort wie alle anderen.« Seine Hand fuhr zu dem Beutel an seinem Gürtel. Es war zu einer unbewussten Handlung geworden wie das Befingern eines Fetischs. Wäre er danach gefragt worden, hätte er gesagt, er tue es, weil er so große Furcht davor habe, sie zu verlieren.

»Ich muss mich bei Haskeer entschuldigen«, sagte sie. »Ich habe an ihm gezweifelt. Wir alle haben das getan.«

»Es hat die Art und Weise verändert, wie ich das betrachte, was er getan hat«, räumte Stryke ein. »Aber erzähl ihm nichts. Erzähl niemandem etwas von unserem Gespräch.«

»Warum nicht?«

»Es würde sie nicht gerade beflügeln, oder? Einen Anführer zu haben, der von merkwürdigen Träumen und singenden Sternen geplagt wird.«

»Aber mir hast du es erzählt. Warum?«

»Ich dachte mir, du würdest dir alles anhören, was ich zu sagen habe. Und dass du mit deiner Meinung nicht hinter dem Berg hältst, wenn du glaubst, ich sei verrückt.«

»Wie ich schon sagte, ich glaube nicht, dass du es bist. Irgendwas geschieht mit dir, das ist sicher, aber für mich sieht es nicht nach Wahnsinn aus.«

»Ich hoffe, du hast Recht«, seufzte er. »Also wirst du es für dich behalten? Um der Disziplin des Trupps willen?«

»Wenn du das willst, ja. Aber ich glaube, die anderen würden es verstehen. Die Offiziere jedenfalls. Sogar Haskeer. Ach, verdammt, *vor allem* Haskeer. Aber solche Dinge kann man nicht ewig geheim halten.«

»Wenn es mir wirklich dabei in die Quere kommt, die Vielfraße zu führen, dann sage ich es ihnen.«

»Und dann?«

»Dann werden wir weitersehen.«

Sie nagelte ihn nicht darauf fest. »Wenn du wieder reden willst«, erbot sie sich, »ich habe immer ein offenes Ohr.«

»Danke, Coilla.« Er fühlte sich besser, weil er sich erleichtert hatte, schämte sich aber auch ein wenig dafür, dass er etwas eingestanden hatte, das er für eine Schwäche hielt. Obwohl es durchaus einen Unterschied machte, dass sie es nicht so zu sehen schien.

Die anderen verstauten gerade ihre Ausrüstung und rollten Decken zusammen. Einige schauten in Strykes Richtung, da sie mit Befehlen rechneten.

Er reichte Coilla die Feldflasche. »Wärm dich daran. Wir müssen weiter.«

Sie nahm einen Schluck und gab ihm die Flasche zurück. Als sie sich erhoben, fragte sie: »Wie stehen deiner Ansicht nach unsere Aussichten in Ruffettsblick?«

»Sie könnten ganz gut sein. Das sagt jedenfalls mein Gefühl.«

»Tja, die meisten deiner Ahnungen haben bisher nicht getrogen. Je schlechter die Aussichten, desto mehr haben sie sich ausgezahlt. Vielleicht hat Jup doch Recht mit seiner Bemerkung, du würdest Fernsicht entwickeln.«

Sie sagte es leichthin. Sie wussten beide, dass Orks noch nie magische Fähigkeiten besessen hatten. Aber es deutete auf noch kompliziertere Sachverhalte und Rätsel hin, die keiner von ihnen sonderlich lustig fand.

»Lass uns von hier verschwinden«, sagte Stryke.

*

Sie ritten den ganzen Abend hindurch, auf der Hut vor weiteren Schwierigkeiten.

Coilla hielt sich am Ende des Trupps unmittelbar vor der Nachhut, Alfray ritt neben ihr.

Nach einigen belanglosen Bemerkungen schaute er vor und zurück und gestand ihr dann: »Ich mache mir Sorgen um Stryke.«

Angesichts ihres Gesprächs mit Stryke war sie verblüfft, aber sie ließ sich nichts anmerken, sondern sagte nur: »Warum?«

»Dir muss auch aufgefallen sein, dass er sehr in sich gekehrt ist.«

»Er ist manchmal etwas in Gedanken«, räumte sie ein.

Er betrachtete sie skeptisch. »Mehr als das, würde ich sagen.«

»Er steht unter großer Anspannung, und das weißt du auch. Und man kann auch nicht behaupten, er würde uns schlecht führen, oder?«

»In unseren Reihen könnte es ein oder zwei geben, die anderer Ansicht sind.« Er sah sie an. »Du weißt, dass ich nicht dazu gehöre. Ich habe schon eine Menge Anführer gesehen«, fügte er hinzu, »und unter vielen gedient. Er ist der beste.«

Sie nickte zustimmend, obwohl ihre Erfahrung verglichen mit seiner spärlich war. Und in diesem Augenblick ging ihr auf, wie alt Alfray war. Wie alt, verglichen mit den übrigen zumindest. Das hatte sie bisher immer als selbstverständlich betrachtet, und jetzt war sie überrascht, welche Auswirkungen diese Erkenntnis auf sie hatte und wie bedeutungsschwer sie verglichen mit der Geringfügigkeit ihrer Beobachtung waren. Die Gefahr, in der sie schwebten, ließ sie alle näher zusammenrücken und einander zum ersten Mal richtig wahrnehmen.

»Wir müssen ihn unterstützen«, sagte Alfray.

»Das werden wir auch, schließlich sind wir ein Kriegstrupp. Und, verdammt noch mal, der *beste* Kriegstrupp. Sogar die wenigen Andersdenkenden, die du erwähnt hast, würden für Stryke einstehen.« Sie sagte das nicht nur deshalb, weil sie glaubte, dass er das hören wollte.

Er lächelte zufrieden.

Sie ritten weiter, in ihre eigenen Gedanken vertieft und ein wenig schläfrig vom Schlafmangel. Schließlich meldete Coilla sich erneut zu Wort. »Diese Schlacht, die du erwähnt hast. Bei Carascrag ...«

»Was ist damit?«

»Ich musste daran denken, wie wenig wir über die Geschichte wissen. Sie ist verloren gegangen wie alles andere. Aber du hast so *viel* erlebt ...« Sie hielt inne, weil sie befürchtete, er könne dies als Anspielung auf sein Alter verstehen, ein Thema, bei dem er in letzter Zeit empfindlich reagierte. Aber seine Miene verriet keinerlei Empörung.

»Ja, das habe ich«, stimmte er zu. »Ich habe Maras-Dantien als junger Ork noch in besserem Zustand erlebt. Nicht so, wie es zur Zeit unserer Vorfahren war, aber besser als jetzt. Die Menschen waren nicht so zahlreich, und die Magie funktionierte noch fast gänzlich ohne Einschränkungen.«

»Aber die älteren Rassen kämpften gegen die Spätankommer.«

»Letztendlich. Was dieses Land so großartig macht, ist auch seine größte Schwäche. Wir sind zu verschieden. Alter Argwohn und Feindseligkeiten verzögerten die Vereinigung der Rassen. Manche sahen nicht einmal eine Bedrohung, bis es fast zu spät war. Ach, verdammt, vielleicht erst, als es tatsächlich schon zu spät war.«

»Und seitdem geht es bergab.«

»Aus diesem Grund ist es auch so wichtig, die alten Sitten und Gebräuche am Leben zu erhalten.« Er schlug sich mit der Handfläche auf das Herz. »Hier, wenn nirgendwo sonst. Der erste Ort, an dem wir die Traditionen achten, ist in jedem von uns.«

»Das wird immer mehr zu einer vergessenen Art, die Dinge zu betrachten.«

»Vielleicht. Aber denk an die Kameraden, die wir verloren haben. Slettal, Wrelbyd, Meklun, Darig und jetzt Kestix. Wir konnten keinem von ihnen einen anständigen Abschied geben, und das mindert den Wert ihres Lebens.«

»Wir konnten nicht. Du weißt, dass das im Kampf nicht immer möglich ist.«

»Es gab eine Zeit, als es noch möglich war. Eine Zeit, als Traditionen noch geachtet wurden.«

Seine Leidenschaft überraschte sie. »Ich wusste nicht, dass dir das so wichtig ist.«

»Die Tradition hat uns zusammengehalten, und wenn wir sie wegwerfen, dann tun wir das auf eigene Gefahr. Sie ist eine Sache, die uns anders sein lässt, die uns ... *uns* sein lässt. Ich meine, sieh dir doch nur an, wie das Kleeblatt dieser Tage missachtet und von einigen der Jüngeren sogar verspottet wird.«

»Ich muss zugeben, dass ich mich manchmal selbst frage, ob uns die Religion so gute Dienste geleistet hat.«

»Versteh mich nicht falsch, Coilla, aber es hat eine Zeit gegeben, als kein anständiger Ork so etwas gesagt hätte.«

»Ich ehre die Götter. Aber was haben sie in letzter Zeit getan, um uns vor Schwierigkeiten zu bewahren? Und was ist mit den Unis und ihrem einen Gott? Was haben sie gebracht außer Elend?«

»Was erwartest du von einer falschen Gottheit? Was unsere Götter betrifft, vielleicht ignorieren sie uns umso mehr, je mehr *wir sie* ignorieren.«

Darauf hatte sie keine Antwort.

Ihr Gespräch wurde durch Rufe von überall aus der Kolonne unterbrochen. Gemeine zeigten nach Westen.

Es war gerade noch möglich, weit über dem Ozean eine schwärzere Form vor dem pechfarbenen Himmel auszumachen, die nach Norden flog. Ihre Fülle verdeckte die Sterne, und man konnte die großen gezackten Schwingen schlagen sehen. Ein winziger orangefarbener Flammenstoß aus dem Kopf der Kreatur wischte jeglichen Zweifel fort.

»Meinst du, wir könnten gesehen werden?«, fragte Alfray.

»Wir sind ziemlich weit weg, und es ist dunkel, also sind wir schwer auszumachen. Die eigentliche Frage ist, gehört er zu Jennesta oder zu Glozellan?«

»Wenn er uns feindlich gesinnt ist, werden wir es bald genug erfahren.«

Sie beobachteten die Gestalt, bis der Drache in der Ferne verschwand.

57

Blaan saß mit untergeschlagenen Beinen da, die Zungenspitze im Mundwinkel, während er sich den glänzenden Schädel mit einer Messerklinge rasierte.

Nicht weit entfernt rührte Lekmann mit einem Zweig in einem schwarzen Topf herum, der über einem prasselnden Feuer hing. Aulay hatte sich auf einer Decke ausgestreckt, den Kopf auf seinen Sattel gelegt und funkelte mit seinem einen Auge den langsam heller werdenden Himmel an.

Auf dem Gras lag noch Tau. Das Wasser des Meeresarms bewegte sich träge neben ihnen, und Nebel stieg von ihm in der frühmorgendlichen Kühle auf. Der Drogawald war zu sehen, lag aber so weit hinter ihnen, dass sie von Kundschaftertrupps der Zentauren nicht entdeckt werden konnten.

»Wann brechen wir endlich auf, verflucht?«, murrte Aulay, dessen Atem Wolken vor seinem Mund bildete. Er rieb sich die Stelle, wo sein Handgelenk in den Pflock überging, der seine Hand ersetzte.

»Wenn ich fertig bin«, sagte Lekmann zu ihm. »Wir sind ganz in der Nähe, würde ich sagen, und wir können nicht einfach auf sie losgehen. Wir müssen vorsichtig sein, wenn wir es mit den Orks aufnehmen.«

»Das *weiß* ich, Micah. Ich will nur wissen, *wann*.«

»Bald. Und jetzt spar deine Puste, um dein Futter abzukühlen.« Er rührte in dem Gemisch herum. Es blubberte und verströmte einen widerlichen Geruch.

»Essen wir jetzt, Micah?«, merkte Blaan auf, während er den Topf beäugte.

»Aufgepasst, Kürbiskopf hat Futter erspäht«, murmelte Aulay mit beißendem Spott.

Lekmann ignorierte ihn. »Ja, Jabeez. Bring deinen Teller her.« Er fing an auszuteilen.

Ein Teller wurde Aulay gereicht. Er richtete sich auf, stellte ihn auf seine Knie und stocherte mit seinem Messer darin herum. »Schweinefraß«, beklagte er sich routinemäßig.

Blaan schlang seine Portion geräuschvoll unter Zuhilfenahme seiner Finger herunter, die er zwischen den Bissen genussvoll feucht ableckte.

Aulay verzog angewidert das Gesicht. »Puh.«

»Bei einer Schlägerei bist du froh, wenn er dabei ist«, erinnerte ihn Lekmann.

»Das heißt nicht, dass ich ihm beim Essen zusehen muss.« Er kehrte ihm den Rücken und wandte sich dem Wald zu.

Blaan ging schließlich auf, dass sie über ihn redeten. »He!«, protestierte er mit vollem Mund und fettigem Kinn.

»*Gesellschaft!*«, bellte Greever. Er stellte seinen Teller auf den Boden.

Die anderen taten es ihm nach. Sie sprangen eilends auf und zückten die Waffen.

Eine Gruppe von Reitern kam den Weg vom Drogawald entlang. Sie waren Menschen und zu siebt.

»Wofür hältst du sie?«

»Das sind jedenfalls keine von diesen Aufsehern, Greever. Es sei denn, ihre übliche Kleidung ist gerade in der Wäsche.«

Die Reiter waren so ähnlich gekleidet wie die Kopfgeldjäger selbst. Sie bevorzugten Hosen aus Leder, hohe Stiefel und Wämser aus dicker Wolle, die einheitlich schäbig waren. Die meisten trugen Pelze zum Schutz vor der Kälte. Auf dem Kopf trugen sie Helme und Kettenhauben. Sie waren hagere, bärtige, wettergegerbte Männer mit einer Vielfalt von Waffen.

»Das könnten Räuber sein«, entschied Lekmann, als sie näher kamen. »Obwohl ich nichts davon gehört habe, dass es in dieser Gegend welche geben soll.«

Aulay spie aus. »Die haben uns gerade noch gefehlt, verfluchte Banditen.«

»Was sollen wir machen?«, wollte Blaan wissen.

»Es friedlich angehen lassen«, erwiderte Lekmann. »Vergesst nicht, dass wir mehr erreichen können, wenn wir ihnen Honig um den Bart schmieren, als wenn wir ihnen den Hals durchschneiden. Außerdem sind sie uns überlegen.«

»Glaubst du?«, meinte Aulay.

»Bleib ruhig, Greever, und überlass mir das Reden. Falls es handgreiflich wird, folgt meinem Beispiel und lasst eure Klingen nicht sehen. Verstanden?«

Sie stimmten zu, Aulay widerstrebend.

Mittlerweile hatten die Reiter sie gesehen und wurden langsamer. Sie waren wachsam, näherten sich ihnen aber ohne Arglist.

Als sie das Trio erreichten, strahlte Lekmann sie an und begrüßte sie. »Einen schönen Tag!«

Zwei oder drei der Männer nickten. Ein stämmiges Individuum mit einem Vollbart und langen, ungekämmten Haaren war der Einzige, der redete. »Gleichfalls.« Er redete barsch und ein wenig hingeworfen.

»Was verschafft uns die Ehre?«

»Nichts Besonderes. Wir kümmern uns nur um unseren Kram.«

»Und was könnte das sein?«, fragte Lekmann, das Lächeln immer noch wie aufgeklebt.

»Wir verfolgen Abtrünnige.«

»Tatsächlich?«

Aulay schnitt ein finsteres Gesicht, sagte aber nichts. Blaan hatte seine normale nichtssagende Miene aufgesetzt.

»Ja«, sagte der Anführer. »Und ihr?«

»Bauern. Wir wollen Vieh kaufen hinter dem Drogawald.«

Der Bandit betrachtete sie von oben bis unten ebenso wie einige der anderen. Lekmann hoffte, dass sie nicht allzu viel von Landwirtschaft verstanden.

»Ihr habt doch nichts mit diesem Manni- oder Uni-Blödsinn zu tun, oder?«, wollte der Anführer wissen.

»Wir doch nicht, mein Freund. Die Pest über beide. Wir wollen einfach nur ein ruhiges Leben führen. Auf unserem Hof«, fügte er hilfreich hinzu.

»Gut.« Er musterte Aulay und Blaan. »Deine Freunde reden wohl nicht viel.«

»Sie sind nur einfache Bauernburschen«, erklärte Lekmann. Er schirmte mit einer Hand sein Gesicht ab, sodass Blaan ihn nicht sehen konnte, zwinkerte verschwörerisch und fügte im Flüsterton hinzu: »Der Große ist einfältig, aber beachtet ihn einfach gar nicht.«

»Er sieht aus, als könnte er eine Tür mit dem Schädel aufbrechen.«

»Ach was, er ist harmlos.« Er räusperte sich. »Ihr jagt also Abtrünnige. Wir können wohl nicht viel tun, um euch auf die Sprünge zu helfen, nehme ich an.«

»Nur, wenn ihr hier in der Gegend Orks gesehen habt.«

Aulay und Blaan versteiften sich. Lekmann beherrschte sich und behielt seine Reaktion für sich. »Orks? Nein. Aber wenn ihr hinter diesen mörderischen Hunden her seid, habt ihr unseren Segen.« Er machte eine ausladende Geste in Richtung Lagerfeuer. »Ihr seid herzlich eingeladen, mit uns zu essen. Wir haben frisches Wasser und auch einen Schluck Wein.«

Die Räuber wechselten einen Blick. Ihr Anführer traf die Entscheidung, vielleicht durch ihre größere Anzahl ermutigt. »Das ist sehr freundlich. Wir nehmen dankend an.«

Sie stiegen ab. Lekmann bot Feldflaschen an und forderte sie auf, sich etwas zu essen zu nehmen. Sie nahmen die Feldflaschen, waren aber weitaus weniger eifrig, was das Essen betraf, nachdem sie einen Blick in den Topf geworfen hatten. Aulay und Blaan blieben, wo sie waren. Keiner der Banditen schenkte ihnen viel Beachtung.

»Erzählt uns doch mehr über diese Orks, die ihr verfolgt«, sagte Lekmann in dem Bemühen, beiläufig zu klingen.

»Was man so hört, sind sie ein verzweifelter, blutrünstiger Haufen«, sagte der Anführer zu ihm. Er trank einen Schluck aus seiner Feldflasche. »Ein Kriegstrupp. Nennen sich die Vielfraße.«

Lekmann betete, keiner seiner Partner möge sich in irgendeiner Form verplappern. Er hatte Glück. »Ihr seid hinter einem ganzen Kriegstrupp her?«

»Wir sind nur die Hälfte unserer Gruppe. Die anderen suchen dort drüben.« Er nickte in Richtung Meeresarm. »Ich würde sagen, wir sind ihnen mehr als gewachsen.«

»Diese Orks haben einen furchterregenden Ruf, was das Kämpfen angeht.«

»Sie werden überschätzt, wenn ihr mich fragt.«

»Schon irgendeine Spur von ihnen entdeckt?«

»Noch nicht. Letzte Nacht dachten wir, es wäre so weit. Aber es war nur ein Trupp Gremlins. Die sind geritten, als würde ihnen der Arsch brennen.«

»Ihr scheint ziemlich sicher zu sein, dass diese Orks sich hier in der Gegend herumtreiben.«

»Sie sind gesehen worden, mehr als ein Mal.«

»Große Belohnung?«

»Ziemlich.« Der Banditenführer beäugte ihn mit so etwas wie einem Anflug von Argwohn. »Warum? Denkt ihr daran, es selbst zu versuchen?«

Lekmann gelang es, sich ein Lachen abzuringen. »Was, *wir*? Haltet ihr uns wirklich für die Sorte, die sich mit Orks anlegt?«

Der Anführer betrachtete sie von oben bis unten. »Jetzt, wo du es sagst, nein.« Dann fing er selbst an zu lachen. »Nicht gerade die Sorte Kopfgeldjäger, was, Jungens?«

Seine Männer fanden die Vorstellung so lachhaft, dass sie in das Gelächter einfielen. Sie zeigten auf das Trio und bebten vor derbem, gutgelauntem Spott. Lekmann lachte. Sogar Aulay gab sich Mühe und zeigte seine verfaulten Zähne, da er den Mund zu einem offenkundig falschen Lächeln aufriss. Blaan fiel als Letzter ein, und seine mächtigen Schultern und dicken Wangen bebten, über die ihm die Tränen liefen.

Der Morgen dämmerte über zehn Männer, die einander anlachten.

Dann fiel etwas aus Blaans Wams, hüpfte ein Mal und blieb dann zu Füßen des Banditenanführers liegen. Immer noch lachend richtete er den Blick darauf.

Der dunkelbraune verschrumpelte Gegenstand war ein orkischer Schrumpfkopf. Eine Wolke der Ernüchterung verdüsterte das Gesicht des Anführers.

Lekmann zog rasch sein Schwert.

»Was?«, sagte der Anführer.

Die Klinge glitt geschmeidig zwischen seine Rippen. Er keuchte und verdrehte die Augen, sodass nur noch das Weiße zu sehen war. Dann ging er zu Boden und erstickte an seinem Blut. Einige seiner Männer lachten noch, als ihnen die Erkenntnis dämmerte.

Lekmann ging sofort auf den nächsten Banditen los und hieb nach ihm. Blaan stürzte sich auf die Gruppe und schlug mit den Fäusten zu. Aulay steckte sich rasch einen Klingenfortsatz auf seinen Handpflock und füllte die andere Hand mit einem Dolch. Die Banditen versuchten sich zu wehren und griffen verzweifelt zu ihren Waffen.

Lekmann erledigte seinen zweiten Mann und griff den dritten an. Jetzt traf er auf Widerstand. Sein Gegner hatte sein Schwert gezogen, und aus dem beabsichtigten Abschlachten wurde ein Kampf. Sie wechselten Hiebe, da der Bandit sich mit grimmiger Wut wehrte, aber es wurde sofort deutlich, dass Lekmann der überlegene Fechter war.

Nachdem er seinem ersten Opfer mit einer Bärenumarmung das Rückgrat gebrochen hatte, ließ Blaan den Leichnam fallen. Ein anderer Bandit griff ihn sofort an und hieb Blaan die Faust seitlich gegen den Kopf. Das zeigte so viel Wirkung wie Regen auf Granit. Der

Angreifer taumelte zurück und hielt sich die Fingerknöchel. Blaan rückte nach, die riesigen Hände verschränkt, und schmetterte sie auf die Brust des Banditen, sodass hörbar Knochen knackten. Mit schmerzverzerrtem Gesicht brach der Mann zusammen wie eine Marionette mit durchtrennten Fäden. Blaan fing an, auf ihm herumzutrampeln.

Durch den Tumult gereizt, wurden die Pferde der Banditen immer unruhiger, um schließlich voller Panik durchzugehen. Sie verteilten sich rasch über die ganze Halbinsel.

Aulay zog seine Klinge aus dem Bauch eines Gegners und ließ ihn fallen. Der nächste Bandit übernahm seinen Platz. Dieser fauchte vor Zorn und schwang eine Axt. Es mochte eine furchterregende Waffe sein, aber sie gab Aulay einen Vorteil in der Reichweite. Er duckte sich unter einem Schwung hinweg, stach seinerseits zu und schnitt seinem Gegner den Unterarm auf. Vor Schmerzen brüllend, landete der Bandit einen neuen Schwung. Aulay wich rasch zurück und trat dabei gegen den Kochtopf, der davonflog. Dann griff er wieder an, umging die Deckung des anderen und durchbohrte sein Herz.

Lekmann parierte die letzten schwachen Streiche des Gegners, dem er bereits seine Überlegenheit bewiesen hatte. Einen Augenblick später schlug er dem Mann das Schwert aus der Hand und schnitt ihm die Kehle durch. Der Bandit sank auf die Knie, während ihm das Blut aus dem Hals spritzte, schaukelte einmal vor und zurück und fiel dann aufs Gesicht.

Aulay und Lekmann begutachteten kalt ihr Werk, die Leichen, die in den grotesken Haltungen dalagen, welche nur der Tod herbeiführte. Dann richteten sie ihre Aufmerksamkeit auf Blaan. Er war auf den Knien und hatte den Kopf des letzten überlebenden Banditen in einem Armschlüssel. Ein kräftiger Ruck brach dem Mann das Genick. Blaan erhob sich und ging zu ihnen.

Aulay beäugte ihn mit mörderischem Blick, sagte aber nichts.

»Habt ihr das *gehört*?«, schäumte Lekmann vor Empörung. »Habt ihr gehört, was dieser Hurensohn gesagt hat?« Er starrte den toten Banditenanführer finster an. »Die haben Nerven, die Vielfraße zu verfolgen. Das sind *unsere* Orks.«

Aulay wischte seine Klinge sauber. »Ich sagte doch, wir hätten früher aufbrechen sollen.«

»Fang jetzt nicht damit an, Greever. Räumen wir lieber auf.«

Sie machten sich daran, die Leichen auszuplündern. Geld, Tand und Waffen wechselten die Besitzer. Blaan fand ein Stück vertrocknetes Brot in der Tasche eines der Toten. Er stopfte sich Bissen in den Mund, während er die Leiche filzte. Aulay fand ein Paar Stiefel in seiner Größe, die in besserem Zustand waren als seine eigenen, und riss sie ihrem verstorbenen Besitzer grob von den Füßen.

Lekmann begleitete seine Leichenfledderei mit gemurmelten Beschwerden über den zunehmenden Sittenverfall.

»Seht euch das an«, rief Blaan und versprühte dabei Brotkrümel. Er hielt ein zusammengerolltes Pergament in die Höhe.

»Was steht darauf?« Dann fiel Lekmann wieder ein, dass Blaan nicht lesen konnte. »Gib her«, sagte er mit einem Fingerschnippen. Er nahm das Pergament und entrollte es. Nach einigen Sekunden Stirnrunzeln und Lippenbewegen hatte er den Sinn verstanden. »Das ist eine Kopie von Jennestas Bekanntmachung, in der steht, dass die Vielfraße geächtet sind und es eine große Belohnung für sie gibt.« Er knautschte das Pergament zu einer Kugel zusammen und warf sie weg.

»Verdammte Scheiße, die Nachricht verbreitet sich«, knurrte Aulay.

»Ja. Beeilt euch, die hier haben Freunde, und wir haben Konkurrenz. Wir können es uns nicht leisten, noch lange hier herumzuhängen.«

Sie wälzten die Leichen in den Fluss. Die trägen Fluten trugen sie langsam und in wallenden roten Wolken davon.

Was das Trio bei seiner Arbeit nicht bemerkte, war die reglose Gestalt, die sie weit entfernt auf dem Weg zum Drogawald beobachtete. Der Mann war groß und hochaufgerichtet, hatte lange kastanienfarbene Haare und trug einen flatternden blauen Umhang. Sein Pferd war reinweiß.

Doch hätten sie hingeschaut, wäre er nicht dort gewesen.

*

Sie hatten lediglich Chaos vorgefunden.

Jennesta hatte nichts anderes erwartet, nachdem sie ihre Zauberkräfte eingesetzt hatte, um ihre Schwester zu beseitigen und ihr Reich ins Verderben zu stürzen. Aber sie hatte sich die Hoffnung gestattet, die Vielfraße könnten noch dort sein, aber es wurde immer klarer, dass sie es nicht waren.

Sie sah von ihrem Streitwagen am Rande der Narbenfelsmarschen zu, wie die letzten Soldaten ihrer Infanterie zurückkehrten, nachdem sie das Reich der Nyadd durchforstet hatten. Ein Dunst wie Milchsuppe lag über den Marschen, und es stank nach verfaulter Vegetation. Die weiter entfernten zerklüfteten Gipfel der Malventurminseln waren in noch dichteren Nebel gehüllt und kaum auszumachen.

Jennesta rechnete nicht damit, dass die Berichte der zurückkehrenden Truppen sich von denjenigen unterscheiden würden, die sie bisher bekommen hatte. Sie wussten lediglich von Scharmützeln mit den Überresten von Adpars Kriegerschwärmen und seltenen Sichtungen der schwer fassbaren Merz zu erzählen.

Wenn man ihr nicht bald positive Neuigkeiten brachte, würde sie ihrer Wut freien Lauf lassen.

Sie drehte sich zu den Vorgängen hinter ihr um, wo der Großteil der Armee lagerte. Zwischen den Reihen der Soldaten und ihrem Streitwagen war ein Drache gelandet. General Mersadion saß auf seinem Pferd und redete mit dem Bändiger der Bestie. Schließlich beendete er die Unterhaltung und galoppierte zu ihr zurück.

Bei seinem Eintreffen salutierte er schneidig und meldete: »Wir haben vielleicht Nachricht von ihnen, Majestät.«

»Tatsächlich?« Sie starrte ihn an. Seine rechte Gesichtshälfte war von einem Feldverband bedeckt, der mit Bändern befestigt war. In den Verband war ein Loch für das Auge geschnitten. Hier und da waren an den Rändern des Verbands die Ansätze rohen, verbrühten Fleisches zu sehen. »Erklären Sie das näher.«

»Eine Gruppe, auf welche die Beschreibung der Vielfraße zutrifft, wurde jenseits des Drogawalds und westlich des Meeresarms auf dem Weg nach Süden gesichtet.« In dem Ton, den er ihr gegenüber anschlug, lag eine verständliche Kühle, aber auch größere Ehrerbietung.

»Wie zuverlässig ist diese Information?«

»Es war eine nächtliche Sichtung, Majestät, also ist ein Irrtum nicht auszuschließen. Aber die Meldung passt zu anderen Berichten aus der Gegend, und die Aussichten sind gut.«

Sie warf einen Blick auf den Drachen. Wieder startbereit, breitete die Bestie die Schwingen aus. »Können wir dem Bändiger trauen?«

»Nach den Drohungen, die ich ausgestoßen habe, würde ich sagen, ja. Und wenn sie Rebellion im Sinn hätten, wären sie vermutlich nicht mehr zurückgekehrt. Ihr habt auch loyale Gefolgsleute, Majestät.«

»Wie rührend.« In ihrer Antwort lag unverhohlener Sarkasmus. »Aber wenn das wirklich die Vielfraße waren«, sinnierte sie, »wohin sind sie dann unterwegs?«

»An der Spitze der Halbinsel gibt es ein paar kleinere Siedlungen, Majestät. Die größte ist Ruffettsblick. Alles Mannis, glaube ich. Also wären Eure Majestät willkommen.«

»Mir ist völlig egal, ob ich willkommen wäre oder nicht. Sie können sich mit mir verbünden, wenn sie das wollen. Sollte sich herausstellen, dass irgendjemand dort dem Trupp Unterschlupf gewährt, sind sie meine Feinde. Bündnisse werden geschlossen, um gebrochen zu werden, wenn es meinen Interessen dient.«

»In unseren Reihen dienen auch Mannis, Majestät«, erinnerte er sie.

»Dann wird es eine Zeit der Prüfungen für sie, nicht wahr? Bringen Sie Ordnung in diesen Pöbelhaufen, General. Wir marschieren nach Ruffettsblick.«

*

Ein gutes Stück vom Hauptteil der Armee entfernt erhob sich eine Ansammlung von Bäumen, die mehr als ein Gehölz war, obwohl ihm die Bezeichnung Wäldchen schmeichelte. Darin verbarg sich eine Truppe, ständig auf der Hut vor Streifen, deren einzige Aufgabe darin bestand, Deserteure einzufangen. Die Gruppe zählte etwa zwei Dutzend Mann, und alle waren Orks.

Der hochrangigste anwesende Offizier war, wie die Tätowierungen auf seinen Wangen belegten, ein Gefreiter, und er hatte einen Plan.

»Auch wenn wir einen Bogen um die Armee reiten müssen, können wir zuerst zur Halbinsel gelangen, vorausgesetzt, wir reiten mit leichtem Gepäck und schnell. Danach folgen wir den größten Teil des Weges nach Ruffettsblick der Küste.«

»Sind wir *sicher*, dass die Vielfraße dort sind?«, wollte ein besorgt dreinschauender Gemeiner wissen.

»Davon geht man aus. Einer der Drachenbändiger hat vor ein paar Stunden eine Sichtung gemeldet. Ich war dabei und habe es selbst gehört.«

»Desertieren, das ist eine große Sache«, sagte ein anderer Zauderer. »Jennesta zu verlassen ist sehr gefährlich.«

»Gefährlicher, als bei ihr zu bleiben?«, konterte der Gefreite.

Das wurde mit einem breiten Gemurmel der Zustimmung beantwortet.

»Genau!«, rief jemand. »Bedenkt doch nur, was sie mit dem General gemacht hat!«

Andere erweiterten die Liste der Beschwerden.

»Die Hinrichtungen!«

»Dämliche Befehle und verrückte Selbstmordaufträge!«

»Und die Auspeitschungen!«

»Schon gut, schon gut!« Der Gefreite bedeutete ihnen zu schweigen. »Wir alle kennen ihre Verbrechen. Die Frage ist, was wollen wir deswegen unternehmen? Hier bleiben und unser Leben für ihre Sache wegwerfen oder uns Stryke anschließen?«

»Was wissen wir eigentlich über diesen Stryke?«, rief der erste Gemeine. »Woher wollen wir wissen, dass er ein besserer Anführer ist?«

»Denk doch nach. Weil er einer von uns ist und schon immer einen großen Bogen um ihre Lakaien gemacht hat. Wenn jemand nicht mitkommen will, in Ordnung. Wie ich es sehe, ist das Leben, das wir jetzt führen, überhaupt kein Leben für einen Ork. Ob wir hier sterben oder dort, ist doch einerlei.« Die meisten nickten. »Aber auf die Art haben wir wenigstens die Möglichkeit zurückzuschlagen!«

»Gegen Jennesta *und* die Menschen!«, rief ein Ork.

»Genau!«, stimmte der Gefreite zu. »Und wir werden nicht die Letzten sein, die sich um sein Banner versammeln. Ihr wisst, wie viele von den anderen insgeheim davon flüstern, zu ihm überzulaufen. Tja, die Zeit des Redens ist vorbei!«

»Glauben Sie, dass es stimmt und die Götter ihn wirklich geschickt haben, um uns zu befreien?«, meldete sich eine neue Stimme zu Wort.

Der Gefreite musterte ihre Gesichter. »Darüber weiß ich nichts. Aber ich würde sagen, dass ihn der Himmel schickt, wie er auch zu uns gekommen sein mag. Stehen wir zu ihm!«

Das gab den Ausschlag. Sie hatten sich entschieden.

»Folgt Stryke!«, brüllte der Gefreite ihnen zu, und sie brüllten zurück.

»Folgt Stryke!«

58

Völlige Dunkelheit. Nichts zu hören, zu fühlen, zu riechen. Eine vollkommene Leere.

Ein winziges Lichtpünktchen. Es wuchs rasch. So rasch, als fliege er aus einem Brunnenschacht, und ihm wurde schwindlig.

Sinneswahrnehmungen überfluteten ihn.

Helligkeit, eine leichte Brise auf seiner Haut, der Geruch von Gras nach einem Regenguss, das Geräusch schwappenden Wassers.

Ihm ging auf, dass er irgendetwas umklammerte. Ein Blick nach unten zeigte ihm, dass er einen Stab in den Händen hielt. Und er sah, dass seine Füße auf robusten Holzplanken standen. Verständnislos hob er den Kopf.

Er befand sich am entfernten Ende eines hölzernen Landungsstegs, der sich ein Stück weit in ein ausgedehntes klares Gewässer erstreckte. Das Sonnenlicht ließ die gekräuselte Oberfläche scheckig erscheinen und intensiv glitzern. Das entfernte Ufer des Sees säumten dicht belaubte Bäume. Dahinter erhoben sich sanfte Hügel und in weiter Ferne blaue Berge, deren Gipfel von daunig-weißen Wolken verhüllt waren. Zartes Vogelgezwitscher begleitete den herrlichen Tag.

»Komm zurück, Träumer.«

Er drehte sich rasch um.

Sie war da. Gerade, stolz, prächtig. Mit einem glänzenden schwarzen Federkopfschmuck und ihrem eigenen Stab in der Hand. Sie bedachte ihn mit einem stählernen Lächeln.

Er wollte etwas sagen.

Sofort nahm sie Kampfhaltung an. Sie richtete den Stab auf ihn, indem sie ihn wie einen Speer in Schulterhöhe hielt, die Hände weit auseinander. Ihr Körper war gespannt wie eine Bogensehne.

Der Hieb kam so schnell, dass er ihn kaum sah.

Nur der Instinkt ließ ihn den Stab hochreißen, um den gewaltigen Schlag zu parieren, den sie ihm versetzte.

Er war schockiert.

Sie zog sich zurück, drehte den Stab, sodass sie ihn waagerecht hielt, und griff wiederum an. Abermals parierte er ihren Stab mit seinem, wobei er spürte, wie sich die Wucht des Aufpralls seinen straffen Armmuskeln mitteilte. Sie duckte sich und versuchte es mit einem tiefen, auf seine Hüfte gezielten Streich, aber er war schnell genug, um ihn abzulenken.

»Wach auf!«, schalt sie ihn, indem sie außer Reichweite tänzelte. Sie grinste, und ihre Augen leuchteten.

Dann dämmerte ihm, dass dies kein unprovozierter Angriff war. Diese Frau erwies ihm das Kompliment eines Schaukampfs, nach orkischen Maßstäben ein sehr großes. Wenngleich für jede andere Rasse die Vorstellung unglaubwürdig klingen würde, daran könne etwas Schmeichelhaftes oder Gespieltes sein. Es war nicht unüblich, dass Übungskämpfe zwischen Orks mit gebrochenen Knochen und selten auch einmal mit dem Tod endeten.

»Hör auf, dich zu wehren, und fang an zu kämpfen!«, rief sie und bestätigte es damit. »Es macht keinen Spaß, wenn du nur parierst!«

Mit seiner defensiven Reaktion war er das Risiko eingegangen, sie zu beleidigen. Nun, da er begriffen hatte, entwickelte er rasch die richtige Einstellung.

Er sprang vor und hieb nach ihrem Bein. Hätte er getroffen, wäre sie zu Boden gegangen. Doch sie sprang geschmeidig zurück und wich so dem Stab aus, um sofort mit einem eigenen Hieb zu kontern. Er verfehlte ihn, mehr durch Glück denn durch eigenes Zutun.

Sie umkreisten einander mit gebeugten Knien, geduckt, um ein kleineres Ziel zu bieten.

Sie griff mit einem hoch auf den Kopf gezielten Hieb an. Er parierte mit einem Ende seines Stabs, wobei er das Risiko eines Bruchs einging, und ihre Waffe prallte ab. Sein Konter richtete sich gegen ihre Körpermitte und hätte ihr den Atem geraubt, hätte sie ihn nicht abgelenkt.

Ihr nächster Angriff bestand aus einem Hagel starker Hiebe, der ihn dazu zwang, seinen Stab umherzuwirbeln wie ein Jongleur seine Keule, um alle abzuwehren. Ein Augenblick des Nachlassens gestattete ihm, wieder in die Offensive zu gehen, aber als er mit Nachdruck auf sie einschlug, führte das nur dazu, dass seine Hiebe mit geschmeidiger Behendigkeit abgewehrt wurden.

Sie sprangen auseinander.

Es machte ihm Spaß. Das Hochgefühl des Kampfes erfüllte ihn und beflügelte seine Gedanken und seinen Schritt. Was die Frau betraf, so war sie ein glänzender Gegner. Alles, worauf ein Ork beim Schaukampf hoffen konnte.

Sie gingen wieder aufeinander los. Er setzte den ersten Hieb. Sie wich aus und fuhr herum. Ihre Stäbe klackerten nach Schlag und Gegenschlag. Er wirbelte, griff an, wich zurück. Sie schmolz wie Wachs unter seinen Angriffen weg und zahlte sie dann mit gleicher Münze zurück. Sie kämpften den ganzen Pier auf und ab, und immer wieder prallten ihre Stäbe in einem beständigen Wechsel von Vorwärtsdrängen und Zurückweichen aufeinander.

Dann versuchte sie es mit einem abwärts geführten Hieb auf seine Schulter. Er wich seitlich aus. Ihr Stab krachte auf einen der Holzpfosten des Piers und zerbrach.

Er packte ihr Handgelenk, und sie lachten.

Sie warf ihren zerbrochenen Stab beiseite. Die beiden Enden fielen auf die Holzbohlen. »Wollen wir Unentschieden sagen?«

Er nickte und ließ seine Waffe ebenfalls fallen.

»Du bist ein Meister mit der Waffe«, keuchte sie.

Er erwiderte das Kompliment. »Und du bist sehr versiert in der Kunst des Kriegers.«

Sie betrachteten einander mit neuem Respekt. Er fand ihre glänzenden Muskeln, ihre feuchte Verschwitztheit besonders attraktiv.

Der Augenblick verstrich. Sie fragte: »Hast du dein Ziel schon erreicht? Die Aufgabe, die dir so viel bedeutet?«

»Nein. Auf meinem Weg warten viele Hindernisse. Zu viele, glaube ich.«

»Du kannst sie umgehen.«

Er sah es nicht so. »Die Methode der Orks besteht darin, sie im Sturm zu überwinden.«

»Das stimmt. Aber manchmal ist eine Feder mächtiger als ein Schwert.«

Seine Verwirrung war offensichtlich.

Nicht weit entfernt ertönte ein leises Platschen. Ein Fisch, orange und gold mit schwarzen Barthaaren, schwamm in Sicht. Er näherte sich dem Schilf, welches unter dem Pier hervorwuchs.

Sie deutete mit einem Kopfnicken darauf. »Da ist ein Geschöpf, das die Grenzen seiner Welt nicht kennt, und in seiner Unwissenheit liegt ein gewisses Glück.« Sie kniete nieder und fuhr mit der Hand durch das Wasser. Der Fisch schoss davon. »Sei wie ein Fisch, und was dir im Weg steht, wird nicht mehr als Wasser sein.«

»Ich kann nicht schwimmen.«

Sie lachte laut, doch ohne die geringste Spur von Geringschätzung. »Ich meine nur Folgendes: denk nur daran, wie viel besser du bist als ein Fisch.« Während er noch darüber nachdachte, erhob sie sich und fügte hinzu: »Wie kommt es, dass ich das Gefühl habe, dass du etwas nahezu ... Ätherisches an dir hast, wenn wir uns begegnen?«

»Wie meinst du das?«

»Etwas Jenseitiges, Unwirkliches. Als wärst du hier, aber nicht richtig. In meiner Erinnerung sind unsere Begegnungen mehr wie Träume denn wie Wirklichkeit.«

Er wollte wissen, wie sie das meinte, und ihr sagen, dass es für ihn auch so war, buchstäblich.

Aber er fiel in die Leere zurück.

*

Er schrak förmlich hoch.

In seiner Hand waren Zügel. Er ritt mit dem Trupp nach Ruffettsblick.

Es war Vormittag. Der Himmel war bewölkt, und es nieselte.

Er schüttelte den Kopf, dann rieb er sich den Nasenrücken mit Daumen und Zeigefinger.

»Alles in Ordnung, Stryke?«

Coilla ritt neben ihm. Sie sah ihn besorgt an.

»Ja. Nur ein wenig ...«

»Wieder ein Traum?«

Er nickte.

»Aber du hattest die Augen nur eine halbe Minute geschlossen.«

Er war verwirrt. »Bist du sicher?«

»Vielleicht noch weniger. Nur ein paar Sekunden.«

»Es kam mir ... viel länger vor.«

»Worum ging es?«, fragte sie zaghaft.

»Die Frau war ... da.« Er war immer noch etwas benommen. »Sie hat mir Dinge erzählt, die ich einigermaßen verstanden habe, aber ... nicht ganz.« Er sah ihren Blick. »Sieh mich nicht so an.«

Sie hob abwehrend die Hände, um ihn zu beschwichtigen. »Ich bin nur etwas verwirrt, sonst nichts. Und weiter?«

Stryke runzelte die Stirn, da ihn die Erinnerung verblüffte. »Sie sagte, ich käme ihr irgendwie ... *unwirklich* vor.«

In Ermangelung von etwas Besserem erwiderte Coilla: »Na ja, warum sollte ein Traum keine Träume haben?«

Das ging ihm gegen den Strich. »Und wir haben einen Übungskampf ausgetragen«, fügte er hinzu.

Sie hob eine Augenbraue, da ihr bewusst war, dass ein Übungskampf unter gewissen Umständen das orkische Äquivalent des Werbens sein konnte.

»Ich weiß, was du denkst«, sagte er. »Aber wir reden hier von jemandem in einem Traum!«

»Vielleicht«, mutmaßte Coilla vorsichtig, »hast du dir in Gedanken deine perfekte Partnerin erschaffen.«

»Oh, das hört sich wirklich geistig gesund an«, erwiderte er sarkastisch.

»Nein, nein, das habe ich nicht gemeint. In gewisser Weise ist es verständlich. Du hast dich nie vermählt. Das haben nur wenige von uns angesichts des Lebens, das wir führen. Aber man kann seine natürlichen Bedürfnisse nicht ewig verleugnen. Also äußern sie sich in unseren Träumen.«

»Wie kann ich daran denken, eine Verbindung mit jemandem einzugehen, den es gar nicht gibt? Es sei denn, ich bin wirklich schon halb verrückt.«

»Bist du nicht, das kannst du mir glauben. Ich meine, vielleicht ist diese Traumfrau, was du willst, nicht was du haben kannst.«

»So kommt es mir aber nicht vor. Andererseits ...« Er konnte es nicht erklären. »Ich will dir eines sagen, was mir wirklich auf die Nerven geht. Ich erfahre nie ihren verdammten *Namen.*«

*

Am Nachmittag musste Stryke eine weitere Rast befehlen, um vor der letzten Etappe ihres Weges nach Ruffettsblick ihre Vorräte aufzufrischen. Gruppen wurden für die Jagd und das Fischen eingeteilt. Andere wurden losgeschickt, um Holz, Wurzeln und Beeren zu sammeln. Stryke teilte Coilla für keine dieser Gruppen ein. Er führte sie von den anderen fort, und sie ließen sich bei einem Dickicht auf der Meeresseite der Halbinsel nieder.

»Worum geht es denn?«, fragte sie mit dem Gedanken, dass er sich vielleicht wieder mit ihr über seine beunruhigenden Träume unterhalten wollte.

»Um etwas, das mir früher aufgefallen ist. Ich weiß nicht, was ich davon halten soll.« Er griff in seinen Gürtelbeutel, holte die Sterne heraus und legte sie dann nebeneinander zwischen ihnen ins Gras. »Ich habe mir die Sterne angesehen und ... Na ja, sehen wir mal, ob ich es wiederholen kann.«

Sie war verwirrt und sehr neugierig.

Er nahm den sandfarbenen siebenzackigen Stern, den sie sich in Heimaterde angeeignet hatten, und dann den dunkelblauen mit den vier Zacken aus der Krätze. Mit konzentriertem Gesichtsausdruck schob er die beiden Gegenstände zusammen. Es folgte eine Minute des Tastens und Probierens. »Ich weiß nicht, ob ...« Ein dumpfes Klicken ertönte. »Aha! Da siehst du es.«

Die Sterne hatte sich zusammengefügt und wurden von mehreren Zapfen auch zusammengehalten, obwohl man nicht erkennen konnte, wie das möglich war.

»Wie hast du das gemacht?«, sagte sie.

»Ich bin nicht sicher, um ehrlich zu sein.« Er reichte ihr die verbundenen Sterne.

Selbst aus der Nähe konnte er nicht begreifen, wie der Mechanismus funktionierte, der die beiden Sterne zusammenhielt. Und doch passten sie so perfekt zusammen, als seien sie als ein einziger Gegenstand erschaffen worden. »Das kann nicht richtig sein«, murmelte sie, während sie das Ding in den Händen hin und her drehte.

»Ich weiß. Es ist fast so, als dürfte es gar nicht möglich sein, oder?«

Sie nickte ein wenig abwesend, ganz und gar in das Rätsel vertieft. »Ich würde sagen, wer immer sie gemacht hat, war sehr klug.« Das überzeugte nicht einmal sie selbst. Ihr war noch nie ein *so* kluger Handwerker begegnet. Sie zog an den Sternen und fragte: »Lassen sie sich auch so leicht wieder trennen?«

»Man muss eine Weile herumprobieren und braucht auch ziemlich viel Kraft. Aber vielleicht liegt das auch daran, dass ich es nicht ganz richtig mache.« Er streckte die Hand aus, und sie gab sie zurück. »Mir scheint, es sieht richtig aus, nicht wahr? Als sollten sie sich so verbinden. Das war kein Zufallstreffer, oder?«

»Nein, das glaube ich auch nicht.« Sie konnte den Blick nicht von den Sternen abwenden. »Hast du es zufällig herausgefunden?«

»In gewisser Weise. Wie ich schon sagte, ich habe sie angesehen und plötzlich ... *wusste* ich Bescheid. Es kam mir irgendwie offensichtlich vor.«

»Du hast verborgene Talente. Ich wäre nie auf diesen Gedanken gekommen.« Ihr Blick ruhte immer noch auf den verbundenen Sternen. Ihre Vereinigung hatte etwas an sich, das sich den Begriffen der Logik zu widersetzen schien. »Aber was hat das zu bedeuten?«

Er zuckte die Achseln. »Das weiß ich nicht.«

»Natürlich ist dir auch schon aufgegangen, wenn sich zwei zusammenfügen ...«

»Dann fügen sich vielleicht auch alle zusammen, ja. Ich hatte keine Zeit, es auszuprobieren.«

»Jetzt ist Zeit.«

Er griff nach einem der anderen Sterne. Dann hielt er inne. Was ihn verharren ließ, war ein Rascheln im Unterholz neben ihm. Sie sprangen auf.

Das Gebüsch teilte sich, und eine Gestalt trat nicht mehr als zwei Schritte entfernt daraus hervor.

»*Du!*«, rief Coilla, während ihre Hand zum Schwertknauf fuhr.

»Was, zum *Henker* ...?«, donnerte Stryke.

»Ich habe versprochen, wir würden uns wiedersehen«, erinnerte sie Micah Lekmann.

»Gut«, schäumte Coilla, die sich rasch wieder fasste. »Jetzt kann ich die Sache wenigstens zu Ende bringen.«

Der Kopfgeldjäger ignorierte ihre Drohung und schaute auf die Sterne. »Sehr rücksichtsvoll von euch, dass ihr die für mich aufbewahrt habt.«

»Wenn du sie haben willst, komm doch und hol sie dir«, erwiderte Stryke kalt.

»Hast du das gehört, Greever?«, rief Lekmann.

Ein zweiter Mensch trat aus dem Dickicht seitlich neben Stryke und Coilla. Aus seiner künstlichen Hand ragte eine gezähnte Klinge. In der anderen Hand hielt er ein Messer.

»Was haben wir denn da«, höhnte Coilla, »eine Versammlung von Bastarden?«

Aulay funkelte sie an und strahlte puren Hass aus.

»Siehst du, Greever?«, sagte Lekmann. »Teile und herrsche.«

Aulay richtete seinen Schwertaufsatz auf Coilla und knurrte: »Zeit fürs Heimzahlen, du Miststück.«

»Jederzeit, wenn du bereit bist, Einauge. Oder sollte ich Einhand sagen? Oder Einohr?«

In seinem Gesicht brodelte der Zorn.

»Wo ist der Schwachkopf?«, fragte Stryke.

»Der *andere* Schwachkopf«, korrigierte sie.

Ein weiteres Gesträuch teilte sich, und Blaan sprang in einem Regen von Blättern daraus hervor. Er trug eine schwere Keule aus gereiftem Holz mit angespitzten Beschlägen.

Von den anderen Vielfraßen war nichts zu sehen.

»Wir wollen nur euren Kopf«, stellte Lekmann kategorisch fest, »und die da.« Er zeigte auf die im Sand liegenden Sterne. »Also machen wir nicht zu viel Theater deswegen, ja?«

»Nur in deinen kühnsten Träumen, Pockengesicht«, sagte Coilla zu ihm.

Waffen glitten aus gefetteten Scheiden.

Stryke und Coilla standen Rücken an Rücken. Sie gab Aulay den Vorzug. Er übernahm Lekmann und Blaan.

Die Kopfgeldjäger griffen an.

Stryke hieb nach Lekmanns sondierendem Schwert. Ein Mal, zwei Mal, drei Mal trafen sich klirrend ihre Klingen. Ein leichtes Zurückweichen von Lekmann gab Stryke die Gelegenheit, rasch herumzufahren und Blaan heftig in den Bauch zu treten. Der große Mensch krümmte sich, und sein Vormarsch geriet ein wenig ins Stocken. Stryke widmete sich wieder seinem Duell mit dem Anführer des Trios.

Auf Coillas Seite tobte ein Sturm mit vier Klingen. Um ihrem Gegner gewachsen zu sein, hatte sie sich mit einem Schwert und einem Messer bewaffnet. Jetzt waren sie in einen ständigen Wirbel aus Hieben und Kontern verwickelt. Hiebe gingen über Köpfe hinweg und zischten knapp vor Bäuchen durch die Luft. Stöße wurden abgelenkt oder man wich ihnen seitlich aus. Ihre Klingen trafen sich, und sie trat ihm wie ein Esel gegen das Schienbein, um es zu brechen. Er humpelte zurück und explodierte förmlich vor Wut. Seine rasche Erholung überrumpelte sie ein wenig, und um Haaresbreite hätte er ihr die Kehle aufgeschlitzt, doch sie wischte seinen Hieb beiseite und konterte mit einem eigenen.

Blaan drang wieder auf Stryke ein. Der wich Lekmanns Klinge aus, fuhr herum und ließ sein Schwert in die Richtung des Riesen zucken. Der Stoß ging knapp daneben, reichte aber, um Blaan kurz zurückweichen zu lassen. Dann wandte Stryke sich wieder dem Schwertkämpfer zu.

Aulay hielt Coillas blitzenden Klingen stand und kam selbst durch. Ein Rückhandhieb seines Dolchs verfehlte ihr Gesicht nur knapp, und sie hatte Glück, dass ein auf ihre Brust gezielter Stoß fehlging. Sie riss sich zusammen und ließ eine Kombination aus Hieben und Stößen folgen, die ihn zum Rückzug zwang. Während er noch mit seinem Gleichgewicht rang, sprang sie vor und landete einen Schlag mit ihrem Schwert, der eigentlich seinen Rumpf hätte spalten müssen. Stattdessen glitt er von seiner künstlichen Hand ab und schlug blaue Funken, was seine Wut noch mehr anzufachen schien.

Stryke musste sich entscheiden. Beide Gegner waren nahe genug, um ihm ernsthafte Schwierigkeiten zu bereiten, und die Frage war, mit wem er sich zuerst befassen sollte. Blaan traf die Entscheidung für ihn. Seine Keule sauste in einem Bogen herab, der Stryke ohne dessen Beinarbeit den Schädel zerschmettert hätte. Strykes Klinge zuckte vor wie eine Viper und öffnete Blaan den Arm. Der Mensch brüllte, da sein Zorn stärker zu sein schien als seine Schmerzen.

Weder Coilla noch Aulay schien sich einen entscheidenden Vorteil verschaffen zu können. Sie droschen nur noch aufeinander ein, und jeder hieb aus Leibeskräften drauflos, um die Deckung des anderen zu durchbrechen, beide von sturem Blutdurst beseelt.

Lekmann nutzte Strykes Ablenkung durch Blaan aus und sprang vor, wobei seine Klinge verschwamm, so schnell zuckte sie vor. Stryke behauptete sich und parierte jeden Hieb. Dann ging er zum Angriff über, drang auf den Menschen ein und trieb ihn Schritt um Schritt zurück. Die Aussichten, einen tödlichen Hieb zu setzen, waren gut. Blaan verdarb sie. Mit blutender Wunde stürzte er sich wieder ins Getümmel und schwang seine Keule. Stryke richtete einen Seitenhieb gegen ihn. Er traf nicht, drängte ihn aber ins Gebüsch zurück.

Blaan wollte gerade wieder angreifen, als ihn ein Schauder überlief. Steif und mit glasigen Augen machte er einen Schritt vom Gebüsch weg. Der nächste Schritt enthüllte sein Schicksal.

In seinem Rücken war eine Axt vergraben.

Das Schauspiel ließ die anderen Kämpfer innehalten. Coilla, Aulay, Stryke und Lekmann traten auseinander und gafften, da Blaan mit der Keule in der Hand weitertaumelte.

Der aus dem Gebüsch springende Haskeer brach den Bann. Jup und zwei, drei Gemeine waren dicht hinter ihm.

Lekmann und Aulay fuhren herum und flohen in ein nahes Gehölz. Jup und die Gemeinen rannten ihnen hinterher. Coilla schloss sich der Jagd an.

Stryke und Haskeer blieben, fasziniert von Blaan, wo sie waren. Die Axt steckte tief zwischen seinen Schulterblättern, und das Blut lief ihm in Strömen über den Rücken, doch er ging trotzdem noch weiter. Sein Zorn richtete sich gegen Haskeer. Irgendwie gelang es ihm, die Keule zu heben. Er taumelte vorwärts und machte Anstalten, dem Ork den Schädel einzuschlagen.

Haskeer und Stryke handelten gleichzeitig. Einer bohrte Blaan das Schwert in die Brust, der andere in die Seite. Sie zogen ihre Klingen heraus und sahen zu, wie der Riese schwankte und dann schwer und mit dem Gesicht voran fiel. Der Erdboden erbebte.

Im Dickicht gab es einen Tumult. Aulay und Lekmann sprengten auf Pferden heraus und hieben dabei nach den Orks, die sie zu Fuß verfolgten. Stryke und Haskeer warfen sich zur Seite, und die Reiter galoppierten ins Freie. Coilla kam angelaufen und warf ein Messer. Es pfiff über Aulays Schulter hinweg. Die Kopfgeldjäger gaben ihren Pferden die Sporen und ritten, was das Zeug hielt, den Meeresarm entlang.

»Verfolgen wir sie?«, sagte Coilla. Sie keuchte.

»Bis wir bei den Pferden sind, haben sie einen zu großen Vorsprung«, entschied Stryke. »Lasst sie ziehen. Es wird ein nächstes Mal geben.«

»Worauf du wetten kannst«, erwiderte sie.

Stryke sammelte die Sterne ein und wandte sich dann an Haskeer. »Gute Arbeit.«

»War mir ein Vergnügen. Jedenfalls war ich ihm was schuldig.« Er ging zu Blaans Leichnam, stellte ihm den Fuß auf den Rücken und zog die Axt heraus, dann bückte er sich und wischte die Klinge mit Grasbüscheln sauber.

Jup gesellte sich zu ihm und starrte auf die gewaltige Leiche. »Tja, zumindest können sich die Aasfresser heute satt essen.«

»Diese Halbinsel wird demnächst ziemlich überfüllt sein«, beklagte sich Coilla.

»Ja«, pflichtete Stryke ihr bei, »im Augenblick scheinen sich sehr viele unerwünschte Freier um uns zu bemühen.«

»Rechnet nicht damit, dass es besser wird«, sagte Jup zu ihnen.

59

Es war früh am Abend, als der Trupp vor Ruffettsblick eintraf. Auf das erste Anzeichen der Ansiedlung stießen sie, als sie einen steilen Hang erblickten. Kreidefiguren waren in den Boden geritzt worden: ein stilisierter Drache, ein Adler mit ausgebreiteten Flügeln und die simple Darstellung eines Hauses mit einem Vorbau aus Säulen. Die Markierungen waren frisch, und die Linien waren so hell, dass sie in der hereinbrechenden Dämmerung geradezu zu leuchten schienen.

Die Siedlung befand sich in einem kleinen Tal unweit der Küste. Ein kleiner Nebenarm schlängelte sich daran vorbei, und eine hölzerne Landungsbrücke war auf dem der Siedlung zugewandten Ufer errichtet worden. Mehrere Kanus und Einbäume waren daran festgebunden.

Eine wachsame Annäherung führte den Trupp auf einen Hügel, der ihnen Ausblick auf die Kolonie gewährte. Stryke betraute ein paar Gemeine mit der Versorgung der Pferde, dann führte er die übrigen Vielfraße auf die Hügelkuppe.

Ruffettsblick war im Laufe der Jahre gewachsen und vereinnahmte mittlerweile einen Gutteil des Tals. Die ganze, unregelmäßig gewachsene Gemeinde war von einer Palisade aus hohen Holzpfosten umgeben. Hier und da ragten Wachtürme über diesen Wall wie bescheidene Hütten, die eine unstandesgemäße Erhöhung erfahren hatten. Es gab mehrere Tore, und alle waren offen.

»Sie scheinen nicht zu glauben, dass ihnen Gefahr droht«, bemerkte Coilla, indem sie auf die Tore wies.

»Aber die Siedlung ist offensichtlich so angelegt, dass sie verteidigt werden kann«, sagte Stryke. »Das sind keine kompletten Idioten.«

»Das Fleckchen sieht verdammt komisch aus«, entschied Jup.

Was sie jenseits der Wälle sahen, unterstrich seine Auffassung. Ein Weg aus gestampften Tonscherben verlief innerhalb der Palisade und folgte ihr. Auf der anderen Seite dieses Weges befand sich ein Gewirr von Baracken und bescheidenen Hütten, größtenteils aus Holz, wenngleich einige aus Stein, Schiefer und sogar geflochtenen und mit Lehm ausgestrichenen Ruten bestanden. Andere schienen Wohnhäuser zu sein, waren aber von besserer Qualität und schöner als die Gebäude am Außenrand.

Das Zentrum der Siedlung bot die bizarrsten Anblicke. Es bestand aus drei gewaltigen angrenzenden Lichtungen. Auf der linken stand Ruffettsblicks zweithöchstes Bauwerk, eine Steinpyramide höher als die Außenpalisade. Anstatt in einer Spitze endete sie in einem Plateau mit niedrigen Schutzmauern. Durch den kürzlich gefallenen Regen glänzten ihre Oberflächen.

Auf dem ebenen Platz rechts wurde noch gebaut. Durch die Gerüste war der obere Teil eines hölzernen Rohbaus zu sehen. Der Bereich innerhalb dieses Baus war mit etwas gefliest, bei dem es sich um grauen und weißen Marmor handeln mochte. Säulen waren errichtet worden. Es war offensichtlich, dass es sich bei der Kreidezeichnung, die sie zuvor gesehen hatten, um ein Abbild dieses Bauwerks handelte. Sie hielten es für den Tempel, den Katz erwähnt hatte.

Doch was sich auf der mittleren Lichtung befand, bei weitem die größte der drei, beeindruckte sie am meisten.

Dieser Bereich war von einem Kreis aus großen, blauen, aufrecht stehenden Steinen umgeben. Die meisten bildeten Paare, hoch wie Häuser, die einen dritten, waagerecht liegenden Stein trugen. Der Eindruck war der von einer Reihe hoher, schmaler Durchgänge.

»Stellt euch die Arbeit vor, die dazu nötig gewesen sein muss«, staunte Alfray.

»Menschen sind verrückt«, stellte Haskeer fest. »Was für eine *Verschwendung*.«

Andere, niedrigere Steine, gleichermaßen massiv, standen innerhalb des Kreises ohne erkennbare Ordnung verstreut.

Coilla richtete ihr Augenmerk auf die Mitte des Kreises. »Das ist erstaunlich«, flüsterte sie.

»Hast du noch keinen gesehen?«, fragte Alfray.

Sie schüttelte den Kopf.

»Ich auch nicht«, fügte Jup hinzu.

»Ich habe schon ein oder zwei gesehen«, sagte Alfray. »Aber noch keinen so großen.«

In der Mitte des Kreises stand eine weitere Gruppe blauer Steine, insgesamt zehn, die so ausgerichtet waren, dass sie ein Fünfeck bildeten.

Aus der Mitte dieser Anordnung sprudelte ein Geysir aus Magie.

Er war lautlos und schimmerte wie ein senkrechter Regenbogen, aber von einer Struktur wie Dampf, sodass er waberte und tanzte. Seine fluktuierenden Ränder waren durch eine etwas dunklere, sich ständig verändernde Palette von Grundfarben gekennzeichnet. Die Luft rings um diesen Energiequell flimmerte wie an einem sehr heißen Tag.

Die Eigenartigkeit von allem machte sie sprachlos.

Nach einer Weile bemerkte Jup: »Die Magie muss hier sehr stark sein, da so viel entweicht und das Land tränkt.«

»Aber sie muss beständig aufgefüllt werden«, erinnerte ihn Alfray. »Sie gehört in die Erde und sollte das Land *füttern* und nicht aus ihm bluten.«

In der Siedlung waren viele Leute zu sehen, und alle bewegten sich sehr zielstrebig. Sie füllten die Straßen aus, führten Pferde, fuhren Kutschen, erledigten Arbeiten. Auf der Baustelle des Tempels wurde geschäftig gearbeitet, und die Geräusche drangen gerade noch vernehmlich an ihre Ohren.

Coilla wandte sich an Stryke. »Was machen wir jetzt?«

Der unglaubliche Anblick des magischen Geysirs lenkte ihn ab, aber er riss den Blick davon los. »Das sind Mannis. Sie sollten eine freundlichere Einstellung zu den älteren Rassen haben.«

»Du redest hier von Menschen«, erinnerte Haskeer ihn. »Bei denen kann man sich auf gar nichts verlassen.«

»Haskeer hat Recht«, stimmte Alfray zu. »Angenommen, sie beschließen plötzlich, feindselig zu sein?«

»Es gibt zwei Möglichkeiten«, urteilte Stryke. »Entweder sie sind freundlich und wir können über den Stern verhandeln. Oder sie sind feindselig, und dann sind sie so zahlreich, dass wir nichts gegen sie unternehmen können. Also können wir auch offen auftreten und unter der Parlamentärsflagge in die Stadt gehen.«

Coilla nickte. »Ich bin derselben Meinung. Schließlich wissen wir, dass Katz dort war. Also haben sie zumindest Pixies freundlich empfangen.«

»Aber vergiss nicht, was Katz gesagt hat«, warf Jup ein. »Sie bauen diesen Tempel, um den Stern darin unterzubringen. Wenn sie sich so viel Mühe geben, werden sie sich wohl nicht so einfach von ihm trennen.«

»Ja«, sagte Alfray. »Ein paar Satteltaschen voll Kristall werden sie nicht schwankend machen.«

»Und da kommt mir noch ein Gedanke«, wagte Coilla sich vor.

»Wenn sie ihren Stern so hoch schätzen, wie klug ist es dann, mit vier weiteren in die Stadt zu marschieren?«

»Wir würden es nicht unbedingt ausposaunen«, versicherte Stryke ihr.

»Nein, aber was sollte sie daran hindern, uns unter Zwang zu durchsuchen?«

»Du könntest die Sterne bei einigen von uns hier zurücklassen, Stryke«, schlug Alfray vor.

»Damit bin ich nicht glücklich. Nicht etwa, weil ich den Angehörigen meines Trupps nicht trauen würde. Es ist nur so, dass jede hier zurückbleibende Gruppe sehr anfällig für den Angriff einer größeren Streitmacht wäre. Mir wäre lieber, sie bei mir zu behalten.«

Coilla hielt das nicht für den wahren Grund, sondern glaubte, dass er sich einfach nicht von den Sternen trennen konnte, behielt diese Auffassung aber für sich. »Du willst tatsächlich alles oder nichts, oder?«

Er antwortete nicht.

Haskeer meldete sich zu Wort. »Das ist hier doch dasselbe wie in Dreieinigkeit, oder nicht? Warum können wir nicht einfach genauso vorgehen?«

»Nein«, erwiderte Stryke, »es ist anders. In Dreieinigkeit gab es Zwerge, unter die Jup sich mischen konnte. Kann jemand von euch auch nur einen Zwerg da unten sehen?« Niemand konnte. »Also keine anderen Fische, mit denen wir schwimmen könnten.«

Wenn ihnen dieser Vergleich seltsam vorkam, behielten sie es für sich.

»Wie sieht dein Plan aus?«

»Die Tore sind offen, und es sind keine Streifen unterwegs, also würde ich sagen, dass sie versuchen, friedlich zu leben. Lasst uns einfach hineingehen, uns die Dinge anschauen und herausfinden, wie diese Menschen sind.«

»Und versuchen, ihren Stern zu stehlen«, beendete Jup für ihn.

»Wenn es sein muss. Wenn sie sich auf keinen Handel einlassen oder Vernunftgründen nicht zugänglich sind.«

»Wir haben *Vernunftgründe* auf unserer Seite?«, erwiderte der Zwerg sarkastisch.

»Ich will darüber nachdenken«, sagte Stryke zu ihnen. Er schaute zum Himmel. »Wir gehen entweder sofort in die Stadt, bevor es zu dunkel wird, oder warten auf den Tagesanbruch. Ich stimme für den Tagesanbruch.«

Die anderen konnten erkennen, dass er sich entschlossen hatte. Sie stimmten ihm zu.

Immerhin mahnte Alfray zur Vorsicht. »Du hast selbst gesagt, dass in dieser Gegend eine Menge los ist. Es wäre nicht gut, zu lange hier zu bleiben. Vielleicht sitzt uns bereits unerwünschte Gesellschaft im Nacken.«

»Ich weiß. Wir verdoppeln die Wachen und schließen beim Schlafen nur ein Auge.«

*

Auf einem anderen Hügel nicht weit entfernt war Kimball Hobrow vom Geist erfüllt und in vollem Redeschwang.

»... marschieren unter dem Banner unseres Herrgotts, des Allmächtigen!«, bellte er.

Das Gebrüll vieler Kehlen antwortete ihm.

Er stand neben Milde, in das unheimliche, flackernde Licht vieler Fackeln getaucht, die auf beiden Seiten brannten. Vor ihnen lag eine riesige Armee, ein Ozean menschlicher Gesichter, die selbst unzählige Fackeln hochhielten. Seine Aufseher nahmen die vordersten Reihen und damit die besten Plätze ein.

»Unsere Stunde der Erlösung ist nah!«, versprach er ihnen. *»Wir brauchen nur den Willen, meine Brüder, um vorwärts zu schreiten und die Heiden zu zerschmettern! Um die Knochen der abweichlerischen Mumis und der gottlosen älteren Russen zu zermalmen! Und ich habe diesen Willen!«*

Tosendes Gebrüll trieb ihn weiter. Piken und Banner wurden in die Höhe gereckt.

»Ich habe diesen Willen, und ich habe die breiten Schultern des Gottes der Schöpfung als Rückhalt!« Während sie jubelten, betrachtete er sie, indem er eine theatralische Schau daraus machte. Sein Heer war ein zusammengewürfelter Haufen mit seinen Aufsehern, Unis von weiter weg, die seinem Ruf gefolgt waren, und einigen Zwergen-Klans. Aber sie hatten den Heiligen Geist in sich. Abgesehen von den Zwergen, die des Geldes wegen da waren. *»Wir haben viele Feinde«*, warnte er, *»denn die schwarze Pest der Schlechtigkeit ist überall! Während ich hier spreche, ist uns eine davon auf unserem Kreuzzug nach Ruffetts voraus! Ihr kennt sie alle! Sie ist die Hure aus den Schriften, die Viper in Gottes irdischem Königreich! Aber gemeinsam werden wir sie vertreiben!«*

Beifall brauste wie Donnerhall.

»Wir sind viele, und wir werden immer mehr! Wir marschieren für die Zukunft unserer Rassen!« Er musste einstweilen die elenden Zwerge einschließen. *»Für die Kinder!«* Hobrow streckte eine Hand aus, um ihren Blick auf Mildes verlorenen Gesichtsausdruck zu lenken. *»Für unsere unsterblichen Seelen!«*

Das Geschrei seiner Armee reichte aus, um Tote aufzuwecken.

*

Drei- bis vierhundert menschliche Leichen lagen zusammen mit einer unbestimmten Anzahl von Pferden und Lasttieren auf dem Schlachtfeld. Umgestürzte Kutschen und Karren, manche in Flammen, bildeten Inseln in dem Gemetzel.

Jennesta sah gelangweilt zu, wie ihre Soldaten im Licht der Fackeln durch die Reihen der Gefallenen marschierten, sie ausplünderten und die Verwundeten töteten.

Mersadion, dessen Gesicht immer noch verbunden war, lud sie ein, den kleinen Sieg zu feiern.

Sie war nicht in der Stimmung. »Ich *verfluche* ihn. Dass uns diese Narren über den Weg gelaufen sind, führt nur zu einer weiteren Verzögerung. Nichts ist so wichtig wie der Trupp und der Instrumental.«

Sie hatte sich vergessen und ein Wort benutzt, das sie ihm gegenüber noch nie zuvor erwähnt hatte. Er hatte eine geringfügige Vorstellung von seiner Bedeutung, gab sich aber alle Mühe, es sich nicht anmerken zu lassen. »Die Worte eines sterbenden Feindes lauteten, Majestät, dass diese Streitmacht unterwegs war, um sich einer größeren Uni-Armee anzuschließen.«

»Wo?«

»Das konnten wir nicht herausfinden, Majestät. Aber wir glauben, nicht weit entfernt.«

»Dann erhöhen Sie die Sicherheit. Verstärken Sie die Wachen. Tun Sie, was getan werden muss. Belästigen Sie mich nicht mit diesen Angelegenheiten.« Sie brauste auf. »Aber bringen Sie uns nach Ruffettsblick!« Sie entließ ihn mit einer unwirschen Handbewegung.

Er kehrte in die Nacht zurück und hegte sein wachsendes Geschwür des Grolls und des Unmuts.

In der Nähe floss ein Bach. Sie nahm eine Fackel aus der Halterung und ging dorthin, um sich ans niedrige Ufer zu setzen und zu brüten.

Die in den Boden gerammte Fackel warf ein flackerndes Licht auf die dunklen Fluten. Nach einer Weile wurde ihr bewusst, dass die Reflexionen einen auffälligeren Farbton angenommen hatten. Das Schema ihrer Bewegungen auf der Oberfläche änderte sich subtil, und ihre Helligkeit nahm zu. Feuer und Wasser vereinigten sich und wirbelten.

Mehr in müder Resignation denn überrascht sah Jennesta zu, wie sich das Abbild eines Gesichts formte. Eine Folge von Adpars Tod war die, dass kein kompliziertes Medium mehr nötig war, wenn Jennesta und ihre überlebende Schwester miteinander kommunizieren wollten. Bedauerlicherweise funktionierte es in beiden Richtungen.

»Du hast mir gerade noch gefehlt, Sanara.«

»Du kannst dich vor den Konsequenzen deiner Taten nicht verstecken.«

»Was weißt du schon über meine Taten, du ... Naseweis?«

»Ich weiß von der Schlechtigkeit, die du deiner Schwester zugefügt hast.«

Jennesta überlegte sich, dass sie es, hätte sie die Möglichkeit gehabt, mit Freuden noch einmal getan hätte. Und auch für die Zukunft beabsichtigte. »Du solltest froh darüber sein. Dadurch gibt es einen Tyrannen weniger im Land. Das ist doch, was dir gefällt, oder nicht?«

»Deine Heuchelei ist atemberaubend. Ist dir denn nicht klar, dass viele dich *für den größten Tyrann von allen halten?«*

Jennesta setzte eine Miene auf, die Wohlgefallen ausdrückte. »Ach, wirklich?«

»Du weißt ganz genau, dass deine Despotie schlimmer ist als die meisten.«

»Schlimmer als die Tyrannei der absurden einzelnen Gottheit der Unis? Grausamer als die Anhänger jenes unversöhnlichen Gottes?«

»Du vergleichst dich jetzt schon mit einem Gott, nicht wahr?«

»Du weißt genau, was ich meine. Und überhaupt, wo ist der Beweis, dass der verwünschte Uni-Gott überhaupt existiert?«

»Dasselbe könntest du über die Götter der älteren Rassen sagen.«

»Wer stellt sich jetzt über die Götter?«, höhnte Jennesta. »Wie dem auch sei, hast du mich nur besucht, um mich zu beschimpfen? Oder hast du auch etwas Sinnvolles zu sagen? Ich bin beschäftigt, weißt du?«

»Du vertreibst sogar jene, die dir zu helfen versuchen. Du vertreibst jeden.«

»Ich bin immer noch stark genug, um zu erreichen, was ich erreichen muss.«

»Vielleicht. Und ich nehme an, ich sollte zufrieden damit sein, dass der Quell deiner Unterstützung mit der Zeit austrocknen wird.«

»Ich werde lange vorher haben, was ich haben will, und dann brauche ich keine leibhaftigen Gefolgsleute mehr.«

»Es gibt andere, mächtige Spieler in diesem Spiel. Und vielleicht ist sogar jemand dabei, den du fürchten musst.«

»Wer?«, schnappte Jennesta. »Wer würde es wagen? Unis, Mannis, religiöse Fanatiker? Oder die Orks, die ich verfolge? Ein Trupp, der flieht und sich mir nicht einmal im Kampf stellt? Diese dummen Wilden?«

»Du verspottest sie, aber sie waren bei diesem Unternehmen erfolgreicher als du.«

»Wie meinst du das?«

»Ich habe genug gesagt.«

»Sie haben jetzt mehr als ein Instrumental, ist es das?« Sie tat wenig, um den Eifer in ihrem Tonfall zu unterdrücken.

Sanara antwortete nicht.

»Dein Schweigen spricht Bände, Schwester. Tja, dafür sollte ich dir danken. Jetzt weiß ich, dass die Gefangennahme des Trupps mir noch mehr Reichtümer verheißt, als ich vermutet habe. Sie haben die Arbeit für mich erledigt.«

»Du spielst mit deinem Leben und der Verdammnis.«

»Ist *das* alles? Ich bin die Herrin über beides, Sanara, und nichts kann mir Angst einjagen.«

»Wir werden sehen. Aber warum so viel Kummer verursachen? Es ist immer noch Zeit, dich zu ändern.«

»Ach, immer das alte Lied, du erbärmliche Memme!«

»Sag nicht, niemand hätte dich gewarnt.«

»Du nimmst mir die Worte aus dem Mund«, konterte Jennesta drohend und unterbrach dann die Verbindung, indem sie mit der Hand durch das Wasser strich.

Sie gestand sich ein, dass es nicht so leicht sein würde, Sanara ein ähnliches Schicksal zu bereiten wie Adpar. Sanaras Schutz war viel stärker. Aber sie beschloss, diese Angelegenheit ziemlich weit oben auf ihre Liste zu setzen.

*

Stryke und sein Trupp waren noch auf dem Hügel, als der Tag anbrach.

Strahlen der aufgehenden Sonne fielen auf die Gebäude unter ihnen. Vögel zwitscherten.

Jene Mitglieder des Trupps, die keinen Wachdienst hatten, schlugen die Augen auf. Stryke hatte kaum geschlafen. Coilla ebenfalls nicht.

»Ruhen sie denn niemals?«, wunderte sie sich mit einem Kopfnicken in Richtung Siedlung.

Leute liefen zielstrebig umher, sogar zu dieser Stunde. Baumaterial wurde zum Tempel gekarrt und auf das Gerüst gehievt.

»Sie sind sehr emsig«, erwiderte Stryke. »Sie haben die ganze Nacht an dem Gebäude gearbeitet.«

Auch außerhalb der Tore waren Menschen zu sehen. Manche zu Fuß, andere ritten die Palisade entlang.

Gähnend sagte Jup: »Dann scheinen sie doch Patrouillen zu haben.«

»Sie wären Narren, wenn sie keine hätten«, murmelte Haskeer.

Alfray reckte sich. »Hast du schon entschieden, was wir machen, Stryke?«

»Hingehen, würde ich sagen. Offen und friedlich.«

»Wenn du meinst.«

»Du scheinst zu zweifeln.«

»Das tun wir alle, zumindest ein wenig«, sagte Coilla zu ihm. »Wir wären ganz auf unser Glück angewiesen, wenn irgendwas schiefgeht.«

»Was können wir sonst tun? Wie ich schon sagte ...« Er sah über die Schulter, hügelabwärts und nicht auf die Siedlung, und in seiner Miene spiegelte sich höchste Aufmerksamkeit wider.

»Was ist los?«, wollte Coilla wissen.

Alfray fiel ein. »Stryke?«

»Irgendwas kommt«, erklärte Stryke.

Haskeer starrte ihn an. »Hmm?«

Dann sahen sie sie. Eine Gruppe von Reitern auf dem Weg ins Tal.

»Ihr Götter!«, rief Jup. »Das müssen einige Hundert sein.«

Coilla schirmte die Augen mit einer Hand ab. »Und es sind Orks.«

»Beim Kleeblatt, es *sind* Orks«, bestätigte Alfray. »Wofür hältst du das, Stryke?«

»Wenn wir Pech haben, ist es noch einer von Jennestas Jagdtrupps.«

»Sie haben uns gesehen«, informierte sie Haskeer.

Einige der berittenen Gestalten schwenkten Schilde und Speere.

»Sie machen keinen feindseligen Eindruck«, sagte Jup.

»Wenn es keine Falle ist«, warnte Haskeer.

»Ich hab's dir doch gesagt, Stryke!«, tönte der Zwerg. »Fernsicht!«

»Wie meinst du das?« Stryke fühlte sich unbehaglich.

»Du wusstest, dass sie kamen, bevor wir sie gesehen haben. Sie haben keinen Lärm gemacht. Also wie?«

»Nur ... eine Ahnung.« Er war sich dessen bewusst, dass sie ihn merkwürdig ansahen. »Was ist denn los, vertraut ihr nie euren Instinkten?«

Alfray nickte in Richtung der Reiter. »Jetzt ist nicht der rechte Zeitpunkt. Was unternehmen wir ihretwegen?«

Stryke seufzte. »Ich gehe zu ihnen. Du und Coilla, ihr begleitet mich. Außerdem nehmen wir vier Gemeine mit.«

Er wandte sich an Jup und Haskeer. »Ihr zwei übernehmt das Kommando, bis wir zurückkommen.«

Wenn einer von ihnen das für eine schlechte Idee hielt, sprach er es nicht laut aus.

Stryke, Coilla und Alfray gingen den Hügel hinunter und nahmen unterwegs Orbon, Prooq, Vobe und Finje mit.

Sie trafen gleichzeitig mit den berittenen Orks am Fuß des Hügels ein. Sie sahen friedlich aus. Viele lächelten. Stryke glaubte, einige von ihnen im Drogawald unter Katz' Leibwache gesehen zu haben.

Ein Gefreiter in der vordersten Reihe schien das Kommando zu haben. Er begrüßte sie. »Ich bin Krenad. Einen schönen Tag! Sie sind Stryke, richtig?«

»Und wenn?«

»Wir wollen uns Ihnen anschließen.«

»Ich rekrutiere nicht.«

Gefreiter Krenads Gesicht verlor einiges von seinem Strahlen.

»Hör ihn an, Stryke«, flüsterte Coilla.

Als Stryke fortfuhr, tat er dies in einem beschwichtigenderen Tonfall. »Woher kommt ihr?«

»Von überall her, Hauptmann. Die meisten von uns sind aus Jennestas Heer desertiert. Den Rest haben wir auf dem Weg hierher aufgelesen. Und es kommen noch andere, kein Zweifel.«

»Warum? Warum beharrt ihr darauf, mir zu folgen?«

»Ich dachte, das wäre offensichtlich, Hauptmann«, erwiderte der Gefreite verblüfft.

»Woher wusstet ihr, wo ihr uns finden würdet?«, unterbrach Alfray.

»Von Jennesta, in gewisser Weise.«

»Was?«, sagte Coilla.

»Sie kommt mit einer großen Armee hierher. Und viele Krieger fühlen sich ihr gegenüber nicht mehr zur Treue verpflichtet, so wie wir. Weit entfernt. Wir sind mit leichtem Gepäch geritten und waren schneller als sie. Sie verfolgt Ihren Trupp jetzt schon seit geraumer Zeit, und einer ihrer Drachenbändiger hat Sie gesehen.«

»Tja, wir wussten, dass sie zum Drogawald unterwegs war«, räumte Alfray ein.

»Nachdem Sie auf der Halbinsel und auf dem Weg nach Süden gesichtet wurden, hat sie beschlossen, den Wald zu umgehen«, erklärte Krenad.

»Zumindest den Zentauren dürfte ihre Aufmerksamkeit damit erspart bleiben«, sagte Coilla.

»Oh, sie will Sie erwischen. Unbedingt. Aber das ist nicht alles.«

Sie hob eine Augenbraue. »Es wird noch schlimmer?«

»Vor ihr ist noch eine andere Armee, die auch hierher unterwegs ist. Unis, nehmen wir an. Beide müssten morgen hier eintreffen.«

»Verdammt, es wird tatsächlich schlimmer«, murmelte Coilla. Sie wandte sich an Stryke. »Du kannst sie nicht fortschicken. Nicht jetzt, da uns Jennesta und die Götter wissen wer sonst noch auf den Fersen sind.«

Stryke schaute zweifelnd drein.

»Wir befinden uns am Ende einer Halbinsel, falls du das noch nicht bemerkt haben solltest«, warf Alfray ein. »Wenn wir uns aus dieser Klemme herauskämpfen müssen, wird etwas zusätzliche Hilfe ganz nützlich sein.«

Darüber dachte Stryke nach.

»Komm schon«, drängte Coilla. »Die militärische Logik allein muss dir doch sagen, dass es vernünftig ist.«

»Also gut«, gab Stryke nach. »Einstweilen. Aber bis wir alles geregelt haben, stehen Sie unter meinem Kommando, richtig, Gefreiter?«

»Ja, Hauptmann! Das ist genau das, was wir wollen.«

Jemand aus den hinteren Reihen rief: »Wann fangen wir an zu kämpfen?«

»Ich habe keine derartigen Pläne!«, erwiderte er. Dann wandte er sich an die vier Gemeinen der Vielfraße. »Quartiert diese Soldaten ein.« Zu dem Gefreiten sagte er: »Sie nehmen Befehle von diesen Männern entgegen, als kämen sie direkt von mir. Verstanden?«

Krenad nickte.

Stryke drehte sich um und ging mit Coilla und Alfray im Schlepptau zurück den Hügel empor.

»*Verdammt*«, flüsterte er. »Eine derart große Streitmacht könnte die Mannis auf den Gedanken bringen, dass wir gekommen sind, um sie anzugreifen.«

Coilla schüttelte den Kopf. »Nicht unbedingt. Nicht, wenn wir jetzt zu ihnen gehen und alles erklären. Eine offene Herangehensweise, wie du gesagt hast.«

»Vielleicht ist es Vorsehung, dass diese Orks gekommen sind«, verkündete Alfray.

Stryke funkelte ihn an.

Coilla lächelte. »Sieht ganz so aus, als wärst du zum Anführer auserkoren, ob es dir gefällt oder nicht, Stryke.«

Er warf einen Blick zurück auf die erwartungsvollen Krieger. »Ich will das alles nicht.«

»Aber du hast es. Also richte dich danach.«

60

Mit einer Parlamentärsflagge in der Hand marschierte Stryke zum Tor der Siedlung. Coilla, Alfray und Jup begleiteten ihn. Haskeer hatte das Kommando über die Truppen draußen.

Eine Gruppe von Manni-Wachen, ein halbes Dutzend Mann stark, tauchte am Tor auf, als Stryke es erreichte. Sie trugen allesamt ein dunkelbraunes Wams und eine schwarze Hose mit hohen Lederstiefeln. Alle waren mit einem Schwert bewaffnet, und zwei oder drei hatten einen Bogen über die Schulter gestreift.

»Einen schönen Tag«, sagte Stryke. »Wir kommen in Frieden.«

Einer der Wachmänner trug eine grüne Armbinde, die ihn als Vorgesetzten auszuweisen schien. »Kommt in Frieden, und wir nehmen euch hier in diesem Geist auf«, zitierte er offenbar ein Protokoll bei seiner Antwort. Er löste sich davon, indem er hinzufügte: »*Warum* seid ihr gekommen?«

»Um mit eurem Anführer zu reden.«

»Wir haben nicht einen Anführer, sondern einen Rat, der sich aus den Ältesten des Volkes, des Militärs und der Priesterschaft zusammensetzt. Entscheidungen werden gemeinschaftlich getroffen.«

»Schön. Können wir dann mit einem Mitglied des Rats sprechen?«

»Wir lehnen Audienzwünsche nicht ohne Grund ab, aber verratet mir doch die Natur eures Anliegens.«

»Wir suchen nur den Schutz eurer Mauern, während wir uns ausruhen, bevor wir weiterziehen.«

»Eure Truppe ist sehr groß, und ihr seid Orks. Ist unser Schutz nötig?«

»Selbst Orks müssen schlafen, und wir leben in unruhigen Zeiten. Und wir sind keine Gefahr, darauf habt ihr mein Wort. Wir wären sogar bereit, unsere Waffen abzugeben.«

Das schien den Ausschlag zu geben.

»So ein Angebot fällt einem Ork nicht leicht«, sagte der Offizier. »Ihr könnt eure Waffen behalten. Aber seid gewarnt, dass Falschheit und Betrug bestraft wird.« Er zeigte auf einen der Wachtürme und dann auf einen anderen auf der dem Tor gegenüberliegenden Seite. Auf jedem Turm standen mehrere Bogenschützen mit aufgelegten Pfeilen. »Ihr steht unter Beobachtung, und sie haben Befehl, euch beim ersten Anzeichen von Gewalttätigkeit niederzuschießen.« Er schenkte ihnen ein flüchtiges, beinahe entschuldigendes Lächeln. »Ihr werdet unsere Vorsicht gewiss verstehen.«

»Selbstverständlich. Wie ich schon sagte, unruhige Zeiten.«

Der Offizier nickte. Dann führte er sie in die Siedlung.

»Das ist ein vielversprechender Anfang«, flüsterte Coilla.

Bevor Stryke antworten konnte, standen sie vor dem nächsten Empfangskomitee. Es bestand aus zwei Menschen, die sie für Älteste hielten, und einem steifen Militär, dessen drei grüne Armbinden einen hohen Rang vermuten ließen.

Einer der Ältesten trat vor. »Ich bin Ratsmitglied Traylor, das ist Ratsmitglied Yandell. Seien Sie gegrüßt. Oberkommandierender Rellston hier führt unsere bewaffneten Streitkräfte.«

Der Oberkommandierende sagte nichts und rang sich nicht einmal ein Lächeln ab. Er war in der Blüte seiner Jahre, soviel die Orks sagen konnten, wenn es um Menschen ging, und in seinen Haaren und dem blonden Vollbart zeigten sich die Anfänge von Grau. Haltung, Manieren und wettergegerbte Züge kündeten von einem Leben als Soldat. Er betrachtete sie mit hartem Blick.

Stryke besann sich und antwortete. »Seien Sie gegrüßt. Ich bin Stryke. Das sind einige meiner Offiziere. Danke, dass Sie uns willkommen heißen.«

Rellston schnaubte verächtlich. »Sie sind die Vielfraße, richtig?« Eigentlich war es keine Frage.

Es schien keinen Sinn zu haben, es zu bestreiten. »Ja.«

»Ich habe gehört, Sie haben in verschiedenen Gegenden Ärger verursacht.«

»Wir sind nicht auf welchen aus, und den Ärger, den wir verursacht haben, hatten wir mit Unis.« Das stimmte nicht ganz, aber völlige Aufrichtigkeit war hier nicht angeraten.

»Das mag sein«, erwiderte Rellston skeptisch. »Ich will Ihnen sagen, dass wir hier nichts für Ärger übrig haben. Wir versuchen, in Frieden zu leben und unsere Nachbarn zu respektieren, aber am Ende eines Tages wollen wir nur in Ruhe gelassen werden. Alle, die uns Streit bringen, vor allem, wenn sie ... einer anderen Rasse angehören, werden entsprechend behandelt.«

Stryke war froh, dass Haskeer nicht bei ihnen war. Die Götter wussten, wie er auf die aufgeblasene Feindseligkeit des Oberkommandierenden reagiert hätte. »Wir verfolgen hier keine bösen Absichten«, versicherte er ihm. Er dachte an den Stern und wusste, dass das zumindest halb gelogen war.

»Was wollen Sie von uns?«

»Nichts, was Ihnen schaden würde.«

»Und konkret?«

»Wir müssen uns nur an einem sicheren Ort ausruhen. Wir bitten nicht einmal um Nahrung oder Wasser.«

»Dessen ungeachtet ist dies keine Zuflucht für Bedürftige.«

»Vergessen Sie nicht, dass wir für dieselbe Sache kämpfen.«

»Darüber ließe sich diskutieren.«

Stryke schnappte nicht nach dem Köder. Und im Übrigen hatte der Oberkommandierende mehr oder weniger Recht.

Bevor noch etwas gesagt werden konnte, gesellten sich zwei weitere Menschen zu ihnen, eine erwachsene Frau und ein männliches Kind.

Sie war hochgewachsen und schlank und hatte lange schwarze Haare, deren glänzende Locken von einem Stirnband gehalten wurden, das mit dezenten, schillernden Edelsteinen besetzt war. Ihr Teint war pfirsichfarben, die Augen kobaltblau. Sie entsprachen ihrem golden verschnürten Gewand und dem Muster auf ihren weichen Wildlederstiefeln. Ihr Gesicht war offen und schien freundlich zu sein. Insofern Orks und Zwerge solche Dinge beurteilen konnten, würde sie bei ihrer Rasse wohl als schön gelten.

Traylor sagte: »Das ist Krista Galby, unsere Hohepriesterin.«

Stryke stellte sich ihr selbst vor. Sie streckte eine Hand aus. Die Geste erschreckte ihn, da er mit den menschlichen Gebräuchen unvertraut war. Aber er nahm sie und schüttelte sie, wobei er darauf achtete, ihre schlanken, zierlichen Finger nicht zu fest zu drücken. Die Hand war weich und warm und ganz anders als die gesunde raue Klammheit der Berührung eines Orks. Ganz Diplomat, verbarg er seinen Widerwillen.

»Das hier sind einige Mitglieder der berühmten Vielfraße«, informierte Traylor sie.

»Tatsächlich?«, erwiderte die Priesterin. »Sie haben kürzlich bei einigen für blutige Nasen gesorgt.«

»Nur bei denen, die sie in unsere Angelegenheiten gesteckt haben«, sagte Coilla.

Krista lachte. Es klang aufrichtig und ungezwungen. »Gut gesagt! Obwohl ich natürlich gewalttätiges Verhalten nicht gutheißen kann.« Sie fügte hinzu: »Wenn es nicht vollkommen gerechtfertigt ist.«

Coilla, Alfray und Jup wurden vorgestellt, während Rellston missbilligend zusah. Dann legte Krista dem Jungen zärtlich eine Hand auf den Kopf und zerzauste seine ebenholzfarbenen Haare, was ihm ein schüchternes Lächeln entlockte. »Das ist mein Sohn Aidan.«

Es war nicht zu übersehen, dass er ihr Sprössling war, auch nicht für orkische Augen. Er sah seiner Mutter ähnlich und hatte ihre ansprechenden Züge. Stryke schätzte ihn auf sieben oder acht Lenze.

Er nahm auch zur Kenntnis, dass Krista Galby hier offenbar Autorität hatte. Die anderen, auf seine bärbeißige Art sogar der Oberkommandierende, verhielten sich ehrerbietig ihr gegenüber.

»Was ist der Zweck Ihres Besuchs?«, fragte sie.

Stryke bekam keine Gelegenheit, es zu erklären, da Ratsmitglied Yandell sich an dieser Stelle zum ersten Mal zu Wort meldete. »Stryke und seine Leute wünschen unseren Schutz.« Er warf einen Blick auf Rellston. »Der Oberkommandierende hat in dieser Hinsicht einige Vorbehalte.«

»Er tut gut daran, umsichtig hinsichtlich unserer Sicherheit zu sein«, erwiderte sie taktvoll, »und wie immer sind wir alle dankbar für seine Wachsamkeit.«

Stryke hatte den Verdacht, gerade Zeuge einer Kraftprobe zwischen den religiösen und den weltlichen Mächten an diesem Ort zu werden. Er fand, dass sie sich gut aus der Affäre zog.

»Aber ich sehe keinen Grund, an den guten Absichten unserer Gäste zu zweifeln«, fuhr sie fort, »und es ist ein Grundsatz unserer Gemeinde, alle willkommen zu heißen, die ohne Arglist kommen.«

Die beiden Ältesten nickten beifällig.

»Sie würden sie unbegrenzt hier bleiben lassen?«, fragte Rellston.

»Ich würde ihnen den üblichen Brauch zugestehen, Oberkommandierender, und ihnen unsere Gastfreundschaft für einen Tag gewähren. Ich übernehme die Verantwortung für sie. Ist das für Sie annehmbar, Hauptmann?«

»Mehr brauchen wir nicht«, bestätigte Stryke.

Die Ältesten empfahlen sich mit der Feststellung, sie hätten noch viel zu tun, und gingen.

Rellston blieb. »Brauchen Sie eine Eskorte, Gnädigste?«, fragte er vielsagend.

»Nein, danke, das wird nicht nötig sein.«

Mit einem letzten wütenden Blick ging auch er.

»Sie müssen ihm verzeihen«, sagte sie zu den Vielfraßen. »Rellston ist ein guter Soldat, aber ihm fehlt ... sagen wir, ein Verhältnis zu den anderen Rassen. Wir sind nicht alle so.«

Coilla wechselte das Thema. »Hier scheint es unglaublich viel Aktivität zu geben. Dürfen wir fragen, was vorgeht?«

Die Hohepriesterin zeigte in die Richtung des magischen Geysirs, dessen oberste Fahne über den Dächern zu sehen war. »Alles, was wir tun, dreht sich darum.«

»Wann hat es angefangen?«, wollte Alfray wissen.

»Es gab nur ein kleines Entweichen, als die Gemeinde vor einigen Jahren gegründet wurde. Damals war ich nicht älter als Aidan hier. Das war der Grund, warum diese Stelle ausgewählt wurde. Die Kluft hat sich erst kürzlich zu dem ausgedehnt, was Sie jetzt sehen.«

»Das Entweichen von so viel Energie ist gewiss schlecht für das Land«, bemerkte Jup.

»Sehr schlecht. Aber wir haben keinen Weg gefunden, die Kluft zu verschließen. Also haben wir es mit einer anderen Lösung versucht.«

»Wie könnte die aussehen?«

Sie betrachtete sie einen Augenblick und schien etwas abzuwägen. »Ich zeige es Ihnen«, beschloss sie. Zu ihrem Sohn sagte sie: »Aidan, du machst dich wieder ans Lernen.« Es war offensichtlich, dass er gerne geblieben wäre, aber unter ihrem strahlenden Blick gehorchte er. Sie sahen ihm nach, wie er durch das Gewirr der Straßen in der Siedlung lief.

Krista führte die Vielfraße in eine andere Richtung.

Unterwegs sagte Jup leise: »Nur ein Tag ...«

Stryke nickte kurz. Er wusste sehr wohl, dass sie sich beeilen mussten, wenn sie ihr Ziel in so kurzer Zeit erreichen wollten.

Die Hohepriesterin führte sie ins Herz der Siedlung. Unterwegs waren sie Gegenstand allgemeiner Neugier, aber es gab keine offene Feindseligkeit. Dann schlugen sie einen Weg ein, der vor der Tempelbaustelle endete.

Auch unfertig war der Tempel ein imposantes Bauwerk. Das für die Fassade verwendete Material war Marmor, wie sie vermutet hatten, und die Säulen beiderseits des Eingangs, insgesamt sechs, waren so hoch wie ausgewachsene Eichen. Eine Flucht breiter Stufen führte zum großen Doppelportal des Eingangs, der von Soldaten mit Piken bewacht wurde. Das Innere wurde von Laternen und Fackeln erleuchtet, und Spuren von äußerst kostbarem Buntglas waren zu sehen. Hunderte von Männern und Frauen schwärmten ein und aus und über das Holzgerüst, welches den Tempel umgab. Karren fuhren vor, um ihre Ladung abzuliefern.

»Es tut mir Leid«, entschuldigte sich Krista, »aber wir lassen niemanden hinein, der nichts mit den Bauarbeiten zu tun hat. Besucher würden alles nur aufhalten.«

Stryke hatte den Verdacht, dass dies nicht der Hauptgrund war.

»Das ist eine erstaunliche Leistung«, bemerkte Alfray, der den Hals reckte, um das unvollständige Kuppeldach zu betrachten.

»Wir sind sehr stolz darauf«, antwortete sie. »Wissen Sie etwas über unser System hier?«

Jup sprach für sie alle. »Nur, dass Sie hier Mannis sind und unseren Glauben an die wahren Götter und die Achtung vor der Natur mit uns teilen.«

»Ja, das stimmt. Aber hier in Ruffetts haben wir damit noch einige von unseren Traditionen verbunden. Wir glauben, dass die Schöpfung als Dreiheit funktioniert. Auf der weltlichen Ebene werden wir auch so regiert: die bedeutenden Entscheidungen werden von einem Rat aus Bürgerschaft, Militär und Priesterschaft gefällt. Das Prinzip der Dreiheit beherrscht auch unser religiöses Leben. Dort nennen wir die Kräfte Harmonie, Wissen und Macht.« Sie deutete mit einem Kopfnicken auf den Tempel. »Das hier ist Wissen. Kommen Sie mit zu Harmonie und Macht.«

Neugierig folgten sie ihr eine südwärts führende Straße entlang.

Schließlich kamen sie zur mittleren Lichtung mit dem Kreis aus blauen Steinen. Erst aus der Nähe ging ihnen auf, wie gewaltig sie tatsächlich waren.

Doch der magische Geysir in der Mitte des Kreises war noch beeindruckender.

»Die Energie ist hier sehr stark«, sagte Jup. »Ich kann sie fast *schmecken.*«

Stryke glaubte es auch zu können, als habe er ein Stück Metall gelutscht. Er hatte eine Gänsehaut am ganzen Körper und war sich eines leisen Klingelns in den Ohren bewusst. Aber Orks waren angeblich nicht empfänglich für Magie, und weder Alfray noch Coilla schienen irgendetwas zu spüren, also behielt er seine Eindrücke für sich.

»Das ist Harmonie«, erläuerte Krista. »Diese besonderen Steine hier haben eine bestimmte ... Eigenschaft. Ich gebe zu, dass wir sie im Grunde nicht verstehen. Wir wissen, dass die Steine die Erdenergie anziehen und lenken können.« Sie zeigte auf die Pyramide. »Von hier aus wandert sie dorthin, zur Macht, wo sie gespeichert wird.«

»Und das haben Sie geschafft?«, fragte Jup.

Ein Ausdruck leichter Niedergeschlagenheit huschte über das Gesicht der Priesterin. »Noch nicht. Aber wir glauben, wir stehen kurz davor. Die Erdenergie ist eine rätselhafte Kraft. Wir wissen so wenig über sie.«

»Vielleicht ist das umso mehr Grund, nicht daran herumzupfuschen.«

»Ich stimme zu, und ich weiß, dass wir Spätankommer daran schuld sind. Oder vielmehr die Unis mit ihren Eingriffen in die Kraftlinien.«

»Ich wollte Ihnen nicht zu nahe treten.«

»Das sind Sie auch nicht. Aber glauben Sie mir, zumindest hier versuchen wir, das Land zu heilen und seine Kräfte wiederherzustellen. Wir fühlen uns verantwortlich dafür, was Menschen angerichtet haben.«

»Dann sollte dieses Vorhaben unterstützt werden«, befand Alfray.

»Wir glauben, dass alle Rassen miteinander leben und im Einklang mit der Natur arbeiten können. Ich weiß, dass das angesichts des gegenwärtigen Klimas wie ein absurder Traum erscheinen muss.«

»Das tut es in der Tat«, gab ihr der Zwerg Recht.

»Aber das ist kein Grund, es nicht zu versuchen«, warf Coilla an. »Wir haben alle einen Traum, dem wir nachjagen.«

Krista entging die Bedeutung ihrer Bemerkung nicht. »Nun, ich hoffe, Sie finden, was Sie suchen.« Ihr Tonfall war aufrichtig.

Für die Vielfraße war ein mitfühlender Mensch eine neue Erfahrung. Keiner von ihnen wusste so recht, wie er darauf reagieren sollte.

»Was wäre das Leben ohne einen Traum?«, sagte Coilla.

Krista lächelte sie an. »So sehen wir das auch.«

*

Draußen vor der Stadt wurden die übrigen Vielfraße und die orkischen Deserteure unruhig. Es half, als ein paar Wachmänner der Mannis und einige Bürger der Siedlung vor die Tore kamen, um sich ein wenig die Zeit zu vertreiben und Essen und Ale zu verteilen. Aber die Soldaten waren dennoch ungeduldig, weil sie Däumchen drehen mussten.

Noch wussten sie es nicht, aber ihre Ruhephase näherte sich dem Ende.

Einer von mehreren Ausgucken auf einem benachbarten Hügel fing plötzlich an zu schreien und hektisch zu winken. Dann fielen auch die anderen ein. Sie waren ein wenig zu weit entfernt, und der Wind wehte in die falsche Richtung, sodass ihre Worte nicht klar zu verstehen waren.

Haskeer wandte sich an einen der Gemeinen in seiner Nähe. »Was sagen sie, Eldo?«

Er zuckte die Achseln. »Keine Ahnung, Feldwebel.«

Haskeer legte die Hand hinter ein Ohr und lauschte angestrengt. Das führte zu nichts und er fing ebenfalls an zu brüllen. Die Ausgucke gaben auf, verließen ihre Posten und kamen eilends angelaufen.

Der erste, der eintraf, schnappte nach Luft. *»Reiter! Viele … Reiter. Kommen … ins Tal.«*

»Was für Reiter?«, bellte Haskeer.

»Schwarze … Hemden. Hunderte.«

»Scheiße! Hobrows Männer! *Krenad!* Zu mir!«

Der Gefreite eilte zu ihm.

»Sie haben doch gesagt, sie wären *hinter* Jennesta!«

»Das waren sie auch, Feldwebel!«

»Heißt das, Unis kommen hierher?«, merkte ein Wachmann der Mannis auf.

»Ja«, sagte Haskeer zu ihm. »Aufseher aus Dreieinigkeit.«

»*Verflucht.* Wir müssen alle in die Stadt schaffen und Alarm geben.«

»Genau! Eldo, Vobe, Orbon! Schafft alle durch die Tore, und zwar ein bisschen plötzlich!«

Während die Gemeinen losliefen, um die Nachricht zu verbreiten, sagte der Manni: »Wir müssen zu Fuß gehen! Wenn wir in die Stadt einreiten, gibt es eine Panik!«

»Was?«

»Die Leute in der Stadt werden glauben, dass sie angegriffen werden!«, erklärte er ungeduldig.

»Verstanden.« Er hielt die Hände trichterförmig vor den Mund. *»Führt die Pferde am Zügel! Es wird nicht geritten! Führt die Pferde am Zügel!«*

Alles strebte den Toren entgegen.

*

Stryke und Krista erörterten gerade, wie sie ihre wartenden Soldaten am besten in die Stadt bringen sollten, als sie von einem entfernten Tumult unterbrochen wurden. Dann fing eine Glocke an zu läuten. Kurz darauf fielen andere Glocken in der ganzen Siedlung ein.

»Der Alarm!«, rief sie. »Wir werden angegriffen!«

»Aber wer …?«, begann Coilla. Die Ankunft des Oberkommandierenden zu Pferd unterbrach sie.

»Was ist los, Rellston?«, rief Krista. »Was geht da vor?«

»*Unis!* Sie nähern sich rasch!« Er bedachte die Orks mit einem finsteren Blick. »Für mich sieht das nach Verrat aus!«

»Nein!«, protestierte Stryke. »Warum sollten wir mit Unis gemeinsame Sache machen? Das hat nichts mit uns zu tun.«

»Das sagen Sie.«

»Gebrauchen Sie Ihren Verstand, Oberkommandierender!«, mischte sich Krista ein. »Wenn unsere Gäste uns feindlich gesonnen wären, würden sie sich wohl kaum freiwillig als Geiseln in unsere Hände begeben.«

»Sind diese Menschen schwarz gekleidet?«, fragte Alfray.

»Ja«, erwiderte Rellston.

»Aufseher. Kimball Hobrows Leute.«

»Hobrow?«, wiederholte Krista.

»Sie kennen ihn?«, sagte Coilla.

»Natürlich. Einer der unversöhnlicheren Unis. Und seine Anhänger sind fanatisch.«

»Das brauchen Sie uns nicht zu sagen«, steuerte Jup bei.

»Vorwärts!«, bellte Stryke. »Zu den Toren!«

»Beherrschen Sie sich!«, schnauzte Rellston. »*Ich* bin hier für die Verteidigung verantwortlich!«

»Wir sind erfahrene Kämpfer. Wir können helfen!«

»Wir haben keine Zeit zu streiten!«, erinnerte Krista sie. »Lassen Sie die Orks helfen, Oberkommandierender. Ich muss zum Tempel!« Sie lief los.

Mit einem angewiderten Gesichtsausdruck riss Rellston sein Pferd herum und galoppierte davon.

Die Orks liefen zum Tor.

Als sie einige Minuten später dort eintrafen, stellten sie fest, dass die meisten Orks es bereits in die Siedlung geschafft hatten, obwohl immer noch ein paar Nachzügler unterwegs waren. Eine große Gruppe von Mannis hatte sich versammelt, und Waffen wurden ausgegeben. Menschen und Orks standen bereit, die Tore zu schließen. Haskeer befand sich mitten in der Flut und versuchte eine Verteidigung zu organisieren.

Prooq löste sich aus der Menge und erstattete Stryke Bericht. »Hauptmann! Ein Heer aus Hobrows Männern. Vier-, vielleicht fünfhundert direkt hinter uns.«

Immer noch strömten Orks durch die Tore, die jetzt bereits geschlossen wurden.

Krenad traf ein.

»Sagten Sie nicht, Jennesta würde zuerst eintreffen?«, rief Stryke ihm zu.

»Sie wurde entweder aufgehalten, oder das hier ist nur ein Voraustrupp der Unis.«

»Ist das *wichtig*?«, beklagte sich Coilla. »Sie greifen so oder so an!«

Stryke nahm sich ihren Einwand zu Herzen und fing an, Befehle zu schreien. Zwischendurch erklärte er Krenad, wie er die Truppe der Deserteure aufstellen solle.

Sie sahen zu, wie die letzten Nachzügler durch die bereits halb geschlossenen Tore liefen. Ein großer Trupp Aufseher war ihnen auf den Fersen. Als alle Orks in der Siedlung waren, strengten sich viele Hände an, die Tore zu schließen.

Bevor ihnen das gelang, erzwangen sich die ersten zwanzig oder dreißig Aufseher den Weg hindurch. Verteidiger liefen auseinander. Die Unis gingen mit Schwert und Speer auf die Menge los.

»Holen wir sie uns!«, brüllte Stryke.

Sie stürzten sich ins Getümmel, während die Tore endlich vor der Nase einer größeren Gruppe Unis geschlossen werden konnten, die sich ebenfalls Einlass verschaffen wollten. Die Verteidiger, größtenteils zu Fuß, hatten alle Hände voll mit jenen zu tun, die den Durchbruch geschafft hatten.

Haskeer wählte wie gewohnt eine direkte Lösung. Er hob ein Fass auf und warf es nach dem nächsten Reiter. Das Fass traf den

Reiter und warf ihn aus dem Sattel. Es zerbarst in Holzsplitter und Metallreifen. Alle Umstehenden wurden mit Rotwein bespritzt.

»Welch eine Verschwendung«, spottete Jup. Er klemmte sich ein Messer zwischen die Zähne und kletterte auf ein anderes Fass. Ein Aufseher ritt nicht weit entfernt vorbei. Jup sprang ihn an. Sie stürzten gemeinsam und in einem Gewirr im Kampf miteinander verschlungener Glieder zu Boden. Der Zwerg erledigte ihn mit seinem Messer. Dann war er wieder auf den Beinen und hielt nach dem nächsten Opfer Ausschau.

Coilla schnappte sich die Zügel eines reiterlosen Pferdes und schwang sich rasch in den Sattel. Sie zog ihre Klinge und ging auf einen Uni los, der auf ein paar mit Piken bewaffnete Mannis einhackte. Er riss sein Pferd herum, um sich ihr zu stellen. Sie kreuzten drei, vier Mal die Klingen, bevor sie ihm eine Wunde zufügte. Der Aufseher fiel, und die Pikeniere eilten herbei, um ihm den Rest zu geben. Coilla griff rasch nach dem Zaumzeug des nun reiterlosen Pferdes und hielt es fest, bis Stryke sich in den Sattel geschwungen hatte. Dann machten sie sich getrennt auf die Jagd.

Den ersten Uni erledigte er mühelos mit einem Stich in den Rücken, was ihnen ein weiteres Pferd einbrachte. Der nächste Mensch leistete mehr Gegenwehr. Sie schlugen aufeinander ein, während ihre Pferde hin und her tänzelten und sich aufbäumten. Schließlich begrub Stryke sein Schwert in der Brust seines Gegners. Diesmal ging dessen Pferd durch und schleppte seine tote Last in einen Haufen Mannis, welche die Leiche ohne viel Aufhebens herunterzerrten. Einer von ihnen sprang auf den leeren Sattel und machte sich seinerseits auf die Suche nach einem Opfer.

Alfray wurde selbst zum Gejagten. Ein Uni ritt auf ihn zu und stach mit dem Speer nach ihm. Er schlug ihn beiseite und wich an die Palisade zurück. Plötzlich tauchten zwei Orks auf und stürzten sich auf den Reiter. Sie zerrten an ihm, wobei sie behende seinem rudernden Speer auswichen. Sein Gleichgewicht war dahin. Er stürzte auf den Boden aus gestampfter Erde, wo ihm die Klinge eines Gemeinen über die Kehle strich.

Jup fällte einen Uni mit einem geschickten Messerwurf. Haskeer zerrte einen von dessen Pferd und schlug ihn bewusstlos.

Ihre größere Anzahl setzte sich durch, und Minuten später waren alle Eindringlinge tot oder lagen im Sterben.

Stryke und seine Offiziere versammelten sich.

»Das war nur der Auftakt«, sagte er zu ihnen. »Wahrscheinlich wollten sie nur die unverhoffte Gelegenheit ausnutzen. Wir müssen diese Stadt absichern, bevor die übrigen Unis angreifen.«

Das Läuten der Glocken steigerte sich plötzlich zu neuer Dringlichkeit. Sie hörten ein entferntes Getöse.

Ein Gemeiner, den sie nicht kannten, kam angelaufen und überbrachte eine Nachricht. »Am Westtor gibt es Ärger! Sie konnten es nicht rechtzeitig schließen!«

»Krenad!«, rief Stryke. »Die Hälfte Ihrer Gruppe zu mir! Sie bleiben bei dem Rest und bewachen dieses Tor!«

Mannis rannten bereits nach Westen. Der aus dieser Richtung dringende Lärm wurde rasch lauter. Immer mehr Glocken läuteten.

»Das gerät außer Kontrolle, wenn wir nicht rasch handeln!«, bellte Alfray, indem er auf eines der requirierten Pferde stieg.

Haskeer und Jup verfügten mittlerweile ebenfalls über Pferde. Die orkischen Fußsoldaten kamen zu ihnen gerannt.

»Im Laufschritt!«, befahl Stryke, indem er sein Pferd anspornte.

Er führte seine Truppen zum Ursprung des Getöses.

61

Die kleine Armee der Orks donnerte durch die Straßen und wurde unterwegs durch Bewohner der Siedlung verstärkt. Stryke und seine Offiziere waren zu Pferde, von einer Hand voll abgesehen, liefen die anderen zu Fuß.

Sie trugen noch zur allgemeinen Verwirrung bei, weil viele von Ruffettsblicks Bewohnern keine Ahnung hatten, was es mit dieser unbekannten Streitmacht auf sich hatte. Alle paar Schritte mussten Mannis, die mit ihnen rannten, ihre Mitbürger beruhigen.

Als sie schließlich am Westtor ankamen, mussten sie feststellen, dass beide Flügel weit offen standen.

Eine Schlacht tobte rings um das Tor, denn an dieser Stelle waren viel mehr Aufseher in die Stadt eingedrungen. Die meisten Verteidiger waren zu Fuß, obwohl auch einige berittene Mannis im Meer der Leiber schwammen. Oberkommandierender Rellston war einer von ihnen. Sie konnten sein Schwert über der Menge ausmachen, das sich immer wieder hob und senkte.

Mehr Feinde strömten durch das Tor. Die Menschen, die das Tor zu schließen versuchten, hatten eine hoffnungslose Aufgabe. Die Angreifer waren mittlerweile fast so zahlreich wie die Verteidiger und standen kurz davor, die Oberhand zu gewinnen.

»Wie lautet der Plan, Boss?«, fragte Jup.

»Nimm die Hälfte unserer Männer und kämpfe gegen die Unis, die bereits eingedrungen sind. Ich führe die andere Hälfte, um die Herrschaft über die Tore zu gewinnen.« Dann ließ er die besten Reiter unter den Orks zu sich kommen und verkündete ihnen: »Nehmt unsere Pferde. Was wir zu tun haben, muss zu Fuß erledigt werden. Euer Ziel ist die Uni-Reiterei. Verstanden?«

Die Gemeinen stiegen auf und stürmten los.

»Coilla! Haskeer!«, rief Stryke. »Ihr folgt mir zum Tor! Alfray, du bleibst bei Jup! Lasst uns unsere Männer einteilen!«

Ein Aufseher hieb auf die Menschen ein, die versuchten, einen der Torflügel zu schließen. Ein Pfeil flog über die Köpfe der Menge hinweg und fällte ihn. Aus den Reihen derer, die es sahen, erhob sich halbherziger Jubel.

Wegen der viel größeren Anzahl der Orks, von denen viele nicht an ihre neuen Vorgesetzten und an die Disziplin innerhalb der Truppe gewöhnt waren, dauerte es kostbare Minuten, alles in die Wege zu leiten. Doch schließlich hatte Jup seine ungefähr sechzig Gemeinen in fünf Gruppen eingeteilt. Er würde eine führen, Alfray eine andere. Erfahrene Gemeine erhielten den Befehl über die verbliebenen drei.

Der Zwerg vertraute dem alten Kämpen an, dass er sich wegen der Zusammenarbeit mit unbekannten Soldaten Sorgen machte.

»Aber es sind Orks! Du kannst dich auf sie verlassen.«

»Daran zweifle ich nicht. Aber ich *kenne* sie nicht. Angenommen, in ihren Reihen gibt es eine Menge Zwergenhasser?«

Alfray hätte beinahe gelacht. »Keine Sorge. Sie sind neu und darauf bedacht, alles richtig zu machen. Sie werden sich überschlagen, deinen Befehlen nachzukommen.«

Strykes sechzig Mann bildeten einen Schlachtkeil. Die ganze Zeit hämmerte er ihnen ein, dass ihr Augenmerk einzig und allein dem Tor galt.

Als alle so weit waren, brüllte Stryke: »Wartet, bis ich den Befehl gebe!« Er bahnte sich einen Weg an die Spitze des Keils und zog Schwert und Dolch. Haskeer und Coilla standen neben ihm.

Er brüllte den Befehl, und ein zweistufiges Unternehmen begann.

Die erste Stufe erforderte von Alfray und Jup, den Feind zu schwächen.

Ihre fünf Gruppen stürzten sich aus ebenso vielen Richtungen ins Getümmel. Von Anfang an mussten sie feststellen, dass sie ebenso viel Energie darauf verwendeten, Mannis aus dem Weg zu schaffen, als gegen Feinde zu kämpfen.

Die Gruppe, die Alfray anführte, stieß zunächst auf wenig Widerstand. Das lag vor allem daran, dass es mehrere Minuten dauerte, bis sie den ersten Haufen wild um sich schlagender Unis erreichten. Einmal dort angelangt, sah Alfray, dass im Bereich des Tors Fußsoldaten der Unis einströmten. Der Feind stand gefährlich kurz davor, sich einen Brückenkopf einzurichten. Alfray begann mit der Arbeit, dies zu vereiteln.

Das Pferd eines Aufsehers näherte sich, und sein Reiter suchte sich Alfray als Ziel für einen Hagel von Hieben aus, den er auf den Gefreiten niedergehen ließ. Alfray konnte wenig mehr tun, als sie mit seinem Schild abzulenken. Während er nach einer Blöße für einen Gegenangriff Ausschau hielt, gesellte sich ein weiterer Uni hinzu und hieb auf die erhobenen Schwerter der Soldaten hinter ihm ein.

Entschlossenheit und Erfahrung ließen Alfray schließlich die Deckung seines Gegners durchdringen. Seine Klinge traf den ausgestreckten Arm. Das reichte. Fast sofort war jemand aus Alfrays Gruppe neben ihm, spießte den Mann auf einer Pike auf und stieß ihn vom Pferd. Der zweite Reiter wurde durch die schiere Übermacht eines halben Dutzends kampfeswütiger Gemeiner überwunden.

Dann waren keine Reiter mehr voraus. Aber dafür gab es reichlich Fußsoldaten. Alfray war das lieber. Es glich vieles aus.

Er wollte sich gerade ein Ziel aus dem reichlichen Vorrat aussuchen, als ihm ein Gegner zuvorkam. Ein kräftig gebauter und grimmig aussehender Mann stürzte sich heulend und mit Schwert und Axt bewaffnet auf ihn.

Alfray wehrte den Axthieb ab, parierte das Schwert und hieb seinerseits zu. Währenddessen war er sich beständig der Tatsache bewusst, dass der Rest seiner Gruppe in Zweikämpfe auf Leben und Tod verstrickt war. Über den Lärm hinweg hörte er, wie die Unis sich lautstark mit Lobpreisungen und Bitten an ihren Gott wandten.

In seinem Duell mit dem Uni lag nicht viel Raffinesse. Es war eine wüste Schlägerei, auf Kraft und Ausdauer reduziert. Doch Alfray hatte sich mit einem Schild ausgestattet, und unter diesen Bedingungen gab ihm das einige Möglichkeiten. Sie schlugen und hackten, hämmerten auf die Klinge des anderen ein und versuchten den anderen durch schiere Kraft zu fällen.

Alfray spürte sein Alter, was ihm so früh zu Beginn der Schlacht ganz und gar nicht gefiel. Doch kaum war ihm dieser Gedanke gekommen, als er ihn auch schon mit frischen Kräften erfüllte. Er schlug mit mehr Kraft zu und holte weiter aus. Der Uni wich langsam zurück. Alfray wehrte einen Diagonalhieb mit seinem Schild ab. Dann schlug er selbst zu und traf den Mann in der Seite. Es war keine schwere Wunde, aber Schmerzen hatten die Angewohnheit, einen Kämpfer in seiner Konzentration zu stören.

Der Uni versuchte standzuhalten und leistete beachtliche Gegenwehr, aber von da an ging es für ihn nur noch bergab. Alfray fand es jetzt leichter, den Hieben des Mannes auszuweichen, während er auf eine Blöße wartete. Die erste Gelegenheit bot sich ihm, als der Mensch einen Schwung zu weit und zu hoch ansetzte. Alfray sprang vor und rammte seinen Schild gegen die Axt, um sie auszuschalten.

Dann stieß sein Schwert ins Herz des Aufsehers.

Überall tobten Kämpfe. Als Alfray sich von seinem toten Gegner zurückzog, ging neben ihm ein Gemeiner mit zerschmettertem Schädel zu Boden. Es war kein Vielfraß.

Alfray sah sich der Klinge eines weiteren Aufsehers gegenüber.

Ein Ausguck auf dem Wachturm hätte vielleicht ein Muster in dem Durcheinander erkennen können. Er hätte Alfrays Gruppe mitten im Getümmel gesehen und Jups Gruppe annähernd parallel dazu. Die anderen drei Gruppen wären ebenfalls in der kämpfenden Menge auszumachen gewesen, wenn auch noch nicht so weit vorgedrungen. Doch alle fünf arbeiteten sich unaufhaltsam immer weiter ins Zentrum des Brandherds vor.

Stryke hielt sein Kontingent zurück, da er noch auf den geeigneten Augenblick wartete.

Jups Gruppe hatte es nicht leichter als die anderen. Er sah Kameraden fallen. Für jeden Schritt vorwärts musste teuer bezahlt, jeder tote Gegner schwer erkämpft werden.

Gemeinsam mit zwei Mitgliedern seiner Gruppe gelang es ihm, dem sondierenden Speer eines berittenen Unis auszuweichen und dabei zu helfen, ihn aus dem Sattel zu ziehen. Die Kameraden des Zwergs töteten den abgeworfenen Aufseher. Jup wollte nach den Zügeln des Pferdes greifen, aber das verängstigte Tier ging durch und trampelte Mannis und Unis gleichermaßen nieder. Als sich ihm ein Mensch in den Weg stellte, der ein Reittier suchte, bäumte es sich auf und ließ die Hufe auf die Brust des Unglücklichen herabsausen. Dann tauchte das Tier im Getümmel unter.

Es war keine Zeit, sich über den Verlust zu ärgern. Jups Abteilung wurde in Kämpfe mit weiteren Reitern verwickelt, und mittlerweile waren auch Fußsoldaten der Unis an den Kämpfen beteiligt.

Zwei schwarz uniformierte, schwertschwingende Fanatiker drangen auf ihn ein. Seine Kameraden waren mehr als beschäftigt. Er würde der Bedrohung allein Herr werden müssen. Er wartete nicht auf das Eintreffen seines ersten Feindes, sondern brüllte einen Kriegsruf und stürzte sich auf den Mann, indem er wie ein Verrückter um sich schlug. Der Aufseher ging sofort in die Defensive. Sein Kamerad hielt sich zunächst abseits und wartete auf eine Blöße in Jups Berserkerwut.

Er glaubte sie gefunden zu haben, als der Zwerg einem Stoß auswich und dabei stolperte. Der zweite Uni rannte mit ausgestrecktem Schwert in der Absicht auf ihn los, ihn zu durchbohren. Jup lenkte die Klinge ab und zog dem Mann mit behendem Instinkt seine eigene über den Hals.

Der erste Aufseher gab sich alle Mühe, den Tod seines Kameraden zu rächen. Er hieb nach den Beinen des Zwergs, um ihn zu lähmen. Jup sprang zur Seite und vermied gerade noch eine Wunde. Dann ging er wieder auf den Mann los, indem er seinem Blutdurst freien Lauf und sein Schwert wie Windmühlenflügel kreisen ließ. Der Uni wehrte sich, das musste Jup ihm lassen, aber es wäre ihm vielleicht besser ergangen, wenn er darauf verzichtet hätte. Ein Wirbelwind aus muskelstrapazierender Fechtkunst wendete das Blatt zu Ungunsten des Aufsehers. Schließlich zog Jup dem Mann die Klinge über das Gesicht. Er heulte auf, und sein Kopf sank herab. Ein entschlossener, abwärts gerichteter Stoß in den Nackenansatz gab ihm den Rest.

Jup blieb kaum Zeit, Luft zu holen, als auch schon ein neuer Gegner die Lücke vor ihm füllte.

Stryke hielt den Augenblick für gekommen, den Keil loszuschicken. Er bellte einen Befehl. Schilde wurden gehoben. Mit Haskeer zur Rechten und Coilla zur Linken stürzte er sich in das Gemetzel. Sie stießen Manni-Verbündete beiseite, wenn sie ihnen in die Quere kamen. Alle Unis in Reichweite wurden abgeschlachtet. Der Keil hatte die schwierigste Aufgabe von allen. Sie mussten ins Herz des feindlichen Einbruchs vordringen und den Platz räumen sowie die Herrschaft über die Tore erringen, um sie schließen zu können. Stryke fragte sich, ob seine sechzigköpfige Gruppe dafür ausreichen würde.

Er strebte dem Ziel entgegen wie ein Pferd mit Scheuklappen und schlug jeden Schwarzgekleideten nieder, der ihm dabei in die Quere kam. Haskeer und Coilla hielten sich neben ihm und stießen, schlugen und hieben ebenso. Wie ein stachelbewehrtes unaufhaltsames Ungetüm schlug der Keil eine Schneise durch die Barriere der Feinde und ließ einen Blutzoll aus Toten und Verstümmelten in seinem Kielwasser zurück. Stryke konnte nicht mit Bestimmtheit sagen, ob es sich bei den Opfern ausschließlich um Aufseher handelte.

Sie hatten ungefähr die Hälfte des Weges geschafft, und der Widerstand wurde immer stärker, als etwas Bedeutsames in Sicht schwamm.

Oberkommandierender Rellston.

Er saß auf seinem Pferd, aber nur noch so eben, da er mitten in einem Rudel Unis gestrandet war, die kurz davor standen, ihn zu überwältigen.

Stryke gelangte zu einer raschen Entscheidung, die er unter anderen Umständen so nicht getroffen hätte. Aber er kannte den Wert eines Befehlshabers, auch wenn es ein bigotter war. Sein Plan beinhaltete eine leichte Richtungsänderung, die sie mehr in Richtung Tormitte führte. Er vermittelte seine Absicht mit einem kurzen gebellten Befehl.

Er war froh, dass er zwei bewährte Offiziere neben sich hatte, denen er vertrauen konnte, und dass er die wichtigen Positionen innerhalb des Keils mit anderen Vielfraßen besetzt hatte. Er konnte sich darauf verlassen, dass sie die Änderung mitbekommen und ausführen sowie dafür sorgen würden, dass die anderen mitzogen.

Wie ein großes Schiff auf einem Ozean aus Blut änderte der Keil langsam den Kurs. Vielleicht war es schon zu spät für Rellston. Er wurde von mehr Eindringlingen bedrängt, als er bekämpfen konnte, und nur Glück hatte bisher verhindert, dass er ihnen zum Opfer fiel.

Der Keil pflügte weiter und stieß dabei Freunde und Feinde beiseite. Schließlich traf er beim Oberkommandierenden ein und griff dessen Widersacher an. In diesem Augenblick ging sein Pferd zu Boden, von einem Axthieb an den Kopf gefällt. Rellston tauchte in dem chaotischen Gewirr unter. Stryke, Haskeer und Coilla hackten sich durch die Unis, während ihnen die anderen Rückendeckung gaben.

Rellston war halb geduckt und tat nicht mehr, als seine Gegner mit dem Schild abzuwehren.

Stryke und Coilla erledigten rasch die letzten Unis, die ihnen noch im Weg waren, und machten Platz für Haskeer. Der packte den Oberkommandierenden am Kragen und zog ihn auf die Füße. Halb zerrten und halb schleiften sie Rellston in den Schutz des Keils. Er war ramponiert und bleich, nickte ihnen aber zum Zeichen seiner Dankbarkeit zu, als der Keil seinen Vormarsch fortsetzte.

Nach den nächsten sechs qualvollen Schritten widerfuhr Coilla das Zweitschlimmste, was jemandem in einem vorrückenden Keil widerfahren kann.

Eine Sekunde der Unachtsamkeit ließ sie eine heransausende

Klinge übersehen, bis es fast zu spät war. Im letzten Moment duckte sie sich, stieß zurück und verlor den Halt. Sie taumelte einen Moment, und dann war sie von ihren Kameraden getrennt und ganz allein in dem Getümmel. Der Keil rollte unaufhaltsam weiter. Er bewegte sich langsam, aber sie konnte dennoch nicht zu ihm zurück.

Dann stürzten sich drei Unis auf sie, die gerade einen Gegner erledigt hatten.

Coilla fackelte nicht lange. Dem ersten schlug sie sein Schwert beiseite und zog ihm kreuzweise zwei Hiebe über die Brust. Die anderen beiden gingen mit mörderischem Tempo auf sie los. Sie lenkte die Klinge des einen ab und versetzte dem Schild des anderen einen kräftigen Hieb.

Ein hektisches Kreuzen der Klingen endete damit, dass ein Uni zu Boden ging und Blut hustete. Der verbliebene Aufseher versuchte, es ihr heimzuzahlen. Sie fuhr zu ihm herum und lenkte seine Klinge unter lautem Klirren ab. Bei ihrem nächsten Schlagwechsel wurde sein Unterleib durchbohrt. Er sank auf die Knie und hielt sich die Hände vor seinen blutenden Bauch.

Coilla sah sich um. Das Ende des Keils war mittlerweile außer Reichweite. Es war gar nicht so weit entfernt, aber durch mehrere Menschenreihen von ihr getrennt, und andere Unis stürmten ihr entgegen. Zu viele von ihnen.

Sie hatte eine verrückte Idee, dachte, *warum eigentlich nicht?*, und versuchte es.

Sie lief los und überbrückte die paar Schritte zwischen sich und dem entleibten Menschen und dann benutzte sie seine hängende Schulter als Sprungbrett. Er schrie auf, als sie ihn seinem Schicksal überließ. Die zusätzliche Höhe versetzte sie in die Lage, über die Köpfe der Menge zu springen. Sie landete auf dem Keil, wobei sie wunderbarerweise hochgereckte Schwerter und Speere verfehlte, und schlug schwer auf einen Schild. Helfende Hände zogen sie nach unten, und dann arbeitete sie sich außer Atem durch den Keil zur Spitze vor.

»Freut mich, dass du auf einen Sprung vorbeikommen konntest«, bemerkte Stryke sarkastisch.

Kurz danach traf die Spitze des Keils auf Jups Gruppe, die sich von links herankämpfte. Sie verschmolzen und griffen gemeinsam den letzten Haufen Unis an, der sich durch das Tor kämpfen wollte. Hilfe kam von einem Wachturm in der Nähe, von dem Pfeile abgeschossen wurden. Doch auch von draußen kamen Geschosse angeflogen. Wie gefährlich ihre Position war, zeigte sich, als ein Gemeiner von einem Pfeil in den Kopf getroffen wurde und leblos zusammenbrach.

Stryke teilte zwanzig Männer ab und wies jedem Torflügel zehn zu. Als sie sich zu den Mannis gesellten, die sich bereits mit ihnen abmühten, begannen sich die großen Tore langsam zu schließen. Mit einer letzten großen Anstrengung wurden die neuen Eindringlinge zurückgeworfen. Die Lücke zwischen den Torflügeln wurde schmaler. Dann trafen sie sich mit einem laut hallenden Krachen. Ein massiver Querbalken wurde eiligst durch Eisenringe geschoben, um sie zu sichern. Sie hörten von draußen Fäuste und Schwertknaufe dagegen trommeln.

Innerhalb der Palisade befanden sich immer noch Eindringlinge, aber jetzt waren sie abgeschnitten und in der Unterzahl. Sie brauchten nicht lange, um ihren Widerstand zu brechen.

Jup ließ sich gegen das Tor sinken. »Das war viel zu knapp«, keuchte er, während ihm der Schweiß in Strömen über das Gesicht lief.

*

Wenige Stunden später erklommen Stryke und Coilla eine Treppe, die auf Ruffettsblicks Palisade führte. Andere Mannis befanden sich bereits dort und starrten über die Befestigung hinweg nach draußen. Die Orks taten es ihnen nach, um sich ein Bild von der Größe der Armee zu machen, die sie belagerte. Sie nahm ein großes Gebiet in Beschlag. Auch die Kuppen der umliegenden Hügel waren mit Hunderten von Menschen besetzt einschließlich derjenigen, auf denen noch vor wenigen Stunden die Orks gelagert hatten. Stryke und Coilla kamen überein, dass sie fünfzehn- bis zwanzigtausend Mann zählten, was in etwa der Einwohnerzahl der Siedlung entsprach.

In der Stadt war irgendeine religiöse Zeremonie der Mannis im Gange. Sie fand rings um den Geysir statt, der durch Lücken zwischen den Häusern und über ihren Dächern zu sehen war. Gestalten mit wehenden Gewändern, die sich die Hände gereicht hatten, waren umrisshaft in seinem unheimlichen Leuchten zu erkennen. Hinter ihnen stand der Tempel, der in weiches Licht getaucht war.

Stryke war unzufrieden. »Die Verteidigung dieser Tore war Stückwerk«, beklagte er sich. »Wir haben siebzehn Mann verloren, weit mehr wurden verwundet. Dazu hätte es nicht kommen dürfen. Die Götter wissen, wie viele Mannis gefallen sind.«

»Die Siedler sind keine Kämpfer«, sagte Coilla. »Das Militärkontingent beträgt hier wahrscheinlich nicht mehr als ein Zehntel. Sie sind nicht wie wir. Krieg ist nichts Natürliches für sie. Du kannst ihnen keinen Vorwurf daraus machen.«

»Das tue ich auch nicht. Ich sage nur, dass man das richtige Werkzeug für die Arbeit braucht. Man kann mit einer Keule keine Butter schneiden.«

»Sie haben ihren Traum.« Sie fragte sich, ob das, wenn man alles in Betracht zog, ein angemessenes Wort in seiner Gegenwart war. Aber er reagierte nicht. »Das scheint alles zu sein, was für sie zählt.«

»Sie sollten lernen, dass man Träume auch verteidigen muss.« Er richtete den Blick wieder auf die Armee. »Wenn es nicht schon zu spät ist.«

»Wie kommen wir aus dieser Klemme heraus?«

»Wir könnten einfach verschwinden. Vielleicht schaffen wir es.«

»Ohne den Stern? Und sollen wir die Menschen allein kämpfen lassen?«

»Ist das wirklich unser Problem?«

»Sie haben uns ihre Gastfreundschaft angeboten, Stryke.«

Er seufzte. »Die andere Möglichkeit wäre, unser Schicksal mit ihrem zu verknüpfen und ihnen dabei zu helfen, eine vernünftige Verteidigung aufzuziehen.«

»Wir könnten in der ganzen Siedlung Orks postieren«, spekulierte sie. »Unsere Truppe in fünf oder sechs Gruppen einteilen und separat befehligen.«

Er nickte.

»Du wirst Rellston überzeugen müssen«, sagte sie zu ihm.

»Er mag ein Sturkopf sein, aber ich hoffe, er ist kein Narr. Wenn er militärisches Blut in den Adern hat, wird er die Notwendigkeit einsehen.«

»Und dass wir ihn gerettet haben, müsste auch etwas wert sein.«

»Vielleicht. Aber er ist ein Mensch, oder nicht?«

»Irgendwie mag ich Krista«, gab sie zu. »Und über einen Menschen wirst du mich das nicht oft sagen hören. Wir sind schon schlimmeren Exemplaren ihrer Gattung begegnet. Schau nur nach draußen.«

»Was für ein Durcheinander. In einer belagerten Stadt festzusitzen war nicht Teil des Plans.«

»Wir hatten einen *Plan*? Ich finde, wir müssen unsere Bündnisse schließen, wo wir sie finden. Zumindest sitzen wir mit dem Stern fest.«

»Woher wissen wir das? Wir haben ihn noch nicht gesehen.« Er griff sich wieder instinktiv an den Gürtelbeutel.

»Ich glaube Katz. Und sie bauen diesen Tempel, um etwas darin unterzubringen.«

»Sie könnten den Stern irgendwo anders hingebracht haben.«

»Wir werden es nie erfahren, wenn wir uns nicht die Mühe machen, es herauszufinden.«

»Wie? Indem wir in den Tempel marschieren und danach fragen?«

»Ich hätte gern deine Erlaubnis für den Versuch, mich in den Tempel zu schleichen und nachzusehen.«

»Das ist riskant.«

»Das weiß ich. Aber wann haben wir in letzter Zeit etwas getan, das nicht riskant gewesen wäre?«

»Also gut«, erwiderte er. »Aber nur, wenn der Zeitpunkt günstig ist, und nur, um nachzusehen. Jetzt ist offensichtlich kein guter Zeitpunkt, den Stern zu stehlen.«

»Offensichtlich«, erwiderte sie trocken. Sie gestattete sich ein wenig Gereiztheit angesichts einer ihrer Ansicht nach unnötigen Bemerkung und verstummte.

Sie gingen wieder dazu über, die feindliche Armee anzustarren.

*

Vor Ruffettsblick, im breitesten Teil des Tals, marschierte Kimball Hobrow mit Milde neben sich durch die massierten Reihen seiner Armee. Männer riefen ihnen ihre guten Wünsche und frommen Bitten hinterher.

»Das Scheitern des ersten Ansturms ist eine Enttäuschung«, gestand er seiner Tochter, »aber wir konnten den Heiden einigen Schaden zufügen. Im Großen und Ganzen war Gott gnädig. Er hat uns vor der Hure hier eintreffen lassen.«

»Und die Vielfraße sind in der Stadt. Er hat sie unserem Gericht ausgeliefert, Vati.«

»*Seinem* Gericht, Milde. Wie es auch *Sein* Wille ist, dass wir dieses Nest voller Ungeziefer von Seiner guten Erde tilgen. Wenn wir diesen Ort verbrennen, wird er das erste Leuchtfeuer sein, das dem ganzen Land verkündet, dass die Rechtschaffenen triumphieren. Dann sollen sich die Untermenschen vorsehen.«

Sie klatschte aufgeregt in die Hände, da ihr die Aussicht darauf eine geradezu kindliche Freude bereitete.

»Wenn es sein muss, bauen wir Belagerungsmaschinen, um hineinzugelangen.«

Sie kamen zu einer Gruppe von Aufsehern, die sich um ein Strafkommando versammelt hatten. Bei ihrem Anblick teilten sich die Männer. Ein Mann war mit gespreizten Gliedmaßen und dem Gesicht nach unten auf einen Rahmen zum Auspeitschen gefesselt. Sein nackter Rücken war blutig und mit roten Striemen übersät.

»Welches Verbrechen hat dieser Mann begangen?«, fragte Hobrow den Aufseher mit der Peitsche.

»Feigheit, Meister. Er ist vor dem Kampf in der Siedlung geflohen.«

»Dann hat er Glück, dass er sein Leben behält.« Er hob die Stimme, sodass alle etwas davon hatten. »Beherzigt das gut! Dasselbe Schicksal erwartet jeden, der sich dem Willen des Herrn widersetzt! Fahrt mit der Bestrafung fort.«

Der Mann mit der Peitsche nahm seine Tätigkeit wieder auf.

Milde wollte bleiben und zusehen. Ihr Vater brachte es nur schwer über sich, ihr etwas abzuschlagen.

62

Je mehr Stryke von den Verteidigungsanlagen der Siedlung sah, desto klarer wurde ihm, wie dürftig der Ort geschützt war.

Er ging mit dem Oberkommandierenden Rellston durch die Straßen von Ruffettsblick. Das bärbeißige Wesen des Mannes hatte sich nicht verändert, aber zumindest war er jetzt der Vorstellung gegenüber aufgeschlossen, dass die Orks bei der Verteidigung von Ruffettsblick halfen. Und Stryke musste sich selbst eingestehen, dass er einige Bewunderung für den Mann aufbrachte, sofern er dies für einen Menschen überhaupt konnte. In militärischen Dingen stimmten sie völlig überein.

Was Stryke beunruhigte, war die Tatsache, dass Coillas Schätzung, jeder zehnte Einwohner sei ein Soldat, wahrscheinlich noch zu optimistisch war. Erfahrene Krieger waren hier eindeutig eine Minderheit.

Sie kamen zu einer Gruppe von Städtern, zwanzig oder dreißig Mann stark, die paarweise mit Stäben übten. Ein Soldat unterwies sie. Es bedurfte nicht länger als einer Minute, um zu erkennen, dass sie bestenfalls grün und schlimmstenfalls nutzlos waren.

»Sehen Sie, womit ich arbeiten muss?«, beklagte sich Rellston.

»Das war seit unserer Ankunft offensichtlich, wenn man von Ihren Leuten absieht. Wie ist es dazu gekommen?«

»Es war nie wirklich anders. Ein Vermächtnis der Gründer. Diese Kolonie wurde auf dem Prinzip der Harmonie errichtet, und selbst jene von uns, die das kriegerische Leben gewählt haben, stimmen damit überein. Aber die Zeiten haben sich geändert. Es war schon immer schwer, aber in den letzten Jahren ist es viel gefährlicher geworden. Unsere militärische Streitmacht ist nicht mit der Bedrohung gewachsen. Und so viel fließt in den neuen Tempel: Arbeitskraft und Geldmittel. Jetzt befürchte ich, dass wir dafür büßen werden.«

Es war die längste Rede, die Stryke ihn bisher hatte halten hören. »Die Situation in diesem Land wird von Tag zu Tag gefährlicher«, stimmte er zu. »Aber jetzt müssen wir sehen, was wir tun können, um unsere Aussichten zu verbessern, das hier durchzustehen. Ich wollte Ihnen vorschlagen, meine Truppe in fünf oder sechs überschaubarere Gruppen aufzuteilen. So können wir unsere Fertigkeiten verbreiten.«

»Das würde unseren Bürgern etwas Rückgrat verleihen. Ja, einverstanden. Lassen Sie mich wissen, wie ich helfen kann.«

»Da ist etwas, bei dem sie mir sofort helfen könnten.«

»Und das wäre?«

»Sagen Sie mir, wo ich die Hohepriesterin finden kann.«

»Das ist kein Geheimnis. Gehen Sie zur Rückseite des Tempels. Auf der Straße gegenüber werden sie nur zwei Häuser sehen. Sie bewohnt das erste.«

Stryke bedankte sich bei ihm, und sie trennten sich.

Er folgte den Anweisungen und fand das Haus mühelos. Es war groß und aus dauerhaften Materialien erbaut, aber er vermutete, dass das eine Folge ihres Ranges war. Er brauchte nicht zur Tür zu gehen. Zu dem Haus gehörte auch ein kleiner, niedrig ummauerter Garten auf einer Seite, und Krista Galby arbeitete darin. Ihr Kind spielte nicht weit entfernt.

Sie sah Stryke kommen und begrüßte ihn.

»Einen schönen Tag«, erwiderte er. »Störe ich Sie?«

»Nein.« Sie klopfte ihre Hände ab. »Ich kümmere mich nicht nur aus spirituellen Gründen um die Pflanzen. In Zeiten wie diesen ist es gut, mit der Erde Verbindung zu haben. Gibt es Neuigkeiten?«

»Eigentlich nicht. Die Unis formieren sich dort draußen. Sie warten einfach auf den richtigen Moment zum Angriff, würde ich sagen.«

»Und es besteht nicht die Möglichkeit, dass sie abziehen?«

»Unwahrscheinlich.«

»Sind sie Ihretwegen hier?«

Die Frage überrumpelte ihn. »Ich ... Wenn es so sein sollte, tut es mir Leid. Es lag nicht in unserer Absicht, das versichere ich Ihnen.«

»Ich glaube Ihnen. Ich will Sie für nichts verantwortlich machen, Hauptmann. Es ist nur so ...« Ihr Blick wanderte zu dem Jungen. »Es ist nur so, dass ich den Krieg hasse. Ja, ich weiß, manchmal ist er nötig. Ich bin nicht so naiv zu glauben, dass wir uns nicht verteidigen sollten. Aber Krieg ist normalerweise dumm, unbarmherzig und sinnlos. Ich hoffe, Sie verzeihen mir, dass ich Ihr Gewerbe beleidigt habe.«

»Manche nennen es Kunst.« Er lächelte dünn. »Es macht mir nichts aus. Wir Orks sind für den Krieg geboren, aber wir halten nichts von Leiden und Ungerechtigkeit. Obwohl die meisten das nicht glauben würden.«

»Ich schon. Wissen Sie, Sie sind der erste Angehörige Ihrer Rasse, mit dem ich mich unterhalte. Orks folgen der Tetrade, nicht wahr? Dem Kleeblatt?«

»Viele tun das.«

»Entschudligen Sie meine Neugier. Aber schließlich bin ich eine Hohepriesterin der Anhänger des Pfades der Mannigfaltigkeit. Natürlich interessiert mich dieses Thema. Folgen Sie der Tetrade?«

Auch das war eine Frage, die ihn überrumpelte. »Ich ... glaube schon. So bin ich erzogen worden. Wir alle sind das. In letzter Zeit habe ich über diese Dinge nicht viel nachgedacht.«

»Vielleicht sollten Sie das tun. Die Götter können uns in schwierigen Zeiten Trost schenken.«

»Meine tun in dieser Hinsicht seit einiger Zeit furchtbar wenig.« In seiner Stimme lag ein Anflug von Verbitterung, der selbst ihn erschreckte. Er versuchte das Thema zu wechseln. »Was ist mit Aidans Vater?«

»Sollte etwas mit ihm sein?«

»Ich sehe ihn hier nirgendwo.«

»Er ist tot. In einem der unzähligen Konflikte mit den Unis gefallen. Über etwas so Triviales, dass es fast schon komisch wäre, wenn es nicht so ...« Sie ließ die Erinnerung fahren.

»Es tut mir Leid, wenn ich Ihnen Kummer bereitet habe.«

»Keine Ursache. Es ist schon ein paar Jahre her. Mittlerweile sollte ich eigentlich darüber hinweg sein.«

Er dachte daran, warum er eigentlich hier war, und ein heftiges Schuldgefühl durchzuckte ihn. »Verlust begleitet uns immer«, sagte er. Dann überlief ihn unwillkürlich ein Schauder.

Sie bemerkte es. »Ist Ihnen kalt?«

»Nein, es ist nur so ...«

»Als sei jemand über Ihr Grab gelaufen, falls Ihnen diese Redensart bekannt ist?«

»So ähnlich.«

»Hatten Sie dieses Gefühl schon einmal, seit Sie hier sind?«

»Warum die Fragen? Ich habe nur geschaudert.«

»Das passiert mir auch, sehr oft sogar. Das liegt an der entweichenden Erdenergie. Bei mir äußert es sich durch Gänsehaut oder auch durch ein Gefühl, als kribbelte Flüssigkeit auf meiner Haut.«

Das war eine ziemlich gute Beschreibung dessen, was er soeben empfunden hatte.

»Aber das widerfährt nicht jedem«, fuhr sie fort, »nur den Eingestimmten. Die Energie durchfließt mich, das ist mir ständig bewusst. Für die meisten Leute, wohl auch für die meisten Mitglieder der älteren Rassen, ist es wohl nicht so.«

»Sie wollen damit sagen, dass ich ... *eingestimmt* bin?«

»Das kann nicht sein. Orks haben keine magischen Fähigkeiten, nicht wahr? Was vermutlich daher kommt, dass Orks irgendwie die Energie nicht aufnehmen, jedenfalls nicht so, wie es viele andere ältere Rassen tun. Es sei denn ...«

»Es sei denn was?«

»Haben Sie je plötzliche Einsichten gehabt? Erlebnisse von Fernsicht, vielleicht? Oder prophetische Träume?«

Sie war äußerst einfühlsam, und das beunruhigte ihn.

»Sie haben, nicht wahr?«, beharrte Krista sanft. »Ihr Gesicht verrät sie trotz der Undurchdringlichkeit Ihrer Miene.«

Er runzelte seine zerfurchte Stirn. »Worauf wollen Sie hinaus?«

»Sie könnten ein Begabter sein, so wie ich. Es gibt viele verschiedene Arten. In meinem Fall bedeutet die Wunderlichkeit, wie meine Leute es manchmal nennen, dass ich den Fluss der Magie spüren kann.«

»Ich verstehe nicht.«

»Von Zeit zu Zeit scheinen alle Rassen eine sehr geringe Anzahl besonderer Individuen hervorzubringen. Sie haben eine Art ... *Entstellung*, verglichen mit allen anderen. Normalerweise haben ihre Entstellungen etwas mit der Erdenergie zu tun. Manchmal ist es auch eine vollkommen abseitige Befähigung. Diese besonderen Individuen werden Begabte genannt. Viele Weise haben sich schon über das mit ihnen verknüpfte Rätsel den Kopf zerbrochen. Manche halten sie für seltene Abweichungen von der rassischen Norm. Für Mutationen.«

»Nennt man so nicht Missgeburten?«

»Nur die Unwissenden tun das, die Gleichförmigkeit wollen. Wie die Unis und insbesondere diejenigen von Hobrows Schlag, welche solche Wesen als Widernatürlichkeit betrachten, die verfolgt und schikaniert werden müssen.«

»Sie machen sehr viel aus einem Schauder.«

Sie lächelte. »Es gibt andere Anzeichen. Begabte sollen sich auch durch eine überdurchschnittliche Intelligenz hervortun. Nicht immer – es hat auch schon Begabte gegeben, die Idioten waren –, aber in der Regel.«

»Welchen Grund habe ich Ihnen gegeben, das von mir zu denken?«

»Was Sie getan haben, gibt mir Grund dazu.«

»Ich bin nur ein Soldat.«

»Ich glaube, Sie könnten viel mehr als das sein, Hauptmann. Sie haben sich bereits einen gewissen Ruf erworben, müssen Sie wissen. Selbst wir haben von Ihnen gehört und auch davon, dass es viele gibt, die Ihnen folgen würden. Begabte sind oft Anführer. Oder Erlöser.«

»Ich bin keiner. Ich will keine Anhänger.«

»Es kommt mir so vor, als hätten Sie bereits einige angelockt. Es sei denn, die Kriegstrupps sind in letzter Zeit sehr viel größer geworden.«

»Das habe ich mir nicht ausgesucht. Ich habe sie nicht darum gebeten, sich an mich zu hängen wie die Kletten.«

»Vielleicht wollen es die Götter so. Sie sollten lernen, sich ihrem Willen zu beugen, Stryke.«

»Was ist mit *meinem* Willen? Habe ich dabei überhaupt nichts zu sagen?«

»Unser Wille ist ebenso wichtig wie der Wille der Götter, weil wir ihn durchsetzen, um ihre Pläne zu verwirklichen.« Krista überlegte kurz. »Diese merkwürdigen Erlebnisse, die Sie hatten ...« Sie sah den Versuch des Abstreitens in seinem Gesicht. »... von denen Sie so tun wollen, als hätte es sie nicht gegeben – haben sie kürzlich begonnen?«

»Vielleicht hat es ein oder zwei ... seltsame Träume gegeben.« Stryke staunte selbst, als er hörte, dass er es vor ihr zugab. »Aber ich glaube, dass Sie sich im Irrtum befinden«, fügte er eiligst hinzu. »Wie ich schon sagte, bin ich Soldat, kein Mystiker.«

»Wenn es also kürzlich begonnen hat«, ignorierte sie seine Abschwächungen, »und es zuvor keinerlei Hinweise darauf gab, dass Sie ein Begabter sein könnten, muss es etwas geben, das es ausgelöst hat. Oder vielmehr etwas, das verstärkt hat, was bereits vorhanden war.« Lächelnd fügte sie hinzu: »Natürlich könnte ich mich irren.«

»Ich muss gehen«, sagte er zu ihr.

»Nicht aufgrund dessen, was ich gesagt habe, hoffe ich. Weil es, selbst wenn ich Recht habe, nicht als etwas Schlimmes betrachtet werden sollte. Es kann ein sehr steiniger Weg sein oder ein Segen. Das liegt ganz bei Ihnen.«

»Es hat nichts mit dem zu tun, was Sie gesagt haben«, versicherte er ihr. »Ich muss bei den Abwehrvorbereitungen helfen.«

»Wir sollten noch einmal darüber reden.« Als er darauf nicht antwortete, fragte sie: »Warum sind Sie eigentlich gekommen?«

»Ich war einfach nur in der Nähe.«

Als Stryke ging, litt er unter einem neuerlichen Schuldgefühl. Aber zumindest sollte er Coilla genug Zeit verschafft haben, sich ohne die Anwesenheit der Hohepriesterin im Tempel umzusehen.

*

Coilla hätte mittlerweile längst im Tempel und schon wieder draußen sein müssen. Sie war nicht einmal hineingekommen. Dafür hatten die Wachen gesorgt.

Stryke hatte zugestimmt, dass dies die beste Gelegenheit war. Wegen der Belagerung waren die Arbeiten am Tempel erstmals unterbrochen worden, und auf der Baustelle waren keine Arbeiter. Er war zu Krista Galby gegangen, um sie abzulenken und daran zu hindern, unerwartet aufzutauchen. Das mochte Coillas einzige Gelegenheit sein. Wären nicht die verfluchten Wachen gewesen.

Es waren vier, und sie patrouillierten im Wechsel. Ein Paar blieb am Tor, während das andere eine Runde machte, dann wurde gewechselt. Sie hockte seit fast einer Stunde unglücklich in einem Gebüsch gegenüber, beobachtete die Wachen und behielt vorbeikommende Stadtbewohner im Auge. Wenn sie nicht bald einen Weg in den Tempel fand, würde sie das Vorhaben aufgeben müssen.

Kaum war ihr dieser Gedanke gekommen, als ihre Gelegenheit kam. Die Ablösung der Wachen traf ein. Sie versammelten sich vor der Tempeltreppe, und die diensthabenden Wachen gingen hinunter, um sie zu begrüßen. Die Türen waren unbewacht. Wenn Coilla sich beeilte und sich im Schatten hielt, konnte sie sich vielleicht am Rande der Treppe empor und hinein schleichen. Aber wenn sich auch nur einer der sich angeregt unterhaltenden Wächter umdrehte und sie sah, war das Spiel vorbei. Ein großes Risiko, das sie jetzt oder nie eingehen musste.

Sie versuchte es. Tief geduckt lief sie aus ihrem Versteck und kam über die Straße. An der Treppe angelangt, nahm sie zwei, drei Stufen auf einmal. Dann war sie an den Türen, die in Dunkelheit gehüllt waren. Ein weiterer Augenblick äußerster Anspannung folgte, da sie befürchtete, sie könnten verschlossen sein. Doch angesichts der Wächter hatte wohl niemand eine diesbezügliche Notwendigkeit gesehen. Der runde, in ihrer Hand sehr große Türknopf aus Eisen drehte sich mühelos. Sie öffnete die Tür gerade weit genug, um hineinschlüpfen zu können, und schloss sie dann behutsam hinter sich.

Sie blieb vollkommen ruhig und still stehen und lauschte, falls jemand im Tempel war. Nichts deutete darauf hin, und sie sah sich um. Keine Lampen, Kerzen oder Fackeln brannten, aber durch das offene Dach, die hohen Fenster und einen hoch gelegenen Abschnitt noch nicht vollständiger Außenmauer fiel Licht. Es war düster, reichte aber, um einigermaßen sehen zu können.

Es gab bereits Mobiliar, darunter auch Bankreihen und die Anfänge eines Altars. Mehrere Säulen waren errichtet worden, höher und schlanker als diejenigen draußen, vermutlich als Dachstützen. Eine einzelne niedrigere Säule vom Umfang eines Wagenrads erhob sich neben dem Altar in der Nähe eines mit Brettern vernagelten Fensters. Sie ging hin und sah, dass etwas oben auf der Säule lag, und zwar so, dass Leute auf den Bänken einen guten Blick darauf hatten. Da sie nicht erkennen konnte, worum es sich handelte, kletterte sie auf den Altar, um besser sehen zu können.

Allem Anschein nach hatte sie den Stern gefunden. Einzelheiten waren kaum auszumachen, aber sie glaubte, dass er rot war und mehr Zapfen hatte als die anderen.

Mehr brauchte Coilla nicht zu wissen. Sie kletterte wieder herunter und ging zur Tür. Sehr vorsichtig und leise öffnete sie einen Spalt. Und erstarrte. Zwei Posten standen nur ein paar Fuß entfernt mit dem Rücken zu ihr. Schlimmer noch, am Ende der Treppe unterhielten sich die anderen Wachen mit der Hohepriesterin und dem Oberkommandierenden Rellston. Inbrünstig hoffend, nicht gesehen zu werden, schloss sie die Tür und zog sich zurück.

Sie musste jetzt schnell nachdenken. Sie sah sich in dem riesigen Bauwerk um. Nur eine Möglichkeit sprang ihr ins Auge, und sie schien nicht die einfachste zu sein.

Sie huschte rasch zum Altar zurück und erklomm ihn wieder. Auch von seinem äußersten Rand befand sich die stabile Säule noch außer Reichweite. Aber sie glaubte, sie mit einem Sprung erreichen zu können, wenn sie einen kurzen Anlauf nahm. Ihre Hände mussten die glatte Oberfläche des Kristalls zu fassen bekommen, und die Kanneluren der Säule mussten ausgeprägt genug sein, um ihren Füßen Halt zu bieten. Zwei große Unbekannte.

Sie ging auf die andere Seite des Altars, fixierte ihr Ziel, atmete tief durch und lief los. Im Sprung ging ihr auf, dass die Säule möglicherweise nicht fest verankert war und beim Aufprall umkippen würde. In welchem Fall jede Wache in der ganzen Siedlung zum Tempel eilen würde.

Sie hatte Glück. Ihre Hände landeten schmerzhaft auf dem flachen Abschluss der Säule, und sie hielt sich fest. Ihre Stiefel fanden Halt an der Kannelierung. Die Konstruktion stürzte nicht ein, wie sie befürchtet hatte. Dann musste sie sich mühsam nach oben hangeln, bis sie dem Stern auf dem Kapitell Gesellschaft leisten konnte. Und es war der Stern, das sah sie jetzt ganz deutlich. Wie sie gedacht hatte, war er rot, und sie zählte nicht weniger als neun Zapfen.

Einen Augenblick war sie versucht, ihn an sich zu nehmen. Die Vernunft behielt die Oberhand.

Sie war noch nicht fertig. Der nächste Schritt bestand darin, von der Säule zum vernagelten Fenster zu gelangen, das glücklicherweise mit einer tiefen Fensterbank aufwarten konnte. Es war ein ebenso weiter Sprung wie der zur Säule, und natürlich konnte sie keinen Anlauf nehmen. Es hatte keinen Sinn, das Vorhaben aufzuschieben. Sie spannte ihre Muskeln und stieß sich ab. Sie erreichte das Fensterbrett, aber ganz knapp. Einen schwindelerregenden Augenblick glaubte sie zu fallen. Dann rettete sie sich dadurch, dass sie die Hände um die Seiten der Fensternische krampfte.

Nachdem sie sich auf die Fensterbank gehievt hatte, zog sie ein Messer und machte sich an den Nägeln zu schaffen, die eines der Bretter hielten. Zum Glück waren sie von ihrer Seite aus eingeschlagen worden. Coilla hatte das Gefühl, dass es eine Ewigkeit dauerte, bis sie die Nägel entfernt hatte. Sie rechnete damit, dass jeden Augenblick Wachen hereinplatzen oder die Hohepriesterin den Tempel betreten würde. Schließlich konnte sie ein Brett lösen und sah zu ihrer Erleichterung das Gerüst vor dem Fenster. Sie schob das Brett nach draußen auf das Gerüst, dann zwängte sie sich selbst hindurch. Auch das war nicht einfach, weil die Lücke gerade groß genug für sie war.

Auf dem Gerüst angelangt, hielt sie sich tief geduckt und vertraute darauf, dass man sie nicht sehen werde. Dann musste das Brett wieder an Ort und Stelle gezwängt werden, um niemanden auf den

Gedanken zu bringen, dass jemand in den Tempel eingebrochen war. Schließlich vergewisserte sie sich, dass niemand auf der Straße war, und kletterte dann rasch nach unten.

Mit einem Seufzer der Erleichterung tauchte sie im Schatten unter. Coilla schwor sich, das Einbrechen niemals zu ihrem Beruf zu machen.

*

Jennesta warf der Schar beim Reiten Brocken rohen Fleisches zu.

Das gute Dutzend Räuber umkreiste sie und kreischte, und sie fingen die Bissen aus der Luft und schlangen sie herunter.

»Sind sie nicht reizend?«, rief sie begeistert.

Mersadion grunzte eine Platitüde und betrachtete die Harpyien. Er fand ihre schwarze Lederhaut, die runzligen Fledermausflügel und die Mäuler mit den messerscharfen Zähnen nicht im geringsten bewundernswert. Aber es war nie ratsam, seiner Gebieterin zu widersprechen.

Er trug keinen Verband mehr, aber die Wunde deprimierte ihn. Seine ganze rechte Gesichtshälfte war mit roten Blasen übersät, die seine Wange in eine Ruine verwandelt hatten. Er sah wie eine einseitig geschmolzene Kerze aus.

Jennesta gefiel ihr Werk hingegen, und sie hatte darauf bestanden, dass er auf der linken Seite ihres Streitwagens ritt, sodass sie es bewundern konnte.

»Wissen Sie«, sann sie, »ich war ein wenig aufgebracht über den kleinen Zusammenstoß mit den Unis, weil Hobrow und seine Armee dadurch vor uns nach Ruffettsblick gelangen konnten.«

Er hätte lachen können über die Wahl ihrer Worte, mit denen sie den Zorn beschrieb, dem sie bei dieser Gelegenheit freien Lauf gelassen hatte. Hätte er nicht am Leben gehangen.

»Aber ich sehe langsam auch die gute Seite«, endete sie.

»Majestät?«

»Haben Sie je den Ausdruck Ratten in der Falle gehört, General? Dass die Haupttruppen unseres Feindes auf dieser Halbinsel in der Falle sitzen, ist für uns mit gewissen Vorteilen verbunden.«

»Und von Rechts wegen sollten die Mannis in Ruffettsblick sich mit uns gegen sie verbünden.«

»Nur, wenn es mir passt. Ich bin nicht in der Stimmung, mir von irgendeiner Seite Unsinn bieten zu lassen.«

Er fragte sich, wann sie das je war.

»Ein weiterer Vorteil«, fuhr sie fort, »ist die Tatsache, dass sich dort auch viele Deserteure aus meinen Reihen aufhalten könnten, wie Sie mir versichert haben. In Kürze werden wir mehr als einer Hydra den Kopf abschlagen, Mersadion. Wie stehen wir kräftemäßig im Vergleich zu den Truppen da, auf die wir stoßen werden?«

»Wir haben mehr Truppen als die Unis, Majestät. Solltet Ihr von uns verlangen, dass wir auch gegen die Mannis kämpfen, können wir vielleicht ebenso viel aufbieten wie sie gemeinsam.« Er betete zu den Göttern, dazu möge es nicht kommen.

Sie schwieg und stellte sich ein befriedigendes Gemetzel vor. Vielleicht sogar die letzte, endgültige Schlacht, die ihre Herrschaft zementieren würde. Doch am meisten genoss sie den Gedanken, dass sie die Vielfraße stellen würde.

Der letzte Fleischbrocken war geworfen. Die Harpyien verlangten laut kreischend nach mehr, und der Lärmpegel stieg.

»Sie langweilen mich«, entschied sie. »Rufen Sie Bogenschützen.«

*

Coilla traf sich mit Stryke in einer der vielen Baracken, die Rellston den Orks als Quartier zugewiesen hatte. Jup, Alfray und Haskeer waren ebenfalls anwesend. Stryke wollte ihr erzählen, was Krista zu ihm gesagt hatte, aber ohne Zuhörer, also musste es noch warten.

Bei ihrem Bericht verschwendete sie keine Zeit, sondern kam gleich zur Sache. »Du hattest Recht, der Stern ist da. Aber ich hatte ziemliche Mühe, es herauszufinden.«

»Erzähl mir später davon. Wie sieht er aus?«

»Rot, mit neun Zapfen.«

»Leicht zugänglich?«, fragte Alfray.

»Na ja, wenn man einmal im Tempel ist. Er liegt auf einer Säule. Aber der Tempel selbst wird bewacht. Und ihn aus der Siedlung zu schaffen ...«

»Wie wollen wir das anstellen, Stryke?«, unterbrach Haskeer.

»Das weiß ich nicht. Wir müssen die Sache durchdenken.«

»Ich meine, die Menschen hier können die Unis nicht allzu lange aufhalten. Ich bin dafür, wir schnappen uns den Stern und kämpfen uns nach draußen.«

»Wir sollen es mit ganz Ruffettsblick *und* der feindlichen Armee aufnehmen? Rede keinen Unsinn.«

»Außerdem«, sagte Coilla, »haben die Menschen hier etwas Besseres verdient. Sie haben uns nichts getan.«

Haskeer bedachte sie mit einem niederträchtigen Blick, sagte aber nichts.

»Einstweilen hängt unser Wohlergehen davon ab, dass die Stadt der Belagerung standhält«, sagte Stryke, »und dabei werden wir den Leuten helfen müssen. Wenn und falls wir den Stern an uns bringen können, werden wir das tun.«

»Das hört sich richtig an«, stimmte Alfray zu.

»Gibt es sonst noch etwas, Boss?«, fragte Jup. »Man wird uns vermissen, wenn wir noch lange beratschlagen.«

»Da ist noch etwas«, erwiderte Stryke. Sein Gesicht hatte einen sonderbaren Ausdruck, teils beklommen, teils etwas, das Erregung sein mochte. Sie waren neugierig.

Er holte die Sterne einen nach dem anderen aus seinem Gürtelbeutel und legte sie auf den Tisch. Zuletzt holte er die beiden heraus, die er irgendwie miteinander verbunden hatte, und legte sie daneben.

»Was hat das zu bedeuten?«, fragte der Zwerg. Er streckte die Hand aus und nahm das Paar an sich.

Sie versammelten sich um ihn und untersuchten die beiden verbundenen Sterne. Es herrschte allgemeine Verblüffung.

»Coilla wusste es bereits«, gab Stryke zu. »Ich habe auf die richtige Gelegenheit gewartet, es euch anderen zu zeigen.«

»Wie hast du das gemacht?«, wollte Alfray wissen.

»Das ist nicht so leicht zu erklären. Aber jetzt seht euch das mal an.«

Er ließ sich das verbundene Paar geben und nahm dann den grauen Stern mit den zwei Zapfen, den sie im Drogawald bekommen hatten. Er konzentrierte sich und machte sich an ihnen zu schaffen.

»Was macht er da?«, murmelte Haskeer.

»*Psssst!*«, zischte Coilla.

Sie sahen ihm in verständnislosem Schweigen dabei zu, wie er über eine Minute lang mit den Sternen rang.

»Da«, erklärte er schließlich und zeigte ihnen das Ergebnis.

Alle drei Sterne waren miteinander verbunden und sahen wie ein einziges nahtloses Artefakt aus. Sie ließen es herumgehen.

»Das verstehe ich nicht«, gestand Jup. »Ich kann nicht erkennen, wie sie miteinander verbunden sind, und doch ...«

Stryke nickte. »Merkwürdig, nicht wahr?«

»Wie hast du das gemacht?«, wiederholte Alfray.

»Zuerst habe ich nur mit ihnen herumgespielt. Dann habe ich irgendwie ... *gesehen*, wie man sie zusammenfügen kann. Wahrscheinlich hättet ihr das auch gekonnt, wenn ihr euch lange genug damit beschäftigt hättet.«

Alfray starrte das neu entstandene Objekt an. »Da bin ich nicht so sicher. Ich durchschaue den Trick jedenfalls nicht.«

»Das ist kein Trick. Sie müssen so konstruiert worden sein, dass das möglich ist.«

»Warum?«, fragte Haskeer, der die Sterne argwöhnisch beäugte.

»In dieser Frage bin ich genauso schlau wie du.«

»Man kann davon ausgehen, dass sie sich alle zusammenfügen«, folgerte Jup. »Hast du es schon versucht, Stryke?«

»Ja, als ich Zeit dazu hatte. Ich bekomme nur diese drei zusammen. Der andere fügt sich einfach nicht ein. Vielleicht brauchen wir den letzten Stern, damit es funktioniert.«

»Aber was hat das zu bedeuten? Und wenn alle Sterne zusammengefügt sind, wofür sind sie dann gut?«

Wenn Stryke eine Meinung dazu hatte, war ihnen nicht bestimmt, sie zu hören.

Die Alarmglocken fingen an zu läuten.

»Verdammt«, fluchte der Zwerg. »Sie sind wieder da.«

63

Die Siedlung war ein Chaos aus rennenden Menschen und galoppierenden Pferden. Karren jagten um Kurven, Trupps der Verteidiger trabten zu ihren Abwehrstellungen, Zivilisten verteilten Waffen von Handkarren.

Stryke und seine Offiziere sowie mehrere Dutzend Gemeine eilten zu ihrem Sammelpunkt im Schatten der Pyramide. Die übrigen Orks waren bereits dort oder trafen gerade ein. Das allgemeine Durcheinander überschreiend, befahl Stryke ihnen, sich in ihre sechs zuvor eingerichteten Kompanien zu jeweils etwa vierzig Mann aufzuteilen. Stryke, Alfray, Coilla, Haskeer und Jup befehligten die Gruppen eins bis fünf. Gefreiter Krenad hatte den Befehl über die Gruppe sechs erhalten.

Mit Rellstons Zustimmung waren den Gruppen Abschnitte zugeteilt worden, die sie zu verstärken hatten, und zwar neben den Manni-Verteidigern, aber unabhängig von ihnen. Zusätzlich hatten sie eine Art kämpferischen Freibrief. Sie konnten gehen, wohin es gerade erforderlich war, um die örtliche Abwehr zu stärken.

»Behaltet die Wachtürme im Auge!«, erinnerte Stryke sie. »Sie geben Signale, wo ihr am dringendsten gebraucht werdet! Die Alarmglocken sind ebenfalls ein Signal, denkt daran!« Das System war längst nicht perfekt, aber so gut, wie es unter den gegebenen Umständen möglich war. »Ihr haltet eure Stellung, bis euer Anführer etwas anderes sagt!«, fügte er hinzu.

Einer nach dem anderen hoben die Befehlshaber einen Arm, um anzudeuten, dass sie bereit waren.

»Auf eure Plätze!«, brüllte Stryke.

Coillas Gruppe passierte auf dem Weg zu ihrer Stellung seine eigene. »Viel Glück«, rief sie ihm zu.

Die sechs Gruppen machten sich auf den Weg. Strykes Ziel war die Südmauer. Das gefiel ihm. Er würde es mit dem Hauptteil der angreifenden Armee zu tun bekommen.

Minuten später traf er dort ein und scheuchte die Gemeinen sofort die vielen Leitern zum Laufgang empor. Dann erklomm er selbst eine Leiter und verbrachte einen Augenblick damit, seine

Gruppe in Stellung zu bringen. Auf dem Laufgang befanden sich bereits Hunderte von Angehörigen der Manni-Bürgerwehr. Stryke achtete darauf, seine Truppe mit ihnen zu vermischen.

Er fand einen jungen Manni-Offizier. »Wie sieht es aus?«

»Schauen Sie selbst. Sie gruppieren sich seit einigen Stunden. Und jetzt das.« Er nickte in eine Richtung.

Was Stryke dort sah, war nicht eine Armee, sondern deren mindestens vier. Die Unis hatten sich in ungefähr tausend Mann starke Abteilungen gespalten, und jede bewegte sich auf die Siedlung zu. Das Ende jeder Abteilung bildeten abgedeckte Karren. Die Abteilungen an den Flanken strebten nach außen, um, wie Stryke vermutete, Ruffettsblick zu umzingeln.

»Sie werden uns von mehreren Seiten zugleich angreifen«, sagte er zu dem Offizier.

»Und sie halten Reserven zurück.« Der Mensch zeigte in eine Richtung.

Tausend weitere Soldaten waren im Aufmarschbereich des feindlichen Lagers am anderen Ende des Tals geblieben.

»Wenn sie gescheit sind«, sagte Stryke. Er warf einen Blick die Brustwehr entlang. »Haben wir Wasserkarren in der Nähe?«

»Ich bin nicht sicher.«

»Ich glaube, wir sollten welche haben. Feuer ist in so einer Situation eine der schlimmsten Gefahren.«

Der Offizier machte sich auf, um sich darum zu kümmern.

Unter ihnen näherten sich die Miniaturarmeen. Jede bestand aus ungefähr zwei Dritteln Infanterie und dem Rest Kavallerie. Die Fußsoldaten diktierten das Tempo des Vormarschs, das dementsprechend langsam war. Aber ihr schwerfälliges Vorrücken hatte etwas an sich, das es umso unausweichlicher wirken ließ.

Stryke marschierte über den Laufgang und vergewisserte sich, dass seine Gruppe in Stellung war. Er traf zwei Gemeine der Vielfraße und war froh, dass sie da waren.

»Noskaa, Finje.«

Sie erwiderten den Gruß.

»Was werden sie Ihrer Ansicht nach versuchen, Hauptmann?«, fragte Finje.

»Das kleine Scharmützel letzte Nacht kann man eigentlich nicht zählen, also ist dies der erste wirklich entschlossene Angriff. Ich würde sagen, dass sie sich an das Bewährte halten: starke Abordnungen zu den Toren und Leitern für die Mauer.«

»Aber sie sind religiöse Fanatiker, Hauptmann«, warf Noskaa ein. »Sie könnten alles Mögliche versuchen.«

»Es macht Ihnen Ehre, dass Sie das erkennen, Soldat. Rechnen Sie immer mit dem Unerwarteten. Aber bei einer Belagerung sind die Möglichkeiten beider Seiten begrenzt. Wir sind hier drinnen, sie sind da draußen. Unsere Aufgabe besteht darin, dafür zu sorgen, dass es so bleibt.«

»Jawohl, Hauptmann«, antworteten sie im Chor.

»Behaltet die Wachtürme im Auge«, erinnerte er sie, »und helft den Mannis, wo ihr könnt. Vorausgesetzt, das widerspricht keinem meiner Befehle«, fügte er hinzu.

Sie nickten.

Stryke setzte seine Inspektion fort. Danach konnte er wie Tausende anderer Verteidiger nur noch zusehen, wie die Angreifer sich näherten.

Während sich die nächsten ein, zwei Stunden unerträglich in die Länge zogen, gingen die vier Divisionen der Uni-Armee in Stellung und näherten sich aus allen vier Windrichtungen. Das bedeutete, dass Stryke und seine Kameraden auf eine Masse von Truppen starrten. Jene auf den Laufgängen und jene am Boden verspotteten einander und wechselten Verunglimpfungen.

Stryke marschierte hin und her und klopfte den Männern aufmunternd auf die Schulter. »Immer mit der Ruhe, Männer ... noch nicht schießen ... haltet stand ... haltet euch gegenseitig den Rücken frei ...«

Dann wurde es sehr still.

Eine Reihe schriller Pfeiftöne erscholl aus den Reihen der Belagerer, von Pfeifen aus Schilfrohr erzeugt.

»Das ist ihr Signal!«, bellte Stryke. »Bereitmachen zur Abwehr!«

Die Angreifer stimmten ein ohrenbetäubendes Gebrüll an und stürmten dann von allen Seiten vorwärts. Die Verteidiger antworteten mit ihren Kriegsrufen, und der eigentliche Angriff begann.

Die Verteidiger waren zunächst vorrangig bestrebt, die Angreifer daran zu hindern, die Palisade überhaupt zu erreichen. Bogenschützen der Mannis erledigten diese Aufgabe zum großen Teil und ließen Pfeile zu Hunderten auf die anstürmende Infanterie herabregnen. Schilde wurden über Köpfe gehoben, und Geschosse prallten daran ab. Doch viele fanden dennoch Ziele aus Fleisch und Blut. Soldaten fielen mit durchbohrten Augen, Kehlen, Oberkörpern. Manche Unglücklichen in den vordersten Reihen wurden von mehreren Pfeilen gespickt und von den nachfolgenden Truppen förmlich in den Boden gestampft, wenn sie fielen. Pferde stürzten und warfen ihre Reiter ab, und auch sie mussten dem Pfeilregen Tribut zollen.

Eine Gruppe feindlicher Bogenschützen, mehrere hundert Mann stark, neigte ihre Waffen himmelwärts und schickte ihrerseits einen Pfeilhagel über die Mauer.

»*Feindlicher Beschuss!*«, bellte Stryke.

Jeder, der konnte, ging in Deckung. Dutzende von Pfeilen überschütteten den Laufgang und töteten oder verwundeten, aber die meisten waren zu weit gezielt und gingen auf die eigentliche Siedlung hinter ihnen nieder. Reservisten und zivile Hilfstruppen bekamen den Großteil ab. Männer, Frauen und Packtiere brachen unter dem Geschosshagel zusammen. Leute liefen in Deckung, manche schreiend. Feldsanitäter eilten zu den Verwundeten.

Stryke hörte die verwünschten Glocken überall läuten. Er schaute zum nächsten Wachturm, aber keiner der Posten auf Ausguck versuchte ein Signal zu übermitteln. Andererseits hatten sie selbst Probleme, da Dutzende feindlicher Bogenschützen versuchten, sie von den Türmen zu schießen. Er blieb, wo er war.

Ihm ging auf, dass er neben dem jungen Manni-Offizier kauerte. Der sah verängstigt aus.

»Ihre erste Belagerung?«, fragte Stryke.

Der weißgesichtige Mensch war zu nervös, um zu sprechen, und nickte nur.

»Die anderen sind ebenso verängstigt wie wir, falls Ihnen das ein Trost ist«, sagte Stryke zu ihm. »Und vergessen Sie nicht, dass das Leben Ihrer Männer von Ihnen abhängt.«

Der junge Mann nickte wieder, jetzt mit mehr Entschlossenheit, fand Stryke.

»Wahrscheinlich werden wir in den nächsten Minuten nichts anderes erleben als den gegenseitigen Beschuss mit Pfeilen«, erklärte er. »Sie wollen uns zwingen, in Deckung zu bleiben, damit sie unter möglichst geringen Verlusten zur Palisade gelangen und sich daranmachen können, sie zu erklimmen.«

Die Bogenschützen der Mannis wussten das. Sie tauchten in unregelmäßigen Abständen aus ihrer Deckung auf, um einen Pfeil abzuschießen, um sich dann wieder zu ducken und nachzuladen.

»Können wir sie von der Palisade fernhalten?«, fragte der Offizier.

»Nein. Nur, wenn beide Seiten einen unendlichen Vorrat an Pfeilen hätten. Und selbst wenn sie den hätten, würden ihre Offiziere sie bald zur Palisade beordern.«

Stryke schaute in die Siedlung und sah einen von Ochsen gezogenen Wasserkarren heranfahren. Es handelte sich um ein großes Fass auf Rädern, an dessen Seiten Reihen von Holzeimern hin und her schwangen. Pfeile schlugen ringsum ein und trafen auch den Karren. Ein paar bohrten sich in den Rücken der Ochsen, die daraufhin jämmerlich muhten.

Ein Schrei hallte über die Brustwehr, nicht nur in Strykes Nähe, sondern überall.

»Sie kommen mit Leitern!«, brüllte jemand.

Stryke trotzte dem Beschuss und lugte über die Mauer. Hunderte von Leiterträgern rannten paarweise den Befestigungen entgegen. Vor Strykes Augen gingen mindestens drei von ihnen zu Boden. Aber ihre große Anzahl und das Sperrfeuer der Pfeile bedeuteten, dass ein erheblicher Teil durchkommen würde.

Er wandte sich an den Offizier, der ihm aufmerksam zuhörte. »Unsere Aussichten sind umso besser, je weniger von ihnen über die Palisade gelangen. Schon eine Hand voll kann ein Chaos anrichten, wenn sie entschlossen sind.« Er hörte die Kriegsrufe der Belagerer, die einem das Blut in den Adern gefrieren ließen. »Und dieser Haufen ist, wenn auch nichts anderes, so doch zumindest entschlossen.«

Leiterenden ragten über Brüstungen und schwankten hin und her, da die Männer, die sie unten festhielten, sich mühten, sie an die Palisade zu lehnen. Die Bogenschützen der Mannis und auch die Speerwerfer nahmen jetzt die Halter aufs Korn. Sie waren besonders verwundbar und fielen in Scharen.

Doch unweigerlich krachten über die Hälfte der Leitern gegen die Palisade, deren Enden über die Brüstungen ragten. Verteidiger liefen los, um sie wegzustoßen.

Eine klatschte direkt vor dem Offizier und Stryke an die Palisade.

»Vorwärts!«, sagte er.

Sie eilten hin und packten die Holme. Mit einer gewaltigen Anstrengung stießen sie sie weg. Niemand war auf ihr. Sie sahen zu, wie die Leiter wegkippte und die Soldaten am Boden auseinander sprangen.

Andere Leitern wurden erklommen. Dicht gedrängte Reihen der Unis stürmten sie mit gezogenem Schwert und erhobenem Schild empor. Stryke und der Offizier liefen hin, um dabei zu helfen, sie zu kippen. Bei der ersten, die sie erreichten, waren drei oder vier Feinde bereits auf halber Höhe. Mit Hilfe einiger Gemeiner gelang es ihnen, die Leiter von der Palisade zu stoßen. Einen Moment schwankte sie in aufrechter Stellung, dann kippte sie mit ihrer schreienden Besatzung hintenüber.

Es gab keine Verschnaufpause. Unzählige Leitern lehnten mittlerweile an der Palisade und diejenigen Verteidiger, welche keine Speere warfen oder Pfeile abschossen, rannten von einer zur anderen. Stryke wusste, dass sich diese und ähnliche Szenen in diesem Augenblick überall rings um die Siedlung abspielten. Er hoffte nur, dass es keine Schwachstelle gab, die dem Feind einen bedeutenden Durchbruch gestatten würde.

Bei diesem Gedanken erreichte der erste Uni die Brüstung und kletterte über sie hinweg. Stryke sprang zu ihm und hieb ihm das Gesicht in Fetzen. Der heulende Mann fiel und traf dabei seine Kameraden auf den tieferen Sprossen, sodass alle gemeinsam zu Boden fielen.

Jetzt tauchte der Kopf eines weiteren Unis auf, dann noch einer und schließlich mehrere zugleich. Binnen weniger Sekunden schafften es ein paar Dutzend ganz nach oben, und viele gelangten über die Brüstung auf den Laufgang. Um diese mussten sie sich kümmern. Stryke rannte förmlich in einen hinein, parierte seinen Diagonalhieb und schlitzte ihm den Bauch auf. Der Mann fiel in die Siedlung. Ein Schwert zischte über Strykes Kopf hinweg. Er fuhr herum und fällte den Angreifer, um dessen Leiche mit einem Fußtritt abwärts zu befördern. Der junge Offizier war ebenfalls in einen Kampf verwickelt und gab eine gute Vorstellung. Er erledigte seinen Gegner und wandte sich dem nächsten zu. Stryke wurde seinerseits in das nächste Duell verwickelt.

Auf dem Laufgang wurde jetzt überall gekämpft, und ständig fielen Unis, Mannis und Orks schreiend in die Tiefe. Das Ende einer Leiter ragte über einen noch unbesetzten Abschnitt der Mauer. Ein Manni-Verteidiger, nicht viel mehr als ein Junge, stürzte sich auf den Mann, der dort auftauchte und über die Brüstung sprang. Er war klar unterlegen. Der Offizier sah, was geschah, und eilte ihm zu Hilfe. Ein heftiger Schlagwechsel mit dem Eindringling zeigte, dass auch er ihm nicht gewachsen war. Nach drei oder vier Hieben versenkte der Uni sein Schwert in der Brust des Offiziers. Der Manni ging zu Boden. Der Angreifer richtete seine Aufmerksamkeit wieder auf den Jungen.

Stryke lief hin und schlug auf den Angreifer ein. Er brauchte eine halbe Minute, um seine Deckung zu durchdringen und ihn zu erledigen.

Als er sich neben den gefallenen Offizier kniete, sah Stryke sofort, dass er tot war. »Scheiße!«, fluchte er. Der Junge sah ihn an. »Tu deine Pflicht!«, brüllte Stryke. Der Junge stürzte sich erneut ins Getümmel. Ein Gemeiner sah Strykes Blick und nickte. Er machte sich auf, dem Jungen zu folgen und ihn abzuschirmen.

Stryke hob sein Schwert und hieb den nächsten Schädel, der über der Brüstung auftauchte, von den dazugehörigen Schultern.

*

Coilla war auf der anderen Seite der Siedlung und half bei der Verteidigung der gegenüberliegenden Wehrgänge.

Die Lage entsprach derjenigen, der sich Stryke gegenüber sah. Leitern krachten gegen die Brüstungen. Enterhaken flogen über die Palisade. Vielleicht zehn Unis hatten es auf den Laufgang geschafft und wurden energisch bekämpft.

Coilla beendete den Kampf mit einem Feind, indem sie ihm tief in den Hals hieb. Dann ging sie sofort zum nächsten über und schlug auf dessen Schild ein wie eine Verrückte. Die Sache erledigte sich für sie, als ein Gemeiner ihren Gegner von hinten niederstach.

Während sie sich nach einem neuen Gegner umschaute, segelte ein Tontopf über die Mauer und zerbrach auf dem Laufgang in tausend Stücke. Das darin enthaltene Öl entzündete sich augenblicklich, und eine Flammenwand breitete sich über die Planken aus. Ein weiterer Topf landete hinter ihr.

»Bei allen Höllen!«, rief sie. *»Schafft Wasser hierher!«*

Die Kämpfe tobten trotz der Flammen weiter. Einige Mannis und Orks versuchten die Flammen mit Decken auszuschlagen, während sie immer wieder heranfliegenden Pfeilen auswichen. Dann traf die Feuerwehr der Kolonie ein und bildete sofort eine Kette. Überschwappende Wassereimer wurden die Innenleitern emporgereicht, geleert und nach unten geworfen.

Coilla umging die Flammen, um sich eine frische Abordnung von Unis vorzunehmen. Den ersten fällte sie sofort, als er über die Brüstung kletterte. Der nächste schaffte es auf den Laufgang und wehrte sich. Er war weder ihrem Tempo noch ihrer Wut gewachsen und bekam ihre Klinge ins Herz. Ein dritter stürzte mit einem Dolch in der Brust schreiend in die Tiefe.

Sie wusste nicht, wie lange sie sie noch zurückwerfen konnten.

*

Am Westtor, dem Schauplatz des Scharmützels am Tag zuvor, befand Haskeer sich im Auge des Sturms. Überall auf der Mauer wurde gekämpft, und er konnte den Kampflärm von den anderen Toren hören, doch in seinem Bereich tat sich nichts. Das einzige Zeichen von Feindseligkeit war ein Hämmern an den Türen, die er bewachte. Auch das klang mehr nach einzelnen Beilen und Fäusten als nach einer Kriegsmaschine.

Er behielt die Wachtürme im Auge in der Hoffnung, ein Signal werde ihm Aktivität bescheren. Bisher war noch keines gekommen.

»Mein übliches Pech, wieder mal nur die dritte Titte zu sehen, Liffin«, murrte er.

»Ja, das ist ungerecht, Feldwebel«, stimmte der Gemeine zu.

»Was ist bloß mit diesen Uni-Bastarden los? Können sie für einen guten Kampf nicht mal ein Tor umhauen?«

»Rücksichtslos«, schniefte Liffin.

Ein Gegenstand segelte hoch über die Mauer und auf sie zu. Sie sahen, dass es sich um einen der Feuerkanister des Feindes handelte, dessen Lunte brannte.

Haskeers Miene hellte sich auf. »Das ist schon besser!«

Sie verfolgten die Flugbahn des Tontopfs, während die Menge auseinander lief. Der Tontopf fiel vielleicht fünf Schritte vor ihnen auf den Boden, aber sein Inhalt entzündete sich nicht.

»Bullenscheiße«, ächzte Haskeer.

»Beim nächsten Mal mehr Glück, was, Feldwebel?«, äußerte Liffin bedauernd.

Die Glocke im Wachturm über ihnen fing an zu läuten. Die Posten im Ausguck gaben ihnen Zeichen.

»*Endlich*«, seufzte Haskeer. »Nimm dir die Hälfte unserer Leute und führ hier das Kommando. Ich werde an einem Brennpunkt gebraucht.«

»Jawohl, Feldwebel«, erwiderte Liffin trübsinnig.

*

Alfray befand sich auf einem anderen Abschnitt der Palisade. Abgesehen davon machte er dieselben Erfahrungen wie Stryke und Coilla. Angreifer schwärmten über die Brüstung, und sie taten ihr Bestes, um sie zu töten.

Gegenstand von Alfrays Aufmerksamkeit war ein schnurrbärtiger Grobian, der versuchte, ihm den Kopf von den Schultern zu trennen. Er benutzte eine beidhändige Axt, um seine Ambitionen zu verwirklichen, aber der Ork hatte andere Vorstellungen. Außerdem hatte er eine flinkere Waffe. Sein Schwert zuckte nicht nur ein Mal durch die Deckung des Axtschwingers, sondern gleich zwei Mal. Der Uni schwankte und ging zu Boden. Einer der Gemeinen schnappte sich die Axt und richtete sie gegen einen anderen Angreifer.

Alfrays Glieder schmerzten und er fühlte sich bereits erschöpft. Aber er verscheuchte den Gedanken und stürzte sich auf einen neuen Trupp Aufseher. In Zusammenarbeit mit zwei Gemeinen drängte er sie zur Brüstung zurück. Einer kippte hintenüber und fiel. Die anderen beiden wurden gefällt, wo sie standen.

Er drehte sich um, fuhr sich mit dem Handrücken über die Stirn und sah schwarzen Rauch aus der Richtung von Coillas Abschnitt aufsteigen.

*

Jup war zu Feuerlöscharbeiten zur seewärtigen Seite gerufen worden.

Dort gab es ein kleines Tor, das in Krenads Zuständigkeit fiel, aber die Dinge waren außer Kontrolle geraten. Die Unis hatten das Tor mit einem brennenden Karren gerammt. Das Tor stand teils offen, teils in Flammen, und der Feind strömte durch die Lücke.

Es half, dass der Durchgang schmal war. Folglich konnten die Angreifer keinen wie auch immer gearteten Brückenkopf errichten, solange die Verteidiger sie gleich bei ihrem Eintreffen niederschlugen. In der näheren Umgebung des Tors häuften sich die Leichen, die meisten davon Unis. Aber die Flut der Angreifer war so stark, dass es schwer war, sie alle zu bekämpfen.

Jup und die Hälfte seiner Gruppe erhöhten die Aussichten, die Bresche wieder zu schließen. Er schickte seinen Keil von dreißig durch Schilde geschützte Gemeine zur Bresche mit dem Ziel, den Zufluss zu unterbinden. Dreißig weitere bekamen den Auftrag, den Karren wegzuschieben und das Tor zu schließen. Die übrigen Mitglieder der Gruppen von Jup und Krenad waren damit beschäftigt, das Feuer zu löschen und sich die vereinzelten Unis vorzunehmen, denen es bereits gelungen war, in die Siedlung einzudringen.

Eine Zeit lang stand es auf des Messers Schneide, aber sie schlossen die Bresche.

Er hätte gern eine Atempause gehabt, aber er bekam keine. Die Glocke des dortigen Wachturms läutete, und die Wachen signalisierten ihm hektisch seinen nächsten Bestimmungsort.

*

Stryke hatte ebenfalls einen Hilferuf beantwortet.

Der Vorfall auf der Nordseite, um den es ging, erwies sich als relativ leicht zu regeln. Er war verstimmt darüber, für nichts und wieder nichts durch die halbe Siedlung gehetzt worden zu sein, aber froh, weil er nur zehn Männer mitgenommen hatte. Mehr von seinem Teil der Palisade abzuziehen hatte er nicht gewagt.

Jetzt kehrte er im Eiltempo zurück, den Gemeinen Talag an seiner Seite und die anderen dicht hinter sich. Als sie an einer Häusergruppe in die Straße einbogen, die zu ihrem Posten führte, sahen sie einen Tumult voraus.

Ein einsamer Uni zu Pferde kam auf sie zu. Eine wütende Meute war ihm dicht auf den Fersen. Der Mann musste durch eine Bresche in irgendeinem der Tore in die Stadt gelangt und den Begrüßungskomitees irgendwie entwischt sein. Er ritt in vollem Galopp und peitschte die Flanken des Pferdes mit seinem Zügel.

Etwa auf halbem Weg zwischen dem Reiter und Strykes Gruppe versuchte jemand, über die Straße zu laufen. Es war ein Kind.

Stryke erkannte in ihm Aidan Galby.

Die Orks riefen den Jungen an, und die Menge tat dasselbe. Der Reiter galoppierte weiter, ohne auch nur im Geringsten die Richtung zu ändern.

Er traf den Jungen und schleuderte ihn beiseite wie eine Stoffpuppe. Aidan kugelte über die Straße und blieb mit dem Gesicht nach unten vor einem Haus liegen.

Der Zusammenstoß verlangsamte den Uni zwar, änderte aber nicht die Richtung seiner Flucht. Während er sein Pferd anspornte, wurde er von der Hälfte von Strykes Gruppe angegriffen. Talag war einer der Ersten, die ihn erreichten. Er und zwei andere griffen nach den Zügeln des Pferds. Doch es war Talag, der den Zorn des

Unis zu spüren bekam. Der Mann schlug mit seinem Schwert zu und durchtrennte ihm mit einem wilden Hieb den Hals.

Stryke sprang vor, packte den hinterherwehenden Mantel des Reiters und zog ihn vom Pferd. Dann rammte er ihm das Schwert in die Brust und durchbohrte sein Herz. Er ließ die Leiche fallen und wandte sich Talag zu. Ein Blick reichte.

Er lief weiter zu dem Jungen. Es gab keinen Zweifel, dass er schwer verletzt war. Er war bewusstlos und atmete nur schwach. Stryke wusste, dass es unklug war, einen Verletzten zu bewegen, aber er musste das Kind zu einem richtigen Heiler bringen. Sanft hob er die reglose Gestalt des Jungen auf.

Noskaa tauchte auf dem Laufgang über ihm auf und rief etwas herunter.

»Du hast das Kommando, bis ich wieder da bin!«, brüllte Stryke zurück.

Er lief mit dem Jungen auf den Armen los.

64

Stryke lief durch das Chaos und drückte das verletzte Kind an sich. Von allen Seiten stürzte der Lärm der Belagerung auf ihn ein. Hier und da fielen Leichen von den Laufgängen. Stark rauchende Feuer schwärzten den Himmel. Er verließ den Außenring und strebte dem Zentrum der Siedlung entgegen. In den schmalen, belebten Straßen und Gassen musste er beständig umhereilenden Menschen ausweichen und beiseite springen.

Schließlich erreichte er Kristas Haus. Es wurde als provisorisches Feldlazarett benutzt. Bahrenträger standen Schlange, um die Verletzten hineinzutragen, und Verwundete, die noch aus eigener Kraft gehen konnten, versperrten den Eingang. Doch als sie seine Bürde sahen, traten sie zur Seite.

Er stürzte in das Haus und stellte fest, dass es darin von Notleidenden wimmelte. Dutzende improvisierter Betten füllten jeden Raum und säumten die Flure. Weniger ernsthaft verletzte Menschen saßen und standen da, während ihre Wunden versorgt wurden. Diese Arbeiten wurden von weiblichen Akoluthen des Manni-Ordens verrichtet.

»Die Hohepriesterin!«, wollte er energisch wissen. »Wo ist sie?«

Schockierte Novizinnen zeigten auf einen Raum voller belegter Betten. Er eilte hinein. Krista stand am anderen Ende und behandelte einen verwundeten Soldaten. Sie sah auf und erblickte ihn. Ihr Gesicht verzerrte sich vor Schreck und Furcht, und ihre Augen weiteten sich.

»Was ist passiert?«, rief sie, indem sie zu ihm eilte und ihm das Kind abnahm.

Stryke erklärte es hastig.

Sie legte den Jungen sanft auf eine leere Strohmatratze und rief ihn an. »Aidan. *Aidan!*« Sie wandte sich an Stryke. Alle Farbe war aus ihrem Gesicht gewichen. »Er sollte doch hier sein. Ich verstehe das nicht …«

»Ich nehme an, er ist im Chaos stecken geblieben und war gerade auf dem Weg zurück zu Ihnen, als es passiert ist. Wie schlimm ist es?«

»Ich bin nicht so erfahren als Heiler, um das beurteilen zu können. Aber es sieht nicht gut aus.«

Von dem Aufruhr angelockt, trafen Ärzte ein. Es handelte sich um Manni-Heiler mit Breiumschlägen, die Räucherfässchen schwenkten. Sie versammelten sich um den Patienten und begannen damit, an ihm herumzufummeln und sich zu beraten. Sie sahen nicht sehr hoffnungsvoll aus. Und für Stryke auch nicht sehr fähig. Aber er sprach seine Meinung nicht laut aus.

Er warf einen Blick auf Krista. Sie glitt immer tiefer in einen Zustand stiller Verzweiflung.

Unbemerkt schlich er davon. Einmal aus dem Haus und durch das Gedränge an der Tür, fing er an zu laufen.

Er rannte zu dem Abschnitt, bei dessen Verteidigung Alfray half. Vereinzelte Abschnitte rauchten von erst kürzlich gelöschten Bränden, und es herrschte immer noch beträchtliches Chaos. Aber es schienen weniger Angreifer über die Brüstung zu gelangen. Stryke dachte, dass der Ansturm möglicherweise nachließ. Er drängte sich durch die Meute der Verteidiger und fand seinen Gefreiten schließlich an einem Ende des Laufgangs, wo er gerade Blut von seinem Schwert wischte. Seine Kleider waren ebenfalls bespritzt. Stryke selbst sah nicht besser aus, wie ihm jetzt aufging.

»Stryke?«, sagte Alfray. »Was ist los?«

»Krista Galbys Junge. Aidan. Er wurde verletzt.«

»Wie das?«

»Er wurde von einem Pferd über den Haufen geritten. Einem einzelnen Uni war es gelungen, in die Siedlung vorzustoßen. Es geht ihm ziemlich schlecht, glaube ich.«

»Welche Verletzungen hat er?«

»Er war schon bewusstlos, als ich bei ihm war. Ich glaube, der Schlag hat ihn hauptsächlich auf der Brust und in der Seite erwischt.«

»Hat er geblutet? Gibt es Wunden? Aufgeplatzte Haut?«

»Ich bin ziemlich sicher, dass es keine gibt. Jedenfalls war keine Spur von Blut zu sehen. Das Atmen ist ihm ziemlich schwer gefallen.«

»Hmm. Wie wird er behandelt?«

»Ich weiß es nicht. Nun ja, er war von einem Haufen Manni-Heilern umgeben, als ich ihn verließ. Du kennst die Sorte. Singsang und Räucherwerk.«

»Sie müssen für ihn mehr tun als *das*.«

»Ob sie es tun oder nicht, sie haben mich jedenfalls nicht mit Zuversicht erfüllt«, bekannte Stryke. »Du hattest schon mit solchen Verletzungen zu tun, oder?«

»Oft. Nach Stürzen und Kämpfen. Ungefähr die Hälfte mit solchen Verletzungen kommt durch. Natürlich kann ich nicht sagen, wie schlimm es sein könnte, ohne ihn gesehen zu haben.«

»Ich finde, sie brauchen dort einen anständigen Feldarzt.«

»Als Sohn der Hohepriesterin wird er doch gewiss die beste Pflege bekommen?«

»Vielleicht wird er das. Aber in diesem Chaos? Das bezweifle ich. Kommst du jetzt mit und siehst ihn dir an?«

»Wie werden sie reagieren, wenn ein Außenstehender, noch dazu ein Ork, seine Nase in ihre Angelegenheiten steckt?«

»Ich würde meinen, dass Krista über jede Hilfe froh wäre. Und ich schätze, dass du mehr Erfahrung hast als die meisten hier. Die Behandlung, die viele der Verwundeten bekommen, scheint ziemlich primitiv zu sein. Das muss dir auch aufgefallen sein.«

Alfray überlegte eine Minute. »Das hat nichts mit dem Stern zu tun, oder?«

»Wie meinst du das?«

»Könntest du vielleicht glauben, wenn wir ihrem Sohn helfen, wäre die Hohepriesterin uns vielleicht so dankbar, dass sie ... Ah, ich sehe schon, dass du diesen Hintergedanken nicht gehabt hast. Es tut mir Leid. Es war ungehörig von mir.«

»Das ist es wirklich nicht. Er ist noch ein Kind. Er hat mit diesem Krieg nichts zu tun. Wie die Kinder der Orks und die unschuldigen Jungen der anderen Rassen, die gelitten haben.«

»Viele von ihnen durch die Hände der Menschen«, erwiderte Alfray zynisch.

»Nicht dieser Menschen. Kommst du mit?«

»Ja.« Er betrachtete das Geschehen entlang der Palisade. »Hier beruhigen sich die Dinge ein wenig. Ich glaube, sie können mich entbehren.«

Er übergab den Befehl einem fähigen Gemeinen der Orks. Dann requirierten sie zwei Pferde für den Rückweg.

Kristas Haus war noch genauso überfüllt. Womöglich wurden sogar noch mehr Verwundete abgeliefert. Die beiden Orks bahnten sich einen Weg und ignorierten dabei Proteste der Art, wie Stryke sie zuvor mit dem Kind auf dem Arm nicht gehört hatte. Sie drangen zu dem betreffenden Raum vor, indem sie über die Verwundeten stiegen und Platz machten, wenn in Laken gehüllte Leichen nach draußen getragen wurden.

Die Versammlung der Manni-Heiler und heiligen Männer um Aidans Bett war auf vier Personen angewachsen. Sie murmelten vor sich hin und verbrannten Kräuter. Krista kniete auf dem Boden neben dem Jungen und hatte in tiefer Verzweiflung die Hände vors Gesicht geschlagen. Die Ankunft der Orks veranlasste alle, sich zu ihnen umzudrehen. Ihre blutbefleckten Kleider und schmutzigen Gesichter waren Gegenstand aufmerksamer Betrachtung.

Stryke und Alfray gingen zum Bett.

»Wie geht es ihm?«, fragte Stryke.

»Unverändert«, berichtete Krista.

»Sie kennen meinen Gefreiten Alfray. Er hat im Feld eine Menge Erfahrung mit derlei Verletzungen gesammelt. Würde es Ihnen etwas ausmachen, wenn er einige Fragen stellt?«

Ihre Augen glänzten feucht. »Nein. Nein, natürlich nicht.«

Die Heiler schienen weniger erfreut zu sein, widersprachen ihrer Hohepriesterin aber nicht.

»Wie lautet Ihr Urteil?«, wollte Alfray wissen.

Die Ärzte wechselten vielsagende Blicke. Einen Moment sah es so aus, als werde niemand antworten. Dann sprach einer von ihnen, der Älteste und Bärtigste, für sie alle. »Der Junge hat innere Verletzungen. Seine Eingeweide sind zerquetscht.« Es hörte sich an, als rede er mit einem zurückgebliebenen Kind.

»Wie behandeln Sie?«

Der betagte Heiler sah aus, als nehme er Anstoß daran, danach gefragt zu werden. »Mit Kompressen und dem Verbrennen gewisser Kräuter, sodass er das Gute in ihnen einatmen kann«, erwiderte er mit leichter Empörung. »Und natürlich mit Bitten zu den Göttern.«

»Mit Kräutern und Gebeten? Das ist nicht verkehrt. Aber etwas Handfesteres wäre vielleicht besser.«

»Sind Sie ein Heiler? Haben Sie diese Kunst studiert?«

»Ja, auf dem Schlachtfeld. Wenn Sie damit allerdings meinen, aus Büchern und zu Füßen eines alten Mannes sitzend, dann nicht.«

Der alte Mann plusterte sich auf. »Alter bringt Weisheit.«

»Bei allem Respekt«, erwiderte Alfray, obwohl es zumindest für Stryke offensichtlich war, dass er wenig empfand, »es kann auch eine etwas starre Art mit sich bringen, die Dinge zu betrachten. Ich spreche aus persönlicher Erfahrung. Nach orkischen Begriffen bin ich nicht mehr in der Blüte meiner Jugend. So wie Sie.«

Der Heiler sah beleidigt aus. Seine Kollegen waren offenkundig entrüstet. Auf der Suche nach einer höheren Autorität wandte sich der Älteste an Krista. »*Wirklich*, Gnädigste, das ist zu viel. Wie können Sie von uns erwarten ...«

»Lassen Sie Alfray einen Blick auf den Jungen werfen, Hohepriesterin«, unterbrach Stryke. »Was haben Sie zu verlieren?«

Der alte Heiler beharrte: »Aber ...«

Sie fiel ihm ins Wort. »Wir reden hier über meinen Sohn. Wenn das, was Gefreiter Alfray zu sagen hat, helfen kann, will ich es hören. Wenn nicht, können Sie Ihre Behandlung fortsetzen. Bitte treten Sie zur Seite.«

Mit Blicken des Unmuts und einigen leise gemurmelten Bemerkungen machten die vier Heiler Platz. Sie zogen sich in eine Ecke zurück und unterhielten sich in gedämpftem Tonfall.

»Ich muss ihn zuerst untersuchen«, sagte Alfray.

Die Priesterin erteilte mit einem Nicken ihre Zustimmung.

Er beugte sich zu dem Jungen herunter und zog die Decke weg. Er trug immer noch sein Hemd. Alfray zückte ein Messer.

Krista holte scharf Luft, und eine Hand fuhr zu ihrem Mund.

Alfray lächelte ihr beruhigend zu. »Ich muss nur die getroffene Stelle freimachen. Keine Sorge. Ich hatte eigentlich erwartet, dass dies mittlerweile längst geschehen sei«, fügte er mit einem vielsagenden Blick auf die flüsternden Ärzte hinzu.

Mit dem Messer schnitt er Aidans Hemd auf und enthüllte seinen Oberkörper. Das Messer kehrte in die Scheide zurück, dann tastete er Brust und Seite des Jungen sanft mit den Händen ab. Er zeigte auf schwärzlich-blau verfärbte Stellen auf seiner Haut. »Da bilden sich Blutergüsse aus. Ein gutes Zeichen. Es gibt keine offenen Wunden und auch keine Blutungen. Das kann auch von Vorteil sein.« Er betastete die Rippen. »Hier könnte ein Bruch sein. Seine Atmung ist flach, aber regelmäßig. Sein Puls ist auch regelmäßig, aber schwach.« Er hob die Lider des Jungen. »Die Augen verraten uns eine Menge über die Verfassung des Körpers«, erklärte er.

»Was verraten Ihnen diejenigen meines Sohns?«

»Dass seine Verletzung schlimm ist. Aber vielleicht nicht so schlimm, dass er sie mit dem Leben bezahlen muss.«

»Können Sie helfen?«

»Mit Ihrer Erlaubnis kann ich es versuchen.«

»Die haben Sie. Was werden Sie tun?«

»Das richtige Verbinden der betroffenen Stelle hat absoluten Vorrang, um den Schock auszugleichen, den sein Körper bei dem Aufprall erlitten hat. Doch zuvor sollte sie gewaschen werden, um Entzündungen vorzubeugen. Die vorsichtige Anwendung einiger meiner Salben dürfte ebenfalls von Nutzen sein.«

»Das kann ich übernehmen.«

»Das wäre sehr passend. Sobald er dazu in der Lage ist, würde ich ihm außerdem gern einen Kräutertrank verabreichen. Von solchen Kräutern, die ich für *praktische* Zwecke benutze.« Das war ein weiterer Seitenhieb auf die verstimmten Heiler. »Außerdem empfehle ich Ruhe.«

Seine Art und Weise beeindruckte sie. »Ich begrüße Ihren Rat. Lassen Sie uns anfangen.«

»Kann ich etwas tun?«, fragte Stryke.

Alfray winkte geistesabwesend ab. »Lass uns allein.«

Derart gebieterisch entlassen, schlich Stryke nach draußen. Wieder auf der Straße, holte er tief Luft, um den Geruch nach Tod und Leiden zu vertreiben.

Leute rannten vorbei und verbreiteten die Nachricht, dass die Angriffe zum Erliegen kamen.

»Der Feind zieht sich zurück!«, rief ihm ein dahinstürmender Junge zu.

Fürs Erste, dachte Stryke.

*

In den folgenden Stunden gab es keine weiteren Angriffe. Am frühen Abend waren die Verteidiger in eine angespannte Apathie verfallen, die von Erschöpfung überlagert wurde. Draußen formierte sich die Armee der Unis neu. Niemand glaubte, dass sie es nicht noch einmal versuchen würden.

Stryke, Alfray, Coilla, Jup und Haskeer standen gemeinsam auf dem Wehrgang und beobachteten die Armee wie Hunderte der Stadtbewohner auch.

Haskeer war gerade mitten in einem vertrauten Ausfall. »Ich meine, schließlich ist es nicht unser Kampf, oder?« Er wies mit dem Daumen auf die Siedlung unter ihnen. »Unter dem Strich sind sie immer noch Menschen, oder nicht? Was haben sie für uns getan, abgesehen davon, dass sie uns Talag gekostet haben?«

Bedauern über den Verlust ihres gefallenen Kameraden empfanden sie alle.

»Talag war eines der am längsten dienenden Mitglieder unseres Trupps«, erinnerte sie Alfray.

»Wir hatten Glück, dass wir nicht noch mehr verloren haben«, sagte Haskeer.

»Sie haben eine Menge für uns getan«, erwiderte Coilla. »Ich wünschte, du würdest die anderen Rassen nicht so sehen, wie so viele von ihnen uns sehen.«

»Deine Ansichten haben sich ziemlich gewandelt«, konterte er. »Als du dich letztes Mal über Menschen ausgelassen hast, lag dir nicht das Geringste an ihnen.«

»Das stimmt so nicht, und das weißt du auch. Jedenfalls glaube ich erkannt zu haben, dass das Leben komplizierter ist. Vielleicht läuft alles auf die richtige Einstellung hinaus und zum Henker mit Rassen.«

»In Grenzen«, warnte Alfray. »Aber lasst uns nicht unsere Identität verlieren. Die ist zu wichtig.«

»Es gibt einige Rassen, denen es nichts auszumachen scheint, ihre Identität anderen zu überlassen«, erwiderte Haskeer mit einem Seitenblick auf Jup. Es war ein unverhohlener Hinweis auf Zwerge und deren Käuflichkeit.

»Ihr Götter, nicht schon wieder!«, beklagte sich Jup. »Hörst du endlich auf, mir für alles die Schuld zu geben, was meine Rasse tut? Als wäre *ich* persönlich verantwortlich.«

»Ja, lass das, Haskeer«, warnte Stryke. »Wir haben schon genug Streit, auch ohne dass du einen neuen anfängst.«

»Jedenfalls können wir so einen Angriff wie den letzten nicht noch einmal abwehren, so viel steht fest«, knurrte Haskeer. »Nicht mit den Menschen hier.«

»Sie haben viel Herz«, befand Coilla. »Das ist einiges wert.«

»Kampfgeist wäre mehr wert.«

»Du urteilst zu hart über sie.«

»Wie ich schon sagte, sie sind Menschen.«

Der Wortwechsel kam zum Erliegen, als jemand auf der Leiter erschien, die von der Siedlung zum Wehrgang führte. Es war Krista Galby. Sie betrat den Laufgang, wobei sie den Saum ihres Kleids ein wenig anhob, um zu vermeiden, dass es sich irgendwo verfing.

Sie begrüßten sie, obwohl Haskeers Willkommen sehr gedämpft ausfiel. Sie schien besserer Stimmung zu sein.

»Ich bin gekommen, um Ihnen zu sagen, dass es Aidan besser geht«, begann sie. »Er ist bei sich und scheint mich zu erkennen. Er kann jetzt auch wieder besser atmen.« Sie ging zu Alfray und nahm seine rauen Hände in ihre. »Ich muss Ihnen dafür danken. Ich weiß nicht, wie ich Ihnen das je vergelten kann.«

»Dazu besteht kein Anlass. Es freut mich zu hören, dass es dem Jungen besser geht. Aber er braucht immer noch ärztliche Fürsorge und wird sie auch noch die nächsten ein, zwei Wochen brauchen. Ich komme später noch einmal vorbei und sehe nach ihm.«

»Danke.« Sie lächelte. »Die Götter sind meinem Sohn gewogen. Und Ihnen.«

»Vielleicht verdient in diesem Fall Alfray den Löwenanteil der Dankbarkeit«, warf Stryke trocken ein.

»Mach dich nicht über die Götter lustig«, warnte Alfray. »Das ist unklug. Ohne ihr Wohlwollen wären meine Bemühungen vergebens.«

Stryke deutete mit einem Kopfnicken auf die Armee vor der Stadt. »Ich frage mich, ob die dort draußen ihrer Gottheit gerade danken oder sie verfluchen.«

»Sind Sie nicht gläubig, Hauptmann?«, fragte Krista.

»Ich weiß nicht, was ich dieser Tage glauben soll, um ehrlich zu sein. Die Ereignisse können einem Ork schon den Kopf verdrehen.«

Keiner von ihnen wusste, was er darauf erwidern sollte.

»Ich sagte, ich könnte es Ihnen nie vergelten«, wiederholte Krista. »Aber wenn es in meiner Macht liegt, Ihnen einen Wunsch zu erfüllen, sagen Sie es nur.«

»Was ist mit dem Stern?«, platzte Haskeer dazwischen.

Die anderen warfen ihm mörderische Blicke zu.

»Stern?« Zuerst war sie verwirrt. Dann half ihr ihre Intuition. »Meinen Sie den Instrumental?«

»Den … was?«, erwiderte Jup unschuldig.

»Instrumental. Ein religiöses Relikt. Ich könnte mir vorstellen, dass er tatsächlich wie ein schlichter Stern aussieht. Meinen Sie das?«

Sie konnten es kaum abstreiten.

Coilla sprang rasch in die Bresche. »Er meint, können wir ihn *sehen*?«

»Woher wissen Sie, dass wir einen Instrumental haben? Wir haben kein Geheimnis daraus gemacht, aber wir erzählen es auch nicht gerade herum.«

»Ein Händler, den wir unterwegs getroffen haben, hat es uns erzählt. Katz ... ein Pixie.«

»Ah, ja. Ich erinnere mich an ihn.«

»Er hat ihn sehr interessant beschrieben«, fuhr Coilla in der Hoffnung fort, es nicht noch schlimmer zu machen. »Wir haben uns vorgenommen, einen Blick darauf zu werfen, sollten wir je nach Ruffettsblick kommen«, endete sie lahm.

»Ich kann mich erinnern, dass Katz wenig Interesse daran hatte. Tatsächlich hat er unsere Gastfreundschaft missbraucht, indem er verbotenerweise den Tempel betreten hat. Wir mussten ihn auffordern zu gehen.«

»Das wussten wir nicht.«

»Der Instrumental ist sehr wichtig für uns. Er bedeutet meinen Leuten und den Göttern sehr viel. Aber es wäre mir ein Vergnügen, ihn Ihnen zu zeigen, wann immer Sie wollen. Obwohl ich bei allem Respekt sagen muss, dass ich nie gedacht hätte, ein religiöses Relikt könne für einen Kriegstrupp von Interesse sein.«

»Oh, bei uns dreht sich nicht alles ums Kämpfen und Chaos«, sagte Jup zu ihr. »Wir wissen auch Kultur zu schätzen. Ich meine, Sie sollten sich wirklich irgendwann mal Haskeers Gedichte anhören.«

»Ist das wahr? Nun, Sie haben offenbar verborgene Tiefen. Das würde mir gefallen.«

Haskeer gaffte sie an. »Was?«

Einen entsetzlichen Moment lang glaubten sie, sie meine jetzt gleich.

»Also, der Instrumental und Gedichte«, fuhr sie fort. »Darauf können wir uns wirklich freuen.«

»Ja. Das wäre ... nett«, erwiderte Stryke wenig überzeugend.

»Es gibt viel zu tun«, sagte die Hohepriesterin. »Ich muss gehen. Noch einmal vielen Dank, Alfray. Und Ihnen allen.«

Sie sahen ihr nach, wie sie die Leiter hinabstieg und über die Straße ging.

»Haskeer, du *Idiot*!«, schäumte Coilla.

»Na ja, wer nicht fragt, kriegt auch nichts.«

Auch Jup gab seinen Senf dazu. »Du bist ein Riesenrindvieh, Haskeer.«

»Geh und lutsch einen Stein. Und warum musstest du ihr sagen, dass ich Gedichte schreibe, du Rotzlöffel?«

»Ach, halt doch die Klappe.«

»Tja, wenigstens wissen wir jetzt, was sie davon hält, sich von dem Stern zu trennen«, sagte Alfray.

»Ja«, pflichtete Coilla ihm bei. »Aber dank dieses Spatzenhirns hier ...« – sie zeigte auf Haskeer – »... hätten wir uns beinahe verraten.«

»Dieser verdammte Katz hätte uns auch sagen können, dass er rausgeworfen wurde«, beschwerte sich Jup. »Was sollen wir jetzt machen?«

»Schlafen, wenn ihr auch nur einen Funken Verstand habt«, riet Stryke. »Das werde ich jedenfalls tun. Ihr solltet es auch, solange ihr noch könnt.«

»Und genießt es«, fügte Jup missmutig hinzu. »Es könnte das letzte Mal sein.«

65

Er war sich der Tatsache bewusst, dass sie neben ihm stand. Gemeinsam starrten sie auf den Ozean.

Ein leichter Wind zupfte spielerisch an ihrer Kleidung. Die Sonne stand hoch am Himmel, und es war ein heißer Tag. Über den entfernten Inseln flatterten Schwärme schneeweißer Vögel. Sie sammelten sich auch an der Spitze der Halbinsel im Süden.

Er verspürte nicht das Bedürfnis zu reden, und sie schien ebenso zu empfinden. Sie ließen das riesige, ruhige, glänzende Gewässer einfach ihr Gemüt reinigen und befrieden.

Schließlich, wenngleich ihr Appetit für die Szenerie noch nicht gesättigt war und es wahrscheinlich auch nie sein konnte, wandten sie sich ab. Sie ließen ihren Aussichtspunkt auf den Kreidefelsen hinter sich und begannen mit dem Abstieg zu den welligen Wiesen. Bald war das Gras knöcheltief, und sein lebhaftes Grün vermischte sich hier und da mit Ansammlungen von Blumen wie Goldklumpen.

»Ist das nicht eine wunderschöne Gegend?«, bemerkte die Frau.

»Sie übertrifft alles, was ich kenne«, erwiderte er, »und ich bin weit gereist.«

»Dann musst du viele Gegenden gesehen haben, die sich mit ihrem Liebreiz messen können. Unser Land ist nicht gerade arm an Naturwundern.«

»Nicht dort, woher ich komme.«

»Das hast du schon öfter gesagt. Ich gestehe, dass ich keine Ahnung habe, wo das sein könnte.«

»In Zeiten wie diesen«, gab er zu, »geht es mir genauso.«

»Immer in Rätseln sprechen«, neckte sie mit blitzenden Augen, während Belustigung ihr starkes Gesicht aufhellte.

»Das ist nicht meine Absicht.«

»Nein, ich glaube, du willst es wirklich nicht. Aber du hast die Macht, dich von dem Rätsel zu lösen, das dich zu verfolgen scheint.«

»Wie?«

»Komm und fange hier ein neues Leben an.«

Wie schon beim ersten Mal, als sie diesen Gedanken ausgespro-

chen hatte, überlief ihn ein Schauder der Sehnsucht und Erregung. Teils war es die Üppigkeit des Landes und teils sie und die implizite Rolle, die sie in seinem neuen Leben spielen würde. »Ich bin mehr als versucht.«

»Was hält dich davon ab?«

»Die zwei Dinge, die mir immer im Weg stehen.«

»Und die wären?«

»Die Aufgabe, die ich in ... meinem eigenen Land unerledigt lassen würde.«

»Das andere?«

»Das ist vielleicht am schwierigsten zu überwinden. Ich weiß nicht, wie ich hierher komme, und auch nicht, wie ich wieder gehe. Und ich kann es auch nicht bewusst herbeiführen.«

»Löse das erste Problem, dann wirst du auch das zweite überwinden. Du hast die Macht. Dein Wille kann den Sieg davontragen, wenn du ihn nur lässt.«

»Ich sehe nicht, wie.«

»Aber nicht, weil du nicht hinschaust, würde ich meinen. Denk an den Ozean dort drüben. Wenn du eine Hand voll Wasser daraus schöpfst und darüber grübelst, bedeutet das dann, dass der Rest des Ozeans zu existieren aufgehört hat? Manchmal sehen wir nichts, weil wir zu genau hinschauen.«

»Wie immer sprechen deine Worte etwas in mir an, aber ich kann es nicht gänzlich fassen.«

»Das wirst du noch. Erfülle deine Verpflichtungen, wie es jeder gute Ork tun sollte, dann wird sich ein Weg von deinem Land zu meinem öffnen. Vertrau mir.«

»Das tue ich.« Er lachte. »Ich weiß nicht, warum, aber du hast mein Vertrauen.«

Sie fiel in das Gelächter ein. »Ist das so schlimm?«

»Nein. Ganz im Gegenteil.«

Sie verstummten wieder.

Die Wiesen gingen jetzt in einen steileren Hang über, und er sah, dass sie sich einem Tal näherten, das von sanften Hügeln umgeben war, obwohl einer etwas steiler war.

Mitten in den üppigen Tiefen befand sich eine kleine Siedlung. Sie bestand aus vielleicht einem Dutzend strohgedeckter Hütten und noch einmal der Hälfte dieser Zahl von Langhäusern mit Viehkoppeln. Es gab keine Befestigungen, Feuergräben oder andere Schutzwälle. Orks waren zu sehen, dazu Pferde und Vieh.

Er konnte sich nicht erinnern, dieses Lager je zuvor gesehen zu haben, aber irgendwie berührte es eine Erinnerung, die er nicht ganz greifen konnte.

Als sie sich näherten, fragte er: »War diese Siedlung jemals von einem Wall umgeben?«

Die Frage schien sie zu belustigen. »Nein. Dafür bestand niemals die Notwendigkeit. Warum fragst du?«

»Ich hatte nur das Gefühl ... Ich weiß nicht. Hat die Siedlung einen Namen?«

»Ja. Sie wird Galletons Aussicht genannt.«

»Bist du sicher? Hatte sie niemals einen anderen Namen?«

»Natürlich bin ich sicher! Welchen Namen sollte sie sonst haben?«

»Ich kann mich nicht erinnern.«

Die Erwähnung von Namen lenkte seine Gedanken für einen Moment von diesem Rätsel ab. »Da ist etwas, das ich diesmal unbedingt wissen will«, sagte er mit Nachdruck zu ihr.

»Und das wäre?«

»Dein Name. Du kennst meinen. Ich habe deinen nie erfahren.«

»Wie konnten wir das nur zulassen?« Sie lächelte. »Ich bin Thirzarr.«

Er wiederholte ihn mehrmals leise und verkündete dann: »Er gefällt mir. Er hat Kraft und passt gut zu deinem Wesen.«

»Wie deiner zu dir, Stryke. Es freut mich, dass du ihn magst.«

Das kam ihm wie ein Sieg vor, trotz seiner scheinbaren Bedeutungslosigkeit, und für einen Augenblick genoss er diese Leistung. Doch als sein Blick wieder auf den Talboden und die Siedlung fiel, regte sich erneut etwas in den Tiefen seines Verstandes. Er konnte es immer noch nicht an die Oberfläche holen.

Sie befanden sich jetzt in der Ebene und näherten sich der Siedlung. Das Gefühl, das er nicht fassen konnte, wurde stärker. Nach kurzer Zeit betraten sie die bescheidene Ortschaft. Niemand beachtete sie außer ein oder zwei Orks, die seiner Begleiterin grüßend zuwinkten. Thirzarr, *korrigierte er sich.*

Völlig unbehindert überquerten sie die Lichtung, wobei sie Hütten und Pferchen auswichen. Dann, nicht weit vom Südende der Siedlung entfernt, blieb Thirzarr stehen und zeigte in eine Richtung. Er schaute hin und sah, dass sie einen Teich meinte, fast perfekt gerundet und mit sprudelndem Wasser gefüllt. Sie ging hin, und er folgte ihr.

Sie setzten sich Seite an Seite ans Ufer. Sie fuhr mit der Hand durch das Wasser und erfreute sich an der sinnlichen Liebkosung. Er war mit dem beschäftigt, was sich nach wie vor hartnäckig seinem bewussten Erinnerungsvermögen entzog.

»Dieser Teich ...«, sagte er.

»Ist er nicht schön? Die Siedlung ist seinetwegen gegründet worden.«

»Mir kommt etwas bekannt daran vor. An all dem hier.«

»Es würde dir noch bekannter vorkommen, wenn du herkämst und dich hier niederließest. Wenn du zu mir kämst.«

Es hätte ein Augenblick des Entzückens sein müssen. Doch er war getrübt. Zum ersten Mal in ihrer Gesellschaft war er beunruhigt. Alle Elemente, die er gesehen hatte und jetzt sehen konnte, gingen ihm im Kopf herum. Der Ozean und die Halbinsel. Das Tal mit seinen Hügeln. Dieser Teich. Das steile Ufer dort drüben, das mit Kreidezeichnungen hätte verziert sein müssen.

Die Erkenntnis traf ihn wie ein Blitzschlag.

Er sprang auf und rief: »Ich kenne diesen Ort!«

*

Er schoss kerzengerade in die Höhe und war augenblicklich hellwach.

Ein paar Sekunden verstrichen, bis er sich an seine Umgebung gewöhnt hatte. Langsam dämmerte ihm, dass er sich allein in einer Baracke in Ruffettsblick befand und auf den nächsten Angriff der Armee der Belagerer wartete.

Ein halbes Dutzend tiefe Atemzüge waren nötig, um den Traum abzuschütteln und ihn wieder in der Wirklichkeit zu verankern.

Was er nicht abschütteln konnte, war das Wissen, welchen Ort er soeben besucht hatte, falls *besucht* das richtige Wort war.

Diesen.

*

Die Sonne kroch müde über den Horizont, aber kein Vogelgezwitscher begrüßte sie.

Fahles, kühles Licht warf lange Schatten von den Hügeln im Osten, doch nichts konnte Hobrows riesiges Lager verbergen. Aus Zelten und Postenlinien erhob sich das Gemurmel zielgerichteter Aktivitäten. Feldscher waren noch immer mit den Verwundeten des gestrigen Tages beschäftigt, aber unter dem Ansporn der schwarz gekleideten Aufseher bereiteten sich die Unis auf den nächsten Angriff vor. Sie waren überall und drängten Reiter und Fußsoldaten in Formationen. Ungeachtet der Tatsache, dass viele blutgetränkte Verbände trugen und die Hälfte von ihnen keine Gelegenheit gehabt hatte, etwas zu essen.

Hobrow selbst hatte kein Verlangen nach Nahrung. Er stand auf einem leicht bewaldeten Hang, deutlich außer Bogenschussreichweite der Heiden in Ruffettsblick. Der Wind wehte ihm zwar köstliche Düfte von den Kochstellen zu, aber der einzige Hunger, den er verspürte, war der, das Werk des Herrn zu tun.

Neben ihm kniete Milde und flüsterte inbrünstig: »Amen!«

Hobrow erreichte das Ende seines Gebets und legte ihr eine Hand auf die Schulter. »Siehst du, meine Liebe? Siehst du, wie brüchig ihre Verteidigung ist? Wie dünn die Linien ihrer Soldaten sind? Heute wird der Herr sie uns ausliefern und sie werden vor unseren Klingen fallen wie Weizen vor der Sense.«

Einen Moment standen sie Seite an Seite da und ignorierten das geschäftige Treiben seiner vielen Tausend Soldaten. Von hier oben schien die Siedlung der Mannis nicht mehr als ein Spielzeug zu sein und die Häuser nicht mehr als klobige Formen, aus deren Schornsteinen sich Rauchfäden kräuselten, welche grauschwarze Linien auf den Hintergrund des azurfarbenen Himmels malten.

»Sie müssen wissen, dass ihr Schicksal besiegelt ist, Vater«, sagte Milde. »Wie könnten sie sich gegen uns behaupten?«

»Sie werden durch ihre Schlechtigkeit geblendet. Siehst du, wie diese Jauchegrube des Bösen ihre schädlichen Dämpfe absondert?«

Sie konnte kaum vermeiden, es zu sehen. In der Mitte der Siedlung funkelte die halb fertig gestellte Kuppel des Tempels unter einem Gerüst, aber sie nahm das Bauwerk kaum zur Kenntnis. Neben ihm sprudelte das Spundloch der Erdkräfte hoch über die kleine Kolonie und schimmerte hell in jeder Farbe, die Milde sich vorstellen konnte.

Äußerst gewagt antwortete sie: »Wie hübsch das Antlitz des Bösen aussieht. Ich könnte fast glauben, dass solche Schönheit nur vom Herrn kommen kann.«

»Vom Herrn der Lügen vielleicht. Lass dich nicht einwickeln, Kind. Die Mannis sind eine Fäulnis vor Gott und der Menschheit. Und heute wird Gott sie in die Hölle schicken, die sie verdienen.«

*

In der Siedlung hatten sie Mühe, das Chaos in Schach zu halten.

Die letzten Flammen waren erloschen, obwohl der Brandgestank schwer in der Luft lag und die erschöpften Männer der Feuerwehr voller Ruß waren. Sie hatten die ganze Nacht gearbeitet, um Dutzende von Brandherden zu löschen, da die Unis die Stadt immer und immer wieder mit Feuerkanistern beschossen hatten. Der Teich auf dem Platz am Nordtor war unter dem Ansturm der Eimerbrigade erheblich geschrumpft. Jetzt füllte er sich langsam wieder, und auf seiner Oberfläche spiegelten sich die erlöschenden Feuer in Rot und Schwarz. Von der Palisade war hektisches Hämmern zu hören, wo neue Pflöcke Lücken füllten. Das Klirren der Schmiede antwortete, da Waffen repariert wurden. Kinder liefen umher, die Arme voller Pfeile für die Wachen auf den Laufgängen.

Immer noch mit der Enthüllung in seinem Traum beschäftigt, trottete Stryke müde über den Platz, um sich mit Rellston zu treffen. Er sah eine Menschenfamilie, deren Mitglieder sich an den Händen hielten, um einen Scheiterhaufen stehen. Das jüngste Mädchen weinte über die Schmerzen in ihrem verbrannten, blasigen Gesicht, und der älteste Junge, der nicht mehr als zehn Lenze zählen konnte, hatte den Mund zu einer grimmigen Linie zusammengekniffen, obwohl die Wirkung ein wenig durch Tränenspuren in seinem schmutzigen Gesicht beeinträchtigt wurde. Eine ältere Frau neben der Witwe hustete unaufhörlich, da Rauchschwaden über den Platz wehten.

Stryke sah Rellston, so müde wie er selbst, zur Seite springen, als ein Karren um eine Ecke gerumpelt kam. Er war voll beladen mit weiteren Leichen für den Scheiterhaufen. Der Oberkommandierende hielt inne, um ein paar Worte mit einem Mann zu wechseln, der einen blutigen Lumpen um die Schulter gebunden hatte, und ging dem Anführer der Vielfraße dann geradewegs entgegen. »Leisten Sie mir bei einem guten Schluck Gesellschaft, Stryke?«, fragte er ungewöhnlich offen. Er wartete Strykes Antwort nicht ab.

Stryke hielt sich neben ihm. »Wohin gehen wir?«

»Zur seewärtigen Palisade. Ich will sehen, wie die Reparaturen vorankommen.« Der Mensch marschierte weiter durch die überfüllten Straßen. Von Zeit zu Zeit warf er einen Blick auf den Ork, um gleich wieder wegzuschauen, als wisse er nicht recht, was er sagen sollte.

Stryke würde ihm nicht dabei helfen.

Schließlich sagte der Mann verlegen: »Sie waren entscheidend, wissen Sie. Sie und der Rest Ihrer Einheit. Wir sind Kriege in diesem Maßstab einfach nicht gewöhnt. Wären Sie nicht gewesen, hätten wir es nicht geschafft. Vielen Dank.«

Stryke nickte bestätigend. »Aber Sie fragen sich immer noch, ob die Unis überhaupt angegriffen hätten, wenn wir gar nicht hier wären.«

»Wie es aussieht, hätten sie uns früher oder später ohnehin angegriffen. Dieser Hobrow ist ein Fanatiker.«

Die Sonne stand jetzt einen Fingerbreit über dem Horizont, ein übelwollender orangefarbener Ball. Rellston blinzelte durch die Rauchschwaden zu ihr auf. »Wie lange noch bis zum Angriff, was schätzen Sie?«

»Ich würde sagen, sie greifen an, sobald sie zu Ende gebetet haben. Welche Pläne haben Sie?«

Mittlerweile hatten sie die seewärtige Palisade erreicht. Der Oberkommandierende der Mannis duckte sich unter eine Decke durch, die vor einem brandgeschwärzten Hauseingang hing. Die Tür war nur noch grobe Asche, die unter ihren Füßen knirschte. Er zuckte die Achseln. »Weiter das zu tun, was wir tun. Und für uns beten.«

»Das ist alles gut und schön«, sagte Stryke nachdenklich, »aber das reicht nicht. Auf lange Sicht sind Belagerer den Eingeschlossenen gegenüber immer im Vorteil.«

Rellston stieg über drei oder vier seiner Leute hinweg, die auf dem Boden schliefen, und bediente sich aus einer Flasche auf einer Anrichte. Ohne sich die Mühe zu machen, Gläser zu suchen, nahm er einen Schluck von dem feurigen Schnaps und gab die Flasche an den Ork weiter.

»Wir haben hier unsere eigenen Brunnen. Solange wir nicht überrannt werden, können wir es schaffen.«

»Aber Sie können unmöglich genug zu essen haben, um so lange durchzuhalten.« Der Ork ließ sich auf einen Stuhl sinken und deutete mit einem Kopfnicken auf die Palisade, die durch ein Fenster zu sehen war. »Sie schon.«

Der Manni-Befehlshaber konnte seine Verzweiflung nicht verbergen. »Die Götter wissen, dass wir nicht ständig Verluste wie die gestrigen verkraften können! Und sie haben genug Männer, um uns jeden Tag anzugreifen. Was können wir tun?«

»Das weiß ich noch nicht. Aber irgendwas muss sich finden. Hätten Sie etwas gegen einen Vorschlag meinerseits einzuwenden, bis es so weit ist?«

»Nur zu. Schließlich muss ich Ihren Rat ja nicht befolgen.«

»Haben Sie schon Eimerbrigaden für den nächsten Angriff eingeteilt?«

»Natürlich.«

»Dann stellen Sie einen Trupp zusammen, der Speiseöl, Schmierfett und dergleichen einsammelt. Füllen Sie es in Töpfe und stopfen Sie die Töpfe mit einem Lappen, dann können wir uns revanchieren.«

Rellston grinste und seine Zähne leuchteten weiß in den schwärzlichen Stoppeln seines Gesichts. »Sie meinen, wir sollen Feuer mit Feuer bekämpfen?«

»Genau. Nach allem, was sie Ihrer Siedlung letzte Nacht angetan haben, kann ich mir nicht vorstellen, dass Ihre Leute moralische Bedenken haben. Wenn sie wiederkommen, können wir diesen Hundesöhnen selbst Feuer unter dem Hintern machen.«

»Das Problem ist«, sagte Rellston, der jetzt nicht mehr grinste, »dass ihre Kämpfer unseren immer noch zahlenmäßig überlegen sind. Sie haben auch keine Frauen und Kinder, die ihre Vorräte aufessen.« Der Oberbefehlshaber raffte sich auf. »Wir gehen besser in Stellung. Sie werden bald genug hier sein.«

*

Stryke erklomm die Hobrows Hauptlager zugewandte Palisade. Er konnte die Unis auf den Knien sehen. Hobrow selbst war auf einer kleinen Erhebung auszumachen und reckte die Arme in die Höhe. Aber die leichte, salzige Brise trug die Worte des Mannes davon, und Stryke konnte nicht verstehen, was er sagte. Aber er wusste, dass es nichts Gutes für Orks und Mannis zu bedeuten hatte.

Von seinem Aussichtspunkt konnte der Anführer der Vielfraße erkennen, dass seine Offiziere in eine hitzige Unterhaltung vertieft waren. Haskeer gestikulierte, und Coilla machte beschwichtigende Handbewegungen, aber als sie Stryke sahen, eilten sie zu ihm. Selbst jetzt machten manche Mannis noch einen weiten Bogen um sie.

Er kletterte von der Mauer herunter und kam ihnen entgegen. Sie fingen alle auf einmal an zu reden.

»Haltet die Klappe!«, schnauzte er. »Ein Streit zwischen euch hat mir gerade noch gefehlt.« Mit einem Kopfnicken zeigte er auf eine baufällige Baracke. »Da hinein. Wir müssen reden.«

Während Alfray Wache hielt, indem er durch einen Spalt in der Tür spähte, hockten sich die übrigen Offiziere der Vielfraße in die Schatten und ihre Spinnweben.

»Zunächst einmal«, sagte Stryke leise, »ist es ziemlich offensichtlich, dass es die Siedlung nicht schaffen wird. Die Hälfte ihrer Bewohner kann nicht kämpfen, und Hobrow hat seine Anhänger aufgehetzt. Irgendwelche Ideen?«

Die Vielfraße sahen einander an. »Wir kämpfen«, sagte Coilla. »Was sonst?«

»Genau. ›Was sonst?‹« Strykes Worte hingen in der staubigen Luft.

Jup fragte zögernd: »Wie meinst du das?«

»Ich meine, wir *könnten* sie ihrem Schicksal überlassen. Wenn die Menschen einander bekämpfen, werden sie zu beschäftigt sein, um uns zu verfolgen.«

»Du meinst, wir suchen uns einfach ein Schlupfloch und verschwinden, während sie beschäftigt sind?«, meinte Haskeer. »Hört sich gut an, finde ich.«

Coilla zischte: »Das kannst du nicht ernst meinen! Wir hätten überhaupt keine Überlebensaussicht gegen Hobrows Männer, wenn sie nicht wären. Wir können sie jetzt nicht im Stich lassen.«

»Denkt darüber nach«, drängte Stryke. »Ich weiß, dass die Mannis jetzt in gewisser Weise unsere Verbündeten sind. Aber was, glaubt ihr, wird passieren, wenn der letzte Stern Hobrow in die Hände fällt?«

Jup sprang auf. »Wen interessiert der Stern?«, rief er zornig. »Wir haben vier davon, oder nicht? Reicht dir das nicht? Oder müssen wir unser Leben auch noch wegwerfen?«

Stryke funkelte den Zwerg an. »Setz dich wieder hin und halt den Mund. Ist es denn für euch nicht offensichtlich, dass der Stern Macht hat? Er hat etwas mit der Magie des Landes zu tun. Wenn Hobrow ihn in die Finger bekommt, gehört diese Macht ihm.«

»Entweder das«, sagte Alfray von seinem Posten an der Tür, »oder er wird ihn zerstören. Aber dass wir getötet werden, ist draußen im Freien gegen die ganze Uni-Armee wahrscheinlicher. Und ich war noch nie dafür, Leute zu verraten, an deren Seite ich gekämpft habe.«

»Hört mal«, sagte Haskeer, während der Zwerg missmutig wieder seinen Platz in der Runde einnahm, »das sind doch nur Menschen, oder? Schön, sie haben uns aufgenommen und uns Essen und Unterkunft gegeben, aber sie brauchen uns mehr als wir sie. Wäre es andersherum, würden sie sich bei uns bedienen und sich nichts dabei denken. Ihr wisst, dass sie das tun würden. Das ist die Natur der Menschen.«

Coilla hatte über die Bedeutung von Strykes Worten nachgedacht. »Du meinst, du hast entschieden, dass wir uns den Stern holen und uns um nichts anderes scheren?«

Stryke nickte. »Ich sage, bis es so weit ist, bleiben wir hier und kämpfen. Dann, wenn wir eine Gelegenheit dazu bekommen, nehmen wir den Stern und machen uns im Schutz der Dunkelheit aus dem Staub.«

Einer nach dem anderen stimmte zu, manche mit mehr Widerstreben als andere. Alfray war am unglücklichsten damit, aber sogar ihm war klar, dass Ruffettsblick keine großen Zukunftsaussichten hatte.

Stryke schluckte sein eigenes Schuldgefühl herunter und sagte: »Coilla, du warst im Tempel. Glaubst du, du könntest den Stern stehlen?«

»Wenn ich muss. Es dürfte nicht allzu schwierig sein. Schließlich haben sie keine Zeit, den Tempel zu bewachen, wenn sie unter einer verdammten Belagerung stehen, oder?«

»Hör mal«, sagte Alfray, indem er seinen Posten verließ und Stryke mit einem zornigen Funkeln in den Augen ansah, »wenn wir uns von hier wegschleichen, was willst du dann mit den Neuangeworbenen machen? Du wirst sie nicht einfach zurücklassen, oder? Weil ich das dem Stryke, den ich kenne, kaum zutrauen würde.«

»Nein, Alfray, das werde ich nicht. Ich bin ein Ork, und wir kümmern uns um unseresgleichen. Wir sagen es ihnen, keine Sorge.«

»Ich mache mir keine Sorgen«, sagte der alte Gefreite. »Ich lasse nur niemanden im Stich, das ist alles.«

»Ich auch nicht, Alfray. Ich auch nicht. Was ich also ...«

Alarmglocken fingen an zu läuten. Von den Wehrgängen der Palisade erhob sich Geschrei.

Die Orks sprangen auf und liefen zur Tür. In diesem Augenblick zerschellte ein Feuerkanister auf dem Strohdach über ihnen. Brennendes Stroh und Holz fiel herunter und erfüllte die Baracke mit Rauch.

Stryke sprang vor und zog Coilla aus der Sturzrichtung eines Holzpfeilers. »Raus hier!«

*

Der Feuerregen hielt an und wurde nur durch die Bogenschützen, die Rellston auf dem Wehrgang postiert hatte, und die Eimerbrigaden in Grenzen gehalten.

Die Vielfraße eilten zu ihren jeweiligen Stellungen, wobei sie unter überhängenden Traufen Schutz suchten, wo sie konnten. Geduckt und immer wieder Haken schlagend, wollten sie sich gerade trennen, als ein Ausguck rief: »Sie haben angehalten! Sie ziehen sich zurück!«

»Sie wollen wohl vermeiden, dass sie ihre eigenen Truppen treffen«, sagte Stryke. Dann schauderte er, als ihn etwas überlief.

Coilla war es nicht aufgefallen. »Seht ihr das?«, sagte sie.

Inmitten der Anspannung, kurz vor dem Beginn der Schlacht, hatte die Hohepriesterin vor dem Geysir aus Magie einen Singsang angestimmt.

Immer noch in ihren blauen Gewändern, obwohl sie jetzt fleckig waren, umkreiste sie langsam und Hand in Hand mit einer Kette ihrer Anhänger den Springbrunnen aus regenbogenfarbenem Licht. Ringsumher schaute eine Gruppe von zerlumpten und erschöpften Frauen jeden Alters zu. Rot, Grün und Gelb spielte auf ihren Gesichtern, während sie in den unheimlichen Singsang einfielen.

»Was tun sie?«, fragte Jup.

»Sie versuchen, die Magie gegen die Unis zu richten«, antwortete Stryke, ohne nachzudenken. Dann fragte er sich, woher er das wusste.

»Tja, wir brauchen alle Hilfe, die wir kriegen können«, murmelte der Zwerg.

Stryke versuchte sich von den merkwürdigen Gefühlen zu lösen, die rings um ihn wallten. »Ich bin immer dafür zu haben, die Götter anzurufen«, sagte er in dem Versuch, seinen Zynismus von zuvor wiederzubeleben, »aber es gibt Zeiten, in denen ein Schwert der beste Führer ist.«

Coilla legte ihm eine Hand auf den Arm. »Warum sagen wir ihnen nicht, dass wir die anderen Sterne haben?«

Er sah sie verwirrt an. »Warum sollten wir das tun?«

Sie zuckte die Achseln und machte einen verlegenen Eindruck, wenn das überhaupt möglich war. »Wenn sie tatsächlich so mächtig sind, wie wir vermuten, können sie vielleicht helfen.«

»Glaubst du, irgendjemand hier würde etwas mit ihnen anzufangen wissen?«

Jup schnitt eine Grimasse. »Wir wissen auch nicht, was wir mit ihnen anfangen können.«

Stryke rang um seine Beherrschung. Die wellenförmigen Vibrationen in ihm erschwerten ihm das Denken. Die anderen sahen ihn erwartungsvoll an, während Krista und ihre Gehilfinnen weiterhin die Dreiheit anriefen. Er stellte fest, dass er sich wünschte, er hätte die Zeit gehabt, Coilla zu erzählen, was die Priesterin über die Möglichkeit gesagt hatte, dass er ein Begabter war.

Er verankerte sich bewusst in der Wirklichkeit, indem er die Schultern straffte und tief Luft holte, dann sagte er: »Ich glaube immer noch, dass die Sterne bei uns besser aufgehoben sind.«

»Aber warum?« Coilla äußerte ihre Frage lauter, als sie eigentlich beabsichtigt hatte. Ein paar von den Sängerinnen drehten sich zu ihr um und warfen ihr finstere Blicke zu. »Bisher haben sie uns nur Ärger eingebracht«, fuhr sie etwas leiser fort.

»Ich will einfach nicht riskieren, dass sie den Unis in die Hände fallen«, sagte Stryke.

Coilla warf ihm einen sonderbaren Blick zu. »Bist du sicher, dass du sie nicht einfach nur nicht teilen willst? Du bist mittlerweile ziemlich habgierig, was die verdammten Dinger angeht, wenn du mich fragst.«

»Ja!«, sagte Haskeer. »Du willst sie mich noch nicht einmal mehr anfassen lassen.«

Jup grinste. »Nicht, nachdem du durchgedreht bist.«

»Halt die Klappe deswegen, ja? Das lag nur an den Menschen und ihrer verdammten Krankheit, kapiert?«

Bevor noch jemand anders etwas sagen konnte, erreichte Kristas Singsang eine Tonhöhe, die am Rande des Hörvermögens lag. Das Geräusch schien wie ein Messer durch Stryke zu schneiden. Die Priesterin und ihre Akoluthen schwankten jetzt vor und zurück, und ihre Gesichter leuchteten vor Verzückung.

»Wie können sie das Gekreisch ertragen?«, flüsterte Jup.

Alfray meldete sich zu Wort und vertrieb Strykes Stimmung. Der alte Orks deutete auf Krista und ihre unirdische Hymne. »Glaubst du, es wird funktionieren?«

»Das hoffe ich doch«, sagte Jup. »Eine Schlacht ist eine Schlacht und so weiter, aber es steht mir bis obenhin, dass alle hinter uns her sind.«

Für einen Moment waren die Orks und der Zwerg von einem ungewöhnlich optimistischen Gefühl erfüllt.

Dann läuteten wiederum die Alarmglocken, und jemand rief: »Da draußen ist noch eine Armee!«

»Ach, *Scheiße*!«

In der Stille, die den heiligen Ort jäh erfüllte, tönten Jups Worte etwas lauter als beabsichtigt.

66

Die Orks liefen zur Mauer und erklommen die Leitern zu den Laufgängen. So weit das Auge reichte, marschierten Soldaten, trotteten Pferde, wehten Banner im Wind. Doch wegen des Rauchs der in Ruffettsblick immer noch wütenden Brände und der vielleicht fünfhundert Feuer auf der gegnerischen Seite konnte niemand etwas deutlich erkennen, das weiter als ein paar Fuß entfernt war. Andererseits brauchten sie auch nicht klar zu sehen, um festzustellen, dass die Armee der Belagerer sich ihrer Anzahl nach mehr als verdoppelt hatte.

Blinzelnd und mit vor Mund und Nase gebundenen Tüchern, um die erstickenden Dämpfe abzuhalten, beobachteten die Vielfraße, wie die endlose Flut der Männer und Pferde schwarz über die Hügelkuppen wogte. Als die vordersten Linien der Neuankömmlinge die Ausläufer des Lagers der Unis erreicht hatten, war das Ende ihrer Armee immer noch nicht in Sicht. Nur ein endloser Schwarm, der die Landschaft von einer Seite des Horizonts bis zur anderen überzog.

Stryke schloss verzweifelt die Augen.

Haskeer war der Erste, der die Stimme wiederfand. »Jetzt ist die Kacke wirklich am Dampfen.«

Doch plötzlich hörten sie lautes Geschrei aus dem Lager der Unis. Hustend sagte Coilla: »Das hört sich für mich nicht nach einer freudigen Wiedervereinigung an.«

Jup sprang in ganz untypischer Häme auf und ab. »Das sind *Mannis*! Seht mal, da sind auch Orks dabei, Hunderte! Die Mannis sind gekommen, um der Belagerung ein Ende zu machen!«

»Du hast Recht!«, sagte Coilla. »Sie fallen den Unis in den Rücken.«

»Da sind auch Zwerge!« Jup zeigte aufgeregt auf die erste Gruppe seines eigenen Volks, die er seit geraumer Zeit zu sehen bekam. »Sogar eine ganze Masse!«

Haskeer höhnte: »Na und? Die werden nichts bewirken, es sei denn, sie werden gut bezahlt.«

Jup packte ihn an der Kehle. »Sagt *wer*, Ziegenatem?«

Bevor Haskeer antworten konnte, zog Stryke die beiden auseinander. »Dafür haben wir keine Zeit. Kann jemand erkennen, wessen Armee es ist?«

Während sie windgepeitschte Funken aus der verräucherten Luft hieben, lugten die Vielfraße durch das Hitzeflimmern in der Luft.

»Keine Ahnung«, entschied Coilla. »Ist mir auch egal. Sie haben mehr aufzubieten als die Unis, und das reicht mir.«

Stryke stützte die Hände auf die Palisade. »Sie ist ein Geschenk der Götter. Wir müssen raus aus der Stadt und ihnen helfen.«

*

In Ruffettsblick brach hektische Aktivität aus, während Rellston ständig Befehle nach links, rechts, vorne und hinten bellte. Läufer schnappten sie auf und überbrachten sie, und binnen kurzer Zeit sammelten sich seine Truppen. Fußsoldaten bahnten sich einen Weg durch die Massen, welche die Straßen zum Nordtor säumten. In der Zwischenzeit sattelten Reiter ihre Pferde und verließen die Ställe, sodass sie sich rings um den kleinen Teich auf dem Platz sammeln konnten.

Der Oberkommandierende von Ruffettsblick hatte mehr als genug zu tun, da er Bürger auf die Mauern schickte, während es den Frauen der Stadt überlassen blieb, die Brände zu bekämpfen, die in den ärmeren Vierteln immer noch wüteten, wo Holz das vorherrschende Baumaterial war.

Stryke schob sich durch die Menge und wünschte sich, er hätte den Neuverpflichteten nicht befohlen, sich ebenfalls am leicht zu findenden Teich zu versammeln. Der Lärm war grässlich. Er wich aus, als ein Pferd scheute, und bahnte sich dann weiter seinen Weg bis zum Rand des trüben Gewässers.

Er war nicht überrascht, als er feststellte, dass die Menschen sogar hier in dieser Überfülle Platz um den Gefreiten Krenad gelassen hatten. Zweihundert orkische Krieger reichten, um den meisten Wesen Respekt einzuflößen.

»Bereit für den Ausfall, Gefreiter?«

Das Gesicht des Deserteurs verzog sich zu einem breiten Grinsen. »Viel mehr, als innerhalb dieser verwünschten Mauern umherzuschleichen, Hauptmann. Wenn Sie einen anständigen Ausfall wünschen, bin ich Ihr Ork.«

Sie mussten schreien, um sich verständlich zu machen. Jetzt legte sich eine merkwürdige Stille über die Menge.

Als er sich auf den Sattel des Pferdes schwang, das Krenad ihm gebracht hatte, sah Stryke auch, warum. Die Hohepriesterin Krista Galby ging über den Platz. Obwohl die Einwohner von Ruffettsblick dicht gedrängt standen, fanden sie noch genug Raum, um eine Gasse für sie freizumachen.

Äußerlich gelassen wechselte Krista ein paar Worte mit Oberbefehlshaber Rellston und ging dann zu den Vielfraßen. Stryke kam ihr zu Pferd entgegen.

Sie legte eine Hand auf sein Bein und sah ihm in die Augen. »Sobald jemand die Kraft des Landes gespürt hat, wächst sie in ihm«, flüsterte sie. »Früher oder später lässt sich das Land nicht mehr verleugnen.«

Plötzlich war sie überhaupt nicht mehr ernst. Mit einem Leuchten der Begeisterung in den Augen richtete sie sich hoch auf. Obwohl sie kaum die Stimme hob, hallten ihre nächsten Worte über den ganzen Platz. »Möge jeder Einzelne von euch wissen, dass er für das Land kämpft. Das Land wird euch stärken und die Kraft der Erde in euer Herz pflanzen. Öffnet euch der Kraft der Erde. Wisset, dass der Wind der Atem der Erde ist und wir für das Wohlergehen des Landes kämpfen. Denn das Land lässt sich nicht verleugnen. Zu lange hat es schon Tränen für seine Schänder vergossen. Nun, da die Kraft der Erde über euren Köpfen braust ...« – aus dem Geysir schoss eine funkelnde Pseudoflamme höher, sei es durch Zufall oder durch Vorsatz – »... wird euer Geist erneuert, in diesem Leben oder im nächsten, und die Segnungen des Pfades der Mannigfaltigkeit liegen vor und über euch. Sie werden auch hinter und neben euch sein, um euch als die Kinder des Landes zu schützen, zu leiten und zu behüten.« Ihre Hände hoben sich zu einer eleganten Geste des Segnens. Dann verschwand sie in der Menge.

Rellstons Befehl platzte in die Stille. »Öffnet das Tor! Marsch!«

Von Coilla, Jup, Alfray und Haskeer flankiert, hielt Stryke sein unruhiges Pferd durch schiere Muskelkraft im Zaum.

Der Platz war vom allgemeinen Lärm erfüllt. In seinem Schutz sagte Coilla: »Wenn dir etwas zustößt, verlieren wir alle Sterne auf einmal. Teile sie zwischen uns auf, Stryke.«

»Auf keinen Fall.« Seine brüske Ablehnung ließ sie stur das Kinn hochrecken. Er fügte beschwichtigend hinzu: »Sie gehören zusammen, Coilla. Ich weiß nicht, warum, aber es ist so.«

Die ersten Kolonnen marschierender Männer hatten das Tor erreicht.

»Entweder das, oder du bist einfach zu versessen darauf, um sie aus der Hand zu geben«, sagte sie.

*

Sicher im Zentrum ihrer Armee schaute Jennesta aus ihrem Streitwagen von der Hügelkuppe herab.

Vor der schäbigen, rauchenden Siedlung brodelte eine Schlacht. Zwischen den steilen Talhängen gefangen und von ihren Anhängern sowie jenen jämmerlichen Menschen und orkischen Abtrünnigen bestürmt, gruben sich Hobrows Unis grimmig ein.

Sie lachte. »Erbärmlich, nicht wahr, Mersadion?«

»Ja, Majestät.« Unbewusst hob der General eine Hand und betastete seine vernarbte, blasige Wange. »Aber sie zählen trotzdem zwanzigtausend Mann.«

Die Augen der Königin funkelten. »Will heißen?«

»Dass ... dass es ein großartiger Sieg für Euch wird, Majestät.«

»Ich liebe großartige Siege. Und das sollten Sie auch, General. Denn wenn ich keinen erringe, ist Ihr Leben verwirkt. Habe ich mich klar genug ausgedrückt?«

Mersadion verbeugte sich, um den Hass zu verbergen, den er in sich spürte. »Das habt Ihr in der Tat, Majestät.«

»Gut. Dann lassen Sie alles für einen dreigeteilten Angriff vorbereiten. Ich will, dass unsere Menschen für einen Frontalangriff bereit sind. Ja? Wollten Sie meine Befehle in Frage stellen?«

»Nein, Majestät. Niemals.«

»Genau. Wir dürfen uns nicht mitreißen lassen, nicht wahr? Ich will die Orks auf dem Kamm dort drüben haben, wo sie aus der Deckung der Bäume angreifen können. Die Zwerge können die Hügelkuppe dort links besetzen. Wenn meine Menschen einen Sturmangriff vortäuschen, werden diese dummen Unis nicht in der Lage sein, seitlich auszuschwärmen, um den Angriffskeil zu umfassen. Aber ein Teil wird sich vorwärts locken lassen, und das ist der Zeitpunkt, wenn unsere Flanken ihre angreifen. Sehen Sie, so einfach ist das.«

Er sah es in der Tat. »Es ist brillant, Majestät.«

»Natürlich ist es das.« Sie lächelte auf das Meer funkelnder Piken und Schwerter unter ihr herab. »Und wo wir gerade dabei sind,

Mersadion, ich will, dass die Harpyien startbereit sind, sobald dieser Uni-Pöbel zum Sturmangriff bläst.«

Was von ihnen noch übrig ist, dachte der General, während er sich abwendete, um die Befehle weiterzugeben. Warum die Königin beschlossen hatte, sich in der vergangenen Nacht zu amüsieren, indem sie die Harpyien aufeinander hetzte, überstieg seine Vorstellungskraft. Obwohl Wahnsinn nicht auszuschließen war.

Zum Glück war Jennesta zufrieden. Aufgeregt, beinahe mädchenhaft beim Gedanken an das bevorstehende Blutvergießen. Ein kurzes Zucken mit den Zügeln, und ihr Streitwagen mit den sichelbesetzten Rädern rollte zu den vordersten Reihen ihrer Vorhut. Als sie in Stellung war, ließ sie Mersadion das Zeichen zum Sturmangriff geben.

Schritt für Schritt warfen die Pferde sich vorwärts und nahmen Geschwindigkeit auf. In dem Wissen, dass sie prächtig aussah, ein einziges Gefunkel in der Sonne, donnerte Jennesta dem Feind entgegen und zog dabei ihre Armee hinter sich her wie einen juwelenbesetzten Umhang.

Sie würden leichtes Spiel haben.

*

Kimball Hobrow konnte es kaum glauben. Noch vor wenigen Augenblicken hatte er eine Belagerungstruppe befehligt, die dem heidnischen Abschaum in dem erbärmlichen Loch unter ihm zahlenmäßig weit überlegen war. Er konnte nicht verlieren. Er konnte sogar Mitleid für die Dummheit dieser Mannis aufbringen, die sich vor ihm aufgestellt hatten wie Kegelpuppen und darauf warteten, dass der Wille Gottes sie als Zeugnis Seiner Macht umwarf.

Und jetzt sah er sich nicht nur einer, sondern *zwei* Armeen gegenüber. Armeen, neben denen seine eigenen Truppen wie ein Tempelpicknick aussahen.

»Was sollen wir tun, Meister?«, fragte der schweißüberströmte Aufseher vor ihm.

»Den Willen des Herrn«, sagte Hobrow äußerlich ruhig trotz der ersten Regungen von Panik in seiner Brust.

»Ist das eine Prüfung, Vater?«, fragte Milde, indem sie ihm ihr unschuldig aussehendes Gesicht zuwandte.

»Das ist es, Tochter.« Er durchbohrte den zitternden Aufseher mit einem Blick, als der Boden unter Jennestas Sturmangriff zu beben anfing. »Warum? Glaubst du, der Herr hat uns verlassen? Ist unser Glaube so schwach?«

»N ... nein, Meister.«

»In der Tat nicht. Wir werden diese Ungläubigen besiegen. Der Name des Herrn wird auf Jahrhunderte verherrlicht sein. Wenn Er mit uns ist, wie können wir da verlieren?«

Der Aufseher fand keine Worte. Er schüttelte den Kopf, während Hobrow einen Segen in die heiße, staubige Luft zeichnete.

»Geh zurück auf deinen Platz, Mann! Tu den Willen des Herrn!« Hobrow hatte ihn bereits aus seinen Gedanken verscheucht. Er winkte zwei aus seinem innersten Zirkel zu sich. Sie kamen gehorsam zu ihm getrottet. »Ich habe schlechte Nachrichten für euch«, sagte er zu ihnen. »Ich weiß, ihr sehnt euch danach, an diesem ruhmreichen Gemetzel teilzunehmen, aber der Herr hat andere Pläne mit euch.«

Beide sahen tatsächlich so aus, als bedauerten sie das. »Nennt sie uns, Meister«, sagten sie im Chor.

»Bewacht meine Tochter mit eurem Leben, denn hat der Herr uns nicht befohlen, die Unschuldigen zu beschützen?«

Sie nickten, ob der großen Verantwortung von Ehrfurcht erfüllt.

»Dann bringt sie in Sicherheit.« Hobrow bückte sich, und sein eckiger Körper sah aus wie der eines seltsamen Vogels, als er sich vorbeugte, um Milde auf die Stirn zu küssen. Sie neigte den Kopf in Anerkennung seiner Autorität, aber er war bereits gegangen.

Ein Blick reichte, um ihm zu zeigen, dass die abgerissene Streitmacht aus Ruffettsblick nicht mehr als einige Hundert Wesen zählte. Er konnte bereits die Hure sehen, die ihm in einem Glitzern aus Gold und Stahl entgegenraste. Ihre vorderste Linie prallte mit einer Wucht in die Pikeniere der Unis, die sich über den Boden fortpflanzte. Für einen Moment konnte er sogar die Königin sehen, die vor Wut aufschrie, als sich eines ihrer Pferde auf einer der tödlichen Waffen aufspießte.

Bei sich lächelnd schwang Hobrow sich in den Sattel und galoppierte ins Getümmel. Wie konnte sie nur so dumm sein? Wann hatte ein Kavallerieangriff je eine solide Linie von Pikenieren durchbrochen? Der Herr war tatsächlich mit ihm.

Sie würden leichtes Spiel haben.

*

Als die dunkle Masse von Jennestas Armee auf die vorderste Reihe der Unis prallte, griff Stryke mit seiner orkischen Kavallerieeinheit die Unis in deren Rücken an.

Zwar ritten sie bergauf, nicht die besten Voraussetzungen für einen Sturmangriff, aber die Reihen ihrer Gegner waren in Unordnung. Hobrows Soldaten hatten eine einzige spärliche Salve von Pfeilen abgeschossen, von denen sich die meisten weit vor ihnen in den Boden bohrten. Bergab zu schießen erschwerte ein genaues Abschätzen der Entfernung.

»Ich nehme an, Hobrows beste Bogenschützen werden auf der anderen Seite eingesetzt«, sagte Coilla, tief über den Hals ihres galoppierenden Pferdes gebeugt.

»Ich kann mich darüber nicht beklagen«, erwiderte Haskeer.

Die Vielfraße preschten weiter vor. Der Rauch wurde umso dünner, je weiter sie sich von Ruffettsblick entfernten, aber die Schlacht wirbelte so viel Staub auf, dass sie auch im Nebel hätte stattfinden können. Das Gras war grau davon, und selbst die Sonne war nicht mehr als ein schwacher Ball, der auf halbem Weg zum Zenit am Himmel hing. Aber er dämpfte den Schlachtlärm nicht, und der Boden bebte unter den stampfenden Hufen.

Stryke schaute nach rechts. Wie vereinbart, stürmte Rellstons Reiterei von einer sanften Erhebung Hobrows Flanke entgegen. Die Reiter der Unis waren irgendwo weiter voraus und jenseits der wogenden Masse kämpfender Truppen nicht zu sehen. Der Vielfraß wusste bereits, dass der Feind seine berittenen Truppen an der Hauptfront der Schlacht gegen die unvermutet aufgetauchte Armee der Mannis einsetzen würde.

An den Flanken hatten sich vor einigen Minuten Rellstons Fußsoldaten in Marsch gesetzt und gingen jetzt dazu über, Linien zu bilden. Die vorderste Reihe war mit Kurzschwertern bewaffnet, während ihre Kameraden lange Lanzen trugen. Über ihre Köpfe flog Salve um Salve kurzer Wurfspeere. Sie bohrten sich in die Flanke der Unis. Manche prallten von Schilden ab, doch andere trafen ihr Ziel, und ein unregelmäßiger Chor heiserer Schreie ließ Stryke und Coilla in irrer Freude breit grinsen.

Nur noch fünfzig Schritte, bis die orkische Kavallerie die Reihen der Unis erreichen würde. Zwanzig ... Zehn ...

Direkt über ihren Köpfen ertönte ein unheiliges, kreischendes Gelächter. Verwirrt schauten die Vielfraße hoch und zuckten zurück.

Ein Dutzend geflügelter Geschöpfe tauchte aus der Staubwolke auf und stürzte sich auf die überrumpelten Unis. Hobrows Bogenschützen bekamen gar nicht mit, was sie traf. Von hinten fielen die Harpyien förmlich auf sie herab, zerrten strampelnde Leiber hoch in die Luft und ließen sie dann auf deren Kameraden fallen. Ein schauerlicher Blutregen bespritzte Soldaten und Boden gleichermaßen.

Nur eine Hand voll Bogenschützen erkannte, was vorging. Vollkommen überrascht schickten sie ein paar Pfeile in den Himmel, aber die meisten fielen zur Erde zurück und fügten den Truppen der Unis mehr Schaden zu als den Harpyien, die sich gackernd hinter der Wolke verbargen.

Es war zu spät, den Angriff abzubrechen, und Stryke ritt einen Jungen nieder, dessen Lippen ein O der Überraschung formten. Der Junge fiel unter die stampfenden Hufe, und seine Schreie verstummten abrupt. Dann hieß es, schlagen und hauen sowie ducken und parieren.

Nun, da die Orks ein Loch in die Linie der Unis gerissen hatten, stießen auch Rellstons Truppen vor. Hobrows Männer sammelten sich in Gruppen und kämpften verbissen und zäh um ihr Leben. Und ab und zu stürzte eine Harpyie vom Himmel, um ein neues Opfer zu packen und dessen abgerissene Glieder auf seine entsetzten Kameraden fallen zu lassen.

Der Ausgang der Schlacht war unvermeidlich.

»Wie das Aufspießen von Fischen in einem Fass!«, rief Haskeer, dessen Klinge wirbelnde rote Kreise beschrieb.

»Ja«, keuchte Jup, dessen Pfad durch eine eigene Reihe von Opfern markiert wurde. »Es ist fast ein Verbrechen.«

*

An der Front oberhalb der schmalsten Stelle des Tals war Jennesta erbost. Sicher, ihre persönliche Leibwache hatte sich auf die Pikeniere geworfen und die Unis mit schierer Wildheit zurückgedrängt. Aber das änderte nichts daran, dass ihr Streitwagen umgestürzt war und ein totes Pferd in seinem Geschirr hing.

»Tun Sie irgendwas!«, schrie sie Mersadion an, während sie sich aufrappelte.

»Jawohl, Majestät.« Fluchend lief der General einem anderen Streitwagen hinterher.

Kaum war der Lenker langsamer geworden, um die Befehle seines Generals hören zu können, sprang Mersadion auf und stieß den Mann vom Wagen in das niedergetrampelte Gras. Ein anderer Streitwagen folgte dichtauf. Ohne auch nur einen flüchtigen Blick zurück überließ Mersadion den gestürzten Wagenlenker der Gnade der wirbelnden Radklingen.

Er wusste, dass Jennesta auf ihn ebenso viel Rücksicht nehmen würde. Sie raste über den aufgewühlten Boden davon und trieb die Pferde mit der Peitsche zum vollen Galopp an.

Blutgeruch drang in ihre Nase, kreiste durch ihr ganzes Wesen und erfüllte sie mit einem tiefsitzenden Hunger. Sie fuhr direkt zu der Lücke, wo die Pikeniere gefallen waren, und stürzte sich in die Schlacht. Die Überreste ihrer persönlichen Leibwache beeilten sich, um mit ihr Schritt zu halten.

Sie wurde abrupt langsamer. Es war nicht ratsam, ihren Männern zu weit vorauszueilen. Dann hielt sie ihren Streitwagen vollends an und riss die Augen vor Überraschung weit auf.

Eine einzelne Brise hatte den Staub für einen Augenblick fortgeweht. So klar wie den Tag sah sie, dass am Fuße des Tals eine Streitmacht aus der Siedlung den Unis in den Rücken fiel.

Eine Streitmacht, in der sich auch *Orks* befanden.

Vielleicht hatte es nichts zu bedeuten. Schließlich hatte sie selbst Orks in ihren Reihen, und in ganz Maras-Dantien waren viele von ihnen verstreut.

Andererseits hatte es aber vielleicht doch etwas zu bedeuten. Vielleicht bedeutete es, dass sie diese diebischen Deserteure endlich eingeholt hatte.

Jennestas zarte Schuppen glitzerten, da die Sonne ihr strahlendes Lächeln unterstrich.

*

In dem Getümmel vor Ruffettsblicks Nordtor kämpften die Unis weiter, da sie nicht gewillt waren, zu sterben, ohne so viele Mannis mitzunehmen, wie sie konnten. Hier am Fuß des Tals konnten nicht mehr als zwei- oder dreitausend von ihnen übrig sein, aber sie verkauften ihre Haut teuer.

Über alle Maßen müde hielt Stryke für eine Atempause inne. Es war eine blutige Arbeit, heiß und schweißtreibend trotz der unnatürlichen Kälte. Zum Glück waren die Harpyien mittlerweile verschwunden, entweder von Bogenschützen abgeschossen oder dorthin zurückgeflogen, woher sie gekommen waren. Ihr Auftauchen hatte ihm missfallen. Soviel Stryke wusste, hatten sie keinen der Männer aus Ruffettsblick angerührt. Warum hatten sie nur Unis angegriffen? Bei genauerer Überlegung hatte er auch keine Ahnung, warum die andere Manni-Armee so unvermittelt aufgetaucht war.

Er sagte sich, dass er nur auf Hobrows Fanatismus reagierte, und griff nach seiner Wasserflasche. Dann fluchte er, als ihm aufging, dass er sie im Verlauf der Schlacht verloren hatte. Glücklicherweise waren die Sterne noch sicher an Ort und Stelle.

Coilla zügelte ihr Pferd neben ihm. »Ihr Götter! Für einen Schluck Ale würde ich töten«, sagte sie, während sie sich Blut und Schweiß von der Stirn wischte.

»Vielleicht musst du das sogar«, antwortete er. »In ihrem Lager muss es zwangsläufig welches geben. Hoffen wir, dass wir dort vor dieser Götterplage eintreffen.«

Er spornte sein Pferd an, und sein Kopf ruckte wegen der jähen Beschleunigung in den Nacken. Coilla sah ihm nach und schloss sich dann seiner wilden Jagd an.

Dann erblickten sie Krenad. Er hing verkehrt herum, da ein Fuß sich in einem Steigbügel verfangen hatte, und wurde von seinem Pferd mitgeschleift, das verängstigt zwischen den unregelmäßigen Linien der Kämpfer hin und her tänzelte.

Stryke erwischte Krenads Angreifer mit einem Hieb von der Seite, während Coilla dem durchgehenden Pferd hinterherjagte. Es gelang ihr, sich vor das Tier zu setzen und es zum Stillstand zu zwingen. Als sie Krenad dabei half, seinen Fuß zu befreien, sah sie zu ihrer Freude, dass er zum Dank noch unsicher lächeln konnte.

Dann zog sie ein Ruf Rellstons an wie ein Magnet. Eine isolierte Gruppe mehrerer Hundert Unis hatte Zuflucht in einer Senke gesucht. Sie war durch ein Dickicht geschützt, und sie machten Ausfälle aus seiner relativen Sicherheit, um dann rasch wieder zwischen den stacheligen Bäumen Schutz zu suchen.

Krenad zog sich wieder auf sein Pferd und ließ eine Flasche mit irgendeinem Schnaps herumgehen, den Stryke nicht kannte. Er schmeckte widerlich, erfüllte ihn aber mit neuer Kraft. Er sah sich um und erblickte Alfray, der aus dem Dunst auf sie zukam.

Plötzlich hielt der alte Kämpe inne, als habe er jemanden vor sich gesehen. Keinen Feind, sondern jemanden, mit dem er keinen Streit hatte. Stryke sah die Verwirrung im Gesicht seines Gefreiten.

Als er Alfrays Blick folgte, glaubte Stryke für einen Moment etwas Weißes zu erkennen. Einen weißen Hengst mit einem drahtigen, braunhaarigen Mann auf dem Rücken.

Seraphim?

Die Vision wurde vom Schlachtgetümmel verdeckt.

»Also gut«, sagte Stryke, dem es nicht ganz gelang, den abergläubischen Schauder zu unterdrücken, der ihn überlief. »Ich will etwas Anständiges zu trinken. Sehen wir mal nach, was diese verfluchten Unis zu bieten haben.«

*

Die Sonne stand jetzt tief, und Hobrows überlebende Truppen waren zum Rückzug gezwungen.

Irgendein Schwachkopf hatte schon vor Stunden das Dickicht in Brand gesetzt und so die Unis herausgescheucht, die sich dort verschanzt hatten, aber das Feuer drohte auch jeden zu verbrennen, der daran vorbei wollte. Schwelende Blätter trieben im Wind und sorgten für das Ausbrechen kleinerer Feuer an unerwarteten Orten. Stellenweise war der Rauch so dicht, dass ein Drache daran erstickt wäre. Die Schlacht hatte den ganzen Tag getobt, mit ungünstigem Verlauf, soweit es die Unis betraf, aber nichtsdestoweniger heftig.

Jetzt waren die Vielfraße und die Neuverpflichteten Seite an Seite, viele von ihnen zu Fuß, alle mit Blut besudelt. Bei den Glücklichen war es nicht das eigene.

Als der Abend hereinbrach, kam Wind auf und pfiff auf seinem Weg zum Meer durch das Tal. Er zerriss den Rauchvorhang gerade so lange, dass die Orks sehen konnten, wer ihnen so unverhofft zu Hilfe gekommen war.

Jennesta.

»Ihr Götter!«, rief Haskeer, während Stryke ihr Name entfuhr.

Die Ironie des Schicksals entging ihnen nicht. Und augenscheinlich auch nicht Jennesta. Von der Plattform ihres weit entfernten Streitwagens funkelte sie sie an.

So weit sie auch entfernt war, sie wussten, dass sie vor nacktem Hass toben würde. Für die Orks eine winzige Gestalt hoch über ihnen auf dem Hang des nächsten Hügels, hob sie die Hand, als wolle sie einen unsichtbaren Speer werfen.

Stryke und seine Vielfraße stoben auseinander. Sie hatten genug von ihrer Magie gesehen, um zu wissen, dass sie über Energiekugeln voller zerstörerischer Energie gebot.

Sie hätten sich keine Sorgen zu machen brauchen. Mit der nächsten unvorhersehbaren Bö schloss sich der Rauchvorhang wieder.

»Keine Sorge«, sagte Coilla verächtlich. »Sie wird ihr kostbares Leben nicht im Getümmel der eigentlichen Schlacht aufs Spiel setzen. Jetzt lasst uns diesen mordenden Anführer der Unis finden und machen, dass wir von hier wegkommen.«

67

Kimball Hobrow hatte den ganzen Tag hinter seinen Männern gestanden, war von Ort zu Ort geschritten und hatte sie mit zunehmend verzweifelter werdenden Gebeten zum Weiterkämpfen gedrängt. Er hatte sie auf jedem Schritt des Weges begleitet, jeden hart erkämpften Fuß ihres Rückzugs. Jetzt verbarg er sich außer Sicht hinter einem umgestürzten Karren und schrie immer noch heisere Aufmunterungen.

Auf einmal war niemand mehr da, den er anfeuern konnte. Der letzte seiner Aufseher sank mit einem müden Seufzer zu Boden. Wie ein einschlafendes Kind gab der Mann den Geist auf und starb, während die Sonne sich hinter dem Hügelkamm verkroch.

Das Lager befand sich weit abseits auf einer Seite des Tals. Es hätte sicher genug sein müssen, versteckt in einer kleinen Senke und von Bäumen umsäumt, ein friedlicher Ort für einen Mann, um dort mit seiner Tochter zu lagern. Aber er hatte seine Tochter seit Stunden nicht mehr gesehen. Gott allein wusste, wo sie war.

Zum ersten Mal fragte sich Hobrow, ob es Gott überhaupt kümmerte.

Der Anführer der Unis duckte sich tiefer und war sich dabei kaum der Splitter von den Planken des Karrens bewusst, die sich in seine Hand bohrten. Sein Schwert war schon seit langem verschwunden, verloren, als eine Meute heulender Wilder über seinen tapferen Trupp hergefallen war. Jetzt hatte er nichts mehr, womit er sich verteidigen konnte.

Er sah ein paar Untermenschen, die durch die Trümmer seines Lagers schlichen. Sie trugen die Uniform der Großen Hure. Indem er blitzschnell hochschoss und gleich wieder herunter, gelang es ihm, eine zerissene Decke von dem Haufen zu zerren, der sich im Wagenrad verfangen hatte, und er zog sie sich über den Kopf. Wenn er sich hinkauerte und sich ganz still und reglos verhielt, übersahen sie ihn vielleicht.

Während er den Atem anzuhalten versuchte, hörte Hobrow sein Herz so laut wie Hufschläge in den Ohren hämmern. Das mussten sie doch auch hören. Denn mittlerweile war offensichtlich, dass er den Herrn aufs Schmerzlichste beleidigt und der Herr ihn verlassen hatte. Hatte er nicht Gottes Willen getan? War er nicht eifrig genug gewesen?

Anscheinend nicht.

Plötzlich waren die beiden Geschöpfe bei ihm. Sie rissen die Decke herunter und packten ihn, während er in den letzten Rest Tageslicht blinzelte.

»O Herr, zermalme diese Ungläubigen, die es wagen, dein Werk …« Einer der Orks verpasste ihm beiläufig einen Hieb über den Kopf.

Hobrow war vorübergehend benommen. Als die Wirklichkeit wieder über ihn hereinbrach, hörte er den Dicken sagen. »Ob er wohl irgendwas Wertvolles bei sich hat?«

Der Große stocherte in dem Haufen herum, der vom Karren gefallen war. Er warf ein heiliges Buch über die Lichtung und wischte sich danach die Finger an seinem Wams ab. »Nee. Ist nur ein Haufen alter Schrott.«

Hobrow raffte sich auf und stützte sich auf einen Ellbogen. »So dürft ihr nicht reden!«, rief er entsetzt.

Der Dicke verpasste ihm einen Rückhandschlag, der Hobrows Lippe spaltete. »Haben wir gerade getan, Schwachkopf. Du redest zu viel.«

»Schneiden wir ihm die Zunge raus! Ich will mal wieder richtig lachen.«

Hobrow kroch rückwärts, da seine Beine hektisch strampelten. Bevor sie richtig begriffen hatten, was er tat, war er unter der gesplitterten Ladefläche des Karrens verschwunden.

Der Große sprang über die gebrochene Deichsel und griff nach ihm. Hobrow kauerte sich unter den geborstenen Planken zusammen und schrumpfte förmlich außer Reichweite des Orks.

Es änderte nichts. Der Dicke hieb Hobrow beiläufig die Flachseite seiner Axt gegen das Knie. »Hör auf mit dem Versteckspielen, du Schleimbeutel.«

Hobrow heulte. »Lasst mich gehen! Ich bin der Diener des Herrn. Ihr dürft mir nichts tun.« In seine Stimme schlich sich ein winselnder Unterton von Selbstmitleid. »Bitte tut mir nichts!«

Der Dicke krampfte die Finger in Hobrows ehemals ordentliche Haare und zog ihn heraus. Er zerrte den sich windenden Uni in die Höhe und schüttelte ihn wie eine Stoffpuppe. »Sieh mal«, sagte er zu seinem Begleiter, als sich ein dampfender Fleck vorne auf Hobrows Hose ausbreitete. »Er hat sich bepisst.«

Hobrow schloss die Augen, da er spürte, wie diese letzte Demütigung langsam abkühlte und klamm an seinen Oberschenkeln klebte. Sein Häscher stieß ihn beiseite. Hobrow schlug hart gegen das Wagenrad.

»Glaubst du, er ist es wert, zu Ihrer Majestät gebracht zu werden, Hrackash?«, fragte sein Häscher.

Der Dicke starrte den Diener des Herrn voller Verachtung an. »Nee. Er kann nicht wichtig sein. Er hat weniger Rückgrat als eine Qualle.«

Kimball Hobrow wünschte sich so inbrünstig, vor Scham in den Boden zu versinken, dass er das Messer nicht einmal spürte, als es sein Herz durchbohrte.

*

Als die Dunkelheit hereinbrach, zogen sich Jennestas Truppen in ihr Lager zurück. Doch ein unnatürliches Heulen lag über dem in Finsternis gehüllten Schlachtfeld. Verstohlene Bewegungen deuteten darauf hin, dass einige Unis über den Kamm flohen. Stryke wusste nicht, dass sich unter ihnen auch Milde Hobrow befand. Aber er war auch mit anderen Dingen beschäftigt.

»Wir holen uns besser den letzten Stern und verschwinden«, beschloss er. »Das ist Jennestas Armee. Ich will morgen möglichst weit weg von ihr sein.«

»Warum hilft sie uns wohl?«, fragte Jup.

»Sie hilft uns nicht. Sie hat nur die Unis aus dem Weg geschafft. Sie ist hinter uns her. Coilla? Bist du dabei?«

»Natürlich bin ich dabei!« Sie zögerte, da Alfray einen Schnitt in ihrer Schulter verband. »Es ist nur so, dass ... Tja, weißt du, es kommt mir schäbig vor, Verbündeten etwas zu stehlen. Schließlich ist es nicht so, dass wir viele Freunde haben, oder?«

»Sie sind uns was schuldig«, stellte Haskeer unverblümt fest. »Stell es dir wie eine Belohnung vor.«

»Ach, wie nett«, sagte Coilla. »Jetzt darf ich also den Tempel unserer Verbündeten ausrauben.«

Eine Abteilung müder Reiter trottete an ihnen vorbei dem Stadttor entgegen.

»Seht sie euch an«, sagte Stryke. »Diese Leute wären rettungslos verloren. Wenn Jennesta morgen früh hierherkommt, soll ihr dann etwas in die Hände fallen, bei dem es sich um eine Quelle der Macht handeln könnte?«

Das gab den Ausschlag.

Der Trupp kehrte nach Ruffettsblick zurück. Einige hinkten, alle waren müde und erschöpft.

Alfray hielt Stryke am Ärmel fest. »Hast du ... diesen Menschen, Seraphim, in der Schlacht gesehen?«

Stryke zögerte. »Ich bin nicht sicher. Ich dachte kurz, ich hätte, aber ...«

»Aber ihr redet einen Haufen Schwachsinn«, beendete Haskeer den Satz. »Warum sollte so ein Quatschkopf in einer Schlacht umherirren? Und jetzt lasst uns herausfinden, wie dankbar diese Leute *wirklich* sind.«

*

Innerhalb der Tore brandete ihnen der Jubel entgegen wie eine Mauer. Jemand drückte ihnen Krüge in die Hand. Andere reichten ihnen Brot und Fleisch. Leute tanzten umher, sangen, tollten herum oder beteten, je nach Lust und Laune.

Krista Galby stand in einem Kreis aus Fackellicht am Teich und erstrahlte so hell und rein wie eine Kerzenflamme. Neben ihr, ein Arm in einer Schlinge aus seiner grünen Schärpe, lehnte Oberbefehlshaber Rellston erschöpft an der niedrigen Mauer. Während die Orks sich alle stolz ein wenig höher aufrichteten, wurden sie von den beiden Anführern der Mannis gerufen.

»Ich kann es nicht oft genug sagen, Stryke, ich bin Ihnen sehr dankbar«, rief Krista. »Ohne Sie hätten wir sie nicht besiegen können.«

Rellston neigte steif den Kopf. »Auch ich möchte Ihnen meinen Dank aussprechen. Sie haben dieses Schwein Hobrow nicht zufällig gesehen, oder?«

»Nein.«

Stryke wollte fortfahren, aber Rellston war offenbar entschlossen, sein früheres Misstrauen vergessen zu machen, und bot mehr Ale an. Es war das erste Mal, dass die Vielfraße geneigt waren, einen guten Schluck auszuschlagen.

Sobald sie sich halbwegs anständig verabschieden konnten, strebten sie der feurigen Lichtsäule auf dem Hügel entgegen. Krenads Leute sahen sie gehen und rissen Witze über Orks, denen das Tempo zu hoch war. Haskeer war nicht der Einzige, der ihnen gern das Grinsen aus dem Gesicht gewischt hätte.

Jetzt, da in der ganzen Stadt gefeiert wurde, war die Gegend rings um den Tempel nahezu verlassen. Die Vielfraße unternahmen erst gar nicht den Versuch, raffiniert vorzugehen. Sie schlenderten gemütlich zur Tempeltür und gingen dann unvermutet zum Angriff über. Damit hatten die Wachen am wenigsten gerechnet. Sie wurden ohne Widerstand überwältigt.

»Fesselt sie«, befahl Stryke barsch, da er sich ein wenig schuldig fühlte. Aber nicht so schuldig, dass er davon Abstand genommen hätte, den Tempel zu betreten.

Auf der Schwelle blieben sie stehen. Eine Laterne beschien den Stern auf der Säule. Er lag da und glitzerte sie stetig an.

Coilla seufzte und machte Anstalten, ihr Kunststück vom Tag zuvor zu wiederholen.

»Scheiß drauf«, knurrte Haskeer. Er warf sich mit voller Wucht gegen die massive Säule und kippte sie um.

Sie schlug mit einem Krachen auf den Boden, der wie Donner durch den Tempel und die nähere Umgebung hallte. Doch nachdem die ganze Stadt feierte, hörte es außer den Vielfraßen niemand.

Stryke sah den vielzackigen Stern über den Boden kollern und dabei ein wenig hüpfen wie die Sterne in seinem Traum. Falls es denn ein Traum gewesen war. Rasch hob er ihn auf und schob ihn zu den anderen in seinen Gürtelbeutel.

»Schön«, sagte er. »Nichts wie weg hier.«

*

Sie waren im Stall, bevor Coilla das Schweigen brach. »Willst du es nicht Krenad und seinen Leuten sagen?«

Stryle warf den Sattel ein wenig härter als nötig über den Rücken seines Pferdes. Das Tier tänzelte aus Protest zur Seite. »Sie haben ihr Schicksal in die eigenen Hände genommen, so wie wir. Sie wollten Freiheit. Sie haben sie bekommen. Was sie jetzt damit anfangen, liegt ganz bei ihnen.« Er zog den Gurt fest.

»Nicht, wenn Jennesta morgen früh hierher kommt«, erinnerte Alfray ihn. »Sie wird ihnen bei lebendigem Leib die Haut abziehen lassen.«

»Was soll ich denn machen? Mich mit einer ganzen Armee von Orks verstecken? Mir gefällt das hier auch nicht besser als euch, aber schließlich ist es nicht so, dass wir eine Wahl hätten.«

Alfray sagte: »Wir sind ihnen zumindest eine Warnung schuldig.«

Jup unterstützte ihn.

Coilla war unverblümter. »Hast du immer noch Angst, du könntest eine Gefolgschaft anziehen?«

»Und wenn es so wäre?«, fuhr Stryke sie mit wütendem Funkeln an. »Ich habe nie gesagt, dass ich es mit Jennesta aufnehmen will! Oder auch mit sonst jemandem. Ich will diese Sache nur heil und gesund überstehen. Soll doch irgendein anderer die Fahne hochhalten.«

Alfray war empört. »Also willst du Krenad einfach Jennestas Gnade ausliefern. Du bist nicht der Ork, für den ich dich gehalten habe.«

Stryke schob sein Gesicht ganz nah an Alfrays heran. »Falsch. Das ist genau mein Standpunkt. Ich bin der Anführer eines Kriegstrupps, mehr nicht. Du bist derjenige, der aus mir etwas anderes machen will. Coilla, geh und such Krenad. Nein, warte. Das mache ich selbst. Die Götter wissen, was für ein Aufhebens ihr alle deswegen machen würdet.«

*

Er fand den Anführer der Neuverpflichteten in einer Taverne, wo er derbe Lieder grölte.

»Kommen Sie her«, sagte Stryke brüsk.

Krenad war zu glücklich und zu betrunken, um von dem Fass zu steigen, auf dem er saß. »Wassnlos?«, murmelte er.

Stryke schleifte ihn nach draußen und tunkte seinen Kopf in eine Regentonne, bis die Augen des Deserteurs einen einigermaßen klaren Ausdruck hatten.

»Schön, das ist schon besser. Jetzt hören Sie zu, Krenad. Falls es Ihnen nicht aufgefallen sein sollte, der Anführer der anderen Armee da draußen ist Jennesta.«

»Nee, das kann nicht sein. Das war ein magerer Mensch mit so ’nem albernen Hut auf dem Kopf.«

Stryke tauchte ihn wieder unter, bis er sich hektisch zu wehren begann.

»Nicht der, Sie Idiot! Ich meine die andere *Manni*-Armee. Auf dem Hügel. Mit den Harpyien. Wissen Sie noch?«

Plötzlich war Krenad vollkommen nüchtern. »Jawohl, Hauptmann. Wann rücken wir ab, Hauptmann?«

»*Wir* rücken jetzt ab. *Sie* können abrücken, wann immer Sie wollen.«

»Sie meinen, wir trennen uns hier und treffen uns später wieder?«

»Nein. Hören Sie, Gefreiter, glauben Sie nicht, wir würden nicht zu schätzen wissen, dass Sie in der Schlacht mitgekämpft haben. Aber lassen Sie es mich Ihnen noch ein letztes Mal ganz deutlich sagen. Ich rekrutiere nicht. Ich habe noch nie rekrutiert. Und morgen, wenn wir weit weg von diesem mörderischen Miststück sind, werde ich immer noch nicht rekrutieren. Es heißt, jeder Ork für sich. Haben Sie das verstanden?«

*

Später in derselben Nacht, weit jenseits der Hügel rings um die Stadt, als der Morgen graute, verfolgte der Blick, den Krenad ihm zugeworfen hatte, Stryke immer noch.

*

Während sich der Rand der Sonne über die Ostmauer schob, stand Krista Galby entgeistert im Tempel.

Einer der Posten, der sich seinen schmerzenden Kopf hielt, sagte gerade: »... und konnten überhaupt nichts dagegen machen.«

Eine ganze lange Minute blieb die Priesterin stumm und starrte auf die umgestürzte Säule. Schließlich seufzte sie und sagte: »Ich kann mir nicht vorstellen, dass sie im Zuge der Feierlichkeiten jemand hat aufbrechen sehen, aber wir sollten wohl wenigstens fragen.«

Sie hielt inne und zwang sich, eine Miene ruhiger Gefasstheit aufzusetzen. Beinahe verträumt sagte sie, mehr zu sich selbst als zu den Männern bei ihr: »Wir müssen ihn finden und zurückholen. Wir haben den Tempel für ihn gebaut. Er war der Mittelpunkt meines Lebens und desjenigen meiner Mutter vor mir und überhaupt aller Priesterinnen bis zurück zu der Zeit, als Ruffett sich hier niedergelassen hat. Hätte er den Stern nicht hier im Teich gefunden, hätte er sich niemals hier niedergelassen.«

Verblüfft über ihre übernatürliche Gelassenheit hauchte der Posten mit den Kopfschmerzen in die Stille: »Soll ich den Oberbefehlshaber bitten, einen Suchtrupp zusammenzustellen?«

Krista sah ihn an. »Nein. Wir wollen nicht, dass Strykes Trupp bestraft wird. Nicht, nachdem er Aidan das Leben gerettet hat.« Ihre Stimme verlor sich, um in kräftigerem Tonfall hinzuzufügen: »Treiben Sie alle Tempelwachen zusammen, die noch auf einem Pferd sitzen können. Und satteln Sie meine Stute.«

Der Mann war entsetzt. »Sie können nicht gehen, Priesterin! Ohne den Stern brauchen wir Sie dringender denn je hier in der Stadt.«

»Wer kann ihnen sonst erklären, warum wir ihn brauchen? Verstehen Sie das denn nicht? Ich *muss* gehen.«

*

Nach weniger als einer halben Stunde stand Krista auf dem Platz vor dem Nordtor. Eine der Frauen, die gestern Witwe geworden waren, hatte an ihrem Fenster getrauert. Lange nachdem sich der Trubel gelegt hatte, war ihr ein Trupp von etwa dreißig Orks aufgefallen, welche die Stadt verlassen und dabei ihren Pferden die Hufe mit Lappen umwickelt hatten. Der Torwächter konnte sich an nichts erinnern. Er wusste nur noch, dass jemand zu ihm gekommen war, der ihm etwas zu trinken angeboten und ihm dann einen Schlag auf den Kopf verpasst hatte.

Vorsichtig umarmte Krista ihren Sohn. Er konnte zwar noch nicht weit laufen, aber seine alte Kinderfrau hatte einen Tempelarbeiter gebeten, ihn nach draußen zu seiner Mutter zu tragen. »Sei ein braver Junge, Aidan, und tu, was Merrilis dir sagt. Wir wollen doch, dass du wieder stark wirst, oder?«

Der Junge klammerte sich an ihren Arm. »Geh nicht, Mutter! Bleib bei mir. Da draußen gibt es schlimme Sachen.«

»Aber auch gute. Und ich werde von diesen starken Männern begleitet, die mich beschützen. Keine Sorge, mein Schatz. Bevor du richtig merkst, dass ich weg bin, werde ich schon wieder zurück sein.«

Krista sah die alte Frau und den stämmigen Zimmermann an. »Passen Sie gut auf ihn auf. Aidan, mein Schatz, du kannst hier bleiben und zusehen, wie die Königin einreitet. Das ist doch bestimmt schön, oder?«

Der Befehlshaber der Tempelwache kam zu ihr und gab ihr die Zügel einer prächtigen braunen Stute. Krista Galby warf ihrem Sohn eine Kusshand zu.

Dann ritt sie mit ihren Männern aus der Stadt, als sei ihr eine Flutwelle auf den Fersen.

*

Jennestas Streitwagen war mit Blumen geschmückt.

Sie hatte die wirbelnden Messer entfernen lassen. Es war nicht ratsam, potenzielle Untertanen aufzubringen, indem man ihnen die Beine absäbelte. Jetzt nickte und lächelte sie den Bürgerlichen königlich zu, welche die Straße zu den Toren der schmuddeligen kleinen Stadt säumten. Welchen Namen trug sie noch gleich? Ah, ja. Ruffettsblick oder einen ähnlich romantischen Unsinn. Obwohl sie sich nicht vorstellen konnte, was an einer Ansammlung dreckiger Hütten so weit von ihrer Hauptstadt entfernt romantisch sein sollte. Hinter ihr ritt ein kleiner Teil ihrer Armee, nur um sie zu erinnern, wer wer war.

Männer jubelten, Mädchen warfen verwelkte Blumen, deren bronzefarbene und rote Blüten nach kurzer Zeit in den Dreck getrampelt waren. Jennesta warf einen Blick auf Mersadion, der steif neben ihr ritt und dessen Narben sich prächtig entwickelten. Wenigstens konnte er sehen, dass diese ungewaschenen Bauern wussten, wie man eine Königin ehrte.

Dann zuckte ein Sonnenstrahl herab und tauchte die Magiefontäne in dunkleres Feuer. Ihr Blick wurde aufwärts gezogen. Der Anblick solcher Macht weckte ein verstohlenes Glitzern in ihren Augen. Die Zügel in ihren Händen erschlafften, und aus dem Trab der Pferde wurde ein langsamer Schritt.

Ihr Schnauben brachte sie wieder zu sich. Kurz vor dem Tor wagte ein Reitertrupp, ihren Weg zu kreuzen. Ohne ein Wort schossen sie in vollem Galopp vorbei, ohne richtig anzuhalten und ihr den gebührenden Respekt zu zollen.

Doch von jenseits der Tore brandete lauter Jubel auf, als die Stadtbewohner sie kommen sahen. Jennesta zwang ein Lächeln auf ihre Lippen und fuhr mit all dem Pomp in die Stadt ein, den sie aufbieten konnte.

In der Mitte des Platzes befand sich ein schlammiger Teich, der von einer niedrigen Mauer umringt war. Davor saß ein Mann auf einem großen Pferd, dessen Rock man gebürstet hatte, bis er glänzte. Trotz des überschwänglichen Jubels schien er ziemlich finster dreinzuschauen.

Rellston riss sich zusammen und verbeugte sich aus der Hüfte. Sein Lächeln, ging Jennesta auf, war nicht aufrichtiger als ihres. Aber schließlich kannte Rellston ihren Ruf.

»Willkommen«, sagte er wenig begeistert. »Und vielen Dank für Eure rechtzeitige Hilfe.«

Mersadion neigte den Kopf eine Winzigkeit zur Königin.

Rellston verstand den Wink. »Eure Majestät«, fügte er hinzu.

»Denken Sie sich nichts dabei«, sagte Jennesta mit einer Stimme wie vergifteter Honig. »Haben Sie hier zufällig einen Trupp Orks? Ich würden ihnen gern ... persönlich *danken.*«

»Wir hatten, Eure Majestät. Aber jetzt sind sie nicht mehr da.«

»Wie enttäuschend«, zischte die Königin. »Haben sie zufällig erwähnt, wohin sie wollten?«

»Nein, Eure Majestät. Sie sind irgendwann in der Nacht aufgebrochen.«

Mersadion ließ sein Pferd ein wenig zur Seite tänzeln, da er jeden Augenblick mit einem vulkanischen Ausbruch von Jennestas Zorn rechnete.

Er kam nicht. Mit kolossaler Anstrengung quetschte sie mit knirschenden Zähnen hervor: »Und wo ist Ihre Hohepriesterin? Warum ist sie nicht hier, um mich zu begrüßen?«

Rellstons Rücken wurde noch steifer. »Sie hat mich beauftragt, Euch stellvertretend ihre Dankbarkeit auszusprechen, Eure Majestät. Aber ich fürchte, sie ... hatte etwas zu erledigen. Etwas *Dringendes.*«

Die Königin sah sich nachtragend um. Plötzlich tauchte ein stämmiger Mann aus der Menge auf, der einen Jungen huckepack trug. Anders als die anderen Kretins, die dastanden und sie angafften, ließ dieser Junge, ein hübscher, schwarzhaariger Charmeur, keine Angst erkennen. Er war viel zu selbstsicher, um das Kind irgendeiner unbedeutenden Person zu sein.

»Und wer ist der Bengel auf den Schultern des großen Mannes dort drüben?«, fragte sie in ätzendem Tonfall.

Widerstrebend sagte Rellston: »Das ist der Sohn der Hohepriesterin, Eure Majestät.«

»Ist er das? Tatsächlich?«

Ihm gefiel nicht, wie Jennesta den Jungen mit jäh erwachtem schwülem Interesse beäugte. Ihm drehte sich der Magen um, als er sah, wie sie Aidan mit der Laszivität einer Kurtisane anlächelte.

*

Im Schutz eines Gehölzes an der Einmündung des Tals saß ein hochgewachsener, drahtiger Mensch auf einem Pferd.

Rechts und links von ihm schlichen sich kleine Gruppen von

Unis durch die Bäume davon, aber sie schienen ihn nicht zu sehen. Dasselbe galt für die wenigen, vereinzelten Suchtrupps, die Mersadion zu Aufräumarbeiten ausgesandt hatte.

Die kastanienfarbenen Haare glänzten in den tanzenden Strahlen der Sonne. Nachdenklich beobachtete er, wie die Bevölkerung Jennestas triumphalen Einzug in die Stadt bejubelte.

Dann wendete er seinen weißen Hengst und verschwand im Wald.

68

Angewidert sah Rellston zu, wie Jennesta sich für den Jungen begeisterte.

Der Oberbefehlshaber hatte sich verpflichtet gefühlt, sie in das am wenigsten beschädigte Wirtshaus am Platz einzuladen. Aber die Unterhaltung war nicht gerade flüssig, und sie hatte den Pokal mit Met noch nicht angerührt, den der Wirt ihr gebracht hatte. Aidan hingegen war entzückt darüber, im Mittelpunkt des Interesses Ihrer Majestät zu stehen. Doch im Laufe des Nachmittags fing der junge Rekonvaleszent an zu gähnen.

Jennesta sah ihn an und sagte kalt: »Ich langweile dich, oder?«

»*Nein*, Eure Majestät! Ich finde Euch wunderschön.«

Sie sonnte sich in seinem Kompliment.

Aidan gähnte erneut.

Um dem Zorn der Königin zuvorzukommen, mischte sich Rellston ein. »Verzeiht ihm, Majestät. Er hat sich noch nicht von der Verletzung erholt, die er sich vor zwei Tagen zugezogen hat. Sie war so schlimm, dass wir eine Zeit lang sogar befürchten mussten, er werde sie nicht überleben.«

Sie winkte verächtlich ab und ließ sich nicht einmal zu der Frage herab, wie es kam, dass seine Genesung anscheinend so erstaunliche Fortschritte machte. Tatsächlich, ging dem Oberbefehlshaber auf, verlor sie alles Interesse, sobald er selbst damit aufgehört hatte, sie finster anzustarren.

Erzürnt darüber, dass man sich über ihn lustig machte, bemerkte er: »Eure Soldaten scheinen nicht viel Glück bei ihrer Suche nach den von Euch erwähnten Gegenständen zu haben. Vielleicht möchtet Ihr uns bei unserem bescheidenen Abendmahl Gesellschaft leisten?«

Jennesta sah ihn an, als sei er unter einer Latrine hervorgekrochen. »Ich glaube kaum«, verkündete sie gebieterisch und erhob sich dann so abrupt, dass ihr Stuhl umfiel und ein Stück über den Wirtshausboden rutschte. »Ich werde zu meiner Armee zurückkehren. Ein guter Kommandant kümmert sich um seine Truppen.«

Rellston verneigte sich ironisch, doch sie bekam es nicht mit. Sie war bereits davongerauscht.

Kaum war ihr Streitwagen außer Sicht, ließ er seiner Verärgerung freien Lauf. Er würde sich aus Ruffettsblick schleichen, wenn er musste. Er würde tun, was nötig war. Aber er konnte die Hohepriesterin da draußen nicht mit nur einer Hand voll Männer zu ihrem Schutz allein lassen.

*

Am Spätnachmittag verlangsamte ein abgerissener Trupp von ungefähr dreißig Reitern sein Tempo zu einem Trott. Der Hang vor ihnen war flach, aber die Pferde waren zu erschöpft, um ihn schneller zu nehmen.

Stryke warf einen Blick auf das träge fließende, zinnfarbene Wasser des Callyparr-Meeresarms zu seiner Rechten. Eine brackig riechende Brise stieg ihm in die Nase. Keine halbe Meile entfernt lag das Ufer des Norantellischen Ozeans, aber im Augenblick war es hinter einem niedrigen, mit Gestrüpp bewachsenen Hügel verborgen. Das bedeutete, dass es immer noch mehrere Stunden bis zum Drogawald waren. Er fluchte und stieg ab, um seinem Pferd etwas Erleichterung zu verschaffen, da er sich ein wenig nach vorn in den kalten, trüben Regen beugte und bergauf trottete.

»Was ist das?«, flüsterte Coilla, indem sie auf eine Reihe sich schnell bewegender Gestalten vor ihnen zeigte.

»Unis, glaube ich«, erwiderte Haskeer. »Scheißwetter! Man kann kaum etwas sehen.«

»Sie scheinen keine Pferde zu haben«, steuerte Jup bei.

»Gut!«, sagte Haskeer. »Geschieht den Schweinehunden ganz recht, dass sie durch den Regen latschen müssen, den sie uns beschert haben. Wenn es nach mir ginge, würde ich jeden Einzelnen von ihnen töten.«

»Dafür haben wir keine Zeit«, unterrichtete Stryke ihn müde.

Schließlich erreichten sie die Kuppe und stiegen wieder auf. Im Schritttempo umrundeten sie eine felsige Erhebung.

Stryke zügelte sein Pferd abrupt. Auf der Straße vor ihnen waren gut zwanzig von Hobrows in die Flucht geschlagenen Soldaten, aber ihnen stand der Sinn nicht mehr nach Kampf. Mit gezückten Waffen zogen sie sich ins tropfnasse Gebüsch zurück. Der Trupp ritt im Galopp an ihnen vorbei.

Da sie überall von Feinden umgeben waren, ritten die Vielfraße so schnell, wie es ihnen möglich war. Je weiter sie kamen, desto häufiger passierten sie mutlose Aufseher. Ein oder zwei Mal scheuchte Jup, der als Kundschafter unterwegs war, sie in Deckung, als Orktrupps vorbeiritten, aber ob es sich bei ihnen um Deserteure oder Jennesta treu ergebene Truppen handelte, ließ sich unmöglich sagen.

Schließlich, als der Tag sich in einer traurigen, grauen Dämmerung verabschiedete, zügelte Stryke sein Pferd. Sie schienen alle Verfolger hinter sich gelassen zu haben. Am nördlichen Horizont zeichnete sich die dunkle Linie des Drogawalds ab. Ein wässriger Mond lugte schüchtern durch die Wolken.

Da sie kein Feuer riskieren wollten, geschweige denn in der Lage sein würden, etwas Brennbares zu finden, legten die Vielfraße sich hin, um sich bis zum Einbruch der Nacht auszuruhen. Kurz darauf hallten Schnarchgeräusche durch die Dunkelheit. Ab und zu war ein Klatschen zu vernehmen, wenn ein Schläfer nach einem summenden Insekt schlug, aber die Posten sahen keine größeren Störenfriede.

Stryke konnte nicht einschlafen und ging zum Meeresarm. Eine Zeit lang saß er am Ufer und warf Kiesel ins Wasser. Wegen des Rauschens der Wassermassen hörte er Coilla nicht hinter sich auftauchen. Er wusste erst, dass sie da war, als sie sich neben ihn hockte und die Arme um die Knie schlang. »Also, was nun, Stryke?«, fragte sie. »Reiten wir weiter zum Drogawald und nehmen wieder Keppatawns Gastfreundschaft in Anspruch?«

»Vielleicht. Ich weiß es nicht.«

»Ich sehe nicht, wohin wir sonst können, da Jennesta jetzt diese Seite des Meeresarms heimsucht.«

»Andererseits«, erwiderte Stryke, »könnte das sehr wohl der erste Ort sein, wo sie uns suchen würde. Ihr Götter! Ich habe keine Ahnung, was wir jetzt tun sollen.«

Coilla warf selbst einen Kiesel. Er platschte ins Wasser. »Was ist dir das Wichtigste?«

»Einfach nur am Leben zu bleiben, glaube ich.«

»Was ist mit den Sternen? Spielen sie keine Rolle mehr?«

»Wer weiß? Ich wünschte, wir hätten nie damit angefangen.« Er lehnte sich zurück an einen moosbewachsenen Felsen.

Die Kiesel plumpsten jetzt paarweise ins Wasser. Nach einer Weile wandte Coilla sich erneut an ihn. »Worüber hast du eigentlich mit Krista geredet, als ich im Tempel war?«

»Über nichts.«

»Ihr habt eine halbe Stunde herumgestanden und euch unterhalten, ohne etwas zu sagen? Das glaube ich nicht.«

»Die Priesterin hat mir erklärt, ich wäre vielleicht ein Begabter«, gestand er widerstrebend ein.

»Ein Begabter - inwiefern?«

»In meinem Fall ist das ein Ork, der Magie spüren kann.« Er holte die Sterne aus seinem Gürtelbeutel und spielte geistesabwesend mit ihnen, während Coilla ihn anstarrte.

»Das ist nicht natürlich. Entschuldige, vergiss, dass ich das gesagt habe. Hast du ihr von deinen Träumen erzählt?«

»Das brauchte ich gar nicht. Sie schien zu glauben, dass sie ... eines der Symptome sind oder was auch immer.«

»Hast du je daran gedacht, dass auch das Pelluzit dafür verantwortlich sein könnte?«

»Der Kristall? Natürlich habe ich daran gedacht. Eine Weile habe ich sogar daran geglaubt. Jetzt bin ich sicher, dass er nicht dafür verantwortlich ist.«

Sie wechselte das Thema. »Was sollen wir machen?«, wiederholte sie.

»Da bin ich überfragt.«

Stryke beschäftigte sich noch einen Moment mit den Sternen, dem einen verschmolzenen Teil und den beiden einzelnen. Dann wurde er ihrer überdrüssig und rollte sie mürrisch durch das Gras.

Geraume Zeit starrten die beiden Orks im Mondlicht auf das Rätsel der Sterne. Keiner von ihnen konnte erkennen, auf welche Weise die Instrumentale miteinander verbunden waren. Die Zapfen schweißten sie nahtlos und auf eine Art zusammen, die den Naturgesetzen zu widersprechen schien. Die spinnengliedrige Masse hatte etwas Sonderbares an sich, etwas, das in der Unendlichkeit zu verschwinden schien.

Stryke hob sie wieder auf und spielte mit ihnen herum. Nach wenigen Augenblicken verband sich der Stern aus Ruffettsblick mit dumpfem Klick mit den anderen.

Coilla war beeindruckt. »Wie hast du das gemacht?«

»Ich habe keine Ahnung.« Er versuchte es mit dem letzten Stern, dem grünen, fünfzackigen, den sie aus Hobrows Siedlung Dreieinigkeit entwendet hatten.

»Lass es mich mal versuchen«, sagte Coilla schließlich und nahm ihm die Sterne ab. Sie hatte nicht mehr Glück als er.

Schließlich gab Stryke es auf. Er verstaute die Sterne in seinem Beutel. »Ich glaube, wir gehen besser zurück. Die anderen werden sich Sorgen um uns machen.«

Sie waren noch kein Dutzend Schritte weit gekommen, als zwei Gestalten aus ihrem Versteck traten und ihnen den Weg versperrten.

Micah Lekmann und Greever Aulay.

»Ihr lasst euch das wohl zur Gewohnheit werden«, sagte Coilla zu ihnen.

»Wie nett«, sagte Lekmann, der sein Schwert bereits gezogen hatte. »Ein Liebespaar bei einem geheimen Schäferstündchen.«

»Halt die Klappe, Micah«, schnauzte Aulay. »Warum reden, wenn wir doch töten können?« Auch er hatte seine Klinge gezückt und ließ die Spitze langsam kreisen, während die Orks blank zogen.

*

Am Ufer des Callyparr-Meeresarms begannen zwei Duelle.

Lekmann fintierte gegen Stryke und versuchte es dann mit einem tiefen Ausfall. Aber der Ork übersprang seine Klinge, fuhr herum und trat dem Kopfgeldjäger gegen das Knie. Lekmann taumelte zur Seite und kämpfte mit seinem Gleichgewicht. Strykes Rückhandschlag ritzte Lekmanns gekrümmten Rücken, aber der Kopfgeldjäger riss gerade noch seine Klinge hoch. Sie glitt an der Schneide der Waffe des Orks entlang und wischte sie in einem Funkenschauer beiseite.

Derweil sprang Coilla zurück, als Aulay etwas unter seinem Rock hervorzog. Dann sah sie beinahe belustigt zu, wie er ein gefährlich aussehendes Messer auf den Aufsatz an seinem Stumpf schraubte. Sie ging auf ihn los, doch Aulay wehrte ihre Klinge mit dem langen Dolch ab, der plötzlich aus seinem anderen Ärmel zuckte.

»Ich leg dich um, du Miststück.«

»Meinst du mit oder ohne dein anderes Auge?«, erwiderte sie, da ihre Schwertspitze seine Wange nur knapp verfehlte.

Mit einem wütenden Fauchen warf er sich vorwärts. Auf dem steinigen Untergrund kam er mit einem Fuß unglücklich auf, und als er fiel, schlug seine Klinge gegen einen halb im Boden begrabenen Felsen. Sie brach unmittelbar hinter dem Heft ab.

Coilla ließ ihr Schwert auf seinen zu weit ausgestreckten Arm sausen. Blut spritzte. Nicht einmal der Stoff seines Rocks konnte den Blutfluss beeinträchtigen.

Wieder brüllte er. Er rappelte sich auf und wich zurück, während er die Messerklinge von seinem Stumpf entfernte und an ihrer Stelle einen zweischneidigen Haken einsetzte. Er sah aus wie etwas, an dem ein Metzger einen Kadaver aufhängen würde.

»Das ist für Blaan!«, brüllte er, indem er mit dem Haken nach ihr schlug.

Sie ließ ihn vorbeischwingen, dann sprang sie vorwärts und packte seinen Arm. Davon überrumpelt, leistete Aulay kaum Widerstand, als sie den Arm nach innen bog, den Haken gegen ihn richtete und ihm damit den Bauch aufschlitzte. Sie drehte den Haken noch einmal. »Und das ist für dich, du Schleimbeutel.«

Sein Gesicht war eine Maske benommener Ungläubigkeit, während er langsam verblutete.

Währenddessen hatte Stryke versucht, Lekmann nach unten zum Strand abzudrängen. Der unebene Boden erwies sich mehr als Hindernis denn als Hilfe, und der Ork war zu müde für ein Tänzchen. Einmal auf besserem Untergrund, legte Stryke los. Seine Klinge war ein verschwommener Strich aus eisigem Mondlicht, und er hieb die Deckung des untersetzten Mannes in Fetzen.

Lekmann wich nach Luft schnappend zurück. Doch Stryke reichte es. Er sprang vor, während er sich mit der freien Hand auf den Oberschenkel schlug. Das Geräusch lenkte seinen Gegner nur einen Sekundenbruchteil ab, aber das war genug. Strykes Schwert bohrte sich zwischen Lekmanns Rippen.

Der Ork stemmte einen Fuß gegen die Brust des Kopfgeldjägers und drückte. Strykes Klinge glitt heraus, und Lekmann fiel mit lautem Klatschen ins Wasser. Seine fettigen schwarzen Haare breiteten sich wie ein Fächer um ihn aus, da er mit dem Gesicht nach unten in den sanften Wellen trieb.

Dann wurde Lekmann von der Strömung davongetragen, während sich rings um ihn eine tiefere Dunkelheit ausbreitete, und das war das Letzte, was Stryke von ihm sah.

Den Arm um die Schultern des anderen gelegt, wankten die beiden Orks zu ihren Kameraden zurück.

»Ich habe die Nase voll von stillen Momenten«, murmelte Coilla.

*

Sie näherten sich dem kalten, dunklen Lager, als Stryke Coilla plötzlich ins Gebüsch zog. Da der Wind aufgefrischt hatte, konnte sie überhaupt nichts hören. Aber ihr Vertrauen in Strykes Ahnungen wurde immer größer.

Augenblicke später kam ein Reitertrupp beiderseits der verschlafenen Orks zum Stehen. Die Wachposten konnten nicht das Geringste dagegen ausrichten. Stryke fand, dass sein Trupp langsam nachlässig wurde, aber das war im Augenblick kaum von Belang.

Aus ihrem Versteck sahen Stryke und Coilla zu, wie Krista Galby auf die Vielfraße herabstarrte. »Wo ist er?«, wollte sie ohne Umschweife wissen.

»Wo ist wer?«, polterte Haskeer.

»Komm uns nicht so!«, sagte der Anführer der Tempelwache. Auch während er abstieg, blieb sein Schwert ständig auf einer Linie mit Haskeers Hals.

»Jarno«, warnte die Hohepriesterin. »Diese Orks waren unsere Verbündeten. Sie haben neben uns gekämpft. Der alte Mann hat meinem Sohn das Leben gerettet.« Sie breitete die Hände aus und ließ sie dann in einer müden Geste sinken. »Ich will Ihnen nichts tun. Aber Sie haben etwas genommen, das uns gehört. Es ist wichtig für uns und ein Eckpfeiler unseres Glaubens.«

Niemand sagte etwas. Der Wind blies mit unheimlicher Kühle über die Lichtung. Im Gebüsch litten Coilla und Stryke unter ihren ganz eigenen Schuldgefühlen.

»Wir *brauchen* den Stern«, fügte Krista hinzu.

Das unbehagliche Schweigen zog sich in die Länge.

Rellston riss die Geduld. Er hatte die Gruppe mit seiner Hohepriesterin vor mehreren Stunden eingeholt, und jetzt hatten sich hundert unruhige Männer rings um die Vielfraße versammelt. Die Spannung in der Luft ließ sich mit Händen greifen. Er stieg ab und trat vor, bis er vor Jup und Haskeer stand.

Hinter dem Schirm aus herbstbraunen Blättern flüsterte Stryke: »Ich wusste, wir hätten nicht rasten dürfen.«

Coilla deutete mit einem Kopfnicken auf die Szenerie vor ihnen. »Warum hält deine Freundin Rellston nicht an einem kürzeren Zügel?«

»Vielleicht geht es nicht kürzer«, sagte er. »Wenn sie Leute umbringen wollten, hätten sie mittlerweile längst damit angefangen. Gehen wir hin und reden mit ihr, bevor Rellston die Beherrschung verliert.«

Sie gaben ihre Deckung auf und verließen das Blättergestrüpp.

Als Krista sie sah, sagte sie kalt: »Sie haben mir zwei Gefallen erwiesen. Jetzt erweise ich Ihnen einen. Geben Sie mir den Instrumental, und der Oberbefehlshaber wird keine Strafe für den Diebstahl verhängen.«

»Und wenn ich sie brauche?«, sagte Stryke und hätte sich augenblicklich die Zunge abbeißen mögen.

»*Sie*?«, erwiderte Krista. »Sie haben mehr als einen?«

»Deshalb brauchen wir Ihren, sehen Sie das denn nicht ein?« Er sah sie an und versuchte im trüben Mondlicht in ihrem Gesicht zu lesen.

»Nein, das sehe ich nicht ein.« Das sagte nicht Krista, sondern Rellston. Er kam ganz nah und sah Stryke in die Augen. »Wenn Sie noch einen haben, brauchen Sie unseren nicht. Geben Sie ihn sofort zurück.« Seine Schwertspitze kam hoch und zeigte auf Strykes Hals. »Ich wusste, ich hätte Ihnen niemals trauen dürfen. Ork-Abschaum.«

»Beruhigen Sie sich!«, beharrte Krista. Sie streckte den Arm aus und zog Rellstons Schwert sanft zur Seite, bis es nicht mehr auf Stryke zeigte. »Ich bin sicher, wir können diese Angelegenheit einvernehmlich lösen.«

»Ich nicht«, knurrte Rellston, der seine Wut kaum noch bezähmen konnte.

Überall ringsumher hörten die Vielfraße die nervösen Geräusche von Männern, die Waffen zückten und von ihren Pferden stiegen. Die Orks sahen sich von feindseligen Städtern umringt und machten sich verstohlen daran, ebenfalls ihre Waffen zu ziehen.

»Seien Sie nicht dümmer, als Sie unbedingt müssen, Stryke«, sagte der Oberbefehlshaber. »Sie können nicht gewinnen. Sie sind unterlegen. Übergeben Sie uns das Artefakt einfach. Andernfalls zwinge ich Sie dazu.«

»Ach ja?«, schnauzte Haskeer. »Sie und welche Armee?«

»*Diese*, du Spatzenhirn«, rief ein Mensch hinter ihm.

Einer der Gemeinen schrie plötzlich auf, als er von jemandem gestoßen wurde. Der Gemeine stieß zurück. Im ganzen Lager kam es zu Rangeleien.

»Aufhören!«, rief Krista. *»Sofort aufhören!«*

»Beruhigt euch!«, sagte Stryke in dem Versuch, die Situation zu entschärfen. Seine Worte gingen fast in flüchtigem Schwertgeklirr unter. Noch lauter fuhr er fort: »Ihr kennt uns! Wit haben neben euch gekämpft. Glaubt ihr wirklich, ein Haufen wie eurer könnte es mit uns allen aufnehmen?«

Rellston fluchte und handelte sich damit einen strafenden Blick seiner Priesterin ein. Dann sagte er: »Immer mit der Ruhe, Leute. Lasst sie einstweilen gehen.«

»Vielfraße, lasst euch zurückfallen«, befahl Stryke. Er hielt sein Schwert locker in der Hand und war bereit, jeden Augenblick anzugreifen, während er den Rückzug seines Trupps deckte.

Fast alle waren in der Nacht untergetaucht, als einer von Rellstons Männern plötzlich rief: »Wir können sie nicht entwischen lassen! Ihnen nach!«

Sofort war alles ein einziges Chaos.

»Tötet niemanden, wenn ihr nicht unbedingt müsst!«, rief Stryke.

Die Pferde des Trupps waren jenseits der Mannis außer Reichweite. Stryke brüllte: »Verschwinden wir von hier!«

Er tauchte in den Büschen hinter sich unter, duckte sich unter überhängenden Zweigen durch und bemühte sich, nicht auf morsche Äste zu treten. Es half, dass der Boden mit Wasser vollgesogen war. Die dicke Schlammschicht verschluckte jedes Geräusch. Er strengte seine Sinne aufs Äußerste an und folgte seinem Kriegstrupp mit Hilfe der Intuition.

Es jagte ihm Angst ein. Aber es funktionierte. Rasch hatte er den dünnen Gürtel der Bäume hinter sich gelassen.

Er sah sich einer offenen Wiese gegenüber und konnte in dem schwachen Licht, das dem Morgengrauen voranging, dunklere Linien von Schritten erkennen, die auf das regensilbrige Gras gemalt waren. Er folgte ihnen im Laufschritt, erklomm eine leichte Erhebung und sah ein weiteres Dickicht vor sich, in dessen Schutz gerade der letzte Vielfraß verschwand.

Er lief den flachen Hang empor und tauchte zwischen den Bäumen unter. »Hier dürften wir eine Weile sicher sein«, keuchte er.

»Ach ja?«, knurrte Haskeer aus den fleckigen Schatten kaum eine Armeslänge entfernt. »Dann sieh dir mal das hier an.«

Das hier war die andere Seite der Baumgruppe. Und hinter ihr lag mattgrau im bewölkten Morgen der Callyparr-Meeresarm.

Stryke sah sich hektisch um. Auf allen Seiten bis auf einer rauschte Wasser an der kleinen Halbinsel vorbei, auf der sie standen. Und die Mannis kamen ihnen angeführt von Rellston über die Wiese nachgelaufen.

»Was sollen wir jetzt machen?«, rief Haskeer frustriert. »Schwimmen?«

Jup fauchte: »Reiß einfach dein großes Maul auf und sauf das Wasser.«

Ungeachtet der Tatsache, dass ihnen die Hundertschaft aus Ruffettsblick immer näher kam, funkelten Zwerg und Ork einander an.

Coilla explodierte förmlich. »Das haben wir dir und deinen verdammten Sternen zu verdanken!«, schrie sie Stryke an und zerfetzte mit einem Messer seinen Gürtelbeutel.

Der Beutel klaffte auseinander. Der Zeitablauf schien sich zu verlangsamen, als Stryke den einzelnen, fünfzackigen, grünen Instrumental durch die Luft fliegen sah. Während er mit einer Hand vergeblich versuchte, den Beutel zusammenzuhalten, warf er sich vorwärts. Aber es war bereits zu spät. Die vier verschmolzenen Teile fielen ebenfalls heraus. Seine Fingerspitzen berührten sie kurz und stießen sie in Richtung einer schmalen Lichtung zwischen den Bäumen.

Während die Mannis über die Wiese stürmten, sah Stryke den einzelnen grünen Stern von einem Felsen abprallen und in die Höhe springen.

Weder er noch die anderen Orks waren sich der durchnässten Gestalt bewusst, die aus dem Wasser kroch und sich am Rande des kleinen Wäldchens verbarg.

Als Stryke die Hände ausstreckte, um den einzelnen Stern aufzuheben, stieß er ihn an, sodass er direkt zu dem immer noch rollenden Verbund der anderen flog. Er lief hinter seinem Schatz her, hob alle Sterne auf und presste sie an die Brust.

Er spürte das Klicken, als sie sich verbanden, mehr, als dass er es hörte. Das Mosaik war vollständig.

Dann machte die Wirklichkeit einen Schritt nach links.

69

Schwärze.

Da war ein Gefühl durchdringender Kälte, und Strykes Magen krampfte sich zusammen, als falle er. In seinen Ohren klingelte es so laut, dass er nichts anderes hören konnte. Er streckte die Hände aus, um sich zu retten, aber da war nichts, woran er sich hätte festhalten können.

Nichts unter seinen Füßen.

Gar nichts.

Dann landete er unversehens.

Er stürzte nach vorn, und seine Hände tauchten in etwas Eisiges, Blendendes ein.

Der Schock brachte ihn wieder zu sich.

Schnee.

Schnee unter einer Wolkendecke, die annähernd so bleich war wie das weiße Feld unter ihm. Wo noch vor wenigen Herzschlägen Nacht gewesen war, sah er jetzt helles Tageslicht. Tief am südlichen Horizont hing eine fahle Scheibe, bei der es sich nur um die Sonne handeln konnte.

Panik drohte ihn zu überwältigen.

Er rief etwas, konnte sich aber selbst nicht schreien hören. Einen Augenblick befürchtete er, taub geworden zu sein. Dann war sein Gehör wieder da. Um ihn tobte ein arktischer Wind und zerrte an seiner Kleidung. Er blinzelte und konnte ringsumher mühsam zusammengekauerte dunkle Gestalten ausmachen, bei denen es sich um die anderen Vielfraße handelte.

Als er sich unsicher erhob, schob ihn der böige Wind an. Er hob die kostbaren Sterne auf, die ihm wiederum aus der Hand gefallen waren. Dann kämpfte er sich zu Jup und Coilla, die gerade erste vorsichtige Stehversuche unternahmen. Sich gegenseitig festhaltend, redeten alle durcheinander: *»Wo sind wir?«*, und *»Wo sind die anderen?«*, waren die Hauptfragen.

Bald darauf wankten die übrigen Mitglieder des Trupps in Sicht. Sie versammelten sich in einer kleinen Senke in der Nähe, die sie einigermaßen vor dem schneidenden Wind schützte. Schnee trieb in Schwaden über ihre Köpfe hinweg, und sie mussten brüllen, um sich verständlich zu machen.

»Was geht hier vor, verdammt noch mal?«, bellte Haskeer.

»Ich würde sagen, wir sind auf der Eisscholle.« Strykes Zähne klapperten in der Kälte.

»*Was?* Wie das?«

Coilla hatte die Arme um sich geschlungen in dem vergeblichen Bemühen, sich warm zu halten. Jetzt sagte sie: »Die philosophische Debatte ist ja gut und schön, aber die eigentliche Frage ist die, wie wir es verhindern zu erfrieren.«

Mehreren Gemeinen war es gelungen, Satteltaschen oder Schlafsäcke an sich zu reißen, bevor sie vor den Mannis geflohen waren. Andere, wie Stryke und Coilla, waren zu beschäftigt gewesen, die Angriffe der Menschen abzuwehren. Auch nachdem sie ihre Decken und Reservekleidung geteilt hatten, gab es nicht genug für alle.

»Jup«, gelang es Stryke durch Lippen zu quetschen, die von der Kälte rasch taub wurden, »kannst du irgendeinen höher gelegenen Punkt suchen? Damit wir uns einen Überblick verschaffen können, wo wir sind?«

»Sofort, Boss!« Der Zwerg stolperte in die Fänge des Windes.

Die übrigen Orks rückten wegen der Wärme ganz nah zusammen und versuchten zu ergründen, was passiert war.

»Es waren diese verdammten Sterne«, murmelte Coilla.

»Wenn sie es waren, haben sie uns davor bewahrt, in Stücke gehackt zu werden«, stellte Alfray fest.

»Ja, damit wir hier erfrieren«, warf Haskeer verbittert ein. »Wo immer *hier* sein mag.«

»Es muss das Gletscherfeld im Norden sein«, sagte Stryke. »Die Sonne war fast genau südlich von uns, aber ich weiß nicht, ob jetzt Morgen oder Abend ist.«

Mit steifen blauen Fingern fummelte er an seinem Beutel herum, bis ihm wieder einfiel, dass Coilla ihn zerschnitten hatte. Also stopfte er sich die Sterne in sein Wams in der Hoffnung, nicht auf sie zu fallen, falls er stolperte. Wenigstens fand er seine Handschuhe, die im Gürtel klemmten.

»Das werden wir noch früh genug herausfinden«, sagte Alfray. »Falls wir so lange leben.« Ihm kam ein trübsinniger Gedanke. »Was ist, wenn das hier Jennestas Rache ist? Das ist genau die Sorte Streich, die sie einem spielen würde.«

»Nein.« Coillas entschlossener Tonfall wurde ein Opfer ihrer Kälteschauder. »Wenn sie das könnte, würde sie uns dann nicht einfach in ihr Lager schaffen, um uns zwischen die Finger zu bekommen? Und was ist mit den Sternen?«

»Das ist doch sinnlos«, entschied Stryke. »Wir wissen einfach nicht genug.« Er zog seine Pelzweste enger um sich. Sie schien an diesem Ort vollkommen unzureichend zu sein. »Was für Proviant haben wir?«

Eine kurze Durchsuchung ihrer gemeinschaftlichen Habseligkeiten förderte ein paar Streifen Dörrfleisch, etwas Brot und ein paar Flaschen Schnaps zutage. Nicht viel für fünfundzwanzig hungrige Geschöpfe.

Stryke versuchte seine Enttäuschung zu verbergen, während er auf einen der Gemeinen mit einer Decke zeigte. »Sieh mal nach, ob du erkennen kannst, was aus Jup geworden ist, Calthmon.«

Widerstrebend watete der Gemeine durch die Schneewehen. Als er den Rand der Senke erreichte, wehte der Wind ihn beinahe davon. Kurz danach kehrte er mit Jup im Schlepptau zurück.

Der Zwerg kauerte sich hin, rieb sich die Arme und klemmte sich dann die tauben Hände unter die Achseln.

»Es gibt viele Schluchten und Spalten«, sagte er mit klappernden Zähnen. »Über einige von ihnen führen Schneebrücken, die das Gewicht eines Orks nicht tragen würden. Aber ich glaube, ich kann da drüben einen Weg erkennen.« Er nickte in eine Richtung, die Stryke für Südosten hielt. »Außerdem sind wir ziemlich hoch.« Während er sprach, schlug sich sein nebelhafter Atem als Kristalle in seinem Bart nieder.

»Sonst noch etwas da draußen?«, fragte Stryke.

»Ich habe nichts gesehen. Keinen Rauch. Keine Spur von irgendwelchen Behausungen. Ich meine, etwas gesehen zu haben, das sich bewegt hat. Aber was es auch war, es hat Abstand gehalten.«

»Dein Anblick würde allem mit einem Hirn Angst einjagen«, sagte Haskeer zu ihm.

Jup machte sich nicht die Mühe, auf den Spott zu reagieren. Schon das allein verriet Stryke, wie verheerend sich die Kälte auf sie auswirkte.

»Also gut«, sagte er. »Erst einmal müssen wir von dieser verfluchten Eisscholle herunterkommen und Schutz finden.«

Mit Jup als Pistensucher brachen sie in Zweier- und Dreier-Gruppen auf.

Nach kurzer Zeit sahen sie wegen der extrem blendenden, strahlend weißen Helligkeit Punkte vor den Augen. Hinkend schleppten sie sich in südöstlicher Richtung vorwärts, wobei sie immer wieder durch gefrorene Schneekrusten in orkhohe Wehen fielen. Als sie schließlich eine Klippe erreichten, die ihnen rundum einen weiten Ausblick gestattete, kam es ihnen so vor, als seien bereits Stunden verstrichen.

Hinter ihnen im Norden erhob sich der Gletscher drohend in seiner gewaltigen Massivität. Er erstreckte sich von einer Seite des Horizonts zur anderen, ein Monument der Dummheit der Menschen, die Magie Maras-Dantiens aufzuzehren. Noch auf diese Entfernung schien er sich vor ihnen aufzutürmen und zu drohen, sie jeden Augenblick zu zerschmettern. Während sie ihn betrachteten, löste sich ein Segment von ihm und fiel mit einem Geräusch wie Donnerhall in die Tiefe. Schneewolken wirbelten durch die Luft, und einige der massiveren Eisblöcke mussten gewiss eine halbe Meile weit geflogen und gesprungen sein.

Hastig kletterten sie die Südseite der Klippe herab. Nicht alles war gepresster Schnee. Ein massiger Granitfelsen schien vom Eis eingeschlossen zu sein. Das sorgte für einen soliden Untergrund, aber das Gestein war mit Raureif bedeckt und daher rutschig. Rutschend und schlitternd erreichten sie ein Plateau, das nicht höher als hundertfünfzig Fuß über der gefrorenen Tundra liegen konnte.

Sie hielten inne, um wieder zu Atem zu kommen. An dieser Stelle hielt die Klippe den schneidenden Nordwind ab. Außerdem verbarg sie die einschüchternde Masse des Eisgletschers vor ihren Blicken. Das allein war schon ein Segen.

Unter ihnen, in einer Biegung zwischen zwei aufragenden Gletschern, war das Land ebener, durch das Gewicht der vorrückenden Eisscholle niedergedrückt, wie es schien. Es war grau von Flechten und hier und da von einem Netz dunkler Bäche durchzogen, welche auf diese Entfernung wie Fäden aussahen. Schwarz vor dem Horizont war eine dünne Linie zu sehen, bei der es sich um einen Wald handeln mochte oder auch nicht. Wegen des blendenden Sonnenlichts war es schwer zu sagen.

»Wenn wir es dort hinunter schaffen«, sagte Stryke, während er in seine behandschuhten Hände klatschte, um die Blutzirkulation anzuregen, »finden wir vielleicht einen Unterschlupf. Brennmaterial. Irgendwas.«

»*Wenn* ist das richtige Wort«, murrte Haskeer. »Ich bin ein Ork, keine verdammte Bergziege.«

Aber der Weg von der Klippe weiter nach unten war nicht so einfach, wie er aussah. Immer wieder landeten sie in einer Sackgasse und standen vor einer Kluft, die so steil abwärts führte, dass sie sie nicht bewältigen konnten.

»Liegt es an mir«, sagte Coilla, als sie wieder einmal auf ein unüberwindliches Hindernis starrten, »oder habt ihr auch das Gefühl, dass uns jemand folgt?«

»Ja.« Jup rieb sich den Nacken.

Auf Befragen sagte Stryke, er spüre es auch.

»Vielleicht ist es einer von diesen grausigen Schneemenschen«, erwiderte Coilla in dem Bemühen, für etwas Erheiterung zu sorgen.

»Die gibt es nur in der Sage«, stellte Alfray kategorisch fest. »Worauf wir achten müssen, sind Schneeleoparden. Die haben Zähne so groß wie Dolche.«

»Danke. Mit dem Wissen fühle ich mich gleich viel wohler.«

Eine Zeit lang trotteten sie schweigend weiter.

»Wie ich sehe, beweist Jup mit seiner Kundschafterei mühelos seine übliche Zuverlässigkeit«, murmelte Haskeer, als sie wieder einmal umkehren mussten.

Der Weg war schmal und voller Orks, die ständig die Richtung wechselten. Trotzdem gelang es Jup, sich flach an eine Klippe zu pressen und die anderen passieren zu lassen, bis Haskeer ihn erreichte. Jups Hand schoss vor und packte den Ork am Hals. »Kannst du es besser, du Schleimbeutel?«

Haskeer schüttelte Jup ab. »Ein Blinder auf einem lahmen Gaul könnte es besser«, knurrte er.

»Du bist herzlich eingeladen.«

Mit Haskeer an der Spitze gingen sie weiter. Trotzdem schien es eine Ewigkeit zu dauern, nach unten in die kahle Ebene zu gelangen. Ein Gemeiner glitt aus, und nur der rasche Griff eines Kameraden, der ihn an seinem Wams festhielt, bewahrte ihn vor dem sicheren Tod. Danach hielten sie sich gegenseitig an der Kleidung fest, da sie weiter abwärts stolperten.

Die Sonne rollte tief am Horizont entlang, anstatt von ihrem Zenit herabzufallen. Ob sie nun den ganzen Tag unterwegs gewesen waren oder nur den halben, war unerheblich. Sicher war, dass jetzt die Nacht hereinbrach, und mit ihr kam eine Wolkenbank. Sie verdeckte die Sonne und trübte auf ihrem Weg über sie hinweg das Dämmerlicht. Feiner, stechender Schneefall setzte ein.

»Das hat uns gerade noch gefehlt«, murmelte Jup.

Schließlich erreichten sie das Ende der Klippe. Haskeer sprang die letzten paar Fuß, landete schwer und grunzte ob des Aufpralls. Kurz darauf befanden sie sich alle in der Ebene und hielten sich im Windschatten des Gletschers in der schwachen Hoffnung, er könne ihnen den auffrischenden Wind vom Leib halten.

»Habt ihr das gesehen?«, sagte Jup. »Das Licht da drüben?« Er zeigte nach Süden zum Rand der Eisscholle.

»Jetzt ist da nichts mehr«, sagte Haskeer. »Vielleicht hast du es dir nur eingebildet.«

Der Zwerg baute sich vor ihm auf. »Ich habe es mir nicht *eingebildet*. Es war da!«

Bevor ein Streit ausbrechen konnte, ging Stryke dazwischen. »Vielleicht war es eine Spiegelung? Aber es kann nicht schaden, es herauszufinden. Ich bin nicht allzu versessen darauf, im Freien zu lagern, wenn wir nicht unbedingt müssen. Wir setzen eine halbe Stunde dafür an. Ich will, dass wir vor Einbruch der Nacht ein Lager aufschlagen.«

Ohne Vorwarnung ertönte ein Krachen vom Gletscher. Ein Eisbrocken von der Größe eines Hauses löste sich direkt hinter ihren Fersen und fiel in die Tiefe. Die Orks flohen schlitternd und rutschend in die offene Tundra. In sicherer Entfernung angelangt, hielten sie nach Luft schnappend inne. Alfray war vollkommen erschöpft und ein Stück hinter den anderen zurückgeblieben.

»Wir haben es geschafft«, keuchte Haskeer.

»Nein, haben wir nicht«, widersprach Jup. »Seht doch!«

Sie folgten der Linie seines ausgestreckten Zeigefingers. Ein Rudel löwengroßer Wesen rannte auf sie zu. Mit ihrem weißen Fell waren sie in der Dämmerung fast unsichtbar.

»Aufstellung!«, brüllte Stryke und lief Alfray entgegen.

Als Alfray sah, dass Stryke zu ihm gerannt kam, hielt er inne und drehte sich um. Der Anblick reichte, um jeden verzagen zu lassen. Fünf Bestien mit Fängen wie Säbel aus Elfenbein hatten ihn beinahe erreicht.

Stryke schrie auf und ließ sein Schwert wirbeln. Der führende Schneeleopard erschrak und verpatzte seinen Sprung. Er überschlug sich, aber seine Krallen gaben ihm Halt, und er sprang rasch wieder auf.

Ohne die Bestie aus den Augen zu lassen, rief Stryke: »Hierher!«

Für mehr hatte er keine Zeit, weil ihn jetzt zwei der Leoparden umschlichen und eine Blöße suchten. Die übrigen hatten sie hinter sich gelassen und gingen auf den Kriegstrupp los.

Stryke und Alfray wichen zurück, aber eine der Kreaturen sprang rasch hinter sie. Der kleinere Schneeleopard täuschte einen Angriff vor. Im gleichen Augenblick sprang das dominante Männchen wieder. Durch die Finte abgelenkt, wurde Stryke beinahe ein Opfer der reißenden Krallen, aber er bekam gerade noch rechtzeitig sein Schwert in die Höhe. Blut spritzte aus einer Vorderpfote der Bestie, und mit einem wilden Schrei zog sich das Tier zurück.

Für den Augenblick umkreisten sie die Schneeleoparden gerade außerhalb der Reichweite der orkischen Klingen.

In der Zwischenzeit drängte Coilla die übrigen Orks, enger zusammenzurücken. Drei Leoparden aus dem Rudel umschlichen gewandt den Verteidigungsring. Die Bestien sahen sich einer Mauer aus scharfem Metall gegenüber, vereitelten aber jeden Versuch, Stryke und Alfray zu Hilfe zu eilen.

Wiederum ging der Rudelführer auf Alfray los. Seine Krallen bohrten sich in Alfrays Ärmel, und der alte Ork wurden von den Beinen geholt. Doch Stryke war zur Stelle und schlug mit dem Schwert zu. Die Spitze seiner Klinge traf die Flanke der Bestie. Eine rote Linie verdunkelte das sahnefarbene Fell, und der Schneeleopard sprang außer Reichweite.

Stryke riskierte einen Blick. Der Rest des Kriegstrupps war zu weit entfernt, um ihm und Alfray von Nutzen zu sein. »Alles in Ordnung, mein Alter?«, japste er.

»Ja. Aber Schluss jetzt mit ›mein Alter‹! Halte sie mir einen Augenblick vom Leib, ja?«

Stryke blieb keine Zeit zu streiten. Die Schneeleoparden begannen ein tödliches Spiel, indem sie einer nach dem anderen immer wieder fintierten oder tatsächlich angriffen. Er wusste, dass er sie nicht ewig abwehren konnte, wagte aber nicht, den Blick von ihnen loszureißen, um herauszufinden, was Alfray tat.

Der Gefreite verfluchte seine kalten, steifen Finger, als er an den Schnallen seiner Heilertasche herumfummelte. Endlich, schon fast verzweifelt, fand er die gesuchte große Steinflasche. Er goss etwas davon in den nassen Schnee und wich gerade noch rechtzeitig zurück. Türkisfarbene Flammen schossen mit lautem Zischen in die

Höhe und versengten ihm die Augenbrauen. Die Raubkatzen sprangen geblendet und verwirrt zurück.

»Was ist das?«, staunte Stryke.

Alfray antwortete nicht. Vielmehr durchtrennte er eine Rolle Verbandsstoff, spießte die eine Hälfte auf sein Schwert und hielt sie dann in die stechenden Flammen. Ein Ruck mit dem Handgelenk, und der Feuerball flog durch die Luft und landete auf dem Rücken des jüngeren Leoparden. Flammenzungen versengten sein Fell bis zur Fettschicht darunter.

Dann stand plötzlich die gesamte Bestie in Flammen. Sie stieß einen unirdischen Schrei aus und rannte über die sich rasch verdunkelnde Ebene außer Sicht. Mittlerweile wurde das seltsame blaue Feuer kleiner, bis es schließlich in einer Pfütze aus Schneematsch vor Alfrays Knien erlosch.

Die andere Bestie umkreiste sie und sprang dann den knienden Gefreiten an. Stryke ließ sich fallen und hielt die Klinge aufrecht. Als die Bestie über ihn flog, stieß er das Schwert mit aller Kraft aufwärts. Das rasiermesserscharfe Metall trennte den Bauch des Leoparden auf. Stinkende Eingeweide fielen auf den Ork darunter. Während er sich hastig mit einem Ärmel über die Augen wischte, sah Stryke den Anführer des Rudels gleich hinter sich in einem Haufen verstrickter Gliedmaßen zusammenbrechen.

Er holte tief Luft und hustete wegen des Gestanks in seiner Nase.

Alfray eilte auf Strykes dem Wind zugewandte Seite und keuchte mühsam: »Danke, Stryke.«

»Kannst du das wiederholen?«

Alfray schüttelte die Flasche. Flüssigkeit schwappte darin. »Ein, vielleicht auch zwei Mal.«

»Dann los.«

Ohne zu ahnen, dass die Rettung zurück zum Kriegstrupp trottete, schnauzte Coilla, »gib mir das!«, und entriss einem Gemeinen dessen Schwert.

Sie trat aus der schützenden Masse der Leiber vor und warf es auf den nächsten Leopard. Die Klinge durchschnitt das Rückgrat, und die Bestie lief noch einen Augenblick auf den Vorderpfoten weiter, bevor ihr aufging, dass ihre Hinterpfoten gelähmt waren. Coilla lief von hinten darauf zu und stieß dem Leopard ihr eigenes Schwert in den Nacken. Eine Blutfontäne spritzte in den Schnee.

Blieben noch zwei. Während Stryke dem Heiler Deckung gab, mischte der wieder sein Feuergebräu. Sie schalteten einen der Leoparden damit aus, aber die restlichen Tropfen des Tranks reichten nicht mehr zur Selbstentzündung.

Die verbliebene Bestie geriet in Panik. Sie entfernte sich mit weiten Sätzen vom brennenden Kadaver ihres Artgenossen und fand sich direkt vor Stryke wieder. Ihr blieb keine Zeit, den knochigen Schädel zu senken. Der Kopf war erhoben und damit die Kehle entblößt.

Der Leopard lief geradewegs auf seine Klinge, und sein eigener Schwung trieb ihn bis zum Heft. Die riesigen Zähne waren nur eine Haaresbreite von Strykes Gesicht entfernt. Mit einem Ausdruck der Überraschung in den grünen Augen fiel er zur Seite, während ihm blutiger Schaum aus dem Hals quoll.

Sein Sturz riss Stryke das Schwert aus der Hand. Fluchend sprang er zurück und zog sein Messer, aber die Leoparden waren alle tot. Er setzte sich auf die Flanke desjenigen, der ihm das Schwert entrissen hatte, und sagte müde: »Zerlegt die verdammten Biester und nehmt das Fell. Vielleicht brauchen wir es noch.«

Die lang anhaltende Dämmerung des Nordens ging allmählich in Finsternis über. Der Schneeschauer zog vorüber, und im Norden über der Eisscholle funkelten Sterne. Als der Mond aufging, trottete der Trupp in den Windschutz des Gletschers zurück. Sein Eis reflektierte genug Licht, um ihre Schritte zu lenken.

Jup, der die Führung übernommen hatte, blieb plötzlich stehen. »Seht ihr?«, krähte er. »Ich habe euch doch gesagt, ich hätte ein Licht gesehen!«

Vor ihnen stand ein gigantischer Eispalast.

*

Als sie näher kamen, wurden sie vor Ehrfurcht immer langsamer.

Der Palast war immens, seine schlanken Türme glänzten im Mondlicht, und sein strahlendes Weiß ließ den Gletscher dahinter schmutzig aussehen. Frei schwebende Pfeiler rahmten den Palast in eleganten Kurven ein. Statuen standen in dunklen Nischen, die unter ihrem Überzug aus verkrustetem Schnee nicht näher auszumachen waren.

Es hätte eine geisterhafte Erscheinung von unglaublicher Schönheit sein können, hätten nicht Lichter in den Turmfenstern gefunkelt. Kaum vom Glanz der Sterne zu unterscheiden, leuchtete der gelbe Schein von Kerzen passend hinter gewölbten Fensterflügeln.

»Wären wir bei Tageslicht hierher gekommen, hätten wir das nie gesehen«, hauchte Coilla, die verzückt aufwärts starrte.

»Nun, da wir es gesehen haben, lasst uns auch hineingehen«, schlug Jup vor. »Dieser Wind friert mir den Arsch ab.«

Die Vielfraße marschierten darauf zu, da Jup im Zickzack voranging, aber der Palast schien nicht bewacht zu sein. Die riesigen Tore standen offen. Neben ihnen wirkten die Orks wie Zwerge, als sie in den Palasthof schlichen.

In seiner Mitte stand ein zugefrorener Springbrunnen. Weiße Haufen erwiesen sich als Bäume, die in der tödlichen Kälte umgeknickt waren.

»Hier muss es einmal wunderschön gewesen sein, bevor die Eisscholle gekommen ist«, sagte Coilla leise.

Haskeer schlenderte vorbei. »Ja. Bevor die Menschen alles verdorben haben. Hat schon irgendjemand einen Weg hinein gefunden?«

Niemand hatte. Jup und seine Gefährten sahen sich überall um, wobei sie sich dicht an den Mauern hielten, aber sie fanden keinen Eingang.

Haskeer brüllte plötzlich: »Hallo? Ist da jemand?« Seine Stimme hallte zurück, und eine kleine Lawine fiel vom Dach. Doch er bekam keine Antwort.

Dann fegte ihnen ein scharfer Wind Schnee ins Gesicht. Alles verschwand unter einer erstickenden weißen Decke.

Sie saßen draußen in einem Schneesturm fest.

*

Jennesta fluchte und wich von dem Fass mit geronnenem Blut zurück. Es schien nicht zu funktionieren. Ihre Gedanken irrten im Kreis herum wie in einer Tretmühle, und sie konnte sich nicht konzentrieren.

Sie hatte den Verdacht, dass die Hohepriesterin von Ruffettsblick so eilig aufgebrochen war, um die Vielfraße zu verfolgen, aber sie hatte keine Ahnung, warum. Es war nur so, dass Krista Galby keinen anderen Grund gehabt haben konnte, der königlichen Audienz fernzubleiben.

Was spielte es für eine Rolle? Sollte die Menschenfrau sich in einer schweißtreibenden Verfolgungsjagd aufreiben. Aber zuerst brauchte sie Informationen.

Würde doch nur dieser Bottich mit Blut nicht so schnell gerinnen. Sie sah immer nur weiß.

Sie schnippte mit den Fingern, und ein zusammengekauerter Lakai reichte ihr einen Becher Quellwasser. Dann seufzte die Königin und setzte ihre Arbeit fort.

Zuerst glaubte sie, dass es immer noch nicht funktionierte. Dann hörte sie etwas. Jemanden. Es war eine Frauenstimme, schrill, die monoton leierte.

Sanara führte wieder Selbstgespräche.

Als sie sich weiter vorbeugte, sah Jennesta, wie die Vision sich ausdehnte.

Sanara erhob sich und verdeckte dabei einen Teil eines Fensters. Jetzt begriff Jennesta, was passiert war. Ihr Bildausschnitt war zu klein gewesen. So hatte sie lediglich die Eiswüste draußen gesehen. Ihr ging auf, dass sie die ganze Zeit auf Schnee gestarrt hatte. Etwas – vielleicht eine Störung im Äther – hatte ihre Perspektive ein wenig verschoben. Jetzt senkte sie ihren Blickwinkel ein wenig, um das Gesicht ihrer Schwester sehen zu können.

Jennesta wollte gerade etwas sagen, als sie plötzlich innehielt. Sie ignorierte Sanara völlig und starrte an ihr vorbei in die Nacht hinaus. Etwas bewegte sich dort draußen, etwas, das eine merkwürdige Anziehungskraft auf sie ausübte.

Durch die wirbelnden Schneeflocken sah sie die Vielfraße in der Ecke eines vereisten Hofs kauern. Einige von ihnen schienen mit Blut bespritzt zu sein. Bei dem bloßen Anblick lief ihr das Wasser im Mund zusammen, aber sie zügelte ihren Appetit. Sie konnte sich jetzt keine Beeinträchtigung ihrer Konzentration leisten.

Jennesta schickte ihre Essenz in den weißen Wirbelsturm. »Wie, zum Henker, sind sie dorthin gelangt?«, fragte sie sich. »Es muss ...«

Sie brach ab. Es war unwichtig. Wichtig war nur, dass sie wusste, wo sie waren.

*

Keine Meile von dem Seidenzelt entfernt, wo Jennesta mit dem Blut des getöteten Unis ihre Beschwörungen vornahm, ritten Krista Galby und ihre müden Truppen durch die Tore von Ruffettsblick. Die Nacht brach herein, und der Regen umgab die flackernden Fackeln mit einem Lichthof.

Mit dem Anflug eines Schuldgefühls warf die Hohepriesterin einen Blick hinauf zum perlmuttartigen Geysir der Magie, aber am nächsten Morgen würde auch noch Zeit genug sein, die Beschwörungen zu erneuern. Im Augenblick wollte sie nur Aidan sehen, ein heißes Bad nehmen und ins Bett gehen.

Sie wünschte Rellston eine gute Nacht und machte sich auf den Weg nach Hause. Jarno, der Anführer der Tempelwache, begleitete sie bis zur Pforte ihres Hauses und bog dann in Richtung seines eigenen Heims ab. Sie betrat ihren ummauerten Garten.

Dann hielt sie inne, während sich ein unangenehmes Gefühl in ihrer Magengrube ausbreitete.

So spät am Abend hätte Licht im Haus brennen, Rauch aus dem Schornstein quellen und Essensdünste nach draußen dringen müssen, da Merrilis um diese Zeit immer das Abendbrot zubereitete. Sie hätte Aidans schrille Stimme hören müssen, da er vielleicht gerade ein Lied sang oder mit seiner mütterlichen Kinderfrau stritt.

Sie konnte gar nichts hören. Und im Haus war alles dunkel.

»Wenn ich Merrilis sehe, werde ich ihr tüchtig die Meinung sagen«, überlegte sie laut. »Was denkt sie sich nur dabei, das Feuer ausgehen zu lassen?«

Sich auf das Schlimmste vorbereitend, ging Krista Galby zur Tür ihres Hauses. Jetzt kam sie sich überhaupt nicht mehr wie die Hohepriesterin vor, sondern mehr wie eine verängstigte Mutter.

*

Die Tür öffnete sich auf ihren Druck. Das Haus kam ihr sehr leer vor, nun, da es nicht mehr als Lazarett benutzt wurde.

Sie ging von einem Zimmer zum anderen, durchsuchte das ganze Haus und rief dabei immer wieder: »Aidan? Merrilis?«

Doch nur das Echo antwortete ihr. Der Herd war kalt, ihr Heim verlassen.

Was mochte vorgefallen sein? Falls Merrilis nur für eine Minute ausgegangen wäre, hätte Aidan hier sein müssen. Aber was, wenn ihm etwas zugestoßen war? Wenn er einen Rückfall erlitten hatte? Wenn er ... tot war? Augenblicklich formte sich vor ihrem geistigen Auge das Bild seines leblosen Körpers, wie er aufgebahrt im alten Holztempel lag. Rings um seine wächserne Leiche würden Kerzen brennen, und in ihrem gelblichen Licht würden seine schwarzen Haare glänzen.

Keines vernünftigen Gedankens mehr fähig, lief sie nach draußen und hämmerte gegen die Tür des Nachbarhauses. Das Haus war verlassen.

Tränen brannten heiße Furchen in ihre Wangen. Krista schleppte sich weiter vorwärts und fragte jeden, dem sie begegnete: »Haben Sie meinen Sohn gesehen? Haben Sie Aidan gesehen?«

Doch niemand hatte.

70

Die Orks kauerten unter einem Haufen von Decken und blutigen Schneeleopardenfellen dicht beieinander.

In der Ecke des Hofes fiel es dem Wind etwas schwerer, zu ihnen vorzudringen. Auf beiden Seiten bildeten sich tiefe Schneewehen, an den Mauern und ringsumher herrschte dichtes Schneetreiben. Es war schwierig, weiter als ein paar Fuß zu sehen.

Irgendwann ließ der Schneesturm etwas nach. Vorsichtig reckte Stryke die Nase in die Höhe. Ein Riss in der Wolkendecke ließ ein dunkles Gesprenkel von Sternen erkennen.

»Jup«, sagte er. »Schnapp dir ein paar Gemeine, und suche uns einen Weg hinein. Wenn wir die ganze Nacht hier draußen bleiben müssen, werden wir erfrieren.«

Haskeer grinste trübe. »Ja, verdien dir deinen Sold.«

»Dafür werden Sie ihn begleiten, Feldwebel Haskeer. Und jetzt haltet das Maul und setzt euch in Bewegung, bevor der Schneefall wieder stärker wird.«

Jup und Haskeer suchten sich zwei der größeren Gemeinen aus und stapften durch die oberschenkelhohe weiße Pracht davon. Die übrigen Vielfraße verkrochen sich wieder, und ihr Atem vermischte sich unter den Fellen. Alles in allem war es ein ziemlich nachdenklicher Trupp, der müßig darüber spekulierte, wer hier, mitten im Nirgendwo, diese riesige Burg erbaut hatte. Coilla kam zu dem Schluss, dass jeder, der so etwas atemberaubend Schönes erschaffen konnte, ein sanftes Gemüt haben musste. Die Männer reagierten darauf mit Spott.

Schließlich hörten sie gemurmelte Flüche vor dem Hintergrund des Zischens windgepeitschten Schnees. Stryke warf noch einen Blick nach draußen und sagte: »Gut. Sie sind wieder zurück.« Dann rief er: »Habt ihr irgendwas gefunden?«

Haskeer antwortete: »Ja! Auf der Rückseite ist eine Tür. Wir hätten sie nie gefunden, aber drinnen brennt ein Licht. Ich habe die Gemeinen dort gelassen. Sie versuchen die Tür zu öffnen. Zumindest ist es dort geschützter als hier.«

In einem Durcheinander aus Ellbogen und stampfenden Füßen

rafften die Orks sich auf, während die Glücklichen unter ihnen sich die Felle und Decken um die Schultern banden. Die seltsame Prozession setzte sich in Bewegung und folgte den Fußabdrücken im tiefen Schnee. Überall ringsumher herrschte unheimliche Stille.

Sie hielten sich im ebenen Bereich oberhalb des steilen Burggrabens des Palasts und gelangten dorthin, wo der hochaufragende Gletscher das Bauwerk gepackt hatte. Doch Jup bog um eine Ecke der Mauer zu einem tiefen Riss im Eis. Von innen wurde das Eis von einem weichen goldenen Schein erhellt.

»Glaubt ihr, das ist sicher?«, sagte Alfray, der sich an sein Entsetzen erinnerte, als er versucht hatte, vor der Eislawine davonzulaufen.

»So sicher, wie Häuser eben sind«, erwiderte Haskeer barsch. »Wenn du glaubst, du kannst es besser, nur zu.«

Als sie tiefer in den Spalt eindrangen, hörten sie Hämmern und Fluchen. Nach einer weiteren Biegung stießen sie auf Gant und Liffin, die mit dem Schwert auf das Eis einschlugen, das eine Tür mit Rundbogen umgab. Kurz darauf machte sich ein Dutzend Orks daran zu schaffen. Der Lärm in dem beengten Raum war entsetzlich. Eisnadeln und Brocken aus gepresstem Schnee regneten auf sie nieder.

»Aufhören!«, befahl Stryke, als ein Eisdolch nur knapp seinen Kopf verfehlte. »Wir verhalten uns töricht. Auf diese Weise bringen wir uns eher alle um, als dass wir hineingelangen.« Er holte Alfray durch die Menge zu sich. »Hast du noch genug von diesem Zeug, um etwas in Brand zu setzen?«

»Vielleicht.« Er wühlte in seiner Medizintasche herum. »Das ist nur ein Einreibemittel, das Keppatawns Heiler mir mitgegeben hat. Er hat mich davor gewarnt, es mit Wasser zu vermischen.«

»Jetzt wissen wir auch, warum. Also, Leute! Holt alles heraus, was trocken ist und brennen könnte.«

Die Vielfraße machten sich daran, ihre Rucksäcke zu plündern. Stryke beauftragte ein paar Gemeine damit, alte Hemden und einige von Alfrays kostbaren Verbänden zu zerschneiden. Mit dem Zunder aus ihrer aller Zunderbüchsen bildete sich bald ein Haufen, der sich bis über die Mitte der massiven Tür erstreckte.

Alfray leerte seine Flasche mit Einreibemittel darauf aus, und Stryke schmolz etwas Schnee in den Händen. Als er das Wasser auf den improvisierten Reisighaufen tropfen ließ, loderten pfauenfarbene Flammen auf. Bald brannte ein Feuer, von dem dichter Rauch aufstieg. Jene, die weit vorne standen, traten zurück, um nicht zu ersticken. Die Gemeinen in den hinteren Reihen strebten vorwärts, um etwas von der kostbaren Wärme abzubekommen. Ein Chaos aus Drängeln und Schieben brach aus.

Plötzlich neigte sich eine massive Eisplatte über sie. Die Vielfraße flohen Hals über Kopf um die Ecke der Spalte.

Mit einem gewaltigen, knirschenden Tosen löste sich das Eis, krachte auf den Boden und ließ eisige Geschosse durch die Luft fliegen. Nach einer Weile verhallte der Lärm. Die Orks schlichen vorwärts.

Und hielten inne.

Die großen, aufwärts geschwungenen Türflügel waren exquisit. Sie bestanden aus einer Substanz wie Milchglas und waren mit Intarsien verziert, die goldene Ranken darstellten. Das warme gelbe Licht leuchtete strahlend hindurch. Sie waren so geschickt gestaltet, dass die Früchte und Blumen hervorzutreten schienen, obwohl sie sich, als Stryke sie zu berühren wagte, als glatt und eben erwiesen.

Als seine Finger über die seidige Oberfläche der Türflügel strichen, öffneten sie sich in lautlosen Angeln. Nahezu ehrerbietig stiegen die Orks über die nasse Asche hinweg und traten über die Schwelle.

Als stumme Gruppe sahen sie sich staunend um. Sie befanden sich in einer ausgedehnten Halle, deren gewölbte Decke sich so hoch erhob, dass sie sich in der Ferne verlor. Dunkle Türen und Treppenbögen aus reinem weißem Marmor führten hinaus. Jeder Fingerbreit an diesem Ort war gestaltet, aber dichte Schatten hinderten sie daran, aus den Formen schlau zu werden. Ein trauriger Geruch nach Herbst lag in der Luft.

Jup bewegte sich ganz vorsichtig. Schon seine leisen Schritte reichten, um Echos zu erzeugen, die seltsam verzerrt zu ihnen zurückkehrten.

»Hier gefällt es mir nicht«, flüsterte Coilla.

Ihre Worte hallten auf eine erschreckende Weise.

Stryke fuhr herum, da er das Gefühl hatte, eine unsichtbare Präsenz schleiche auf ihn zu. Aber da war nichts. Als er sich wieder umdrehte, um sie tiefer in die Halle zu führen, sah er etwas auf halbem Weg die geschwungene Treppe herunter.

Es war eine weiß gewandete Frau.

Sie stand voller Anspannung auf dem Treppenabsatz, von ihren schwarzen Haaren wie in einen Umhang gehüllt, und die gigantischen Ausmaße der Halle ließen sie sehr klein erscheinen.

»Wer ...« Er räusperte sich. »Wer sind Sie?«

Sie antwortete ihm nicht direkt. Mit dünner, reiner Stimme sagte sie: »Verlassen Sie diesen Ort. *Schnell.*«

»In den Sturm? Da draußen wären wir so gut wie tot.«

»Glauben Sie mir«, flehte sie, »hier drinnen ist die Gefahr noch größer. Gehen Sie, solange Sie noch können.« Plötzlich keuchte sie und duckte sich gegen das Treppengeländer. Nacktes Entsetzen verzerrte ihr schönes Gesicht, als sie einen Blick hinter sich warf. »Gehen Sie! Gehen Sie *sofort*!«

»Was ist denn los?«, sagte Stryke, indem er zum Fuß der Treppe ging.

Sie antwortete nicht. Er erklomm die Treppe, indem er zwei, drei Stufen auf einmal nahm.

Als er sie erreichte, bot er ihr an: »Wir werden Sie beschützen.«

Die Frau stieß ein kurzes verzweifeltes Lachen aus. »Zu spät.«

Aus der Tür hinter ihr stürzte ein Rudel scheußlicher Kreaturen.

Sie sahen aus, wie jeder sich Dämonen vorstellte, die Quälgeister, von denen es hieß, dass sie die Hallen Xentagiens mit Peitschen aus Feuer regierten.

Unten in der Halle drängten noch mehr von ihnen hinein und umzingelten die Orks.

Keine zwei dieser Kreaturen waren vollkommen gleich. Gleitend, sich schlängelnd, auf Spinnenbeinen schreitend, veränderten ihre Leiber von einem Augenblick zum nächsten unmerklich ihre Gestalt. Sogar die Gesichter schmolzen und bildeten sich neu, bald mit einem Auge, bald mit Hauern und schnappendem Schnabel. Manche hatten Flügel wie Fledermäuse, aber alle hatten ohne Ausnahme furchterregende Krallen. Ihre graue Haut kräuselte sich beständig. Sie waren so widerlich, dass Stryke sie nicht ohne ein beständiges Gefühl der Übelkeit ansehen konnte.

Sie mussten fünfzig oder mehr zählen.

Jedes Mitglied des Trupps beäugte sie mit abergläubischer Furcht.

»Legen Sie die Waffen nieder!«, drängte sie die Frau.

»Das werden wir nicht tun!«, erwiderte Haskeer.

»Aber Sie haben keine andere Möglichkeit! Wie können Sie diese Kreaturen bekämpfen? Die Sluagh werden Sie nicht töten, wenn Sie sie nicht angreifen.«

Stryke wich vor ihr zurück und ging langsam die Treppe hinunter zu seinem Trupp. Wenn er sterben sollte, wollte er dabei nicht allein sein. Zwei der Wesen wogten hinter ihm die Stufen herab und schnappten mit den Fängen nach seinen Fersen. Als er die anderen Vielfraße erreichte, bäumten die Sluagh sich mit klaffenden Mäulern über ihm auf.

»Tut es!«, schnauzte Stryke, indem er sein eigenes Schwert fallen ließ. Es läutete wie eine Glocke auf dem Stein. Seine Sluagh-Eskorte zog sich schlängelnd und sich windend ein wenig zurück.

Hoffnungslos in der Unterzahl, legten die Orks die Waffen nieder. Die Kreaturen blieben in der Nähe, bis auch die letzte Waffe vor ihnen auf dem Boden lag.

»Ich dachte, die Sluagh gäbe es nur in Lagerfeuergeschichten«, flüsterte Coilla.

»Ich habe sie immer für Wesen aus der Hölle gehalten«, sagte Alfray.

Wenn man sie ansah, fiel es einem leicht zu glauben, dass sie das auch waren.

Furcht umgab sie wie Gestank. Aus ihrer dunklen Aura schlichen sich Gedanken in Strykes Verstand. Er fuhr herum, konnte aber nicht ausmachen, welche der Kreaturen gesprochen hatte.

»Gebt uns die Instrumentale«, sagte sie.

Aus der erschrockenen Reaktion ging offenkundig hervor, dass es der ganze Trupp gehört hatte, falls *gehört* das richtige Wort dafür war.

Stryke sagte laut: »Ich habe sie nicht.«

Diesmal schienen die Stimmen von hinten zu kommen. *»Du lügst! Wir können ihre Macht spüren!«*

»Sie tasten nach uns.«

»Sie rufen uns.«

»Gebt uns die Instrumentale, dann lassen wir euch vielleicht am Leben.«

Dem Anführer der Vielfraße schwindelte, als er unter seiner Tunika herumfummelte. Seine klamme Hand glitt über die stachelige Masse. Nichtsdestoweniger gelang es ihm, einen der Sterne aus der Verbindung zu lösen. Die übrigen hafteten so fest zusammen, als seien sie miteinander verlötet worden. Er berührte den einzelnen Stern. Es war der grüne mit den fünf Zacken, den sie Hobrow in Dreieinigkeit abgenommen hatten. Das schien eine Ewigkeit her zu sein. Widerstrebend hielt er den Sluagh die Gruppe der vier Sterne hin.

Ein Schlangententakel entriss sie seinen Händen.

Etwas wie ein Seufzer wisperte hallend zur Decke.

»Und der andere? Wo ist der andere?«

Stryke schluckte. »Wir haben ihn nicht.«

»Dann werdet ihr bis in alle Ewigkeit leiden.«

Schmerzen schossen durch Strykes Kopf. Er hatte das Gefühl, ein glühender Stab sei ihm in den Schädel gerammt worden. Die Hände an die Schläfen gepresst, fiel er zu Boden und krümmte sich. Ringsumher litten die anderen Vielfraße ähnlich.

»Wartet!«, gelang es Stryke zu sagen. »Ich meine, wir haben ihn nicht *hier*. Aber wir können ihn beschaffen.«

Die Schmerzen ließen nach. *»Wann? Wann könnt ihr ihn beschaffen?«*

»Er ist beim Rest unseres Trupps«, log er. Weißglühende Hitze zuckte durch seinen Schädel. »Sie kommen nach, sie kommen nach«, keuchte er.

»Wie bald?«, wollten die zischenden Stimmen wissen.

»Das weiß ich nicht. Wir wurden im Schneesturm getrennt. Aber sie werden hierher kommen. Morgen, wenn die Stürme nachlassen.«

»Dann können wir euch jetzt *töten.«*

»Tut das, dann werdet ihr ihn nie bekommen!«

»Wenn sie hierher kommen, werden sie uns nicht daran hindern können, ihn ihnen abzunehmen.«

»Wenn wir ihnen nicht das Zeichen geben, werden sie diesen Palast nicht betreten.« Er bedachte den nächsten Sluagh mit einem kalten Blick. »Ich bin der Einzige, der es kennt«, bluffte er. »Und ich werde eher sterben, bevor ihr es aus mir herausholt.«

Am Rande seines Verstands hörte Stryke, wie sie sich berieten, konnte aber nicht verstehen, was sie sagten.

Schließlich verkündete ein lehmgesichtiger Dämon: *»Also gut. Dann lassen wir euch bis morgen am Leben.«*

»Wenn wir bei Einbruch der Abenddämmerung den Instrumental noch nicht haben«, sagte ein anderer, *»werdet ihr diesen Ort niemals lebend verlassen.«*

»Und ihr werdet jeden Herzschlag eures Lebens hassen.«

*

Die Sluagh trieben sie die Treppe empor. Als sie an der weiß gewandeteten Menschenfrau vorbeikamen, schrak sie zusammen, als erwache sie gerade. Schweigend reihte sie sich zwischen Stryke und Coilla in die Kolonne ein.

Es war ein langer Weg hinauf. Die Frau zitterte sichtlich vor Erschöpfung, als sie oben ankamen. Zweifellos befanden sie sich in der Spitze eines der Türme, die sich hoch über die Ebene erhoben hatten. So hoch oben war es eher noch kühler als unten in der Halle.

Als der erste Sluagh den winzigen Absatz erreichte, schwang eine Tür auf, ohne dass sie berührt worden war. Stryke sah, dass sie keine Klinke und keinen Riegel hatte. Er merkte sich dies für später und blickte in die kreisrunde Kammer dahinter. Auch sie war von goldenem Licht erfüllt, obwohl er nicht sehen konnte, woher es kam, es sei denn, die Luft selbst leuchtete. Die Mauern waren mit Intarsien geschmückt, diesmal mit abscheulichen Gargylen, die wie in Stein gemeißelte Sluagh aussahen. Lange gelbe Vorhänge hingen ohne erkennbare Ordnung von der gewölbten Decke.

Jetzt krochen die Dämonen beiseite. Stryke holte tief Luft und führte den Trupp durch die vergoldete Tür, während die Frau sofort gegen einen der Behänge sank.

Als sie alle in der Kammer waren, schlug die Tür zu. Sofort waren auch die Schmerzen verschwunden. Jup lief dorthin zurück, wo sich die Tür befand. Bevor er sie auch nur berühren konnte, wurde er von einer Mauer aus Licht halb durch den Raum geschleudert.

Alfray kniete sich neben ihn. »Ich glaube, er ist nur weggetreten. Wenigstens hoffe ich es. Sein Herz schlägt noch.«

Sie schwärmten aus und suchten hinter Wandbehängen nach einem weiteren Ausgang. Außer endlosen Intarsien fanden sie nichts. Ihre ausgedehnte Suche förderte weder einen Schlüssel noch eine Klinke oder etwas anderes zutage, das ihnen das Verlassen der Kammer ermöglicht hätte.

Schließlich gaben sie es auf und ließen sich erschöpft zu Boden sinken, um sich auszuruhen. Die Frau hatte sich in der Zwischenzeit nicht von der Stelle gerührt.

In der unnatürlichen Kälte zitternd, riss Stryke einen der Vorhänge ab und wickelte ihn wie einen Schal um sich. Einige der Gemeinen folgten seinem Beispiel.

»Sie wussten, dass es keinen Fluchtweg gibt, nicht wahr?«, sagte Stryke, als er sich neben die Frau setzte.

»Aber ich habe trotzdem gehofft, Sie würden einen finden.« Ihre Stimme war hoch, ätherisch. »Und jetzt wollen Sie wissen, wer ich bin.«

Coilla kauerte sich neben sie. »Darauf können Sie wetten.« Ihr Tonfall war harsch.

»Sehen Sie denn nicht, dass ich hier ebenso gefangen bin wie Sie?«

»Sie haben uns immer noch nicht Ihren Namen genannt«, sagte Stryke.

»Sanara.«

Es dauerte ein paar Sekunden, bis Stryke die Erkenntnis kam. »Jennestas *Schwester*?«

»Ja. Aber ich bitte Sie, schließen Sie nicht von ihr auf mich. Ich bin nicht wie sie.«

Coilla schnaubte. »Das behaupten Sie!«

»Wie kann ich Sie überzeugen?«

»Das können Sie nicht.« Coilla stand auf und ging.

»Sie sind nicht wie sie«, sagte Sanara zu Stryke. »Ich spüre, dass die Kraft des Landes um Sie fließt wie bei den Orks in uralten Zeiten. Aber dieses Kind hat nichts davon.«

»Ich würde Coilla nicht als Kind bezeichnen, nicht in ihrer Gegenwart«, erwiderte er knapp.

Sie zuckte kläglich die Achseln. »Was spielt das für eine Rolle? Morgen bei Sonnenuntergang wird sie so oder so sterben. Sie glauben doch nicht wirklich, dass die Sluagh Sie gehen lassen, oder?«

»Ich hatte gehofft, sie könnten es tun.«

»Träumen Sie nur weiter, Ork. Sie leben vom Schmerz und den Leiden anderer. Sie werden Ihren Tod zu einer endlosen Qual in die Länge ziehen, bis Sie darum betteln, sterben zu dürfen, aber sie werden sich immer weiter an Ihrem Grauen laben.«

»Ich heiße Stryke. Wenn wir zusammen sterben müssen, sollten wir uns wenigstens beim Namen kennen.«

Ihre Antwort bestand aus einem matten Abwinken.

»Also, *Königin* Sanara«, sagte er schließlich in dem Wunsch, ihren Schleier der Gleichgültigkeit zu zerreißen und ein paar Antworten zu bekommen, die ihnen aus dieser Klemme helfen mochten. »Bestehen Sie auf einer förmlicheren Anrede? Soll ich Sie Hoheit nennen oder Eure Majestät?«

Als sie den Kopf schüttelte, stieg ein schwacher Duft nach Rosen aus ihren Haaren auf. »Nein, ich bin schon lange nicht mehr so genannt worden. Nicht mehr, seit die Menschen die Magie meines Landes verzehrt haben.«

»*Ihres* Landes?«

»Meines Landes. Meines Reichs.« Sie lächelte traurig. »Jennesta hatte das Südland, Adpar die Domäne der Nyadd. Das hier hat meine Mutter mir vermacht. Aber Sie sehen ja, was daraus geworden ist: eine Wüste aus Eis und Tod. Ganze Städte sind unter den Gletschern begraben. Früher war dieses Land fruchtbar und schön, ein Land der Wiesen und Wälder. Jeder einzelne meiner Untertanen ist vor dem Eis geflohen oder unter ihm gestorben, als es dann kam. Es hat etwa zur Zeit meiner Thronbesteigung begonnen und ist dann jeden Tag näher gekommen. Ist es da verwunderlich, dass sie glaubten, es sei meine Schuld? Wissen Sie, wie es ist, für den Tod des Landes verantwortlich gemacht zu werden? Können Sie sich vorstellen, wie traurig es ist, wenn sich Ihre Freunde und Ihre Liebsten von Ihnen abwenden und dann einer nach dem anderen sterben?« Ihre Augen trübten sich. »Ich habe versucht, es zu verhindern, aber jetzt habe ich nur noch geringe Kräfte. Von meiner Hauptstadt Illex ist nur noch diese Festung übrig.«

»Warum hat Jennesta Ihnen nicht geholfen?«

Sie stieß einen allzu menschlichen, verächtlichen Laut aus. »Wenn Sie meine Schwester kennen, dann wissen Sie auch, dass sie niemandem hilft außer sich selbst. Aus diesem Grund hat Mutter sie auch fortgeschickt. Sie war seit Generationen Ihrer Rasse nicht mehr in meinem Reich.«

»Ihre Mutter?«

»Vermegram.«

»Die Zauberin? *Die* legendäre Vermegram aus uralten Zeiten?«

Sanara seufzte und nickte.

»Dann sind Sie nicht so menschlich, wie Sie aussehen.«

»Tatsächlich nicht, ebenso wenig wie meine Brutschwestern. Aber Vermegram ist schon vor vielen Jahren gestorben. Und ich habe zugesehen, als Sie Zeuge wurden, wie Adpar durch Jennestas Zauberei starb.«

»Woher wussten Sie, dass ich dort war?«

Sie warf ihm einen geheimnisvollen Blick zu. »Ich habe Sie schon sehr lange im Auge, Stryke.« Doch als er nachhakte, wollte sie ihm nicht sagen, warum.

Da ihm die Richtung nicht gefiel, die das Gespräch nahm, schwieg Stryke eine Zeit lang. Schließlich sagte er vor dem Hintergrund allgemeinen orkischen Schnarchens: »Wie kommt es, dass Sie die Sluagh eingelassen haben?«

»Was für eine absonderliche Frage! Wie hätte ich sie draußen halten sollen?«

Stryke schnitt eine Grimasse, da er ihr Recht geben musste. »Woher sind sie gekommen? Und warum sind sie hier?«

Die ehemalige Königin seufzte wieder und legte sich hin, wobei sie den Arm unter den Kopf schob und als Kissen benutzte. Sie betrachtete ihn mit klaren grünen Augen, die ihn ein wenig an Jennestas erinnerten. In ihrem Gesicht war jedoch keine Spur von Schuppen zu sehen, nur weiche, milchige Haut. »Sie sind eine uralte Rasse vom Anbeginn der Zeit. Ihr Wesen ist das personifizierte Böse. Sie halten Jennesta für schlecht? Verglichen mit ihnen ist sie eine Anfängerin. Und sie sind hier, weil sie wussten, dass Jennesta früher oder später alles über die Instrumentale herausgefunden haben würde. Sie halten mich hier schon länger gefangen, als Sie am Leben sind. Und ich werde immer noch hier sein, wenn die Sluagh ihre Knochen abnagen. Sie dachten, Jennesta würde sie suchen ...«

Während er sich bemühte, nicht bei der Vorstellung von seinem Ableben zu verweilen, sagte Stryke: »Sie hat es versucht.«

»Und dann hätten die Sluagh ihr vorgeschlagen, mich gegen die Instrumentale einzutauschen.«

»Warum wollen sie sie haben?«, fragte er. »Was wissen Sie über die Sterne? Über die Instrumentale?«

Sanara schien durch ihn und auf einen Ort zu schauen, den nur sie sehen konnte. In Gedanken versunken, nahm sie gar nicht zur Kenntnis, dass Jup und Coilla sich zu ihnen gesellten und sich neben Stryke hockten.

»Sie wollen sie natürlich benutzen«, sagte die bleiche Königin verträumt.

»Wofür? Was kann man mit ihnen machen?«

»Wenn sie miteinander verbunden sind, existieren sie auf allen Ebenen.«

Jup glaubte, einiges von dieser Auskunft zu begreifen. »Ist es dann also das, was sie machen? Sich von Ort zu Ort bewegen? Sind wir so hierher gelangt?«

Sanara strich sich die Haare aus dem Gesicht. »Sie bewegen sich nicht. Ich sagte doch, sobald sie miteinander verbunden sind, existieren sie auf allen Ebenen.«

Die Vielfraße sahen sie völlig verdutzt an.

»In jedem Raum«, sagte sie. »Und in jeder Zeit.«

»Und sie haben uns hierher gebracht?«, fragte Coilla, indem sie Stryke einen verbitterten Blick zuwarf.

»Das nehme ich an, wenn Sie nicht gelaufen sind.«

»Und ist das mit der Zeit der Grund, warum es Nacht war, als wir unseren ursprünglichen Aufenthaltsort verließen, und Tag einen Herzschlag später, als wir hier eintrafen?«

Die Königin nickte.

»Sind sie dann dafür gedacht?«, fragte Jup, bevor Coilla noch etwas sagen konnte.

Sanara schüttelte den Kopf. »Nein, das ist nur ... eine Nebenwirkung. Es ist nicht ihre Hauptfunktion.«

»Was *ist* ihre Hauptfunktion?«, fragte der Zwerg.

»Das übersteigt das Verständnis normaler Sterblicher.« Sie schien keinen großen Gefallen an dem Zwerg zu finden.

Bevor irgendjemand von ihnen antworten konnte, veränderte sich das Aussehen der gegenüberliegenden Wand. Sie schien in eine blaue Ferne zurückzuweichen, bevor sie wieder zurück an Ort und Stelle schnappte.

Dann stand plötzlich eine Gestalt, wo zuvor nichts gewesen war. Sie war in Schatten gehüllt, die ihr Gesicht verbargen, ihre Größe aber nicht verschleiern konnten.

»Aufgewacht!«, rief Stryke. »Ein Eindringling!«

Die Orks hatten keine Waffen. Aber sie zählten beinahe dreißig, und es gab nur einen Gegner.

Außerdem waren sie bereit zu einem guten Kampf.

71

Die Gestalt trat aus dem schützenden Schatten, die Hände in einer Geste des Friedens erhoben.

Als sie sich näherte, enthüllte das gelbliche Licht in der Kammer das Gesicht als das eines männlichen Menschen. Die Silberstickerei auf seinem Wams glitzerte, und an seinem Gürtel hing keine Scheide.

Es war Seraphim.

Ein, zwei Gemeine des Trupps wichen langsam zurück, warfen einander scheele Blicke zu und griffen nach ihren Schwertern, um sich gleich darauf daran zu erinnern, dass ihre Scheiden leer waren.

Doch ihre Überraschung war nichts im Vergleich zu Sanaras. Sie wurde noch blasser, falls das überhaupt möglich war, und eine Hand fuhr an ihren Hals. Mit vor Entsetzen weit aufgerissenen grünen Augen sank sie in Strykes Arme.

Seraphim trat vor, um ihm die Last abzunehmen, und er hielt sie fest in den Armen. Ihre Hände schlangen sich um seine Hüfte, und sie lehnte den Kopf kurz an seine Schulter. Doch sogleich nahm sie Haltung an und warf sich wieder in eine hochaufgerichtete Positur, als wolle sie einem längst vergessenen Protokoll genügen. »Ich habe dich für tot gehalten«, sagte sie zu ihm.

»Sie kennen diesen Menschen?«, fragte Stryke.

Seraphim und Sanara wechselten einen Blick, in dem eine Bedeutung mitschwang, welche die Vielfraße nicht enträtseln konnten. Dann beantwortete sie die Frage mit einem Kopfnicken.

»Wie sind Sie hier hereingekommen?«, fragte Coilla argwöhnisch.

»Das ist jetzt nicht wichtig«, erwiderte Seraphim. »Wir müssen uns mit wichtigeren Dingen befassen. Aber was ich Ihnen verraten kann, werde ich Ihnen auch sagen. Sie müssen mir vertrauen.«

»Ja, sicher«, schnaubte Haskeer höhnisch.

»Ich bin vielleicht Ihre einzige Hoffnung«, sagte der Mensch, »und Sie haben nichts zu verlieren, wenn Sie mich anhören.«

»Haben wir wohl, wenn Sie wieder Unsinn verzapfen«, erwiderte Jup. »Wir haben keine Zeit für Ihre Märchen.«

»Es stimmt, ich habe eine Geschichte. Aber kein Garn, wie es von Geschichtenerzählern gesponnen wird.«

»Also kommen Sie zur Sache, und ersparen Sie uns einigen Kummer.«

Seraphim betrachtete ihre erwartungsvollen Mienen. »Also schön. Wie wäre es damit: ›Sie haben eine Welt gestohlen‹?«

Während der Rest darüber grübelte, rief Coilla: »Was? *Wir?* Von einem Mitglied Ihrer Rasse ist so eine Bemerkung ein starkes Stück.«

»Trotzdem ist sie wahr.«

»Das hört sich tatsächlich nach einer Ihrer üblichen Geschichten an«, urteilte Stryke. »Sie sollten endlich ein paar Erklärungen abgeben, Seraphim, sonst könnten wir die Geduld verlieren.«

»Es gibt in der Tat sehr viel zu erklären, und Sie täten gut daran zuzuhören. Andernfalls erwartet sie der Tod in Gestalt der Sluagh.«

»Also schön«, gab Stryke nach. »Solange Sie schnell machen und sich klar ausdrücken. Was soll dieser Unsinn, wir hätten eine Welt gestohlen?«

»Was würden Sie sagen, wenn ich Ihnen versicherte, dass Maras-Dantien nicht Ihr Land ist?«

Ein oder zwei Gemeine lachten verächtlich.

»Ich würde sagen, ihr Menschen habt euch noch nicht alles genommen.«

»Das habe ich nicht gemeint.«

Stryke zeigte sein Unbehagen jetzt deutlicher. »Was *haben* Sie denn gemeint? Und keine Rätsel mehr, Seraphim.«

»Lassen Sie es mich folgendermaßen erklären. Kommen Ihnen die Sluagh so vor, als seien sie von dieser Welt?«

»Sie sind *hier*, oder etwa nicht?«, konterte Jup.

»Ja, aber haben Sie etwas wie sie jemals zuvor gesehen? Haben Sie bis zum heutigen Tag überhaupt an ihre Existenz geglaubt? Oder gehörten sie für Sie ins Reich der Fabeln und Legenden?«

»Sehen Sie sich doch mal in Maras-Dantien um«, empfahl ihm der Zwerg. »Sie werden verdammt viele verschiedene Rassen finden. Abgesehen davon, dass sie abgrundtief hässlich sind, was ist so besonders an den Sluagh?«

»In gewisser Weise ist es genau das, was ich sagen will. Was glauben Sie, wie es kommt, dass es in diesem Land so viele verschiedene Rassen gibt? Wie kommt es Ihrer Ansicht nach, dass

Maras-Dantien so eine Vielfalt des Lebens hervorgebracht hat? Oder sollte ich Zentrasien sagen?«

»Nur, wenn Sie mit durchschnittener Kehle enden wollen«, rief ein Gemeiner. »Das ist *unser* Land!«

Stryke befahl ihm zu schweigen. Er wandte sich wieder an Seraphim. »Was für eine Art Frage ist das?«

»Wahrscheinlich die wichtigste, die Ihnen je gestellt wurde.« Er hob eine Hand, um ihren Antworten zuvorzukommen. »Üben Sie Nachsicht mit mir, ich bitte Sie. Sie werden mich am besten verstehen, wenn Sie einstweilen zugestehen, dass alle älteren Rassen von anderswo hierher gekommen sind.«

»Sie meinen, so wie die Menschen hierher gekommen sind? Aus einem anderen Land?«, fragte Alfray.

»In einem gewissen Sinn. Obwohl wir verschiedene Dinge meinen, wenn wir sagen ... aus einem anderen Land.«

»Fahren Sie fort«, sagte Stryke, der gegen seinen Willen fasziniert war.

»Die älteren Rassen stammen alle von anderswo. Glauben Sie mir das. Und die Artefakte, die Sie Sterne nennen, sind Teil der Geschichte, wie sie hierher gekommen sind.«

»Davon bekomme ich Kopfschmerzen«, beklagte sich Haskeer. »Wenn sie, wir, alle nicht von von hier kommen, von woher kommen wir dann?«

»Ich versuche es verständlich auszudrücken. Stellen Sie sich vor, dass es Orte gibt, wo nur Gremlins leben. Oder Pixies. Oder Nyadds und Goblins. Oder Orks.«

Stryke runzelte die Stirn. »Sie meinen Länder, wo nur diese Rassen leben? Wo es keine Vermischung gibt? Keine Menschen?«

»Genau. Und gäbe es die Instrumentale nicht, gäbe es hier überhaupt keine älteren Rassen.«

»Auch keine Menschen?«

»Doch, Menschen schon. Wir waren schon immer hier.«

Ein Tumult erhob sich. Stryke musste seinen besten Kasernenhofton anschlagen, um ihn zu unterdrücken. »So eine Geschichte kommt mit einem Beweis immer viel besser an, Seraphim. Wo ist Ihrer?«

»Wenn mein Plan Erfolg hat, werden Sie ihn bekommen. Aber wir können uns keine längeren Verzögerungen mehr erlauben. Lassen Sie mich auch den Rest erzählen?«

Stryke nickte.

»Ich verstehe Ihre Zweifel«, sagte Seraphim zu ihnen allen. »Dieses Land ist alles, was Sie und Ihre Eltern vor Ihnen je gekannt haben. Aber ich versichere Ihnen, so fest Sie auch glauben mögen, wir Menschen seien die Eindringlinge: wir sind es nicht. Die Wahrheit dessen, was ich sage, ist hier in Illex zu finden, und wenn wir uns gegenseitig helfen, kann sie auch bewiesen und vielleicht sogar zu Ihrem Vorteil ausgenutzt werden.«

»Geben Sie etwas Fleisch auf die Knochen«, sagte Coilla, »vielleicht sehen wir es dann anders.«

»Ich werde es versuchen.« Er ging kurz in sich, dann fuhr er fort: »Diese Wahrheit hat mit dem Überfluss magischer Energie in diesem Land zu tun, das Sie Maras-Dantien nennen.« Vielen Anwesenden widerstrebte seine Wortwahl, aber sie hielten ihre Zunge im Zaum. »Oder wenigstens mit der Fülle von Energie, die es früher einmal gegeben hat. Wie Sie wissen, haben vor einigen Generationen die ersten Menschen auf der Suche nach neuem Land ihre Heimat auf der anderen Seite der Welt verlassen, die Scilantische Wüste durchquert und sich hier niedergelassen. Sie kamen zu Fuß und zu Pferd durch den glühenden Sand und ließen dabei ihre Toten zurück, deren Gräber ihren Weg markierten. Nur die Stärksten kamen durch, die Entschlossensten. Da dieser reiche Kontinent ihnen alles bot, was sie sich nur wünschen konnten, gab es keinen Grund, sich mit Vorsicht und Bedacht zu vermehren. Wenn ein Flecken Erde erschöpft war, warum nicht einfach zum nächsten weiterziehen? Denn schließlich, wer benutzte es außer ihnen? Niemand siedelte sich fest an. Niemand schlug Wurzeln an einem Fleck oder erforschte dessen Reichtümer. Also bauten sie und gruben und rodeten die Wälder, um Platz für ihre Äcker zu schaffen. Da die meisten von ihnen unempfänglich für die Erdenergien und für die Magie waren, hatten sie keine Ahnung, welche Verwüstungen sie anrichteten. Für sie war Magie nur eine komische Handbewegung, ein kleiner Hokuspokus oder ein Feuerwerk. Nur sehr wenige, welche sich die Mühe machten, sich mit den älteren Rassen zu beschäftigen, wussten, dass es sich anders verhielt. Das war der Ursprung der Mannis.«

»Und Sie sind so einer«, folgerte Alfray.

»Ich bin kein Manni, auch kein Uni, was das betrifft. Aber ja, ein Anwender der Kunst. Einer der wenigen, die meine Rasse hervorgebracht hat.«

»Warum erzählen Sie uns das? Warum befassen Sie sich mit

unseren Problemen, wenn Sie sich auch einfach heraushalten könnten?«

»Ich versuche Unrecht wiedergutzumachen. Aber jetzt ist nicht der rechte Zeitpunkt, noch mehr zu reden. Bald werden die Sluagh aus ihrem Schlummer im Eis aufwachen. Wir müssen handeln.«

»Können Sie uns hier herausbringen?«

»Ich glaube schon. Aber mein Plan sieht nicht vor, einfach nur zu versuchen, von hier zu verschwinden. Und wohin wollten Sie in dieser Eiswüste auch gehen?«

»Was sieht Ihr Plan denn vor?«, wollte Stryke wissen.

»Die Sterne zurückzuholen und mit ihrer Hilfe zu erreichen, dass Sie dieses Land verlassen können.«

Da meldete Sanara sich zu Wort und erinnerte alle an ihre Anwesenheit. »Durch das Portal?«

»Ja«, erwiderte Seraphim.

Stryke runzelte die Stirn. »Und was ist *das*?«

»Ein Teil des Rätsels, das ich Ihnen zu erschließen versuche. Aber zuerst müssen Sie Gebrauch von Ihrem Schwertarm machen.« Er sah sie alle der Reihe nach an. »Lassen Sie sich von mir führen«, appellierte er an sie. »Wenn Sie keinen Nutzen in dem sehen, was wir tun, was haben Sie schon zu verlieren? Sie können sich immer noch von mir abwenden und Ihren eigenen Weg gehen, Illex' Zorn trotzen und versuchen, in ein wärmeres Land zu gelangen.«

»Wenn Sie es so ausdrücken«, schloss Stryke, »bin ich geneigt, Ihnen zu folgen.« Er ließ einen Anflug von Bedrohlichkeit in seinen Ton einfließen. »Aber nur bis zu einem gewissen Punkt. Bei der geringsten Andeutung von Verrat oder wenn uns etwas missfällt, gehen wir die Sache allein an. Und Sie werden dafür mit dem Leben bezahlen.«

»Ich erwarte nichts anderes. Danke. Unsere erste Aufgabe besteht darin, in den Keller des Palasts zu gelangen.«

»Warum?«

»Weil sich dort das Portal zu Ihrer Rettung befindet.«

»Glauben Sie ihm«, fügte Sanara hinzu. »Das ist der einzige Weg.«

»Wir spielen einstweilen mit«, stimmte Stryke zu. »Aber das Gerede über den Keller bringt uns nicht weiter, wenn wir nicht einmal aus dieser Kammer ausbrechen können.«

»Ich kann hier so wieder heraus, wie ich hereingekommen bin, aber sonst niemand«, sagte Seraphim. »Das Versiegen der Magie hat meine Kräfte ebenso geschwächt wie die aller anderen. Und ich kann die Tür auch nicht von außen öffnen. Nur die Sluagh können das. Ich bin sicher, dass ich in ihrem Verstand herausfinden könnte, wie, aber so nahe will ich ihnen nicht kommen. Meine Idee besteht darin, einen zu finden und hierher zu locken. Aber sobald mir das gelungen ist, liegt es an Ihnen, ihn zu überwinden.«

»Dann können die Sluagh getötet werden?«

»O ja. Sie sind weder unverwundbar noch unsterblich, wenngleich unglaublich zäh und langlebig.«

»Was ist mit ihrer Schmerzwaffe?«

»Da kommen Sanara und ich ins Spiel. Wir greifen ihn mit den Waffen des Geistes an, Sie dagegen mit allem, was Sie gerade zur Hand haben. Obwohl Sie natürlich keine Waffen haben.«

»Wir können gut improvisieren«, versicherte ihm Jup.

»Gut. Denn Sie dürfen die Kräfte der Sluagh auf keinen Fall unterschätzen. Sie müssen in großer Zahl angreifen und dürfen nicht nachlassen.«

»Worauf Sie sich verlassen können«, sagte der Zwerg.

»Dann bereiten Sie sich vor. Es geht los.«

Seraphim zog sich in die Schatten zurück.

*

Er hielt sich an sie, nachdem er den Raum verlassen hatte.

Seine Stiefel verursachten kein Geräusch im dicken Staub der Flure. Er öffnete eine Tür nach der anderen, bereit, jeden Augenblick zu fliehen, doch wie vermutet hatten die Sluagh sich noch nicht aus ihren eisigen Betten erhoben.

Schließlich, als der Himmel sich im Südosten aufzuhellen begann, spürte er das Grollen in seinem Verstand, welches bedeutete, dass sich nicht weit entfernt Sluagh unterhielten. Er drückte sich flach an die Marmorplatten einer Wand und lugte um die nächste Ecke.

Sie waren zu viert, und ihre grauen Formen wechselten von einer hässlichen Gestalt zur nächsten.

Vorsichtig zog Seraphim sich wieder zurück.

Er hatte auf weniger gehofft, aber für eine weitere Suche blieb keine Zeit mehr. Er fasste seinen Vorsatz noch einmal fester, dann trat er kühn in ihr Blickfeld und tippte sich in einem spöttischen Salut mit den Fingern an die Stirn.

Sofort griffen die Schmerzen nach ihm aus wie Peitschenschnüre. Aber er hatte damit gerechnet und bereits die Beine in die Hand genommen.

Sie kamen ihm hinterher. Zwei hatten furchterregende Insektenglieder, die sie sehr schnell durch den Flur beförderten. Dem dritten wuchsen schuppige Flügel, die knarrten, als sie flatterten, aber der Flur war zu schmal, um sie vollständig entfalten zu können. Immerhin erhob der Sluagh sich auf ihnen ein wenig in die Luft, wo er schwerfällig über dem vierten schwebte, einem schneckenartigen Wesen, das eine glänzende, stinkende Schleimspur hinterließ.

Seraphim war schneller als sie. Er rannte an offenen Türen vorbei durch eine lange düstere Galerie. An ihrem Ende lehnte er sich keuchend an die Wand.

Jetzt hatte er die Wendeltreppe erreicht. Es war wie in einem Albtraum, bis in alle Ewigkeit eine nie endende Treppe emporzulaufen, und mit jedem Schritt wurde er langsamer. Seine Verfolger holten auf. Seraphim befürchtete langsam, er werde es nicht schaffen.

Er keuchte und zwang sich, trotz seiner brennenden Lunge und bleischweren Beine noch einmal Tempo zuzulegen. Aber es verlangte ihm bereits alles ab, einfach nur noch einen Fuß vor den anderen zu setzen. Er hielt sich am Geländer fest und zog sich mehr daran hoch, als tatsächlich noch die Beine zu bewegen. Ein Blick über die Schulter zeigte ihm krallenbewehrte Tentakel, die nach ihm tasteten.

Das Entsetzen verlieh ihm neue Kraft, und er wurde wieder schneller. Immer im Kreis herum wankte er die Wendeltreppe empor und konnte nur noch daran denken, dass er nie nahe genug an die Kammer herankommen würde, um sich hinein zu versetzen. Die Sluagh saßen ihm dicht im Nacken.

Schmerzen zuckten durch seinen Verstand. Seine Schirme wurden schwächer.

*

In der Turmkammer sah Stryke sich eingehend um. Sie hatten ihre Felle und Rucksäcke an die Wände geworfen, um Platz zum Kämpfen zu schaffen. Es gab nichts, was auch nur entfernte Ähnlichkeit mit Möbeln hatte, und sämtliche Waffen waren ihnen abgenommen worden.

»Wenn alle Stricke reißen, können wir sie mit Jup bewerfen«, schlug Haskeer vor. Coilla tätschelte ihm spielerisch den Kopf.

Stryke hatte eine Idee. »Du und du!«, befahl er zwei Gemeinen. »Klettert an diesen Gargylen hoch und holt die Vorhangstangen herunter. Und die Vorhänge auch, wenn ich es mir recht überlege. Dann haltet euch bereit.«

Die Zeit schien viel zu langsam zu verstreichen. Die Vielfraße warfen immer häufiger argwöhnische Blicke in Sanaras Richtung, da sie sich fragten, ob sie im Verein mit dem anderen Menschen irgendeinen finsteren Plan verfolgte.

Schließlich waberte Seraphim in Sicht wie eine Luftspiegelung, die plötzlich feste Gestalt annahm. Er machte ein paar schwankende Schritte und sank auf einem Haufen aus gelbem Stoff zwischen Coilla und Haskeer auf die Knie.

»Sie kommen«, keuchte er. »Insgesamt vier.«

Einen Augenblick später flog die Tür auf und schlug mit lautem Krachen gegen die Wand. Der Eingang war nicht breit genug, um mehr als einem der Wesen gleichzeitig Zutritt zu gewähren. Stryke sah die anderen draußen auf dem Treppenabsatz, von denen einer auf sich kräuselnden grauen Schwingen in der Luft schwebte.

»Jetzt!«, brüllte er.

Die beiden Orks warfen ihre Stangen wie Speere und mit so viel Wucht, dass sie sogar die unnatürliche Haut des Sluagh durchbohrten. Klebriges schwarzes Blut lief aus der Brust des ersten. Er schwankte in der Tür und versperrte den anderen den Weg, da er sich von einem sechsbeinigen Wolf in eine Schlange verwandelte, die in Schlingen zu Boden fiel.

Eine Gruppe von Gemeinen stürmte herbei und stampfte mit großer Begeisterung darauf herum. Ihre Stiefel fingen an zu qualmen, aber das hielt andere Orks nicht davon ab, ihnen Gesellschaft zu leisten. Alle miteinander ließen ihre ganze Wut und Enttäuschung an der sich windenden Schlange aus. Ganz allmählich wurden ihre Bewegungen weniger, obwohl ihre Knopfaugen sie nach wie vor unerbittlich anstarrten.

Immer wieder zuckten Anwandlungen von Schmerzen durch die Köpfe der Orks. Dann schoss der geflügelte Sluagh mit zusammengefalteten Schwingen wie ein Falke auf sie herab. Coilla und Haskeer reagierten, indem sie den Vorhang zwischen sich hoben und hochhielten. Das Ungeheuer flog direkt hinein. Rasch wickelten sie es darin ein, dann ließ Haskeer sich mit seinem ganzen Gewicht darauf fallen. Ein anderer Ork schlug den eingewickelten Sluagh mit einem Eisenstab. Widerliche Gerüche drangen durch den gelben Stoff.

In der Zwischenzeit hatte Seraphim sich nicht von seinem Platz neben der Tür gerührt. Jetzt trat er vor, und Sanara war neben ihm. Sie hielten sich bei den Händen und hoben sie in einer Geste, die alles andere als friedlich war. Es gab weder einen Blitz noch bunte Rauchwolken. Tatsächlich schien überhaupt nichts zu passieren.

Und das, ging Stryke auf, war auch der Sinn der Sache. Die beiden toten Sluagh waren zwar noch in der Kammer, aber die anderen hatten sie nicht betreten.

»Geben Sie uns Deckung«, befahl Seraphim.

Stryke und die anderen rückten trotz heftiger Schmerzen vor, die ihnen immer wieder durch den Schädel zuckten.

Jup warf einen Blick hinaus und zuckte sogleich zurück. »Sie palavern auf der Treppe, vielleicht ein halbes Dutzend Stufen weiter unten. Noch sind keine anderen da.«

»Haben Sie einen Rat?«, fragte Stryke die Menschen.

Seraphim schüttelte den Kopf. »Nein. Nun, da wir sie so weit zurückgedrängt haben, liegt es an Ihnen.«

Stryke packte seinen Metallstab wie eine Keule und führte den Trupp in einem wilden Sturmangriff nach draußen.

Orks schnellten sich vom Geländer ab und kopfüber die Treppe hinunter oder kreiselten mit einer Hand um die Mittelspindel die Innenseite entlang. Die Sluagh flohen, wobei das Schneckenwesen obszön wogte und sein insektenartiger Artgenosse eilends davonstelzte.

Immer tiefer jagte der Trupp, in einer endlosen Spirale dem Schacht aus weißem Stein folgend. Stryke raste auf der Mitte der Stufen hinunter und schwang seinen Vorhangstab in zischenden Bögen, die einem Drachen das Genick gebrochen hätten. Doch die Sluagh bewegten sich überraschend schnell. Auf ihrer überstürzten Flucht hielten sie sich beständig außer Reichweite.

Auf dem nächsten Absatz angelangt, fuhren die Dämonen dennoch herum. Schmerzen schossen den Orks durch den Kopf. Die meisten fielen auf die Knie oder purzelten in einem Wirrwarr aus

Gliedmaßen die Treppe herunter. Die Hälfte des Kriegstrupps saß hilflos auf der Treppe fest, da sie nicht nachrücken konnten, ohne auf ihre Kameraden zu treten.

Coillas Kopf schlug gegen die Pfosten des Geländers, und ihr Helm fiel hindurch ins Leere. Elend, von Schmerzen geschüttelt, verlor sie ihre Waffe, die ebenfalls Stufe um Stufe nach unten polterte, um sich dann irgendwo viel weiter unten zu verklemmen.

Jetzt waren es die Sluagh, die vorrückten. »Setzen Sie Ihre Magie ein, wie wär's?«, knirschte Stryke.

»Das tun wir ja!«, rief Seraphim zurück. »Deswegen kommen sie so langsam.«

»Das nennen Sie *langsam*?« In die Lichtwirbel blinzelnd, die ihn blendeten, holte er mit seinem Vorhangstab aus und schleuderte ihn mit aller Kraft.

Er verfing sich zwischen den segmentierten Beinen des Insekten-Sluagh. Das Ungeheuer stolperte und konnte sich trotz seiner sechs Beine nicht halten. Es kollerte auf den Absatz zurück und noch eine halbe Spirale weiter nach unten. Dort blieb es auf dem Rücken liegen, schaukelte hin und her und strampelte mit den Beinen, da es für den Sluagh zu eng auf der Treppe war, um sich umzudrehen. Ein erzürntes Feuer brauste in Strykes Ohren.

Dann bäumte sich das letzte Ungeheuer zu erstaunlicher Größe auf. Es schien sich zu strecken und auszudehnen, bis es fast die ganze Breite der Treppe ausfüllte. Vor ihren entsetzten Augen wechselte es seine Schnecken-Gestalt. Der untere Teil gabelte sich und bildete Krallen an stämmigen Hinterbeinen aus, während ein zahnbewehrtes Maul in lautlosem Gebrüll aufklaffte. Aus dem Rumpf sprossen Tentakel, die sich darum wanden und schlängelten. Die Krallenpfoten klickten auf dem Treppenstein, als das Ungeheuer beschleunigte und angriff.

Haskeer warf sich flach auf den Boden, das Gesicht nach oben gerichtet, während die Vorhangstange aufwärts und auf die heranstürmende Bestie wies, wie Stryke es bei dem Schneeleopard vorgemacht hatte. Der Sluagh dehnte seine Beine aus und schritt unverletzt über ihn hinweg. Mit seinen Tentakeln schleuderte er andere Krieger beiseite, ohne darauf zu achten, wohin sie fielen. Ausschließlich darauf bedacht, zu den Menschen vorzudringen, trampelte er bei seinem Sturmangriff auf den bewusstlosen Orks herum.

Das war sein Verderben. Die Krallen der Bestie verfingen sich im

Wams eines Orks. Nur für einen Moment, aber das reichte, um das Ungeheuer aus dem Gleichgewicht zu bringen. Es krachte zu Boden und blieb so benommen liegen, dass es nicht einmal seine Gestalt verändern konnte. Ein Gemeiner wälzte sich mit gelbem Vorhangstoff auf den Armen ächzend herum. Ein anderer kam ihm zu Hilfe, und als die dämonische Kreatur gerade wieder in die Höhe schnellte, fiel der Stoff über ihren Kopf.

Sofort begann das Ungeheuer mit der Verwandlung in eine Schlange, doch mittlerweile hatten sich genügend Orks erholt, um darauf einzuschlagen. Nach kurzer Zeit war der Treppenschacht vom Gestank seines schwarzen Bluts erfüllt. Schwach durch den Stoff dampfend, verendete es.

Damit wurde den Orks auch der quälende Kopfschmerz genommen. Die meisten waren in der Lage, aufzustehen oder sich wenigstens auf einen Kameraden zu stützen. Diesmal war es Jup, der Stufe um Stufe voran und dem auf dem Rücken liegenden Insekt entgegen ging, das ihnen weiter unten den Weg versperrte. Er schlug ihm mit seinem Stab auf den Hals, aber das Metall prallte von den Panzerschuppen ab. Wieder drang Säure in die Köpfe der Vielfraße, deren Brennen rasch nachließ, als Seraphim und Sanara so weit nach unten kamen, wie sie sich trauten.

»Du wagst es, mich herauszufordern?«, kreischte der Sluagh so feurig in ihren Gedanken, dass ihnen vorübergehend schwarz vor Augen wurde. Das Ungeheuer verstärkte seine hektische Bemühungen, konnte sich aber immer noch nicht aufrichten.

»Ganz genau, ich wage es«, schnauzte Jup und hämmerte blindlings auf den Sluagh ein.

Einer seiner Hiebe kippte die Bestie ein wenig. Bevor der Zwerg blinzeln konnte, krabbelte der Sluagh flink wie eine Spinne die Wand über seinem Kopf empor. Ein Skorpionschwanz schlug nach ihm.

Das besiegelte sein Schicksal. Das zusätzliche Gewicht ließ das Ungeheuer hinten zu schwer werden. Es rutschte die Wand herunter und landete auf Haskeers Stange. Sein eigenes Gewicht trieb den improvisierten Speer durch seinen Leib. Die Spitze bohrte sich durch die Knolle, wo der Schädel sich hätte befinden müssen. Eine breiige Masse sprudelte heraus und regnete in klebrigen schwarzen Klumpen herab.

Stryke ließ sich auf eine Stufe sinken und lehnte sich mit dem Rücken an die Balustrade. »Gute Arbeit, Leute.«

Die Orks frohlockten, schlugen sich gegenseitig auf die Schulter oder grinsten nur, während sie sich schwankend erhoben.

Seraphim verdarb ihnen die Freude. »Feiern Sie nicht zu früh. Der Morgen graut, und wir müssen es immer noch in den Keller schaffen.«

72

Orks und Menschen stiegen in dem Versuch über die Leiche des Sluagh hinweg, sich nicht mit seinem widerlichen Blut zu besudeln. Auf der Wendeltreppe war das nicht leicht, aber schließlich erreichten sie das Ende der Treppe in der großen Halle, wo sie am Tag zuvor gefangen genommen worden waren.

Hinter dem Geländer kauernd, beobachtete Stryke ein Dutzend Sluagh dabei, wie sie ihren Verrichtungen nachgingen. Allein oder paarweise waren sie mit trägen Bewegungen in verschiedene Richtungen unterwegs. Falls auch nur ein einziger die Richtung zu ihnen eingeschlagen hätte, wären sie alle miteinander verloren gewesen, aber wundersamerweise geschah das nicht. Dann war auch die letzte Gruppe der Ungeheuer durch einen der im Schatten liegenden Durchgänge verschwunden, und von den grausigen Kreaturen war nichts mehr zu sehen.

Seraphim zischte: »Schnell! Hier entlang!«, und sie huschten im Laufschritt durch die riesige Halle. Sie strebten einer weiteren Treppe auf der anderen Seite entgegen und stürmten sie empor.

»Augenblick«, sagte Stryke. »Ich dachte, wir wollten in den Keller. Warum rennen wir dann nach oben?«

»Ein kleiner Umweg, um Waffen zu beschaffen.« Er bedeutete den Orks, still zu sein, als sie eine breite Galerie mit Ausblick auf die Halle erreichten. »Sehen Sie den Korridor da vorn auf halbem Weg? Er führt zur Waffenkammer. Bleiben Sie wachsam. Es sind noch andere Sluagh in der Nähe.«

Das waren sie in der Tat. Wiederum gingen unter ihnen grauhäutige Ungeheuer ihren täglichen Verrichtungen nach. Die Vielfraße hielten sich geduckt in den Schatten, während sie auf Zehenspitzen die Galerie entlangschlichen.

Der Weg zur Waffenkammer war ein Irrgarten aus Treppen und Fluren, doch zumindest schien dieser Teil des Palasts verlassen zu sein. Das gelbliche Licht war hier unregelmäßig und der Staub tief unter ihren Füßen, was ihre Schritte ein wenig dämpfte.

Seraphim und Sanara blieben vor einer weiteren Biegung stehen. Der Mann gab Stryke ein Zeichen, der daraufhin um die Ecke lugte.

»Zwei Sluagh, je einer rechts und links neben der Tür«, berichtete er im Flüsterton. Unter Benutzung von Handzeichen teilte er die Orks in zwei Gruppen. Jup, Coilla und Haskeer würden das weiter entfernte Ungeheuer angreifen. Er und Alfray würden mit der Hälfte der Gemeinen das greifenköpfige Ungeheuer übernehmen, das ihnen am nächsten war.

Diesmal war der Kampf kurz. Es war viel leichter, die Ungeheuer zu erledigen, wenn der gesamte Trupp gleichzeitig angreifen konnte. Die Kreaturen wurden an der Wand festgenagelt, sodass sie keine Rückzugsmöglichkeit hatten. Trotz der stechenden Kopfschmerzen dauerte es nicht lange, bis die Ungeheuer nicht mehr als ein klebriger Brei waren.

Stryke bedeutete Seraphim voranzugehen. Die Menschen öffneten die Tür zu einer Rüstkammer, wie die Orks noch keine gesehen hatten. Über die Hälfte der Waffen kannten sie nicht einmal. Sie gingen geradewegs zu den Speeren und Piken, die an einer Wand hingen. Dabei wurde das durch ein vereistes Fenster einfallende Tageslicht von einem Haufen Metall auf dem Boden reflektiert.

»Meine Axt!«, rief Jup freudig, während er die doppelschneidige Waffe aufhob. Kurz darauf hielten alle ihre Waffen in den Händen, welche die Sluagh ihnen am Tag zuvor abgenommen hatten. Im exotischeren Teil der Rüstkammer versorgten Sanara und Seraphim sich mit wulstigen Röhren aus einem Material, das wie Glas aussah.

Nach beendeter Plünderung führte Seraphim sie auf einem anderen Weg nach unten. Stryke hatte das Gefühl, dass dies früher einmal der Bedienstetenflügel gewesen sein musste, denn die Treppe bestand aus rohem Granit, und die Wände waren schlicht.

Die kalte Luft wurde zusehends feuchter. Es roch verfault, und in den Ecken war Schimmel zu sehen. Er war mit Reif bedeckt. Durch die quadratischen Fenster fiel kein Tageslicht mehr, sondern nur noch das sonderbare Blau des Gletschers draußen. Dann gab es keine Fenster mehr, und ihnen ging auf, dass sie sich unter der Erde befanden. Schließlich fanden sie sich im höhlenartigen Kellergewölbe des Palasts wieder. Während sie durch eine labyrinthische Reihe von Tunneln krochen, mussten sie aufpassen, wohin sie traten, denn Eis machte das Gestein glitschig. Voraus war mehr von dem gelblichen Licht. Der Trupp wartete, während Jup vorsichtig kundschaftete. »Es stehen acht Sluagh vor den verrücktesten Türen, die ihr je gesehen habt«, berichtete er.

Wiederum teilte Stryke den Trupp in Gruppen für jedes einzelne Ziel ein. Mit Schwertern, Piken und Äxten fühlten die Vielfraße sich viel wohler, was den Angriff auf eine größere Streitmacht betraf. Dennoch war es ein blutiges Ringen. Die Sluagh wehrten sich mit Klauen und Schmerzwellen. Seraphim und Sanara schlichen an den Wänden entlang und versuchten hinter die Ungeheuer zu gelangen. Als ihnen das gelungen war, fingen ihre Glasröhren plötzlich unheimlich an zu leuchten. Lichtstrahlen schossen daraus hervor. Es gab eine ohrenbetäubende Explosion, und plötzlich regnete es Sluagh-Blut. Dann war alles vorbei.

»Nützliche Waffe«, bemerkte Coilla bewundernd.

Jup hatte Recht gehabt. Die Türen bildeten einen Kreis, der tief in den Felsen eingelassen war. Wiederum gab es keinen offensichtlichen Griff, aber in dem frostigen Metall befanden sich zehn kleine Einbuchtungen. Es war Sanara, die ihre Fingerspitzen auf die Vertiefungen legte und drückte.

Die Türen schwangen zurück. Seraphim duckte sich und führte sie hinein. Sie gelangten in einen Durchgang, der zehn Fuß in den Fels gegraben worden sein musste.

Dahinter befand sich das Portal.

Es stand in einem Ring aufrecht stehender Steine, eine Plattform mit einem Dach aus Granit. Hier und da funkelten Juwelen in Spiralmustern auf dem Boden des Podests. Andere glitzerten auf allen Steinen bis auf einem, der irgendwie tot aussah. Einige der Juwelen waren so groß wie Taubeneier.

Haskeer bückte sich, um über einen großen Saphir zu streichen, fuhr jedoch mit einem Ausdruck der Verwirrung zurück, als bunte Lichter durch die muffige Luft wirbelten.

Es war nicht zu erkennen, was das Portal bewirken mochte, aber Stryke schauderte dennoch.

Coilla blieb stehen. »Was, zum Henker, ist *das*?«

Seraphim sagte geistesabwesend: »Etwas, das schon seit langer Zeit hier steht.«

Die letzten Mitglieder des Kriegstrupps drängten in den Raum. »Sichert diese Türen«, befahl Stryke.

Fünf Gemeine waren nötig, um sie zu schließen. Als die Türen ins Schloss fielen, ließ ein hohles Donnern den Boden erzittern. Das einzige Licht bestand jetzt im regenbogenfarbenen Funkeln der Juwelen.

Als es geschafft war, wandte Stryke sich an den Mann, der einen

Arm um die Schultern der Königin gelegt hatte. »Also gut, Seraphim. Es wird Zeit, dass Sie ein paar Dinge erklären.«

Seraphim nickte. Er und Sanara setzten sich auf den Rand der juwelenbesetzten Plattform. »Sie müssen sich vorstellen, dass diese Welt nur eine von vielen anderen ist«, begann er. »Es gibt unendlich viele. Ein Teil von ihnen ist mehr oder weniger wie diese hier. Viele andere sind grundlegend verschieden. Jetzt stellen Sie sich vor, dass all diese Welten nebeneinander in einer unendlichen Weite existieren. Als wären sie auf einer endlosen Ebene ausgebreitet worden.« Er schaute in die Gesichter seines Publikums, um festzustellen, ob es ihm folgen konnte. »Vor langer Zeit hat etwas zu einem Riss in dieser Ebene geführt. Dadurch entstand eine Lücke, wenn Sie so wollen, ein Korridor, den Wesen benutzen konnten, wie Mäuse sich zwischen den Wänden eines Hauses bewegen. Dieses Portal ist ein Eingang zu diesem Korridor.«

»Ist er auch von Mäusen angelegt worden?«, meldete Haskeer sich zu Wort.

Die Intelligenteren nahmen sich kurz die Zeit, ihm die Sache auf eine simplere Weise zu erklären. Schließlich schien er es zu verstehen.

»Wer das Portal entdeckt hat, weiß ich nicht«, fuhr Seraphim fort. »Auch nicht, wer es so ausgeschmückt haben könnte. Auch das ist schon vor langer Zeit geschehen. Aber die Zauberin Vermegram, die Mutter von Sanara und auch von Jennesta und Adpar, hat es in neueren Zeiten wiederentdeckt. Außerdem fand sie heraus, dass sie mit Hilfe ihrer Magie sogar in einige der anderen Ebenen schauen konnte, wie Stryke es unwissentlich ebenfalls getan hat.«

»Was meinen Sie damit?«, fragte Stryke.

»Ihre Träume.«

»Woher wissen Sie, dass ich Träume hatte?«

»Sagen wir einfach, dass ich auf die Erdenergien eingestimmt bin und wusste, dass sie diese Verbindung hergestellt hatten.«

Stryke war sprachlos.

»Entscheidend ist, dass es keine Träume waren. Es waren Einblicke in eine andere Welt. Eine Welt der Orks.«

»Ich hatte kürzlich einen anderen Traum«, gestand Stryke. »Darin ging es nicht um ... die Ork-Welt. Anfangs war ich in einem Tunnel, dann gelangte ich in eine seltsame Landschaft. Mobbs war dort.« Erklärend fügte er hinzu. »Das ist ein Gremlin-Gelehrter, den wir kennen gelernt haben.«

All das war den Vielfraßen neu, und Stryke war klar, dass er später einiges zu erklären haben würde.

»Auch dieser Traum muss durch die Kraft der Instrumentale herbeigeführt worden sein«, mutmaßte Seraphim. »Der Tunnel stellt Tod und Wiedergeburt dar.«

Stryke hatte keine Ahnung von diesen Dingen. Er hoffte nur, dass Mobbs Frieden finden würde.

»Aber der Punkt ist, dass dieses Portal schon hier war, bevor das Eis kam«, fuhr Seraphim fort. »Seit der Klimaveränderung ist die Anzahl der Sluagh zurückgegangen. Sie haben vergeblich versucht, das Portal zu aktivieren, um in ihre Welt zurückzukehren.«

»Und Sie wollen sie daran *hindern* zu verschwinden?«, fragte Coilla.

»Ich will sie daran hindern, das Portal zu kontrollieren. Das würde sie nämlich in die Lage versetzen, Eroberungstruppen auf ungezählte andere Welten zu schicken. Das ist undenkbar.«

»Das ist doch eine Ladung Pferdescheiße«, höhnte Haskeer. »Sie sagten doch, Sie wollten uns etwas *zeigen*.«

»Deshalb habe ich Sie zum Portal gebracht«, erwiderte Seraphim. »Ohne die Sterne kann ich es nicht aktivieren. Aber der Vortex darin kann veranlasst werden, Bilder aus den Parallelwelten zu zeigen.« Er ging hin und tat etwas an einem der Steine. Sie konnten nicht sehen, was.

Stryke sank die Kinnlade herunter. Keuchen und Ausrufe waren zu vernehmen.

In der Luft war ein Bild wie ein Fenster auf eine Landschaft erschienen, das sich bewegte. Die Szenerie war unverwechselbar und entstammte der Welt aus Strykes Träumen. Die blühenden Hügel und Täler, die gewaltigen Wälder mit tiefgrünen Blättern und die glitzernden blauen Meere. Sie sahen Hunderte von Orks in jene Art von Überfällen verstrickt, in denen junge Krieger ihre Feuertaufe erhielten. Dann waren Orks zu sehen, die sich vor prasselnden Feuern mit rauen Spielen vergnügten.

Strykes stärkster Gedanke war der, dass er nicht wahnsinnig war. Was er gesehen hatte, war eine Vision von ... zu Hause.

Das Bild löste sich in ein Gefunkel goldener Stäubchen auf und war gleich darauf verschwunden.

»Verstehen Sie es jetzt?«, sagte Seraphim. »*Alle* älteren Rassen haben eine eigene Welt.« Er sah Jup geradewegs in die Augen. »Und das schließt auch die Zwerge ein.«

Jetzt waren Ork-Kinder zu sehen, die lachend mit ihren ersten Holzschwertern übten, während ihre Mütter stolz in den Türen von Langhäusern standen und ihnen dabei zusahen.

»Am Anfang war das Portal nur ein Fenster, das Vermegram das sehen ließ, was Sie jetzt auch sehen. Aber als sie die Welt der Orks betrachtete, kam ihr die Idee, Ihre von Natur aus kriegerische Rasse für ihre Zwecke zu benutzen. Schließlich fand sie einen Weg, eine gewisse Anzahl von Mitgliedern Ihrer Rasse durch das Portal zu schleusen, nachdem sie es aktiviert hatte. Sie wollte eine Armee aus überlegenen Kriegern aufstellen, die sie durch Magie beherrschen konnte.« Er hielt inne. »Der nächste Teil wird Ihnen vielleicht nicht gefallen. Etwas ging schief, und die transportierten Orks wurden im Zuge dieses Vorgangs verändert. Sie blieben kriegerisch, aber ihre Intelligenz wurde verringert, ein Defekt, der den nachkommenden Generationen erhalten blieb.«

Haskeer schob streitlustig das Kinn vor. »Wollen Sie damit sagen, dass wir dumm sind?«

»Nein, nein. Sie sind ... wie Sie sein sollten. Die Ausnahme sind Sie, Stryke. Ein Begabter. Sie sind den Orks auf der Heimatwelt Ihrer Rasse am ähnlichsten.«

»Wenn die Orks beim Durchgang durch dieses Ding ... verändert wurden«, zeigte Alfray auf, »warum sollte es dann nicht noch mal passieren? Ist es sicher?«

»Sehr sicher. Der Unfall, wenn wir es so nennen wollen, hat sich ereignet, weil Vermegram noch keine Erfahrung mit dem Portal hatte. Die Instrumentale verhindern, dass so etwas noch einmal vorkommen kann.«

Plötzlich hörten sie ein lautes Hämmern an der Tür.

»Sogar sie werden Zeit brauchen, durch diese Tür zu gelangen«, schätzte er. »Lassen Sie mich rasch zum Ende kommen. Vermegram wollte eigentlich nur Orks auf diese Welt bringen. Aber die Aktivierung des Portals führte dazu, dass Wesen auf anderen Welten mit Zugang zu ihrem eigenen Portal ebenfalls hierher kommen konnten. Ich nehme an, für die meisten war es eine Art Unfall. In seinem natürlichen Zustand, als unsichtbare Kluft in Raum und Zeit, lässt sich ein Portal oft unmöglich entdecken. Es wäre leicht, völlig unbeabsichtigt durch eines zu treten.«

»Moment mal«, unterbrach Coilla. »Vermegram war eine Nyadd, oder nicht? Wie konnte sie also hier sein, bevor das ...«

»Nein, sie war keine Nyadd. Sie war ein Mensch.«

»Aber alle sagen ...« Sie warf einen Blick auf Sanara. »Ihre Nachkommen sind Mischlinge, oder nicht? Woher haben sie ihr Nyadd-Blut?«

»Sie haben es im Bauch ihrer Mutter bekommen. Mittlerweile gab es eine Nyadd-Kolonie.«

»Das verstehe ich nicht.«

»Sie hat einen Weg gefunden, dem in ihrem Bauch heranwachsenden Kind Nyadd-Erbgut einzupflanzen.«

»Warum hätte sie das tun sollen?«

»Was sie interessierte, war die Tatsache, dass Nyadd immer Drillinge gebären. Das wollte sie auch und glaubte, sie hätte den winzigen, dafür verantwortlichen Partikel in der Erbmasse der Nyadd gefunden. Kurz danach mutierte das eine Kind, das sie trug, zu einer Drillingsgeburt. Dies geschah ebenso, um ihre Neugier zu befriedigen, als auch aus dem Wunsch heraus, drei Nachkommen zu gebären.« Er bedachte Sanara mit einem mitfühlenden Lächeln.

»Sie scheint ein reizender Mensch gewesen zu sein«, sagte Jup.

»Wofür wollte sie die Ork-Krieger?«, fragte Stryke.

»Um ihr dabei zu helfen, einen Hexenmeister namens Tentarr Arngrim zu besiegen. Er hatte mit angesehen, wie die Macht sie korrumpiert und grausam und zudringlich gemacht hatte. Als er sie aufzuhalten versuchte, wandte sie sich gegen ihn. Die Ironie dabei ist die, dass Vermegram und Tentarr Arngrim ein Liebespaar gewesen waren. Sie hatten sogar ein Kind zusammen, bevor sie böse wurde.« Er zog Sanara in seine Arme. »*Dieses* Kind. Meine Tochter.«

Das löste einen allgemeinen Tumult aus.

»Das ist zu viel«, beschwerte sich Haskeer.

»Wir sollen wirklich eine Menge schlucken, Seraphim«, sagte Alfray zu ihm.

Seraphim hob beschwichtigend die Hände und bekam seinen Willen. »Ich bin Tentarr Arngrim, einst ein mächtiger Zauberer, jetzt viel weniger.« Die schiere Wucht seiner Worte schlug sie in den Bann. »Ich habe die Instrumentale ersonnen, sie aus Alchimie erschaffen und mit Magie gehärtet, als die Kraft noch stark in mir war.«

»Warum?«

»Um es den älteren Rassen zu ermöglichen, auf ihre Heimatwelten zurückzukehren, sollten sie das wollen. Dafür brauchte ich die Kontrolle über das Portal, und die Instrumentale waren eigentlich ein Schlüssel. Ich brachte sie hierher. Doch Vermegram ließ sie von ihren Kriegern stehlen und versteckte sie. Das führte zum Krieg zwischen uns. Sie starb mit nur noch einem Bruchteil ihrer Kräfte, aber ich war ebenfalls erschöpft. Bis ich mich von den Wunden erholt hatte, waren die Instrumentale in alle Winde verstreut und die Magie weitgehend versiegt. Die Sterne wurden zu Legenden, und ich war danach nie mehr in der Lage, neue anzufertigen. Ich habe Äonen darauf gewartet, bis sie alle wiedergefunden waren. Aber ich wusste, dass das geschehen würde. Ich wusste, wenn die richtigen Wesen kämen, würden sie die Musik der Sterne hören.«

Das Hämmern an der Tür wurde lauter. Sie bemerkten es kaum.

»Ich habe euch doch gesagt, dass sie mir etwas vorgesungen haben!«, rief Haskeer.

»Wenn es so war«, sagte Seraphim zu ihm, »dann müssen Sie einen Verstand haben ... *so ähnlich* wie der Ihres Hauptmanns. Dann steckt auch in Ihnen ein wenig von einem Begabten, Feldwebel.«

Haskeer grinste, ganz von sich eingenommen.

»Das könnte das Erstaunlichste von allem sein, was Sie uns erzählt haben«, bemerkte Coilla trocken.

»Ich sage nicht, dass Ihr Kamerad einen so scharfen Verstand hat wie Stryke ...«

»Nein«, sagte Jup, »er ist ein Schwachkopf.«

Haskeer bedachte ihn mit einem zitronensauren Blick.

»Ungeschliffener Diamant ist vielleicht eine bessere Umschreibung«, schloss der Zauberer diplomatisch.

Die Sluagh verstärkten noch einmal ihre Bemühungen vor der Tür. So dick sie auch war, zwischen den beiden Hälften öffnete sich ein winziger Spalt. »Jetzt müssen wir uns die anderen Sterne holen und das Portal aktivieren.« Er konnte erkennen, dass es immer noch Zweifel gab. »Was hält Sie hier? Sie müssen sich damit abfinden, dass diese Welt meiner Rasse gehört, welche Fehler oder Tugenden sie auch haben mag.«

»Und es den Menschen überlassen, sich nach all der Zerstörung, die sie gebracht haben, in ihrer eigenen Scheiße zu suhlen?«, bemerkte Coilla.

»Vielleicht wird es nicht bis in alle Ewigkeit so sein. Die Dinge könnten sich ändern.«

»Sie werden verstehen, dass wir das kaum glauben können.«

Dünne, wurmartige Tentakel krochen durch den Spalt zwischen

den Türen. Sanara richtete ihre Waffe auf sie. Die Verdickung in der Röhre füllte sich mit Licht, das dann in einem Strahl aus goldener Energie daraus hervorschoss. Ein Kreischen hallte durch die Köpfe der Orks. Die Würmer waren nur noch qualmende Fetzen.

»Einige von Ihnen sollten hier bleiben und das Portal bewachen«, schlug Seraphim vor, »während die Übrigen sich die Instrumentale holen.«

Das gefiel Haskeer. »Jetzt reden Sie endlich Klartext. Von dem anderen Gequatsche bekomme ich nur Kopfschmerzen.«

Stryke suchte die Gemeinen aus, die mit Sanara und Seraphim das Portal bewachen sollten, und fügte hinzu: »Du bleibst auch hier, Alfray.«

»Willst du dem alten Eisen keinen Kampf mehr zumuten?«

Stryke zog ihn auf die Seite. »Wir dürfen das Portal nicht verlieren. Es ist zu wichtig. Ich brauche jemanden mit Erfahrung, der unseren Leuten die nötige Ruhe vermitteln kann. Du siehst doch selbst, wie nervös einige von ihnen sind.«

Das schien Alfray zu akzeptieren.

Sanara gesellte sich zu ihnen. »Schenken Sie mir kurz Ihr Gehör, Stryke. Ich weiß, die Vorstellung wird Ihnen nicht gefallen, aber Sie sollten den einen Stern, der Ihnen noch verblieben ist, bei mir lassen.« Sie kam seinem Protest zuvor. »Er wird mir helfen, Energie aus dem Portal abzuzweigen und Ihre Männer zu schützen. Außerdem werden die Sluagh die Sterne nun, da Sie auf ihr Lied eingestimmt sind, nicht mehr vor Ihnen verbergen können. Aber das könnten sie, wenn Sie von der Ausstrahlung des einen bei Ihnen erfüllt wären.«

Sie hatte Recht, es gefiel ihm nicht, aber es kam ihm vernünftig vor. Er holte den Stern aus seinem Wams und reichte ihn ihr.

Während sich die Ausfallgruppe sammelte, fanden Coilla und Seraphim sich ein wenig abseits der anderen wieder. Etwas beunruhigte sie. »Sie haben gesagt, Sie wollten Unrecht wiedergutmachen. Aber nach allem, was Sie erzählt haben, war doch diese ganze Schweinerei Vermegrams Schuld.«

»Nicht alles. Wissen Sie ... nun ja ... damals standen Sie noch in Jennestas Diensten und ...«

»Spucken Sie's schon aus.«

»Ich habe die Kobolde angeworben, um Ihnen den ersten Instrumental abzunehmen«, gestand er.

»Sie hinterhältiger *Schweinehund*«, zischte sie.

»Wie ich schon sagte, damals waren Sie meiner Tochter noch treu ergeben. Oder wenigstens glaubte ich das. Ich hatte gerade die Entscheidung getroffen, den Versuch zu unternehmen, die Sterne alle wieder zu vereinen und ...«

»Und die Kobolde zu benutzen schien eine gute Idee zu sein. Aber Sie haben sie hintergangen, richtig?«

Er nickte.

»Also haben Sie uns überhaupt erst in diese Lage gebracht. Na ja, Sie und unsere eigene Disziplinlosigkeit nach dem Überfall auf Heimaterde.« Sie warf einen Blick auf den Trupp. »Ich kann mir ihre Reaktion auf *diese* Neuigkeit nur zu gut vorstellen. Aber ich werde es ihnen erst sagen, wenn wir das hier überstanden haben. *Falls* wir es überstehen. Wir haben schon genug am Hals.«

Er dankte ihr leise.

In diesem Augenblick gab die Tür nach. Seraphim eilte darauf zu. Sanara schloss sich ihm an. Sie richteten ihre Glaswaffen auf die Masse der Sluagh, die hinein wollte. Strahlen aus sengendem gelbem Licht fuhren in die Wesen. Grässliche Schreie waren zu vernehmen. Der Gestank von verbranntem Fleisch lag in der Luft.

»Das war's«, verkündete Seraphim, indem er seine Glasröhre beiseite warf, »diese Waffen sind erschöpft. Sie sind jetzt auf sich allein gestellt, Vielfraße.«

»Falls wir getrennt werden, treffen wir uns wieder hier«, unterwies Stryke sie. »Und jetzt *vorwärts*!«

Der Trupp setzte sich in Bewegung und watete durch die Masse breiiger Leiber.

*

Stryke war sich des seltsamen geistigen Zuges nicht bewusst, der ihn zurück zu dem Stern rief, welchen er in Sanaras Obhut zurückgelassen hatte, bis er nachließ. Da waren sie schon auf dem Weg aus dem Kellerlabyrinth hinaus.

Doch als sie die nächste Treppe emporstürmten, registrierte er die ersten Noten eines himmlischen Liedes irgendwo über ihnen. Sekunden später erreichten sie einen weiteren trübe beleuchteten Korridor mit einer großen offenen Kammer nicht weit vor ihnen.

Sie war voller Dämonen.

Etwas wie ein Triumph-Akkord zuckte durch seinen Verstand, als Stryke seinen Trupp ins Gefecht führte.

Die Sluagh wussten nicht, was über sie kam. Sie schienen taub und blind für alles abgesehen von den verbundenen Sternen zu sein, die in ihrer Mitte auf einem Tisch lagen. Speere zuckten durch die Luft und durchbohrten Dämonen, die an der Decke hingen. Jups Axt fuhr tief in einen zotteligen grauen Rücken, während Coilla einen anderen Sluagh mit einem Wirbelsturm von Hieben enthauptete.

Die Ungeheuer gingen langsam dazu über, sich zu wehren. Vielleicht ein Dutzend von ihnen drehte sich um, und ihre Gliedmaßen zerflossen, um neue und tödlichere Gestalt anzunehmen. Ein Sluagh, eine Schlange, bildete augenblicklich ein drachenähnliches Maul aus und fuhr mit widerlich geifernden Kiefern herum. Wieder fingen die Sluagh damit an, den Orks ihre üblen Säureschmerzen zuzufügen. Einige der Gemeinen gingen zu Boden, die Hände auf die Ohren gepresst, aber die anderen kämpften grimmig weiter.

Schließlich gaben die verbliebenen Sluagh unter dem Ansturm der Vielfraße nach. Die meisten Dämonen lagen schwarz blutend auf dem Boden. Abgetrennte Gliedmaßen zuckten noch. Die letzten beiden Ungeheuer waren an die gegenüberliegende Wand gedrängt worden. In einem letzten verzweifelten Wirrwarr aus Klauen und Zähnen versuchten sie zu den Sternen zurückzugelangen, aber die Hälfte der Vielfraße stand zwischen ihnen und ihrem Ziel. Geschlagen und aus Dutzenden Wunden blutend, machten sie kehrt und flohen, indem sie rasch eine Treppe hinunterwogten.

Mit ihnen verschwanden auch die von ihnen erzeugten Schmerzen. Ein wenig erstaunt, dass sie noch lebten, hielten die Vielfraße inne und verschnauften. Haskeer ging zurück und wollte die Sterne vom Tisch holen.

Sie waren nicht mehr da. Dasselbe galt für Stryke.

*

In dem Getümmel hatte er gesehen, wie ein Sluagh die Sterne an sich riss und mit ihnen zu einem offenen Balkon hastete. Flink kletterte die Kreatur an der Außenseite des Palasts empor. Einen Speer in der Hand, raste Stryke eine Treppe in der Hoffnung hinauf, sie einzuholen und abzufangen.

Über ihm teilte sich die Treppe und führte in zwei verschiedene Richtungen. Und da war der Sluagh, der auf der anderen Seite, keine zwanzig Schritte von ihm entfernt, spinnengleich abwärts huschte. Mit aller Kraft warf er den Speer. Die Kreatur fiel wie ein Stein.

Sie war nur verwundet, nicht tot. Der Sluagh griff mit einer Klaue nach den Sternen, die er fallen gelassen hatte, und versuchte sie näher an sich zu ziehen. Stryke rannte zu ihm und trennte das Glied mit einem sauberen Hieb ab. Aber der Sluagh war noch nicht am Ende. Er ließ einen Fortsatz wie eine Klinge vorzucken und verletzte Stryke an der Schulter. Der Ork wich rasch zurück, während er sich die Wunde hielt, und sah zu, wie das Ding starb. Dann hob er die Sterne auf und lief.

Als er die Stelle erreichte, wo die Treppe sich teilte, hörte er Kampfgeräusche. Er warf sich in die Schatten. Ein Rudel Sluagh schlängelte in Sicht, das offenbar vor einer größeren Streitmacht zurückwich. Er blinzelte durch die Düsternis und versuchte zu erkennen, vor wem. Dann sah er sie.

Menschen und Orks.

Mannis.

Nach den jüngsten Enthüllungen war Stryke gegen Überraschungen gefeit, aber diese neue Wendung setzte ihm doch sehr zu. Sein einziger Trost war, dass die Mannis noch mehr Druck auf die Sluagh ausüben würden, obwohl er keine Ahnung hatte, was sie hier taten. Verbündete, aber nicht notwendigerweise Freunde. In wenigen Augenblicken würden sie die Abzweigung in der Treppe erreichen und ihm den Fluchtweg versperren. Er stopfte die Sterne in sein Wams und nahm den einzigen Weg, der ihm noch offenstand: nach oben.

Während er seinen Geist vor den Schmerzen seiner Wunde verschloss, die lästig war, aber bei weitem nicht die schlimmste, welche er je erlitten hatte, hielt er inne, um am nächsten Absatz zu lauschen. Das hallende Waffengeklirr wurde langsam leiser. Wahrscheinlich hatten die Sluagh und die Mannis den Weg beschritten, den er hatte nehmen wollen, und waren nach unten gegangen. Mit gezücktem Schwert ging er leise weiter nach oben, wobei er nach einem Weg Ausschau hielt, die Neuankömmlinge zu überflügeln und wieder nach unten zum Portal zu gelangen.

Er glaubte, er müsse sich irgendwo in der Nähe der breiten Vorderfront des Palasts befinden. An einem Fenster blieb er stehen, um sich den Oberarm abzubinden. Dann fiel ihm eine Bewegung draußen ins Auge. Er lugte durch eine gesplitterte Glasscheibe und am Saum der Eiszapfen am Fensterflügel vorbei.

Das Gewimmel einer riesigen Armee breitete sich draußen auf der winterlichen Ebene aus. Kolonnen von Soldaten strebten dem Palast entgegen. Andere scharten sich um das Hauptportal.

Das Geräusch stockender Schritte riss ihn von dem Anblick los. Er drehte sich um, die Klinge gehoben und bereit.

Jemand hinkte aus der Düsternis.

Stryke konnte es nicht glauben. Und natürlich auch zu einem Zeitpunkt wie diesem eigentlich nicht gebrauchen.

»Was ist nötig, um dich zu töten?«, sagte er. Obwohl der Angesprochene in Wahrheit tatsächlich halb tot aussah.

»Es ist nicht so leicht«, erwiderte Micah Lekmann. Der Wahnsinn brannte in seinen Augen. »Ich weiß nicht, wie ich hierher gekommen bin oder du, aber ich kann es kaum glauben, dass ich noch eine Gelegenheit bekomme, dich zu töten. Vielleicht gibt es doch Götter.«

Der Mann war eindeutig wahnsinnig. Stryke stellte sich vor, wie er ihnen in seiner dünnen Kleidung durch Schnee und Eis gefolgt war. Seine Augen waren rot umrandet, die Finger seiner linken Hand erfroren und schwärzlich verfärbt.

»Das ist doch verrückt, Lekmann«, sagte er. »Gib es auf.«

»Auf keinen Fall!« Sein Schwert zuckte vor, tief und gefährlich. Stryke sprang aus dem Weg. Der Kopfgeldjäger, dessen Gesicht ein irres Grinsen verzerrte, setzte nach und stieß mit der Wut des Verrückten immer und immer wieder zu.

Stryke parierte und wehrte sich. Seine eigenen Hiebe schienen jedoch zu schwach zu sein, weil sie völlig wirkungslos blieben. Lekmann sog sie förmlich auf und drängte immer weiter. Sie fochten es aus, Gang auf, Gang ab, Stryke verzweifelt darauf bedacht, eine Blöße zu finden und einer weiteren Ablenkung ein Ende zu bereiten, die er nicht gebrauchen konnte. Das erwies sich als nicht leicht. Der Mensch schien alle Furcht und Vorsicht abgelegt zu haben. Er kämpfte wie eine tollwütige Bestie.

Plötzlich wurde Stryke von einem unglaublich grellen Lichtblitz geblendet. Verblüfft wich er außer Reichweite zurück und mühte sich, das Sehvermögen zurückzugewinnen. Als das geschah, blieben schwarze Flecken vor seinen Augen, als habe er in die Sonne gestarrt. Doch die verbargen nicht, was sich vor ihm abspielte.

Lekmann stand ganz still da, das Schwert lag vor seinen Füßen.

Er hatte ein klaffendes Loch in der Brust. Durch das hervorsprudelnde Blut schimmerten weiß gebrochene Rippen. Der Wundrand war verkohlt und rauchte. Durch das Loch erhaschte Stryke einen Blick auf die jenseitige Wand.

Lekmann senkte fast beiläufig den Kopf und starrte auf den

Schaden. Er sah nicht so aus, als leide er Schmerzen, obwohl es wehtun musste. Seine Miene drückte benommene Empörung aus. Dann spie er einen Mund voll Blut aus, schwankte wie ein Betrunkener und fiel mit dem Gesicht voran schwelend zu Boden.

Während Stryke gaffte und zu begreifen versuchte, was soeben geschehen war, trat eine andere Gestalt aus den etwas weiter entfernten Schatten.

Jennestas Mund zuckte in einer hässlichen Grimasse, als sie ihn sah. Der Schrei, den sie ausstieß, zu gleichen Teilen Wut und Triumph, fuhr ihm durch Mark und Bein. Sie hob die Hände, wohl um ihm ein ähnliches Schicksal zu bereiten.

Er war bereits in Bewegung. Dennoch gelang es ihm nur ganz knapp, dem blendenden Lichtstrahl auszuweichen, den sie nach ihm schleuderte. Er traf eine kunstvoll gestaltete Säule eine Haaresbreite entfernt, pulverisierte den Marmor und ließ Splitter in alle Richtungen regnen.

Vor Schmerzen schwankend, sprang er auf die nächste Treppe. Ein weiterer Energiestrahl traf eine Stelle über seinem Kopf und überschüttete ihn mit Mörtelbrocken. Halb sprang er, halb fiel er die breite Treppe hinunter. In einem Korridor, der von dem Absatz unten abzweigte, kämpften Mannis gegen Sluagh. Er schlich sich an ihnen vorbei, jagte die nächste Treppe hinunter und ließ sich vom Lied der Sterne zum Portal zurückführen.

Seine Aussichten, es zu schaffen, waren gering.

73

Spürst du irgendwas?«, fragte Seraphim, ohne sich umzuschauen. Mit dem Rücken zum juwelenbesetzten Portal, irrten seine Blicke in der Kammer umher. Nichts bewegte sich, obwohl von den getöteten Sluagh im Eingang Dämpfe aufstiegen.

»Ja«, antwortete Sanara. »Sie sind in der Nähe.«

»Wer?«, fragte Alfray.

Wie zur Antwort gab einer der Gemeinen an der Tür hektisch Zeichen. Sekunden später stürmte die Jagdgruppe herein.

Alfray überflog ihre Reihen. »Wo ist Stryke?«

»Wir haben gehofft, dass er hier ist«, sagte Coilla zu ihm. Sie erklärte, was geschehen war.

»Vielleicht ist das nicht sehr aufschlussreich, aber ich habe keine Erschütterung im Lebensnetz gespürt, die auf seinen Tod hinweisen würde«, erklärte Seraphim.

»Was?«, brüllte Haskeer.

»Eine Frage der Empfindsamkeit. Wir haben jetzt keine Zeit für eine Erklärung. Die Sterne?«

»Ich weiß es nicht«, gestand Coilla. »Vielleicht hat Stryke sie mitgenommen. Sie sind gleichzeitig mit ihm verschwunden. Aber hören Sie zu! Der Palast wird gerade von einer ganzen Armee Mannis gestürmt. Sie kämpfen gegen die Sluagh.«

»Sie bestätigen, was meine Tochter und ich bereits geargwöhnt haben«, enthüllte Seraphim. »Jennesta ist hier.«

»Ihr Götter!«

»Wir müssen Stryke finden«, fuhr er fort. »Und tun, was wir können, um in den Reihen ihrer Truppen Zwietracht zu säen. Jennesta darf nicht die Oberhand gewinnen.«

»Ich nehme mir ein paar Männer und suche ihn«, erbot sich Jup.

»Sanara wird Sie begleiten. Eigentlich sollte es mir gelingen, sie von hier mit Energie zu versorgen.« Er wandte sich an seine Tochter. »Bist du dazu bereit, Sanara?«

»Natürlich.«

»Wie soll sie uns dabei helfen, Stryke zu finden?«

»Das kann sie nicht. Aber wenn Ihre Leute sie in ein sicheres

Versteck in der Nähe der Eindringlinge schaffen, könnten wir etwas gegen Jennesta unternehmen. Vertrauen Sie mir.«

»Aber was ist mit *Stryke*?«, wollte Coilla wissen.

»Vielleicht stoßen Sie auf ihn, während Sie Sanara begleiten.«

»Das reicht nicht! Einen der Unseren können wir nicht im Stich lassen.«

»Dann schlage ich vor, dass Sie zwei Gruppen bilden. Aber Sie müssen sich beeilen!«

»Reafdaw!«, sagte sie. Der Gemeine kam zu ihr. Aus einem Schnitt über seinem Ohr lief Blut. »Du bleibst mit Alfray hier. Haskeer, wir suchen Stryke, einverstanden? Die anderen folgen Jup.«

Die Vielfraße machten sich bereit. Einige teilten sich die letzten Wasserrationen, andere versorgten ihre Wunden.

Dann gab Haskeer als ranghöchster Offizier den Befehl, und die beiden Gruppen rückten aus.

*

Der Versuch, den Keller zu erreichen, verlangte Stryke sämtliche Reserven an Ausdauer und Geschick ab.

An jeder Ecke kämpften Mannis gegen Sluagh, und im Palast herrschte Chaos.

Er versuchte sich aus allen Konflikten herauszuhalten, wich allen Kämpfen aus und machte einen Bogen um solche, die sich bereits von Weitem ankündigten.

Sein Glück verließ ihn, als er um eine Ecke bog und sich zwei Orks gegenübersah. Einen Moment wagte er zu hoffen, sie könnten ihn für ein Mitglied von Jennestas Armee halten. Aber offensichtlich kannten sie sein Gesicht.

»Das ist Stryke!«, rief einer von beiden.

Sie gingen mit erhobenen Waffen auf ihn los.

Er versuchte es mit Diplomatie. »Immer mit der Ruhe! Wartet doch mal.« Er hob die Hände, um sie zu beschwichtigen. »Das ist völlig unnötig.«

»Im Gegenteil, es ist nötig«, sagte der erste Gemeine zu ihm. »Sie stehen auf der Gesuchtenliste unserer Gebieterin ganz oben.«

»Sie war auch meine Gebieterin. Ihr müsstet doch längst wissen, dass sie uns Orks nicht freundlich gesinnt ist.«

»Sie füllt uns den Bauch und gibt uns Unterkunft. Einige von uns sind ihr treu geblieben.«

»Und wie treu, glaubt ihr, wird sie euch bleiben, wenn es hart auf hart kommt?«

Stryke glaubte, dass derjenige, der ihn nicht beim Namen genannt hatte, schwankend wurde.

»Sie wird uns belohnen, wenn wir ihr Ihren Kopf bringen«, sagte der erste Gemeine. »Das ist mehr, als wir von Ihnen zu erwarten haben, wenn wir ihn auf Ihren Schultern lassen.«

»Wir sollten einander nicht bekämpfen. Nicht wir, nicht Orks.«

»Die Bruderschaft der Orks, was? Tut mir Leid, diesmal nicht.« Er rückte weiter vor und fügte hinzu: »Es ist nichts Persönliches, Hauptmann. Ich tue nur meine Pflicht.«

Der zweite Gemeine rief: »Pass auf, Freendo, das ist Stryke, gegen den du antrittst! Du kennst seinen Ruf!«

»Er ist auch nur ein Ork, oder? Wie wir.«

Er griff an und schlug mit dem Schwert zu. Stryke spannte sich, um ihm zu begegnen. Doch auch jetzt wollte er ihn nur außer Gefecht setzen, nicht töten, sofern das möglich war. Aus dem Augenwinkel sah er, dass der andere Gemeine sich zurückhielt.

Ihre Klingen prallten aufeinander, und das Klirren hallte durch den staubigen Korridor. Stryke hieb auf das Schwert des anderen ein in dem Versuch, ihn zu entwaffnen. Die Absichten seines Gegners waren offensichtlich tödlicherer Natur. Er gab sein Bestes, um Stryke zu treffen.

Sie fochten eine Weile, Stryke in der Defensive, aber er wurde zunehmend unruhiger. Er konnte es sich nicht leisten, seine Zeit mit ein paar Holzköpfen zu vergeuden. Wenn er sie töten musste, dann musste es eben sein, sie hatten Gelegenheit genug gehabt, sich anders zu entscheiden. Er beschleunigte das Fechttempo und drang auf seinen Gegner ein. Der war, obwohl ein Ork, der schlechtere Fechter und wich jetzt mit einem Ausdruck äußerster Bestürzung auf dem Gesicht zurück.

Dann sah Stryke eine Gelegenheit. Der Gemeine hatte es mit einem tiefen Hieb versucht. Dadurch war sein Oberkörper ungeschützt. Stryke landete einen Schwung mit der flachen Klinge auf der Wange des Orks und hörte das Knirschen herausgebrochener Zähne.

Der Ork sprang Blut speiend zurück und wäre beinahe gefallen. Sein Schwert lag bereits auf dem Boden. Stryke rückte vor und trat dabei das Schwert zur Seite. Der Gemeine, dessen Gesicht kalkweiß geworden war, wartete auf den tödlichen Hieb.

»Jetzt verpiss dich«, sagte Stryke zu ihm. Er sandte noch ein drohendes Hohngrinsen in die Richtung des Zauderers.

Sie starrten ihn noch einen Augenblick an, dann machten sie kehrt und flohen.

Stryke seufzte und dachte über die Ironie des Schicksals nach, die ihn zwang, gegen Orks und diejenigen Menschen zu kämpfen, mit denen er erst seit kurzem verbündet war.

*

Jups Gruppe, die Sanara umringt hatte, um sie zu schützen, kämpfte sich zur Spitze eines Turms durch.

Dort fanden sie eine leere Steinkammer mit einem offenen Balkon vor. Während einige die Treppe bewachten, trat sie auf den Balkon, Jup neben sich.

Jennestas Armee hatte sich über die eisige Ödnis unter ihnen ausgebreitet. An den Palasttoren herrschte ein ziemliches Gedränge, da die Abteilungen sich beeilten, in den Palast zu gelangen. Dann stieß jemand einen Schrei aus, und als sie nach oben schauten, sahen sie Drachen am Himmel.

»Verdammt, das hat uns gerade noch gefehlt«, verkündete der Zwerg trübsinnig.

Doch dann stürzten die Drachen herab und spien Jennestas Truppen ihre Flammen entgegen. Im Turm brach lauter Jubel aus.

»Das muss Glozellan sein«, mutmaßte Jup. »Gut für sie!«

Er drehte sich strahlend zu Sanara um. Ihre Augen waren geschlossen, und sie hob langsam die Arme.

Der Trupp starrte sie verwirrt an.

*

Im Keller sahen Alfray und Reafdaw, wie Seraphim in eine Art Trance zu fallen schien. Seine Augen waren glasig, er hatte die Arme erhoben, und er hätte nicht weniger Notiz von den Orks nehmen können, wenn sie gar nicht in der Kammer gewesen wären.

Dann fing ein Bereich des Portals plötzlich an zu summen, tief und absonderlich. Alfray näherte sich ihm zaghaft. Er streckte vorsichtig eine Hand aus und spürte ein warmes Kribbeln an der Innenseite seiner Hand.

Er trat zurück und wechselte erstaunte Blicke mit dem Gemeinen.

*

Stryke passierte gerade ein eingeschlagenes Fenster, als ihm etwas Außergewöhnliches ins Auge fiel.

Er schaute hinaus und sah Jennestas Armee, die mit ihrer gewaltigen Zahl das Eis bedeckte, so weit das Auge reichte. Doch nicht dieser Anblick hielt ihn gefangen.

Etwas war in der Luft.

Seine beste Bezeichnung dafür war eine Leinwand. Aber das Bild darauf bewegte und veränderte sich vor seinen Augen. Ihm ging auf, dass es den Visionen glich, die Seraphim am Portal beschworen hatte, nur gewaltig ausgedehnt auf einen Großteil des bleiernen Himmels. Die Bilder zeigten ähnliche Szenen orkischen Friedens und grüner Pracht.

Von unten war Gebrüll zu hören. Aber es waren keine Schlachtrufe aufgeputschter Krieger. Es waren Rufe der Verwunderung, gefolgt von solchen der Unzufriedenheit.

Er durchschaute den Plan des Zauberers. Gab es einen besseren Weg, Zwietracht unter ihnen zu säen, als den, ihnen ihre Lebenslüge vor Augen zu führen? Hinzu kam ihre Beklommenheit angesichts dieser übernatürlichen Manifestation. Das würde nicht nur eine Veränderung in ihrer Loyalität herbeiführen, sondern vor allem für Verblüffung sorgen, aber das mochte reichen, um ihnen die Zeit zu erkaufen, die sie brauchten.

Das Geräusch rennender Füße drang an seine Ohren. Er bereitete sich auf einen weiteren Waffengang vor. Doch es war Coillas und Haskeers Gruppe, die durch einen angrenzenden Korridor lief.

»Den Göttern sei Dank!«, rief sie. »Wir dachten schon, wir hätten dich verloren!«

»Jennesta ist hier!«

»Das haben wir bemerkt«, erwiderte sie trocken.

»Also zurück in den Keller!«

Sie rannten nach unten, wobei sie sämtliche Gegner beiseite fegten und jeden niedermähten, der ihnen in die Quere kam. Sie fuhren durch das Durcheinander wie Messer durch Hühnerhälse.

Schließlich trafen sie schwer atmend und trotz der Kälte schwitzend vor der Portalkammer ein und stürmten hinein.

Seraphim war immer noch in Trance, während Alfray und Reafdaw zusahen. Eine kleinere Ausgabe des draußen am Himmel erstrahlenden Bilds schwebte über dem Kreis des Portals.

Augenblicklich erwachte der Magier aus seiner Versunkenheit. Das Bild flackerte und erlosch. »Wir können nicht mehr tun«, keuchte er. Seraphim sah aus wie ein Mann, der gerade schwere körperliche Arbeit geleistet hatte.

»Das war ein schlauer Trick«, lobte ihn Stryke. »Und was nun?«

Bevor Seraphim antworten konnte, kehrte Jups Gruppe zurück, die immer noch lautstark ihrem Staunen über das Schauspiel Ausdruck verlieh. Sie waren blutverschmiert und außer Atem, aber größtenteils unversehrt. Sanara eilte in die ausgebreiteten Arme ihres Vaters.

»Geben Sie mir die Instrumentale«, sagte Seraphim.

Stryke reichte ihm die vier, die bereits miteinander verbunden waren, während Sanara ihm den einzelnen Stern gab, den er in ihrer Obhut zurückgelassen hatte. Mit behenden Fingern fügte Seraphim den fünften Stern in die Verbindung ein.

»Eines habe ich noch nicht erwähnt«, bekannte er.

»Und das wäre?«, fragte Coilla wachsam.

»Die Aktivierung dieses Portals wird eine erhebliche Energiemenge freisetzen. Dabei wird der Palast vermutlich zerstört.«

»Das sagen Sie uns *jetzt*?« Sie funkelte ihn an.

»Hätte ich es Ihnen früher gesagt, wäre Ihre Entscheidung vielleicht davon beeinflusst worden.«

»Wird uns das daran hindern, das Portal zu benutzen?«, fragte Stryke.

»Nicht, wenn Sie rasch hindurchgehen.«

Den meisten Mitgliedern des Trupps waren deutliche Zweifel anzumerken. Seraphim deutete nach oben in Richtung des stetig lauter werdenden Kampfgetöses. »Ihre Wahlmöglichkeiten sind begrenzt. Benutzen Sie das Portal, oder stellen Sie sich der Anarchie dort oben.«

Stryke nickte zustimmend.

Seraphim trat vor und wählte einen der größeren juwelenbesetzten Steine aus. Er legte den fünfteiligen Stern auf dessen Oberfläche.

»Ist das alles?«, murrte Haskeer.

»Warten Sie«, erwiderte der Mensch.

Der Raum über dem Podest des Portals verwandelte sich plötzlich in etwas Erstaunliches. Es glich einem verkehrt herum fließenden Wasserfall aus Millionen winzig goldener Sterne, die beständig umherwirbelten und niemals stillstanden. Durch die Sohlen ihrer Stiefel konnten alle ein rhythmisches Pulsieren von Energie spüren.

Alle Anwesenden waren gebannt von dem phantastischen Anblick. Die unzähligen Sterne strahlten einen Glanz aus, der sich auf ihren Gesichtern, ihrer Kleidung und auf den Wänden ringsumher widerspiegelte.

»Ich muss es auf Ihren Bestimmungsort einstellen«, erläuterte Seraphim, als er sich dem Steinkreis näherte.

»Es ist wunderschön«, flüsterte Coilla.

»Ehrfurchtgebietend«, äußerte Jup.

»Und mein!«

Alle fuhren herum.

Jennesta stand in der Tür, General Mersadion neben sich, dessen Gesicht schlimm verwüstet war.

Seraphim fasste sich zuerst. »Du kommst zu spät«, sagte er zu ihr.

»Schön, dich wiederzusehen, mein lieber Vater«, erwiderte sie sarkastisch. »Eine Abordnung meiner Königsgarde ist dicht hinter mir. Ergebt euch oder sterbt, mir ist das einerlei.«

»Ich glaube nicht«, sagte Sanara. »Ich kann mir nicht vorstellen, dass du eine Gelegenheit auslässt, jene zu töten, von denen du glaubst, sie hätten dir Unrecht getan.«

»Du kennst mich so gut, Schwester. Und wie nett, dich wieder einmal leibhaftig zu sehen. Ich freue mich schon darauf, diesen Leib zu schänden.«

»Wenn Ihr glaubt, wir würden uns kampflos ergeben«, erklärte Stryke, »seid Ihr im Irrtum. Wir haben nichts zu verlieren.«

»Ah, Hauptmann Stryke.« Sie ließ einen verächtlichen Blick über den Kriegstrupp schweifen. »Und die Vielfraße. Die Vorstellung, Sie wiederzusehen, habe ich ganz besonders genossen.« Ihre Stimme wurde zu Granit. »Jetzt legt die Waffen nieder.«

Plötzlich entstand hektische Bewegung. Alfray lief auf sie zu, sein Schwert zum Hieb erhoben.

Mersadion sprang herbei, um es zu parieren. Seine Klinge blitzte. Dann tauchte sie in die Brust des Gefreiten ein. Der General riss sie wieder heraus. Alfray stand ganz still und starrte auf das Blut an seinen Händen.

Er schwankte und fiel.

Für einen Moment waren alle wie betäubt und verharrten an Ort und Stelle.

Dann brach der Bann. Haskeer, Jup, Coilla und Stryke gingen gleichzeitig auf Mersadion los und ließen ihre Wut an ihm aus.

Jeder Gemeine hätte dasselbe getan, aber dafür war nicht genug Platz.

Mersadion blieb nicht einmal mehr die Zeit für einen Aufschrei. Binnen Sekunden hatten sie ihn in Stücke gehackt.

Der Trupp wandte sich von seiner verstümmelten Leiche ab und Jennesta zu, bereit, ihrem Zorn weiter Luft zu machen. Sie zeichnete mit den Händen ein kompliziertes Muster in die Luft.

»Nein!«, rief Seraphim.

Ein orangefarbener Feuerball wie eine Miniatursonne flammte zwischen ihren Händen auf. Sie warf ihn. Die Orks stoben auseinander. Mit unglaublichem Tempo flog der Feuerball über sie hinweg und explodierte mit donnerndem Knall an einer Wand. Sofort begann Jennesta mit der Bildung eines neuen Feuerballs.

Doch Seraphim und Sanara hatten einander gefunden, und gemeinsam stellten sie sich ihr entgegen. Ihre Hände hoben sich, und eine Wand aus ätherischen Flammen entstand vor ihnen wie ein Schild und schützte den Raum und alle Anwesenden. Jennesta schleuderte den neuen Feuerball dagegen, aber die flammende Barriere absorbierte seine Energie.

Die Pracht des Portals blieb davon unbeeinträchtigt. Aber seine zerstörerischen Nebenwirkungen wurden langsam offenkundig. Ein tiefes Grollen hatte begonnen, an den Grundfesten des Palasts zu rütteln. Dessen ungeachtet versammelte sich der Trupp um Alfray.

Coilla und Stryke sanken neben ihm auf die Knie. Sie sahen, wie ernst die Wunde war. Coilla fühlte seinen Puls und sah dann ihren Hauptmann an. »Es geht ihm schlecht, Stryke.«

»Alfray«, sagte Stryke. »*Alfray*, kannst du mich hören?«

Dem alten Ork gelang es, die Augen zu öffnen. Der Anblick seiner Kameraden schien ihn zu trösten. *»So ... endet es ... also.«*

»Nein«, sagte Coilla. »Wir können deine Wunde versorgen. Wir ...«

»Du brauchst ... mich nicht ... anzulügen. Nicht jetzt. Lass mir ... wenigstens die ... Würde der ... Wahrheit.«

»Verdammt, Alfray«, flüsterte Stryke mit erstickter Stimme. »Ich habe dir das eingebrockt. Es tut mir so Leid.«

Alfray lächelte schwach. *»Wir haben es ... uns gemeinsam ... eingebrockt. Es war ein ... gutes Unternehmen, was, Stryke?«*

»Ja. Ein gutes Unternehmen. Und du warst der beste Kamerad, den ein Ork haben kann, alter Freund.«

»Das betrachte ... ich als ... Kompliment, auf das ... ich stolz sein ...

kann.« Dann bewegten sich seine Lippen zwar noch, aber es war kein Laut zu vernehmen. Stryke beugte sich herab und hielt das Ohr dicht vor Alfrays Mund. Schwach hörte er: *»Schwert …«*

Stryke nahm seine Klinge und drückte Alfray das Heft in die zitternde Handfläche. Er schloss die Finger des Gefreiten darum. Alfray griff schwach zu und machte einen zufriedenen Eindruck. *»Vergesst die … alten Sitten nicht«*, hauchte er. *»Ehrt … die … Tradition.«*

»Das werden wir«, versprach Stryke. »Und dein Andenken. Immer.«

Wieder grollte es tief im Boden. Mörtel regnete von der Decke. Auf einer Seite der geräumigen Kammer waren Jennesta und ihre Verwandten noch immer in einen Kampf mit übernatürlichen Strahlen und Lichtblitzen verwickelt.

Alfrays Atem ging flach und mühsam. *»Ich werde … auf euch … alle trinken … in den … Hallen von … Vartanien.«*

Dann schlossen sich seine Augen zum letzten Mal.

»Nein«, sagte Coilla. »Nein, Alfray.« Sie fing an, ihn zu schütteln. »Wir brauchen dich. Geh nicht, der Trupp braucht dich. Alfray?«

Stryke nahm sie bei den Schultern und zwang sie, ihn anzusehen. »Er ist gegangen, Coilla.«

Sie starrte ihn an, schien ihn nicht zu verstehen.

Orks waren angeblich nicht in der Lage zu weinen. Das taten nur Menschen. Die Nässe in ihren Augen strafte diese Ansicht Lügen.

Jup hatte das Gesicht in den Händen vergraben. Haskeer hatte den Kopf gesenkt. Die Gemeinen waren wie vom Donner gerührt.

Stryke nahm behutsam sein Schwert wieder an sich. Dann fiel sein Blick auf das magische Duell, und die Wut kehrte zurück. Sie alle empfanden sie. Aber sie empfanden auch Ohnmacht. Weder wagten sie, sich in das Zauberduell einzumischen, noch führte ein Weg daran vorbei.

Eine Minute später wurden sie aus ihrem Dilemma erlöst.

Jennesta schrie auf. Ihr feuriger magischer Schild flackerte und erlosch. Sie schwankte, den Kopf gesenkt, und sah erschöpft aus. Nasse Locken ebenholzfarbener Haare klebten auf ihrem Gesicht.

Der flammende Puffer, der Seraphim und Sanara schützte, verschwand ebenfalls und erlosch wie eine Kerze. Seraphim überbrückte rasch die wenigen Schritte, die ihn von Jennesta trennten, und ergriff ihr Handgelenk. Von der Anstrengung ihres Duells ausgelaugt, leistete sie kaum Widerstand, als er sie zum Portal zerrte.

Die Orks sprangen auf und machten Anstalten, auf Jennesta loszugehen und ihren Zorn an ihr auszulassen.

»Nein!«, bellte Seraphim. »Sie ist meine Tochter! Ich trage Verantwortung für alles, was sie getan hat! Ich erledige das selbst!«

Die Kraft seines Ausbruchs war so gewaltig, dass sie wie angewurzelt stehen blieben.

Sie sahen zu, wie Seraphim sie die letzten paar Fuß zum Rand des Portals schleifte. Als sie dort eintrafen, kam sie ein wenig zu sich und erkannte, wo sie sich befanden. Ihr Blick huschte von der tanzenden Pracht des Strudels innerhalb des Portals zum Gesicht ihres Vaters. Sie schien seine Absicht zu erahnen, zeigte aber keine Furcht.

»Das würdest du nicht wagen«, höhnte sie.

»Früher vielleicht nicht«, entgegnete er, »als mir das ganze Ausmaß deiner Schlechtigkeit noch nicht klar war. Jetzt schon.« Er hielt sie immer noch mit eisernem Griff fest und führte ihre Hand näher an das funkelnde Strahlen des Portals, sodass ihre Fingerspitzen jetzt beinahe in den Fluss ragten. »Ich habe dich in diese Welt gebracht. Jetzt entferne ich dich wieder aus ihr. Du solltest die Symmetrie dieser Tat zu schätzen wissen.«

»Du bist ein Schwachkopf«, zischte sie. »Du warst schon immer einer. Und ein Feigling. Ich habe hier eine Armee. Wenn mir etwas zustößt, wird dein Tod deine wildesten Phantasien übertreffen.« Ihr Blick huschte zu Sanara. »Das gilt für euch beide.«

»Das ist mir egal«, sagte er zu ihr.

»Mir auch«, unterstützte Sanara ihn.

»Manchmal ist es den Preis wert, den man zahlen muss, um die Welt von einem Übel zu befreien«, sagte Seraphim, während er ihre Hand noch näher zum funkelnden Strom drückte.

Sie blickte in seine Augen und wusste, dass er es ernst meinte. Da verlor ihre Miene ein wenig von ihrem Ausdruck selbstsicherer Überzeugung, und sie fing an sich zu wehren.

»Stell dich deinem Ende wenigstens mit Würde«, sagte er zu ihr. »Oder ist das zu viel verlangt?«

»Niemals.«

Er zwang ihre Hand in den Strudel hinein, dann ließ er sie los und wich einen Schritt zurück.

Sie wand sich und kämpfte darum, ihre Hand freizubekommen, aber der sprudelnde Energiequell hielt sie so fest wie ein Schraubstock. Dann veränderte sich das gefangene Fleisch. Sehr langsam löste es sich auf in Tausende einzelner Partikel, die in den Schwarm der Sterne flogen und spiralförmig darin umherwirbelten. Der Vorgang beschleunigte sich ein wenig, und der Strudel verschlang ihre Hand bis zum Gelenk. Dann wurde ihr Arm rasch bis zur Schulter hineingezogen, und auch er löste sich in unzählige Einzelteile auf.

Der Trupp stand da wie angewurzelt, und die Mienen der Orks zeigten eine Mischung aus Entsetzen und makabrer Faszination.

Jetzt wurde ein Bein aufgesogen, und es schmolz vor ihren Augen. Haarsträhnen folgten, als würden sie von einem unsichtbaren Riesen eingeatmet. Jennestas Auflösung beschleunigte sich weiter, und ihre Körpermaterie wurde immer schneller von dem wallenden Strudel geschluckt.

Als ihr Gesicht an der Reihe war, schrie sie doch noch. Das Geräusch brach augenblicklich ab, als die Energie den Rest von ihr in mehreren Portionen verschlang. Der letzte Bruchteil ihrer Materie kreiste noch einen Augenblick in dem wirbelnden Energiefeld, bevor auch er sich in nichts auflöste.

Seraphim sah aus, als werde er jeden Augenblick in Ohnmacht fallen. Sanara ging zu ihm und umarmte ihn.

Coilla durchbrach das ehrfürchtige Schweigen. »Was ist mit ihr passiert?«

Seraphim riss sich zusammen. »Sie hat die Verbindung zum Portal hergestellt, bevor ein Bestimmungsort eingestellt wurde. Sie ist von den titanischen Kräften entweder zerrissen oder in eine andere Dimension geschleudert worden. In jedem Fall ist sie nicht mehr da.«

Stryke war nicht der Einzige, der trotz ihres Hasses auf Jennesta ein wenig Mitleid für ihn empfand. »Werden *wir* auch so gehen?«, fragte er.

Unter ihren Füßen grollte es erneut, diesmal tiefer und länger als zuvor.

»Nein, mein Freund. Ich stelle den Bestimmungsort ein. Ihr Übergang wird grundlegender Natur sein, aber nicht so. Es wird sich anfühlen, als gingen Sie durch eine Tür.« Er löste sich von Sanara. »Kommen Sie, wir haben keine Zeit zu verlieren.«

Er ging zu einem der Steine, die das Portal umgaben, und machte sich an den Instrumentalen zu schaffen.

»Was ist mit Ihnen?«, fragte Coilla.

»Ich bleibe in Maras-Dantien. Wohin sollte ich sonst gehen? Hier kann ich entweder das Ende von allem miterleben oder versuchen, etwas Gutes zu bewirken, wenn das Land sich von seinem Elend erholt.«

Alle Anwesenden wussten, dass seine eigentliche Wahl der Tod war.

»Ich bleibe ebenfalls hier«, sagte Sanara. »Dies ist meine Welt, in guten wie in schlechten Zeiten.« Tränen liefen über ihre Wangen.

Die Erde grollte beharrlicher.

»Kommen Sie, Jup«, drängte Seraphim. »Zuerst schicken wir Sie in die Domäne der Zwerge.«

»Nein«, sagte er.

»Was?«, rief Haskeer.

»Für mich ist das hier auch die einzige Welt, die ich kenne. Ich hatte keine Visionen von einer Zwergenwelt. Es klingt verführerisch, aber wen würde ich dort kennen? Ich wäre wirklich und wahrhaftig ein Fremder in einem fremden Land.«

»Du wirst deine Meinung nicht ändern?«, fragte Stryke.

»Nein, Boss. Ich habe lange darüber nachgedacht. Ich bleibe hier und lasse es darauf ankommen.«

Haskeer trat vor. »Bist du sicher, Jup?«

»Was ist los, wird dir jemand fehlen, mit dem du dich streiten kannst?«

»Dafür kann ich immer jemanden finden.« Er betrachtete den Zwerg einen Moment. »Aber das wäre nicht dasselbe.«

Sie verabschiedeten sich mit dem Händereichen der Krieger.

»Dann nehmen Sie bitte Sanara mit«, sagte Seraphim. »Beschützen Sie sie für mich.«

Jup nickte. Dann eskortierte er Sanara aus der Kammer, wobei er noch einen letzten Blick auf den Trupp warf.

»Wir müssen uns jetzt beeilen«, verkündete Seraphim. »Rasch, ins Portal.«

Alle schauten schüchtern drein.

»Ich verspreche, dass keinem von Ihnen etwas zustoßen wird.«

»Im Laufschritt, Marsch!«, bellte Stryke.

Gleadeg trat vor.

»Rein mit dir«, sagte Stryke zu ihm. Etwas freundlicher fügte er hinzu: »Keine Angst, Soldat.«

Der Gemeine holte einmal tief Luft und trat ins Portal. Er verschwand augenblicklich.

»Los, los!«, rief Stryke.

Einer nach dem anderen gingen die verbliebenen Gemeinen hindurch.

Dann war Haskeer an der Reihe. Er sprang mit einem Kriegsruf auf den Lippen hinein.

Coilla warf noch einen letzten Blick auf Seraphim und richtete ihn dann auf Stryke, während sie ging.

Stryke und Seraphim standen allein in der bebenden Kammer. »Danke«, sagte der Ork.

»Es war das Mindeste, was ich tun konnte. Hier.« Er drückte ihm die Sterne in die Hand. »Nehmen Sie die mit.«

»Aber ...«

»Ich brauche sie nicht mehr. Tun Sie damit, was Sie wollen. Aber diskutieren Sie jetzt nicht mit mir!«

Stryke akzeptierte sie.

»Leben Sie wohl, Stryke von den Vielfraßen.«

»Sie auch, Zauberer.«

Er trat vor das Portal. Der Palast stürzte ein. Seraphim machte keine Anstalten zu fliehen. Stryke hatte auch nicht damit gerechnet. Er hob einen Arm und verabschiedete sich mit einem zackigen Gruß.

Es gab einen Moment des Chaos und des Übergangs. Irgendwie, vielleicht wegen der schreckerregenden Macht der Sterne und des Portals, hatte er kurze Visionen von vielen wunderbaren Dingen.

Er sah Aidan Galby Hand in Hand mit Jup und Sanara durch eine idyllische Landschaft wandern. Er sah Milde Hobrow auf einem Einhorn reiten. Er lernte wieder die Verlockung seines orkischen Heimatlandes kennen.

Sein letzter Gedanke war, dass die Menschen ihre Welt haben und gern behalten konnten.

Dann drehte er sich um und trat ins Licht.